周啟成　崔富章
朱宏達　張金泉
水渭松　伍方南
注譯

劉正浩　陳滿銘
沈秋雄　黃俊郎
黃志民　周鳳五
高桂惠
校閱

新譯昭明文選（二）

三民書局

新譯昭明文選　目次

卷二〇

卷二一

詠史

百一

遊仙

卷二二

招隱

反招隱

遊覽

卷二三

詠懷

哀傷

贈答

卷二四

卷二五

卷二六

行旅

卷二七

卷二八

挽歌

雜歌

卷二九

雜詩

卷三〇

卷三一

卷一七

論文

文賦并序

【作　者】陸機（西元二六一～三〇三年），字士衡，吳郡吳縣華亭（今上海松江）人。西晉著名文學家。出身世族，吳丞相陸遜之孫，吳大司馬陸抗之子。陸抗死，陸機領兵為牙門將。吳亡，家居勤學，十年不仕。晉太康末與弟陸雲同到洛陽，文才傾動一時，時稱二陸。太傅楊駿辟為祭酒。駿誅，又遷太子洗馬、著作郎。吳王晏出鎮淮南，以陸機為郎中令，遷尚書中兵郎，轉殿中郎。趙王倫輔政，以為中書郎。趙王倫失敗，齊王冏收他下獄，賴成都王穎解救得免。後遂附穎，穎表為平原內史，故世稱陸平原。大安初，穎與河間王顒起兵討長沙王乂，以陸機為後將軍、河北大都督，率軍二十餘萬人。戰於鹿苑，其軍大敗。司馬穎的宦官孟玖及其弟孟超誣陸機通敵，遂被殺，年四十三。陸機擅長詩賦及論文。原有集四十七卷，已散佚，後人輯有《陸士衡集》。

【題　解】〈文賦〉是陸機的一篇名作。關於其寫作年代，學術界向有爭論：一種觀點是根據杜甫〈醉歌行〉「陸機二十作文賦」一語，認為〈文賦〉作於陸機早年；另一種觀點根據陸雲一封書信，認為作於陸機四十或四十一歲之時；還有一種觀點則根據對陸機詩文用語的研究，認為〈文賦〉作於陸機入洛之後。對於這場爭論，迄今尚無結論。

〈文賦〉是一篇完整而系統的文學理論作品，雖用賦的形式寫成，但能比較細緻地分析創作過程。陸機把構思作為創作的中心，由此來探索創作前的準備以及創作過程中的種種情況，道出不少甘苦之言，提出許多創見。此賦在中國文學批評史上有著重要地位，此後的《文心雕龍》等書的寫作都受到它相當多的啟發。〈文賦〉文字優美，比喻巧妙，想像豐富，把枯燥的理論問題寫得如此生動形象，不能不令人感到歎服。

余每觀才士❶之所作，竊❷有以得其用心❸。夫放言❹遣辭❺，良❻多變❼矣。妍蚩❽好惡❾，可得而言。每自屬文❿，尤見其情⓫。恆⓬患⓭意⓮不稱⓯物⓰，文不逮⓱意。蓋非知之難，能⓲之難也。故作〈文賦〉，以述先士⓳之盛藻⓴，因論作文之利害㉑所由㉒，佗日㉓殆可謂曲盡其妙㉔。至於操斧伐柯，雖取則不遠㉕；若夫隨手之變㉖，良難以辭逮㉗。蓋所能言者，具㉘於此云爾㉙。

【章旨】本章為全篇序言，說明寫作〈文賦〉是為了概述先世美文，談論寫作的法則。

【注釋】❶才士　文士；作家。❷竊　私下。❸用心　即如何用心作文。指寫作的意圖、構思、技巧。❹放言　運用語言。放，置。❺遣辭　修辭。❻良　實。❼多變　謂文章之變化。❽妍蚩　美醜。蚩，通「媸」。醜。❾好惡　即美醜的意思。❿屬文　作文。屬，綴。⓫情　實際情形。指甘苦。⓬恆　常。⓭患　憂慮。⓮意　為文之意。⓯稱　適合。⓰物　指所賦之物。⓱逮　及。⓲能　行；善作文。⓳先士　古代作家。⓴盛藻　美文。盛，繁茂。藻，文章的泛稱。㉑利害　得失。㉒由　自產生的根源。㉓佗日　即「他日」。昔日。㉔曲盡其妙　窮盡寫作文章的奧妙。㉕操斧伐柯二句　語出《詩・豳風・伐柯》：「伐柯伐柯，其則不遠。」柯，指斧柄。則，法則。謂持斧以作斧柄，以舊柄作法則，舊柄長則如其長，舊柄短則如其短。比喻作文取法古之文，其法甚近。㉖隨手之變　《莊子》中斲輪的工匠說，斲輪要不徐不疾，「不徐不疾，得於手而應於心，口不能言也，有數存焉」，此謂作文之運用，隨各種具體情形而變化。㉗良難以辭逮　實難以言語表達。

㉘具　完全。㉙云爾　原作「云」，據六臣注本等補。云爾，句尾語詞。

【語　譯】我每看到文士的作品，內心對他們如何進行藝術構思而有所體會。運用語言，進行修辭，這其中變化實多。文章的美醜，是可以加以評論的。每到自己提筆寫作，尤能明白其中的實際情形。時常憂慮心中所想的不符合所寫的事物，文辭又不能完整地表達心中所想。這不是不懂如何寫作的問題，而是實行起來的困難。所以我寫作這篇〈文賦〉，來敘述古代作家美妙的文章，從而談論寫作得失產生的根源，昔日作家大約可說是窮盡文章的奧妙了。借鑒古代作家的寫作經驗，就像拿著斧子砍伐木頭做斧柄一樣，眼前就可取法；至於寫作時的各種變化，實在難以用言辭表達出來。我所能說的，全部在這裡。

佇❶中區❷以玄覽❸，頤❹情志於典墳❺。遵❻四時❼以歎逝❽，瞻❾萬物而思紛❿。悲落葉於勁秋⓫，喜柔條⓬於芳春⓭。心懍懍⓮以懷霜⓯，志眇眇⓰而臨雲⓱。詠⓲世德⓳之駿烈⓴，誦㉑先人㉒之清芬㉓。遊㉔文章之林府㉕，嘉㉖麗藻㉗之彬彬㉘。慨投篇㉙而援筆㉚，聊宣㉛之乎斯文㉜。

【章　旨】本章敘寫作前的準備：學習前代之作、觀察自然。

【注　釋】❶佇　久立。❷中區　謂宇宙之中。❸玄覽　細緻的觀察。玄，幽深。❹頤　養。❺典墳　三墳、五典。此指古代典籍。❻遵　循。❼四時　四季。❽歎逝　歎其逝往之事。陸機有〈感時賦〉、〈歎逝賦〉、〈述思賦〉等皆慨歎時光迅往之作。❾瞻　看。❿思紛　思緒紛紜。⓫勁秋　秋有肅殺之威，故曰勁秋。⓬柔條　嫩枝葉。草木新生曰柔。⓭芳春　春天百花開放，故言芳春。⓮懍懍　危懼的樣子。⓯懷霜　謂心中極潔淨，沒有雜念。⓰眇眇　高遠的樣子。⓱臨雲　形容志趣之高遠。⓲詠　詠唱；歌頌。⓳世德　世代相傳的德行。⓴駿烈　駿，大。烈，美。㉑誦　也是歌頌之意。㉒先人　先世之人。指祖先。㉓清芬　指清美的節操、芬芳的聲名。㉔遊　這是用比喻手法。實指閱讀、瀏覽。㉕林府　謂多如林木，富如府庫。㉖嘉　贊美。㉗麗藻　指華美的文辭。㉘彬彬　文質得宜之貌。㉙投篇　擲下前人所寫之篇。㉚援筆　執筆寫作。㉛宣　表達。㉜斯文　泛指文章。

【語　譯】久立在宇宙之中深入觀察，在古代典籍中頤養情志。隨著四季的代謝歎息時光飛逝，看那萬物變遷而思緒紛紜。在肅殺的秋季因落葉而悲哀，在百花盛開的春天為柔嫩的枝條滿懷喜悅。心中危懼，如冰霜在胸；志趣高遠，上及行雲。歌詠歷代德行的壯麗，頌揚祖先名節的清芬。遊覽於前人文章的叢林之中，贊美那華美的辭章文質得宜。慨然擲下昔人之篇，執筆寫作，且把胸中感受表達於文章之中。

其始也，皆收視反聽❶，耽思❷傍訊❸。精❹騖❺八極❻，心遊萬仞❼。其致❽也，情曈曨而彌鮮❾，物昭晰❿而互進⓫。傾⓬群言⓭之瀝液⓮，漱⓯六藝⓰之芳潤。浮天淵以安流，濯下泉而潛浸⓱。於是沈辭怫悅⓲，若遊魚⓳銜鉤而出重淵⓴之深。浮藻聯翩㉑，若翰鳥㉒纓繳㉓而墜曾雲㉔之峻。收百世之闕文，採千載之遺韻㉕。謝朝華㉖於已披㉗，啟夕秀於未振㉘。觀古今於須臾，撫四海於一瞬㉙。

【章　旨】具體描述創作的構思過程。此時文思活躍，思路豁然開朗，想像自由飛翔，借鑒於六經群書，尋求能夠充分表達情志而有創新意義的文辭。

【注　釋】❶收視反聽　言不視不聽。❷耽思　深思。❸傍訊　廣求；博採。訊，求。❹精　神思。❺騖　奔馳。❻八極　八方最遙遠的地方。❼仞　量詞。周代八尺為仞，漢代七尺為仞。❽致　至。指文思到來，構思成熟。❾情曈曨而彌鮮　言心情如晨光之曈曨，漸次鮮明。曈曨，太陽初出時欲明未明之狀。彌鮮，愈明。❿昭晰　明顯。⓫互進　不斷湧現，並呈於前。⑫傾　傾注。⑬群言　群書。指六藝之外之書。⑭瀝液　細流。比喻精華。⑮漱　有含英咀華的意思。⑯六藝　指《詩》、《書》、《易》、《禮》、《樂》、《春秋》。均為儒家經典。⑰浮天淵以安流二句　描述作家浮想聯翩，可以升天入地。天淵，天漢之淵流。一說星名，或名天泉。安流，平靜地流動。濯，洗滌。下泉，地下的泉水。潛浸，沈浸。⑱沈辭怫悅　形容吐辭艱澀。沈辭，謂沈於深邃。怫悅，難出的樣子。⑲遊魚　喻文句。⑳重淵　水極深處。㉑浮藻聯翩　表出語駿利之象。聯翩，連綿不斷。㉒翰鳥　高飛的鳥。㉓纓繳　謂中箭。纓，纏。繳，連於矢尾的生絲繩。㉔曾雲　空中重疊的浮雲。曾，通「層」。㉕收百世之闕文二句　是說在散文和韻文的領域中採取前人還未用到的方面。意思是文辭須求新奇。百世，歷代。闕文，《論語．衛靈公》：「子曰：吾猶及史之闕文也。」謂古之良史於書，字有疑則闕之。此指古人未述之文。遺韻，古人未用之韻。㉖朝華　朝開之花。華，古「花」字。㉗已披　已開。此謂古人已用之意與辭，如花已開，宜謝而去之。即務去陳言之意。㉘啟夕秀於未振　指古人未述之意與辭。此句是說作文要獨出心裁。啟，發。夕秀，謂未發之花。㉙觀古今於須臾二句　是說運用想像，一下子就觀察到古今，馳騁於四海。須臾，少頃；片刻。撫，據；駕馭。一瞬，眨眼之間。

【語　譯】開始的時候，完全不看不聽，只一味地深思博採。精神奔馳於八方之遠，思想遊歷於萬仞之上。到了構思成熟之時，心情如晨光曚曨，漸次鮮明；要寫的物象愈益明顯，不斷湧現於前。傾注群書的精髓，咀嚼六經的芳華。一會兒浮上天漢安靜地流動，一會兒沈入地下的泉水中洗濯。於是艱澀地吐辭，好似從重重深淵之中釣出魚來。出語連綿不斷，猶若飛鳥中箭從高高的層雲墜落。收拾歷代古人未述之文，採用千載前賢未用之韻。使已開的朝花謝去，使未發的花朵開放。片刻之時觀覽古今歷史，眨眼之間掌握天下的事變。

然後選義按部，考辭就班❶。抱景者咸叩，懷響者畢彈❷。或因枝以振葉❸，或沿波而討源❹。或本隱以之顯❺，或求易而得難❻。或虎變而獸擾❼，或龍見而鳥瀾❽。或妥帖而易施，或岨峿而不安❾。罄澄心以凝思，眇眾慮而為言❿。籠天地於形內，挫萬物於筆端⓫。始躑躅於燥吻⓬，終流離⓭於濡翰⓮。理扶質以立幹⓯，文垂條而結繁⓰。信情貌之不差，故每變而在顏⓱。思涉樂其必笑，方言哀而已歎⓲。或操觚⓳以率爾⓴，或含毫而邈然㉑。

【章旨】本章談寫作中義與辭的關係。文義為主幹，文辭為枝葉。義辭相符，如同人的內心和外貌一樣。安排義與辭卻有種種情形，變化多端，時難時易。

【注釋】❶然後選義按部二句　謂選擇考慮適當的意見與確切的詞句安排布置在適當確切的地方。部，部位；位置。班，班次；次第。❷抱景者咸叩二句　以景喻色彩，以響喻聲調。謂選用有聲有色的文辭。抱景者，指有文彩之物體。景，原作「暑」。據《文選考異》改。景，光。咸叩，皆觸而求之。懷響者，懷音響之物。❸因枝以振葉　謂依枝布葉。此由本及末，先樹要領之意。❹沿波而討源　謂順流探源。此由末及本，最後說出主題之意。❺本隱以之顯　謂從晦到明，逐步闡說。❻求易而得難　謂由平易之處開始，層層深入，而終釋難明之理。❼虎變而獸擾　虎起而百獸馴伏。喻文思大者得而小者畢舉。擾，馴。❽龍見而鳥瀾　龍現而群鳥驚飛。喻文思之本根具而枝葉紛披。見，通「現」。瀾，渙散。❾或妥帖而易施二句　此言選義考辭，有時比較容易，招來即得；有時又比較艱難，煞費經營。妥帖，恰當。岨峿，不相當；不安的樣子。❿罄澄心以凝思二句　謂專心致意地思索琢磨，精微確切地組織許多思緒以成文。罄，盡。澄心，潛心；心靜專一。凝思，思想集中。眇，通「妙」。精微。⓫籠天地於形內二句　謂天地雖大，可籠放文章形內；萬物雖眾，可折挫取其形，以書於筆之端。這是言心澄言妙的作用。籠，囊括；概括。形，文章之形。挫，折。有收拾役使之意。⓬始躑躅於燥吻　此言開始時口頭上表達不出來，言辭停留在乾燥的嘴脣邊很難出來。躑躅，猶「踟躕」。徘徊不進的樣子。形容艱澀。⓭流離　形容順利。⓮濡翰　飽蘸墨汁的毛筆。濡，漬；染。翰，筆毫。⓯理扶質以立幹　此句言文以義為主。理，指文義。扶質，扶其本根。幹，樹幹。⓰文垂條而結繁　謂文辭繁盛。條，樹枝。結繁，謂花葉繁茂。⓱信情貌之不差二句　是說義與辭的關係。信，確實。情貌之不差，情貌指內心和外表。情動於中而形之言，所以誠中形外，必須表裡如一。每變而在顏，中心一有變化，自然反映上顏面。⓲思涉樂其必笑二句　是說義和辭。樂與哀指義，笑或歎則是辭的作用。⓳操觚　指作文。操，持。觚，木簡。供書寫用。⑳率爾　言不加思索。狀文思敏捷。㉑邈然　渺茫。冥想的樣子。狀文思之遲鈍。

【語譯】然後選擇適當的意見安排在一定部位，考慮恰切的詞句放在合適的地方。文辭中有文采者皆叩而求之，音聲佳者則聽而用之。有時依枝布葉，先樹要領；有時順流探源，最後說出主旨。有時從晦到明，逐步闡說；有時由平易入手，最後才闡釋難明之理。有時文思得其大者，因而小者畢舉，如同虎起而百獸馴伏；有時文章本根具備，因而枝葉紛披，猶似龍現而群鳥驚飛。有時恰當的辭義唾手而得，不花力氣；有時卻安排不當，煞費經營。用盡心思考慮，精確地組織許多思緒以成文。把廣闊的大地籠放在文章之內，將眾多的事物集中於筆鋒之下。開始時言辭停留在乾燥的嘴唇邊很難表達出來，最後終於從飽蘸墨汁的毛筆下順暢地流出。文義為本，好似樹木主幹；文辭附生，如同繁茂的枝葉。義與辭相符，就像內心和外表一致相同，心中有變必反映到顏面上。文思涉及樂事，辭面必然歡快；心中思言哀傷，筆下已經嗟歎。有時拿起木簡文思敏捷，有時含著筆尖冥想，文思遲鈍。

伊❶茲事❷之可樂，固聖賢之所欽❸。課虛無以責有，叩寂寞而求音❹。函綿邈於尺素，吐滂沛乎寸心❺。言恢之而彌廣，思按之而逾深❻。播芳蕤之馥馥，發青條之森森❼。粲風飛而猋豎，鬱雲起乎翰林❽。

【章旨】本章形容寫作之快樂及文章深宏芳茂的情狀。

【注釋】❶伊　發語詞。❷茲事　此事。指作文。❸欽　敬慕嚮往之意。❹課虛無以責有二句　意謂通過虛構、想像從無形無聲之中產生有聲有色的文章。課，試。責，要求。叩，問。寂寞，無聲。❺函綿邈於尺素二句　是說文章能將無窮的事容納在尺來長的絹帛中，心雖方寸，卻能傾吐出宏大的內容。函，含；容。綿邈，久遠。尺素，尺來長的潔白生絹。滂沛，盛大。❻言恢之而彌廣二句　是說言辭經過恢張就更加廣博，思想扣緊了所敘義理就更加深刻。恢，恢張；擴大。按，抑。❼播芳蕤之馥馥二句　以草木的芳香繁茂比喻文采之盛。蕤，草木的花。馥馥，芬芳。森森，形容樹枝繁多、茂盛。❽粲風飛而猋豎二句　形容文章之狀，像暴風濃雲般升起。粲，有明麗之意。猋，通「飆」。從下而上颳的暴風、回風。鬱，蘊結。有美盛意。翰林，文筆之林。翰，筆。

【語　譯】寫作此事是人生一大樂事，歷代聖賢敬慕嚮往。從一無所有之中構思出具體形象，由寂寥無聲之中創造出鏗鏘悅耳的文章。包容久遠之事於尺來長的生絹之中，從方寸之心傾吐出宏大的內容。言辭越擴張越廣博，思想越潛藏越深刻。文章如播散芬芳的花朵，又若青青茂密的枝條。璀璨的像突然竄起的暴風，蓊鬱的又如文苑中湧現的濃雲。

體有萬殊，物無一量❶。紛紜揮霍，形難為狀❷。辭程才以效伎，意司契而為匠❸。在有無而僶俛❹，當淺深而不讓❺。雖離方而遯員❻，期❼窮形而盡相❽。故夫夸目者❾尚奢❿，愜心⓫者貴當⓬。言窮⓭者無隘⓮，論達者⓯唯曠⓰。詩緣情而綺靡⓱，賦體⓲物而瀏亮⓳。碑披文以相質⓴，誄㉑纏綿㉒而悽愴㉓。銘㉔博約㉕而溫潤㉖，箴㉗頓挫㉘而清壯㉙。頌㉚優遊㉛以彬蔚㉜，論㉝精微㉞而朗暢㉟。奏㊱平徹㊲以閑雅㊳，說煒曄而譎誑㊴。雖區分㊵之在茲㊶，亦禁邪而制放㊷。要辭達而理舉㊸，故無取乎冗長㊹。

【章　旨】本章述說作家風格的差異和各種文體的不同。由於觀察事物的角度不同，意匠各異，因而作家表現出各種風格，但都是為了真實表現事物。詩、賦、碑、誄、銘、箴、頌、論、奏、說各有規範，總要文辭通順內容充實。

【注釋】❶體有萬殊二句　是說由於作者才性之不同，於是觀察事物也可有不同的角度，所以物象無一定之量。體，文體。指下文詩、賦等文體。萬殊，多種多樣的差別。物，指物象。量，度量；標準。❷紛紜揮霍二句　是說在迅速變化之中，要真實地描寫事物情狀不太容易。紛紜，繁亂的樣子。揮霍，迅疾的樣子。形，事物的形象。狀，描述。❸辭程才以效伎二句　是說辭藻雖紛至沓來，而取捨權衡，仍必歸於意匠。程，量。效伎，呈獻伎巧。司契，掌握分寸。司，主。契，合。匠，工巧。❹在有無而僶俛　《詩・邶風・谷風》：「何有何亡，黽勉求之。」僶俛，即黽勉。謂勉強求之。此句指辭，承程才效伎講。辭之有無，要好好組織，故云黽勉。❺當淺深而不讓　《詩・邶風・谷風》：「就其深矣，方之舟之；就其淺矣，泳之游之。」此句指意，承司契為匠講。意之當淺當深，須自作主張，然後遣辭得當，故云不讓。《論語・衛靈公》：「當仁不讓於師。」❻雖離方而遯員　此句之方員，猶言規矩。文章自有法度，但有時離方而遯員，軼出規矩。遯，通「遁」。迴避。員，同「圓」。❼期　希望。❽窮形而盡相　窮盡事物的形象。❾夸目者　指尚辭藻者。❿奢　謂浮豔。⓫愜心　言切理饜心。愜，滿意。⓬當　嚴密貼切。⓭窮　有局促簡約之意。⓮無隘　無可再窘迫。⓯論達者　說得暢達者。⓰曠　明豁空闊，無所拘滯。⓱詩緣情而綺靡　是說詩是抒情的，因情而生，特色是侈麗。這是六朝詩風的特點。緣，因；循。綺靡，侈麗；浮豔。⓲體　狀；描繪。⓳瀏亮　清明的樣子。⓴碑披文以相質　此謂碑上刻誌文字以述事，因要表彰功德，故其事須借助於文辭的修飾。碑，碑文。漢代開始，在宮廷、廟宇、墓地等處勒石立碑，記載功德始末。披，披露。相，助。質，實質；事實。㉑誄　人死後敘述其生前事蹟的一種文體，後世以誄為哀祭文的一種。㉒纏綿　綢繆的意思。固結不解。㉓悽愴　悲傷。㉔銘　古代鎔鑄或者刻在器物上，用來紀事或頌德的文體。㉕博約　事博文約。㉖溫潤　溫和柔潤。㉗箴　陳述勸戒的文體。㉘頓挫　猶抑揚。㉙清壯　清新剛健。箴要令人警惕，故要音調抑揚，節奏分明，文清理壯。㉚頌　頌揚功德的文體。㉛優遊　閒暇自得。㉜彬蔚　文采華茂。㉝論　議論文題。㉞精微　細密入微。指意。㉟朗暢　明瞭暢達。指辭。㊱奏　朝臣和地方官員上書皇帝的文體。㊲平徹　平和通達。㊳閒雅　雍容安適。㊴說煒曄而譎誑　是說說辭要有說服和感動對方的力量。說，辯說的文體。煒曄，光采很盛的樣子。譎誑，謂語言奇詭而有誘惑力。㊵區分　指各種文體的特點區別。㊶茲　此。㊷禁邪而制放　邪指意言，放指辭言。此係各體所應共守之準繩。㊸辭達而理舉　辭達指辭，重在有序。理舉指意，重在有物。㊹冗長　散漫拖沓。

【語　譯】文體有各種各樣的差別，各人衡量事物又無一定的尺度。因而情況變化繁亂迅疾，要真實地描寫事物不太容易。辭藻雖然有如爭相獻技的能工般紛沓而至，但仍須根據文意加以掌握取捨分寸。辭采有無，在於努力組織；文意淺深，則須自作主張。有時雖然離開了文章的法度，目的總是希望能窮盡事物的形象。所以喜愛渲染的人崇尚辭藻浮豔，重視義理的人講究語言嚴密貼切。言詞過於簡約，文章就顯得拘謹，論說充分暢達，文章才能氣勢雄渾豪放。詩因情而生，藻飾侈麗；賦重鋪陳事物，文辭清亮；碑用以刻記功德，務必文質相當；誄拿來哀悼死者，所以情緒纏綿而悲愴。銘在記載功業要事博文約，溫和柔潤；箴用以諷諫得失須音調抑揚，清新剛健。頌用以歌功頌德，要悠閒自得，文采華茂；論在評析功過是非，要細密入微，明瞭暢達。奏對上陳情敘事，要平和通達，雍容安適；說在論辯說理，要辭采輝煌，奇詭動人。各種文體雖然區分在此，但都禁止邪意放辭。文章總要文辭通達內容充實，所以不贊成寫得散漫拖沓。

其為物也多姿❶，其為體也屢遷❷。其會意❸也尚巧，其遣言❹也貴妍❺。暨音聲之迭代，若五色之相宣❻。雖逝止之無常❼，固崎錡而難便❽。苟❾達變❿而識次⓫，猶開流以納泉⓬。如失機⓭而後會⓮，恆操末以續顛⓯。謬玄黃之秩敘，故淟涊而不鮮⓰。

【章　旨】本章論及：文章的立意重在巧妙，遣詞貴在美好。尤甚要注意音韻的和諧，掌握規律，就能做好。

【注　釋】❶多姿　萬物萬形，故曰多姿。❷屢遷　文體不一，屢有變化。❸會意　謂作文時對事理的體會。❹遣言　用辭。❺妍　美好。❻暨音聲之迭代二句　李善解曰：「言音聲迭代而成文章，若五色相宣而為繡也。」暨，及；與。迭代，輪流替代。宣，明。❼雖逝止之無常　謂音聲迭代之妙，去留本是無常。逝止，去留。❽固崎錡而難便　謂音韻難以調和之狀。崎錡，不安的樣子；不妥貼的樣子。❾苟　如果。❿達變　通曉變化的規律。⓫識次　理解次序的安排。⓬開流以納泉　開渠引泉流。⓭失機　失去變化的時機。⓮後會　錯過了離合的際會。⓯操末以續顛　意即始末倒置。⓰謬玄黃之秩敘二句　實即五色不能相宣的意思。指音韻失宜，故佶屈蹇澀，不能諧適。謬，弄錯。玄黃，黑色和黃色。泛指顏色。淟涊，混濁不清的樣子。

【語譯】事物千姿百態；文體不一，屢有變遷。體會事理重在新巧，遣詞講究美好。至於文章中各種音節錯落有致，就像五色交錯配合而鮮明豔麗。雖然音韻和諧去留無常，有時難以妥貼安排。但如果通曉變化規律，就會像開渠道接納泉流一樣自然順利。如失去協調的機會硬拼硬湊，常造成始末倒置的現象。如同五色搭配不當，就會混淆不清而色澤不鮮豔。

或仰逼於先條，或俯侵於後章❶。或辭害而理比，或言順而義妨❷。離之則雙美，合之則兩傷❸。考殿最於錙銖，定去留於毫芒❹。苟銓衡之所裁，固應繩其必當❺。或文繁理富，而意不指適❻。極❼無兩致❽，盡❾不可益❿。立片言⓫而居要⓬，乃一篇之警策⓭。雖眾辭之有條⓮，必待茲⓯而效績⓰。亮⓱功多而累寡⓲，故取足⓳而不易⓴。或藻思㉑綺合㉒，清麗千眠㉓。炳若縟繡，悽若繁弦㉔。必所擬㉕之不殊㉖，乃闇㉗合乎曩篇㉘。雖杼軸㉙於予懷㉚，怵㉛他人之我先。苟傷廉㉜而愆義㉝，亦雖愛而必捐㉞。或苕發㉟穎豎㊱，離眾㊲絕致㊳。形不可逐，響難為係㊴。塊㊵孤立而特峙㊶，非常音㊷之所緯㊸。心牢落㊹而無偶㊺，意徘徊㊻而不能揥㊼。石韞玉㊽而山輝，水懷珠而川媚㊾。彼榛楛㊿之勿翦，亦蒙榮[51]於集翠[52]。綴[53]〈下里〉[54]於〈白雪〉[55]，吾亦濟[56]夫所偉[57]。

【章旨】本章分論作文利害關鍵：一、當文章前後辭意發生矛盾時，則要注意剪裁取捨。二、文章警句，功多弊少。三、重視作品的獨創性，如暗合於前人之作，應割愛捨棄。四、如果秀句孤立，雖難與全篇統一，也予以保留。

【注釋】①或仰逼於先條二句　論文辭前後矛盾，互相干擾。逼，侵迫。先條，前段文章。條，科條；條目。②或辭害而理比二句　是說前後兩段之間，或者言辭相悖而義理一致，或者言辭一致而義理相悖。辭害，言文辭不順，有妨礙。比，從；順從；一致。義妨，義不相合。③離之則雙美二句　意謂這些互相矛盾衝突的辭句，如果分開來兩方面都好，如果放在一起兩方面都不好。④考殿最於錙銖二句　是說選辭命意，必須細緻入微，錙銖必較。殿最，考課的等差，上者為最，下者為殿。錙銖，皆古代重量單位。六銖等於一錙，四錙等於一兩。錙銖喻其輕微。⑤苟銓衡之所裁二句　是說如果經過權衡而有所剪裁，就自應根據法度而使之歸於恰當。銓衡，權物輕重之具。裁，剪裁。繩，繩墨。木工取直的工具。此處謂糾正取直。⑥或文繁理富二句　謂文繁理富而主旨仍不能表達。指適，順適。適，當；從。⑦極　說理說得到了頭。⑧兩致　兩個主題。致，極。⑨盡　謂文章繁富。⑩益　添增多餘的話。⑪片言　少數幾句話。⑫居要　放在關鍵的地位。⑬警策　警句。謂文章扼要處，其辭義足以警動人者。策，馬鞭。馬因警策而愈顯神駿，以喻文章得片言而動人。⑭條　條理。⑮茲　指上文所言之警策。⑯效績　奏其功效。⑰亮　信；實在是。⑱功多而累寡　言警策功用多而累贅少。⑲取足　充分運用。⑳不易　不可改易。㉑藻思　文思。㉒綺合　如彩色的錦綺會合。㉓千眠　一作「芊眠」。光色很盛的樣子。㉔炳若縟繡二句　是說文辭鮮麗，有如五彩繽紛的縟繡；文情悽惻，有如繁弦奏出的悲涼感人的音樂。炳，明。縟繡，繁多的彩飾。㉕擬　摹擬。㉖不殊　沒有什麼獨特的地方。㉗闇　暗。㉘曩篇　指前人之作。曩，往昔。㉙杼軸　織具。杼持緯，軸受經。這裡以杼軸喻組織文章。㉚予懷　謂出於自己的胸臆。㉛怵　恐怕。㉜傷廉　廉，廉潔。不苟取為廉。傷廉，傷於苟取。即剽竊之意。㉝愆義 有損道義。愆，過失。㉞捐 拋棄。㉟苕發 草花開放。㊱穎豎 禾穗挺立。㊲離眾 離開篇中眾多辭句。㊳絕致 有絕妙的風致。致，態；風神。㊴形不可逐二句 李善說：「《鶡冠子》曰：『影之隨形，響之應聲。』言方之於影，而形不可逐；譬之於聲，而響難係也。」是說這些絕妙的辭句若比作為影子，則不是形體所能追逐得上的；若比作為聲音，則是難以維繫回響的。這是承上文而來，意謂別的辭句很難趕得上，連得上這些秀句。㊵塊 孤獨地。㊶特峙 單獨直立。㊷常音 平常的語句。㊸緯 織橫絲。此謂經緯。喻將辭句組織成文。㊹牢落 落漠。㊺無偶 找不到與秀句相稱的句子。㊻徘徊 徬徨不安。㊼揥 捐棄。㊽韞玉 藏玉。㊾川媚 川流明媚。《荀子・勸學》：「玉在山而草木潤，淵生珠而岸不枯。」㊿榛楛 兩種不出名的灌木。比喻平庸的辭句。(51)蒙榮 蒙受榮光。(52)集翠 翠鳥集聚。翠，青羽雀。比喻秀句。(53)綴 連。(54)下里 〈下里巴人〉。俚曲。(55)白雪 〈陽春白雪〉。雅曲。宋玉〈對楚王問〉：「客有歌於郢中者，其始曰〈下里巴人〉，國中屬而和者數千人。其為〈陽阿薤露〉，國中屬而和者數百人。其為〈陽春白雪〉，國中屬而和者不過數十人……是以其曲彌高，其和彌寡。」此句中以〈下里巴人〉喻眾辭句，以〈陽春白雪〉喻秀句。謂將二者組織成文。(56)濟 增加。(57)偉 奇美。謂如此可增加文章的奇美。

【語　譯】 有時下文侵迫了前段文章，有時上文又干犯了後面的篇章。有時言辭相悖而義理一致，有時文辭相從而義理相礙。把這些相衝突的章節分開則兩全其美，把它們合在一起就兩敗俱傷。考較辭、義極細微的差別，從而決定用還是不用。如果經過權衡而有所剪裁，自應斟酌法度使文章歸於恰當。但有時文章辭繁理富，而主旨仍不能表達清楚。文章主旨只能有一個，意思表達了就不須再增添多餘之言。把幾句話放在關鍵的位置上，這就是一篇的警句。即使全篇的眾多辭句都有條理，仍須有警句才能使全篇顯其功效。這的確是利多弊少的方式，所以應當充分運用不加改易。有時文思如錦綺會合，辭章清麗輝耀。文辭鮮豔，像繁複的彩飾；情思悽惻，若繁弦奏出哀曲。或者是所寫的文章沒有獨特之處，竟然暗合於前人的作品。雖然發自我的胸臆來寫作，卻耽憂別人搶在我的前頭。如果有剽竊他人有損道義的嫌疑，即使很喜愛己作，也一定加以拋棄。有時秀句就像好花突放，禾穗挺立，超離篇中辭句，風神絕妙；猶如形體難追上影子，聲音難以維繫回響一般，秀句孤獨地峙立於篇中，不是平常語句可以將它組織成文的。這時心裡茫然，再找不到與秀句相配的句子；徬徨不安，卻不捨得把它拋棄。文中有奇句就像石中韞藏美玉，使山巒生輝；水中含有明珠，使川流明媚。那未經整枝的灌木，也會由於翠鳥棲集而生色。即使以〈下里巴人〉配著〈陽春白雪〉，也會增加文章的奇美。

或託言於短韻❶，對窮跡❷而孤興❸。俯寂寞而無友❹，仰寥廓❺而莫承❻。譬偏弦❼之獨張❽，含清唱而靡應❾。或寄辭於瘁音❿，言徒靡⓫而弗華⓬。混妍蚩而成體，累良質而為瑕⓭。象下管之偏疾，故雖應而不和⓮。或遺理以存異⓯，徒尋虛以逐微⓰。言寡情而鮮愛⓱，辭浮漂⓲而不歸⓳。猶弦么⓴而徽急㉑，故雖和而不悲㉒。或奔放㉓以諧合㉔，務㉕嘈囋㉖而妖冶㉗。徒悅目㉘而偶俗㉙，固高聲而曲下㉚。寤㉛〈防露〉㉜與桑間㉝，又雖悲而不雅。或清虛㉞以婉約㉟，每除煩㊱而去濫㊲。闕㊳大羹㊴之遺味㊵，同朱弦㊶之清氾㊷。雖一唱而三歎㊸，固既雅而不豔。

【章旨】本章議論文病：一、短章孤立，與上下文不相應和；二、文辭缺乏風骨，因而累及美辭；三、不顧內容，只知追求詭巧新奇之文；四、只知妖豔媚俗，因而雖能動人卻不雅正；五、過於清空質樸，故而典雅而不美豔。

【注釋】❶短韻　幾句話。❷窮跡　事寡；內容貧乏。❸孤興　形容這幾句話孤立無偶之狀。興，起。❹無友　即上文孤起無偶之意。❺寥廓　空曠廣闊。❻莫承　無語與之相稱。承，接。❼偏弦　偏側之弦。即「孤弦」。所以下言「獨張」。❽獨張　猶言獨奏。張，緊琴弦。❾靡應　沒有應和之句。靡，無。❿瘁音　憔悴之音。喻不剛健的辭句。瘁，病；勞。

⓫言徒靡　原作「徒言靡」。據胡克家《文選考異》改。靡，美。⓬弗華　缺少光華。⓭混妍蚩而成體二句　是說如果美辭而不剛健，缺少風骨，則連美辭也受連累而有了缺點。妍，指靡言。蚩，指瘁音。良質，指靡言。瑕，玉上的斑點。喻缺點。⓮象下管之偏疾二句　從全篇來看，此類病辭與全篇雖相應而不和諧。象，類；似。下管，堂下吹管，其聲偏急。雖應而不和，雖與升歌間奏相應，但不和諧。⓯遺理以存異　指不顧內容，徒尚詭巧新奇之文。遺，拋棄。⓰尋虛以逐微　只尋求虛飾，追逐依稀隱微的表現。此即離本逐末之意。言只在形式辭藻上注意。⓱寡情而鮮愛　言語缺少愛憎感情。鮮，缺少。⓲浮漂　文辭浮濫。⓳不歸　不歸於實。⓴么　小。㉑徽急　謂曲調急驟。徽，琴節。即琴上調宮商，定高低的節。㉒不悲　不感人。㉓奔放　疾馳。此處借以形容文勢的縱逸。㉔諧合　以求合眾。㉕務　專力。㉖嘈囋　即「嘈雜」。聲多而亂。㉗妖冶　妖豔；豔麗邪蕩而不端莊。㉘悅目　目視有快感。㉙偶俗　合俗。謂投合於世俗的愛好。㉚高聲而曲下　謂樂聲高亢而曲調卑下。㉛寤　通「悟」。㉜防露　古曲名。㉝桑間　指桑間、濮上之音。桑間、濮上是衛地。男女在此幽會，因而產生不少情歌，其中多敘相思之悲。㉞清虛　清淨空虛。㉟婉約　輕柔美。㊱煩　繁多；雜亂。㊲濫　過而不得其當。㊳闕　欠缺。㊴大羹　太羹。不和五味之肉汁，舉行祭典時所用。大，同「太」。㊵遺味　餘味。大羹五味不全，故謂有遺味。㊶朱弦　深紅色的瑟弦。㊷清氾　清散不繁密。氾，散。《禮記．樂記》：「清廟之瑟，朱弦而疏越，一唱三歎，有遺音者矣；大饗之禮，尚玄酒而俎腥魚，大羹不和，有遺味者矣。」此言文章過於質樸，比之大羹，則還要缺餘味，同朱弦所奏清散的古樂。㊸一唱而三歎　宗廟樂章，一人唱而三人從而贊歎之，也是古雅質樸的音樂。

【語　譯】有時短短的幾句，內容貧乏單調，孤立於篇中。看下文冷清清沒有相稱的辭句，看上文空落落無辭語與之承接。就像操琴時單弦獨奏，聲音雖然清越，卻無和弦之聲。有時用蒼白無力的語言去表達思想，空有華美的文辭卻缺乏思想火花。把美醜混為一體，連美辭也因此受累有了缺點。好似堂下吹奏的管樂，為堂上歌唱間奏相應，因伴奏偏快而不和諧。有時不顧內容，徒尚詭巧新奇之文；只知尋求虛飾，追逐隱微的表現。如此言語缺少愛憎之情，文辭浮濫不歸於樸實，就像弦小曲急，雖能相和卻不感人。有時文勢縱逸以求合眾，追求聲韻繁雜，文辭妖豔。只想悅目，合於世俗的愛好，自然是樂聲高亢，曲調卑下；這才理解到，〈防露〉與桑間的歌曲，雖是動人卻不雅正。有時文章清空柔美，摒棄了浮言碎語忘了修飾，比起祭祀時不調五味的太羹還要了無餘味，質樸得如同朱弦所奏的古樂，這樣的文字雖然好似宗廟樂章，一唱三歎，典雅卻缺少藝術魅力。

若夫豐約❶之裁，俯仰之形❷，因宜適變❸，曲有微情❹。或言拙而喻巧❺，或理朴而辭輕❻。或襲故❼而彌新❽，或沿濁而更清❾。或覽之而必察❿，或研之而後精⓫。譬猶舞者赴節⓬以投袂⓭，歌者應弦而遣聲⓮。是蓋輪扁⓯所不得言，故亦非華說⓰之所能精。

【章 旨】本章說明各人構思不同，手法不妨互異，同時運用之妙又有才情功力的關係，其中奧妙難用語言文字說明。

【注 釋】❶豐約　指文辭的繁簡。❷俯仰之形　指上下氣勢的形成。❸因宜適變　因文所宜，隨之變化。❹曲有微情　曲折而有微妙的情況。❺言拙而喻巧　謂辭拙而義巧。喻，不作譬喻解。此指所喻之義。❻理朴而辭輕　謂質樸之理寓於華辭之中。辭輕，不作貶意解。❼襲故　因襲舊說、典故。❽彌新　愈見新意。❾沿濁而更清　由渾濁而出，反更清澄。❿必察　謂定能明知其義。⓫研之而後精　鑽研而後精通。⓬赴節　合於節拍。⓭投袂　揮舞衣袖。投，振。袂，衣袖。⓮遣聲　發聲歌唱。⓯輪扁　做車輪的木匠名扁。《莊子・天道》：「桓公讀書於堂上，輪扁斲輪於堂下，釋椎鑿而上。問桓公曰：敢問公之所讀者何言邪？公曰：聖人之言也。曰：聖人在乎？公曰：已死矣！曰：然則君之所讀者，古人之糟粕已夫！桓公曰：寡人讀書，輪人安得議乎！有說則可，無說則死。輪扁曰：臣也，以臣之事觀之，斲輪徐則甘而不固，疾則苦而不入，不徐不疾，得之於手而應之於心，口不能言，有數存焉於其間。臣不能以喻臣之子，臣之子亦不能受之於臣，是以行年七十而老斲輪。」⓰華說　繁言縟詞。

【語 譯】至於文章繁簡的剪裁，上下氣勢的形成，因文所宜隨之變化，曲折而有種種微妙的情況。有時語言粗糙而寓義巧妙，有時道理質樸而文辭華美。有時因襲舊典而愈見新意，有時出於渾濁卻反更見清澄。有時一看就明白其義，有時要鑽研之後才能精通。就像舞者合於節拍揮動衣袖，歌者隨著弦音放開歌喉。這其中的奧妙，就算是輪扁都無法言傳，當然也不是繁言縟詞所能說明白的。

普❶辭條❷與文律，良余膺❸之所服。練❹世情❺之常尤❻，識前修❼之所淑❽。雖濬❾發於巧心❿，或受欰⓫於拙目⓬。彼瓊敷⓭與玉藻，若中原之有菽⓮。同橐籥⓯之罔窮，與天地乎並育⓰。雖紛藹⓱於此世，嗟不盈⓲於予掬⓳。患挈缾⓴之屢空㉑，病昌言㉒之難屬㉓。故踸踔於短垣㉔，放庸音㉕以足曲㉖。恆遺恨以終篇，豈懷盈而自足㉗！懼蒙塵於叩缶㉘，顧㉙取笑乎鳴玉㉚。

【章　旨】本章自謙才力不濟，常以庸音充數，愧對於前賢。

【注　釋】❶普　普見。廣泛閱讀。❷辭條　文律。謂為文之法式。❸膺　胸。服膺，即在心中經常體念之意。❹練　諳練；熟悉。❺世情　指世俗之人。❻尤　過失。❼前修　前代修德之士。❽淑　善。❾濬　深。❿巧心　巧思。⓫欰　當作「蚩」。同「嗤」。譏笑。⓬拙目　指拙劣的欣賞者。⓭瓊敷　與下文「玉藻」皆比喻瑰麗的文章。敷，亦作「蘛」或「尃」。⓮中原之有菽　《詩・小雅・小宛》：「中原有菽，庶民采之。」此言瓊敷玉藻之文，唯勤學者可採致之。⓯橐籥　冶鑄用器。猶今之風箱。《老子》：「天地之間，其猶橐籥乎？」此處亦指天地。⓰育　生長。⓱紛藹　繁多。⓲盈　滿。⓳掬　兩手合捧承物為掬。《詩・小雅・采綠》：「終朝采綠，不盈一掬。」⓴挈缾　汲水之瓶，容量不大。挈，提。缾，同「瓶」。《左傳・昭公七年》：「雖有挈缾之知，守不假器。」注：「挈缾，汲者，喻小知。」㉑屢空　《論語・先進》：「回也其庶乎！屢空。」言顏回貧屢至空匱。此處借用，言如挈瓶之屢空，自喻學薄才疏。㉒昌言　指古之佳文。㉓屬續。言難續前賢之事業。㉔故踸踔於短垣　此句謂為才分所限。踸踔，一足行路之狀。短垣，矮牆。㉕庸音　平凡之音。謂平庸的語句。㉖足曲　此謂勉強拼湊成文。㉗懷盈而自足　內心自滿。㉘叩缶　缶，瓦器，大肚子小口。叩缶，秦人之俗樂。此以蒙上塵土的瓦器更加敲不響來自喻。㉙顧　通「固」。必。㉚鳴玉　猶鳴球。《書・皋陶謨》：「戛擊鳴球。」球，玉磬。鳴球，先王之雅奏，以喻前賢。

【語　譯】我廣泛的閱讀寫文章的法則，並在心中常常體味。熟知世人之文常有的缺陷，認識前賢佳作的優點。有的文章即使出於精心的構思，也會遭到拙劣批評家的嗤笑。那瑰麗的文藻，多如原野上的豆屬。又如橐籥生生不息，與天地共同存在。雖然世上擁有紛紜繁多的華藻麗句，可惜我所掌握的連一小把都不到。只擔心自己才智疏淺，難以跟得上前賢的佳作。所以就像跛足而行難越矮牆，只得以平庸的語句拼湊成文。文章寫成常懷遺憾，哪裡還會內心自滿！我害怕自己的文章好似敲擊蒙塵的瓦缶，必會被玉磬奏出的雅樂所恥笑。

若夫應感❶之會❷，通塞❸之紀❹。來不可遏❺，去不可止。藏若景❻滅，行❼猶響❽起。方❾天機❿之駿利⓫，夫何紛⓬而不理⓭！思風發⓮於胸臆，言泉流於脣齒。紛威蕤⓯以馺遝⓰，唯毫素⓱之所擬⓲。文徽徽⓳以溢目⓴，音泠泠㉑而盈耳㉒。及其六情㉓底滯㉔，志往神留㉕。兀㉖若枯木，豁㉗若涸㉘流。攬㉙營魂㉚以探賾㉛，頓㉜精爽㉝於自求㉞。理翳翳㉟而愈伏，思乙乙㊱其若抽。是以或竭情㊲而多悔㊳，或率意㊴而寡尤㊵。雖茲物之在我，非余力之所勠㊶。故時撫空懷而自惋㊷，吾未識夫開塞㊸之所由。

【章　旨】本章論文思的通塞。說它來去如聲光，不可遏止。為文者雖備嚐其中甘苦，卻不認識通塞的根由。

【注　釋】❶應感　由現實而生感受。即「靈感」。❷會　際會。❸通塞　文思的通暢與滯塞。❹紀　交會；會合。❺遏　制止。❻景　光。❼行　指文思湧現。❽響　聲音。❾方　當。❿天機　天然的機神。此謂天所賦予的文思，猶言神思。⓫駿利　指文思敏捷。駿，迅疾。⓬紛　紛亂。⓭理　條理。此言理出頭緒。⓮風發　喻文思疾如風起。⓯威蕤　繁盛的樣子。⓰馺遝　馬行很快的樣子。形容駿利之狀。⓱毫素　毫，指筆。素，指書寫用的絹。⓲擬　寫。⓳徽徽　炳煥有文采。⓴溢目　滿目。有目不暇視的意思。㉑泠泠　音韻洋溢。㉒盈耳　滿耳。㉓六情　指喜、怒、哀、樂、愛、惡。㉔底滯　停滯。底，亦滯的意思。㉕志往神留　此謂心中雖打算寫，而神思不動。㉖兀　無知的樣子。㉗豁　開敞。㉘涸　枯竭。㉙攬　持。這裡有運用的意思。㉚營魂　魂魄。營，亦魂的意思。㉛探賾　探索幽深之處。此言文思入微。㉜頓　挈；提。㉝精爽　精神。㉞自求　求於自心（黃侃說）。㉟翳翳　掩蔽的樣子。㊱乙乙　難出之狀。㊲竭情　謂用盡情思作文。㊳悔　恨。不如意之處。此指上文所說六情底滯之時。㊴率意　隨意為之。㊵寡尤　少過。此指上文所言天機駿利之時。㊶雖茲物之在我二句　是說文思開塞，時繫天機，故非力之所能及。茲物，指文章。勠，通「戮」。戮力；並力。猶勉力。㊷惋　恨。㊸開塞　謂文思通暢與閉塞。

【語　譯】至於那靈感產生之時，是文思通暢與滯塞的際會。它來時無法阻遏，去時不可制止；藏匿起來就像光瞬間熄滅，湧現出來又似聲音突然響起。當神思敏捷之時，有什麼紛亂理不出頭緒呢！文情如一陣風起於胸中，言辭像泉水般流出脣齒。此時藻飾繁盛，瞬間滿紙；只要盡情用紙筆去寫就行了；滿眼只見文采炳煥，滿耳只聽到音韻和諧。等到情思凝滯之時，心中雖想寫而神思不動。懵懵然就像一段枯木，空蕩蕩如同乾涸的河流。即使用盡心力去探索幽隱，提起精神往內心探求，然而文理掩蔽著更加潛伏，文思難出如同抽絲一般。因此寫文章有時費盡神思，卻多有不如意之處；有時隨意而為，反而沒有什麼過失。雖然寫文章在我而為，但為文的天機卻不是我勉力所能做到的。所以我時常手撫空懷惋歎，難以辨識文思通與塞的根由。

伊❶茲文❷之為用，固❸眾理之所因❹。恢❺萬里而無閡❻，通億載而為津❼。俯貽則❽於來葉❾，仰觀象❿乎古人。濟⓫文武⓬於將墜，宣⓭風聲⓮於不泯⓯。塗無遠而不彌，理無微而弗綸⓰。配霑潤於雲雨，象變化乎鬼神⓱。被⓲金石⓳而德廣⓴，流管弦㉑而日新㉒。

【章　旨】本章讚揚文章的功用。說文章可以明理，因而是進行教化的重要工具。它不受時間、地域的限制，作用極大。

【注　釋】❶伊　發語詞。❷茲文　泛指文章。❸固　乃。❹眾理之所因　眾理因之而得以表達。即謂文章的功用在於明理。❺恢　擴大。❻閡　隔閡；阻隔不通。❼津　此謂津梁。即橋。❽貽則　遺留法則。猶言垂範。❾來葉　後世。葉，世。❿觀象　猶言取法。象，法。⓫濟　救助。⓬文武　指周文王、周武王之道。《論語・子張》：「文、武之道，未墜於地。」⓭宣　發揚。⓮風聲　風教；教化。《書・畢命》：「彰善癉惡，樹之風聲。」傳：「明其為善，病其為惡，立其善風，揚其善聲。」⓯泯　滅。⓰塗無遠而不彌二句　是說再遙遠的距離，廣大的地域，文章也能包籠；再精微的義理也可組織於其中。塗，道路。彌，包籠。綸，經綸；組織。⓱配霑潤於雲雨二句　是說文章能教育人，故可與雲雨滋潤之功相配；它出幽入微，變化莫測，故可用鬼神來比擬。霑潤，滋潤。象，通「像」。擬。⓲被　加；覆蓋。⓳金石　金謂鐘鼎彝器之屬，石謂碑碣石刻之屬，二者皆用來紀創造、勒箴銘及頌揚功德以垂久遠的。⓴德廣　使盛德廣泛流傳。㉑流管弦　謂播於音樂。㉒日新　使盛德日廣不衰。

【語　譯】文章的功用很大，它可使眾理因此而得以表達，可使萬里開通而無阻隔，它像一座橋梁使億年貫通；往下可垂範於後世，往上則取法於古人。挽救文、武之道以免於墜地，宣揚風教使不至於泯滅。再遙遠的距離也可包籠，再精微的義理也可組織。可與雲雨滋潤之功相配，可比鬼神的變化莫測。若將它刻於銅器石刻便使功德廣泛流傳，若將它播於音樂則可使盛德日新不衰。

音樂

洞簫賦

【作　者】王褒，字子淵，蜀資中（今四川資陽北）人。喜音樂，工詩善賦。漢宣帝時，因益州刺史王襄推薦，被徵入朝，應詔作〈聖主得賢臣頌〉，遂得與劉向、張子僑等待詔金馬門。常隨宣帝一道田獵，所過宮館，每作歌頌。不久擢為諫議大夫。皇太子有病，王褒受命至太子宮陪伴太子，為太子讀文章。神爵元年奉命往益州祭祀金馬碧雞之神，病死途中。《隋書・經籍志》記其集五卷，已散佚，明人輯有《王諫議集》。

【題　解】〈洞簫賦〉是王褒的名作，太子劉奭（即元帝）十分欣賞，據《漢書》記載，太子曾「令後宮貴人左右皆誦讀之」。此賦所描寫的簫為排簫，是由若干長短不同的竹管編排而成。有封底、無底二種，無底者即稱洞簫。據《通典》，洞簫大者二十三管，小者十六管。此賦在描寫音樂與樂器的辭賦中，是較早的一篇，對後代同類題材的作品有較大影響，如馬融〈長笛賦〉、嵇康〈琴賦〉、潘岳〈笙賦〉等，基本上都沿襲了此賦的格式。

王褒描寫洞簫吹奏的繁音殊調，發展了《左傳・襄公二十九年》季札聞樂的聽聲類形之法。音樂的意境是比較抽象的，古人則巧妙地以視覺上的比喻來傳達。王褒以潺湲的流水，嬈嬈的微風描繪簫聲的舒緩紆徐、綿綿不絕，以樹枝的乍然摧折形容簫聲的清脆，以雷霆轟鳴和南風輕拂比喻簫聲的高昂激越與輕柔寬舒。此外還以慈父育子、孝子事父、壯士與君子等人世感情來比喻簫曲所道之情。這些手法的運用，無疑增強了作者的表現力，使他得以生動而真實地描摹出洞簫這一古代樂器演奏的情景。

此賦首尾都是騷體，中間則以騷體為主而雜以散文的排比句，且多用「于是」、「故」、「或」、「若乃」、「其」、「是以」、「則」等虛詞提挈、轉折，使之具有散文的氣勢。雖然這是繼承〈高唐〉、〈神女〉等賦的寫作方法，但變化更多，因而形式更活潑。

此賦有的地方堆砌了不少奇字難字，表現了漢賦的通病。

原夫簫幹[1]之所生兮，于江南之丘墟[2]。洞[3]條暢[4]而罕節[5]兮，標[6]敷紛[7]以扶疏[8]。徒觀其旁[9]山側兮，則嶇嶔巋崎倚巇[10]迤㠧[11]，誠可悲乎其不安[12]也。彌望[13]儻莽，聯延曠盪[14]，又足樂乎其敞閒[15]也。託身軀於后土[16]兮，經萬載而不遷。吸至精[17]之滋熙[18]兮，稟蒼色[19]之潤堅[20]。感陰陽之變化[21]兮，附性命乎皇天。翔風蕭蕭[22]而逕[23]其末[24]兮，迴江[25]流川而溉其山。揚素波而揮[26]連珠[27]兮，聲礚礚[28]而澍[29]淵。朝露清泠[30]而隕[31]其側兮，玉液[32]浸潤而承其根。孤雌寡鶴娛優[33]其下兮，春禽群嬉[34]翱翔乎其顛。秋蜩[35]不食，抱朴[36]而長吟兮，玄猿[37]悲嘯，搜索[38]乎其間。處幽隱而奧屏[39]兮，密漠泊[40]以獭猭[41]。惟詳察其素體[42]兮，宜清靜而弗諠。幸得諡[43]為洞簫兮，蒙聖主之渥恩[44]。可謂惠而不費[45]兮，因天性之自然[46]。於是般匠[47]施巧，夔襄[48]準法[49]。帶[50]以象牙，掍[51]其會合。鎪鏤[52]離灑(ㄙㄚˇ)[53]，絳脣(ㄐㄧㄤˋ ㄔㄨㄣˊ)[54]錯雜(ㄘㄨㄛˋ ㄗㄚˊ)。鄰菌繚糾(ㄌㄧㄣˊ ㄐㄩㄣˋ ㄌㄧㄠˊ ㄐㄧㄡ)[55]，羅鱗(ㄌㄨㄛˊ ㄌㄧㄣˊ)[56]捷獵(ㄐㄧㄝˊ ㄌㄧㄝˋ)[57]。膠緻理比(ㄐㄧㄠ ㄓˋ ㄌㄧˇ ㄅㄧˋ)[58]，挹抐擫擟(ㄧˋ ㄋㄨㄣˋ ㄧㄝˋ ㄋㄧㄝ)[59]。

【章　旨】本章從製簫之竹談起，說它生於江南山上，環境清幽。接著敘述製簫經過，形容洞簫外形。

【注　釋】❶簫幹　指製簫的竹子。❷丘墟　此指山地。❸洞　通。❹條暢　條直通暢。❺罕節　少節。言竹節稀疏。❻標　竹的頂端。❼敷紛　茂盛的樣子。❽扶疏　葉密的樣子。❾旁　靠。❿嶇嶔巋崎倚巇　山險峻的樣子。⓫迤⿰山靡　斜平的樣子。⓬不安　謂竹生山側，則欹側不安。⓭彌望　視野所及之處。⓮曠盪　寬廣的樣子。⓯敞閒　闊大幽閒。⓰后土　本指地神。此處指大地。⓱至精　指天地之精氣。⓲滋熙　滋潤。⓳蒼色　青色。⓴潤堅　堅挺而有光澤。㉑陰陽之變化　指四時變化。㉒蕭蕭　風聲。㉓逕　經過。㉔末　梢頭。㉕迴江　使江水迴曲。㉖揮　灑；潑。㉗連珠　指水花。㉘礚礚　水流大聲。㉙澍　注；灌。㉚清冷　清涼。㉛隕　墜落。㉜玉液　清泉。㉝娛優　娛樂遊戲。㉞嬉　樂。㉟蜩　蟬。㊱朴　樹皮。原作「樸」。據胡克家《文選考異》改。㊲玄猿　黑猿。㊳搜索　來來往往的樣子。㊴奧屏　隱蔽。屏，原作「庰」。據《文選考異》改。㊵漠泊　竹子茂密的樣子。㊶獑猭　相連延的樣子。㊷素體　謂竹之本體。素，本。㊸謚　號；命名。㊹渥恩　厚恩。㊺惠而不費　《論語・堯曰》：「君子惠而不費。」意謂君子給人民以好處而自己卻無所耗費。㊻因天性之自然　順應竹之自然天性造為樂器。㊼般匠　般，公輸般。即魯班。匠，指匠石。二人都是古代技術高超的木匠。㊽夔襄　夔與師襄。都是古代著名音樂家。襄，原作「妃」。據五臣注本改。㊾准法　使簫合於音樂的法則。㊿帶　飾。[51]掍　混合。[52]鎪鏤　雕刻。[53]離灑　花紋很美的樣子。[54]絳脣　指飾以朱漆的簫孔。[55]鄰菌繚糾　形容很多簫管編連在一起的樣子。[56]羅鱗　如魚鱗羅列。[57]捷獵　參差的樣子。[58]膠緻理比　形容竹管排列細密的樣子。[59]挹抐擫擟　中制。謂抑按合於宮商。亦即音準極佳。

【語　譯】考究製簫的竹子所生之處，就在那江南的山地。幹直而少竹節，竹梢繁盛，竹葉茂密。看它靠山而長，那山峰巒險峻，山坡斜平，它的處境如此欹側不安，實在可悲。然展望闊遠，連綿寬廣，它處境的闊大幽閒又值得快樂。託身於大地之上，經萬年而無變遷。吸取天地精氣的滋潤，其色青青，堅挺而有光澤。感應四時的變化，榮枯就由著上天。風聲蕭蕭吹過竹梢，江流迴曲灌溉其山。白波湧起，水花飛濺，水聲隆隆，直注深潭。早上清涼的露水落在它的旁邊，明澈的泉水浸潤著它的根部。孤單的雌鶴在它下面娛遊，春天鳥兒成群嬉戲，在竹頂飛來飛去。秋蟬不食，附著樹皮長鳴，黑猿悲嘯，來來往往於其間。竹子處身幽隱掩蔽之地，茂密而彼此相連。仔細研究它的本性，宜於清靜，不宜諠譁。幸而被命名為洞簫，蒙聖主給予厚恩。這可謂給對方好處而自己無所耗費，順應了竹的自然天性。於是巧匠施展高超的技術，音樂家校準使它合於音律。用象牙為裝飾，安在會合之處。再雕刻精美的花紋，用朱紅色的顏料塗在簫孔。偏連簫管，如魚鱗參差，細密地排列著，抑按擫點均合於宮商等音準。

於是乃使夫性昧之宕冥❶，生不睹天地之體勢，闇於白黑之貌形。憤伊鬱❷而酷❸𦓎❹，愍❺眸子❻之喪精❼。寡所舒其思慮兮，專發憤❽乎音聲。故吻❾吮❿值⓫夫宮商⓬兮，龢⓭紛離其匹溢⓮。旖旎⓯以順吹⓰兮，瞋⓱唅呼⓲以紆鬱⓳。氣旁迕⓴以飛射㉑兮，馳散渙㉒以逫律㉓。趣㉔從容其勿述㉕兮，騖㉖合遝㉗以詭譎㉘。或渾沌㉙而潺湲㉚兮，獵㉛若枚折㉜。或漫衍㉝而駱驛㉞兮，沛㉟焉競溢。惏慄㊱密率㊲，掩㊳以絕滅。𩅦霵曄踕㊴，跳然復出。

【章　旨】本章形容盲人吹簫。他們不見外界，故能專心研習。簫聲合於音律，忽高忽低，變化多端。

【注　釋】❶性昧之宕冥　指天生盲人。昧、冥，暗的意思。宕，過。❷伊鬱　心緒鬱結不通。❸酷　很；甚。❹𦓎　憂愁的樣子。❺愍　憂病。❻眸子　眼珠。❼喪精　沒有精光。即失明。❽發憤　專心學習。《論語・述而》：「發憤忘食，樂以忘憂，不知老之將至云爾。」❾吻　嘴脣。❿吮　吸；咂。指用嘴吹簫。⓫值　對準。⓬宮商　指曲調。宮、商，古五音之二。此代音律。⓭龢　即「和」字。調樂聲和諧。⓮紛離其匹溢　指聲音紛繁四散。⓯旖旎　猶婀娜。形容形體扭動。

⑯順吹　隨順吹勢。⑰瞋　怒視。⑱啗哷　鼓腮作氣。象瞋怒之貌。啗，即「頤」。腮。哷，咽下垂。⑲紆鬱　鬱結。⑳旁迕　亦作「旁午」。交錯；紛繁。㉑飛射　氣出得很急的樣子。㉒散渙　分布。㉓遝律　緩緩分散的樣子。㉔趣　通「趨」。㉕勿述　無所違誤乖逆之處。述，逆。㉖騖　走。此謂音聲傳播。㉗合遝　盛多的樣子。㉘詭譎　奇怪的樣子。㉙渾沌　混和難分的樣子。㉚潺湲　水流之聲。㉛獵　形容聲音清脆。㉜枚折　樹枝折斷。枚，幹。㉝漫衍　水流廣大漫溢的樣子。㉞駱驛　同「絡繹」。連延不斷。㉟沛　水勢盛大。㊱惏慄　寒冷的樣子。㊲密率　安靜。㊳掩　止息的樣子。㊴嚌䨟曄踕　形容眾聲繁多而疾速的樣子。

【語譯】於是用天生盲人吹奏洞簫，他們出生便未見天地的形勢，分不清黑白形貌。他們的心情鬱憤憂愁，憂傷自己眼珠失明。因為很少有地方能引開他們的思慮，便更能專心致志於研習音樂。所以用嘴唇吹吸能準確地合於音律，樂聲和諧紛繁四散。形體順著吹勢扭動，瞪目鼓腮，中氣鬱結。紛繁的氣流由管中飛射而出，音聲緩緩地分散。從容不迫地傳播，沒有乖逆之處，聲勢浩大而奇特。有時混和難分，如水聲潺潺，清脆得好像折斷樹枝。有時壯闊而絡繹不絕，如同潭水豐滿競溢。簫聲悽切，逐漸安靜，終於寂然無聲。忽而繁多而疾速的樂音再度響起，簫聲驟然復出。

若乃徐聽其曲度❶兮，廉察❷其賦歌。啾❸咇𠺕❹而將吟兮，行❺鍖銋❻以龢囉❼。風鴻洞❽而不絕兮，優嬈嬈❾以婆娑❿。翩⓫綿連⓬以牢落⓭兮，漂⓮乍⓯棄⓰而為他⓱。要⓲復遮其⓳蹊徑⓴兮，與謳謠乎相龢。故聽其巨音㉑，則周流氾濫㉒，并包㉓吐含㉔，若慈父之畜子也。其妙聲㉕，則清靜厭㉖瘱㉗，順敘卑迖㉘，若孝子之事父也。科條㉙譬類，誠應義理。澎濞㉚慷慨，一何壯士。優柔溫潤，又似君子。故其武聲，則若雷霆輘輷㉛，佚豫㉜以沸悁㉝。其仁聲，則若颽風㉞紛披㉟，容與㊱而施惠㊲。或雜遝㊳以聚斂㊴兮，或拔摋㊵以奮棄㊶。悲愴怳㊷以惻惐㊸兮，時恬淡㊹以綏肆㊺。被㊻淋灑㊼其靡靡㊽兮，時橫潰㊾以陽遂㊿。哀悁悁(51)之可懷兮，良醰醰(52)而有味。故貪饕者(53)聽之而廉隅(54)兮，狼戾者(55)聞之而不懟(56)。剛毅彊虣(57)反仁恩兮，嘽唌逸豫(58)戒其失。鍾期牙(59)曠(60)悵然而愕兮，杞梁之妻(61)不能為其氣。師襄(62)嚴春(63)不敢竄其巧兮，浸淫叔子(64)遠其類(65)。嚚(66)頑(67)朱(68)均(69)惕(70)復惠(71)兮，桀(72)跖(73)鬻(74)博(75)儡(76)以頓顇(77)。吹參差(78)而入道德兮，故永御(79)而可貴。時奏狡弄(80)，則彷徨翱翔(81)。或留而不行，或行而不留(82)。懆恅(83)瀾漫(84)，亡耦失疇(85)。薄索(86)合沓(87)，罔象(88)相求。

【章　旨】本章描寫洞簫的演奏和其作用。洞簫與歌唱相配合，其音則有大音、妙音、武聲、仁聲之別。洞簫之曲感人殊深，能使種種不賢之人改其習性。

【注　釋】❶曲度　調曲之節度。即歌曲的節拍、音調。❷廉察　詳察。廉，也是察的意思。❸啾　眾聲。❹咇㘉　形容聲音出來的樣子。❺行　將。❻鍖銋　聲音舒緩的樣子。❼龢囉　聲迭盪相雜的樣子。❽鴻洞　相連的樣子。❾嬈嬈　柔弱的樣子。❿婆娑　分散的樣子。⓫翩　言聲調飛揚。⓬綿連　相連。⓭牢落　稀疏。⓮漂　浮。⓯乍　突然。⓰棄　言棄其舊調。⓱為他　為異聲。⓲要　通「邀」。中途攔截。此指簫聲。⓳其　指謳謠。⓴蹊徑　路徑。㉑巨音　大音。㉒周流氾濫　言簫聲傳播之廣遠。㉓并包　謂包容眾聲。㉔吐含　謂吐含和樂。㉕妙聲　微妙之聲。㉖厭　安靜。㉗瘱　深邃。㉘迖滑。有順暢的意思。㉙科條　名目。㉚澎濞　澎湃。波浪相激之聲。此謂其曲勇烈。㉛輘輷　大聲。㉜佚豫　聲音急速。㉝沸㥜　聲音踴躍不定的樣子。㉞颽風　南風。㉟紛披　形容南風吹拂草木之狀。㊱容與　和緩的樣子。㊲施惠　謂南風溫和而養萬物。㊳雜遝　聲眾多的樣子。㊴聚斂　相聚。㊵拔摋　分散。摋，側手擊。㊶奮棄　奮迅如棄物。㊷愴怳　失意的樣子。㊸惻惐　悲傷。㊹恬淡　安靜。㊺綏肆　安而緩和。㊻被　及。㊼淋灑　不絕的樣子。㊽靡靡　聲音細而美好。㊾橫潰　水向旁決口。喻簫聲轉調。㊿陽遂　清暢通達。51悁悁　憂愁的樣子。52醰醰　醇厚。53貪饕者　貪財之人。54廉隅　廉潔有節操。55狼戾者　兇狠的人。56懟　怨恨。57彊虣　即「強暴」。58嘽唌逸豫　舒緩逸蕩之人。59鍾期牙　鍾子期、伯牙。據說伯牙善彈琴，鍾子期善聽琴（事見《呂氏春秋》、《列子》）。此處指精通音樂的人。60曠　指師曠。春秋時晉樂太師（見《左傳》）。61杞梁之妻　據李善注引《琴操》云：齊邑杞梁殖死，其妻因無依無靠，乃取琴而奏，曲終投水而死。另《列女傳》亦有記載，略有不同。62師襄　孔子曾學琴於師襄（事見《孔子家語》）。63嚴春　傳說古代善鼓琴的人。64浸淫叔子　傳說的古代知音之人。65遠其類　謂不能相比。類，比。66嚚　指舜母。67頑　指舜父。與嚚二人俱不賢。68朱　指堯子丹朱。69均　指舜子商均。與朱二人俱不肖。70愓　驚覺。71復惠　謂重又聰明智慧。72桀　夏朝末代昏君。73跖　春秋時大盜。74鬻　通「育」。夏育。古代勇士。75博　申博。也是勇士。76儡　羸瘦；憔悴。77頓顇　勞悴。78參差　即洞簫。79永御　長久使用。永，長久。御，服用。80狡弄　急曲。81彷徨翱翔　謂音聲迴旋飛揚。82或留而不行二句　謂樂聲去留不常。83愺恅　寂靜。84瀾漫　分散。85失疇　通「儔」。同類；伴侶。86薄索　急迫尋求。薄，迫。索，求。87合沓　重沓。88罔象　寓言中人名。傳說黃帝遊於赤水之北，遺其玄珠，罔象求而得之（事見《莊子》）。此指餘聲。

【語　譯】若是靜聽演奏的節拍、音調，細察曲中的內容。簫聲繁複將要吟唱，歌聲舒緩與器樂相雜。風送音樂相連不絕，其聲嫋嫋向四方播散。聲調飛揚而相連，逐漸稀疏，漂然散盡，棄舊調而為異聲。簫聲中途插入演唱，與歌謠相應和。所以聽簫宏大之聲，則傳播廣遠，包容眾聲，吐含和樂，好像慈父在養育他的兒子。聽它微妙之聲，則清靜幽深，順敘暢達，好像孝子侍奉他的父親。洞簫種種名目的比喻，實在都合著義理。其曲勇烈慷慨，一如壯士。其曲優柔溫潤，又似君子。它的武聲，如同暴雷隆隆，急速而不安。它的仁聲，則若南風吹拂，和緩地惠養萬物。有時聲音眾多相聚，有時各自分散如相棄。有時惝怳而悲愴，有時恬淡而安和。等到奏到美好綿長的曲子，有時會忽轉為清暢通達。曲情哀傷令人懷思，實在醇厚而有回味。因此貪財之人聽了會變得廉潔而有節操，兇狠的人聽了會不怨憤。剛毅強暴之徒因此恢復仁厚心腸，舒緩逸蕩之人因此改正自己的過失。鍾子期、伯牙、師曠聽到簫聲，悵然驚愕，杞梁殖之妻因悲傷不能盡情彈琴。師襄、嚴春不敢施展他們的巧技，浸淫、叔子遠遠不能相比。嚚、頑、丹朱、商均驚覺而重拾聰慧，桀、跖、夏育、申博因而瘦弱憔悴。吹奏洞簫合於道德，所以長久使用並珍貴它。奏起急曲，則音聲迴旋飛揚。有時聲留而不行，有時聲去而不留。簫聲忽而寂靜分散，不再相配相聚。一再急迫地尋求，尋覓那弦外的餘聲。

故知音者樂而悲之，不知音者怪而偉❶之。故為❷悲聲，則莫不愴然累欷❸，擎❹涕抆淚。其奏歡娛，則莫不憚漫衍凱❺，阿那腲腇❻者已。是以蟋蟀蚸蠖❼蚑行❽喘息，螻❾蟻蝘❿蜓⓫蠅蠅翊翊⓬。遷延徙迤⓭，魚瞰雞睨⓮。垂喙⓯蛩轉⓰，瞪瞢⓱忘食。況感陰陽之龢⓲而化風俗之倫⓳哉！

【章　旨】本章是形容洞簫樂聲的感染力。人聽了隨之悲喜，連蟲子也深受感動。

【注　釋】❶偉　美。❷為　原作「聞其」。據《考異》改。❸欷　抽泣。❹擎　與下文「抆」都是揩拭的意思。❺憚漫衍凱　歡樂的樣子。❻阿那腲腇　舒緩的樣子。❼蚸蠖　也作「蚇蠖」、「尺蠖」，一種善伸屈的蟲。❽蚑行　形容蟲子爬行的樣子。❾螻　螻蛄。❿蝘　蟬屬。⓫蜓　蜓蚰，似蝸牛而無殼。⓬蠅蠅翊翊　蟲子遊行的樣子。⓭遷延徙迤　進進退退的樣子。⓮魚瞰雞睨　像魚和雞那樣地瞠目結舌。魚目不瞑，雞好斜視，故取以為喻。瞰，視。睨，斜視。⓯垂喙　垂口不食。⓰蛩轉　同「蜿轉」。盤旋的樣子。⓱瞪瞢　直視茫然。瞢，昏。⓲感陰陽之龢　指人。《孔子家語》：「人也者，天地之德，陰陽之交。」龢，通「和」。⓳倫　理。

【語　譯】所以懂得音樂的人聽到洞簫，忽喜忽悲；不懂音樂的，也會為之驚異贊美。奏起淒涼的曲調，則無人不悲傷抽泣，揩拭淚水。待到奏起歡娛的曲調，則無人不心情和樂，手舞足蹈。因此蟋蟀、尺蠖為之停留聆聽，不再趕路，螻、蟻、蝘、蜓也停止爬行，遲疑不前。魚兒、雞雛都瞠目相望，忘記吃食了。無知的蟲子尚且如此感動，何況是感於陰陽和合之氣，受到倫常教化的人呢！

亂❶曰：狀若捷武❷，超騰❸踰曳❹，迅漂❺巧兮。又似流波，泡溲❻汎疌❼，趨巇❽道兮。哮呷呟喚❾，躋躓❿連絕⓫，淈⓬殄沌⓭兮。攪搜澩捎⓮，逍遙⓯踴躍⓰，若壞頹⓱兮。優游流離⓲，躊躇稽詣⓳，亦足耽⓴兮。頹唐㉑遂往，長辭遠逝，漂不還兮。賴蒙聖化㉒，從容㉓中道㉔，樂不淫㉕兮。條暢㉖洞達㉗，中節操㉘兮。終詩卒曲㉙，尚餘音㉚兮。吟氣遺響，聯綿㉛漂撇㉜，生微風兮。連延駱驛㉝，變無窮兮。

【章　旨】本章為尾聲，概述全賦主旨。先用比喻形容簫聲種種形態，後贊簫聲的雅正。

【注　釋】❶亂　詩賦的結尾。❷捷武　捷巧之人。❸超騰　跳躍。❹踰曳　超越。❺漂　疾速。❻泡溲　水盛大的樣子。❼汎疌　水流急的聲音。❽巇　危險。❾哮呷呟喚　形容聲音很大。❿躋躓　或升或降。⓫連絕　時連時斷。⓬淈　混亂的樣子。⓭殄沌　聲雜不分的樣子。⓮攪搜澩捎　形容水聲。⓯逍遙　形容聲遠。⓰踴躍　形容聲高。⓱若壞頹　如物之崩壞頹墜。⓲優游流離　形容簫聲來回徘徊。⓳躊躇稽詣　言聲稽留，如有所至。詣，至。⓴耽　延擱。㉑頹唐　言聲音漸微。㉒聖化　指君主的化育。㉓從容　和樂的樣子。㉔中道　中正之大道。㉕淫　過分。㉖條暢　言簫聲條貫通暢。㉗洞達　通達。㉘中節操　有節操。㉙終詩卒曲　謂歌與樂結束。㉚尚餘音　謂其聲清遠。㉛聯綿　不絕的樣子。㉜漂撇　餘音相擊。㉝駱驛　即絡繹。

【語　譯】總之：洞簫之聲，有時好像捷巧之人，騰空超越，迅疾而靈巧。又似長河波浪，水勢盛大而湍急，直赴險隘的水道。水聲宏大，或升或降，時連時斷，混雜成一片。水聲響亮，傳送很遠，如物崩壞頹墜。來回徘徊，躊躇稽留，如有所至，亦足以延擱。其聲漸微，離而遠去，漂流不回。有賴聖主化育，使用洞簫可以和樂於中正大道，歡樂而不逾分。簫聲酣暢通達，有節操之德。歌與樂結束，尚有餘音飄渺。遺下的氣流回聲，連續不絕，餘音相擊，隨微風飛送。連延絡繹，變化無窮。

舞　賦并序

【作　者】傅毅，字武仲，扶風茂陵（今陝西興平東北）人。東漢文學家。少博學，明帝時，於平陵習章句之學，作〈迪志詩〉。因明帝求賢無誠意，士多隱居，故作〈七激〉以為諷。後章帝即位，廣召文學之士，以毅為蘭臺令史，拜郎中，與班固、賈逵共校內府藏書。毅追美明帝功德，乃作〈顯宗頌〉十篇奏獻，由是文雅顯於朝廷。車騎將軍馬防，受外戚尊重，請毅為司馬，待以師友之禮。及馬氏敗，免官歸。和帝永元元年，車騎將軍竇憲復請毅為主記室，憲遷大將軍，復以毅為司馬。《後漢書》本傳說傅毅「早卒」，但據陸侃如《中古文學繫年》考證，他享年在五十以上。傅毅著有詩賦誄頌凡二十八篇，有集五卷，今已佚。

【題　解】〈舞賦〉的開端假託楚襄王命宋玉作賦，只是文人的遊戲之辭。但現存辭賦中假託古人之作，此賦是較早的例子，後來陸機〈羽扇賦〉託於宋玉，謝惠連〈雪賦〉假託枚乘、司馬相如和鄒陽，謝莊〈月賦〉之假託王粲，皆沿此習。

在漢代一些大賦中，也常常有帝王觀舞之事，但往往只是提到，從不作具體描寫。像這樣形象地摹繪舞姿的旋轉變化、進退俯仰和絢麗多彩，實係首見，其中保留了不少有關古代舞蹈的寶貴史料。譬如般鼓之舞，李善在注中也說「載籍無文」，但此賦記載得十分生動細膩，與漢代石刻畫像中所繪相符。這種歌舞，是將鼓平放在地上，由一人或幾人在鼓上邊唱邊跳，並有樂隊伴奏。般鼓舞在漢代還很流行，而到了唐代就不多見了。

本篇描寫舞蹈中精彩場面，則刻畫尤見傳神。作者善於運用貼切的比喻來表現優美的舞姿和動人的情態。譬如以「纖縠蛾飛」形容舞者飛快轉動，以「體如游龍」形容其宛柔合度，以「袖如素蜺」形容長袖飄忽之狀，都極盡體物擬狀之能事。

楚襄王❶既遊雲夢❷，使宋玉❸賦高唐之事❹。將置酒宴飲，謂宋玉曰：寡人欲觴❺群臣，何以娛❻之？玉曰：臣聞歌以詠言❼，舞以盡意。是以論其詩❽不如聽其聲❾，聽其聲不如察其形❿。〈激楚〉、〈結風〉⓫、〈陽阿〉⓬之舞，材人⓭之窮觀⓮，天下之至妙。噫，可以進乎？王曰：如其鄭何⓯？玉曰：小大殊用⓰，鄭雅異宜⓱。弛張⓲之度⓳，聖哲⓴所施㉑。是以〈樂〉㉒記干戚㉓之容。〈雅〉㉔美蹲蹲㉕之舞。《禮》㉖設三爵之制㉗，頌㉘有醉歸之歌㉙。夫〈咸池〉㉚〈六英〉㉛，所以陳清廟㉜，協㉝神人也。鄭衛之樂㉞，所以娛密坐㉟，接歡欣也。餘日㊱怡蕩㊲，非以風民㊳也。其何害哉！王曰：試為寡人賦之。玉曰：唯唯。

【章旨】本章是賦序。假託楚襄王與宋玉的問答，陳述雅樂與俗樂雖不同，然各有各的用處。

【注釋】❶楚襄王　楚懷王之子，又稱楚頃襄王。❷雲夢　雲夢澤。在今湖北省。❸宋玉　戰國辭賦家。曾事頃襄王。❹高唐之事　楚襄王和宋玉遊於高唐之觀，見雲氣奇異，問宋玉。宋玉告訴他，從前先王（指楚懷王）曾遊高唐，夢遇巫山神女。詳見〈高唐賦〉。❺觴　酒器。此處謂欲與群臣飲酒。❻娛　娛樂。❼歌以詠言　謂歌唱是詠唱語言中之情感的。〈毛詩序〉：

「情動於中而形於言，言之不足故嗟歎之，嗟歎之不足故詠歌之，詠歌之不足，不知手之舞之，足之蹈之也。」❽詩　指上句所言之「言」。❾聲　指歌。❿形　指舞。⓫激楚結風　楚國歌樂之名。⓬陽阿　歌舞之名。一說是古之名倡。⓭材人　有傑出才能的人。此指歌舞伎人。⓮窮觀　最美的景象。⓯如其鄭何　同於鄭樂，當如之何。《禮記・樂記》：「鄭衛之音，亡國之音也。」⓰小大殊用　是說器物大小各有不同的用處。一說小大指〈小雅〉、〈大雅〉。⓱鄭雅異宜　謂鄭音雅樂各有各的作用。鄭，指鄭聲。古代鄭地的俗樂，與雅樂相對。鄭聲感人。《禮記・樂記》：「魏文侯問於子夏曰：『吾端冕而聽古樂（即雅樂），則唯恐臥；聽鄭衛之音，則不知倦。』」雅，指雅樂。用於郊廟朝會的正樂，與俗樂相對。雅樂莊重，但是古板。⓲弛張　弛，放鬆弓弦。張，繃緊弓弦。用來比喻休息和勞作。《禮記・雜記下》記孔子之言：「一張一弛，文武之道。」⓳度法則。⓴聖哲　指周文王、周武王。㉑施　用。用以治民。㉒樂　指《禮記・樂記》。㉓干戚　指武舞。古代武舞，手執兵器。干，盾。戚，斧。《禮記・樂記》：「干戚羽旄謂之樂。」㉔雅　指《詩・小雅・伐木》。㉕蹲蹲　跳舞的樣子。〈伐木〉：「坎坎鼓我，蹲蹲舞我。」白居易〈郡中春讌因贈諸客詩〉：「蠻鼓聲坎坎，巴女舞蹲蹲。」㉖禮　指《禮記》。㉗三爵之制《禮記・玉藻》記載君賜爵時，「君子之飲酒也，受一爵而色洒如也；二爵而言言斯；禮已三爵而油油」。鄭玄曰：油油，悅敬貌。㉘頌　指《詩・魯頌》。㉙醉歸之歌　《詩・魯頌・有駜》：「鼓咽咽，醉言歸。」㉚咸池　古樂名。相傳為堯樂。㉛六英　相傳為帝嚳之樂。帝嚳，號高辛氏。㉜清廟　天子祖廟。㉝協　和合。㉞鄭衛之樂　指鄭、衛地方的俗樂。㉟密坐　相互接近而坐。指不是莊重的娛樂場合。㊱餘日　聽覽政事之餘。㊲怡蕩　怡悅放蕩。㊳風民　教化人民。

【語　譯】楚襄王遊覽了雲夢澤，命宋玉以先王遊高唐之事作賦。襄王打算設酒大宴，對宋玉說：我要與群臣共飲，用什麼來娛樂呢？宋玉說：我聽說歌曲是用來唱詩的，舞蹈則用來達意。因此論詩不如聽歌，聽歌不如觀舞。〈激楚〉、〈結風〉、〈陽阿〉這些舞，是歌舞藝人所表演的最美的場面，天下絕妙的伎藝。咳，可以進獻於宴前嗎？楚襄王說：可是這些俗樂同於鄭樂，怎麼辦呢？宋玉說：器物有大有小，用處不同；鄭音與雅樂，各用於適宜之處。一弛一張，有勞有逸，是聖賢治民的法則。因此〈樂記〉記載有手執盾斧的武舞，〈小雅・伐木〉稱美蹲蹲舞姿。《禮記》說賜爵時有君子受三爵之制，《詩・魯頌・有駜》有「醉言歸」之歌。〈咸池〉、〈六英〉這些雅樂，是用來奏於天子宗廟之中，和合於人神之際。而鄭、衛俗樂，是用來在大家促膝而坐時取樂，使人歡欣的。是在政事閒暇時使人怡悅輕鬆，而不是用來教化百姓的。又有什麼害處呢！楚襄王說：那麼且為我以此為題來作賦吧。宋玉說：是，是。

夫何皎皎❶之閒夜❷兮，明月爛以施光。朱火❸曄❹其延起兮，燿華屋而熹❺洞房❻。黼帳❼袪❽而結組❾兮，鋪首❿炳以焜煌⓫。陳茵席⓬而設坐兮，溢金罍⓭而列玉觴。騰⓮觚爵⓯之斟酌兮，漫⓰既醉其樂康⓱。嚴顏⓲和而怡懌⓳兮，幽情⓴形㉑而外揚㉒。文人不能懷其藻㉓兮，武毅不能隱其剛㉔。簡惰㉕跳踃㉖，般㉗紛挐㉘兮，淵塞㉙沈蕩㉚，改恆常㉛兮。於是鄭女㉜出進，二八㉝徐侍。姣服㉞極麗，姁媮㉟致態㊱。貌嫽妙㊲以妖蠱㊳兮，紅顏曄其揚華㊴。眉連娟㊵以增繞㊶兮，目流睇㊷而橫波㊸。珠翠的皪㊹而炤燿㊺兮，華袿㊻飛髾㊼而雜纖羅㊽。顧形影，自整裝。順微風，揮若芳㊾。動朱脣，紆㊿清陽[51]，亢音[52]高歌為樂方[53]。歌曰：「攄[54]予意以弘觀[55]兮，繹[56]精靈[57]之所束。弛緊急之弦張[58]兮，慢末事之骫曲[59]。舒恢炱[60]之廣度兮，闊細體[61]之苛縟[62]。嘉〈關雎〉之不淫[63]兮，哀〈蟋蟀〉[64]之局促[65]。啟[66]泰真[67]之否隔[68]兮，超遺物[69]而度俗[70]。」揚〈激徵〉[71]，騁〈清角〉。贊〈舞操〉[72]，奏〈均曲〉。形態和，神意[73]協[74]，從容得，志[75]不劫[76]。於是躡節[77]鼓陳，舒意自廣。遊心無垠[78]，遠思長想。

【章　旨】本章先描寫君臣歡宴，不拘禮節的情景。接著描繪歌舞女子的盛裝美貌和她們所唱之歌。

【注　釋】❶皎皎　光明的樣子。❷閒夜　安閒的夜晚。❸朱火　燭光。❹曄　明亮。❺熹　光明。此處亦是照耀的意思。❻洞房　深邃的內室。洞，深。❼黼帳　繡帳。黼，斧形花紋，黑白相次。❽袪　舉；張起。❾組　絲帶。❿鋪首　銜門環的金屬底座。⓫炳以焜煌　謂月色與燭光照耀於門首。⓬茵席　鋪有褥子的坐席。⓭罍　古器皿名。用以盛酒或水。⓮騰　通「媵」。送。⓯觚爵　皆酒器名。⓰漫　盡皆。⓱樂康　歡樂。康，樂。⓲嚴顏　指君王嚴肅莊重的面容。⓳怡懌　喜悅。⓴幽情　藏於胸中的幽深之情。㉑形　外現。㉒外揚　外露。㉓不能懷其藻　言不能掩藏其腹中文藻，就是說要施展其文才。㉔不能隱其剛　不能隱蔽其剛勇。即展示其勇武的意思。㉕簡惰　疏簡怠惰。㉖跳踃　動足的樣子。踃，跳。㉗般樂。㉘紛挐　互相拉拉扯扯。㉙淵塞　謂君王的歡情深而且滿。㉚沈蕩　沈醉放蕩。㉛恆常　指平時的風度儀態。㉜鄭女　指歌伎舞女。因鄭國多能歌善舞的女子，故稱。一說謂鄭袖。據《淮南子》注：鄭袖，楚懷王之幸姬，善歌舞，名曰鄭舞。㉝二八　指十六人的歌舞隊。㉞姣服　美麗的服裝。㉟姁媮　和悅的樣子。㊱致態　意態。㊲嫽妙　美豔。㊳妖蠱　妖冶迷人。㊴揚華　煥發光彩。㊵連娟　細長的樣子。㊶繞　彎曲。㊷流睇　展目斜視。睇，斜視。㊸橫波　形容其目如水波橫流。㊹的皪　珠光。㊺炤燿　即照耀。㊻袿　婦人的上衣。㊼髾　古時婦女上衣的裝飾，形如燕尾。㊽纖羅　細羅。㊾若芳　杜若的香氣。杜若為香草，美人佩帶杜若，散發芳香的氣味。㊿紆　屈曲。(51)清陽　眉目之間。(52)亢音　高聲。(53)為樂方　為音樂之常道。方，法。(54)攄　舒散。(55)弘觀　放開眼界。(56)繹　理。這裡也含有舒散解脫的意思在內。(57)精靈　指精神。(58)弛緊急之弦張　把繃緊的弦放鬆。(59)慢末事之骫曲　骫曲，同「委曲」。李善注曰：「言鄭衛之末事，而委曲順君之好，無益，故廢而慢之。」(60)恢炱　廣大的樣子。炱，通「台」。(61)細體　指小事。(62)苛縟　煩瑣。(63)關雎之不淫　〈關雎〉是《詩‧國風‧周南》的第一篇，據漢代經學家的解釋，此詩是表現后妃之德的。〈毛詩序〉說：「是以〈關雎〉樂得淑女，以配君子，憂在進賢，不淫其色。」(64)蟋蟀　《詩‧唐風》中的一篇。詩序曰：「蟋蟀，刺晉僖公也，儉不中禮，故作是詩以閔之。欲其及時以禮自虞（即「娛」）樂也。」(65)局促　小的樣子。此言識見短小。(66)啟　開。(67)泰真　古人稱構成宇宙的元氣為太真。(68)否隔　不通。李善注引《呂氏春秋》曰：堯時陰多滯伏，陽道壅塞，乃作舞宣導之。(69)遺物　離開世俗之物。(70)度俗　脫俗。(71)激徵　與下文〈清角〉皆雅曲之名。(72)舞操　與下文〈均曲〉都是曲名。(73)神意　精神意態。(74)協　協調。(75)志　心志。(76)不劫　不迫。(77)躡節　此言踏著鼓聲節拍。(78)無垠　無邊。

【語　譯】多麼皎潔的良夜，明月灑下一片銀光。輝煌的燈火燃起來，照耀著華麗的屋舍和深邃的洞房。繡帳高張結絲帶，門上鋪首輝映著月色與燭光。鋪開褥席設好座位，金杯酒滿玉觴排列。送上觚爵，開懷痛飲，滿座皆醉而快樂。君主莊嚴的面容變得怡悅，深藏於胸中之情終於外露。文人不能掩藏胸中的文才，武夫不能隱蔽他們的剛勇。疏簡怠惰，手舞足蹈，樂呵呵地拉拉扯扯。眾人充滿歡樂，沈醉放縱，一改平日的儀態。於是歌舞女子出場，十六人緩步來侍奉。衣著華麗，意態和悅。外貌美豔，妖冶迷人，青春年少，光彩煥發。眉毛細長而彎曲，眼光斜視，若水波橫流。珠翠閃光照耀，華美的上衣裝飾著燕尾，雜用細羅。回視形影，自整其裝。隨著微風，杜若飄香。啟動紅唇，放鬆眉目神情。接著引吭高歌，這是音樂常用的方法。歌中唱道：「舒散情懷，擴大眼界，解脫受束縛的精神。把繃緊的弦放鬆，且慢委曲隨順末事。開闊廣大的胸懷，疏遠煩瑣的小事。贊美〈關雎〉樂而不淫啊，哀憫〈蟋蟀〉所譏刺的晉僖公過度節儉，識見短小。跳舞來開通阻隔不通的元氣，就將離世而脫俗。」揚〈激徵〉，縱〈清角〉，唱〈舞操〉，奏〈均曲〉。形態安和，精神和諧，從容自得，志氣不迫。於是踏著鼓聲的節奏，心曠神舒。任由想像力自由自在地馳騁，直到那很遠很遠的地方。

其始興也，若俯若仰，若來若往❶，雍容❷惆悵❸，不可為象❹。其少進也，若翱❺若行，若竦❻若傾。兀動❼赴度❽，指顧❾應聲❿。羅衣從風，長袖交橫⓫。駱驛⓬飛散，颯擖⓭合并⓮。鶣鷅⓯燕居⓰，拉㧺⓱鵠⓲驚。綽約⓳閑靡⓴，機迅體輕㉑。姿絕倫㉒之妙態，懷愨素㉓之絜清㉔。修儀操㉕以顯志㉖兮，獨馳思㉗乎杳冥㉘。在山峨峨，在水湯湯㉙。與志遷化㉚，容不虛生㉛。明詩表指㉜，喟息㉝激昂。氣若浮雲㉞，志若秋霜㉟。觀者增歎，諸工㊱莫當。於是合場㊲遞進㊳，按次而俟㊴。埒材角妙㊵，夸㊶容乃理㊷。軼態㊸橫出㊹，瑰姿㊺譎起㊻。眄㊼般鼓㊽則騰清眸㊾，吐哇咬㊿則發皓齒(51)。摘齊行列(52)，經營(53)切儗(54)。彷彿(55)神動(56)，迴翔(57)竦峙(58)。擊不致爽(59)，蹈不頓趾(60)。翼爾(61)悠往(62)，闇(63)復輟已(64)。及至迴身還入(65)，迫於急節(66)。浮騰(67)累跪(68)，跗蹋(69)摩跌(70)。紆形(71)赴遠(72)，漼(73)似摧折(74)。纖縠(75)蛾飛，紛猋(76)若絕。超逾鳥集(77)，縱弛(78)殟歿(79)。蜲蛇(80)㛹㜳(81)，雲轉飄曶(82)。體如游龍(83)，袖如素蜺(84)。黎收(85)而拜，曲度(86)究畢(87)。遷延(88)微笑，退復次列。觀者稱麗，莫不怡悅。

【章旨】本章集中形容舞蹈的種種變化和舞女的姿態。

【注釋】❶若俯若仰二句 皆形容舞姿。❷雍容 形容舞姿從容大方。❸惆悵 謂節奏停頓之間，神態困乏如惆悵失志之狀。❹不可為象 不可盡述其形象。❺翺 即「翱」。❻竦 伸長脖子，提起腳跟站著。❼兀動 一靜一動。兀，靜止的樣子。❽赴度 隨著節拍。❾指顧 手指目視。❿應聲 與樂曲相合。⓫交橫 說舞女長袖揮舞相交。⓬駱驛 相連不絕的樣子。⓭颯擖 曲折的樣子。⓮合并 與樂曲節拍相合。⓯鶣飄 輕盈的樣子。⓰燕居 如燕鳥之居停。⓱拉揩 舉翅而飛的樣子。⓲鵠 天鵝。⓳綽約 姿態柔美。⓴閒靡 舒緩的樣子。㉑機迅體輕 言舞之回折，如弩機發射一般迅疾。㉒絕倫 無與倫比。㉓懿素 忠貞質樸。㉔絜清 純潔清白。㉕儀操 儀容節操。㉖顯志 表明其志。㉗馳思 馳騁想像。㉘杳冥 指極深遠之處。㉙在山峨峨二句 《列子·湯問》記載，伯牙善鼓琴，鍾子期善聽音。伯牙鼓琴心想高山，鍾子期聽了說：「善哉！峨峨兮若泰山！」伯牙心想流水，鍾子期聽了說：「善哉！湯湯乎若江河！」此言「在山」、「在水」即志在高山，志在流水。㉚遷化 變化。㉛容不虛生 容，舞容。即舞姿。此謂舞姿必顯其志。即「舞以盡意」之意。㉜明詩表指 歌中有詩，舞人則力圖以舞姿來表現詩的主旨。指，通「旨」。㉝嘳息 喟然歎息。嘳，同「喟」。㉞氣若浮雲 謂其志高。㉟志若秋霜 謂其志清潔。㊱工 指樂師。㊲合場 全場。㊳遞進 更迭而進。㊴俟 等待出場。㊵埒材角妙 比材藝，比巧妙。埒，等。㊶夸 美。㊷理 裝飾。㊸軼態 逸態；超逸豪放的姿態。㊹橫出 突然而出。㊺瑰姿 美妙的舞姿。㊻譎起 異乎尋常地施展。譎，異。㊼眄 斜視。㊽般鼓 為般鼓之舞的主要道具。據李善注，此舞為舞人輪流踏鼓而成舞節。㊾清眸 清澈的眼睛。眸，指眼中瞳子。㊿哇咬 民間歌曲。(51)皓齒 謂美人潔白整齊的牙齒。(52)摘齊行列 指摘行列，使之齊整。(53)經營 往來的樣子。(54)切儗 謂舞蹈動作皆有所比擬。(55)彷彿 依稀不清。(56)神動 神仙舞動。(57)迴翔 盤旋。(58)竦峙 靜立。(59)擊不致爽 爽，原作「筴」。黃侃《文選評點》曰：「擊不致筴句，別本筴作爽，是也。」今據之改。爽，差。此句指動作準確。(60)蹈不頓趾 蹈鼓而足趾不停頓。言輕而疾之狀。與上句都是形容般鼓之舞，謂足趾輕盈，十分準確。(61)翼爾 輕盈的樣子。(62)悠往 遠去。(63)闇 同「奄」。遽然。(64)輟已 停止。(65)還入 還。通「旋」。此言迴身旋入舞場。(66)急節 樂曲急迫的節奏。(67)浮騰 跳躍。(68)累跪 多次以膝著地。(69)跗蹋 腳背著地。跗，同「趺」。腳背。(70)摩跌 足著地而仰跌。(71)紆形 紆曲其形。(72)赴遠 踴身跳遠。(73)漼 曲折的樣子。(74)摧折 屈體而舞。(75)纖縠 細紗。(76)紛猋 飛揚的樣子。(77)超逾鳥集 形容眾舞女一齊疾速前跳，如鳥飛集。(78)縱弛 縱捨。(79)殟歿 舒緩的樣子。(80)蜲蛇 即「逶迤」。斜行。(81)姌嫋 纖細柔弱的樣子。(82)飄曶 輕疾的樣子。(83)遊龍 遊動的龍。比喻姿態婀娜。(84)素蜺 白色的副虹。蜺，即「霓」。(85)黎收 言舞將罷，徐徐收斂容態。黎，通「邌」。(86)曲度 樂曲的節奏。(87)究畢 結束。(88)遷延 退身。

【語 譯】開始起舞之時，忽而像是俯身，忽而像是後仰，像要走過來，又像走過去。有時從容大方，有時又如困乏失志之態，實在難以盡述她們的形象。舞蹈稍為進展，她們忽若翱翔，忽若行步，忽若竦立，忽若傾斜。一動一靜，隨著節拍；一投手一轉眸之間，都合於樂曲。羅衣在風中飄拂，長袖揮舞相交。一會兒一個接一個飛速散去，曲曲折折與節拍相合。像燕雀居停那樣輕盈，似受驚的天鵝一般欲舉翅而飛。動作柔美舒緩，敏捷之時如同弩機發射似地迅疾。姿態美妙，無與倫比；胸懷誠樸，純潔清白。修飾儀容節操，表明心志，馳騁想像，直向極深極遠之處。想到高山，則面前若有巍峨的高山聳立；想到流水，則眼前似有浩淼的流水經過。舞姿隨著心中所想而變化，一舉一動皆有含意。以舞姿來表現歌詩的主旨，喟然歎息，慷慨激昂。

意氣高若浮雲，志向潔若秋霜。觀眾都倍加贊歎，樂師們無人能比得上。於是群舞開始，舞女一個一個進場，場外按次排列等待。互相比試才藝之巧，容顏裝飾得十分美麗。超逸的姿態橫生，美妙的舞姿突現。清澈的雙眼凝視著般鼓，潔白的齒間唱出豔曲。指指點點，整齊行列；來來往往，皆有比擬。依稀似神仙舞動，忽而盤旋忽而靜立。踏鼓從無差錯，足趾絕不停頓。輕盈地飄然遠去，驟然間止步不行。待到迴身旋入舞場，又緊隨著急迫的節奏。忽而騰空跳起，雙膝著地；忽而腳背著地，仰天而跌。扭身跳遠，屈體而舞。細紗飄飄似飛蛾，紛紛揚揚若斷絕離身。一齊前跳，如鳥兒飛集；身手鬆弛，從容舒緩。柔弱地斜行，像輕疾的行雲。體態如龍遊動，長袖似白色的霓虹。舞罷斂容而拜，樂曲到此結束。退場時面帶微笑，直到退回原來的隊列當中。觀者都稱道舞蹈的美麗，沒有人不滿心喜悅的。

於是歡洽❶宴夜❷，命遣❸諸客。擾攘❹就駕❺，僕夫正策❻。車騎並狎❼，巃嵸❽逼迫❾。良駿❿逸足⓫，蹌捍⓬凌越⓭。龍驤⓮橫舉⓯，揚鑣⓰飛沫⓱。馬材不同，各相傾奪⓲。或有踰埃赴轍⓳，霆駭電滅⓴。蹠地㉑遠群㉒，闇跳㉓獨絕㉔。或有宛足㉕鬱怒㉖，般桓㉗不發。後往先至，遂為逐末㉘。或有矜容愛儀，洋洋㉙習習㉚。遲速承意，控御㉛緩急㉜。車音若雷，騖驟㉝相及㉞。駱漠㉟而歸，雲散城邑。天王㊱燕胥㊲，樂而不泆㊳。娛神㊴遺老㊵，永年㊶之術。優哉游哉㊷，聊以永日㊸。

【章　旨】本章描寫宴飲結束之後，賓客歸去，車聲如雷，駿馬競馳的盛況，贊揚君王之宴樂而不淫。

【注　釋】❶歡洽　歡樂融洽。❷宴夜　宴飲到深夜。❸遣　遣散；送走。❹擾攘　爭先恐後的樣子。攘，原作「躟」。據別本改。❺就駕　登車。❻正策　整理馬鞭。正，通「整」。策，馬鞭。❼並狎　因車馬過多而相互排擠。❽龍嵷　聚集的樣子。❾逼迫　靠得很近。❿良駿　好馬。⓫逸足　馬奔跑迅速。⓬蹌捍　形容馬跑得快的樣子。⓭凌越　互相趕超。⓮龍驤　馬舉首的樣子。⓯橫舉　橫走。⓰揚鑣　謂馬揚頭。鑣，馬嚼子。⓱沫　指馬口之沫。⓲傾奪　指奔馳競爭。⓳踰埃赴轍　形容馬跑得極快。李善注曰：「言馬踰越於塵埃之前，以赴車轍。」⓴霆駭電滅　形容車馬疾馳如雷霆閃電，忽驚忽滅。㉑蹠地　踏地。㉒遠群　遠出於眾馬之先。㉓闇跳　行疾的樣子。㉔獨絕　言無可與比。㉕宛足　馬緩步的樣子。㉖鬱怒　言怒氣蘊蓄在胸中。㉗般桓　同「盤桓」。遲留。㉘逐末　馳逐者最後的。㉙洋洋　莊敬的樣子。㉚習習　調和的樣子。㉛控御　控制駕車馬。㉜緩急　調勒馬鬆緊，以調節車速。㉝鶩驟　疾馳。㉞相及　相連。㉟駱漠　連絡不斷的樣子。㊱天王　此指國君。㊲燕胥　宴飲。燕，宴。胥，助詞。無義。㊳泆　荒淫。㊴娛神　使心神愉悅。㊵遺老　忘記老之將至。㊶永年　長壽。㊷優哉游哉　從容不迫，閒適自得的樣子。㊸永日　度過長日。

【語譯】於是歡樂融洽，宴飲到深夜。君王傳命，送走賓客。眾人爭先登車，僕夫整理鞭具。車馬相互排擠，聚集逼迫。好馬疾馳，相互競馳超越。昂首齊驅，揚著嚼子噴口沫。馬的資質不同，各自奔馳競爭。有的馬踰越於塵埃車轍之前，如同驚雷閃電。蹄踏地便遠出於眾馬之先，疾速無馬可比。也有的馬緩步而行，蓄氣於胸，遲留而不發。一旦馳逐，後發先至，是為逐末者。也有的馬舉止矜持，注重外表，端莊而和諧。行快行慢隨順主人之意，全在於車夫控制的鬆緊。眾車的車聲若雷鳴，奔騰相連續。絡繹而歸，雲散於城市之中。君王宴飲，歡樂而不荒淫。使心神愉悅，忘記老之將至，這是長壽之道。從容自得，聊且度過長長的時日。

卷一八

長笛賦并序

【作　者】馬融（西元七九～一六六年），字季長，東漢扶風茂陵（今陝西興平）人。為人貌美有俊才，少從名儒摯恂遊學，博通經籍，恂奇其才，把女兒嫁給他。永初二年，大將軍鄧騭曾召為舍人，託故辭謝。永初四年拜為校書郎中，為東觀典校祕書。因上〈廣成頌〉，言文武之道，譏諷外戚，故十年不得升調。因自劾歸，又被禁錮六年。鄧太后卒，召還郎署，不久，出為河間王廄長史。安帝東巡，馬融上〈東巡頌〉，帝奇其文，召拜郎中。陽嘉二年，馬融公車對策，拜為議郎，後升任從事中郎，轉任武都太守。桓帝時又調任南郡太守。因得罪大將軍梁冀，遭剃髮流放朔方的處罰。遇赦還，復拜議郎，重在東觀著述。不久以病去官，延嘉九年卒。馬融才高博洽，為世通儒。門生弟子極多，著名學者盧植、鄭玄都出自他的門下。著述豐贍，有《三傳異同說》、《孝經注》、《論語注》、《三禮注》等及賦、頌、碑、誄等二十一篇。

【題　解】〈長笛賦〉是馬融的一篇力作。馬融為人放達任性，不拘俗儒禮節，善鼓琴，好吹笛，常坐高堂，施絳紗帳，前授生徒，後列女樂。此賦對長笛的歌詠，可說是和他個人的喜好是一致的。

此賦的基本構思和王褒〈洞簫賦〉相似，有模擬王作的痕跡。作者自言「追慕王子淵、枚乘、劉伯康、傅武仲等簫、琴、笙頌」而作，今按其文，首敘笛材所出，次寫伐竹製笛，又次寫吹笛之人，然後寫笛聲之妙及其感人動物的作用，大體都與〈洞簫賦〉相同，唯結束處，王賦總言簫德，此賦則申述作賦之旨，追敘笛之產生改製經過，稍有變化。

此賦在描寫笛子演奏時各種曲調的變化，巧妙地運用種種比喻，甚至以諸子百家的特點來比況笛聲的種種特點，實在頗為新奇。

此賦在語言上力求脫出前人的窠臼，它交替地使用著騷體句、四言句和散文句，還有兩段用五言詩句與七言詩句。這種語言的變化頗能配合文意的變化，增加文章的音樂美。其中尤以疊用帶「也」字的排比句最為生色，猶似「大弦嘈嘈如急雨」，對造成文章的氣勢起了一定的作用。

融既博覽典雅❶，精核❷數術❸，又性好音，能鼓琴吹笛。而為督郵❹無留事❺，獨臥郿❻平陽鄔❼中。有雒客❽舍逆旅❾，吹笛為〈氣出〉、〈精列〉、〈相和〉❿，融去京師踰年，暫聞甚悲而樂之。追慕王子淵⓫、枚乘⓬、劉伯康⓭、傅武仲⓮等簫琴笙頌，唯笛獨無，故聊復備數⓯，作〈長笛賦〉。其辭曰：

【章　旨】本章為賦序，簡述作賦原由。

【注　釋】❶典雅　三墳五典與〈大雅〉〈小雅〉。這裡泛指古代典籍。❷精核　精於考證。核，通「覈」。考。❸數術　一稱術數。數，是氣數。術，指方術。即以種種方術，觀察自然界可注意的現象，來推測人和國家的氣數和命運。《漢書・卷三〇・藝文志》列天文、曆譜、五行、蓍龜、雜占、形法等六種。並云：「數術者，皆明堂羲和史卜之職也。」❹督郵　官名。漢代各郡的重要屬吏，代表太守督察縣鄉，宣達教令，兼司獄訟捕亡等事。每郡有分兩部、四部和五部的，每部各有一督郵。郵，過。❺無留事　官事無留滯。言公事清閒。❻郿　郿縣。在陝西中部偏西。漢時屬右扶風。❼平陽鄔　聚邑之名。❽雒客　從洛陽來此客居之人。❾逆旅　客舍；旅社。❿氣出精列相和　三種古曲名。⓫王子淵　王褒。字子淵，漢代辭賦家，作有〈洞簫賦〉。⓬枚乘　漢代辭賦家。李善注曰：「未詳所作，以序言之，當為〈笙賦〉。」⓭劉伯康　劉玄。字伯康，明帝時官至中大夫，作〈簧賦〉。⓮傅武仲　傅毅。字武仲，漢代辭賦家，作〈琴賦〉。⓯備數　充數。自謙之詞。

【語　譯】我博覽古代典籍，精研數術，又愛好音樂，能彈琴吹笛。而任督郵之職，公事清閒，獨居於郿縣平陽鄔中。有一位由洛陽來的客人，住在客舍之中，吹笛奏出〈氣出〉、〈精列〉、〈相和〉諸曲。我離京都洛陽一年多，初聽此音十分悲感，因而很喜愛。我敬慕前輩作家王褒、枚乘、劉玄、傅毅等所作簫琴笙等賦，想到只有笛還沒有人為它作過賦，因此聊且作為充數，作了〈長笛賦〉。其辭如下：

惟籦籠❶之奇生❷兮，于終南❸之陰崖。託❹九成❺之孤岑❻兮，臨萬仞❼之石蹊❽。特❾箭槀❿而莖立兮，獨聆風⓫於極危⓬。秋潦⓭漱⓮其下趾⓯兮，冬雪揣封⓰乎其枝。巔根⓱跱⓲之槷刖⓳兮，感⓴迴飆㉑而將穨㉒。夫其面旁㉓則重巘㉔增石㉕，簡積㉖頵砡㉗。兀嶁狋㠜㉘，傾昊倚伏㉙。庨窌巧老㉚，港洞坑谷㉛。嶰壑㉜澮帨㉝，⿰山臽窞㉞巖𡾰㉟。運裛㊱窔㝔㊲，岡連嶺屬㊳。林簫㊴蔓荊㊵，森槮㊶柞㊷樸㊸。於是山水猥至㊹，渟涔㊺障潰㊻。頵淡㊼滂流㊽，碓投㊾瀺穴㊿。爭湍(51)苹縈(52)，汩活(53)澎濞(54)。波瀾鱗淪(55)，窊隆(56)詭戾(57)。瀉瀑(58)噴沫(59)，犇遯(60)碭突(61)。搖演(62)其山，動杌(63)其根者，歲五六而至焉。是以間介(64)無蹊(65)，人跡罕到。猿蜼(66)晝吟，鼯鼠(67)夜叫。寒熊振頷(68)，特麚(69)昏(70)髟(71)。山雞晨群，壄雉(72)晁雊(73)。求偶鳴子(74)，悲號長嘯。由衍(75)識道，噍噍(76)讙譟(77)。經涉其左右，哤聒(78)其前後者，無晝夜而息(79)焉。

【章旨】描寫製笛之竹所生處的山勢、水勢及動物形態。

【注釋】❶籦籠　竹名。❷奇生　謂生出珍奇的品種。❸終南　終南山。秦嶺諸峰之一，在陝西西安南。❹託　附著。❺九成　多重。形容其高。九，表示多的意思。成，重；層。❻孤岑　孤立而高的山峰。岑，山小而高為岑。❼仞　古八尺為一仞。❽石蹊　石路。蹊，山路。❾特　特立；獨立。❿箭槀　一種竹名。⓫聆風　聽風聲。聆，聽。⓬極危　極高聳之處。⑬秋潦　秋天的雨水。⑭漱　沖刷。⑮下趾　指竹的根。趾，足。⑯揣封　團聚的樣子。揣，通「團」。⑰巔根　謂扎根山巔上的竹子。⑱跱　同「峙」。聳立。⑲埶刖　危險的樣子。⑳感　觸。㉑迴飆　迴旋的大風。㉒頹　墜落。㉓面旁　正面和側旁。㉔重巘　重疊的山峰。巘，下小上闊的山。㉕增石　高石。㉖簡積　大積。㉗頵砡　石峰齊頭的樣子。㉘兀嶁狋鬐　形容險峻之狀。㉙傾昃倚伏　傾側倚伏。㉚庨窌巧老　深空的樣子。㉛港洞坑谷　是說坑谷有港洞相通。㉜嶰壑　澗谷溝壑。㉝澮㟜　溝壑深平的樣子。㉞峆窅　大小地洞。㉟巖復　深闇不平的樣子。㊱運裛　迴旋纏繞。㊲穿洝　彎曲不平。㊳屬　連。㊴簫　通「篠」。小竹。㊵蔓荊　木名。其果實味苦。㊶森槮　樹木高大的樣子。㊷柞　此指麻櫟樹。㊸樸　樹名。屬榆科。㊹猥至　匯聚而至。猥，眾。㊺渟涔　蓄水之池。渟，水止。涔，魚池。㊻障潰　堤防決口。障，堤。㊼頤淡　水波搖蕩的樣子。㊽滂流　大水湧流的樣子。㊾碓投　形容水流奔注之狀，如同碓投。碓，舂穀的設備。掘地安放石臼，上架木杠，杠端裝杵或縛石，用腳踏動木杠，使杵起落，脫去穀粒的皮，或舂成粉。㊿瀺穴　水注入巖穴。瀺，水注聲。51爭湍　疾流。52苹縈　迴旋的樣子。53汩活　水疾的樣子。54澎濞　大水奔騰之聲。55鱗淪　相次不絕的樣子。56窊隆　指浪峰和浪谷高低相差的樣子。57詭戾　乖違的樣子。58瀉瀑　沸湧的樣子。59噴沫　水花飛濺。60犇遯　奔走。61碭突　沖撞。62搖演　搖蕩。演，引。63動杌　動搖。杌，搖。64閒介　空間地帶。閒，即「間」字。65無蹊　無路。這是形容其地山峻水深，林木幽茂，人跡罕至。66蜼　一種長尾猿，似獼猴而大，黃黑色，尾長數尺。67鼯鼠　森林中一種鼠類。又名大飛鼠，前後肢之間有寬而多毛的飛膜，借以滑翔，尾很長。68振頷　形容口動。振，動。頷，下巴。69特麚　大公鹿。70昏　當作「眡」。視。71髟　指其頸上長毛。72壄雉　野雞。壄，即「野」字。73晁雊　早上鳴叫。晁，同「朝」。雊，叫。74鳴子　呼叫幼子。75由衍　行走的樣子。76嗺嗺　群叫之聲。77讙譟　喧叫。譟，同「噪」。78哤聒　聲音雜作。79息　止息。此處「左右」、「前後」為互文。

【語　譯】籦籠奇竹所生之處呵，在那終南山的北崖。託身於重重高山之上呵，下臨萬仞的石谷。箭竹槀竹幹莖挺立呵，獨在極高之處聽風聲。秋天的雨水沖激竹根呵，冬季的白雪團聚在它的枝頭。聳立於山巔之上多麼孤危呵，受到迴旋的大風就似要墜落。它的正面和側旁則是重巒巨石，排排石峰。形勢險峻，傾側起伏。坑谷深空，有港洞相連。溝壑深平，大小地洞晦闇不平。山勢迴旋彎曲，岡嶺連接不斷。小竹成林，蔓荊雜生，麻櫟樸樹，高大茂盛。於是山水匯至，池水決口。大水湧流，水波搖蕩，就像舂穀時木杵投入石臼一般，水流奔注穴中。湍流迴旋，疾水奔騰。波浪像魚鱗般相次不絕，浪峰和浪谷高低相違。沸湧噴沫，奔走沖撞。至於搖蕩其山，動搖竹根的大水，一年也有五六次來到。因此山間無路，人跡罕到。猿猴在白日長吟，鼯鼠在夜間鳴叫。寒熊嘴巴開合，公鹿顧視頸毛。山雞清晨成群，野雉早上婉啼。有的求偶，有的呼子，有的悲號，有的長嘯。走來走去，熟悉路徑；喊喊喳喳，一片喧叫。牠們在竹林的左右前後經過，各種聲音雜作，日日夜夜沒有停息之時。

夫固危殆險巇❶之所迫也，眾哀集悲❷之所積也。故其應清風也，纖末❸奮❹蕱❺，錚鐄❻謍❼嗃❽。若絙瑟促柱❾，號鍾❿高調⓫。於是放臣⓬、逐子⓭，棄妻⓮、離友⓯、彭胥⓰、伯奇⓱，哀姜⓲、孝己⓳，攢⓴乎下風，收精注耳㉑。靁歎㉒頹息㉓，掐膺㉔擗摽㉕。泣血泫流㉖，交橫㉗而下。通旦忘寐，不能自禦㉘。於是乃使魯般㉙、宋翟㉚，構雲梯㉛，抗浮柱㉜，蹉纖根㉝，跋㉞篾縷㉟，膺㊱陗阤㊲，腹㊳陘阻㊴。逮㊵乎其上㊶，匍匐㊷伐取。挑截㊸本末㊹，規摹㊺彠矩㊻。夔襄㊼比律㊽，子壄㊾協呂。十二畢具㊿，黃鍾為主。撟揉(51)斤械(52)，剸掞(53)度擬(54)。鏓硐(55)隤墜(56)，程表(57)朱裡(58)。定名曰笛。以觀賢士(59)。

【章旨】本章先描寫高山之竹在清風吹來時發出的悲聲，接著具體敘述伐竹製笛的過程。

【注釋】❶險巇　艱險崎嶇。❷集悲　悲鳴之聲聚合。❸纖末　指尖細的竹梢。❹奮　迅速。❺蕱　動。同「捎」。❻錚

鑽　敲擊金屬樂器發出的聲音。❼嘒　小聲。❽嗃　大呼。❾絙瑟促柱　把瑟弦繃得很緊，因而聲調急促。瑟多為二十五弦，弦下有支柱，以調節弦長，確定音高。絙，急。❿號鍾　古琴名。⓫高調　高亢的曲調。⓬放臣　被放逐之臣。⓭逐子　被驅逐的兒子。⓮棄妻　遭到遺棄的妻子。⓯離友　離別的朋友。⓰彭胥　彭咸與伍子胥。彭咸是殷賢臣，紂王無道，彭咸諫而不從，遂出奔。伍子胥是吳國賢臣，吳王無道，伍子胥諫而不聽，後伍子胥被賜死。⓱伯奇　周大夫尹吉甫之子。吉甫聽後妻之言，懷疑仁孝的伯奇，伯奇自傷無罪，投河而死。⓲哀姜　魯文公夫人。文公死，其子不得立而被殺，夫人怨而歸齊，過市而哭，市人皆哭，魯人稱她為哀姜。事見《左傳・文公十八年》。⓳孝己　殷中宗之子。至孝，事親一夜五起，視衣之厚薄、枕之高低，後中宗聽後妻之言，將其逐走。⓴攢　聚集。㉑收精注耳　收其精思，注耳傾聽。㉒靁歎　歎聲如雷。靁，即「雷」。㉓頹息　形容歎息之氣若暴風。頹，暴風由上降下。㉔掐膺　捶胸。掐，叩。膺，胸。㉕擗摽　拊心。即「捶胸」。㉖泫流　這裡是形容血流滴滴的樣子。㉗交橫　血淚縱橫而下。㉘自禦　自禁。㉙魯般　魯國公輸班。春秋時著名匠人。㉚宋翟　墨翟。春秋時宋國人。據《墨子・非攻》記載，魯般曾為楚國製造雲梯以攻宋。墨翟聞之，行十日十夜至楚，以巧法折服對方，令其停止。魯般、宋翟，都是春秋時巧智人物。㉛雲梯　古代攻城所用高梯。㉜抗浮柱　抗，立。浮柱，浮空之柱。㉝蹉纖根　用腳踩踏著草木的細根。這是形容爬山。蹉，蹉踏。㉞跋　踏；踩。一曰：跋，通「拔」。㉟篾縷　細草。篾，即「篾」。細。㊱膺　胸。此處用作動詞，謂胸著於。㊲陗阤　峻峭的山坡。㊳腹　謂腹突於。㊴陘阻　山石斷裂之處。㊵逮　及；至。㊶其上　指生長竹子的峰巔之處。㊷匍匐　手足並用地爬行。㊸挑截　斬截。挑，抉。㊹本末　竹根和竹梢。㊺規摹　規制；按照。㊻彠矩　法度。彠，即「矱」。這是說把竹子按一定的法度取材。㊼夔襄　指夔、師襄。都是古代著名樂師。㊽比律　與下文「協呂」合注為：比合於律呂。謂把笛子製作得合於樂律。中國古代音樂有十二律，是用三分損益法將一個八度分為十二個不完全相等的半音律制。各律從低到高依次為黃鍾、大呂、太簇、夾鍾、姑洗、仲呂、蕤賓、林鍾、夷則、南呂、無射、應鍾。奇數各律稱「律」，偶數各律稱「呂」，總稱「六律、六呂」，簡稱「律呂」。㊾子壄　指師曠。字子野，春秋時晉國樂師。㊿十二畢具　十二律都具備。(51)撟揉　謂以大烤灼，使竹挺直。撟，通「矯」。正。(52)斤械　用斧頭等工具來斫削，使之光滑。(53)剸掞　裁割；截斷。(54)度擬　量度比擬。(55)鏓硐　鑿通磨光。(56)隤墜　墜落。指加工時竹屑墜落。(57)程表　笛的外表露出竹的原色。(58)朱裡　朱漆塗笛內。(59)以觀賢士　謂從笛音中可觀賢士之志。

【語　譯】竹子本生於高危艱險之地，又聚合了各種悲鳴之聲。所以當它應和清風之時，尖細的竹梢迅速搖動，發生一片宏音。如同繃緊琴弦發出的樂聲，又似古琴號鍾所奏高亢的音調。於是被放逐之臣，被驅逐之子，遭遺棄之妻，遠別離之友，彭咸、伍子胥、伯奇、哀姜、孝己，這些人的精魂，都聚集在下風之中，收其精思，注耳傾聽。我們不得不為之深深地歎息，重重地捶胸。血淚滴滴，縱橫而下。通宵達旦忘記睡眠，不能控制自己。於是就派魯國公輸班、宋國的墨翟，構造雲梯，立起浮柱，踏著細根，踩著小草，胸著於峻峭的山坡，腹突於斷裂的山石。來到峰巔，爬行伐竹。截去竹根竹梢，按照法度取材。夔、師襄、師曠使它合於音律。十二律都具備了，以黃鍾作為主調。火烤矯直，斧削光滑，量度比擬，然後截斷。鑿通磨光，竹屑墜落，外表本色，內塗朱漆。最後定名為笛，從笛音中可觀賢士之志。

陳於東階，八音❶俱起。食舉❷雍徹❸，勸侑君子❹。然後退理❺乎黃門❻之高廊❼，重丘❽宋灌❾，名師郭張❿。工人⓫巧士⓬，肄業修聲⓭。於是遊閒公子，暇豫⓮王孫⓯。心樂五聲⓰之和，耳比⓱八音之調。乃相與集乎其庭，詳觀夫曲胤⓲之繁會叢雜⓳，何其富也！紛葩⓴爛漫㉑，誠可喜也！波散㉒廣衍㉓，實可異也！牚距㉔劫遌㉕，又足怪也！啾咋㉖嘈啐㉗似華羽兮，絞灼激㉘以轉切㉙。震㉚鬱怫㉛以憑㉜怒兮，耾㉝碭駭㉞以奮肆㉟。氣噴勃㊱以布覆㊲兮，乍㊳跱蹠㊴以狼戾㊵。靁㊶叩鍛㊷之岌峇㊸兮，正瀏漂㊹以風洌㊺。薄㊻湊會㊼而凌節㊽兮，馳趣㊾期㊿而赴躓(51)。爾乃聽聲類形(52)，狀似流水，又象飛鴻(53)。泛濫(54)溥漠(55)，浩浩洋洋。長巒(56)遠引(57)，旋復迴皇(58)。充屈鬱律(59)，瞋菌碨抰(60)。酆琅(61)磊落(62)，駢田(63)磅唐(64)。

取予[65]時適[66]，去就有方[67]。洪殺衰序[68]，希數必當[69]。微風纖妙[70]，若存若亡。蓋[71]滯[72]抗絕[73]，中息更裝[74]。奄忽[75]滅沒[76]，曄然[77]復揚[78]。或乃聊慮固護[79]，專美擅工[80]。漂凌[81]絲簧[82]，覆冒[83]鼓鍾。或乃植持[84]縼纆[85]，佁儗[86]寬容。簫管備舉，金石[87]並隆[88]。無相奪倫[89]，以宣八風[90]。律呂既和，哀聲[91]五降[92]。曲終闋[93]盡，餘弦[94]更興[95]。繁手累發[96]，密櫛疊重[97]。踾踧[98]攢仄[99]，蜂聚蟻同。眾音猥積[100]，以送厥終[101]。然後少息暫怠，雜弄[102]間奏[103]。易聽駭耳[104]，有所搖演[105]。安翔駘蕩[106]，從容闡緩[107]。惆悵怨懟[108]，窳圔[109]窴赧[110]。聿皇[111]求索，乍近乍遠。臨危自放[112]，若頹復反[113]。蚡緼繙紆[114]，緸冤蜿蟺[115]。筦笏抑隱[116]，行[117]入諸變[118]。絞概[119]汩湟[120]，五音代轉[121]。挼拏[122]捘臧[123]，遞[124]相乘邅[125]。反商下徵[126]，每各異善[127]。

【章　旨】本章描寫長笛演奏之狀。

【注　釋】❶八音　指金、石、絲、竹、匏、土、革、木等八種樂器的聲音。❷食舉　天子進食則奏樂。舉，奏。❸雍徹　天子進食完畢，則奏雍詩以撤膳。❹勸侑君子　以音樂助興，勸君子吃喝。侑，助。❺理　理樂。指練習音樂。❻黃門　漢代官署。其中有為天子服務的各行，如樂工、畫工等。❼高廊　指廊廡之下。❽重丘　縣名。屬平原郡，治所在今山東陵縣東北神頭鎮。❾宋灌　指宋、灌二姓名樂師。❿郭張　指郭、張二姓。⓫工人　專工於音樂之人。⓬巧士　伎巧之士。⓭肄業修聲　調學習音樂。肄，習。⓮暇豫　悠閒快樂。⓯王孫　古代對貴族子弟的通稱。⓰五聲　指宮、商、角、徵、羽五個音階。⓱比　便；欣悅。⓲胤　同「引」。樂曲。⓳繁會叢雜　形容各種樂聲會合繁雜。這是用樹木叢生之貌來加以比喻。⓴紛葩　花朵紛繁。形容盛多的樣子。㉑爛漫　色彩豔麗。這是用花卉盛開之狀來比喻樂聲的會合。㉒波散　像水波一樣擴散。(23)廣衍　擴散漫溢。衍，溢。這是用水漫溢之態來形容樂聲傳播的廣遠。(24)掌距　互相抵制。掌，斜柱。(25)劫遌　互相脅迫，互相觸擊。這是借物體之間相互凌犯撞擊來形容各種樂聲交合凌犯之狀。劫，脅。遌，觸。(26)啾咋　聲音眾多而宏大。(27)嘈啐　聲音雜亂。同「嘈囋」。這裡是用眾鳥鳴叫之聲來形容樂聲。(28)絞灼激　聲音繚繞而激烈。(29)切　急切。(30)震雷震。(31)鬱怫　蘊積之狀。(32)憑　大。(33)耾　大聲。(34)碭駭　突然發作。(35)奮肆　強烈奔放。肆，放。這是形容繁壯之聲。(36)噴勃　很盛的樣子。(37)布覆　遍布四覆。(38)乍　突然。(39)跱蹠　立而踏地。形容聲音忽然從地下響起。(40)狼戾　乖背。勇猛有力的樣子。(41)靁　即「雷」。(42)叩鍛　錘鐵。(43)岌峇　打鐵之聲。(44)瀏漂　清寒。(45)風洌　風寒。洌，寒。(46)薄　相近。(47)湊會　會集。(48)凌節　乘著樂曲的節奏。(49)趣　向。(50)期　會。(51)赴躓　奔赴顛仆。(52)聽聲類形　聽樂聲聯想到物形。(53)鴻　鴻雁。(54)泛濫　水波搖蕩的樣子。(55)溥漠　水勢廣遠漫溢的樣子。(56)矕　視。(57)遠引　遠伸。(58)旋復迴皇　此言飛鴻，盤旋徬徨。迴皇，即「徊徨」。猶徬徨。(59)充屈鬱律　眾聲鬱積不出的樣子。(60)瞋菌碨抰　眾聲洶洶競出的樣子。(61)酆琅　眾聲宏大四布的樣子。(62)磊落　聲音錯落的樣子。(63)駢田　布集連屬。(64)磅唐　廣大磅礴。(65)取予　謂選取樂曲。(66)時適　能與哀樂之情相調適。(67)去就有方　聲音節度都有規律。去就，取捨。方，法則。(68)洪殺衰序　聲響增減有等次。洪，增。殺，減。衰，差。序，次。(69)希數必當　謂聲響的稀疏、繁密都很允當。希，同「稀」。疏。數，密。(70)微風纖妙　聲隨微風，輕弱微妙。(71)藎　餘。同「燼」。(72)滯　沈滯。(73)抗絕　極微細近於斷絕。此謂餘聲沈滯極微近於消失。(74)中息更裝　聲音中間稍歇，又復吹奏起來。裝，壯（見王念孫《讀書雜志》）。(75)奄忽　遽然；突然。(76)滅沒　謂樂聲微弱，如同光燄滅沒。(77)曄然　繁盛的樣子。(78)揚　舉；奏。(79)聊慮固護　精心專一的樣子。(80)專美擅工　專美此器，擅此一工。(81)漂凌　漂蕩凌駕。即超過。(82)絲簧　指絲竹樂器。(83)覆冒　掩覆冠冒。(84)植持　言聲植立而相引持。(85)縼纆　繩子。(86)佁儗　舒緩的樣子。(87)金石　指鐘磬。(88)隆　盛。(89)倫　次序。(90)宣八風　宣通八方之風。(91)哀聲　悲哀的樂聲。(92)五降　謂五聲一周，聲下而息。降，罷退。語出《左傳・昭公元年》醫和之語。(93)闋　樂終。(94)餘弦　謂漸微的笛聲。(95)興　起。(96)繁手累發　手指頻繁而按，連連發出煩聲。(97)密櫛疊重　像梳齒一樣重疊排比。櫛，梳齒。(98)踾踧　謂言聲迫促。(99)攢仄　攢聚的樣子。(100)猥積　雜多。(101)終　曲終。(102)弄　曲。(103)間奏　更迭而奏。(104)易聽駭耳　使人耳目一新，為之震駭。易，變易。(105)搖演　引動。指樂聲使人心神為之引動。(106)駘蕩　同「澹蕩」。舒緩蕩漾。(107)闡緩　閒緩的樣子。(108)怨對　怨恨。(109)窳圔　樂聲低徊。(110)窴赦　樂聲舒緩。(111)聿皇　迅疾的樣子。(112)臨危自放　謂樂音臨高而自己放縱。(113)若頹復反　像是頹下而復返上。指聲音先低沈而後上揚的情況。(114)蚡緼蟠紆　聲音相糾紛的樣子。(115)緸冤蜿蟺　盤屈搖動的樣子。(116)笢笏抑隱　手指循按笛孔的樣子。❶❶❼行　往。❶❶❽諸變　樂曲多變。❶❶❾絞概　音相切磨的樣子。❶❷⓿汩湟　水流的樣子。❶❷❶代轉　相代易而運轉。❶❷❷授挐　手指沿笛孔推移。❶❷❸挨搣　手指抑按笛孔。❶❷❹遞　一個接一個地。❶❷❺乘亶　謂手指往前往後滑動。亶，回轉。❶❷❻反商下徵　變翻商調，生出徵調。❶❷❼異善　聲無不妙。

【語　譯】長笛陳列在東階，八類樂器一齊合奏。奏著音樂進食，奏著雍詩撤膳；為君子助興，勸勉他加餐。樂手們退出筵席，來到黃門廊廡之下習練，重丘縣有姓宋、姓灌的樂工，還有郭、張二姓的名師。這些專工之人、伎巧之士，都在此學習音樂。於是遊樂的公子，悠閒的王孫，心樂於五聲的和諧，耳悅於八音的協調，就一道聚集於廳堂中，仔細觀賞樂曲的會合繁雜，是多麼豐富呵！如同豔麗的繁花，實在是可喜呵！如同水波一樣擴散漫溢，真是奇異呵！各種樂聲相互抵制，相互觸擊，又多麼令人稱奇呵！繁多而雜亂之聲，好似華羽鳴叫呵，繚繞激烈之中又轉而急切。由鬱積而雷聲大作呵，其聲震駭，強烈奔放。好似雲氣噴湧遍布呵，突然間聲音從地下響起，勇猛有力。猶若響亮的打鐵之聲呵，正似凜冽的清風。乘著節奏音聲相會呵，集會之間又顛仆起伏。於是聽樂聲想物形，好似流水，又像飛雁。水波搖蕩廣遠，浩浩蕩蕩。高飛遠視，盤旋徬徨。眾聲鬱積，洶洶競出。宏大錯落，連屬磅礴。所選取的樂曲，能與哀樂之情調適；聲音節度，都有規律。增減有等次，疏密很允當。聲隨微風，輕弱微妙；彷彿存在著，又彷彿消失了。餘聲滯微，近於消失；中間稍歇，又復壯盛。猶如光燄突然滅沒，曄然重又燃起。有時精心專慮，擅美於長笛。其音超過別種絲竹，更在鐘鼓之上。有時其聲如樹木植立，如繩結而不散，舒緩而寬容。長笛與簫管一起舉奏，同鐘磬共為隆盛。互相不爭奪次序，來宣通八方之風。樂律已經和諧了，哀聲至五降而罷。一曲已經終止，餘弦又重新奏起。手指頻繁而按，像梳齒一樣重疊。音聲迫促攢聚，如同蜂聚蟻集一般。眾聲雜多，以至於曲終。然後稍為歇息，雜曲又更迭而奏。其曲令人耳目一新，使人心神為之引動。有時安詳蕩漾，從容閒緩。有時惆悵怨恨，低徊迂緩。有時急急相求，忽近忽遠。像是臨高放縱，頹下而復返上。各種樂音相糾纏，盤屈搖動。手指循按笛孔，樂曲也跟著進入多變。五音切磨流變，互相代易運轉。手指推移抑按，在一個個笛孔上滑動。於是就變翻商調生出徵調，其曲無不美妙悅耳。

故聆曲引[1]者，觀法於節奏，察變於句投[2]，以知禮制之不可踰越焉。聽篴弄[3]者，遙思於古昔，虞志[4]於怕惕[5]，以知長戚[6]之不能閒居焉。故論記其義，協[7]比其象：徬徨[8]縱肆[9]，曠瀁[10]敞罔[11]，老莊之概[12]也。溫直擾毅[13]，孔孟之方[14]也。激朗清厲[15]，隨光[16]之介[17]也。牢刺拂戾[18]，諸賁[19]之氣也。節解句斷[20]，管商[21]之制[22]也。條決[23]繽紛[24]，申韓[25]之察[26]也。繁縟駱驛[27]，范蔡[28]之說也。剺櫟銚𢡟[29]，皙龍[30]之惠[31]也。上擬法於〈韶箾〉[32]〈南籥〉[33]，中取度[34]於〈白雪〉〈淥水〉[35]，下采制於〈延露〉〈巴人〉[36]。是以尊卑都鄙[37]，賢愚勇懼[38]，魚鼈禽獸，聞之者莫不張耳鹿駭[39]，熊經鳥申[40]，鴟眎狼顧[41]，拊譟[42]踊躍[43]。各得其齊[44]，人盈所欲。皆反[45]中和[46]，以美風俗[47]。屈平適樂國[48]，介推還受祿[49]。澹臺載尸歸[50]，皋魚節其哭[51]。長萬輟逆謀[52]，渠彌不復惡[53]。蒯聵能退敵[54]，不占成節鄂[55]。王公保其位[56]，隱處安林薄[57]。宦夫[58]樂其業，士子[59]世其宅。鱏魚[60]喁[61]於水裔[62]，仰駟馬[63]而舞玄鶴。于時也，綿駒[64]吞聲[65]，伯牙[66]毀弦[67]，瓠巴[68]聑柱[69]，磬襄[70]弛懸[71]。留眎[72]瞠眙[73]，累稱屢讚。失容墜席[74]，搏拊雷抃[75]。僬眇睢維[76]，涕洟流漫[77]。是故可以通靈[78]感物[79]，寫神喻意[80]。致誠[81]效志[82]，率作興事[83]。溉盥汙濊，澡雪垢滓矣[84]。

【章　旨】本章先用古人的種種品格來形容笛聲的特點，後則誇張地形容笛聲的感化作用，說它能使禽獸聳動，使人心得以轉變。

【注　釋】❶曲引　樂曲。引，曲。❷句投　謂曲中章句。句投，即句逗。投，古與「逗」通用。逗，句之所止。❸箎弄　小曲。箎，雜。弄，曲。❹虞志　使心情愉悅。虞，通「娛」。❺怛惕　憂勞；憂傷。❻長戚　長久悲傷。❼協　合。❽徬徨　自得逸豫之狀。❾縱肆　縱心所欲。❿曠瀁　幽閒。原作「瀁」。據六臣本改。⓫敞罔　寬大的樣子。⓬概　氣度；節操。⓭溫直擾毅　溫和正直，柔而能毅。⓮方　道理；法則。⓯激朗清厲　激切明朗，清正嚴肅。⓰隨光　卞隨、務光。二人都是隱士，相傳湯伐桀時，曾先和卞隨、務光商量，二人皆表示不願參與其事。湯勝桀後，又想把天下讓給卞隨、務光二人，二人又不肯接受，表示要堅守志節，讓天下給他乃是一種侮辱，於是都投水而死。事見《莊子・讓王》等。⓱介　獨特；耿介。⓲牢刺拂戾　憤鬱不和順。牢刺，牢落。⓳諸賁　專諸、孟賁。專諸是春秋時勇士，曾為吳公子光（即後吳王闔閭）刺殺吳王僚，自己也當場被殺。事見《史記・卷八六・刺客列傳》。孟賁，戰國時勇士。《史記・卷七九・范雎蔡澤列傳》：「成荊、孟賁、王慶忌、夏育勇焉而死。」集解引許慎曰：「孟賁，衛人。」其他傳說尚多，《孟子・公孫丑上》正義引《帝王世紀》謂其能生拔牛角。《說苑》謂其水行不避蛟龍，陸行不避虎狼。⓴節解句斷　形容笛聲節奏分明，斷續清晰。㉑管商　管仲、商鞅。管仲是齊桓公之相，佐桓公治理其國，九合諸侯，為一時霸主。事見《史記・卷六二・管晏列傳》。商鞅，戰國時衛人，任秦孝公左庶長，實行變法，奠定秦國富強的基礎。秦孝公死，商鞅被誣害而死。事見《史記・卷六八・商君列傳》。㉒制　決斷。㉓條決　有條貫而疏決。㉔繽紛　亂而能理。㉕申韓　申不害、韓非。是戰國時兩個法家政治家。申不害作韓昭侯之相，內修政教，外應諸侯，十五年國治民強。事見《史記・卷六三・老子韓非列傳》。韓非，曾著書十餘萬言，主張以法治國，受到秦王政重視，但因李斯等陷害，自殺於獄中。事見《史記・卷六三・老子韓非列傳》。㉖察　明察。㉗繁縟駱驛　音節繁多，相連不絕。縟，彩飾。駱驛，即絡繹。㉘范蔡　范雎、蔡澤。戰國時兩個說客。范雎說秦昭王遠交近攻，加強王權之政，說辭中比喻、排比甚多，語句流暢。蔡澤原是燕人，曾遊說列國。入秦說范雎，因得見昭王，用為客卿。蔡澤說范雎，說辭亦皇皇大篇，滔滔不絕。二人之傳皆見《史記》。㉙㔍櫟銚憒　分別節制的樣子。㉚晳龍　鄧晳、公孫龍。是春秋戰國時兩個哲學家、邏輯學家。鄧晳是鄭國人，作〈竹刑〉，操兩可之說，設無窮之辭，是一辯士。公孫龍，是趙國人，著有〈堅白論〉、〈白馬論〉等篇，辯論名實，也是一詭辯學者。㉛惠　通「慧」。聰明。㉜韶箾　舜樂名。㉝南籥舞名。是文王之樂。㉞度　法度。㉟白雪淥水　古雅曲名。㊱延露巴人　都是古代民間樂曲之名。㊲尊卑都鄙　尊者、卑者、美者、陋者。都，美。鄙，陋。㊳賢愚勇懼　賢者、愚者、勇者、怯者。㊴張耳鹿駭　像麋鹿吃驚一樣張耳細聽。㊵熊經鳥申　如熊之攀樹自懸，鳥之飛空伸腳。這原是古代一種導引養生之法，語見《莊子・刻意》。㊶鴟眂狼顧　像鴟鴞一樣瞪視，像狼一樣反顧。眂，「視」的異體字。㊷拊譟　歡呼鼓噪。㊸踴躍　蹦蹦跳跳。㊹各得其齊　各得其心中所願。齊，分限。㊺反　回到。㊻中和　中和之道。指人的喜怒哀樂皆有節制，合於禮義。㊼美風俗　使風俗淳美。㊽屈平適樂國　屈平，屈原之名。屈原為戰國時楚國大夫，因他主張革新政治，受到朝中小人排擠，被襄王逐出朝廷，遷於江南，屈原後懷石投汨羅江而死。這裡是誇張形容笛聲的作用，說屈原聽見笛聲就會返回朝廷，心情快樂了。以下幾句都是誇張形容的手法。㊾介推還受祿　介推，指介之推。他是春秋時晉文公大夫。晉文公流亡時，他曾跟從，頗有功勞。文公還國，賞賜從屬，他沒有得到祿位。他不居功，遂與母隱居。文公召請，介之推至死不再出山。此處誇張地說他聞笛聲而回朝受祿位。㊿澹臺載屍歸　據《博物志》記載，澹臺滅明之子溺死江中，弟子欲收其屍而葬之，滅明阻止說：「為什麼埋了給螻蟻吃，而不在江中給魚鼈吃呢？」弟子說：「先生為什麼這樣不慈愛？」滅明說：「生為吾子，死非吾鬼。」就不收葬其子。這裡是誇張地說澹臺滅明如果聽見了笛聲，也將改變主意，把他兒子的屍體從江中收回來。(51)皋魚節其哭　據《韓詩外傳》記載，孔子出行，遇見皋魚披褐擁劍哭於路邊，自言：少好學，周遊天下，親死未及養，一失。不事庸君，晚仕無成，二失。少擇交游，親友少，老無所託，三失。如今年紀漸老不能復少，親死不能復生，所以打算辭世。於是立哭而死。孔子關照弟子們記下此事。門人中辭歸養親者一十三人。這裡是誇張地說皋魚若聽見笛聲，就節制其哭，不會死了。(52)長萬輟逆謀　南宮長萬是春秋時宋大夫，當宋魯戰爭時，曾被魯國俘虜，後被宋國贖回。一次宋湣公出獵，南宮隨行。獵間，二人下棋遊戲，為爭行，湣公怒說：「你，是魯國俘虜！」南宮感到羞辱，於是以棋盤打死了湣公。事見《史記・卷三八・宋微子世家》。輟，中止。逆謀，指弒君之事。這裡也是誇張說南宮長萬聽到笛聲，就中止了弒君的逆謀。(53)渠彌不復惡　高渠彌是鄭國大夫，鄭昭公為太子時，父親莊公欲以高渠彌為卿。昭公很厭惡此人，多次向莊公進諫，莊公不聽。及昭公即位，高渠彌怕昭公殺自己，於是在一次出獵之中，把昭公射死。事見《史記・卷四二・鄭世家》。這裡是誇張說高渠彌聽見笛聲，就不生殺昭公之心了。(54)蒯聵能退敵　蒯聵是衛靈公太子，靈公在位時，因與夫人南子有怨，被靈公逐出朝廷。後靈公死，衛人立蒯聵之子輒為君，是為出公。蒯聵聞之，率兵來圍，出公奔魯，蒯聵取其位，是為莊公。事見《左傳》、《史記・卷三七・衛康叔世家》。這裡也是誇張說蒯聵聽了笛聲就自動退了圍城之兵。(55)不占成節鄂　據《韓詩外傳》，陳不占，齊人。崔杼弒莊公，不占聽說國君有難，打算前去。但是表現出十分膽小畏懼，其僕很感疑慮。不占說：「為君難而死，事關大義；缺乏勇氣，是個人問題。」乃驅車前去，到國君門外，聽見鐘鼓之聲，就嚇死了。君子認為不占無勇而能行義，是一位志士。這裡是誇張說陳不占聽到笛聲就會變得有節操而不怯懦了。鄂，直言。56保其位　謂其為官忠貞，故能保其位。57林薄　草木叢生之處。58宦夫　農夫。59士子　指一般平民。60鱏魚　鱘魚的古稱。《經典釋文・卷三〇》引《字林》云：「長鼻魚也，重千斤。」61喁　魚嘴向上露出水面。62水裔　水邊。63仰駟馬　駟馬仰首聽笛。形容笛聲之美妙。駟馬，同駕一輛車的四匹馬。64綿駒　春秋時齊國歌唱家。《孟子・告子下》有「綿駒處高唐，而齊右善歌」的記載。65吞聲　唱不出歌。這是誇張形容笛聲美妙，說綿駒聽了就唱不出歌來。66伯牙　春秋時著名古琴演奏家。67毀弦　毀壞古琴。這也是誇張形容笛聲。68瓠巴　春秋時楚人（一說齊人）。善鼓瑟。69弭柱　弭，是「帖」的借字。帖柱，謂使瑟弦鬆弛，帖於柱下。70磬襄　春秋時樂師。善擊磬。71弛懸　把掛著的磬放下來。意謂不再擊磬。72留眡　謂綿駒、伯牙、瓠巴、磬襄等都目不轉睛地看著。73瞭眙　瞠目驚視。瞭，通「瞠」。直視的樣子。眙，受驚的樣子。74失容墜席　失去容儀，坐不安席。75搏拊雷抃　拍掌如雷。搏、拊，拍擊的動作。抃，鼓掌。76僬眇睢維　兩目開合的樣子。僬眇，眼睛眯得很小的樣子。睢維，眼睛睜得很大的樣子。77涕洟流漫　眼淚鼻涕交流，漫漫而下。洟，鼻涕。78通靈　通於神靈。79感物　感致萬物。80寫神喻意　舒寫精神，曉喻志意。81致誠　極盡誠心。82效志　驗其志向。83率作興事　率勸下人，起而治事。興，起。84溉盥汙濊二句　都是說笛聲可除去精神上的汙垢塵埃。溉盥，沖刷；洗滌。澡雪，洗刷。澡，洗。雪，拭。

【語　譯】所以聽樂曲的人，從其節奏來觀察法度，從其章句以看變化，由此得知禮制不可踰越。聽小曲的人，遙想古代社會，心情在憂傷之中得到愉悅，因而知道長久悲戚不能閒居。所以論記笛聲的義理，合比其形象，可以知道：它逸豫放縱，幽閒寬大，是老、莊的氣度。溫和正直，柔韌堅毅，是孔、孟的道理。激切明朗，清正嚴肅，是卞隨、務光的耿介。胸中憤鬱，不能和順，是專諸、孟賁的勇氣。節奏分明，斷續清晰，是管仲、商鞅的決斷。條貫舒暢，亂而能理，是申不害、韓非的明察。彩飾繁多，相連不絕，是范雎、蔡澤的說辭。分別節制之狀，則是鄧皙、公孫龍的智慧。上擬法則於〈韶箾〉、〈南籥〉，中取法度於〈白雪〉、〈淥水〉，下採體制於〈延露〉、〈巴人〉。因此尊者、卑者、美者、陋者、賢者、愚者、勇者、怯者，魚、鼈、禽、獸，聞聽笛聲，無不像麋鹿吃驚一樣豎起耳朵，像熊攀樹自懸，像鳥飛空伸腳，像鴟鴞一樣瞪視，像狼一樣反顧，歡呼鼓譟，蹦蹦跳跳。各自得其所願，人人滿足欲望。都回到中和之道，使風俗淳美。聽到笛聲，屈平會心情愉快地回朝，介之推也會返回接受晉文公所賜的祿位。澹臺滅明會改變心意收斂兒子的屍體歸葬，皋魚必能節制他的慟哭挽回生命。南宮長萬可以中止弒君逆謀。高渠彌也就不起殺昭公的念頭。蒯聵能自動退了圍城之兵，陳不占則變得有節操而不怯懦。王公保其官位，隱士安居山林。農夫樂於耕作，百姓世有其宅。鱏魚露嘴於水邊，駕車的四匹馬仰首而聽，玄鶴也樂得起舞。這時，綿駒唱不出歌來，伯牙毀壞了他的琴，瓠巴鬆了瑟弦，磬襄放下了懸磬。他們都瞠目驚視，屢屢稱贊。早已顧不得儀容外表，坐不安席，情不自禁，掌聲如雷。兩眼忽開忽合，淚水鼻涕交流而下。所以笛聲可以通於神靈，感致萬物，舒寫精神，曉喻志意。盡其誠心，驗其志向，率勸下人，起而治事。沖刷汙雜之思，洗滌垢穢之想。

昔庖羲❶作琴，神農❷造瑟。女媧❸制簧❹，暴辛❺為塤❻。倕❼之和鐘❽，叔❾之離磬❿。或鑠金⓫礱石⓬，華⓭睆⓮切錯⓯。丸⓰挺⓱雕琢⓲，刻鏤⓳鑽笮⓴。窮妙極巧，曠以日月㉑。然後成器，其音如彼。唯笛因㉒其天姿㉓，不變其材。伐而吹之，其聲如此。蓋亦簡易之義，賢人之業㉔也。若然，六器㉕者，猶以二皇㉖聖哲㉗黈益㉘，況笛生乎大漢，而學者不識其可以裨助盛美㉙，忽而不贊，悲夫！有庶士㉚丘仲㉛，言其所由出，而不知其弘妙。其辭曰：近世雙笛㉜從羌㉝起，羌人伐竹未及已㉞。龍鳴水中不見己，截竹吹之聲相似。剡㉟其上孔㊱通洞之㊲，裁以當簻㊳便易持。易京君明㊴識音律，故本四孔加以一。君明所加孔後出，是謂商聲五音畢㊵。

【章　旨】本章先以笛與他種樂器相比，贊揚它製造時未多加工，合於簡易之義。末敘笛產生演變的歷史。

【注　釋】❶庖羲　即伏羲氏。中國神話中人類的始祖。❷神農　古代傳說中的聖人。❸女媧　神話中女神。曾有補天育人之功。❹簧　樂器裡用以振動發聲的薄片。此指笙、竽等樂器。❺暴辛　周平王時諸侯。傳說塤是他製造的。❻塤　古代的吹奏樂器。❼倕　即堯時之共工。堯臣，試授工師之職。❽和鐘　調和鐘聲。❾叔　人名。未詳。❿離磬　離，理。理磬，調整理編排懸磬，使其聲音有序。⓫鑠金　銷鎔金屬，來鑄造鐘。⓬礱石　斫磨玉石來製磬。⓭華　畫。⓮睆　刮竹節。⓯切錯　加工骨玉之器。治骨曰切，治玉曰錯。這些都是形容製造樂器。⓰丸　做成圓丸之形。⓱挻　敲擊。⓲雕琢　在玉石上加工雕琢。⓳刻鏤　在金屬、木頭上加工雕刻。⓴鑽笮　鑽和鑿。㉑曠以日月　花了許多時間。曠，空廢。㉒因　依照。㉓天姿　天然之姿；自然資質。㉔簡易之義二句　簡易不煩瑣，是賢人的事業。語出《周易．繫辭》：「乾以易知，坤以簡能。易則易知，簡則易從。易知則有親，易從則有功。有親則可久，有功則可大。可久則賢人之德，可大則賢人之業。」㉕六器　指上文所舉琴、瑟、簧、塤、鐘、磬六種樂器。㉖二皇　指伏羲氏、神農氏。㉗聖哲　指女媧等人。㉘斟益　增益。謂增其身價。㉙裨助盛美　裨助大漢美盛的德業。裨，益。㉚庶士　無祿位的人。㉛丘仲　漢武帝時人。《風俗通》說笛為丘仲所作。㉜雙笛　指羌笛。長於古笛。㉝羌　我國古代西部的一種少數民族。㉞已　指龍身。㉟剡　削。㊱上孔　指吹處。㊲通洞之　打通竹管。㊳簻　馬鞭。㊴易京君明　京房，字君明，漢武帝時的著名學者，對《易經》很有研究，且深通音律。㊵商聲五音畢　笛本四孔，少商聲，京房加一孔，乃五音齊備。五音，宮、商、角、徵、羽。

【語　譯】從前庖羲氏作琴，神農氏造瑟。女媧製笙竽，暴辛做出塤。堯時的共工調和鐘聲，舜時的叔整理懸磬。銷鎔金屬，斫磨玉石，繪畫刮擦，精心加工。弄圓敲擊，雕琢玉石，刻鏤金木，鑽孔修鑿。極盡巧妙，花費了許多時日，然後做成樂器，聲音才能如常聽的那樣。唯有笛是依照竹的天然之姿，不改變原來的材質。砍伐下來就吹，便能發出這樣的聲音。這大概是《周易》所說的簡易之義、賢人之業。如此六種樂器，尚依靠二皇及聖賢之人為之增益身價，何況笛生於大漢，而學者竟不知它可益助大漢美盛之德，疏忽不加贊美，真是可悲呵！有庶士丘仲，能說出笛的出處，而不知它的絕妙之處。其辭如下：近代雙笛從羌人中產生，羌人砍竹尚未完。有龍鳴出於水中，卻不見龍身，截竹而吹，聲音頗為相似。削出吹口，打通竹管，裁截如鞭，便於操持。京房先生懂得音律，笛本四孔又加一孔。加孔之笛後來才有，至此有了商聲，五音具備。

琴賦并序

【作　者】嵇康（西元二二四～二六三年），字叔夜，譙郡銍（今安徽宿縣）人。三國魏時的著名文學家、哲學家、音樂家。竹林七賢之一。少孤，聰穎好學，博覽群書，有奇才。官任中散大夫，世稱嵇中散。當時正是魏晉易代之際，曹氏與司馬氏鬥爭極為複雜，而他又與魏宗室通婚。他一面崇尚老莊，恬靜寡欲，服食養生，一面又剛腸激烈，與物多忤。在現實生活中鋒芒畢露，顯明臧否，公開聲言「非湯武而薄周孔」，反對司馬氏圖謀篡權。後因鍾會構陷，終為司馬昭所殺。著有《嵇中散集》十五卷，至宋代僅存十卷，今人輯有《嵇康集》。嵇康在哲學上頗受老莊影響，提出「越名教而任自然」之說，反對虛偽禮教。在文學上，他是正始文學的主要代表人物之一，與阮籍齊名。善為詩，尤長散文。

【題　解】嵇康本人是鼓琴的高手，《晉書》本傳說他嘗遊洛西，暮宿華陽亭，引琴而彈。夜分與一高人共論音律，得授〈廣陵散〉一曲。後來臨刑之時，曾索琴而彈，歎道：「〈廣陵散〉於今絕矣！」今傳〈聲無哀樂論〉也是他的音樂論文。正由於他在音樂上修養如此深厚，琴藝如此高超，所以這篇〈琴賦〉在同類以琴為題材的作品中，顯得比較出色，蕭統獨選此篇。

作者從琴的材質、製作、演奏、琴德諸方面來加以鋪敘、渲染，特別在描寫琴聲的悠揚、節奏的變化和對人的感染方面，頗有獨到之處，有不少妙句。嵇康的〈聲無哀樂論〉認為音樂有美惡，沒有哀樂，同一音樂在不同人聽來，會產生完全相反的效果。所以〈琴賦〉中脫離音樂中表現的感情來寫音調，寫音樂的感染力，故刻畫雖精，但總令人感到其理路有不夠細密之處。

賦末作者託言於琴，歎息知音者稀，實際上透露出他自己內心的苦悶。作為一個有著傑出才能的知識分子，生在那樣黑暗的時代，胸中抱負無法實現，又怎能不為之感慨！

余少好音聲，長而翫❶之。以為物有盛衰，而此無變。滋味有猒❷，而此不勌❸。可以導養神氣❹，宣和❺情志，處窮獨❻而不悶者，莫近於音聲也。是故復❼之而不足，則吟詠❽以肆志❾，吟詠之不足，則寄言❿以廣意⓫。然八音⓬之器，歌舞之象，歷世才士，並為之賦頌。其體制⓭風流⓮，莫不相襲⓯。稱其材幹⓰，則以危苦⓱為上；賦其聲音，則以悲哀為主；美其感化，則以垂涕為貴。麗則麗矣，然未盡其理也。推其所由，似元⓲不解音聲；覽其旨趣，亦未達禮樂之情⓳也。眾器之中，琴德⓴最優。故綴敘㉑所懷，以為之賦。其辭曰：

【章　旨】本章為賦序。先談對於音樂的愛好；繼而則對歷代以音樂為題材的賦頌提出批評，從而說明創作此賦緣由。

【注　釋】❶翫　習。❷猒　同「饜」。飽；足。❸勌　即「倦」。❹導養神氣　疏導氣血、頤養精神。是養生以求長壽之法。❺宣和　宣通調和。宣，通。❻窮獨　困阨孤獨。❼復　反覆玩賞音樂。❽吟詠　謂以詩歌合於音樂。❾肆志　表達心志。肆，申。❿寄言　指作賦頌。⓫廣意　闡發其意。⓬八音　指金、石、絲、竹、匏、土、革、木八類樂器。⓭體制　指賦頌的體裁結構。⓮風流　流風餘韻。此指作品風格。⓯相襲　互相因襲，沒有創意。⓰材幹　指製作樂器的竹、木等材料。⓱危苦　謂生於高峻之處。⓲元　本來。⓳情　實際情形。⓴琴德　指琴的品質。㉑綴敘　綴文敘述。

【語　譯】我小時候就愛好音樂，長大後又研習音樂。我認為世間之物都有盛衰，只有音樂不會變化。美味會吃厭，而音樂不會使人厭倦。可以為人疏導氣血，頤養精神，宣通調和情志，使人處於困阨孤獨之境而不愁悶的，莫過於音樂了。所以反覆玩賞不夠，就吟詠詩歌合樂來表達心志，吟詠詩歌不夠，就撰寫文辭來闡發心意。然而各類樂器，歌舞的形象，歷代作家，都曾為之寫過賦頌。它們的體裁風格，無不互相因襲。稱道樂器製作的材料，則以生於高峻之地為上品；敘及樂器的音聲，則以悲哀的曲調為主；贊美樂器的感人，就以使人流淚為最可貴。這些賦頌寫得算是美麗了，然而未能把道理闡明透徹。推究原因，似乎是這些作者本來就不懂音樂；看文中旨趣，亦不通禮樂的實際情形。眾樂器之中，琴的品質最優。所以我就綴文敘述心中所想，為琴作了這篇賦。其辭如下：

惟椅梧❶之所生兮，託峻嶽❷之崇岡。披❸重壤❹以誕載❺兮，參❻辰極❼而高驤❽。含❾天地之醇和❿兮，吸日月之休光⓫。鬱紛紜⓬以獨茂兮，飛英蕤⓭於昊蒼⓮。夕納景⓯于虞淵⓰兮，旦晞⓱幹於九陽⓲。經千載以待價⓳兮，寂⓴神跱㉑而永康。且其山川形勢：則盤紆㉒隱深㉓，磪嵬㉔岑嵓㉕。互嶺㉖巉巖㉗，岝崿嶇崟㉘。丹崖㉙嶮巇㉚，青壁㉛萬尋㉜。若乃重巘㉝增起，偃蹇㉞雲覆。邈㉟隆崇㊱以極壯，崛巍巍㊲而特秀㊳。蒸㊴靈液㊵以播雲㊶，據神淵㊷而吐溜㊸。爾乃顛波奔突㊹，狂赴爭流。觸巖觝㊺隈㊻，鬱怒㊼彪休㊽。洶湧騰薄㊾，奮沫揚濤。瀄汩㊿澎湃[51]，蜿蟺[52]相糾。放肆[53]大川，濟乎中州[54]。安回[55]徐邁[56]，寂爾長浮[57]。澹[58]乎洋洋[59]，縈抱[60]山丘。詳觀其區土[61]之所產毓[62]，奧宇[63]之所寶殖[64]。珍怪琅玕[65]，瑤瑾[66]翕艴[67]。叢集累積，奐衍[68]於其[69]側。若乃春蘭被[70]其東，沙棠[71]殖其西。涓子[72]宅其陽[73]，玉醴[74]涌其前。玄雲[75]蔭其上，翔鸞集其巔。清露潤其膚，惠風[76]流其間。竦肅肅[77]以靜謐[78]，密微微[79]其清閒。

【章　旨】本章是歌詠生長製琴梧桐的地方：在那高高的山岡上，周圍崇山峻嶺，峭壁懸崖；流水湍急，洶湧澎湃。梧桐周圍，遍布著奇花異草，美玉珍寶。

【注　釋】[1]椅梧　即梧桐。琴的面板由梧桐木或杉木製成，底板用梓木製成，合成狹長形音箱。[2]峻嶽　高山。[3]披　開。[4]重壤　厚土。[5]誕載　生長。[6]參　齊。[7]辰極　北斗星。[8]高驤　高高向上。驤，通「襄」。上。[9]含　包含。[10]醇和　指陰陽精氣。[11]休光　美麗的光華。休，美。[12]鬱紛紜　枝葉繁茂的樣子。[13]英蕤　花朵。[14]昊蒼　天上。[15]景　影。[16]虞淵　日入之處。[17]晞　曬乾。[18]九陽　九天之崖。[19]待價　等待識貨的人。典出《論語・子罕》：「子貢曰：『有美玉於斯，韞匵而藏諸？求善賈而沽諸？』子曰：『沽之哉！沽之哉！我待賈者也。』」賈，商人。也有作價錢解者。[20]寂　形容幽閉之狀。[21]神跱　如同神靈所樹立。跱，同「峙」。聳立。[22]盤紆　盤曲紆屈。[23]隱深　隱幽深邃。[24]確嵬　高峻的樣子。[25]岑嵓　危險的樣子。嵓，即「嵒」，即「巖」字。[26]互嶺　形容山嶺交錯之狀。[27]巉巖　高峻的巖石。[28]岸崿嶇崟　山石險峻的樣子。[29]丹崖　紅色山崖。[30]嶮巇　艱險的樣子。[31]青壁　青色石壁。[32]萬尋　形容其高。尋，八尺為一尋。[33]重巘　重山。[34]偃蹇　高聳的樣子。[35]邈　遠。[36]隆崇　高崇的樣子。[37]崛巍巍　陡峭高大的樣子。[38]特秀　秀拔。[39]蒸　氣上升的樣子。[40]靈液　指天地潤氣。[41]播雲　布雲。[42]神淵　指山中深潭。[43]吐溜　淌出水流。溜，流。[44]顛波奔突　水勢急湍的樣子。[45]觝　碰撞。[46]隈　巖曲。[47]鬱怒　水波相蹙，鬱然如怒。[48]彪休　波浪由前退卻的樣子。[49]騰薄　騰上薄下，形容波浪高低起伏。[50]澥汩　水流急疾的樣子。[51]澎湃　波濤沖激之聲。[52]蜿蟺　盤旋的樣子。[53]放肆　放縱奔流。(54)中州 中原。(55)安回 安然回旋。(56)徐邁 緩緩流淌。(57)寂爾長浮 無聲地流向遠方。(58)澹 水波搖蕩的樣子。(59)洋洋 水勢彌漫之狀。(60)縈抱 環繞。(61)區土 區域。(62)產毓 生長。毓，通「育」。(63)奧宇 即「奧區」。深藏珍寶之地。奧，藏。(64)寶殖 繁殖貴重物產。(65)琅玕 美玉名。(66)瑤瑾 美玉名。(67)翕艴 光色很盛的樣子。(68)奐衍 多而散布的樣子。(69)其 指椅桐之木。(70)被 覆蓋。(71)沙棠 木名。其狀如棠，黃華赤實。(72)涓子 齊人，好餌術，隱於宕山，能致風雨，著《琴心》三篇，事見《列仙傳》。(73)陽 木之南。(74)玉醴 玉漿。味如酒。(75)玄雲 黑雲；濃雲。《淮南子》：「桐木成雲。」注：「取十石瓮，滿以水，置桐其中，三四日間，氣似雲作。」巔，指樹梢。(76)惠風 和風。(77)竦肅肅 嚴肅竦立。這是用擬人的方式形容樹木。(78)靜謐 安靜。(79)微微 幽邃的樣子。

【語譯】梧桐生長的地方，在那崇山高岡之上。它從厚厚的土壤中長出，高高向上，幾乎與北斗相齊。包含天地陰陽精氣，吸取日月美麗的光華。枝葉扶疏獨自繁茂，把花朵飛揚在天上。傍晚收納樹影於虞淵，早晨在九天之崖曝曬樹幹。經越千載等待識者，寂然跱立，永遠康強。梧桐生長處的山川形勢是：盤曲幽深，巍峨險峻。嶺巖高聳，山石獰惡。紅色的山崖如同刀削，青色石壁拔地萬尋。至於重巒疊起，好似浮雲覆蓋。高高矗立，氣魄雄壯；雄偉陡峭，秀拔一方。水氣蒸騰，天上布起雲彩；深潭吐水，流淌不止。而那湍急的水波奔流，狂馳爭先。沖撞巖壁，怒而退卻。洶湧的波濤忽上忽下，浪花向四面飛濺。急疾的水流，濤聲震耳；盤旋不已，互相糾結。縱流直入大河，灌溉中原大地。安然回旋，緩緩流淌，無聲地流向遠方。水勢彌漫，環繞山丘。細看梧桐生長的區域所產，可見各種寶物深藏其中。琅玕珍奇可貴，瑤瑾炫著異光。叢集堆積，散布在梧桐旁邊。春蘭覆蓋在它東面，沙棠種在它西面。仙人涓子住在它南面，玉漿湧出在它前面。濃雲籠罩樹上，鸞鳳集聚在樹梢。清露滋潤樹皮，和風吹拂樹間。它靜謐地肅立，幽邃而清閒。

夫所以經營❶其左右者，固以自然神麗❷，而足思願愛樂❸矣。於是遯世之士❹，榮期❺綺季❻之疇❼，乃相與登飛梁❽，越幽壑❾，援❿瓊枝⓫，陟⓬峻崿⓭，以遊乎其下。周旋(14)永望(15)，邈(16)若凌飛(17)。邪睨(18)崑崙(19)，俯闞(20)海湄(21)。指蒼梧(22)之迢遞(23)，臨(24)迴江(25)之威夷(26)。悟時俗之多累，仰箕山(27)之餘輝。羡斯嶽(28)之弘敞，心慷慨(29)以忘歸。情舒放而遠覽(30)，接軒轅(31)之遺音(32)。慕老童(33)於騩隅(34)，欽泰容(35)之高吟(36)。顧茲梧而興慮(37)，思假物(38)以託心(39)。乃斲(40)孫枝(41)，准量所任(42)。至人(43)攄思(44)，制為雅琴(45)。乃使離子(46)督墨(47)，匠石(48)奮斤(49)。夔(50)襄(51)薦法(52)，般(53)倕(54)騁神(55)。鎪會(56)裛廁(57)，朗密(58)調均。華繪(59)雕琢(60)，布藻垂文(61)。錯(62)以犀象(63)，籍以翠綠(64)。弦以園客之絲(65)，徽(66)以鍾山之玉(67)。爰有龍鳳之象，古人之形(68)。伯牙(69)揮手(70)，鍾期(71)聽聲。華容(72)灼爚(73)，發采(74)揚明，何其麗也！伶倫(75)比律(76)，田連(77)操張(78)。進御(79)君子，新聲(80)憀亮(81)，何其偉也！及其初調，則角羽(82)俱起，宮徵相證(83)。參發並趣(84)，上下累應(85)，踸踔(86)磥硌(87)，美聲(88)將興，固以和昶(89)而足耽矣。爾乃理正聲(90)，奏妙曲，揚〈白雪〉(91)，發清角(92)。紛淋浪(93)以流離(94)，奐(95)淫衍(96)而優渥(97)。粲(98)奕奕(99)而高逝(100)，馳岌岌以相屬(101)。沛(102)騰遌(103)而競趣，翕(104)韡曄(105)而繁縟(106)。狀若崇山，又象流波。浩兮湯湯(107)，鬱(108)兮峨峨(109)。怫悁煩冤(110)，紆餘婆娑(111)。陵縱播逸(112)，霍濩(113)紛葩(114)。檢容(115)授節(116)，應變(117)合度(118)。兢名(119)擅業(120)，安軌徐步(121)。洋洋習習(122)，聲烈遐布(123)。含顯媚(124)以送終(125)，飄餘響乎泰素(126)。

【章　旨】本章先寫梧桐生長之地吸收了許多隱逸之士，他們上到此處遠眺近覽，一滌塵襟。接著描述聖人名工合造雅琴的情形。最後形容琴音初奏時美妙之狀。

【注　釋】❶經營　優遊。❷神麗　神妙妍麗。❸思願愛樂　思慕愛戀。❹遯世之士　逃離俗世的隱士。❺榮期　即榮啟期。古代隱士。《列子》：「孔子遊於泰山，見榮啟期行乎郕之野。鹿裘帶索，鼓琴而歌。孔子曰：『先生何以為樂？』曰：『天地萬物，惟人為貴，吾得為人，一樂也；男貴女賤，吾得為男，二樂也；生有不見日月，不充繈褓者，吾年九十，是三樂也。貧者，士之常；死者，人之終。處常得終，何憂乎！』孔子曰：『能自寬也。』」❻綺季　隱士名。秦代，東園公、綺季、夏黃公、甪里先生避世入商洛深山，後輔佐漢高祖太子，為穩定太子地位起了重大作用。這四人稱為四皓。❼疇　通「儔」。同類；伴侶。❽飛梁　指高山之間所架的橋。❾幽壑　深谷。❿援　攀附。⓫瓊枝　指樹枝。說瓊枝是美化的說法。⓬陟　登。⓭峻崿　高峻的山崖。崿，山崖。⓮周旋　環行。⓯永望　遠望。⓰邈　遠。⓱凌飛　凌空而飛。⓲邪睨　斜視。睨，斜視。⓳崑崙　山名。在我國西部。⓴俯闞　下看。㉑海湄　海濱。㉒蒼梧　指蒼梧郡。郡內有九疑山，相傳舜葬於此。㉓迢遞　很遠。㉔臨　下臨。㉕迴江　紆迴的大江。㉖威夷　即逶迤。彎曲的樣子。㉗箕山　《高士傳》記載：堯讓位於許由，許由推辭，堯讓不已，許由於是逃避到中岳，潁水之北，箕山之下。後死於此處，葬於箕山之巔十五里，堯於是封其墓，號曰箕公。㉘斯嶽　指箕山。㉙慷慨　感慨；悲歎。㉚遠覽　此有懷念古昔之意。㉛軒轅　黃帝。傳說曾使伶倫入嶰谷，取竹調律令。㉜遺音　指音樂。㉝老童　傳說中神名。據《山海經》記載，騩山之神名叫耆童，是顓頊之子，其音如鐘磬之聲。郭璞說，耆童即老童。㉞騩隅　騩山之角。隅，角落。㉟泰容　相傳為黃帝的樂師。㊱高吟　高聲吟誦，以抒發清高之志。㊲興慮　起了想法。㊳假物　借物。謂借助於桐木所造之物。㊴託心　寄託內心的感慨。㊵斲　砍削。㊶孫枝　側生之枝。㊷准量所任　依照所用，量度其材。㊸至人　指思想道德達到最高境界的人。㊹攄思　發抒其思維。攄，舒。㊺雅琴　琴。《漢書．卷三〇．藝文志》引《七略》曰：「雅琴，琴之言禁也，雅之言正也，君子守正以自禁也。」㊻離子　離朱。傳說黃帝時人，眼力極好，黃帝失其玄珠，使離朱尋找。能視百里之外，見秋毫之末。一作離婁。㊼督墨　標出墨線。督，正。墨，指木匠畫線的繩墨。㊽匠石　字伯，有名工匠。《莊子．徐无鬼》記載，郢人鼻子黏了蒼蠅翅膀大小的一塊白灰點，讓匠石用斧頭砍掉。匠石揮斧砍掉白灰點，而郢人鼻子完好無損。㊾奮斤　使用斧頭。㊿夔　人名。相傳為堯舜時的樂官。(51)襄　古代琴師。相傳孔子學琴於師襄。(52)薦法　傳授法則。薦，進。法，則。(53)般　魯班。古代的能工巧匠，傳說他作木鳶能飛，作木人能御馬。54倕　古代能工巧匠。55騁神　施展神技。56鏤會　鏤刻其縫會之處。57裛廁　纏繞其空隙。裛，纏。廁，間。58朗密　疏密。59華繪　彩繪。60雕琢　雕刻花紋。61布藻垂文　文采遍布。62錯　雜嵌。63犀象　犀角象牙。64籍以翠綠　布以翠綠之色。65園客之絲　《列仙傳》記載，園客，濟陰人。常種五色香草，數十年，食其實。一日有五色神蛾停在香草上，園客收養神蛾，乃生出桑蠶。一夜有美女至，自稱我與君作妻。二人共養蠶百餘頭，繭皆如甕，繅六十日，絲乃盡。66徽　指琴徽。亦稱徽位。琴面板一邊的一排圓星點，用貝殼、瓷或金屬製成，共十三個。居中者最大，其餘次第減小。在任一徽位處用左手指輕按琴弦，右手指挑弦，即可奏出「泛音」。67鍾山之玉　傳說鍾山北陸，無日之地，出美玉。68龍鳳之象二句　是說琴上雕繪龍鳳和古人的形象。《西京雜記》記載，趙后有寶琴名鳳凰，用金玉綴成龍鳳和古賢列女的圖像。69伯牙　古代著名琴演奏家。70揮手　謂鼓琴。揮，動。71鍾期　鍾子期。極善聽琴。伯牙鼓琴時志在泰山，鍾子期就說：「善哉，巍巍乎若泰山。」伯牙志在流水，鍾子期就說：「湯湯乎若流水。」鍾子期死，伯牙破琴絕弦，終身不復鼓琴，以為世無知音，事見《呂氏春秋》。72華容　指琴的華麗的外觀。73灼爚　光亮。74發采　煥發光采。75伶倫　傳說為黃帝時的樂官。古以為樂律的創始者。76比律　製定音律。77田連　古代善鼓琴者。78操張　彈琴。79進御　進用。御，用。80新聲　新製之琴初發之聲。81憀亮　清新響亮。82角羽　與下文「宮徵」皆為五音之一。五音，宮、商、角、徵、羽。83相證　相驗。證，驗。84參發並趣　以指俱歷七弦，參而審之。85上下累應　上下，謂徽位上下，初調弦時，取其五聲相應。86踸踔　初聲布散之狀。87磥硌　大聲的樣子。88美聲　美妙的音樂。指雅樂。89和昶　和通。指和通情性。昶，通。90正聲　雅樂。91白雪　雅曲。92清角　一種琴音。弦急，其聲清，傳說能感動天地風雲。93淋浪　水連續下滴的樣子。這裡形容樂聲連續不絕。94流離　淋漓；水紛紛下滴之狀。95奐　多。96淫衍　形容音聲廣闊。97優渥　渾厚。98粲　明朗。99奕奕　很盛的樣子。100高逝　向空中消逝。101馳岌岌以相屬　聲高急而相連屬。岌岌，高的樣子。102沛　形容音聲宏大。103騰遌　騰躍相觸。遌，相觸。104翕　聚；合。105韡曄　美盛的樣子。106繁縟　聲細碎而繁多。107湯湯　大水急流的樣子。108鬱　繁盛的樣子。109峨峨　山高的樣子。110怫愲煩冤　蘊積不安的樣子。111紆餘婆娑　音聲迴旋繁亂。112陵縱播逸　聲高而布散。113霍濩　水聲。114紛葩　張開的樣子。115檢容　斂容。檢，通「斂」。116授節　用手指演奏，以成節拍。117應變　隨著曲調變化。118合度　合於法度。119競名　爭名。競，競。120擅業　謂擅於鼓琴。121安軌徐步　安於法，緩用手指，猶如緩步而行。122洋洋習習　清雅的樣子。123聲烈遐布　聲美遠布。124顯媚　指明美之聲。125終　曲終。126飄餘響乎泰素　謂餘響又回歸於天地之初的寂寞之中去。泰素，古謂形成天地的素質。《列子．天瑞》：「太素者，質之始也。」

【語 譯】人們所以要在梧桐周圍優遊，本是因為其地自然神麗，符合於心願、愛好之故。於是那些逃離俗世的隱士們，像榮啟期、綺季之類，就一齊登上飛橋，越過深谷，攀援高枝，上到峻崖，遊於梧桐樹下。環行遠望，身若淩空而飛。斜視崑崙諸峰，俯看大海之濱。手指遙遠的蒼梧郡，下臨紆曲的大江。省悟世俗多牽累，仰慕許由的光輝人格。豔羨箕山弘大寬敞，心中感慨忘卻歸去。心情舒放縱覽古昔，想到黃帝留下的音律。懷念騩山之神耆童，欽敬高聲吟誦的泰容。看到這梧桐心中起了想法，思借桐木所造之物來寄託內心感慨。於是就砍削梧桐的側枝，依照所用量度其材。有德業者發揮其思想，將木頭製成雅琴。乃命離朱標出墨線，命匠石揮動斧子。夔、襄傳授法則，般、倕施展神技。鏤刻縫會，纏繞空隙；疏密之間，調和均勻。彩繪雕琢，文采遍布。雜嵌犀角象牙，塗以翠綠之色。用園客的神絲為弦，取鍾山美玉為徽。琴上還有龍鳳的圖案、古人的形象。伯牙動手鼓琴，鍾子期來聽琴音。琴的外表美觀，光采煥發，多麼華麗呵！伶倫定其音律，田連彈奏，進獻君子，初聲清亮，多麼盛美呵！待到初次調弦時，先按角、羽發聲，接著以宮、徵相驗。手指歷按七弦，彼此參和定位；於是徽位上下，五聲相應。洪大的初聲布散，隨即奏出美妙的音樂，原來音樂的和通情性足以令人留連忘返。接著彈雅樂，奏妙曲，〈白雪〉悠揚，清角之音感發。紛紛如水珠淋漓下滴，繁多若大水廣闊渾厚。粲然明朗向空中消逝，聲聲高急而相連屬。沛然騰躍競逐，翕然美盛而繁縟。意象若高山，又似流水。浩浩蕩蕩，鬱鬱峨峨。蘊積不安，迴旋繁亂。聲高而布散，如同濤聲震耳。斂容撥弦，以成節拍，隨著曲調變化，自合於法度。爭名於擅長之業，從容好似緩步。清雅的琴音，聲美而傳遠。曲終時依然明麗，餘響又終歸於寂寞之中。

若乃高軒❶飛觀❷，廣夏❸閒房❹。冬夜肅清❺，朗月垂光。新衣翠粲❻，纓徽❼流芳。於是器泠❽弦調，心閑❾手敏。觸⿰扌毘❿如志，唯意所擬⓫。初涉〈淥水〉⓬，中奏〈清徵〉。雅昶[13]〈唐堯〉[14]，終詠〈微子〉。寬明[15]弘潤[16]，優游躇跱[17]。拊弦[18]安歌[19]，新聲代起[20]。歌曰：凌扶搖[21]兮憩[22]瀛洲[23]，要[24]列子[25]兮為好仇[26]。餐沆瀣[27]兮帶朝霞[28]，眇[29]翩翩[30]兮薄[31]天遊。齊萬物[32]兮超自得[33]，委性命[34]兮任去留[35]。激[36]清響[37]以赴會[38]，何弦歌[39]之綢繆[40]。於是曲引[41]向闌[42]，眾音將歇。改韻易調[43]，奇弄[44]乃發。揚和顏[45]，攘皓腕[46]。飛纖指[47]以馳騖[48]，紛澀譶[49]以流漫[50]。或徘徊[51]顧慕[52]，擁鬱抑按[53]，盤桓[54]毓養[55]，從容祕翫[56]。闥爾[57]奮逸[58]，風駭雲亂。牢落凌厲[59]，布濩半散[60]。豐融披離[61]，斐韡奐爛[62]。英聲[63]發越[64]，采采粲粲[65]。或間聲[66]錯糅[67]，狀若詭赴[68]。雙美[69]並進，駢馳[70]翼驅[71]。初若將乖[72]，後卒同趣[73]。或曲而不屈[74]，直而不倨[75]。或相凌而不亂，或相離而不殊[76]。時劫掎[77]以慷慨，或怨媚[78]而躊躇[79]。忽飄颻以輕邁[80]，乍留聯[81]而扶疏[82]。或參譚[83]繁促[84]，複疊攢仄[85]。從橫[86]駱驛[87]，奔遯[88]相逼[89]。拊嗟[90]累讚[91]，間不容息[92]。瓌豔[93]奇偉[94]，殫不可識[95]。若乃閒舒[96]都雅[97]，洪纖[98]有宜。清和條昶[99]，案衍[100]陸離[101]。穆[102]溫柔以怡懌[103]，婉[104]順敘[105]而委蛇[106]。或乘險投會[107]，邀隙趨危[108]。嚶[109]若離鵾[110]鳴清池，翼[111]若游鴻[112]翔曾崖[113]。紛文斐尾[114]，慊縿離纚[115]。微風餘音[116]，靡靡[117]猗猗[118]。或摟𢱢擽捋[119]，縹繚潎冽[120]。輕行浮彈[121]，明嫿[122]睽慧[123]。疾而不速，留而不滯⑫④。翩綿飄邈⑫⑤，微音迅逝⑫⑥。遠而聽之，若鸞鳳和鳴戲雲中⑫⑦；迫而察之，若眾葩⑫⑧敷榮⑫⑨曜⑬⓪春風。既豐贍⑬①以多姿，又善始而令終⑬②。嗟姣妙⑬③以弘麗⑬④，何變態⑬⑤之無窮。若夫三春之初⑬⑥，麗服以時⑬⑦。乃攜友生⑬⑧，以遨以嬉⑬⑨。涉蘭圃⑭⓪，登重基⑭①。背長林⑭②，翳⑭③華芝⑭④。臨清流，賦新詩。嘉魚龍之逸豫⑭⑤，樂百卉⑭⑥之榮滋⑭⑦。理重華⑭⑧之遺操⑭⑨，慨遠慕而長思⑮⓪。若乃華堂⑮①曲宴⑮②，密友近賓⑮③。蘭肴⑮④兼御⑮⑤，旨酒⑮⑥清醇⑮⑦。進南荊⑮⑧，發西秦⑮⑨，紹⑯⓪〈陵陽〉⑯①，度〈巴人〉⑯②。變用雜⑯③而並起，竦⑯④眾聽而駭神。料⑯⑤殊功⑯⑥而比操⑯⑦，豈笙籥⑯⑧之能倫⑯⑨！

【章旨】本章是描繪各種環境中奏琴的音聲態勢。先是著重寫冬夜月下美女的撫琴，細緻形容其種種手法和琴音變化。接著描寫三春郊遊和華堂密宴時的鼓琴。

【注釋】❶高軒　高敞的帶窗長廊。❷飛觀　高聳的樓臺。觀，樓臺。❸廣夏　寬敞的房子。夏，通「廈」。房屋。❹閒房　空曠的房子。❺肅清　清冷。肅，寒。❻翠粲　顏色鮮豔。❼纓徽　一種彩色的帶子。古代女子許嫁時所繫，也用以繫香囊等物。❽器泠　器，指琴。泠，聲音清越。❾心閑　心中熟悉。閑，習。❿觸[扌毘]　手指正反彈撥。[扌毘]，同「批」。反手擊。⓫唯意所擬　隨意所思，都能彈出。⓬淥水　與下文〈清徵〉皆為曲名。⓭袒　同「暢」。⓮唐堯　與下文〈微子〉皆為操名。操，琴曲的一種。⓯寬明　寬大賢明。⓰弘潤　恢宏仁慈。⓱優遊躇跱　從容舒緩。躇跱，猶跱躇。與踟躕、躊躇，皆相通。⓲拊弦　彈琴。拊，拍。⓳安歌　安意而歌。⓴代起　更代而起。㉑扶搖　風。㉒憩　休息。㉓瀛洲　傳說中海上神山。㉔要　同「邀」。㉕列子　名列禦寇。傳說中的仙人，能御風而行。㉖仇　同伴。《詩・周南・兔罝》：「赳赳武夫，公侯好仇。」㉗沆瀣　夜間水氣；露水。㉘帶朝霞　以朝霞為帶。㉙眇　遠。㉚翩翩　飛翔的樣子。㉛薄　近。㉜齊萬物　與萬物齊一。莊子有〈齊物論〉，發揮他的齊是非、齊生死、齊大小之論。㉝超自得　超然自得。㉞委性命安於上天所安排的命運。(35)任去留　任其自然。去留，指生死。(36)激　發。(37)清響　清歌。(38)赴會　使歌聲與琴聲相合。會，節會。(39)弦歌　琴聲與歌聲。(40)綢繆　密合的樣子。(41)曲引　樂曲。引，也是曲。(42)向闌　將殘。闌，殘。(43)改韻易調　改換音調。(44)奇弄　奇曲。弄，琴曲之名。(45)和顏　溫和的面容。(46)攘皓腕　捋袖露出白嫩的手腕。(47)纖指　纖細的手指。(48)馳騖　形容彈琴時手指在琴上迅疾移動。(49)儷麗　聲多。(50)流漫　亂急而流傳長遠。(51)徘徊　聲音旋繞的樣子。(52)顧慕　留戀不捨。形容其聲留連不去之狀。(53)擁鬱抑按　形容其聲駐而不散之狀。(54)盤桓　謂以指轉歷於弦上。(55)毓養　謂安息其聲。(56)從容祕翫　閒緩弄琴。(57)闥爾　迅疾的樣子。(58)奮逸　騰起。(59)牢落凌厲　稀稀疏疏的樣子。牢落，寥落。(60)布濩半散　分散傳布。布濩，散布。半，通「絆」。散。(61)豐融披離　聲通暢而清新。(62)斐韡奐爛　明亮的樣子。這裡形容其聲的美盛。(63)英聲　美妙之聲。(64)發越　射散。(65)采采粲粲　形容英聲之美。(66)間聲　指琴中發出的與其正聲不一致的音聲。(67)錯糅　混雜其中。(68)詭赴　王念孫《讀書雜誌》：「詭者，異也；赴，趨也。言間聲雜出，若與正聲異趨也。」(69)雙美　指正聲與間聲。(70)駢馳　並行。(71)翼　疾速的樣子。(72)乖　背離。(73)趣　趨。(74)曲而不屈　聲雖曲而志不屈。(75)直而不倨　聲雖直而志不倨傲。(76)相凌而不亂二句　聲雖相凌而志不亂，聲雖相離而志不絕。殊，絕。(77)劫掎　形容琴音飛揚高昂。(78)怨嫭　哀怨。嫭，嬌。(79)躊躇　留駐不行的樣子。此言其聲不散。(80)輕邁　輕行。(81)留聯　聲音相連。(82)扶疏　聲音四散的樣子。(83)參譚　聲音相隨的樣子。(84)繁促　繁雜而急促。(85)攢仄　聲音相集聚的樣子。(86)從橫　縱橫。從，通「縱」。(87)駱驛　通「絡繹」。相連不斷的樣子。(88)奔遯　奔逃。(89)相逼　緊相追隨。(90)拊嗟　拍手感歎。(91)累讚　連連稱贊。(92)間不容息　言樂曲繁促，其中沒有可喘息的間隙。(93)瓌豔　奇豔。(94)奇偉　奇美。偉，美。(95)殫不可識　不可盡識。殫，盡。(96)閑舒　舒緩。(97)都雅　閑雅。(98)洪纖　大小。(99)條昶　通暢。昶，通。(100)案衍　不平的樣子。(101)陸離　參差。(102)穆　和。(103)怡懌　歡樂。(104)婉　婉順。(105)順敘　自然和諧。(106)委蛇　從容自得的樣子。(107)乘險投會　調音聲或升高而終合於節拍。會，節會。(108)邀隙趨危　調音聲或由一空隙突然拔高。趨危，直趨高危。(109)譻　即「嚶」。鳥鳴聲。(110)離鵾　失去伴侶的鵾雞。鵾雞，似鶴，黃白色。(111)翼　疾。(112)游鴻　飛行的鴻雁。(113)曾崖　高高的山崖。曾，通「層」。(114)紛文斐尾　有文彩的樣子。(115)慊縿離纚　羽毛很多的樣子。(116)微風餘音　微風送來鳥鳴餘音。(117)靡靡　順風的樣子。(118)猗猗　眾盛的樣子。(119)摟搇擽捋　都是手撫琴弦的動作。摟，牽弦。搇，反手擊弦。擽，擊弦。捋，往懷中撫弦，如捋取物。(120)縹繚潎洌　形容琴聲相糾激的樣子。縹繚，相糾纏。潎洌，波浪的樣子。(121)輕行浮彈　調輕輕地浮在弦上而彈。(122)明嫿　調指法俐落優美。嫿，靜美。(123)睽慧　看得清楚。睽，察。慧，眼睛清明。《傷寒論·辨不可下病脈證》：「身冷若冰，眼睛不慧，語言不休。」

(124)滯 遲滯。這是說琴調和緩。(125)翩綿飄邈 聲音飛得很遠。(126)迅逝 迅速而往。(127)鸞鳳和鳴戲雲中 這是形容聲清和而高。鸞鳳，鸞鳥和鳳凰。和鳴，和諧而鳴。(128)葩 花。(129)敷榮 開花。(130)曜 放光彩。(131)豐贍 聲繁富。(132)令終 善終。(133)姣妙 美妙。(134)弘麗 聲音大而美。(135)變態 謂聲音的變化。(136)三春之初 春初。三春，指正月孟春，二月仲春，三月季春。(137)麗服以時 穿著合乎季節的華麗服裝。(138)友生 朋友。(139)以遨以嬉 遊樂。遨，遊。嬉，樂。(140)蘭圃 長滿蘭草的花圃。蘭，香草。(141)重基 重山。(142)長林 高大的樹林。(143)翳 遮蔽。(144)華芝 華蓋。此言樹蔭如華蓋。(145)逸豫 安逸快樂。(146)百卉 百草。卉，草的總稱。(147)榮滋 生長茂盛。(148)重華 舜。(149)遺操 遺曲。操，琴曲的一種。傳說舜為天子之時，思念其親，乃作琴操。(150)遠慕而長思 思慕遠古時大舜的聖德。(151)華堂 華麗的廳堂。(152)曲宴 非正式的小型宴會。(153)近賓 親近的客人。(154)蘭肴 芳香而美味的食物。(155)兼御 並用。(156)旨酒 美酒。(157)清醇 酒味清香醇厚。(158)南荊 指荊楚之樂。(159)西秦 指秦地之曲。(160)紹 繼續。(161)陵陽 楚地的雅曲。(162)巴人 楚地俗曲。(163)變用雜 此連上句而言，謂變用諸曲，其聲相雜。(164)竦 通「悚」。驚懼。(165)料 計。(166)殊功 特殊之功用。(167)比操 比其節操。(168)笙籥 皆為管樂器。(169)倫 相比。

【語 譯】在那高樓長廊，廣廈空房之中。冬夜清冷，明月朗照。美女新衣鮮豔，彩帶飄香。於是琴弦調諧，音聲清揚，心中熟悉樂曲，手下敏捷彈奏。或正手、或反手，彈撥自如，隨心所欲，都能中於節拍。先奏〈淥水〉、中奏〈清徵〉。暢彈〈唐堯〉，終詠〈微子〉。其曲寬大賢明，恢宏仁慈，從容舒緩，徘徊躊躇。一面彈琴一面安意而歌，唱起了一首新歌。歌是這樣的：乘著長風呵歇息瀛洲，邀請列子呵作為好友。餐飲清露呵以朝霞為帶，飛翔高遠呵近天而遊。與萬物齊一呵超然自得，安於天命呵任隨生死。發出清歌與琴聲相合，琴聲與歌聲結合得多麼密切。到樂曲即將結束時，所有聲音即將歇止。又改換音調，奏起奇妙的曲子。抬頭揚起和悅的臉色，挽起袖子露出白嫩的手腕。纖細的手指在琴上迅疾移動，眾聲紛急流傳長遠。有時琴聲旋繞留戀，久久不散。以指揉弦，從容舒緩。音聲迅疾騰起，如同風雲翻捲。不久又漸漸稀疏下來，餘韻分散傳布。琴聲通暢清新，美盛之至。妙聲傳播，優美之至。有時間聲混雜其中，似乎與正聲趨向不同。一對美聲，並進疾行。起初好像將要背離，後來終於同一趨向。有時聲雖曲而志不屈，聲雖直而志不倨傲。有時聲相淩而志不亂，聲雖相離而志不絕。有時高揚而慷慨，有時哀怨而低徊。忽然輕飄飄而去，忽然相連四散。

有時眾聲相隨繁急，複疊攢聚。縱橫絡繹，奔逃相逼。令人拍手感歎，連連稱贊，樂曲繁促，沒有間隙。豔美瑰奇，難以盡說。演奏舒緩閑雅，洪音細音都相宜。清和通暢，參差不平。溫和而怡悅，婉順而自得。或者由高而降，合於節拍；或者乘一空隙，突然拔高。好像失去伴侶的鵾雞在清池中嚶嚶而鳴，又似鴻雁在高崖之上疾飛而過。牠們遍身文彩，羽毛繁密。微風送來鳥鳴，一片悅耳動聽之聲。用盡了摟、撓、櫟、捋等各種手法撫弦，琴音糾激起伏，宛如波浪。輕輕地浮在弦上而彈，指法俐落優美，清晰可辨。琴調急而不快，緩而不遲滯。音聲飄得很遠，餘音迅速消逝。遠遠聽來，好像鸞鳳在雲中嬉戲和鳴；近而細察，猶若眾花在春風中爭豔吐芳。繁富而多姿，首尾都處理得極好。美妙弘麗，實在令人嗟歎，琴音變化是多麼無窮無盡。在那春初時分，穿著合乎季節的華麗服裝。與朋友一起，出外遊樂。經過蘭圃，登上重山。背靠高大的樹林，遮掩在樹蔭之下。面臨清澈的流水，吟誦賞鑒新詩。稱許池魚遊龍都安逸快樂地生活，喜見千花百草能茂盛地生長。我重理大舜所作遺曲，慨然思慕古人的聖德。在那華麗的廳堂中舉行小型宴會，邀來親密的朋友和賓客。珍美的肴饌並用，美酒清香醇厚。接著演奏荊楚之樂，彈起秦地之曲，繼續雅曲〈陵陽〉，又彈俗曲〈巴人〉。變用諸曲，其聲相雜；聽眾驚動而神駭。計算琴的特殊功用，比較其節操，難道是笙籥所能相比的嗎？

若次[1]其曲引所宜，則〈廣陵〉、〈止息〉，〈東武〉、〈太山〉，〈飛龍〉、〈鹿鳴〉，〈鵾雞〉、〈遊弦〉[2]。更唱迭奏[3]，聲若自然。流楚[4]窈窕[5]，懲躁[6]雪煩[7]。下逮[8]謠俗[9]，蔡氏五曲[10]。王昭[11]楚妃[12]，千里別鶴[13]。猶有一切[14]，承間[15]簉之[16]，亦有可觀者焉。然非夫曠遠者[17]，不能與之嬉遊[18]；非夫淵靜者[19]，不能與之閑止[20]；非夫放達者[21]，不能與之無悋[22]；非夫至精者[23]，不能與之析理[24]也。

若論其體勢[25]，詳[26]其風聲[27]：器和[28]故響逸[29]，張急[30]故聲清[31]；間遼[32]故音庳，弦長故徽鳴[33]。性絜靜[34]以端理[35]，含至德之和平[36]，誠可以感盪[37]心志[38]而發洩幽情[39]矣。是故懷戚者[40]聞之，莫不憯懍[41]慘悽[42]，愀愴[43]傷心；含哀懊咿[44]，不能自禁。其康樂[45]者聞之，則欨愉[46]懽釋[47]，抃舞[48]踊溢[49]；留連[50]瀾漫[51]，嗢噱[52]終日。若和平者聽之，則怡養[53]悅悆[54]，淑穆[55]玄真[56]；恬虛[57]樂古[58]，棄事遺身[59]。是以伯夷[60]以之廉，顏回[61]以之仁。比干[62]以之忠，尾生[63]以之信。惠施[64]以之辯給[65]，萬石[66]以之訥慎[67]。其餘觸類而長[68]，所致非一[69]；同歸殊途，或文或質[70]。揔[71]中和[72]以統物，咸[73]日用[74]而不失。其感人動物，蓋亦弘矣。于時也，金石[75]寢聲[76]，匏竹[77]屏氣[78]。王豹[79]輟謳[80]，狄牙[81]喪味[82]。天吳[83]踊躍於重淵[84]，王喬[85]披雲[86]而下墜。舞鸑鷟[87]於庭階，游女[88]飄焉而來萃[89]。感天地以致和[90]，況蚑行[91]之眾類！嘉斯器[92]之懿茂[93]，詠茲文[94]以自慰。永服御[95]而不厭，信[96]古今之所貴。亂[97]曰：愔愔[98]琴德不可測兮，體清心遠邈難極[99]兮。良質[100]美手[101]遇今世兮，紛綸翕響[102]冠[103]眾藝[104]兮。識音者希孰能珍兮，能盡雅琴唯至人兮[105]。

【章旨】本章始則列舉琴曲，繼而形容琴的感染力，最後以騷體綜合全篇要旨。

【注釋】❶次 排列。❷廣陵止息東武太山飛龍鹿鳴鵾雞遊弦 都是曲名。❸更唱迭奏 更替演唱彈奏。❹流楚 流暢清楚之樂音。❺窈窕 美好的樣子。❻懲躁 安靜躁進的心。❼雪煩 蕩滌煩懣的心情。❽逮 及。❾謠俗 即〈謠俗行〉。據李善注引《歌錄》，此曲原為箜篌曲。❿蔡氏五曲 俗傳蔡邕作〈遊春〉、〈淥水〉、〈坐愁〉、〈秋思〉、〈幽居〉五曲。《琴書》：「(蔡)邕嘉平初入青溪訪鬼谷先生，所居山有五曲，一曲制一弄。山之東曲，常有仙人遊，故作〈遊春〉；南曲有澗，冬夏常淥，故作〈淥水〉；中曲即鬼谷先生舊居也，深邃岑寂，故作〈幽居〉；北曲高巖，猿鳥所集，感物愁坐，故作〈坐愁〉；西曲灌木吟秋，故作〈秋思〉。三年曲成，出示馬融，甚異之。」⓫王昭 王昭君。名嬙，西漢南郡秭歸（今屬湖北）人，字昭君。元帝時被選入宮，竟寧元年匈奴呼韓邪單于入朝請求和親，她嫁入匈奴，被稱為寧胡閼氏。據說昭君心念鄉土，曾作怨曠之歌。⓬楚妃 指〈楚妃歎〉。曲名。李善注引《歌錄》曰：「石崇〈楚妃歎〉歌辭曰：『〈楚妃歎〉，莫知其所由。楚之賢妃能立德著勳垂名於後，唯樊姬焉，故令歎詠聲永世不絕，疑必爾也。』」⓭千里別鶴 指〈別鶴操〉。曲名。因鶴一舉千里，故曰千里別鶴。李善注引蔡邕《琴操》曰：「商陵牧子，娶妻五年無子，父兄欲為改娶，牧子援琴鼓之，歎別鶴以舒其憤懣，故曰別鶴操。」又崔豹《古今注》亦有類似記載。⓮一切 權時。⓯承間 謂諸曲承於古雅之間。⓰簉乏 雜於時曲匱乏之際。簉，雜。乏，匱乏。⓱曠遠者 心胸開闊，志向深遠的人。⓲與之嬉遊 指與琴為樂遊。嬉，樂。⓳淵靜者 深沈安詳之人。⓴閒止 悠閒相處。止，居。㉑放達者 縱放不羈之人。㉒無悋 悋，「吝」的俗字。不吝惜；不會過分顧惜。㉓至精者 語出《易・繫辭上》：「非天下之至精，其孰能與於此！」此處指深入於萬事之內至極精妙之人。㉔與之析理 於琴音中分析條理。㉕體勢 體制。指琴的結構。㉖詳 審；詳察；細究。㉗風聲 音聲。㉘器和 調琴器製和雅。㉙響逸 音響閒逸。㉚張急 指琴弦繃得很緊。㉛聲清 指琴聲清越。蔡邕《月令章句》：「凡弦之緩急為清濁，琴緊其弦則清，縵則濁。」㉜間遼 即間遼。指距離琴首較遠的徽位。王觀國《學林》：「間遼，徽（琴弦音位標誌）之遠處，若十三徽外近焦尾處聲，以手取之，自然庳下。」庳，低下。㉝弦長故徽鳴 徽鳴即今所謂泛聲（以左手輕觸徽位，發生輕盈虛飄的樂音），弦虛而不按乃可泛，故曰弦長則徽鳴。㉞絜靜 潔淨。靜，通「淨」。㉟端理 正直。㊱和平 心氣平和。㊲感盪 感動。㊳心志 指聽者的內心。㊴幽情 深藏的感情。㊵懷戚者 心憂者。㊶憯懍 哀懼。㊷慘悽 悲傷。㊸愀愴 變色傷心。㊹懊咿 內心悲哀。㊺康樂 安樂的人。㊻欨愉 喜悅的樣子。欨，笑的樣子。㊼懽釋 歡樂放縱。釋，縱。㊽抃舞 鼓掌舞蹈。抃，兩手相拍。㊾踴溢 跳躍。㊿留連 沈浸於歡樂中的樣子。51瀾漫 興會淋漓的樣子。52嘔噱 樂不可支；大笑不止。53怡養 快樂。養，樂。54悅悆 喜樂。悆，通「豫」。喜。55淑穆 美和。56玄真純真。(57)恬虛　恬淡虛靜。(58)樂古　樂於古代聖人之道。(59)棄事遺身　放棄世事，忘記自身。這裡發揮的是老莊之道，莊子主張要做到身如槁木，心若死灰（所謂「心齋」、「坐忘」），就能夠得道，達到最高的道德境界。(60)伯夷　伯夷和叔齊是商朝孤竹君的兩個兒子。相傳其父有遺囑，要叔齊繼其位。孤竹君死後，叔齊讓位給伯夷，伯夷不受，叔齊也不肯繼位，二人先後逃到周國。周武王伐紂，二人叩馬諫阻。武王滅商後，恥食周粟，逃到首陽山，採薇而食，餓死在山裡。二人高尚守節的品格，歷代受人尊崇。(61)顏回　孔子弟子。春秋魯人，字子淵，安貧樂道，多次為孔子所贊許。《論語・顏淵》：「顏回問仁，子曰：『克己復禮為仁。』」《列子》曾載子夏問孔子：「顏回之為仁，奚若？」孔子答道：「回之仁賢於丘。」(62)比干　殷末，紂之叔伯父（一說紂庶兄）。傳說紂淫亂，比干犯顏強諫，紂怒，剖其心而死。(63)尾生　傳是古代魯國人。與女子相約於橋下，女子未來，河水上漲，尾生為守信，不肯離去，抱柱淹死。(64)惠施　戰國時宋人。名家的代表人物，博學多知，與莊子為好友，曾發生多次辯論，俱載於《莊子》書中。(65)辯給　敏於辯論。給，敏捷。(66)萬石　指西漢石奮。因他與四子皆仕至二千石，漢景帝乃號石奮為萬石君。石奮及其子為人恭敬謹慎，為時人所稱道。事見《漢書・卷四六・萬石君傳》。(67)訥慎　不善於言語，但為人謹慎。(68)觸類而長　語出《易・繫辭上》。此謂不同品格的人，聽到琴音，都會增長他們的優秀品德。(69)所致非一　所達到的效果不一樣。(70)或文或質　有的有文采，有的質樸。(71)摠　即「總」。總合。(72)中和　儒家倫理思想。指不偏不倚不乖戾。《禮記・中庸》：「喜怒哀樂之未發，謂之中；發而皆中節，謂之和。中也者，天下之大本也；和也者，天下之達道也。致中和，天地位焉，萬物育焉。」(73)咸　皆。(74)日用　經常使用。(75)金石　指鐘磬之類樂器。(76)寢聲　不發聲。(77)匏竹　匏，指笙、竽之類樂器。竹，指管、籥之類樂器。(78)屏氣　不用氣吹，也是不發聲的意思。(79)王豹　傳說中古代善於唱歌的人。(80)輟謳　中止唱歌。(81)狄牙　一作「易牙」。春秋時齊桓公寵幸的近臣。雍人，名巫，亦稱雍巫。長於調味，善逢迎，相傳曾烹其子為羹以獻齊桓公。管仲死，他與豎刁、開方共同專權。桓公死，諸子爭立，他與豎刁等殺害群吏，立公子無虧，太子昭奔宋，齊國因此發生內亂。(82)喪味　喪失味覺。(83)天吳　水神。(84)重淵　深淵。(85)王喬　即王子喬。神仙。一說名晉，字子晉。相傳為周靈王太子，修煉三十餘年，成仙升天而去。傳說他能騰雲駕霧。(86)披雲　開雲。(87)鸑鷟　鳳凰一類的神鳥。據《國語》說，周文王時鸑鷟鳴於岐山。因此鸑鷟出現，是一種祥瑞的表現。(88)游女　傳說中漢水女神。(89)萃　聚。(90)致和　達到中和。(91)蚑行　蟲類爬行。(92)斯器　謂琴。(93)懿茂　美盛。(94)茲文　指這篇〈琴賦〉。(95)服御　使用。(96)信　實。(97)亂　辭賦篇末總括全篇要旨的一段。(98)愔愔　深靜的樣子。(99)難極　難以窮盡。(100)良質　指好琴。(101)美手　指鼓琴技藝高超者。(102)紛綸翕響　指琴聲紛繁美妙。(103)冠　居首位。(104)眾藝　指其他樂器。(105)識

音者希二句　此末二句透露出作者的牢騷。他自比雅琴，感歎知音少，等待他理想中的至人。識音，知音。至人，指道德水平極高的人。

【語　譯】若列舉琴所適宜演奏的樂曲，則有〈廣陵〉、〈止息〉，〈東武〉、〈太山〉，〈飛龍〉、〈鹿鳴〉，〈鵾雞〉、〈遊弦〉等曲。更替演唱彈奏，音聲自然。流利美好，可以安定躁進的心，蕩滌煩懣的情緒。接著則有〈謠俗行〉，蔡邕所作五曲，〈昭君怨〉、〈楚妃歎〉，還有〈別鶴操〉。這些曲子臨時造作，承於古雅之間，雜於樂曲匱乏之際，其中頗有一些可觀賞的曲子。然而不是心胸開闊，志向深遠的人，不能與琴樂遊；不是深沈安詳的人，不能與琴悠閒相處；不是縱放不羈之人，不能放棄過分顧惜的心與琴保持適當的距離；不是對萬事至極精妙的人，不能於琴音中分析條理。論到琴的體制，詳察它的音聲：器製和雅，則音響閒逸，琴弦繃緊，就音聲清越；徽位遠則音低，弦虛就可發出泛聲。琴性潔淨正直，具有平和之德，實可以感動聽者的內心，發洩他深藏的感情。所以心憂的人聽到琴聲，無不畏懼慘悽，變色傷心；內心悲哀，不能自禁。安樂的人聽到琴聲，就喜悅歡縱，鼓掌舞蹈；留連忘返，樂不可支。心氣平和的人聽到琴聲，就快樂怡悅，安和純真；恬淡虛靜，愛好古道，放棄世事，忘記自身。因此伯夷因琴保持廉潔的節操，顏回因琴而具備仁德。比干因琴而忠誠不二，尾生因琴而堅守信義。惠施因琴而敏於辯論，萬石君因琴而謹言慎行。其他人聽到琴聲也都會增長他們各自的優秀品德，所達到的效果雖不一樣；但殊途同歸，有的增添了文采，有的更加質樸。琴總合中和之道而統領萬物，人們經常使用而不失於道。它動人感物的作用，也算是很大的了。當琴演奏的時候，鐘磬之類不敢出聲，笙管之類屏氣不發。王豹停止唱歌，狄牙也喪失了味覺。水神天吳從深淵中騰躍而出，仙人王子喬撥開雲下降。鸑鷟在庭前石階上起舞，女仙也飄然而來聚集於此。琴能感動天地以達到中和，何況爬行的蟲類！我稱贊琴的美盛，歌詠此賦來自慰。永久使用而不厭棄，古今都珍惜這一樂器。總而言之：琴德沈靜，難以預測呵，體清心遠，難以窮盡呵。好琴高手，今世相逢呵，樂音繁美，居於首位呵。知音人少，誰能珍惜呵，盡知雅琴，唯有至人呵！

笙賦

【作　者】潘岳（西元二四七～三〇〇年），字安仁，滎陽中牟（今河南中牟東）人，西晉著名詩人、辭賦家。他姿貌俊美，早年以資才聰穎見稱，鄉邑稱為奇童。舉秀才，初任為河陽令，轉懷縣令，楊駿以太傅當政，潘岳為其主簿。楊駿被誅，受牽連除名。後歷任著作郎、散騎侍郎、給事黃門侍郎等官。他與石崇等均親附權貴賈謐，為賈謐「二十四友」之首，據説他每候賈謐外出，輒望塵而拜，因此頗為人譏議。後趙王司馬倫當政，孫秀為中書令，潘岳被誣與石崇、歐陽建謀奉淮南王允、齊王冏為亂，被誅，夷三族。潘岳原有集十卷，已散佚，明人輯有《潘黃門集》。潘岳在西晉文壇上與陸機齊名，並稱為「潘陸」。其詩詞采華美，部分篇什以言情見長。其賦今存二十四篇（一半已殘缺）。《文選》於諸家賦收錄甚嚴，獨於潘岳收其賦八篇，可見推重之甚。

【題　解】〈笙賦〉也是一篇歌詠樂器的作品，在這之前，早已有王褒〈洞簫賦〉、馬融〈長笛賦〉、嵇康〈琴賦〉等，已經形成了一定的格局。一般都在開始時花很大篇幅來描寫製造樂器的竹木生長的環境，形容其地如何山高水秀，禽獸仙人又如何在其周圍嬉遊。而潘岳撇開了這些，他說此「固眾作者之所詳，余可得而略之也」，筆鋒一轉，逕直去描述笙的製作和結構。這種開門見山的寫法，免去大段迂遠之文，使人感到耳目一新。

在描寫笙的演奏時，作者避免平板的敘述，而是緊緊抓住「眾滿堂而飲酒，獨向隅而掩淚」和「時陽初暖，臨川送離」兩種特定情景，把敘事、寫景、抒情結合起來，運用各種比喻來形容笙的音聲及所表現的意境，給人以很深的印象。全篇繁簡得宜，辭語綺麗，表現了作者很深的藝術功力。

文末雖也說到音樂的教化作用，提到要排除「桑濮」之音及鄭衛之聲，然而前面他又贊美「新聲變曲，奇韻橫逸」，足見那些衛道之言，不過是作者未能免俗而已，是不能當真的。

河汾[1]之寶[2]，有曲沃[3]之懸匏[4]焉。鄒魯[5]之珍，有汶陽[6]之孤篠[7]焉。若乃綿蔓[8]紛敷[9]之麗[10]，浸潤[11]靈液[12]之滋[13]，隅[14]隈[15]夷險[16]之勢，禽鳥翔集[17]之嬉[18]。固眾作者之所詳[19]，余可得而略之也。徒觀其制器也，則審[20]洪纖[21]，面[22]短長。剆[23]生簳[24]，裁[25]熟簧[26]。設宮分羽，經徵列商[27]。泄之[28]反謐[29]，厭[30]焉乃揚[31]。管[32]攢羅[33]而表列[34]，音要妙[35]而含清。各守一[36]以司應[37]，統大魁[38]以為笙。基黃鍾[39]以舉韻[40]，望鳳儀[41]以擢形[42]。寫[43]皇翼[44]以插羽[45]，摹[46]鸞音[47]以厲聲[48]。如鳥斯企[49]，翾翾[50]歧歧[51]。明珠在咮[52]，若銜[53]若垂。脩檛[54]內辟[55]，餘簫[56]外逶[57]。駢田[58]獦攦[59]，⿰魚甲鰈[60]參差[61]。

【章　旨】本章先交代製笙原料：葫蘆和細竹，說明不再詳述其地的情形。接著描寫笙的具體結構。

【注　釋】[1]河汾　黃河與汾水。此指黃河汾水之間地帶。[2]寶　此指其地特產。[3]曲沃　古城名。在今山西聞喜東北，簡稱沃。[4]懸匏　俗名瓢葫蘆，是葫蘆的一種。果實很大，外殼可以作笙斗和笙嘴，笙管插在葫蘆裡。匏是蔓生，攀於他物之上，所結之匏必懸掛下垂，因此叫懸匏。笙屬於八音中匏類。[5]鄒魯　鄒，古國名。在今山東費縣、鄒縣、滕縣、濟寧、金鄉一帶，國都在鄒（今山東鄒縣東南）。魯，古國名。在今山東的西南部。這裡指鄒魯一帶地方。[6]汶陽　古地名。在今山東，在汶水之北，古代屬於鄒魯之地。[7]孤篠　好的細竹子。孤，獨美。篠，細竹。可製作笙管。[8]綿蔓　指蔓莖綿延不絕之狀。指匏的生長態勢。[9]紛敷　枝葉開張，十分繁茂的樣子。[10]麗　附著。[11]浸潤　霑潤。[12]靈液　雨露的美稱。[13]滋　滋潤。[14]隅　山角。[15]隈　山曲。[16]夷險　平坦和險峻之地。[17]翔集　飛翔停息。[18]嬉　戲耍。[19]眾作者之所詳　這是說以前作者歌詠樂器，都形成了一個俗套，都是詳述製造樂器的竹木生長之處，形容其地山川形勢及禽獸遊於其下之狀。[20]審詳察；細究。㉑洪纖　大小。指匏的大小。㉒面　方面。衡量之意。㉓剫　割斷。㉔生簳　新鮮的竹桿。簳，竹莖。㉕裁　剪裁。㉖熟簧　經過加工的簧片。簧，樂器中有彈性的薄片，用以振動發聲。古笙之簧是竹製，製簧之竹要經過熏蒸，所以叫熟簧；後來改用銅製。㉗設宮分羽二句　是說笙管按五聲要求而製作排列。因賦中用字所限，省略了「角」聲。設宮，設置宮聲。分羽，安排羽聲。經徵，經營徵聲。列，排列商聲。案：宮、商、角、徵、羽，為五聲。㉘泄之　指舉手指不按笙管的孔，則氣暢洩而出。㉙謐　靜；無聲。㉚厭　通「擪」。按捺。指按住笙管按孔。㉛揚　發出聲音。㉜管　竹管。㉝攢羅　聚集排列。㉞表列　排列。表，外。㉟要妙　微妙。㊱各守一　各個笙管各有一個固定的音高。㊲司應　主管聲音應和。㊳統大魁　統於大魁之中。大魁，指匏。謂笙管都插在匏中。魁，首；頭。這裡指匏首。即笙斗。㊴基黃鍾　以黃鍾為基音。傳說黃帝使伶取竹斷兩節間而吹之，以此音為黃鍾之宮，十二律即以黃鍾為本而形成。㊵舉韻　播揚樂音。㊶鳳儀　鳳凰的容儀。《書・益稷》：「簫韶九成，鳳凰來儀。」㊷擢形　取其形以為笙。擢，起。㊸寫　仿照。㊹皇翼　鳳凰之翼。皇，同「凰」。㊺插羽　謂插在笙斗中的笙管，好似鳳翼所插羽翮。㊻摹　摹擬。㊼鸞音　鸞鳥的鳴聲。鸞，傳說中鳳凰一類的神鳥。㊽厲聲　發出聲音。厲，激。㊾企　立。㊿翾翾　鳥初飛起的樣子。51歧歧　鳥飛的樣子。52咮　鳥嘴。亦作「噣」。此指笙嘴。53銜　口中叼著。54脩檛　長管。脩，即「修」。長。55內辟　在內開孔。辟，開。56餘簫　其餘笙管。簫，通「篠」。細竹。57外逶　向外斜列。逶，逶迤；漸漸傾斜的樣子。58駢田　密聚的樣子。59獦攦　不齊的樣子。60魻鰶　裝飾重疊的樣子。61參差　不齊的樣子。

【語　譯】黃河汾水之間的特產，有曲沃的葫蘆。鄒魯一帶的珍物，有汶陽的細竹。至於它們蔓莖綿延，枝葉開張附著於何處，如何吸收雨露的滋潤，山勢是平坦還是險峻，禽鳥如何在其地翔集嬉戲等，這本來是以前作者歌詠樂器所常詳述的，我就略而不述了。只看那笙是如何製成的吧，就要詳察葫蘆的大小，量度細竹管的長短。割斷新鮮竹桿，剪裁薰蒸過的簧片。設置宮聲，安排羽聲，經營徵聲，排列商聲。不按笙孔則閴靜無聲，按住笙孔就發出聲音。竹管聚集排列，樂音美妙而清新。各管各有一個固定音高，主管聲音應和，一齊歸入葫蘆之中，就成為笙。以黃鍾宮為本，播揚其音；望鳳凰的容儀，以取其形。仿照鳳翼，在笙斗中插上笙管；摹擬鸞鳥的鳴聲，激發清音。像鳥跱立，展翅起飛。明珠在於鳥口，似含似垂。長管在內開孔，其他細管都向外斜列。密聚而不齊，裝飾重重疊疊。

於是乃有始泰[1]終約[2]，前榮後悴[3]。激憤[4]於今賤，永懷[5]乎故貴。眾滿堂而飲酒，獨向隅[6]以掩淚。援鳴笙而將吹，先嗢噦[7]以理氣。初雍容[8]以安暇[9]，中佛鬱[10]以怫慣[11]。終嵬峨[12]以蹇愕[13]，又颯遝而繁沸[14]。罔浪孟[15]以惆悵，若欲絕而復肆[16]。懰[17]檄羅[18]以奔邀[19]，似將放[20]而中匱[21]。愀愴惻淢[22]，虺韡煜熠[23]。汎淫氾豔[24]，霅曄岌岌[25]。或桉衍[26]夷靡[27]，或竦踴[28]剽急[29]。或既往不反，或已出復入[30]。徘徊布濩[31]，渙衍[32]葺襲[33]。舞既蹈而中輟[34]，節將撫而弗及[35]。樂聲[36]發而盡室歡，悲音奏而列坐泣。撚[37]纖翮[38]以震幽簧[39]，越上筩而通下管[40]。應吹噏[41]以往來[42]，隨抑揚[43]以虛滿[44]。勃慷慨[45]以憀亮[46]，顧[47]躊躇[48]以舒緩。輟張女之哀彈[49]，流[50]廣陵之名散[51]。詠園桃之夭夭[52]，歌東下之纂纂[53]。歌曰：東下纂纂，朱實[54]離離[55]。宛[56]其落矣，化為枯枝。人生不能行樂，死何以虛謚[57]為！爾乃引〈飛龍〉[58]，鳴〈鵾雞〉[59]，〈雙鴻〉[60]翔，〈白鶴〉飛。子喬[61]輕舉[62]，明君懷歸[63]。荊王喟其長吟[64]，楚妃歎[65]而增悲。夫其悽戾[66]辛酸，嚶嚶關關[67]，若離鴻[68]之鳴子也。含啁[69]嘽諧[70]，雍雍喈喈[71]，若群雛[72]之從母也。郁捋[73]劫悟[74]，泓宏[75]融裔[76]。哇咬嘲哳[77]，一何[78]察惠[79]！訣厲[80]悄切[81]，又何磬折[82]！

【章旨】本章描述吹笙的情景。先形容音聲的種種變化，繼而敘述曲名，形容曲中表現的境界。

【注釋】❶泰　奢侈。此指家境富裕。❷約　儉約。此指貧困。❸前榮後悴　前榮耀為官，後憔悴落職。❹激憤　激起憤恨。❺永懷　久久懷戀。❻獨向隅　有一人對著牆角。隅，角落。《說苑》：「古人於天下，譬一堂之上今有滿堂飲酒，有一人獨索然向隅泣，則一堂之人皆不樂。」❼嘔噦　吹奏樂器時，先作聲以調氣利喉。❽雍容　態度大方，從容不迫。這裡是形容笙的音調舒緩從容之態。❾安暇　安閒。❿怫鬱　心緒不寧的樣子。⓫怫悁　心不安的樣子。《集韻・未韻》：「怫，怫悁，心不安。」這裡是形容音調的壓抑。⓬嵬峨　高大的樣子。⓭蹇愕　正直的樣子。這裡都是形容聲音高直的樣子。⓮颯遝而繁沸　聲音湧起的樣子。⓯罔浪孟　都是失意的樣子。⓰肆　放。調音聲大作。⓱懰　宿留；停留。⓲檄糴　疾速的樣子。⓳奔邀　義同「檄糴」。⓴放　放逸。㉑中匱　中道匱盡。匱，盡。㉒愀愴惻減　悲傷的樣子。㉓虺韡煜熠　盛多的樣子。㉔汎淫氾豔　自行放縱的樣子。㉕霅曄岌岌　急疾的樣子。㉖桉衍　聲低而悠長。桉，下。衍，長。㉗夷靡　平而漸低。㉘竦踴　竦立踴躍。㉙剽急　猛而急。㉚或既往不反二句　這是形容樂聲不定的樣子。㉛徘徊布濩　音聲迴旋不散的樣子。㉜渙衍　音聲慢緩。㉝葺襲　音聲重複的樣子。㉞舞既蹈而中輟　此言以笙聲緩慢，舞蹈者中止以待笙樂。輟，止。㉟節將撫而弗及　節，一種古樂器。用竹編成，上合下開，像箕，可以拍之成聲，起表示拍子的作用。撫，敲；拍。此言笙聲急疾，則拍節者不及。㊱樂聲　歡樂的曲調。㊲擫　用手指按捺。㊳纖翮　細的羽莖。此指笙管。㊴幽簧　指笙簧。簧在內，故稱幽簧。㊵越上筩而通下管　笙管除了開有按音孔外，在上部或中部還開有出音孔，又稱響眼。吹奏時，氣流通過笙管的下部，振動簧片，聲音從上部的響眼發出來。這句話的順序應是：通下管而越上筩，因押韻的需要而顛倒了。筩、管，都指笙管。越，越過。這裡指發出聲音。㊶吹噏　吹吸氣。噏，同「吸」。此指吹吸簧片。㊷往來　音聲往來。㊸抑揚　指笙音之低高。㊹虛滿　氣流之虛或滿。㊺勃慷慨　怒聲。此言音聲強烈。㊻憀亮　音聲清亮。㊼顧　回顧。㊽躊躇　猶豫不決；徘徊不前。㊾張女之哀彈　〈張女彈〉，古曲名。曲調哀傷。㊿流　這裡是吹奏的意思。51廣陵之名散　指名曲〈廣陵散〉。明宋濂說：「其聲忿怒躁急。」（《太古遺音》）。52詠園桃之夭夭　指曹丕〈園桃行〉。夭夭，桃花豔麗的樣子。53棗下之纂纂　指古曲〈咄唶歌〉：「棗下何攢攢，榮華各有時。棗欲初赤時，人從四邊來。棗適今日賜，誰當仰視之！」攢攢，形容採棗之人的集聚之狀。54朱實　指棗。55離離　茂盛繁多的樣子。56宛　枯死的樣子。57謚　人死後根據生前德行所追贈的名號。58飛龍　古曲名。59鶤雞　古曲名。古相和歌有〈鶤雞曲〉。60雙鴻　與下文「白鶴」都是古曲名。古樂府有〈飛來雙白鶴〉。這幾句中的「引」、「鳴」、「翔」、「飛」，都是就曲名而引申之，其實都是吹奏之意。61子喬　即古吟歎四曲之〈王子喬〉。62輕舉　輕身升天。這是說這首曲子是敘述仙人王子喬成仙飛升的故事。63明君懷歸　此指古吟歎四曲之〈王昭君〉。昭君，名王嬙。西漢南郡秭歸人，字昭君，晉避司馬昭諱，改稱明君或明妃。元帝時被選入宮，竟寧元年入匈奴和親。〈王昭君〉一曲大約是表現她對故鄉的思念。64荊王喟其長吟　指吟歎四曲之〈楚王吟〉。內容是表現楚漢相爭，楚王項羽在四面楚歌，失敗已成定局的情況下悲吟的情景。荊王，即「楚王」。荊是古代楚國的別稱。65楚妃歎　指古吟歎四曲之〈楚妃歎〉。內容是表現春秋時楚莊王夫人楚姬諫莊王狩獵及進賢等事。66悽戾　悲傷。67嚶嚶關關　鳥鳴聲。68離鴻　失群的大雁。69含胡　聲音不清。70嘽諧　形容寬厚和諧之聲。71雍雍喈喈　和諧歡樂之聲。72群雛　一群小鳥。73郁捋　吹笙時口循笙嘴的樣子。74劫悟　氣相沖激。75泓宏　聲音宏大的樣子。76融裔　聲音悠長的樣子。77哇咬嘲喵　聲音繁雜細小。78一何　多麼。79察惠　明美。80訣厲　決斷清洌。81悄切　憂傷的樣子。82磬折　言其聲如磬形之曲折。

【語譯】於是有人起初富裕，終於貧困，前曾榮耀為官，後又憔悴落職。為今日的貧賤而憤懣，久久地懷念昔日富貴的日子。滿堂眾人開懷飲酒，他卻獨自向著牆角拭淚。拿過笙來將吹，先試聲來調氣。初時音聲雍容安閒，中間抑鬱不安。終了則高大而正直，又洶湧而繁沸。惆悵失意聲音低沈，似乎將要斷絕，復又變為奔放。略停留又忽轉疾速，似將放逸卻中道而盡。愀愴悽惻，音聲繁盛。放縱自恣，迅疾難及。有時逐漸低緩，有時高起猛急。有時去而不返，有時出而又入。迴旋不散，慢緩重複。有時舞蹈者不得不暫時中止以待笙樂，有時又會使得節拍跟不上。奏起快樂的曲調滿室皆歡顏，奏起悲涼的曲調座上盡垂淚。用手指按捺笙管，震動內中簧片；音響經過上管，氣流通過下管。音聲適應吹吸而往來，隨著氣流虛滿而抑揚。慷慨激昂而清亮，顧盼猶豫而舒緩。停吹哀婉的〈張女彈〉，奏起著名的〈廣陵散〉。歌詠〈園桃行〉中桃花豔麗，唱起〈咄唶歌〉中棗下人眾集聚。歌中唱道：棗下人頭攢動，紅棗茂盛繁多。枝葉凋謝墜落，轉眼化為枯枝。人生不能及時行樂，死後虛諡名號又有什麼用！於是引來〈飛龍〉，鳴起〈鵾雞〉，〈雙鴻〉迴翔，〈白鶴〉齊飛。王子喬成仙飛升，王昭君異邦懷鄉。項王慨然長吟，楚姬歎息悲傷。那悲涼辛酸，嚶嚶關關，像失群母雁呼喚幼子。含糊寬厚，和諧歡樂，似一群小鳥追隨其母。口對笙嘴，氣流沖激。樂聲宏大悠長。笙音繁雜細小，是多麼明美！曲調決斷清冽，又是多麼曲折！

若夫時陽❶初暖，臨川❷送離❸。酒酣徒擾❹，樂闋❺日移❻。疏客❼始闌❽，主人微疲。弛弦❾韜籥❿，徹塤⓫屏篪⓬。爾乃促中筵⓭，攜⓮友生⓯，解⓰嚴顏⓱，擢⓲幽情⓳。披⓴黃包㉑以授甘㉒，傾㉓縹瓷㉔以酌酃㉕。光㉖歧㉗儼㉘其偕列㉙，雙鳳㉚嘈以和鳴。晉野㉛悚㉜而投琴㉝，況齊瑟㉞與秦箏㉟！新聲變曲，奇韻㊱橫逸㊲。縈纏歌鼓，網羅鍾律㊳。爛㊴熠爚㊵以放豔㊶，鬱蓬勃㊷以氣出。秋風㊸詠於燕路㊹，〈天光〉㊺重乎〈朝日〉。大㊻不踰㊼宮㊽，細㊾不過羽㊿。唱發(51)〈章〉(52)〈夏〉(53)，導揚(54)〈韶〉〈武〉(55)。協和(56)陳宋(57)，混一(58)齊楚(59)。邇不逼(60)而遠無攜(61)，聲成文(62)而節有敘(63)。彼政有失得，而化(64)以醇薄(65)。樂所以移風於善，亦所以易俗於惡。故絲竹之器未改(66)，而桑濮(67)之流已作。惟簧(68)也能研(69)群聲之清(70)，惟笙也能總(71)眾清之林(72)。衛(73)無所措其邪，鄭(74)無所容其淫。非天下之和樂(75)，不易之德音(76)，其孰(77)能與於此乎！

【章旨】先是描述在陽春別宴上奏笙的情景。繼而贊頌笙樂改善風俗，有益教化的作用。

【注釋】❶時陽　春天。❷臨川　在水邊。❸送離　送別。❹徒擾　徒侶擾攘裝飾行裝待發。❺樂闋　樂終。❻日移　謂時間漸漸過去，分離在即。❼疏客　關係不很密切的客人。❽闌　稀少。❾弛弦　鬆下琴瑟之弦。謂暫不使用。❿韜籥　收藏起籥。韜，藏。籥，古管樂器。在甲骨文中，籥本作「龠」。像編管之形，似為排簫的前身。⓫徹塤　撤除塤的演奏。塤，古代吹奏樂器。用陶土燒製，橢圓形，大的像鵝蛋，小的像雞蛋，有音孔一至三、五個不等。近年又有人仿製演奏。⓬屏篪　不使用篪。篪，古管樂器。用竹製成，單管橫吹。《詩經》、《禮記》等書都提及。專用於雅樂。⓭促中筵　在席子當中促膝而坐。促，迫近。指靠得近。筵，席子。⓮攜　攜手。⓯友生　朋友。⓰解　去除。⓱嚴顏　嚴肅的表情。⓲擢　流露出。⓳幽情　內心的感情。⓴披　開；剝開。㉑黃包　指橘子的黃色包皮。㉒甘　指甘甜的橘瓤。㉓傾　倒。㉔縹瓷　青白色的瓷酒瓶。㉕酌酃　斟酒。酃，酒名。產於酃湖（今湖南衡陽東）。㉖光　指笙上的華飾。㉗歧　指分別而列的眾管。㉘儼　整齊地。㉙偕列　一同排列。㉚雙鳳　此以雙鳳鳴聲比笙聲。一說成帝時一侍郎，善鼓琴，能為〈雙鳳〉之曲。㉛晉野　指晉國著名樂師師曠。師曠，名曠，字子野，故稱晉野。㉜悚　驚懼。㉝投琴　放下琴不彈。這是誇張形容笙演奏的美妙。㉞齊瑟　傳說齊國人都善於吹竽鼓瑟。㉟秦箏　傳說箏為蒙恬所造，秦人善於彈箏。用以襯托笙演奏之美。㊱奇韻　奇妙的樂音。㊲橫逸　令人意外地出現。橫，不由正規的意思。㊳縈纏歌鼓二句　是說笙樂極妙，可包括歌鼓，含容音律。縈纏，縈繞；包裹。網羅，含容。鍾律，指音律。㊴爛　燦爛。㊵熠爚　光明的樣子。㊶豔　豔麗的光華。㊷鬱蓬勃　都是形容氣流飽滿。㊸秋風　魏文帝曹丕〈燕歌行〉有「秋風蕭瑟天氣涼」之句。㊹燕路　指〈燕歌行〉。㊺天光　與下文〈朝日〉都是古曲名。重，再。㊻大　聲大。㊼踰　超過。㊽宮　五聲之首。㊾細　聲小。㊿羽　五聲之尾。(51)唱發　倡導發揚。唱，同「倡」。(52)章　即〈大章〉。堯樂。內容是彰明堯德。(53)夏　即〈大夏〉。禹樂。內容是歌頌禹德。(54)導揚　引導宣揚。(55)韶武　指舜樂〈大韶〉和武王樂〈大武〉。(56)協和　協調和諧。(57)陳宋　指陳國、宋國的音樂風俗。(58)混一　混同一致。(59)齊楚　指齊國、楚國的音樂風俗。李善注引《樂動聲儀》曰：「樂者，移風易俗。所謂聲俗者，若楚聲高齊聲下；所謂事俗者，若齊俗奢陳俗利巫也。」(60)邇不逼　與國君親近而不侵犯國君。邇，近。逼，侵犯。(61)遠無攜　遠離國君而不懷有貳心。攜，「攜貳」之省。懷有貳心。(62)聲成文　音聲自成文章。此指形成音樂。(63)節有敘　節拍有一定的次序。(64)化　指風化、風俗。(65)醇薄　有醇厚有澆薄。(66)未改　沒有變化。(67)桑濮　指桑間濮上亡國之音。《禮記・樂記》：「桑間濮上之音，亡國之音也；其政散，其民流。」桑間在濮水之上，古衛國地。《漢書・卷二八・地理志下》：「衛地有桑間濮上之阻，男女亦亟聚會，聲色生焉。」舊因稱男女幽會為「桑間濮上之行」，亦簡稱桑濮。(68)簧　笙中簧片。此指笙。(69)研　細磨。此指融合。(70)群聲之清　清雅之聲。(71)總　總有。(72)眾清之林　合眾清雅之聲。(73)衛　指衛國的俗樂。(74)鄭　指鄭國的俗樂。鄭衛之音被認為是淫邪的。所謂淫，是過分之意。所謂邪，是邪惡之意。都是說它們與傳統雅樂相對立。《禮記・樂記》：「鄭衛之音，亂世之音也。」75和樂　至和之樂。76德音　合於禮的音樂。這都是指笙樂。對笙樂作了極高的評價。77孰　什麼樂器。

【語　譯】至於春季天氣初暖，臨水送別之時。在酒酣耳熱的時候，朋友正整裝待發，歌樂終了，已經紅日西移了。關係不密切的客人多已走了，主人也稍有一些疲乏。鬆下琴瑟的弦，收藏起管籥，撤下塤，摒除箎。然後促膝而坐，攜著朋友的手，卸下嚴肅的表情，流露出內心的情感。剝開黃色橘皮送過甘甜的橘瓤，從青白色的瓷瓶中倒出美酒來斟飲。閃光的笙管整齊排列，好似雙鳳嘈嘈和鳴。晉國師曠聽了也驚懼地放琴不彈，更何況齊人鼓瑟秦人彈箏！奏起新作的笙曲，奇妙的樂音令人屢屢感到意外。可以包括歌鼓，含容音律。音色燦爛豔麗，氣流蓬勃飽滿。唱起〈燕歌行〉，其中有「秋風蕭瑟」之句；〈天光〉一曲奏罷，又奏起〈朝日〉。聲大不超過宮聲，聲小不越出羽聲。唱起〈大章〉、〈大夏〉，宣揚〈大韶〉、〈大武〉。協調和諧陳宋之風，混同一致齊楚之俗。近而不侵犯，遠而無二心；發聲成音樂，節拍有次序。政治有得有失，風化有厚有薄。音樂可以把風俗變好，也可以把風俗變壞。所以樂器並未改變，而桑間濮上的亡國之音已奏出。只有笙能融合群聲中清雅之音，只有笙能總合眾多清雅之音。使衛樂無法含有邪惡，鄭樂無法容其荒淫。若不是有笙這種天下至和之樂，不可改變的德音，還有什麼樂器能做到這樣呢！

嘯賦

【作　者】成公綏（西元二三二～二七三年），複姓成公，名綏，字子安，西晉東郡白馬（今河南滑縣東）人。少有俊才，辭賦甚麗。閒默自守，不求聞達。張華很器重他，每見其文，歎服以為絕倫，遂薦於太常，徵為博士。後任祕書郎，轉祕書丞，官至中書郎。常與張華受詔同作詩賦，又與賈充等參定法律。著有詩賦雜筆十餘篇。原有集十卷，已佚，明人輯有《成公子安集》。

【題　解】〈嘯賦〉是成公綏的一篇佳作。嘯是魏晉名士的一種特殊的癖好，就像他們喜歡服五石散和喝酒一樣。《晉書・阮籍傳》載：「籍嘗於蘇門山遇孫登，與商略終古及棲神道氣之術，登皆不應，籍因長嘯而退。至半嶺，聞有聲若鸞鳳之音，響乎巖谷，乃登之嘯也。」這就是有名的「蘇門之嘯」。據此可知，嘯大概是一種有高低抑揚的長吟，也就是此賦所謂「聲不假器，用不借物，近取諸身，役心御氣。動脣有曲，發口成音，觸類感物，因歌隨吟」的一種特殊歌唱。成公綏本人也善於長嘯，「嘗當暑承風而嘯，泠然成曲」。(《晉書》本傳)所以他這篇賦對嘯的描寫頗為形象。作者以比喻、誇張、用典等手法，反覆鋪陳，淋漓盡致地描寫了嘯歌的奇妙。描寫嘯歌不僅曲調變化萬千，而且還可以溝通鬼神，探測幽深。

作者在賦的開頭自稱「逸群公子」，又說「狹世路之阨僻，仰天衢而高蹈。邈姱俗而遺身，乃慷慨而長嘯」。抒發出他欲離群高蹈的懷抱。

逸群公子❶，體奇❷好異，傲世❸忘榮，絕棄人事❹。睎❺高慕古，長想遠思。將登箕山❻以抗節❼，浮滄海❽以游志❾。於是延❿友生，集同好。精⓫性命⓬之至機⓭，研道德⓮之玄奧⓯。愍⓰流俗之未悟，獨超然而先覺⓱。狹世路之阨僻⓲，仰⓳天衢⓴而高蹈㉑。邈㉒姱俗㉓而遺身㉔，乃慷慨㉕而長嘯。于時曜靈㉖俄㉗景㉘，流光濛汜㉙。逍遙攜手，踟跦㉚步趾㉛。發妙聲㉜於丹脣㉝，激哀音於皓齒。響抑揚而潛轉㉞，氣衝鬱㉟而熛起㊱。協黃宮於清角，雜商羽於流徵㊲。飄游雲㊳於泰清㊴，集長風㊵乎萬里。曲既終而響絕，遺餘玩㊶而未已。良㊷自然之至音，非絲竹㊸之所擬㊹。

【章　旨】描寫逸群公子高尚的情懷和長嘯時的環境。

【注　釋】❶逸群公子　這是作者假託的一個人物。逸，通「軼」。逸群，出群。❷體奇　才奇。❸傲世　傲對世俗。❹絕棄人事　不問世事。❺睎　望。這裡和仰慕的意思差不多。❻箕山　山名。又稱崿嶺，在河南登封東南。傳說堯曾要讓位給許由，許由不受，逃到「潁水之陽，箕山之下」隱居。事見《高士傳》。❼抗節　使節操高尚。抗，高。❽浮滄海　浮於滄海之上。意謂到海外去。語出《論語・公冶長》：「道不行，乘桴浮於海。」❾游志　展其志向。這是脫離塵世之意。❿延　邀請。⓫精　精審。⓬性命　古代哲學家認為天命在人身上的表現為人性。《禮記・中庸》：「天命之謂性。」⓭至機　最隱微之處。⓮道德　道，原指人行的道路。借用為事物運動變化所必須遵循的普遍規律或萬物本體。德，與「得」意義相近，用作具體事物從道所得特殊性質。⓯玄奧　深奧微妙。⓰愍　哀憐。⓱先覺　先於眾人而覺悟。⓲阨僻　狹窄。⓳仰　仰視。⓴天衢　天路。此似指天道。衢，四通八達的大道。㉑高蹈　高舉足而蹈地。猶言遠行。㉒邈　遠。㉓姱俗　跨越時俗。姱，通「跨」。㉔遺身　遺忘自身。道家認為只有去智忘我，方能得道。㉕慷慨　意態風發，情緒激昂。㉖曜靈　太陽。㉗俄　斜。㉘景　日光。㉙濛汜　古代傳說日入之處。㉚踟跦　亦作「踟躕」。徘徊不進；猶豫。㉛步趾　兩足行走。趾，指足。㉜妙聲　指長嘯。㉝丹脣　紅脣。㉞潛轉　暗暗轉換。此言嘯聲時抑時揚不斷變化。㉟衝鬱　飽滿的氣流衝口而出。鬱，言氣流強。㊱熛起　迅疾而起。熛，迅疾。㊲協黃宮二句　這二句所言之宮聲、清角、商、羽、流徵，即五聲。謂嘯聲合於五聲，自成樂音。協，合。黃宮，即黃鍾宮聲。㊳飄遊雲　這是說嘯音能使雲飄遊。㊴泰清　天的別稱。㊵集長風　是說嘯音能致長風集結。㊶餘玩　指嘯音給人的回味。玩，玩賞。㊷良　確實。㊸絲竹　指管弦音樂。㊹擬　比擬。

【語　譯】逸群公子，才奇好異，傲對世俗，忘情榮利，不問世事。他仰慕古代有德高人，經常深遠地懷思。想要登上箕山使節操高尚，乘桴出海展其志向。於是請來朋友，邀集同好。精審性命的隱微，研究道德的奧妙。哀憐世俗之人沈迷不醒，獨自超然物外而先覺悟。認為世路過於狹窄，仰視天路而高步遠行。跨越世俗而忘身，意緒慷慨而長嘯。這時日已西斜，光將歸於濛汜。攜手逍遙，信步徘徊。紅脣之中發出妙聲，皓齒之間激揚哀音。嘯聲時抑時揚暗中轉換，氣流飽滿迅疾衝口而出。協合宮聲於清角之音，在流利的徵聲中雜入商、羽之音。使遊雲在天空飄動，集結長風吹行萬里。一曲結束回音絕，留下的餘味令人玩賞不止。這實是自然的最美的音聲，不是管弦之樂所可比擬。

是故聲不假❶器，用❷不借物。近取諸❸身，役心❹御氣❺。動脣有曲，發口成音。觸類❻感物，因歌隨吟❼。大而不洿❽，細❾而不沈❿。清激⓫切⓬於竽笙⓭，優潤⓮和⓯於瑟琴⓰。玄妙足以通神悟靈⓱，精微⓲足以窮幽測深⓳。收⓴激楚㉑之哀荒㉒，節㉓〈北里〉㉔之奢淫。濟洪災於炎旱㉕，反亢陽於重陰㉖。唱引㉗萬變，曲用㉘無方㉙。和樂怡懌㉚，悲傷摧藏㉛。時幽散㉜而將絕㉝，中矯厲㉞而慨慷。徐㉟婉約㊱而優游㊲，紛㊳繁騖㊴而激揚㊵。情既思而能反㊶，心雖哀而不傷㊷。總㊸八音㊹之至和㊺，固極樂而無荒㊻。

【章　旨】本章形容嘯聲的變化及其作用。

【注　釋】❶假　借助。❷用　作用。❸諸　之於。❹役心　費心。❺御氣　用氣。❻觸類　由某類事物而生感觸。❼歌吟　都指嘯。聲大為歌，聲小為吟。❽洿　漫。指聲音的虛浮、散漫。❾細　聲小。❿不沈　不湮滅而不聞。⓫清激　清新激越。⓬切　切合。⓭竽笙　都是古代管樂器。⓮優潤　優美圓潤。⓯和　和諧。⓰瑟琴　都是古代弦樂器。⓱通神悟靈　謂音樂可以溝通人與神鬼之間的思想感情。《禮記・樂記》：禮樂「行乎陰陽而通乎鬼神」。孔穎達疏：「禮樂用之以祭祀鬼神」，「作樂一變以至六變，百神俱至，是通乎鬼神也。」⓲精微　精細隱微。⓳窮幽測深　謂嘯聲可達到極幽深之處。⓴收　收斂。㉑激楚　形容音調的高亢淒清。㉒哀荒　悲哀過分。荒，迷亂；過分。㉓節　節制。㉔北里　古樂名。《史記・卷三・殷本紀》：紂王「使師涓作新淫聲，北里之舞，靡靡之音」。㉕濟洪災於炎旱　言有洪水之災，則以炎旱濟之。濟，救助。洪災，洪水之災。炎旱，乾旱。㉖反亢陽於重陰　言有乾旱之災，則嘯聲可使之返於雲雨天氣。反，同「返」。亢陽，旱災。重陰，濃雲密雨的天氣。㉗引　樂曲的意思。㉘用　度。㉙方　常。㉚怡懌　喜悅。㉛摧藏　自己抑鬱痛苦。㉜幽散　幽遠。㉝絕　斷絕。㉞矯厲　高舉。矯，舉。厲，高。㉟徐　緩緩地。㊱婉約　婉轉。㊲優游　悠閒自得的樣子。㊳紛　紛亂。㊴繁騖　繁疾。㊵激揚　指聲音激越昂揚。㊶思而能反　能由思返不思。㊷哀而不傷　悲哀而不痛苦。這是說嘯聲不踰越禮義的正軌。語出《論語·八佾》：「子曰：『〈關雎〉，樂而不淫，哀而不傷。』」㊸總　總合。㊹八音　古稱金、石、絲、竹、匏、土、革、木八類樂器為八音。㊺至和　最和諧的音樂。㊻極樂無荒　十分快樂，但不過分。荒，大；放縱無禮。

【語譯】所以嘯聲不借助樂器而發，不憑藉外物而生。就近依據自身的條件，用心使氣。嘴唇一動就有曲調，從口中發出就成音樂。由事物而生感觸，於是隨之而生歌吟。聲大而不散漫，聲小而不湮滅。清新激越合於竽笙，優美圓潤與琴瑟和諧。它的玄妙足以溝通人和神鬼，它的精微可達到極幽深之處。收斂高亢淒清之調的過分悲哀，節制〈北里〉的靡靡之音。用乾旱來救助洪水之災，使旱災返於雲雨天氣。曲調多變，格律無常。有時和樂喜悅，有時悲傷痛苦。有時幽遠而似將斷絕，有時中間高亢而慷慨。有時緩慢婉轉而悠閒，有時紛亂繁疾而激揚。情懷能由牽掛世事返於不思，心緒雖悲哀而不痛楚。它能總合所有樂器中最和諧的音樂，所以能使人極為快樂但不放縱。

若乃登高臺以臨遠，披❶文軒❷而騁望❸。喟❹仰抃❺而抗首❻，嘈❼長引❽而憀亮❾。或舒肆❿而自反⓫，或徘徊⓬而復放⓭。或冉弱⓮而柔撓⓯，或澎濞⓰而奔壯⓱。橫鬱⓲鳴而滔涸⓳，冽⓴飄眇㉑而清昶㉒。逸氣㉓奮湧㉔，繽紛㉕交錯。列列㉖飆㉗揚，啾啾㉘響作。奏胡馬㉙之長思㉚，向寒風乎北朔㉛。又似鴻雁㉜之將雛㉝，群鳴號㉞乎沙漠。故能因形創聲㉟，隨事造曲㊱。應物無窮，機發㊲響速㊳。怫鬱㊴衝流㊵，參譚雲屬㊶。若離若合㊷，將絕復續。飛廉㊸鼓㊹於幽隧㊺，猛虎應於中谷㊻。南箕㊼動於穹蒼㊽，清飆振乎喬木㊾。散滯積㊿而播揚，蕩(51)埃藹(52)之溷濁(53)。變陰陽之至和(54)，移淫風(55)之穢俗(56)。若乃遊崇岡，陵(57)景山(58)。臨巖側，望流川。坐盤石，漱(59)清泉。藉臯蘭(60)之猗靡(61)，蔭脩竹之蟬蜎(62)。乃吟詠而發散(63)，聲駱驛(64)而響連。舒(65)蓄思(66)之悱憤(67)，奮(68)久結之纏綿(69)。心滌蕩(70)而無累(71)，志(72)離俗而飄然。

【章旨】本章描寫在高臺之上和大山之上長嘯的情景。

【注釋】❶披　打開。❷文軒　彩畫雕飾的窗戶。軒，有窗檻的長廊或小室。❸騁望　縱目遠望。❹喟　歎息的樣子。❺抃　拍手。❻抗首　昂頭。❼嘈　形容嘯聲喧響。❽長引　悠長的嘯聲。❾憀亮　音聲清澈的樣子。❿舒肆　放逸。⓫自反　言音聲去而復回。⓬徘徊　形容音聲逗留不進。⓭放　放縱。⓮冉弱　荏弱。形容音聲低弱。⓯柔撓　柔順的樣子。⓰澎濞　同「澎湃」。波濤沖激之聲。⓱奔壯　水勢雄壯。此形容嘯聲。⓲橫鬱　言嘯聲直出而繁盛。⓳滔涸　形容水大和水乾的樣子。⓴冽　寒冷。這裡是形容聲清。㉑飄眇　聲音清長的樣子。㉒清昶　清暢。昶，通「暢」。㉓逸氣　嘯歌時吹出的氣流。㉔奮湧　強勁湧出。㉕繽紛　各種嘯聲繁亂之狀。㉖列列　風吹的樣子。㉗飆　暴風。㉘啾啾　象聲詞。細小的叫聲。㉙胡馬　來自北方匈奴等民族的馬。㉚長思　久久思念。古詩有「胡馬思北風」句，意謂胡馬由北風而思故土。㉛北朔　北方。朔，朔方；北方。㉜鴻雁　大雁。㉝將雛　攜帶幼鳥。㉞號　號叫。㉟因形創聲　因物形而仿其聲。如擬胡馬之嘶，群雁之鳴。㊱隨事造曲　由所遇情事而創作樂曲。㊲機發　像弩機發射一樣迅速。機，指弩機。弓上發箭的裝置。㊳響速　像回聲應和一樣迅速。響，回聲。㊴怫鬱　猶悒鬱。心情不舒暢。㊵衝流　衝口而出的氣流。㊶參譚雲屬　皆謂聲多而相連的樣子。㊷若離若合　形容嘯聲的分合。㊸飛廉　傳說中的風神。㊹鼓　鼓風。㊺幽隧　隱僻的道路。隧，道路。㊻中

谷　谷中。㊼南箕　南方天空中的箕星。㊽穹蒼　蒼天。㊾清飆振乎喬木　傳說箕星好風《書・洪範》：「星有好風，星有好雨。」孔傳：「箕星好風，畢星好雨。」），能致風氣。此言箕星感嘯生風，動於天上，清風也振動高大的樹木。清飆，清風。㊿散滯積　使滯積之氣散發開來。(51)蕩　蕩滌。(52)埃藹　此指塵埃。(53)溷濁　即混濁。溷，即「混」字。(54)變陰陽之至和　改變陰陽而使其和諧。(55)淫風　放蕩的風氣。(56)穢俗　醜惡的習俗。(57)陵　登上。(58)景山　大山。景，大。(59)漱　蕩口。(60)藉皋蘭　坐臥在皋蘭之上。皋蘭，皋澤所生的蘭草。是一種香草。(61)猗靡　隨風而動的樣子。(62)蟬蜎　即嬋娟。美好的樣子。(63)發散　抒發志向。(64)駱驛　即「絡繹」。聲連不絕的樣子。(65)舒　申；舒展。(66)蓄思　久已思想的。(67)悱憤　憂憤。(68)奮　振作。(69)久結之纏綿　糾纏已久的感情。(70)滌蕩　洗刷乾淨。(71)無累　沒有煩惱牽掛。(72)志　此處即心的意思。

【語　譯】至於登上高臺面向遠方，打開彩飾的窗戶縱目眺望。喟然而歎，仰首鼓掌，引吭長嘯，清新響亮。有時音聲放逸，去而復回；有時遲留不進，又轉而縱放。有時低弱而柔順，有時澎湃而雄壯。有時直出而繁盛，好似流水滔滔，吸氣時又似水流乾涸；有時淒寒飄渺，悠長清暢。氣流強勁湧出，各種嘯聲繁亂交錯。浩浩颸風，啾啾作響。奏出胡馬對故土的思念，寒風中向著北方。又似大雁攜帶著雛鳥，鳴叫著群飛過沙漠。所以嘯聲能因物形而創聲，隨情事而作曲。應和事物無窮無盡，迅速如同弩機發射，山谷回聲。氣流飽滿，聲繁而相連。若離若合，將斷又連續。嘯聲感動飛廉在幽僻的道路上鼓風，猛虎在谷中應和。引得箕星在蒼天移動，清風振動喬木的枝柯。使滯積之氣發散播揚，蕩除混濁的塵埃。改變陰陽使其和諧，轉換淫邪醜惡的風俗。至於遊高崗，登大山。臨懸崖，望河流。坐盤石，漱清泉。坐臥在隨風而動的皋蘭之上，頭頂著修竹的濃蔭。於是用嘯歌來抒發志向，音聲不絕連著回聲。舒展長期蓄積的憂憤，從糾纏已久的感情中振作起來。心中蕩滌乾淨，沒有煩惱牽掛；志趣遠離塵俗，飄飄欲仙。

若夫假❶象❷金革❸，擬❹則❺陶匏❻。眾聲繁奏，若笳❼若簫。磞硠震隱，訇磕嘲嘈❽。發徵❾則隆冬❿熙蒸⓫，騁羽⓬則嚴霜夏凋⓭。動商⓮則秋霖⓯春降，奏角⑯則谷風⑰鳴條⑱。音均⑲不恆⑳，曲無定制㉑。行而不流㉒，止而不滯㉓。隨口吻㉔而發揚㉕，假㉖芳氣㉗而遠逝。音要妙㉘而流響，聲激嚁㉙而清厲㉚。信㉛自然之極麗，羌㉜殊尤㉝而絕世㉞。越㉟〈韶〉〈夏〉㊱與〈咸池〉㊲，何徒取異㊳乎鄭衛㊴！于時綿駒㊵結舌㊶而喪精㊷，王豹㊸杜口㊹而失色㊺。虞公㊻輟聲㊼而止歌，甯子㊽檢手㊾而歎息。鍾期㊿棄琴而改聽(51)，孔父(52)忘味(53)而不食。百獸率舞(54)而抃足(55)，鳳皇來儀(56)而拊翼(57)。乃知長嘯之奇妙，蓋亦音聲之至極。

【章旨】本章用誇張的筆法來形容嘯聲所產生的效果，從而得出長嘯是音樂中極品的結論。

【注釋】❶假　借。❷象　法。❸金革　金，八音之一。指鐘鎛之類的樂器。革，八音之一。指鼓類樂器。❹擬　模擬；仿效。❺則　法則。❻陶匏　陶，指塤類樂器。匏，指笙竽之類樂器。❼笳　古管樂器。漢時流行於塞北和西域一帶，漢魏鼓吹樂中常用之。❽磞硠震隱二句　形容各種大聲。❾發徵　發出徵聲。徵，五聲之一。❿隆冬　深冬。⓫熙蒸　熱氣蒸騰。按陰陽五行家之見，徵為大音，屬夏季。所以在隆冬發徵聲，就會感到如在夏日之感。⓬騁羽　盡情施展羽聲。羽，五聲之一。⓭夏凋　夏日草木凋謝。按陰陽五行家之見，羽為水音，屬冬。因而夏日發羽聲，就如至秋日，感到霜降草枯。⓮動商　起動商聲。商聲，五聲之一。⓯秋霖　秋季久下不停的雨。按陰陽五行家之見，商為金音，屬秋。春季奏商聲，則如見連綿秋雨。⓰奏角　奏起角聲。角，五聲之一。⓱谷風　東風；春風。《爾雅・釋天》：「東風謂之谷風。」疏：「孫炎曰：谷之言穀，穀，生也，谷風者生長之風也。」⓲鳴條　樹木枝條被風吹動發出聲音。按陰陽五行家之見，角為木音，屬春。聯繫上文，可知此句是說秋天奏角聲，則如感春風吹拂枝條。⓳音均　即「音韻」。均，古「韻」字。⓴不恆　不常；不固定。㉑定制　一定的格式。㉒行而不流　謂行進而不放縱，能以義制之。㉓止而不滯　靜止而不停滯。㉔吻　嘴脣。㉕發揚　發出嘯聲，使聲傳揚。㉖假　借助。㉗芳氣　美稱人的呼吸之氣。㉘要妙　亦作「要眇」。美好的樣子。㉙激嚁音聲疾速的樣子。㉚清厲　清新激切。㉛信　確實。㉜羌　語助詞。無義。㉝殊尤　特別奇異。尤，異。㉞絕世　冠絕當世。㉟越　超越。㊱韶夏　舜樂名〈大韶〉，禹樂名〈大夏〉。㊲咸池　黃帝之樂名〈咸池〉。㊳取異　取其不同之處。㊴鄭衛　鄭衛之音。春秋戰國時鄭、衛兩國的民間音樂。《禮記．樂記》：「魏文侯問於子夏：『吾端冕而聽古樂，則唯恐臥；聽鄭衛之音，則不知倦。敢問古樂之如彼，何也？新樂之如此，何也？』」又：「鄭衛之音，亂世之音也。」此處為淫靡之樂的代稱。㊵綿駒　春秋時齊國名歌手。《孟子．告子下》：「綿駒處於高唐，而齊右善歌。」㊶結舌　發不出聲。此言不敢唱歌。㊷喪精　喪其精神。此下八句都是誇張地襯托嘯歌的美妙。㊸王豹　春秋時齊國的歌手。《孟子．告子下》：「昔者王豹處於淇，而河西善謳。」㊹杜口　閉口。㊺失色　臉色為之大變。㊻虞公　春秋時齊國名歌手。善歌新聲，為晏子所拘，事見《晏子春秋》。㊼輟聲　止聲。㊽甯子　指甯戚。春秋時齊國大夫。他原是衛國人，善歌，懷才不遇，想去拜見齊桓公求官，即到齊經商，宿於郭門之外。齊桓公郊迎客人，甯戚正在餵牛，心情悲哀，乃擊牛角而歌。桓公聽到歌聲，認為歌者不是常人，就命後車載他而歸，任他為官。㊾檢手　斂手；收起了手。指甯戚不用手敲擊牛角唱歌了。檢，通「斂」。㊿鍾期　鍾子期。春秋時楚國人，精通音律，善於聽琴。伯牙鼓琴心中所想，他都能從琴音中聽出。(51)改聽　指不聽伯牙鼓琴，而改聽嘯歌。(52)孔父　指孔子。(53)忘味　《論語．述而》記載，孔子在齊國聽到〈韶〉樂，三月不知肉味，說：「不圖為樂之至於斯也。」(54)率舞　中相率而舞。(55)抃足　以足相拍。抃，原意為拍手。(56)鳳皇來儀　鳳凰來舞而有容儀，古代相傳以為瑞應。《書．益稷》：「簫韶九成，鳳皇來儀。」(57)拊翼　拍動雙翼。

【語　譯】嘯聲借鏡鐘鼓的方法，又模擬陶匏的規律。眾聲繁奏，似笳似簫。放大聲音時，震人心肺。發出徵聲，雖在隆冬也會熱氣蒸騰；縱吹羽聲，則炎夏也如霜降而草木凋謝。奏動商聲時，則在陽春季節也若連綿秋雨；奏起角聲時，雖在三秋也感到像春風拂過枝條般柔和。音聲多變化，曲調無固定格式。行進而不放縱，靜止而不停滯。隨口脣而發出嘯聲，借助氣流而遠遠傳播。音聲美妙而傳響，忽而又疾速而清厲。這確是天然極美之聲，其卓異冠絕於當世。超越了〈大韶〉、〈大夏〉和〈咸池〉，哪裡僅僅取其不同於鄭衛之音而已！當長嘯出脣之時，綿駒不敢唱歌，喪魂失魄；王豹閉上嘴巴，臉色大變。虞公停止演唱他的新歌，甯子不敲牛角而只歎息。鍾子期不聽琴而改聽嘯歌，孔夫子也會為之忘記肉味而不食。百獸相率而舞，以足相拍；鳳凰來舞，拍動雙翼。這才知長嘯的奇妙，堪稱音樂之中的最上品。

卷一九

情

高唐賦 并序

【作　者】宋玉，戰國楚的辭賦家，關於他生平的史料甚少，《史記·卷八四·屈原賈生列傳》記載說：「屈原既死之後，楚有宋玉、唐勒、景差之徒者，皆好辭而以賦見稱；然皆祖屈原之從容辭令，終莫敢直諫。」《新序·雜事》、《韓詩外傳》、《襄陽耆舊傳》等書也保存了幾則關於宋玉的軼事，都不過說他曾事楚襄王（《新序·雜事第一》一則作事楚威王），未被重用。王逸在《楚辭章句》中說他是屈原的弟子，為楚大夫，然無別的佐證，恐不可信。宋玉的賦，《漢書·卷三〇·藝文志》載十六篇，今傳《楚辭章句》中〈九辯〉等九篇，《文選》中〈風賦〉等四篇，共十三篇，一般認為，〈九辯〉一文最可信是宋玉所作，其他諸篇都值得懷疑。又《古文苑》中也收了五篇題為宋玉所作的賦，然此書晚出，就更不可信了。

【題　解】〈高唐賦〉是一篇名篇，它與下一篇〈神女賦〉描寫的是同一事件。黃侃在《文選評點》中認為：「〈高唐〉〈神女〉實為一篇，猶〈子虛〉、〈上林〉也。」馬積高《賦史》則認為「二賦是互相銜接的姊妹篇」。不管如何說，這二篇的關係的確很密切，文脈相通，故實相承，句式也基本相同。前篇重在賦山水，後篇重在賦神女，把險駭的山水與神奇的美女協合在一起。這二篇究竟是否是宋玉所作，學術界目前還有爭論，大部分人都持存疑態度。

賦中說「遊雲夢之臺，望高唐之觀」，理所當然地高唐觀當在雲夢澤中，然而下文又說「在巫山之陽，高丘之阻」，則此觀當在巫山附近。但雲夢澤與巫山並不在一處。這當作如何解釋呢？其實所謂神女之事，本為作者假設；而雲夢澤的概念在古人心中也不固定（有人將它擴得很大），因而把巫山納入雲夢中，也不值得過於深究。雲夢難以範定，而巫山卻可尋，因而後人一般紀念神女，就都在巫山附近。宋范成大《吳船錄》卷下云：「戊午，乘水下巫峽……三十五里至神女廟，廟前灘尤洶怒。十二峰俱在北岸……廟乃在諸峰對岸小岡之上，所謂陽雲臺，高唐觀……廟額曰『凝真觀』。」宋陸游《入蜀記．卷六》云：「二十三日過巫山凝真觀，謁妙用真人祠。真人，即世所謂巫山神女也。……是日，天宇晴霽，四顧無纖翳，惟神女峰上有白雲數片，如鸞鶴翔舞徘徊，久之不散，亦可異也。」此賦所寫山水，其實即是巫山和江水。作者以其傳神之筆，描繪出當地山川的雄險幽奇，寫出許多令人擊節稱歎的佳句。譬如寫山壑就這樣寫道：「俯視清嶸，窐寥窈冥；不見其底，虛聞松聲。」不見松林，但空聞谷中傳來陣陣松濤之聲，這種寫法突出其谷的深不可測，也引人遐想，的確是神來之筆！

昔者，楚襄王與宋玉遊於雲夢❶之臺，望高唐❷之觀❸。其上獨有雲氣，崒❹兮直上，忽❺兮改容❻，須臾之間，變化無窮。王問玉曰：「此何氣也？」玉對曰：「所謂朝雲者也。」王曰：「何謂朝雲？」玉曰：「昔者先王❼嘗遊高唐，怠而晝寢❽。夢見一婦人曰：『妾，巫山之女也，為高唐之客。聞君遊高唐，願薦枕席❾。』王因幸之❿。去而辭曰：『妾在巫山之陽⓫，高丘之阻⓬。旦為朝雲⓭，暮為行雨。朝朝暮暮，陽臺之下。』旦朝視之，如言，故為立廟，號曰朝雲。」王曰：「朝雲始出，狀若何也？」玉對曰：「其始出也，嚉⓮兮若松榯⓯；

其少進也，晰⑯兮若姣姬⑰，揚袂⑱鄣日⑲而望所思。忽兮改容，偈⑳兮若駕駟馬㉑，建㉒羽旗㉓。湫㉔兮如風，淒兮如雨。風止雨霽㉕，雲無處所。」王曰：「寡人㉖方今㉗可以遊乎？」玉曰：「可。」王曰：「其何如矣？」玉曰：「高矣，顯㉘矣，臨望㉙遠矣；廣矣，普㉚矣，萬物祖矣㉛。上屬㉜於天，下見於淵。珍怪奇偉㉝，不可稱論。」王曰：「試為寡人賦之。」玉曰：「唯唯㉞。」

【章　旨】本章敘述楚襄王與宋玉遊雲夢澤，見高唐觀上之雲，宋玉乃追述楚懷王與巫山女神的一段姻緣。

【注　釋】❶雲夢　古澤藪名。據《漢書・卷二八・地理志》等漢魏人記載，雲夢澤在南郡華容縣（今潛江西南）南，範圍並不很大。但晉以後經學家將古之雲夢澤的範圍越說越大，把洞庭湖也包括了進去，與漢以前記載不符。❷高唐　觀名。❸觀　樓臺之類。❹崒　高峻似山巖。❺忽　很快的樣子。❻改容　改變容顏。❼先王　指楚懷王。❽晝寢　白日睡覺。❾薦枕席　侍奉於枕席。薦，進。❿幸之　此指與巫山之女親昵。幸，寵幸。⓫陽　山南。⓬阻　險阻之處。⓭朝雲　即早上之雲。⓮㬣　茂盛的樣子。⓯榯　直豎的樣子。⓰晰　昭晰。此處為明媚的意思。⓱姣姬　美女。⓲袂　袖。⓳鄣日　遮日。鄣，同「障」。⓴偈　疾速驅馳的樣子。㉑駟馬　四馬拉車。㉒建　立。㉓羽旗　用五色鳥羽做的旗子。㉔湫　涼颼颼的樣子。㉕雨霽　雨止。㉖寡人　古代諸侯對下的自稱。意謂寡德之人，是一種自謙的說法。㉗方今　表示將要的意思。㉘顯　顯著。㉙臨望　言其地居高臨下，所望甚遠。㉚普　普遍。㉛萬物祖矣　此言萬物祖生於此。㉜屬　連接。㉝偉　美。㉞唯唯　恭敬承諾之詞。

【語　譯】從前，楚襄王和宋玉到雲夢澤的臺館遊覽，遠望高唐觀。觀上有雲氣，高峻似山巒直立，很快地改變形狀，短時間內，變化無窮。襄王問宋玉：「這是什麼氣呀？」宋玉回答說：「這就是所謂朝雲。」襄王說：「什麼叫朝雲？」宋玉說：「從前先王曾遊高唐觀，因為倦怠，白日昏睡。夢中見到一個女子，她說：『我是巫山的女子，在高唐觀作客。聽說君王來高唐觀遊賞，我願在枕席之上侍奉您。』先王於是與她同床共枕。她離去時告辭說：『我在巫山之南，高山險峻之處。早晨化為雲彩，傍晚化為雨水。早早晚晚，都在陽臺之下。』先王次日早上一看，果如她所說，就為她立了一座廟，名叫朝雲。」襄王說：「那朝雲初出之時，是什麼樣子啊？」宋玉回答說：「朝雲初出之時，好像茂盛的松樹峙立；過了一會兒，又像明媚的美女，舉袖遮日望著她所思念的人。忽然之間又變了樣子，好似四馬拉車疾馳，五色羽旗豎立。涼颼颼如風吹，冷淒淒似有雨。待到風止雨停，雲也無處可尋。」襄王說：「我可以去一遊嗎？」宋玉說：「可以。」襄王說：「高唐觀怎樣呢？」宋玉說：「又高又顯豁，臨望甚遠；廣大開闊，萬物源生於此。上連於青天，下見於深淵。珍怪奇美之物，說之不盡。」襄王說：「請為我以此為題材做一篇賦吧。」宋玉說：「是，是。」

惟高唐之大體❶兮，殊無物類之可儀比❷。巫山赫❸其無疇❹兮，道互折❺而曾累❻。登巉巖❼而下望兮，臨大阺❽之稸水❾。遇天雨之新霽兮，觀百谷❿之俱集。濞⓫洶洶⓬其無聲兮，潰⓭淡淡⓮而並入⓯。滂洋洋⓰而四施⓱兮，蓊⓲湛湛⓳而弗止⓴。長風至而波起兮，若麗山之孤畝㉑。勢薄岸而相擊㉒兮，隘交引而卻會㉓。崒㉔中怒而特高㉕兮，若浮海而望碣石㉖。礫㉗磥磥㉘而相摩㉙兮，巆㉚震天之礚礚㉛。巨石溺溺㉜之瀺灂㉝兮，沫㉞潼潼㉟而高厲㊱。水澹澹㊲而盤紆㊳兮，洪波淫淫㊴之溶潏㊵。奔揚踴㊶而相擊兮，雲興聲㊷之霈霈㊸。猛獸驚而跳駭兮，妄(44)奔走而馳邁。虎豹豺(45)兕(46)，失氣(47)恐喙(48)；雕鶚鷹鷂(49)，飛揚(50)伏竄(51)。股戰(52)脅息(53)，安敢妄摯(54)！於是水蟲(55)盡暴(56)，乘渚(57)之陽(58)。黿(59)鼉(60)鱣鮪(61)，交積縱橫(62)；振鱗(63)奮翼(64)，蜲蜲蜿蜿(65)。中阪(66)遙望，玄木(67)冬榮(68)，煌煌熒熒(69)，奪人目精(70)。爛兮若列星，曾不可殫形(71)。榛林(72)鬱盛(73)，葩華(74)覆蓋(75)；雙椅(76)垂房(77)，糾枝(78)還會(79)。徙靡(80)澹淡(81)，隨波闇藹(82)。東西施翼(83)，猗狔(84)豐沛(85)。綠葉紫裹(86)，丹莖(87)白蔕(88)。纖條(89)悲鳴(90)，聲似竽籟(91)；清濁(92)相和，五變(93)四會(94)。感心動耳，迴腸傷氣(95)。孤子(96)寡婦，寒心酸鼻；長吏(97)隳官(98)，賢士失志(99)。愁思無已(100)，歎息垂淚。

【章　旨】本章先寫巫山下的深池，形容其水勢之大。繼而描寫猛獸猛禽聞聲恐懼之狀及水中動物的閒逸。末寫山腰樹木的繁茂。

【注　釋】❶大體　大觀。❷儀比　類比。儀，匹配。❸赫　隆盛之狀。❹無疇　無有其匹。疇，匹。❺互折　交互曲折。❻曾累　重重橫斜而上。曾，通「層」。累，重疊。❼巉巖　高高不生草木的巖石。❽大阺　大的山坡。❾稸水　積水。稸，積。❿百谷　指眾谷的雜水。⓫濞　大水突至之聲。⓬洶洶　洶湧。謂水波騰湧的樣子。⓭潰　謂水相交過。⓮淡淡　水流平滿的樣子。⓯並入　共入於蓄水之處。⓰滂洋洋　水勢很大的樣子。⓱四施　流向四方。⓲蓊　聚集的樣子。⓳湛湛　水深的樣子。⓴弗止　不能常靜。㉑若麗山之孤畝　言風吹浪起，浪又如田中高處的田界附著於山上。麗，附著。畝，田中高處。㉒勢薄岸而相擊　謂水口處水近岸則相激。薄，近。㉓隘交引而卻會　水口處狹窄，水流相交引，只得後退而相會。㉔崒　聚。此言兩浪相合聚。㉕特高　突出高起。㉖碣石　山名。在河北昌黎北。山南去渤海四五十里，但古人記載中或作在海旁，或作在海中，這是由於山勢兀立，從海上遠望，宛如在海邊或海中之故。㉗礫　小石。㉘磥磥　石塊很多的樣子。㉙相摩　相摩擦。這是說水急石流，石塊自相摩擦。㉚嶒　水石相激之聲。㉛礚礚　石塊相摩的大聲。㉜溺溺　沒在水中。㉝瀺灂　石在水中出沒之狀。㉞沫　浪花。㉟潼潼　高高的樣子。㊱高厲　浪花高湧。厲，起。㊲澹澹　水波搖蕩的樣子。㊳盤紆　水流盤旋紆迴。㊴淫淫　遠去的樣子。㊵溶滴　蕩動的樣子。㊶奔揚踴　言水波奔流，揚起波浪。㊷雲興聲　言大波之狀似雲，又發出聲音。㊸霈霈　水聲。㊹妄　謂不辨東西地亂跑。㊺犲　即「豺」字。㊻兕　犀牛一類的野獸。㊼失氣　喪氣；意氣沮喪。㊽恐喙　嚇得不敢叫。喙，獸嘴。㊾雕鶚鷂　都是猛禽。㊿飛揚　飛走。(51)伏竄　隱匿逃走。竄，逃。(52)股戰　大腿發抖。股，大腿。戰，戰慄。(53)脅息　屏氣。形容恐懼到極點。(54)妄摯　隨便攫取弱小動物。(55)水蟲　指魚鼈之類。(56)暴　日曬。(57)渚　水中小塊陸地。(58)陽　水北稱陽。因其地水暖，故水中動物聚游於其地。(59)黿　大鼈；綠團魚。(60)鼉　鼉龍。俗叫豬婆龍，是鱷魚的一種。(61)鱣鮪　都是魚名。(62)交積縱橫　形容聚集很多，游來游去的樣子。(63)振鱗　張開鱗甲。(64)奮翼　伸出雙鬐。翼，指魚腮邊的二小鬐。(65)蜲蜲蜿蜿　龍蛇曲折游行的樣子。(66)中阪　謂未至山頂的山腰。阪，山坡。(67)玄木　傳說中的一種常綠樹。謂食其葉，可成仙。《呂氏春秋・本味》：「中容之國，有赤木、玄木之葉焉。」高誘注：「赤木、玄木，其葉皆可食，食之而仙也。」(68)冬榮　冬天開花。(69)煌煌熒熒　光彩煥發的樣子。(70)奪人目精　光耀使人難睜開眼。目精，眼珠。(71)殫形　完全加以形容。殫，盡。(72)榛林　栗林。(73)鬱盛　茂盛。(74)葩華　花。華，同「花」。(75)覆蓋　栗花生於葉間，花葉自相覆蓋。(76)椅　木名。即山桐子。(77)房　果實。(78)糾枝　枝曲下垂。(79)還會　相交；相糾結。(80)徙靡　言風吹枝條往來擺動的樣子。(81)澹淡　水上的漣漪。(82)闇藹　昏暗。此言樹蔭遮蔽水上，水上有一片暗影。(83)東西施翼　此言樹枝向四面伸展，如鳥翼一般。言東西，則包括南北在內。(84)猗狔　枝條柔弱下垂的樣子。(85)豐沛　形容多的樣子。(86)紫裏　紫色的果實。即紫色果皮包裏著的果實。(87)丹莖　紅色的莖。(88)蔕　即「蒂」。花及瓜果與枝莖相連的地方。(89)纖條　細細的枝條。(90)悲鳴　風吹枝條所發出的哀音。(91)竽籟　都是古樂器的名稱。竽，簧管樂器。形似笙而較大，管數亦較多。戰國前盛行於民間。籟，是一種管樂器。三孔。(92)清濁　形容聲音的清脆和低沈。李善注：「吹小枝則聲清，吹大枝則聲濁。」(93)五變　五音（宮、商、角、徵、羽）相應就生變化，變化合於音律，則成樂音。(94)四會　四方之聲相會合。(95)迴腸傷氣　亦作「迴腸盪氣」。極言聲樂之能感動人心。李善注曰：「言上諸聲，能迴轉人腸，傷斷人氣。」(96)孤子　孤兒。(97)長吏　舊稱地位較高的官員。(98)隳官　廢棄公事。隳，廢。(99)失志　失去本來的志向，不知所為。(100)無已　不止。

【語　譯】高唐的總觀呵，找不到東西可與它類比。巫山的巍峨無有其匹呵，山道曲折橫斜而上。登上高高的巖石往下望呵，俯視大坡上的積水池。遇上天雨初止呵，可看到眾谷的雜水俱集。水波洶湧而無聲息呵，縱橫平滿注入深池。浩浩淼淼湧向四方呵，湛湛深池不能平靜。長風吹至掀起波浪呵，浪文好似附著於山上的田界。水口處近岸則水流相激呵，地勢狹隘使得急流相交，後退相會。怒濤相聚，突出高起呵，宛若在海上遙望碣石山。亂石在急流中自相摩擦呵，轟轟隆隆，響聲震大。巨石在水中出沒呵，浪花高高地湧起。水波起伏而盤紆呵，大水動盪遠去。奔流騰波，浪打浪呵，好似濃雲突起，又發出霈霈之聲。猛獸聞聲，驚駭跳蹦呵，盲目地奔跑飛馳。虎豹豺兕，喪氣恐慌；雕鶚鷹鷂，飛走躲竄。腿抖屏息，怎敢隨便逞兇！水中動物都出來曬太陽，在那水渚的北面。黿鼉鱣鮪，聚集其中，游來游去。張開鱗甲，伸出雙鬐，曲曲折折地游行。山腰遙望，常綠樹冬天開花。光彩煥發，使人難以睜開眼睛。燦爛如同天上的列星，不能完全形容。栗樹林生長茂盛，花葉相互覆蓋。雙雙山桐子果實下垂，彎曲的枝條相互糾結。風擺樹枝，水起漣漪，一片暗影隨波搖動。樹枝向四面伸展，猶如鳥翼，柔弱下垂，十分繁密。綠葉紫果，紅莖白蒂。風吹細枝發出悲鳴，好似竽籟的音聲；清脆和沈濁之音，互相應和；五音變化，四方之聲相會。聽者感心動耳，迴腸盪氣。孤兒寡婦，寒心酸鼻；長吏廢棄公事，賢士失去志向。眾人皆愁思不止，歎息落淚。

登高遠望，使人心瘁❶。盤岸❷巑岏❸，裖陳❹磑磑❺。盤石❻險峻，傾崎❼崖隤❽。巖嶇❾參差❿，從橫相追⓫。陬互橫啎⓬，背穴偃蹠⓭。交加累積，重疊增益⓮。狀若砥柱⓯，在巫山下。仰視山巔，肅何千千⓰，炫燿虹蜺⓱。俯視崝嶸⓲，窐寥⓳窈冥⓴。不見其底，虛聞松聲㉑。傾岸㉒洋洋㉓，立而熊經㉔。久而不去，足盡汗出㉕。悠悠忽忽㉖，怊悵㉗自失。使人心動㉘，無故自恐㉙。賁育㉚之斷㉛，不能為勇。卒愕㉜異物，不知所出。縱縱莘莘㉝，若生於鬼，若出於神。狀似走獸，或象飛禽。譎詭㉞奇偉，不可究陳㉟。上至觀側，地蓋底平㊱。箕踵漫衍㊲，芳草羅生㊳。秋蘭茝蕙㊴，江離㊵載㊶菁㊷。青荃射干㊸，揭車㊹苞并㊺。薄草㊻靡靡㊼，聯延㊽夭夭㊾，越香㊿掩掩(51)。眾雀嗷嗷(52)，雌雄相失，哀鳴相號。王雎(53)鸝黃(54)，正冥楚鳩(55)，姊歸思婦，垂雞高巢(56)。其鳴喈喈(57)，當年(58)遨遊(59)，更唱迭和(60)，赴曲(61)隨流(62)。有方之士(63)，羨門高谿(64)，上成鬱林，公樂聚穀(65)。進(66)純犧(67)，禱(68)琁室(69)，醮(70)諸神，禮太一(71)。傳祝(72)已具，言辭(73)已畢。王乃乘玉輿(74)，駟倉螭(75)，垂旒旌(76)，旆(77)合諧(78)。紬(79)大弦(80)而雅聲(81)流，洌風(82)過而增悲哀。於是調謳(83)，令人惏悷(84)憯悽(85)，脅息(86)增欷(87)。

【章旨】本章先描繪山上懸崖巨石的種種驚險怪異之狀，以及行人身歷其境的恐懼心理，繼而描寫山上觀側芳草羅生好鳥喈鳴的美景，最末描寫先王的祭祀出行。

【注釋】❶心瘁　心憂而病。瘁，病。❷盤岸　盤曲的崖岸。即下文所言之「傾岸」。❸巑岏　山峻銳的樣子。❹裖陳　陳列。裖，整。陳，列。❺磑磑　山石堅挺之狀。❻盤石　即磐石。巨石。❼傾崎　傾側不安。❽崖隤　懸崖頹壞。隤，壞。❾巖嶇　山巖崎嶇。❿參差　高低不齊。⓫從橫相追　此言山勢騰秀，如同相追趕。從橫，縱橫。⓬陬互橫啎　此言山石之角交互而出，橫逆於路。陬，山角。啎，逆。⓭偃蹠　這是形容山石形狀，言其如有所蹈。⓮交加累積二句　都是形容石上加石之狀。⑮砥柱　即砥柱山。一稱底柱山、三門山。在河南三門峽，是黃河急流中的石島。為堅硬的閃長玢岩構成。以山在水中若柱，故名。現已炸毀。⑯千千　青青的山色。千，通「芊」。芊芊，青色。⑰炫燿虹蜺　言如同虹蜺照耀山頂。燿，通「耀」。⑱崝嶸　深直的樣子。崝，同「崢」。⑲窐寥　空深的樣子。⑳窈冥　幽深昏暗的樣子。㉑虛聞松聲　此言山谷深邃，杳遠不見，但空聞松濤之聲。㉒傾岸　此言崖岸似將傾倒。極言其勢之險。㉓洋洋　水流迅急之狀。㉔熊經　熊攀樹自懸。形容人立岸邊的恐懼。㉕足盡汗出　此言人心驚膽戰，汗自足下流出。㉖悠悠忽忽　迷迷茫茫，不知所措。㉗怊悵　同「惆悵」。失意的樣子。㉘心動　心驚。㉙恐　驚恐。㉚賁育　孟賁、夏育。皆戰國時勇武之士。相傳孟賁能生拔牛角，夏育力舉千斤。㉛斷　決斷。㉜卒愕　猝然驚愕。㉝維維莘莘　眾多的樣子。㉞譎詭　怪異。㉟究陳　盡說。㊱底平　平坦。底，平。㊲箕踵漫衍　此謂山上之形如簸箕之掌，而又寬大。㊳羅生　羅列而生。㊴蘭茝蕙　都是香草名。㊵江離　香草名。㊶載　則。㊷菁　華。㊸青荃射干　香草名。㊹揭車　香草名。㊺苞并　叢生。㊻薄草　草叢。㊼靡靡　相依倚的樣子。㊽聯延　相連不斷。㊾夭夭　美好的樣子。㊿越香　香氣發越。(51)掩掩　香氣散發的樣子。(52)嗷嗷　雀叫之聲。(53)王雎　鳥名。即雎鳩。(54)鸝黃　黃鶯。(55)正冥楚鳩　鳥名。(56)姊歸思婦二句　都是鳥名。(57)喈喈　禽鳥叫聲。(58)當年　終生。(59)遨遊　遊戲。(60)更唱迭和　此言禽鳥鳴聲，互相唱和。(61)赴曲　言鳥之哀鳴，有同於歌曲。(62)隨流　謂隨鳥類而成曲。(63)有方之士　方術之士。指古代求仙煉丹，自言能長生不死的人。方，法術。(64)羨門高谿　李善注曰：「『谿』疑是『誓』字。」按羨門、高誓是二古仙人名。《史記・卷六・秦始皇本紀》：「三十二年，始皇之碣石，使燕人盧生求羨門、高誓。刻碣石門。」(65)上成鬱林二句　都是古術士名。未詳出處。(66)進　獻祭。(67)純犧　純色祭祀用的牲畜。(68)禱　祭祀。(69)琁室　以玉裝飾的宮室。(70)醮　祭。(71)太一　天神。(72)祝　祭祀時告鬼神的人。(73)言辭　指祝所告之辭。(74)玉輿　用玉裝飾的車子。(75)駟倉螭　駕上四匹青色駿馬。駟，駕四馬拉車。倉螭，蒼螭。螭是一種無角的龍。此指駿馬。(76)旒旌　旗幟下邊懸垂的飾物。(77)旆　古時旗末狀如燕尾的垂旒。(78)合諧　旌旆相和的樣子。(79)紬　抽引；彈奏。(80)大弦　指琴、瑟等樂器。(81)雅聲　雅正的音樂。(82)冽風　寒風。(83)調謳　唱歌。(84)林悷　悲傷。(85)憯悽　悽慘。(86)脅息　斂縮氣息。表示悲痛。(87)欷　抽泣聲。

【語　譯】登高望遠，使人憂病。盤曲的崖岸高聳，山石堅挺陳列。巨石險峻，懸崖傾側，似將坍塌。山巖崎嶇，高低不齊，其勢縱橫，如在相互追趕。山石之角交互而出，橫逆於路，背對孔穴，若有所蹈。石上加石，重疊累積。其狀似中流砥柱，挺立在巫山之下。仰望山頂，莊嚴矗立山色青青，如同虹蜺照耀其上。俯視山谷，又深又陡，杳遠幽暗。不見谷底，空聞松濤之聲。崖岸傾危，水流迅急，立於崖邊，心中恐懼似熊攀樹自懸。久立不去，冷汗會由腳下流出。迷迷茫茫，惆悵若失。使人心驚，無緣無故自己就恐慌起來了。就是有孟賁、夏育決斷之才，也不能表現出他的勇武。突然驚愕，見到怪物，不知從何而出。來往眾多，似生於鬼，似出於神。形狀像是走獸，又像飛禽。怪異奇美，無法盡說。登山來到觀的旁邊，土地平坦。狀如簸箕之掌，又寬又大，香草羅列而生。秋蘭、茝、蕙，江離開花。青荃、射干，揭車叢生。芳草相依，連延不斷，美好無比，香氣飄散。眾鳥嗷嗷而叫，有時雌雄失散，於是哀鳴相呼。王睢、黃鸝，正冥、楚鳩，姊歸、思婦，垂雞、高巢。牠們喈喈而鳴，終年遊戲，互相唱和，隨類而成曲。方術之士，羨門、高誓，上成、鬱林，公樂、聚穀等人。獻上純色犧牲，祈禱於玉石裝飾的宮室中。祭祀諸神，禮拜天神。傳祝之人已在，告神之辭已畢。君王就乘上玉輿，駕上四匹青色駿馬，旗垂彩繐，旌旆和諧。彈奏琴瑟，雅樂流播；寒風吹過，愈增悲哀。於是開始唱歌，更令人悲傷悽慘，斂息抽泣。

於是乃縱獵者，基趾❶如星❷，傳言羽獵❸，銜枚❹無聲。弓弩不發，罘罕❺不傾❻。涉漭漭❼，馳苹苹❽。飛鳥未及起，走獸未及發。何❾節❿奄忽⓫，蹄足灑血⓬。舉功先得⓭，獲車⓮已實⓯。王將欲往見，必先齋戒⓰，差時⓱擇日。簡輿⓲玄服⓳，建雲旆⓴，蜺㉑為旌，翠㉒為蓋㉓。風起雨止㉔，千里而逝，蓋發蒙㉕，往自會㉖。思萬方㉗，憂國害㉘。開賢聖㉙，輔不逮㉚。九竅㉛通鬱㉜，精神察滯㉝，延年益壽千萬歲。

【章　旨】本章先描寫楚王狩獵的壯觀場景，繼而描寫他欲去會見神女時的儀仗和精神上的準備。

【注　釋】❶基趾　地基；基礎。此言巫山山腳下。❷如星　言狩獵士卒星羅棋布。❸羽獵　用箭射獵。❹銜枚　枚，形似筷子，兩端有帶，可繫於頸上。古代進軍襲擊敵人時，令士卒銜在口中，以防喧嘩。❺罘罕　捕鳥獸的網。罕，同「罕」。❻傾　施網捕捉的意思。❼漭漭　水廣遠的樣子。❽芊芊　草聚生的樣子。❾何　疑問之詞。❿節　指所執之符節。⓫奄忽　急遽；短時間。⓬蹄足灑血　謂鳥獸之蹄足上已經灑血，被刀劍所傷了。⓭舉功先得　舉先得獸者為功。⓮獲車　載獵獲之獸的車子。⓯實　滿。⓰齋戒　古人於祭祀之前，沐浴更衣，不飲酒，不吃葷，以示戒敬，稱為齋戒。⓱差時　擇時。⓲簡輿　簡略樸素的車子。⓳玄服　黑色衣服。李善注：「冬王水，水色黑，故衣黑服。」⓴雲旆　雲旗。㉑蜺　雌虹。相傳虹有雌雄之別，色鮮盛者為雄，色暗淡者為雌。㉒翠　指翡翠鳥的羽毛。㉓蓋　車蓋。㉔風起雨止　言如風雨之疾。㉕發蒙　啟發蒙昧。㉖會　與神女相會。㉗思萬方　思慮萬方之事。㉘憂國害　憂心於國之利害。㉙開賢聖　開導賢聖，令其進仕於朝。㉚輔不逮　輔佐王思慮不及之事。逮，及。㉛九竅　頭部七竅，加前後陰，稱九竅。古人認為這是人之精神的戶牖。㉜鬱　鬱滯不通。㉝寮滯　蕩滌精神上的遲滯之氣。寮，清潔；蕩滌。屈原〈漁父〉：「安能以身之察察，受物之汶汶者乎！」

【語　譯】於是就縱令打獵士卒，在山腳下星羅棋布排開。傳令羽獵開始，眾人都銜枚無聲。弓弩不發箭，捕網不使用。涉過廣遠的水面，馳過青青的草地。鳥類來不及飛起，野獸也不及奔逃。持節眨眼之間，鳥獸蹄足上已灑滿鮮血。先得為功，獵物滿車。君王想要去見神女，必先齋戒以示誠敬，選擇吉日良時。乘上簡樸的車子，穿上黑色的衣服，樹立起高高的雲旆，虹蜺為旌旗，翠羽為車蓋。如風雨之疾，千里奔馳。君王啟發蒙昧，自往會面。心想萬方之事，憂慮國家之利害關係。用賢聖之人仕於朝中，來輔佐自己思慮所不及。通九竅的阻塞，蕩滌精神上的鬱滯，延年益壽，千歲萬歲不盡。

神女賦 并序

【作　者】宋玉，見頁八〇一。

【題　解】本篇是〈高唐賦〉的續篇，描寫楚襄王夜夢神女，違禮追求，遭到神女拒絕的故事。孫鑛在賦中「不可犯干」一語上批說：「此守禮之正，所以遇流蕩之邪心也。」又說：「王止慕其色，玉乃追規於義。發乎情，止乎禮義，風人之遺也。」（《文選》孫批）這就是說，宋玉這二篇賦是諷刺襄王的淫亂的。這種說法，看來比較有道理。

本篇在描寫神女的美麗方面，寫得十分出色。作者不是鋪敘許多華麗的詞藻，而是細緻地刻畫人物的裝扮、動作、神態、感情，寫出一個栩栩如生的藝術形象。她豐滿、姣麗、嬌羞、莊重，似欲相就，又不容親近，給讀者留下難忘的印象。

宋沈括《夢溪筆談・補筆談》、宋姚寬《西溪叢語》卷上及清朱珔《文選集釋・卷一五》、胡克家《文選考異・卷四》都認為，此賦首章「王」、「玉」二字有差誤，夢見神女者實是宋玉，而非襄王。此可備一說。我們這裡則是參考了四部叢刊本宋刻《六臣注文選》的字句。

楚襄王與宋玉遊於雲夢之浦❶，使玉賦高唐之事❷。其夜，王寢❸，果夢與神女遇，其狀甚麗。王異之，明日以白玉。玉曰：「其夢若何？」王曰：「晡夕❹之後，精神怳忽❺。若有所喜，紛紛擾擾❻，未知何意。目色❼髣髴❽，乍❾若有記。見一婦人，狀甚奇異。寐而夢之，寤❿不自識⓫。罔⓬兮不樂，悵然失志。於是撫心定氣⓭，復見所夢。」玉曰：「狀何如也？」王曰：「茂矣，美矣，諸好⓮備矣；盛矣，麗矣，難測究矣。上古既無，世所未見。瓌姿瑋態，不可勝贊⓯。其始來也，耀乎若白日初出照屋梁；其少進也，皎若明月舒其光。須臾之間，美貌橫生⓰，曄⓱兮如華⓲，溫⓳乎如瑩⓴。五色並馳㉑，不可殫形㉒。詳而視之，奪人目精㉓。其盛飾也，則羅紈綺繢㉔盛文章㉕，極服㉖妙采照萬方。振繡衣，被㉗袿裳㉘。襛不短，纖不長㉙，步裔裔㉚兮曜殿堂。忽兮改容，婉㉛若遊龍乘雲翔。嫷㉜被服㉝，侻㉞薄裝，沐㉟蘭澤㊱，含㊲若芳㊳，性和適，宜侍旁㊴，順序卑㊵，調心腸㊶。」王曰：「若此盛矣，試為寡人賦之。」玉曰：「唯唯。」

【章　旨】本章描寫楚襄王夜夢神女，乃告於宋玉，命其作賦。

【注　釋】❶浦　水邊。❷高唐之事　指楚懷王遊高唐，夢見神女之事。見前篇〈高唐賦〉。❸寢　睡覺。❹晡夕　日落時；黃昏時。❺怳忽　同「恍惚」。神思不定。怳，同「恍」。❻紛紛擾擾　神思淩亂的樣子。❼目色　所視。❽髣髴　見不真切。即「彷彿」。❾乍　初。❿寤　睡醒。⓫識　記住。⓬罔　通「惘」。失意。⓭撫心定氣　平心定氣。⓮好　美。⓯勝贊　盡舉而稱贊之。⓰橫生　橫逸而出；紛難而生。⓱曄　光彩煥發。⓲華　同「花」。⓳溫　溫潤。⓴瑩　玉色。㉑馳施。㉒殫形　詳盡形容。㉓目精　眼珠。㉔羅紈綺繢　都是絲織品。㉕文章　文彩。㉖極服　最美的衣服。㉗被　披。㉘袿裳　袿，婦人上服。裳，遮蔽下體的衣裙。㉙襛不短二句　是說衣服長短肥瘦合度。襛，衣厚的樣子。纖，細薄的衣服。㉚裔裔　步履輕盈的樣子。㉛婉　姿態優美的樣子。㉜嫷　美麗的樣子。㉝被服　此指衣服。㉞侻　美好。㉟沐　洗。這裡是塗的意思。㊱蘭澤　古代的化妝品。以蘭浸油，可塗頭旁。㊲含　言身上帶有。㊳若芳　杜若的芬芳。杜若，香草。㊴侍

旁　服侍君王。㊵序卑　由低到高的次序。㊶心腸　心地。

【語譯】楚襄王和宋玉在雲夢澤畔遊賞，命宋玉以先王在高唐夢遇巫山神女的故事為賦。那夜，襄王入睡，夢見與神女相遇，神女的狀貌十分美麗。襄王很感驚異，次日告訴宋玉。宋玉說：「夢中情景如何？」襄王說：「日落之後，精神恍惚。若有喜事到來，心中紊亂，不知為何。所見不是很真切，但起初還能記得。見到一個婦人，長得很奇異。睡著就夢見，醒來又不記得。心中惘然不樂，惆悵失意。於是平心靜氣，眼前又出現夢中那位美女。」宋玉說：「她的狀貌如何？」襄王說：「美極了，漂亮極了，各種美都具備；既美盛，又明麗，難以觀察準確。上古既沒有這樣的美人，當代也未曾見過。奇姿異態，無法盡舉而稱贊。她初來的時候，光彩就似太陽初出照在屋梁上；稍為近前，皎潔就像明月發出光輝。片刻之間，動人的姿態橫逸而出，如花光照人，如玉石溫潤。五色繽紛，不能詳盡形容。仔細地端詳，光彩足以奪目。她的裝扮繁盛美觀，身穿羅紈綺繢，富有文彩；極美的服裝，光照萬方。抖擻繡衣，披上衣裙。厚衣不短，薄衣不長，步履輕盈呵光照殿堂。忽然改變姿容，婀娜好似遊龍乘雲飛翔。漂亮的衣服，輕好的薄裝，頭抹蘭油，身帶杜若的芳香，性情和通，宜於服侍君王，謙卑地謹守身分，心地調和。」襄王說：「神女如此美盛，請為我寫一篇賦吧。」宋玉說：「是，是。」

夫何神女之姣麗兮，含陰陽之渥飾❶。被❷華藻❸之可好❹兮，若翡翠❺之奮翼。其象❻無雙，其美無極❼。毛嬙❽鄣袂❾，不足程式❿；西施⓫掩面，比之無色⓬。近⓭之既妖⓮，遠之有望⓯。骨法⓰多奇，應君之相⓱。視之盈目，孰者克尚⓲！私心⓳獨悅，樂之無量⓴。交希㉑恩疏㉒，不可盡暢㉓。他人莫睹，王覽其狀。其狀峨峨㉔，何可極言㉕！貌豐盈㉖以莊姝㉗兮，苞㉘溫潤㉙之玉顏㉚。眸子㉛炯㉜其精朗㉝兮，瞭㉞多美而可觀。眉聯娟㉟以蛾揚㊱兮，朱脣的㊲其若丹㊳。素質幹㊴之醲實㊵兮，志㊶解泰㊷而體閑㊸。既姽嫿㊹於幽靜兮，又婆娑㊺乎人間。宜高殿以廣意㊻兮，翼㊼放縱而綽寬㊽。動霧縠㊾以徐步兮，拂墀㊿聲之珊珊(51)。望余帷而延視(52)兮，若流波(53)之將瀾(54)。奮長袖以正衽(55)兮，立躑躅(56)而不安。澹(57)清靜其愔嫕(58)兮，性沈詳(59)而不煩(60)。時容與(61)以微動兮，志未可乎得原(62)。意似近而既遠兮，若將來而復旋(63)。褰(64)余幬(65)而請御(66)兮，願盡心之惓惓(67)。懷貞亮(68)之絜清兮，卒(69)與我兮相難(70)。陳(71)嘉辭(72)而云對兮，吐芬芳其若蘭。精(73)交接以來往兮，心凱康(74)以樂歡。神獨亨(75)而未結(76)兮，魂煢煢(77)以無端(78)。含然諾(79)其不分(80)兮，喟揚音而哀歎。頩(81)薄怒(82)以自持(83)兮，曾不可乎犯干(84)。

【章　旨】本章先細緻描寫神女的容顏、裝飾及儀態，繼而描寫襄王向神女求愛而遭拒絕的過程。

【注　釋】❶渥飾　厚美之飾。❷被　穿。❸華藻　謂華美的服裝。❹可好　合宜美好。❺翡翠　翠鳥科，翡翠屬各種的通稱。此處指常見的藍翡翠，頭部和翼的內側覆羽絨黑色。頸白色稍沾棕色。羽為亮藍色，翼下有一白色帶紋。下體餘部橙棕色。嘴強而直，和足趾部都呈珊瑚紅色。❻象　形象。❼無極　無盡。❽毛嬙　古代美女。《慎子・威德》：「毛嬙、西施，天下之至姣也。」❾鄣袂　以袖掩面。此言其自慚不及。鄣，同「障」。遮蔽。袂，袖。❿程式　標準。⓫西施　一作先施。春秋末年越國苧羅（今浙江諸暨南）人。由越王句踐獻給吳王夫差，成為夫差最寵愛的妃子。傳說吳亡後，與范蠡偕入五湖。

事見《吳越春秋》、《越絕書》。⑫無色　沒有姿色。⑬近　近看。⑭妖　美。⑮遠之有望　宜於遠望。⑯骨法　舊時相士稱人的骨相特徵為骨法。⑰應君之相　言其骨相適於侍君。⑱克尚　能夠超過。⑲私心　個人內心。⑳無量　無法計量。㉑交希　相識時間短。交，結交。希，稀疏。㉒恩踈　感情淺。踈，即「疏」。㉓盡暢　暢說心中之情。暢，申。㉔峨峨　莊重的樣子。㉕極言　盡言。㉖豐盈　豐滿。㉗莊姝　莊嚴美好。姝，美色。㉘苞　通「包」。包裹。㉙溫潤　溫和潤澤。㉚玉顏　白而細膩的容顏。㉛眸子　眼中瞳仁。㉜烱　即「炯」。明亮。㉝精朗　亦明亮之意。㉞瞭　眼珠明朗。㉟聯娟　微微彎曲的樣子。㊱蛾揚　揚眉。蛾，蛾眉。女子長而美的眉毛。㊲的　鮮明。㊳丹　丹砂；朱砂。紅色。㊴質幹　身段。㊵醲實　豐滿。醲，通「濃」。厚。㊶志　志操。㊷解泰　閒散平和。㊸體閑　姿態優雅。㊹婉孊　閑靜美好。㊺婆娑　盤旋；徘徊。㊻廣意　任其心意。㊼翼　放縱的樣子。㊽綽寬　寬綽。㊾霧縠　其薄如霧的輕紗。㊿墀　殿階。(51)珊珊　衣裾玉佩之聲。(52)延視　延頸而視。(53)流波　流水。比喻眼波。(54)瀾　泛起波瀾。(55)正衽　整理衣襟，使之端正。衽，衣襟。(56)躑躅　徘徊不前。(57)澹　安靜的樣子。(58)愔嫕　和善。(59)沈詳　沈默詳審。(60)不煩　不煩亂。(61)容與　悠閒自得的樣子。(62)志未可乎得原　這是說她的心意難以探究。原，本。(63)旋　回。(64)褰　揭起。(65)幬　床帷。(66)請御　請求陪侍。(67)惓惓　同「拳拳」。誠懇親切之意。(68)貞亮　指正直的節操。(69)卒　終。(70)難　拒。(71)陳　陳述。(72)嘉辭　美善之辭。(73)精　精神上。(74)凱康　康樂。凱，歡樂；和樂。(75)獨亨　言襄王之神獨通於神女。(76)未結　與神女情意相結。(77)煢煢　孤單的樣子。(78)無端　無頭緒；不知如何辦。(79)然諾　許諾。(80)不分　意不分明。(81)頩　怒色。(82)薄怒　微怒。(83)自持　自己矜持。(84)犯干　觸犯而求之。

【語　譯】神女是多麼俏麗呵，集中了天地間最美的裝飾。身穿合宜美麗的華服呵，好像翡翠鳥展開雙翼。她的形象舉世無雙，她的美好說之不盡。毛嬙舉袖遮臉，不足為標準；西施掩面，與她相比就沒有姿色。近看冶麗，遠望更動人。骨相多奇異之處，適宜於侍奉君王。看那滿目妃嬪，誰能超得過她！我心獨悅，快樂無限。但我與她相識日短，感情尚淺，不能暢說心中之情。別人看不見，只有君王能見她的容貌。她儀態的莊嚴，如何說得盡！她外貌豐滿而矜重美好呵，玉顏溫和潤澤。雙目明亮有神呵，多麼美麗悅目。長眉彎曲而微揚呵，紅唇鮮明似朱砂。膚色白淨，身段豐盈呵，情志閒散平和，姿態優雅。既嫻靜而美好呵，又盤旋於人中。宜於在高殿之上任從心意而行呵，似鳥兒舒翼放縱，寬綽自在。輕紗如霧般飄動，緩緩舉步呵，衣裾玉佩拂著階梯發出沙沙的聲音。朝著我的帷帳凝望呵，雙眼好似流水將要起波瀾。揮起長袖整理衣襟呵，時立時徘徊，心中不安。她安靜和善呵，個性沈默詳審而不煩亂。時而悠閒自得地輕微動作呵，她的心意難以探究。她似欲親近而又遠離呵，好像要前來，卻又回身而去。她揭起我的床帷，請求陪侍呵，願獻出所有誠摯的心意。但她懷著清潔正直的節操呵，終於與我相拒。她陳述美善之辭回答我呵，氣息芬芳，好似蘭香。精神上相互交往呵，心中十分歡樂。我情有獨鍾，卻不能共結連理呵，夢魂孤立，心無頭緒。她心中似乎許諾，但不分明呵，我只得喟然大聲歎息。她微露怒色，矜持自守呵，我不能觸犯而求之。

於是搖珮飾❶，鳴玉鸞❷，整衣服，斂容顏❸，顧女師❹，命太傅❺。歡情未接，將辭而去。遷延❻引身，不可親附。似逝未行，中若相首❼。目略微眄❽，精彩❾相授。志態橫出，不可勝記。意離未絕，神心❿怖覆⓫。禮不遑訖，辭不及究⓬。願假須臾⓭，神女稱遽⓮。徊腸傷氣⓯，顛倒⓰失據⓱。闇然⓲而暝⓳，忽不知處。情獨私懷⓴，誰者可語！惆悵垂涕，求之達曙。

【章　旨】本章描寫神女離去之態及楚王對她的思念。

【注　釋】❶珮飾　指玉佩等飾品。❷玉鸞　玉製車鈴。此言整理車駕，準備歸去。鸞，通「鑾」。車鈴。❸斂容顏　猶正容。表示肅敬。❹女師　古時教女子婦德之人。❺太傅　此指神女的侍從。李善注引《漢書音義》：「婦人年五十無子者為傅。」❻遷延　退步而離去。❼相首　謂回顧相向。首，向。❽眄　斜眼而看。❾精彩　精神光采。❿神心　心神。⓫怖覆　因惶恐而心反覆。⓬禮不遑訖二句　訖、究，都是盡的意思。⓭願假須臾　此為襄王挽留神女多逗留一會。假，借。須臾，片刻。⓮遽　急。謂急去不留。⓯徊腸傷氣　這是形容襄王為離別十分痛苦。⓰顛倒　夢魂顛倒。⓱失據　失去憑依。

⑱闇然　昏暗。⑲暝　夜晚。⑳情獨私懷　個人的懷抱。指對神女的思念之情。

【語　譯】於是珮飾搖動，車鈴和鳴。神女整頓衣服，莊重容顏。顧喚女師，傳命太傅。未能兩情歡洽，神女要告辭而去。她引身退步，不容親近。將去未去，中間回頭相向。目光略微斜瞥，神采即傳送過來。意態層出不窮，難以盡記。雖將離別，我的意緒未斷；因為惶恐，心神反覆。來不及盡禮，來不及說完。希望她能再多逗留一會兒，神女卻說急著要離去不再逗留。我為離別心情痛苦，夢魂顛倒失去了依靠，此時天色昏黑已是夜晚，忽然之間她不知去向。我個人的懷抱，又能告訴誰呢！只有惆悵下淚，思念直到天明。

登徒子好色賦

【作　者】宋玉，見頁八〇一。

【題　解】此賦是一篇生動有趣的小賦，寫了三種對待女子的態度：一種以登徒子為代表，其妻醜陋不堪，然而「登徒子悅之，使有五子」，這一種人只要是女人就愛，而不管其難看到什麼程度；另一種是宋玉，他的東鄰之女美得不能再美，屬意於他三年，他不應允，這是一種矯情的人；第三種人是章華大夫，他見了美女動了情，贈了詩，但最終還是守住禮義的界線，這是一種好色而守德的人。本篇的情節和人物大約都為作者杜撰，但通過此賦說明：情，人皆有之；禮，人當守之。發乎情而止乎禮，則不失為君子。

本篇有一些極意刻畫女子美貌的句子，如「增之一分則太長，減之一分則太短；著粉則太白，施朱則太赤」、「眉如翠羽，肌如白雪；腰如束素，齒如含貝」等歷來為人傳誦，對後世的創作影響很大。

大夫❶登徒子❷侍於楚王❸，短❹宋玉曰：「玉為人體貌閑麗❺，口多微辭❻，又性好色。願王勿與出入後宮。」王以登徒子之言問宋玉。玉曰：「體貌閑麗，所受於天❼也。口多微辭，所學於師也。至於好色，臣無有也。」王曰：「子不好色，亦有說❽乎？有說則止❾，無說則退❿。」玉曰：「天下之佳人，莫若楚國；楚國之麗者，莫若臣里；臣里之美者，莫若臣東家之子⓫。東家之子，增之一分則太長，減之一分則太短；著粉則太白，施朱則太赤。眉如翠羽⓬，肌⓭如白雪；腰如束素⓮，齒如含貝⓯。嫣然⓰一笑，惑陽城⓱，迷下蔡。然此女登牆闚⓲臣三年，至今未許也。登徒子則不然。其妻蓬頭⓳攣耳⓴，齞脣㉑歷齒㉒；旁行㉓踽僂㉔，又疥且痔。登徒子悅之，使有五子。王孰察㉕之，誰為好色者矣。」是時，秦章華大夫㉖在側，因進而稱曰：「今夫宋玉盛稱鄰之女，以為美色。愚亂之邪臣㉗，自以為守德㉘，謂不如彼㉙矣。且夫南楚窮巷之妾㉚焉足為大王言乎！若臣之陋目所曾睹者，未敢云也。」王曰：「試為寡人說之。」大夫曰：「唯唯。」

【章旨】登徒子大夫在楚襄王前說宋玉好色。宋玉辯解說東鄰美女偷看他三年，自己並未與她通好；而登徒子之妻奇醜，登徒子愛之。可見登徒子好色己不好色。章華大夫肯定宋玉，並表示他所見更廣。

【注釋】❶大夫　官名。❷登徒子　作者虛構的人名。子，古代對男子的通稱。❸楚王　指楚襄王。❹短　說人壞話。❺閑麗　雅靜美麗。❻微辭　微妙之辭。❼所受於天　天給我的；天生的。❽說　道理。❾止　留下。❿退　離開。⓫東家

之子　東鄰的美女。子，女子。⑫翠羽　翡翠鳥的羽毛。⑬肌　肌膚。⑭束素　一束生絹。素，生絹。⑮貝　白色的小海螺。⑯嫣然　形容笑容的美好。⑰陽城　與下文「下蔡」為二縣名，楚國貴族所居住的封邑。⑱闚　偷看。⑲蓬頭　頭髮蓬亂。⑳攣耳　耳朵蜷曲。㉑齞脣　脣不包齒。㉒歷齒　稀疏的牙齒。㉓旁行　橫行。㉔踽僂　駝背。㉕孰察　仔細考察。㉖秦章華大夫　章華，楚國地名。此人為楚人，在秦國為官，出使到楚國來。㉗愚亂之邪臣　昏鈍邪僻之臣。這是章華大夫謙虛自謂。愚，鈍。亂，昏。㉘守德　保持正人的品德。㉙彼　指宋玉。㉚南楚窮巷之妾　指宋玉所言之東鄰之女。

【語　譯】登徒子大夫侍從楚王，說宋玉的壞話道：「宋玉這人外貌長得文靜美麗，口中多說婉妙之辭，生性又好女色。希望大王不要帶他出入後宮。」楚王就用登徒子的話來問宋玉。宋玉說：「外貌文靜美麗，是天生的。口中多說婉妙之辭，是從師父那裡學來的。至於好女色，臣並無此習性。」楚王說：「你說你不好女色，有什麼理由嗎？有理由你就留下，說不出理由就請離開朝廷。」宋玉說：「天下的美女，不如楚國的女子；楚國的美女，不如我鄉里的美女；我鄉里的美女，則不如我家東鄰的女子。東鄰女子，增加一分，就顯得太高，減去一分就顯得太矮；抹粉就顯得太白，塗朱就顯得太紅。眉毛似翡翠鳥的羽毛，肌膚像白雪一般；腰如一束生絹，齒如含著白色小海螺。她嫣然一笑，可迷惑陽城、下蔡之人。然而這個女子爬上牆頭偷看我三年，至今我也沒有接受她的情意。登徒子則不是這樣。他的妻子頭髮蓬亂，耳朵蜷曲，脣不包齒，牙齒稀疏，橫著行走，彎腰駝背，又生疥瘡，又生痔瘡。然登徒子卻喜歡她，和她生了五個孩子。大王仔細考察一下，誰是好色的人。」這時，由秦國出使來的章華大夫在旁，於是上前稱揚說：「今天宋玉盛贊他東鄰之女，認為是絕代美人，卻未與她通好。我是個昏鈍邪僻之人，自認為保持正人的品德，也覺得不如他。再說南方楚國偏僻小巷中的女子，怎麼值得跟大王談呢！像我這樣見識鄙陋之人所見過的女子，也沒有敢和大王說呢。」楚王說：「不妨為我說說看吧。」章華大夫說：「是，是。」

「臣少曾遠遊，周覽九土❶，足歷五都❷。出咸陽❸，熙❹邯鄲❺，從容❻鄭❼

衛❽溱洧❾之間。是時，向春之末，迎夏之陽❿。鶬鶊⓫喈喈⓬，群女出桑⓭。此郊⓮之姝⓯，華色⓰含光。體美⓱容冶⓲，不待飾裝。臣觀其麗者，因稱詩曰：『遵大路兮攬子袪，贈以芳華辭甚妙⓳。』於是處子⓴怳若㉑有望而不來㉒，忽若㉓有來而不見㉔。意密㉕體疏㉖，俯㉗仰㉘異觀㉙。含喜微笑，竊視㉚流眄㉛。復㉜稱詩曰：『寤㉝春風兮發鮮榮㉞，絜㉟齋㊱俟㊲兮惠音聲㊳。贈我如此㊴兮，不如無生㊵！』因遷延㊶而辭避。蓋徒以微辭相感動，精神相依憑㊷。目欲其顏，心顧其義㊸。揚詩守禮，終不過差㊹。故足稱也。」於是楚王稱善，宋玉遂不退。

【章旨】章華大夫追述他在鄭衛之郊對採桑女賦詩挑動，終又以禮自守的往事。

【注釋】❶九土　九州之土。❷五都　五方都會。❸咸陽　古都邑名，在今咸陽東北二十里，秦孝公遷都於此，秦始皇統一六國後，更加以擴大。秦亡為項羽燒毀。❹熙　同「嬉」。遊戲。❺邯鄲　趙國的國都。❻從容　逗留遊樂。❼鄭　鄭國，在今河南。❽衛　衛國，在今河北南部。❾溱洧　鄭國境內人們常去遊玩的兩條河。當時鄭、衛兩國的男女青年都比較風流，在愛情上比較自由。❿迎夏之陽　夏初時候。⓫鶬鶊　黃鶯。⓬喈喈　和悅地鳴叫聲。⓭出桑　出來採桑葉。⓮郊　指鄭衛之郊。⓯姝　美女。⓰華色　美色。⓱體美　體態優美。⓲容冶　容顏俏麗。冶，美麗。⓳遵大路兮二句　是章華大夫挑動「麗者」之詩。「遵大路兮攬子袪」係出於《詩・鄭風・遵大路》「遵大路兮，摻執子之袪兮」，在鄭地故引用鄭詩。遵，沿著。攬，牽著。袪，衣袖。芳華，芳草之花。⓴處子　指未出嫁的姑娘。㉑怳若　即「恍若」。隱約、好像的意思。㉒有望而不來　望著我而不肯來。㉓忽若　意近恍若。㉔有來而不見　來了不肯相見。㉕意密　情意親密。㉖體疏　身體相距較遠，不肯親近。㉗俯　低頭。㉘仰　抬頭。㉙異觀　看上去情態不同。㉚竊視　偷看。㉛流眄　目光流動傳情。㉜復　報；答。㉝寤　覺。㉞鮮榮　鮮花。隱喻年少貌美之意。㉟絜　自我清潔。㊱齋　矜莊。㊲俟　等待。㊳惠音聲　給我回音。

㊴贈我如此　指贈大路之詩。㊵不如無生　這是憤恨之辭。㊶遷延　退卻。《左傳・襄公十四年》：「乃命大還，晉人謂之遷延之役。」杜預注：「遷延，退卻。」㊷依憑　眷戀。㊸義　禮義。㊹過差　越軌；過分。

【語　譯】「我年輕時候曾出外遠遊，遍覽九州之地，歷經五方都會。出入咸陽，遊戲邯鄲，逗留玩樂於鄭國、衛國及溱洧二水之間。這時，正是陽春之末，三夏之初。黃鶯和悅地鳴叫，群女出來採桑。鄭衛郊區的美女，像盛開的花朵一樣光采照人；體態優美，容顏俏麗，不必多加裝飾。我看到其中有一麗人，於是賦詩道：『沿大路而行呵，牽著你的衣袖；我贈你芬芳的鮮花，還有那美妙的言辭。』於是那姑娘好像望著我而不肯前來，又好像來了不肯與我相見。情意親密，卻不肯近前親熱，低頭抬頭，都表現出不同的情態。含著喜悅，帶著微笑，偷眼看我，目光流動。她賦詩回答說：『我發覺春風已起呵，鮮花盛開；我清潔莊重地等待呵，等你給我佳音；不料你贈我如此之詩呵，我還不如死了的好！』於是她退卻迴避。由於我只是以微妙的言辭感動她，精神上依戀著她；愛慕她美麗的容顏，心中卻顧及禮義。賦詩守禮，終不越軌。所以值得稱道。」於是楚王稱許他說得好，宋玉也就沒有退出朝廷。

洛神賦并序

【作　者】曹植（西元一九二～二三二年），字子建，沛國譙（今安徽亳縣）人。曹操第三子。少有文才，善為詩文，為曹操所寵愛，曾幾次欲立為太子。後因「任性而行，不自雕勵，飲酒不節」，失掉了曹操的歡心。曹丕稱帝後，備受猜忌和打擊，屢遭貶爵，多次改換封地。曹叡即位，其處境依然如故，寂寂無歡，最後鬱鬱而死。因曾封陳王，死後諡思，故世稱陳思王。原有集三十卷，已散佚，宋人輯有《曹子建集》。現存詩歌八十餘首，辭賦、散文四十餘篇。曹植是建安最傑出的詩人，他的作品可分前後兩期。前期是曹操在世時，他生活優裕，志滿意得，作品主要是抒發建功立業的豪情壯志，情調開朗樂觀。後期是曹丕即位之後的時期，由於處境的變化，逐漸體會到民生的疾苦因而作品題材廣泛，內容深厚，格調沈鬱悲壯，藝術成就更加卓越。

【題　解】〈洛神賦〉是曹植創作後期的作品，描寫他入朝返回封地途中，偶遇洛水之神，兩相愛慕，終於無成的一段遭遇。舊說：曹植曾求婚甄逸女不遂，為曹丕所得。後甄后被讒死。曹植此賦有感於甄后而作，故初名〈感甄賦〉（見清胡克家重刊宋尤袤的李善注《文選》中）。此說實不足信。胡克家《文選考異》已考定此段記載不是李善注原文。而且此說既不合史實，也不合常情。當時正是曹丕處心積慮要置作者於死地之時，如果賦為懷念甄后而作，那簡直無疑是自找殺身之禍。所以此說是小說家附會之談。另一說是認為：此賦假託洛神寄寓對君主的思慕，反映衷情不能相通的苦悶。此說比較有理。曹植向來有很大的抱負，雖屢遭曹丕等人猜忌，但還是一再請求能有建功立業的機會。《三國志・陳思王傳》說：「植常自憤怨抱利器而無所施，上疏求自試。」「植每欲求別見獨談，論及時政，幸冀試用，終不能得。既還，悵然絕望。」此賦大約正是在他壯志成空，惆悵怨憤之時所作。

此賦明顯受了宋玉〈神女賦〉的影響。它熔鑄神話題材，通過夢幻境界，描寫了一場人神的戀愛悲劇。全賦形象鮮明，比喻貼切，結構完整，詞藻華美，描寫細膩，想像豐富，富有強烈的藝術感染力。後來不少藝術家都偏愛此賦，晉代著名書家王羲之父子曾各寫數十本（見王世貞《藝苑卮言》）。東晉著名畫家顧愷之〈洛神賦圖〉，也是傳世名畫。

黃初❶三年❷，余朝❸京師❹，還❺濟❻洛川❼。古人有言，斯水❽之神，名曰宓妃❾。感宋玉對楚王神女之事❿，遂作斯賦。其辭曰：

【章　旨】本章為賦序。敘說渡過洛水，感念其神而作此賦。

【注　釋】❶黃初　魏文帝曹丕年號。❷三年　當作四年。《三國志・曹植本傳》載：「(黃初)三年，立為鄄城王……四年，徙封雍丘王。其年，朝京師。」又曹植〈贈白馬王彪〉詩序曰：「黃初四年五月，白馬王、任城王與余俱朝京師。」皆言四年朝京師。李善注說：「此云『三年』，誤。一云〈魏志〉三年不言植朝，蓋〈魏志〉略也。」因此也有人認為不誤。還有人認為曹植有意不寫真實年，以表明所寫事不是事實。❸朝　朝見皇帝。❹京師　指魏都洛陽。❺還　指返回封地。❻濟　渡。❼洛川　源出陝西雒南冢嶺山，東南流，入河南省境，經洛陽，至鞏縣入黃河。❽斯水　此水。❾宓妃　相傳是伏羲氏之女，溺洛水而死，死後為洛水之神，因稱洛神。❿宋玉對楚王句　宋玉有〈高唐賦〉、〈神女賦〉，均記載與楚襄王對答夢遇巫山神女之事。

【語　譯】黃初三年，我到京城朝見皇帝，歸途渡過洛水。古人曾說，此水之神，名叫宓妃。我有感於宋玉所答楚王夢遇神女之事，就作了此賦。其文是：

余從京域❶，言❷歸東藩❸。背❹伊闕❺，越轘轅❻。經通谷❼，陵❽景山❾。日既西傾，車殆❿馬煩⓫。爾迺⓬稅駕⓭乎蘅皐⓮，秣⓯駟⓰乎芝田⓱。容與⓲乎陽林⓳，流眄⓴乎洛川。於是精移神駭㉑，忽焉思散㉒。俯則未察㉓，仰以殊觀㉔。睹一麗人，于巖之畔。迺援㉕御者㉖而告之曰：「爾有覿㉗於彼者乎？彼何人斯？若此之豔也！」御者對曰：「臣聞河洛之神，名曰宓妃。然則君王所見，無迺是乎？其狀若何？臣願聞之。」

【章　旨】本章敘寫作者歸藩路過洛水，日暮時分在岸邊休息，驀然驚見洛神出現。

【注　釋】❶京域　京都。域，界。此指魏都洛陽。❷言　語助詞。無義。❸東藩　古時皇帝封建諸侯以屏衛皇室，因其似國之藩籬，所以稱藩國；時曹植受封為鄄城王，鄄城在今山東濮縣東二十里，於洛陽為東北方，故稱東藩。一說東藩指雍丘。❹背　背向。❺伊闕　山名。又名闕塞山、龍門山。在洛陽南。《水經注・伊水注》：「昔大禹疏以通水，兩山相對，望之若闕，伊水歷其間北流，故謂之伊闕矣。春秋之闕塞也。」❻轘轅　山名。在今河南偃師東南。山路險阻，凡十二曲，將去復還，故叫轘轅。❼通谷　地名。在洛陽東南五十里，亦名大谷、大谷口、水泉口。❽陵　升；登。❾景山　山名。在河南偃師南。❿車殆　車夫倦怠。殆，通「怠」。⓫馬煩　馬也疲乏。煩，疲。⓬爾迺　爾乃；於是就。⓭稅駕　猶言解馬卸車。亦即停歇休息之意。稅，解脫；釋放。⓮蘅皋　蘅，杜蘅。香草名。皋，水邊高地。⓯秣　餵馬。⓰駟　一車四馬。⓱芝田　生有芝草的田地。蓋謂芳草豐美之地。⓲容與　從容優遊。⓳陽林　地名。⓴流眄　目光轉動，縱目觀看。眄，斜視。㉑精移神駭　精神恍惚。駭，散。㉒思散　思緒渙散。㉓察　看清。㉔殊觀　不平常的景象。㉕援　牽；拉。㉖御者　車夫。㉗覿　看見。

【語　譯】我從京城而來，回到東方的封地。把伊闕山拋在背後，越過轘轅山。路經通谷，登上景山。太陽快要落山，車夫倦怠，馬匹疲乏。於是就在生有杜蘅的岸邊休息，在芝草地中餵馬。從容優遊於陽林，縱目觀覽洛水。於是精神恍惚，思緒渙散。俯視未發現什麼，抬頭則看到不平常的景象。忽見一位美貌女子，站在山崖旁邊。我於是拉一下車夫告訴他說：「你看到那個人了嗎？那是誰呀？如此的美麗！」車夫回答說：「我聽說洛水之神，名叫宓妃。那麼，您所看見的，莫非就是她麼？她是什麼樣子？我想聽聽。」

余告之曰：其形也，翩若驚鴻，婉若遊龍❶。榮曜秋菊，華茂春松❷。髣髴❸兮若輕雲之蔽月❹，飄颻❺兮若流風之迴❻雪。遠而望之，皎❼若太陽升朝霞❽；迫而察之，灼❾若芙蕖❿出淥波。穠⓫纖⓬得衷⓭，修短⓮合度。肩若削成⓯，腰如約素⓰。延頸秀項⓱，皓質⓲呈露。芳澤無加，鉛華弗御⓳。雲髻⓴峨峨㉑，修眉㉒聯娟㉓。丹脣㉔外朗㉕，皓齒㉖內鮮。明眸㉗善睞㉘，靨輔承權㉙。瓌姿㉚豔逸㉛，儀靜㉜體閑㉝。柔情綽態㉞，媚於語言㉟。奇服曠世㊱，骨像㊲應圖㊳。披羅㊴衣之璀粲㊵兮，珥㊶瑤碧㊷之華琚㊸。戴金翠㊹之首飾㊺，綴明珠以耀軀㊻。踐㊼遠遊㊽之文履㊾，曳㊿霧綃(51)之輕裾(52)。微(53)幽蘭(54)之芳藹(55)兮，步踟躕(56)於山隅(57)。於是忽焉縱體(58)，以遨(59)以嬉(60)。左倚采旄(61)，右蔭桂旗(62)。攘(63)皓腕於神滸(64)兮，采(65)湍瀨(66)之玄芝(67)。

【章　旨】本章著重描寫洛神的容貌、儀態、穿戴、動作。

【注　釋】❶翩若驚鴻二句　形容體態輕盈宛轉。翩，疾飛的樣子。鴻，水鳥名。是雁中最大者。婉，曲折的樣子。❷榮曜秋菊二句　形容容光煥發，好似秋菊；肌體豐盈，如同茂鬱的青松。榮曜，光彩照射。華茂，華麗美盛。❸髣髴　同「彷彿」。若隱若現的樣子。❹輕雲之蔽月　輕雲籠月。❺飄颻　飛翔的樣子。❻迴　旋轉。❼皎　潔白有光。❽太陽升朝霞　太陽從朝霞中上升。❾灼　鮮明；花盛開的樣子。❿芙蕖　荷花。⓫穠　花木盛。這裡指人體豐盈。⓬纖　細小。這裡指人體苗條。⓭衷　中。⓮修短　高矮。⓯肩若削成　謂兩肩狹窄而下垂，有如刀削的樣子。⓰約素　這是形容腰細而圓。約，束縛。素，白而細緻的絲織品。⓱延頸秀項　延、秀，均指長。前叫頸，後叫項。⓲皓質　謂白皙的皮膚。⓳芳澤無加二句　寫洛神不施脂粉，美麗天成。芳澤，芳香的膏脂。化妝用。古代燒鉛為粉，故稱粉為鉛華。⓴雲髻　雲，謂髮多而美。髻，將髮綰於頂。㉑峨峨　高聳的樣子。㉒修眉　長曲而細的眉毛。㉓聯娟　微曲的樣子。㉔丹脣　紅脣。㉕朗　明亮。㉖皓齒　白亮的牙齒。㉗眸　目瞳子。㉘睞　顧盼。㉙靨輔承權　靨，酒渦。輔，通「酺」。面頰。權，通「顴」。眼下腮上突起部分。酒渦在頰邊近口處，位在顴骨下方，所以說「承權」。㉚瓌姿　美好的姿態。㉛豔逸　美麗而不鄙俗。㉜儀靜　儀，儀態；容止。靜，文靜。㉝體閑　體態嫻雅。㉞柔情綽態　情態溫柔寬和。綽，寬緩。㉟媚於語言　語言嫵媚動人。㊱曠世　猶言舉世所無。曠，空。㊲骨像　骨骼相貌。㊳應圖　和圖上相應。當指合於神仙的圖像。形容其骨相之奇。㊴羅　綺的一種。疏而輕軟。㊵璀粲　明淨的樣子。一說衣動的聲音。㊶珥　原是一種珠玉的耳飾。這裡作佩戴解。㊷瑤碧　美玉。㊸華

琚 謂佩玉上雕琢有花紋者。㊹翠 指翡翠鳥的羽毛。㊺首飾 頭上飾物，如釵簪之類。案：司馬彪《續輿服志》：「皇太后簪以瑇瑁為擿，長一尺，端為華勝，上有鳳皇爵，以翡翠為毛羽。下有白珠垂黃金鑷，左右一，橫簪之。」㊻綴明珠以耀軀 謂首飾上復綴以明珠，珠光閃灼，故曰耀軀。㊼踐 踏。這裡是穿著的意思。㊽遠遊 履名。㊾文履 有文飾的履。㊿曳 牽引；拖著。(51)霧綃 輕細如雲霧的綃。綃，生絲帛。(52)裾 《方言》四注：「衣後裾也。」(53)微 謂香氣微通。(54)幽蘭 蘭花的別稱。(55)芳藹 謂香氣淡遠。(56)踟躕 猶徘徊。(57)山隅 山角。(58)縱體 輕舉的樣子。(59)遨 遊。(60)嬉戲。(61)采旄 彩色的旗。旄，旗竿上用旄牛尾做裝飾。這裡指旗。(62)桂旗 結桂為旗。(63)攘 這裡作「伸」解。(64)神滸 為洛神所遊，故稱神滸。滸，水邊地。(65)采 同「採」。(66)湍瀨 急流。湍，急。瀨，水流石上。(67)玄芝 黑芝。芝，靈草。

【語 譯】我告訴他說：她的體態，像驚鴻疾飛一般輕盈，似遊龍蜿蜒一樣柔美。容光煥發，好似盛開的秋菊；肌體豐盈，恰如茂鬱的青松。若隱若現，如同輕雲籠月；飄飄悠悠，猶若流風旋雪。遠遠望去，皎潔像太陽從朝霞中升起；近而細看，似荷花出於淥波之中。胖瘦恰得其中，高矮合於標準。雙肩有如刀削而成，細腰好像一束白絹。頸項秀長，露出白色的皮膚。不施香油，不用鉛粉。如雲髮髻高高聳起，細長眉毛微微彎曲。紅脣朗耀，白齒鮮明。明亮的眼睛顧盼有神，顴下有酒渦承接。姿態美好而不鄙俗，容止文靜體態嫻雅。表情溫柔寬和，語言嫵媚動人。奇異的服裝舉世所無，骨骼相貌和圖上相應。身披明淨的羅衣，佩著精雕細琢的美玉。頭戴金絲翠羽做成的飾物，還綴以明珠，照耀全身。足穿布滿花紋的遠遊履，身後飄著輕綃的衣裾。微微透著幽蘭的淡香，緩步徘徊於山角。她忽然動作輕捷，遨遊嬉戲。左倚著彩旄，右遮蔽桂旗。在水邊伸出白嫩的手腕，採摘那急流淺灘上的黑芝。

余情悅其淑美兮，心振蕩而不怡❶。無良媒以接懽❷兮，託微波❸而通辭❹。

願誠素❺之先達兮，解玉佩以要❻之。嗟❼佳人❽之信❾修❿，羌⓫習禮⓬而明詩⓭。抗⓮瓊珶⓯以和⓰予兮，指潛淵⓱而為期⓲。執⓳眷眷⓴之款實㉑兮，懼斯靈㉒之我欺㉓。感交甫之棄言㉔兮，悵猶豫㉕而狐疑。收㉖和顏㉗而靜志㉘兮，申㉙禮防㉚以自持㉛。

【章　旨】本章先描寫對洛神的愛慕之心和雙方的約會，後又流露出擔心受她欺騙的矛盾心情。

【注　釋】❶余情悅二句　由於洛神美好，引生愛慕之情，故而心中動盪不寧，不大快樂。淑美，善美。振蕩，不平靜。怡，悅。❷接懽　通接歡情。❸微波　水波。一說指目光。即《楚辭》「忽獨與余兮目成」之意。❹通辭　傳達言辭。❺誠素　內心的真情。素，通「愫」。真情。❻要　同「邀」。約；結。❼嗟　感歎詞。❽佳人　指洛神。❾信　誠然；實在。❿修　修潔美好。⓫羌　發語詞。⓬習禮　懂得禮法，言其有德。⓭明詩　知詩。言其善於言辭。習禮明詩，指洛神有文化修養。⓮抗　舉起。⓯瓊瑅　都是美玉。⓰和　應和；應答。⓱潛淵　猶深淵。指洛神所居之處。⓲期　會。此言洛神約定在水中所居相會。⓳執　持。⓴眷眷　通「睠睠」。懷戀的樣子。㉑款實　指誠實的心意。㉒斯靈　此神。指洛神。㉓我欺　即欺我。㉔交甫之棄言　李善注引《韓詩內傳》說：鄭交甫在漢水邊遇二女子，贈交甫玉佩。交甫受而放在懷裡，走了十步，發現玉佩沒有了。回顧二女，也已不見。棄言，指二女背棄信言。㉕猶豫　與下文「狐疑」均是疑慮不決的樣子。㉖收　收斂。㉗和顏　指喜悅愛慕的臉色。㉘靜志　使激盪的心志安定下來。㉙申　施展。㉚禮防　禮義的約束。㉛自持　自守。

【語　譯】我真誠地愛慕她的善美，心情動盪而不快樂。沒有良媒為我通接歡情，只好託水波傳達言辭。希望我的真情早達對方，解下玉佩來定情。美人實在修潔美好，懂得禮法又學過詩。她拈起美玉來應答我，指著深淵的居處與我約會。我懷著誠實眷戀的心情，又擔心此神會欺騙我。有感於昔日二仙女對鄭交甫背棄信言，我失望地疑慮不決。於是收斂起悅慕的臉色，使心情平靜，用禮義的原則，來自我約束。

於是洛靈感焉，徙倚❶傍徨❷。神光❸離合❹，乍陰乍陽❺。竦❻輕軀以鶴立❼，若將飛而未翔。踐椒塗❽之郁烈❾，步蘅薄❿而流芳⓫。超⓬長吟以永慕⓭兮，聲哀厲⓮而彌長⓯。爾迺眾靈⓰雜遝⓱，命儔嘯侶⓲。或戲清流，或翔神渚⓳。或采明珠，或拾翠羽。從⓴南湘之二妃㉑，攜漢濱之游女㉒。歎匏瓜㉓之無匹㉔兮，詠牽牛㉕之獨處。揚輕袿㉖之猗靡㉗兮，翳修袖㉘以延佇㉙。體迅飛鳧㉚，飄忽若神。陵波㉛微步㉜，羅韈㉝生塵㉞。動無常則㉟，若危若安㊱。進止難期㊲，若往若還。轉眄㊳流精㊴，光潤㊵玉顏。含辭未吐㊶，氣若幽蘭。華容㊷婀娜㊸，令我忘飡㊹。

【章旨】本章描寫洛神為君王誠心所動之後的情懷與行動。

【注釋】❶徙倚　低迴。❷傍徨　徘徊。❸神光　指洛神的光彩。❹離合　時隱時現。❺乍陰乍陽　忽明忽暗。❻竦　聳。❼鶴立　似鶴而立。❽椒塗　塗椒泥的道路。椒，即花椒。香料名。❾郁烈　香氣濃烈。❿蘅薄　杜蘅叢生之地。蘅，杜蘅。香草名。薄，草聚生處。⓫流芳　謂使芳氣流動。⓬超　惆悵。⓭永慕　長久地思慕。⓮厲　激烈。⓯彌長　久長。⓰眾靈　眾神。⓱雜遝　眾多的樣子。⓲命儔嘯侶　呼朋喚友。儔，匹；侶。⓳神渚　渚，水中小洲。因為眾靈遊於此，所以稱神渚。⓴從　跟隨。此處是說二妃跟隨在後。㉑南湘之二妃　湘水之神。劉向《列女傳》載，舜為天子時，堯將兩個女兒嫁給他。長女娥皇為后，次女女英為妃。後來舜到南方巡視，死於蒼梧。二妃往尋，死於江、湘之間，遂為湘水之神。㉒漢濱之游女　指漢水女神。即前云之鄭交甫所逢女神。㉓匏瓜　星名。一名天雞，獨在河鼓星東。一說，匏瓜疑為「㚿媧」之譌，㚿媧即女媧。㉔無匹　沒有配偶。㉕牽牛　星名。古代神話，牽牛、織女二星為夫婦，各處天河之旁，每年七月七日乃得一會，故云獨處。㉖袿　婦女的上服。㉗猗靡　精妙的意思。㉘翳修袖　謂以長袖遮光遠視。翳，遮蔽。㉙延佇　久立。這是說洛神佇立遠望君王。㉚鳧　體似鴨而小，俗稱野鴨。㉛陵波　謂行走在波上。陵，升。㉜微步　細步。㉝羅韈　即羅襪。㉞生塵　作者想像之辭。謂似生塵土。㉟常則　固定的規則。㊱若危若安　時危時安。㊲難期　難以預料。

㊳轉眄　猶言轉動眼睛觀看。㊴流精　目光有神。㊵光潤　光澤溫潤。㊶含辭未吐　謂欲說話而未出口之狀。㊷華容　美麗的容貌。㊸婀娜　輕盈柔美的樣子。㊹飡　即「餐」字。

【語　譯】於是洛神被感動了，為我低迴徘徊。她的光彩時隱時現，忽明忽暗。輕盈的身軀踮起腳跟猶似仙鶴而立，好像將飛尚未飛起的樣子。走在香味濃烈的椒泥路上，漫步在芳氣流動的杜蘅叢中。惆悵地長吟以表達久久的思慕，聲音悲哀激烈而悠長。於是眾神紛紛而至，呼朋喚友。有的在清清的流水中嬉戲，有的在小小的水洲上迴翔。有的採集明珠，有的在掇拾翠羽。娥皇、女英跟隨著，漢水女神與她同遊。惋惜匏瓜星沒有配偶，詠歎牽牛星獨處天河之旁。精妙的羅衣隨風而揚，以長袖遮光，久立遠望。身體輕捷，宛如飛鳧；飄忽莫測，神妙非常。在波上細步而行，羅襪好似生塵。行動無固定規則，時而危殆時而安然。行止難以預料，時去時回。顧盼之間雙目炯炯有神，玉顏溫潤而有光。言辭在口欲說未說，氣息已若幽蘭。她的容貌如此柔美，使我忘記了進餐。

於是屏翳❶收風，川后❷靜波。馮夷❸鳴鼓，女媧❹清歌。騰❺文魚❻以警乘❼，鳴玉鸞❽以偕逝❾。六龍❿儼⓫其齊首⓬，載雲車⓭之容裔⓮。鯨鯢⓯踊而夾轂⓰，水禽翔而為衛⓱。於是越北沚⓲，過南岡⓳。紆素領，迴清陽⓴。動朱脣以徐言，陳㉑交接之大綱㉒。恨人神之道殊兮，怨盛年㉓之莫當㉔。抗㉕羅袂㉖以掩涕㉗兮，淚流襟之浪浪㉘。悼良會㉙之永絕兮，哀一逝而異鄉㉚。無微情以效愛㉛兮，獻江南之明璫㉜。雖潛處於太陰㉝，長寄心於君王㉞。忽不悟㉟其所舍㊱，悵神宵㊲而蔽光㊳。

【章旨】本章描寫洛神因人神道殊，不得交接，只得滿懷戀情，悵怨地離去。

【注釋】❶屏翳　神話傳說中的神，其職司古人說法不一。據曹植〈詰洛文〉：「河伯典澤，屏翳司風。」可見作者認為他是風神。❷川后　河伯。❸馮夷　河伯名。又相傳是古代能御陰陽的神。《淮南子・原道》：「馮夷，泰西之御也。」❹女媧　女神名。相傳她曾錬石補天，又傳她始作笙簧。❺騰　升。❻文魚　一種能飛的魚。❼警乘　做車乘的警衛。❽玉鸞　玉鈴。裝置在車衡上，車動則發聲。❾偕逝　俱往。這是說眾神一齊都走了。❿六龍　古代神話中神出遊有駕六龍的，如日車駕六龍，羲和御之，所以這裡用六龍。⓫儼　矜持莊重的樣子。⓬齊首　指排成一行，齊頭並進。⓭雲車　以雲所製的車。⓮容裔　舒緩安詳的樣子。⓯鯨鯢　水棲哺乳動物。外形似魚，雄者名鯨，雌者名鯢。⓰轂　車輪中心圓木，外接輪輻，內空而承軸。此處代指車。⓱為衛　為護衛。⓲沚　水中的小沙洲。⓳岡　山脊。⓴紆素領二句　謂回首相視。紆，回。素領，潔白的頸項。清陽，指眉目之間。《詩・野有蔓草》：「有美一人，清揚婉兮。」謂眉目之間，婉然美好。清，指目。揚，指眉。㉑陳　訴說。㉒交接之大綱　男女交往禮法和規矩。㉓盛年　少壯之時。㉔莫當　無偶。《漢書・卷五七・司馬相如列傳》顏注：「當，對偶也。」㉕抗　舉。㉖羅袂　羅袖。㉗掩涕　掩面流淚。㉘浪浪　淚流的樣子。㉙良會　嘉會。謂男女歡會。㉚異鄉　異方。此謂遠隔兩地。㉛效愛　致相愛之意。㉜璫　耳珠。㉝太陰　指洛神水中所居。㉞君王　指曹植。㉟不悟　猶不見。㊱舍　止。㊲神宵　洛神化去。宵，通「消」。㊳蔽光　光彩隱去。

【語譯】於是風神「屏翳」收住江風，川后平靜水波。馮夷擊起鼓來，女媧引吭清歌。文魚飛騰，警衛車乘；車鈴和鳴，眾神俱逝。六龍莊重地齊頭並進，拉著雲車緩緩而行。鯨鯢在車兩旁踴躍，水禽在周圍飛翔護衛。於是洛神越過北面的沙洲，翻過南面的山脊。回過潔白的頸項，投來含情的目光，啟動紅脣緩緩而言，訴說男女交往的禮法規矩。悵恨人神不能同路，哀怨正當盛年沒有配偶。舉起羅袖掩面流淚，淚珠滾滾流滿衣襟。哀傷永遠不能歡會，痛心別後天各一方。不曾以微情來表示愛忱，謹獻上江南產的明珠。即使潛居於重重水下，也將永遠掛心於君王。忽然之間不見她的蹤影，我深深地惆悵，此時洛神消逝光彩也隱沒了。

於是背下陵高❶，足往神留。遺情❷想像❸，顧望❹懷愁。冀❺靈體❻之復形❼，御❽輕舟而上遡❾。浮長川❿而忘反⓫，思綿綿⓬而增慕⓭。夜耿耿⓮而不寐，霑⓯繁霜而至曙⓰。命僕夫而就駕⓱，吾將歸乎東路⓲。攬騑轡⓳以抗策⓴，悵盤桓㉑而不能去。

【章　旨】本章描寫洛神去後作者思戀的深情。

【注　釋】❶背下陵高　背離低下之地而登高。❷遺情　留情。指情思留戀。❸想像　回想洛神的神情容貌和相遇時的情景。❹顧望　回望遇見洛神之處。❺冀　希望。❻靈體　指洛神。❼復形　猶言再現。❽御　駕駛。❾上遡　逆流而行。❿長川　指洛水。⓫反　同「返」。⓬綿綿　漫長不絕的樣子。⓭增慕　增益思慕之情。⓮耿耿　心神不安的樣子。⓯霑　沾溼。⓰至曙　直到天明。⓱就駕　備好車駕。⓲東路　東藩之路。鄄城在洛陽東北，所以稱為東路。一說指返雍丘之路。⓳騑轡　馬韁繩。騑，車旁的馬。古代駕車之馬，在中間的叫服，在外邊的叫騑或驂。這裡泛指駕車的馬。轡，馬韁繩。⓴抗策　舉起馬鞭。㉑盤桓　猶徘徊。不進的樣子。

【語　譯】於是我離開低處，登上高岡；腳雖然往前行，心神卻仍留在原地。情思戀戀，回想她的容顏；回望初遇之處，滿懷憂愁。我希望女神再現，就駕著輕舟逆流上行。浮游在長河之上忘記歸去，思緒綿長愈增戀慕。心神不寧一夜無眠，繁霜沾溼了衣服，直到天明。只好命僕人備好車馬，我將踏上東歸的路途。攬起馬韁揚起馬鞭，惆悵徘徊，不忍離開。

詩
補亡

補亡詩六首并序

【作 者】束晳，字廣微，陽平元城（今河北大名）人。博學多聞，不慕榮利，與兄束璆俱知名於世。璆娶大官僚石鑒姪女為妻，後又棄之，鑒深以為憾，致使璆、晳久不能升遷。晳作〈玄居釋〉，得張華賞識，召為掾。後轉佐著作郎，復遷博士。西晉咸寧五年汲郡人發魏襄王墓，或言安釐王冢，得竹書數十車，皆蝌蚪文，中有《穆天子傳》、《竹書紀年》等書。太康二年，晉武帝命束晳等加以整理。晳得觀竹書，辨析文義，並以今文寫之。事成，擢尚書郎。趙王司馬倫為相國，請為記室，晳託病罷歸，教授門徒，年四十卒。原有集七卷，已散佚，明人輯有《束廣微集》。

【題 解】《詩經》三百零五篇之外，小雅之中有六篇有詩題而無其辭，這就是〈南陔〉、〈白華〉、〈華黍〉、〈由庚〉、〈崇丘〉、〈由儀〉等。這六篇在《儀禮·燕禮》中都用笙奏，故人稱笙詩。有人說笙詩只是笙樂的名目，在演唱詩歌時插入吹奏，它本來就沒有辭。也有人說笙詩是用笙伴奏的詩，本來是有辭的，後來失傳了。究竟哪一種說法對，現在也不能確考。束皙這六首詩就是補作這六首亡佚之詩的，所以稱為〈補亡詩〉。他在〈補亡詩〉序中說：「皙與司業疇人，肄修鄉飲之禮。然所詠之詩或有義無辭，音樂取節，闕而不備。於是遙想既往，存思在昔，補著其文，以綴舊制。」可見他的補作是為了修習禮樂的目的。

由於這六首詩的《毛詩》小序還保存著，小序對每首詩的內容作了簡略的闡釋，束皙即根據小序的提示來進行補作。這六首詩都擬西周初期的人的口氣來歌頌當時的盛世：君主勤於政事，群臣盡心輔佐，教化普洽，武功威遠；仁人君子，孝養父母；高山低地，種滿莊稼；動物植物，各得其宜。而作者所生活的時代是一個黑暗的時代，正當史稱「八王之亂」之時，司馬氏諸王互相殘殺，爭奪政權，長達十六年之久。作者在〈補亡詩〉中卻描繪了另一個清平世界，這既寄託了他的理想，實也是對現實政治的抗議。

這六首詩是擬古之作，作者在語言形式上盡力模仿《詩經》，然而並不十分相像。而且在一定程度上束縛了作者才情的發揮。

其一

〈南陔〉❶，孝子相戒以養❷也。

循❸彼南陔，言❹采其蘭❺。眷戀庭闈❻，心不遑❼安。彼居❽之子，罔或❾游盤❿。馨爾夕膳，絜爾晨飧⓫。循彼南陔，厥⓬草油油⓭。彼居之子，色⓮思其柔⓯。眷戀庭闈，心不遑留。馨爾夕膳，絜爾晨羞⓰。有獺⓱有獺，在河之涘⓲。淩波⓳赴汩⓴，噬㉑魴㉒捕鯉。嗷嗷㉓林烏㉔，受哺于子㉕。養隆敬薄，惟禽之似㉖。勗㉗增爾虔㉘，以介㉙丕祉㉚。

【章　旨】本詩三章，反覆申言孝養父母的道理。

【注　釋】❶南陔　《詩・小雅》中有目無辭的篇目之一。陔，田埂。❷孝子相戒以養　《毛詩》之小序曰：「孝子相戒以養也。」養，養親。❸循　順著；沿著。❹言　句首助詞，無義。❺蘭　香草名。多年生常綠草本，花淡黃綠色，清香。採蘭一方面表示孝子品格高尚，使自己芬芳的意思；另一方面採蘭以供父母，比喻他將以珍異之物歸獻父母。❻庭闈　父母居住的地方。此即指父母。❼遑　暇。❽居　居於家中未出為官者。❾罔或　無有。❿游盤　遊樂。⓫馨爾夕膳二句　為互文，謂使供養父母的膳食芬香而潔淨。馨，芬芳。此有使其芬芳的意思。夕膳，晚飯。膳，飲食。絜，使之清潔。晨飡，早餐。⓬厥　其。⓭油油　植物生長茂盛，有光澤的樣子。草油油而隨風，比喻自己亦當以柔和的臉色侍奉雙親。此二句開始為本詩第二章。⓮色　臉色。⓯柔　柔順。《論語・為政》記載孔子答子夏問孝說：「色難。」意謂兒子在父母前經常保持柔順的容色，是件難事。這裡即把容色柔順作為侍親的高標準。⓰羞　有滋味的食物。⓱獺　水獺。一種生活在水邊的野獸，能游泳，捕魚為食。《禮記・月令》：「(孟春之月)魚上冰，獺祭魚。」按獺貪食，常捕魚陳列水邊，如陳物而祭，稱為祭魚。此處以獺祭魚來比喻孝子求珍異之物歸養其親。⓲涘　水邊。這二句以下為本詩之第三章。⓳淩波　謂越過水面。淩，逾越。⓴汩　深水。㉑噬　嚙；咬。㉒魴　魚名。跟鯿魚相似，銀灰色，腹部隆起。㉓嗷嗷　眾口嘈雜之聲。㉔林烏　樹林中的烏鴉。㉕受哺于子　這是說老烏鴉受到成長的子烏的反哺。哺，銜食餵養。㉖養隆敬薄二句　是批評世人對父母雖然供養豐厚，然而禮敬不夠，這和烏鴉一類禽鳥差不多。養隆，供養豐厚。敬薄，禮敬不夠。㉗勗　勉力。㉘虔　恭敬。㉙介　助。㉚丕祉　大福。

【語　譯】〈南陔〉，是孝子互相告戒奉養父母之詩。

沿著南邊的田埂，採摘芬芳的幽蘭。眷戀白髮高堂，心中何暇得安！那居家未仕的孝子，不要外出遊玩。把飲食做得清潔芳香，早晚向雙親奉獻。沿著南邊田埂，只見綠草油油。那居家未仕的孝子，臉色勿忘溫柔。眷戀白髮高堂，何暇在外逗留！把飲食做得清潔芳香，奉獻父母案頭。水獺捕魚祭祖，把魚陳列水邊。衝波潛入深水，咬捕各類魚鮮。林中嘈雜的烏鴉，也知反哺二老高年。供養雖然豐厚，禮敬之意卻少，猶如禽鳥一般。勉力增加恭敬的心，助您福壽綿延。

其二

〈白華〉❶，孝子之絜白❷也。

白華朱萼❸，被❹于幽薄❺。粲粲❻門子❼，如磨如錯❽。終晨❾三省❿，匪惰⓫其恪⓬。白華絳趺⓭，在陵⓮之陬⓯。蒨蒨⓰士子，涅⓱而不渝⓲。竭誠盡敬，亹亹⓳忘劬⓴。白華玄㉑足，在丘㉒之曲㉓。堂堂㉔處子㉕，無營㉖無欲。鮮㉗侔㉘晨葩㉙，莫之點㉚辱。

【章旨】本詩三章：一章言孝子不忘修養品德；二章言竭盡誠敬孝順父母；三章言不追逐名利，不玷辱令名！

【注釋】❶白華　《詩・小雅》中有目無辭的篇目之一。❷孝子之絜白　《毛詩》小序曰：「孝子之絜白也。」這是說敬養父母的孝子，常保持自身人品的潔白，沒有汙點。❸萼　在花瓣下部的一圈綠色小片。❹被　覆蓋；遍布。❺幽薄　幽暗的草叢。薄，草叢生之地。這是說孝子如同朱萼白花，開於草叢之中，十分鮮潔。❻粲粲　鮮潔的樣子。謂其人品光明。❼門子　嫡子。即正妻所生之子。《周禮・春官》：「其正室皆謂之門子，掌其政令。」鄭玄注：「正室，適子也，將代父當門者也。」❽如磨如錯　謂孝子自己警勵，增進修養。磨，加工石器。錯，加工金屬。《詩・衛風・淇奧》：「如切如磋，如琢如磨。」❾終晨　終朝；整天。❿三省　多次反省。三，表多次。省，內省；自我檢查。《論語・學而》：「曾子曰：『吾日三省吾身：為人謀而不忠乎？與朋友交而不信乎？傳不習乎？』」⓫匪惰　不怠惰。匪，通「非」。⓬恪　恭敬；謹慎。⑬絳趺　紅色花萼。絳，赤色；大紅。趺，足。此指花足。即花萼。⑭陵　大土山。⑮陬　山足。此下為第二章。⑯蒨蒨　鮮明的樣子。⑰涅　本是一種礦物，古人用作黑色染料。這裡有染黑之意。⑱渝　變。《論語・陽貨》記載孔子的話說：「不曰白乎，涅而不緇。」意謂君子潔白的品格，是不會被染黑的。⑲亹亹　勤勉不倦的樣子。⑳劬　勞苦。此下為第三章。㉑玄　帶赤黑色。㉒丘　小土山。㉓曲　彎曲深隱之處。㉔堂堂　出眾的樣子。㉕處子　處士；隱居不仕之人。㉖營　謀求。此指對名利等的謀求。㉗鮮　鮮豔。㉘侔　等同。㉙葩　花。㉚點　通「玷」。沾汙。

【語　譯】〈白華〉，是寫孝子保持自身品格潔白的詩。

白色的花朵中有紅色的花萼，散布在幽暗的草叢中。就像光彩鮮潔的正室嫡子，磨礪品格從不放鬆。由早到晚多次反省，從不怠惰，為人謹恭。白色的花朵紅色的花托，生長在土山的腳下。就像光明純潔的士人，用黑色染料來染也毫不受沾汙。他竭敬心中誠敬之意，勤勤懇懇的為人忘記勞乏。白色花朵下有黑色的花足，生長在那土山曲處。就像出類拔萃的處士，絕不去追逐名利。好似早晨盛開的鮮花，不玷辱美好的名聲。

其三

〈華黍〉❶，時和歲豐，宜黍稷也❷。

黮黮❸重雲，輯輯❹和風。黍華陵巔❺，麥秀❻丘❼中。靡❽田不播，九穀❾斯❿豐。奕奕⓫玄霄⓬，濛濛⓭甘霤⓮。黍發⓯稠華⓰，禾⓱挺其秀。靡田不殖⓲，九穀斯茂。無高不播，無下不殖。芒芒⓳其稼⓴，參參㉑其穡㉒。稸㉓我王委㉔，充我民食。玉燭㉕陽明，顯猷㉖翼翼㉗。

【章　旨】本詩先描寫四時風調雨順，處處田地墾殖，各種穀物茁壯生長的景象，最末說明太平盛世的出現是由於君德的明盛。

【注釋】❶華黍 《詩・小雅》中有目無辭的篇目之一。華，開花。❷時和歲豐二句 《毛詩》小序：「時和歲豐，宜黍稷也。」黍，一年生草本植物，籽實叫黍子，碾成米叫黃米，性黏，可釀酒。❸黮黮 黑黑的。❹輯輯 和舒的樣子。❺陵巔 土山頂上。❻秀 穀類抽穗開花。❼丘 高地。❽靡 無。❾九穀 九種穀物。《周禮・天官》鄭玄注引鄭眾云：「九穀，黍、稷、秫、稻、麻、大小豆、大小麥也。」❿斯 乃。⓫奕奕 閃光的樣子。⓬玄霄 黑雲。霄，雲。⓭濛濛 陰雨的樣子。⓮霤 雨水。凡水下流曰霤。⓯發 開。⓰稠華 茂密的華。華，同「花」。⓱禾 原作「亦」，據宋刊六臣注《文選》改。禾即粟。⓲殖 生長。⓳芒芒 同「茫茫」。寬廣的樣子。⓴稼 種植。㉑參參 長長茂盛的樣子。㉒穡 收穫。㉓稸 積蓄。㉔王委 國家的儲備。委，積。㉕玉燭 猶清和。四時風調雨順，寒燠合序，謂太平盛世。《爾雅・釋天》：「四氣和謂之玉燭。」邢昺疏：「言四時和氣，溫潤明照，故曰玉燭。」㉖顯猷 明道。指王道。猷，道。㉗翼翼 明盛的樣子。

【語譯】〈華黍〉，描寫氣候調和，農產豐收，適宜黍稷生長。

黑黑的濃雲密集，和風徐徐吹來。禾黍在山頂上開花，麥子在土丘上抽穗。每一塊田都播下了種子，各種穀物也無比豐美。黑雲時時閃光，濛濛甘雨普降。黍花密密層層，粟穗枝枝向上。所有的田地都已墾殖，各種穀物都興旺。高地無不播下了種子，低地裡也都長滿了作物。耕種的土地又寬又廣，收穫的莊稼又長又壯。增加國家的儲備，補充人民的食糧。四時風調雨順，王道明盛無量。

其四

〈由庚〉❶，萬物得由其道❷也。

蕩蕩❸夷庚❹，物則由之❺。蠢蠢❻庶類❼，王亦柔❽之。道之既由，化❾之既柔。木以秋零❿，草以春抽⓫。獸在于草，魚躍順流。四時遞謝⓬，八風⓭代扇⑭。纖阿⑮案⑯晷⑰，星變⑱其躔⑲。五是⑳不逆㉑，六氣㉒無易㉓。愔愔㉔我王㉕，紹㉖文㉗之跡㉘。

【章　旨】本詩是擬周成王時人的口吻，歌頌當時萬物由道而生，氣候循其常軌，人民服從教化的太平景象。

【注　釋】❶由庚　《詩・小雅》中有目無辭的篇目之一。由，從。庚，道。❷萬物得由其道　《毛詩》小序曰：「萬物得由其道也。」李善注：「言物並得從陰陽道理而生也。」❸蕩蕩　廣大的樣子。❹夷庚　常道。❺物則由之　謂萬物由之而生。❻蠢蠢　動的樣子。❼庶類　眾多物類。❽柔　安。謂王以道安之。❾化　指王之教化。此謂百姓安於王之教化。❿零　枝葉凋落。⓫抽　抽芽。⓬遞謝　謂一季一季輪換更替。遞，一個接一個。謝，衰謝。⓭八風　八方之風。⓮代扇　此謂輪替吹動。⓯纖阿　神話中駕馭月亮運行的女神。此處即指月亮。⓰案　按照。⓱晷　日影。此言月行依照軌道。⓲星變　星辰運行。⓳躔　日月星辰運行的度次。⓴五是　亦作「五韙」、「五氏」。指雨、晴、熱、寒、風五種氣候。《書・洪範》：「庶徵：曰雨，曰暘，曰燠，曰寒，曰風。曰時，五者來備，各以其敘。」㉑不逆　不反常。㉒六氣　指陰、陽、風、雨、晦、明。《左傳・昭公元年》載秦醫和謂晉侯曰：「天有六氣，陰、陽、風、雨、晦、明。」㉓無易　無改其常。易，改。㉔愔愔　安和的樣子。㉕我王　指周成王。此詩原為成王之時作。㉖紹　繼。㉗文　指周文王。㉘跡　指其事業。

【語　譯】〈由庚〉，描寫萬物都由道而生。

常道廣大無邊，萬物由道而生。眾多活動生物，我王順道安定。物類都已遵循自然之道，百姓也安於教化。就像樹木在秋天凋零，百草在春季抽芽。獸類生活於草中，魚兒順流歡躍。四季輪流衰謝，八風更迭吹到。月亮按軌而行，星辰行其常道。寒暑不曾反常，風雨也不會失調。安閒和悅我王，繼承文王風教。

其五

〈崇丘〉❶，萬物得極其高大❷也。

瞻彼崇丘，其林藹藹❸。植物斯❹高，動類❺斯大。周風❻既洽❼，王猷❽允❾泰❿。漫漫⓫方輿⓬，回回⓭洪覆⓮。何類不繁⓯，何生不茂！物極其性，人永⓰其壽。恢恢⓱大圓⓲，芒芒⓳九壤⓴。資生㉑仰化㉒，于何不養㉓！人無道夭㉔，物極㉕則長。

【章旨】本詩歌頌周室風教周遍，王道通暢，因而動物、植物各盡其性，生得長大。

【注釋】❶崇丘　《詩・小雅》中有目無辭的篇目之一。崇丘，高丘。❷萬物得極其高大　《毛詩》小序曰：「萬物得極其高大也。」極其高大，言萬物得盡其本性，長得高大。極，盡。❸藹藹　茂盛的樣子。❹斯　乃。❺動類　動物。❻周風　周王室的教化。❼洽　浸潤；周遍。❽王猷　王道。❾允　確實。❿泰　通暢。⓫漫漫　廣大的樣子。⓬方輿　猶輿地。指地域。輿，車。《易・說卦》以坤為地，又為大輿。古以為天圓地方，因地能載萬物，故稱方輿。⓭回回　廣大的樣子。⓮洪覆　指天。洪，大。覆，蓋。⓯繁　繁盛。⓰永　長。⓱恢恢　廣闊的樣子。⓲大圓　指天。⓳芒芒　同「茫茫」。⓴九壤　九州大地。㉑資生　取生。謂取於天地而生。㉒仰化　仰賴其德而化育。㉓養　天地養萬物。㉔道夭　中道夭折。夭，年未三十而死。㉕物極　物盡其性。

【語譯】〈崇丘〉，是寫萬物得以盡其本性，長得高大。

看那高高山上，樹林十分茂盛。植物長得高高，動物龐大體形。周室風教周遍，王道實已通行。廣闊大地載物，長天上覆無邊。何種物類不茂盛，何種生靈不繁衍！萬物盡其本性，人得益壽延年。蒼穹遼闊寬廣，九州土地茫茫無邊。取材養生仰賴化育，何物不能生養！人無中道夭折，物皆盡性生長。

其六

〈由儀〉❶，萬物之生，各得其儀也❷。

肅肅❸君子，由儀率性❹。明明❺后辟❻，仁以為政❼。魚游清沼❽，鳥萃❾平林。濯鱗鼓翼，振振❿其音。賓⓫寫⓬爾⓭誠，主竭其心。時之和⓮矣，何思⓯何修⓰！文化⓱內輯⓲，武功外悠⓳。

【章　旨】本詩是歌頌太平盛世的景象：君主以仁愛為政，群臣忠誠事主，文治武功都很興盛，萬物生長各得所宜。

【注　釋】❶由儀　《詩・小雅》中有目無辭的篇目之一。儀，宜。❷萬物之生二句　《毛詩》小序：「萬物之生，各得其宜也。」李善注：「言萬物之生，各由其道，得其所儀也。」❸肅肅　容儀謹敬。❹率性　循其本性而行。《禮記・中庸》：「天命之謂性，率性之謂道。」鄭玄引《孝經說》：「性者生之質。」故注：「率，循也；循性行之是謂道。」❺明明　明察的樣子。❻后辟　君主。❼仁以為政　謂以仁愛為政。❽沼　池沼。❾萃　聚集。❿振振　繁盛的樣子。⓫賓　指群臣。⓬寫　宣洩。通作「瀉」。《詩・小雅・蓼蕭》：「既見君子，我心寫兮。」《詩・邶風・泉水》：「駕言出游，以寫我憂。」⓭爾　彼。⓮和　和平。⓯思　思慮。⓰修　治理。⓱文化　以禮義等進行教化。⓲輯　和。⓳悠　遠。

【語　譯】〈由儀〉，寫萬物生長，各得其所宜。

君子容儀謹敬，按他本性而行。賢德明察的君主，總以仁愛為政。魚兒暢游清池，鳥兒林中飛鳴。魚戲水來鳥鼓翼，一派繁雜聲音。群臣貢獻忠誠，君主竭力理政。已是太平盛世，何須思慮經營！國內文教安和，武力遠懾異境。

述德

述祖德詩二首

【作　者】謝靈運（西元三八五～四三三年），祖籍陳郡陽夏（今河南太康）人，移居會稽（今浙江紹興）。幼時寄養於外，故小名客兒，世稱謝客。東晉車騎將軍謝玄之孫，襲封康樂公，故又稱謝康樂。少好學，博覽群書，文章之美與顏延之俱為江左第一。東晉時，官至相國從事中郎。入宋降為侯爵，歷任永嘉太守、侍中、臨川內史等職。他熱中政治，追求權勢，「自謂才能宜參權要」（《宋書》本傳），又出身於豪門世族，但在南朝劉宋時未被重用，故心懷憤恨。性喜遨遊山水，曾役使數百人伐木開路，探奇訪勝。晚年，被人彈劾，詔收捕之，遂興兵反宋，並為詩曰：「韓亡子房奮，秦帝魯連恥。」結果兵敗被擒，放逐廣州，被殺。原有集二十卷，已佚，明人輯有《謝康樂集》。謝靈運扭轉了淡乎寡味的玄言詩風，開闢了面目一新的山水詩派，在文學史上占有重要的地位。

【題　解】這二首詩是謝靈運為贊頌他祖父謝玄功德而作。謝玄為東晉名將，謝安之姪。曾組織北府兵抵禦前秦。太元八年在淝水大捷，並率軍收復徐、兗、青、豫等州，後由於司馬道子的掣肘，未能完成恢復故土的大業。謝靈運在〈述祖德詩〉前有序，其文如下：「太元中，王父龕定淮南，負荷世業，尊主隆人。逮賢相徂謝，君子道消，拂衣蕃岳，考卜東山，事同樂生之時，志期范蠡之舉。」由詩序及詩的本文看，作者有這樣幾方面的思想：一、歌頌其祖謝玄在敵人大兵壓境，天下震駭之時，挺身而出，力挽狂瀾的不朽功勳。二、惋惜淝水戰後，原定乘機恢復中原的大計未能實現。序中有「賢相徂謝，君子道消」一語，是說謝安逝世後，司馬道子專權，正人君子是無法展其宏圖的。三、頌揚謝玄的清高情操，說他見事不可為，即交出兵權，打算歸隱山林，怡悅情性。

這二首詩文字簡練，概括的內容很廣，評事注意分寸，顯示了作者深厚的文字功力。

其一

達人❶貴自我❷，高情❸屬天雲❹。兼抱濟物性❺，而不纓❻垢氛❼。段生❽蕃❾魏國，展季❿救魯人。弦高⓫犒⓬晉師⓭，仲連⓮卻⓯秦軍。臨組乍不緤，對珪寧肯分⓰！惠物⓱辭⓲所賞，厲志⓳故⓴絕人㉑。苕苕㉒歷千載，遙遙播㉓清塵㉔。清塵竟誰嗣㉕，明哲㉖時經綸㉗。委講㉘綴道論㉙，改服㉚康㉛世屯㉜。屯難既云康，尊主㉝隆斯民㉞。

【章　旨】本詩先闡釋達人的生活態度是：自我修養和普濟蒼生。繼而列舉段干木等人事蹟，頌揚他們的歷史功勳，稱贊他們視富貴如浮雲的高情。最後指出，其祖謝玄繼承和發揚了這個傳統，放下道學的研討，平定世難改善民生。

【注　釋】❶達人　見識高超的人。此指謝玄。❷貴自我　注重自我道德修養，看輕功名利祿。❸高情　清高的情致。❹屬天雲　連及天雲。這是形容其高。❺濟物性　挽救人類於危難的思想。物，生物。謂人類。❻纓　繞。意即沾染。❼垢氛　塵穢；俗世汙濁之氣。❽段生　指段干木。段干木為戰國晉人，是當時一個聲望極高的學者，流寓魏國，為魏文侯所敬重。

因魏文侯能禮賢下士，秦國竟按兵不敢攻魏（事見《呂氏春秋》）。❾蕃　通「藩」。籬笆。此處有保衛的意思。❿展季　即展獲。字禽，亦即柳下惠（因他家住大柳樹下，死後其妻私諡曰惠，故稱）。春秋魯僖公二十六年夏天，齊孝公出兵伐魯。當齊國軍隊還沒有攻入魯國國境時，僖公馬上派展喜去慰勞。這時魯國處於「室如懸磬，野無青草」的經濟危機時期，但由於展喜稟承了展禽的指示，說服齊國自動退兵（見《左傳．僖公二十六年》）。⓫弦高　春秋時鄭國的大商人。秦穆公使孟明視等統率秦軍，潛師遠襲鄭國。到滑，和往周做生意的弦高相遇，弦高即一面自己出資以牛、酒慰勞秦軍，一面派人告知鄭國作禦敵準備。秦軍以為鄭國已經到處設防，便放棄了暗襲鄭國的軍事計畫，順路滅掉滑國回師了。⓬犒　慰勞。⓭晉師　指侵入晉之附庸國的秦軍。滑，被秦滅以前既為晉之附庸，也可稱為晉地。此句曲稱秦軍為「晉師」，是為了避免與下句之「秦軍」重複。⓮仲連　即魯仲連。齊國人。趙孝成王時，秦將白起在長平地方，破趙軍四十萬，乘勝進圍邯鄲。魏安釐王派晉鄙帶領十萬大軍救趙。晉鄙怕跟秦兵作戰，到蕩陰就不敢前進。反派將軍新垣衍間道入邯鄲，勸趙王推尊秦昭王為帝，向秦求和。這時魯仲連也在圍城中，他通過平原君的介紹當面駁斥了新垣衍的錯誤主張。同時，竭力主張救趙的魏公子無忌（信陵君），設法竊取了魏王的虎符，奪得晉鄙的統帥，指揮魏軍進攻，秦軍乃撤退。⓯卻　退。⓰臨組乍不緤二句　說明不受封爵。平原君曾欲封魯仲連，仲連不受。左思〈詠史詩〉曰：「吾希段干木，偃息藩魏君。吾慕魯仲連，談笑卻秦軍。當世貴不羈，遭難能解紛。功成不受賞，高節卓不群。臨組不肯緤，對珪不肯分。連璽耀前庭，比之猶浮雲！」此詩自「段生」句以下一節，即襲用該詩的意思。組，是一種寬的絲帶，古人用來佩玉掛印。乍，止。緤，繫；打結。珪，一種玉器。古時帝王諸侯所執長形玉版，上圓或尖，下方。天子分封侯爵，皆賜珪，以為符信。寧，豈；難道。⓱惠物　有恩德於人類。⓲辭　謝絕。⓳勵志　志行勉勵。勵，勉。⓴故　原來；本來。㉑絕人　不同一般流俗之人。㉒苕苕　通「迢迢」。綿遠的意思。㉓播　散播。㉔清塵　清高的遺風。㉕嗣　繼承。㉖明哲　深明事理的人。此指謝玄。㉗經綸　整理絲縷。引申為處理國家大事。㉘委講　放棄清談的意思。㉙綴道論　綴，通「輟」。停止。道論，關於道學的討論。謝玄曾與叔父謝安在東山（今上虞）講道學。㉚改服　改換服裝。是說脫下隱士的衣服，穿上戰士的戎裝。㉛康　平定。㉜世屯　世難。指苻堅的南侵。㉝尊主　尊崇其君。指匡輔司馬氏。㉞隆斯民　使人民得以繁榮。隆，振興；隆盛。

【語　譯】識見高超之人重視道德修養，清高的情致上及雲天。兼懷普濟蒼生的抱負，絲毫不存世俗汙濁之見。段干木的賢名保衛了魏國，展禽用妙策救助魯人免於災難。弦高犒勞秦軍保存了趙國，魯仲連仗義直言退卻敵軍來犯。他們不願繫佩玉掛印的絲帶，怎肯承受裂土分封的珪版！造福了百姓卻謝絕封賞，志行高潔本不同於流俗。經過了迢迢千載，他們清高的遺風播散於世間。如今有誰來繼承他們？明智的我祖是治國時賢。放下關於道學的清談討論，改換戎裝平定世難。一場大難既已平定，他又尊崇王室，使民生得以改善。

其二

中原❶昔喪亂❷，喪亂豈解已！崩騰❸永嘉末❹，逼迫太元始❺。河外❻無反正❼，江介❽有蹙圮❾。萬邦❿咸⓫震懾⓬，橫流⓭賴君子。拯溺由道情⓮，龕暴⓯資神理⓰。秦趙⓱欣⓲來蘇⓳，燕魏⓴遲㉑文軌㉒。賢相㉓謝世運㉔，遠圖㉕因事止㉖。高揖㉗七州㉘外，拂衣㉙五湖㉚裡。隨山疏㉛濬潭㉜，傍巖藝㉝枌梓㉞。遺情㉟捨塵物㊱，貞觀㊲丘壑㊳美。

【章旨】本詩先回顧永嘉末年中原禍亂，西晉王朝崩毀的往事。繼而敘述太元八年苻堅南侵的嚴重局勢，歌頌謝玄在淝水之戰中的歷史功勳和傑出才能。復次談到淝水戰後，原有一個乘機收復中原失地的宏遠計畫，然因朝廷內部矛盾，謝安逝世，終未能實現。最後描寫謝玄歸隱後的生活。

【注釋】❶中原　指洛陽一帶被異族占領區域。❷喪亂　指西晉滅亡，石勒、劉淵等人橫行中原之亂。❸崩騰　以山岳崩毀來比喻西晉朝廷的滅亡。❹永嘉末　永嘉，為晉懷帝的年號。永嘉末，指永嘉五、六年，洛陽失陷，晉懷帝被俘，後遭殺害。後來長安又失陷，晉愍帝又被殺。❺逼迫太元始　太元是晉孝武帝的年號。太元始，指太元八年。是年前秦苻堅率步騎大軍八十多萬人大舉進攻東晉，故言逼迫。❻河外　指淮河以外地區。即洛陽、長安等地。❼反正　撥亂歸正。即收復失土的意思。❽江介　江間。指偏安於江南的東晉王朝。❾蹙圮　縮小毀壞。此指在異族侵吞之下東晉王朝國土日削，國勢崩壞的局面。⑩萬邦　萬國；整個天下。⑪咸　都。⑫震慴　震動慴服。此指受前秦威慴。慴，懼。⑬橫流　洪水泛濫。此指異族入侵的災難。此指淝水之戰。⑭拯溺由道情　用《孟子》「天下溺，則援之以道」的意思。拯溺，救出沒於水裡（指禍亂）的人民。道情，道義之情。⑮龕暴　平定暴亂。龕，通「戡」。平定。指謝玄戰勝苻堅。⑯神理　明智如神的見識。此指謝玄戰勝苻堅的神機妙算。⑰秦趙　指氐族苻堅所統治的地區。今陝西、河南一帶。⑱欣　歡欣鼓舞。⑲來蘇　《書・仲虺之誥》：「攸徂之民，室家相慶，曰：徯予后，后來其蘇。」本是說湯所往之民皆喜曰：待我君來，其可蘇息。此言被占領區的人民欣喜晉軍北伐，可得蘇息。謝安、謝玄原擬淝水戰後一舉光復中原。⑳燕魏　指當時為鮮卑族慕容氏所統治的地區。即今河北、山東一帶。㉑遲　等待。㉒文軌　即《禮記・中庸》「書同文，車同軌」的意思。表示祖國統一的願望。㉓賢相　指東晉太傅謝安。㉔謝世運　謂謝安死去。謝安為其時北伐事業的主持者，他一死，北伐遂半途而廢，謝玄無人用。㉕遠圖　指收復失地，統一祖國的遠大計畫。㉖因事止　這是指當時孝武帝任用瑯琊王司馬道子，司馬道子好專權，與謝安有隙，謝安乃出鎮廣陵以避道子，不久病卒，恢復失地的大業就此告止。㉗高揖　拱手讓位。㉘七州　指徐、兗、青、司、冀、幽、并等七州。太元九年，謝玄被加任都督此七州軍事。謝安死後，謝玄在軍事上受挫，又因疾屢上疏請求解職，乃轉授散騎常侍左將軍會稽內史。㉙拂衣　古人動身離去時的一種姿態。㉚五湖　即太湖。春秋時范蠡助句踐滅吳後放舟五湖，不願為官。此處言謝玄有范蠡之志。謝玄自己也說過有功成退隱東山之願。㉛疏　開鑿。㉜濬潭　深潭。㉝蓺　同「藝」。種植。㉞枌梓　二木名。枌，白榆。梓，一種落葉樹。㉟遺情　遺棄冠冕之情。㊱塵物　指名利之類世俗之物。㊲貞觀　一意觀覽。貞，正。觀，視。㊳丘壑　山水。

【語　譯】昔年中原發生嚴重的禍亂，禍亂至今何曾消滅！永嘉末年朝廷如山岳崩毀，太元之初苻堅又大舉南犯。淮河以外尚未被我收復，江左之地復日見侵占。天下都為苻秦的兵鋒所震懼，實賴我祖阻遏這邪惡的洪水泛濫。拯救黎民乃出於道義之情，平定暴亂靠的是神機妙算。秦趙之人歡迎王師解救，燕魏之地等待回歸圖版。賢明的宰相辭世而去，遠大的計畫因而不能實現。我祖拱手讓出都督七州之職，拂衣而去在五湖之中消閒。隨著山勢開鑿深潭，種植枌、梓則依傍山巖。遺棄俗情拋除名位，把美好山川縱情觀覽。

勸勵

諷諫詩并序

【作　者】韋孟，楚彭城（今江蘇銅山）人。秦時政治苛暴，韋孟躬耕不仕。秦亡後六年，漢高祖劉邦廢楚王韓信為淮陰侯，封同父弟劉交為楚王，是為元王，韋孟被任為元王太傅。其後又任夷王及王戊的太傅。劉戊荒淫無道，韋孟曾作詩諷諫。劉戊不聽諫諍，韋孟遂辭去太傅之職，徙家於鄒（今山東鄒縣）。徙鄒後，不忘先王舊恩，又曾作〈在鄒詩〉述懷，意圖感悟劉戊。劉戊終不悔改，參與吳楚七國的叛亂，兵敗自殺。

【題　解】這是一首抒懷長詩。作者先從祖先歷世輔佐夏王、周王寫起，一直寫到自己被任為漢朝楚國的太傅，顯示他是繼承了祖先傳統，對國君懷抱著耿耿忠忱。接著作者對比三代楚王的表現，對王戊貪於逸遊，親近小人的種種惡習，作了毫不容情的批評。最後又分析了王戊的險惡處境，指出朝官嚴明，執法先從皇家近親做起，因而宗室之親不但不足恃，反而容易陷於危殆；又援引秦穆公勇於悔過，重視老臣之言為例，告戒王戊要以他的話為鑒戒。這首詩感情十分懇切，既有責備，又有疏導，既講道理，又引例證，的確可說是語重心長，很有說服力。文字簡練典雅，但不是很艱深。此詩歷來受到古人的贊賞，劉勰《文心雕龍．明詩》說：「漢初四言，韋孟首倡，匡諫之義，繼規周人。」

孟為元王❶傅❷，傅❸子夷王❹及孫王戊❺，戊荒淫不遵道❻，作詩諷諫❼曰：

【章　旨】本章為詩序，說明韋孟作諷諫詩的起因。

【注　釋】❶元王　指楚元王劉交。據《漢書》載，漢朝建國六年，劉邦廢楚王韓信，分其地為二國，立其父兄劉賈為荊王，同父弟劉交為楚王。楚王有薛郡、東海、彭城三十六縣，韋孟曾被任命為傅。❷傅　太傅。❸傅　此作動詞。輔佐。❹夷王　劉交之子劉郢客。夷王是郢客諡號。❺王戊　劉交之孫劉戊。他襲封王位，故稱王戊。因後來與吳國一同謀反，故無諡號。❻不遵道　不遵道義。❼諷諫　不直指其事，而用委婉曲折的言語進諫。

【語　譯】韋孟任楚元王的太傅，輔佐過元王之子夷王和其孫王戊，戊荒淫不遵道義，韋孟就作詩委婉地向他進諫。其詩道：

肅肅❶我祖❷，國自豕韋❸。黼衣❹朱紱❺，四牡❻龍旂❼。彤弓❽斯❾征，撫寧❿遐荒⓫。總齊⓬群邦⓭，以翼⓮大商。迭⓯彼大彭⓰，勳績⓱惟光⓲。至于有周，歷世會同⓳。王赧⓴聽譖㉑，寔㉒絕我邦㉓。我邦既絕，厥政㉔斯逸㉕。賞罰之行，非繇㉖王室。庶尹㉗群后㉘，靡㉙扶靡衛。五服㉚崩離㉛，宗周㉜以墜㉝。我祖斯微㉞，遷于彭城㉟。在予小子㊱，勤唉㊲厥生。阨㊳此嫚秦㊴，耒耜㊵斯耕。悠悠㊶嫚秦，上天㊷不寧。乃眷㊸南顧㊹，授漢于京㊺。

【章　旨】本章回顧韋氏家史：豕韋氏始建封國，在殷商時十分顯赫；入周至赧王時被絕，遷至彭城。

秦時作者躬耕園田。

【注　釋】❶肅肅　嚴正的樣子。❷我祖　指韋氏之祖先。❸豕韋　一作韋，夏的同盟部落。彭姓，被商征服，是殷商時代一強大諸侯，封於韋城（今河南滑縣東南）。❹黼衣　繡著花紋的禮服。黼，黑白相次，作斧形，刃白身黑。❺朱韍　古代祭服的紅色蔽膝。上寬一尺，下寬二尺，長三尺，用皮做成。是古代上公的服裝。❻四牡　四匹公馬駕車。❼龍旂　上畫著龍，竿頂有鈴的旗。❽彤弓　朱紅色的弓。古代天子賜給有大功諸侯的。有彤弓的諸侯，就可代天子征伐。❾斯　乃。❿撫寧　安撫；平定。⓫遐荒　邊遠之地；離王畿最遠的地方。遐，遠。荒，荒服。⓬總齊　統領；總管。⓭群邦　眾諸侯國。⓮翼　輔佐。⓯迭　互；輪流；更替。⓰大彭　殷商時另一諸侯，與豕韋氏互為伯於商。⓱勳績　功業。⓲光　通「廣」。廣大。⓳會同　古代諸侯朝見天子的通稱。《周禮・春官・大宗伯》：「時見曰會，殷見曰同。」鄭玄注：「時見者，言無常期。殷，猶眾也。」⓴王赧　東周王朝之周赧王，名延。㉑譖　讒言；說壞話。㉒寔　即「實」。是；此。㉓絕我邦　斷絕與豕韋氏的關係。㉔厥政　王室的政事。㉕逸　放逸。謂其政令不由正軌。㉖繇　通「由」。㉗庶尹　眾官之長。㉘群后　眾諸侯。㉙靡　無。㉚五服　古代王畿外圍的地方，以五百里為率，視距離的遠近分為五等，叫五服。其名稱為甸服、侯服、綏服、要服、荒服。見《書・禹貢》。㉛崩離　謂不再尊崇周天子。㉜宗周　指周王朝。因周為所封諸侯國之宗主國，故稱。《詩・小雅・正月》：「赫赫宗周，褒姒威之。」㉝墜　滅亡。㉞微　衰微。指地位下降。㉟彭城　地名。在今江蘇銅山。㊱予小子　韋孟謙稱自己。㊲勤唉　憂愁歎息。勤，憂。唉，歎聲。㊳阨　苦難；困窮。㊴嫚秦　指刑法嫚毒之秦。嫚，輕侮。㊵耒耜　古代耕地翻土的工具。耜是耒耜的鏟，耒是耒耜的柄。㊶悠悠　憂思的樣子。㊷上天　指上帝。㊸眷　親厚。㊹南顧　南向。漢高祖起義於豐沛，在秦京咸陽之南，故言上天親厚南方。㊺授漢于京　此言把秦之京邑授予漢。

【語　譯】莊嚴肅穆的我韋氏祖先，封國是從豕韋氏始建。身穿繡衣和紅色蔽膝，四馬駕車龍旗招展。受賜彤弓得以專行征伐，奮身為天子安撫荒遠。統領天下眾多諸侯，輔佐大商立於朝班。和大彭更替為盟伯，功勳巨大地位尊顯。到了周朝膺受天命，豕韋氏參與歷代朝見。周赧王聽信讒言，與我邦斷絕了關聯。我邦既已與周朝斷絕，周朝政治遂放逸混亂。賞罰從此諸侯自專，不再聽由王室決斷。百官之長眾多諸侯，無人扶持無人衛捍。遠近之地分崩離析，赫赫周朝終被推翻。我的祖先就此衰微，舉家往彭城南遷。到了我這不才一代，生活更是令人憂歎。困窮地身處苛殘的秦朝，只有手持耒耜耕種園田。上天憂思苛殘的秦朝，深深地為此感到不安。於是向南方傾注惠愛，把秦的京邑授予大漢。

於❶赫❷有漢，四方是征。靡適❸不懷❹，萬國攸❺平❻。乃命厥弟❼，建侯❽于楚。俾❾我小臣❿，惟傅是輔⓫。矜矜⓬元王，恭儉靜一⓭。惠⓮此黎民，納彼輔弼⓯。享國⓰漸世⓱，垂烈⓲于後。迺及夷王，克⓳奉⓴厥緒㉑。咨㉒命不永㉓，惟王㉔統祀㉕。左右陪臣㉖，斯惟皇士㉗。如何我王，不思守保㉘。不惟㉙履冰㉚，以繼祖考㉛。邦事是廢，逸游㉜是娛。犬馬㉝悠悠㉞，是放是驅㉟。務㊱此鳥獸，忽㊲此稼苗㊳。蒸民㊴以匱㊵，我王以媮㊶。所弘匪德㊷，所親匪俊㊸。唯囿㊹是恢㊺，唯諛㊻是信。睮睮㊼諂夫，諤諤㊽黃髮㊾。如何我王，曾㊿不是察(51)！既藐(52)下臣(53)，追欲(54)縱逸(55)。嫚(56)彼顯祖(57)，輕此削黜(58)。

【章　旨】本章歷敘三代楚王的政績：高祖平定天下，元王受封於楚，戒懼謹慎，恭儉守道；夷王繼位，亦能遵奉遺規；待到王戊，只知射獵遊樂，親近諂夫，疏遠直臣。

【注　釋】❶於　感歎詞。❷赫　顯赫。光明的樣子。❸適　往。❹懷　安撫。❺攸　語助詞。無義。❻平　平定。❼厥弟　指漢高祖劉邦的同父弟劉交。❽建侯　立為一方諸侯。侯，是有國者的統稱。❾俾　使。❿小臣　韋孟謙稱自己。⓫輔　輔佐。⓬矜矜　戒慎的樣子。⓭靜一　沈靜守道。一，指道。⓮惠　給人恩惠。⓯輔弼　此指輔佐之言。⓰享國　謂在位年數。⓱漸世　沒世。⓲垂烈　留下功業。烈，業。⓳克　能。⓴奉　遵奉。㉑緒　前人未竟的功業。㉒咨　嗟歎聲。

㉓不永　不長。㉔王　指王戊。㉕統祀　總管宗廟祭祀。㉖陪臣　指王戊的手下眾臣。古代諸侯的大夫，對天子自稱陪臣。《禮記・曲禮》：「列國之大夫入天子之國曰某士，自稱曰陪臣某。」鄭玄注：「陪，重也。」孔穎達疏：「其君已為王臣，己今又為己君之臣，故自稱對王曰重臣。」㉗皇士　美士；才德兼美之士。㉘守保　守其富貴，保其社稷。㉙惟　思。㉚履冰　在冰上行走。比喻戒慎恐懼之至。《詩・小雅・小旻》：「戰戰兢兢，如臨深淵，如履薄冰。」㉛祖考　祖父、父親。㉜逸游　遊玩逸樂。㉝犬馬　指射獵。㉞悠悠　行走的樣子。㉟是放是驅　謂放犬驅馬。㊱務　勉力追求。㊲忽　忽視；不重視。㊳稼苗　指農業生產。㊴蒸民　眾民。蒸，通「烝」。眾。㊵匱　貧窮。㊶媮　快樂。㊷所弘匪德　此句言王戊不以光大德行為務。弘，光大；擴大。德，德行。㊸俊　才智過人的人。㊹囿　古代帝王畜養禽獸的園林。㊺恢　擴大。㊻諛　指討好奉承之言。㊼睮睮　諂媚的樣子。㊽諤諤　正直的樣子。㊾黃髮　老人髮落又生之髮。此指老人。㊿曾　乃；竟。(51)察　細看；明見。(52)藐　疏遠。(53)下臣　臣對君的自稱。(54)追欲　追求情欲。(55)縱逸　放縱逸樂。(56)嫚　輕侮。(57)顯祖　對祖先的美稱。(58)削黜　諸侯王因不德而被削減封地，貶黜爵位。

【語　譯】呵，顯赫的大漢高祖皇帝，征討四方親率雄兵。所往之地無不安撫，天下萬國俱已平定。傳命其弟裂土分封，選擇楚地立國秉政。委我小臣榮耀之職，任為太傅輔佐王廷。元王治國戒懼謹慎，恭儉守道其性沈靜。恩惠施予黎民百姓，虛心接納輔臣諫諍。一直在位直到逝世，留下偉業後人繼承。待到夷王接登大位，亦能遵奉遺規而行。可歎他壽命不能久長，我王終把祭祀統領。我王左右任職之臣，都是才德兼美的精英。為何我王執政以來，不思保持社稷的安寧。不思戒慎如履薄冰，把父祖遺業光大興盛。國事荒廢不去過問，遊玩逸樂日日不停。獵犬駿馬漫野奔走，馳驅追逐滿懷豪興。只知在豐草裡面射獵禽獸，忽視隴畝之中莊稼的苗情。眾多黎民貧困匱乏，我王歡愉卻未盡興。注意弘揚的不是德行的事，成日親近的不是英傑之人。心中只想擴大苑囿，耳中只把諂諛聽信。奸佞小人的花言巧語，黃髮老臣的直言景行。為何我王徒生雙眼，竟然不能看個分明！賢能之臣逐漸疏遠，追求情欲逸樂滿盈。侮辱怠慢了光榮的祖先，輕忽將遭到貶黜削封。

嗟嗟❶我王，漢之睦親❷。曾不夙夜❸，以休❹令聞❺。穆穆❻天子，照臨❼下土❽。明明❾群司❿，執憲⓫靡顧⓬。正遐⓭由近⓮，殆其茲怙⓯。嗟嗟我王，曷⓰不斯思⓱！匪⓲思匪監⓳，嗣⓴其罔則㉑。彌彌㉒其逸㉓，岌岌㉔其國。致冰匪霜㉕，致墜匪嫚㉖。瞻㉗惟我王，時㉘靡不㉙練㉚。興國㉛救顛㉜，孰違悔過㉝！追思黃髮㉞，秦繆㉟以霸。歲月其徂㊱，年其逮㊲耇㊳。於赫君子㊴，庶顯于後。我王如何，曾不斯覽㊵！黃髮不近，胡不時㊶鑒㊷！

【章　旨】作者諄諄告戒王戊：朝官執法嚴明，近親越加危殆；要效法古代賢君，多聽黃髮老臣忠言，常存悔過之心。

【注　釋】❶嗟嗟　重複感歎之聲。❷睦親　近親。睦，密。❸夙夜　即夙興夜寐。起早睡遲，形容勤奮不懈。《詩・衛風・氓》：「夙興夜寐，靡有朝矣。」❹休　美。❺令聞　好名聲。令，善。❻穆穆　儀表美好，容止端莊恭敬。❼照臨　形容賢明的君主如天日照臨大地。❽下土　大地。此指國家人民。❾明明　明智聰察。一說猶黽黽。勉力。❿群司　眾官。⓫執憲　執掌法令。⓬靡顧　無所顧望。謂不徇私情。⓭正遐　端正關係較遠的人。遐，遠。⓮由近　先由天子近親開始。⓯殆其茲怙　謂王戊怙恃漢戚，不自勗慎，以致危殆。殆，危殆。茲，此。怙，依靠；憑恃。⓰曷　為什麼。⓱斯思　思此。⓲匪　通「非」。⓳監　通「鑒」。鏡。此言王戊不思自己處境，不以前人之覆為鑒。⓴嗣　指後代子孫。㉑罔則　無所法則；無從效法。㉒彌彌　稍稍。㉓逸　逸樂。㉔岌岌　危險將毀的樣子。㉕致冰匪霜　造成堅冰無不是先由微霜。《易・坤》：「履霜堅冰至。」謂始於履霜而終至於堅冰。㉖致墜匪嫚　謂社稷傾覆無不由於在上者的驕慢。㉗瞻　望。㉘時　是。這些道理和教訓。㉙靡不　無不。㉚練　熟悉。㉛興國　振興邦國。㉜救顛　救國於顛墜。㉝孰違悔過　此言欲救邦國則不避悔過。孰違，誰能避開。㉞黃髮　老人。此指蹇叔，秦穆公老臣。㉟秦繆　指秦穆公。《左傳・僖公三十二年》、《左傳・僖公三十三年》記載秦穆公伐鄭，兵過殽山為晉狙擊，大敗而歸。秦穆公歸作〈秦誓〉，悔恨自己未聽老臣蹇叔勸阻。其中有語：「雖則員然，尚猷詢茲黃髮，則罔所愆。」（見《尚書・秦誓》）猷，謀。罔，無。愆，過失。㊱徂　往。㊲逮及；到。㊳耆　老；壽。㊴君子　此指秦穆公這樣能知過改過之人。㊵覽　視。㊶時　是。㊷鑒　借鑒。

【語　譯】多麼可歎呵我王，您是大漢的宗室近親。卻不能勉力勤政，使美名遠近傳聞。美好莊嚴的大漢天子，猶如天日把下土照臨。明智聰察的朝中眾官，執掌法令無所隱忍。端正遠人先由近親，王恃漢威處境危甚。多麼可歎呵我王，為何不把這些思忖！不知深思不肯借鑒，後世子孫無法可循。國君稍稍放縱逸樂，國家就要危困將隕。造成堅冰無不始於微霜，社稷傾覆無不由於驕矜。看看聰穎的我王，熟知這些歷史教訓。振興邦國免於顛墜，誰能不存悔過之心！追思黃髮老臣的忠言：秦穆公終把霸業重振。光陰荏苒而往，年歲老壽已臨。顯赫的賢明君子，定能光耀於後人。我王至今為何呵，竟然不把這些思忖！黃髮老臣不得親近，何不鑒戒他的忠論？

勵志詩

【作　者】張華（西元二三二～三〇〇年），字茂先，范陽方城（今河北固安南）人。西晉文學家。少孤貧，性耿直。曾著〈鷦鷯賦〉，深得阮籍賞識，譽為「王佐之才」，遂漸為時人所知。晉初任中書令，加散騎常侍，力勸武帝排除異議，定滅吳之計。及吳平，進封廣武縣侯，後出為持節都督幽州諸軍事。惠帝即位，歷任太子少傅、中書監等職，官至司空，進封壯武郡公，因拒絕參與趙王倫奪權陰謀而被害。他能詩善賦，原有集十卷，已散佚，明人輯有《張司空集》，又著有《博物志》。

【題　解】〈勵志詩〉的主旨是勸勵自己和人們增進德行，以成大業。作者從秋日來臨，寒暑變化，感到時光易逝，要珍惜年華；繼而指出，仁德之道不遠，如不認真學習，資質再好也是枉然，如果用心探索，何有幽深之難；他強調積少成多，積微成著，從早年就注意道德修養，必能成就大器；最後以隰朋為榜樣，鼓勵自己努力進取。詩中把為人的道理說得很周全，對於當時人說是有積極指導意義的；就今人說，也有可借鑒之處。張華自己確是個「進德修業」之人，只可惜生在黑暗混亂的時代，卻遭到悲劇的下場！

大儀❶斡運❷，天迴地游❸。四氣❹鱗次❺，寒暑環周❻。星火❼既夕❽，忽焉❾素秋❿。涼風振落⓫，熠燿⓬宵流⓭。吉士⓮思秋⓯，寔感物化⓰。日與⓱月與，荏苒⓲代謝⓳。逝者如斯，曾無日夜⓴。嗟爾庶士㉑，胡寧㉒自舍！仁道不遐㉓，德輶如羽㉔。求焉斯至，眾鮮㉕克㉖舉。大猷㉗玄漠㉘，將抽厥緒㉙。先民㉚有作㉛，貽我㉜高矩㉝。雖有淑姿㉞，放心㉟縱逸㊱。田㊲般㊳于游，居多暇日㊴。如彼梓材㊵，弗勤丹漆㊶。雖勞朴斲㊷，終負㊸素質㊹。養由㊺矯矢㊻，獸號㊼于林。蒲盧㊽縈繳㊾，神感飛禽㊿。末伎之妙，動物應心(51)。研精(52)耽道(53)，安有幽深！安心恬蕩(54)，棲志(55)浮雲(56)。體之以質(57)，彪(58)之以文(59)。如彼南畝，力耒(60)既勤。藨蓘(61)致功，必有豐殷(62)。水積成淵，載瀾載清(63)。土積成山，歊蒸(64)鬱冥(65)。山不讓塵，川不辭盈(66)。勉爾(67)含弘(68)，以隆(69)德聲(70)。高以下基(71)，洪(72)由纖(73)起。川廣(74)自源，成人(75)在始。累微(76)以著，乃物之理。纆牽(77)之長，實累(78)千里(79)。復禮(80)終朝(81)，天下歸仁。若金(82)受礪(83)，若泥在鈞(84)。進德修業(85)，暉光(86)日新。隰朋(87)仰慕(88)，予亦何人(89)！

【注釋】❶大儀　太極。派生天地萬物的本原。❷斡運　旋轉運行。斡，旋轉。❸天迴地游　天旋地轉。李善注引《春秋元命包》：「天左旋，地右動。」《河圖》：「地有四游：冬至地上行，北而西三萬里；夏至地下行，南而東三萬里；春秋二分，是其中矣。地常動不止，而人不知，譬如閉舟而行，不覺舟之運也。」這二句以下為第一章。❹四氣　春夏秋冬四時之氣。❺鱗次　如魚鱗相次，循環無盡。❻環周　寒來暑往，周而復始。❼星火　火星。❽既夕　西斜。火星於七月黃昏時向西沈下，表明暑去寒來。❾忽焉　形容時間過得很快。❿素秋　秋天。素，白色。古人認為秋為白色。⓫振落　振樹落葉。⓬熠燿　閃閃發光。燿，即「耀」字。⓭宵流　指螢火夜飛。⓮吉士　古代男子的美稱。⓯思秋　悲秋。⓰物化　萬物的代謝變化。吉士由此想到年華將老，人生短促，所以悲感。這以下為第二章。⓱與　與下文「與」皆同「歟」。⓲荏苒　漸進。⓳代謝　指日月循環相推。⓴逝者如斯二句　此謂時光消逝如此，日夜不停。語出《論語・子罕》：「子在川上，曰：『逝者如斯夫！不舍晝夜。』」舍，停留。㉑庶士　眾人。㉒胡寧　猶何能。反詰詞。《詩・小雅・四月》、《詩・大雅・雲漢》：「胡寧忍予？」謂何能忍予。㉓仁道不遐　仁德之道不遠。此言可以做到。《論語・述而》：「子曰：『仁遠乎哉？我欲仁，斯仁至矣。』」此句及下句「求焉斯至」用其意。㉔德輶如羽　出於《詩・大雅・烝民》：「人亦有言，德輶如毛，民鮮克舉之。」言德甚輕，然而眾人寡能獨舉之而行。輶，輕。這二句以下八句為第三章。㉕鮮　少。㉖克　能。㉗大猷　大道。古代哲學名詞。謂萬物的本體，事物運動變化所遵循的普遍規律。㉘玄漠　玄遠幽漠。形容大道深藏難見之狀。㉙抽厥緒　此言由道抽其頭緒。比喻認識大道。緒，絲頭。㉚先民　前代聖賢。㉛有作　指作出法度。㉜貽我　遺留給我；留下與我。㉝高矩　很高的規矩。㉞淑姿　美好的姿容。此喻人的本質很好。㉟放心　放縱心思。㊱縱逸　恣情逸樂。這以下為第四章。㊲田　畋獵。㊳般　通「盤」。遊樂。㊴居多暇日　是說閒遊度日，虛擲時光。暇日，空閒的日子。㊵梓材　梓，落葉喬本。木材輕軟耐朽，可作用具。㊶丹漆　此謂紅漆塗飾。㊷朴斲　對木材砍削加工。朴，未加工的木材。㊸負　辜負。㊹素質　原有好的本質。《尚書・周書・梓材》：「若作梓材，既勤樸斲，惟其塗丹雘。」㊺養由　即養由基。春秋時楚國大夫，善射，能百步穿楊。㊻矯矢　矯正羽箭。這是射箭前的準備動作。㊼號　哀號。《淮南子》中記載了這樣一個故事：楚恭王在林中遊玩，見一白猿在樹上攀援，十分矯捷。王命左右射白猿，白猿騰躍躲避，矢不能中。王於是命養由基射，養由基才撫弓斜視，白猿就抱樹哀號了。這二句以下為第五章。㊽蒱盧　蒱且子。古之善射者。㊾縈繳　把生絲繩繫在矢的尾端。即用矰繳弋射的意思。㊿神感飛禽　《汲冢書》曰：「蒱且子見雙鳧過之，其不被弋者亦下。」句中故言「感」。(51)末伎之妙二句　意謂射箭之類末伎只要用心，就可精通，鑽研大道，也是如此。末伎，微末的技藝。此指射箭。動物應心，動物隨射手的心意而被射中。(52)研精　深入探究。(53)耽道　耽思大道。(54)恬蕩　淡泊坦蕩。(55)棲志　寄託志向。(56)浮雲　比喻志氣清高，不同於流俗。這二句以下為第六章。(57)質　質素；質樸純淨。(58)彪　虎文的樣子。此言文飾。(59)文　此指文德。

60耒　耒耜。這裡是耕田的意思。61藨蔉　藨，耘；除草。蔉，培苗。62豐殷　豐碩的收成。63載瀾載清　有時波瀾起伏，有時清澈如鏡。這二句以下為第七章。64歊蒸　雲霧蒸騰。歊，氣上出的樣子。65鬱冥　雲霧積聚晦暗的樣子。66辭盈　拒絕水滿。李善注引《管子》曰：「海不辭水故能成其大，山不辭土故能成其高，士不厭學故能成其聖。」67勉爾　勉力而行。爾，猶「然」。68含弘　包含弘大。言道德修養很深。含弘，出於《易・坤》。69隆　崇高。70德聲　有道德的聲譽。71基　作為基礎。72洪　大。73纖　小。這二句以下為第八章。74川廣　河流廣闊。75成人　成為有德之人。76累微　積累幽微之物。77縲牽　牽馬的繩索。縲，繩索。78累　妨礙。79千里　指駿馬千里之行。《戰國策》中曾記載段于越對韓相新城君說：「昔王良弟子駕千里之馬過京父之弟子，京父之弟子曰：『馬，千里之馬也；服，千里之服也。而不能取千里，何也？』曰：『子縲牽長故。』縲牽於事，萬分之一也，而難千里之行。」80復禮　《論語・顏淵》：「顏淵問仁。子曰：『克己復禮為仁。一日克己復禮，天下歸仁焉。』」意謂抑制自己，使言語行動都合於禮，就是仁。一旦這樣做到了，天下的人都會稱許你是仁人。81終朝　早上。這二句以下為第九章。82金　指刀劍等。83礪　磨刀石。此謂磨礪。84鈞　製陶用的轉輪。85進德修業　增進道德，修營功業。語出《易・乾》。86暉光　光輝。指君子的聲譽。87隰朋　春秋時齊國賢人。據《莊子・徐无鬼》說：管仲臨終，向齊桓公推薦隰朋，說「其為人也，上忘而下不畔，愧不若黃帝而哀不己若者」。88仰慕　言敬慕有德之人。89予亦何人　這是說，我是何等樣人，怎能不敬慕有德之人，而勉力精進呢！

【語　譯】太極運行不停，天地永恆運轉。四季如魚鱗相次，寒暑無盡循環。火星沈沈西斜，轉眼已是秋天。涼風吹落樹葉，夜空螢光閃閃。才士因而悲秋，有感於萬物的變遷。太陽與月亮呵，不斷相互輪換。時光如流水而去，日夜不曾停留。可歎你們眾人，怎能停頓不前！仁道並不算遠，德輕如羽毛一般。求仁即可得仁，舉德而行的人卻少見。大道玄遠幽漠，想要理出頭緒來。對此前賢已製作法度，留給我們崇高的規範。雖有美好姿容，怎能放心貪玩。射獵再加遊樂，日子過得閒散。這就像那上好材料的梓樹，卻不細心上好紅漆，雖然費心砍削製作，終使良質腐朽捐棄一般。養由基矯矢欲射，白猿枝上悲酸；蒱且子弋射飛禽，神威使雙鳧落前。小技倆練得如此神妙，射手就能隨己意射中獵物，更何況如果存思探索大道，哪有幽深難解的道理！安心恬淡坦蕩，志氣高入雲間。質樸純潔為體，文德裝飾光絢。如在南畝務農，辛勤執耒耕田。除草培土不怠，必定迎來豐年。眾水匯集成淵，時清時起波瀾。土多堆積成山，氣蒸雲霧晦暗。高山不讓微塵，大川不拒水滿。勉力弘大胸懷，有德之名傳遍。高以低為基礎，大由小來積攢。河寬來於源頭，成德勉自早年。積微可成顯著，乃是物理固然。牽馬之繩過長，難行千里之遠。一旦行為合禮，仁人天下稱歎。如刀在石上磨礪，若泥在轉輪上迴旋。君子進德修業，光輝日益燦爛。隰朋尚仰慕有德，我怎能不努力向善！

卷二〇

獻詩

上責躬應詔詩表

【作　者】曹植，見頁八二一。

【題　解】曹植是曹操的愛子，是曹丕爭奪繼承權的勁敵，曹植因為飲酒任性，終於失去曹操的歡心。曹操死後，曹丕做了皇帝，為防諸弟爭位，對諸弟實行了一系列禁制與迫害。他即位即令諸王回到封國。黃初二年監國謁者灌均迎合曹丕心意，奏曹植「醉酒悖慢，劫脅使者」，請治其罪。曹丕本欲殺植，但因卞太后之故，乃把曹植貶為安鄉侯，後又改為鄄城侯。黃初三年才遲遲封植為鄄城王。黃初四年又徙封為雍丘王。這一年五月，曹植奉詔與諸王同赴洛陽朝會。但到京後，住在西館之中，久久不被召見。據《魏志・陳思王植傳》裴松之注引《魏略》曰：「初植未到關，自念有過，宜當謝帝。乃留其從官著關東，單將兩三人微行，入見清河長公主，欲因主謝。而關吏以聞，帝使人逆之，不得見。太后以為自殺也，對帝泣。會植科頭負鈇鑕徒跣詣闕下，帝及太后乃喜。及見之，帝猶嚴顏色不與語，又不使冠履。植伏地泣涕，太后為不樂，詔乃聽復王服。」〈責躬詩〉及〈應詔詩〉就是在這樣一種情況下寫的。在獻詩之時，又上表章一份，表章之中曹植一再貶損自己，對於所犯過錯充滿自譴之詞，同時又竭力對曹丕對己的寬宥表示感激涕零之意。這些明顯都是違心之言，但迫於當時處境又不得不如此說。

臣植言：臣自抱釁歸藩❶，刻肌刻骨❷，追思罪戾❸，晝分❹而食，夜分而寢，誠以天網❺不可重罹❻，聖恩難可再恃。竊感❼〈相鼠〉❽之篇，無禮遄死之義❾，形影相弔❿，五情⓫愧赧⓬！以罪棄生⓭，則違古賢⓮夕改之勸⓯；忍垢⓰苟全⓱，則犯詩人⓲胡顏之譏⓳。伏惟陛下⓴，德象天地㉑，恩隆父母㉒，施暢春風，澤如時雨㉓。是以不別荊棘者，慶雲之惠也㉔；七子均養者，鳲鳩之仁也㉕；舍罪㉖責功㉗者，明君之舉也；矜愚㉘愛能者，慈父之恩也。是以愚臣徘徊㉙於恩澤而不敢自棄㉚者也。前奉詔書，臣等絕朝㉛，心離志絕，自分黃耇永無執珪之望㉜。不圖㉝聖詔，猥㉞垂㉟齒召㊱。至止之日，馳心輦轂㊲。僻處㊳西館㊴，未奉闕庭㊵。踴躍㊶之懷，瞻望反側㊷，不勝犬馬戀主之情，謹拜表㊸，並獻詩二篇。詞旨㊹淺末㊺，不足采覽㊻，貴露下情㊼，冒顏㊽以聞。臣植誠惶誠恐，頓首頓首，死罪死罪㊾。

【注釋】❶抱釁歸藩　帶罪回歸封國。抱釁，帶罪。釁，同「舋」。瑕隙；罪嫌。歸藩，回歸封國。李善注曰：「植集曰：植抱罪徙居京師，後歸本國，而《魏志》不載，蓋《魏志》略也。」黃節《曹子建詩注》認為植「改封鄄城侯後為王機倉輯等所誣，廢居於鄴，旋詔還鄄城也」。則句中藩國當指鄄城。❷刻肌刻骨　形容悔恨很深。❸罪戾　罪過。戾，罪。❹分　半。❺天網　喻國家法制。❻罹　觸犯；遭遇。❼竊感　私下想。❽相鼠　《詩・鄘風》篇名。❾無禮遄死之義　〈相鼠〉有詩句曰：「相鼠有體，人而無禮。人而無禮，胡不遄死！」遄死，速死。遄，速。❿形影相弔　形體與身影互相憐恤。這是形容人孤獨之狀。弔，恤。⓫五情　謂喜、怒、哀、樂、怨五種情緒。此指內心感情。⓬愧赧　羞愧臉紅。⓭棄生　自棄生命。即自盡。⑭古賢　指曾子。⑮夕改之勸　李善注曰：「曾子曰：君子朝有過，夕改則與之；夕有過，朝改則與之。」⑯忍垢　忍於恥辱。垢，借為「詬」。《左傳・定公八年》杜注：「詬，恥也。」⑰苟全　苟且全身。⑱詩人　指《詩・鄘風・相鼠》的作者。⑲胡顏之譏　李善注曰：「即上胡不遄死之義也。《毛詩》謂何顏而不速死也。」而五臣注、王應麟《困學紀聞》、胡克家《文選考異》俱指出《毛詩》中並無此文。朱珔、黃節等認為此蓋用《詩・小雅・巧言》：「顏之厚矣。」鄭玄之箋曰：「顏之厚者，出言虛偽而不知慚於人。」⑳伏惟陛下　臣下對皇帝表達自己想法所用的敬詞。伏惟，伏想。陛下，對皇帝的敬稱。李善注引應劭曰：「陛，升堂之階。王者必有執兵，陳於階陛之側。臣與至尊言，不敢指斥，故呼在陛者而告之，因卑以達尊之意也。若稱殿下、閣下、侍者、執事，皆此類也。」㉑德象天地　這是說恩廣。㉒恩隆父母　這是形容恩深。㉓施暢春風二句　呂延濟注曰：「春風，養物也，時雨，潤物也，言天子施惠潤澤，通深如此。」施，施恩。暢，通。澤，恩澤。時雨，及時之雨。㉔不別荊棘者二句　是說慶雲蔭物，不分荊棘蘭桂而覆之。意謂帝寬宏仁厚，即便對曹植這樣無用有過之人也一樣給予庇護。不別，不加分別。荊棘，一種有刺灌木。喻無用有害之物。慶雲，瑞雲。㉕七子均養者二句　《詩・曹風・鳲鳩》：「鳲鳩在桑，其子七兮。」《毛傳》曰：「鳲鳩之養其子，朝從上下，莫（暮）從下上，平均如一。」鄭箋則云：「喻人君之德當均一於下也。」鳲鳩，今之布穀鳥。㉖舍罪　寬恕其罪過。㉗責功　要負罪者立功贖罪。㉘矜愚　憐憫愚笨者。㉙徘徊　來回地走。此處形容留戀不捨的樣子。㉚自棄　自暴自棄。㉛臣等絕朝　《魏志・明帝紀》：「先帝著令，不欲使諸王在京師者……」即指此事。臣等，指任城王彰、吳王彪等。絕朝，使藩王離開朝廷。㉜心離志絕二句　史載魏文帝即位之初，就下令禁止諸侯朝見，魏明帝即位又延續這種制度。心離志絕，謂心中已完全絕望。自分，自己料想。黃耇，黃髮老壽之年。此處即終生之意。執珪，指執珪朝見天子。珪，古時帝王、諸侯舉行朝會、祭祀時手持的一種玉器。㉝不圖　沒想到。㉞猥　曲；辱。謙詞。朱駿聲《說文通訓定聲》：「猥，注皆訓曲，實亦發聲之詞。」㉟垂下達。含有下對上的敬意。㊱齒召　召見。齒，錄。㊲至止之日二句　是說到京之日，很想來見皇帝。至止，到達。止，語氣詞。無義。《詩・小雅・庭燎》：「君子至止，鸞聲將將。」馳心，心神嚮往。輦轂，天子的車輿。此婉指皇帝。㊳僻處　幽僻而處。㊴西館　時曹植在京所居之處。西館，在〈應詔詩〉中稱西墉，疑指洛陽金墉城。《太平御覽・卷一七六》引《洛陽地記》：「洛陽城內西北角有金墉城，東北角有樓高百尺，魏文帝造也。」〈西京賦〉薛注：「西方稱之曰金。」則金墉或可稱曰西墉。說見趙幼文《曹植集校注》〈應詔詩〉注。㊵闕庭　宮庭。闕，皇宮門前兩邊的樓。㊶踴躍　歡欣奮起的樣子。此形容焦急不安的樣子。㊷反側　忐忑不安的樣子。㊸拜表　上奏章。㊹詞旨　文辭和主旨。㊺淺末　淺薄。㊻采覽　收納觀覽。㊼貴露下情　言可取在於坦露臣下之實情。㊽冒顏　觸犯君主之顏。這是表示恭敬的話。㊾誠惶誠恐三句　臣子向皇帝進表時所用套語。表示恭敬。

【語　譯】臣植言：臣自帶罪回到封地，感到刻骨銘心的悔恨，反省所犯過錯，日中才食，夜半才睡，確實感到國家大法不容重犯，聖上之恩難以再次依賴。私下想到〈相鼠〉一詩，其中有無禮應當速死的意思，孤孤單單地，內心慚愧極了！由於想到如果犯了罪過就自棄生命，是違背古代聖賢朝過夕改的教導；但是強忍著恥辱苟且全身，又犯了詩人所謂還有什麼臉活下來的譏諷。臣這樣想：陛下的仁德似天地一樣廣大，恩義比父母還要深厚，施惠如春風和暢，恩澤若時雨普降。因此，不論荊棘、蘭桂都加以蔭覆，這是慶雲的恩惠；鞠養七子平均如一，這是布穀鳥的仁愛；寬恕罪過責其立功，這是明君的智舉；憐憫愚者喜歡能者，這是慈父的恩德。因此愚笨的臣植留戀不捨陛下的恩澤而不敢自暴自棄。以前謹奉詔書，臣等離開朝廷各就封國，當時心中絕望之至，自己料想直到黃髮老年也永無執珪朝見的希望了。不料聖詔忽下，召我入覲。至京之日，即心神嚮往陛下。幽僻地住在西館之中等候，猶未能奉召進宮。心中歡欣焦急，遙望又忐忑不安，滿懷無限犬馬戀主之情，現恭謹地呈上表章，獻詩二篇。詞意淺薄，不值觀覽。所貴在於坦露臣的衷情，因而斗膽地奏聞。臣植誠惶誠恐，頓首頓首，死罪死罪。

上責躬詩

【作　者】曹植，見頁八二一。

【題　解】本詩名為責躬，其主旨自然在於譴責自己已犯過錯，詩中比較詳盡地回顧了三年來所受處罰和地位的升降。但作者的意思並不限於此，他在詩末直接向曹丕請求，容他到征吳戰場上去一展身手，他願親冒矢石，為國效命。曹植向有雄心壯志，此時曹丕對他已有所寬宥，恢復了他的王爵，因而他對自己的前途產生了幻想，希望曹丕能以兄弟之親，恢復對他的信任。其實曹丕對兄弟始終心存戒備，絕不可能再假以兵權了。任城王曹彰因為驍壯能武，構成威脅，就在這次朝覲時被毒死了，又怎麼會放心讓曹植獨當一面呢！

於❶穆❷顯考❸，時❹惟❺武皇❻。受命于天，寧濟❼四方。朱旗❽所拂，九土❾披攘❿。玄化⓫滂流⓬，荒服⓭來王⓮。超商越周⓯，與唐比蹤⓰。篤生⓱我皇，奕世⓲載聰⓳。武則肅烈⓴，文則時雍㉑。受禪于漢㉒，君臨㉓萬邦㉔。萬邦既化，率由舊則㉕。廣命㉖懿親㉗，以藩㉘王國。帝曰爾侯，君茲青土㉙。奄㉚有海濱，方㉛周于魯。車服㉜有輝，旗章㉝有敘㉞。濟濟㉟俊乂㊱，我弼㊲我輔。

【章　旨】本章歌頌武帝、文帝的功業道德，敘述歸藩過程。

【注　釋】❶於　贊歎之詞。❷穆　美。❸顯考　對亡父的美稱。顯，光明。考，指亡父。❹時　是；此。❺惟　句中助詞。❻武皇　謂曹操。曹丕稱帝後，被追尊為武帝。❼寧濟　安定。寧，安。濟，定。《易・雜卦》傳：「既濟，定也。」❽朱旗　漢旗。漢火德，其色赤，故旗為朱色。時獻帝在位，操為漢臣，故建朱旗。❾九土　九州之地。❿披攘　披靡。形容軍隊潰敗，不能立足。⓫玄化　道德之化。李善注引《廣雅》曰：「玄，道也。」⓬滂流　廣布之意。⓭荒服　指最荒遠的地區。古以王畿為中心為五服，每五百里為一區劃，依距京城的遠近分為五等地帶，為侯服、甸服、綏服、要服、荒服。服，即服事天子之意。⓮來王　古時謂中原以外的民族來朝。《書・大禹謨》：「四夷來王。」《孔傳》：「四夷往歸之。」⓯超商越周　此言曹操的武功超越商周。商湯伐夏桀，周武王伐商紂，都曾占有天下。⓰與唐比蹤　此言曹操之德懷來遠方，可與堯相比。唐，指唐堯。初封於陶，又封於唐，號陶唐氏，後禪位於舜。以德治世。比蹤，齊步；並駕。⓱篤生　謂天降厚氣而生。《詩・大雅・大明》：「篤生武王。」鄭箋云：「天降氣于大姒，厚生聖子武王。」篤，厚。⓲奕世　一代接一代。⑲載聰　愈益聰慧。呂延濟注：「言武皇既聰而文帝又聰，故云載聰。」載，通「再」。⑳肅烈　嚴肅威猛。㉑時雍　調諧和善。㉒受禪于漢　指曹丕受漢之禪位。改元黃初。禪，以帝位讓人。㉓君臨　作為人君來統治。㉔萬邦　指天下。㉕率由舊則　遵循採用先帝所行的法律制度。率，循。《詩・大雅・假樂》：「不愆不忘，率由舊章。」是說成王循用周公禮法。㉖命　告。㉗懿親　指兄弟。懿，美。㉘藩　捍衛。㉙帝曰爾侯二句　建安十九年，曹植被封為臨淄侯，但並未離開洛陽和鄴城；直到文帝即位，方命諸王各就封國。這二句當指文帝時事。帝，指魏文帝。侯，指曹植。君，君臨。履行王侯的職責。茲，此；這。青土，指臨淄。臨淄，屬齊郡，舊青州之境，故言青土。㉚奄　大。㉛方　比方。㉜車服　車和禮服。古以車服的色彩裝飾區別貴賤等級。㉝旗章　旗幟。章，幟。㉞有敘　次序；等級。古以旗幟的不同樣式分別等級。《禮記》：「以為旗章，以別貴賤。」㉟濟濟　眾多的樣子。㊱俊乂　德才兼備者。如邢顒為曹植家丞，司馬孚為曹植文學掾。《魏志・邢顒傳》：「是時太祖諸子高選官屬。令曰：侯家吏宜得淵深法度如邢顒者。顒防閑以禮，無所屈撓。」「植負才淩物，（司馬）孚每切諫，初不合意，後乃謝之。」見《冊府元龜・卷七九》引。㊲弼　輔正；矯正。

【語　譯】多麼盛美的先父啊，乃是大魏的武皇。受命於高遠的上天，率軍平定了四方。朱旗飄揚之處，天下諸侯歸降。道德之化廣布，荒遠之民都來朝王。功業超越商、周，仁德可比陶唐。天降厚氣生我皇，歷世聰慧智益廣。武威肅殺猛烈，文治調諧和祥。接受漢帝讓位，君臨天下萬邦。天下既已歸化，全都遵循先帝典章。廣命同胞兄弟，歸國捍衛帝王。皇帝親口命我，治理青州一方。其地廣有海濱，可比周之魯邦。車服文采輝煌，旗幟等次昭彰。眾多俊秀人才，輔我聚集一堂。

伊余小子，恃寵驕盈。舉掛時網，動亂國經❶。作蕃作屏❷，先軌❸是隳❹。

傲我皇使❺，犯我朝儀❻。國有典刑❼，我削❽我黜❾。將寘于理，元兇是率❿。

明明天子，時⓫惟篤類⓬。不忍我刑⓭，暴⓮之朝肆⓯。違彼執憲⓰，哀予小臣⓱。

改封兖邑⑱，于河之濱⑲。股肱⑳弗置，有君無臣㉑。荒淫㉒之闕㉓，誰弼予身！煢煢㉔僕夫㉕，于彼冀方㉖。嗟余小子，乃罹㉗斯殃㉘。赫赫㉙天子，恩不遺物㉚。冠我玄冕㉛，要㉜我朱紱㉝。光光大使㉞，我榮我華㉟。剖符㊱受土㊲，王爵㊳是加。仰齒㊴金璽㊵，俯執㊶聖策㊷。皇恩過隆㊸，祗承㊹怵惕㊺。

【章　旨】本章回顧因傲對皇使的大罪而遭黜削的過程；繼而對復封王爵，剖符受土的隆厚皇恩，表示感激涕零。

【注　釋】❶伊余小子四句　是追述往昔曹操在世時曹植觸犯法度之事。《魏志・陳思王植傳》：「植嘗乘車行馳道中，開司馬門出。太祖大怒，公車令坐死。由是重諸侯科禁，而植寵日衰。」伊，發語詞。小子，謙稱自己。恃寵，倚仗寵愛。驕盈，驕傲自滿。舉，舉動；行為。掛，觸犯。時網，國家的法令制度。動，行動。國經，也是法令制度的意思。❷作蕃作屏　是說回到藩國。蕃，通「藩」。屏障之意。屏，屏蔽。❸先軌　先帝製定的法規。❹隳　廢。❺皇使　皇帝的使者。此指監國使者灌均。李善注引《魏志》：「黃初二年，植就國，使者灌均希旨，奏植醉酒勃逆，劫脅使者。有司請治罪，帝以太后故，貶爵安鄉侯。」❻朝儀　朝廷禮儀。❼典刑　常刑；常法。《書・舜典》：「象以典刑。」象，示人。❽削　削減食邑。❾黜　貶降其爵。曹植建安二十二年食邑萬戶，黃初三年，食邑二千五百戶。❿將寘于理二句　蓋謂比罪元兇之意。將，欲。寘，致。理，治獄之官。元兇，主犯；罪魁禍首。率，類。⓫時　是。⓬篤類　厚於兄弟。篤，厚。李善注引《魏志》：「詔云：植，朕之同母弟，骨肉之親，舛而不殊，其改封植。」⓭刑　處以刑罰。⓮暴　殺人陳其屍。⓯朝肆　朝廷與市上。《曹植集校注》認為：《禮記・檀弓》：「君之臣不免於罪，則將肆諸市朝。」鄭注：「肆，陳屍也。大夫以上於朝，士以下於市。」案：上已言暴，則肆復釋為殺人陳其屍，則於暴字義複，疑肆與市義同。《後漢書・劉盆子傳》章懷注：「肆，市列也。」可證。⓰執憲　執法之臣。指欲對植繩之以法的官員。⓱小臣　植自謙之稱。⓲兖邑　兖州之邑。指鄄城。黃初二年，曹植獲罪。《魏志・周宣傳》曰：「時帝欲治弟植之罪，偪於太后，但加貶爵。」曹植由鄴返洛陽途中，行至延津，被授安鄉侯印綬。其年改封鄄城侯。⑲于河之濱　鄄城地近濟河，故言。⑳股肱　大腿與胳膊。指輔佐之臣。㉑有君無臣　安鄉侯等爵只是空銜，並無一套封地的管理機構，不任命僚佐，所以有君無臣。君，植自謂。㉒荒淫　荒廢政事，放縱逸樂。㉓闕　過失。㉔煢煢　孤獨的樣子。㉕僕夫　御者；車夫。㉖冀方　冀州。此指鄴城。鄴為魏舊都，曹氏兄弟在那裡度過少年和青年時代。曹植被授安鄉侯，其意自是要他在故鄉安分守己地生活。鄴，屬冀州。㉗罹　遭遇。㉘殃　禍殃。㉙赫赫　顯赫盛大的樣子。㉚恩不遺物　施恩不遺漏於人。㉛玄冕　李善注：「《周禮》：王之五冕，皆玄冕朱裡。」㉜要擊。㉝朱紱　繫印紅綬。㉞光光大使　贊頌使者。曹植前以傲對皇使而獲罪，故此特別加以頌揚。㉟我榮我華　使我榮華尊顯。㊱剖符　古時帝王授予諸侯和功臣的憑證。符，竹製，可剖分為二，帝王與諸侯各執一半，以為憑信。㊲受土　受封地。㊳王爵　曹植於黃初三年夏四月被立為鄄城王。錢大昕曾指出：「鄄城王植以四月戊申封，與任城諸王不同日，且是縣王，非郡王，故不在此數。」黃初四年，復被徙封為雍丘王。㊴仰齒　恭敬地承受。《文選》枚乘〈上書諫吳王〉之李注曰：「齒，當也。」㊵金璽　王印。據《漢書》漢代諸侯王都是金璽。㊶俯執　謙卑地握持。㊷聖策　封授之策。㊸隆　厚重。㊹祇承　恭敬地承受。㊺怵惕　恐懼。

【語　譯】我這無知的小子，倚仗寵愛而驕溢。行為違礙法令，舉動觸犯禁忌。歸國作為藩屏，又把法規毀棄。傲對我皇使者，違反朝廷禮儀。國之大法難違，理當貶爵削減食邑。有司欲治我罪，其罪元兇一類。光輝聖哲的天子，厚待骨肉兄弟。不忍處我刑罰，陳屍朝市之地。違背了執法之臣的意見，哀宥小臣粗鄙。改封兗州鄄城，靠近濟河之堤。國中不設僚佐，有君之名無臣之助。我犯了荒淫的過錯，誰來矯正我的惡習？孤孤單單的車夫，送我到冀州幽棲。可歎我這小子，遭罹如此禍殃。顯赫盛大的天子，施恩廣博無遺。賜我戴上玄冕，命我紅綬繫腰。光燦輝耀的皇使蒞臨，使我榮耀無比。承接剖符接受封地，王爵復加於身。仰面恭受金璽，手執封策俯地。皇恩過於隆厚，戒懼豈敢逾禮。

咨❶我小子，頑凶❷是嬰❸。逝❹慚陵墓❺，存愧闕庭❻。匪敢❼傲德❽，寔恩是恃❾。威靈❿改加⓫，足以沒齒⓬。昊天罔極⓭，生命不圖⓮。嘗懼顛沛⓯，抱罪黃壚⓰。願蒙矢石⓱，建旗東嶽⓲。庶⓳立毫氂⓴，微功自贖㉑。危軀㉒授命㉓，知足免戾㉔。甘赴江湘㉕，奮戈㉖吳越㉗。天啟其衷㉘，得會京畿㉙。遲㉚奉聖顏㉛，如渴如飢。心之云㉜慕㉝，愴㉞矣其悲。天高聽卑㉟，皇㊱肯㊲照微㊳。

【章旨】本章先形容自己身犯罪戾的愧赧之情，繼而表達願到平吳戰場上去效命的願望，最後祈求皇帝儘快接見他。

【注釋】❶咨　嗟歎聲。❷頑凶　愚頑凶惡。❸嬰　繞。❹逝　死。❺陵墓　指曹操。不敢直指，故言陵墓。❻闕庭　皇帝所居之宮廷。此指曹丕。❼匪敢　不敢。❽傲德　傲視仁德的兄長。傲，弟不敬愛兄長。《賈子》：「弟敬愛兄謂之悌，反悌為傲。」德，仁德。指曹丕。《書・堯典》：「象傲。」象，舜弟，傲慢不友。此以象比植自己，以舜比文帝曹丕。❾恃　倚仗。❿威靈　此言皇帝威德的影響。李善注引〈四子講德論〉：「聖德隆盛，威靈外覆。」⓫改加　指上文所言加爵授土之事。⓬沒齒　到死；盡其天年。齒，年。⓭昊天罔極　意謂欲報答天子聖德，我心無極。語出《詩・小雅・蓼莪》，詩曰：「欲報之德，昊天罔極。」鄭箋曰：「欲報父母之德，昊天乎，我心無極。」昊天，廣大之天。罔極，無極。⓮生命不圖　謂人的生命的長短，不可預料。⓯顛沛　僵仆。此指死亡。⓰黃壚　黃泉下的壚土。壚，黑色而堅硬之土。⓱願蒙矢石　言願到疆場上效命。蒙，冒。矢石，箭與石。⓲東嶽　指泰山。李善注：「東嶽，鎮吳之境。子建詩曰：『我心常怫鬱，思欲赴太山。』與此義同。」⓳庶　庶幾。表希望。⓴毫氂　指微小之功。㉑自贖　贖己之罪。㉒危軀　危及軀體。指危難之時。㉓授命　獻出生命。《論語・憲問》：「見利思義，見危授命，久要不忘平生之言，亦可以為成人矣。」㉔免戾　免罪。㉕江湘　長江、湘水。㉖奮戈　拿起武器作戰。㉗吳越　吳國、越國。今江浙一帶。此指孫吳。㉘天啟其衷　此言天子眷注於我。天，指天子。啟，開。衷，心。㉙京畿　京師。㉚遲　待。㉛奉聖顏　言得見天子之面。㉜云　語中助詞。無義。㉝慕　思慕；想念。㉞愴　悲傷的樣子。㉟天高聽卑　天雖高，可聽到低處。㊱皇　皇帝。㊲肯　能。㊳照微　光照隱微之處。猶言明瞭我的心情。

【語譯】可歎我這小子，身犯頑凶之罪。死後羞見先帝，活著愧對朝廷。非敢傲視大德，實仗我君恩威。威德重加我身，終生永遠受惠。報答之心無盡，難知生命榮萎。常恐一旦歸陰，戴罪黃泉土堆。我願親冒矢石，泰山勇插旌旆。樹立毫釐微功，用以贖己之罪。臨危獻出生命，免罪我即心慰。甘願遠赴江湘，吳越揮戈縱轡。天子敞開心扉，命我京師朝會。等待面見聖顏，如同飢渴於內。心中思慕吾皇，愴然無限傷悲。天高仍能垂聽，我皇明我肝肺。

應詔詩

【作者】曹植，見頁八二二。

【題解】本詩也是在西館待詔時作，主要回顧接到赴京朝會的詔命後，如何迫不及待、馬不停蹄地趕赴京城的經過。全詩著力表現作者那種如飢如渴，急切盼望召見的心情。從其中也可隱約窺見他當時窘迫的處境。

肅承❶明詔❷，應會❸皇都。星陳❹夙駕❺，秣馬❻脂車❼。命彼掌徒❽，肅❾我征旅❿。朝發鸞臺⓫，夕宿蘭渚⓬。芒芒⓭原隰⓮，祁祁⓯士女⓰。經彼公田⓱，樂我稷黍。爰⓲有樛木⓳，重陰匪息⓴。雖有糇糧㉑，飢不遑㉒食。望城不過，面邑㉓不遊。僕夫㉔警策㉕，平路是由㉖。玄駟㉗藹藹㉘，揚鑣㉙漂沫㉚。流風翼㉛衡㉜，輕雲承蓋㉝。涉澗之濱，緣山之隈㉞。遵㉟彼河滸㊱，黃坂㊲是階㊳。西濟㊴

關谷㊵，或降或升。騑驂㊶倦路，載寢載興㊷。將朝聖皇，匪敢晏寧㊸。弭節㊹長騖㊺，指日㊻遄征㊼。前驅㊽舉燧㊾，後乘㊿抗旌(51)。輪不輟運(52)，鑾(53)無廢(54)聲。爰(55)暨(56)帝室(57)，稅(58)此西墉(59)。嘉詔(60)未賜，朝覲(61)莫從(62)。仰瞻城閾(63)，俯惟闕庭。長懷永慕，憂心如酲(64)。

【注釋】❶肅承　恭敬地接受。❷明詔　美稱皇帝的詔書。❸應會　應詔朝會。❹星陳　星列。意謂絕早。❺夙駕　早起駕車待發。夙，早。❻秣馬　餵馬。❼脂車　以油脂塗於輪軸，使車易於進行。❽掌徒　主管從行者的官吏。❾肅　戒；告戒。❿征旅　從行之眾人。⓫鸞臺　美稱出發地。⓬蘭渚　生有蘭花的水中小塊陸地。此美稱中途留宿之地。⓭芒芒　廣闊的樣子。⓮原隰　廣平之溼地。原，廣平之地。隰，溼地。⓯祁祁　眾多的樣子。⓰士女　男女。⓱公田　指政府控制的土地。或以為指曹魏時代之屯田。⓲爰　發語詞。無義。⓳樛木　向下彎曲的樹木。⓴重陰匪息　濃蔭之下也不休息。案：曹植於五月赴洛陽，氣候炎熱，因急於朝見，故遇濃蔭不歇，猶急於遵行。㉑糇糧　乾糧。㉒不遑　不暇。㉓面邑　向邑。邑，泛指一般城市。大曰都，小曰邑。㉔僕夫　車夫。㉕警策　揮鞭趕馬。警，敕戒之。策，馬鞭。㉖由　行。㉗玄駟　黑色的駕車馬。玄，黑色。駟，駕車四馬。諸侯駕四馬。㉘藹藹　壯盛的樣子。㉙揚鑣　形容馬舉頭而馳的樣子。鑣，馬嚼子。㉚漂沫　馬口沫飛濺。㉛翼　扶助。㉜衡　轅端橫木。㉝承蓋　托著車蓋。㉞隈　彎曲之處。㉟遵　沿著。㊱滸　水涯。㊲黃坂　黃土山坡。或以為即〈贈白馬王彪〉之修坂。此去彼回，皆過之。㊳階　因；登而過之。㊴濟　渡過。㊵關谷　指洛陽附近的西關、大谷。㊶騑驂　四馬所駕之車，轅外兩馬，左為驂，右為騑。此處言馬倦，其實也是說人之困怠。㊷載寢載興　句出《詩・秦風・小戎》：「言念君子，載寢載興。」意謂於路起臥非止一日。載，原作「再」。據宋刊六臣注本改。載，語助詞。無義。興，起身。㊸晏寧　安寧。㊹弭節　駕馭車子。㊺長騖　長馳。㊻指日　按規定日期。㊼遄征　速行。遄，疾速。㊽前驅　開路車馬。㊾燧　火把。㊿後乘　殿後的車子。(51)抗旌　高舉旌旗。(52)輟運　停止運轉。(53)鑾　掛在轅端橫木上的鈴。(54)廢　罷；止。(55)爰　句首助詞。(56)暨　至。(57)帝室　京城。(58)稅　舍；住。(59)西墉　即〈上責躬應詔詩表〉所言「西館」。(60)嘉詔　指進宮朝見的詔命。(61)朝覲　朝見。(62)莫從　無從與諸王同見。(63)城閾　指宮門。

闥，門楣。即門上橫枋。64醒　酒病。

【語　譯】恭敬地接受明詔，應命朝會於皇城。在繁星滿天的清早就駕車，餵飽了馬車軸也塗上了油。一面號令掌徒的官吏，一面戒飭從行的兵丁。早從鸞臺出發，晚至蘭渚暫停。原野茫茫無際，一路上男女紛紛而行。路經公田而過，喜我稷黍豐盈。道邊生有曲木，怎敢稍歇於樹影！雖然身帶乾糧，卻無暇進食。到了人煙聚集的城池不去尋訪，經過熱鬧的都邑也無遊興。車夫揮鞭趕馬，專挑平路而行。雄壯黑色的四馬，舉頭噴沫馳騁。幸有流風扶助車衡，輕雲托住車頂。涉過澗水之濱，沿著高山曲屏。順著大河水涯，又把高坡來登。西度西關大谷，路徑時降時升。人馬奔走得都倦怠了，一路夜寐夙興。要想朝見聖皇，不敢一日安寧。駕車馳驅長途，指日速赴征程。前驅高舉火把，後乘擎著旆旌。車輪不停運轉，鑾鈴從不止聲。終於到達帝京，住此西館待徵。詔書至今未賜，朝覲無從進行。仰身瞻望殿闕，俯身思念宮廷。戀慕之情深長，心憂如患酒病。

關中詩

【作　者】潘岳，見頁七八一。

【題　解】西晉之時，在關中、并州、幽州一帶，匈奴、氐、羌等族人民與漢人雜居，受到漢人的欺凌盤剝，所以矛盾很深。正如當時人江統所說：「戎狄志態，不與華同。而因其衰弊，遷之畿服，士庶翫習，侮其輕弱，使其怨恨之氣毒於骨髓。」(《晉書‧江統傳》)因而當時少數民族常常起兵叛亂。元康六年氐帥齊萬年自立為帝，率氐羌從關中造反，包圍涇陽。晉惠帝先後派兵將前去鎮壓，終於在元康九年方由積弩將軍孟觀戰俘了齊萬年，平息了叛亂。潘岳此詩正是描寫這場戰爭。

本詩為應詔而作，其中對惠帝(其實是個白痴)自然有不少溢美之辭，這也不足為怪。但整體而言還能比較真實地反映戰爭的進程。對於周處這樣殉國忠臣，作者雖不能為他鳴冤，但還是竭力予以贊揚；對於孟觀這位有功有過，功大於過的將領，作者也作了恰切的評價；而對夏侯駿、盧播這樣一些虛報戰功的無恥之輩，則不遺餘力地加以揭露。詩中對於飽受兵燹、饑饉、疫癘之苦的關中百姓，寄予了很深的同情，尤其難能可貴。

此詩一反潘岳華麗的詩風，寫得質樸率直，發揚了古代史詩的良好傳統。

於❶皇❷時❸晉，受命❹既固。三祖❺在天，聖皇❻紹祚❼。德博化光❽，刑簡❾枉錯❿。微火不戒⓫，延我寶庫⓬。蠢⓭爾戎狄⓮，狡⓯焉思肆⓰。虞⓱我國眚⓲，窺我利器⓳。岳牧⓴慮殊㉑，威懷㉒理二。將無專策㉓，兵不素肄㉔。翹翹㉕趙王㉖，請徒三萬㉗。朝議惟疑，未逞㉘斯願。桓桓㉙梁㉚征，高牙㉛乃建。旗蓋㉜相望㉝，偏師㉞作援㉟。虎視眈眈㊱，威彼好畤㊲。素甲㊳日曜，玄幕㊴雲起。誰其繼之？夏侯卿士㊵。惟系㊶惟處㊷，列營棋跱㊸。夫豈無謀？戎士㊹承平㊺。守有完郛㊻，戰無全兵㊼。鋒交㊽卒奔，孰免孟明㊾！飛檄㊿秦郊(51)，告敗上京(52)。周(53)殉師令(54)，身膏(55)氐斧。人之云亡，貞節(56)克舉(57)。盧播(58)違命，投畀(59)朔土(60)。為法(61)受惡，誰謂荼苦(62)！哀此黎元(63)，無罪無辜(64)。肝腦塗地，白骨交衢(65)。夫行妻寡，父出子孤(66)。俾(67)我晉民，化為狄俘(68)。亂離斯瘼(69)，日月(70)其稔(71)。天子是矜(72)，旰食(73)晏寢(74)。主憂臣勞(75)，孰不祗懍(76)！愧無獻納，尸素以甚(77)。皇(78)赫(79)斯(80)怒，爰(81)整精銳(82)。命彼上谷(83)，指日(84)遄逝(85)。親奉成規(86)，稜威(87)遐厲(88)。首陷(89)中亭(90)，揚聲(91)萬計(92)。兵固詭道(93)，先聲後實(94)。聞之有司(95)，以萬為一(96)。紂之不善，我未之必(97)。虛皛湳德，謬彰甲吉(98)。雍門不啟(99)，陳(100)汧(101)危逼(102)。觀遂虎奮(103)，感恩(104)輸力。重圍克解(105)，危城(106)載色(107)。豈曰無過(108)，功亦不測(109)。情(110)固萬端，于何不有！紛紜齊萬(111)，亦孔之醜(112)。曰納其降(113)，曰梟其首(114)。疇(115)真(116)可掩，孰偽(117)可久！既徵(118)爾辭，既蔽(119)爾訟。當(120)乃明實(121)，否(122)則證空(123)。好爵既靡，顯戮亦從(124)。不見竇林(125)，伏尸漢邦。周人之詩，寔曰采薇(126)。北難獫狁(127)，西患昆夷(128)。以古況(129)今，何足曜(130)威！徒愍(131)斯民(132)，我心傷悲。斯民如何，荼毒(133)于秦(134)。師旅既加，饑饉是因(135)。疫癘(136)淫行(137)，荊棘成榛(138)。絳陽(139)之粟，浮(140)于渭濱(141)。明明天子，視民如傷(142)。申命(143)群司，保爾封疆(144)。靡暴于眾(145)，無陵于強(146)。惴惴(147)寡弱，如熙(148)春陽(149)。

【注　釋】❶於　感歎詞。❷皇　大。❸時　是。❹受命　接受天命。謂建立晉朝。❺三祖　晉宣帝司馬懿追號高祖，晉文帝司馬昭追號太祖，晉武帝司馬炎追號世祖。❻聖皇　指晉惠帝司馬衷。❼紹祚　繼承帝位。紹，繼。祚，福。指皇統。❽化光　教化光大。❾刑簡　刑法簡要，不以嚴刑峻法擾民。❿枉錯　錯枉；廢棄枉曲之人。語出《論語·為政》：「舉直錯諸杜，則民服。」⓫不戒　不慎。⓬寶庫　收藏寶物的倉庫。李善注引王隱《晉書》曰：「惠帝元康五年十月，武庫災，焚累代之寶。」案：以上八句為第一章，寫惠帝德政及災異。⓭蠢　蠢動；為惡不遜。《詩・小雅・采芑》：「蠢爾蠻荊，大邦為讎。」⓮戎狄　古中原人對西北民族的統稱。此指當時的氐、羌等族。元康六年「秦雍氐羌悉反，立氐帥齊萬年為帝，圍涇陽」(《資治通鑑・卷八二》)。⓯狡　狡猾；詭詐。⓰肆　放縱為亂。⓱虞　度；估量。⓲眚　過失。⓳利器　鋒利的兵器。此指國家的武備。《老子》：「國之利器，不可以示人。」故此處用「窺」字。⓴岳牧　為堯舜時四岳十二牧的合稱。後用以指州府大吏。㉑慮殊　意見不一。㉒威懷　武力鎮壓和以德懷柔。㉓專策　既定的對策。無專策則戰守不定。㉔素肄　平時有所訓練。肄，習。案：以上八句為第二章，寫氐、羌發動叛亂及關中州府武備渙散之狀。㉕翹翹　出群的樣子。㉖趙王　司馬倫。咸熙中封趙王，進征西，假節都督雍梁秦諸軍事。倫誅羌大酋數十人，羌遂反，朝議召倫還。㉗請徒三萬　司馬倫曾要求領兵三萬，往平齊萬年。朝議不許。㉘逞　施展。㉙桓桓　威武的樣子。㉚梁　指梁王司馬肜。當時被任為征西大將軍都督雍涼二州諸軍事，往平叛亂。㉛高牙　高大的牙旗。牙旗，將軍之旗。㉜旗蓋　軍旗與車蓋。蓋，指軍車。㉝相望　連綿不絕的樣子。㉞偏師　指全軍的一部分，以別於主力。㉟援　援助。案：以上八句為第三章，寫趙王請求出征，朝議不允；梁王受命，大軍出動。㊱眈眈　注視的樣子。這是形容司馬肜督率諸將之態。㊲好畤　地名。故城在陝西乾縣東。時司馬肜屯軍好畤，督率關中諸軍。㊳素甲　白色的鎧甲。㊴玄幕　黑色帳幕。㊵夏侯卿士　指夏侯駿。時任安西將軍。當時因齊萬年率羌人圍涇陽，乃遣夏侯駿西討氐羌。㊶系　指解系。字少連，濟南人，時為雍州刺史。㊷處　指周處。字子隱，吳興人，拜建威將軍。㊸棋跱　言營壘如棋子一般跱立羅布。案：以上八句是寫關中晉軍的布置。㊹戎士　兵士。㊺承平　相承太平。意謂太平日子久了，士卒不習征戰。這是為司馬肜開脫戰敗之責。㊻完郛　保全城池。郛，城。㊼戰無全兵　言軍隊為敵所破。㊽鋒交　鋒刃始交。㊾孟明　此處指春秋時代晉軍將領。據《左傳》載，秦、晉殽之戰時，孟明視等秦將為晉所俘。後晉將他們放歸，秦穆公引咎自責，赦免了孟明視等，仍加重用。㊿飛檄　插羽毛的軍隊文書，以示緊急。51秦郊　從關中發出之意。52上京　指晉都洛陽。此指周處、盧播、解系在司馬肜、夏侯駿指揮下在六陌攻齊萬年，遭致大敗。案：以上八句為第五章，寫六陌一戰晉軍的大敗。53周　指周處。處為人剛直，曾按劾過司馬肜，司馬肜借機報復，強令周處以五千人進攻齊萬年七萬人，又不給援兵，周處力戰不退，終於陣亡。54師令　軍令。55膏　潤。56貞節　堅貞的節操。57克舉　得以保全。58盧播　時為振威將軍。周處苦戰，不發救兵，以偽報戰功被免為庶人，徙北平。59投畀　送往。60朔土　北方。盧播被徙北平，北平在北，故言。61為法　此言盧播為巧詐之法。62誰謂荼苦　語出《詩・

邶風・谷風》：「誰謂荼苦，其甘如薺。」荼，苦菜。此言盧播是甘心受苦，徙於北平。案：以上八句頌贊戰死的周處，貶抑偽報戰功的盧播。(63)黎元　黎民。(64)辜　罪過。(65)交衢　交橫於四通八達的大路上。(66)夫行妻寡二句　是說晉軍士兵家中留下妻兒。(67)俾　使。(68)狄俘　戎狄之俘。此指氐羌俘虜。案：以上八句為第七章，寫百姓的痛苦。(69)亂離斯瘼　亂離之道將終止。李善認為此句引自《韓詩》。瘼，當作「莫」。莫，散；終止。(70)日月　日積月累。(71)稔　熟；惡貫滿盈之意。(72)矜　憐憫。(73)旰食　吃得晚。(74)晏寢　晚睡。(75)勞　憂愁。(76)祇懍　敬畏。(77)愧無獻納二句　是作者自謙之辭。獻納，指貢獻謀策。尸素，尸位素餐。謂居位食祿而不盡職。案：以上八句為第八章，寫君臣的憂慮。(78)皇　皇帝。(79)赫　盛。(80)斯　語助詞。(81)爰　乃。(82)精銳　指精銳的軍卒。(83)上谷　指孟觀。孟觀，字叔時，渤海東光人。因參與誅楊駿，得授黃門侍郎，遷積弩將軍，封上谷郡公。周處等敗後，乃命孟觀率所統勇悍的宿衛兵及關中士卒，往征氐羌。(84)指日　按預定日期。(85)遄逝　速往。遄，速。(86)成規　指天子的策規。(87)稜威　聲威；威勢。(88)遐厲　遠而強烈。厲，烈。(89)陷　敗。(90)中亭　地名。孟觀首戰氐羌於此。(91)揚聲　聲稱。(92)萬計　斬獲上萬。案：以上八句為第九章，寫孟觀奉命出征，首戰中亭而大勝。(93)詭道　用兵多詐。故謂兵法為譎詭之道。(94)先聲後實　指軍事策略中有時以用聲勢懾服敵人為先著，而以用實力攻戰為下策。《史記・卷九二・淮陰侯列傳》：「兵固有先聲而後實者。」(95)有司　指朝中主管官吏。(96)以萬為一　孟觀言斬獲以萬計，而官吏疑其有詐，乃以萬為一。(97)紂之不善二句　出自《論語・子張》。其中記子貢之語：「紂之不善，不如是之甚也。是以君子惡居下流，天下之惡皆歸焉。」潘岳此處以紂喻孟觀。言人說他如此不好，我未必相信。(98)虛皛滴德二句　是說孟觀虛明誅滴德、甲吉二羌帥之功。這是他的過錯。皛，顯耀。滴德，羌人名號。羌人居滴水之畔，以水為號。德，羌人名。甲吉，羌人名號。甲，號。吉，人名。案：以上八句為第十章，寫孟觀雖有虛報戰功之處，但也未達到官吏們以萬為一的地步。(99)雍門不啟　此謂雍縣為氐羌所包圍。(100)陳　陳倉縣。秦置，故址在今陝西寶雞東。(101)汧　漢縣名。在今陝西隴縣南。(102)危逼　此言受敵威逼而危殆。(103)虎奮　奮勇當先。(104)感恩　感天子之恩。(105)重圍克解　當時孟觀從中亭率兵北出，何惲率二萬人繼後，雍縣之圍遂得解除。(106)危城　指陳倉、汧縣。(107)載色　謂城中之人臉露喜色。《詩・魯頌・泮水》：「載色載笑。」(108)過　指虛報戰功。(109)不測　不可估量。案：以上八句為第十一章，寫孟觀雍縣解圍之功。(110)情　人情；情態。(111)紛紜齊萬　形容當時將帥爭功之狀。李善注引王隱《晉書》：「初，夏侯駿上言斬氐帥齊萬年；及孟觀至，大戰數十，生送萬年。」孟觀所獲，方是真齊萬年。紛紜，雜亂的樣子。齊萬，指齊萬年。氐、羌叛軍頭目。(112)亦孔之醜　這是甚為醜惡之行。《詩・小雅・十月之交》：「日有食之，亦孔之醜。」孔，甚。(113)日納其降　這是孟觀的話。說已接受齊萬年的投降。114日梟其首　這是夏侯駿的假話。梟首，懸頭木柱之上。夏侯駿說已斬齊萬年之首示眾。115疇　誰。116真　真事。指孟觀生得齊萬年。117偽　指夏侯駿的謊言。案：以上八句為第十二章，寫夏侯駿謊稱已斬齊萬年，而孟觀已生得之。118徵　驗證。119蔽　判斷。120當　其言恰當合理。121明實　表明為實情。122否　其理不通。123證空　證明其不實。124好爵既靡二句　是說論功過而行賞罰。爵，爵位。靡，分得；分予。《易・中孚》：「我有好爵，吾與爾靡之。」顯戮，明正典刑，當眾處決。《書・泰誓下》：「功多有厚賞，不迪有顯戮。」125竇林　東漢時人。領護羌校尉，羌酋滇岸、滇吾先後歸降，竇林未能弄明白二人誰為第一豪，謊奏滇岸即滇吾。帝查驗明白真相，怒而免竇林之官，會涼州刺史奏竇林貪贓，竇林遂下獄而死。事見《後漢書・西羌傳》。案：以上八句是第十三章，寫查明爭功真相，賞功罰過。126采薇　《詩經・小雅》中一篇詠征伐的詩。127獫狁　古代民族名。即匈奴。128昆夷　古代民族名。又稱西戎。129況　比。130曜　炫耀。131愍　同「憫」。哀憐。132斯民　百姓。案：以上八句為第十四章，謂邊患自古都有，今勝不足耀威，唯應同情百姓的遭遇。133荼毒　苦難。134秦　指關中地區。135因　接續。136疫癘　傳染病。元康七年七月，雍州疫癘流行，大旱，關中饑荒，米斛萬錢。137淫行　流行。138荊棘成榛　此言田地荒蕪，遍生荊棘。荊棘，有刺灌木。榛，樹叢。139絳陽　即河東郡之絳縣。在今山西侯馬東北。140浮　水運。141渭濱　渭水之濱。指關中地區。「濱」下原有「也」字，今從六臣注本。案：以上八句為第十五章，寫關中地區，兵燹之後，又繼之以疫癘、饑饉。142視民如傷　恐怕驚動人民之意。143申命　明確地指示。144封疆　疆界。145靡暴于眾　無以眾暴虐於寡。146無陵于強　無以強淩辱弱小。陵，通「淩」。147惴惴　恐懼的樣子。148熙　悅。149春陽　即「陽春」。和暖的春天。春為陽，陽溫生萬物，故曰春陽。案：以上八句為第十六章，寫天子申命百官，愛護寡弱之民，使人民如萬物欣逢陽春。

【語　譯】多麼偉盛的大晉皇朝，承受天命建國堅牢。三祖英靈在天庇佑，聖明我皇入繼大寶。道德宏大教化廣博，刑法簡要廢棄奸狡。星星點火不加戒慎，終於把我寶庫延燒。氐羌之帥蠢動不遜，本性狡猾思逞兇暴。窺伺我朝偶然的疏失，揣度我朝武備強弱。州府大吏意見不一，懷柔用兵本為兩道。武將沒有應急良策，士兵缺少訓練管教。傑出的趙王自告奮勇，請兵三萬前去清剿。朝中大臣不肯信用，他的願望只得煙消。威武的梁王奉命出征，高大的牙旗迎風而飄。旌旗車蓋前後相望，側翼部隊援助牢靠。梁王專注嚴謹地督率諸軍，屯兵在好時的地方威風凜凜。白色的鎧甲迎日光明，黑色的帳幕遍布如雲。麾下尚有何人隨從？同時奉命的有夏侯將軍。解系周處帳下聽令，營壘布立如同棋陣。出戰難道沒有謀略，承平日久兵無戰心。城池雖然得以保全，陣勢已破兵將受損。鋒刃始交士卒狂奔，誰來赦免敗軍之臣！緊急文書關中發出，大軍敗訊傳入紫宸。周處力戰終於殉職，身遭氐人的斧刃。斯人雖已離開人世，堅貞的節操卻得保存。盧播膽敢違抗軍令，被徙北平免為庶人；因虛報巧偽遭受處罰，罪有應得是他自尋。可憐關中廣大百姓，身無過錯備嚐苦辛。滿地肝腦慘不忍睹，路上白骨交橫如林。丈夫出征妻子哀悽，父親從軍幼子孤零。使我無數大晉子民，變為俘虜被敵羈困。亂離局勢終將結束，日積月累敵罪滿盈。天子垂憐百姓遭遇，遲食晚睡思慮不寧。君主憂思臣子含愁，各司其職誰不畏敬！小臣慚愧無策獻納，空居其位食君祿俸。我皇大發雷霆之怒，重加整頓精銳甲兵。傳詔任命上谷郡公，剋日率軍速赴征程。將軍親奉天子規策，聲威凌厲遠近傳名。首敗氐羌在於中亭，聲稱斬獲一萬有零。用兵之道本多詭譎，先聲奪人後用實兵。朝中官吏懷疑此數，以萬為一失於公平。殷紂不善人多誇大，孟觀之過恐亦虛增。誅殺滴德是他謊報，殲滅甲吉也非實情。雍縣被圍城門不開，陳倉汧縣危逼欲傾。孟觀奮勇率兵北出，心感天恩甘願效命。雍縣重圍遂得解除，危城百姓喜笑盈盈。孟觀此人不是無過，他的功勞也難衡量。世間情態真有萬般，真偽美醜何種不見！敵酋下落眾說紛紜，醜態百出丟人現眼。孟觀報說已納其降，夏侯卻說懸首高竿。哪件真事可以掩蓋，哪句謊言能長久欺騙！切實驗證雙方言辭，可對爭訟作出判斷。其言合理表明為實，其言不通證明虛誕。有功當賞分與爵位，有罪當誅絕不赦免。後漢竇林欺瞞朝廷，終於落得身死獄間。周朝有首著名詩篇，題為〈采薇〉描寫戍邊。北有獫狁時時脅迫，西有昆夷常來侵犯。若以古代比較今日，雖平氐羌何足矜炫！人民痛苦令人憐憫，我的心中無限傷感。關中之民無罪無辜，遭受如此深重苦難。一場大戰方在進行，接著又降饑荒乾旱。各種疾病四處蔓延，良田之上荊棘成片。河東絳縣出產糧食，水運直至渭水之畔。聖明仁慈的當今天子，人民痛苦放在心間。明確指示文武官員，保守邊境謹防來犯。勿以人眾暴虐人寡，勿以強大凌辱弱善。於是恐懼不安的寡弱之民，如沐春風幸福無限。

公讌

公讌詩

【作　者】曹植，見頁八二二。

【題　解】公讌（讌，即「宴」字）詩，是臣下在公家侍宴之作。此詩則是東漢建安年間，曹操在世之時，曹植在鄴城參加其兄曹丕的宴會時所作。當時參加遊賞的還有其他文章之士，從詩中可以看到中國文學史上著名的鄴下文人集團那種遊觀苑囿，流連詩酒的逸豫生活。一般人認為曹植此詩是和曹丕〈芙蓉池詩〉作。曹丕的原作如下：「乘輦夜行遊，逍遙步西園。雙渠相溉灌，嘉木繞通川。卑枝拂羽蓋，修條摩蒼天。驚風扶輪轂，飛鳥翔我前。丹霞夾明月，華星出雲間。上天垂光采，五色一何鮮。壽命非松喬，誰能得神仙！遨遊快心意，保己終百年。」對比二詩，可以看出其意境相近之處。唯末尾曹丕似有人生苦短，及時行樂的憂傷意緒，而曹植的情調則要開朗一些。

此詩遣詞屬句表現了高度的藝術技巧，如秋蘭四句不僅詞性密切相儷，且點染精工，已孕育著後之律體形式了。

公子❶敬愛客，終宴❷不知疲。清夜❸遊西園❹，飛蓋❺相追隨。明月澄❻清景❼，列宿❽正參差❾。秋蘭❿被⓫長坂⓬，朱華⓭冒⓮綠池。潛魚⓯躍清波，好鳥鳴高枝。神飆⓰接丹轂⓱，輕輦⓲隨風移。飄颻⓳放⓴志意㉑，千秋㉒長若斯。

【注　釋】❶公子　指曹丕。時曹操在世，故如此稱。當時曹丕任五官中郎將。❷終宴　宴會告終。此宴當指白天宴飲，所以下文說到接續以清夜遊園。❸清夜　清靜之夜。❹西園　指鄴城銅爵園。❺飛蓋　疾馳之車。此指文學賓從之車。蓋，車蓋。❻澄　湛；澄澈。❼清景　清光。❽列宿　群星。❾參差　不齊的樣子。形容疏疏落落之狀。❿秋蘭　香草。生水邊，秋時茂盛。⓫被　覆蓋。⓬長坂　長長的山坡。⓭朱華　紅色的花。此指紅荷。⓮冒　覆蓋。⓯潛魚　隱藏於水下的魚。⓰神飆　神，形容其風之疾。飆，自下而上的疾風。⓱丹轂　以紅漆塗轂。轂，車輪中心圓木，有窟窿可以插軸。⓲輕輦　輕車。輦，人推輓的車。君主諸侯所乘。⓳飄颻　飛揚。⓴放　舒放。不為外物所拘。㉑志意　思想感情。㉒千秋　千年；永遠的意思。

【語　譯】公子敬愛文學賓客，宴會終了不知疲倦。靜謐的夜晚暢遊西園，賓客座車飛速追趕。明月灑下澄澈的清光，星斗稀疏而且暗淡。秋蘭覆蓋著長長的山坡，紅荷早把綠池遮滿。水下的魚兒躍出清波，高枝的好鳥鳴聲婉轉。疾風推動紅色車轂，公子輕輦隨風向前。襟懷舒放志意飛揚，這樣的生活千秋不變。

公讌詩

【作　者】王粲（西元一七七～二一七年），字仲宣，山陽高平（今山東鄒縣西南）人。曾祖、祖父皆官至三公，父親曾為大將軍何進長史。獻帝在董卓挾制下西遷長安，王粲也隨著徙居長安。年既幼弱，容狀短小，然而才學已極受當時著名文學家蔡邕的推重。他十七歲時，曾被授予黃門侍郎，因為當時長安擾亂，不願就職。就南下荊州，依附劉表。劉表對他不很看重，他在劉表處鬱鬱不得志共十五年。劉表死後，他勸劉表之子劉琮歸降曹操。曹操任他為丞相掾，賜爵關內侯。後遷軍謀祭酒。魏國既建，拜為侍中，由於他博學多識，對建立制度出了不少力。建安二十一年隨從征吳，次年病卒於道。王粲詩賦成就很高，在建安七子之中最為突出，劉勰曾這樣評論：「仲宣溢才，捷而能密，文多兼善，辭少瑕累，摘其詩賦，則七子之冠冕乎？」（《文心雕龍．才略》）王粲著有詩、賦、論、議等近六十篇。原有集十一卷，已散佚，明人輯有《王侍中集》。

【題解】王粲在建安十三年投奔曹操，此詩當為初歸之時所作。從詩中可以看出，曹操對他很為厚待。此詩前四句描寫節氣景物；中間十二句則集中描寫華堂盛會，觥籌交錯的盛大場面；末尾八句表達對主人的感激和美好的祝願。此詩雖不乏對曹操歌功頌德之句，也反映出詩人對這位傑出政治家的崇敬、感戴和期望。全詩結構緊密，措辭得體，簡練俊逸，表現出作者深厚的藝術功力。

昊天❶降豐澤❷，百卉❸挺葳蕤❹。涼風撤❺蒸❻暑，清雲卻❼炎暉❽。高會❾君子堂，並坐蔭華榱❿。嘉肴⓫充圓方⓬，旨酒⓭盈金罍⓮。管弦發徽音⓯，曲度⓰清且悲⓱。合坐⓲同所樂，但愬⓳杯行遲⓴。常聞詩人㉑語，不醉且無歸。今日不極懽㉒，含情㉓欲待誰！見眷㉔良㉕不翅㉖，守分㉗豈能違！古人㉘有遺言㉙，君子福所綏㉚。願我賢主人㉛，與天享巍巍㉜。克符㉝周公業㉞，奕世㉟不可追。

【注釋】❶昊天　夏天。《爾雅．釋天》：「夏為昊天。」亦指天。❷豐澤　豐厚的雨露。❸百卉　百草。❹葳蕤　草木繁茂的樣子。❺撤　消去。❻蒸　熱氣。❼卻　退。❽炎暉　夏天灼熱的陽光。❾高會　盛會。❿蔭華榱　在華麗的屋簷下。榱，屋椽。屋桷的總稱。⓫嘉肴　魚肉等好菜。⓬圓方　指古代盛食品的器具。即籩豆之類。⓭旨酒　美酒。⓮金罍　盛酒的銅製器皿。⓯徽音　美妙的音樂。⓰曲度　樂曲的節度。《後漢書．馬援傳附馬防》：「多聚聲樂，曲度比諸郊廟。」⓱悲　動聽。⓲合坐　所有在座的人們。⓳愬　即「訴」字。⓴杯行遲　斟酒太慢。杯行，即「行酒」。依次斟酒。㉑詩人指《詩・小雅・湛露》的作者。〈湛露〉按毛序是「天子燕諸侯也」。其中有「厭厭夜飲,不醉無歸」之句。在曹操的宴會上引用此詩,意含對曹操的推崇。㉒極懽 盡情歡樂。㉓含情 含其歡情而不舒暢。㉔見眷 被恩遇;被看重。㉕良 實。㉖不翅 過多的意思。㉗守分 守其本分,不敢逾越。㉘古人 指古詩作者。㉙遺言 《詩・周南・樛木》:「樂只君子,福履綏之。」《詩・小雅・鴛鴦》:「君子萬年,福祿綏之。」二者皆合於下句。㉚綏 安。㉛賢主人 指曹操。㉜巍巍 高的樣子。此處喻福祿齊天。㉝克符 能夠符同。㉞周公業 周公,周武王之弟姬旦。曾助武王滅商。武王死後,成王年幼,由他攝政。他平定叛亂,營建洛邑,制禮作樂。曹操當時為漢相,獨攬大權,故比他的事業為周公之業。㉟奕世 累世。

【語 譯】上天降下豐厚的雨露,百草都長得茂盛蔥翠。涼風消去悶人的暑氣,清雲遮住炎日的光輝。眾人相聚君子之堂,雕梁畫棟下並坐歡會。美味佳肴堆積盤碗,好酒盛滿面前金杯。管弦奏起美妙的音樂,樂曲清新感人心扉。滿座之人開懷暢飲,口到杯乾把斟酒頻催。古代詩人出語雋永,說是:長夜之飲不醉不歸。今日若不盡情歡樂,留有餘興打算等誰呢!我所受的恩遇實為過多,恪守本分豈能乖違!古代詩人早有遺言,仁德君子福祿兼備。衷心祝願賢明主人,與天同壽福祿巍巍。功業可同周公相比,世世代代無人可追。

公讌詩

【作 者】劉楨,字公幹,東平寧陽(今山東東平)人。建安七子之一。楨少有逸氣,文才出眾,辭旨巧妙,與孔融、王粲等相友善。曹操曾對他器重,任為丞相掾屬。他與曹丕、曹植兄弟也很親近。據說有一次,世子曹丕宴請諸文學侍從之臣,酒酣之際,世子命夫人甄氏出拜。座中眾人都伏身,只有劉楨平視。曹操聽說,乃以不敬罪名判了劉楨刑。劉楨服刑完畢依舊被任為吏。劉楨為人的卓傲倔強,耿直不阿,由此可見。建安二十二年死於疫中。劉楨著有詩、賦等數十篇。原有集四卷,已散佚,明人輯有《劉公幹集》。劉楨的詩在當時可與王粲比肩,後人更有把他與曹植並舉,稱為曹劉。

【題 解】這一首〈公讌詩〉是作者在鄴城參加太子曹丕夜宴所作,與前面曹植的〈公讌詩〉當作於同時。如果對比王粲、劉楨二首〈公讌詩〉就會發現，劉楨這首詩中幾乎沒有什麼對主人的奉承語句。從「輦車飛素蓋，從者盈路傍」二句，可見太子夜遊的盛大排場，曹丕當時地位是十分顯赫的。然而詩人卻沒有寫一句感恩、頌祝之類的話，他的贊美全放在銅雀園中美麗的景色上，這不能不使人體會到作者清高孤傲的性格。

這一首詩對銅雀園的獨特景色描繪很細，譬如「清川過石渠」，是魏都特色，「華館寄流波」，則是園中清景，作者絕不泛泛著筆，堆砌一些花鳥之類詞句而已。全詩文筆挺秀，氣勢飛動，體現出建安詩風的特色。

永日❶行遊戲，懽樂猶未央❷。遺思❸在玄夜❹，相與❺復翱翔❻。輦車❼飛素蓋❽，從者盈路傍。月出照園中，珍木鬱蒼蒼❾。清川過石渠，流波為魚防❿。芙蓉⓫散其華⓬，菡萏⓭溢金塘。靈鳥宿水裔⓮，仁獸⓯遊飛梁⓰。華館⓱寄流波⓲，豁達⓳來風涼。生平未始聞，歌之安能詳⓴！投翰㉑長歎息，綺麗㉒不可忘。

【注　釋】❶永日　長日；整日。❷未央　未盡。❸遺思　餘興。❹玄夜　黑夜。❺相與　共同；一起。❻翱翔　鳥來回飛翔。比喻自由自在地遨遊。❼輦車　人力推輓的車。❽素蓋　白色車棚。❾鬱蒼蒼　茂密的樣子。❿流波為魚防　是說無堤阻魚逃逸。⓫芙蓉　即荷花。⓬散其華　即開花的意思。⓭菡萏　即荷花。⓮水裔　水邊。⓯仁獸　指園中豢養之獸。這裡故意美稱之。⓰飛梁　高架的橋梁。⓱華館　華麗的館舍。指園中遊憩之處。⓲寄流波　謂館在水中。⓳豁達　敞亮通達。⓴詳　詳盡描寫。㉑投翰　投筆。㉒綺麗　指景色的美麗。

【語　譯】整日裡盡情娛樂遊玩，歡愉之情猶然未盡。乘著餘興在暗夜出游，知交相偕自由放任。白棚輦車急急前行，路邊擁擠著隨從之人。明月出雲臨照園中，珍異的樹木茂密森森。清水通過石渠流入，不設堤防把魚拘禁。豔冶的荷花正在盛開，翠葉紅花遮住波紋。靈異的鳥兒棲宿在水邊，馴良的野獸在橋上逡巡。華麗的館舍建於水中，敞亮通達，涼風入襟。平生未見如此美景，此詩怎能說得詳盡！我不禁投筆於案慨然長歎，綺麗夜色永記在心。

侍五官中郎將建章臺詩

【作　者】應瑒，字德璉，汝南南頓（今河南項城西）人。初至京師，曹操召為丞相掾屬，轉為平原侯庶子，後為五官中郎將文學。建安二十二年卒於疫中。應瑒為建安七子之一。原有集五卷，已散佚，明人輯有《應德璉集》。今存賦十餘篇，詩九首。曹丕〈與吳質書〉曰：「德璉常斐然有述作之意，其才學足以著書，美志不遂，良可痛惜！」

【題　解】本詩也是公讌詩，詩中五官中郎將為曹丕官職，此詩是應瑒任曹丕文學侍從之臣時侍宴所作。詩中作者以大雁自況，形象化地寫出他個人仕途的艱辛，表達了他渴望登上高階的願望。詩末對主人曹丕表達了感激涕零之意，清楚地顯示出他是把升遷的希望完全寄託在這位如日中天的世子身上了。詩中所表現的思想感情，對於一個古代文士來說，倒是坦率的自白，今天也無須苛責。此詩設喻生動恰切，風格清新，在藝術上有一定成功之處。

朝雁鳴雲中，音響一何❶哀！問子遊何鄉？戢翼❷正徘徊。言我寒門❸來，將就衡陽❹棲。往春翔北土，今冬客南淮❺。遠行蒙霜雪，毛羽日摧頹❻。常恐傷肌骨，身隕❼沈黃泥。簡珠❽墮❾沙石，何能中❿自諧⓫！欲因雲雨會⓬，濯翼陵⓭高梯⓮。良遇不可值，伸眉⓯路何階⓰！公子⓱敬愛客，樂飲不知疲。和顏既以暢⑱，乃肯顧細微⑲。贈詩見⑳存慰㉑，小子㉒非所宜㉓。為且㉔極歡情，不醉其無歸。凡百敬爾位㉕，以副㉖飢渴懷㉗。

【注釋】❶一何　多麼。❷戢翼　斂翼。❸寒門　《淮南子》：「北極之山曰寒門。」高誘注曰：「積寒所在，故曰寒門。」這裡指北方很冷的地方。❹衡陽　今湖南衡陽。有回雁峰，傳說大雁南飛，到此不再向南。❺南淮　淮水之南。❻摧頹　損傷；有憔悴衰老之意。❼隕　墜落。❽簡珠　大珠。❾墯　同「墮」。落。❿中　心中。⓫諧　和諧。⓬雲雨會　指此次大人物都參加的盛會。李善注引《樂動聲儀》曰：「風雨感魚龍，仁義動君子。」雲雨集則魚龍出。魚龍之會，指曹丕等參加的盛會。⓭陵　登。⓮高梯　高階。指高位。⓯伸眉　猶揚眉。得意的樣子。⓰階　登。⓱公子　指曹丕。⓲暢　充足。⓳細微　身分低微之人。應瑒自謂。⓴見　被。㉑存慰　慰問。存，省問。㉒小子　詩人自謂。㉓非所宜　不敢當的意思。㉔且　當；宜。㉕凡百敬爾位　《詩・小雅・雨無正》：「凡百君子，各敬爾身。」鄭箋曰：「凡百君子，謂眾在位者；各敬慎女（汝）之身，正君臣之禮。」㉖副　符合；適合。㉗飢渴懷　此指曹丕那種求賢若渴的胸懷。李善注引《孔叢子》：「子思謂魯穆公曰：君若飢渴待賢。」

【語譯】早晨大雁在雲中長鳴，一聲聲聽來多麼悲哀！我問大雁你來自何方？大雁正斂翅迴翔於天空。牠說：我來自寒冷的北方，想往溫暖的衡陽暫停。往年春天都飛往北方，今冬且住在淮南一帶。長途飛行經霜冒雪，身上的羽毛日漸損壞。常常擔憂肌骨受傷，身軀墜落被黃土掩埋。灼灼的大珠墮入沙石，心中如何平靜愉快！我欲趁此雲雨際會，洗濯羽翼飛上九陔。如遇不到美好的機會，揚眉吐氣將由何而來！公子敬愛府中賓客，歡暢宴飲不知倦怠。禮賢下士和顏相對，我雖低微也蒙關懷。贈我詩篇表示慰問，小子德薄怎受厚待！值此盛會理應盡歡，不喝沈醉豈忍離開！在座諸君敬慎職守，以報答公子求賢若渴的心懷。

皇太子宴玄圃宣猷堂有令賦詩

【作　者】陸機，見頁七〇五。

【題　解】西晉武帝死後，惠帝繼位，立廣陵王遹為皇太子，入主東宮。東宮之北有玄圃園，太子在園中宣猷堂設宴。陸機時為太子洗馬（太子屬官，掌管圖書文籍之類），也參加了宴會，此詩即為奉太子之命所作。

此詩的主要內容是歌頌晉的功德，從三帝奠定基業，武帝開創其朝，直到惠帝繼位，廣陵王被立位為太子，無不竭力加以頌揚；末尾乃歸結為感恩圖報之意。其詩文辭典雅費解，內容實比較膚淺。在古代這是一首得體的公讌詩，可為人效法；但隨著時代的變化，此類詩已難為人所欣賞了。

三正❶迭紹❷，洪聖❸啟運❹。自昔哲王❺，先天而順❻。群辟❼崇替❽，降及近古。黃暉❾既渝❿，素靈⓫承祜⓬。乃眷斯顧⓭，祚之⓮宅土⓯。三后⓰始基⓱，世武⓲丕承⓳。協風⓴傍駭㉑，天晷㉒仰澄㉓。淳曜㉔六合㉕，皇慶㉖攸興㉗。自彼河汾㉘，奄齊七政㉙。時文㉚惟晉，世篤其聖㉛。欽翼㉜昊天㉝，對揚㉞成命㉟。九區㊱克咸㊲，讌歌以詠。皇上㊳纂隆㊴，經教㊵弘道㊶。于化㊷既豐㊸，在工㊹載㊺考㊻。俯釐㊼庶績㊽，仰荒㊾大造㊿。儀刑(51)祖宗，妥綏天保(52)。篤生(53)我后(54)，克明(55)克秀(56)。體輝(57)重光(58)，承規(59)景數(60)。茂德(61)淵沖(62)，天姿(63)玉裕(64)。蕞爾(65)小臣(66)，邈(67)彼荒遐(68)。弛(69)厥(70)負擔(71)，振纓承華(72)。匪顧伊始(73)，惟命之嘉(74)。

【注釋】(1)三正　指夏、殷、周三朝。正，指正月。三正，指夏正、殷正、周正。我國古人定曆，把冬至作為一歲的開始，還把十二地支和十二個月份相配。周曆建子，把冬至所在之月做歲首；殷曆建丑，把今農曆十二月作為歲首；夏曆建寅，把今農曆正月作為歲首。三正僅歲首不同，並非指夏、商、周三代三種曆法。春秋戰國時各國用曆尚不一致。(2)迭紹　更替繼續。(3)洪聖　大聖。指開國君主。(4)啟運　受天命開始其國運。(5)哲王　賢明的君主。(6)先天而順　先天行事，天不違而順從。語出《易・乾》文言：「夫大人者……先天而天弗違，後天而奉天時。天且弗違，而況於人乎！況於鬼神乎！」(7)群辟　歷代眾君。辟，君。(8)崇替　猶隆替。興衰。崇，高起；興盛。替，衰落。一說：崇，通「終」。替，廢。(9)黃暉　指魏。按鄒衍「五德終始」之說，每一個朝代都要受五行中一種德的支配或支持，每一德都有盛有衰。魏為土德，相配之色為黃色。(10)渝　變。此謂魏氣數已盡。(11)素靈　指晉。晉以金德受命，其色為白，故稱素靈。(12)承祐　受福。祐，福。此言統治天下。(13)乃眷斯顧　謂上天眷顧我晉朝。《詩・大雅・皇矣》：「乃眷西顧，此維與宅。」(14)祚之　賜福於晉。祚，賜福；保祐。《左傳・宣公三年》：「天祚明德，有所厎止。」(15)宅土　使居此土。(16)三后　三王。司馬炎即帝位，推尊司馬懿為宣皇帝，司馬師為景皇帝，司馬昭為文皇帝。后，王。(17)始基　奠定晉王朝的基業。(18)世武　指西晉世祖司馬炎。尊號武皇帝。(19)丕承　大承祖業。《書・太甲上》：「肆嗣王丕承基緒。」丕，大。(20)協風　和風。(21)傍駭　傍，通「旁」。廣。駭，起；散。(22)天晷　指日。晷，日影。(23)仰澄　澄澈在天，無一點日蝕。(24)淳曜　大耀。(25)六合　上下四方。(26)皇慶　大福。皇，大。慶，福。(27)攸興　所興。(28)河汾　黃河、汾水。指晉國封境。(29)奄齊七政　是說司馬炎之受禪是上合天心的。奄，覆蓋；包括。齊七政，語出《書・舜典》：「在璿璣玉衡，以齊七政。」七政，謂日月五星的運行。這是說舜受堯之禪讓，乃考察天文，以審己是否合於天心。(30)時文　當代文化最盛之國。文，文化。指禮樂制度。(31)世篤其聖　世代厚於聖明。《書・君牙》：「惟乃祖乃父，世篤忠貞。」孔傳：「言汝父祖，世厚忠貞。」(32)欽翼　尊敬的意思。(33)昊天　上天。(34)對揚　稱揚。《詩・大雅・江漢》：「對揚王休。」(35)成命　已定天命。《詩・周頌・昊天有成命》：「昊天有成命，二后（文王、武王）受之。」(36)九區　九州。(37)咸　和。(38)皇上　指當時的皇帝晉惠帝司馬衷。(39)纂隆　繼承隆盛的事業。纂，繼。隆，盛。(40)經教　進行教化。經，理。教，教化。(41)弘道　弘大聖道。(42)化　教化。(43)豐　豐贍。(44)在工　指官員。(45)載則。㊻考　成。㊼釐　理。㊽庶績　各種政務。㊾荒　擴大。㊿大造　上天之功。51儀刑　取法；效法。52妥綏天保　即《詩・小雅・天保》「天保定爾，亦孔之固」的意思。妥綏，安定。天保，天安保之王位。53篤生　受天厚氣而生。《詩・大雅・大明》：「篤生武王。」54我后　我王。指愍懷太子。55明　明於事理。56秀　才智出眾。57體輝　發揚。58重光　指日和月。比喻帝王功德的前後相繼。《書・顧命》：「昔君文王、武王，宣重光。」孫星衍疏曰：「重光者，言文武化成之德，比於日月也。」59規　法。60景數　大數。景，大。數，曆數。《論語・堯曰》：「堯曰：咨，爾舜，天之曆數在爾躬。」朱熹注：「曆數，帝王相繼之次第，猶歲時氣節之先後也。」古人認為，帝位相承，與天象運行的次序相應，故稱帝王繼承的次第為曆數。61茂德　盛德。62淵沖　淵深而謙虛。沖，虛。63天姿　天然之姿。64玉裕　其容如玉。裕，容。65蕞爾　形容小。66小臣　陸機自謂。67邈　遠。68荒遐　荒遠之地。此指陸機的故土吳國。69弛　廢止。70厥　其。指陸機自己。71負檐　指勞苦之役。檐，通「擔」。72振纓承華　指陸機被任為太子洗馬。振纓，謂出仕為官。振，整。纓，繫在頷下的冠帶。承華，承華門。太子宮的宮門。李善注引《洛陽記》：「太子宮在大宮東，中有承華門。」73匪願伊始　言今日之榮寵非初始之敢願。匪，非。伊始，初始。74惟命之嘉　言這是由於君之善命，方至於此。命，君命。嘉，善。

【語　譯】夏殷周三朝更替相繼，開國大聖起承天命。往昔列位賢明君主，先天行事上天順應。歷代君王有興有衰，從古至今前後相承。曹魏氣數早已告盡，大晉威靈受福當興。上天垂恩眷顧我國，庇祐明德使居此境。三位先帝奠定基業，世祖武帝光大隆盛。和風習習廣布萬里，天日昭昭無比純淨。光輝照耀上下四方，巨大福慶從此而生。由那黃河、汾水之域，終合天心一舉秉政。文明禮儀唯我大晉，世代君主聖德英明。無限欽敬昊天上帝，竭誠頌揚所受天命。九州大地一派祥和，萬千黎民歡歌盡情。當今聖上承繼大業，弘大聖道教化普行。教化既已效果豐碩，百官更又政績有成。我皇下理眾多政務，上順大道天功加增。兢兢業業效法祖宗，天賜皇位永得安定。秉天厚德我王誕生，明辨事理英才秀挺。發揚歷代相繼的功德，又把萬世皇統相承。道德茂盛淵深謙虛，天然之姿容若玉瑛。區區小臣地位卑微，來自荒遠的東吳之境。多蒙我王將我拔擢，承華門裡戴冠繫纓。當初怎敢承此榮寵，全賴我王嘉善之命。

大將軍讌會被命作詩

【作　者】陸雲（西元二六二～三〇三年），字士龍，吳郡吳縣華亭（今上海松江）人。陸機之弟。少善文，有才理，吳尚書閔鴻見而奇之，曰：「此兒若非龍駒，當是鳳雛。」陸雲與陸機齊名，號曰二陸。吳亡，家居不仕。晉太康末與兄陸機同到洛陽，文才傾動一時，有「二陸入洛，三張減價」之說。陸雲曾任浚儀令，有治績。後入為尚書郎、侍御史、太子中舍人、中書侍郎等職。成都王司馬穎薦為清河內史，故世稱陸雲為陸清河。後轉為大將軍右司馬。成都王司馬穎殺陸機，陸雲同時遇害。陸雲著有文章三百四十餘篇，又撰《新書》十篇。原有集十二卷，已散佚，宋人輯有《陸士龍集》，明人輯有《陸清河集》。

【題　解】西晉惠帝之時，司馬氏諸王之間爭權奪利，鬥爭十分激烈。永寧元年正月，趙王司馬倫廢掉惠帝，禁於金墉城，自立為帝。齊王司馬冏首先起兵，傳檄成都王司馬穎、河間王司馬顒，討伐趙王司馬倫。幾經交戰，終於攻入洛陽。司馬倫被賜死，惠帝回宮。齊王司馬冏為大司馬都督中外諸軍事，入朝輔政，掌握大權。成都王司馬穎亦進位大將軍，位尊於諸王。另一場爭奪戰又在醞釀之中。陸雲此時為司馬穎屬官，此詩當是宴飲之時奉司馬穎之命而作。

本詩主要是頌揚司馬穎討伐叛逆，恢復帝位，重整朝綱的功勳，雖反映了一些歷史事實，但奉承之言究竟太多。文字也過於典雅呆板，缺乏生動之筆。

皇皇❶帝祜❷，誕隆❸駿命❹。四祖❺正家❻，天祿❼保定。睿哲❽惟晉，世有明聖❾。如彼日月，萬景攸正❿。巍巍⓫明聖⓬，道隆⓭自天⓮。則明⓯分爽⓰，觀象洞玄⓱。陵風⓲協⓳紀⓴，絕輝㉑照淵㉒。肅雍㉓往播㉔，福祿來臻㉕。在昔姦臣㉖，稱亂紫微㉗。神風㉘潛駭㉙，有赫㉚茲威㉛。靈旗㉜樹㉝旆㉞，如雷斯揮㉟。致天之屆，于河之沂㊱。有命㊲再集㊳，皇輿㊴凱歸㊵。頽綱㊶既振㊷，品物㊸咸秩㊹。神道㊺見素㊻，遺華反質㊼。辰晷重光㊽，協風應律㊾。函夏㊿無塵(51)，海外(52)有謐(53)。芒芒(54)宇宙，天地交泰(55)，王(56)在華堂，式宴(57)嘉會(58)。玄(59)暉(60)峻朗(61)，翠雲(62)崇靄(63)。冕(64)弁(65)振(66)纓(67)，服藻(68)垂帶。祁祁(69)臣僚，有來雍雍(70)。薄言(71)載考(72)，承顏(73)下風(74)。俯覿(75)嘉客，仰瞻玉容(76)。施己(77)唯約(78)，于禮斯豊(79)。天錫(80)難老(81)，如嶽(82)之崇(83)。

【注釋】❶皇皇　宏大、美盛的樣子。❷帝祜　皇帝之福。❸誕隆　大盛。❹駿命　天命。駿，大。《詩・大雅・文王》：「宜鑒于殷，駿命不易。」鄭箋曰：「宜以殷王賢愚為鏡，天之大命，不可改易。」❺四祖　指晉宣帝司馬懿、景帝司馬師、文帝司馬昭、武帝司馬炎。❻正家　家道端正。❼天祿　上天賜予的福祿。❽睿哲　神聖而明智。❾世有明聖　世代有賢明的君主。❿萬景攸正　謂萬物之影以日月為準。萬景，萬物之影。景，「影」之本字。攸正，所取為準則。正，準則。李善注引傅玄歌詩：「日中萬影正，夕中萬景傾。」案：以上八句為第一章，歌頌晉朝歷代皇帝的明聖。⓫巍巍　崇高的樣子。⓬明聖　此指晉惠帝。⓭道隆　道德隆厚。⓮自天　有天授的意思。⓯則明　效法上天日月星辰之常明。《孝經・三才章》：「則天之明，因地之利，以順天下。」⓰分爽　分天之明。爽，明。⓱觀象洞玄　言觀天象而通天道。古人認為從觀察天象之中可知人世變化的規律。觀象，觀測天象。洞，通。玄，指天。《易・坤》之文言：「天玄而地黃。」故以玄代天。⓲陵風　風教上升。陵，升。風，教化。⓳協　合。⓴紀　據《文選考異・卷四》之見，當作「極」。極，北辰；北斗。㉑絕輝　光輝絕遠。㉒照淵　照耀深淵。㉓肅雍　肅穆和諧。此形容惠帝仁德之風。㉔往播　傳揚於世。㉕臻　至。案：以上八句為第二章，頌揚惠帝的明聖仁德。㉖姦臣　此指廢帝自立的趙王司馬倫。㉗紫微　紫微垣。是天區名，三垣之一。古人認為是天帝的居處。遂以紫微星垣比喻皇帝的住處，稱皇宮為紫微宮。此處也是指宮廷。㉘神風　比喻聲勢浩大迅猛的軍隊。此指成都王穎、齊王冏等人的軍隊。㉙潛駭　突然颳起。駭，起。㉚有赫　盛大的樣子。㉛茲威　指勤王平叛軍隊的聲威。㉜靈旗　軍旗。

《甘泉賦》李善注引李奇曰：「欲伐南越，告禱泰壹，畫旗樹泰壹壇上，名靈旗，以指所伐之國也。」如此則是經過禱祀的軍旗。㉝樹　立。㉞斾　同「旆」。古時旗末狀如燕尾的垂旒。此處即指靈旗。㉟如電斯揮　言軍旗如電閃一般飄動。㊱致天之屆二句　化用《詩・魯頌・閟宮》「致天之屆，于牧之野」句，意謂成都王司馬穎代表天意而誅趙王倫，他的義軍在黃河邊大勝倫軍，直取京師。《晉書・成都王穎傳》載義軍趙驤等與倫將孫會大戰而勝之，穎遂過河，乘勝長驅。致，給以。屆，極。通「殛」。誅戮。河，黃河。沂，岸。㊲有命　指天命。㊳再集　謂惠帝重歸帝位。趙王倫廢帝於金墉城（在洛陽城內西北角），及倫敗，惠帝乃復回宮。㊴皇輿　指惠帝的車駕。㊵凱歸　奏凱樂歸來。凱，凱樂：慶祝作戰勝利的音樂。案：以上十句為第三章，寫趙王倫的篡逆及成都王穎勤王之功。㊶頹綱　指為趙王倫所敗壞的朝廷綱紀。綱紀，禮法制度等。㊷振　舉。㊸品物　萬物。㊹咸秩　皆有次序。㊺神道　猶言天道。謂神妙莫測之理。《易・觀》：「觀天之神道，而四時不忒，聖人以神道設教，而天下服矣。」孔穎達疏曰：「微妙無方，理不可知，目不可見，不知所以然而然，謂之神道。」㊻見素　樸素地顯現。㊼遺華反質　遺棄浮華，返於質樸。㊽辰晷重光　此句言日、月、星辰又放光芒。辰，三辰：日、月、星。晷，日影。重光，日月放光。㊾協風應律　調和風與律呂相應和。協風，和風。應律，我國古人把音樂上的「律呂」與曆法聯繫起來。《呂氏春秋》把十二律對應十二月，《禮記・月令》中還把十二律與十二次（量度日、月、行星位置和運動的標誌）結合起來。㊿函夏　華夏。函，包容。夏，華夏。(51)無塵　無風塵。謂無戰事、天下太平。(52)海外　指邊遠之地。(53)謐　寧靜。此謂沒有外患。案：以上八句為第四章，寫惠帝復位後天下太平的景況。(54)芒芒　通「茫茫」。廣闊無邊的樣子。(55)天地交泰　語出《易・泰》之象辭：「天地交，泰。」泰，通。謂天地氣交而生養萬物，物得大通。此喻君臣上下，融洽相處。(56)王　指成都王司馬穎。(57)式宴　用酒宴飲。《詩・小雅・南有嘉魚》：「君子有酒，嘉賓式燕以樂。」此詩是寫在位君子與賢者共樂。式，用。(58)嘉會　會合嘉賓。(59)玄　指天。(60)暉　指日。(61)峻朗　高而明朗。(62)翠雲　輕雲。翠，指輕淡青蔥之色。(63)崇靄　高高的霧靄。意謂天氣晴和。(64)冕　古代帝王、諸侯及卿大夫所戴的禮帽。(65)弁　皮帽子。(66)振　整。(67)纓　繫禮帽的帶子。(68)服藻　穿著飾有文彩的禮服。藻，文彩。案：以上八句為第五章，寫成都王司馬穎設宴招待眾官的盛況。(69)祁祁　眾多的樣子。(70)雍雍　和悅的樣子。(71)薄言　發語詞。劉湛《助字辨略》：「薄，辭也；言，亦辭也。薄言，重言之也。《詩》凡云『薄言』，皆是發語詞。」《詩・周南・芣苢》：「采采芣苢，薄言采之。」(72)載考　載，則。考，成。(73)承顏　承王顏色。(74)下風　下位；臣僚之位。(75)俯覿　俯視。(76)玉容　此指成都王司馬穎。(77)施己　對待自己。(78)約　簡樸。(79)豐　豐厚。(80)天錫　上天賜予。錫，通「賜」。(81)難老　長壽不老。(82)嶽　山岳。(83)崇　高。

【語　譯】帝室之福光明美盛，上天之命光大勃興。四位先帝端正家道，天賜福祿永久保定。神聖明智乃是大晉，賢明君主世代相承。猶如日月臨空而照，萬影隨之或正或傾。當今天子崇高尊顯，道德隆厚來自上天。睿智英明取法日月，觀測天象洞識幽玄。風教上升合於北辰，光輝絕遠照徹深淵。和敬之風傳揚於世，巨大福祿降臨人間。回思昔日朝中姦臣，在皇宮中篡逆作亂。義軍如神風突然而起，聲威盛大軍容炳煥。討逆的軍旗高高樹立，迎風飄動如同雷閃。奉行天意誅戮姦臣，大敗敵軍在黃河岸邊。於是上天之命再臨我皇，高奏凱樂御駕回還。敗壞的朝綱已經重整，萬物都合次序規範。神妙的天道顯現樸素，歸於質樸遺棄浮豔。日月星辰又放光芒，和風吹拂與律呂相感。華夏大地不見戰塵，遙遠邊境寧靜平安。宇宙之中茫茫無際，天地元氣暢通流轉。大王擇日華堂之中，聚合嘉賓擺開盛宴。藍天白日臨照輝煌，青青雲彩高高淡煙。冠冕莊嚴纓飾飄曳，禮服文彩大帶低懸。眾多臣僚聚集一堂，應命而來悅色和顏。宴會典禮已經演成，臣僚下位承顏盡歡。大王俯視四座嘉賓，賓客仰望尊者玉面。我王自奉從來簡約，而於禮儀豐盛不減。上天賜王長壽不老，如同山嶽億萬斯年。

晉武帝華林園集詩

【作　者】應貞，字吉甫，汝南南頓（今河南項城西）人。魏侍中應璩之子。自漢至魏，其族世代出文人，軒冕相襲。應貞善談論，以才學出名。曹魏時已歷仕顯位，司馬炎為撫軍大將軍，任以為參軍。晉朝建立，遷給事中。又任太子中庶子。復遷散騎常侍。曾與太尉荀顗撰定新禮，但未施行。泰始五年卒。

【題　解】華林園在洛陽城內東北隅，魏明帝命名芳林園，齊王曹芳改為華林園。泰始四年二月，晉武帝到華林園遊賞，與群臣飲宴賦詩，時任散騎常侍的應貞所作之詩被認為「最美」，《晉陽秋》、《晉書》都記其事。應貞逝於司馬炎之前，詩題中「晉武帝」三字當是後人所題。

此詩也是公讌詩，也難以擺脫歌功頌德的窠臼。全篇幾乎都是頌揚皇帝如何應天順人，聖明仁德，內和諸侯，外威四夷的話，只是到了詩末，才婉轉地表示，希望天子不要濫用武力，希望諸王各盡職守，有一點諷諫的意味。此詩在當時被人稱道，主要還在於其典雅得體而已。

悠悠[1]太上[2]，民之厥初[3]。皇極[4]肇建[5]，彝倫攸敷[6]。五德更運[7]，膺籙受符[8]。陶唐[9]既謝[10]，天曆[11]在虞[12]。於時[13]上帝，乃顧惟眷[14]。光[15]我晉祚[16]，應期[17]納禪[18]。位以龍飛[19]，文以虎變[20]。玄澤[21]滂流[22]，仁風[23]潛扇[24]。區內[25]宅心[26]，方隅[27]回面[28]。天垂其象[29]，地曜其文[30]。鳳[31]鳴朝陽[32]，龍翔景雲[33]。嘉禾[34]重穎[35]，蓂莢[36]載[37]芬。率土[38]咸序[39]，人胥[40]悅欣。恢恢[41]皇度[42]；穆穆[43]聖容[44]。言思其順[45]，貌思其恭[46]。在視斯明[47]，在聽斯聰[48]。登庸[49]以德，明試以功[50]。其恭惟何，昧旦[51]不顯[52]。無理不經[53]，無義不踐[54]。行捨其華[55]，言去其辯[56]。游心[57]至虛[58]，同規[59]易簡[60]。六府[61]孔[62]修[63]，九有[64]斯[65]靖[66]。澤[67]靡[68]不被[69]，化[70]罔[71]不加。聲教[72]南暨[73]，西漸[74]流沙[75]。幽人[76]肆險[77]，遠國忘遐[78]。越裳[79]重譯[80]，充我皇家。峨峨[81]列辟[82]，赫赫[83]虎臣[84]。內和五品[85]，外威四賓[86]。修時貢職[87]，入覲[88]天人[89]。備言[90]錫命[91]，羽蓋朱輪[92]。貽宴[93]好會[94]，不常厥數[95]。神心[96]所受[97]，不言而喻[98]。於時肄[99]射，弓矢斯御[100]。發[101]彼五的[102]，有酒斯飫[103]。文武之道[104]，厥猷[105]未墜。

在昔先王⑩⑥，射御⑩⑦茲器⑩⑧。示武⑩⑨懼荒⑪⓪，過⑪①亦為失。凡厥群后⑪②，無懈于位。

【注釋】❶悠悠　遙遠的樣子。❷太上　太古。❸厥初　初期。厥，其。❹皇極　大中之道，無過與不及。皇，大。極，中。❺肇建　始立。❻彝倫攸敷　《書・洪範》：「天乃錫禹洪範九疇，彝倫攸敘……次五曰建用皇極……」此言禹所成九類常道之中，皇極為其第五。彝倫，常道。彝，常。倫，道。攸，所。敷，布。❼五德更運　古代方士把五行附會各皇朝，以其間相生相剋之說來解釋皇朝更替的命運。五德，即曆數之說。更運，更替變換各朝之運。❽膺籙受符　受到天賜的符籙。符，指符命或符讖。這是古代巫師或方士所製作暗示皇帝得到天命的預言。籙，也是符一類。❾陶唐　帝堯。❿謝　去位。⓫天曆　天之曆數。即言天命。⓬虞　帝舜。舜原為有虞氏部落首領。案：悠悠太上以下八句為第一章，寫上古諸帝應天命而更迭。⓭於時　於是。時，通「是」。⓮乃顧惟眷　即眷顧之意。⓯光　大。⓰祚　福。⓱應期　順應期運。⓲納禪　接受禪位。禪，以帝位讓人。此指魏禪於晉。⓳龍飛　比喻皇帝即位。《易・乾》：「飛龍在天，利見大人。」孔疏：「若聖人有龍德，飛騰而居天位。」⓴虎變　虎身花紋斑駁多彩。比喻典章制度之盛美，煥然可觀。《易・革》：「大人虎變，其文炳也。」孔穎達疏：「損益前王，創制立法，有文章之美，煥然可觀，有似虎變，其文彪炳。」㉑玄澤　皇帝的恩澤。玄，天色。澤，恩澤。㉒滂流　廣泛流播。滂，通「旁」。廣。㉓仁風　仁愛之風。㉔潛扇　暗中吹動。潛，暗暗地；不知不覺地。㉕區內　區宇之內；疆域之內。㉖宅心　歸心。陸機〈漢高祖功臣頌〉：「萬邦宅心，駿民效足。」㉗方隅　四方和四隅。引申為國家的邊境。㉘回面　指歸順。揚雄〈劇秦美新〉：「海外遐方，信延頸企踵，回面內向，喁喁如也。」李善注曰：「回面內向，謂順服於君。」案：於時上帝以下十句為第二章，寫晉受魏禪，仁德廣布，四海歸心之狀。㉙天垂其象　天顯示其徵兆。此處指吉祥之兆。《易・繫辭》：「天垂象，見吉凶，聖人則之。」㉚地曜其文　大地顯耀其文彩。㉛鳳　鳳凰。吉祥的神鳥，出則天下太平。㉜朝陽　山東。此指生於山東的梧桐。鳳凰非梧桐不棲。《詩・大雅・卷阿》：「鳳皇鳴矣，于彼高岡。梧桐生矣，于彼朝陽。」㉝龍翔景雲　龍飛翔於景雲之中。這是皇帝有德而出現的祥瑞現象。景雲，祥雲。《禮記・禮運》孔穎達疏引《孝經援神契》：「德至山陵則景雲出，德至深泉則黃龍見。」㉞嘉禾　生長特別良好的糧食作物。㉟重穎　多穗。穎，禾穗。《漢書・卷五八・公孫弘傳》：「甘露降，風雨時，嘉禾興。」㊱蓂莢　古代傳說中的一種瑞草。亦名歷莢。《白虎通義・封禪》：「蓂莢，樹名也，月一日生一莢，十五日畢；至十六日去莢，故莢階生似日月也。」謂從初一日到十五日，每天生一莢；十六日以後，每天落一莢，所以看莢數多少，就可以知道是何日。(37)載　語助詞。無義。(38)率土　境域之內。《詩・小雅・北山》：「率土之濱，莫非王臣。」(39)咸序　皆有次序。此言上下等級之間的次序，絲毫不亂。(40)胥　通「與」。相與；皆。《方言》第七：「胥，皆也，東齊曰胥。」《詩・小雅・角弓》：「爾之遠矣，民胥然矣；爾之教矣，民胥效矣。」案：天垂其象以下八句為第三章，寫種種祥瑞之徵。(41)恢恢　宏大的樣子。(42)皇度　天子的度量。(43)穆穆　儀表美好；容止端莊恭敬。(44)聖容　天子的容顏。(45)順　通順有序。(46)恭　恭敬。(47)明　明察。(48)聰　聽覺靈敏。(49)登庸　選拔重用。《書・舜典》：「疇咨若時登庸。」孔傳：「疇，誰；庸，用也。誰能咸熙庶績順是事者，將登用之。」(50)明試以功　語出《書・舜典》：「敷奏以言，明試以功，車服以庸。」此言天子巡行，對諸侯試之以言，考驗其功。案：恢恢皇度以下八句為第四章，是頌揚晉武帝的聖明。(51)昧旦　黎明。指早起從事政務。(52)丕顯　大顯。指大明於世的事業。(53)經　織布機上的縱線。引申為貫徹始終的意思。(54)踐　實踐。(55)華　指奢華。(56)辯　口才敏捷。此處有貶意，謂巧言狡黠，強詞奪理。(57)游心　留心。謂心神來往，貫注於某一境地。(58)至虛　極空虛之境。這是道家之見，道家認為人能保持虛靜的心理，即可得道。(59)同規　此謂天下同法。規，法。(60)易簡　易知易從。《易・繫辭上》：「乾以易知，坤以簡能。易則易知，簡則易從。易知則有親，易從則有功……易簡而天下之理得矣。」(61)六府　謂水、火、金、木、土、穀。(62)孔　甚。(63)修　治。《書・禹貢》：「六府孔修。」孔疏曰：「言政化和也。由政化和平，民不失業，各得殖其資產，故六府修治也。」(64)九有　九州。《詩・商頌・玄鳥》：「方命厥后，奄有九有。」毛傳：「九有，九州也。」(65)斯　乃。(66)靖　安定。案：其功惟何以下十句為第五章，頌揚晉武帝賢能勤政。(67)澤　恩澤。(68)靡　無。(69)被　覆蓋。(70)化　化育。(71)罔　無。(72)聲教　聲威教化。(73)暨　至。《書・禹貢》：「東漸于海，西被于流沙，朔南暨聲教，訖于四海。」(74)漸　入。(75)流沙　沙漠。《書・禹貢》：「導弱水至于合黎，餘波入于流沙。」又李周翰注：「流沙，遠國名。」(76)幽人　幽居隱僻之處之民。(77)肆險　放棄所居險阻之地來歸。肆，棄。(78)遐　遠。(79)越裳　古南海國名。(80)重譯　經過幾道翻譯。據說周成王之時，越裳曾重譯而來。案：澤靡不被以下八句為第六章，描寫武帝聲威教化之遠播。(81)峨峨　容儀端莊的樣子。(82)列辟　各位諸侯。辟，國君。(83)赫赫　顯赫盛大的樣子。(84)虎臣　比喻勇武之臣。《詩・魯頌・泮水》：「矯矯虎臣。」(85)五品　五等諸侯。(86)四賓　四方夷狄之國。(87)修時貢職　按時貢獻貢品賦稅。修，實行。時，按時。貢，貢品。職，賦稅。(88)覲　諸侯朝見天子。(89)天人　有道之人。《莊子・天下》：「皆原於一，不離於宗，謂之天人。」此處指皇帝。(90)備言　天子周備與之言。(91)錫命　錫，通「賜」。命，帝王以儀物爵位賜給臣子時的詔書。《易・師》：「王三錫命。」因指以錫命次數所定的等級。周代官員的品秩有一命至九命之差，官員的車服因命數不同而各有定制。(92)羽蓋朱輪　羽毛為飾的車蓋，朱紅的車輪。這是天子賜有功諸侯的。案：峨峨列辟以下八句為第七章，描寫天子與諸侯的融洽關係。(93)貽宴　指天子所賜宴會。(94)好會　和好之會。《史記・卷四七・孔子世家》：「乃使使告魯，為好會，會於夾谷。」(95)不常厥數　禮儀不同於尋常。數，禮。(96)神心　指天子的心意。(97)受　通「授」。(98)喻　心中明白。(99)肄　練習。(100)御　進用。(101)發　發矢。(102)五的　五彩靶心。按《周禮・夏官・射人》：「王以六耦射三侯，三獲三客，樂以騶虞，九節五正。」王射三個五彩之靶。的，箭靶的中心。(103)飫　飽。案：貽宴好會以下八句為第八章，寫君臣宴會，習射飲酒。(104)文武之道　周文王、周武王奉行之道。(105)厥猷　其道。《詩・小雅・巧言》：「秩秩大猷。」鄭玄箋：「猷，道也。」《論語・子張》：「子貢曰：『文武之道，未墜於地，在人。』」(106)先王　指前代聖明之王。(107)射御　射箭駕車。(108)茲器　這些器具。指弓矢和戰車。(109)示武　顯示威武。(110)懼荒　耽心荒廢。(111)過　過分。(112)群后　指眾諸侯。后，王。案：文武之道以下八句為第九章，婉言告戒不要過耽於用武，要實行先王之道。

【語　譯】在那遙遠的太古之世，人類產生的最初時期。大中之道開始建立，社會常理布設合宜。五德更替皇朝變換，天賜符籙受命登基。帝堯既已遜讓離位，曆數注定帝舜承繼。如今上帝仍行此道，眷顧大晉金德當起。天意隆厚光大晉福，順應期運受禪稱帝。我皇即位如龍飛在天，典章之盛似虎紋綺麗。天子恩澤廣泛流播，仁愛之風暗吹無遺。疆域之內人人臣服，四方邊境轉面歸依。吉祥之兆垂示於天，煥爛文彩顯耀於地。梧桐枝上鳴叫著鳳凰，祥雲之中有黃龍迴翔。莊稼茁壯一本多穗，蓂莢盛長氣味芬芳。四境之內秩序井然，百姓俱都心情歡暢。我皇度量闊大恢宏，容顏美好恭敬端莊。出言吐辭必思和順，儀表舉止務思恭遜。觀察事物明察秋毫，聆聽人言分辨靈敏。選拔重用有德之人，聽言觀行考驗才俊。恭謹於政其狀如何？黎明即起大業躬親。沒有一理不貫徹始終，沒有一義不實踐遵循。行事力避華而不實，出言絕無巧言不信。心神貫注虛靜之境，天下同法易於取準。各行各業大大發展，九州大地處處平安。我皇恩澤無處不加，化育之德無人不沾。聲威教化至於南國，西面入於平沙無邊。幽居之民棄險來歸，遠方之人樂而忘返。南海越裳輾轉翻譯，護送貢品前來進獻。列位諸侯端莊肅穆，勇武之臣顯耀威嚴。五等諸侯和睦相處，四方夷狄懾威膽寒。按時交納賦稅貢品，入朝拜見有道明君。天子詳談並賜車服，羽飾車蓋朱紅車輪。皇家賜宴其樂融融，禮儀非常寵榮殊深。我皇厚意寄於其中，無須言語自明於心。君臣於是練習射箭，安排箭靶弓矢並陳。我皇射中五彩靶心，眾人舉杯美酒飽飲。文王武王奉行之道，代代相傳直至於今。昔日先王已有典範，射箭駕車都曾習練。顯示威武耽心荒廢，沈迷其中過失難免。但願在座眾多諸侯，恪盡職守絕不散漫。

九日從宋公戲馬臺集送孔令詩

【作　者】謝瞻（西元三八七～四二一年），字宣遠，一名檐，字通遠，陳郡陽夏（今河南太康）人。少能屬文，與從叔謝混、族弟謝靈運俱有盛名。東晉末，初為桓偉安西參軍，後為劉柳建威長史，尋轉劉裕鎮軍參軍。入南朝宋，為中書黃門侍郎、相國從事中郎。時弟謝晦為右衛將軍，權遇已重，自彭城還都迎家，賓客輻輳。瞻驚駭，以為此非門戶之福，乃以籬笆隔門庭道：「吾不忍見此！」並言於武帝，自請降黜，乃為豫章太守。永初二年在郡遇疾，還都不療，未幾病卒。原有集三卷，已散佚。

【題　解】本詩作於晉安帝義熙十三年九月九日重陽節。古俗，每至九九，登高飲菊酒，以為祛災祈祥。此前一年，劉裕封宋公，受九錫之禮。孔令，指孔靖，字季恭，會稽山陰人。官會稽內史、吳興太守。參與劉裕北伐，為太尉軍諮祭酒。宋臺初建，任為尚書令，辭讓東歸。劉裕於重陽節日在戲馬臺（今江蘇銅山南，傳為項羽所建）為之餞行。百僚賦詩，以述其美。

本詩也算是公讌詩，雖然當時劉裕的權勢已如日中天，但詩中並無一句阿諛奉承之語，這是難能可貴的。此詩重在描繪蕭瑟的秋景，對於臺上盛宴的情形只一筆帶過。末尾四句推重孔靖淡泊於名利，慨歎自己未能一同回鄉，顯示出他與孔靖有著相通的思想感情。在當時戲馬臺上的袞袞諸公中，作者可算是別有懷抱了。

風至❶授寒服❷，霜降休百工❸。繁林收陽彩❹，密苑❺解華叢❻。巢幕❼無留燕，遵渚❽有來鴻❾。輕霞冠秋日❿，迅商⓫薄⓬清穹⓭。聖心⓮眷⓯嘉節⓰，揚鑾⓱戾⓲行宮⓳。四筵⓴霑芳醴㉑，中堂起絲桐㉒。扶光㉓迫㉔西汜㉕，歡餘宴有窮㉖。逝㉗矣將歸客㉘，養素㉙克㉚有終㉛。臨流㉜怨莫從㉝，歡心㉞歎飛蓬㉟。

【注　釋】❶風至　秋風吹至。❷授寒服　婦女做好寒衣，可以相授。《詩・豳風・七月》：「九月授衣。」❸霜降休百工　霜降天寒，膠漆堅，難以製造各種器具，故各種工匠休息。❹陽彩　陽光。❺密苑　樹木茂密的苑囿。苑，帝王養禽獸植林木的地方。亦指帝王花園。❻解華叢　謂花叢凋謝。華叢，花叢。❼巢幕　幕上燕巢。❽遵渚　沿著沙洲。渚，水中小塊陸地。❾來鴻　歸雁。此言鴻雁由北方往南方飛。❿冠秋日　在日之上。⓫迅商　迅疾的秋風。商，五音之一，與秋相應，故秋風稱商風。⓬薄　近。⓭清穹　青天。⓮聖心　聖王之心。聖，指宋公劉裕。⓯眷　顧念；愛戀。⓰嘉節　即佳節。指農曆九月九日。⓱揚鑾　起駕而行。鑾，亦稱鑾鈴。古時皇帝車駕所用的鈴。青銅製成，上有輪形鈴，下連方銎，一般套在軛的頂端。⓲戾　至。⓳行宮　帝王出外暫住的宮殿。此指戲馬臺。⓴四筵　四座。㉑霑芳醴　飲美酒。醴，甜酒。㉒絲桐　指琴瑟。琴瑟以桐木與絲製作。㉓扶光　日光。古代神話說，日出於暘谷，其地生有神樹扶桑，日出拂扶桑之枝，故謂日光為扶光。㉔迫　近。㉕西汜　指濛汜。日落之處。㉖宴有窮　宴會將結束。㉗逝　往。㉘將歸客　指將歸去的孔靖。㉙養素　涵養素樸本性。㉚克　能。㉛有終　此言長久保持其志節。㉜臨流　此言站在河邊送歸者之舟。㉝怨莫從　怨己不能隨孔靖歸鄉。㉞歡心　侍宴暫歡之心。㉟飛蓬　隨風飄蕩的蓬草。比喻羈宦於外的自己。

【語　譯】秋風吹來該換寒衣了，嚴霜已降工匠們也停工了。驕陽已從繁林斂去，茂密的苑中花謝芳叢。幕上巢燕一去無蹤，循迴水渚有北來的飛鴻。輕淡的綺霞披在秋日之上，勁急的西風吹過蒼穹。聖公心愛重九佳節，一路鑾鈴來到行宮。四座賓客暢飲美酒，琴瑟清音奏於堂中。日色昏黃將落西山，歡情有餘盛宴將終。東行的歸客已經去了，他能涵養素性永守其衷。目送歸舟憾恨自己不能隨行，慨歎我身猶似飄零的飛蓬。

樂遊應詔詩

【作　者】范曄（西元三九八～四四五年），字蔚宗，順陽（今河南淅川）人。少好學，博涉經史，善為文章，能隸書，曉音律。晉末曾為劉裕相國掾，劉義康冠軍參軍。入宋，任尚書吏部郎。元嘉元年，被貶為宣城太守，鬱鬱不得志，乃著《後漢書》，成一代史學名著。元嘉中，累遷左衛將軍，太子詹事，後因與孔熙先等謀立彭城王劉義康，事敗被誅。原有集十五卷，已散佚，今存文五篇詩二首。

【題　解】本詩是范曄侍從宋文帝遊樂遊苑而作。其中主要是描寫盛夏苑中景色，寫得尚算清綺。雖然也用孔子、帝堯、文王來比文帝，但措辭婉轉，不太露骨。詩末表示有辭謝軒冕，歸隱山林之願，可是聯繫他當時的實際政治活動看，這些話都不是出於真心。

崇盛❶歸朝闕❷，虛寂❸在川岑❹。山梁❺協❻孔性❼，黃屋❽非堯心❾。軒駕❿
時未肅⓫，文囿⓬降⓭照臨⓮。流雲起行蓋⓯，晨風引鑾音⓰。原薄⓱信⓲平蔚⓳，
臺澗備⓴曾㉑深。蘭池㉒清夏氣，修帳㉓含秋陰。遵㉔渚㉕攀蒙密㉖，隨山上嶇
嶔㉗。睇㉘目有極覽㉙，遊情㉚無近尋。聞道雖已積㉛，年力㉜互頹㉝侵。探己謝丹
黻㉞，感事懷長林㉟。

【注　釋】❶崇盛　尊榮顯貴。❷朝闕　宮殿。闕，皇宮前建築物，左右各一，高臺上起樓觀。❸虛寂　虛靜。❹岑　小而高的山。❺山梁　指山梁之雌雉。《論語・鄉黨》記孔子在山谷中見到幾隻野雞飛飛停停，就說：「山梁雌雉，時哉時哉！」

意謂這些雌雉很得時呀。❻協　合。❼孔性　孔子的性情。❽黃屋　以黃繒為裡的車蓋。即指帝王之車。❾非堯心　不是帝堯心中所戀。傳說堯曾把帝位讓給隱士許由、務光。❿軒駕　指宋文帝車駕。軒，一種前頂較高而有帷幕的車子，供大夫以上乘坐。⓫未肅　未警戒清道。肅，戒。⓬文囿　文王之囿。《詩・大雅・靈臺》：「王在靈囿。」王，文王。囿，帝王域養禽獸的園林。此指樂遊苑。而以宋文帝比文王。⓭降　言宋文帝來到苑中。⓮照臨　《詩・小雅・小明》：「明明上天，照臨下土。」鄭箋云：「明明上天，喻王者當光明如日之中也；照臨下土，喻王者當察理天下之事也。」這裡是把宋文帝的來到喻如太陽之臨照。⓯行蓋　行進中的車蓋。⓰鑾音　皇帝車駕上的銅鈴。⓱薄　草木叢生之處。⓲信　確實。⓳蔚　草木繁茂的樣子。⓴備　盡。㉑曾　通「增」。高。此形容臺高。㉒蘭池　漢宮觀名。《三輔黃圖・卷五》謂此觀「在城外」。此當指樂遊苑中的樓觀。㉓修帳　長長的帷帳。㉔遵　循著。㉕渚　水中小塊陸地。㉖蒙密　草樹之叢。㉗嶇嶔　山高峻的樣子。㉘睇　視。㉙極覽　謂美景。㉚遊情　此謂心神飛越。㉛積　年久。㉜年力　年歲精力。㉝頹　衰頹。㉞黻　通「紱」。繫印的絲帶。指榮祿之位。㉟長林　高大的樹林。此指歸隱之處。

【語　譯】尊榮顯貴者歸於朝廷，心境虛靜者居於山林。山上雌雉投合孔子性情，帝王之尊並非堯之本心。我皇大駕未曾警戒，即到此苑賞玩周巡。流雲飄過御駕車蓋，晨風送來鑾鈴清音。平原草木蔚然茂盛，亭臺高崇澗水清深。蘭池觀中毫無暑氣，帷帳長長若含秋陰。緣著水渚攀援草樹，登山而上不畏險峻。縱目遠望美景無限，心神飛越難以追尋。我聞大道雖已久遠，無奈而今年邁力損。探尋我心欲辭榮祿，感慨世事懷歸茂林。

九日從宋公戲馬臺集送孔令詩

【作　者】謝靈運，見頁八四二。

【題　解】本詩與前謝瞻〈九日從宋公戲馬臺送孔令詩〉作於同時，都是參加劉裕在戲馬臺行宮歡送孔靖歸鄉之宴所作。此詩前面形容蕭瑟的秋色，中間頌揚宋公劉裕能寵榮賢臣，尊重其個人意願，因而君臣之間和樂相處；最後寫歸客遠去，主人還車，作者為自己羈宦於外，未償宿願而喟然感歎。

此詩雖對宋公劉裕有所褒揚，尚不過分；末尾的感慨，也自在情理之中。全詩文辭清婉，寫景、議論、抒情融合無間，顯出較高的藝術水準。

季秋❶邊朔❷苦，旅雁❸違❹霜雪。淒淒❺陽卉❻腓❼，皎皎❽寒潭絜。良辰❾感聖心❿，雲旗⓫興⓬暮節⓭。鳴葭⓮戾⓯朱宮⓰，蘭卮⓱獻時哲⓲。餞宴⓳光⓴有孚㉑，和樂隆㉒所缺㉓。在宥天下理，吹萬群方悅㉔。歸客㉕遂㉖海嵎㉗，脫冠㉘謝㉙朝列㉚。弭棹㉛薄㉜枉渚㉝，指景㉞待樂闋㉟。河流有急瀾，浮驂無緩轍㊱。豈伊㊲川途㊳念，宿心㊴愧將別㊵。彼美㊶丘園道㊷，喟㊸焉傷薄劣㊹。

【注釋】❶季秋　指農曆九月。❷邊朔　即朔邊之意。北方邊界。指彭城。因為淮河以北為異族侵占，彭城位於邊界線，故稱之為邊朔。❸旅雁　指南飛大雁。❹違　避。❺淒淒　淒涼的樣子。❻陽卉　陽光下的草類。❼腓　草木枯黃。❽皎皎　明澈的樣子。❾良辰　指九月九日重陽佳節。❿聖心　此指劉裕之心。古時稱天子為聖人，時劉裕尚未稱帝，而其臣已將他視為天子了。⓫雲旗　畫有雲氣的旗幟。一說形容旗高至雲。張衡〈東京賦〉：「龍輅充庭，雲旗拂霓。」薛綜注：「旗，謂熊虎為旗，為高至雲，故曰雲旗也。」⓬興　起。⓭暮節　暮秋時節。⓮葭　通「笳」。即胡笳。一種管樂，漢魏鼓吹樂常用之。此處指劉裕出行儀仗中的樂器。⓯戾　至。⓰朱宮　指戲馬臺行宮。⓱蘭卮　盛有美酒的酒器。蘭，形容酒香如蘭。卮，酒器。⓲時哲　當世明智之人。⓳餞宴　送行的宴會。⓴光　顯耀。㉑有孚　可信之臣。《易・未濟》：「有孚于飲酒，無咎。」疏曰：「所任者當則信之無疑，故得自逸飲酒而已，故曰：有孚于飲酒，無咎。」此仍指孔靖。他在辭歸前，甚得劉裕信任。㉒隆　隆盛。㉓所缺　《詩・小雅・鹿鳴》是描寫君宴群臣的盛況。小序曰：「鹿鳴，燕群臣嘉賓也。既飲食之，又實幣帛筐篚，以將其厚意，然後忠臣嘉賓，得盡其心矣。」而《詩・小雅・六月》之小序曰：「〈鹿鳴〉

廢，則和樂缺矣。」此句所言之「所缺」，即指君臣和樂的關係。㉔在宥天下理二句 都是頌揚劉裕能尊重孔靖的個人意願，同意他歸鄉而去。在宥，自在寬宥。《莊子・在宥》：「聞在宥天下，不聞治天下也。」「故君子不得已而臨蒞天下，莫若無為。」此篇是說人的本性好自然而厭干涉，所以主張無為而治。這裡則是在說孔靖辭歸，劉裕允他而去，正是實行在宥之理，任他按自己本性而行。吹萬，語出《莊子・齊物論》。其中論到大地上各種孔竅所發出的聲音時說：「夫天籟者，吹萬不同，而使其自己也，咸其自取，怒者其誰邪！」此言所謂天籟，是風吹萬種孔竅發出不同聲音，聲音不同，由其自身，沒有其他東西來鼓動它們。此處則是說萬物由其自然本性而行。群方，萬方。㉕歸客 指孔靖。㉖遂 往。㉗海嵎 海邊的一角。指會稽山陰（今浙江紹興）。嵎，通「隅」。㉘脫冠 猶掛冠。指辭職告歸。古時出仕則戴冠冕，辭職則脫冠。㉙謝 辭別。㉚朝列 朝中同僚。㉛弭棹 停船。弭，止；息。棹，槳一類划船工具。㉜薄 攏近。㉝枉渚 彎曲的小洲。枉，曲。渚，水中小塊陸地。㉞景 日影。㉟樂闋 樂曲終止。㊱河流有急瀾二句 是說歸客乘船，波浪急船去不止；主人回車，馬不緩行。轉瞬之間，分離很遠。急瀾，湍急的波浪。浮驂，行走的馬車。浮，行。驂，一車駕三馬。緩轍，車緩行留下的痕跡。㊲伊 助詞。㊳川途 指孔靖之歸途。㊴宿心 指己宿昔之願。㊵愧將別 以分別為愧。因孔靖歸去養素，而自己仍在此貪戀祿位。㊶彼美 那美德之人。指孔靖。㊷丘園道 返回故鄉的丘壑田園。㊸喟 歎息的樣子。㊹薄劣 德薄才劣。

【語 譯】北方邊界晚秋苦艱，逃避霜雪有南飛大雁。百草淒淒已經枯黃，潭水皎皎無限清寒。聖人之心有感佳節，暮秋時節雲旗招展。胡笳聲中來到行宮，蘭香美酒獻給時賢。別宴顯耀信任之臣，君臣和樂〈鹿鳴〉重現。自在寬宥是天下至理，順其自然則萬方含歡。歸客即將前往海角，告別同僚脫下朝冠。停船泊近彎曲的小洲，眼看日影等待樂曲終了。河流浪急客舟如箭，主人回車馬馳難緩。私心豈把歸客思念，送他還鄉愧我宿願。那美德之人已返回家園，我歎息感傷德薄才淺。

應詔讌曲水作詩

【作 者】顏延之（西元三八四～四五六年），字延年，琅琊臨沂（今山東費縣東）人。南朝宋文學家。少孤貧，好讀書，無所不覽。晉末為中軍行參軍。入南朝宋，舉博士，補太子舍人。少帝即位，任正員郎，兼中書，後出為始安太守。文帝時，入為中書侍郎，轉太子中庶子，領步兵校尉，賞遇甚厚。延之性激直，出言無所忌諱，其辭激揚，觸犯權要，遂出為永嘉太守。又因作詩辭意不遜，遂去職，屏居里巷七載。後復起為御史中丞、祕書監。孝武帝時，官至金紫光祿大夫。能詩善文，名冠當時，與謝靈運並稱為「顏謝」。原有集三十卷，已佚，明人輯有《顏光祿集》。

【題解】顏延之是劉宋朝的大詩人，與謝靈運齊名，人稱顏謝。此詩作於宋元嘉十一年三月初三日。這一天魏晉以來稱為上巳日，是古代一個重要節日。人們到水邊遊玩，祓除不祥，稱為修禊。宋文帝這一天在京郊樂遊苑中舉行宴會，一為修禊，二為江夏王劉義恭、衡陽王劉義季餞行。圍坐在環曲的水渠旁，浮杯而飲；築起土壇，為二王祭祀路神（稱為祖道）。顏延之此詩就是參加這次宴會應詔而作。此詩內容無非歌功頌德，文辭卻典雅華美，古人說顏詩「如錯彩鏤金」，的確不錯。

道❶隱未形❷，治❸彰❹既亂❺。帝迹❻懸衡❼，皇流❽共貫❾。惟王❿創物⓫，永錫⓬洪算⓭。仁固開⓮周⓯，義高登⓰漢。祚⓱融⓲世哲⓳，業光⓴列聖㉑。太上㉒正位㉓，天臨海鏡㉔。制㉕以化裁㉖，樹㉗之形性㉘。惠㉙浸㉚萌生㉛，信㉜及翔泳㉝。崇虛㉞非徵㉟，積實㊱莫尚㊲。豈伊㊳人和㊴，寔靈㊵所貺㊶。日完㊷其朔㊸，月不掩望㊹。航㊺琛㊻越水，輦賮㊼踰障㊽。帝體㊾麗㊿明(51)，儀(52)辰(53)作貳(54)。君(55)彼東朝(56)，金昭玉粹(57)。德有潤身(58)，禮不愆器(59)。柔中(60)淵映(61)，芳猷(62)蘭祕(63)。昔在文昭，今惟武穆(64)。於(65)赫(66)王宰(67)，方(68)旦(69)居叔(70)。有晬(71)睿蕃(72)，爰履奠牧[73]。寧極[74]和鈞[75]，屏京維服[76]。朏魄[77]雙交[78]，月氣參變[79]。開榮灑澤，舒虹爍電[80]。化際[81]無間[82]，皇情[83]爰眷[84]。伊[85]思鎬飲[86]，每惟[87]洛宴[88]。郊餞有壇[89]，君舉[90]有禮。幙帷[91]蘭甸[92]，畫流[93]高陛[94]。分庭[95]薦樂[96]，析波[97]浮醴[98]。豫[99]同夏諺[100]，事[101]兼出濟[102]。仰閱[103]豐施[104]，降惟[105]微物[106]。三妨儲隸[107]，五塵朝黻[108]。途泰[109]命屯[110]，恩充[111]報屈[112]。有悔[113]可悛[114]，滯瑕[115]難拂[116]。

【注釋】[1]道　古代哲學概念。指宇宙的本原、本體和事物發展的規律。[2]未形　未表現出來。[3]治　天下大治。指政治清明的局面。[4]彰　顯明。[5]既亂　大亂之後。據呂向之見，前一句指劉裕未稱帝之時，後一句則是說晉之亂和宋之治。[6]帝迹　五帝的功績。迹，行迹。謂功績。[7]懸衡　謂宋之功績與五帝相平衡。衡，秤桿。懸衡，則衡平。[8]皇流　指三皇的遺風。[9]共貫　與三皇相貫通。亦即承其流的意思。[10]王　指宋武帝劉裕。[11]創物　創造萬物。有締造帝業之意。[12]永錫　上天永遠賜予。錫，通「賜」。[13]洪算　長長的年數。謂宋祚綿長。洪，大。算，數。[14]開　通達。《小爾雅・廣詁》：「開，達也。」[15]周　指周朝。[16]登　過於。案：道隱未形以下八句為第一章，頌揚劉宋皇朝的治績仁義。[17]祚　福。[18]融　長。[19]世哲　歷代賢明之君。[20]光　大。[21]列聖　歷代聖明之君。[22]太上　天子。謂宋文帝。[23]正位　即帝位。[24]天臨海鏡　如天之照臨，如海鏡之明鑒。[25]制　法令制度。[26]化裁　隨情況變化裁節。[27]樹　建立。[28]形性　形體心性。[29]惠　恩惠。[30]浸　浸潤；滋養。[31]萌生　萌芽而生。指草木。[32]信　誠信。[33]翔泳　謂魚鳥。案：祚融世哲以下八句為第二章，寫宋文帝的英明仁愛。[34]崇虛　崇尚虛假。[35]非徵　沒有證驗。[36]積實　積累實行。與「崇虛」相反。[37]尚　上。[38]伊　語助詞。[39]人和　民心和樂。[40]靈　神靈。[41]貺　賜予。[42]完　完整無缺。[43]朔　陰曆每月初一。[44]望　陰曆每月十五。月滿之時。李善注引《漢書》：「天下太平，日不蝕朔，月不掩望。」[45]航　船運。[46]琛　珍寶。[47]輦賮　車運貢品。[48]障　通「嶂」。山嶺。案：崇虛非徵以下八句為第三章，寫其時政通人和，遠方前來納貢。[49]帝體　帝之體胤。指太子。宋文帝立皇子劉劭為太子。後弒父自立，被殺。事見《宋書・二凶傳》。[50]麗　附麗；依附。[51]明　明德。指文帝。[52]儀　匹配。[53]辰　北辰；

北斗。此喻文帝。(54)貳　副；儲君。(55)君　君臨。(56)東朝　東宮。(57)金昭玉粹　謂太子之德如金玉之明美。昭，明。粹，純。(58)潤身　使自身有光采。《禮記・大學》：「曾子曰……富潤屋，德潤身……」孔疏：「德潤身者，謂德能霑潤其身，使身有光榮見於外也。」(59)禮不愆器　《禮記・禮器》：「禮器。」鄭注曰：「禮器，言禮使人成器，如耒耜之為用也。」此處反過來說，禮儀文章不會使人不成器。愆，錯失。(60)柔中　中心柔和。(61)淵映　從深處反映出來。(62)芳猷　美好的道術。猷，道。(63)祕　幽密。案：帝體麗明以下八句為第四章，頌揚太子劉劭的道德高尚。(64)昔在文昭二句　是說昔是武帝之子為王，今是宋文帝之子為王。文昭，文王之子。文王指高祖宋武帝劉裕。此句之「昭」與下句之「穆」，是古代的宗法制度，宗廟次序是：始祖廟居中，以下父子（祖、父）遞為昭穆，左為昭，右為穆。祭祀時，子孫也按此規定排列行禮。舊也指宗族的輩分。武穆，武王的兒子。武王指宋文帝。(65)於　表贊美之詞。(66)赫　盛美。(67)王宰　帝之宰輔。此指彭城王劉義康。元嘉間，與王弘共同輔政，內外眾務，皆所裁斷，權傾天下。(68)方　比擬。(69)旦　姬旦。周武王弟，因采邑在周，稱為周公。武王死後，成王年幼，周公攝政，平定叛亂，制禮作樂，功勳極大。(70)居叔　周公為成王之叔。劉義康與宋文帝為兄弟，如此比並不恰當。(71)睟　溫潤的樣子。《孟子・盡心上》：「君子所性，仁義禮智根於心，其生色也，睟然見於面。」所以面容睟然，是仁義禮智生於心中的表現。(72)睿蕃　明智的藩國之王。睿，明智。蕃，通「藩」。此指江夏王劉義恭、衡陽王劉義季。此次宴會原為二人舉行。(73)爰履奠牧　謂二王能鎮定其封地。爰，於。履，指領土。《左傳・僖公四年》：「賜我先君履。」杜預注：「所踐履之界。」奠，定。牧，遠郊之地。(74)寧極　張銑曰：「寧，安；極，理。」一曰寧靜至極之性。《莊子・繕性》：「深根寧極而待。」(75)和鈞　原指度量之器的均衡。《書・五子之歌》：「關石和鈞，王府則有。」此則指王宰所理政務和平。(76)屏京維服　此句寫藩國之王。屏京，捍衛京城。屏，屏障；屏衛。京，京城。維服，維繫五服之地。維，維繫；聯結。服，五服。指王畿以外由近及遠的五等地帶。案：昔在文昭以下八句為第五章，寫王宰藩王。(77)朏魄　新月的微光。指農曆每月初三。朏，新月。魄，微光的樣子。(78)雙交　指朏與魄兩次相交合。即正月、二月朏魄之交。宴曲水之日為三日，然未至晚，故只能說雙交。(79)月氣參變　指三月。古人認為月氣每月一變，李善注引《周書》曰：「凡四時成歲，各有孟仲季，以名十有二月，月有中氣，以著時應。」(80)開榮灑澤二句　是說季春物候，點綴太平景象。榮，花。澤，雨。指春雨。(81)化際　風化所至。際，至。(82)無間　無間隙之地。謂極其廣泛，無處不至。(83)皇情　皇帝之情。(84)眷　謂眷念佳節。(85)伊　首句助詞。(86)鎬飲　鎬京的宴飲。《詩・小雅・魚藻》：「魚在在藻，有頒其首。王在在鎬，豈樂飲酒。」贊頌周武王在鎬京享受太平之宴。鎬，周朝初年的國都，在現在陝西西安西南。(87)惟　想到。(88)洛宴　周公洛邑之宴。李善注引《齊諧記》：「東晳對武帝曰：『昔周公卜洛邑，因流水以汎酒，故逸詩曰：羽觴隨流波。』」案：朏魄雙交以下八句為第六章，寫此次宴飲的天時物候及天子所思。89壇　土壇。祭路神所用。90君舉　君王的舉措。91幙帷　帳幕。指祖帳。送人遠行，在野外路旁為餞別而設的帷帳。92蘭甸　生著蘭草的田野。甸，田野。93晝流　分流。這是引來的流水，以便浮觴。94高陛　高階。95分庭　分東西廂。96薦樂　奏樂。薦，進。97析波　分水。98浮醴　浮杯。醴，甜酒。99豫　歡悅。100夏諺　夏時諺語。《孟子‧梁惠王下》：「春省耕而補不足，秋省斂而助不給。夏諺曰：『吾王不游，吾何以休！吾王不豫，吾何以助！一游一豫，為諸侯度。』」此言帝王諸侯的遊樂與政事民生很有關係，不是單純取樂。101事　宴飲之事。102出濟　《詩‧邶風‧泉水》：「出宿于泲，飲餞于禰。」泲，泲水，人以為即濟水。此詩據小序是「衛女思歸也。嫁於諸侯，父母終，思歸寧而不得，故作是詩以自見也」。詩中這二句是衛女表示，欲出宿於濟水之側，飲酒祖餞。案：郊餞有壇以下八句為第七章，描寫禊飲的情形。103仰閱　恭敬地計數。閱，數。104豐施　天子豐厚的施予。105降惟　俯思。106微物　謙言自身。107三妨儲隸　三次任東宮太子之屬官。延之此前在劉宋朝先後任過太子舍人、太子中舍人、太子中庶子。妨，妨礙賢人進用之路。這是謙言自己的任職。儲隸，儲君之僕隸。謙言在東宮任職。108五塵朝黻　五次任朝官。塵，汙染。朝黻，朝官。黻，通「紱」。印綬。指代官爵。是自謙的說法。109途泰　前途通暢。是說生在太平之世，聖明在上，人人前途都應是通暢的。泰，通。亦是卦名。110命屯　命運艱難。屯，艱難。亦是卦名。111恩充　王恩充滿。112報屈　報答不夠。113有悔　有咎；有過失。114悛　悔改。115滯瑕　積久的缺點。瑕，玉上的斑點。喻過失、缺點。顏延之此人飲酒任性，不注意小節，所以自己如此說。116拂　除去。案：仰閱豐施以下八句為第八章，敘說皇恩深重，而自己難以報答的心情。

【語　譯】大道隱蔽不會顯現，天下大治承於動亂。高祖殊功同五帝齊平，三皇遺風與當今連貫。先王辛勤再造世界，上天賜宋億萬斯年。仁愛固然來源於周朝，道義更是高於西漢。福祿長於歷朝之尊，事業大於前代明君。我皇應命承即帝位，如天照臨如海為鏡。法令制度可變化裁節，根據於百姓的形體心性。恩惠滋潤無知草木，誠信至於魚鳥之群。崇尚虛假沒有證驗，積累實行其善無限。難道只因民心和樂，實是神靈厚賜自天。每月初一紅日不蝕，每月十五明月圓滿。船運珍寶涉水而來，車載貢品越嶺翻山。太子依附君父明德，如同北斗有星為伴。君臨東宮其德明美，如玉純粹如金燦爛。盛德潤身光采照人，禮儀彬彬器度超凡。內心柔和似淵水映照，道術美好如芬芳幽蘭。高祖之子為上代之王，今帝之子為下輩諸藩。我皇宰輔多麼美盛，好似周朝賢叔姬旦。溫潤明智的二位藩王，鎮定國境威德素顯。王宰安理國家政務，藩王衛京維繫邊遠。新月微明正是初三，時值三月月氣轉變。桃李花開時雨普灑，虹蜺舒展電光閃閃。風化所至無微不入，我皇心中顧念佳節。想到武王鎬京之飲，思及周公洛邑之宴。郊外餞別設有祭壇，君王舉措乃志專守禮。張設帳幕在田野之上，分流引水高階之旁。東西兩廂奏起音樂，浮杯分波美酒飄香。歡悅如同夏諺所說，又似衛女祖餞思鄉。恭敬計數天子厚賜，低頭乃把微軀思量。我曾三次忝仕東宮，五回佩紱任職朝堂。前途通暢命運多艱，皇恩充滿愧少報償。原有過錯心知悔改，積存的缺點難以滌蕩。

皇太子釋奠會作詩

【作者】顏延之，見頁九〇二。

【題解】西晉咸寧二年，晉武帝設立了國子學，這是一所貴族子弟的學校，與太學並存。南朝各代大概也都保存下來。宋文帝元嘉二十二年（一說二十年）春，太子劉劭時在國子學講習《孝經》，就在國子學舉行釋奠之禮。釋奠，按《禮記．文王世子》及鄭注，是古代禮樂詩書之官於四季陳設酒食祭奠先師。後人舉行此禮，把漢時治《禮》的高堂生、治《樂》的制氏、治《詩》的毛公、治《書》的伏生也祭奠在內。舉行此禮是為了尊師重傳，崇尚文教。當時顏延之任國子祭酒、司徒左史，參與了劉劭的釋奠之禮。此詩即為此典禮而作。全詩雖是頌揚之辭，但亦可作古代禮俗實錄來閱讀。

國尚❶師位❷，家❸崇儒門❹。稟道❺毓德❻，講藝❼立言❽。浚明❾爽曙❿，達義⓫滋昏⓬。永瞻⓭先覺⓮，顧惟⓯後昆⓰。大人⓱長物⓲，繼天⓳接聖⓴。時㉑屯㉒

必亨[23]，運蒙[24]則正[25]。偃閉[26]武術[27]，闡揚[28]文令[29]。庶士[30]傾[31]風[32]，萬流[33]仰鏡[34]。虞庠[35]飾館，睿圖[36]炳[37]睟[38]。懷仁[39]憬[40]集，抱智[41]麕至[42]。踵門[43]陳書[44]，躡蹻[45]獻器[46]。澡身[47]玄淵[48]，宅心[49]道祕。伊[50]昔周儲[51]，聿[52]光[53]往記[54]。思皇[55]世哲[56]，體元[57]作嗣[58]。資[59]此夙知[60]，降從[61]經志[62]。遏彼前文，規周矩值[63]。正殿[64]虛筵[65]，司分[66]簡日[67]。尚席[68]函杖[69]，承疑[70]奉[71]帙[72]。侍言[73]稱辭，惇史[74]秉筆[75]。妙識[76]幾音[77]，王載[78]有述。肆議[79]芳訊[80]，大教[81]克明。敬躬[82]祀典[83]，告奠[84]聖靈[85]。禮屬觀盥[86]，樂薦[87]歌笙[88]。昭事是肅，俎實非馨[89]。獻終[90]襲吉[91]，即宮[92]廣讌[93]。堂設象筵[94]，庭宿金懸[95]。臺保[96]兼[97]徽[98]，皇戚[99]比彥[100]。肴乾酒澄[101]，端服[102]整弁[103]。六官[104]眡命[105]，九賓[106]相儀[107]。纓笏[108]匝[109]序[110]，巾卷[111]充街。都莊[112]雲動[113]，野馗[114]風馳[115]。倫[116]周伍[117]漢，超哉邈猗[118]。清暉在天，容光必照[119]。物性其情[120]，理宜其奧[121]。妄先[122]國胄[123]，側聞邦教[124]。徒愧微冥，終謝智效[125]。

【注　釋】❶尚　尊重。❷師位　師傅之位。師，指傳授儒家經典的老師。❸家　此實指皇家。❹儒門　漢代經師傳授經學，各有專門，故謂儒門。❺稟道　承受大道。稟，受。❻毓德　培養德性。毓，養。❼講藝　講習六藝。六藝，儒家六經《詩》、《書》、《禮》、《樂》、《易》、《春秋》。❽立言　謂著書立說。《左傳・襄公二十四年》：「太上有立德，其次有立功，其次有立言，雖久不廢，此之謂不朽。」孔疏曰：「立言，謂言得其要，理足可傳。」❾浚明　等待天明。《書・皋陶謨》：「夙夜浚明有家。」孔傳：「浚，須也。」須是「待」的意思。又：馬融釋浚為大，大明指日，李善從此說。❿爽曙　明曉。

左思〈魏都賦〉：「昏情爽曙，箴規顯之也。」呂向注曰：「爽，明；曙，曉也。箴規，教戒也。二客言昏曙之情所以明曉者，先生戒使然也。」又：李善注以爽釋差，則爽曙為未明之時。⑪達義　通達義理。⑫滋昏　彌昏；昏昧無知。滋，原作「茲」，從胡克家《文選考異》之見改。⑬永瞻　遠看。⑭先覺　對事理的認識較一般人為早的人。此指前代經師。⑮顧惟　回思。⑯後昆　後代子孫。昆，後裔。案：國尚師位以下八句為第一章，寫重儒崇師之理。⑰大人　指太子劉劭。⑱長物　長育萬物。⑲繼天　承繼天命。⑳接聖　接續聖緒。指為太子繼承皇統。㉑時　時運。㉒屯　《周易》卦名。言萬物初生艱難。此處即艱難的意思。㉓亨　暢通。㉔蒙　蒙昧。亦是卦名。㉕正　教正；糾正。㉖偃閉　停息。偃，息。閉，停止；結束。㉗武術　武事。㉘闡揚　發揚。㉙文令　文教政令。㉚庶士　眾士。㉛傾　傾慕。㉜風　指太子的風範。㉝萬流　萬人。㉞鏡　比喻太子的明德。案：大人長物以下八句為第二章，頌揚太子偃武修文，因而眾人傾慕。㉟虞庠　此指國子學。《禮記・王制》：「有虞氏養國老於上庠，養庶老於下庠。」有虞氏，指帝舜之時。國老，致仕的卿大夫。庠，學。又：周人小學名虞庠，《禮記・王制》：「周人養國老於東膠，養庶老於虞庠。虞庠在國之西郊。」㊱睿圖　明智的聖人的畫像。指孔子的畫像。㊲炳　光彩煥發。㊳睟　溫潤的樣子。㊴懷仁　心懷仁義者。㊵憬　遠行的樣子。㊶抱智　有智慧者。㊷麕至　群至。㊸踵門　至門。㊹陳書　陳列其書而進獻之。㊺躡蹻　徒步跋涉而來。躡，踩。蹻，通「屩」。草鞋。㊻器　禮樂之器。㊼澡身　修身；浸潤。㊽玄淵　深遠的道術精義。下文之「道祕」義相似。㊾宅心　居心。案：宅心道祕以下八句為第三章，寫太學的盛況。㊿伊　句首助詞。51周儲　周朝儲君。儲，太子。此指周文王，為太子時恭謹孝順，日三問候於君父。《禮記・世子》：「文王之為世子，朝於王季（文王父，名季歷）日三。雞初鳴而衣服，至於寢門外，問內豎之御者：『今日安否何如？』內豎曰：『安。』文王乃喜。及日中又至，亦如之。及莫（暮）又至，亦如之。其有不安節，則內豎以告文王。文王色憂，行不能正履。王季復膳，然後亦復初。」52聿　語助詞。53光　光耀。54往記　前史。55思皇　天生的意思。語出《詩・大雅・文王》：「思皇多士，生此王國。」思，毛傳釋為語辭（鄭箋釋為願）。皇，天。孔疏：「皇天命多眾之士，生之于我周王之國。」56世哲　一代賢哲。指太子劉劭。57體元　身居長子。元，大。58作嗣　做嗣君。59資　藉。60夙知　早有所知。指經師。61降從　降尊而從；屈就。62經志　離經辨志。《禮記・學記》：「一年視離經辨志。」原意是說學者入學一年，鄉遂大夫考視學者離析經書，斷絕章句的能力，辨別他欲學何經的志向。63邈彼前文二句　是說儒學經典雖已古遠，然其規矩（指禮儀制度）尚合於當世。邈，遠。前文，前代文獻。指儒學經典。規，校正圓形的儀器。周，圓周。合於圓周之意。矩，校正方形的儀器。值，當。案：伊昔周儲以下八句為第四章，寫太子潛心研習經書。64正殿　前殿。65虛

筵　空出席位。66司分　掌握曆法之官。67簡日　選擇吉日。簡，擇。68尚席　上座。指儒席。69函杖　容杖。指講經者與問學者之間相隔一杖之地，便於講經者以杖指指畫畫。70丞疑　疑丞，官名。據《禮記・世子》：「記曰：虞夏商周，有師保，有疑丞。」則疑丞為輔佐世子之官。71奉　捧。72帙　書套。指書。73侍言　傳達太子言語之官。74惇史　惇厚之史。《禮記・內則》：「有善則記之為惇史。」此則記講經之言。75秉筆　持筆。76妙識　此謂侍從之官善於辨識。77幾音　微妙之言。78王載　王事。載，事。案：正殿虛筵以下八句為第五章，寫講經問學的情形。79肆議　陳述議論。80芳訊　以芳美之道相問。81大教　大道。82敬躬　恭敬地親身參加。83祀典　祭祀之禮。此指釋奠之禮。84告奠　禱告祭奠。85聖靈　先聖之神靈。86觀盥　盥，灌祭。馬融注：「盥，進爵（盛酒之器）灌地以降神也。」為祭祀之典中最盛而可觀者。《易・觀》「盥而不薦」，謂觀盥而不觀薦。所以此句說「禮屬觀盥」。87薦　進獻。88歌笙　謂堂上堂下歌詩吹笙。李善注引《儀禮》：「歌南有嘉魚，笙崇丘。」即堂上歌唱《詩・小雅・南有嘉魚》，堂下笙吹〈崇丘〉之曲。89昭事是肅二句　太子祭祀之時，態度恭敬，明德感動神靈。昭事，顯明祀神。此指奉祀神靈。俎，古代祭祀時用以載牲的禮器，青銅製，也有木製漆飾的。實，祭物。非馨，《書・君陳》載成王所聞古聖賢之言：「黍稷非馨，明德帷馨。」謂祭物不是真正馨香，只有光明之德方是真正馨香，能感動神靈。案：肆議芳訊以下八句為第六章，寫太子祭祀先聖之靈的隆重恭敬。90獻終　謂祭祀完畢。91襲吉　皆吉。襲，因。語出《書・金縢》：「乃卜三龜，一習吉。」此即大吉之意。92即宮　還就於宮。即，就。93廣讌　廣開讌樂。94象筵　以象牙為席。95庭宿金懸　夜裡就在庭中懸了鐘。宿，夜。金，指鐘。96臺保　指三公與太保。朝中最高官職。臺，三臺。星宮名，也叫三能，屬太微垣。此喻三公。三公，周代指司馬、司徒、司空，後代有所變化。97兼　俱。98徽　美。99皇戚　皇家之戚。100比彥　比肩皆是俊彥。101肴乾酒澄　是說宴會守禮，不得恣意醉飽。肴乾，肉乾。謂人飢不敢食。酒澄，酒清。謂人渴而不敢飲。102端服　端正禮服。103整弁　整理禮帽。弁，皮帽。案：獻終襲吉以下八句為第七章，寫祭畢的宴會。104六官　六卿。《周禮》把執政大臣分為六官，亦稱六卿。後世亦稱吏、戶、禮、兵、刑、工六部尚書為六卿。105眡命　眡，「視」的異體字。視命，周代官員的品秩有一命至九命之差，官員衣服等均視其王命之數而有差。106九賓　指九位禮賓人員。《漢書・卷四三・叔孫通傳》：「大行設九賓，臚句傳。」王先謙補注引劉攽曰：「賓，謂傳擯之賓。九賓，擯者九人，掌臚句傳也。」107相儀　助行禮儀。108纓笏　指代朝官。纓，冠纓；繫冠的帶子。笏，即朝笏。古時大臣朝見手中所執的狹長板子，用玉、象牙或竹片製成，以為指畫及記事之用。109匝　周；滿。110序　庠序；學校。111巾卷　葛巾經卷。指代太學生。謂太學生頭戴葛巾，手執經卷。112都莊　都城大道。莊，四通八達的道路。113雲動　形容觀禮之人成群而來，如同雲湧。[114]野馗　野外大路。馗，同「逵」。四通八達的大路。[115]風馳　形容觀禮之人湧來之速。[116]倫　比。[117]伍　參伍：交互錯雜。[118]邈猗　很遠。猗，語助詞。案：六官眡命以下八句為第八章，寫典禮之盛及觀禮之人的眾多。[119]清暉在天二句　謂日光無處不照到，直至幽微之處。清暉，清明的日光。指宋文帝。容光必照，語出《孟子・盡心上》。容光，能容納光線的小隙。[120]物性其情　萬物任其自然本性。[121]奧　奧義。指道。[122]忝先　這是自謙的說法。元嘉中，顏延之曾任國子祭酒，司徒左長史。國子祭酒是國子學的主管，皇太子時在國子學講習經典，故曰忝先。[123]國冑　指太子。冑，帝王或貴族的後裔。[124]側聞邦教　此句實是點他自己的官職。時顏延之為司徒左長史，為司徒屬官，故言側聞邦教。側聞，旁聽。自謙之辭。邦教，國家教化。《尚書・周官》：「司徒掌邦教。」[125]徒愧微冥二句　自謙之辭。微冥，微賤暗昧。謝，不能。智效，有智而效勞。案：清暉在天以下八句為第九章，為自己身任學職而表遜謝之意。

【語譯】朝廷尊重師傅之位，皇家崇尚鴻儒學問。秉受道術培養德性，講習六藝立說明允。等待日出方才明曉，愚昧無知達義乃進。仰慕前代儒學先師，顧念後代向學之人。太子慈仁長育萬物，繼承天命接續聖君。世途有艱必得暢通，運命蒙昧則獲教正。停息武事不用干戈，發揚文教整修政令。眾多士人傾慕風範，萬千百姓仰戴明鏡。國學館舍修飾精美，孔聖圖像溫潤煥炳。仁義之士遠道來集，才智之人群至此地。到門進呈珍異書籍，徒步跋涉來獻禮器。修身於淵深的儒家哲理，潛心於玄祕的經典奧義。昔日文王作為儲君，恭謹孝順光耀史記。上天降生一代賢哲，身居長子大位將繼。憑藉前輩經師指點，屈就讀經辨析其意。前代文獻雖已古遠，禮儀制度於今合宜。正殿之上空出席位，司分選擇吉祥日期。儒席之前有容杖空地，疑丞在旁捧著經籍。侍言傳達太子言語，惇厚之史持筆速記。善於辨識微妙之言，帝王之事敘述周密。陳述議論以道相問，天地大道終得闡明。恭敬親行祭祀之禮，禱告祭奠先聖神靈。灌祭之禮最為可觀，堂上堂下歌詩吹笙。祭祀神靈敬謹端肅，祭物非香明德芳馨。祭祀完畢吉祥無限，還就於宮廣開盛宴。堂上鋪設象牙之席，中庭早把金鐘高懸。三公太保都是良臣，皇親國戚皆為俊彥。肉乾酒清不敢醉飽，禮服禮帽穿戴莊嚴。六卿品秩各有所差，九賓依儀助行禮典。朝官遍學繫冠執笏，學生滿街葛巾執卷。都城大道人群雲湧，野外大路觀眾風捲。若與周朝漢朝相比，典禮盛美超過很遠。我皇如日在天輝耀，幽微之處無不普照。萬物任隨自然本性，闡發義理直入玄奧。小臣僭越位先帝子，司徒屬官旁聽邦教。慚愧自身微賤暗昧，終究不能盡智效勞。

侍宴樂遊苑送張徐州應詔詩

【作　者】丘遲（西元四六四～五〇八年），字希範，吳興烏程（今浙江吳興）人。幼聰慧，能詩文。在齊以秀才累遷殿中郎。蕭衍平建鄴，引為驃騎主簿，甚被禮遇。入梁，遷中書侍郎，待詔文德殿。時梁武帝作〈連珠〉，詔群臣繼作者數十人，遲文最美。後出為永嘉太守，在郡不稱職，被彈劾，帝愛其才，不予追究。天監四年中軍將軍臨川王蕭宏北伐魏，任為諮議參軍，領記室。時陳伯之在魏，率軍來拒，遲以書曉喻，伯之遂降。還都後拜中書侍郎，遷司空從事中郎，卒於官。原有集十一卷，已佚，明人輯有《丘司空集》。

【題　解】詩題中的張徐州，名謖，字公喬。齊明帝時為徐州刺史，赴任時皇帝在樂遊苑設宴為之餞行。詩人參與了這一宴會，應詔作了此詩。

此詩前半重在寫景，描寫在春天雨後的清晨，鳥雀翩飛，游魚戲水，一派簫管聲中，皇帝的御駕在衛隊簇擁下，踏著細草柔荑而出。讀來給人一種清新之感。詩的後半，說明行者所負重任，表達作者個人的感想，只是點到為止，毫不累贅。全詩格調俊逸，詞采秀麗，故鍾嶸謂「丘詩點綴映媚，似落花依草。」（《詩品》中）

詰旦❶閶闔❷開，馳道❸聞鳳吹❹。輕荑❺承玉輦❻，細草藉❼龍騎❽。風遲山尚響，雨息❾雲猶積❿。巢空初鳥飛⓫，荇⓬亂新魚戲⓭。寔惟北門⓮重，匪⓯親孰為寄⓰！參差⓱別念⓲舉⓳，肅穆⓴恩波㉑被㉒。小臣㉓信㉔多幸，投生㉕豈酬義㉖！

【注　釋】❶詰旦　猶詰朝、早晨。❷閶闔　傳說中天門。此指皇宮大門。❸馳道　專供帝王行馳馬車的道路。❹鳳吹　指管樂。❺輕荑　初生茅草。❻玉輦　皇帝所乘之車。❼藉　鋪著於地。❽龍騎　騎著高大駿馬的衛士。馬八尺以上稱為龍。❾兩息　雨止。❿積　聚集。⓫初鳥飛　即鳥初飛之意。因積雨初霽，故言初飛。⓬荇　一種水生植物。即莕菜。《詩・周南・關雎》：「參差荇菜，左右流之。」孔穎達疏：「白莖；葉紫赤色，正圓，徑寸餘；浮在水上。」⓭新魚戲　魚新出嬉戲。⓮北門　《左傳・僖公三十二年》：「杞子自鄭使告於秦曰：『鄭人使我掌其北門之管，若潛師以來，國可得也。』」杜預注：「管，鑰也。」故北門可喻為軍事要地。⓯匪　通「非」。⓰寄　付託；委託。⓱參差　先後不一致。⓲別念　離情別緒。⓳擧　興。⓴肅穆　莊重恭敬。這是形容宴會的氣氛。㉑恩波　指皇帝的寵榮。因為皇帝親自為張謖送行。㉒被及；加。㉓小臣　丘遲自謂。㉔信　實在；確實。㉕投生　捨棄生命。㉖酬義　報答大義。

【語　譯】皇宮大門清晨敞開，馳道之上簫管齊吹。輕柔的嫩茅承受著玉輦，芊芊細草上馳過衛隊。風雖遲緩山尚餘響，雨已停息雲猶聚匯。窠巢盡空鳥雀翩飛，荇菜紊亂魚出戲水。徐州重鎮如鄭北門，不是親信付託給誰！離情別緒參差而起，宴會肅穆感荷寵惠。小臣多幸躬逢其盛，為報大義捨生無悔。

應詔樂遊苑餞呂僧珍詩

【作　者】沈約（西元四四一～五一三年），字休文，吳興武康（今浙江德清）人。少年孤貧，篤志好學，遂博通群書，能屬文。曾仕於宋、齊二代。為「竟陵八友」之一。因助梁武帝蕭衍登基有功，為尚書僕射，封建昌縣侯。復遷尚書令，領太子少傅。後因事忤蕭衍，畏懼而卒，謚曰隱。原有集一百卷，已佚，明人輯有《沈隱侯集》。著有《宋書》、《齊紀》、《梁武紀》、《邇言》、《文章志》、《晉書》、《四聲譜》等，除《宋書》外，其他均已散佚。沈約名望很大，是齊梁文壇領袖。與謝朓、王融等共創「永明體」詩，講究聲律，注意對偶。他所創立的「四聲八病說」為格律詩的形成準備了條件，在中國詩歌史上具有重要意義。

【題　解】本詩作於梁天監五年夏。當時淮水以北為鮮卑族的拓跋氏所建立的北魏統治。淮水以南則為梁。南北之間時有戰爭。天監二年北魏派兵進攻義陽；三年，進占司州；四年，又取漢中地。在這種形勢下，梁乃作反擊。天監四年十月，梁武帝任命其弟臨川王蕭宏為都督北討諸軍事，率諸將北伐。次年夏，又命呂僧珍率羽林軍出發助戰。然而蕭、呂二人都畏敵怯戰，終於大敗而歸。北魏嘲笑他們為「蕭娘」、「呂姥」。

呂僧珍出兵之時，梁武帝蕭衍在樂遊苑為他餞行。沈約也參加了宴會，此詩即為當時應詔而作。此詩對於生活在異族統治下的中原人民表示深切的同情，對於王師恢復中原失地寄予了很高的期望，抒發出詩人胸中熱烈的愛國之情。

丹浦❶非樂戰❷，負重❸切❹君臨❺。我皇❻秉❼至德❽，忘己用堯心❾。愍❿茲區宇⓫內，魚鳥失飛沈⓬。推轂二崤岨，揚旆九河陰⓭。超乘⓮盡三屬⓯，選士皆百金⓰。戎車⓱出細柳⓲，餞席⓳樽⓴上林㉑。命師㉒誅㉓後服㉔，授律㉕緩㉖前禽㉗。函轘㉘方解帶㉙，嶢武㉚稍披襟㉛。伐罪㉜芒山㉝曲㉞，弔民㉟伊水㊱潯㊲。將陪㊳告成㊴禮，待此未抽簪㊵。

【注釋】❶丹浦　丹水之濱。丹水，今名丹江，漢江最長支流。源出陝西商縣西北，東南流經河南省，到湖北均縣入漢江。浦，水濱。李善注引《六韜》：「堯與有苗戰於丹水之浦。」❷樂戰　樂於征戰。❸負重　形容人君自感責任之重，如同負重。❹切　迫切。❺君臨　君主統治天下。此指君主。❻我皇　指梁武帝。❼秉　懷有。❽至德　至聖之德。❾堯心　謂帝堯安民之心。❿愍　憐憫。⓫區宇　疆域。⓬魚鳥失飛沈　鳥飛魚沈，是正常生活。此言失飛沈，是說失去了正常規律。這是形容北魏的侵掠騷擾，百姓苦不堪言，萬物失所，魚鳥都失其常態了。⓭推轂二崤岨二句　是說梁軍縱橫於北魏境內。推轂，推動車輪。轂，車輪中心，有窟窿可以插軸的部分。此指車輪。李善注引《漢書》馮唐之言：「臣聞上古王者遣將也，跪而推轂曰：閫以內寡人制之，閫以外將軍制之。」二崤，即崤山。在陝西潼關至河南新安一帶，形勢險要。《左傳・僖公三十二年》：「殽有二陵焉，其南陵，夏后皋之墓也。其北陵，文王之所辟風雨也。」故崤山又稱二崤。岨，同「砠」。戴土的石山；一說是戴石的土山。斾，即「旆」。旗末狀如燕尾的垂旒。此處泛指旌旗。九河，水名。古代黃河自孟津而北，分為九道，故名。《尚書・禹貢》：「九河既道。」陰，水南曰陰。⑭超乘　跳躍上車。這是說士卒矯捷勇悍。⑮三屬　指古代戰士上身、髀部、脛部的鎧甲相連以掩蔽其身。屬，連接。⑯百金　形容身價之高。呂延濟注：「言立百金以招士也。」⑰戎車　兵車。⑱細柳　漢文帝時，匈奴大舉侵擾上郡、雲中，京城長安告警。周亞夫以河內太守被任為將軍，駐屯細柳（地在今陝西咸陽西南渭河北岸）。周亞夫治軍嚴謹有方，不久遷中尉，負責京城治安。此處代指軍營。⑲餞席　送別的宴席。⑳樽　原義為酒杯。此處作動詞，有飲酒的意思。㉑上林　上林苑。秦漢的宮苑，其中放養禽獸，供皇帝射獵，並建宮觀數十處。此指樂遊苑。㉒師　軍隊。㉓誅　懲罰；討伐。㉔後服　較遲降服。《公羊傳・僖公四年》：「楚有王者則後服，無王者則先叛。」㉕律　規章。㉖緩　寬大。㉗前禽　指主動來降者。《周易・比》：「王用三驅，失前禽。」古時王者田獵而用三驅之禮，三面驅禽，迎面而來者捨之，背向而去者則射之，愛來憎去，以示愛生之德。前禽，即迎面而來之禽。此喻主動來降者。㉘函轘　函谷關和轘轅關。函谷關在河南靈寶。轘轅關在今河南偃師東南轘轅山上。㉙解帶　喻其將開關降附。古以襟帶喻山川環繞，地勢險要，解帶開襟，則險阻消除，敵將來降。㉚崤武　崤關、武關。崤關在崤山上，藍田南，武關之西；武關，在陝西丹鳳東南。㉛披襟　開襟。意同「解帶」。㉜伐罪　討伐有罪。㉝芒山　即北邙山。在河南洛陽東北。㉞曲　山曲。㉟弔民　慰問受苦的黎民。㊱伊水　水名。流經河南洛陽。北魏都於洛陽，此以芒山、伊水代之。㊲潯　水涯。㊳陪　陪同參加。㊴告成　把武事成功告於上天。據《尚書・武成》，武王伐紂歸來，先祀於祖廟。後燔柴祭祀上天和山川，以告武成。㊵抽簪　抽下冠簪。指辭官退休。簪，固定頭髮與冠的長針。

【語　譯】堯征有苗並非好戰，君臨天下重任在身。我皇胸懷至聖之德，忘己安民如存堯心。憐憫天下苦難百姓，飽受侵掠魚鳥困頓。親送出軍北往崤山，旌旗飄飛九河之濱。兵卒矯捷全副鎧甲，將士精選身價百金。細柳營內兵車馳出，上林苑中餞別舉樽。敕令雄師嚴懲頑敵，授予規章寬貸降軍。函谷、轘轅開關歸附，堯關、武關束手就擒。芒山之曲討伐有罪，伊水之涯慰問黎民。我願陪皇告成之禮，等待凱旋不歸山林。

祖餞

送應氏詩二首

【作　者】曹植，見頁八二二。

【題　解】應氏，指應瑒、應璩兄弟。應瑒，字德璉，曾任丞相掾屬、平原侯庶子、五官中郎將文學。應璩，字休璉，在文帝、明帝時曾任機要之官。他們都是曹植的摯友。曹植此詩作於何時，研究者尚有爭論，據趙幼文《曹植集校注》之見，此詩約作於建安十六年（西元二一一年）之前。時曹植尚不滿二十歲，應氏兄弟亦尚未步入仕途。應氏兄弟從洛陽出發客遊朔方（即北方），曹植時在洛陽，乃在黃河岸邊為他們餞行。洛陽本是東漢都城，甚為繁華，但自從初平元年（西元一九〇年）董卓挾漢獻帝遷都長安，焚燒洛陽的宗廟宮室、官府、居家，強迫數百萬居民隨遷之後，雖已二十年左右，但依舊十分殘破蕭條，周圍二百里內無復人煙。詩人目睹此景，又見摯友兄弟不得志而遠行，心中很為傷感，乃寫下了這二首詩。此詩質樸無華，風骨挺拔，流露出深沈的家國之痛。

其一

步登北芒坂❶，遙望洛陽山❷。洛陽何寂寞❸，宮室盡燒焚。垣牆皆頓擗❹，荊棘上參天❺。不見舊耆❻老，但覩新少年❼。側足❽無行徑，荒疇❾不復田❿。遊子⓫久不歸，不識陌與阡⓬。中野⓭何蕭條，千里無人煙。念我平生親⓮，氣結⓯不能言。

【章　旨】此為第一首，寫洛陽遭董卓之亂後的荒涼景象。

【注　釋】❶北芒坂　北邙山坡。北芒，即「北邙」。山名。坂，山坡。北邙在洛陽北，接偃師、鞏、孟津三縣界。郭緣生《述征記》：「洛陽北芒嶺，靡迤長阜，自滎陽山，連嶺修亙，暨於東垣。」此山為漢時王公貴族陵墓群集地，當時文人登臨此山常常產生人生的感慨。❷洛陽山　指洛陽外圍的山峰。洛陽城北有芒山，南有伊闕、龍門（在今洛陽南）。❸寂寞　寂靜冷落。❹頓擗　塌壞崩裂。頓，壞。擗，分。❺參天　上高至天。❻耆　老。❼新少年　新一代少年。❽側足　置足；插足。❾疇　田畝。❿田　耕種。作動詞用。⓫遊子　遠遊在外的人。此指因兵燹被迫離鄉背井的人。一說指應氏兄弟。黃節《曹子建詩註．卷一》謂：「應氏汝南人，為漢泰山太守應劭從子，當是家於洛陽者。子建深歎當日洛陽荒蕪，至令應氏有家不得歸，今復為朔方之遊。」⓬陌與阡　即今所謂田塍。東西曰陌，南北曰阡。⓭中野　即「野中」。郊野之中。⓮平生親　原作「平常居」。據《文選》五臣注本改。平生親，指應氏。一說「我」是代久不歸的應氏設詞；下三字仍作「平常居」，指洛陽。⓯氣結　哽咽氣塞於喉，不能出聲。

【語　譯】徒步登上北邙山巔，遙望洛陽周圍群山。洛陽城裡何等冷落，歷代宮室盡被焚殘。垣牆都已塌壞崩裂，荊棘漫生上高至天。舉目不見舊時老人，眼前只見新生少年。邁步而行卻前無行路，隴畝荒蕪無人耕田。流浪之人久留他鄉，歸來道路不能分辨。郊野之中何等蕭條，走過千里不見人煙。想到好友即將遠行，哽咽氣塞不能出言。

其二

清時❶難屢得，嘉會❷不可常。天地無終極❸，人命若朝霜❹。願得展嬿婉❺，我友❻之❼朔方。親昵❽並集送，置酒此河陽❾。中饋豈獨薄，賓飲不盡觴❿？愛至望苦深，豈不愧中腸⓫。山川阻⓬且遠，別促⓭會日長⓮。願為比翼鳥⓯，施翮⓰起高翔。

【章　旨】此為第二首，寫河陽餞別及惜別之情。

【注　釋】❶清時　太平之時。❷嘉會　美好的宴會。嘉，美。❸終極　窮盡。❹朝霜　早上之霜。義同朝露。《漢書・卷五四・蘇武傳》載李陵對蘇武說：「人生如朝露。」朝露易乾，以喻壽命短促。此作朝霜，蓋以協韻易字。❺願得展嬿婉　此句是祝應氏前途平安。展，申。即今表達之義。嬿婉，安順。❻我友　謂應氏。❼之　往。❽親昵　指親近的朋友。昵，近。❾河陽　河水之北。此指孟津渡。今河南孟縣南。❿中饋豈獨薄二句　難道我辦的酒菜不夠豐盛，為什麼客人不能暢飲一番！這是形容客人將去，心中悲愁，因而無心飲酒。中饋，進食物給長者叫做饋。古代女子主持家裡饋食之事謂之主中饋。這裡指餞行的酒食。盡觴，痛快喝酒。⓫愛至望苦深二句　言相愛至極因而期望也就很深。從這二句看來，似乎應氏有所求於曹植，而曹植無能為力。⓬阻　險隘。⓭別促　離別匆促。⓮會日長　再會之日遙遠難料。⓯比翼鳥　一種傳說中成雙才飛的鳥。《爾雅・釋地》：「南方有比翼鳥焉，不比不飛，其名謂之鶼鶼。」郭注：「似鳧，青赤色，一目一翼，相得乃飛。」⓰施翮　展翅。施，展。翮，鳥翎的莖、翎管。此指鳥翼。

【語　譯】太平日子難以多得，美好的宴會不可久長。天地永存沒有窮盡，人生易逝宛如晨霜。祝願一路平安順利，我的好友遠抵北方。親密的朋友會集送行，擺設酒宴在黃河岸上。我的酒菜難道菲薄，賓客為何不能盡觴？相愛至極期望亦深，無力相助愧赧難當。山川險阻路遠迢迢，一別匆匆會期渺茫。但願共為比翼之鳥，展開羽翼凌雲高翔。

征西官屬送於陟陽候作詩

【作　者】孫楚（西元二一八～二九三年），字子荊，太原中都（今山西平遙西北）人。西晉文學家。楚才藻卓絕，爽邁不群，多所凌傲，故鄉曲少譽之。年四十餘，始參鎮東軍事，後任佐著作郎，轉參石苞驃騎軍事。因傲侮石苞，免官。征西將軍扶風王駿召為參軍，轉梁縣令，又遷升衛將軍司馬。惠帝初，官至馮翊太守。原有集十二卷，已佚，明人輯有《孫馮翊集》。

【題　解】本詩約作於咸寧二至三年。時因羌人叛亂，征西將軍汝陰王（後徙封扶風王）司馬駿鎮守關中，主持對羌人用兵。孫楚正任司馬駿屬下的參軍。此詩當是一次隨軍出征時所作。陟陽候是亭名（候即亭）。征西將軍的官屬都遠送至郊外此亭處，為從軍將士餞行。

此詩前四句是交代出行時的情景，以後十六句則是由從征想到人生問題，從而發揮了一番老莊哲學。認為吉凶禍福其實是互相依附，密不可分的；在天地大爐中，人和萬物都很渺小，所謂長壽也有窮盡；所以要達觀對待人生，不要貪生畏死。

這是一首玄言詩，在晉代玄言詩中是出現較早的。魏晉時玄學盛行，這種哲學糅合儒、道，後來更摻進了佛理。伴隨著清談、玄學，玄言詩也在文壇興起。鍾嶸《詩品》批評說：「永嘉時，貴黃老，稍尚虛談，於時篇什，理過其辭，淡乎寡味。」孫楚此詩的後半部完全是發揮道家之旨，的確淡乎寡味，不能打動讀者。但此詩音韻諧美，很受人稱道。沈約《宋書・謝靈運傳論》說：「子荊零雨之章」，「正以音律調韻，取高前式。」

晨風飄岐路❶，零雨❷被❸秋草。傾城❹遠追送，餞我千里道。三命❺皆有極❻，咄嗟❼安可保❽！莫大於殤子，彭聃猶為夭❾。吉凶如糾纆❿，憂喜相紛繞⓫。天地為我爐⓬，萬物一何小。達人⓭垂⓮大觀⓯，誡此⓰苦不早。乖離⓱即長衢⓲，惆悵盈懷抱。孰能察其心⓳？鑒之⓴以蒼昊㉑。齊契㉒在今朝，守之㉓與偕老。

【注　釋】❶岐路　岔路。指分手之處。岐，同「歧」。❷零雨　下雨。❸被　覆蓋。❹傾城　全城之人。❺三命　三種長壽之命。李善注引《養生經》曰：「上壽百二十，中壽百年，下壽八十。」❻極　窮極；窮盡。❼咄嗟　驚歎之聲。❽保　指保身。❾莫大於殤子二句　典出於《莊子・齊物論》：「莫壽於殤子，而彭祖為夭。」這是莊子相對論的觀點，他認為從絕對的道來看，萬物和各種觀念都是相對的，殤子可說是長壽，彭祖反可說是短命的人。大，謂壽長。殤子，未成年而死者。《儀禮・喪服》：「(傳曰)年十九至十六為長殤，十五至十二為中殤，十一至八歲為下殤。」彭，彭祖。殷之賢大夫，相傳他由夏代活至商末，壽七百歲。聃，老聃。即老子。傳說他活到一百六十餘歲，或言二百餘歲。夭，夭折；未成年而死。❿糾纆　糾結在一起的繩索。糾，兩股索。纆，三股索。⓫紛繞　混雜在一起。⓬天地為我爐　這句的意思化自莊子。《莊子・大宗師》中達人子來（莊子所虛構的人物）說：「今之大冶鑄金，金踴躍曰：『我且必為鏌鋣』，大冶必以為不祥之金。今一犯人之形，而曰『人耳人耳』，夫造化者必以為不祥之人。今一以天地為大鑪，以造化為大冶，惡乎往而不可哉！」這位達人看破生死，不但認為死是自然規律，而且認為死後變成鼠肝蟲臂也隨它去。天地為大熔爐，造化是大鐵匠，人和萬物是爐中金屬，隨它造成什麼東西。⓭達人　通達事理的人。⓮垂　留下。⓯大觀　宏遠的觀察。賈誼〈鵩鳥賦〉：「小智自私兮，賤彼貴我；達人大觀兮，物無不可。」⓰誡此　以此為警戒。誡，同「戒」。此，指愛生懼死，不能視死生如一。⓱乖離　背離。此指分手。⓲長衢　長途。衢，四通八達的大道。⓳其心　我心。⓴鑒之　明察。㉑蒼昊　青天。㉒齊契　齊同生死的覺悟。齊，齊同。契，領悟。《莊子》中有〈齊物論〉一篇，其主旨是齊同物論，但也有齊同萬物之意。莊子在人生問題，生死問題上很達觀，其哲學基礎就是這種齊同萬物、萬事、萬論的理論。㉓之　指齊同生死的觀念。

【語　譯】清晨冷風吹拂著岔路，瀟瀟寒雨籠罩著秋草。全城遠送我們出征，設宴餞別傍著大道。三種長壽都有窮盡，可歎生命難於永保。年少而死可算命長，彭祖、老聃猶為早夭。吉祥凶險如繩糾結，憂愁喜悅混雜繚繞。天地為爐造化為匠，爐中萬物多麼渺小。達人留下宏大觀念，警戒貪生永記教導。分手而去踏上長途，無限惆悵充滿懷抱。有誰能夠體察我心？只有上天明察洞曉。今日領悟齊同之理，堅守不渝直至終老。

金谷集作詩

【作　者】潘岳，見頁七八一。

【題　解】金谷，在今河南洛陽東北。《水經・穀水注》：「金谷水出太白原，東南流歷金谷，謂之金谷水。」晉石崇築園於水畔，世稱金谷園。石崇，渤海南皮（今河北南皮東北）人，字季倫。初為修武令，累遷至侍中，永熙元年出為荊州刺史，以劫掠客商致財產無數。曾與貴戚王愷、羊琇等鬥富，王愷雖得晉武帝支持，仍不能敵。元康六年，石崇出為青、徐二州監軍；其時征西將軍祭酒王翊正要出發去長安。石崇乃在金谷園中設宴為王翊餞行。潘岳也參加了此宴，此詩即作於宴中。據《晉書》的〈惠帝紀〉、〈梁王彤傳〉有關記載，並印證詩中榴繁梨香的描寫（「春榮」句只是比喻），可知是時當在該年五六月間。金谷園是歷史上的名園，以石崇之富自是修建得極為精妙，千載以下的今日讀者也可從此詩中窺其景色一二。潘石二人是好友，此詩也表現了他們之間真摯的友情。全詩清麗蘊藉，是一篇佳作。

王生❶和鼎實❷，石子❸鎮海沂❹。親友各言❺邁❻，中心悵有違❼。何以敘離思❽？攜手游郊畿❾。朝發晉京❿陽⓫，夕次金谷湄⓬。迴谿⓭縈曲⓮阻，峻阪⓯路威夷⑯。綠池泛淡淡⑰，青柳何依依⑱。濫泉⑲龍鱗瀾⑳，激波㉑連珠㉒揮。前庭樹㉓沙棠㉔，後園植烏椑㉕。靈囿㉖繁若榴㉗，茂林列芳梨㉘。飲至臨華沼㉙，遷坐登隆坻㉚。玄醴㉛染朱顏㉜，但愬杯行遲㉝。揚桴㉞撫靈鼓㉟，簫管清且悲㊱。春榮誰不慕，歲寒良獨希㊲。投分㊳寄石友㊴，白首同所歸㊵。

【注釋】❶王生　指王詡。時任征西大將軍祭酒。❷和鼎實　在鼎中調和食物。此謂王生協助重臣綜理朝政。和，和羹。《書・說命下》：「若作和羹，爾惟鹽梅。」孔傳：「鹽，鹹；梅，醋。羹須鹹醋以和之。」殷高宗以傳說比鹽梅，把他的作用比作和羹，後遂把宰輔綜理國政比作和羹。鼎實，指鼎中食物。即指羹一類。鼎為古代炊器。舊謂宰輔治理國政為調和鼎鼐。晉元康六年正月梁王司馬肜被任為太子太保，五月又任為征西大將軍，都督雍梁二州諸軍事，鎮關中，其地位為「八公」之一，為國之重臣。王詡是司馬肜的佐吏，當也輔助司馬肜綜理國政。詩中說王詡「和鼎實」，實在是抬高了他。李周翰曰：「祭酒，助三公和鼎也。」這話說得還差不多。❸石子　指石崇。❹海沂　東海與沂水間之地。指青、徐二州。石崇時為青、徐二州監軍。❺言　助詞。無義。❻邁　遠行。❼有違　離別。❽離思　離別之情。思，情思；思緒。❾郊畿　京郊之地。❿晉京　指洛陽。⓫陽　洛陽在洛水之北，水北為陽。此處一為湊字，二為與下句之「湄」相對。⓬湄　岸邊；水與草交接的地方。⓭迴谿　曲折的溪水。⓮縈曲　彎曲縈迴。⓯峻阪　高坡。⓰威夷　即「逶迤」。彎彎曲曲延續不絕的樣子。⓱淡淡　即「澹澹」。水波動的樣子。⓲依依　輕柔的樣子。⓳濫泉　湧泉。⓴龍鱗瀾　謂波紋如龍之鱗。㉑激波　急浪。㉒連珠　指水沫。㉓樹　種植。㉔沙棠　樹名。《山海經・西山經》謂：「其狀如棠，華黃赤實，其味如李而無核，名曰沙棠。」㉕烏椑　樹名。㉖靈囿　原謂文王所築苑囿。《詩・大雅・靈臺》：「王在靈囿。」此指石崇金谷之園。㉗若榴　石榴。㉘芳梨　梨實芳香。㉙華沼　開花的池沼。其時當在五六月間。㉚隆坻　水中高地。㉛玄醴　指酒。張銑注：「玄醴，黑黍酒。」醴，甜酒。㉜染朱顏　謂酒酣而臉紅。顏，面色。㉝但愬杯行遲　只嫌斟酒太慢。形容開懷暢飲，酒到杯乾之狀。㉞桴　鼓槌。㉟靈鼓　即鼓。靈，美。㊱悲　這裡有動人的意思。㊲春榮誰不慕二句　有及時行樂之意。春榮，春天的花朵。春喻年輕時光。歲寒，比喻年老。良，實。希，花朵稀少。指美好的歲月稀少。㊳投分　寄託心意。分，志。㊴石

友　這裡有雙重含意，既指石崇；亦指金石之交。㊵同所歸　指同歸於金谷之園，有志同道合之意。但並沒有等到白首，四年之後，二人即被同時送上刑場。石崇說：「安仁，卿亦復爾耶！」潘曰：「可謂『白首同所歸』！」

【語　譯】王先生參與綜理朝政，石君鎮守東海沂水。至親好友各自遠行，有感離別我心傷悲。如何暢敘離別之情？攜手共往京郊一醉。清早打從洛陽出發，傍晚來到金谷水湄。溪流縈曲重重阻隔，高坡窄路綿延紆迴。池水清澈泛起微波，風吹綠柳何等妍美。泉水湧動波似龍鱗，急浪飛騰水珠連揮。前院種植黃花沙棠，後園栽上名貴烏椑。美好的園中石榴繁密，茂盛的林內梨香飄飛。飲宴先臨開花的池沼，而後遷座水中高堆。酒入離腸面生紅暈，連聲只把斟酒頻催。揚起鼓槌把鼓敲響，簫管齊奏清幽淒悲。春天的花朵誰不喜愛，天寒少有奇花異卉。把我心意寄託至交，等到白頭之時一同來歸。

王撫軍庚西陽集別作詩

【作　者】謝瞻，見頁八九七。

【題　解】本詩的詩題，胡刻李善注《文選》原作〈王撫軍庚西陽集別時為豫章太守庚被徵還東〉，今據《文選考異・卷四》之見改。本詩約作於東晉義熙十四年或稍後一、二年內。王撫軍指王弘，字休元，琅邪臨沂人。晉代已跟隨劉裕為官，入宋以佐命功封華容縣公，歷仕武帝、文帝朝，皆居高位（事見《宋書・王弘傳》）晉義熙十四年，王弘遷監江州豫州之西陽、新蔡二郡諸軍事，撫軍將軍，江州刺史，故詩題稱他為王撫軍。庚西陽指庚登之，字元龍，穎川鄢陵人，晉時因參與劉裕討桓玄，封曲江縣五等男。入宋歷任太守、刺史等職（事見《晉書・庚登之傳》）。義熙十二年劉裕北伐，庚登之求郡，後補鎮蠻護軍，西陽太守；其後二、三年，他被召入京，任太子庶子，尚書左丞；由於尚未就任新職，所以詩題中仍稱他庚西陽。謝瞻當時正任豫章太守（豫章，郡名，今江西南昌一帶）。

本詩是由於王弘在湓口（今江西九江西）南樓設宴為庾、謝餞行，送庾入京任職，送謝還於豫章郡，作者寫下此詩，以表惜別之情。

祗召旋北京❶，守官反南服❷。方舟❸析❹舊知❺，對筵❻曠❼明牧❽。舉觴矜❾飲餞❿，指途⓫念⓬出宿⓭。來晨⓮無定端⓯，別晷⓰有成速⓱。頹陽⓲照通津⓳，夕陰⓴曖㉑平陸㉒。榜人㉓理行艫㉔，輶軒㉕命歸僕㉖。分手東城闉㉗，發櫂㉘西江隩㉙。離會雖相親，逝川豈往復㉚！誰謂情可書㉛，盡言非尺牘㉜。

【注釋】❶祗召旋北京　言庾登之被召返回京城。祗召，恭敬地被召。祗，敬。旋，返。北京，指南朝宋之京城建康（今江蘇南京）。❷守官反南服　言謝瞻自己以太守之官回到南方去。守官，郡守之官。反，回還。南服，南方。周以土地距國都遠近分為五服。❸方舟　並舟。兩船相並。❹析　原作「新」。據胡克家《文選考異・卷四》之說改。析，分別。❺舊知　舊時相知。即老朋友的意思。此指庾登之。❻對筵　對席。筵，坐席。❼曠　疏遠；遠離。❽明牧　賢明的州牧。此指王弘。❾矜　端莊。❿飲餞　飲下人為己設的餞別之酒。⓫指途　向途；上路。⓬念　留戀。⓭出宿　指郊外餞行之處。《詩・邶風・泉水》：「出宿于泲，飲餞于禰。」⓮來晨　來日之晨。即次日之晨。⓯定端　固定的地方。後人也有這樣用法，李白〈古風〉之三九：「白日掩徂暉，浮雲無定端。」⓰別晷　別離之際的時光。晷，日影。指時光。⓱成速　急速。⓲頹陽　夕陽。頹，下落。⓳通津　指渡口。⓴夕陰　指暮靄。㉑曖　昏暗。㉒平陸　平曠的原野。㉓榜人　搖船的人。㉔行艫　行船。艫，船頭。指船。㉕輶軒　輕車。古代帝王的使臣多乘輶車，故稱輶軒之使。王弘為天子所命的地方大員，可說相當於輶軒之使，故此處說他乘輶軒。㉖歸僕　駕御歸車的僕人。㉗闉　城門外層的曲城。㉘櫂　划船的一種工具，形狀和槳差不多。此指船。㉙隩　水涯深曲處。㉚離會雖相親二句　離而復會，雖然相親，但時光豈能復返！這是深歎年光之速和會面之難。離會，離而復會。逝川，逝去的流水。指時光。往復，往而復返。㉛書　書寫；表達。㉜尺牘　一尺長的書寫用的木簡。此指文辭，即指作者此詩。

【語　譯】友人應詔北歸京都，我任郡守回還南土。兩舟相並告別知交，對席而坐將離賢牧。舉觴敬飲餞行的美酒，指望前途猶戀告別之處。來日清晨行蹤無定，別離之際時光疾速。夕陽餘暉照著渡口，暮靄昏暗原野模糊。船夫理舟就要開航，僕夫駕車將返歸途。東城門外摯友分手，江西岸邊行船發出。離而重會自是相親，滾滾江流怎能回復！誰說筆墨可以表情，此詩難盡心中積愫。

鄰里相送方山詩

【作　者】謝靈運，見頁八四二。

【題　解】方山在劉宋京城建康（今南京）附近。那時建康沿江有四個碼頭，方山在東，石頭在西，是行旅聚集的地方。劉宋永初三年七月十六日，謝靈運由方山起程去永嘉（今浙江溫州）任郡守，鄰里親友到江邊相送，他寫下此詩留別。

謝靈運是個胸懷大志的人，但是劉宋朝廷對他並不信任。《南史・謝靈運傳》說他「自謂才能宜參權要，既不見知，常懷憤恨。」他曾與顏延之、慧琳等人與廣陵王劉義真過往密切，意欲加以推戴。但這一企圖受到打擊，永初三年宋武帝、徐羨之等把這個集團的人紛紛調出京城，加以分散。謝靈運永嘉郡守的任命也就在這樣的背景下產生的。所以謝靈運此去永嘉實是懷著政治上失意的心情而去。詩中他表示要清心寡欲，不再謀慮世事，在永嘉永遠幽居山林。話雖曠達，但是難掩內心的牢騷憤激。此詩寫景生動，情致婉轉，是一篇好作品。

祗役❶出皇邑❷，相期❸憩❹甌越❺。解纜❻及❼流潮❽，懷舊❾不能發。析析就衰林⑩，皎皎⑪明秋月。含情⑫易為盈⑬，遇物⑭難可歇⑮。積痾⑯謝⑰生慮⑱，寡欲⑲罕⑳所闕㉑。資此㉒永幽棲㉓，豈伊㉔年歲別㉕！各勉日新㉖志，音塵㉗慰寂蔑㉘。

【注釋】❶祇役　奉命往就地方官職。祇，敬奉。❷皇邑　指劉宋首都建康。即今南京市。❸相期　期待。❹憩　息。❺甌越　指永嘉郡（今浙江溫州）。該地為漢時東甌，越族東海王搖都此，故稱甌越。❻解纜　解開繫船的繩索。意即開船。❼及　至。❽流潮　江流潮水之中。❾懷舊　懷念舊日的朋友。指劉義真、顏延之、慧琳等人。❿析析就衰林　是說人在船上，迎著岸邊衰林而去。析析，風吹林木的聲響。就，迎而近之。衰林，樹葉凋零的樹林。時為初秋。⓫皎皎　光明潔淨的樣子。⓬含情　懷著別離之情。⓭盈　滿；充溢。⓮遇物　接遇物類。指眼前所見衰林秋月這一派蕭瑟秋景。⓯歇　止。⓰積痾　久病。痾，病。⓱謝　減退。⓲生慮　謀生的思慮。指在仕途上的用心。⓳寡欲　少欲。⓴罕　少。㉑闕　過失。㉒資此　借此。此，指出守永嘉。㉓幽棲　幽居山林，與外界少接觸。棲，山居。案：黃節《謝康樂詩注》引方虛谷語：「靈運之為人，非靜退者，有不樂為郡之意，『資此永幽棲』，亦一時憤激語耳。」此語評得很確切。㉔伊　惟。語助詞。㉕年歲別　分別個一年二年。意謂一去不復返了。㉖日新　不斷在道德上進取。《禮記・大學》：「苟日新，日日新，又日新。」《周易》：「日新之謂盛德。」㉗音塵　音信；消息。㉘寂蔑　寂寞。指自己在永嘉寂寞的懷抱。

【語譯】奉命就職離開京畿，去到永嘉可得休息。解開纜繩入於江潮，懷念舊友不願駛離。颯颯衰林迎面而來，皎皎秋月照我獨立。胸中充溢離別之情，觸景感歎難以按抑。久病減退謀生思慮，寡欲少犯過失罪戾。此去我將永居山林，一別豈是數年之期！各自勉力日新其德，常賜音信慰我孤寂。

新亭渚別范零陵詩

【作者】謝朓（西元四六四～四九九年），字玄暉，陳郡陽夏（今河南太康）人。與謝靈運同族，世稱小謝。少好學，有美名。年十九，為南齊豫章王太尉行參軍，後在隨王蕭子隆、竟陵王蕭子良幕下任功曹、文學等職，深得賞識，為「竟陵八友」之一。明帝時任驃騎諮議，掌中書詔誥，轉中書郎，出為宣城太守，故世又稱「謝宣城」。官至尚書吏部郎。因事被蕭遙光誣陷，下獄致死，年僅三十六歲。原有集十二卷，逸集一卷，已散佚，明人輯有《謝宣城集》。謝朓長於五言詩，其寫景抒情之作，清俊秀麗，頗多佳句。他是永明體詩之雄，所作新體詩講究平仄對仗，音韻和諧。

【題解】這首詩是謝朓為送友人范雲赴任零陵郡內史而作。南齊零陵郡在今湖南零陵北。新亭，在建康（今南京）南。此詩前四句是寫范雲將去之地，後六句寫對范雲的惜別和期望。全詩文字精練，感情深沈，讀來頗耐人尋味。

洞庭張樂地❶，瀟湘❷帝子❸遊。雲去蒼梧❹野，水還❺江漢❻流。停驂❼我悵望，輟棹❽子❾夷猶❿。廣平聽方籍，茂陵將見求⓫。心事⓬俱已矣，江上徒⓭離憂⓮。

【注釋】❶洞庭張樂地　典出《莊子・天運》：「北門成問於黃帝：『帝張〈咸池〉之樂於洞庭之野……』」成玄英疏曰：「洞庭之野，天地之間，非太湖之洞庭也。」可見洞庭之野有二解：一、廣漠之野；二、太湖中的洞庭山。洞庭，詩中當指今湖南北部的洞庭湖。張樂，設樂；作樂。❷瀟湘　二水名。瀟水，源出湖南九嶷山，至零陵與湘水匯合。湘水，源於廣西海陽山，為湖南省最大河流。❸帝子　指娥皇、女英。相傳是唐堯的兩個女兒，同嫁虞舜為妃。後舜出外巡視，死於蒼梧，她們二人趕至南方，也死於江湘之間。❹蒼梧　即九嶷山。在今湖南寧遠。傳說舜葬蒼梧。❺水還　指水歸入大海。❻江漢　長江、漢水。❼停驂　停車。驂，一車駕三馬。❽輟棹　停船。輟，停止。棹，划船工具，類似於槳。此指代船。❾子　指范雲。❿夷猶　猶豫；徘徊不前。⓫廣平聽方籍二句　是說范雲將像鄭袤那樣，造福於一方，聲名盛大；而自己將如司馬相如，謝病家居，以遺文見求於世。廣平，漢郡名。曹魏時鄭袤受司馬懿之命任廣平太守，「在廣平，以德化為先，善作條教，郡中愛之。徵拜侍中，百姓戀慕，涕泣路隅」（《晉書・鄭袤傳》）。此處是以廣平喻范雲將去任職之零陵郡，以鄭袤比范雲。聽，通「聲」。聲望。方，將。籍，通「藉」。籍甚；盛大；多盛。茂陵，漢縣名。司馬相如以病辭官，家居茂陵。

武帝遣人求其書。及至，相如已卒。⑫心事　指前二句所言。⑬徒　空。⑭離憂　心懷離別的憂愁。離也解作遭，通「罹」。

【語　譯】洞庭湖畔黃帝奏樂，瀟、湘二水堯女曾遊。蒼梧之野白雲飛去，長江漢水終赴東流。我停下車來悵望江上，君暫停搖槳猶豫逗留。君如鄭袞治聲將盛，我效相如著文待求。所思之事且都算了，眼望帆影空懷離愁。

別范安成詩

【作　者】沈約，見頁九一三。

【題　解】范安成，名范岫，字懋賓，濟陽考城人。他長沈約一歲。早年與沈約同為安西將軍蔡興宗所禮遇，引為主簿。入齊曾為太子家令。「文惠太子之在東宮，沈約之徒以文才見引，岫亦預焉。岫文雖不逮約，而名行為時輩所與。」（《梁書・范岫傳》）他博識前代舊事，為沈約所欽佩推重。他又與沈約同事梁，曾官晉陵太守、祠部尚書。

此詩約作於南齊永明中至永元年間。當時沈約與范岫都五十多歲了，在士人普遍短命的南朝，這已是衰暮之年。范岫出為建威將軍安成內史（所以詩題稱他為范安成），沈約為他送行。杯酒相對，回思年少時的友誼，想到日後不知有否重會之日，心中充滿了感慨惆悵。詩人把這豐富的感情濃縮在短短八句之中。句句是平常話，句句打從肺腑中流出，毫無虛禮和做作，因而感人至深。此詩音韻諧和，表現出由古詩向格律詩轉變的軌跡，這也是值得注意的。

生平❶少年日，分手易❷前期❸。及爾❹同衰暮❺，非復❻別離時。勿言一樽酒，明日難重持❼。夢中不識路❽，何以慰相思！

【注　釋】❶生平　平生。❷易　輕易；視為容易。❸前期　預訂重會之期。❹及爾　與你。❺衰暮　衰老遲暮之年。❻非復　不再是。❼勿言一樽酒二句　劉良注說：「勿以此一樽為輕，生死無期，明日恐不得與之重持也。」❽夢中不識路　言別後夢中也難相見。李善注引《韓非子》：「六國時，張敏與高惠二人為友，每相思不能得見，敏便於夢中往尋，但行至半道，即迷不知路，遂回，如此者三。」

【語　譯】回想昔日少年之時，暫時分手容易再相聚。而今你我衰朽遲暮，一朝離別相見何期！眼前杯酒切莫言輕，明日恐難以對席重舉。夢中尋你卻尋不著路徑，相思之情又如何慰藉！

卷二二

詠史

詠史詩

【作　者】王粲，見頁八八〇。

【題　解】這首詩痛悼三良，並譴責秦穆公的殘暴行徑。春秋時秦穆公死，以大臣子車氏三子奄息、仲行、鍼虎殉葬。三人為良臣，國人稱之為「三良」。

自古無殉❶死，達人❷共所知。秦穆❸殺三良，惜❹哉空爾為。結髮❺事明君，
受恩良❻不訾❼。臨歿❽要之死，焉得❾不相隨？妻子❿當門泣，兄弟哭路垂⓫。
臨穴⓬呼蒼天，涕⓭下如綆⓮縻⓯。人生各有志，終不為此移⓰。同知埋身劇⓱，
心亦有所施⓲。生為百夫⓳雄⓴，死為壯士規㉑。黃鳥作悲詩，至今聲不虧㉒。

【注　釋】❶殉　以人從葬。❷達人　通達多識的人。❸秦穆　春秋時秦國君。名任好（西元前六五九～前六二一年）在位，為春秋五霸之一。❹惜　痛惜。❺結髮　古時男子自成童開始就把頭髮束起來。故稱很年輕之時為結髮。❻良　確實。

❼不訾　不可計量。訾，通「貲」。計量。❽臨歿　臨終；將死。❾焉得　哪能。❿妻子　太太和孩子。⓫路垂　路邊。垂，通「陲」。邊。⓬穴　指墓穴。⓭涕　眼淚。⓮綆　汲水的繩子。⓯縻　牛韁繩。⓰移　改變。⓱劇　甚。這裡指劇痛。⓲施　延及。⓳百夫　百人；眾多的人。⓴雄　雄俊；特出。㉑規　楷模；典範。㉒黃鳥作悲詩二句　指《詩經・秦風》中的〈黃鳥〉。這是秦人為哀悼三良所作的，全詩三段，分詠三良，以「交交黃鳥」開頭。虧，停歇；停止。

【語　譯】上古沒有殉葬的事，這是有識者都知道的。然而秦穆公卻害死了三良，這是多麼不值得的事啊。三良很年輕時就侍奉這英明的君主，他們所受到的恩惠也確實不少。穆公臨終時脅迫他們從死，他們又哪能不跟隨？他們的妻子和兒女對著門泣不成聲啊，他們的兄弟在路旁痛哭流涕。面對著墓穴呼天搶地，淚水不斷地流下。每個人都有各自的志向，三良終究不會因為這些而改變。明知道埋身土中要忍受劇痛，心中也同樣懷著感傷。他們活著時是百裡挑一的英雄，死後也成為壯士的典範。秦人所作的〈黃鳥〉詩篇，悲痛的聲音至今不息。

三良詩

【作　者】曹植，見頁八二二。

【題　解】這首詩詠三良與穆公君臣之間的同生共死，並有無盡的感慨，當是寄寓著自己的身世之慨。

功名不可為，忠義我所安❶。秦穆先下世❷，三臣皆自殘❸。生時等❹榮樂，既沒❺同憂患。誰言捐軀❻易，殺身誠獨難。攬涕❼登君墓，臨穴仰天歎。長夜何冥冥❽，一往不復還。黃鳥為悲鳴，哀哉傷肺肝。

【注釋】❶安　安有；保有。❷下世　死去。❸自殘　自己傷害自己。這裡指以身相殉。❹等　同。❺沒　同「歿」。死去。❻捐軀　拋棄身體，作犧牲。❼攬涕　揮淚。❽冥冥　昏暗不明的樣子。

【語譯】功名不能求取，忠義則是我所要保有的。秦穆公先死去，三位臣子則以身相殉。活著時共享富貴，死去後同當憂患。誰能說拋棄生命是很容易的？自我犧牲實在是很難做到的啊。我揮淚登上你們的墳墓，面對著墓穴仰天長歎。墓中長夜多麼昏暗，竟是漫漫無盡頭啊。黃鳥發出了悲鳴的聲音，哀傷之情摧人肺肝。

詠史 八首

【作者】左思，字太沖，臨淄（今山東淄博）人。大約生於魏廢帝時代，卒於西晉末年。他的父親左雍，先為小吏，後以才能擢授殿中侍御史。自魏實行九品中正制以來，當時門閥制度根深蒂固，所謂「上品無寒門，下品無世族」。左思出身寒微，只做過祕書郎，始終未能顯達，因而常流露出抑鬱不滿的情緒。惠帝時他加入賈謐二十四友之列，並曾為賈謐講《漢書》，永康元年，賈謐被誅，左思退居宜春里。後齊王冏命他為記室，推辭不就。永安中，張方縱暴京師，左思遂攜全家去冀州，過了幾年，就病死了。左思貌醜口訥，然而文才出眾，今尚留下〈齊都賦〉（殘）、〈白髮賦〉、〈三都賦〉及詩十四首。他的〈詠史詩〉八首在中國詩史上有著重要影響。

【題解】〈詠史〉共八首，題名詠史，實際是詠懷述志之作，以歌詠古人古事抒發自己的抱負。

其一

弱冠❶弄柔翰❷，卓犖❸觀群書。著論準❹〈過秦〉❺，作賦擬❻〈子虛〉❼。

邊城苦鳴鏑❽，羽檄❾飛京都。雖非甲冑士❿，疇昔⓫覽穰苴⓬。長嘯激⓭清風，志若無東吳。鈆⓮刀貴一割，夢想騁⓯良圖⓰。左眄⓱澄⓲江湘⓳，右盼定羌胡⓴。

功成不受爵㉑，長揖歸田廬㉒。

【章　旨】寫自己的卓異才能和為國立功的抱負，並表示願意功成不受賞賜。

【注　釋】❶弱冠　古時男子二十歲行冠禮，表示已成人。但其時身體尚弱未壯實，故稱弱冠。❷柔翰　指毛筆。❸卓犖　才能特異。❹準　以……為準則；效法。❺過秦　指漢代賈誼所作〈過秦論〉。❻擬　模仿。❼子虛　指漢代司馬相如所作〈子虛賦〉。❽苦鳴鏑　為鳴鏑所苦。指戰事頻繁。鳴鏑，響箭。古時戰爭中發射它作信號。鏑，箭頭。❾羽檄　上插羽毛以示緊急的徵召的文書。❿甲冑士　武士；戰士。冑，頭盔。⓫疇昔　往日。⓬穰苴　春秋時齊國之將田穰苴。善治軍，官至大司馬。曾著有兵法。這裡穰苴借指古兵法。⓭激　激揚。⓮鈆　同「鉛」。鉛刀質鈍，一割之後難於再用。這裡比喻自己資質愚鈍，才能低下。儘管如此，自己仍願為國盡力，就像鉛刀以一割為貴那樣。⓯騁　施展。⓰良圖　善謀；好謀略。⓱眄　斜視。⓲澄　澄清。⓳江湘　指東吳。當時長江下游及湘江流域地屬東吳。⓴羌胡　當時地處西北方的少數民族羌部落，常侵擾內地。㉑爵　爵位。㉒田廬　家園。

【語　譯】我二十歲時就從事寫作，博覽群書才能卓越。著論效法〈過秦論〉，作賦模仿〈子虛賦〉。邊城上戰事頻繁，帶羽的文書急傳至京師。儘管不是帶甲的武士，對古時兵書卻都廣泛讀過。放聲長嘯激盪著清風，志向遠大沒把東吳放在眼中。鉛刀還以一割為貴，夢想著施展我的美好抱負。東顧江湘希望能澄清東吳，遠望西北希望能平定羌胡。當事功成就後也不願接受爵位，我將長揖謝絕封賞，獨自歸隱田園。

其二

鬱鬱❶澗❷底松，離離❸山上苗。以彼徑寸莖❹，蔭❺此❻百尺條❼。世冑❽

躡⑨高位，英俊⑩沈下僚⑪。地勢使之然，由來非一朝。金張⑫籍⑬舊業⑭，七葉⑮珥⑯漢貂⑰。馮公⑱豈不偉⑲，白首不見⑳招。

【章　旨】這首詩寫門閥制度造成的不平等現象：有才能但出身寒微的人只能屈居下位，世族子弟卻依靠門第的高貴而竊居高位。

【注　釋】❶鬱鬱　茂盛的樣子。❷澗　兩山之間有流水之處。❸離離　下垂的樣子。❹徑寸莖　直徑僅一寸的莖。指山上苗的細小。❺蔭　遮蔽。❻此　指澗底松。❼百尺條　百尺長的枝幹。形容極高大。❽世胄　世家子弟。❾躡　登。❿英俊　英才俊傑。⓫下僚　低級官吏。⓬金張　指漢代金日磾和張湯兩大家族。金日磾家，自武帝至平帝，七世為內侍。張湯後世，自宣帝以降有十餘人做侍中、中常侍。⓭籍　通「藉」。依靠。⓮舊業　祖先的遺業。⓯七葉　七世。⓰珥　插。⓱漢貂　漢代侍中、中常侍的冠旁插有貂尾為裝飾。⓲馮公　指漢代馮唐。文帝時為中郎署長，曾直諫文帝不會用將。武帝初，舉賢良，時年九十餘，不能復為官。⓳偉　奇異；傑出。⓴不見　不被。

【語　譯】澗底松樹多茂盛，山上草木初長成。憑它區區徑寸苗，竟能遮蔽百尺木。世家子弟登高位，英俊寒士做小官。地勢使它如此樣，由來已久莫驚訝。金張兩家門第貴，七代在漢做高官。馮唐難道不傑出？到老卻不受重用。

其三

吾希❶段干木❷，偃息❸藩❹魏君。吾慕魯仲連❺，談笑卻❻秦軍。當世貴不羈❼，遭難❽能解紛❾。功成恥受賞，高節卓不群❿。臨組⓫不肯紲⓬，對珪⓭寧肯⓮分⓯？連璽⓰燿⓱前庭，比之猶浮雲⓲。

【章　旨】這首詩贊美段干木、魯仲連有功不受祿的高尚節操，寄託著自己的美好理想。

【注　釋】❶希　仰慕。❷段干木　戰國時魏國的賢士。隱居不仕。魏文侯對他很尊敬。❸偃息　高臥。❹藩　保衛。《呂氏春秋・察今》載：秦國要攻打魏國，司馬唐諫秦君說：魏國禮遇賢者段干木，這是天下都知道的，怎麼能派兵去攻打呢？秦君就放棄了攻打計畫，魏國因此免於兵禍。❺魯仲連　戰國時齊國高士。❻卻　退。《史記・卷八三・魯仲連鄒陽列傳》載：秦將白起圍趙，趙孝成王接受魏國使者的建議，計畫尊秦為帝以求罷兵。這時魯仲連正遊趙，說服趙人放棄這屈服的計畫。秦將知道後，退兵五十里。❼貴不羈　以不受籠絡為貴。❽遭難　遇到患難。❾解紛　解除糾紛。❿功成恥受賞二句　《史記・卷八三・魯仲連鄒陽列傳》載：秦軍引退後，平原君欲封賞他，魯仲連再三辭讓，終不肯受。平原君乃置酒，並贈以千金。魯仲連笑著說：士比天下人的高貴之處在於替別人排釋患難解除紛亂而不從別人那裡得到什麼，如果要得到什麼，那便是商賈的行為，我是不忍心這麼做的。於是辭別平原君而去。恥，胡克家本作「不」。⓫組　繫官印的絲帶。⓬絏　繫。⓭珪　一種上圓下方的玉。古代諸侯，爵位不同所用的珪亦不同。⓮寧肯　豈肯。胡克家刻本作「不肯」。⓯分　頒分。這裡是接受的意思。⓰連璽　成串的印。⓱燿　閃耀。⓲猶浮雲　有如浮雲那樣的輕。

【語　譯】我嚮慕那段干木，安臥窮巷能保衛魏君。我仰慕那魯仲連，談笑之間使秦軍退兵。在世間以不受籠絡為可貴，國家有患難能及時排解。成功後以接受賞賜為恥辱，高尚的節操不同於流俗。不肯繫上官帶，又哪肯接受佩玉？縱使成串的官印光耀前庭，在我看來卻如同過眼浮雲。

其四

濟濟❶京城內，赫赫❷王侯居。冠蓋❸蔭❹四術❺，朱輪❻竟❼長衢❽。朝集金張❾館，暮宿許史❿廬。南鄰擊鐘磬⓫，北里吹笙竽⓬。寂寂⓭揚子⓮宅，門無卿相輿⓯。寥寥⓰空宇⓱中，所講在玄虛⓲。言論準宣尼⓳，辭賦擬相如⓴。悠悠㉑百世後，英名擅㉒八區㉓。

【章　旨】這首詩以王侯貴族的豪華生活與揚雄的窮居著書生活作對照，並對揚雄的流芳百世加以肯定。作者這是以揚雄自喻並自慰。

【注　釋】❶濟濟　美盛眾多的樣子。❷赫赫　顯耀的樣子。❸冠蓋　冠冕和車蓋。為顯貴者的穿戴和車乘。這裡代指顯貴者。❹蔭　遮蔽。❺術　道路。❻朱輪　塗成朱色的車輪。漢代列侯和二千石以上的官所乘的車。❼竟　遍。❽衢　四通的大道。❾金張　指金日磾和張湯兩家。❿許史　指漢宣帝的外戚許家和史家。宣帝許皇后父許廣漢被封為平恩侯，廣漢的兩個弟弟亦封侯。宣帝祖母史良娣，她的姪史高等三人都封侯。金張、許史，這裡借指當時的權貴勛戚。⓫磬　古代的一種石製樂器。懸掛於架上，以物擊之而鳴。⓬笙竽　兩種竹製的管樂器。⓭寂寂　寂靜的樣子。⓮揚子　指揚雄。西漢著名辭賦家。⓯輿　車。⓰寥寥　空虛的樣子。⓱宇　屋。⓲玄虛　指揚雄所著的《太玄經》十卷。此書闡發玄理，虛而無形，故稱之。⓳言論準宣尼　指揚雄仿《論語》作《法言》十三卷。宣尼，指孔子。字仲尼。漢平帝時追諡為「褒成宣尼公」。⓴辭賦擬相如　指揚雄仿司馬相如〈子虛〉、〈上林〉賦作〈甘泉〉、〈長楊〉等賦。相如，司馬相如。西漢著名辭賦家。㉑悠悠　久遠的樣子。㉒擅　專。㉓八區　八方。

【語　譯】京城之內多美盛，王侯宅第真顯赫。冠冕車蓋遮大道，朱漆車輪滿長街。早晨雲集金、張家，夜晚投宿許、史屋。南邊敲擊鐘和磬，北邊吹奏笙和竽。揚雄居室多寂寞，門前不見卿相車。空空洞洞屋宇中，埋頭撰著《太玄經》。效法《論語》有《法言》，仿照相如作辭賦。悠悠百世過去後，美名依然傳四方。

其五

皓天❶舒❷白日，靈景❸耀神州❹。列宅紫宮❺裡，飛宇❻若雲浮。峨峨❼高門內，藹藹❽皆王侯。自非攀龍客❾，何為❿欻⓫來遊？被褐⓬出閶闔⓭，高步⓮追許由⑮。振衣⑯千仞⑰崗，濯足⑱萬里流。

【章　旨】這首詩抒寫自己鄙棄仕進，情願隱居的高尚節操。

【注　釋】❶皓天　明亮的天空。❷舒　舒展；展現。❸靈景　日光。❹神州　「赤縣神州」的簡稱。古代對中國的一種指稱。❺紫宮　即紫微宮。古代分恒星為三垣，紫微十五星居中垣，用以比喻皇都。❻飛宇　屋簷像飛翔的鳥翼，故稱。宇，屋簷。❼峨峨　高聳的樣子。❽藹藹　眾多的樣子。❾攀龍客　追隨帝王以求仕進的人。古代把帝王看作是龍的化身。❿何為　為何。⓫欻　忽；忽然。⓬褐　古代用粗麻織成的布衣。⓭閶闔　傳說中的天門。這裡指都城的正門。⓮高步　高蹈；遠走。⓯許由　傳說為堯時的賢士，堯欲讓帝位給他，他不肯接受，逃到箕山下隱居躬耕。⓰振衣　抖動衣服以揚去灰塵。⓱千仞　喻極高。仞，古代稱八尺為一仞。⓲濯足　洗腳以去塵垢。

【語　譯】明亮的太陽出現在碧空中，陽光照耀著神州大地。皇都中一排排整齊的宮室，飛簷像雲彩在浮動。高高的宮門內，住著眾多的王侯。既然不是謀取仕進的人，又為什麼忽然到這裡來走動呢？我穿著粗布服走出皇城門，追隨許由去過隱居生活。在高高的山崗上抖去衣上的灰塵，在長長的流水中洗去腳下的汙垢。

其六

荊軻❶飲燕市❷，酒酣❸氣益振❹。哀歌和漸離❺，謂若傍無人。雖無壯士節，與世亦殊倫❻。高眄❼邈四海❽，豪右❾何足陳❿？貴者雖自貴⓫，視之若埃塵⓬。賤者雖自賤⓭，重之若千鈞⓮。

【章　旨】這首詩通過歌頌荊軻，用來表示對豪門權貴的蔑視。

【注釋】❶荊軻　戰國末年衛人。好讀書擊劍，遊歷燕國，為燕太子丹尊為上卿，後為太子丹去刺殺秦王嬴政，失敗被殺。❷燕市　燕國的都市。❸酒酣　酒喝得暢快。❹振　興奮。❺漸離　高漸離。燕國善擊筑者，後與荊軻一起去刺秦王。《史記・卷八六・刺客列傳》載：荊軻到燕國後，天天與狗屠及高漸離在燕的都市上飲酒。飲得痛快之後，高漸離擊筑，荊軻哀歌相和，已而相對而泣，旁若無人。❻殊倫　不類；不同。❼高眄　放眼四顧。❽邈四海　以四海為小。邈，小；以……為小。❾豪右　豪門大族。古代以右為上，故稱豪門大族為「豪右」、「右族」。❿陳　說；論。⓫自貴　自以為貴。⓬埃塵　喻輕微、渺小。⓭自賤　自以為賤。⓮千鈞　喻極重。古代三十斤為一鈞。

【語譯】荊軻在燕國的市中飲酒，喝得暢快氣勢亦更為振奮。放聲哀歌與高漸離的擊筑聲相和，豪放之至好像旁邊無人。我雖然沒有壯士的節操，和世間的人相比卻是大不相同。放眼縱觀，四海也覺得小了，豪門大族又哪裡值得談論？富貴的人雖自以為貴，在我眼中卻如塵埃一般渺小。貧賤的人雖自以為賤，在我眼中卻有千鈞般重。

其七

主父宦不達，骨肉還相薄❶。買臣困采樵，伉儷不安宅❷。陳平無產業，歸來翳負郭❸。長卿還成都，壁立何寥廓❹。四賢豈不偉？遺烈❺光篇籍❻。當其未遇時❼，憂在填溝壑❽。英雄有屯邅❾，由來自古昔。何世無奇才？遺❿之在草澤⓫。

【章旨】這首詩通過對西漢主父偃等四人早年困頓生活的描寫，感歎自古雄才多磨難。借古傷今，以寄寓自己不得志的憤慨之情。

【注釋】❶主父宦不達二句　《史記・卷一一二・平津侯主父列傳》載：主父偃曾遊學四十餘年，沒有做官的機會，以至困頓於燕、趙。他的父母也就不把他當成兒子，兄弟也不收留他。主父，主父偃。西漢縱橫家。漢武帝時任中大夫，建議武帝頒「推恩令」，削弱諸侯割據勢力。後官至齊相。宦不達，仕途坎坷。骨肉，指父母、兄弟。薄，輕視。❷買臣困采樵二句　《漢書・卷六四・朱買臣傳》載：朱買臣早年家貧，他以打柴為生，但喜歡讀書，擔柴時也在誦書。他的妻子以為羞恥，改嫁而去。買臣，朱買臣。西漢武帝時人，曾為會稽太守，又官主爵都尉。伉儷，配偶。❸陳平無產業二句　《史記・卷五六・陳丞相世家》載：陳平少時家貧，居於負郭的窮巷，以破席為門。後漢初功臣。助漢高祖打江山，多次設奇計，立下大功。漢立，封曲逆侯。任丞相，與周勃等平定呂氏之亂。翳負郭，以背靠城牆的房屋蔽身。翳，掩蔽。負郭，房屋背著城牆。❹長卿還成都二句　《史記・卷一一七・司馬相如列傳》載：司馬相如曾遊臨邛，以琴挑富人卓王孫之女文君，與之同還成都。相如家中空無所有，徒四壁立。長卿，司馬相如。字長卿，成都人，西漢著名辭賦家。壁立，家裡只有四面牆壁。喻貧窮。寥廓，空虛。❺遺烈　遺業。❻光篇籍　使史書生光，垂名史籍。❼未遇時　沒有發達之時。❽填溝壑　窮困而死，無力下葬，只得拋屍於溝壑之中。❾屯邅　又作「迍邅」。艱難的境地。❿遺　遺棄。⓫草澤　草野之間。

【語譯】主父偃仕途不順時，連至親骨肉尚且輕視他。朱買臣窮困打柴為生時，妻子改嫁拋棄了他。陳平家貧無產業，以背著城牆的破屋存身。司馬相如回成都，家徒四壁室空空。四位賢才多奇異，留下的光輝業績照史篇。當他們窮困時，心憂死後填溪澗。英雄曾有磨難時，自古至今都如此。哪個朝代無奇才？只是遺棄草野中。

其八

習習❶籠中鳥，舉翮❷觸四隅❸。落落❹窮巷士，抱影❺守空廬。出門無通路，
枳棘塞中塗❻。計策棄不收❼，塊❽若枯池魚❾。外望無寸祿❿，內顧無斗儲⓫。
親戚⓬還相蔑⓭，朋友日夜疏⓮。蘇秦⓯北遊說，李斯⓰西上書。俛仰⓱生榮華，
咄嗟⓲復彫枯⓳。飲河期滿腹，貴足不願餘⓴。巢林棲一枝㉑，可為達士㉒模㉓。

【章　旨】這首詩寫人生境遇，忽起忽落。像蘇秦、李斯那樣因追求榮華而喪生是不足取的，自己寧願安貧知足，做個曠達之士。

【注　釋】❶習習　屢飛的樣子。❷翮　羽根。後指鳥的羽翼。❸四隅　四角。這裡指籠子的四邊。❹落落　與人疏遠難合的樣子。❺抱影　只有自己的身影伴著自己。❻枳棘塞中塗　喻仕途多障礙。枳棘，兩種有刺的樹。中塗，途中。❼棄不收　不被採納。❽塊　獨處的樣子。❾枯池魚　乾涸的水池中的魚。喻處境極困。❿寸祿　極微薄的俸祿。⓫斗儲　一斗存糧。⓬親戚　指父母兄弟等。⓭蔑　蔑視。⓮疏　疏遠。⓯蘇秦　戰國時縱橫家。周洛陽人。《史記・卷六九・蘇秦列傳》載：先時遊說秦王，不成。發憤讀書後，北出遊說燕、趙等六國合縱抗秦，佩六國相印。縱約被秦破壞後，由燕逃至齊，被仇人刺死。⓰李斯　戰國時法家代表人物。楚上蔡人。《史記・卷八七・李斯列傳》載：李斯西入秦，說秦王，得為客卿。後秦國大臣建議秦王逐客卿，李斯上〈諫逐客書〉被留用。秦統一後，為丞相。二世時，為趙高所讒殺。⓱俛仰　頭一低一仰之間。形容時間極短。俛，同「俯」。⓲咄嗟　一呼一諾之間。亦形容時間短促。⓳彫枯　凋零枯萎。喻蘇、李的被殺身死。⓴飲河期滿腹二句　喻人生應該知足。飲河期滿腹，出自《莊子・逍遙遊》：「偃鼠飲河，不過滿腹。」㉑巢林棲一枝　出自《莊子・逍遙遊》：「鷦鷯巢於深林，不過一枝。」㉒達士　通達之士。㉓模　楷模；榜樣。

【語　譯】籠中之鳥飛啊飛，一舉羽翼就碰到籠子的邊。與人很少交往的窮巷貧士，形影相隨守著空屋。出門沒有通暢的大道，路途中布滿了枳和棘。計謀策略不被採用，獨處如乾涸的池中魚。既沒有一寸的俸祿，亦沒有一斗的存糧。父母兄弟尚且蔑視，知交好友漸漸疏遠。蘇秦曾經去燕、趙遊說合縱抗秦，李斯曾經到秦國上書求用。榮華富貴得來短暫，忽然之間身死名萎。要像偃鼠飲河那樣只希望填滿肚子，飽了即止不願貪多。要像鷦鷯棲息那樣只要一根樹枝，這些都可作為通達之士的楷模。

詠史詩

【作　者】張協，字景陽，安平（今河北深縣）人。西晉文學家。生卒年不詳，約與陸機、左思等同時。曾官河間內史，後為黃門侍郎，託疾不赴，隱居不仕，以吟詠自娛。與兄張載、弟張亢俱有詩文名，並稱「三張」。原有集，後散佚，明人輯有《張景陽集》。

【題　解】這首詩是描寫和贊美疏廣叔姪不貪圖富貴，功成身退的通脫行為。

昔在西京時，朝野多歡娛❶。藹藹❷東都門❸，群公祖❹二疏❺。朱軒❻曜❼金城，供帳❽臨長衢。達人知止足，遺榮忽如無❾。抽簪解朝衣❿，散髮⓫歸海隅⓬。行人為隕涕⓭，賢哉此丈夫。揮金樂當年，歲暮⓮不留儲⓯。顧謂四坐賓，多財為累愚⓰。清風⓱激⓲萬代，名與天壤⓳俱。咄⓴此蟬冕客㉑，君紳宜見書㉒。

【注　釋】❶昔在西京時二句　這是描寫西漢宣帝時政治穩定，人民安居樂業的情況。西京，指西漢都城長安。東漢遷都洛陽。長安在洛陽之西，後人遂稱長安為西京，洛陽為東京。朝野，朝廷和民間；國內。歡娛，歡樂。❷藹藹　人眾多的樣子。❸東都門　指長安東郭門。❹祖　祖道。出行前祭路神稱為祖道，因而也稱餞行。❺二疏　指疏廣和姪子疏受兩人。疏廣字仲翁，東海蘭陵人，漢宣帝時為太傅，兄子疏受字公子，為少傅，同傅太子。後功遂身退，同乞骸骨歸。❻朱軒　車輪塗成朱色的車子。是諸侯和二千石以上大官所乘的車。❼曜　同「耀」。❽供帳　陳設帷帳以供飲宴。《漢書・卷六四・疏廣傳》載：「公卿大夫、故人邑子設祖道，供帳東都門外，送者車數百兩，辭決而去。」❾達人知止足二句　《漢書・卷六四・疏廣傳》載：在官五年之後，疏廣對受說：「吾聞『知足不辱，知止不殆』，『功遂身退，天之道』也。今仕官至二千石，宦成名立，如此不去，懼有後悔。豈如父子相隨出關，歸老故鄉，以壽命終，不亦善乎？」知止足，懂得終止和滿足。遺榮，拋棄榮華。❿抽簪解朝衣　去掉朝冠和朝衣。表示不做官。簪，即笄。古人用來束髮持冠。⓫散髮　抽去簪子，頭髮就散亂了。⓬海隅　海角。極遠之地。⓭隕涕　落淚。《漢書・卷六四・疏廣傳》載：當二疏歸去時，「及道路觀者皆曰：『賢哉二大夫！』或歎息為之下泣」。⓮歲暮　晚年。⓯不留儲　不積儲起來留給子孫。⓰顧謂四坐賓二句　《漢書・卷六四・疏廣傳》載：疏廣歸家後，天天設置酒食宴請族人和故舊賓客。過了一年多，疏廣的子孫讓年長並且為疏廣所親信的人去勸說疏廣，省下些錢來購買田宅。疏廣說：他並不是不顧念子孫，他們自有舊時的產業，足夠供衣食所需。如果把多餘的錢財留給子孫，只是讓他們怠惰而已。「賢而多財，則損其志；愚而多財，則益其過」，因此他要把這些皇上賜他養老的錢財拿出來樂與鄉黨宗族共同享用而不是留給子孫。四坐，四座。為累愚，或為之所累，或為之所愚。⓱清風　高風亮節。⓲激　激勵。⓳天壤　天地。⓴咄　相互打招呼的聲音。㉑蟬冕客　指高官。蟬冕，即蟬冠。漢代侍從官所戴，上有蟬飾，並插貂尾，故亦稱貂蟬冠。㉒紳宜見書　應把它寫在腰間的大帶上，以牢記不忘。

【語　譯】從前的長安城啊，朝廷內外多歡樂。東郭城門鬧盈盈，眾多的大官為二疏餞行。朱漆的車輪耀金城，陳設的帷帳對長道。通達的人懂得休止和滿足，拋棄榮華毫不吝惜。抽去持冠的簪解下上朝的衣，披散頭髮到天邊去。道旁行人感動得掉眼淚，這兩個大丈夫多賢明啊！壯年時把錢財痛快地花費掉，年老了不必留下積蓄給子孫。環顧在座的賓客道：錢財多了或被它所累或被它所愚。他們的高風激勵千萬代，美名與天地同在。為了嗟歎這位難得的貴官，請您把它寫在大帶上永誌不忘。

覽古詩

【作　者】盧諶（西元二八四～三五〇年），字子諒，東晉時范陽（今北京）人。曾為劉琨幕僚，後為鮮卑酋長段匹磾別駕。段死，依後趙主石虎，石虎部將冉閔誅石氏，諶隨閔軍，遇害。

【題　解】這首詩通過完璧歸趙、澠池之會詠藺相如不辱使命、不畏強暴的抗爭精神和藺相如忍氣相讓，廉頗負荊請罪的高尚品格。

趙氏❶有和璧❷，天下無不傳。秦人來求市，厥價徒空言❸。與之將見賣，不與恐致患❹。簡❺才備行李❻，圖❼令❽國命❾全。藺生在下位，繆子稱其賢❿。奉辭⓫馳出境，伏軾⓬逕⓭入關。秦王御殿坐，趙使擁節前⓮。揮袂睨金柱，身玉要俱捐⓯。連城既偽往，荊玉亦真還⓰。爰⓱在澠池⓲會，二主克⓳交歡⓴。昭襄欲負力，相如折其端㉑。眥血下霑衿，怒髮上衝冠㉒。西缶終雙擊，東瑟不隻彈㉓。捨生豈不易，處死誠獨難㉔。稜威章臺顛，彊禦亦不干㉕。屈節邯鄲中，俛首忍迴軒㉖。廉公何為者？負荊謝厥諐㉗。智勇蓋當代，弛張㉘使我歎。

【注釋】❶趙氏　指戰國時趙國。❷和璧　春秋時楚人卞和得自山中的寶玉，故稱和璧。是稀世珍寶。卞和把它獻給楚文王。楚昭王時送給趙惠文王。❸秦人來求市二句　《史記・卷八一・廉頗藺相如列傳》載：「趙惠文王時，得楚和氏璧。秦昭王聞之，使人遺趙王書，願以十五城請易璧。」市，購買。厥，其；它的。❹與之將見賣二句　《史記・卷八一・廉頗藺相如列傳》載：「趙王與大將軍廉頗諸大臣謀：欲予秦，秦城恐不可得；欲勿予，即患秦兵之來。」與，給與。將，且。見賣，猶「見欺」。被出賣；被欺騙。致患，招來禍患。❺簡　選擇；挑選。❻備行李　擔任使者的意思。❼圖　圖謀；希望。❽令　使。❾國命　國家的命運。❿藺生在下位二句　《史記・卷八一・廉頗藺相如列傳》載：趙王沒有能找到出使秦國的合適人選，宦者令繆賢就把自己的舍人藺相如推薦給他，並且竭力稱贊藺相如的才能和見識：「臣竊以為其人勇士，有智謀，宜可使。」藺生，指藺相如。趙國人，為趙宦者令繆賢的舍人，故下文說「在下位」。繆子，指繆賢。稱其賢，稱揚他的才能好。⓫奉辭　奉趙王的辭令。⓬伏軾　靠在車箱前面形如半框的橫木上。⓭逕　逕直。⓮秦王御殿坐二句　《史記・卷八一・廉頗藺相如列傳》載：「秦王坐章臺見相如，相如奉璧奏秦王。」節，符節。指外交場合所用表示奉有君王使命的一種憑證。⓯揮袂睨金柱二句　《史記・卷八一・廉頗藺相如列傳》載：藺相如看到秦王沒有用城換璧的誠意，就用計從秦王手裡取回了璧，「相如因持璧卻立，倚柱，怒髮上衝冠」，大聲叱責秦王沒有誠意，並且說，如果大王要強搶的話，「臣頭今與璧俱碎於柱矣！」又「持其璧睨柱，欲以擊柱」。揮袂，拂袖。表示憤怒。睨，斜視。捐，捐棄。⓰連城既偽往二句　《史記・

卷八一・廉頗藺相如列傳》載：秦王恐相如毀壞了璧，叫手下人拿出地圖來，指著說這十五座城給趙國。相如知道這是假的，裝模作樣而已，就想法遲緩了秦王得璧的日子，並讓自己的隨從帶著璧逃回了趙國。「秦亦不以城予趙，趙亦終不予秦璧」。連城，指秦所稱的十五座相連的城市。偽往，假裝劃給趙國。荊玉，楚玉。即和氏璧。⑰爰　句首語助詞。⑱澠池　古城名。因南有澠池而得名，在今河南澠池西。⑲克　能；相。⑳交歡　交好。㉑昭襄欲負力二句　秦昭襄王想憑藉自己的強大實力使趙甘拜下風，剛開始就被相如折服了。昭襄，秦昭襄王。秦武王異母弟。負力，恃力；憑藉實力。折，折服。端，緒。㉒眥血下霑衿二句　形容盛怒。眥血，張大眼睛，眼眶破裂而流出血來。眥，眼眶。霑衿，霑在衣襟上。衿，同「襟」。怒髮上衝冠，憤怒得頭髮豎起來，連帽子也要被衝走。㉓西缶終雙擊二句　《史記・卷八一・廉頗藺相如列傳》載：趙王與秦王在澠池相會，秦王藉著酒興請趙王奏瑟。趙王做了，秦國御史馬上記了下來：某年月日，秦王令趙王鼓瑟。藺相如請求秦王擊缻，秦王不肯。相如以死相要挾，秦王手下人想用刀砍相如，「相如張目叱之，左右皆靡」。秦王被迫擊了一缻。相如亦召趙國御史記了下來：某年月日，秦王為趙王擊缻。西缶終雙擊，指秦王被迫為趙王擊缶。秦在西，故稱西缶。缶，又作「缻」。古代一種瓦製的打擊樂器。東瑟不隻彈，指趙王為秦王彈瑟。趙在東，故稱東瑟。瑟，古代一種似琴的弦樂器。㉔捨生豈不易二句　見《史記・卷八一・廉頗藺相如列傳》太史公曰：「知死必勇，非死者難也，處死者難。」處死，言處死而能立事。㉕稜威章臺顛二句　奮威於章臺之上，竟不被秦王的彊暴所嚇倒。稜威，奮威。章臺，戰國時秦在渭水南面離宮的臺名。彊禦亦不干，不畏強暴的意思。彊禦，強暴。干，犯。㉖屈節邯鄲中二句　《史記・卷八一・廉頗藺相如列傳》載：澠池之會後，趙王因為相如功大，拜為上卿，位於廉頗之上。廉頗不服氣，放出風聲說要羞辱相如。相如每逢上朝時常稱病不往不願與廉頗爭高下。「已而相如出，望見廉頗，相如引車避匿」。屈節，表示忍讓。邯鄲，當時趙國的都城。在今河北邯鄲。俛首，低頭。亦表示忍讓。迴軒，引車相迴避。㉗廉公何為者二句　《史記・卷八一・廉頗藺相如列傳》載：相如手下人勸說相如不應忍讓廉頗。相如說明原因：秦國不敢攻趙，是因為他和廉將軍在。若與廉相爭，勢必兩敗俱傷。故當以國家之仇為先。廉頗得知後，「肉袒負荊，因賓客至藺相如門謝罪」。負荊，背著荊條。荊是帶刺的灌木，枝條可作刑杖。謝厥諐，因自己的罪過而道歉。諐，同「愆」。罪責。㉘弛張　一弛一張。這裡指藺相如對友忍讓對敵勇敢，做得很恰當。弛，同「弛」。放鬆弓弦。張，拉緊弓弦。此喻相如為人的剛柔相濟。

【語　譯】趙國擁有和氏璧，舉世公認無價寶。秦國派人來求購，所講的代價是空話。給則白白受欺騙，不給恐怕招禍患。挑選賢才作使者，務使國家得保全。地位低下藺相如，繆賢稱他是賢才。接受使命出國境，乘車直入秦邊關。秦王殿中端正坐，趙使持節快步前。秦王既然無誠意，相如拂袖睨殿柱，揚言若要強取璧，此身與玉一同碎。十五連城沒取到，和氏之璧終回歸。於是舉行澠池會，趙王秦王相結交。秦王想要逞武力，相如使他遭挫折。眼眶流血霑衣襟，怒髮上豎欲衝冠。秦王被迫擊瓦缻，回報趙王為鼓瑟。拋棄生命還不容易嗎？處於絕境而能成事才更難得。相如奮威章臺上，強暴不能干犯他。回到邯鄲能忍讓，俯首回車避廉頗。廉頗知情欲何為？負荊請罪相與歡。相如智勇蓋當代，剛柔相濟我贊歎。

張子房詩

【作　者】謝瞻，見頁八九七。

【題　解】這首詩前半首詠張良受上天的感應扶助劉邦興漢替秦的功業，後半首則歌頌南朝宋武帝劉裕興宋代晉，德被四方，這同樣是上天授意的。據王儉《七志》載：宋武帝遊張良廟，命隨行的僚佐賦詩，謝瞻時為豫章太守，乃遙以此詩唱和。在眾多詠詩中作者的這首詩冠於一時。

王風❶哀以思❷，周道❸蕩❹無章❺。卜洛❻易隆替❼，興亂罔不亡❽。力政❾吞九鼎❿，苛慝暴三殤⓫。息肩纏民思⓬，靈鑒集朱光⓭。伊人感代工⓮，聿⓯來扶⓰興王⓱。婉婉⓲幙中畫⓳，輝輝天業⓴昌。鴻門消薄蝕㉑，垓下殞攙搶㉒。爵仇㉓建蕭宰㉔，定都㉕護儲皇㉖。肇允契幽叟㉗，翻飛指帝鄉㉘。惠心奮千祀，清埃播無疆㉙。神武睦三正，裁成被八荒㉚。明兩㉛燭㉜河陰㉝，慶霄薄汾陽㉞。鑾旍歷頽寢，飾像薦嘉嘗㉟。聖心豈徒甄㊱，惟德㊲在無忘。逝者㊳如可作㊴，揆子㊵慕㊶周行㊷。濟濟㊸屬車士㊹，粲粲㊺翰墨場㊻。瞽夫違盛觀㊼，竦躋㊽企㊾一方。四達㊿雖平直，蹇步(51)愧無良。飡和(52)忘微遠(53)，延首(54)詠太康(55)。

【注釋】❶王風　《詩經》十五國風之一。是產生於周的都城洛陽一帶的樂歌。其中的多首詩篇詠社會變遷、征戰、離別等事，格調傷感。❷哀以思　指〈王風〉的格調哀傷。以，語助詞。無義。思也是哀傷的意思。❸周道　周朝的秩序。❹蕩　混亂的樣子。❺無章　無綱紀章法。❻卜洛　指周公卜洛陽吉而建為東都。❼隆替　興盛和廢替。❽興亂罔不亡　據何焯《義門讀書記・卷四六》之見，「興」字為「與」字之誤，蓋言為政無方則無不滅亡。罔，沒有。❾力政　同「力征」。以武力攻伐。❿吞九鼎　指秦統一中國建立帝國。九鼎，周制，天子九鼎。⓫苛慝暴三殤　出自《禮記・檀弓下》載：孔子過泰山側，聽到婦人的哀哭聲中似有好幾樁傷心事，問婦人，婦人說她的公公、丈夫和兒子都死了。孔子又問她為何不離開，她說這裡無苛政。孔子感慨說：苛政猛於虎。苛慝，苛虐和罪惡。暴三殤，意思是比咬死祖孫三代的老虎還要兇惡。⓬息肩纏民思　百姓盼望著能夠免除勞役的負擔。息肩，使肩得到休息。即不服勞役。纏，纏繞。民思，老百姓的心意。⓭靈鑒集朱光　上天神明鑒察，讓漢朝替代秦朝。靈，神靈。鑒，明察。朱光，火德。五行說，漢朝以火德王，故指代漢朝。⓮伊人感代工　意思是張良受到上天將要讓漢替代秦的感應。伊人，那人。指張良。感，感應。代工，見《尚書・皋陶謨》：「天工，人其代之。」上天的工作，讓人來替代的意思。這裡指王朝更替。⓯聿　遂；於是。⓰扶　扶持。⓱興王　正在興起的王。這裡指劉邦。⓲婉婉　和順細心的樣子。⓳幬中畫　運籌帷幄。幬，帳幕。⓴天業　指以漢代秦是上天授意的功業。㉑鴻門消薄蝕　指鴻門宴上，項羽謀士范增勸項羽殺劉邦，張良通過結交項羽叔父項伯使事情得以緩解，並讓劉邦趁機逃離。事見《史記・卷七・項羽本紀》、《史記・卷五五・留侯世家》。消薄蝕，意指消解了項羽對劉邦的侵害。薄蝕原指不是晦（農曆月終）、朔（農曆每月初一）之日發生的日蝕。劉邦是帝王，故以日喻之。㉒垓下殞攙搶　指張良設計讓各路諸侯會齊，圍項羽於垓下，並迫使他自殺。事見同上。殞攙搶，原指彗星墜落。喻項羽之死。攙搶，彗星的別稱。彗星俗名掃帚星，古人和民間認為主凶，彗星出現預示著戰亂等禍害，故以彗星喻項羽。㉓爵仇　指張良建議漢高祖先封有仇的雍齒為侯，以安定人心。《史記・卷五五・留侯世家》載，高祖封大功臣後，其餘的未及行封。在宮中復道上望見眾將常聚坐沙中說話。問張良，張良說他們因擔憂得不到封賞，又恐怕皇上藉故誅殺他們，故相聚謀反。又建議高祖先封眾所共知的與高祖有舊怨為他所痛恨的雍齒為侯。高祖封雍齒後，群臣人心安定，都高興地說，連雍齒亦封為侯，我們還擔心什麼呢！㉔建蕭宰　指張良建議高祖立蕭何為相國。㉕定都　指張良勸說高祖建都長安。《史記・卷五五・留侯世家》載：劉敬勸高祖都關中，而左右大臣多勸都洛陽。高祖問張良，張良分析了兩地的形勢，認為關中是「金城千里，天府之國」，肯定劉敬的提議。於是高祖起駕入關，定都長安。㉖護儲皇　指張良建議呂后延請逃避山中的四位老人輔助太子，從而打消了高祖屢欲易太子的念頭。《史記・卷五五・留侯世家》載：高祖寵幸戚夫人，欲廢太子而立戚夫人子趙王如意。大臣諫爭，故未最後確定。呂后問計張良，張良說這是很難用口舌爭辯的，建議太子迎取逃避山中義不為漢臣的四位老人為輔助。呂后讓太子依計做了。後來高祖重病，更加想易太子。大臣死爭亦無用。一次宴會，太子侍高祖，四位八十多歲的老人跟隨了太子。高祖感到奇怪，問後知道是東園公等。高祖大驚說我求公等多年，你們逃避我，為什麼反跟隨了我兒子？四人說太子仁孝，眾望所歸，故他們來了。高祖只得打消易太子的念頭。儲皇，指太子。㉗肇允契幽叟　意思是年輕時契合圯上老人的心意建功立業。肇，始。指年輕時。允，信；確實。契，契合。幽叟，指張良少年時在下邳圯上碰見的在夜裡授予兵法的老人。事見《史記・卷五五・留侯世家》。㉘飜飛指帝鄉　這是指張良後來棄絕人間事，嚮往神仙術。飜飛，也是飛的意思。飜，同「翻」。這裡指張良學辟穀術後能導引輕舉。指帝鄉，心嚮往神仙。指，意指；心嚮。帝鄉，神話中天帝住的地方；仙境。㉙惠心奮千祀二句　是說張良的見識和功業，後人傳揚不絕。惠心，充滿智謀的心。惠，通「慧」。聰明。奮，感奮。千祀，猶千年。清埃，清塵。播，播揚。㉚神武睦三正二句　是說宋武帝順應天道，滅晉興宋，德被四海。神武，神聖勇武。這是對皇帝的專用贊語。這裡稱南朝宋武帝劉裕。睦，和。三正，指天、地、人的正道。裁成，取《易・泰》「后以財成天地之道」之意。意思是說帝王籌謀而成就天地之道。（財成，《漢書・卷二一・律曆志上》引作裁成。）被，覆蓋。八荒，指極遠之地。㉛明兩　取《易・離》「明兩作離，大人以繼明照於四方」之意。明兩作離本謂〈離卦〉䷝離上離下，為兩明前後相續之象。鄭玄注說：「明兩者，取君明，上下以明德相承，其於天下之事，無不見也。」故這裡以明兩喻宋武帝，謂其恩德明照四方。㉜燭　照。㉝河陰　指黃河的南面。傳說古時舜曾避丹朱於此。㉞慶霄薄汾陽　連用慶霄、汾陽這兩個與古代聖王舜、堯有關的典故來喻宋武帝代晉，含有把宋武帝捧成古聖王一樣偉大的意思。慶霄，慶雲。亦即「卿雲」。古歌名。《尚書・大傳》謂舜將禪位給禹，和臣工一起相和而歌：「卿雲爛兮，糺縵縵兮。日月光華，旦復旦兮。」隱含禪代之意。卿雲原指一種表示祥和的彩雲。慶霄在這裡表示宋武帝代晉。薄，覆蓋。汾陽，汾水之陽；汾水的北面。典故出自《莊子・逍遙遊》：「堯治天下之民，平海內之政，往見四子藐姑射之山，汾水之陽，窅然喪其天下焉。」㉟鑾旍歷頹寢二句　是說宋武帝經過張良廟，修飾他的畫像進行秋祭。鑾旍，鑾旗。指皇帝出行的儀仗中的旗，旗上飾有羽毛。旍，同「旌」。歷，經過。頹寢，衰敗和廢止。這裡指已衰廢之張良廟。飾像，指修飾張良的畫像。薦，祭神。嘗，同「嘗」。秋祭。㊱甄　表明。㊲惟德　思德。㊳逝者　去世者；死者。指張良。㊴作　起。指復活。㊵揆子　度子之志；估量您的志向。㊶慕　嚮慕。㊷周行　周的行列。這裡以周喻宋。㊸濟濟　眾多的樣子。㊹屬車士　跟隨皇帝的車駕出行的文士。㊺粲粲　美盛的樣子。㊻翰墨場　舞文弄墨之場所；文場；文壇。㊼瞽夫違盛觀　出自《莊子・逍遙遊》「瞽者無以與乎文章之觀」。瞽夫，瞎眼的人。這裡是作者自稱。違，離；沒有參與。㊽竦踴　即「聳踴」。同義連文。都是往上跳的意思。㊾企　踮起腳跟。㊿四達　通往四方的大道。(51)蹇步　邁著踉蹌的步子。蹇，跛足。(52)飡和　飲食聖人的和氣。言受到皇帝教化的熏陶。飡，同「餐」。(53)微遠　言己卑位處遠。(54)延首　伸長頭。(55)太康　太平康寧。

【語　譯】〈王風〉樂調很哀傷，那是在歎息周朝的秩序遭破壞。占卜而興建的洛邑隨著盛衰而交替，為政無方則無不滅亡。秦國憑武力統一了天下，它的暴政比猛虎還要兇殘。老百姓多麼希望能解除勞役的負擔啊，上天神明鑒察就寄望於火德的漢朝。張良受到上天改朝換代的感召，於是出來扶持正在興起的漢王。他在帷幄之中細心地謀劃，於是順天而行的功業無比輝煌。鴻門宴上解除項羽對劉邦的傷害，垓下之圍迫使項羽自殺身亡。建議漢高祖先封有宿怨之人為侯，又建議任蕭何為相國；勸高祖定都城於長安，又保護了皇太子不被易位。年輕時能不負圯上老人之意，晚年後學神仙術棄絕塵世。他的智慧激勵後人，他的功名永遠流傳。大宋皇帝神聖勇武，使天、地、人三者相和諧；順應天道，裁制成理，德被四海。光輝照耀如同古代聖王，以宋代晉超過舜禹。皇帝的鑾旗經過衰廢的張良廟，修飾張良的畫像並舉行隆重的秋祭。聖上之心豈是表彰留侯，對於前賢功德永不敢忘。死者如果能復活的話，估量您一定會嚮慕宋朝的好時光啊。多麼眾多的隨駕人員啊，多麼美盛的文墨之臣啊。我雖然淺陋沒能參與這盛典，也在遠方歡呼跳躍。通往四方的大道，儘管平直，慚愧我行道遲緩沒有良才。受到聖人教化熏陶我忘記身處微遠，只想伸長了頭頸歌詠這太平康寧的好時光。

秋胡詩

【作者】顏延之，見頁九〇二。

【題解】這是一首敘事詩，本事見《列女傳》和《西京雜記》：魯人秋胡（一說秋胡子）娶妻後不久即到陳地做官，幾年後歸來，途中見一美婦人採桑，悅而贈金與她，婦不受。回家後才知道採桑婦就是自己的妻子。妻子斥責了他，並投河自殺。這首詩前半首寫結婚之歡愉、夫婦離別、妻子之思念、歸途之勞頓，多為本事所不載，富想像之成分；後半首寫秋胡途遇採桑婦、贈金不受、秋胡見母見妻、妻子申離別之苦和責夫之不義，最後寫妻子投河，寫實成分較多。

椅梧傾高鳳[1]，寒谷待鳴律[2]。影[3]響[4]豈不懷[5]？自遠[6]每[7]相匹[8]。婉[9]彼幽閑[10]女，作嬪[11]君子室。峻節[12]貫[13]秋霜，明豔[14]侔[15]朝日。嘉運[16]既我從，欣願[17]自此畢[18]。燕居[19]未及好[20]，良人[21]顧[22]有違[23]。脫巾千里外[24]，結綬[25]登王畿[26]。戒徒[27]在昧旦[28]，左右來相依。驅車[29]出郊郭[30]，行路正威遲[31]。存[32]為久離別，沒[33]為長[34]不歸。嗟余怨行役，三陟窮晨暮[35]。嚴駕[36]越風寒，解鞍[37]犯[38]霜露。原[39]隰[40]多悲涼，迴飆[41]卷高樹。離獸[42]起荒蹊[43]，驚鳥縱橫去[44]。悲哉遊宦子[45]，勞[46]此山川路。

超遙[47]行人遠，宛轉[48]年運[49]徂[50]。良時為此別[51]，日月方向除[52]。孰知寒暑積，僶俛[53]見榮枯。歲暮[54]臨空房，涼風起座隅[55]。寢興[56]日已寒，白露生庭蕪[57]。勤役[58]從歸願，反路[59]遵[60]山河。昔辭秋未素[61]，今也歲載華[62]。蠶月[63]觀時暇，桑野[64]多經過[65]。佳人[66]從此[67]務[68]，窈窕[69]援高柯[70]。傾城[71]誰不顧[72]，弭節[73]停中阿[74]。年往[75]誠思勞[76]，事遠闊音形[77]。雖為五載[78]別，相與[79]昧平生[80]。舍車[81]遵往路[82]，鳧藻[83]馳目成[84]。南金[85]豈不重[86]？聊自[87]意所輕。義心[88]多苦調[89]，密比金玉聲。高節難久淹[90]，朅來[91]空復辭。遲遲[92]前塗[93]盡，依依[94]造[95]門基。上堂拜嘉慶[96]，入室問何之[97]。日暮行采歸，物色桑榆時[98]。美人望昏至，慚[99]歎[100]前相持[101]。有懷[102]誰能已[103]，聊用[104]申[105]苦難。離居殊年載[106]，一別阻[107]河關。春來無時豫[108]，秋至恆早寒。明發[109]動愁心，閨中起長歎。慘悽[110]歲方晏[111]，日落遊子[112]顏。高張[113]生絕弦[114]，聲急[115]由調[116]起。自昔[117]枉[118]光塵[119]，結言[120]固[121]終始[122]。如何久為別，百行[123]愆[124]諸己。君子失明義[125]，誰與偕沒齒[126]？愧彼〈行露詩〉[127]，甘之[128]長川汜[129]。

【注釋】❶椅梧傾高鳳　化用《詩經．小雅．湛露》「其桐其椅，其實離離」和《詩經．大雅．卷阿》「鳳皇鳴矣，於彼高岡；梧桐生矣，於彼朝陽」。椅，樹名。即山桐子。梧，指梧桐樹。傾，斜著枝條等待。高，指高岡。鳳，鳳凰。神話中的鳥王，雄的叫鳳，雌的叫凰，通稱鳳或鳳凰。又傳說鳳凰非梧桐樹不棲。❷寒谷待鳴律　出自劉向《別錄》：「鄒衍在燕，有谷寒不生五穀。鄒子吹律而溫至，生黍也。」鳴律，吹律；吹管發出音樂聲。❸影　指影隨形。❹響　指響應聲。❺豈不懷　豈不思。❻自遠　從遠處來。❼每　常常。❽相匹　相配。❾婉　柔順的樣子。❿幽閑　靜美的樣子。⓫作嬪　作妻子。嬪，婦。⓬峻節　高尚的節操。⓭貫　連；相通。⓮明豔　容顏盛美的樣子。⓯侔　等；等同。⓰嘉運　好運。⓱欣願　美好的願望。⓲畢　完成；實現。⓳燕居　同「宴居」。安居。⓴好　好合。㉑良人　古時婦人稱自己的丈夫為良人。㉒顧　反而；卻。㉓有違　相離別。「有」為動詞詞頭。㉔脫巾千里外　意思是在遠方做官。巾為古代處士所戴，故脫巾表示出仕。㉕結綬　繫上印紐的絲帶。亦表示為官。㉖王畿　王都。㉗戒徒　告誡徒眾。㉘昧旦　黎明。㉙驅車　趕著馬車。㉚郊郭　城外。郭，指外城。㉛威遲　又可作「威夷」。雙聲聯綿詞。險阻之意。㉜存　活著。㉝沒　死去。㉞長　永遠。㉟嗟余怨行役二句　出自《詩經・魏風・陟岵》「嗟予子行役」和「陟彼岵兮」、「陟彼屺兮」、「陟彼岡兮」。嗟，歎；歎息。行役，指在外跋涉。三陟即陟岵、陟屺、陟岡。窮晨暮，指日夜不停。㊱嚴駕　整治車馬出行。㊲解鞍　指下馬休息。㊳犯　冒。㊴原　高平之地。㊵隰　低溼之地。㊶迴飆　旋風。飆，狂風。㊷離獸　離群之獸。㊸荒蹊　荒蕪的小路。㊹縱橫去　指亂飛而散。㊺遊宦子　離家在外做官的人。㊻勞　勞頓；困頓。㊼超遙　疊韻聯綿詞。遙遠的樣子。㊽宛轉　曲折的樣子。㊾年運　命運。㊿徂　往。51良時為此別　出自舊題〈李少卿與蘇武詩〉：「良時不再至，離別在須臾。」良時，美好時光。52日月方向除　出自《詩經・小雅・小明》：「昔我往矣，日月方除。」此言時間流逝。53僶俛　雙聲聯綿詞。時間短暫的意思。54歲暮　年底。55座隅　座位的一角。56寢興　寢興之間；躺下和起身。形容時間極短。57庭蕪　庭院之中的草。58勤役　勤於役；努力服役。59反路　回返之路。60遵　沿著。61昔醉秋未素　「醉」當從別本作「辭」。言昔日辭別，秋天還未有白霜。指早秋。62歲載華　花開又一年的意思。載，始。華，指樹開花。63蠶月　忙於蠶事之月。謂農曆三、四月。64桑野　栽有大片桑樹之地。65經過　經過之人；過路人。66佳人　美人。67從此　在這裡。68務　務事；幹活。69窈窕　美貌的樣子。70援高柯　把高處的樹枝拉下來。指採桑。71傾城　使整座城裡的人傾倒。形容女子姿色絕美。72顧　回頭看。73弭節　停車。弭，止。74中阿　阿中；山中。75年往　歲月一天天地過去。76思勞　因思念而疲病。勞，病。77闊音形　使聲音和身形疏遠。音訊不通之意。78五載　五年。79相與　相互。80昧平生　彼此之間不瞭解。昧，無知。81捨車　棄車而徒步。82遵往路　沿著來路往回走之意。83鳧藻　亦作「拊噪」。歡悅的樣子。84馳目成　放眼望去，表達情意。成，成其親密之意。85南金　古代南方出產的金，質地好。86重　貴重。87聊自　姑且。88義心　指對丈夫的忠貞之心。89苦調　苦辭。90淹　留。91朅來　去來。謂來。92遲遲　緩緩地。93前塗　前途；前面的路。94依依　充滿戀情地。95造 登上。96上堂拜嘉慶 上堂向母親請安。嘉慶，值得慶賀的吉祥事。97入室問何之 進內室問夫人到什麼地方去了。98物色桑榆時 太陽光照射在桑榆上時。指日已晚。物色，景色；陽光照射。99慙 羞慚。同「慚」。100歎 歎息。101前相持 面對面站著不動。102懷 思念。103已 停止。104聊用 聊以；暫且。105申 訴說。106殊年載 多年。年載，同義連用。107阻 為……所阻絕。108豫 樂；快樂。109明發 天色發亮。110慘悽 淒慘；悲傷。111歲方晏 將到年底。112遊子 行遊在外的人。113高張 指琴聲高揚。114絕弦 斷弦。115急 急切。116調 韻。117自昔 從前。118枉 徒然；徒有。119光塵 風采。120結言 訂約。121固 使……固。122終始 自始至終。123百行 各種行為。124諐 同「愆」。125失明義 不明夫婦之大義。失，喪失。126沒齒 沒世；一輩子。127行露詩 《詩經・召南》篇名。詩寫一個女子對強行求婚者的拒絕，其中有「誰謂女無家，何以速我獄？雖速我獄，室家不足」、「誰謂女無家，何以速我訟？雖速我訟，亦不女從」。128之 赴；到。
129長川汜 大河。汜，指由主流分出而復匯合的河水。

【語譯】椅樹、梧桐樹傾斜著枝條等待高岡上的鳳凰來棲息，寒冷的山谷等待吹響了的管樂而生溫。如影隨形，如響應聲般的唱和，誰不盼望呢？伊人從遠處來和良人成匹配。柔順靜美的女子，作了君子的妻子。高尚的節操有如秋霜，美好的容貌就像朝陽。好運陪隨著我，美好的願望從此實現了。還沒有好好地安居，丈夫卻要離別。脫下了處士巾，遠赴千里外的王都為官。黎明時分誡徒登程，左右兩旁有人相隨。趕著車馬出了城郊，行車路上遇到險阻。活著時要長久地別離，如果死去就永遠不歸。我歎息怨恨為服役而行路，跋山涉水日夜不斷。整治車駕越過風寒，解鞍休息冒著霜露。高地低地充滿悲涼，旋風捲起高大的樹。離群的野獸在荒徑上驚起，受驚的鳥散亂飛離。可悲啊，在外做官的人，為這山川的路所勞頓。行路多遙遠啊，命運曲折而去。美好時光相離別，光陰正逐漸流逝。誰能知道寒暑積，須臾之間季節改換。年底之時獨守空房，涼風從座位的一角興起。一夜功夫天已變寒，白露生在庭中的草上。努力服役實現了歸家的心願，回家的路沿著山河。先前辭別的時候還是早秋，如今花開又是一年。養蠶之月出來閒看，種桑的原野有許多過路的人。有個美人在這裡幹活，身姿優美攀枝採桑。如此美貌的女子誰不回頭看呢？我於是把車停在半山腰。歲月過去了確實很思念，往事遙遠了聲音和身形也逐漸記不清了。雖然只分別了五年，相互之間已不相識。捨棄車馬徒步往回行，放眼望去非常歡愉。南地所產的金難道不貴重？卻被女子看得很輕。女子對丈夫的忠貞之心從言辭中流露出來，猶如金玉之聲一樣鏗鏘有力。她那高尚的節操使人難以久留，此來只能空費言辭，緩緩地前面的路盡了，依依地登上家門。來到堂上拜見母親，回到內室問妻子到何處去了。日暮時分採桑歸來，晚霞正映在桑樹和榆樹上。美婦人黃昏的時候來到了，我慚愧歎息地上前扶持。她對丈夫的思念不能停止，暫且在丈夫面前把苦難申訴。離居有多年，一別之後為河關所阻沒機會見面。春天來了也沒有歡樂時，秋天到了總是提早感到寒冷。天色發亮時觸動了憂愁的心，在房中坐起長聲歎息。感情淒慘是由於年底將近，日將落時思念遠遊的丈夫的容貌。琴聲高揚產生斷弦，聲音急切起自樂調。從前徒有美好的風采，訂下了生死不渝的約定。為什麼久別之後，所作所為與自己的約言相異？你既然失去了夫婦之大義，誰還與你白頭偕老？想起〈行露詩〉我感愧不已，寧願投身到長流中去。

五君詠 五首

【作　者】顏延之，見頁九〇二。

【題　解】〈五君詠〉五首，分詠「竹林七賢」中阮籍、嵇康、劉伶、阮咸、向秀這五人。顏延之多次遭排擠，內心怨憤，因此作這五首詩來寄託自己的懷抱。

阮步兵

阮公雖淪跡❶，識密❷鑒❸亦洞❹。沈醉似埋照❺，寓詞類託諷❻。長嘯❼若懷人，越禮❽自驚眾❾。物故❿不可論，途窮⓫能無慟⓬？

【章　旨】這首詩寫阮籍的隱晦、沈醉、作詩、長嘯及越禮的行為，都是因為世道險惡，他的內心是很清醒的。阮籍曾做過步兵校尉，故稱阮步兵。

【注　釋】❶淪跡　沒跡；隱沒其蹤跡。❷識密　見識精密。❸鑒　照。這裡指觀察鑒別。❹洞　深；深刻。❺埋照　把光采隱藏起來。也即收斂起自己的才識不外露。照，光采。❻寓詞類託諷　意思是在詩歌中寄託著自己的諷喻。指寫作〈詠懷詩〉。❼長嘯　撮口發出長而清越的聲音。《世說新語・棲逸》載：「阮步兵嘯聞數百步。」又《三國志・魏志・王粲傳》注引《魏氏春秋》載：阮籍年輕時曾遊蘇門山，與隱者談論太古無為之道等，隱者聽不懂。阮籍就對他發出長嘯，清韻響亮。❽越禮　違禮；不受禮教的約束。❾自驚眾　自然使眾人驚愕。《晉書・阮籍傳》說他在母親死時，正與人下圍棋，對家求止，阮籍留下他與他決出輸贏；人家來弔喪，他「散髮箕踞，醉而直視」；母親將下葬時，他吃一頭蒸熟的小豬，飲二斗酒，然後與母親訣別。又一次嫂子回娘家，阮籍和她相見而別。有人譏諷他，他回答說：「禮豈為我輩設耶！」鄰家有一美貌少婦，當壚沽酒，阮籍曾前往飲酒，醉後臥在一旁；有一兵家女子美貌而有才識，還未出嫁就死了，阮籍與她家父兄不相識而前往哭弔，盡哀而還。❿物故　世故；世事。⓫途窮　路途到了盡頭。⓬無慟　不痛哭。《三國志・魏志・王粲傳》注引《魏氏春秋》說阮籍時常「率意獨駕，不由徑路，車跡所窮，輒痛哭而反」。這句詩裡還有一層含意是說世道艱難，處於窮途的人怎能不痛哭呢？

【語　譯】阮公儘管隱沒自己的蹤跡，他的見識精密，觀察鑒別的能力也很深刻。沈醉於酒似乎把自己的才識深深掩埋，但他的〈詠懷詩〉中卻寄託著譏諷。長嘯一聲如懷念人，越出禮教的約束自然使眾人驚愕。世事不可言說，行到窮途無路怎能不痛哭呢？

嵇中散

中散不偶世❶，本自餐霞人❷。形解❸驗❹默仙❺，吐論❻知凝神❼。立俗❽

迕❾流議❿，尋山洽隱淪⓫。鸞翮有時鎩，龍性誰能馴⓬。

【章　旨】這首詩寫嵇康的不能與世俗之人相諧和的性格，贊揚他雖然被殺，但頑強的性格始終不屈服。嵇康曾做過中散大夫，故稱嵇中散。

【注　釋】❶不偶世　與世俗不能相合。偶，合。❷餐霞人　即仙人。餐霞，服食日霞。古代神仙家的一種修煉之術。❸形解　尸解。即拋下軀殼而成仙。❹驗　驗證。❺默仙　默然成仙。❻吐論　發表議論。指他所作的〈養生論〉。❼凝神　指修身養性已達到凝靜專一的境地。❽立俗　置身於世俗之中。❾迕　違背。❿流議　流俗的議論。⓫洽隱淪　和隱逸之士相處融洽。隱淪，指隱逸沈淪之士。⓬鸞翮有時鎩二句　句中鸞、龍都是比喻嵇康。鸞翮，指鸞鳥的羽翼。鸞，傳說中鳳凰一類的鳥。翮，羽根；羽軸下端中空部分。鎩，指羽毛受到傷殘。龍性，指嵇康不受禮俗拘束的性格。馴，馴服。

【語　譯】嵇中散不能與世俗相諧和，他本來就是神仙中人。他的遺棄形骸證實了他確已默默成仙，從他的談吐議論中知道他的精神修養已達到凝靜專一的境地。處身於世俗之中卻與流俗的議論相違背，尋訪山中能與隱逸之士相融洽。鸞鳥的羽翼有時雖可受到傷殘，像龍一般不受拘束的性情誰能馴服？

劉參軍

劉靈❶善閉關❷，懷情❸滅聞見❹。鼓鍾不足歡，榮色豈能眩❺？韜精❻日❼沈飲，誰知非荒宴❽。頌酒❾雖短章，深衷❿自此見。

【章　旨】這首詩說劉伶沈湎於酒有他的內心苦衷，這從他的頌酒的詩中可以看出。劉伶曾為建威參軍，故名劉參軍。

【注　釋】❶劉靈　當從《四部叢刊》影宋本六臣注《文選》作劉伶。❷閉關　指處心虛靜，關閉感官，使之不受外界事物的影響。❸懷情　把感情藏起來。❹滅聞見　對外界事物不聞不見。❺鼓鍾不足歡二句　鼓鐘本用以悅耳，由於滅聞見，故鐘鼓亦不足以使他歡樂；榮色用來悅目，既滅聞見，故不能使他感到眩目。鍾，通「鐘」。榮色，許多種美色。眩，使眼睛迷亂。❻韜精　斂藏光采。韜，藏。精，明。❼日　每日。❽荒宴　宴飲過度。❾頌酒　指劉伶所作的〈酒德頌〉。❿深衷　內心。

【語　譯】劉伶善於關閉感官，把感情隱藏起來對外界不聞不見。鼓和鐘不足以使他歡樂，美麗的色彩豈能使他眼睛迷亂？他斂藏光采每天沈湎於飲酒，誰能知道他並不是宴飲過度。〈酒德頌〉雖然篇幅短，他的內心世界也可從中看見。

阮始平

仲容❶青雲器❷，實稟❸生民秀❹。達音❺何用❻深？識微❼在金奏❽。郭弈❾已心醉❿，山公非虛覯⓫。屢薦⓬不入官，一麾⓭乃出守⓮。

【章　旨】這首詩寫阮咸雖有很好的才能，再三被薦，也不被信用，最後出為太守。阮咸做過始平太守，故稱阮始平。

【注　釋】❶仲容　阮咸的字。❷青雲器　高遠的才能。❸稟　受。❹生民秀　人間秀美者。生民，指人。秀，美。❺達音　通曉音律。❻何用　何以；為何。❼識微　指懂得音律上的極微小的區別。❽金奏　指各種金屬奏樂器。❾郭弈　是當時的名士。太原人，有識量。❿心醉　指郭弈對阮咸的音樂十分歎服。⓫山公非虛覯　是說山濤對他的賞識並不是沒有見地的。山公，指山濤。覯，見。⓬屢薦　屢次薦舉。山濤掌管選職，舉薦阮咸為吏部郎。曾上章三次，晉武帝沒能用他。⓭一麾　一揮。⓮出守　指出為始平太守。傳暢〈晉諸公贊〉：荀勗常常與咸論音律，自認為遠不及他，心懷妒忌，藉著某事出阮咸為始平太守。

【語　譯】阮仲容有高遠的才幹，是天生出類拔萃的優秀人物。他對音律的通曉是多麼湛深啊，能夠辨別各種金屬樂器發出的細微區別。郭弈對他的音樂已經傾倒，山濤對他的賞識更不是沒有見地。雖然數次推薦他但還是沒有做成官，最後荀勗手一揮使他出京做太守。

向常侍

向秀甘淡薄❶，深心託豪素❷。探道好淵玄，觀書鄙章句❸。交呂❹既鴻軒❺，攀❻嵇❼亦鳳舉❽。流連河裡遊❾，惻愴❿〈山陽賦〉⓫。

【章　旨】這首詩歌詠向秀甘於淡薄、不同凡俗的性格。向秀曾為散騎常侍，故稱向常侍。

【注　釋】❶淡薄　淡泊。❷豪素　筆和紙。素，帛。在紙發明以前人們在絲帛上書寫，故用作紙的代稱。❸探道好淵玄二句　是說向秀注《莊子》側重於對書中玄理的闡發，而不屑於對章句的解說。探道，指對道的探究。指向秀所作《莊子注》。淵玄，淵深的玄理。❹呂　指呂安。向秀曾與他在山陽種菜，賣菜所得的錢供酒食之用。❺鴻軒　大雁高飛。❻攀　結交。❼嵇　指嵇康。向秀曾與他在洛邑結對鍛鐵。❽鳳舉　鳳飛。這裡用鴻軒、鳳飛形容向秀情意高曠、超群拔俗。❾流連河裡遊　指向秀與寓居在河內山陽的呂安、嵇康交遊，依戀不捨。流連，依戀不忍離開。河裡，河內。❿惻愴　悲傷。⓫山陽賦　指〈思舊賦〉。嵇康和呂安被害後，向秀經過山陽舊居，聽見吹笛聲，有感而作〈思舊賦〉。

【語　譯】向秀自甘淡泊，把心思都寄託在著作上。對玄理的探究異常深入，鄙棄對章句的詮說。他與呂安的交往情趣高遠，與嵇康的結交不同凡俗。他留戀在河內與他們的交遊，他的〈思舊賦〉更是悲傷動人。

詠史詩

【作　者】鮑照（西元四一四～四六六年），字明遠，遠祖是上黨（約今山西長子一帶）人，其後遷居東海（郡名，治所在今山東郯城北，後遷山東蒼南）。南朝宋傑出的文學家。出身寒微，二十六歲獻詩給臨川王劉義慶，頗得賞識，擢國侍郎。臨川王卒，又從衡陽王劉義季去梁郡、徐州。衡陽王卒，又為始興王劉濬引為國侍郎。四十一歲除海虞令，以後又遷太學博士，兼中書舍人，出為秣陵令，轉永嘉令。四十九歲，為臨海王劉子頊前軍行參軍，掌知內命，尋遷前軍刑獄參軍事。宋明帝泰始二年，晉安王劉子勛稱帝，臨海王由荊州舉兵響應，八月兵敗，臨海王賜死，鮑照死於荊州亂兵之中。鮑照的詩雄肆奔放，俊逸挺拔，多抒發懷才不遇的憤慨之情，與謝靈運、顏延之合稱元嘉三大家。他的賦和文亦瑰麗峭拔，不乏佳作。他的作品散失較多，後人輯有《鮑參軍集》十卷。

【題解】這首詩託史以指摘時事，作者以嚴君平自況，贊頌寒士的安貧樂道。

五都❶矜❷財雄，三川❸養聲利❹。百金不市死❺，明經❻有高位。京城十二衢❼，飛甍❽各鱗次❾。仕子❿彯⓫華纓⓬，遊客竦輕轡⓭。明星晨未稀⓮，軒蓋⓯已雲至。賓御⓰紛颯沓⓱，鞍馬光照地。寒暑在一時⓲，繁華⓳及⓴春媚㉑。君平㉒獨寂漠，身世兩相棄㉓。

【注釋】❶五都　西漢以洛陽、邯鄲、臨淄、宛、成都為五都。❷矜　誇。❸三川　秦所置郡。其地有河、洛、伊三水，故稱三川。❹養聲利　追逐名利。❺百金不市死　這句用《史記・卷四一・越王句踐世家》「千金之子，不死於市」意。不市死，不死於市。❻明經　通經學。漢代以通經學的人做博士官。❼衢　四通的大道。❽飛甍　屋簷上揚如鳥張翼，故稱飛甍。甍，屋簷。❾鱗次　像魚鱗那樣排列密而有序。❿仕子　做官的人。⓫彯　長帶擺動的樣子。⓬華纓　華美的帽帶。⓭竦輕轡　提韁縱馬快跑。竦，執；持。轡，轡頭；馬韁繩。⓮明星晨未稀　清晨明星未稀；天色尚未大亮。⓯軒蓋　指高官所乘的帶篷蓋的車。⓰賓御　賓客和侍從。⓱紛颯沓　紛至沓來，來者眾多。⓲寒暑在一時　寒來暑往，曾滌生謂寒暑指勢利之變態。一時，一時之間；一下子。⓳繁華　繁花。⓴及　趁。㉑媚　爭媚。㉒君平　嚴遵。字君平，西漢時蜀人。他在成都市中以賣卜為生，每日得到百錢，就閉門讀《老子》。㉓身世兩相棄　意思是嚴君平自己與世俗相隔絕，世俗也就遺棄了他。指嚴君平不圖仕進，世俗也就不用他。

【語譯】五大都城都以財富雄厚相誇耀，三川郡中追名逐利。金錢多就不會死於市，通經術就可以得高位。京城中有十二條四通八達的大道，宮室的屋簷高高揚起彼此相連。做官的人飄動著華美的長帽帶，遊客們拉著馬韁縱馬飛奔。天色尚未大亮，帶蓋的車已雲集而至。賓客和他們的侍從紛紛來到，鞍馬發出的光照在地上。人情冷暖變化極快，繁花趁著春光爭媚鬥豔。獨有嚴君平自甘寂寞，他棄絕世俗，世俗也棄絕了他。

詠霍將軍北伐詩

【作　者】虞羲，字子陽，會稽餘姚（今浙江餘姚）人。生卒年不詳。南朝齊時詩人。七歲能屬文，曾為始安王侍郎等官，天監年間卒。虞羲原有集，後散佚，今存詩十三首。

【題　解】這首詩歌詠西漢名將霍去病北伐匈奴。先寫塞上景色，次寫戰爭激烈，最後寫他功勞赫赫，流芳百世。

擁旄❶為漢將，汗馬❷出長城。長城地勢嶮❸，萬里與雲平。涼秋八九月，虜騎❹入幽并❺。飛狐❻白日晚，瀚海❼愁陰生❽。羽書❾時斷絕，刁斗❿晝夜驚。乘⓫墉⓬揮寶劍，蔽日引高旍⓭。雲屯⓮七萃士⓯，魚麗⓰六郡兵⓱。胡笳⓲關下思，羌笛⓳隴頭鳴。骨都⓴先自讋㉑，日逐㉒次亡精㉓。玉門㉔罷斥候㉕，甲第㉖始修營。位登萬庾積㉗，功立百行㉘成。天長地自久，人道㉙有虧盈㉚。未窮〈激楚〉樂㉛，已見高臺㉜傾㉝。當今麟閣㉞上，千載有雄名。

【注釋】❶擁旄　持旄旗。旄，原指旗杆頭上用旄牛尾作裝飾，後指有這種裝飾的旗。❷汗馬　使馬出汗。指快速行軍。❸嶮　同「險」。艱險。❹虜騎　指匈奴的軍隊。❺幽并　幽州和并州。古州名。幽州在今河北、北京一帶；并州在今山西大部及河北、內蒙的一部。❻飛狐　塞名。在代郡（今河北懷安、蔚縣以西，山西陽高、渾源以東的內、外長城間地）西南。❼瀚海　北海。在今內蒙古大沙漠以北。《史記・卷一一一・衛將軍驃騎列傳》載，霍去病以李敢等為大校，出代、右北平千餘里，並曾登臨瀚海。❽愁陰生　指陰雲覆蓋。❾羽書　帶有羽毛的緊急軍書。❿刁斗　古代軍中用具。銅質，有柄，能容一斗。軍中白天用以煮食物，夜裡擊以巡更。⓫乘　登。⓬墉　牆。這裡指長城。⓭蔽日引高旍　形容軍旗眾多，把太陽也遮住了。旍，同「旌」。⓮雲屯　形容軍士眾多，像雲聚在一起一樣。屯，聚積。⓯七萃士　指七支精萃的部隊。萃，聚。⓰魚麗　古代車戰的一種陣法，似魚之比附而行。⓱六郡兵　指從西北邊地金城、龍西等六個郡中招募來的士兵，以勇猛善騎射著稱。⓲胡笳　當時北方少數民族所用的一種管樂器。⓳羌笛　原出西羌的一種笛子。⓴骨都　匈奴官骨都侯。㉑讋　恐懼。㉒日逐　匈奴首領日逐王。㉓精　魂魄。㉔玉門　關名。漢武帝所置，故址在今甘肅敦煌西北小方盤城。㉕斥候　偵察；偵察兵。㉖甲第　第一等住宅。《史記・卷一一一・衛將軍驃騎列傳》載，皇上替霍去病建造住宅，並讓他去看看，霍去病回答說：「匈奴未滅，無以家為也。」㉗萬庾積　指所封食祿甚為豐厚，多達萬石。古代以十六斗為一庾。㉘百行　各種善行。㉙人道　人事。㉚虧盈　生死。㉛未窮激楚樂　意思是〈激楚〉樂聲還未盡消。〈激楚〉，樂曲名。㉜高臺　供人遊樂的一種高而平的建築物。㉝傾　傾倒；倒塌。㉞麟閣　麒麟閣。漢初蕭何造於未央宮的閣，漢宣帝時曾畫霍光等十一功臣像在閣上，以表揚他們的功業。

【語譯】旄旗簇擁中榮任漢朝的將軍，急速行軍出長城。長城建在險要之處，綿延萬里高與雲齊。八九月份秋氣已涼，匈奴的騎兵侵入幽州和并州。飛狐塞上日暮之時，瀚海上面陰雲密布。插有羽毛的戰書時常斷絕，刁斗晝夜不停地報警。登上長城揮劍作戰，高舉的戰旗遮天蔽日。七支精銳的部隊像雲一樣聚集起來，用六郡召募來的士兵擺成魚麗戰陣。胡笳在關下哀鳴，羌笛在隴頭悲吹。骨都侯首先感到恐懼了，日逐王接著嚇掉了魂。玉門關外撤除了偵察的瞭望兵，霍將軍才開始建住宅。登上高位俸祿萬石，功業成就各種善行已完成。天地是永恆的，人事卻是有盛衰的。〈激楚〉的樂聲還未消盡，高高的樓臺已經傾塌。應該在麒麟閣上畫上霍將軍的像，使他的英名千古流傳。

百一

百一詩

【作　者】應璩（西元一九〇～二五二年），字休璉，三國魏時汝南（今河南一帶）人。官至侍中，博學好屬文。

【題　解】這是一首自我解嘲的詩。作者說自己雖做過高官，其實並無才學。這實際上是藉以諷刺當時普遍的這種社會現象。百一之名，有數種不同說法，當以取自〈百一詩序〉所稱「百慮有一失」為較善，說明此類詩具有一定的諷刺意義。

下流❶不可處❷，君子慎厥❸初。名高不宿著❹，易用❺受侵誣。前者❻隳官❼

去，有人適我閭❽。田家無所有，酌❾醴❿焚⓫枯魚⓬。問我何功德，三入承明廬⓭。所占於此土，是謂仁智居⓮。文章不經國⓯，筐篋⓰無尺書⓱。用等稱才學，往往見歎譽⓲？避席⓳跪自陳⓴，賤子㉑實空虛。宋人遇周客，慚愧靡所如㉒。

【注　釋】❶下流　指眾惡所歸的地位。語出《論語・子張》：「是以君子惡居下流，天下之惡皆歸焉。」❷處　居；留。❸厥　其。❹名高不宿著　名聲很高的狀況不會持續很久的意思。宿，久。❺易用　易因。❻前者　從前。❼譴官　罷官；貶退。❽閭　里巷；故里。❾酌　舀出。❿醴　一種淡酒。⓫焚　燔；烤。⓬枯魚　乾魚。⓭三入承明廬二句　指作者初為侍郎，後為常侍，又為侍中。承明廬，漢時建於承明殿旁供侍臣值宿的房屋。後借指做皇帝的近侍。⓮所占於此土二句　是說今所卜居之地有山有水。仁智，仁者和智者。《論語・雍也》：「智者樂水，仁者樂山。」⓯文章不經國　曹丕《典論・論文》：「文章經國之大業。」而作者認為自己的文章於世無補。經國，治理國家。⓰筐篋　指裝書的用具。篋，小箱子。⓱尺書　古代曾用竹木簡作為書寫材料，經書用一尺長的竹木簡，稱尺書。後泛指書籍。⓲用等稱才學二句　是說以何等而稱才學，往往被贊歎稱譽呢？見，被。⓳避席　離開座位。⓴陳　陳說。㉑賤子　對自己的謙稱。㉒宋人遇周客二句　是作者說自己就像遇上周客的宋之愚人一樣，羞愧得無地自容。李善注引《闞子》載：宋之愚人，在梧臺之側得燕石，以為是珍寶而藏之。有一周地的商人聽說後去觀看。宋人齋戒七日然後才打開箱子，箱子用十層皮革製成，裡面用巾十襲。客商見到後覺得很好笑，說這不過是燕石，與瓦甓一樣沒有價值。宋人大怒，認為是客商在騙他，對燕石保藏得更好。

【語　譯】不能居於下流的地位，君子在起始就要慎重。名聲顯著也不會持續很久，容易因而受到侵害和誣蔑。從前我遭罷官離開後，有人來我的老家訪問我。鄉下人家沒有什麼東西，就酌出淡酒烤製乾魚招待了他。他問我有什麼功德，能做三任皇帝的侍從官。今所卜居之地，就是所謂的仁者智者所居之處嗎？我說所寫的文章於治理國家無益，書筐書篋裡也沒有什麼著作。客人問我是憑什麼被稱為有才學，常常受到贊歎稱譽？我離開席位跪著告訴他，我實在只有些空名聲。就像宋國愚人遇到了周地客商一樣，慚愧得無地自容。

遊仙

遊仙詩

【作者】何劭，字敬宗，晉時陳（今河南淮陽一帶）人。博學多聞，善屬文。曾官相國掾、尚書左僕射等。

【題解】這首詩先寫景，次寫王子喬遇仙及乘鶴歸故里，最後表示對神仙生活的嚮往。遊仙詩是描述仙境一類的詩。遊仙是遊於仙境的意思。

青青陵❶上松，亭亭❷高山柏。光色冬夏茂，根柢❸無凋落❹。吉士❺懷貞心❻，悟物❼思遠託。揚志❽玄雲際，流目❾矚❿巖石。羨昔王子喬，友道發伊洛⓫。迢遞⓬陵⓭峻岳⓮，連翩⓯御⓰飛鶴。抗跡⓱遺萬里，豈戀生民⓲樂。長懷⓳慕⓴仙類，眩然㉑心綿邈㉒。

【注釋】❶陵　山陵。❷亭亭　高的樣子。❸根柢　根。柢亦是樹根的意思。❹凋落　凋謝零落。❺吉士　對男子的美稱。❻貞心　堅貞之心。❼悟物　受到外物的感悟。物指松柏。❽揚志　志向遠大。❾流目　於眼。❿矚　看。⓫羨昔王子

喬二句　《列仙傳》載，王子喬即周靈王太子晉，好吹笙，作鳳鳴，曾在伊、洛一帶遊歷，遇道人把他接上嵩高山。友道，與道為友。發，指飛升。伊洛，今河南伊水、洛水之間一帶。⓬迢遞　高遠的樣子。⓭陵　經過；飛越。⓮峻岳　高山。⓯連翩　飛的樣子。⓰御　駕；乘。《列仙傳》載，三十多年後的七月七日，王子喬乘白鶴駐在緱山頭，探望家門，沒有見著，舉手和當時的人謝別，幾天後離開了。⓱抗跡　此言高飛。一說志行高尚。⓲生民　人民。指人間。⓳長懷　長思。⓴慕　嚮往。㉑眩然　耀眼的樣子。㉒綿邈　雙聲聯綿詞。高遠的樣子。

【語　譯】陵上松樹青又青，山上柏樹高又高。一年四季鬱鬱蔥蔥，根深葉茂不會凋落。有為之士懷著堅貞之心，為物所感思緒高遠。志向遠大凌雲間，放眼縱觀山上巖石。羨慕前人王子喬，得道在伊、洛之間成仙。越過了高山峻嶺，駕著白鶴翩然飛歸。高飛直上萬里，怎麼能留戀人間的歡樂？我久久嚮往著神仙生活，眼神迷亂心思高遠。

遊仙詩 七首

【作　者】郭璞（西元二七六～三二四年），字景純，河東聞喜（今山西聞喜）人。好經術，博學有高才，精通古文奇字，妙於陰陽曆算，深曉五行、天文、卜筮之術。中原大亂前已渡江，避地東南，宣城太守殷祐引為參軍，王導深重之，引參軍事。元帝時為著作佐郎，遷尚書郎。明帝時王敦延聘為記室參軍。王敦陰謀反叛，命其卜筮，璞欲借以阻止王敦，謂王必敗，遂為王所殺。郭璞是位成就頗高的學者，注釋過《爾雅》、《方言》、《山海經》、《穆天子傳》、《楚辭》等書。郭璞原有集十七卷，已散佚，明人輯有《郭弘農集》。他擅長詩賦，其詩以十四首〈遊仙詩〉為代表作，通過對隱遁生活的歌詠和對神仙境界的追求，表現了詩人在離亂中的悲哀和生不逢時的感慨。

【題　解】〈遊仙詩〉今存十四首，《文選》選錄七首，內容大都是藉歌詠神仙生活來抒發自己的憂生之歎，名為遊仙，實際主要是詠隱逸。

其一

京華❶遊俠窟❷，山林隱遯❸棲❹。朱門❺何足榮❻，未若❼託蓬萊❽。臨源❾挹❿清波，陵岡掇⓫丹荑⓬。靈谿⓭可潛盤⓮，安事⓯登雲梯⓰。漆園有傲吏⓱，萊氏有逸妻⓲。進則保龍見，退為觸藩羝⓳。高蹈風塵外，長揖謝夷齊⓴。

【章旨】第一首詩通過對隱逸之士的歌詠，來表達自己對權貴的蔑視和對高蹈生活的贊美。

【注釋】❶京華　京師。❷遊俠窟　遊俠活動之處。窟，原指洞穴。這裡指場所。❸隱遯　隱逸之士。❹棲　棲息；居住。❺朱門　古代豪貴之家大門漆成朱色。藉指豪貴之家。❻榮　榮耀。❼未若　不如。❽託蓬萊　寄身於仙境。指隱居。蓬萊，傳說為海上仙山之一。這裡指仙境。❾源　水之源頭。❿挹　酌取。⓫掇　拾取。⓬丹荑　初生的丹芝。丹，指丹芝。亦叫赤芝。古人認為服食可以延年。荑，草初生叫荑。⓭靈谿　谿名。在荊州。⓮潛盤　隱居盤桓。⓯安事　何事；為何。⓰登雲梯　指升天求仙。仙人升天，以雲為梯而上升，故稱雲梯。⓱漆園有傲吏　指莊周。《史記・卷六三・老子韓非列傳》載，莊周曾為漆園吏，楚威王聽說他才能好，派使者用厚幣聘他為相，莊周笑道：你快走，不要玷汙了我。⓲萊氏有逸妻　指老萊子事。《列女傳》載，萊子逃世，隱居在蒙山之陽。楚王駕車至老萊子家門，請他出仕，老萊子答應了。他的妻子說：做官是要受人牽制的，而她不願意被別人所牽制。把畚箕扔在地上離開了。老萊子才跟著她去隱居。⓳進則保龍見二句　進向隱遯則可保持正中之道；退處世俗就會像觸藩的羊那樣，進退不能。龍見，《周易・乾》：「九二，見龍在田，利見大人。」「子曰：龍德而正中者也。」觸藩羝，觸於藩籬的公羊。《周易・大壯》：「上六，羝羊觸藩，不能退，不能遂，無攸利，艱則吉。」⓴高蹈風塵外二句　是說作者要棄絕塵世，比伯夷、叔齊做得更徹底。高蹈，遠行；遠離。風塵，塵世；人間。長揖，拱手高舉，自上而下。謝，辭謝。夷齊，指伯夷、叔齊。《史記・卷六一・伯夷列傳》載：兩人為商代孤竹君之子，曾互讓王位，逃到西伯（即周文王）那裡。後來周武王伐紂，兩人不食周粟，逃入首陽山，採薇而食，最後餓死。

【語譯】京師是遊俠之士聚居的地方，山林裡是隱居的人棲身的場所。豪門權貴哪裡值得榮耀？還不如寄身於蓬萊那樣的仙境。在水源旁酌取清澈的流水，登上山岡拾取初生的丹芝。靈谿中可以隱居盤桓，為何事一定要升天求仙？漆園有不願出仕的莊周，老萊子有不願受人牽制的隱逸之妻。進而隱遯可保中正之道，退處世俗就會像觸上藩籬的公羊那樣進退兩難。我要遠離塵世之外，長長一揖辭別伯夷、叔齊。

其二

青谿❶千餘仞❷，中有一道士。雲生梁棟間，風出窗戶裡。借問此何誰？云是鬼谷子❸。翹迹❹企❺潁陽❻，臨河思洗耳❼。閶闔❽西南來，潛波渙鱗起❾。靈妃❿顧我笑，粲然⓫啟玉齒。蹇修時不存，要之將誰使⓬。

【章旨】這首詩寫自己對求仙學道的企慕。

【注釋】❶青谿　李善注引庾仲雍《荊州記》說臨沮（今湖北當陽西北）有青溪山，山之東面有泉，泉側有道士精舍。郭璞曾在臨沮作縣令。❷千餘仞　形容極高。古代以八尺為一仞。❸鬼谷子　傳為戰國時楚人。曾為蘇秦、張儀師。隱於鬼谷，故稱鬼谷子或鬼谷先生。❹翹迹　舉足；抬腳。❺企　企慕。❻潁陽　指許由。《呂氏春秋》說堯時想把天下託付給許由，許由逃到了潁水之陽。❼臨河思洗耳　亦用許由的典故，相傳堯想把帝位禪讓於許由，許由認為堯的話不合意，是玷汙了他的耳朵，就跑到河邊洗耳朵。❽閶闔　閶闔風。即西風。❾渙鱗起　水波散開如魚鱗之興起。❿靈妃　宓妃。傳說為洛水女神。⓫粲然　露齒而笑的樣子。⓬蹇修時不存二句　是說蹇修這樣的媒人不在了，我要向宓妃求婚，讓誰作使者呢？蹇修，古賢人之名。屈原〈離騷〉：「吾令豐隆乘雲兮，求宓妃之所在。解佩纕以結言兮，吾令蹇修以為理。」屈原求宓妃，想讓蹇修作媒人理其事，後人以蹇修作為媒人的代稱。要，求。

【語譯】青溪山高聳入雲，山中住有一道士。雲生在梁棟之間，風從窗戶裡飄出。請問那人是誰，回說是鬼谷子。抬起腳來企慕許由，對著河水想到他曾經洗過耳。西南起了風，水波散開如魚鱗之興起。靈妃回頭對著我笑，露出了像玉一樣潔白的牙齒。蹇修這樣的媒人現在不在了，要追求她該請誰去擔任作媒的使者呢？

其三

翡翠❶戲❷蘭苕❸，容色❹更相鮮。綠蘿❺結高林，蒙籠❻蓋一山。中有冥寂士❼，靜嘯撫清弦。放情❽陵霄外❾，嚼蕊❿挹飛泉。赤松⓫臨上遊，駕鴻⓬乘紫煙。左挹⓭浮丘⓮袖，右拍洪崖⓯肩。借問蜉蝣⓰輩，寧知龜鶴⓱年。

【章　旨】這首詩寫山中高士的逍遙自在生活，神仙也來和他作陪。

【注　釋】❶翡翠　鳥名。一種嘴長而直，羽毛鮮豔的鳥，生活在山麓多樹的溪旁。❷戲　戲遊。❸蘭苕　蘭花。❹容色　顏色；色彩。❺綠蘿　松蘿。一種蔓延在松樹上生活的植物。❻蒙籠　茂盛的樣子。❼冥寂士　靜默之士。指隱士。❽放情　縱情。❾陵霄外　雲外。喻極高遠。❿蕊　指未開的花。即花苞。⓫赤松　赤松子。神話中說神農時雨師，能入火而不燒。⓬鴻　大雁。⓭挹　牽引。⓮浮丘　浮丘公。《列仙傳》中說他接引王子喬上嵩高山。⓯洪崖　洪崖先生。《神仙傳》中說他曾與衛叔卿博弈。⓰蜉蝣　古書上所說的一種朝生暮死，生命極短的小蟲。⓱龜鶴　古人把牠們作為長壽的象徵，說牠們的壽命各有千年。道家認為鶴曲頸而息，龜潛匿而噎，因此能夠長壽。

【語　譯】翡翠鳥在蘭花上遊嬉，珍禽芳草相輝映，色彩更鮮豔。綠蘿結在高高的樹林上，茂盛地覆蓋著整座山。山中住著靜默的高士，手撫清亮的琴弦安閒地發出嘯聲。他把自己的情感寄託在雲霄之外，口嚼花蕊用手捧取了飛流的泉水。赤松子正俯臨上空遊玩，駕著大雁乘著紫煙。左手牽著浮丘公的衣袖，右手按著洪崖先生的肩膀。請問朝生暮死的蜉蝣之輩，哪能了解龜鶴千年的長壽呢？

其四

六龍❶安可頓❷，運流❸有代謝❹。時變❺感❻人思，已秋復願夏。淮海變微禽，吾生獨不化❼。雖欲騰❽丹谿❾，雲螭❿非我駕。愧無魯陽⓫德，迴日⓬向三舍⓭。臨川哀年邁⓮，撫心⓯獨悲吒⓰。

【章　旨】這首詩寫人世有代謝，雖欲長生而不可得，最後因時間的流逝而感到悲傷。

【注　釋】❶六龍　神話傳說中以六龍駕日車。❷頓　停留。❸運流　指陰陽四時之運行。❹代謝　更替。❺時變　四時的變化。❻感　動。❼淮海變微禽二句　出自《國語・趙語》：趙簡子歎道：「雀入于海為蛤，雉入于淮為蜃。黿鼉魚鱉，莫不能化，唯人不能，哀夫！」淮海，淮水和海水。變，使……變。微禽，小鳥。化，化生。❽騰　這裡是飛升的意思。❾丹谿　傳說中的不死之國。❿雲螭　乘雲的龍。⓫魯陽　魯陽公。⓬迴日　使日迴返。⓭舍　二十八星宿。一宿為一舍。《淮南子・覽冥》載：魯陽公與韓構難，正當激戰時，天色晚了，魯陽公揮戈指日，日被他揮回了三舍。即退回了三座星宿的位置。⓮臨川哀年邁　意思用《論語・子罕》：「子在川上曰：『逝者如斯夫，不舍晝夜。』」年邁，年老。⓯撫心　按著胸口。⓰悲吒　悲歎。吒，同「咤」。歎息聲。

【語　譯】駕著日車的六龍怎麼能停留呢？陰陽四時不斷代謝。四時的變化觸動了人的思緒，已到了秋季又希望回到夏季。小鳥入淮水和海水就化生為別的事物，只有我們人類不會化生。雖想飛升到丹谿這樣的不死之國去，但乘雲的龍我不能駕馭。慚愧沒有魯陽公那樣的功德，使太陽也能向後返回三舍。站在河邊看河哀傷年老，我捂著胸口獨自悲歎。

其五

逸翮思拂霄，迅足羨遠遊❶。清源無增瀾，安得運吞舟❷？珪璋雖特達，明月難闇投❸。潛穎怨青陽，陵苕哀素秋❹。悲來惻❺丹心，零淚❻緣❼纓流。

【章　旨】這首詩通篇用喻，說明有才能的人都希望施展自己抱負，但這種抱負常常不能施展，因而感到悲傷。

【注　釋】❶逸翮思拂霄二句　比喻有才能的人都想施展自己的抱負。逸翮，指善飛的鳥。翮，原指羽莖。這裡代指鳥。迅足，指善跑的動物。❷清源無增瀾二句　比喻要施展自己的才能，必須有一定的環境。增瀾，大的波濤。增，通「層」。運，游動。吞舟，指吞舟之魚。大魚。❸珪璋雖特達二句　比喻有高尚才德的人不須憑藉外助，終將被認識和使用。珪璋，兩種玉器。古代諸侯朝聘、祭祀等時作禮器用。珪為長條形，上端作三角狀。璋是半珪。特，只；單獨。達，送達。古制珪璋作為禮品時可以單獨送達，可以不用其他禮品為輔。明月難闇投，這句典故出自《漢書・卷五一・鄒陽傳》：「明月之珠，夜光之璧，以暗投人於道，眾莫不按劍相眄者。」明月，寶珠名。闇，同「暗」。❹潛穎怨青陽二句　比喻所處環境的不同，因而各有所怨。潛穎，指生長在低溼之處的禾苗。青陽，春天的太陽。陵苕，指生長在高山上的苕草。素秋，寒秋。❺惻　悲傷。❻零淚　落淚。❼緣　沿著；順著。

【語　譯】善飛的鳥思念著能飛上雲霄，善跑的獸希望著遠遊。清澈的水源沒有巨大波浪，又怎能游動吞舟的大魚？珪和璋即使可以單獨送達，明月之珠暗中投出也難為人賞識。長在低溼之處的禾苗埋怨春日來得太遲，長在高山上的苕草哀歎寒秋來得太早。我不禁悲從中來傷透了心，淚水順著冠帶往下滑落。

其六

雜縣寓魯門，風煖將為災❶。吞舟❷湧海底，高浪駕蓬萊❸。神仙排雲❹出，
但見金銀臺❺。陵陽❻挹丹溜❼，容成❽揮玉杯。姮娥❾揚妙音❿，洪崖⓫頷其頤。
升降隨長煙⓬，飄颻戲九垓⓭。奇齡⓮邁⓯五龍⓰，千歲方嬰孩⓱。燕昭無靈氣⓲，
漢武非仙才⓳。

【章　旨】這首詩描寫神仙生活的歡樂，最後嘲諷世上學仙的帝王不能到達這種境界。

【注　釋】❶雜縣寓魯門二句　見《國語・魯語》載：海鳥爰居，棲息在魯都東門外三日。展禽說：如今可能要有海災了。這年果然海多大風，冬天暖和。雜縣，即爰居。一種海鳥名。❷吞舟　大魚。❸蓬萊　傳說中的海上仙山。❹排雲　把雲氣往兩旁推開。❺金銀臺　傳說仙山上的宮闕是用金銀造的。❻陵陽　即陵陽子明。❼丹溜　指玉石脂。《列仙傳》上說陵陽子明釣得白魚，腸中有書，教給他服食之法。子明就上黃山採玉石脂服食。三年之後，龍來迎去。❽容成　容成公。《列仙傳》上說他自稱黃帝師，去見周穆王，善長補導之事，使白髮復黑，齒落復生。❾姮娥　即嫦娥。神話傳說她是羿之妻，因偷吃了羿從西王母處請來的不死之藥而奔到了月中。❿揚妙音　指展開歌喉唱優美動聽的歌。⓫洪崖　《列仙傳》上說他姓張，在堯時已有三千歲了。頷其頤，動下頦，點頭表示贊賞。⓬升降隨長煙　用甯封子事。《列仙傳》說他是黃帝時人，積火自燒而隨煙上下。⓭飄颻戲九垓　《淮南子・道應》載：盧敖遊於北海，到達蒙穀之上，見到一人在那裡，盧敖與他說話。那人笑著說：如今你剛遊到這裡，就談論窮盡六合，難道不是差得太遠了嗎？你就留在這裡吧。我與汗漫約定日期在九垓之上會面，我不能久留。於是舉臂竦身入於雲中離開了。飄颻，飄盪。戲，遊玩。九垓，指九重天。⓮奇齡　特別長的年齡。奇，罕見的。⓯邁　超過。⓰五龍　古代方士傳說是五個人面龍身的仙人。李善注引《遁甲開山圖》榮氏解說是兄弟五人：為角龍即木仙、徵龍即火仙、商龍即金仙、羽龍即水仙、宮龍即土仙。⓱千歲方嬰孩　意思是這些仙人上千歲了方才是嬰孩一般的年紀，形容他們非常長壽。⓲燕昭無靈氣　《拾遺記》說燕昭王曾問他的臣子甘需學仙之道，甘需回答說：上仙之人能去滯欲而離嗜愛，洗神滅念，常遊於太極之門。像大王今天那樣以妖容惑目，美味爽口，列女成群，迷心動慮，是學

不成仙的。所以說燕昭無靈氣。⑲漢武非仙才　李善注引《漢武內傳》載：西王母說：「劉徹喜愛道術，但形慢神穢。即使告訴他至道，他亦恐怕不是仙才。」

【語譯】爰居鳥寄身在魯國的都門，海風變暖將發生海災。吞舟的大魚從海底湧現，高高的波浪高過蓬萊。神仙從雲中出現，只見金銀製的宮殿。陵陽子明酌取玉石脂，容成公手中舞動玉杯。嫦娥一展歌喉唱著動聽的歌，洪崖聽得直點頭。甯封子隨著長煙上下，盧敖所見仙人飛升到九重天遊玩。這些仙人的年紀都超過了五龍，即使上千歲了還算是嬰孩年紀。只可惜燕昭王沒有成仙的靈氣，漢武帝也不是仙才。

其七

晦❶朔❷如循環，月盈❸已見魄❹。蓐收❺清西陸❻，朱羲❼將由白❽。寒露❾拂❿陵苕，女蘿辭松柏。蕣榮⓫不終朝，蜉蝣⓬豈見夕？圓丘⓭有奇草⓮，鍾山⓯出靈液⓰。王孫⓱列⓲八珍⓳，安期⓴煉五石㉑。長揖當塗人㉒，去來山林客㉓。

【章旨】這首詩感歎時光易逝，生命短暫，最後表示寧願棄絕塵世，歸隱山林。

【注釋】❶晦　農曆月終。❷朔　農曆每月初一。❸月盈　月滿。指農曆每月十五。❹見魄　指可看出月將虧時的微光。魄，月初生或將沒時的微光。❺蓐收　傳說為西方神名。掌管秋季。《禮記・月令》說：「孟秋之月，其帝少皞，其神蓐收。」❻西陸　昴宿所在的方位。後作為秋季的代稱。❼朱羲　紅日。羲，即羲和。神話傳說中御日者。這裡借指日。❽將由白　指將到立秋或秋分。《漢書・卷二六・天文志》說：「月有九行，立秋秋分，西從白道。」❾寒露　二十四節氣名。在秋分之後，霜降之前。❿拂　侵襲。⓫蕣榮　蕣花。即木槿花。早開晚落。因此說「不終朝」。⓬蜉蝣　一種朝生夕死生長期極短的小蟲。⓭圓丘　李善注引《外國圖》說：「圓丘有不死樹，食之乃壽。」⓮奇草　指不死樹。⓯鍾山　李善注引《十州記》說，北海外有鍾山，自生千歲芝及神草。⓰靈液　指玉膏之類。⓱王孫　古代貴族子弟的通稱。⓲列　陳列。

⑲八珍　喻非常精美的食物。⑳安期　安期生。道家所說的仙人名。《列仙傳》說，安期生自言千歲。㉑煉五石　指用丹砂、雄黃、白礬、石曾、青磁石等五種礦物煉丹以求長生。㉒當塗人　當仕路者；做官的人。㉓山林客　指隱居於山林中的人。隱士。

【語　譯】月終連著月初循環不停，月亮圓滿了已露出將虧缺的微光。秋神蓐收清掃了西陸，立秋、秋分時節，太陽由紅變白。寒露侵襲著高地上的苕草，女蘿脫離了松柏。木槿花朝開暮落，蜉蝣哪裡見過黑夜。圓丘上有奇異的不死樹，鍾山中滲出瓊漿玉液。王孫公子陳列了八珍而傷生，安期生用五石煉丹而延壽。長揖辭別做官的人，去到山林做隱士。

卷一三一

招隱

招隱詩 二首

【作　者】左思，見頁九三五。

【題　解】招隱詩二首歌詠隱士的清高生活，表達作者關於人生貴在適志的思想。《楚辭》中有淮南小山〈招隱士〉，是招致隱逸之士的意思。這裡的招隱詩與〈招隱士〉命意不同，招是招尋之意。

其一

杖❶策❷招❸隱士，荒塗❹橫❺古今❻。巖穴❼無結構❽，丘中有鳴琴。白雪❾停陰岡❿，丹葩⓫曜陽林⓬。石泉漱⓭瓊瑤⓮，纖鱗⓯亦浮沈。非必絲⓰與竹⓱，山水有清音。何事待嘯歌⓲，灌木自悲吟。秋菊兼糇糧⓳，幽蘭間⓴重襟。躊躇㉑足力煩㉒，聊欲投吾簪㉓。

【章　旨】第一首寫尋訪隱士以及對隱居生活的羨慕。

【注釋】❶杖　持。❷策　樹木的細枝。這裡指樹木的細枝做成的手杖。❸招　尋。❹荒塗　荒蕪的道路。❺橫　塞。❻古今　從古至今。❼巖穴　山洞。❽結構　房屋建築。❾白雪　六臣注《文選》作「白雲」。❿陰岡　朝北的山脊。⓫丹葩　紅花。⓬陽林　山南的樹林。⓭漱　激盪。⓮瓊瑤　美玉。⓯纖鱗　指小魚。⓰絲　指弦樂器。⓱竹　指管樂器。⓲嘯歌　吟唱。⓳糇糧　食糧。糇，同「餱」。乾糧。⓴閒　雜。這裡是雜佩的意思。㉑躊躇　猶豫不進的樣子。㉒煩　勞；疲乏。㉓投吾簪　拋棄我的冠簪。表示不再做官。簪，插定髮髻和冠的長鍼。

【語譯】持杖入山尋訪隱士，路途荒蕪似乎從未有人走過。山巖上只有洞穴沒有房屋，山丘中卻有人在彈琴。朝北的山脊覆蓋著白雪，山南的樹林已有紅花映襯。泉水在美玉般的山石間激盪，小魚兒在自由自在地游動。不一定要有絲竹之類的管弦樂器，山水間自有清美的樂音。亦不用自己放聲歌唱，風吹過灌木叢自有聲聲悲吟。秋菊可以兼作食糧，幽蘭採來佩在衣襟。徘徊世途多勞頓，還不如在此歸隱！

其二

經始❶東山❷廬，果下自成榛❸。前有寒泉井，聊可瑩心神❹。峭蒨❺青蔥
間，竹柏得其真❻。弱葉❼棲霜雪❽，飛榮❾流餘津❿。爵服無常玩，好惡有屈
伸⓫。結綬⓬生纏牽⓭，彈冠⓮去埃塵。惠連⓯非吾屈，首陽⓰非吾仁。相與⓱觀所
尚⓲，逍遙⓳撰良辰⓴。

【章旨】這首詩寫自己隱居的情形，但也表示人生在於適志，不在於是進還是退。

【注釋】❶經始　開始營造。❷東山　左思曾徙居洛陽城東。❸榛　指帶刺的叢生的小灌木。❹瑩心神　使心神明亮爽快。瑩，原指珠玉發出的光采。❺峭蒨　雙聲聯綿詞。鮮明的樣子。❻真　本真；本性。❼弱葉　未長成的葉。❽棲霜雪

棲於霜雪之中；留在霜雪之中。❾飛榮　飛花。❿餘津　指斷斷續續的泉水。⓫爵服無常玩二句　意思是爵服之類雖然榮耀，但不能愛好成癖，時運有好有壞，要根據具體情況或屈或伸。爵服，爵位和車馬、冠帶等服用之物。玩，玩好。屈伸，指進退。⓬結綬　繫上印帶。表示做官。綬，長絲帶。⓭纏牽　纏繞牽掛。⓮彈冠　彈去帽上的灰塵。此言為官要遭塵垢。⓯惠連　柳下惠和少連。相傳為古代兩個賢人。《論語．微子》：「柳下惠、少連降志辱身矣。」⓰首陽　首陽山。周武王滅紂後，伯夷、叔齊不食周粟，餓死於此山。孔子曾說他們求仁得仁。⓱相與　共同。⓲尚　崇尚。⓳逍遙　優遊自在的樣子。⓴撰良辰　選擇良辰。撰，通「選」。

【語譯】我開始營建東山隱居的屋舍，樹木的果實落在地上長成了一叢叢的小灌木。屋前有清寒的泉水井，暫且可以用它來使心神瑩潔。滿山鮮明青翠的林木中間，只有竹林和柏樹能夠保持自己的本性。細弱的樹葉棲留在霜雪中，那桃李落花漂在流泉上。爵位和所服之物雖然榮耀，但不能愛好成癖；時運有好有壞，要根據具體情況或進或退。繫上印綬就會生出為世事纏牽之憂，彈彈官冠也能除去塵埃污垢。柳下惠和少連不是我所說的屈志辱身，伯夷、叔齊隱居於首陽山亦不是我所說的仁。各人根據各人所崇尚的志願，優遊自在地選擇良辰。

招隱詩

【作者】陸機，見頁七〇五。

【題解】這首詩寫隱居生活的美好，並且表示如果富貴難圖，那就去過這種隱居生活。

明發❶心不夷❷，振衣❸聊❹躑躅❺。躑躅欲安之，幽人❻在浚谷❼。朝採南澗❽藻❾，夕息西山❿足。輕條象雲構⓫，密葉成翠幄⓬。結風⓭佇⓮蘭林⓯，回芳⑯薄⑰秀木。山溜⑱何泠泠⑲，飛泉漱⑳鳴玉㉑。哀音㉒附靈波㉓，頹響㉔赴曾曲㉕。至樂㉖非有假㉗，安事澆㉘醇樸。富貴苟難圖㉙，稅駕㉚從所欲。

【注釋】❶明發　早晨。❷夷　悅。❸振衣　抖動衣服去除灰塵。❹聊　且。❺躑躅　雙聲聯綿詞。欲行不行的樣子。❻幽人　指隱者。❼浚谷　深谷。❽南澗　南面的山澗。❾藻　一種水草。❿西山　原指首陽山。這裡南澗、西山皆泛指隱士所居之地。⓫雲構　高聳入雲的建築。⓬幄　帳。⓭結風　原作「激楚」，據五臣注本改。結風，積風。⓮佇　停留。⓯蘭林　蘭叢。⓰回芳　香氣迴旋。⓱薄　逼近。⓲山溜　山溪。⓳泠泠　形容水聲清越。⓴漱　激盪。㉑鳴玉　佩玉之聲，此指飛泉激石的清脆之聲。㉒哀音　這裡指水聲低微。㉓靈波　美妙的水波。㉔頹響　餘響；餘音。㉕曾曲　指深谷。曾，通「層」。㉖至樂　最大的快樂。㉗假　借。㉘澆　薄。㉙圖　謀；求得。㉚稅駕　捨棄車駕。也即拋棄高官厚祿。稅，捨車。稅，通「脫」。

【語譯】早晨起來心裡不舒服，抖去衣上灰塵想出去走走又猶疑不定。不知往哪裡去好，還是到深谷裡去尋訪隱士吧。隱士早晨在南邊的山澗裡採藻，傍晚又回到西山腳下休息。輕柔的樹枝像入雲的建築那樣高，稠密的樹葉成了綠色的帷帳。清風長久吹拂著蘭叢，香氣在秀美的林木周圍迴旋。山溪中的流水聲多麼清越，飛泉激石像佩玉互擊一樣動聽。低微的水聲浮盪在美妙的水波上，泉赴深谷迴響著餘音。至樂不須憑藉他物，哪管天下風俗是厚還是薄。榮華富貴難以求得的話，那就拋下車駕丟下官職隨心所欲地隱居吧。

反招隱

反招隱詩

【作　者】王康琚，晉人，生平不詳。

【題　解】這首詩主張無論是為官是歸隱，只要順乎本性就行，對矯情的假隱士表示否定。

小隱隱陵藪❶，大隱隱朝市❷。伯夷竄❸首陽，老聃❹伏❺柱史❻。昔在太平時，亦有巢居子❼。今雖盛明世，能無中林士❽？放神❾青雲外，絕迹❿窮山裡。鵾雞⓫先晨鳴，哀風迎夜起。凝霜⓬凋朱顏⓭，寒泉傷玉趾⓮。周才信眾人，偏智任諸己⓯。推分⓰得天和⓱，矯性⓲失至理⓳。歸來安所期⓴？與物齊㉑終始㉒。

【注　釋】❶陵藪　山陵和沼澤。指遠離塵世的地方。❷朝市　朝廷和市集。指公眾聚集的地方、世俗。❸竄　逃奔。❹老聃　即老子。姓李名耳，春秋時楚人，曾做過周柱下史。❺伏　潛隱。❻柱史　即守藏室史。❼巢居子　指巢父。傳為堯時隱士，常山居。年老時，以樹為巢而寢其上，故時人稱他為巢父。❽中林士　林中士。指隱士。❾放神　使精神不受拘束。❿絕迹　與世隔絕；不與人來往。⓫鵾雞　一種黃白色的鳥。似鶴。⓬凝霜　凝聚的霜。⓭朱顏　紅潤的容顏。⓮玉趾　指白嫩的腳趾。⓯周才信眾人二句　意謂根據自己才能為官或歸隱不必勉強。周才，才能全面。這裡指出仕之士。偏智，才智局限於某一方面。這裡指隱居之士。⓰推分　順應命分。⓱天和　自然之和氣。⓲矯性　故意克制性情。⓳至理　最根本之理，指自然。⓴期　期望。㉑齊　一同。㉒終始　猶死生。

【語　譯】小的隱士隱居於人跡稀少的山陵和沼澤中，大隱士隱居於公眾聚集的朝廷和集市中。伯夷逃亡到首陽山隱居，而老聃潛隱在周室做守藏室之史。從前太平時代裡，亦有人築巢於樹而隱居。如今雖是盛明時代，難道就沒有隱居在林中的人？把精神放縱於青雲之外，在窮困的山中與眾隔絕。鵾雞在天還未亮時就鳴叫了，淒厲的風在夜裡興起。凝結的霜使紅潤的容顏蒼老了，寒冷的泉水使白嫩的腳趾損傷了。才能全面的人能夠信任眾人，才智局限在某一方面的人卻只信任他自己。順應命分才能得自然之和氣，故意克制自己的性情就會偏離根本自然之理。歸來隱居期待的是什麼呢？應是和萬物一起相終始的自然之道吧！

遊覽

芙蓉池作

【作　者】曹丕（西元一八七～二二六年），字子桓，沛國譙（今安徽亳縣）人。曹操第二子。漢時曾為五官中郎將，曹操死後，嗣位為丞相魏王。不久迫使漢獻帝禪位，建立魏王朝，都洛陽。死後諡文帝。有《魏文帝集》。

【題　解】這首詩寫夜遊園中，在芙蓉池旁所見景物，並由此而感慨人生短暫，應當好好把握。

乘輦❶夜行遊，逍遙步西園❷。雙渠相溉灌❸，嘉木❹繞通川。卑枝❺拂❻羽蓋❼，修條❽摩❾蒼天。驚風❿扶輪轂⓫，飛鳥翔我前。丹霞夾明月，華星⓬出雲間。上天垂光采，五色⑬一何⑭鮮。壽命非松⑮喬⑯，誰能得神仙。遨遊⑰快心意，保己⑱終百年。

【注釋】❶輦 用人推挽的車。後來為帝王所專用。❷西園 指魏鄴都之西園。建安年間所建。❸溉灌 灌溉。❹嘉木 美木。❺卑枝 矮樹枝；低處的樹枝。❻拂 拂拭；掠過。❼羽蓋 用羽毛作裝飾的車蓋。❽修條 長樹枝。❾摩 擦；跐到。❿驚風 急風。⓫輪轂 車輪軸頭。⓬華星 明亮的星星。⓭五色 指青、赤、黃、白、黑五種正色。⓮一何 多麼。⓯松 即赤松子。《列仙傳》上說他是神農時雨師。⓰喬 指王子喬。即王子晉。由道人浮丘公接而上嵩高山。⓱遨遊 漫遊。⓲保己 指養生。

【語譯】乘著輦車在夜裡出遊，自由自在地在銅雀園中走動。園中有雙渠可供灌溉，美好的樹木環繞著流水。低矮的樹枝拂拭著用羽毛裝飾的車蓋，高高的樹枝直衝蒼天。急風推動車輪軸頭，飛鳥在我眼前飛翔。紅霞夾著明月，明亮的星星從雲中出現。上天祥雲放射光彩，五色繽紛是多麼鮮豔。我們的壽命不同於赤松子和王子喬，誰能夠得道成仙？漫遊使人心情舒暢，養生可以長命百歲。

南州桓公九井作

【作者】殷仲文，以字行，東晉陳郡長平（今河南西華東北）人。官驃騎參軍，轉諮議參軍。桓玄代晉自立，以殷仲文為其姊夫，用為長史。晉安帝反正後，出其官為東陽太守，後因謀反被誅。有集七卷。

【題解】這首詩寫清秋時節的景物以及桓玄在南州九井設筵的情況。南州，又名姑孰，即今安徽當塗，南有銅山，山有九井，井與長江相通，又名九井山。桓公，指桓玄，東晉人，桓溫之子，曾在姑孰大築府第。

四運❶雖鱗次❷，理化❸各有準❹。獨有清秋日，能使高興❺盡❻。景氣❼多明遠，風物自淒緊❽。爽籟❾警❿幽律⓫，哀壑⓬叩⓭虛牝⓮。歲寒無早秀⓯，浮榮⓰甘夙⓱殞⓲。何以標⓳貞脆⓴，薄言㉑寄松菌㉒。哲匠㉓感蕭晨㉔，肅㉕此塵外軫㉖。廣筵㉗散汎愛㉘，逸爵㉙紆㉚勝引㉛。伊㉜余樂好仁㉝，惑㉞祛㉟吝㊱亦泯㊲。猥首㊳阿衡㊴朝，將貽匈奴哂㊵。

【注釋】❶四運　指四季。❷鱗次　像魚鱗一樣排列有序。❸理化　治化；治理教化。❹準　定準；法則。❺高興　高雅的興致。❻盡　盡興。❼景氣　景象。❽淒緊　淒清蕭索。❾爽籟　指清風。❿警　起。⓫幽律　幽深之處發出的音聲。⓬哀壑　指疾風吹入壑中發出哀音。⓭叩　擊。⓮虛牝　空谷；空曠的山谷。牝，這裡指谿谷。《大戴禮》上說，丘陵為牡，谿谷為牝。⓯秀　指不開花而結實。⓰浮榮　浮花；不結實的花。⓱夙　早。⓲殞　落。⓳標　標識。⓴貞脆　堅貞和脆嫩。㉑薄言　語氣助詞連用。㉒松菌　松貞而菌脆。㉓哲匠　指才能和識見超乎尋常的人。此指桓玄。㉔蕭晨　蕭瑟的早晨。㉕肅　戒。㉖軫　車後邊的橫木。指車。㉗廣筵　大擺筵席。㉘汎愛　愛眾人。㉙逸爵　飛杯。爵，古代的一種盛酒器。㉚紆　屈。㉛勝引　勝友；良友。㉜伊　句首語助詞。㉝好仁　愛好仁。這裡謂好仁之人。指桓玄。㉞惑　疑惑。㉟祛　去。㊱吝　鄙吝。㊲泯　滅。㊳猥首　忝居眾臣前列。猥，謙詞，稱自己。㊴阿衡　原為商代官名，後引申指輔導帝王，主持朝政的人。這裡指桓玄。㊵貽匈奴哂　見《漢書・卷六六・車千秋傳》。車千秋本姓田，因為替衛太子訟冤而使漢武帝感悟，被拜為丞相並封侯。後來漢朝使者到匈奴，單于問起此事，漢使說是因為上書言事之故。單于說：如果是這樣，漢朝設置丞相，不是任用賢才，隨便一個男子上書就可以得到了。貽，遺留。哂，譏笑。

【語譯】四季的運行有一定的次序，治理教化各有自己的法則。唯獨在清秋之日，能使人盡情抒發高雅的興致。景象是多麼晴明遼遠，風光自然是淒清蕭索。清風引動幽邃的音聲，疾風叩擊著空曠的谿谷。季節已寒不再有早結的果實，不結實的花甘願早早地凋落。用什麼來顯示堅貞還是脆弱？可以用松樹和菌類。才能和識見超乎尋常的人受到蕭瑟的早晨的觸動，整肅車駕來到這塵世之外的地方。大擺起筵席表示泛愛眾人，飛杯暢飲來結交良友。我為好仁的人所感動，疑惑去除了，鄙吝亦消除了。我慚愧受到主持國政的大臣的重用，這恐怕會給外人留下笑柄。

游西池

【作者】謝混，字叔源，晉末宋朝陳郡陽夏（今河南太康）人。善作文，年輕時有美名。官至尚書左僕射，後因受劉毅案牽連被劉裕所殺。有集五卷。

【題解】這首詩寫西池的景物，最後感慨人生短暫。西池，在丹陽（今安徽宣城一帶）。

悟❶彼蟋蟀唱❷，信此勞者❸歌。有來❹豈不疾，良遊❺常蹉跎❻。逍遙越❼城肆❽，願言❾屢經過。回阡❿被⓫陵闕⓬，高臺眺飛霞。惠風⓭蕩⓮繁囿⓯，白雲屯⓰曾阿⓱。景昃⓲鳴禽集，水木湛⓳清華。褰裳⓴順蘭沚㉑，徙倚㉒引芳柯㉓。美人愆歲月，遲暮獨如何㉔。無為㉕牽所思，南榮㉖誡㉗其多。

【注釋】❶悟 體會。❷蟋蟀唱 指《詩經・唐風・蟋蟀》。首幾句為「蟋蟀在堂，歲聿其莫。今我不樂，日月其除」。這是一首感慨歲月流逝的歌。❸勞者 憂者；哀傷者。❹有來 指年歲的到來。❺良遊 盡興的遊樂。❻蹉跎 同「蹉跎」。時間白白地過去。❼越 度。❽城肆 城中市集。肆，市中陳列貨物之處。❾願言 思念。言，同「焉」。❿回阡 曲折的田間小道。⓫被 加。⓬陵闕 大土山和城闕。⓭惠風 和風。⓮蕩 搖動。⓯繁囿 草木繁盛的囿苑。⓰屯 聚集。⓱曾

阿　高山。曾，通「層」。⑱景昃　太陽偏西。景，同「影」。⑲湛　水不流。⑳褰裳　揭起衣裳。㉑蘭沚　長有蘭草的水中小洲。㉒徙倚　流連不去。㉓芳柯　芳香的樹枝。㉔美人愆歲月二句　屈原〈離騷〉：「唯草木之零落兮，恐美人之遲暮。」愆，過期；失期。遲暮，這裡指年歲晚了。㉕無為　不要被。㉖南榮　南榮趎。庚桑楚的弟子。㉗誡　告誡。這裡是被告誡的意思。《莊子・庚桑楚》：庚桑楚告戒他的弟子南榮趎說：「全汝形，抱汝生，無使汝思慮營營。」

【語譯】體會到《詩經》中的〈蟋蟀〉篇，確實是憂傷者唱出的歌。歲月的流逝迅疾得很，想好好地遊樂一番，時間已白白地過去了。自由自在地越過城邑和市集，想到我屢屢經過之地。曲折的小道經過山丘通過城闕，可以在高臺上眺望飛霞。和暖的風吹拂著繁茂的囿中草木。白雲聚集在高山頭。太陽西下時鳥群鳴叫著歸巢，樹木在清澈的靜水中顯出了倒影。撩起衣裳順著長滿蘭草的河中小洲，牽挽著芳香的樹枝我流連忘返。美人隨著歲月的流逝漸漸老去，年華老了可怎麼辦？不要被思慮所牽制，庚桑楚對南榮趎的告誡要記住。

泛湖歸出樓中翫月

【作者】謝惠連（西元四〇七或三九七～四三三年），陳郡陽夏（今河南太康）人。南朝宋文學家。與族兄謝靈運並稱「大小謝」。幼年能文，曾受業於何長瑜。本州辟為主簿，辭而不就。因居父喪，與會稽郡吏杜德靈以詩贈答，被徙廢塞，不得官職。殷景仁愛其才，頗為辯白。元嘉七年為彭城王劉義康法曹參軍。元嘉十年卒。原有集六卷，已散佚，明人輯有《謝法曹集》。惠連詩賦，深得靈運贊賞。

【題解】這首詩寫泛湖歸來後，走出樓中賞月時所見的景色。作者用白描的筆法寫出環境的清幽。

日落泛❶澄瀛❷，星羅❸遊輕橈❹。憩❺榭❻面曲汜❼，臨流對迴潮。輟策❽共駢筵❾，並坐相招要❿。哀鴻鳴沙渚⓫，悲猨⓬響山椒⓭。亭亭⓮映江月，瀏瀏⓯出谷飆⑯。斐斐⑰氣幕⑱岫⑲，泫泫⑳露盈㉑條。近矚祛㉒幽蘊㉓，遠視盪㉔諠囂㉕。悟言㉖不知罷，從夕至清朝㉗。

【注　釋】❶泛　泛舟。❷澄瀛　水清澈的湖中。瀛，池澤；湖泊。這裡指大小巫湖。❸星羅　星密布。指夜間。❹橈　小楫；水槳。❺憩　休息。❻榭　水榭。❼曲汜　曲折的水灣。汜是由主流分出後又復匯入的河水。❽輟策　停杖。❾駢筵　把兩張筵桌並排在一起。駢，原指兩馬共駕一車。❿招要　邀請。要，通「邀」。⓫渚　水中的小洲。⓬猨　猿猴。⓭山椒　山頂。⓮亭亭　高遠的樣子。⓯瀏瀏　風迅疾的樣子。⓰谷飆　從山谷中產生的暴風。⓱斐斐　輕盈的樣子。⓲幕　這裡是像幕一樣遮住的意思。⓳岫　山巒。⓴泫泫　垂下的樣子。㉑盈　充積。㉒祛　去除。㉓幽蘊　幽積。㉔盪　洗滌。㉕諠囂　聲音嘈雜。㉖悟言　對話；面對面交談。悟，通「晤」。㉗清朝　清晨。指第二天早晨。

【語　譯】日落時泛舟在清澈的湖水中，繁星下划動著小槳。在水榭歇息面對著曲折的水灣，憑欄看著潮水在慢慢地退去。放下手杖把兩張筵桌並列起來，坐在一起你邀我請。哀愁的大雁在小沙洲上鳴叫，悲傷的猿啼聲回響在山頂。高遠的月亮映照在江水之上，迅猛的風從山谷中發出。輕盈的水氣籠罩著山巒，濃濃欲滴的露水積滿了枝條。近看可以除去積聚在胸中的煩悶，遠望可以洗滌塵世的嘈雜。面對面談興正濃不知疲倦，從晚上直說到第二天清晨。

從遊京口北固應詔

【作　者】謝靈運，見頁八四二。

【題　解】這首詩寫遊京口北固一帶時所見景色，又寫應詔賦詩時的感想。京口，在今江蘇鎮江憑靠北固山面對長江的故城，東漢末三國吳時所築。北固，山名，有南、中、北三峰，北峰三面臨江，高數十丈，形勢險要，故稱「北固」。

玉璽❶戒❷誠信，黃屋❸示❹崇高。事❺為名教❻用，道以神理❼超❽。昔聞汾水游❾，今見塵外❿鑣⓫。鳴笳⓬發⓭春渚，稅鑾⓮登山椒⓯。張組⓰眺倒景⓱，列筵矚歸潮。遠巖⓲映蘭薄⓳，白日麗江皋⓴。原㉑隰㉒荑㉓綠柳，墟囿㉔散㉕紅桃。皇心㉖美陽澤㉗，萬象㉘咸㉙光昭㉚。顧己枉維縶，撫志慚場苗㉛。工拙㉜各所宜，終以反林巢㉝。曾是㉞縈㉟舊想㊱，覽物奏長謠。

【注釋】❶玉璽　玉石刻成的印。秦以前尊者和卑者都可用，秦以後為皇帝所專用。❷戒　儆戒。❸黃屋　指車蓋以黃繒為裡的車，為古代帝王所用。❹示　顯示；標識。❺事　指上面二事。❻名教　以正名定分為中心的禮教。❼神理　神妙之理。❽超　高超。❾汾水游　指堯見隱士事。《莊子・逍遙遊》：「堯治天下之民，平海內之政，往見四子藐姑射之山，汾水之陽，窅然喪其天下焉。」❿塵外　塵世之外的地方。指北固山。⓫鑣　馬銜。這裡借指馬。⓬鳴笳　吹笳。笳是一種管樂器。⓭發　出發。⓮稅鑾　捨棄鑾車。稅，通「脫」。⓯山椒　山頂。⓰張組　張設帷帳。組，絲織的闊帶子。這裡指飾有組帶的帷帳。⓱倒景　水中倒影。⓲遠巖　遠處的山巖。⓳蘭薄　即蘭叢。⓴江皋　江岸。㉑原　高平之地。㉒隰　低溼之地。㉓荑　植物的嫩芽。這裡作動詞用，發嫩芽。㉔墟囿　村落和園囿。㉕散　開放。㉖皇心　這裡指帝王之心。㉗美陽澤　贊美陽春，廣布德澤。㉘萬象　萬物。㉙咸　全；都。㉚光昭　明亮。㉛顧己枉維縶二句　是說自己枉受任用捫心自問深感慚愧。顧己，念我。枉，徒然。維縶，謂像白駒一樣被拘束任用。《詩經・小雅・白駒》：「皎皎白駒，食我場苗。縶之維之，以永今夕。」撫志，猶撫心。表示感慨。㉜工拙　猶智愚。此指善不善做官。㉝反林巢　指回到山林中隱居。㉞曾是　在位。㉟縈　縈繞。㊱舊想　夙願。指隱居之志。

【語 譯】玉璽是用來儆戒誠信，黃繒製的車蓋是用來顯示崇高的。上面二事為名教所用，而至道也因神妙之理而更顯高超。從前聽說堯遊於汾水之陽見到四位隱士而爽然若失天下，如今看到了皇帝陛下的車駕來遊這世外之地。吹笳從河中的小洲上出發，捨棄車駕登上山頂。張開帷蓋眺望水中的倒影，擺設筵席觀望著回潮。遠處的山巖掩映著蘭叢，明亮的陽光灑落在江邊。高地低地上的柳樹發出了新芽，村落園囿的桃樹開放著紅花。皇上之心贊美陽春廣布德澤，天下萬物都被光輝普照。想起自己枉受朝廷的任用，捫心自問深感慚愧。無論是賢是愚各有自己的適應之處，最終我還不如返歸林中築巢隱居。人雖在位，心頭常縈繞昔日歸隱之念，看到眼前風物我不禁唱了這首長歌。

晚出西射堂

【作 者】謝靈運，見頁八四二。

【題 解】這首詩寫傍晚時分出西射堂散步時所見景色，並由此發出人生感慨。這首詩作於作者任永嘉太守時。

步出西城門，遙望城西岑❶。連鄣❷疊巘崿❸，青翠杳❹深沈。曉霜楓葉丹，夕曛❺嵐❻氣陰。節❼往戚❽不淺，感來念已深。羈雌❾戀舊侶，迷鳥懷❿故林。含情尚勞愛⓫，如何離賞心⓬？撫鏡⓭華緇鬢⓮，攬帶⓯緩⓰促衿⓱。安排⓲徒空言，幽獨⓳賴鳴琴。

【注 釋】❶岑 小而高的山。❷鄣 山形上平的山。❸巘崿 山崖。❹杳 深暗的樣子。❺曛 暮；昏暗。❻嵐 山林中的霧氣。❼節 季節；四時。❽戚 憂傷。❾羈雌 失群無伴的雌鳥。❿懷 思念。⓫勞愛 替心愛者擔憂。⓬賞心 這裡指使自己心情歡暢的人或物。⓭撫鏡 持鏡。⓮華緇鬢 黑的鬢角變花白了。華，這裡作動詞用。⓯攬帶 繫帶。⓰緩 寬鬆。⓱促衿 使衣服收緊貼身。此句意謂帶寬人瘦了。⓲安排 安於自然變化。《莊子・大宗師》：「安排而去化，乃入於寥天一。」⓳幽獨 幽悶孤獨。

【語譯】漫步走出西城門，遙望城西小而高的山。山崖連綿重疊，山色青翠深遠。早晨的霜把楓葉染紅了，日暮時的山林霧氣變得陰沈。季節的過去使得內心的憂傷更深，內心受到觸動我思念不已。失群的雌鳥思戀舊日的伴侶，迷路的鳥兒懷念原來的樹林。鳥兒含情尚且替心愛者擔憂，人又如何能和知心朋友分離呢？持鏡看見黑色的鬢髮已變花白，把衣帶收緊感到人已消瘦。說是安於自然變化也只是空話，幽悶孤獨時就靠琴聲作伴。

登池上樓

【作者】謝靈運，見頁八四二。

【題解】這首詩寫久病初起登樓遠望時的所見所感。先寫自己官場失意的牢騷，中間寫所見春色，最後表達了決意隱居之心。其中「池塘生春草，園柳變鳴禽」是向來為人稱道的名句。

潛虯❶媚❷幽姿❸，飛鴻❹響遠音❺。薄❻霄愧雲浮，棲川❼怍❽淵沈。進德❾智所拙❿，退耕⓫力不任⓬。徇祿⓭及⓮窮海⓯，臥痾⓰對空林⓱。衾枕昧節候，褰開暫窺臨⓲。傾耳⓳聆⓴波瀾，舉目眺嶇嶔㉑。初景革緒風，新陽改故陰㉒。池塘㉓生春草，園柳變鳴禽㉔。祁祁傷豳歌㉕，萋萋感楚吟㉖。索居易永久㉗，離群難處心㉘。持操㉙豈獨古，無悶㉚徵在今㉛。

【注　釋】❶潛虬　潛藏的小龍。虬，有角的小龍。❷媚　美。這裡是自以為美的意思。❸幽姿　潛隱的姿態。❹鴻　大雁。❺響遠音　把聲音傳送到遠方。❻薄　迫近。❼棲川　棲息於深淵中。❽怍　慚愧。❾進德　增進德業。指提高道德修養。❿智所拙　智力低下不能達到。⓫退耕　退身隱居並且親自耕種。⓬力不任　體力單薄不能擔當。⓭徇祿　追求俸祿。指做官。⓮及　原作「反」，據宋本《三謝詩》改。⓯窮海　指荒遠的海邊。這裡指永嘉。⓰臥痾　臥病在床。痾，病。⓱空林　指秋冬時節葉落而顯得空曠的樹林。⓲衾枕昧節候二句　這二句原本無，據胡克家《文選考異》補。衾枕昧節候，意思是說自己久病臥床而不知道季節的變換。昧，暗；不明白。褰開暫窺臨，意思是說拉開帷幕暫且登樓遠眺。⓳傾耳　側耳；傾聽的樣子。⓴聆　聽。㉑嶇嶔　山高險的樣子。這裡指高山。㉒初景革緒風二句　是說冬去春來。初景，初春的日光。革，清除。緒風，餘風。指冬天殘存下來的寒風。新陽，新春。故陰，殘冬。㉓池塘　水池的堤岸上。塘，堤岸。㉔變鳴禽　指啼鳥換了種類。謂候鳥南歸。一說此「變」字當屬上，謂園柳生芽，鳴禽歡鳴。㉕祁祁傷豳歌　《詩經・豳風・七月》：「春日遲遲，采蘩祁祁，女心傷悲，殆及公子同歸。」祁祁，眾多的樣子。豳，古邑名。周朝的祖先公劉曾遷居於此，地在今陝西旬邑西。《詩經》中的〈豳風〉產生於這一帶。㉖萋萋感楚吟　《楚辭・招隱士》：「王孫遊兮不歸，春草生兮萋萋。」萋萋，草茂盛的樣子。此句與上句都寫春日離別之恨。㉗索居易永久　《禮記・檀弓》記子夏語：「吾離群索居，亦已久矣。」索居，獨居。易永久，容易覺得日子長久。㉘處心　安心。㉙持操　指保持高尚的操守。㉚無悶　《周易・乾卦》：「遯世無悶。」與世隔絕而無所煩憂的意思。㉛徵在今　在今天得到徵驗。意思是說我現在做到了。

【語　譯】潛藏在水中的虬龍自我憐惜柔美的姿態，高飛的鴻雁把鳴叫的聲音傳得很遠。我感到慚愧的是既不能像飛雁那樣迫近雲霄而避禍，也不能像潛虬那樣隱藏於深淵而保真。我想進德修業，卻由於智力低下而不能達到；我想退隱而耕食，卻由於體力單薄而不能擔當。我因做官而到了極僻遠的海濱之地，臥病在床面對蕭瑟的疏林。由於久病不起而感覺不到季節的轉換，我拉開帷幕登樓遠望。我側耳聆聽滾滾的波濤之聲，抬眼遠眺巍峨的高山。初春的陽光除去了冬日殘存的寒風，溫暖的陽春改變了冬日的陰冷。水池的堤岸上長出了春草，園中的柳樹上的啼鳥也換了種類。《詩經・豳風》使我傷悲，《楚辭・招隱士》使我感傷。離群獨居容易覺得歲月長久，而且難於使人心情平靜。保持高尚的節操難道只有古人能做到？對於避離塵世而不感到煩悶這一點我已能做到了。

遊南亭

【作　者】謝靈運，見頁八四二。

【題　解】這首詩寫初夏久雨初霽，作者出遊時所見美好景色，並因感悟到美景易逝而產生感傷情懷。南亭，在永嘉郡。

時竟❶夕澄❷霽❸，雲歸日西馳。密林含餘清，遠峰隱半規❹。久痗❺昏墊❻苦，旅館❼眺郊歧❽。澤蘭漸被徑❾，芙蓉始發池❿。未厭青春好，已覩朱明移⓫。慼慼⓬感物歎，星星白髮垂⓭。藥餌情所止，衰疾忽在斯⓮。逝將候秋水，息景偃舊崖⓯。我志誰與亮⓰？賞心⓱惟良知⓲。

【注　釋】❶時竟　時終；四時中一時之終。這裡指春盡。❷澄　清。❸霽　雨止。❹遠峰隱半規　意思是遠峰隱沒了半個太陽。規，圓。這裡指太陽。❺痗　病；憂病。❻昏墊　迷惘沈溺。指水過多而遭害。❼旅館　旅於館；客於館。❽郊歧　郊外的岔路。❾澤蘭漸被徑　《楚辭・招魂》：「皋蘭被徑兮斯路漸。」澤蘭，低溼之地所長的蘭草。被徑，遮蓋了路徑。

❿芙蓉始發池 《楚辭・招魂》：「芙蓉始發，雜芰荷些。」⓫未厭青春好二句 是說春去夏來。厭，滿足。青春，春季草本青蔥，故稱春季為青春。朱明，紅日。⓬慼慼 憂思的樣子。⓭星星白髮垂 李善注引左思〈白髮賦〉：「星星白髮，生於鬢垂。」垂，通「陲」。⓮藥餌情所止二句 是說聲樂和飲食為情所止，忽然間已衰老了。藥餌，據姚鼐、黃節之說當作樂餌。《老子》：「樂與餌，過客止。」⓯逝將候秋水二句 用《莊子・秋水》：「秋水時至，百川灌河。涇流之大，兩涘渚崖之間，不辯牛馬。」息景，退影；退身隱居。景，同「影」。偃，息。⓰亮 信；明白。⓱賞心 稱賞於心。⓲良知 良友；知心好友。

【語 譯】春末的傍晚，雨過天晴；雲歸於山，夕陽西下。密林在雨後空氣清涼，遠處的山峰隱沒了半個太陽。久雨不止使人煩苦困頓，客居於館舍遠望郊外的歧路。低溼之地的蘭草漸漸地遮掩了路徑，水池中的荷花剛剛開放。還未來得及好好欣賞春天的美景，時光流逝，夏日已來臨。物候的變化使我感傷歎息，星星點點的白髮已生在鬢邊。聲樂和飲食我盡情享受，忽然之間已覺年老體衰。願意等待秋水的到來，隨流而歸，退居到舊時的山崖間。我的心意有誰能明白？只有知心好友才稱賞於心。

遊赤石進帆海

【作 者】謝靈運，見頁八四二。

【題 解】這首詩先寫遊赤石所見景物，再寫到自己因看到海景而產生出的歸隱意緒。赤石，是永寧（今浙江永嘉）安固（今浙江瑞安）二縣之間靠近海邊的一座山名。帆海，即今帆遊山，在瑞安縣北五十里，東接大羅山，與永嘉縣分界。

首夏❶猶清和，芳草亦未歇❷。水宿❸淹晨暮，陰霞屢興沒❹。周覽❺倦瀛壖❻，況乃陵❼窮髮❽。川后時安流，天吳靜不發❾。揚帆采石華❿，掛席⓫拾海月⓬。溟漲⓭無端倪⓮，虛舟⓯有超越。仲連輕齊組⓰，子牟眷魏闕⓱。矜名⓲道不足，適己⓳物可忽⓴。請附任公㉑言，終然謝天伐㉒。

【注 釋】❶首夏 始夏；初夏。❷歇 止。❸水宿 指人宿舟中。❹陰霞屢興沒 李善注引《河圖》：「崑崙山有五色水，水赤之氣，上蒸為霞，陰而赫然。」這裡是說水氣蒸為雲霞。❺周覽 遍覽；看遍各處。❻瀛壖 海濱。瀛，海。壖，原指緣河邊地。❼陵 到達。❽窮髮 指極荒僻之地。《莊子・逍遙遊》：「窮髮之北，有冥海者，天池也。」極遠的北方寒冷得寸草不生，故名窮髮。❾川后時安流二句 是說海水很靜謐，沒有波瀾。川后，曹植〈洛神賦〉中指洛水女神。這裡指波神。天吳，《山海經》中所說的朝陽之谷神，是水伯。❿石華 一種附生於海中石上的甲殼類水族動物，肉可食。⓫掛席 意同「揚帆」。⓬海月 亦是一種甲殼類水族動物，白色，大如鏡，圓形，肉可食。⓭溟漲 指海廣大無邊。⓮端倪 邊際。⓯虛舟 輕便的空船。⓰仲連輕齊組 《史記・卷八三・魯仲連鄒陽列傳》載：齊將田單久攻聊城不下，魯仲連寫了一封信，用箭射入城中送給燕將。燕將得書後，哭泣三日，最後自殺，城中大亂，田單趁勢攻下了它。歸來後想授祿位給魯仲連，魯仲連逃隱到了海上。輕齊組，意思是把齊國授予的官位看得很輕。組，這裡指繫官印的絲帶。⓱子牟眷魏闕 《呂氏春秋》載：中山公子牟謂詹子說：「身在江海之上，心居魏闕之下，奈何。」眷，眷戀。魏闕，古代宮門上有巍然高出的樓觀。這裡借指朝廷。⓲矜名 誇耀自己的名聲。⓳適己 適從自己的心意。⓴忽 輕忽。㉑任公 指大公任。《莊子・山木》說：孔子圍於陳、蔡之間，七日不火食。大公任去慰問他，並且告訴他免禍之道：「直木先伐，甘井先竭……自伐者無功，功成者墮，名成者虧……」孔子稱善，告別友人和弟子，逃至大澤之中。㉒謝天伐 避免自然的禍患。

【語 譯】初夏之時天氣清明和暖，芳草還在不停地長。人在舟中度過了日日夜夜，看到水上雲霞或明或暗多次變幻。遊遍了海濱我已經困倦，更何況是到達這荒僻之地。波神時時穩住洶湧的海流，水伯使大海寧靜不掀狂濤。我揚帆出海採拾石華，乘風張篷掇拾海月。大海遼闊無邊，我駕著輕舟去得很遠。魯仲連對齊國授予的官位看得很輕，公子牟卻對朝廷很眷戀。崇尚功名則道德不足，適從自己的心意則可以忽略外物。我願附和太公任對孔子說的免禍遁世之道，這樣最終可以避免自然的禍患。

石壁精舍還湖中

【作　者】謝靈運，見頁八四二。

【題　解】這首詩寫作者至湖中一天直到回到石壁精舍的遊觀樂趣和從中體會到的理趣。石壁精舍在作者家鄉始寧縣（今浙江上虞）的東南。湖指巫湖，三面均為高山。精舍，書齋的意思。

昏旦變氣候，山水含清暉❶。清暉能娛人，遊子憺忘歸❷。出谷日尚早，入舟陽已微❸。林壑斂❹暝色❺，雲霞收夕霏❻。芰❼荷迭映蔚❽，蒲❾稗❿相因依。披拂⓫趨南逕，愉悅偃⓬東扉⓭。慮澹⓮物自輕，意愜⓯理無違。寄言攝生⓰客，試用此道⓱推。

【注　釋】❶清暉　清明的光彩。❷清暉能娛人二句　見《楚辭・九歌・東君》：「羌聲色兮娛人，觀者憺兮忘歸。」憺，安適。❸陽已微　日光已昏暗。❹斂　收；聚。❺暝色　暮色。❻霏　雲飛的樣子。❼芰　菱。❽迭映蔚　交相輝映。❾蒲　指菖蒲。一種水草。❿稗　一種似稻的雜草。⓫披拂　撥開。⓬偃　臥；息。⓭扉　門。⓮慮澹　思慮淡泊。⓯意愜　心滿意足。⓰攝生　養生。⓱此道　指上文「慮澹」二句所說的道路。

【語　譯】早晚氣候有變化，山水中含有清明的光彩。清明的光彩能使人快樂，遊人沈醉其中忘記歸去。從山谷中出來時天色尚早，進入小船時日色已昏暗。樹林和山谷間暮色蒼茫，飛動的雲霞已經消失了。菱荷的葉子相互映照著，菖蒲和稗草交雜在一起。撥開路旁的草木快步往南走，安適地在東軒休息。思慮淡泊外物自輕，內心安適就不會違背自然之理。捎個信給注重養生的人，試用上面的這些道理來推求。

登石門最高頂

【作　者】謝靈運，見頁八四二。

【題　解】這首詩寫登上石門山所見景色，並引發出順應自然的解脫心境。石門，在今浙江嵊縣之南。

晨策❶尋絕壁，夕息在山棲。疏峰抗高館❷，對嶺臨迴溪。長林羅❸戶穴❹，積石擁❺基階。連巖❻覺路塞，密竹使徑迷。來人忘新術❼，去子惑故蹊❽。活活❾夕流駛，噭噭❿夜猿啼。沈冥⓫豈別理，守道自不攜⓬。心契⓭九秋⓮幹⓯，目翫⓰三春⓱荑⓲。居常以待終，處順故安排⓳。惜無同懷客⓴，共登青雲梯㉑。

【注　釋】❶策　持杖。❷疏峰抗高館　平整過的峰頂聳立著這座高館。疏，鑿平。抗，舉。❸羅　這裡是遮蓋的意思。❹戶穴　六臣注《文選》本作「戶庭」。❺擁　壅塞。❻連巖　接連不斷的巖石。❼術　路途。❽蹊　小徑。❾活活　水流聲。❿噭噭　指猿啼聲。⓫沈冥　深沈玄默。⓬攜　離。⓭契　合。⓮九秋　秋天的九十天；深秋。⓯幹　指樹幹。⓰翫　賞玩。⓱三春　指春秋的第三個月。⓲荑　茅草的嫩芽。⓳居常以待終二句　是說要按莊子思想來達觀對待人生。居常以待終，謂順應常理安然等待死亡的到來。處順故安排，順應自然就安於生命變化。⓴同懷客　抱有同樣心情的人。㉑登青雲梯　升入虛空。借喻同走隱逸的道路。

【語　譯】早晨持杖在絕壁間尋路，晚上棲息在山間。平整過的峰頂聳立著這座高館，面向著山嶺下臨曲折的溪流。門戶之前生長著茂密的樹林，牆腳階下簇擁著磊磊巖石。接連不斷的山巖使人覺得道路被阻塞了，密密的竹林使人迷失了路徑。進山的人忘掉了新路怎麼走，返回的人對舊路也分辨不清了。夕陽之下溪水淙淙地流淌，夜猿在噭噭地悲啼。深沈玄默難道有別的道理？堅守至道自該一刻不離。心同於能耐九秋風霜的老幹，眼睛賞玩著春天的嫩草。居於常理安然等待死亡的到來，順應自然就能安於生命的變化。可惜沒有與我懷有同樣心境的人，一起攀登通向青雲的天梯升入虛空。

於南山往北山經湖中瞻眺

【作　者】謝靈運，見頁八四二。

【題　解】這首詩寫在南山往北山途經巫湖時遠眺所見新春景色，最後是因找不到同志而發出感慨。南山、北山，是作者家鄉始寧的一景，中間夾著巫湖。

朝日發陽崖❶，景落❷憩陰峰❸。舍舟眺迴渚❹，停策倚茂松。側徑❺既窈窕❻，環洲❼亦玲瓏❽。俛視❾喬木杪❿，仰聆⓫大壑灇⓬。石橫水分流，林密蹊⓭絕蹤⓮。解作⓯竟何感⓰，升長皆丰容⓱。初篁⓲苞⓳綠籜⓴，新蒲含紫茸㉑。海鷗戲春岸，天雞弄㉒和風㉓。撫化㉔心無厭，覽物眷㉕彌重。不惜去㉖人遠，但恨莫與同㉗。孤遊非情歎㉘，賞廢理誰通㉙。

【注釋】❶陽崖　朝南向陽的山崖。❷景落　日落。景，原指日光。❸陰峰　指山的北峰。❹迥渚　湖中遠處小洲。❺側徑　曲折的小路。❻窈窕　這裡是幽美的意思。❼環洲　圓形小洲。❽玲瓏　明亮的樣子。❾俛視　俯看。❿杪　樹木的末梢。⓫仰聆　仰聽。⓬潨　通「淙」。水聲。⓭蹊　小徑。⓮絕蹤　人跡斷絕。⓯解作　《周易・解》：「天地解而雷雨作。」⓰感　動。⓱升長皆丰容　《周易・升》：「地中生木，升。」丰容，茂盛的樣子。⓲初篁　初生的竹子。篁，叢竹。⓳苞　通「包」。⓴籜　筍殼。㉑紫茸　紫色的茸毛。指蒲花。㉒弄　戲；玩耍。㉓和風　和舒的風。㉔撫化　順隨事物的變化。㉕眷　戀。㉖去　離開。㉗莫與同　沒有人與我心境相同。㉘非情歎　不是感情上所應歎息。㉙賞廢理誰通　意思是賞玩之心若廢棄了，箇中情理有誰可理解呢？

【語　譯】早晨從向陽的山崖出發，日落時在北峰休息。捨舟上岸眺望遠處的小洲，停杖靠在茂密的松樹間。曲折的小路很幽美，圓形的小洲也在閃光。低頭見到高樹的樹梢，仰頭細聽大山溝的流水聲。石塊橫亙使溪水分流，樹林茂密小徑絕跡。春雷乍響甘雨普降，觸動了什麼呢？草木因而茂盛生長。初生的竹子包著綠色的筍殼，新長的蒲草含有紫色的茸毛。海鷗在春天的岸上嬉戲，山雞在和暖的風中遊耍。順隨事物的變化內心不厭倦，觀覽景物則眷戀更深。古代哲人遠去並不值得惋惜，只遺憾而今沒有人與我心境相同。孤獨地遊賞沒什麼好歎息的，若失去了賞玩之心又有誰能理解呢？

從斤竹澗越嶺溪行

【作　者】謝靈運，見頁八四二。

【題　解】這首詩寫從斤竹澗越嶺緣溪步行時沿途所見景物和由此感發的寄情山水之意。斤竹澗，或說在今浙江紹興東南斤竹嶺附近，去浦陽江約十里。或說在今浙江樂清東。

猿鳴誠知曙❶，谷幽光未顯。巖下雲方合，花上露猶泫❷。逶迤❸傍隈隩❹，苕遞❺陟陘峴❻。過澗既厲急❼，登棧❽亦陵❾緬❿。川渚⓫屢逕復⓬，乘流⓭翫迴轉。蘋⓮萍⓯泛沈深⓰，菰⓱蒲冒清淺⓲。企石⓳挹⓴飛泉，攀林擿㉑葉卷㉒。想見山阿人，薜蘿若在眼㉓。握蘭㉔勤徒結㉕，折麻心莫展㉖。情用賞為美，事昧竟誰辨㉗？觀此遺物慮㉘，一悟㉙得所遣㉚。

【注釋】❶曙　天明。❷泫　露珠欲滴的樣子。❸逶迤　道路漫長而彎曲的樣子。❹隈隩　山崖轉彎處。❺苕遞　遙遠的樣子。苕，通「迢」。❻陘峴　山脈中斷的地方叫陘。山嶺小而高叫峴。❼厲急　渡過急流。厲，拉起衣裳涉水。急，急流。❽棧　棧道；在險峻的山間搭架木板作為通道。❾陵　登。❿緬　遠。這裡指高遠之處。⓫川渚　河洲。⓬逕復　這裡是彎曲的意思。逕，直。復，迴曲。⓭乘流　順著流水。⓮蘋　大萍。一種水草，亦名田字草。⓯萍　同「苹」。浮萍。⓰沈深　指溪水很深之處。⓱菰　即茭白。⓲冒清淺　覆蓋在溪流清淺處。⓳企石　踮起腳跟站在石上。企，通「跂」。舉踵。⓴挹　酌取。㉑擿　同「摘」。㉒葉卷　初生還未展開的嫩葉。㉓想見山阿人二句　出於屈原〈九歌・山鬼〉：「若有人兮在山阿，被薜荔兮帶女蘿。」這裡用於指自己所嚮慕的隱士。山阿，山坳中。薜蘿，薜荔和女蘿。兩種蔓生植物。㉔握蘭　手持蘭草。㉕勤徒結　慇懃之意徒然結於心中。㉖折麻心莫展　《九歌・大司命》：「折疏麻兮瑤華，將以遺兮離居。」麻，疏麻。一種香草。㉗情用賞為美二句　意思是情之所賞便以為美，事理幽昧，誰還會去仔細分辨呢？㉘遺物慮　拋棄對世間事物的思慮。㉙一悟　一下子感悟到。㉚遣　排遣、排除的意思。按照魏晉玄學的觀點，要把是非之心以及一切成心都加以排遣，遣之又遣，終於達到無心而體道了。

【語譯】猿啼的時候確知天色已亮，山谷間仍很幽暗光線未明。山巖之下雲彩正在聚合，花上的露珠流轉欲滴。道路漫長而曲折，緊貼著彎曲的山崖，路程遙遠，走過山坳又登上山嶺。提起衣裳渡過了湍急的澗水，又走過了高遠的棧道。溪中的小洲彎彎曲曲，沿著溪流觀賞曲折的流水。田字草和浮萍飄浮在溪水深的地方，茭白和菖蒲長在溪水清淺之處。踮起腳跟站在石上酌取飛瀉的泉水，攀著樹枝採摘未展開的嫩葉。想像到山中的隱士，穿著薜荔和女蘿貫穿的衣服站在眼前。手握蘭草慇懃之意徒然結在心中，攀折了疏麻欲贈無由，心情不得舒展。能夠被情感所欣賞的便是美，這種事理很幽昧，有誰還能分辨得清？觀看到這些沿途景物可以拋棄對世事的思慮，一下子感悟到用來排遣一切思慮的方法。

應詔觀北湖田收

【作　者】顏延之，見頁九〇二。

【題　解】這首詩寫作者應宋文帝詔隨駕巡行時所見景物，並對皇帝的恩德加以贊美。北湖，即晉時樂遊苑，南朝宋元嘉年間築隄壅水，改名北湖，故址在今江蘇江寧。

周御窮轍跡❶，夏載歷山川❷。蓄軫豈明懋，善遊皆聖仙❸。帝暉❹膺順動❺，清蹕❻巡廣廛❼。樓觀❽眺豐穎❾，金駕映松山。飛奔❿互流綴⓫，緹彀⓬代⓭迴環⓮。神行⓯埒⓰浮景⓱，爭光溢⓲中天⓳。開冬⓴眷㉑徂物㉒，殘悴㉓盈㉔化先㉕。陽陸㉖團㉗精氣㉘，陰谷㉙曳寒煙。攢㉚素㉛既森藹㉜，積翠㉝亦葱仟㉞。息饗㉟報嘉歲㊱，通急㊲戒無年㊳。溫渥㊴浹㊵輿隸㊶，和惠㊷屬㊸後筵。觀風㊹久有作，陳詩㊺愧未妍㊻。疲弱㊼謝凌遽㊽，取累㊾非纆牽㊿。

【注　釋】❶周御窮轍跡　《左傳・昭公十二年》載：右尹子革對楚王說：「昔穆王欲肆其心，周行天下，將皆必有車轍馬跡焉。」周御，指周穆王駕的車馬。轍跡，指車轍馬跡。❷夏載歷山川　《尚書・益稷》載：大禹說：「予乘四載，隨山刊水。」夏載，指夏禹駕的車馬。載是四匹馬拉的車。這裡用周御、夏載來借代宋文帝的御駕。❸蓄軫豈明懋二句　是說停歇車馬不出行並不能表明他是明智而勤勉的君王，善遊天下那是聖人神仙一樣的君主。蓄軫，讓車駕停歇著不出行。蓄，積。這裡是把車放起來不用的意思。軫，車箱底部四面的橫木。這裡指馬車。明懋，明智而勤勉。聖仙，聖指夏禹，仙指周穆王。❹帝暉　帝王的恩德像太陽的光輝一樣。❺膺順動　《周易・豫卦》：「聖人以順動，則刑罰清而民服。」膺，膺服。指百姓心服。順動，指順時而動。❻清蹕　指皇帝出巡時開路清道，禁止通行。❼廣廛　指廣泛地巡行於田間。廛，古代以田一百畝為一廛。❽樓觀　樓臺。❾豐穎　指碩大的禾穗。❿飛奔　指行走得很快的馬車。⓫流綴　或行或止。這裡是連續不斷的意思。⓬緹轂　指皇帝和高官出巡時的前導和隨從的騎士。⓭代　更替。⓮迴環　或前或後的意思。⓯神行　神明之行。指天子之行。⓰埒　等同。⓱浮景　指浮動的日影。⓲溢　盈滿。⓳中天　天空中。⓴開冬　指初冬、始冬。㉑眷　懷戀。㉒徂物　徂落之物。㉓殘悴　殘損憔悴。㉔盈　充滿。㉕化先　萬物化生的萌芽。化，生。指春天萬物始生。㉖陽陸　日光直射之地。㉗團　聚集。㉘精氣　指陽和之氣。㉙陰谷　朝北背陽的山谷。㉚攢　積聚。㉛素　白色。這裡指霜。㉜森藹　霜盛的樣子。㉝翠　這裡指綠樹。㉞蔥仟　茂盛的樣子。㉟息饗　使百姓得以休息並且供給食物。㊱嘉歲　好年成。㊲通急　通百姓之急。深察百姓的急難。㊳無年　指收成不好的年歲。㊴溫渥　仁厚。㊵浹　洽；融入。這裡是遍及、覆蓋的意思。㊶輿隸　古代把人分為十等，輿隸是極低賤的兩個等級。輿即造車工人，隸是僕役。這裡指地位低賤的人。㊷和惠　恩惠。㊸屬　連續不斷。㊹觀風　考察民風。㊺陳詩　陳獻採自民間的詩歌。《禮記・王制》載周王「歲二月，東巡狩，命太師陳詩，以觀民風」。㊻妍　好。㊼疲弱　這是說自己才智低下。㊽淩遽　捷速。㊾取累　為事所累。㊿纆牽　駕車不快因馬韁太長而被牽累。此指別的原因。

【語　譯】周穆王的車駕遍遊全國各地，夏禹更經歷了天下的山山水水。停著車駕不出行並不能表明他是明智而勤勉的君主，善遊天下的君主都是聖人和神仙。皇上的恩德像太陽的光輝一樣，順時而動使百姓心服，皇上出宮開路清道，廣泛地巡行於田間。在樓臺上眺望碩大的禾穗，金色的車駕映照著生長松柏的山巒。飛奔的車馬接連不斷，前導和隨從的騎士更替環繞護衛。聖駕之行等同於日駕，與紅日爭光輝耀長天。初冬之時眷戀著已徂落的事物，殘損而憔悴的事物卻包藏著萬物化生的萌芽。陽光充足的平地聚集著陽和之氣，背陽向北的山谷中發散著寒煙。聚積濃霜的枝頭晶瑩耀眼，松柏翠葉十分茂盛。使民休息並且供給飲食來回報好收成，深察百姓的急難戒備收成不好的年份。皇上的仁厚遍及輿隸這樣地位低下的人，他的恩惠延及如我這般的後席臣僚。考察民風自古以來即有陳詩之事，獻上這些詩歌慚愧自己寫得不好。我的才智低下不能捷速成篇，沒有別的，實是為事所累而造成的啊！

車駕幸京口侍遊蒜山作

【作　者】顏延之，見頁九〇二。

【題　解】這首詩寫作者隨宋文帝的車駕幸京口並遊蒜山時所見景物。京口，在今江蘇鎮江的故城名，東漢末、三國吳時稱京城，東晉、南朝時，因城憑山臨江，通稱京口城。蒜山，北臨長江，無峰嶺，在京口。南朝宋武帝的祖先遷居於京口，故詩中稱為故里。

元天高北列，日觀臨東溟❶。入河起陽峽，踐華因削成❷。巖險去漢宇，衿衛徙吳京❸。流池自化造，山關固神營❹。園縣❺極方望❻，邑社❼揔❽地靈。宅道❾炳❿星緯⓫，誕曜應辰明⓬。睿思⓭纏故里，巡駕帀⓮舊坰⓯。陟峰騰⓰輦⓱路，尋雲抗⓲瑤甍⓳。春江壯風濤，蘭野⓴茂荑㉑英㉒。宣遊㉓弘㉔下濟，窮遠凝聖情。嶽濱㉕有和會㉖，祥習在卜征㉗。周南悲昔老，留滯感遺氓㉘。空食㉙疲廊肆㉚，

反稅㉛事巖耕㉜。（ㄈㄢˇ ㄕㄨㄟˋ　ㄕˋ ㄧㄢˊ ㄍㄥ）

【注　釋】❶元天高北列二句　寫蒜山之高。元天高北列，李善注引《莊子》說：「元天者，其高四見列星。」元天，山名。北列，北天的眾星。日觀，泰山東南山頂。此處可觀日出。這裡元天、日觀都是借喻蒜山。東溟，東海，東面的海。❷入河起陽峽二句　寫站在蒜山上所見的京口城貌。入河起陽峽，《史記・卷八八・蒙恬列傳》載：秦將蒙恬「築長城，因地形，用制險塞，起臨洮，至遼東，延袤萬餘里。於是渡河，據陽山，逶蛇而北」。河原指黃河，這裡借指長江。陽峽，指陽山。在今陝西陽縣北，這裡指蒜山。峽，山側。踐華因削成，賈誼〈過秦論〉：「踐華為城。」《山海經》：「泰華之山，削成四方。」踐，踩；踏。這裡是憑藉的意思。華，華山。以地勢險要著稱，這裡借喻蒜山。❸巖險去漢宇二句　是說京口城地勢險要堅固，就好像殽山，函谷關離開了漢都長安，鍾山和石頭城遷離了吳都建康，移來這裡一樣。張衡〈西京賦〉：「巖險周固，衿帶易守。」漢宇，指西漢的都城長安。長安在關中，左有殽山和函谷關，右有隴山，南連蜀之岷山，古人認為是「金城千里」。見《史記・卷五五・留侯世家》。衿衛，襟帶護衛。吳京，三國吳的都城建業，也是南朝宋的都城，地勢雄險，有「龍蟠虎踞」之稱，《太平御覽・卷一五六》引晉張勃《吳錄》：「劉備曾使諸葛亮至京，因覩秣陵山阜，歎曰：『鍾山龍盤，石頭虎踞，此帝王之宅。』」❹流池自化造二句　這是說有長江作為天然的護城河，有蒜山等作為自然的屏障。流池，水流動的護城河，這裡指長江。池指護城河。化造，猶「造化」。這裡指自然生成。神營，由神力而營造。也指自然形成。❺園縣　守護帝王陵墓的縣邑。陵，皇帝陵墓。南朝皇帝陵墓在今江寧。❻方望　帝王郊祀四方之神的禮儀。❼邑社　陵邑之社。祭祀土地神之所。❽揔　皆；都。❾宅道　居處的疆界。❿炳　光明。⓫星緯　星紀與緯星。古代占星家把天上某一部分星宿和地上某一地區對應起來。吳地上應十二次之星紀、二十八宿之牛、斗二宿。緯星，即行星。宋應辰星（水星），為「五緯」之一。⓬誕曜應辰明　是說上天水星照耀大地。辰，原作「神」，依六臣注本改。曜，指七曜，即日、月、金、木、水、火、土五星，此實指水星。劉宋按五行說屬水德。而水星又名辰星。水德與水星相配。⓭睿思　明智的思緒。⓮帀繞；纏繞。⓯垌　離城邑極遠的地方。⓰騰　升。⓱輦　皇帝乘坐的用人力推挽的車。⓲抗　極；靠近；踫上。⓳瑤甍　用美玉裝飾的屋脊。⓴蘭野　長滿蘭草的野地。㉑稊　植物的嫩芽。㉒英　原指草本植物所開的花。也指一般的花。㉓宣遊　周遊。㉔弘　廣大；使廣大。㉕嶽濱　山嶽和水濱。指天下諸侯。㉖和會　大聚會。㉗祥習在卜征　見《左傳・襄公十三年》：鄭太宰石奠說：「先王卜征五年，歲卜其祥，祥習則行。」祥習，年年吉兆因襲。習，通「襲」。卜征，指帝王出巡前進行占卜。征，指巡狩。㉘周南悲昔老二句　是說文帝卜征時，自己沒有能夠參預其事，所以內心的悲感如同當年太史公司馬談留滯洛陽時一樣。《漢書・卷六二・司馬遷傳》載：「天子始建漢家之封，而太史公留滯周南，不得與從事。」周南，指洛陽一帶。昔老，指太史公司馬談。遺氓，這裡亦指司馬談（用黃侃語）。㉙空食　素餐；白吃飯。㉚廊肆　指朝廷。㉛反稅　繳納國稅。㉜事巖耕　指隱居於山林中自食其力。

【語　譯】蒜山像高接北天眾星的元天山，又像東臨大海的日觀峰。京口城就像起自陽山側面、進入黃河內地的長城，又像依憑著華山一樣憑靠著蒜山。京口城的地勢險要，就像將殽山和函谷關搬離了西漢的都城長安，將鍾山和石頭城遷離了吳國的都城建業，移到了這裡一樣。長江是它天造地設流動的護城河，蒜山等是它鬼斧神工的自然屏障。皇上在設有園陵寢廟的縣中大規模地祭祀四方之神，在陵邑之社總祭土地神。國家疆域的上空星紀與緯星輝耀，我朝德盛所以上應辰星明亮。皇上充滿智慧的思緒縈繞著故里，巡幸的車駕在昔時的郊野徘徊不去。一條輦路直通峰頂，美玉裝飾的樓臺高聳入雲。春天的江上風濤壯闊，長滿蘭草的野地上草木的嫩芽和花朵正茂盛。周遊各地把恩德廣播下民，極遠之地也凝集著聖上的恩情。諸侯百官趕來參加盛大的聚會，吉兆連連皇帝方才出巡。從前太史公司馬談沒有能夠參與漢朝的封禪盛典而感到悲傷，因而留滯周南感歎不已。我白白地享受著國家的俸祿，在朝廷精疲力竭，還不如在山巖之下隱居耕食繳納國稅。

車駕幸京口三月三日侍遊曲阿後湖作

【作　者】顏延之，見頁九〇二。

【題　解】這首詩寫元嘉二十六年（西元四四九年）三月三日隨宋文帝的車駕自京口遊曲阿後湖，詩中對宋文帝的這次出巡竭力稱頌。曲阿後湖，在今江蘇丹陽，晉時在曲阿縣（即今丹陽）下引水為湖，周圍四十里，稱曲阿後湖。

虞風載帝狩，夏諺頌王遊❶。春方動辰駕❷，望幸傾五州❸。山祇❹蹕❺嶠路❻，水若❼警滄流❽。神御❾出瑤軫❿，天儀⓫降⓬藻舟⓭。萬軸⓮胤⓯行衛，千翼⓰汎飛浮。雕雲⓱麗⓲琁蓋⓳，祥飆⓴被㉑綵斿㉒。江南進〈荊豔〉㉓，〈河激〉獻趙謳㉔。金練㉕照海浦㉖，笳鼓震溟洲㉗。藐盼㉘覯㉙青崖㉚，衍漾㉛觀綠疇㉜。人靈㉝騫㉞都野㉟，鱗翰㊱聳㊲淵㊳丘㊴。德禮㊵既普洽㊶，川嶽徧懷柔㊷。

【注釋】❶虞風載帝狩二句　是說如今皇上的出遊是合乎古制的。虞風載帝狩，《尚書．虞書．舜典》載：「歲二月，東巡狩。」這是說帝舜每年二月出巡。虞風，指虞舜時的制度。載，指記載在簡策上。夏諺頌王遊，《孟子．梁惠王下》載：「夏諺曰：『吾王不遊，吾何以休。』」❷辰駕　指皇上的車駕。《論語．為政》：「子曰：『為政以德，譬如北辰，居其所而眾星共之。』」這裡是說皇帝好像北辰星那樣有眾星圍繞著。❸五州　這裡指宋地。❹山祇　山神。祇為地神。❺蹕　這裡指為皇上出巡而清道。❻嶠路　山路。嶠，銳而高的山。❼水若　水神。神話中說海水之神名若。❽滄流　海水橫流。❾神御　指皇上。❿瑤軫　用美玉裝飾的大車。⓫天儀　指皇上的容顏。⓬降　下到。⓭藻舟　畫舟；畫有五彩的船。⓮萬軸　形容車多。軸，原指車軸。這裡借指車。⓯胤　接連不斷的意思。⓰千翼　形容船多。翼，古代按船的大小，分為大、中、小三翼，各有一定的尺寸。⓱雕雲　五色祥雲。⓲麗　附麗；回繞在上面。⓳琁蓋　指車蓋。琁，同「璇」。美玉。⓴祥飆　祥和的風。㉑被　這裡是吹拂的意思。㉒綵斿　旌旗上五彩的旒帶。㉓荊豔　楚地的歌舞。㉔河激獻趙謳　《列女傳》載：趙國主管黃河渡口的官員有一女名娟，當趙簡子率兵南下攻打楚國，想渡過黃河時，缺了一個用楫的人。娟自告奮勇地請求操楫。當渡至中流時，娟為簡子唱了〈河激〉之歌。簡子聽了大喜，後來娶她作了夫人。㉕金練　金甲組練；金屬做的鎧甲和連綴金甲的絲繩。㉖海浦　海濱。㉗溟洲　海島。㉘藐盼　遠望。藐，通「邈」。遠。㉙覯　看見。㉚青崖　長滿草木的山崖。㉛衍漾　漫遊於綠水之中。㉜綠疇　綠色的兩岸。㉝人靈　人和神靈。㉞騫　驚懼。㉟都野　都市和鄉野。㊱鱗翰　代指魚和鳥。㊲聳　驚。㊳淵　深水中。㊴丘　山丘。㊵德禮　恩德和禮儀。㊶普洽　廣被。這是指人民廣受恩德和禮遇。㊷川嶽徧懷柔　《詩經・周頌・時邁》：「懷柔百神，及河喬嶽。」懷柔，來安。這裡指山川百神都受到安撫。

【語譯】簡策中記載著虞舜的巡狩，夏代的歌謠中歌頌了夏王的巡遊。春天皇上出動了御駕，全國各地盼望著皇上的巡幸。山神為之清掃了山路，水神也警戒著大水的潮流。皇上從美玉裝飾的車駕中出來了，又下到了繪有五彩的舟中。上萬輛兵車相繼作護衛，成千的船兒在水面上泛遊。五彩的祥雲盤旋在車蓋之上，祥和的微風吹拂著彩色的旌旗旒帶。江南進獻了〈荊艷〉歌舞，此地歌女演唱了〈河激〉之歌。金甲組練照耀著湖濱，笳鼓之聲震盪著長洲。遠望可以看到青色的山崖，泛遊於清水中觀賞著綠色的兩岸。城鄉人神都感振奮，水中的魚和山上的鳥都為之歡騰。人民廣受皇上的恩德和禮遇，山川之神也普遍得到招致和安撫。

行藥至城東橋

【作者】鮑照，見頁九六〇。

【題解】這首詩寫城東橋一帶的景物和喧鬧紛擾的情況，最後流露出因自己出身寒門有才不得施展的感歎。行藥，即行散，古人在服食五石散等藥後，漫步以散發藥性。城東橋在建康（今江蘇南京）。

雞鳴關吏起，伐鼓早通晨❶。嚴車❷臨迥陌❸，延瞰❹歷❺城闉❻。蔓草綠高隅❼，修楊夾廣津❽。迅風❾首旦發❿，平路塞飛塵。擾擾⓫遊宦子⓬，營營⓭市井人⓮。懷金⓯近從利⓰，撫劍⓱遠辭親。爭先⓲萬里塗，各事百年身。開芳及稚節，含采吝驚春⓳。尊賢⓴永昭灼㉑，孤賤㉒長隱淪㉓。容華㉔坐㉕消歇㉖，端㉗為誰苦辛？

【注釋】❶雞鳴關吏起二句　古代城關之法，黃昏時城門緊閉，至第二天雞鳴時關吏起身，擊鼓通晨，並開關出客。❷嚴車　整治車駕出行。❸迴陌　遠路。❹延矚　遠視。❺歷　經過。❻城闉　城門外層的曲城稱闉。❼高隅　高高的城隅。❽廣津　寬闊的渡口。❾迅風　疾風。❿旦發　即「明發」。天明之時。⓫擾擾　紛亂的樣子。⓬遊宦子　尋求官職的人。⓭營營　往來不絕的樣子。⓮市井人　指商賈。⓯懷金　指商人。懷，懷藏。⓰從利　謀求贏利。⓱撫劍　指上文說的遊宦子之類。撫，按。⓲爭先　指求得出人頭地。⓳開芳及稚節二句　意謂開花應趕在年少時節；含有美麗的花朵應珍惜百草繁茂的春季。稚節，年少時。吝，惜。驚春，百草繁茂。⓴尊賢　尊者和賢者。此指豪門貴族。㉑昭灼　光采奪目。㉒孤賤　孤者和賤者。鮑照出身寒門，故這也是說他自己。㉓隱淪　幽隱沈淪。㉔容華　美麗的容貌。㉕坐　空；徒然。㉖消歇　消失歇止。㉗端　究竟。

【語譯】雞鳴時守關的官吏起來了，擊鼓通報早晨已到了。整治車馬準備遠行，舉目遠望已過了城外層的曲城。蔓延的綠草爬上了高高的城隅，長長的垂楊栽種在渡口的兩邊。迅疾的風天明時就颳起了，平坦的路充滿了塵土。紛紛擾擾的是尋求官職的人，忙忙碌碌的是經商的人。商人懷藏金錢謀求贏利，為官的人佩劍辭別了親人。在漫長的人生旅途上求得出人頭地，每個人都一生奔忙著。開花應趕在稚嫩之時，含苞待放要珍惜百草繁茂的春季。尊者和賢者永遠光采奪目，孤者和賤者長期隱沒沈淪。美麗的容顏徒然衰退，辛辛苦苦究竟是為了誰呢？

遊東田

【作　者】謝朓，見頁九二六。

【題　解】這首詩寫遊東田時所見景色。東田，是謝朓在鍾山東（今江蘇南京鍾山之東）的莊園。

慼慼❶苦無悰❷，攜手共行樂。尋雲陟累榭❸，隨山望菌閣❹。遠樹曖❺仟仟❻，生煙紛漠漠❼。魚戲❽新荷❾動，鳥散餘花落。不對芳春酒❿，還望青山郭⓫。

【注釋】❶慼慼 憂傷的樣子。❷悰 歡樂。❸累榭 建在高土臺上的重層的敞屋。❹菌閣 華美的閣樓。❺曖 昏闇的樣子。❻仟仟 通「芊芊」。草木茂盛的樣子。❼漠漠 布散的樣子。❽戲 嬉戲。❾新荷 初夏新長的荷葉。❿芳春酒 芳香的春酒。⓫青山郭 指青山的輪廓。

【語譯】心中悲苦沒有樂趣，便與人一起出遊尋樂。追尋行雲登上重層的臺榭，隨著山勢看那華美的閣樓。遠處的樹林昏闇茂盛，一片煙靄紛亂布散。魚在水間嬉游，蹚動了新荷，鳥飛散了，樹上的餘花紛紛掉落。且不忙暢飲那芳香的春酒，還是來眺望遠處的青山。

從冠軍建平王登廬山香爐峰

【作者】江淹（西元四四四～五〇五年），字文通，濟陽考城（今河南蘭考）人。歷仕宋、齊、梁三代。宋時曾為建平王劉景素屬官，被誣下獄，上書自白遂獲釋。乃從劉景素為鎮軍參軍，領南東海郡丞。以事觸犯景素，被黜為建安吳興令。入齊，參掌詔策，後拜中書侍郎，尚書左丞、御史中丞、祕書監侍中衛尉卿。入梁為散騎常侍左衛將軍，封臨沮縣伯，後官至金紫光祿大夫，改封醴陵侯。卒謚憲。江淹少孤貧，常砍柴養母。早年即以文章著名，晚年因高官厚祿，世故保守，所作詩文不如前期，時人謂之才盡。凡所著述，自編為前後二集，已佚，後人輯有《江文通集》。作詩善於模擬，然亦不乏蒼勁流麗之作。作賦與鮑照齊名。

【題解】這首詩先寫廬山香爐峰的神話傳說，再寫登峰所見神仙境界般的景物，最後寫由此產生的歸隱和出仕的矛盾情緒。冠軍建平王，宋建平王景素，為冠軍將軍、湘州刺史。江淹二十歲時曾傳授五經給他。廬山，在今江西九江南，北靠長江，南傍鄱陽湖，是我國著名的旅遊勝地。其山蜿蜒連接，素稱九十多峰，香爐峰是著名的一座，在山的東南，孤峰秀起，煙氣籠其上，猶如香爐，故名。有不少有關的神話傳說。

廣成❶愛神鼎❷，淮南❸好丹經。此山❹具鸞鶴❺，往來盡仙靈❻。瑤草❼正翕赩❽，玉樹❾信蔥青❿。絳氣⓫下縈薄⓬，白雲上杳冥⓭。中坐瞰蜿虹，俛伏視流星⓮。不尋遐怪極⓯，則知耳目驚。日落長沙渚⓰，曾陰⓱萬里生。藉蘭⓲素多意，臨風⓳默含情。方⓴學松柏隱㉑，羞逐市井名。幸承光誦末㉒，伏思託後旍㉓。

【注　釋】❶廣成　即廣成子。《神仙傳》說他是古時的仙人，居住在崆峒山的石室裡。❷神鼎　指古代方士或傳說中的神仙煉丹用的鼎爐。❸淮南　指淮南王劉安。他是漢文帝弟弟的長子。愛好道術方士。《神仙傳》說有方士八公授給他丹經。❹此山　指廬山香爐峰。❺鸞鶴　李善注引張僧鑒《豫州記》說：「洪井西有鸞崗，舊說云，洪崖先生乘鸞所憩處也。鸞崗西有鶴嶺，云王子喬控鶴所經處也。」鸞鶴為仙人所乘，洪崖先生和王子喬正是神話傳說中的仙人。❻仙靈　神仙。❼瑤草　玉芝。傳說中仙境中的靈異的草，可使人去死回生。❽翕赩　雙聲聯綿詞。美盛的樣子。❾玉樹　仙境中的樹。瑤草、玉樹都是形容山上草木之美。❿蔥青　茂盛而青翠的樣子。⓫絳氣　大紅色的一種霧氣。⓬縈薄　縈繞草木叢生之處。⓭杳冥　極高遠之處。⓮中坐瞰蜿虹二句　李善注引〈魯靈光殿賦〉：「中坐垂景，頫視流星。」中坐，端坐。蜿虹，蜿蜒的長虹。這裡寫香爐峰高入雲天，彷彿是在天上，故說「俛伏視流星」。⓯遐怪極　極其遼遠怪異的景物。⓰長沙渚　長形的沙洲。⓱曾陰　密密陰雲。曾，通「層」。⓲藉蘭　坐在蘭草之上。⓳臨風　對著風。⓴方　將。㉑松柏隱　如高人隱居於松柏之下。㉒幸承光誦末　有幸在華篇之後寫了這首詩。㉓後旍　後乘；隨駕。旍，同「旌」。

【語　譯】廣成子喜愛煉丹的鼎爐，淮南王愛好煉丹的經書。這香爐峰中有鸞和鶴，來來往往的都是神仙。瑤草正長得美盛，玉樹的確蔥蘢而青翠。紅色的霧氣縈繞在低處的草木上，白雲直上極高極遠的空中。端坐著觀望蜿蜒的長虹，低頭可以看到流星。不必去探尋那極其遼遠怪異的景物，就夠使人耳目驚異了。太陽落在長長的沙洲上，極遠之處陰雲密布。坐在蘭草之上我意緒頗佳，默然迎風心中無限情思。正想學習高人隱居於松柏之下，羞於追逐世俗的聲名。有幸承繼殿下的華章之後作了這首詩，暗思託身於您的隨侍副車之中。

鍾山詩應西陽王教

【作　者】沈約，見頁九一三。

【題　解】這首詩先寫鍾山的險要地勢，再寫它的幽美山色並由此流露出出世的思想，最後點出君王的出遊。鍾山，即紫金山，在今江蘇南京北，地勢險要，是拱衛它的重要屏障。西陽王，宋孝武帝之子劉子尚的封號。此詩是應西陽王之命所作，故曰應西陽王教。

靈山紀地德，地險資嶽靈[1]。終南表秦觀[2]，少室[3]邇[4]王城。翠鳳翔淮海[5]，衿帶[6]繞[7]神坰[8]。北阜何其峻[9]，林薄杳蔥青[10]。發地[11]多奇嶺，干雲[12]非一狀。合沓[13]共隱天[14]，參差[15]互相望。鬱律[16]構[17]丹巘[18]，崚嶒[19]起青嶂[20]。勢隨九疑[21]高，氣與三山[22]壯。即事[23]既多美，臨眺[24]殊復奇。南瞻儲胥觀，西望昆明池[25]。山中咸[26]可悅，賞逐[27]四時移。春光發隴首[28]，秋風生桂枝。多值[29]息心侶[30]，結架[31]山之足。八解鳴澗流[32]，四禪[33]隱巖曲[34]。窈冥終不見[35]，蕭條[36]無可欲[37]。所願從之遊，寸心㊳於此足。君王挺逸趣㊴，羽斾㊵臨崇基㊶。白雲隨玉趾㊷，青霞雜㊸桂旗㊹。淹留㊺訪五藥㊻，顧步㊼佇㊽三芝㊾。於焉㊿仰鑣駕(51)，歲暮(52)以為期。

【注釋】❶靈山紀地德二句　意思是說山和地互相憑依。❷終南表秦觀　《史記・卷六・秦始皇本紀》載：「始皇表南山巔以為闕。」南山即終南山。秦嶺山峰之一。在今陝西西安南。觀，宮闕。❸少室　中嶽嵩山，東為太室，西為少室，相距十七里。因山有石室而得名。少室山在今河南登封北。漢武帝曾在少室峰下作登仙臺。❹邇　近。❺翠鳳翔淮海　喻宋興起於淮海一帶。宋武帝劉裕原為東晉北府兵將領，後擊敗桓玄，掌握東晉大權，並代晉稱帝。淮海，今安徽、江蘇北部淮河兩岸直至黃海一帶地方。張衡〈東京賦〉：「龍飛白水，鳳翔參墟。」李斯上秦皇〈諫逐客書〉有「今陛下……建翠鳳之旗」之句，故詩中取「翠鳳翔」喻帝興。❻衿帶　指宋都建康周圍有長江、鍾山和石頭城作為屏障。❼繞　圍繞。❽神坰　指京郊。坰，遠郊。❾北阜何其峻　仿自陸機〈擬古詩〉：「西山何其峻。」北阜，指鍾山。阜，原指土丘。❿林薄杳蔥青　仿自陸機〈赴洛詩〉：「林薄杳阡眠。」林薄，指樹林。⓫發地　起於地。⓬干雲　直衝雲霄。⓭合沓　高大的樣子。⓮隱天　遮蔽了天空。⓯參差　高低不一。⓰鬱律　雄奇有力。⓱構　築起。⓲巘　形狀如甑的山。⓳崚嶒　高峻突兀的樣子。⓴嶂　高險的山。㉑九疑　又名蒼梧山。在今湖南寧遠南，相傳舜葬於此。數峰奇險，《水經・湘水注》稱它：「羅巖九舉，各導一谿，岫壑負阻，異嶺同勢，遊者疑焉，故曰九疑山。」㉒三山　指神話傳說中的蓬萊、方丈、瀛州三仙山。㉓即事　指眼前山中之景。㉔臨眺　向遠處看；遠望。㉕南瞻儲胥觀二句　這裡泛指一般的宮觀和湖池。儲胥觀、昆明池，均在漢京長安。㉖咸　全；都。㉗逐　隨著。㉘壟首　田畝間。㉙值　遇上。㉚息心侶　淨心無欲的伙伴。指和尚。李善注說：「《大灌頂經》曰：『息心達本源，故號為沙門。』」㉛結架　建造房舍。這裡指建造廟宇。㉜八解鳴澗流　《維摩經》說：「八解之浴池，定水湛然滿。」八解指佛教中所說的使人解脫束縛的八種禪定。此處借《維摩經》之喻以八解代佛寺之池。㉝四禪　佛教所稱的四種基本禪定。從初禪至四禪，漸次進入更高的精神境界。㉞巖曲　不規則的山巖。㉟窈冥終不見　《老子》：「窈兮冥，其中有精。」王弼注曰：「窈冥，深遠貌。深遠不可得而見，然而萬物由之，不可得見，以定其真。」本句即用其意。㊱蕭條　寂寞；冷落。㊲無可欲　用《老子》「不見可欲，使心不亂」意。㊳寸心　方寸之心；內心。㊴挺逸趣　產生安逸的意趣。㊵羽斾　飾有羽毛的旌旗。斾，同「旆」。大旗。㊶崇基　山腳。崇，山。㊷玉趾　原指帝王的腳趾。

這裡借指帝王。43雜　這裡是環繞、混合的意思。44桂旗　《楚辭・離騷》：「辛夷車兮結桂旗。」原指用桂枝作裝飾的旗。這裡泛指一般的旗。45淹留　久留。46五藥　五種藥物。《周禮・天官・疾醫》：「以五味、五穀、五藥養其病。」鄭玄注：「五藥，草、木、蟲、石、穀也。」47顧步　回頭走。48佇　久立。49三芝　李善注引《抱朴子・仙藥》以參成芝、木渠芝、建實芝為三芝。呂向注以石芝、靈芝、玉芝為三芝。芝是一種寄生於枯木等上的菌類植物，古人以為瑞草。50於焉　在此。51鑣駕　帝王的車駕。鑣，馬具。在口旁，與在口內的銜連用。此指西陽王。52歲暮　這裡指晚年。

【語　譯】靈秀的山巒標誌著大地的德行，地勢險要憑藉著靈秀的山嶽。終南山被秦始皇作為宮闕，少室山接近王城。翠鳳飛翔在淮河、黃海一帶，大宋都城郊外有長江、鍾山和石頭城拱衛著。鍾山是多麼高峻啊，樹林幽深而青翠。拔地而起的山嶺往往很奇險，直衝雲霄形狀也不相同。山巒高大一起遮蔽了天空，高低不一相互對峙。赤色的甑狀山峰雄奇挺拔，青青的峰巒高峻突兀。山勢就像九疑山那樣高聳，氣勢像海中三仙山那樣壯美。置身於此山之中已有許多佳景，遠望更覺得奇特。南望可以見到宮觀，北望可以看到湖池。山中全是悅目之景，遊賞的景物可隨著四時而改變。春光顯現在田畝間，秋風產生在桂枝頭。常遇到息心無欲的佛門伴侶，他們在山腳下建有廟宇。潺潺澗水流入佛寺池中，在曲折的山巖隱藏著僧房。事理深遠不可得見，蕭條寂靜沒有欲念。我的意願是隨他們一起遊歷，內心就此可得滿足。君王產生了閒逸的情趣，大駕被羽旗簇擁著來到了山腳下。白雲追隨著君王的行蹤，青霞環繞著旌旗。久久地停留著察訪五種藥物，回頭徐行停留在三種芝草前。我在此瞻仰君王的高風，暮年之時也願隱居於此。

宿東園

【作　者】沈約，見頁九一三。

【題　解】這首詩寫東園的蕭條景色，並流露出年光消逝，衰年難保的消極思想。東園，是沈約的家園。

陳王鬥雞道❶，安仁采樵路❷。東郊豈異昔，聊可❸閒余步❹。野徑既盤紆❺，荒阡❻亦交互❼。槿籬❽疏復密，荊扉❾新且故。樹頂鳴風飆❿，草根積霜露。驚麏⓫去不息，征鳥時相顧。茅棟⓬嘯愁鴟⓭，平岡走寒兔。夕陰帶曾阜⓮，長煙引輕素。飛光忽我遒⓯，寧止⓰歲云⓱暮。若蒙西山藥⓲，頹齡⓳儻⓴能度。

【注　釋】❶陳王鬥雞道　曹植〈名都〉：「鬥雞東郊道，走馬長楸間。」陳王為曹植的封號。❷安仁采樵路　潘岳〈東郊詩〉：「出自東郊，憂心搖搖；遵彼萊田，言采其樵。」安仁為潘岳的字。❸聊可　聊且可以。❹閒余步　我從容徐行。❺盤紆　蜿蜒曲折。❻荒阡　荒涼的小路。❼交互　錯雜。❽槿籬　栽種槿樹圍成的籬笆。❾荊扉　用荊條紮成的門。❿飆　疾風。⓫麏　同「麕」。鹿類。即獐。⓬茅棟　茅屋的棟梁上。⓭鴟　鴟鴞；貓頭鷹。⓮曾阜　層疊的土山。⓯忽我遒　倏忽間迫近了我。遒，迫近。⓰寧止　豈只。⓱云　語中助詞。⓲西山藥　使人得道成仙的藥。魏文帝曹丕〈折楊柳行〉：「西山一何高，高高殊無極。上有兩仙僮，不飲亦不食。與我一丸藥，光耀有五色。服藥四五日，身體生羽翼。輕舉乘浮雲，倏忽行萬億。」⓳頹齡　衰老的年齡。⓴儻　或者；或許。

【語　譯】曹植歌詠鬥雞道，潘岳詩說採樵路。東郊還是從前那樣，聊且可以由我散步。野外小徑彎又曲，荒蕪的小路相互交錯。槿樹長成的籬笆已由疏而密，荊條作的門從新變成舊。樹林頂端疾風長鳴，小草根上結了霜露。受驚獐鹿一去不返，飛翔鳥兒頻頻回首。茅屋頂上貓頭鷹在悲嘯，平頂山頭寒兔在奔跑。晚雲籠罩著重疊的土山，長長的暮煙好似抽動白絹。飛逝流光催人老，哪裡只是一歲將盡了？如果承蒙授我西山不死藥，衰年或許還能安然過下去。

遊沈道士館

【作　者】沈約，見頁九一三。

【題　解】這首詩先寫秦皇漢武的求仙是由於貪心不足，再寫自己的訪道問仙的意願是為了追求道。

秦皇御宇宙❶，漢帝❷恢❸武功。懽娛人事盡，情性猶未充❹。銳意❺三山❻上，託慕❼九霄中。既表祈年觀❽，復立望仙宮❾。寧為❿心好道⓫，直由意無窮。曰余知止足，是願不須豐⓬。遇可淹留處，便欲息⓭微躬⓮。山嶂遠重疊，竹樹近蒙籠⓯。開衿⓰濯⓱寒水，解帶臨清風。所累⓲非外物，為念在玄空⓳。朋來握石髓⓴，賓至駕輕鴻。都令人逕絕，唯使雲路通㉑。一舉陵倒景㉒，無事適華嵩㉓。寄言賞心客㉔，歲暮爾來同。

【注　釋】❶秦皇御宇宙　出自賈誼〈過秦論〉：「始皇振長策而御宇內。」❷漢帝　指漢武帝。《漢書・卷六・武帝紀》：「武帝征討四夷，銳志武功。」❸恢　張大。❹充　滿足。❺銳意　專意。❻三山　指海中三仙山。《史記・卷六・秦始皇本紀》上說秦始皇曾派方士徐福率數千童男女出海尋找三仙山。❼託慕　嚮慕。❽祈年觀　春秋時秦穆公造於咸陽（今陝西咸陽東北）城外的祈求豐收的宮殿。❾望仙宮　漢武帝造於華陰（今陝西華陰）的宮殿。❿寧為　豈是。⓫好道　愛好長生之道。⓬豐　多。⓭息　棲息。⓮微躬　卑賤的身體。這是自謙之詞。⓯蒙籠　模糊不清。⓰開衿　拉開衣襟；開懷。⓱濯　洗。曹植〈閒居賦〉：「愬寒風而開衿。」⓲累　牽累。⓳為念在玄空　是說自己心已體道。道體無形，因此虛空。

玄，虛。⑳石髓　從石頭中流出來的柔滑如飴的精髓。袁宏《竹林名士傳》載：嵇康隨王烈入山，王烈曾經得到石髓，自己服食了一半，另一半送給了嵇康。㉑都令人逕絕二句　左思〈吳都賦〉：「逕路絕，風雲通。」此處是說使陸路斷絕了，只在空中飛來飛去。㉒一舉陵倒景　意思是說人服食仙藥後，可以輕飛，直上日月之上。舉，輕舉；飛升。陵倒景，在日月之上，日月的光芒反從下面往上照，就形成倒影。㉓適華嵩　到華山和嵩山上去。意思是得道成仙。《列仙傳》上說漢代卜師呼子先，已活一百多歲，夜有仙人持二竹竿來接子先上華陰山。《列仙傳》又說王子喬好吹笙，後由浮丘公接上嵩山。㉔賞心客　指醉心於神仙術的人。

【語　譯】秦始皇統一了全國，漢武帝擴大了武功。他們對人間的歡樂享受盡了，性情仍然沒有得到滿足。專意尋找海上三座仙山，又嚮往著九霄之中的神仙。既已修了祈年觀，又建起了望仙宮。他們哪裡是心喜長生之道，實在是他們的貪欲沒有盡頭。而我懂得知足而止，我的心願也不多。遇到可以久留處，便想停下來好好休息。遠處的山巒重重疊疊，近處的竹木模模糊糊。拉開衣襟在寒水中洗濯，解下衣帶面對著清風。我並不為心外之物所牽累，我的心已經體會了空虛的道。朋友來了就拿出石髓來招待，賓客到了就駕著輕鴻去迎接。使人行走的路都斷絕了，只讓仙家的雲路暢通。高舉飛身直至日月之上，沒事時前往華山和嵩山。傳語給求仙問道的人們，暮年之時前來聚會。

古意酬到長史溉登琅邪城

【作　者】徐悱，字敬業，東海郯（今山東郯城北）人。梁左僕射中書令徐勉第二子。起家著作佐郎，轉太子舍人，掌書記之任。累遷洗馬、中舍人，以足疾出為湘東王友，遷晉安內史。有學業，後卒於郡府。

【題　解】這首詩是作者陪同長史到溉登琅邪城所寫的一首答詩。古意即倣古、擬古的意思，故此詩表面好像在寫漢代之事、漢時之景、漢人之情，而實際仍寫的作者今日所見所思。詩中寄寓著作者希圖建功立業的壯志及未能實現的感慨。到溉，字茂灌，當時擔任司徒長史。琅邪城，指南琅邪城，在今江蘇句容和江寧一帶。

晉元帝南渡過江，琅邪國（今山東半島東南部一帶）人跟隨南遷。東晉太興三年（西元三二〇年）僑置於江乘縣（今江蘇句容北），立琅邪郡，但無實土。咸康元年（西元三三五年），桓溫為太守，分江乘實土與之，南朝宋時改稱南琅邪郡。琅邪城為其治所，梁時在今江寧。

甘泉❶警烽候❷，上谷❸拒樓蘭❹。此江稱豁險❺，茲山復鬱盤❻。表裡❼窮形勝，襟帶❽盡巖巒。修篁❾壯下屬❿，危樓⓫峻上干⓬。登陴⓭起遐望⓮，迴首見長安⓯：金溝朝灞滻⓰，甬道⓱入鴛鸞⓲。鮮車⓳騖⓴華轂㉑，汗馬㉒躍銀鞍。少年負㉓壯氣，耿介㉔立衝冠㉕。懷紀燕山石㉖，思開函谷丸㉗。豈如霸上戲㉘，羞取路傍觀。寄言封侯者，數奇良可歎㉙。

【注釋】❶甘泉　宮名。本為秦林光宮，漢武帝增築擴建，故址在今陝西淳化西北甘泉山。❷烽候　古代燃點烽火以偵報敵情而設置的工事。❸上谷　秦漢時郡名。轄地在今河北北部及北京的部分地區。❹樓蘭　漢西域城國。在今新疆羅布泊西，後改稱鄯善。這裡樓蘭借指北方的胡族。❺豁險　開闊而且險要。❻鬱盤　崇峻紆曲的樣子。❼表裡　內外。指城內城外。❽襟帶　如襟如帶。比喻地勢的回互縈帶。❾修篁　修竹。❿下屬　言竹由山上生到山下。屬，及。⓫危樓　高樓。⓬上干　直衝天空。⓭陴　城牆上的女牆。即矮牆。⓮遐望　遠望。⓯迴首見長安　王粲〈七哀詩〉：「南登霸陵岸，回首望長安。」以下四句寫想像中所見的長安之景。⓰金溝朝灞滻　見戴延之《西征記》：「御溝引金谷水，從閶闔門入。」又《雍州圖經》：「金谷水出藍田縣西終南山，西入灞水。」金溝原指引金谷水的漢長安的御溝。朝，指小水入大水。灞滻，在長安附近流過的兩條河流，其中滻水又合入灞水。⓱甬道　這裡指宮中小道。⓲鴛鸞　這裡指鴛鸞殿。在漢都長安未央殿的東面。⓳鮮車　光鮮美麗的車。⓴騖　這裡是疾馳的意思。㉑華轂　華美的車轂。轂是車輪中間有孔的用以插軸的圓木。㉒汗馬　指汗血馬。產於西域大宛，以善馳著稱。這裡通指快馬。㉓負　恃；憑仗。㉔耿介　正直。㉕衝冠　形容憤怒時頭髮豎起來衝動了帽子。㉖紀燕山石　指建立大功業，並把戰功刻在石上。見《後漢書・竇融傳》附〈竇憲傳〉：竇憲為車騎將軍，與北單于戰於稽落山，大獲全勝，於是登上燕然山，刻石勒功，用以紀漢朝的威德。㉗函谷丸　《後漢書・隗囂傳》載：隗囂據天水，王元勸說他道：「東收三輔之地，案秦舊跡，表裡山河，元請以一丸泥為大王東封函谷關，此萬世一時也。」㉘霸上戲　指軍紀不嚴正。見《史記・卷五七・絳侯周勃世家》：文帝時匈奴大規模犯邊，文帝就任宗正劉禮為將軍，駐軍霸上；又任徐厲、周亞夫為將軍，分駐棘門、細柳，以防匈奴入侵。一次文帝親自慰勞軍隊。至霸上及棘門軍中時，直馳入，將士以下騎馬送迎，而到細柳軍時，軍士全副武裝，戒備森嚴，文帝被擋了駕。得周亞夫允許後，文帝才得按轡徐行。勞軍結束後，文帝感歎說：像周亞夫這樣才是真將軍。而像霸上、棘門的軍隊，簡直像兒戲，要襲擊並俘獲他們是很容易的。㉙寄言封侯者二句　感歎漢名將李廣命運不好，不得封侯。《史記・卷一〇九・李將軍列傳》載：與李廣同時從大將軍衛青擊匈奴的將領，以及李廣的部將中，因軍功封侯的有數十人，而李廣功勞最大，反而不得爵邑，官不過九卿。漢武帝暗囑衛青：李廣「數奇」，不要派他抵擋匈奴單于。數奇，命運不順。

【語譯】烽火警報曾傳入甘泉宮，漢軍在上谷抗擊著胡軍。大江開闊而險要，山巒崇峻而紆曲。城內城外地形險要，外圍又有眾山環繞。壯盛的竹林由山上生至山下，高高的樓臺直衝雲霄。登上女牆向遠處觀望，回頭可以看到長安城：引金谷水的御溝連接著灞水和滻水，宮中小道通向鴛鸞殿。華美的車駕疾馳而來，大宛所產的馬上裝飾著銀鞍。我憑仗著少年盛氣，耿直之氣直衝冠髮。想像竇憲那樣在燕然山石上刻紀軍功，又想率領雄兵攻克函谷關那樣的雄關。難道可以像劉禮駐軍霸上那樣治軍如兒戲？那樣只能讓旁觀的路人恥笑。奉告想要博取封侯的人，像李廣那樣命運不順不得封賞真可歎息啊。

卷二三

詠懷

詠懷詩 十七首

【作者】阮籍（西元二一〇～二六三年），字嗣宗，晉陳留尉氏（今河南尉氏）人。他的父親阮瑀是「建安七子」之一，他自己是「竹林七賢」之一。《晉書・阮籍傳》說他：「本有濟世志，屬魏、晉之際，天下多故，名士少有全者，籍由是不與世事，遂酣飲為常。」阮籍曾任步兵校尉，故人稱阮步兵。原有集，已佚，後人輯有《阮步兵集》一卷。

【題解】《詠懷詩》是阮籍平生詩作的總題，不是一時所作，共八十二首。《文選》中選錄的有十七首。內容大多寫自己對現狀的不滿和無法解脫的矛盾苦悶心情，情緒非常激憤，也帶有人生無常、全身遠害的消極情緒。由於害怕招致政治迫害，在詩中運用了比興、寄託和象徵手法，辭旨也就顯得比較隱晦。

其一

夜中不能寐❶，起坐彈鳴琴。薄帷❷鑑❸明月，清風吹我衿❹。孤鴻號❺外野❻，朔鳥❼鳴北林。徘徊❽將何見？憂思❾獨傷心。

【章旨】第一首，寫夜深人靜時心境不平靜，起來彈琴以抒發苦悶心情。

【注釋】❶寐 睡著。❷帷 帳幔。❸鑑 照。❹衿 同「襟」。❺號 鳴叫。❻外野 野外。❼朔鳥 北鳥；寒鳥。一作「翔鳥」。❽徘徊 來回不停地走動。❾憂思 憂傷。

【語譯】深夜裡睡不著，起身坐著彈琴。明月照在薄薄的帳幔上，清風吹動我的衣襟。孤單的大雁在野外哀號，寒冷的鳥在北邊的樹林中鳴叫。來回走動將看到什麼？只有我獨自在清夜憂傷。

其二

二妃遊江濱，逍遙順風翔。交甫懷環珮，婉孌有芬芳❶。猗靡❷情歡愛，千載不相忘。傾城❸迷下蔡❹，容好❺結中腸❻。感激生憂思，諼草❼樹蘭房❽。膏沐為誰施❾？其雨怨朝陽❿。如何金石交⓫，一旦更離傷。

【章旨】這首詩借江妃二女的傳說以詠歎交而不忠、始好終棄的憂傷情懷。前人有人認為此詩是刺司馬昭，說他初似忠於魏室，後來專權僭越，欲行篡逆。

【注釋】❶二妃遊江濱四句 取材於《列仙傳》：鄭交甫於江、漢之濱，逢江妃二女，見而悅之，不知其為神人。交甫向她們要佩玉，二女解而贈給他。交甫藏在懷裡，走數十步，視佩，則已不見。回顧二女，亦不見。詩中只取贈佩一個情節。江濱，江岸。逍遙，自由自在的樣子。交甫，指鄭交甫。環珮，古人衣帶上所繫的佩玉。婉孌，年少貌美的樣子。❷猗靡 纏綿。❸傾城 使整城的人迷倒。形容女子絕美。見《漢書・卷九七・外戚傳》載李延年歌：「北方有佳人，絕世而獨立。一顧傾人城，再顧傾人國。」❹迷下蔡 形容女子絕美，使下蔡的人著迷。見宋玉〈登徒子好色賦〉：「臣東家之子，嫣然一笑，惑陽城，迷下蔡。」下蔡，古邑名。在今安徽鳳臺。❺容好 容貌美好。❻中腸 猶言衷心。❼諼草 即萱草。古人認為可以使人忘憂，故又稱忘憂草。《詩經・衛風・伯兮》：「焉得諼草，言樹之背。」❽蘭房 香閨。指女子所居之屋。

❾膏沐為誰施　言二女因思念交甫而懶於梳妝。見《詩經・衛風・伯兮》：「自伯之東，首如飛蓬；豈無膏沐，誰適為容。」膏沐，婦女潤髮用的化妝品。❿其雨怨朝陽　見〈伯兮〉：「其雨其雨，杲杲出日。」這是說二女盼望鄭交甫再來，可是他不來，就像盼望下雨，卻偏偏出了太陽一樣，使人怨恨不已。⓫金石交　喻情誼像金石般堅固。見《漢書・卷三四・韓信傳》：「楚王使武涉說韓信曰：『足下自以為與漢王為金石交，然終為漢王所禽矣。』」

【語　譯】江妃二女在江邊遊玩，自由自在地隨風飄飛。鄭交甫懷藏她倆贈送的環佩，二女年少貌美行動留芳。他們之間感情纏綿，歡愛永世不忘。絕代佳人使滿城人為之傾倒，美好的容顏永記心頭。感情熾烈遂產生了憂傷之情，把萱草種在閨房旁借以忘憂。交甫不再來，還要梳妝幹什麼呢？就像盼望下雨卻偏出太陽般地使人怨恨。為什麼金石般的情誼，一朝斷絕使人憂傷。

其三

嘉樹下成蹊，東園桃與李❶。秋風吹飛藿，零落從此始❷。繁華有憔悴❸，堂上生荊杞❹。驅馬舍之去，去上西山❺趾❻。一身❼不自保，何況戀妻子？凝霜❽被❾野草，歲暮亦云❿已⓫。

【章　旨】這首詩寫世事有盛有衰，繁華不能長久，亂世將臨應當及早退隱避禍。

【注　釋】❶嘉樹下成蹊二句　出自《史記・李廣傳贊》引諺「桃李不言，下自成蹊」。這裡以桃李的盛時喻世事的盛時。嘉樹，指桃李。蹊，小路。❷秋風吹飛藿二句　喻世事衰時。藿，豆葉。李善注引沈約說：「風吹飛藿之時，蓋桃李零落之日，華實既盡，柯葉又凋，無復一毫可悅。」❸憔悴　衰落。❹荊杞　兩種灌木名。❺西山　即首陽山。《史記・卷六一・伯夷列傳》說伯夷、叔齊隱居於此。後泛指隱居之地。❻趾　這裡指山腳。❼一身　指己身。❽凝霜　凝聚的霜。指嚴霜。❾被　蒙上。❿云　語中助詞。⓫已　止；完了。

【語　譯】佳美的樹吸引人在樹下踩出小路，東園桃李結實時就是這樣。秋風吹飛豆葉的時候，桃李樹也果盡葉凋，開始衰落了。一切繁華景象都有衰敗的時候，就是殿堂上面也有一天會長出荊杞那樣的灌木來。駕著馬趕快離開吧，到首陽山腳下去隱居。自己的一身還不能保全，又何必眷戀著妻和子呢？嚴霜覆蓋在野草上，一年終將要結束了啊。

其四

昔日繁華子❶，安陵❷與龍陽❸。夭夭桃李花，灼灼有輝光❹。悅懌❺若九春，磬折❻似秋霜。流眄❼發姿媚，言笑吐芬芳。攜手等歡愛，宿昔❽同衾裳❾。願為雙飛鳥，比翼共翱翔❿。丹青著明誓⓫，永世不相忘。

【章　旨】這首詩寫安陵君與龍陽君由於自己的姣好儀容而受到君王的寵幸和歡愛。前人認為這也是譏刺司馬昭尚不如以色事君的幸臣。

【注　釋】❶繁華子　盛極一時的人。❷安陵　指安陵君。《戰國策・楚策一》說他是楚王的男寵，一次楚王問他：我死後，你將跟誰好？他眼淚掉在衣襟上，說：您萬歲後，我就殉葬。因此楚王對他的寵幸長期不衰。因受封於安陵，故稱安陵君。❸龍陽　指龍陽君。《戰國策・魏策四》說他是魏王的男寵，一次他和魏王共船釣魚，釣到十幾條後，突然哭起來。魏王問他為什麼哭，他說他開始釣到一條魚時很高興，後來釣到更大的魚，就想把先前釣到的小魚扔掉，因而聯想到自己以色為王拂枕席，而四海之內美男子很多，擔心魏王得到更美的人而把他遺棄，就像他想扔掉先前釣到的魚一樣。魏王說保證不會，並發令說敢有人議論美人的將被滅族。龍陽為其食邑，故稱龍陽君。後人稱男寵為「龍陽」或「龍陽之好」即出於此。❹夭夭桃李花二句　這裡以美盛而豔麗的桃花來形容兩人的面貌姣好。出自《詩經・周南・桃夭》：「桃之夭夭，灼灼其華。」❺悅懌　歡悅。❻磬折　彎腰如磬，表示恭敬。❼流眄　轉動眼睛看。❽宿昔　夜晚。❾同衾裳　「衾」原作「衣」，據《玉臺新詠》改。調同被而眠。❿願為雙飛鳥二句　出曹植〈送應氏〉：「願為比翼鳥，施翮起高翔。」比翼鳥又叫雙飛鳥，傳說這種鳥只有一目一翼，需要兩鳥貼在一起才能飛翔。後人常用比翼雙飛比喻夫妻。這裡借喻兩個男寵與他們君王的感情如同夫妻之情。翱翔，高飛。⓫丹青著明誓　《東觀漢記》載光武詔：「明設丹青之信。」丹青是丹砂和青雘兩種礦物，用作顏料書寫不易褪色。

【語　譯】從前以男色而極盡寵幸的人，有安陵君與龍陽君。他們的面貌就像美麗的桃李花，似有絢爛的輝光照人。他們歡悅的表情似春天一樣和暖，屈身逢迎嚴肅若秋霜。他們眼波流轉做出媚態，談笑時吐氣如蘭。君王與他們手攜著手，同於男女歡愛，夜晚同蓋一被而眠。發誓願和他們化作雙飛的鳥，能夠比翼高飛永遠逍遙。還把誓言用丹青寫下來，表示永世不忘記。

其五

天馬出西北，由來從東道❶。春秋非有訖❷，富貴焉常保？清露被皋蘭，凝霜霑野草❸。朝為媚少年，夕暮成醜老❹。自非王子晉❺，誰能常美好？

【章　旨】這首詩寫美好時光和榮華富貴不可能長期保有。

【注　釋】❶天馬出西北二句　比喻人生之無定。《漢書・卷六・武帝紀》載：「太初四年春，貳師將軍李廣利斬大宛王首，獲汗血馬來，作〈西極天馬之歌〉。」據《漢書・卷二二・禮樂志》，歌辭有：「天馬徠，從西極，涉流沙，九夷服。……天馬徠，歷無草，徑千里，循東道。」詩中二句即出此。李善注引沈約說：「由西北來東道也。」天馬指西域大宛所產的一種馬，出汗赤色如血，又稱汗血馬，以善跑著稱，古人認為是天所賜，故又稱天馬。❷春秋非有訖　這是說四時運行不止。春秋，這裡代指四時。訖，止息。原作「託」，依五臣注本改。❸清露被皋蘭二句　是說時節轉換得很快，剛才還是春夏時分，一下子已到秋冬時節了。清露被皋蘭，見《楚辭・招魂》：「皋蘭被徑兮斯路漸。」皋蘭，長於沼澤地的蘭草。凝霜霑野草，〈古詩十九首〉之八：「白露霑野草，時節忽復易。」❹朝為媚少年二句　是說時光消逝得很快，剛才還是年輕人，一下子變成老年人了。媚，美。❺王子晉　指飛升成仙的人。原為春秋時周靈王太子，《列仙傳》上說他又叫王子喬，由道人浮丘公接上嵩高山，得道成仙。

【語　譯】天馬出自西北方，輾轉來到東方大道。時節轉換無休止，富貴怎能長久保有？剛才清露還在皋蘭上，忽然嚴霜已霑滿野草。早晨還是美少年，晚上成了醜老兒。既非仙人王子晉，誰能長保容顏美好？

其六

登高臨四野，北望青山阿。松柏翳岡岑，飛鳥鳴相過❶。感慨懷❷辛酸，怨毒❸常苦多。李公悲東門❹，蘇子❺狹三河❻。求仁自得仁，豈復歎咨嗟❼。

【章　旨】這首詩寫登高望遠，看到北山的墳樹，因而為古人追名逐利而喪生產生許多感慨。

【注　釋】❶登高臨四野四句　寫登上城樓望遠，看到北山的墳地的景物。青山阿，指長滿樹的山坡。松柏翳岡岑二句，是說墳樹很多，遮蔽了山岡，並且有鳥兒鳴叫著飛過。翳，遮掩。岑，小而高的山。古代葬制：墳墓葬於城邑的北面外城的外面，墳旁種松、柏、梧桐樹用作標識。見應劭《風俗通》和仲長統《昌言》。❷懷　抱。❸怨毒　怨恨而哀痛。毒，痛心。❹李公悲東門　用李斯事。見《史記・卷八七・李斯列傳》：秦二世時，趙高欲專擅朝政，誣李斯欲謀反。李斯被判腰斬於長安市中。「斯出獄，與其中子俱執，顧謂其中子曰：『吾欲與若復牽黃犬俱出上蔡東門逐狡兔，豈可得乎？』遂父子相哭，而夷三族。」❺蘇子　指蘇秦。❻狹三河　認為三河之地狹小。三河，漢人稱河東、河內、河南三郡為三河，視為畿輔之地。這裡三河指東周洛陽一帶。《史記・卷六九・蘇秦列傳》載：蘇秦為東周洛陽人，不治產業，為家人所笑，於是發憤讀書，學成後，認為自己可以遊說各個國君而取得富貴，於是離開了周地，終於佩了六國相印。後在齊因與齊大夫爭寵而被刺死。❼求仁自得仁二句　見《論語・述而》孔子語：「求仁而得仁，又何怨？」仁原指仁德。這裡求仁得仁是說求得什麼便得到了什麼。歎咨嗟，表示歎息。咨嗟，歎息聲。

【語　譯】登上高樓面向四方，看到北邊的青山坡。松樹柏樹遮蔽了山岡，飛鳥鳴叫著經過。感慨中飽含著辛酸，苦於怨恨和哀痛太多。李斯在臨刑前為不能再與兒子一起出東門逐狡兔而悲哀，蘇秦離開三河之地追名逐利終於被刺身亡。追求什麼便得到了什麼，那裡值得一再歎息呢！

其七

開秋❶兆❷涼氣，蟋蟀鳴床帷❸。感物懷殷憂❹，悄悄❺令心悲。多言❻焉❼所告，繁辭❽將訴誰？微風吹羅袂❾，明月耀清暉。晨雞鳴高樹❿，命駕起旋歸⓫。

【章　旨】這首詩寫感受到秋天的景物而產生了悲傷的情緒，想要訴說卻沒有地方，也反映出他在司馬氏政權下孤獨、憂懼的處境。

【注　釋】❶開秋　始秋；初秋。❷兆　徵兆。❸蟋蟀鳴床帷　《詩經・豳風・七月》：「十月蟋蟀入我床下。」❹殷憂　極度的憂傷。殷，大。❺悄悄　心憂的樣子。❻多言　指心頭想訴說的話很多。❼焉　何。❽繁辭　指心頭想訴說的話很多。❾羅袂　絲織衣服的袖口。袂，衣袖。❿鳴高樹　鳴於高樹。⓫旋歸　還歸；回家。

【語　譯】涼氣預示著秋天已到，蟋蟀在床下鳴叫。感觸事物產生了極大的憂傷，內心是多麼悲哀啊！心中藏著許多話要說，但千言萬語又要向誰傾訴呢？微風吹動了我的衣袖，明月散發出清亮的光輝。司晨的雞在高樹上鳴叫，還是駕起我的車馬快回家吧。

其八

平生❶少年時，輕薄❷好弦歌。西遊咸陽❸中，趙李❹相經過❺。娛樂未終極，白日忽蹉跎❻。驅馬復來歸，反顧望三河❼。黃金百溢❽盡，資用❾常苦多。
北臨太行道，失路將如何❿。

【章　旨】這首詩自述年輕時輕薄冶遊，虛擲光陰等所作所為，並對此表示悔恨。

【注　釋】❶平生　平素；往常。❷輕薄　輕浮；不守禮法。❸咸陽　秦代都城。在今陝西咸陽東。❹趙李　李善注引顏延之說，認為指漢成帝后趙飛燕和漢武帝李夫人，兩人並以善歌妙舞而見幸於二帝。李夫人本是娼女，趙飛燕原是陽阿公主家的舞女，故這裡借指樂妓。又有人認為趙李指東漢時的豪強趙季、李款，結交豪猾也是輕薄少年的行為。❺相經過　相互來往。過，過從。❻蹉跎　時光流失。❼三河　漢河南、河東、河內，在秦為三川郡地。阮籍的故鄉陳留（今河南陳留）舊屬三川郡，在河南之東，故自咸陽望陳留，概稱三河。❽百溢　形容數量很多。溢，通「鎰」。古代一鎰為二十四兩。❾資用　財貨。❿北臨太行道二句　用《戰國策・魏策》季良說魏王放棄攻邯鄲語：「今者臣來，見人於太行，乃北面而持其駕，告臣曰：『我欲之楚。』臣曰：『之楚將奚為北面？』曰：『吾馬良。』臣曰：『雖良，此非楚之道也。』曰：『吾用多。』臣曰：『雖多，此非楚之路也。』曰：『吾善御。』此數者愈善而離楚愈遠耳。今王動欲成霸王，舉欲信於天下，恃王國之大、兵之精銳，而欲攻邯鄲以廣地尊名，王之動愈數而離王道愈遠耳，猶至楚而北行也。」失路，走錯道路。

【語　譯】從前年輕的時候，性情輕浮喜歡歌舞。西遊咸陽城中，和善歌妙舞的樂妓相來往。歡樂尚未到極點，時光已很快流逝。趕著馬車將回家，回過頭來望望三河之地。黃金千兩用盡了，花費常常苦於太多。想往楚國卻朝北行，走反了路將怎麼辦？

其九

昔聞東陵瓜❶，近在青門❷外。連畛❸距❹阡陌❺，子母❻相拘帶❼。五色❽曜朝日，嘉賓四面會。膏火自煎熬❾，多財為患害。布衣❿可終身，寵祿⓫豈足賴⓬？

【章　旨】這首詩歌詠邵平失去侯爵後種瓜為生，表現了作者對這種布衣生活的嚮往。

【注　釋】❶東陵瓜　據《史記・卷五三・蕭相國世家》：邵平在秦代為東陵侯，秦亡後淪為平民，家貧，在長安城東種瓜為生。瓜甜美，時俗稱為「東陵瓜」。❷青門　指漢長安城東南頭的第一門霸城門，門色青，俗稱青門。❸畛　田界。畛，原作「軫」，據李善注改。軫為井田的界路。❹距　達；至。❺阡陌　田間小路。❻子母　指小瓜和大瓜。❼拘帶　當作「鉤帶」。串連在一起。❽五色　指瓜有各種顏色。《述異記》上說：「吳桓王時，會稽有五色瓜。今吳中有五色瓜，歲充貢賦。」❾膏火自煎熬　見《莊子・人間世》：「山木自寇也，膏火自煎也。」膏火，指用油脂燃燒點燈。❿布衣　指平民。古代庶民除老人可穿絲織的衣服外，都得穿麻等織成的布衣，故稱平民為「布衣」。⓫寵祿　恩寵和俸祿。⓬足賴　足，值得。賴，依靠；仰仗。

【語　譯】從前聽說過的東陵瓜，就種在長安青門外附近。瓜蔓連成片直伸展到路邊，大瓜小瓜連成了串。各種顏色的瓜在朝陽下閃耀著，客人們從四面八方聚集而來。正如油脂可用來點燈因而自煎自熬一般，資財多就會招來禍害。做個平民百姓可以保全終身，恩寵和俸祿哪裡值得依賴？

其十

步出上東門❶，北望首陽岑❷。下有采薇士❸，上有嘉樹林。良辰❹在何許，凝霜霑衣襟。寒風振❺山岡，玄雲❻起重陰❼。鳴雁飛南征，鶗鴂❽發哀音。素質❾遊❿商聲⓫，悽愴⓬傷我心。

【章　旨】這首詩寫遙望首陽山時所見蕭瑟秋景，透露出作者想要效法伯夷、叔齊，避開欲行篡逆的司馬氏政權的思想。

【注　釋】❶上東門　當時的河南郡治所洛陽（今河南洛陽東北）城，東有三門，最北頭的叫上東門。❷首陽岑　即首陽山。在洛陽城東北十里，山上有首陽祠一所。岑，小而高的山。❸采薇士　指伯夷、叔齊。《史記・卷六一・伯夷列傳》說他們是殷商時孤竹君的兩個兒子，武王滅殷後，「伯夷、叔齊恥之，義不食周粟，隱於首陽山，采薇而食之」。最後餓死在首陽山。伯夷、叔齊采薇的首陽山在今山西永濟南（一說在隴西），不是在洛陽附近、今河南偃師西北的那座山。❹良辰　美好時光。❺振　吹動。❻玄雲　烏雲。❼重陰　層陰。❽鶗鴂　即子規。又叫杜鵑。此鳥鳴聲哀怨，傳說此鳥鳴則眾芳歇。故《楚辭・離騷》：「恐鶗鴂之先鳴兮，使夫百草為之不芳。」❾素質　白色的質地。這裡指自然界的景物淒清明淨。❿遊　通「由」。由於。⓫商聲　古代音樂所分的五音之一。古人認為它是金音，聲音淒厲，與肅殺的秋氣相應。故《禮記・月令》說：「孟秋之月其音商。」⓬悽愴　傷感。

【語　譯】漫步走出上東門，向北遙望首陽山。山下有著採薇人，山上美樹長成林。良辰美景何時有？嚴霜結在衣襟上。寒風吹動山岡，層層烏雲密布。大雁鳴叫著南飛，鶗鴂發音多哀傷。秋景淒清是由於金聲肅殺，使我不覺悲涼傷心。

其十一

昔年十四五，志尚好《書》《詩》。被褐懷珠玉，顏閔相與期❶。開軒❷臨四野，登高有所思❸。丘墓蔽❹山岡，萬代同一時❺。千秋萬歲後❻，榮名安所之。乃悟❼羨門子❽，噭噭❾今自嗤❿。

【章　旨】這首詩寫自己由少年時崇尚儒學、嚮往功業到後來看破世事，轉向隱逸求仙的思想過程。

【注　釋】❶昔年十四五四句　是說自己年輕時崇尚儒學，嚮慕先哲。《書》《詩》，原指《尚書》和《詩經》。這裡泛指儒家經典。被褐懷珠玉，見《老子・第七十章》：「聖人被褐懷珠玉。」比喻貧困而有才能。褐，粗布衣。貧者所服。珠玉，這裡比喻才能好。顏閔，指顏回和閔子騫，他們都是孔子弟子中的優秀者。期，期望。❷開軒　打開小室的窗戶。❸所思　指顏、閔一類所思慕的人。❹蔽　遮掩。❺萬代同一時　意思是無論是哪一時代的人都得進墳墓，葬在一起。❻千秋萬歲後　死後的委婉說法。❼悟　李善注本作「悞」。此據六臣注本改。❽羨門子　即羨門子高。傳說為古仙人，秦始皇曾派燕人盧生尋求他。❾噭噭　哭號聲。❿嗤　笑。

【語　譯】從前十四五歲的時候，心裡崇尚喜好《書經》和《詩經》這些儒家典籍，雖然貧窮但有才有德，將顏回和閔子騫當作自己的目標。打開窗戶面向四野，登上高處心中思慕古代聖賢。且看墳墓遮蔽了山岡，各個時代的人都聚葬在一起。撒手歸陰之後，榮耀和名譽在哪裡呢？於是感悟到羨門子修煉長生術的道理，一下子破涕為笑。

其十二

徘徊❶蓬池❷上，還顧望大梁❸。綠水揚洪波，曠野❹莽❺茫茫❻。走獸❼交橫馳，飛鳥相隨翔。是時鶉火中❽，日月正相望❾。朔風❿厲⓫嚴寒，陰氣下微霜⓬。羈旅⓭無疇匹⓮，俛仰懷哀傷。小人計其功，君子道其常⓯。豈惜終憔悴⓰，詠言著⓱斯章。

【章　旨】這首詩寫自己在蓬池邊看到肅殺秋景，感到憂傷，表現了作者對時政混亂的幽憤。

【注　釋】❶徘徊　來回走動。❷蓬池　古池名。故址在今河南開封東北。❸大梁　戰國時魏國都城。故址在今河南開封西北。❹曠野　空曠的原野。❺莽　草。❻茫茫　廣大無邊的樣子。❼走獸　跑得很快的野獸。❽鶉火中　指夏曆九月十月之交。鶉火，星次名，二十八宿中南方有井、鬼、柳、星、張、翼、軫七宿，首位稱鶉首，中部柳、星、張稱鶉火，末位稱鶉尾，古代用星次紀時，根據木星在天體中自西向東運行一周天約需十二年，古人將它運行的軌道分為十二等分，每一等分用一星次命名，用來表示一定的年或月。用鶉火以紀年則是指午年，紀月則相當於夏曆的九月十月之間。❾日月正相望　這裡指九月十五日。夏曆每月十五日稱望日，因為這一天太陽西下時，月球正從東方升起，日月可以相互望見。❿朔風　北風。⓫厲　猛烈。⓬陰氣下微霜　古人認為陰氣升騰凝聚為霜。⓭羈旅　寄居在外；漂泊在外。⓮疇匹　伴侶。疇，通「儔」。同類。⓯小人計其功二句　見《荀子・天論》：「天有常道矣，地有常數矣，君子有常體矣。君子道其常而小人計其功。」⓰豈惜終憔悴　李善注引沈約說：「蓋由不應憔悴而致憔悴，君子失其道也。」⓱著　表明；寫下。

【語　譯】在蓬池邊來回走動，回過頭來望望大梁。綠色的池水揚起大波，空曠的原野無邊無際。野獸四處奔跑，飛鳥結伴翱翔。這時正當歲星入於鶉火的九月十月之間，正是日月可以望見的十五望日。猛烈的北風平添嚴寒，陰氣凝聚為霜。漂泊在旅途中沒有伴侶，一舉一動都飽含著哀傷。小人常常計較所做事情的功效，只有君子才遵循事物的常理。君子難道會因為堅守正道卻始終不得志而感到惋惜，有感於此，寫下了這首詩。

其十三

炎暑❶唯茲夏❷，三旬❸將欲移。芳樹❹垂綠葉，清雲自逶迤❺。四時更代謝，

日月遞❻差馳❼。徘徊空堂上，忉怛❽莫我知❾。願覩卒❿歡好，不見悲別離。

【章　旨】這首詩寫盛夏即將過去，有感於四時遞更，好景不常，因而產生悲傷。前人認為此詩也表現了作者對魏祚將要移晉的隱憂。

【注　釋】❶炎暑　炎熱。❷茲夏　夏季。❸三旬　這是指夏季的第三個月。指夏曆六月，是一年中最熱的時候。❹芳樹　芳香而美好的樹。❺逶迤　延綿不絕的樣子。❻遞　遞相；依次。❼差馳　順次運行。❽忉怛　哀傷的樣子。❾莫我知　莫知我；沒人知我。❿卒　終；始終。

【語　譯】今夏最為炎熱，三旬過去就將入秋。芳香的美樹綠葉垂布，清明的雲彩連綿不絕。四季交替著轉

換，日月依次運行。在空堂上來回地走，我的哀傷沒人知。希望看到始終歡好，不願見悲傷地別離。

其十四

灼灼❶西隤日❷，餘光照我衣。迴風❸吹四壁，寒鳥相因依❹。周周尚銜羽❺，蛩蛩❻亦念飢。如何當路子❼，磬折❽忘所歸？豈為夸譽名，憔悴使心悲❾。寧與❿燕雀翔，不隨黃鵠⓫飛。黃鵠遊四海，中路⓬將安歸。

【章　旨】這首詩歎惜為追求名位而有進無退的人，同時表示自己寧願卑棲，不願高飛。

【注　釋】❶灼灼　鮮明的樣子。❷西隤日　西下的太陽。隤，墜落。❸迴風　旋風。❹因依　相依從。❺周周尚銜羽　出自《韓非子・說林》：「鳥有周周者，重首而屈尾，將欲飲於河則必顛，乃銜其羽而飲之。」周周，又作「翢翢」。傳說中的鳥名。❻蛩蛩　同「邛邛」。又叫「邛邛岠虛」，傳說中的獸名。《爾雅・釋地》：「西方有比肩獸焉，與邛邛岠虛比，為邛邛岠虛齧甘草，即有難，邛邛岠虛負而走，其名謂之蟨。」據郝懿行《爾雅義疏》引孫炎說：邛邛岠虛形狀如馬，前足像鹿，後足像兔，因為前足高而不便於吃草，但善於奔跑。蟨的前足像鼠，後足像兔，善吃草但只能倒著跑。因此兩獸需互相依賴。也有人認為邛邛與岠虛是兩種動物。❼當路子　指居於要位的人。❽磬折　彎腰似磬，表示恭敬。❾豈為夸譽名二句　參見《呂氏春秋・本生》：「古之人有不肯富貴者，由重生故也，非夸以名也。」夸譽名，為了美名聲。夸，虛名。❿與　隨同。⓫黃鵠　一種形似鶴的鳥。羽毛黃色或白色，飛起來極高，又叫天鵝。⓬中路　半路上。

【語　譯】西下的夕陽很明亮，餘輝照在我的衣服上。迴旋的風吹入屋內，畏寒的鳥相依相伴。周周鳥飲水時還得銜著羽毛，邛邛獸得不到依賴就得挨餓。為什麼高居要位的人，屈身事上忘記了應當依恃的節操？怎能為了追求虛幻的名聲，導致身體憔悴而且內心悲傷呢？寧肯和燕雀一起飛翔，不願隨黃鵠一起高飛。黃鵠飛翔在四海之中，中途想停歇時將歸於何處呢？

其十五

獨坐高堂上，誰可與歡❶者？出門臨永路❷，不見行車馬。登高望九州❸，悠悠分曠野。孤鳥西北飛，離獸❹東南下。日暮思親友，晤言❺用自寫❻。

【章旨】這首詩寫自己不合於世、寂寞寡歡的苦悶心情。

【注釋】❶與歡　相與為歡。❷永路　長路。❸九州　古代把中央王朝所管轄的地區劃分為九州。《尚書・禹貢上》說是冀州、兗州、青州、徐州、揚州、豫州、荊州、梁州和雍州。❹離獸　離群之獸。❺晤言　相對而言；面對面地交談。❻自寫　寫作此詩。

【語譯】孤獨地坐在空堂中，有誰能與我歡聚呢？走出門面對著長長的路，看不見有車馬經過。登高遠望神州大地，只見遼闊空曠的原野。孤單的鳥飛向西北，失群的獸跑向東南。傍晚時思念親友，寫作此詩以代晤談。

其十六

北里❶多奇舞，濮上❷有微音❸。輕薄閒遊子❹，俯仰❺乍❻浮沈❼。捷徑❽從❾狹路❿，僶俛⓫趣⓬荒淫。焉見王子喬⓭，乘雲翔鄧林⓮。獨有延年術⓯，可以慰⓰我心。

【章旨】作者在這首詩裡對世人趨炎附勢，只知歌舞冶遊表示憎惡，只有延年術才使他感到寬慰。

【注　釋】❶北里　古代舞曲名。據《史記・卷三・殷本紀》：紂王「使師涓作新淫聲，北里之舞，靡靡之樂」。後人用它指稱荒淫的舞曲。❷濮上　濮水兩岸。濮水為流經春秋時衛地的古河名。春秋時濮上以侈靡之樂而聞名，後人把它和桑間一起作為淫風流行之地的代稱。❸微音　衰微亡國之音。《禮記・樂記》說：「桑間濮上之音，亡國之音也。」❹閒遊子　遊於歌樓妓館的人。指狎客之類等。閒遊，冶遊。❺俯仰　謂行為。❻乍　突然；忽然。❼浮沈　隨俗浮沈。❽捷徑　直捷而且近便的小道。指不是正路。❾從　隨；通向。❿狹路　邪狹之路。⓫僶俛　勤勉；積極。⓬趣　走向。⓭王子喬　傳說中的仙人名。《列仙傳》上說他由道人浮丘公接以上嵩高山。⓮鄧林　神話傳說中的樹林。《山海經・海外北經上》說：「夸父與日逐走，入日，渴欲得飲。飲于河渭，河渭不足，北飲大澤，未至，道渴而死，棄其杖，化為鄧林。」⓯延年術　方士和道家所追求的使人長壽的方法。⓰慰　安慰。

【語　譯】北里之舞多荒淫，濮上之聲亡國音。輕浮薄倖冶遊人，行為總是隨俗沈浮。輕捷小道往往通向邪路，汲汲營營者往往陷入荒淫。哪裡可以見到王子喬，乘雲飛在鄧林上？獨有延年長生術，能夠用來安我心。

其十七

湛湛長江水，上有楓樹林❶。皋蘭被徑路❷，青驪逝駸駸❸。遠望令人悲，春氣感我心❹。三楚多秀士，朝雲進荒淫❺。朱華❻振❼芬芳，高蔡❽相追尋。一為黃雀哀❾，涕下誰能禁？

【章　旨】這首詩借詠楚國的史事，用以寄託對時事的諷刺和感慨。劉履說：「正元元年，魏主芳幸平樂觀。大將軍司馬師以其荒淫無度，褻近倡優，乃廢為齊王，遷河內，群臣送者皆為流涕。嗣宗此詩其亦哀齊王之廢乎？蓋不敢直陳平樂之事，乃借楚地而言。」（《選詩補注》）

【注　釋】❶湛湛長江水二句　化自《楚辭・招魂》：「湛湛江水兮上有楓。」湛湛，水深的樣子。❷皋蘭被徑路　化自

〈招魂〉：「皋蘭被徑兮斯路漸。」皋蘭，長於沼澤邊的水草。被，覆蓋；長滿。❸青驪結駟兮齊千乘。」驪，黑色的馬。駸駸，馬疾馳的樣子。❹遠望令人悲二句　化自〈招魂〉：「目極千里兮傷春心。」以上詩句全從〈招魂〉中化出，一方面是因為這詩表面上是歌詠楚國史事，故藉用描寫楚地景物的辭語；另一方面，也是因為〈招魂〉和下文所用的〈高唐賦〉舊說認為都是宋玉的作品。❺三楚多秀士二句　是說楚國像宋玉那樣有才能的人很多，但他們只是寫些巫山神女朝雲暮雨之類的荒淫作品來進獻給君王。三楚，古稱江陵為南楚、吳為東楚、彭城為西楚，合稱三楚。因為這些地方在春秋戰國之時曾經都在楚國統治的範圍之內。秀士，有才能的人。這裡指宋玉等。朝雲，宋玉作有〈高唐賦〉寫巫山神女與楚王夢中歡會，賦中神女自稱：「妾在巫山之陽、高丘之岨，旦為朝雲，暮為行雨，朝朝暮暮，陽臺之下。」❻朱華　紅花。❼振　散發。❽高蔡　春秋時為蔡國地，後為楚國所兼併，在今河南上蔡。❾黃雀哀　與上文的「高蔡」句，用《戰國策・楚策》莊辛諫楚襄王說：「黃雀因是以：俯噣白粒，仰棲茂樹，鼓翅奮翼，自以為無患，與人無爭也；不知夫公子王孫，左挾彈，右攝丸，將加己乎十仞之上，以其類為招。晝遊乎茂樹，夕調乎酸鹹……蔡靈侯之事因是以：南遊乎高陂，北陵乎巫山，飲茹谿之流，食湘波之魚，左抱幼妾，右擁嬖女，與之馳騁乎高蔡之中，而不以國家為事；不知夫子發方受命乎宣王，繫己以朱絲而見之也。」這裡借黃雀以指斥魏主追求荒淫，不顧後患。

【語　譯】長江水很深，岸上楓樹成林。水邊的蘭草遮住了路徑，有黑馬疾馳而過。遠望使人悲哀，春氣觸動我心。三楚之地像宋玉那樣有才能的人很多，但他們只是寫些朝雲暮雨之類荒淫的作品進獻給君王。紅花散發著芳香之氣，蔡靈侯追逐遊樂於高蔡之野而不知有人正在乘機暗算他。我為黃雀不知少年公子正持弓彈射牠而感到可悲，一想起這樣的事情，我就禁不住流淚。

秋懷詩

【作　者】謝惠連，見頁九八八。

【題　解】這首詩寫秋天的清涼景象引起自己的情懷，認為像司馬相如、鄭均那樣節操高尚的古人儘管為自己所喜愛，但不願效仿，生命短暫，應當及時行樂。

平生無志意，少小嬰❶憂患。如何乘❷苦心，矧❸復值❹秋晏❺。皎皎天月明❻，奕奕❼河宿❽爛❾。蕭瑟❿含風蟬，寥唳⓫度⓬雲雁。寒商⓭動清閨⓮，孤燈曖⓯幽幔⓰。耿介⓱繁慮⓲積，展轉⓳長宵半⓴。夷險㉑難豫謀㉒，倚伏㉓昧前筭。雖好相如㉔達㉕，不同長卿㉖慢㉗。頗悅鄭生㉘偃㉙，無取白衣宦。未知古人心，且從性所翫㉚。賓至可命觴㉛，朋來當染翰㉜。高臺驟登踐，清淺㉝時陵亂㉞。頹魄不再圓，傾羲無兩旦㉟。金石終消毀，丹青暫雕煥㊱。各勉㊲玄髮㊳歡，無貽㊴白首㊵歎。因歌遂成賦，聊用布㊶親串㊷。

【注釋】❶嬰　纏繞；遭受。❷乘　趁。❸矧　何況。❹值　正當。❺秋晏　秋深。晏，晚。❻皎皎天月明　出自〈古詩十九首〉：「明月何皎皎。」皎皎，明亮的樣子。❼奕奕　繁盛的樣子。❽河宿　銀河中的星星。❾爛　燦爛；耀眼。❿蕭瑟　樹木被風吹動而發出的聲音。⓫寥唳　雁類高飛時淒清的鳴叫聲。⓬度　過；飛過。⓭寒商　寒秋。舊時以商為五音中的金音，聲淒厲，與肅殺的秋氣相應，故以商指秋。⓮清閨　指清靜的女子的臥室。⓯曖　暗昧的樣子。⓰幽幔　昏暗的帳幔。⓱耿介　耿直；不合群。⓲繁慮　眾多的思慮。⓳展轉　身體翻來覆去。指睡不著覺。⓴宵半　夜半。㉑夷險　安危；平安或危險。這裡指時世或安或險。㉒豫謀　預料；事先考慮到。㉓倚伏　指禍福。語出《老子・第五十八章》：「禍兮福所倚，福兮禍所伏。」㉔相如　指司馬相如。西漢著名賦家。㉕達　通達。㉖長卿　司馬相如字。㉗慢　傲慢；慢世。嵇康〈高士傳司馬長卿贊〉稱：「長卿慢世，越禮自放；犢鼻居市，不恥其狀；託疾避患，蔑比卿相；乃至仕人，超然莫尚。」㉘鄭生　指東漢東平任城人鄭均。㉙偃　仰臥。這裡指高臥不出仕。《後漢書・卷二七・鄭均傳》說他朝廷累徵，不就。後公車特徵，再遷為尚書。後病，乞骸骨，拜議郎告歸，因稱病篤。漢章帝東巡至其家，賜尚書祿終其身，被人稱為「白衣尚書」。㉚翫　賞。㉛命觴　拿出酒杯與客人對飲。觴，古代盛酒器。㉜染翰　濡筆寫作詩文。㉝清淺　指水。㉞陵亂　指小船在水中遊盪而把水攪亂了。㉟頹魄不再圓二句　是說月既缺，一月之中不會重圓；日既斜，一日之中不可能再有早晨。比喻人既老，不可能再年輕。頹魄　指缺月。魄，指月魄。月始生或將滅時的微光。傾羲，指斜陽。羲，羲和。古代神話中太陽的御者，以六龍為太陽駕車。這裡借指太陽。㊱金石終消毀二句　是說把功名銘刻在金石上，把形貌用丹青描繪出來，都是不可能長久的。丹青，用丹砂和青雘兩種礦物合成的顏料，不易泯滅，常用作繪畫之色。雕煥，光彩奪目。㊲勉　努力。㊳玄髮　黑髮。喻年輕時。㊴貽　遺留；留待。㊵白首　喻年老時。㊶布　流布；轉達。㊷親串　親習之人；親近者。

【語　譯】平生沒有感到什麼意趣，很年輕時就遭受患難。為什麼心裡痛苦的時候，又正好遇到深秋時節呢？天上的月很明亮，銀河中的星很燦爛。蟬鳴聲夾雜在蕭瑟的風中，高空中大雁淒厲的叫聲傳送過來。寒秋觸動了閨中女子寂寞的心，孤燈映照著昏暗的帳幔。不隨流俗則憂思繁多，輾轉難眠直到夜半。安危難以預料，禍福不能事先算到，儘管喜愛司馬相如那樣的通達，卻不隨同他的傲慢待世；非常欣賞鄭均那樣高臥不仕，卻不贊成他那樣做白衣大官。不能推知古人的心意，暫且依從性情所至為人吧。賓客來了可與他對飲，朋友來了就揮毫寫詩文。高臺上屢屢留下我們登臨的足跡，清淺的水常被我們的遊船攪亂。月亮既已缺損，一月之中不能再圓；太陽既已西斜，一日之中不會有兩個早晨。把功名銘刻在金石上，最終也將消毀；把形貌用丹青繪出來，只是暫時光彩奪目。各位還是在年輕時盡情地歡樂吧，不要留待年老時歎息不已。我就趁此作了這一首詩，暫且用來贈給各位親近的人。

臨終詩

【作　者】歐陽建，字堅石，西晉渤海人，石崇的外甥。曾官山陽令、尚書郎、馮翊太守。趙王倫專權，歐陽建每次進行規勸匡正，不從其私欲，由此產生仇隙。後來趙王倫篡位，石崇勸淮南王允誅倫，事情失敗後，趙王倫收捕了石崇、歐陽建。歐陽建連同家人被殺，時年三十多歲。

【題　解】這首詩為歐陽建臨刑前所作，詩中哀歎世路艱難，遭遇災禍，無路可逃，並且累及家人一起遇難，詩極哀楚。

伯陽❶適西戎❷，子欲居九蠻❸。苟懷四方志，所在可遊盤❹。況乃❺遭屯蹇❻，顛沛❼遇災患。古人達機兆，策馬遊近關❽。咨余沖且暗，抱責守微官❾。潛圖密已構，成此禍福端❿。恢恢⓫六合⓬間，四海一何⓭寬。天網布紘綱，投足不獲安⓮。松柏隆冬悴，然後知歲寒⓯。不涉太行⓰險，誰知斯路難。真偽因事顯，人情難豫觀⓱。窮達⓲有定分⓳，慷慨復何歎。上負⓴慈母恩，痛酷㉑摧心肝。下顧所憐㉒女㉓，惻惻㉔中心酸。二子棄若遺㉕，念皆遘凶殘㉖。不惜一身死，惟㉗此如循環㉘。執紙五情㉙塞㉚，揮筆涕汍瀾㉛。

【注　釋】❶伯陽　指老子。一說他姓李名耳，字伯陽。《列仙傳》上說老子西遊至關，關令尹喜和他一起到了流沙之西。呂向注說，老子見周無道，遂入胡。❷西戎　我國古代西北部少數民族的統稱。❸子欲居九蠻　語出《論語・子罕》：「子欲居九夷。」六臣注《文選》本作「孔子欲居蠻」。子指孔子。九蠻，古代對少數民族的泛稱。夷、蠻，都是對少數民族的稱呼。九夷，即淮夷。是當時居住在東部海邊。即今山東、江蘇北部沿海一帶的少數民族的統稱。❹遊盤　遊樂。❺況乃　何況；更何況。❻屯蹇　困頓。屯和蹇都是《周易》中的卦名。❼顛沛　跌倒；傾覆。❽古人達機兆二句　是指春秋時蘧伯玉出行避禍事。《左傳・襄公二十六年》載，衛大夫孫林父將作亂，蘧伯玉識其機變，說：「瑗不得聞君之出，敢聞其入？」於是從近關出行。達，通曉；預知。機兆，事情發生微妙變化的跡象。❾咨余沖且暗二句　是嗟歎自己幼稚而且愚昧，忠於職責，守著小官職不知去就之理，因此遭禍。咨，嗟歎。沖，童；幼稚。暗，暗昧；不明事理。抱責，忠於職責。❿潛圖密已構二句　是說趙王倫篡位的陰謀早已周密地策劃好，災禍即以此為端緒。潛圖，陰謀。構，構成；策劃好。禍福，指禍。端，端緒；因由。⓫恢恢　廣大的樣子。⓬六合　上下、左右、前後為六合。指天地之間。⓭一何　何等；多麼。⓮天網布紘綱二句　連上二句暗用《老子・第七十三章》「天網恢恢，疏而不失」意。紘綱，皆指大繩索。投足，舉足。⓯松柏隆冬悴二句　反用《論語・子罕》：「子曰：『歲寒，然後知松柏之後凋也。』」比喻時世極其險惡，使忠良遭受殘害。隆冬，嚴冬。悴，憔悴；凋謝。松柏經冬而不凋，這裡說嚴冬連松柏都憔悴了，可見寒冷之程度。⓰太行　山名。綿延在今山西、河北等省交界處的大山脈，以路途險難著稱。這裡用太行山路比喻世路。⓱豫觀　預先觀察到。⓲窮達　窮困和通達。⓳定分　天定的命分。⓴負　不能報答。㉑痛酷　痛苦到極點。㉒憐　愛惜。㉓女　指女兒。㉔惻惻　辛酸的樣子。㉕棄若遺　被拋棄好像丟失的物品一樣。㉖遘凶殘　指慘遭殘害。㉗惟　思；想到。㉘循環　周而復始；從終點又回到起點。㉙五情　指人的各種感情。㉚塞　堵塞難通。㉛汍瀾　流淚的樣子。

【語　譯】老子出關前往西戎，孔子想到九夷之地居住。如果胸懷四方之志，無論在何處都可遊樂。更何況遭受困頓，突然傾覆遇上災難。古時有人預知變化的徵兆，趕著馬出近關行遊。嗟歎我又幼稚又愚昧，忠於職責堅守微小的官位。趙王倫篡位的陰謀早已周密地策劃好了，這就是大禍的根源。天地之間多廣大啊，四海是何等的寬闊啊。天網的大繩已布好，一舉足就被絆住。松柏在嚴冬憔悴了，然後可知道年歲是多麼的寒冷；不在太行山道上行走過，誰能知道那道路有多麼艱難。是真是假遇到事情就可顯示出來，人心是事前難以覺察到的。是窮困還是通達自有天定的命分，又何必感慨歎息。辜負了慈母的恩德，痛苦撕裂我的心肝。顧惜我心愛的女兒，心中是多麼辛酸啊。兩個兒子如同被遺棄，想來都遭到了殘害。我一人死了並不可惜，想到生命猶如循環。拿著紙各種情感交匯心中，揮動筆淚水漣漣。

哀傷

幽憤詩

【作　者】嵇康，見頁七六三。

【題　解】這首詩抒寫被囚禁以後的憂鬱與憤慨，為嵇康因呂安事而被繫入獄後所作。嵇康與鍾會有隙，後來嵇康的友人呂安為兄呂巽枉訴開脫，亦被繫獄，供詞連及嵇康，鍾會乘機報復，誣陷嵇康，嵇康也被繫獄，後與呂安一起被殺。

嗟余薄祜，少遭不造❶。哀煢❷靡識❸，越❹在繈緥❺。母兄鞠育❻，有慈無威。恃愛肆❼姐❽，不訓不師❾。爰❿及冠帶⓫，馮⓬寵自放⓭。抗心⓮希古⓯，任其所尚⓰。託好⓱老莊⓲，賤物貴身⓳。志在守樸⓴，養素全真㉑。曰㉒余不敏㉓，好善闇人㉔。子玉之敗，屢增惟塵㉕。大人含弘，藏垢懷恥㉖。民之多辟，政不由己㉗。惟此褊心，顯明臧否㉘。感悟思愆㉙，怛㉚若創痏㉛。欲寡㉜其過，謗議㉝沸騰㉞。性不傷物，頻致怨憎[35]。昔慙柳惠[36]，今愧孫登[37]。內負宿心[38]，外恧[39]良朋。仰慕嚴鄭[40]，樂道閑居。與世無營[41]，神氣晏如[42]。咨予不淑[43]，嬰累[44]多虞[45]。匪[46]降自天，寔[47]由頑疎[48]。理蔽[49]患結[50]，卒致囹圄[51]。對荅鄙訊[52]，縶[53]此幽阻[54]。實恥訟免[55]，時不我與[56]。雖曰義直，神辱志沮[57]。澡身滄浪[58]，豈云能補。嗈嗈[59]鳴鴈，奮翼[60]北遊。順時而動[61]，得意忘憂。嗟我憤歎，曾[62]莫能儔[63]。事與願違，遘茲[64]淹留[65]。窮達有命[66]，亦又何求？古人[67]有言，善莫近名[68]。奉時[69]恭默[70]，咎悔[71]不生。萬石[72]周慎，安親保榮。世務紛紜[73]，祇[74]攪[75]予情。安樂必誡[76]，乃終利貞[77]。煌煌[78]靈芝，一年三秀[79]。予獨何為，有志不就[80]。懲[81]難思復[82]，心焉內疚[83]。庶[84]勗[85]將來，無馨[86]無臭[87]。采薇山阿，散髮巖岫[88]。永嘯長吟，頤[89]性養壽。

【注釋】[1]嗟余薄祜二句　語本《詩經・周頌・閔予小子》：「閔予小子，遭家不造。」薄祜，薄福。祜，福。不造，不成。指家道未成。造，成。嵇康幼年喪父，故兩句如此說。[2]煢　孤獨。[3]靡識　無識。[4]越　發語詞。用在句子開頭，無實義。[5]繈緥　同「襁褓」。襁是絡負小兒於背上的布幅；褓是裹覆小兒的被單。泛指裹覆背負小兒所用的東西。[6]鞠育　養育。[7]肆　放縱。[8]姐　嬌。[9]不師　不立師傅。[10]爰　發語詞。無實義。[11]冠帶　指成人。古代男子在二十歲時行加冠禮，表示長大成人。[12]馮　同「憑」。依仗。[13]自放　自我放逸，不加約束。[14]抗心　心志高尚。抗，通「亢」。高。[15]希古　希慕古人之道。希，希慕。[16]所尚　所崇尚的事物。[17]託好　喜好。[18]老莊　老子和莊子。道家的代表人物。這裡指這一派的學說。[19]賤物貴身　賤視外在之物把自身看作很寶貴。[20]守樸　抱守本質。樸，本質。《老子・第十九章》：「見素抱樸，少私寡欲。」[21]養素全真　保養素質、保全真性。[22]曰　發語詞。無實義。[23]不敏　不聰敏。[24]好善闇人　喜歡善道但闇於人事。㉕子玉之敗二句　詩用子文薦舉子玉造成楚國日後之敗，並使子文自己蒙垢來比喻自己闇於人事，信任呂安、呂巽兄弟，與之交好，而呂巽穢行敗露後，連累自己遭到鍾會的誣陷，被繫獄，蒙受恥辱。子玉之敗，指子玉為春秋時楚國大夫，令尹子文舉以自代，後子玉與晉作戰，被打得大敗。《左傳・僖公二十七年》載：「楚子將圍宋，使子文治兵於睽，終朝而畢，不戮一人。子玉復治兵於蔿，終日而畢，鞭七人，貫三人耳。國老皆賀子文，子文飲之酒。蔿賈尚幼，後至，不賀。子文問之，對曰：『不知所賀。子之傳政於子玉，曰：「以靖國也。」靖諸內而敗諸外，所獲幾何？子玉之敗，子之舉也；舉以敗國，將何賀焉？』」屢增惟塵，多次蒙垢。惟塵，出自《詩經・小雅・無將大車》：「惟塵冥冥。」惟為發語詞，無實義。塵，灰塵；塵垢。這裡喻垢辱。㉖大人含弘二句　這是說大人物胸懷廣大，能容得下垢辱。含弘，度量弘大。㉗民之多僻二句　意思是人們行為多邪僻，是由於君王信任並重用邪人，政令不由己出所致。僻，邪僻。㉘惟此褊心二句　是說自己心胸狹隘，喜歡表明自己的態度，對事物的善惡加以評論。褊心，心胸狹隘。顯明，使……明顯；表明。臧否，善惡；好壞。這裡用作動詞。對事物進行善惡評價的意思。㉙愆　過失。㉚怛　痛。㉛創痏　創傷。㉜寡　少。這裡用作動詞。減少。㉝謗議　誹謗人的話。㉞沸騰　形容很熾烈。㉟性不傷物二句　意思是自己本性並不傷害事物，卻常常招致人們的怨惡憎恨。㊱昔慙柳惠　從前自愧不能像柳下惠那樣正道直行。慙，同「慚」。這裡是慚愧於的意思。柳惠，柳下惠。春秋時人。《論語・微子》：「柳下惠為士師，三黜。人曰：『子未可以去乎？』曰：『直道而事人，焉往而不三黜。』」㊲今愧孫登　現在則悔恨不聽取孫登之言及早避世免禍。孫登，晉時隱士。《魏氏春秋》載：「初，康採藥於中山北，見隱者孫登。康欲與之言，登默然不對。踰年將去，康曰：『先生竟無言乎？』登乃曰：『子才多識寡，難乎免於今之世也。』」㊳宿心　往日的心願。指慕養生之道。㊴恧　慚愧。㊵嚴鄭　指西漢時的兩個賢人鄭子真和嚴君平。《漢書・卷七二・王貢兩龔鮑傳》載：「谷口有鄭子真，蜀有嚴君平，皆修身自保，非其服弗服，非其食弗食。成帝時，元舅大將軍王鳳以禮聘子真，子真遂不詘而終。君平卜筮於成都市，以為卜筮者賤業，而可以惠眾人。……裁日閱數人，得百錢足自養，則閉肆下簾而授《老子》。」㊶營　營求名利。㊷晏如　安然。㊸不淑　不善。㊹嬰累　纏繞牽累。㊺虞　憂慮。㊻匪　同「非」。㊼寔　實在是。㊽頑疎　冥頑而且粗疎。㊾理蔽　蔽原作「弊」，據五臣注本改。謂正理受到掩蔽。㊿患結　禍患生成。(51)囹圄　監獄。這裡用作動詞。被關進監獄。(52)對答鄙訊　對答獄吏，並以其所審訊為恥。(53)縶　拘禁。(54)幽阻　指監獄中。(55)實恥訟免　以訟冤獲免為恥。意思是說不屑於對質申辯。(56)時不我與　意思是時世與我不利，故遭此不幸。意謂不遇明時。(57)雖曰義直二句　意思是雖然我義理平直，自覺無辜，但為獄吏所摧折，神志受到屈辱和沮喪。(58)澡身滄浪　在滄浪之水中洗身。(59)嚶嚶　鳥和鳴聲。(60)奮

翼 展翅。61順時而動 順應季節的變換而有時南飛，有時北往。62曾 竟。63儔 等；相比得上。64遘茲 遭遇到這種災禍。65淹留 久留。指久繫於獄中。66窮達有命 〈王命論〉說：「窮達有命，吉凶由人。」67古人 指莊子。68善莫近名 見《莊子‧養生主》：「為善莫近名。」意思是做善事而不要追求虛名。69奉時 順時。70恭默 肅穆沈默。71咎悔 咎責和悔恨。72萬石 指漢代石奮。石奮和四子皆官至二千石，景帝時石奮被稱為萬石君。他們五人處事謹慎，故能長久地保有榮祿。見《史記‧卷一〇三‧萬石張叔列傳》。73紛紜 混亂。74祗 通「適」。75攪 擾亂。76安樂必誡 意思是安樂之時要警戒危亡之理。77利貞 順利安祥。78煌煌 很有光彩的樣子。79三秀 一年開花三次。傳說靈芝一年開花三次，故又名「三秀」。80有志不就 指本有志於養生，卻實現不了。81懲 懲戒。82思復 反覆思索。83疚 慚愧。84庶 表示希望之詞。85勗 勉勵。86馨 香氣。87臭 氣味。88采薇山阿二句 是說過無拘無束的隱居生活。巖岫，山谷。89頤 養。

【語譯】可歎我福祿薄，自小家道不成。不識哀痛孤獨，尚在襁褓之中。母親兄長辛勤養育，只有慈愛沒有威嚴。依賴慈愛放肆驕縱，不被訓斥不立師傅。等到加冠成人，依仗驕寵自我放縱。志向高尚希慕古道，任從心意所崇尚。喜愛老莊一派的學說，輕視外物貴重自身。志在保住本質，養其素質以全真性。我真是不聰敏啊，喜愛善道而不明人事，正像春秋時子玉敗壞楚國，使子文常受垢辱。大人物度量宏大，能夠包容著汙垢和恥辱。人們行事多邪僻，此乃政令不由君王自己發出的緣故啊。只有我心胸狹隘，喜歡表明態度褒貶事物。有感而悟思量過失，痛苦得如同身受創傷。本想減少自己的過失，誹謗的議論已經沸沸騰騰。本性不傷害外物，卻常招來怨恨憎惡。從前慚愧不能像柳下惠那樣堅持正道，現在則悔恨不聽孫登的忠告及早隱退。對內辜負了自己往日的心願，對外則有愧於親朋好友。真仰慕嚴子真、鄭君平那樣的人，樂道閒居，修身自保。與世無爭，神氣安然。可歎我處世不善啊，遭遇災難，憂愁良多。禍患不是從天上降下來，實在是由於自己冥頑疏放造成。正理被掩蔽了，災禍連結，終於招來被繫監獄。對答獄吏，恥於被他們所審訊，拘囚於獄中與親友音訊不通。我認為訟冤求得獲免真是恥辱，時世對我真不利啊。雖然我義理平直自覺無辜，但獄吏的摧折使我神志沮喪。跳進滄浪之水中洗身，又哪能補救這屈辱？大雁嗈嗈和鳴著，展翅北飛。順應時節而飛行，適合志趣沒有憂慮。可歎我怨憤悲歎，竟沒有誰能比得上。事情與願望相違背，遭受到禍患久留在獄中。窮困和通達自有天命，何必強求免禍得福？古人有這樣的話，為善而不要追求虛名。順應時世肅穆沈默，這樣咎責悔禍就不生於身。漢代萬石君周密謹慎，親屬安樂榮華保全。世間事務紛亂複雜，恰恰攪亂我的心情。安樂時要警戒危亡之理，才能終保順利安定。光彩耀眼的靈芝草，一年之中三度開花。我又為了什麼，不能實現養生的初志。以此災難為懲戒我反覆思考，心裡充滿著羞愧。希望在將來盡力修身，無聲無臭安閒度日。在山坳中採薇，在山谷中散亂著頭髮。縱聲長嘯吟詠詩章，保養本性求得長壽。

七哀詩

【作　者】曹植，見頁八二二。

【題　解】這首詩寫思婦對遠遊不歸的丈夫的哀怨和懷念。前人認為此詩是作者以思婦自喻，希望能喚起其兄曹丕的情誼。此說甚是。這首詩也有題為〈雜詩〉、〈怨詩行〉。〈七哀詩〉作為樂府始於王粲，名稱來源不詳，可能與音樂有關。

明月照高樓，流光❶正徘徊❷。上有愁思婦❸，悲歎有餘哀。借問歎者誰？言是客子❹妻。君❺行踰❻十年，孤妾常獨棲。君若清路塵，妾若濁水泥。浮沈各異勢，會合何時諧❼？願為西南風，長逝❽入君懷。君懷良❾不開，賤妾當何依？

【注　釋】❶流光　明澈而流動的月光。❷徘徊　此言月光的移動。❸愁思婦　憂愁的思婦。❹客子　遊子。❺君　指客子。即思婦的丈夫。❻踰　超過。❼君若清路塵四句　是說夫妻本如塵和泥一樣同是一體，但路上清塵隨風浮揚，水中濁泥則永沈水底。喻夫妻地位趨勢不相同，已很難再合為一體。❽長逝　遠飛。❾良　實。

【語譯】明月照在高樓上，月光在緩緩地移動。樓上有憂愁的思婦，聲聲悲歎哀傷不盡。請問歎息者是誰，回答是遊子的妻子。您出行已超過十年了，孤獨的我長久地一個人棲息。您就好像路上的輕塵，我就好像沈濁的水中泥。或浮或沈趨勢不同，何時才能和諧地聚合呢？我願化作西南風，經過長途飛入您的懷裡。您的胸懷實不敞開，我將何處去依託呢？

七哀詩 二首

【作　者】王粲，見頁八八〇。

【題　解】王粲的〈七哀詩〉共三首，《文選》選錄二首。七哀是表示哀思很多的意思。〈七哀詩〉起於漢末，可能是當時的樂府新題。

其一

西京❶亂無象❷，豺虎❸方❹遘患❺。復棄中國❻去，委身❼適❽荊蠻❾。親戚對我悲，朋友相追攀❿。出門無所見，白骨蔽⓫平原。路有飢婦人，抱子棄草間。顧⓬聞號泣聲，揮涕獨不還。未知身死處，何能兩相完⓭？驅馬棄之去，不忍聽此言。南登霸陵⓮岸⓯，回首望長安。悟⓰彼〈下泉〉⓱人，喟然⓲傷心肝。

【章　旨】這裡第一首寫離開長安時所見到的離亂景象和自己的哀痛心情。

【注　釋】❶西京　指長安。東漢都洛陽，洛陽在東，長安在西。故人們稱長安為西京，洛陽為東京，合稱兩京。❷無象無道。❸豺虎　指董卓部將李傕、郭汜等人。❹方　正。❺遘患　製造禍患。指漢獻帝初平三年（西元一九二年）李、郭等在長安作亂。❻中國　古代稱中原地區。❼委身　寄身；託身。委，一本作「遠」。❽適　往。❾荊蠻　指荊州。周時稱南方的民族為蠻，楚又叫荊，稱荊蠻，荊州正當楚地。王粲因荊州刺史劉表曾從其祖父王暢學習，與他家有舊交，故前往依附於他。❿追攀　追著攀住車不忍讓人離開。⓫蔽　遮蔽。⓬顧　回頭。⓭兩相完　兩人都得到保全。⓮霸陵　漢文帝所葬之處。在今陝西長安東。⓯岸　高地。⓰悟　領悟。⓱下泉　《詩經・曹風》的篇名。〈毛詩序〉說：「〈下泉〉，思治也。曹人疾共公侵刻下民，不得其所，憂而思明王賢伯也。」⓲喟然　歎息的樣子。

【語　譯】西京混亂已無正道，如狼似虎的叛軍正在造成禍患。我離開中原之地，到荊州去託身。親人對著我很悲傷，朋友追著攀住車依戀不捨。走出長安城門一無所見，只有累累白骨遮蔽了原野。路上遇到飢餓的婦人，把孩子拋棄在草裡面。回頭聽到小孩的哭叫聲，抹著眼淚獨自離去不再回來。不知道自身將死在哪裡，怎麼可能兩個人都保全呢？我趕著馬急忙離去，不忍心聽她說這種話。南登霸陵的高處，回頭眺望長安。領悟到《詩經》中〈下泉〉詩的作者之意，長歎一聲痛徹心肝。

其二

荊蠻非我鄉，何為久滯淫❶？方舟❷溯❸大江，日暮愁我心。山岡有餘暎❹，巖阿❺增重陰。狐狸馳赴穴，飛鳥翔故林❻。流波激清響，猴猿臨岸吟。迅風拂裳袂❼，白露霑衣衿。獨夜不能寐，攝衣❽起撫琴。絲桐❾感人情，為我發悲音。羈旅❿無終極，憂思壯⓫難任⓬。

【章　旨】這首詩寫久客荊州，思鄉懷歸。

【注釋】❶滯淫 淹留；久留。❷方舟 相併合的兩隻船。❸溯 同「泝」。逆流而上。❹餘暎 餘光。暎，同「映」。
❺巖阿 山曲；山坳處。❻狐狸馳赴穴二句 見《楚辭・哀郢》：「鳥飛還故鄉兮，狐死必首丘。」喻思鄉念舊之情。
❼袂 衣袖。❽攝衣 整頓一下衣服。❾絲桐 指琴。絲為琴弦，桐木是製琴的好材料。❿羈旅 寄身於客旅不得回還。
⓫壯 大；多。⓬難任 不堪；承受不了。

【語譯】荊州不是我的家鄉，為什麼久留於此？兩船相併逆江而上，天黑時我心內憂愁。山崗上還有餘光，山坳處非常陰暗。狐狸奔跑著鑽進洞裡，鳥兒飛著返回舊林。流水激起了清脆的響聲，猿猴面對著江岸啼叫。疾風吹動了衣袖，白露霑溼了衣襟。在夜晚一個人睡不著覺，整頓衣服起身彈琴。鳴琴也通人心意，為我發出悲哀的樂音。久寄於客旅中沒有盡頭，愁思很多，難以承受。

七哀詩 二首

【作者】張載，字孟陽，安平（今屬河北）人。有文才，起家拜著作佐郎，後官至中書侍郎，領著作。後因世亂，稱病告歸。其詩頗重辭藻，與弟張協、張亢俱以文學著名，時稱「三張」。原有集，後佚，明人輯為《張孟陽集》。

【題解】張載〈七哀詩〉，《文選》收錄兩首。

其一

北芒❶何壘壘❷，高陵❸有四五。借問誰家墳，皆云漢世主❹。恭文❺遙相望，原陵❻鬱❼膴膴❽。季世❾喪亂起，賊盜如豺虎。毀壞過一抔，便房啟幽戶❿。珠柙⓫離玉體⓬，珍寶見剽虜。園寢⓭化為墟⓮，周墉⓯無遺堵⓰。蒙籠⓱荊棘生，蹊逕⑱登童豎⑲。狐兔窟⑳其中，蕪穢㉑不復掃㉒。頹隴㉓並墾發㉔，萌隸㉕營㉖農圃。昔為萬乘君㉗，今為丘山㉘土。感彼雍門㉙言，悽愴㉚哀往古。

【章　旨】第一首寫北芒山所葬漢帝陵墓遭到亂世盜掘毀壞，後被闢為農耕之地，因而引發感歎。

【注　釋】❶北芒　又作「北邙」。山名，即邙山。在今河南洛陽北，東漢和北魏時的帝王將相多葬於此。❷壘壘　相疊的樣子。指墳墓很多。❸高陵　高大的陵墓。皇帝的墳墓稱陵。❹漢世主　漢代皇帝。❺恭文　恭陵和文陵。是東漢孝安帝和靈帝的陵墓。❻原陵　光武帝的陵墓。❼鬱　蒼翠的樣子。❽膴膴　肥美的樣子。這裡指草木盛美的樣子。❾季世　末世。這裡指東漢末年。東漢末年，北芒帝陵被毀壞得很嚴重。❿毀壞過一抔二句　是說現在盜賊不止於在陵上取一抔土的問題了，連通向地下墓室的門也被打開了。一抔，一捧。喻很少。《漢書・卷五〇・張釋之傳》載：漢武帝時有人偷盜高祖寢廟中的玉環，廷尉判其罪，當棄市。武帝嫌輕，認為當族誅。張釋之說：「假令愚人取長陵一抔土，何如？」便房，指陵墓中的地下室，棺木即置於其中。⓫珠柙　即珠襦玉匣。亦稱金縷玉衣，近年已有所發現。⓬玉體　指帝王的屍體。《西京雜記》載：漢帝及王侯送死，皆珠襦玉匣。玉匣形如鎧甲，連以金鏤。李善注引曹丕《典論》：「喪亂以來，漢氏諸陵，無不發掘，至乃燒取玉柙金鏤，體骨並盡。」⓭園寢　陵園和寢廟。漢代皇帝陵墓，在陵旁建廟，又在陵園中築有寢便殿。⓮墟　廢墟。⓯周墉　圍牆。指陵園的圍牆。⓰堵　一段牆。古代以牆一丈長為一板，五板為一堵。⓱蒙籠　當作「蒙蘢」。草木茂盛的樣子。⓲蹊逕　小路。⓳童豎　指砍柴放牧的小孩。⓴窟　這裡作動詞用。打洞；做穴。㉑蕪穢　荒廢之後雜草叢生。㉒掃　除去。㉓頹隴　指已毀壞的陪葬墓。㉔墾發　開墾耕種。㉕萌隸　百姓。隸，原作「隷」，據五臣注本改。㉖營　經營。㉗萬乘君　指皇帝。周制，王畿方千里，兵車萬乘。故後世以萬乘指代帝王。㉘丘山　指陵墓。古代大墳稱丘。㉙雍門　指雍門周。戰國時人。桓譚《新論》中說：「雍門周以琴見孟嘗君曰：『臣竊悲千秋萬歲後，墳墓生荊棘，狐兔穴其中，樵兒牧豎，躑躅而歌其上，行人見之悽愴。孟嘗君之尊貴，如何成此乎？』孟嘗君喟然歎息，淚下承睫。」㉚悽愴　悲傷之極的樣子。

【語　譯】北芒山上墳墓累累，高大的陵墓也有四五座。請問那是誰家墳？都說這是漢帝墓。恭陵、文陵遙遙相望，原陵草木蒼翠茂盛。東漢末年禍亂發生，盜賊凶殘如豺虎。毀陵的何止是一捧泥土？連地下宮門也被打開。金縷玉衣離開了帝王遺體，金銀珠寶被盜走。陵園寢廟變成廢墟，圍牆毀壞無遺跡。荊棘雜樹遍地生，樵童牧豎在陵墓上踩出小路。狐狸野兔打地洞，雜草叢生沒人除。廢棄墳墓被開墾，農夫經營作菜園。從前曾為萬乘之君，今日化作墳山之土。感悟雍門周的一番話，想起古人真感到哀傷。

其二

秋風吐商氣❶，蕭瑟掃❷前林。陽鳥❸收和響，寒蟬無餘音。白露中夜❹結，木落柯條❺森。朱光❻馳北陸❼，浮景❽忽西沈。顧望無所見，惟覩松柏❾陰。肅肅❿高桐枝，翩翩⓫棲孤禽。仰聽離鴻⓬鳴，俯聞蜻蛚⓭吟。哀人易感傷⓮，觸物增悲心。丘隴⓯日已遠，纏綿彌思深。憂來令髮白⓰，誰云愁可任⓱？徘徊向長風⓲，淚下霑衣衿⓳。

【章　旨】這首詩寫因淒涼秋景引起內心悲傷。

【注　釋】❶商氣　秋氣；肅殺之氣。❷掃　掠過。❸陽鳥　春鳥。❹中夜　半夜。❺柯條　枝條。❻朱光　指日光。❼北陸　北陸是二十八宿之一，位在北方。日行北陸指冬天。陸，道。❽浮景　流動的日光。❾松柏　這裡指墓丘之地。古代墳墓旁種植松柏梧桐作為標識。❿肅肅　寒風吹動樹枝發出的聲音。⓫翩翩　鳥飛動的樣子。⓬離鴻　失群的大雁。⓭蜻蛚　蟋蟀的俗名。⓮哀人易感傷　漢秦嘉〈答婦詩〉：「哀人易感傷。」⓯丘隴　此謂先人的墳墓。⓰憂來令髮白　出自古詩：「座中何人，誰不懷憂，令我白頭。」⓱誰云愁可任　出自王粲〈登樓賦〉：「誰憂思之可任。」⓲徘徊向長風　李善注引《楚辭》：「遡長風以徘徊。」⓳淚下霑衣衿　李善注引《楚辭》：「泣歔欷而沾襟。」

【語　譯】秋風中帶來了肅殺寒氣，蕭瑟的寒風掠過眼前的樹林。春鳥的和鳴聲聽不見了，寒蟬也消失了聲音。白露在半夜結成，樹落葉後留下密集的枝條。日光移到了天的北道，移動的日影又很快西下了。回頭望什麼也看不見，只看到墳邊的松柏陰森森。寒風吹著高處的梧桐枝發出肅肅聲，有孤單的鳥飛來棲息。仰頭聽到失群的大雁的鳴叫聲，低頭聽到蟋蟀的吟唱聲。心懷憂愁的人容易感傷，接觸事物徒增傷感。先人的墳墓越離越遠，縈繞於心的思念越來越深。憂愁使我的頭髮白了，誰說愁思可以承受。對著長風徘徊不定，眼淚落下霑溼了衣襟。

悼亡詩 三首

【作　者】潘岳，見頁七八一。

【題　解】潘岳〈悼亡詩〉三首，都為悼念亡妻而作，都寫得哀婉動人，向為後世所稱賞。

其一

荏苒冬春謝，寒暑忽流易❶。之子❷歸窮泉❸，重壤永幽隔。私懷誰克從❹，淹留亦何益。僶俛❺恭朝命❻，迴心❼反❽初役❾。望廬❿思其人，入室⓫想所歷。幃屏無髣髴⓬，翰墨⓭有餘跡。流芳⓮未及歇⓯，遺掛⓰猶在壁。悵怳⓱如或存，周遑⓲忡⓳驚惕⓴。如彼翰林鳥，雙棲一朝隻。如彼遊川魚，比目中路析㉑。春風緣隟㉒來，晨霤㉓承檐滴。寢息㉔何時忘，沈憂日盈積。庶幾有時衰，莊缶猶可擊㉕。

【章　旨】第一首寫亡妻已被安葬，自己將離家赴任，心中充滿哀傷。

【注　釋】❶荏苒冬春謝二句　是說光陰消逝，時節變易，很快一年過去了。古代喪制，丈夫服妻喪一年。這首詩寫於妻死一年，服喪期滿，安葬完畢後。荏苒，時光漸漸流逝。謝，去；逝去。流易，消逝變換。❷之子　那人。指亡妻。❸窮泉　地下。❹私懷誰克從　出自宋玉〈神女賦〉：「情獨私懷，誰者可語。」私懷，私情；指思念亡妻不欲出仕之情。克，能夠。從，隨；順。❺僶俛　勉力；努力。❻恭朝命　恭從朝廷的命令。❼迴心　轉念。❽反　同「返」。❾初役　原先擔任的官職。❿廬　住宅。⓫室　內室。⓬幃屏無髣髴　反用《漢書．卷九七．外戚傳》之典：「李夫人早卒，方士齊少翁言能致其神，乃夜張燈燭，設幃帳，令帝居他帳中，遙望見少女如李夫人之狀，不得就視。」幃屏，帳幔和屏風。髣髴，隱隱約約。這裡指隱隱約約的身影。⓭翰墨　筆墨。這裡指用筆墨所寫之文字。⓮流芳　指亡妻生前所用的芳香品。⓯歇　消失。⓰遺掛　指亡妻生前的翫用之物。⓱悵怳　神志恍惚。⓲周遑　惶恐不安。⓳忡　憂心的樣子。⓴惕　恐懼。㉑如彼翰林鳥四句　用雙棲鳥成單、比目魚分離來比喻夫妻之間的生離死別，和妻死後自己孤獨的心情。翰林鳥，展翅飛入林中的鳥。翰，羽翮。比目，傳說中一種只有一目，須兩兩相並才能游動的魚。見《爾雅．釋地》。中路，半途。析，分開。㉒隟　同「隙」。指房屋的縫隙。㉓霤　屋檐上滴下來的水。㉔寢息　安寢休息。㉕庶幾有時衰二句　是說希望哀痛的感情能夠減緩些，像莊子擊缶那樣通達才好。庶幾，表示希望之辭。莊缶猶可擊，出自《莊子．至樂》：「莊子妻死，惠子弔之，莊子則方箕踞鼓盆而歌。惠子曰：『與人居長子，老身死，不哭亦足矣，又鼓盆而歌，不亦甚乎！』莊子曰：『不然。是其始死也，我獨何能無概然！察其始而本無生，非徒無生也，而本無形，非徒無形也，而本無氣。雜乎芒芴之間，變而有氣，氣變而有形，形變而有生，今又變而之死，是相與為春秋冬夏四時行也。人且偃然寢於巨室，而我噭噭然隨而哭之，自以為不通乎命，故止也。』」莊，指莊子。缶，瓦盆。古代的一種打擊樂器。

【語　譯】漸漸地冬春過去了，冷熱很快變換了。那人歸葬地下，重重土壤使我們永遠隔絕。誰能體諒依從我的個人感情呢？久留在這裡也沒有用處。勉力恭奉朝廷的命令，把心意轉過來回到原來的職位上去。望著房屋思念那人，進入內室想到她的生前經歷。帳幔和屏風上不見她隱隱約約的身影，她書寫的文字還有遺跡。她所用的化妝品芳香猶存，遺物還掛在壁間。恍恍惚惚間她好像還在，又是惶恐又是憂懼。就像飛入樹林的鳥兒，原本雙雙棲息卻在一朝間只剩單隻；又像在河中游的魚，比目並游半途卻分開。春風從縫隙中進來，早晨的雨水從屋檐上滴下來。既使是安寢休息也不能忘情，憂傷深沈，越積越多。希望哀傷的心情隨著時間而變淡，能夠像莊子那樣擊缶而歌該多好啊。

其二

皎皎❶窗中月，照我室南端❷。清商應秋至，溽暑❸隨節闌❹。凜凜❺涼風升，始覺夏衾❻單。豈曰無重纊，誰與同歲寒❼？歲寒無與同，朗月❽何朧朧❾。展轉眄❿枕席，長簟⓫竟床空。床空委⓬清塵，室虛來悲風。獨無李氏靈，髣髴覩爾容⓭。撫衿長歎息，不覺涕霑胸⓮。霑胸安能已，悲懷⓯從中起。寢興⓰目存形⓱，遺音⓲猶在耳。上慚東門吳⓳，下愧蒙莊子⓴。賦詩欲言志㉑，此志難具紀㉒。命也可奈何㉓，長戚㉔自令㉕鄙㉖。

【章旨】這首詩寫妻子死後自己的生活處境以及對亡妻的思念之情。

【注釋】❶皎皎　明亮的樣子。❷室南端　室之南正門。❸溽暑　溼熱。❹闌　盡；殘。❺凜凜　寒冷的樣子。❻衾　被。❼豈曰無重纊二句　見《詩經．秦風．無衣》：「豈曰無衣？與子同袍。」重纊，指雙層的絲綿衣。纊，細綿。同歲寒，共同度過寒冷的年歲。❽朗月　明月。❾朧朧　明亮的樣子。❿眄　斜視。⓫簟　竹席。⓬委　散落。⓭獨無李氏靈二句　見上篇⓬，這裡用李夫人指亡妻。李氏，指漢武帝的寵幸李夫人。靈，顯靈。⓮不覺涕霑胸　出自曹丕〈燕歌行〉：「不覺淚下霑衣裳。」⓯悲懷　悲感。⓰寢興　安寢和起身。⓱目存形　眼中常存妻子的遺形。⓲遺音　已消逝的聲音。⓳東門吳　《戰國策．秦策三》：「梁人有東門吳者，其子死而不憂，其相室曰：『公之愛子也，天下無有，今子死不憂，何也？』東門吳曰：『吾嘗無子，無子之時不憂；今子死，乃即與無子時同也。臣奚憂焉？』」⓴蒙莊子　指莊子。戰國時宋國蒙（今河南商丘東北）人。莊子妻死，他擊缶而歌。東門吳和莊子是達觀者的代稱。㉑賦詩欲言志　〈毛詩序〉說：

「詩言志。」㉒紀 紀錄。㉓命也可奈何 見漢賈逵《魚豢典略》：「趙歧卒，歌曰：『有志無時，命也奈何。』」㉔長戚 長久地悲傷。《論語·述而》：「君子坦蕩蕩，小人長戚戚。」㉕令 使。㉖鄙 低下。

【語譯】明亮的窗中月，照在我房間的正南面。清冷的秋風隨著秋季到來，溼熱的天氣隨著時節的推移而結束了。寒涼的風吹起來了，方才覺得夏被太單薄。怎麼能說沒有雙層的絲綿衣呢？有誰和我共同度過寒冷的年歲呢？年歲寒冷了沒有人與我共同度過，月兒是多麼明亮啊。轉過身看看枕席，長的竹席鋪滿了空床。床上空空散落了清塵，室內空空悲涼的秋風吹進來。唯獨不見李夫人顯靈，隱隱約約中看見你的容顏。撫摸著衣襟長長歎息，不覺眼淚霑落胸前。霑胸的淚水不能停止，悲傷的情感從心中湧起。不論睡著、醒著都念著你的身形，已消失的聲音好像還在耳邊。既自慚不如東門吳，也比不上蒙人莊周。作詩想表達自己的心意，這心意難以都記下來。命運如此無可奈何，長久地悲傷只是使自己鄙下。

其三

曜靈❶運❷天機❸，四節代❹遷逝。淒淒朝露凝，烈烈夕風厲❺。奈何悼淑儷❻，儀容❼永潛翳❽。念此如昨日，誰知已卒歲❾。改服❿從朝政，哀心寄私制⓫。茵⓬幬⓭張故房，朔⓮望⓯臨爾祭。爾祭詎⓰幾時，朔望忽復盡。衾裳一毀撤，千載不復引⓱。亹亹⓲期月周⓳，戚戚⓴彌㉑相愍㉒。悲懷感物來，泣涕應情隕㉓。駕言㉔陟東阜㉕，望墳思紆軫㉖。徘徊墟墓㉗間，欲去復不忍。徘徊不忍去，徙倚步踟躕㉘。落葉委埏㉙側，枯荄㉚帶墳隅。孤魂獨煢煢㉛，安知靈與無。投心㉜遵朝命，揮涕強㉝就車。誰謂帝宮遠？路極㉞悲有餘。

【章旨】這首詩寫服喪期滿，將赴朝命，想念亡妻，哀傷不已。

【注釋】❶曜靈 指太陽。❷運 運行。❸天機 星名。即斗星。南斗六星。❹代 依次。❺厲 猛烈。❻淑儷 好配偶。儷，配偶。❼儀容 儀表；容顏。❽潛翳 埋沒；隱藏。❾卒歲 終歲；滿一年。❿改服 指服喪期滿後改換衣服。⓫私制 不是禮制規定的而是自己創設的喪制。這是說守喪一年之期已過，但私心哀傷，仍如守喪。⓬茵 褥。⓭幬 帳幔。⓮朔 每月初一日。⓯望 每月十五日。⓰詎 曾；竟。⓱引 陳；陳列。⓲亹亹 漸漸地。⓳期月周 指滿一年。一年十二月，周而復始，故稱月周。⓴戚戚 憂傷的樣子。㉑彌 更加。㉒慼 憂病。㉓隕 落下。㉔駕言 駕著車。言為詞尾，無實義。㉕阜 土山。㉖紆軫 隱痛在心，鬱結不解。㉗墟墓 同義複詞，墓。墟是墓的通稱。㉘徙倚踟躕 都是欲行又止，猶豫不定的樣子。㉙埏 墓道。㉚荄 根；樹根。㉛煢煢 孤獨的樣子。㉜投心 把整個心思投入進去。㉝強 勉強。㉞路極 道路到了盡頭。

【語譯】太陽運行到天機星，四季依次變換。寒涼的朝露凝結了，寒風到晚上更猛烈。為何悼念死去的好伴侶，她的容貌舉止已永遠不復見了。想到她的在世好像還在昨天，不知不覺中已滿一年。換去喪服服從朝廷的政令，哀傷的心情只好寄託在私設的喪制上。褥帳張設在舊房間，朔日和望日前來祭奠。祭奠能保持多時呢，朔望之日很快就過去了。被子連同衣服全被燒燬或撤除，從此以後永遠不再陳列。漸漸地一週年滿了，憂傷的感情更深。感觸事物產生悲感，眼淚隨著感情而落下。駕著車登上東邊的土山，望著墳墓思慮鬱結不解。在墳墓間徘徊不動，想離開又不忍心。徘徊不忍離開，步子猶豫不定。落葉飄散在墓道旁，枯根圍繞著墳的四周。魂魄真孤獨啊，怎知靈魂究竟有無？全心遵守朝廷的任命，抹去眼淚勉強登車。誰說皇帝的宮殿離得很遠，路程到了盡頭悲痛還未停止。

廬陵王墓下作

【作者】謝靈運，見頁八四二。

【題解】這首詩寫作者經過廬陵王墓，內心非常悲傷，並引出無限感慨。廬陵王，即廬陵孝獻王，南朝宋武帝劉裕次子劉義真的封號。少帝在位時被廢為庶人，徙居新安郡（今浙江淳安），後被殺於徙所。廬陵王愛好文學，與謝靈運有文字交。廬陵王被廢後，謝靈運受牽連被謫，出為永嘉（今浙江溫州）太守。

曉月發雲陽❶，落日次❷朱方❸。含悽泛廣川❹，灑淚眺連崗❺。眷言❻懷君子，沈痛結中腸。道消結憤懣❼，運開❽申悲涼。神期❾恆若在，德音❿初不忘。徂謝⓫易永久，松柏森已行⓬。延州協心許⓭，楚老⓮惜蘭芳⓯。解劍⓰竟何及，撫墳⓱徒自傷。平生疑若人⓲，通蔽⓳互相妨。理感深情慟，定非識所將⓴。脆促㉑良可哀，夭枉㉒特兼常㉓。一隨㉔往化㉕滅，安用空名揚。舉聲泣已灑，長歎不成章㉖。

【注釋】❶雲陽　古地名。在今江蘇丹陽。❷次　止歇；歇息。❸朱方　古地名。三國吳時改名為丹徒，在今江蘇丹徒。❹泛廣川　在廣闊的江河上泛舟。❺連崗　接連不斷的小山丘，為諸侯葬地。李善注引青鳥子《相冢書》：「天子葬高山，諸侯葬連崗。」❻眷言　懷戀。言為詞尾，無實意。❼道消結憤懣　指少帝在位時群佞在朝，正直之士遭受迫害，廬陵王被殺。道消，指君子的正直之道衰歇。《周易・否卦・彖》說：「內小人而外君子，小人道長君子道消也。」結憤懣，悲憤鬱結於心。❽運開　開太平之運，用以指帝王登基。這裡指宋文帝即位，撥亂反正，廬陵王得到昭雪。❾神期　謂彼此深切了解。❿德音　指死者的生平行事和音容笑貌。⓫徂謝　指死亡。徂，往；去。⓬森已行　森然成行。⓭延州協心許　這句是指季札掛劍的故實。《史記・卷三一・吳太伯世家》載：季札使晉，經過徐國，拜訪徐君，「徐君好季札劍，口弗敢言。季札心知之，為使上國，未獻。還至徐，徐君已死，於是乃解其寶劍，繫之徐君冢樹而去。從者曰：『徐君已死，尚誰予乎？』季子曰：『不然。始吾心已許之，豈以死倍吾心哉！』」延州，指延陵。為春秋時吳國公子季札的封地，在今江蘇武進一帶。這裡指代季札。協心許，合於心而許下心願。⓮楚老　是漢代彭城（今江蘇銅山）的隱士。⓯惜蘭芳　指楚老悼龔勝事，《漢書・卷七二・龔勝傳》：龔勝字君賓，彭城人，因不肯在王莽的新朝做官，絕食而死。「有一老父來弔，其哭甚哀，既而曰：『嗟乎，薰以香自燒，膏以明自銷。龔生竟夭天年，非吾徒也。』遂趨而出，莫知其誰」。⑯解劍　指上文季札事。⑰撫墳　在墳前致哀。⑱若人　像別人。指像季札和楚老那樣。⑲通蔽　通指季札、楚老他們道德高尚、識見通達。蔽是指他們做出解劍、撫墳之事。⑳理感深情慟二句　是說季札、楚老他們做出解劍、撫墳之事，是因為太悲傷了，感情戰勝了理智，以致做出了不合常理的事。慟，悲痛。識，識見。將，及。㉑脆促　指生命脆弱、短促。指生命的自然死亡。㉒夭枉　指因故而早死。㉓特兼常　更加值得悲哀。特，特別；突出。兼常，比正常的加倍。㉔一隨　全跟著。㉕往化　一往而去的自然變化。㉖章　指詩文的片段。

【語　譯】清晨時趁著月色從雲陽出發，太陽下山時停歇在朱方。滿心悲涼地在大江上泛舟，流著淚遠望接連不斷的山崗。內心眷戀著君子，沈痛之情充溢於胸中。君子之道衰歇時內心憤懣鬱結，太平之運開通時才得以申訴悲涼。彼此相知永遠存在，您的行事和音容絕不會遺忘。死者已永遠長眠了，墳旁的松柏已森然成行。季札曾經在心中暗暗許願，楚老曾經痛惜才人的夭逝。解下佩劍掛於墳樹又怎麼來得及？在墳前致哀只會增添悲傷。平時曾為他們兩人的言行感到疑惑，認為他們既通達又蒙蔽。理智被悲傷過度的情感所動，做出的事情不是常識所行得通的。生命短暫實在使人哀傷，因事故而早逝尤其值得人加倍地悲痛。一旦生命隨著自然變化而盡滅，空留名聲又有什麼用呢？發聲哭泣淚水已落下，長長歎息詩寫不成篇章。

拜陵廟作

【作　者】顏延之，見頁九〇二。

【題　解】這首詩寫作者隨宋文帝的車駕拜謁高祖（宋武帝）劉裕的陵廟。前半首寫自己的平生經歷並稱頌文帝的恩德，後半首寫隨駕出行路途所見及自己的內心感受。

周德❶恭明祀，漢道尊光靈❷。哀敬隆❸祖廟，崇樹加園塋❹。逮事❺休命始❻，投迹❼階❽王庭。陪廁❾迴天顧❿，朝讌⓫流聖情。早服身義重，晚達生戒輕⓬。否來王澤竭，泰往人悔形⓭。勑躬慚積素，復與昌運并⓮。恩合⓯非漸漬⓰，榮會⓱在逢迎⓲。夙御嚴清制，朝駕守禁城⓳。東紳⓴入西寢㉑，伏軫㉒出東坰㉓。衣冠㉔終冥漠㉕，陵邑㉖轉蔥青㉗。松風遵㉘路急，山煙冒㉙壟㉚生。皇心憑容物，民思被歌聲㉛。萬紀載弦吹，千載託旒旌㉜。未殊帝世遠，已同倫化㉝萌。幼壯困孤介，末暮謝幽貞㉞。發軌喪夷易，歸軫慎崎傾㉟。

【注釋】❶周德　周道；周制。❷光靈　光盛祖宗之靈。亦指重視祭祀。❸隆　使……隆重。❹塋　墳田。也指墳墓。❺逮事　從事。❻休命始　美盛的王命開始了。指宋武帝創立宋朝之初。❼投迹　抬腿；舉足。❽階　按職位高下分列於臺階上。❾陪廁　陪隨；置身其中。❿迴天顧　為帝王所眷顧。⓫朝讌　帝王在朝廷上設宴款待群臣。⓬早服身義重二句　是說我很年輕就服事朝廷，即知以身事君之義為重；我到晚年才官職發達，應當以養生之戒為輕，努力服事。早服，早年時就服事朝廷。晚達，到年紀很大了才官職發達。⓭否來王澤竭二句　指少帝之時，帝王失德，小人在位，帝王的恩德衰竭，人之悔吝形生。否，泰，為《周易》二卦名，否卦象徵不通，泰卦象徵通泰。悔形，悔吝形生；產生災禍。⓮勑躬慚積素二句　是說戒慎自身有慚先帝積久之恩，如今又與國運昌盛同時。勑躬，戒身。指警戒自身。積素，積故。昌運，昌盛的國運。并，合。⓯恩合　指帝王的恩德合於臣子，君臣相得。⓰漸漬　漸漸地浸染。⓱榮會　榮幸地會遇。⓲逢迎　指帝王以禮待臣子。⓳夙御嚴清制二句　是說皇帝將出行祭陵，早早地就傳旨嚴備清道之制，而群臣朝駕皆入，守待在禁城之間。⓴紳　大帶；腰間的大帶。㉑西寢　指宗廟西邊的寢殿。㉒伏軫　憑靠著車軾。指乘車。軫，車箱底部四面的橫木。㉓東坰　都城東邊的遠郊，是南朝宋皇陵所在地。坰，遠郊。㉔衣冠　指先帝的衣冠。㉕冥漠　虛無；看不見。㉖陵邑　陵所在的縣邑。

㉗蔥青　草木茂盛。㉘遵　沿著。㉙冒　覆蓋。㉚壟　指墳墓。㉛皇心憑容物二句　是說文帝憑視陵廟之容和先帝的遺物，老百姓思慕而唱歌稱頌。被歌，被於歌；作歌。㉜萬紀載弦吹二句　是說帝王的恩德萬紀行於弦管之中，千歲託銘在旌旗之上。萬紀，萬年，古代以十二年為一紀。弦吹，弦管；弦樂器和管樂器。古人有功者銘書於旌旗之上。㉝倫化　自然變化。倫，大。原作「淪」，依五臣注本改。㉞幼壯困孤介二句　是作者說自己年輕時因不苟於世而受困，現在年老了又謝絕幽靜貞吉的養生之道，因為戀於文帝的明德。幼壯，指人年輕之時。本作「幼牡」，依六臣注本改。孤介，指操守謹嚴，不與人苟合。介，特。末暮，指人年老時。謝，謝絕。幽貞，幽靜貞吉。㉟發軔喪夷易二句　是說駕車出發時在平直之道上翻了車，歸來時在曲折傾斜的道上更要謹慎。比喻年輕時發跡入仕在高祖太平之時，後遭少帝之難，是失於平易之道。現在年老了如車之將歸，應該在曲折傾斜的仕途上小心謹慎。發軔，駕車出發。喻年輕之時。夷易，平易；平坦。歸軫，駕車返回。喻年老之時。崎傾，指道路曲折傾斜。

【語　譯】周朝重視恭敬隆重地祭祀祖宗，漢代尊重光大祖先的英靈。哀傷敬慎地尊隆祖廟，高大的樹種植在陵園和墓地上。在宋高祖建國之初我就侍奉朝廷了，舉足站立在朝廷的臺階上。置身於朝臣之中得到皇上的眷顧，在朝廷上設宴，君臣之間感情融洽。我很早就在朝廷做事，即知以事君之義為重，到年老時官職高了更應以養生之道為輕而努力工作。少帝之時帝王的恩德衰竭，安泰的日子過去了災禍生成。戒慎自身有慚先帝積久之恩，如今又幸與國運昌盛同時。皇上恩德於臣並不是點滴浸染而已，皇上禮遇臣子，因而使臣子有此榮華際遇。皇上很早就傳旨嚴備清道之制，臣子早早地駕車前來守待禁城。繫上大帶進入西邊的寢殿祭祀，隨駕乘車到東邊的皇陵去拜祭。先帝的衣冠雖然看不見，但皇陵之地卻草木茂盛。沿途松樹林中風正急，山中的煙靄覆蓋著陵墓。皇上憑弔先帝的遺容和遺物，老百姓為之感動作歌來稱頌。帝王的恩德千秋萬代被民間傳唱，並銘記在高高飄揚的旌旗上。先帝之德與古代聖君不相上下，隨著自然變化而又萌生。年輕時由於不合於少帝之世而仕途困頓，現在年老了又遇皇上聖明之世當謝絕幽靜貞吉的養生之道而為國做事。年輕之時初入仕途未遇上平易之道，現在年老了在曲折的仕途上更應當謹慎小心啊。

同謝諮議銅雀臺詩

【作　者】謝脁，見頁九二六。

【題　解】這首詩為和謝璟之作，詩中認為魏武帝曹操在臨死前所作的死後安排徒勞無益，並對他的身後寂寞表示同情。謝諮議，即謝璟，諮議是他的官名。銅雀臺，原作銅爵臺，雀與爵通。東漢建安十五年曹操所建，故址在今河北臨漳西南古鄴城的西北隅。魏武帝曹操在〈遺令〉中要求：「吾伎人皆著銅爵臺，於臺上施六尺床繐帳。朝晡上脯糒之屬，月朝十五日，輒向帳作伎，汝等時時登銅爵臺，望吾西陵墓田。」

繐幃❶飄井幹❷，罇酒❸若平生。鬱鬱西陵❹樹，詎❺聞歌吹聲❻。芳襟❼染淚迹，嬋媛❽空復情。玉座❾猶寂漠❿，況迺⓫妾⓬身輕。

【注　釋】❶繐幃　用細而疏的布作成的靈帳。繐，細而疏的布。❷井幹　漢宮中的高臺。此指銅雀臺。❸罇酒　樽中盛酒。罇，同「樽」。古代一種盛酒器。❹西陵　指曹操的墓地。❺詎　豈；怎能。❻歌吹聲　唱歌奏樂的聲音。❼芳襟　指歌伎的衣襟。❽嬋媛　情思牽連的樣子。❾玉座　指帝位。❿寂漠　同「寂寞」。孤獨。⓫況迺　更何況。⓬妾　指樂伎。

【語　譯】靈帳在銅雀臺上飄動，樽中盛酒就像平時一樣。西陵的樹長得很茂盛，他怎能聽到歌伎們的唱歌奏樂聲。歌伎們芳香的衣襟上染滿淚痕，雖然情思牽連，也不過是空有哀情。武帝的寶座尚且如此寂寞，更何況我們這些低賤的樂伎呢。

出郡傳舍哭范僕射

【作　者】任昉（西元四六〇～五〇八年），字彥昇，南朝樂安博昌（今山東壽光）人。早慧，十六歲舉秀才第一，仕宋、齊、梁三代。梁時任義興、新安太守等職。文章之美，冠絕一時，與沈約有「任筆沈詩」之稱。原集已散佚，明人輯有《任彥昇集》。

【題　解】這首詩寫作者在旅舍中聽到好友范雲去世的消息，回憶平時兩人的交情，哀痛至極。詩寫得很真摯。傳舍，指旅舍，客人來而復往，接連不斷，故稱「傳舍」。郡，指義興郡，晉時所置，治所在今江蘇宜興。范僕射，范雲，官僕射。

平生禮數絕❶，式瞻❷在國楨❸。一朝萬化盡❹，猶我故人情。待時❺屬興運❻，王佐❼俟民英❽。結懽❾三十載，生死一交情❿。攜手遁衰孽⓫，接景⓬事休明⓭。運阻⓮衡言⓯革⓰，時泰⓱玉階平⓲。濬沖⓳得茂彥⓴，夫子㉑值㉒狂生㉓。伊人有涇渭，非余揚濁清㉔。將乖㉕不忍別，欲以遣㉖離情。不忍一辰意，千齡萬恨生㉗。已矣㉘平生事，詠歌㉙盈㉚篋笥㉛。兼復相嘲謔，常與虛舟值㉜。何時見范侯㉝，還敘平生意。與子別幾辰，經塗不盈旬㉞。弗覩朱顏改，徒想平生人㉟。寧知安歌日㊱，非君撤瑟㊲晨。已矣余何歎，輟舂㊳哀國均㊴。

【注　釋】❶禮數絕　指兩人官職不同、地位不等，但交往相得，不為禮數所拘。❷式瞻　瞻仰。式是語助詞。❸國楨　國家的棟梁之材。楨，幹。❹萬化盡　萬物變化。從道家觀點看來，人死也是萬化之一。❺待時　等待時機的到來。指范雲不在齊時出仕。❻屬興運　指范雲在梁朝建立之初出仕。❼王佐　輔佐王朝的人才。❽民英　人英；人中英傑。❾結懽　交好。⑩生死一交情　生死之交。⑪衰孽　衰世禍亂。指齊末東昏侯之時。⑫接景　身影相連。指一道。⑬休明　美好光明。指梁武帝興國之時。⑭運阻　指國衰之時。⑮衡言　指平正之言。⑯革　革除；消失。⑰時泰　太平之時。⑱玉階平　指言路寬廣，君子在朝。玉階，指宮殿的臺階。⑲濬沖　魏晉時王戎的字。⑳茂彥　當時汝南人李毅的字。李善注引傅暢讚說：王戎為選官時，江夏人李重清尚，而汝南人李毅淹通，王戎提拔他們擔任要職，使他們各得其用。㉑夫子　指范雲。㉒值　遇；待。㉓狂生　任昉自稱。范雲擔任吏部尚書時，任昉為吏部郎，與王戎待李毅事相倣，故以之相類比。㉔伊人有涇渭二句　見曹植〈贈丁儀〉：「涇渭揚濁清。」伊人，指范雲。有涇渭，指善惡、是非很分明。涇和渭都是河流名，涇水是渭水的支流，而渭水是黃河的最大支流。渭水混濁，而涇水在入渭之前是清澈的，入渭後很長距離間兩股水流一清一濁仍很分明，後用涇渭比喻善惡、是非等很分明。㉕乖　離別。㉖遣　排遣。㉗不忍一辰意二句　意思是昔日將別之時，不忍一個早晨的分離那樣的情意，現在永別了，各種遺恨俱生。㉘已矣　過去了；結束了。㉙詠歌　指生前所作詩歌文章。㉚盈　滿。㉛篋笥　這裡指盛書的器具。篋，小箱子。笥，一種竹器。㉜兼復相嘲謔二句　這裡比喻彼此胸襟坦蕩，相互戲謔猶如虛舟相觸，並不存成見。嘲謔，取笑；開玩笑。虛舟值，空船碰撞，見《淮南子・詮言》：「方船濟乎江，有虛舟從一方來，觸而覆之，雖有忮心，必無怨色。」㉝范侯　指范雲。㉞不盈旬　不滿十天。㉟弗覩朱顏改二句　意思是說沒有看到你生病而臉色改變之時，徒然回想平生安樂之事。㊱安歌日　指安樂之日。安歌，安然而歌。㊲撤瑟　指生病。《儀禮》：「有疾，疾者齊，養者皆齊，徹琴瑟。」㊳輟舂　停止舂米。表示哀痛至極。《史記・卷六八・商君列傳》載趙良對商鞅說：「五羖大夫死，秦國男女流涕，童子不歌謠，舂者不相杵。」㊴國均　指執掌朝政的人、重臣。《詩經・小雅・節南山》：「尹氏大師，維周之氐，秉國之均，四方是維。」

【語　譯】平素與您交往不拘於禮數，我把您作為國家棟梁來仰望。一旦您隨萬物變化而去，我還是忘不了我們之間的舊日情誼。您待時而動在國運興盛時出來，輔佐君王，真是人世英傑。我和您結交三十年，情誼深厚生死不渝。攜手避開禍亂的衰世，在美好光明之時又相隨出仕。在國運衰歇之時正直之言都被廢除，國家太平時朝廷政治清明。就像王戎物色提拔李毅一樣，范夫子也遇到了我這樣的狂生。您的胸中是非分明，不待我來分別是善是惡。將要離別時常常依依不捨，想用什麼來排遣別離的心情。平時連分離一個早晨的工夫都忍受不了，現在卻是千年永別萬恨俱生。平生交往之事已永遠結束了，只留下詩文裝滿了書箱。平素時我們互相戲謔取笑，但彼此心胸開闊從無芥蒂。什麼時候能夠再見到范侯，和您相敘平素相思之意呢？與您相分別不過是幾個早晨，我在路途上行路還不到十天呢。不能看見您容顏改變時的樣子，只能回想您平時的模樣。怎能知道我安樂而歌的日子，卻是您生病停止琴瑟之樂之時。算了吧，我還歎息什麼呢，舉國之人都在哀痛失去了重臣。

贈答

贈蔡子篤詩

【作　者】王粲，見頁八八〇。

【題　解】這首詩寫世路艱難，時運不通，人生的美好願望難以實現，自己和友人有共同的感歎。蔡子篤名睦，當時擔任尚書的官職，與王粲友好，曾與王粲一同避難荊州，蔡睦還濟陽（今河南蘭考東北）時，王粲作此詩贈他。

翼翼❶飛鸞❷，載飛載東❸。我友云❹徂❺，言❻戾❼舊邦❽。舫舟❾翩翩❿，以泝⓫大江。蔚矣荒塗，時行靡通⓬。慨⓭我懷慕⓮，君子⓯所同。悠悠⓰世路，亂離多阻⑰。濟岱⑱江行⑲，邈⑳焉異處。風流雲散，一別如雨㉑。人生實難㉒，願㉓其弗與㉔。瞻望㉕遐路㉖，允㉗企㉘伊㉙佇㉚。烈烈㉛冬日，肅肅㉜淒風。潛鱗在淵，歸雁載軒㉝。苟非鴻㉞鵰㉟，孰能飛翻㊱。雖則追慕，予思罔宣㊲。瞻望東路，慘愴㊳增歎。率㊴彼江流，爰㊵逝靡期㊶。君子信誓㊷，不遷㊸于時。及子同寮㊹，生死固之。何以贈行，言㊺授㊻斯詩。中心孔悼㊼，涕淚漣洏㊽。嗟爾君子，如何勿思㊾？

【注釋】❶翼翼　鳥飛的樣子。❷鸞　傳說中的鳳凰一類的鳥。這裡喻蔡子篤。❸載飛載東　一直往東飛去。這裡指從荊州到濟陽去，濟陽在荊州的東面。載，表示並列的連詞。東，向東行。❹云　句中助詞。無實義。❺徂　往。❻言　句首助詞。無實義。❼戾　至；到。❽舊邦　故國；故鄉。這裡指蔡子篤的故鄉濟陽。❾舫舟　方舟，一種併頭船。舫，同「方」。❿翩翩　指併頭船快速前行的樣子。⓫泝　逆水而行。⓬蔚矣荒塗二句　比喻世路荒亂，時行不通。蔚，草木茂盛的樣子。靡，無；不。⓭慨　慨歎。⓮慕　思。⓯君子　指蔡子篤。⓰悠悠　遙遠的樣子。⓱阻　阻隔；別離。⓲濟岱　指蔡子篤所往之處。濟，濟水。黃河的支流之一，流經今河南、山東。岱，岱宗。即泰山。⓳江行　指荊州一帶。王粲所居之處。⓴邈　遠。㉑風流雲散二句　是說因時亂而別離如風之流動、雲之消散，一別之後如雨之降下而不能復回雲中。㉒人生實難　張奐〈與崔子書〉：「人生實難，所務非此。」㉓願　願望。㉔弗與　不遂；不能實現。㉕瞻望　遠望。㉖遐路　遠路。㉗允　信；實。㉘企　舉踵；踮起腳跟。㉙伊　語助詞。㉚佇　久立。㉛烈烈　嚴酷的樣子。㉜肅肅　急速的樣子。㉝潛鱗在淵二句　是說寒冬時節，魚深藏在淵中，大雁高飛著南歸。鱗，借代指魚。軒，高飛。㉞鴻　大雁。㉟鵰　一種猛禽。㊱飛翻　遠飛。㊲宣　通。㊳慘愴　悲傷的樣子。㊴率　循；沿著。㊵爰　語助詞。㊶靡期　無期。㊷誓　約。㊸遷　改變。㊹同寮　同官；官職相同。㊺言　語助詞。㊻授　與。㊼中心孔悼　語出《詩經・邶風・終風》：「中心是悼。」孔悼，很哀傷。孔，甚；很。悼，哀傷。㊽漣洏　淚流的樣子。㊾嗟爾君子二句　語出《詩經・王風・君子于役》：「君子于役，如之何勿思。」

【語譯】鸞鳥高高飛翔，一直往東飛去。我的朋友也要遠離，到那故鄉去。併頭船行駛著，在大江裡逆流而行。荒蕪的路途上草木叢生，行走不通。我內心的感歎和思慮，正與君子相同。世路遙遠啊，亂離而受阻。一去濟水、岱宗與一在江行，相隔得多遙遠啊。如風之流動、雲之消散，一別之後像雨之降下再難聚集於雲中。人生真艱難啊，願望難於實現。遙望遠路，踮起腳跟久久站立。冬日正淒冷，寒風吹得緊。魚兒潛藏於深水中，大雁正高飛南歸。如果不是雁和鵾，哪個能夠翩然遠飛？我雖追慕遠行的良友，但我的思緒終沒法相通。遙望東去的路途，心中哀傷徒增感歎。沿著那江中的水流，流逝而去沒有會期。君子信守誓約，不改變相約的時間。我與你曾一處為官，友情生死如一。你要遠行我用什麼相贈？還不如賦此首詩。我的心中很哀傷，眼淚接連不斷地落下。感歎君子啊，如何能夠不思念？

贈士孫文始

【作者】王粲，見頁八八〇。

【題解】這首詩先寫作者與士孫文始因喪亂同往荊州避難以及兩人的深厚友誼，次寫文始即將離此赴任，自己心中的惜別感受。士孫文始，名萌，文始是字，少有才學，十五歲時就能作文。與王粲友善，董卓之亂後，士孫文始率家屬避居荊州依劉表。後來漢獻帝都許昌，封文始為澹津亭侯。離荊州赴封地時王粲等作詩贈他。

天降喪亂，靡國不夷❶。我暨❷我友，自彼京師❸。宗守❹盪失❺，越❻用遁❼違❽。遷于荊楚❾，在漳❿之湄⓫。在漳之湄，亦剋⓬宴處⓭。和通篪塤⓮，比德車輔⓯。既度⓰禮義，卒⓱獲笑語。庶茲永日⓲，無愆⓳厥緒⓴。雖曰無愆，時不我已㉑。同心離事，乃有逝止㉒。橫此大江，淹彼南汜㉓。我思弗及㉔，載坐載起㉕。惟彼南汜，君子㉖居之。悠悠我心㉗，薄言㉘慕之。人亦有言，靡日不思㉙。矧㉚伊㉛嬿婉㉜，胡不悽㉝而㉞。晨風㉟夕逝，託㊱與之期㊲。瞻仰王室，慨其永歎㊳。良人㊴在外，誰佐㊵天官㊶？四國㊷方阻，俾㊸爾歸蕃㊹。爾之歸蕃，作式㊺下國㊻。無曰蠻裔㊼，不虔㊽汝德。慎爾所主㊾，率㊿由51嘉則52。龍雖勿用53，志亦靡忒54。悠悠澹澧55，鬱彼唐林56。雖則同域57，邈58其迥深59。白駒遠志，古人所箴。允矣君子，不遐厥心。既往既來，無密爾音60。

【注釋】❶天降喪亂二句　語出《詩經・大雅・桑柔》「天降喪亂，滅我立王」和「亂生不夷，靡國不泯」。這裡的喪亂指東漢末年的董卓之亂。靡，無；沒有。夷，滅。❷暨　與。❸自彼京師　指從京師前來此地避難。❹宗守　指國家宗廟之守。❺盪失　盪除顛失。❻越　遠。❼遁　逃離。❽違　避開。❾荊楚　指荊州。❿漳　水名。源出於荊山。⓫湄　河岸。⓬克　能夠。⓭宴處　安居。⓮篪塤　篪和塤兩種樂器合奏時聲音和諧。篪，古代竹製樂器，單管橫吹。塤，古代土製的吹奏樂器。⓯車輔　車指齒床，輔指頰骨，兩者相互依存。⓰度　用。⓱卒　終。⓲永日　整天。⓳僭　同「愆」。過失。⓴厥緒　其業。㉑雖曰無僭二句　是說雖然不妨害他的事業，但時間卻不允許他們長久地相聚在一起。已，與。㉒同心離事二句　是說兩人心志相同，所從之事卻使他們相離別，有人要離開，有人留下來。乃，竟。逝，往；去。止，止息。㉓橫此大江二句　指文始將渡江赴任，而自己則久留於江南的荊州。橫，橫渡。大江，指長江。淹，淹留；久留。南汜，河的南岸。㉔弗及　指不在一起。㉕載坐載起　張衡〈怨詩〉：「我聞其聲，載坐載起。」㉖君子　這裡指文始。㉗悠悠我心　語出《詩經・鄭風・子衿》：「青青子衿，悠悠我心。」悠悠，思緒深遠的樣子。㉘薄言　語助詞連用。無實際意義。㉙人亦有言二句　語見《詩經・大雅・蕩》：「人亦有言，靡哲不愚。」和《詩經・邶風・泉水》：「有懷于衛，靡日不思。」㉚矧　何況。㉛伊　唯。㉜嬿婉　美好的樣子。㉝悽　悽愴；悲傷。㉞而　疑問助詞。㉟晨風　鳥名。即鸇。一種青黃色似鷂的鳥。㊱託　託附；帶去。㊲期　約期。這裡作動詞用。㊳瞻仰王室二句　歎息王室衰微。㊴良人　賢良之人。這裡指文始。㊵佐　做；任。㊶天官　天子之官；朝臣。㊷四國　四方之國。㊸俾　使。㊹蕃　藩國；封地。㊺作式　作出榜樣。式，法；準則。㊻下國　指藩國。㊼蠻裔　蠻夷之地；極遠的邊地。㊽虔　敬。㊾所主　指所封的澮津之地。㊿率　循。51由　用。52嘉則　好的法則。53龍雖勿用　《周易・乾卦》爻辭：「初九，潛龍勿用。」指事物初始階段，時機尚未到來，須安靜等待。54忒　差；泄。55澮澧　澮水和澧水。都在文始封國之內的兩條河流。56唐林　唐地之林，大概指作唐縣（今湖南安鄉）。57同域　指同在荊楚境內。58邈　遠。59迥深　程度相差極大。60白駒遠志六句　指《詩經・小雅・白駒》。詩中有：「皎皎白駒，在彼空谷。生芻一束，其人如玉。無金玉爾音，而有遐心。」又曰：「允矣君子，展也大成。」箴，戒。允，信；確實。密，絕。舊說（如〈毛詩序〉）認為〈白駒〉一詩刺宣王不能留賢，賢者因此乘白駒而去，故此詩用這個意思。

【語　譯】上天降下禍亂，天下遭到毀滅。我與我的朋友，離開京師避難。宗廟也無法保守，人們遠離其地躲避禍難。我們遷移到荊楚之地，在漳水的岸邊。在漳水的岸邊，也能夠找到安居之地。我們相互應和如箎和塤合奏那樣和諧，我們志趣相投像車與輔那樣離不開。既講究禮義，又能經常笑語。希望常常整天在一起，沒有妨害您的事業。雖然相處一起沒有妨害，但時間不容許我們長久地相聚。我們心志相同，但所從之事不同，於是產生了分別。你橫渡長江去任職，我則久留在江南岸。我久久思念不能與您在一起，因而坐立不安。那長江的南岸，君子曾經居住過。我的思緒很悠遠，心裡嚮往著你處。古人曾經說過，沒有一日不思念。何況我倆情誼深厚，怎麼能在離別之時不內心悲傷呢？晨風鳥在晚上飛離了，託牠帶個信兒約定會面的日期吧。遠望王室，慨然長歎它的衰微。賢良之人出走在外，誰來做朝廷之官呢。天下諸侯正各自為政，使你歸來到封地去。你回到封地去，要為藩國作出榜樣啊。不要以為蠻夷荒遠之地，不敬重你的道德。謹慎地治理你的藩國，要循用好的法則。龍即使在時機未到不為所用之時，意志也不消沈磨滅。澮水澧水流得多遠啊，唐地的樹林多茂盛啊。我們雖然在同一區域，卻相隔遙遠，山高水深。潔白的馬駒有遠行之志，這是古人所告戒的。忠信的君子，不要有疏遠我的心思，有來有往，不要斷絕了你的音訊。

贈文叔良

【作 者】王粲，見頁八八〇。

【題 解】這首詩告戒文叔良出使時語言行為要小心謹慎，以和為貴，不要引起爭端。文叔良，名穎，南陽（今河南南陽）人，當時依劉表而做從事一類的官，受命出使西蜀結好益州牧劉璋，王粲寫了這首詩為他送行。

翩翩者鴻，率❶彼江濱❷。君子于征❸，爰聘❹西鄰❺。臨此洪渚❻，伊思梁
岷❼。爾往孔邈❽，如何勿勤❾。君子敬始，慎爾所主❿。謀言必賢，錯說申
輔⓫。延陵有作，僑肸是與⓬。先民遺跡，來世之矩⓭。既慎爾主，亦迪⓮知
幾⓯。探情以華，覩著知微⓰。視明⓱聽聰⓲，靡事不惟⓳。董褐⓴荷名㉑，胡寧㉒
不師㉓？眾不可蓋㉔，無尚㉕我言。梧宮致辯，齊楚構患㉖。成功有要㉗，在眾思
歡。人之多忌㉘，掩㉙之實難。瞻彼黑水㉚，滔滔其流。江漢有卷，允來厥休㉛。
二邦㉜若否㉝，職㉞汝之由㉟。緬㊱彼行人㊲，鮮㊳克弗留。尚㊴哉君子，于異他
仇㊵。人誰不勤，無厚㊶我憂。惟詩作贈，敢詠在舟㊷。

【注 釋】❶率 循；沿著。❷江濱 江邊。❸于征 出征；出行。于為動詞詞頭。無實義。❹聘 出使。❺西鄰 指益州。在荊州之西，今四川西部一帶。❻洪渚 大江。指長江。❼梁岷 梁山和岷山。在今四川境內，當時屬益州。❽孔邈

很遠。❾勤　辛勞。❿君子敬始二句　《老子．第六十四章》：「慎終如始，則無敗事。」這二句叮囑文叔良敬慎行事。⓫謀言必賢二句　是說所謀出之言一定要正當恰切，措詞則一定要中匡輔君主之志。錯說，措詞。⓬延陵有作二句　勉勵文叔良出使益州要像春秋時吳公子季札結交鄭子產、晉叔向那樣結交益州的賢良大夫。延陵，指春秋時吳國公子季札。封於延陵，故稱。僑，指春秋時鄭國大夫公孫僑子產。肹，指晉國大夫羊舌肹叔向，這兩人都是當時的賢大夫。與，相與；合得來。見《左傳．襄公二十九年》載：季札出使，「聘於鄭，見子產，如舊相識，與之縞帶。子產獻紵衣焉。謂子產曰：『鄭之執政侈，難將至矣。政必及子，子為政，慎之以禮，不然，鄭國將敗。』」到了晉國，「說叔向。將行，謂叔向曰：『吾子勉之，君侈而多良，大夫皆富，政將在家，吾子好直，必思自免於難。』」⓭先民遺跡二句　是說當初季札的事蹟可以作為今人的規矩。先民，先人。指季札。矩，法度；準則。⓮迪　啟發。⓯幾　事情變化的微妙跡象。⓰探情以華二句　是說應當從事物的表象探知事物的實際情理，看到事物的顯明之處推知事物的微妙不明之處。華，指外表；表象。著，指明顯的事物。微，指微小不明的事物。⓱視明　視覺明亮。⓲聽聰　聽覺敏銳。⓳惟　思。⓴董褐　晉大夫司馬寅。《國語．吳語》載：吳晉兩國爭長未成，吳王夫差會晉定公。吳帶兵三萬欲要挾晉求盟，晉人大駭，使董褐請事於吳。董褐瞭解到吳王的目的後，對晉國大夫分析了當時的形勢，認為不和吳結盟，晉國將遭受大難。又去見吳王，用言語說服吳王在幕中與晉國結盟，從而解除了晉國的危難。㉑荷名　獲得名聲。㉒胡寧　怎能。㉓師　仿效。㉔蓋　掩蓋。㉕尚　高。㉖梧宮致辯二句　見《說苑．奉使》載：「楚使使者聘於齊，齊王饗之於梧宮。使者曰：『大哉梧乎！』王曰：『江海之魚必吞舟，大國之樹必巨圍。使者何怪焉！』使者曰：『然。昔者燕攻齊，焚雍門，飲馬於淄澠，定獲於琅邪。王與太后奔莒，逃於成陽之山，敢問當此之時，梧之大小何如？』」貂勃代齊王回答說：「使者為問植梧之始邪？昔楚無道，殺子胥之父，子胥奔吳，吳以為相，後將兵伐楚，以復父讎。楚王奔隨，吳王入郢。子胥親射宮門，鞭平王之墳，當此之時，梧始生之年也。」齊楚兩國因此而結怨，並發生戰爭。梧宮，戰國時齊國宮名。因植有大梧桐樹而得名。構愚，成戰禍。㉗要　訣竅。㉘忌　忌諱。㉙掩　掩飾；掩蓋。㉚黑水　《尚書．禹貢》上所記載的梁州（今四川一帶）的河流名。㉛江漢有卷二句　益州與荊州若能和好，席卷而得之，確實是你的美事。江，指益州。漢，指荊州。允，信。休，好；美好。㉜二邦　指荊州和益州二個邦國。㉝否　否隔不通；關係不好。㉞職　語助詞。無實義。㉟由　緣由；緣故。㊱緬　思念。㊲行人　使人；使者。㊳鮮　少。㊴尚　高尚。㊵他仇　他類。仇，匹；類。㊶厚　深；加深。㊷敢詠在舟　意思是因為同患難而詠了這首詩。在舟，和舟共濟；共渡患難之意。

【語　譯】鴻雁快速地飛翔，沿著那江邊。君子要遠行，出使去西邊的鄰州。面對著大江，思緒在梁山岷山。你的出行很遙遠，如何能夠不辛勞？君子在開始之時應當恭敬，謹慎自己所從之事。所謀之言務必正當，措詞必申匡輔之志。從前吳公子季札出使，與鄭子產晉叔向交好。先人的這種事蹟，是後世之人的法則。既已謹慎所從之事，也啟發瞭解事物微妙的跡象。由瞭解事物表象而探知事物的實情，觀察顯明的事物而知道微細的事物。視覺明亮聽覺敏銳，無事不加思考。董褐因解救晉國急難而享有很高的名聲，怎能不以他為師呢？天下眾事不可掩藏，不要太推重我的這番話。楚國使者與齊國大臣因為梧宮的那番爭辯，構成了兩國的戰爭災禍。做事成功有其訣竅，在使眾人的心裡都很歡暢。人世間有許多忌諱，要掩蔽它實在很難。望著那黑水，滔滔地向東流去。益州荊州你如能使它們和好，並肯親近於我，實在是你做的美事；兩個邦國如果關係不好，那就是你的緣故。想到遠行出使益州之人，很少有人不被滯留。高尚的君子啊，自與他人不同。有誰不辛勤為國呢？不要加深我的憂思。我只有這詩作為贈送之物，只因我們同舟共濟、患難與共。

贈五官中郎將　四首

【作　者】劉楨，見頁八八二。

【題　解】這四首詩是贈曹丕之作。東漢末獻帝時曹丕擔任五官中郎將副丞相，劉楨生病時，曹丕來看望他，後來劉楨寫了這四首詩贈他。當時曹丕還未代漢即帝位，故詩中稱五官中郎將。

其一

昔我從元后❶，整駕❷至南鄉❸。過彼豐沛都❹，與君❺共翱翔❻。四節❼相推斥❽，季冬❾風且涼。眾賓會廣坐，明鐙熹❿炎光。清歌製⓫妙聲，萬舞⓬在中堂。金罍⓭含甘醴⓮，羽觴⓯行無方⓰。長夜忘歸來，聊且為大康⓱。四牡⓲向路馳，歡悅誠未央⓳。

【章旨】第一首寫曹操南征劉表時，在路途中劉楨和曹丕相識交好，非常歡暢。

【注釋】❶元后　大王。指曹操。曹操在漢末被封為魏王。元，大。后，君。❷整駕　整治車駕出征。❸南鄉　指荊州地區。劉表時為荊州牧。❹豐沛都　指漢高祖的故鄉豐、沛（今江蘇徐州一帶）。這裡借指曹操之故鄉。❺君　指曹丕。❻翱翔　遨遊；一同出遊。❼四節　四時。❽推斥　推移；更替。❾季冬　冬季最末的一個月。❿熹　盛；熾熱。⓫製　作。⓬萬舞　古代的一種大型舞蹈。⓭金罍　金罇；金屬做的大酒杯。金形容其貴重。⓮醴　美酒。⓯羽觴　雀形的酒杯。⓰無方　無算；很多。⓱大康　非常安樂。⓲四牡　四匹雄馬。這裡指四馬拉的車。⓳未央　無窮；不盡。

【語譯】從前我跟隨大王，整治車駕南征。途經譙國城，與您共同出遊。四時更替，冬末的風正寒涼。眾多賓客在座，明鐙散發盛光。清亮的歌喉發出美妙的歌聲，在正庭有大型的舞蹈。金杯中酌滿甘甜的美酒，雀形的酒杯不停地行著酒。整夜醉樂忘歸，暫且享受這安康的生活。四匹馬拉車上路，歡樂和喜悅實在還沒有窮盡。

其二

余嬰❶沈痼疾❷，竄身❸清漳❹濱❺。自夏涉玄冬❻，彌曠❼十餘旬❽。常恐遊岱宗❾，不復見故人❿。所親一何⓫篤⓬，步趾⓭慰我身。清談同日夕，情眄⓮敘憂勤⓯。便復為別辭，遊車歸西鄰⓰。素葉⓱隨風起，廣路揚埃塵。逝者如流水⑱，哀此遂離分。追問何時會，要⑲我以陽春⑳。望慕㉑結不解，貽㉒爾新詩文。勉哉修令德㉓，北面㉔自寵珍㉕。

【章旨】這首詩感謝曹丕來探望病情，先寫自己久病時的孤寂心情，再寫兩人相會時的歡樂情景。

【注釋】❶嬰　纏繞。❷痼疾　久病。❸竄身　居身。❹清漳　水名。源出今山西東部，東南流至今河北、河南兩省邊境與濁漳水合為漳水，今故道已湮滅。❺濱　邊。❻玄冬　隆冬。古人認為冬季氣黑，故稱玄冬。❼彌曠　指與人疏遠；遠離眾人。❽旬　十日為一旬。❾遊岱宗　指魂歸岱宗、死亡。岱宗，泰山的別稱。李善注引《援神契》說：「太山，天帝孫也，主召人魂。」❿故人　老朋友。⓫一何　多麼。⓬篤　厚。⓭步趾　勞足。⓮情眄　深情看視。⓯憂勤　憂恤勞苦。⓰西鄰　指鄰近清漳的鄴都。故址在今河北臨漳北，漢末原為袁紹鎮守之地，後為曹操的封地。⓱素葉　指落葉。因為失去水分後由枯黃而變白。⓲逝者如流水　見《論語・子罕》：「子在川上曰：『逝者如斯夫，不舍晝夜。』」⓳要　同「邀」。約請。⓴陽春　三月春天最美好的時節。㉑望慕　盼望；思慕。㉒貽　送；贈送。㉓令德　美德。㉔北面　指臣子事君。古禮：君王南向答陽之義，臣子北面答君之義。㉕寵珍　寵貴；保持恩寵。

【語譯】我久病在身，居住在清漳的河邊。自夏天直至隆冬，遠離眾人有十多旬。常恐自己魂歸泰山，不再見到老朋友的面。您的親情是多麼深厚啊，舉步來看望我。整日敘談已至夜晚，深情看視並體恤我的辛勞。在惜別聲中我們分離了，您出遊的車駕回到西邊鄰近的都城去。落葉隨風而起，大路上揚起灰塵。時間的流逝像那流水，哀傷我們就此分開。追問何時再相會呢，邀請我在陽春三月。盼望思念愁結不解，贈送您新作的這首詩。希望您勉力修養自己美好的品德，努力事君保持寵貴。

其三

秋日多悲懷❶，感慨以長歎。終夜不遑❷寐，敘意於濡翰❸。明鐙❹曜❺閨中，清風淒❻已❼寒。白露塗❽前庭，應門❾重其關❿。四節相推斥，歲月忽欲殫⓫。壯士⓬遠出征⓭，戎事⓮將獨難⓯。涕泣灑衣裳，能不懷所歡⓰。

【章　旨】這首詩寫秋思，睹物懷人，發出無限感慨。

【注　釋】❶悲懷　悲傷的胸懷。❷遑　暇；餘暇。❸濡翰　沾筆。指書寫。❹鐙　同「燈」。❺曜　照耀。❻淒　急。❼已　同「以」。而。❽塗　鋪。❾應門　正南門。❿重其關　上了兩道鎖。⓫殫　盡。⓬壯士　這裡指五官中郎將曹丕。⓭出征　指曹丕從鄴城往孟津（黃河故渡口，在今河南孟津東北）鎮守。⓮戎事　戰事。⓯將獨難　將獨自赴戰難。⓰所歡　所歡悅的人。

【語　譯】秋日會產生許多悲痛的心情，感慨而發出長歎。整夜沒有餘暇睡覺，將自己的心意寫下來。明亮的燈光照亮了房間，清風急而且寒冷。白露鋪滿前面的庭園中，正門重重緊閉。四時前後更替，一年的時月又將過盡了。壯士將要遠征，獨自承擔軍務的艱難。流下眼淚沾滿了衣襟，能不懷念我所熱愛的人嗎？

其四

涼風吹沙礫❶，霜氣何皚皚❷。明月照緹幕❸，華燈散炎輝。賦詩連篇章❹，極夜❺不知歸。君侯❻多壯思，文雅縱橫飛。小臣❼信❽頑魯❾，僶俛❿安能追。

【章　旨】這首詩是想像曹丕軍中眾人在寒涼的月夜賦詩。

【注　釋】❶礫　小石。❷皚皚　霜雪潔白的樣子。❸緹幕　紅色的帳幕。緹，淺絳色；丹黃色。❹賦詩連篇章　指眾文士連詩。❺極夜　終夜。❻君侯　指曹丕。李善注引《漢儀注》說：「列侯為丞相，稱君侯。」❼小臣　劉楨自稱。❽信　確實。❾頑魯 愚劣。❿僶俛 勤勉；努力。

【語 譯】涼風吹起了小沙石，濃霜是多麼潔白啊。明月照亮了淡紅的帳幕，華燈散發著明亮的光輝。眾人在連章賦詩，終夜不知返回。君侯的情懷多麼豪壯啊，文思縱橫如飛。小臣確實愚劣，即使再努力又哪能趕得上？

贈徐幹

【作 者】劉楨，見頁八八二。

【題 解】這首詩寫對徐幹的深切懷念之情。當時徐幹在西掖，劉楨在禁省，所以作此詩。徐幹，字偉長，北海（今山東壽光）人，「建安七子」之一，性恬淡，以著述自娛。曾任曹操的幕僚，與劉楨是好友。

誰謂相去遠，隔此西掖❶垣❷。拘限❸清切❹禁❺，中情❻無由宣❼。思子❽沈心曲❾，長歎不能言。起坐失次第，一日三四遷❿。步出北寺⓫門，遙望西苑園⓬。細柳夾道生，方塘⓭含清源⓮。輕葉隨風轉⓯，飛鳥何翻翻⓰。乖人⓱易感動，涕下與衿⓲連。仰視白日光，皦皦⓳高且懸。兼⓴燭㉑八紘㉒內，物類㉓無頗偏㉔。我獨抱深感，不得與比㉕焉。

【注 釋】❶西掖 洛陽宮有東、西兩掖門。當時徐幹在西掖門。❷垣 牆。❸拘限 拘束；限阻。❹清切 嚴切。❺禁 禁中；宮中。天子居住的地方，非侍御之臣不得入，故稱禁。❻中情 衷情；內心的情感。❼宣 發泄；宣泄。❽子 指徐幹。❾沈心曲　內心深處感到沈重。❿遷　移動。⓫寺　司；官舍。⓬西苑園　指徐幹所居之處。⓭塘　池。⓮清源　清流。⓯轉　翻轉。⓰翻翻　飛動的樣子。⓱乖人　離人；別處之人。⓲衿　衣襟。⓳皦皦　潔白的樣子。⓴兼　全部。㉑燭　照。㉒八紘　維繫天地的八根大繩。這裡指天地之間。紘，大繩。㉓物類　各種事物。㉔頗偏　偏頗；不全面。㉕與比　指與各種事物相等同。

【語譯】誰說我們之間相距得遠呢？僅隔了這西掖的門牆。禁中之地戒備森嚴，我的內心情感無處宣泄。思念你心情沈重，長歎不能說。我坐立不安，一天中換了三四個地方。走出北邊官舍的大門，遠望西邊的苑園。道旁長柳成行，方池中有清清的水流。輕盈的樹葉隨風翻飛，鳥兒在翩翩遨翔。別居的人容易感觸而心動，眼淚流下與衣襟相連。仰望明亮的日光，閃耀著高掛天上。天地之間全被照亮，一物也沒有遺漏。唯獨我抱有深切的感觸，不能和眾物相比。

贈從弟 三首

【作　者】劉楨，見頁八八二。

【題　解】這三首詩全用比興，希望從弟能堅貞自守，不因外力壓迫而改變本性。從弟，堂弟，同祖兄弟。

其一

汎汎❶東流水，磷磷❷水中石。蘋藻❸生其涯❹，華葉紛❺擾弱❻。采之薦❼宗廟❽，可以羞❾嘉客❿。豈無園中葵⓫，懿⓬此出深澤？

【章　旨】第一首藉蘋藻作喻，希望堂弟品格與它一樣高潔。

【注釋】❶汎汎　水暢流的樣子。❷磷磷　水中見石的樣子。以喻水流清澈。❸蘋藻　兩類水生植物。蘋，多年生淺水草本植物，又叫「四葉菜」、「田字草」。藻，藻類植物。❹涯　水邊。❺紛　紛然；眾多的樣子。❻擾弱　為水流所飄動的樣子。❼薦　進獻。❽宗廟　指帝王的祖廟。❾羞　進；獻。❿嘉客　貴賓。《左傳・隱公三年》：「苟有明信，澗谿沼沚之毛，蘋蘩蘊藻之菜……可薦於鬼神，可羞於王公。」⓫葵　蔬類植物。⓬懿　美。

【語譯】溪水向東暢流，水中小石清晰可見。蘋藻生在水邊，花和葉隨著水流而飄動。採來可以祭祀帝王的祖廟，可以進獻美好的貴客。難道沒有園中的葵菜嗎？因為這出自深水中的蘋藻是最為美好的。

其二

亭亭❶山上松，瑟瑟❷谷中風。風聲一何❸盛，松枝一何勁。冰霜正慘愴❹，終歲常端正❺。豈不罹❻凝寒❼？松柏有本性。

【章旨】這首詩用松柏作喻，勉勵堂弟品格與松柏一樣堅貞。

【注釋】❶亭亭　聳立的樣子。❷瑟瑟　風聲。❸一何　多麼。❹慘愴　凜冽寒冷。❺端正　正直不變。❻罹　遭受。❼凝寒　嚴寒。

【語譯】松樹高高聳立在山上，山谷中風聲吹得正緊。風聲是何等的大啊，松枝是何等的強勁啊。冰霜正凜冽寒冷，松柏則終年端正美好。難道是它們不遭受嚴寒嗎？松柏自有那堅貞不變的本性。

其三

鳳凰❶集南嶽❷，徘徊❸孤竹根❹。於❺心有不厭❻，奮翅凌❼紫氛❽。豈不常勤苦？羞與黃雀❾群。何時當來儀？將須聖明君❿。

【章　旨】這首詩用鳳凰作喻，鼓勵他志向遠大，不與凡俗苟合。

【注　釋】❶鳳凰　古代傳說中的一種神鳥。雄者稱鳳，雌者稱凰，通稱鳳凰或鳳。❷南嶽　謂丹穴山。《山海經・南山經》中說：「丹穴之山有鳥焉，其狀如鶴，五采而文，名曰鳳。」因為丹穴之山在〈南山經〉中，故稱南嶽。❸徘徊　來回地飛。❹孤竹根　《詩經・大雅・卷阿》鄭玄箋說：「鳳凰之性，非梧桐不棲，非竹實不食。」竹根，指竹莖。❺於　語助詞。❻厭　滿足。❼凌　上。❽紫氛　天空；雲端。天空愈高則色愈深，故稱紫氛。❾黃雀　喻俗士。❿何時當來儀二句見《論語・子罕》孔安國箋：「聖人出，則鳳凰至。」來儀，來歸而有容儀。

【語　譯】鳳凰聚集在南面的丹穴山，在孤竹根旁飛來飛去。當不滿足於來回飛動時，展翅直上高空。難道牠不怕勞苦？只是羞於與黃雀為伍。何時才飛回來呢？要等到聖明君主出現時。

卷二一四

贈徐幹

【作　者】曹植，見頁八二二。

【題　解】該詩表達了作者對有志之士沈鬱困窘的現狀的歎惋，和自己不能一援其手的失落感以及只好用「將以有為也」聊相慰勉的心境。徐幹，字偉長，北海（今山東壽光）人，為「建安七子」之一。

驚風❶飄❷白日，忽然❸歸西山❹。圓景❺光未滿，眾星粲❻以❼繁。志士❽營❾世業❿，小人⓫亦不閒。聊且⓬夜行遊，遊彼雙闕⓭間。文昌⓮鬱⓯雲興⓰，迎風⓱高中天。春鳩⓲鳴飛棟⓳，流猋⓴激㉑櫺㉒軒㉓。顧念㉔蓬室㉕士，貧賤誠㉖足憐。薇㉗藿㉘弗充虛㉙，皮㉚褐㉛猶不全。慷慨㉜有悲心，興㉝文自成篇。寶㉞棄怨何人？和氏㉟有其愆㊱。彈冠㊲俟㊳知己，知己誰不然㊴？良田㊵無晚歲㊶，膏澤㊷多豐年。亮㊸懷璵璠㊹美，積久德逾宣㊺。親交㊻義在敦㊼，申章㊽復何言？

【注　釋】❶驚風　疾風。❷飄　吹落。❸忽然　迅速的樣子。❹西山　日落的方位。❺圓景　指月亮。❻粲　明亮。❼以　而且。❽志士　有遠大志向的人。❾營　追求。❿世業　意謂能夠留傳後世的業績。⓫小人　見識淺薄的人。⓬聊且　姑且。⓭雙闕　城門的樓觀。⓮文昌　宮殿名。⓯鬱　超出。⓰興　興起。⓱迎風　觀名。⓲春鳩　指布穀鳥。⓳飛棟　指代樓閣。棟，房屋居中的正梁。⓴猋　同「飆」。急勁的風。㉑激　沖激。㉒櫺　窗櫺。㉓軒　有窗的長廊。㉔顧念　轉念。這裡指馬上。㉕蓬室　用茅草苫蓋的房屋。㉖誠　實在。㉗薇　野豌豆。㉘藿　豆葉。㉙充虛　飽腹。㉚皮　獸皮。

這裡指粗加工過的獸皮。㉛褐　粗毛或粗麻織的短衣。㉜慷慨　壯士心中失意的樣子。㉝興　抒發。㉞寶　珍寶。喻指德才兼備的人。㉟和氏　指春秋時期發現和氏璧的楚人卞和。㊱愆　過失。㊲彈冠　用手指彈去冠上灰塵。這裡指整理衣冠，含有將出來作官之意。㊳俟　等待。㊴不然　不是這樣。指不棄珍寶。㊵良田　喻指有德才的人。㊶晚歲　指晚於歲時季節。㊷膏澤　膏油之光澤。喻指肥沃的田土。㊸亮　確實。㊹璵璠　美玉。㊺宣　彰明。㊻親交　親近之友。㊼敦　誠厚。㊽申章　累章。猶言連篇累牘。

【語　譯】疾勁的風兒吹動瑩潔的太陽，轉瞬間，太陽就沈落西山。月兒初升，群星就閃閃爍爍地綴滿天空。胸懷大志的人在追求不朽的事業，見識淺陋的人也並不清閒。夜來無事，我暫且出去走走，一走就走到城門的樓觀下。遠處但見那文昌宮高聳入雲，迎風觀直上中天。近觀則布穀聲聲，環繞著樓宇翻飛不已，急風呼嘯，迴旋在窗間廊上。既而想到那住在陋室裡的寒士，貧窘卑賤得實在可憐。野菜豆葉尚不能喫飽，糙皮短衣也破得難以禦寒。鬱鬱難歡，我心中感傷啊！只好一瀉情懷寫成這篇文章。珍貴的寶物棄而不取，應該埋怨誰呢？它的發現者和氏自然逃脫不了責任。整飭衣冠，以等待知己的引薦，可是知己又有哪個能夠慧眼識俊傑呢？良田總是及時播種而不會沒有收穫，沃土的莊稼更是年年豐收。只要確實胸懷崇高的品德，年深日久，那德行就會更加彰明。知己之間的情誼就在於誠厚篤實，我還需要連篇累牘地說些什麼呢？

贈丁儀

【作　者】曹植，見頁八二一。

【題　解】這首詩通過對富貴則忘貧賤之交的世俗的不滿和對歷代不計勢利唯重友情的人們的褒許，寄託了作者對友人所遭受的冷落處境的關切。丁儀字正禮，曾為曹操掾屬，因力主立曹子建為太子，深為曹丕銜恨。丕繼位後，遂尋隙殺之。此詩約作於曹丕初即位時，此時丁儀倍受冷落，曹子建作此詩以相慰藉，並表明自己將始終忠於友誼。

初秋❶涼氣發，庭樹微❷銷落。凝❸霜依玉除❹，清風飄飛閣❺。朝雲❻不歸山，霖雨❼成川澤。黍稷❽委❾疇❿隴，農夫安所獲？在貴多忘賤，為⓫恩誰能博⓬？狐白⓭足禦冬，焉⓮念無衣客？思慕延陵子⓯，寶劍非所惜⓰。子⓱其寧⓲爾心，親交義⓳不薄。

【注　釋】❶初秋　當指夏曆七月。相當今日之陽曆八、九月份。❷微　悄悄地。❸凝　冰。❹除　臺階。❺飛閣　連接樓臺等的懸空閣道。❻朝雲　早晨彌漫空際的雲。天象云：日出之後，此雲散則晴，不散則必雨。❼霖雨　連綿大雨。❽黍稷　代指糧食。❾委　拋棄。❿疇　已經耕作的田地。⓫為　施。⓬博　廣博。指遍及眾人。⓭狐白　指白狐皮製成的裘衣。《晏子春秋・卷一》記載齊景公時曾連下三日大雪，公披狐白之裘而不知民寒。⓮焉　哪裡。⓯延陵子　春秋時吳國季札的封號。其事見《新序・節士》：謂季札佩劍出訪晉國時，途中拜訪了好友徐君，徐君有要劍之意而未言，季札因出訪大國，未便即贈，而心許之。後季札歸而徐君已死，遂解寶劍掛於其墓而還。⓰惜　吝惜。⓱子　您。⓲其寧　其，祈使語氣副詞。寧，安定。⓳義　情誼。

【語　譯】初秋時節，陰冷之氣就開始出現了，庭院裡的樹枝枯葉也悄悄地落了。冰霜覆蓋階臺，清冷的風兒終日迴蕩在空際閣道之間。清早的雲霧在日照之下如果不能歸聚山間，就將導致連綿大雨，匯成山澗湖澤。使得禾稼委棄田間，農民們又能收穫什麼呢？人在富貴之位時，大多都會忘記貧賤之交，誰又能施延恩澤遍及於大眾呢？穿白狐皮裘雖然完全可以抵禦嚴冬的寒冷，但又哪裡會想到還有無衣的人呢？我追思仰慕古代的延陵季子，他為了友情連寶劍都不吝惜。您就儘可放心吧！我們至交間的情誼是深厚的。

贈王粲

【作　者】曹植，見頁八二二。

【題　解】這首詩運用比興的手法表達了作者對王粲的理解和想與之結交的願望。抒發了知己相會無緣的苦悶和時不我待的愁思。王粲為建安七子之首，曾撰〈雜詩〉（日暮遊西園），表達了願與曹子建相知緣會的願望，子建此詩當即為此而發。是時蓋正為子建失寵曹丕得勢之時。

端❶坐苦愁思❷，攬衣起西遊❸。樹木發春華❹，清池激❺長流❻。中有孤鴛鴦❼，哀鳴求匹儔❽。我願執❾此鳥，惜❿哉無輕舟⓫。欲歸忘故道，顧望⓬但懷愁。悲風鳴我側，羲和⓭逝不留。重陰⓮潤萬物，何懼澤不周⓯。誰令君多念⓰，自使懷百憂⓱。

【注　釋】❶端　正。❷思　悲。❸西遊　當為雙關用典，取漢武帝時齊人主父偃西遊長安，終為武帝重用之事。❹華　花。❺激　迴蕩。❻長流　指流動的水。❼鴛鴦　雌雄偶居不離之鳥。喻指王粲。❽匹儔　皆指伴侶。❾執　結成朋友。❿惜　痛心。⓫輕舟　喻指良機。⓬顧望　迴首四望。⓭羲和　日之馭者。此指太陽。⓮重陰　密雲。此指雨露。喻太祖曹操。⓯周　周遍。指及於作者之身。⓰念　顧慮。⓱百憂　指憂愁之多。

【語　譯】平居閒坐，苦於愁憂綿綿，拿起衣服，立起身就向西走去。春天的樹木都綻發了花蕾，清澈的池塘裡已有流水在湧蕩。池中有隻孤單的鴛鴦，為尋求伴侶在那兒悲傷地叫著。我想要和牠結為朋友，可是令我感傷的是沒有舟船可達。我想要回去，又忘了來時的舊路，迴首四望，徒增滿懷愁緒。淒涼的風兒在我身邊嗚咽，日影也匆匆逝去，不肯稍作停留。濃濃的雨露滋潤著萬物，何必擔心它的恩澤不能普及。誰叫您想得那麼多，反而給自己增添了許多煩惱。

又贈丁儀王粲

【作　者】曹植，見頁八二二。

【題　解】該詩是鼓勵丁、王僶俛為官，不要哀樂自任，從而背離中庸而招物議。丁、王二人皆曹操掾屬。此詩當作於建安二十年（西元二一五年），曹操西征張魯之後。詩中也隱隱顯現著景慕建功立業的建安風骨。

從軍度❶函谷❷，驅馬過西京❸。山岑❹高無極，涇渭❺揚濁清。壯哉帝王居，佳麗殊❻百城。員闕❼出浮雲，承露❽概❾泰清❿。皇佐⓫揚天惠⓬，四海⓭無交兵⓮。權家⓯雖愛勝，全國為令⓰名。君子在末位⓱，不能歌德聲⓲。丁生怨在朝，王子歡自營⓳，歡怨非貞⓴則，中和㉑誠可經㉒。

【注　釋】❶度　越過。❷函谷　關隘名。在今河南靈寶西南。❸西京　指長安。西漢以之為西京，與洛陽相對。❹岑　小而高的山。❺涇渭　二水名。均源自甘肅，至陝西高陵會合後東流入黃河。傳說兩水合流後清濁分明，至於孰清孰濁，乃因時而異。❻殊　不同。❼員闕　亦作「圓闕」。指漢代長安建章宮門北的一個高達二十五丈的樓觀，上有銅鳳凰。❽承露　指建章宮內的承露盤。其臺高二十丈，以銅為之，上有僊人掌以承接露水。❾概　升斗量物之刮平器。引申有摩義。❿泰

清　天空。⓫皇佐　指魏丞相曹操。⓬天惠　天子的恩澤。⓭四海　古以四方邊遠之地為四海。後為天下之泛稱。⓮交兵　兵刃相交。指戰爭。⓯權家　兵家。⓰令　美。⓱末位　指丁、王二人所任均非顯職。⓲德聲　仁德之聲。⓳丁生怨在朝二句　丁生句指丁儀曾作〈厲志賦〉，中有「恨騾驢之進庭，屏騏驥於溝壑」；王生句指王粲曾作〈七釋〉「深藏其身，高棲其志；外無所營，內無所事」。⓴貞　正。㉑中和　中庸隨和。㉒經　取法。

【語　譯】隨軍越過函谷關，策馬又經長安城。山巒高峻不見頂，涇渭濁清各揚波。帝王所居之處殿宇多麼雄壯，廣大華麗與諸城不同。圓闕之臺高出浮雲，承露之盤上摩碧霄。丞相傳揚天子恩澤，天下四方更無戰爭。兵家雖然喜歡取勝，能使敵國歸降才有好名聲。你們處在下官之位，卻不能頌揚居上位者的仁德之聲。丁生抱怨在位的人，王生高興獨處獨行。這種高興與抱怨皆非真正的處世法則，只有中庸隨和才確實值得效尤。

贈白馬王彪

【作　者】曹植，見頁八二三一。

【題　解】這首詩通過對死別兄弟的追悼和生離兄弟的眷戀，表達了在狂歌泣血的微笑裡隱現的兄弟相噬、前途災殃莫測的沈重悲哀。有人稱此詩為曹植全部詩歌中的第一佳作。本詩作於魏文帝黃初四年（西元二二三年），是年五月，白馬王曹彪、任城王曹彰與作者共同入京參加秋季迎氣之禮。其間任城王暴死京師，傳謂文帝曹丕所害。七月，作者與白馬王同路返回封地，不久卻被監國使者強行分開，子建遂哀憤而作此詩，以與白馬王泣別。

謁❶帝承明廬❷，逝❸將歸舊疆❹。清晨發皇邑❺，日夕過首陽❻。伊洛❼廣且深，欲濟❽川❾無梁❿。泛舟⓫越洪濤，怨彼東路⓬長。顧瞻⓭戀城闕⓮，引領⓯情內傷。太谷⑯何⑰寥廓⑱，山樹鬱⑲蒼蒼⑳。霖雨㉑泥㉒我塗，流潦㉓浩縱橫㉔。中逵㉕絕無軌㉖，改轍登高岡。修坂㉗造㉘雲日，我馬玄以黃。玄黃㉙猶能進，我思㉚鬱㉛以紆㉜。鬱紆將難進，親愛㉝在離居㉞。本圖相與偕，中更㉟不克㊱俱㊲。鴟梟㊳鳴衡扼㊴，豺狼當路衢㊵。蒼蠅間㊶白黑，讒巧㊷令親疏。欲還絕無蹊㊸，攬轡㊹止踟躕㊺。踟躕亦何留？相思無終極。秋風發微涼，寒蟬㊻鳴我側。原野何蕭條㊼，白日忽㊽西匿。歸鳥赴喬林㊾，翩翩㊿厲(51)羽翼。孤獸走索(52)群，銜草不遑(53)食。感物傷我懷，撫心長太息(54)。太息將何為？天命與我違。奈何(55)念同生(56)，一往形不歸？孤魂翔故城(57)，靈柩(58)寄京師。存者忽復過，亡沒(59)身自衰。人生處一世，去若朝露晞(60)，年在桑榆(61)間，影(62)響(63)不能追。自顧(64)非金石，咄唶(65)令心悲。心悲動我神，棄置莫復陳(66)。丈夫(67)志四海(68)，萬里猶比(69)鄰。恩愛苟(70)不虧，在遠分(71)日親。何必同衾(72)幬(73)，然後展(74)殷勤(75)。憂思成疾疢(76)，無乃(77)兒女仁。倉卒(78)骨肉情(79)，能不懷苦辛(80)。苦辛何慮思？天命信(81)可疑。虛無求列仙，松子(82)久吾欺。變故(83)在斯須(84)，百年誰能持(85)？離別永無會，執手將何時？王其愛玉體，俱享黃髮(86)期！收淚即(87)長路，援筆(88)從此辭。

【注　釋】❶謁　朝見。❷承明盧　指魏都內的建始殿。以其有門曰承明門。❸逝　句首語氣詞。❹舊疆　指曹植封地鄄城（今山東濮陽東）。❺皇邑　魏都洛陽。❻首陽　在洛陽東北二十里。❼伊洛　二水名。伊水出自河南熊耳山，至河南偃師入洛水；洛水出自陝西冢嶺山，至河南鞏縣入黃河。❽濟　渡過。❾川　河流。❿梁　橋。⓫泛舟　乘船。⓬東路　指返歸鄄城的路。⓭顧瞻　回首眺望。⓮城闕　指洛陽。⓯引領　伸長脖子。⓰太谷　指洛陽東南五十里左右的太谷關。⓱何　多麼。⓲寥廓　空曠高遠的樣子。⓳鬱　茂盛。⓴蒼蒼　青翠的樣子。㉑霖雨　連綿大雨。㉒泥　淤濘。㉓潦　因雨而積的水。㉔縱橫　恣意奔放。㉕逵　四通八達的道路。㉖軌　指車跡。㉗坂　坡道。㉘造　抵達。㉙玄黃　困頓的樣子。㉚思心緒。㉛鬱　沈鬱。㉜紆　曲紆。㉝親愛　指白馬王。㉞離居　不同的地方居住。㉟更　改變。㊱克　能。㊲俱　在一起。㊳鴟梟　貓頭鷹。俗以為凶鳥，喻指姦邪小人。㊴衡扼　車轅前端用來駕馬的橫木和曲木。扼，通「軛」。㊵衢　十字路口。㊶間　混淆。㊷讒巧　讒言巧語。㊸蹊　路。㊹轡　馬韁繩。㊺踟躕　徘徊不進。㊻寒蟬　秋季的一種青赤色的小蟬。㊼蕭條　凋零冷清。㊽忽　忽然。快速的樣子。㊾喬林　高大的樹林。㊿翩翩　輕快的樣子。(51)厲　奮。這裡為振動義。(52)索尋找。(53)不遑　不暇。(54)太息　歎息。(55)奈何　怎麼。(56)同生　兄弟。指任城王曹彰。(57)故城　指任城（今山東濟寧）。(58)靈柩　盛屍待葬的棺材。(59)沒　同「歿」。(60)晞　乾。(61)桑榆　日落之光所照處。因指黃昏或暮年。(62)影　陽光。(63)響　聲音。(64)顧　念。(65)咄唶　呼吸之間。形容時間極短。(66)陳　說。(67)丈夫　男兒。(68)四海　古以四方遙遠暝晦之地為海，遂以之代指天下。(69)比　近。(70)苟　如果。(71)分　情誼。(72)衾　大被子。(73)幬　帳子。(74)展　展示。(75)殷勤　深切的情誼。(76)疢同「疚」。病。(77)無乃　豈不是。(78)倉卒　匆忙之間。(79)骨肉情　子建與其異母弟白馬王曹彪。(80)苦辛　痛苦和辛酸。(81)信實在。(82)松子　即赤松子。傳說為神農時的仙人名。(83)變故　災禍。(84)斯須　頃刻。(85)持　保住。(86)黃髮　人老則髮黃。因喻長壽。(87)即　登上。(88)援筆　引筆。指寫詩。

【語　譯】在承明宮朝見皇帝之後，就要返回自己舊時的封地。早晨從皇都洛陽出發，傍晚就過了首陽山。伊水洛水寬又深，想要渡河沒橋梁。乘船漂浮在巨浪中，哀怨那歸鄉的路是多麼漫長。幾度回首戀皇都，伸頸西望心感傷。太谷關隘是多麼的高遠遼闊，山樹蓊鬱青茫茫。連綿不停的大雨，使得道路泥濘。積水奔流，浩浩蕩蕩，恣意萬方。大路之上再也見不到前行的車跡了，我們只好改道爬上高高的山岡。長長的坡道直達雲天，我的馬兒也開始困頓不堪了。馬兒困頓不堪還能前進，我的思緒卻沈鬱曲結不可解。心緒沈鬱曲結，難以前進，因為親兄弟都分住在天水一方。本來想要和兄弟一起共行，中途命令改變，我們就不能相伴了。貓頭鷹在車轅前聒噪，豺狼擋在路中央。蒼蠅污物把黑白顛倒，小人的花言巧語使親人疏遠。想要回還，卻阻絕無路，只好拉著馬韁在那兒徘徊。徘徊不進，又留戀些什麼呢？總是相思相念無窮已。秋風散發著陣陣涼意，寒蟬在我的身旁不住地哀鳴。曠野裡是多麼地蕭條冷落，太陽匆匆地向西沈去。歸巢的鳥兒向高大的樹林飛去，輕快地搧動著翅膀。孤單的野獸奔跑著，焦急地尋找伴侶，甚至連銜在口中的草兒也無暇吞食。受景物的感染，我心裡不覺也興起一份深沈的哀傷，撫著心兒，發出一聲長長的歎息。歎息又是為著什麼呢？天賦的運命與我的願望相違。想想我那同胞親兄弟，怎麼竟會一去身不返？孤魂飛歸故里，靈柩寄存在皇都。我們活著的人也日漸衰老而死亡。人生在世一輩子，生命短暫就像晨露一樣蒸發消逝。人到晚年如日薄西山，其去之速連光和聲音都追挽不及。自念人非金石質，生命短促使心悲。心情悲傷勞我神，拋在一邊休再提。大丈夫志在四方，視萬里之遙如同近鄰。友愛之情如果不淡薄，即使住在遠方，情誼也會日益加深。何必要共同生活在一起，然後才能顯出深情厚誼。要是為憂愁悲哀生了病，那恐怕是兒女之情。不過骨肉兄弟匆匆相別，怎麼能不令人心懷痛苦和辛酸？痛苦辛酸使人想起了什麼？天賦的運命實在值得懷疑。追求成仙得道只能算是虛無飄緲的妄想，赤松子已經欺騙我很久了。災難在頃刻間就發生了，誰能保住長命百歲呢？你我離別後將長期無相會之期，什麼時候能再度握手言歡呢？希望王弟還是多珍重身體！願我們共享高壽。收住悲傷，各登漫長的歸路，提筆寫詩就此告別。

贈丁翼

【作　者】曹植，見頁八二一。

【題　解】本詩是作者早期與文人朋友流連詩酒生活的一個側面。作者通過宴會贈詩的方式，勉勵朋友要積功累德，胸懷大志，以報效國家。丁翼（西元？～二二〇年），字敬禮，丁儀之弟，為子建之密友及追隨者，後為曹丕所害。

嘉賓填❶城闕❷，豐膳出中廚。吾與二三子❸，曲宴❹此城隅。秦箏❺發西氣❻，齊瑟揚東謳❼。肴❽來不虛歸，觴❾至反無餘。我豈狎❿異人？朋友與我俱⓫。大國多良材，譬海出明珠。君子義休⓬偫⓭，小人德無儲。積善有餘慶⓮，榮枯⓯立可須⓰。滔蕩⓱固⓲大節，世俗⓳多所拘，君子通大道，無願為世儒⓴。

【注釋】❶填　滿。❷城闕　門樓。指城門口。❸二三子　相當於你們這些人。❹曲宴　便宴。與正宴相對。❺秦箏　為秦地的代表樂器。與齊瑟為齊地代表樂器同。❻西氣　猶西音。❼東謳　東土民歌。❽肴　同「餚」。煮熟的肉類。❾觴　其形制不詳。或云為盛滿酒的杯子。❿狎　喜愛。⓫俱　在一起。⓬休　美好。⓭偫　完備。⓮慶　福。⓯榮枯　榮華與衰落。⓰須　待。⓱滔蕩　指胸懷坦蕩的君子。⓲固　堅守。⓳世俗　泛指庸俗之輩。⓴世儒　傳經的儒生。《論衡・書解》：「著作者為文儒，說經者為世儒。」

【語　譯】貴客擠滿了城門口，豐盛的食物從廚房中端出來。我和你們這些朋友們，在這城樓上面共享便宴。秦箏奏出西土的曲樂，齊瑟彈起東土的歌謠。佳餚拿來，不會不喫就送回，美酒送到，都會喝得精光。難道我是偏嗜酒肉，而故意與眾不同？其實是因朋友們和我在一起。大國多出優秀人才，就像大海盛產明珠一樣。君子德行完美豐贍，小人德行卻毫無積儲。積善之人必有多福，榮華衰落也是立等可待。坦蕩君子堅守大節，庸俗小人卻多有拘束。君子通曉大的道義，不希望只做解經的儒生。

贈秀才入軍 五首

【作　者】嵇康，見頁七六二。

【題　解】此為叔夜兄參軍，叔夜為之贈別所作。分別暢述軍旅生活的浪漫任情、作者對手足伴旅的眷戀與關切以及一些隱隱的期待，是擢足紅塵，共遨雲山的期待。叔夜兄嵇喜，字公穆，曾經舉秀才，其參軍之旨亦在追慕功名富貴，與魏晉名士之風異趣殊途。

其一

良馬既閑❶，麗服有暉❷。左攬繁弱❸，右接忘歸❹。風馳電逝，躡景❺追飛❻。凌厲❼中原❽，顧盼生姿。攜我好仇❾，載我輕車❿。南凌⓫長阜，北厲⓬清渠。仰落⓭驚鴻，俯引⓮淵魚。盤于遊田⓯，其樂只且⓰。

【章　旨】本詩通過對軍旅生活的想像性描述，贊頌了軍士的英武與浪漫。

【注　釋】❶閑　習。這裡指訓練好。❷暉　光澤。❸繁弱　古代彊弓名。❹忘歸　古代良矢名。❺景　光。❻飛　飛快消逝之物。❼凌厲　勇往直前。❽中原　戰場。❾仇　伴侶。❿輕車　這裡指戰車。⓫凌　登。⓬厲　渡。⓭落　射落。⓮引　捉出。⓯遊田　周遊畋獵。⓰只且　句尾語氣詞。

【語　譯】良馬已經馴養好，華麗服飾有澤輝。左手拿著繁弱弓，右手擎出忘歸箭。箭出風馳雷電過，速如逐影追飛流。勇往直前上戰場，環顧四盼顯英姿。攜帶我的好伴侶，駕上我的小戰車，南登悠長土山崗，北渡清冷碧水河。仰首射落驚飛雁，俯身擒出淵底魚。留連忘返為畋獵，其中真趣樂陶陶。

其二

輕車迅邁❶，息彼長林❷。春木❸載❹榮，布葉垂陰。習習❺谷風，吹我素琴❻。

咬咬❼黃鳥，顧疇❽弄音。感悟馳情，思我所欽❾。心之憂矣，永❿嘯⓫長吟⓬。

【章旨】該詩通過對清幽山原生活的描述，寄託了作者對兄弟的思念之情。

【注釋】❶邁　前進。❷長林　泛指山林。❸木　樹。❹載　語助詞。❺習習　和煦的樣子。❻素琴　不加裝飾的琴。❼咬咬　鳥叫聲。❽疇　已耕作的田地。❾欽　仰慕。❿永　長。⓫嘯　發聲悠長者。⓬吟　歌詠。

【語譯】輕便的小車飛快地走著，歇息在那山林間。春天的樹兒真茂盛，散布的枝葉垂下樹蔭。和煦的山谷清風，吹在我素樸的琴上。嘰嘰喳喳的黃雀們，環視著田野唱著歌兒。心有感觸也就放開情懷，想念我所仰慕的人啊，心中沈鬱的塊磊積滯，只好在這林間長嘯長歌。

其三

浩浩❶洪流，帶❷我邦畿❸。萋萋❹綠林，奮榮揚暉❺。魚龍瀺灂❻，山鳥群飛。駕言❼出遊，日夕忘歸。思我良朋，如渴如飢。願言不獲，愴❽矣其悲。

【章旨】該詩與前一首表達了同樣的情感，只是更為深沈和纏綿了些。

【注釋】❶浩浩　水勢盛大。❷帶　圍繞。❸畿　疆。❹萋萋　茂盛的樣子。❺暉　同「輝」。光澤。❻瀺灂　出入不已的樣子。❼言　語助詞。下「言」字同。❽愴　傷心。

【語　譯】浩浩蕩蕩的大河，環繞著國家的邊疆。茂盛葱翠的山林，煥發生機放光輝。魚龍出入頻繁，山鳥結伴群飛。駕上車子出去走走，直到太陽落山，竟忘了回返。對我那好朋友的思念，就像飢渴的人盼望飲食。我的願望沒有實現，心中充滿無限悲傷。

其四

息徒❶蘭圃❷，秣❸馬華山❹。流磻❺平皋，垂綸❻長川。目送歸鴻❼，手揮五弦❽。俯仰自得，遊心太玄❾。嘉彼釣叟，得魚忘筌❿。郢人⓫逝矣，誰與盡言？

【章　旨】此詩為規勸其兄及早引退，「馬放南山，刀槍入庫」，以恢復先前兄弟共同生活的悠閒自得境界。

【注　釋】❶徒　兵卒。❷蘭圃　長滿蘭花的園圃。❸秣　餵養。❹華山　五嶽之西嶽。在陝西華陰南。《尚書・武成》有「偃武修文，歸馬於華山之陽」。❺磻　石箭鏃。❻綸　釣絲。❼鴻　雁。此泛指鳥兒。❽五弦　五弦琴。相傳為虞舜所創制。❾太玄　指道家自然之道。❿嘉彼釣叟二句　見《莊子・外物》。此暗示希望兄長能領會其言之深意。⓫郢人　借喻知己、好搭檔。事見《莊子・徐无鬼》。

【語　譯】歇息兵卒於長滿蘭花的園圃，放養戰馬於華山。在平野裡射獵，去長河中垂釣。傍晚看雁鳥歸巢，信手彈奏五弦古琴。行動無拘無束，心想自然之道。古時那個釣叟真值得贊賞，他釣到了魚就忘去了釣具。我的最佳拍檔已經走了，又能和誰盡情暢談呢？

其五

閑夜肅清❶，朗月照軒❷。微風動袿❸，組❹帳高褰❺。旨❻酒盈樽，莫與交歡❼。鳴琴在御❽，誰與鼓彈？仰慕同趣❾，其馨若蘭。佳人不在，能不永歎❿？

【章旨】本詩仍是一首規勸詩，作者以故情故景、手足之思來感染兄長，希望他能早日引退，共享兄弟天緣之趣。

【注釋】❶肅清　岑寂清幽。❷軒　有窗之長廊。❸袿　裾也。❹組　繫帷帳之絲帶。❺褰　飄起。❻旨　美味。❼交歡　結為朋友。❽御　侍奉。❾同趣　志趣相同。❿永歎　長歎。

【語譯】無聊的夜晚岑寂又清幽，清朗的月兒照著小窗長廊。微風吹動衣擺，帳子上的絲帶也高高飄起。美酒溢滿金杯，卻沒有誰來與我結為好友。音色很好的琴兒已經備好，可又能彈給誰聽？嚮往那志趣相同的朋友，與之相處就像有幽蘭般的溫馨。然而您不和我在一起，我怎能不深深地歎息？

贈山濤

【作者】司馬彪，字紹統。後魏主之姪，少好色無行，為親族不恥，後發奮為學，遂為博學名家。繼授騎都尉及祕書郎、散騎侍郎等職。

【題解】本詩蓋撰於學成之後為官之先。全詩通過對過去之輝煌與後來身敗名裂之追念，以及對時光一去不返的感傷，暗示了身已學有所成，只待先達一援其手，即可成為一個人才。山濤（西元二〇五～二八三年），字巨源，乃「竹林七賢之唯一居高位者」。魏時為趙國相，遷尚書吏部郎，入晉後任吏部尚書。善於品評人物，甄拔人才，有「山公啟事」之稱。

苕苕❶椅桐❷樹，寄生於南岳❸。上凌青雲霓，下臨千仞❹谷。處身孤且危，於何託余足？昔也植朝陽，傾枝俟鸞鷟❺。今者絕世用，倥傯❻見❼迫束。班匠❽不我顧，牙曠❾不我錄。焉得成琴瑟❿，何由揚妙曲？冉冉⓫三光⓬馳，逝者一何⓭速！中夜不能寐，撫劍⓮起躑躅⓯。感彼孔聖歎⓰，哀此年命促⓱。卞和⓲潛幽冥⓳，誰能證奇璞？冀願神龍⓴來，揚光以見燭。

【注釋】❶苕苕　高高的樣子。❷椅桐　又名山桐子。其材木可制琴。此為作者自喻。❸南岳　此指天柱山。在今安徽潛山。❹千仞　長度單位。有多種說法，一般以七尺或八尺一仞說為多。❺鸞鷟　鳳凰屬神鳥。此指為世所用的機會。❻倥傯　困頓的樣子。❼見　受。❽班匠　工匠之祖魯班。與下之牙曠共喻執政者。❾牙曠　伯牙摔琴謝知音之俞伯牙和晉樂太師師曠。❿琴瑟　皆絲樂器。古之結友與為禮之主要樂器。⓫冉冉　緩慢的樣子。⓬三光　日月星。⓭一何　多麼。⓮撫劍　拍劍。⓯躑躅　徘徊不定。⓰孔聖歎　指《論語・子罕》：「子在川上曰：逝者如斯夫？」⓱促　短。⓲卞和　春秋時楚人。和氏璧的發現者。⓳幽冥　指地下陰間。⓴神龍　指《山海經・大荒北經》之人面蛇身神燭龍，其能乃瞑晦視明，可燭九陰。此喻山濤。

【語譯】那高高的椅桐樹啊，寄生在南岳天柱山之頂。上抵青青的雲天，下臨萬丈的深谷。處在這孤獨又危殆之地，能在何處站穩我的兩足呢？從前生長在朝陽的地方，今舒展著枝條等待神鳥的到來。現在我被世人棄置不用，生活困頓窘迫。能工巧匠都不肯看我一下，樂師也不肯採用我。哪裡能做成琴瑟？更談不上奏出美妙的樂曲。日月星晨在緩緩地運行，但時光消逝得多麼快啊！半夜裡睡不著覺，起身撫劍徘徊不已。有感於孔聖人對時光嗟歎深有體會，哀歎人的生命短促。識寶玉的卞和早已魂歸九泉，誰又能證明珍奇的璞玉呢？只希望那神龍到來，明輝光照來使我新生。

答何劭二首

【作　者】張華，見頁八五三。

【題　解】此為張華答何劭所贈之詩（何詩參見下一首何劭〈贈張華〉）。劭詩勉張華於公務之餘釋情山水，作暇日之遊。故華答詩願與老友共賞春光，並申述自己平居所為亦非為功名，然猶當陳力就列，死而後已。

其一

吏道何其❶迫，窘然坐❷自拘。纓緌❸為徽纆❹，文憲❺焉可踰。恬曠❻苦不足，煩促每有餘。良朋貽❼新詩，示我以遊娛。穆❽如灑清風，奐❾若春華敷❿。自⓫昔同寮⓬寀⓭，於今比園廬。衰夕⓮近辱殆⓯，庶幾並懸輿⓰。散髮⓱重陰下，抱杖臨清渠。屬⓲耳聽鶯⓳鳴，流目⓴翫㉑儵魚㉒。從容㉓養餘日，取樂於桑榆㉔。

【章　旨】該詩為作者讀何劭詩後產生共鳴，深感一生為官之煩促，表達了對恬淡的林泉生活的嚮往及與老友共樂的心願。

【注　釋】❶何其　多麼。❷坐　因。❸纓緌　冠帶與冠飾。借指官位。❹徽纆　繩索。❺憲　法。❻恬曠　恬靜與曠達。❼貽　贈送。❽穆　溫和。❾奐　清新。❿敷　開放。⓫自　在。⓬寮　官署。⓭寀　封地。⓮衰夕　喻指年老。⓯辱殆侮辱和危險。語出《老子》。⑯懸輿　停車。指辭官家居。⑰散髮　指不束髮嚴妝。喻指自由自在。⑱屬　專注。⑲鸎　同「鶯」。即黃鸝。⑳流目　放眼隨意觀看。猶流覽。㉑翫　賞。㉒鯈魚　小白魚。㉓從容　悠閒。㉔桑榆　夕陽所照之處。喻晚年。

【語　譯】為官之途是多麼窄迫，困窘不堪全因自我束縛。官冠之帶猶如繫囚索，國家的禮法怎麼能違反。恬淡曠達常苦於不足，煩憂局促常常連續不斷。好友給我送來新詩，曉諭我要遊玩娛樂。溫煦直如春風拂面，清新恰似春花開放。我們往日同寮為官，今天我們比鄰而居。垂暮已近糊塗取辱之年，大概可以一起告老還鄉了。脫冠散髮於濃密的樹蔭下，自由自在地拄著拐杖徜徉在小溪旁。欣賞那黃鶯婉囀的歌聲，放眼隨意觀賞魚兒浮沈逍遙。悠閒地頤養天年，晚年幸福快樂。

其二

洪鈞❶陶❷萬類，大塊❸稟❹群生。明闇信❺異姿，靜躁亦殊形。自予及有識❻，志不在功名。虛恬竊❼所好，文學少所經❽。忝荷❾既過任，白日已西傾。道長苦智短，責重困才輕。周任有遺規❿，其言明且清，負乘為我戒⓫，夕惕⓬坐自驚。是用感嘉貺⓭，寫心出中誠。發篇雖溫麗，無乃⓮違其情。

【章　旨】該詩闡述了人生天地間，雖有許多差別，但自當各盡所能，擔負起天賦之責，直到死而後已。

【注　釋】❶洪鈞　大的轉輪。代指天。❷陶　化冶。❸大塊　指地。❹稟　承受。❺信　當然。❻有識　有見識的人。此指何劭。❼竊　私下裡。指作者自己。❽經　治。此指學習。❾荷　謝。❿周任有遺規　見《論語・季氏》：「周任有言曰：『陳力就列，不能者止。』」⓫負乘為我戒　負乘，即「負乘致寇」之省。語出《易・繫辭上》：「負且乘，致寇至。」

負也者，小人之事也，乘也者，君子之器也。小人而乘君子之器，盜思奪之矣。」此句謂身居非其位，才不稱職故以古訓自儆，以免發生不測之禍。⑫惕　警覺。⑬貺　賜予。⑭無乃　恐怕。

【語　譯】上天在陶冶著萬物，大地在承受著眾生。聰明與昏庸當然二者行為不同，恬靜與焦躁的表情也有別。即使我和您的志向都不在功名之上。我所喜好的是清虛和恬淡，文學還是年輕時學習的。蒙恩得授大任，如今年紀已經衰老。前路漫漫，常苦於智術短淺，職責沈重，常困於才學疏淺。古代史官周任曾遺有箴言，那箴言明白又清楚，我嘗以古訓自儆，夜晚思之惶恐不已。我感激您良好的規勸，也道出自己的肺腑之言。您的詩篇雖然溫馨清麗，恐怕有點違背實情啦！

贈張華

【作　者】何劭，見頁九六六。

【題　解】該詩為感時而發，在春和景明之時，忽然心有所感，遂援筆成篇，名約舊友嬉遊，實瀉內心深處的春戀自然的心曲。

四時更❶代謝，懸象❷迭卷舒。暮春❸忽復來，和風與節俱。俯臨清泉湧，仰觀嘉木敷❹。周旋❺我陋圃，西瞻廣武廬❻。既貴不忘儉，處有❼能存無❽。鎮❾俗在簡約，樹塞❿焉足摹⓫。在昔同班司⓬，今者並園墟。私願偕黃髮⓭，逍遙⓮綜⓯琴書⓰。舉爵⓱茂陰下，攜手共躊躇⓲。奚用遺形骸⓳？忘筌⓴在得魚。

【注　釋】❶更　輪流。❷懸象　指日月。❸暮春　陰曆三月。❹敷　展枝發葉。❺周旋　盤桓；漫遊。❻廣武廬　指張華之居所。華曾封廣武侯。❼有　指富。❽無　指貧。❾鎮　安。❿樹塞　堵塞。⓫摹　效法。⓬班司　官署。⓭黃髮　人年老而壽則髮黃。⓮逍遙　無拘無束。⓯綜　整理。⓰琴書　此二者為君子雅事。⓱爵　大酒杯。⓲躊躇　徜徉優遊。⓳形骸　指身體。⓴筌　漁具。

【語　譯】四季輪流替換消謝，日月更相明暗圓缺。暮春忽然又來到，和煦的風兒與時節並至齊臨。俯視但見清泉湧出，仰觀可睹嘉木抽芽。漫步在我簡陋的園圃，向西遙望廣武廬。已貴莫忘儉素時，富時能記貧窮身。安俗之道在儉約，堵塞高門怎麼值得效法。往昔我們同官署，至今園舍又相鄰。有心晚年共攜手，無拘無束，醉心在琴書之間。在樹蔭下對舉酒杯，攜手一起慢慢地走。何必立志忘身形？心志已得，走過的路就可以忘卻了。

贈馮文羆遷斥丘令

【作　者】陸機，見頁七〇五。

【題　解】該詩運用仿古集句的手法，在歌頌王業磅礴的同時，對未來充滿信心，並表達了對僚友馮文羆深厚的友誼和惜別之情。馮文羆曾任外兵郎和太子洗馬，其生平不詳。今存陸機詩文中有三首為贈馮之作。斥丘縣在今河北成安東南。

於❶皇❷聖世，時❸文惟晉❹。受命自天，奄❺有黎獻❻。閶闔既闢，承華再建❼。明明❽在上，有集惟彥❾。奕奕❿馮生，哲⓫問允⓬迪⓭。天保⓮定子，靡德不鑠⑮。邁⑯心玄曠⑰，矯⑱志崇邈。遵⑲彼承華，其容灼灼⑳。嗟我人斯㉑，戢㉒翼江潭㉓。有命集止，翻㉔飛自南㉕。出自幽谷，及爾同林㉖。雙情交映㉗，遺㉘物識㉙心。人亦有言，交道㉚實難。有頍㉛者弁㉜，千載一彈㉝。今我與子，曠世㉞齊歡。利斷金石㉟，氣惠秋蘭。群黎㊱未綏㊲，帝用勤止㊳。我求明德，肆㊴于百里㊵。僉曰爾諧㊶，俾民是紀㊷。乃眷㊸北徂㊹，對揚㊺帝祉㊻。疇昔㊼之遊，好合纏綿。借㊽曰未洽，亦既三年。居陪華幄㊾，出從朱輪。方㊿驥齊鑣(51)，比(52)跡同塵。之子既命，四牡(53)項領(54)。遵塗遠蹈(55)，騰軌(56)高騁。慶(57)雲扶質(58)，清風承景(59)。嗟我懷(60)人，其邁(61)惟永。否(62)泰苟殊，窮達有違(63)。及子春華(64)，後爾秋暉(65)。逝(66)將去(67)我，陟(68)彼朔垂(69)。非子之念，心孰為悲？

【注釋】❶於　歎詞。❷皇　美。❸時　是。❹晉　進。❺奄　全部。❻黎獻　眾多的人才。❼閶闔既闢二句　閶闔，晉都洛陽城有門曰閶闔。承華，太子所居之宮有承華門。此二句皆曾為開門納士之所。此即隱用之。❽明明　明察的樣子。❾彥　傑出的人。❿奕奕　容貌秀美。⓫哲　明智。⓬允　確實。⓭迪　路。這裡指遵循。⓮保　依附；保佑。⓯鑠　美。⓰邁　行；用。⓱玄曠　玄妙而豁達。⓲矯　崇；高。⓳遵　沿著。⓴灼灼　鮮明的樣子。㉑斯　語氣詞。㉒戢　收斂。㉓江潭　猶江湖。指朝廷之外的地方。㉔翻　飛。㉕自南　從南方來。指陸機自吳轉至洛陽為宦。㉖同林　指作者與馮文羆俱為太子洗馬。㉗映　照。㉘遺　贈。㉙識　銘識。㉚交道　交友之道。㉛頍　固定冠帽的髮飾。㉜弁　皮帽。此指戴皮弁貌。借指作官。語出《詩・小雅・頍弁》。㉝一彈　此指彈冠。意即由摯友引薦而做官。典出《漢書・卷七二・王吉傳》。㉞曠世　絕世。㉟利斷金石　《周易・繫辭上》：「二人同心，其利斷金；同心之言，其臭如蘭。」利，指友情之堅利。

㊱黎　百姓。㊲綏　安撫。㊳勤止　指辛苦勤勞。此為偏義複詞。㊴肆　陳。㊵百里　指一縣之地。喻指馮所任之斥丘縣。㊶諧　猶偕。一起。㊷紀　法紀。㊸眷　懷戀的樣子。㊹徂　往。㊺對揚　對答與稱揚。㊻祉　福。㊼疇昔　往日。㊽借　假如。㊾華幄與下文「朱輪」俱指皇太子之服御。㊿方　並。51鑣　馬嚼子。此指代馬。52比　並列。53牡　雄馬。54項領　高大的頸項。55遠蹈　高騁。喻超邁也。56軌　轍。57慶　吉祥。58質　身體。59景　陽光。60懷　思念。61邁　行。62否　不祥。63違　異。64春華　少年。65秋暉　暮年。66逝　去。67去　離開。68陟　北上。69朔垂　北部的邊疆。

【語　譯】啊，美好絕倫的時代，文德也與日俱進。秉承上天的旨意，擁有眾多的人才。招賢的閶闔門已經打開，而今承華門又已聳起。英明的君主在位，傑出的人才都來聚集。品貌端莊的馮生文羆，才智學識確有所循。上天保佑安撫於您，德行無不完善。用心玄妙而豁達，胸懷高遠的大志。出入在那承華門中，容顏鮮豔卓絕。可惜我這個人啊，一直止息在江湖野外。有上命召集，很快地從南方來。來自幽深的山谷，才得以和您同處東宮。兩人摯情交相輝照，又贈物以銘識心懷。人們也曾有過這樣的話，得交知己實在不容易。漢王陽在位，禹貢彈冠，千載傳為美談。現在我和您是空前難得的好朋友，相知義氣可斷金石，友愛之情濃逾秋蘭。百姓尚未安撫，皇上因此而辛勞不已。我也希望那明朗的仁德，能展現在這百里方圓的斥丘小縣。群臣皆稱贊您，能使百姓遵守國家法紀。於是戀戀不捨地北上赴任，弘揚皇上的恩德。回顧我們過去的交往，友愛之情融洽又纏綿。即使說不融洽，也已相處三年。在華帳內共陪太子，出行在外共隨太子朱輪。車馬並駕齊驅，車塵揚起來也分不清您我。您既然已經得到命令，駕起雄健的四馬大車。沿著大路遠去，駿馬奔馳。吉祥的雲氣縈繞著您的身影，麗日清風伴隨著您。嗟歎我憶念的人啊！您就這樣走向遙遙的遠方。人的運命不同，做官的機會也就不一樣。既然青年時代已有了好的開始，那麼晚年也就應該會有好的結果。現在您就要離開我了，啟程往那北國邊陲。若不是萬分的想念您，我的心中怎麼會這樣感傷？

答賈長淵 并序

【作　者】陸機，見頁七〇五。

【題　解】該詩為一歌功頌德之作。全詩在詠天德歸晉的同時，備頌賈氏之功業及自己對賈氏的景仰與聽命之情。賈贈詩見後潘安仁〈為賈謐作贈陸機〉，賈謐字長淵，過繼舅氏為子，故得以襲其外祖賈充爵位為魯公。晉惠帝時，以其姨賈南風為太后，遂得權傾朝野，雖為太子散騎常侍，亦不以太子為意。賈謐博學多才，素有至密文友二十四人，陸機即其一。

余昔為太子洗馬❶，賈長淵以散騎常侍❷東宮積年。余出補吳王❸郎中令❹，元康❺六年入為尚書郎❻，魯公❼贈詩一篇，作此詩答之云爾。

伊❽昔有皇❾，肇❿濟⓫黎蒸⓬。先天創物，景⓭命是膺⓮。降及群后⓯，迭毀迭興。邈矣終古，崇替⓰有徵。在漢之季⓱，皇綱幅裂。大辰⓲匿耀，金⓳虎⓴習㉑質㉒。雄臣馳騖㉓，義夫赴節。釋位揮戈，言㉔謀王室。王室之亂，靡邦不泯㉕。如彼墜景㉖，曾㉗不可振㉘。乃眷㉙三哲㉚，俾乂㉛斯民。啟土㉜雖難，改物㉝承天。爰茲㉞有魏，即宮㉟天邑。吳實龍飛，劉亦岳立。干戈㊱載揚，俎豆㊲載戢㊳。民勞師興，國玩㊴凱入。天厭霸德，黃祚㊵告釁㊶。獄訟違魏，謳歌適晉(42)。陳留(43)歸蕃，我皇登禪。庸岷(44)稽顙，三江(45)改獻。赫矣隆晉，奄(46)宅(47)率土(48)。對揚天人，有秩(49)斯祜(50)。惟公太宰(51)，光翼二祖(52)。誕育洪胄(53)，纂戎(54)于魯(55)。東朝(56)既建，淑問(57)峩峩(58)。我求明德，濟(59)同以和。魯公戾(60)止，袞服(61)委虵(62)。思媚(63)皇儲(64)，高步承華(65)。昔我逮(66)茲，時(67)惟下僚(68)。及子棲遲(69)，同林(70)異條(71)。年殊志比，服舛(72)義稠(73)。遊跨三春，情固二秋。祗(74)承皇命，出納(75)無違。往踐蕃朝(76)，來步紫微(77)。升降秘閣(78)，我服載(79)暉。孰云匪懼，仰肅(80)明威。分索(81)則易，攜手實難。念昔良遊，茲焉永歎。公之云感，貽此音翰(82)。蔚(83)彼高藻(84)，如玉之闌(85)。惟漢有木(86)，曾(87)不踰境。惟南有金(88)，萬邦作詠。民之胥(89)好(90)，狂狷(91)厲(92)聖。儀形(93)在昔，予聞子命。

【注釋】❶洗馬　官名。晉以後之職掌為掌管圖籍。❷散騎常侍　官名。皇帝身邊掌規諫的人。魏晉時又兼平尚書奏事。侍，《四部叢刊》影宋本《陸士衡文集》「侍」後尚有一「侍」字。❸吳王　晉武帝第二十三子司馬晏。封於吳。❹郎中令　掌宮殿掖門戶之官。❺元康　晉惠帝司馬衷年號。元康六年即西元二九六年。❻尚書郎　尚書之屬官。❼魯公　賈謐襲外祖賈充之封號，為魯國公。❽伊　唯。語氣詞。❾皇　君王。❿肇　始。⓫濟　拯救。⓬黎蒸　眾生。⓭景　大。⓮膺　當；承擔。⓯后　君王。⓰崇替　興衰。⓱季　末。⓲大辰　星宿名。指蒼龍象之大火紀，即氐房心三星，為該宿最亮的三座星宿。⓳金　指太白金星。⓴虎　白虎象。此代指昴宿。金昴交接主兵事。㉑習　六臣本作「曜」。㉒質　體。㉓騖　奔走。㉔言　句首語助詞。㉕泯　滅。㉖景　陽光。此為日之代稱。㉗曾　加強語氣。並。㉘振　舉。㉙眷　此指推重。㉚三哲　三國鼎立時之劉備、孫權、曹操。㉛乂　治。㉜啟土　指建國。㉝物　指代那種混亂的現象。㉞爰茲　猶於是。㉟宮　建立宮殿。㊱干戈　泛指兵器。㊲俎豆　古代祭祀用的禮器。此指禮儀。㊳戢　聚。㊴玩　通「忨」。貪圖。㊵祚　君位。㊶釁兆。此指敗損。㊷獄訟違魏二句　《孟子·萬章上》：「天下諸侯朝覲者，不之堯之子而之舜；訟獄者，不之堯之子而之舜；謳歌者，不謳歌堯之子而謳歌舜。」㊸陳留　指魏元帝曹奐。司馬炎踐位後封之為陳留王。㊹庸岷　指代蜀國疆域。庸，蜀地國名。岷，山名。㊺三江　此代吳國的疆域。三江當指《尚書·禹貢釋文》引〈吳地記〉所言的松江、婁江、東江。㊻奄　長久。㊼宅　建宅。此引申為擁有。㊽率土　為「率土之濱」之省稱。猶言四海之內。㊾秩　常。㊿祜　福。(51)太宰　官名。謐外祖賈充曾任此職。(52)二祖　指晉武帝司馬炎與晉惠帝司馬衷。(53)胄　帝王或貴族的後裔。(54)纂戎　纂，繼承。戎，汝。(55)魯　指魯國公。(56)東朝　因太子居於東宮。此指愍懷太子。(57)淑問　美名。(58)峩峩　高聳的樣子。(59)濟發揮。(60)戾　到。(61)袞服　指帝王及上公所穿的繡龍的禮服。(62)委虵　優遊自得的樣子。(63)媚　喜愛。(64)皇儲　太子。(65)承華　太子宮殿正門之名。(66)逮　到。(67)時　是；那時。(68)下僚　指洗馬。(69)棲遲　遊息。(70)同林　謂俱在東宮。(71)異條　指貴賤不同。(72)舛　差異。(73)稠　濃厚。(74)祗　恭敬。(75)納　入。(76)蕃朝　指吳國。(77)紫微　指北極星所在的紫微垣。這裡指都城。(78)祕閣　當指尚書省。(79)載　始。(80)肅　敬。(81)索　離索、散也。(82)翰　筆。這裡指信。(83)蔚　文采華美的樣子。(84)藻　辭藻。(85)闌　光彩敷散。(86)木　指柑桔樹。(87)曾　竟然。(88)金　自喻堅貞。(89)胥　互相。(90)好　善。(91)狂狷　放蕩不羈和潔身自好。(92)厲　磨礪。(93)儀形　效法。

【語　譯】我以前做太子洗馬的時候，賈長淵以散騎侍郎的身分侍奉太子多年了。後來我出去做藩國吳王的郎中令，元康六年，我又入京做尚書郎。長淵贈給我詩一首，特作這首詩酬答他。

上古三王之後，才開始拯救黎民眾生。又擔負起那重大的使命，在自然形成之前創造萬物。在以後的眾多帝王中，衰敗與興盛更迭不已。上古到現在，已經很久了啊，朝代興亡都是有實證的。到了漢末之時，帝王一統的局面開始瓦解。蒼龍巨星隱去了光輝，金星與昴宿大放光明。有雄心的臣僚都縱橫馳騁，義夫節士則勇赴國難。諸侯都不守本位而奮戈揚兵，都說是為了匡救王室。帝王朝都內部動盪不安，沒有哪個國家會不遭夷滅的。就好像那落入西山的太陽，並不能再讓它回升。於是就推出了三位傑出的人物，使他們治理這些百姓。建立國家雖然很難，但是變更這混亂的現象卻是順應天意。於是才有了魏國，就建立宮殿作為京都。

吳國有蛟龍騰飛之氣勢，蜀國也像山岳一樣地穩固。神州之內干戈大興，到處爭奪並講究立國的文德禮儀。讓百姓辛勞，從而擴充軍隊，各國都喜歡軍隊的凱旋歸來。上天也厭倦了爭霸的行為，一些國家的君位出現了敗損的徵兆。天下要告狀的人都不去魏國而向晉王，人人都頌揚晉王。魏帝遜位去了陳留做藩王，我們的君王受禪登基。蜀國稽首稱臣，吳國也來獻禮進貢。顯赫啊！這偉大的晉國，長久地擁有遼闊的神州國土。稱揚天人的和諧，使得國家的福澤無疆。你的外祖任太宰，輔佐了二代帝王的基業。你生長在這貴族之家，又讓你繼承了魯國公的爵位。太子立定之後，美好的名聲如同山岳。尋求明德的人，能同心同德相互融洽。魯公到東宮侍奉太子，朝服端正態度莊重。對皇太子忠心愛戴，氣宇軒昂地出入承華門。以前我到這裡的時候，還只是太子屬下的小官，雖然和你在一起周遊止息，如同林之鳥棲枝，但有高下之別。我們年紀不同，而志趣卻一致，官服有別，而情義卻很深。我們交遊兩年多，感情牢固也經過了三春二秋。我敬承帝王之命，離去和調回都城都不曾違背。到藩國去任職，今又奉詔回京城。在尚書省任職出入於內庭，我的朝服才有了輝澤。誰說我任了此職就不再恐懼，我依然仰敬你的皇威。朋友間分別容易，攜手相聚卻很難。想我們以前那些美好的交遊，不禁令人長歎。我很感激你贈給我這首好詩。那華美高雅的辭藻，就像美玉一樣放出光彩。中國有一種柑桔樹，竟然不能踰越它生長的區域。南方有黃金百鍊不銷，人人都頌揚它的堅貞。放蕩不羈潔身自好的人，都可以磨練成為聖賢。以古代聖賢為榜樣，我會聽從你的教誨的。

於承明作與士龍

【作　者】陸機，見頁七〇五。

【題　解】此為有感於兄弟分離之作。詩中抒發了為仕宦所累而至兄弟幾經別離的感傷及對往昔歡娛的留戀和對未來相聚偕隱的嚮往。詩意清麗婉轉。承明，為一亭驛名，所在不詳。

牽世嬰❶時網❷，駕言❸遠徂❹征。飲餞❺豈異族？親戚弟與兄。婉孌❻居人思❼，紆鬱❽遊子情。明發遺安寐，寤言涕交纓❾。分塗長林側，揮袂❿萬始亭。佇⓫盼要⓬遐⓭景，傾耳玩⓮餘聲。南歸憩⓯永安⓰，北邁⓱頓⓲承明。永安有昨軌，承明子棄予。俯仰⓳悲林薄，慷慨⓴含辛楚㉑。懷㉒往歡絕端，悼㉓來憂成緒㉔。感別慘舒翮㉕，思歸樂遵渚㉖。

【注釋】❶嬰 通「纓」。束縛。❷時網 當時的儀軌禮法。❸言 語助詞。❹徂 往。❺餞 送行的酒宴。❻婉孌 纏綿繾綣。❼思 心緒。❽紆鬱 抑鬱曲結。❾纓 帽帶。❿袂 衣袖。⓫佇 長時間的站立。⓬要 同「邀」。⓭遐 遠。⓮玩 品味。⓯憩 休息；停留。⓰永安 蓋指三國吳所置之永安縣。晉改稱武康。故城在今浙江武康西。⓱邁 行。⓲頓 止宿。⓳俯仰 徘徊。⓴慷慨 感歎。㉑辛楚 辛酸痛苦。㉒懷 思念。㉓悼 恐懼；擔心。㉔緒 絲頭。㉕翮 鳥的羽翼。㉖渚 水中小陸地。

【語譯】為世俗儀軌所牽掣和束縛，駕車往遠方出行。送別的宴席上哪裡還有別人？只有一家親人和兄弟。留下的人心緒纏綿繾綣，將行的遊子感情也抑鬱不解。天明出發的感覺，使得整夜不得安眠，清早醒來之後，一講話就淚沾帽帶。在長林旁分路揚鑣，在萬始亭揮手告別。長時間站在那兒望著遠去的背影，側耳細聽著你傳來的餘音。你南歸在永安休息，我向北行止宿在承明亭。永安還有昨日的車跡，承明道上你卻離我而去。徘徊哀傷於長林邊，慨歎聲中滿含辛酸和痛苦。思念過去的歡樂從此斷絕，擔心他日的孤單憂思萬緒。但感傷別離難以展翅高飛；而想起歸來卻比征鴻棲渚還要高興。

贈尚書郎顧彥先二首

【作　者】陸機，見頁七〇五。

【題　解】此二詩表達了在動盪的時局中對同鄉好友的眷念及對無憂無慮的故里生活的嚮往。顧榮，字彥先，三國吳人，吳亡後與陸機兄弟同入洛陽為官，時號江南三俊。

其一

大火❶貞❷朱光❸，積陽❹熙❺自南。望舒離金虎❻，屏翳❼吐重陰。淒風迕❽時序，苦雨遂成霖。朝遊忘輕羽❾，夕息憶重衾。感物百憂生，纏綿自相尋。與子隔蕭牆❿，蕭牆隔且深。形影曠⓫不接，所託聲與音。音聲日夜闊⓬，何用慰吾心？

【章　旨】本詩描述了時局的動盪，和在動盪的時局及充滿宵小的官場中更加思念心跡相通的故友，言詞中顯示出哀怨和真情。

【注　釋】❶大火　即「大辰」。星宿名。指蒼龍象之大火紀，即氐房心三星，為該宿最亮的三座星宿。❷貞　正。❸朱光　指夏季。❹積陽　指凝聚的陽氣。❺熙　興起。❻望舒離金虎　出自《詩經．小雅．漸漸之石》：「月離於畢，俾滂沱矣。」望舒，月亮。離，遭遇。金虎，指西方白虎七宿之畢宿。❼屏翳　雨師。❽迕　違背。❾輕羽　扇子。❿蕭牆　宮內矮牆。⓫曠　久遠。⓬闊　稀少。

【語　譯】夏季大火星正高懸南天之中，暑氣從南興起。忽然出現了月亮遇到畢宿的雨象，於是雨師吐布重重陰雲。淒冷的風兒也違時而來，令人苦悶的雨兒便成了連綿不絕的大雨。早晨出去，不用那拂暑的扇子，晚上休息，竟想到那厚厚的衾被。有感時物於是生出了許多憂煩，這憂煩纏綿不去，自然就想起了你。和你平日只隔一堵宮牆，可這堵宮牆卻隔得很深。我們好久不能相見，可以寄託的只有書信。而書信久疏，用什麼來慰藉我思念之情呢？

其二

朝遊遊層城❶，夕息旋❷直廬❸。迅❹雷中宵激，驚❺電光夜舒。玄雲❻拖朱閣，振風薄綺疏❼。豐注❽溢脩霤❾，黃潦❿浸階除⓫。停陰結不解，通衢⓬化為渠。沈稼湮⓭梁⓮潁⓯，流民泝⓰荊⓱徐⓲。眷言⓳懷桑梓⓴，無乃㉑將為魚㉒。

【章旨】本詩通過對水災的描述，表達了作者對故里的關切，也暗示了時局的動盪多變、生命難保的悲哀。

【注釋】❶層城　傳說天帝之下都崑崙山上有層城。此指皇宮。❷旋　回轉。❸直廬　值班的衙門。❹迅　急。❺驚　快。❻玄雲　黑雲。❼綺疏　雕有花紋的窗戶。❽豐注　大水流。❾霤　屋簷。❿潦　雨水積聚。⓫除　臺階。⓬衢　四通八達的大路。⓭湮　沒。⓮梁　指今河南開封。⓯潁　指今河南許昌。⓰泝　逆流向上行。此當指南行。古以南為上。⓱荊　荊州。今湖北一帶地方。⓲徐　徐州。今江蘇北部。⓳眷言　依戀嚮往的樣子。⓴桑梓　家鄉。㉑無乃　恐怕。㉒為魚　指像魚一樣被淹在水裡。《左傳．昭公元年》：「微禹，吾其魚乎？」

【語譯】早晨出去走進帝都高大的城闕中，晚上休息則從值宿的衙門中回來。忽然半夜裡急雷震響。飛速的閃電也在夜空劃過。黑雲重重像在拖著紅紅的亭閣。勁風不時地吹在窗戶上，雨水從長長的屋簷上傾流下來，臺階都浸泡在黃黃的水中。停聚的陰雲凝結不解，四通八達的大道也將化為水渠。淹沒莊稼淹沒梁州潁州二地。災民都向荊州和徐州逃難。見此情景使我很懷念故鄉，恐怕那裡也將是一片汪洋了。

贈顧交阯公真

【作　者】陸機，見頁七〇五。

【題　解】此詩僅對顧祕能去遠方任職表達贊許和勉勵，並流露出朋友離多聚少的感傷。顧祕，字公直，曾出任在今越南境內的交州刺史。

顧侯❶體❷明德，清風肅❸已邁❹。發跡❺翼❻藩后❼，改授撫南裔❽。伐鼓五嶺❾表，揚旌萬里外。遠績❿不辭小，立德不在大。高山安足凌，巨海猶縈⓫帶。惆悵⓬瞻飛駕，引領⓭望歸旆⓮。

【注　釋】❶侯　爵位。❷體　根本。❸肅　嚴正。❹邁　遠。❺發跡　猶興起。此指駕車。❻翼　護持；輔佐。❼藩后　指吳王司馬晏。❽南裔　指交阯。❾五嶺　〈廣州記〉云指大庾、始安、臨賀、桂陽、揭陽五嶺，與今日之名稱不盡同。❿績　功勞。⓫縈　環繞。⓬惆悵　心情失意感傷的樣子。⓭引領　伸長脖子。⓮旆　旗幟。

【語　譯】顧侯以磊落的德行為根本，清廉的聲望端肅而遠播。起先您奉命去輔佐吳王，皇王又改授您去鎮撫南部邊陲。在五嶺之上擊鼓，在萬里之外的地方建旗。遠方的功勞不因其小而不為，建立德業不必都在大的事業。高山哪值得一躍，大海也只像一條環繞的衣帶。我惆悵地眺望著那如飛而去的車駕，伸長脖子盼望那凱旋而歸的旌旗。

贈從兄車騎

【作　者】陸機，見頁七〇五。

【題　解】該詩以贈從兄為名，傾瀉作者的思鄉之情，全詩充滿了感傷與哀怨。從兄指陸機的堂兄陸曄，字士光，其人少有雅望，尤其以孝稱鄉里。

孤獸思故藪❶，離鳥悲舊林。翩翩❷遊宦❸子，辛苦誰為心？髣髴谷水❹陽，婉孌❺崑山❻陰。營魄❼懷茲土，精爽❽若飛沈。寤寐靡安豫❾，願言思所欽❿。感彼歸途艱，使我怨⓫慕深。安得忘歸草⓬，言⓭樹⓮背與衿⓯。斯言豈虛作？思⓰鳥有悲音。

【注　釋】❶藪　澤水乾則為藪。多為鳥獸所居。❷翩翩　往來不止的樣子。❸遊宦　在外做官。❹谷水　陸道瞻〈吳地記〉云：海鹽縣東北有長谷，陸機父祖曾居於此。❺婉孌　纏綿不捨。❻崑山　在長谷東。陸機父祖葬於此。❼營魄　猶魂魄。營魂古音近相通假。❽精爽　即精神。❾豫　安。❿欽　敬佩。此有嚮往意。⓫怨　慕。⓬忘歸草　即萱草。⓭言　句首語氣詞。⓮樹　栽種。⓯背與衿　背，指後。衿，指前。⓰思　懷念。

【語　譯】孤單的獸兒總思念過去生活的藪澤，離群的鳥兒總悲戀著舊日的樹林。忙忙碌碌在外面做官的人，辛辛苦苦為誰費心？彷彿入眼的還是谷水南岸的故里，纏綿難捨的仍為崑山北側的祖地。魂魄懷戀著這塊土地，精神也好像在飄忽不定。無論睡著還是醒來都沒有安適之時，心中想念我所欽敬的人。感慨那歸途的艱難，這使我的渴望之情更深。哪裡能得到使人忘憂的萱草，把它種在屋前屋後以慰我心。只是思侶的鳥兒自然會發出悲哀的聲音。

答張士然

【作　者】陸機，見頁七〇五。

【題　解】此詩在表述仕宦苦樂的同時，也流露出一股淡淡的鄉思。張悛，字士然，吳人，少以文章與機友善。

絜身❶躋❷祕閣❸，祕閣峻且玄❹。終朝理文案❺，薄❻暮不遑❼瞑。駕言❽巡明祀❾，致敬在祈年。逍遙春王圃❿，躑躅千畝田⓫。回渠繞曲陌⓬，通波扶⓭直阡⓮。嘉穀垂重穎⓯，芳樹發華顛⓰。余固水鄉⓱士，惣⓲轡臨清淵。戚戚⓳多遠念，行行⓴遂成篇。

【注　釋】❶絜身　謂修飭自己的品行。絜，通「潔」。❷躋　登。❸祕閣　祕書省。此時陸機任著作郎。❹玄　幽遠。❺文案　公文案卷。❻薄　迫近。❼遑　空閒。❽言　詞尾。❾明祀　神明之祀。❿春王圃　洛陽皇宮中有春王園。⓫千畝田　指皇帝行藉田禮的地方。⓬陌　田間東西向的小路。此與下之「阡」互文見義。⓭扶　循。⓮阡　田間南北向的小路。⓯穎　麥芒。這裡代指麥穗。⓰顛　樹梢。⓱水鄉　指吳。⓲惣　同「總」。攬。⓳戚戚　憂傷的樣子。⓴行行　不停地前進。

【語　譯】通過自身的修養升入祕書閣，祕書閣高崇又幽深。整天整理文書案卷，到傍晚也沒時間休息。隨皇上駕車出去祭祀神明，目的就在於祈求豐年。在皇宮的春王圃裡隨便走走，在君王的藉田中轉轉。那裡有回轉的渠水繞著彎彎的田間小路，渠水循著筆直的田間小路流去。嘉穀都垂著沉甸甸的穗兒，芳樹連樹梢都開花。我本是水鄉長大的人，拉住馬韁來到那清澈的水旁。心裡充滿惆悵因為想起了遠方的故鄉，於是我邊走邊想寫下了這首詩。

為顧彥先贈婦 二首

【作　者】陸機，見頁七〇五。

【題　解】此蓋摯友相戲之作。二詩通過對遊宦者與妻子共同的孤獨感及相思之情的描述，表達了夫妻間的深情厚意。

其一

辭家遠行遊，悠悠❶三千里。京洛多風塵，素❷衣化為緇❸。修身悼❹憂苦，感念同懷❺子。隆思辭❻心曲，沈歡滯不起。歡沈難尅❼興，心亂誰為理？願假歸鴻翼，飜❽飛浙江❾汜❿。

【章　旨】本詩通過對遠行在外的丈夫的孤獨與對妻子的關心和慰藉心理的描寫，表現了可貴的專一與戀妻情愫。

【注　釋】❶悠悠　遙遠的樣子。❷素　白色。❸緇　黑色。❹悼　感傷。❺懷　想念。❻辭　當為「亂」。李善注引《毛詩》「亂我心曲」。《四部叢刊》影宋本《陸士衡文集》作「亂」。❼尅　同「剋」。必定。❽飜　同「翻」。❾浙江　今浙江部分地區古屬吳地。⑩汜　水邊。

【語　譯】離家到遠方去為官，距家迢迢三千里。京都洛陽多風沙塵埃，潔白的衣服都成了黑色。想要離鄉宦遊卻又感到憂愁與苦惱繁多，因為我深深的懷念。無限的思念常擾亂心緒，消逝的歡樂總是沈滯不起。歡樂已消逝，再也難興起，心緒已擾亂誰又能為我重理？但願能憑藉南歸雁兒的羽翼，能飛回到故鄉的水邊上。

其二

東南①有思②婦，長歎充③幽闥④。借問歎何為？佳人⑤眇⑥天末。遊宦久不歸，山川修⑦且闊。形影參商⑧乖，音息曠⑨不達。離合非有常，譬彼弦與括⑩。願保金石⑪軀，慰妾長飢渴。

【章　旨】此詩以妻子的口吻表達了離散的感傷，並從哲理上對離合無常做了無可奈何的解釋，借以抒寫一種濃濃的異地相思情。

【注　釋】①東南　浙北在洛陽的東南。②思　哀愁。③充　盈滿。④闥　小門。⑤佳人　指丈夫。⑥眇　通「渺」。遙遠。⑦修　高遠。⑧參商　二十八宿中的二宿。參為西方白虎七宿中的最後一個，商為東方蒼龍七宿中的第五顆，二星分處東西，此起彼落，永無相見之時。⑨曠　久。⑩括　箭的後端。⑪金石　指金玉。

【語　譯】東南有個哀愁的婦人，她長長的歎息聲迴盪於深閨內。請問她為什麼長歎？因為丈夫在遙遠的天邊。外出做官久不歸，山河遠阻。彼此像參商一樣乖違難見，音訊消息也久不相通。人生離合無常，恰似那弓箭離弦。但願你保重貴體，那就能安慰我無限的相思。

贈馮文羆

【作　者】陸機，見頁七〇五。

【題　解】本詩描寫了朋友離別的淒苦與感傷，表達了作者對朋友的關切之情。本詩亦當作於馮文羆貶謫斥丘（今河北成安東南）之後。是時陸仍官太子洗馬。

昔與二三子❶，遊息承華❷南。拊❸翼同枝條，翩飛各異尋。苟❹無凌風翮❺，徘徊守故林。慷慨誰為感？願言❻懷所欽。發軫❼清洛汭❽，驅馬大河陰❾。佇立望朔塗，悠悠迥❿且深。分索⓫古所悲，志士多苦心。悲情臨川結，苦言隨風吟。愧無雜⓬珮贈，良訊代兼金⓭。夫子茂⓮遠猷⓯，款⓰誠寄惠音。

【注　釋】❶二三子　你們這些人。這裡指朋友。❷承華　太子宮殿的一個門名。❸拊　輕拍。❹苟　假如。❺翮　羽莖。此指鳥翼。❻言　詞尾。❼軫　車後橫木。指代車。❽汭　水北為汭。❾陰　河南為陰。❿迥　長。⓫索　散。⓬雜　有光彩的樣子。⓭兼金　兼價之金。⓮茂　正在。⓯猷　通「徭」。即役。⓰款　誠。

【語　譯】往日和朋友們在一起，優遊止息在承華門之南。如展翅在同一樹枝上的鳥兒，翱翔起來去尋找各自不同的追求。假如沒有淩風的羽翼，那就只好徘徊不已而守在舊林。情緒激揚是為誰所感，殷切懷念我那仰慕的人兒。從清清的洛水河北發車，驅馬來到黃河的南岸。久久地站立看那北方的路，迢迢綿長又幽遠。分離自古就是悲傷的事，有志之士則有更多淒苦的心思。面對河水鬱結著悲傷的情懷，淒苦的詩歌隨風兒吟唱。

慚愧我沒有光豔的玉佩相送，就用美好的問候來代替貴重的黃金吧！您正在遠方任職，我真誠地寄上這份善良的祝福。

贈弟士龍

【作　者】陸機，見頁七〇五。

【題　解】此詩描寫了一種無奈何的別離時的感傷心境，表達兄弟間的繾綣的厚意深情。

行矣怨路長，惄❶焉傷別促❷。指途悲有餘，臨觴❸歡不足。我若西流水，子為東時岳❹。慷慨❺逝❻言感，徘徊居❼情育❽。安得攜手俱，契闊❾成騑❿服⓫？

【注　釋】❶惄　憂慮。❷促　倉卒。❸觴　盛滿酒的杯。❹岳　山岳。❺慷慨　情緒激昂。❻逝　逝者；走的人。指作者。❼居　居者；留下的人。指作者之弟士龍。❽育　生。❾契闊　久別。❿騑　轅馬旁邊的馬。⓫服　轅馬。

【語　譯】走吧，但恨那道路如此漫長；悲憂，只為別離的倉促而感傷。手指著分手的長路就痛心不止，雖然舉起酒杯，卻也感受不到多少歡愉的氣氛。我像西流的河水，你卻像那在東方聳立的山岳。情緒激奮，要走的人說話充滿感傷；行止纏綿，留下的人真情油然而生。怎樣才能攜手與共，將久別化為朝夕同在？

為賈謐作贈陸機

【作　者】潘岳，見頁七八一。

【題解】該詩勸諭陸機勿拘泥於亡國離鄉之感傷中，盛贊其才華已為晉皇室及諸文友所賞識，並勉勵他不要因異地而處則文思頓蹇。賈謐已見陸士衡〈答賈長淵〉，潘安仁亦賈謐文章二十四友之一。此詩作於陸機從吳王郎中令遷任尚書郎之後。

肇❶自初創，二儀❷烟熅❸。粤❹有生民，伏羲❺始君。結繩闡❻化❼，八象❽成文。芒芒❾九有❿，區域以分。神農⓫更⓬王，軒轅⓭承紀⓮。畫野離疆，爰封眾子⓯。夏殷⓰既襲，宗周⓱繼祀。綿綿⓲瓜瓞⓳，六國⓴互㉑峙。強秦兼并，吞滅四隅㉒。子嬰㉓面櫬㉔，漢祖㉕膺㉖圖。靈獻㉗微弱，在涅㉘則渝㉙。三雄㉚鼎㉛足，孫㉜啟南吳。南吳伊何？僭㉝號稱王。大晉㉞統天，仁風遐㉟揚。偽孫㊱銜璧㊲，奉土歸疆。婉婉㊳長離㊴，凌江而翔。長離云㊵誰，咨㊶爾陸生。鶴鳴九皋㊷，猶載㊸厥聲。況乃海隅㊹，播名上京㊺。爰㊻應旌招㊼，撫翼㊽宰庭㊾。儲皇㊿之選，實簡(51)惟良。英英(52)朱鸞(53)，來自南岡。曜藻(54)崇正(55)，玄冕丹裳(56)。如彼蘭蕙(57)，載採其芳。藩岳(58)作鎮(59)，輔我京室。旋(60)反桑梓(61)，帝弟(62)作弼(63)。或云國(64)宦(65)，清塗(66)攸(67)失。吾子(68)洗然(69)，恬淡自逸。廊廟(70)惟清，俊乂(71)是延(72)。擢(73)應(74)嘉舉，自國而遷。齊轡群龍(75)，光讚(76)納言(77)。優游省(78)闥(79)，珥筆(80)華軒(81)。昔余與子，繾綣(82)東朝(83)。雖禮以賓，情同友僚。嬉娛絲竹(84)，撫(85)鞞(86)舞

〈韶〉87。修日朗月，攜手逍遙。自我離群，二周88於今。雖簡89其面，分90著情深。子其超91矣，實慰我心。發言為詩，俟望好音。欲崇其高，必重其層。立德之柄92，莫匪安恆。在南稱甘，度北則橙93。崇94子鋒穎95，不頹不崩。

【注釋】❶肇　開始。❷二儀　指天地。《易・繫辭上》：「易有太極，是生兩儀。」❸烟熅　今多作「氤氳」。指天地陰陽之氣混沌未分的樣子。❹粵　句首語氣詞。❺伏羲　即酋長意。傳說他是人類的始祖神，他發明了結繩記事和以八卦通神的方法。❻闡　推行。❼化　教化。❽八象　即八卦。以其分別象徵天地水火風雷山澤八物而稱八象。❾芒芒　同「茫茫」。廣大無邊的樣子。❿九有　即九州。⓫神農　即指炎帝。傳說中繼始祖神伏羲之後的華夏帝王。今之研究者以其為黃河中上游的一個部落酋長，與下游的黃帝部落相對而存，此蓋史實，非史跡也。⓬更　代替。⓭軒轅　黃帝號。傳說為繼始祖伏羲之後的第三個帝王。⓮紀　此指天地之法則。⓯畫野離疆二句　《漢書・卷二八・地理志》：「昔在黃帝……畫埜分州，得百里之國萬區。」又《史記・卷一・五帝本紀》：「黃帝二十五子，得其姓者一十四人。」爰，於是。⓰殷　商代。⓱宗周　以周為當時諸侯之所宗，故名。⓲綿綿　連續不斷的樣子。⓳瓜瓞　大瓜小瓜。⓴六國　齊楚燕韓趙魏。㉑㸦　同「互」。㉒隅　方也。㉓子嬰　秦始皇之長子扶蘇之子。趙高弒秦二世後，立子嬰為秦王。㉔面櫬　即請死投降意。櫬，棺材。㉕漢祖　指漢高祖劉邦。㉖膺　接受。㉗靈獻　指東漢靈帝劉弘和獻帝劉協。㉘涅　黑泥。㉙渝　改變。㉚三雄　即魏蜀吳三國之主。㉛鼎　古之炊器，多為三足。㉜孫　孫權。㉝僭　超越身分；越職。㉞大晉　指晉武帝司馬炎統一中國而言。㉟遐　遠。㊱偽孫　指孫皓。吳國最後一個帝王。㊲銜璧　指死人飯含珠玉。這裡代指投降請死。㊳婉婉　婉轉屈伸的樣子。㊴長離　靈鳥。此指陸機。㊵云　謂。㊶咨　問。㊷九皋　指深遠的大澤。《詩經・小雅・鶴鳴》：「鶴鳴于九皋，聲聞于天。」㊸載　充滿。㊹隅　角落。此指吳地。㊺上京　晉都洛陽。㊻爰　同注⓯。㊼旌招　《孟子・萬章下》有招「大夫以旌」之禮的記述。㊽撫翼　振翼。自得其所的樣子。㊾宰庭　指初招陸機為祭酒的太傅楊駿之庭。㊿儲皇　太子。(51)簡　選擇。(52)英英　俊美貌。(53)朱鸞　鳳凰的一種。此喻陸機。(54)藻　文采。(55)崇正　太子宮中一殿名。(56)玄冕丹裳　大夫的服飾。(57)蘭蕙　蘭花蕙草。二者均有異香。(58)藩岳　指所封的諸王侯。(59)鎮　鎮守。(60)旋　隨後。(61)桑梓　指故鄉吳地。62帝弟 吳王司馬晏。63弼 輔助。指為吳王郎中令。64國 王侯之封地。此代指王侯。65宦 官員。66清塗 此指在朝廷為官的前程。67攸 所。68吾子 您。69洗然 心情安詳的樣子。70廊廟 代指朝廷。71乂 才華出眾。72延 招進。73擢 提拔。74應 正值。75群龍 喻群賢也。76讚 輔佐。77納言 指尚書令。78省 漢制以總轄群臣之署為省。後遂以之代指高級官署。79闈 宮中小門。80珥筆 指侍臣插筆於冠側以備記事。81軒 有窗之長廊。82繾綣 情意深厚。83東朝 指東宮太子朝。84絲竹 指弦樂器與管樂器。這裡泛指樂器。85撫 拍。86鞞 小鼓。87韶 舜時樂曲名。88二周 指兩年。陸機〈答賈長淵〉詩有「遊跨三春，情固二秋」句。89簡 少。90分 友誼。91超 傑出。92柄 根本。《周易·繫辭下》：「恆，德之固也。」93在南稱甘二句 喻指人或有徙居而變節者。94崇 助長；增高。此猶言發揮。95鋒穎 指卓越才幹。

【語　譯】自從宇宙形成伊始，天地間就充滿了氤氳之氣。而後就出現了人民，伏羲成了最初的君王。他結繩記事來推闡教化，創設八卦來輔成文明。廣大無際的九州，才得以分劃成為幾個區域。神農帝接後做君王，黃帝又繼承了帝綱。規劃原野，分別疆界，冊封他的子嗣們。夏朝商朝各繼王業，周朝又承續帝位。子孫後代綿綿不絕，遂有六國相互對立，強大的秦國實行兼并，吞滅了四方諸國。其後秦王子嬰投降，漢高祖劉邦接受了版圖。至靈帝獻帝時，漢益微弱，處在衰亂之世人就加以變通，出現了三雄鼎立，而孫權開創了南方吳國。南方吳國是怎麼回事呢？那是越位立號而稱王的。大晉王朝一統天下，仁德之風遠遠傳揚。偽朝孫氏君王投降，奉上土地，歸還疆野。雍容自得的長離鳥，越過長江去飛翔，那長離鳥說的是誰，這要問你陸機了。鶴在深遠的大澤中高鳴，天地間都充滿牠的聲音。何況是在海天一隅，聲名還傳布到京城呢！於是聽命朝廷的宣召，在太宰的府中舒展自得。皇太子選擇師友，只挑選那傑出的人才。那俊美的丹鳳鳥，從南面的山岡飛來。在崇正殿裡炫耀那燦爛的文采，身著黑帽紅褲子禮服。正如那蘭花蕙草，才開始被人蒐集它的芬芳。諸王共守天下，輔佐皇都京城。不久你又回返吳地，為君王的弟弟作助手。有人說這只是諸侯的屬官，你光明的前程就失去了。但你卻很安詳處之，恬淡而居自任逍遙。當今朝廷清明，才華出眾的人都得到招進。正當大舉之時你就得到提拔，從王國遷返京都。與眾英才並駕齊驅，任尚書郎來輔佐光大尚書令。在京都的官府裡從容自若，在華麗的廊府內做侍臣。從前我和你一起，在太子的東宮裡結下深情厚誼。雖以賓客之禮互相對待，但情誼上卻像朋友和同僚一樣。我們用樂器娛樂，拍著小鼓跳著〈韶〉舞。長長的白晝，朗朗的月，攜手同行多逍遙。自從我們分別後，到現在已兩年多，見面的次數雖然減少，友誼使我們感情猶深。你依然傑出瀟灑，這使我感到非常快慰。於是發言作詩，以期待好的回音。想要增加高度，就一定要重複那層級。樹立德行的根本，始終要很堅定。在南方人們叫柑桔，到北方人們就叫橙子。發揮你卓越的才德，永遠立於不敗之地。

贈陸機出為吳王郎中令

【作　者】潘尼（西元二五一？～三一一？年），字正叔，滎陽中牟（今河南中牟）人。潘岳之姪。太康中舉秀才，為太常博士，後官至太常卿，「永嘉之亂」後辭官歸里。明人輯有《潘太常集》。其詩重詞尚巧，《詩品》謂之「文采高麗」。

【題　解】該詩盛贊了陸機傑出的才華，以王命大任來勉勵陸機，希望他能對這次離京遠宦持一種豁達態度。詩中也時時隱含著作者的惋戀之意表現出二人的真摯友誼。

東南之美，曩❶惟延州❷。顯允❸陸生，於今尠❹儔❺。振鱗南海，濯❻翼清流。婆娑❼翰林❽，容與❾墳丘❿。玉以瑜⓫潤，隨⓬以光融⓭。乃⓮漸⓯上京，乃儀⓰儲宮。玩⓱爾清藻，味爾芳風。泳之彌廣，挹⓲之彌沖⓳。崑山⓴何有？有瑤㉑有珉㉒。及爾同僚㉓，具惟近臣。予涉素秋㉔，子登㉕青春。愧無老成，廁彼日新。祁祁㉖大邦，惟桑㉗惟梓。穆穆㉘伊人，南國之紀㉙。帝曰爾諧㉚，惟王卿士。俯僂㉛從命，爰恤㉜奚㉝喜。我車既巾㉞，我馬既秣㉟。星陳夙駕，載脂載轄㊱。婉孌㊲二宮㊳，徘徊殿闈。醪㊴澄莫饗，孰慰飢渴。昔子忝私㊵，貽㊶我蕙蘭。今子徂東㊷，何以贈旃㊸？寸晷惟寶，豈無璵璠㊹？彼美陸生，可與晤言。

【注　釋】❶曩　從前。❷延州　指延陵（今江蘇武進）。春秋時，以重義多聞著稱的吳公子季札封於此地。❸顯允　高雅誠信。❹尠　少。❺儔　比並。❻濯　洗浴。❼婆娑　舒展自如。❽翰林　文翰之林。即文苑。❾容與　從容不迫。❿墳丘　指《三墳》《九丘》。古代典籍名。⓫瑜　美。與玉上之瑕相對。⓬隨　隨侯之珠。⓭融　朗。⓮乃　於是。⓯漸　遷。⓰儀　匹配。這裡指做僚屬。⓱玩　欣賞。⓲挹　舀。⓳沖　虛廓。⓴崑山　即崑崙山。㉑瑤　美玉。㉒珉　美石。㉓同僚　潘正叔在元康初任太子舍人，陸機為太子洗馬。㉔素秋　晚年。㉕登　進入。㉖祁祁　繁榮豐盛。㉗桑　與下文「梓」，指代故鄉。㉘穆穆　容儀端莊清麗的樣子。㉙紀　準則。㉚諧　合適。㉛俯僂　俯首鞠躬。㉜恤　憂慮。㉝奚　哪裡。或當為爰字之訛。㉞巾　覆蓋的圍幔。㉟秣　餵。㊱轄　擋車輪不使脫落之栓。㊲婉孌　纏綿不捨。㊳二宮　帝宮與太子宮。㊴醪　濁酒。㊵忝私　辱愛。㊶貽　贈。㊷徂東　指到吳地去。吳在洛陽之東。徂，往。㊸旃　通「之」。㊹寸晷惟寶二句　《淮南子·原道》：「故聖人不貴尺之璧而重寸之陰，時難得而易失也。」晷，影。指光陰。璵璠，皆美玉名。

【語　譯】東南吳地的美境，從前只有延陵。高雅誠信的陸生，現在很少有人比得上。如蛟龍在南海張鱗遨遊，如鳳凰在清流中滌羽嬉戲，您在文苑裡自如舒展，潛心研究古代典籍。玉因有其美而生溫潤光彩，隨侯之珠因有其光澤而能朗照。於是您進身京都，做了太子的屬官。欣賞您那清麗的詞句，品味那高雅的詩文。在您的學海中泛泳感到更廣闊，如掬水於大江愈感到深沈。崑崙山上出產什麼？那裡有美麗的玉石。我們同為僚友，都是帝王近臣。我已步入暮年，您卻正當青年。慚愧我老無所成，還置身在您們這些與日俱新的人中間。吳國是個豐饒的大國，那是您的故鄉。清麗端莊的人啊，您是南國的模範！君王說您最合適去做吳王的卿士。您俯首聽從命令，不敢喜悅而只有擔心。車兒已經把圍幔覆蓋好，馬兒也已經餵好。在星夜裡準備好在大清早就駕車，又上車油又裝車轄。纏綿留戀二宮外，彷徨徘徊在殿門旁。濁酒放澄了還沒飲乾，誰能安慰皇上那迫切思賢的心情。以前您很關心我，贈我詩章如蕙草蘭花。現在您要去東方，我用什麼回餽您？一寸光陰也是寶，難道沒有璵和璠？您這德才兼備的陸生，我們可以互訴衷腸。

贈河陽

【作　者】潘尼，見頁一一二一。

【題　解】本詩盛贊潘岳少年英才，稱譽他能像古代傑出的人物一樣建功立業。並隱隱地勉勵他勿以天姿為恃而不修「天爵」。河陽，指潘岳，岳二十餘歲即舉秀才，復出任河陽令。此詩當作於潘岳任河陽令時。

密生❶化單父❷，子奇❸涖東阿❹。桐鄉❺建遺烈，武城❻播弦歌。逸驥騰夷❼路，潛龍躍洪波。弱冠❽步鼎鉉❾，既立❿宰三河⓫。流聲馥秋蘭，摛⓬藻豔春華。徒⓭美天姿茂，豈謂人爵⓮多。

【注　釋】❶密生　即宓子賤。《呂氏春秋．開春論》：「宓子賤治單父，彈鳴琴，身不下堂而單父治。」❷單父　地名。在今山東單縣南。❸子奇　齊人。年十八為東阿令，東阿大治。❹東阿　今山東陽穀北。❺桐鄉　屬今安徽桐城北。漢代朱邑曾官於此，以其清廉仁愛，故死後桐鄉之百姓祀焉。❻武城　在今山東費縣南。《論語．陽貨》：「子之武城，聞弦歌之聲。夫子莞爾而笑。」此時孔子弟子子游為武城宰。❼夷　平坦。❽弱冠　二十歲左右的男子。❾鼎鉉　《易．鼎》：「鼎黃耳金鉉。」後以鼎鉉喻為宰輔之職。❿既立　指三十而立之年。⓫三河　指河內河南河東三郡之地。河陽屬河南郡，故地在今河南孟縣附近。⓬摛　鋪陳。⓭徒　只是。⓮人爵　指求官為宦之事。《孟子・告子上》：「仁義忠信，樂善不倦，此天爵也；公卿大夫，此人爵也。」

【語　譯】密生能教化單父之民，子奇能治理東阿之地。朱邑在桐鄉建下不朽功績，子游在武城廣施禮樂之教。你就像那自由的騏驥，在平坦的大路上奔騰，又如那潛藏的巨龍，在洪波上翻湧。你弱冠之年就走上宰輔之路，而立之時又統轄三河之地。聲名遠播比秋天的蘭花還要馨香，鋪陳的辭藻比春天的花朵還要豔麗。我只是贊美你天賦德行的豐茂，哪裡稱道那高官厚爵的人？

贈侍御史王元貺

【作　者】潘尼，見頁一一二一。

【題　解】該詩蓋感於世亂而發，希望正直的侍御史能多為國家選賢舉能。侍御史，官名，隸御史大夫，掌監察與出使等務。王元貺，其人其事不詳。本詩當作於武帝亡後，趙王倫叛亂之前。

崑山❶積瓊❷玉，廣廈構眾材。游鱗❸萃❹靈沼，撫❺翼希❻天階❼。膏❽蘭孰為銷？
濟治由賢能。王侯厭崇禮❾，迴跡清憲臺❿。蠖⓫屈固小往，龍翔迺大來。
協心毗⓬聖世，畢力讚⓭康⓮哉！

【注　釋】❶崑山　崑崙山之省稱。傳說其上多玉。❷瓊　美玉。❸游鱗　指龍。❹萃　聚集。❺撫　拍；擺動。❻希　尋求。❼天階　指天梯。❽膏　油脂。《漢書・卷七二・龔勝傳》：「嗟呼！薰以香自燒，膏以明自銷。」❾崇禮　王宮聽政殿左有崇禮門。❿憲臺　指御史臺。專司彈劾之職。⓫蠖　尺蠖。又稱步屈。以其行走一伸一屈也。⓬毗　輔助。⓭讚佐助。⑭康　興盛。

【語　譯】崑崙山是由美玉積聚而成，大廈是由眾多的木材結構而成。龍要聚集在有靈氣的水淵，振動飛翼在尋求登天的階梯。膏油香草為誰銷溶？拯救天下當靠賢才高能。諸侯王都厭棄皇宮，你轉而任職御史臺。尺蠖屈身固然是小的退忍，巨龍高翔才是大的前進。協力同心匡輔聖明之世，竭盡全力佐助國家之興盛！

卷二一五

贈何劭王濟 并序

【作　者】傅咸，字長虞，北地郡泥陽（今甘肅寧縣東）人。舉孝廉後，曾官拜太子洗馬、司隸校尉等職。何劭入晉後為散騎常侍，遷升侍中，後官至司徒、太宰。王濟字武子，太原晉陽人，娶晉武帝女常山公主，曾貶謫國子祭酒，後累遷至侍中。

【題　解】本詩通過對何王二人才德的推崇，表達了一種希求篤重親情，相引共進之意。此詩作於西晉初年。

朗陵公❶何敬祖，咸之從內兄❷；國子祭酒❸王武子，咸從姑❹之外孫也。並以明德見重於世，咸親之重之，情猶同生，義則師友。何公既登侍中，武子俄而亦作❺，二賢相得甚歡，咸亦慶之。然自恨闇劣❻，雖願其繾綣而從之末❼由❽，歷試無效，且有家艱❾，賦詩申懷以貽之云爾。

日月光太清❿，列宿⓫曜紫微⓬。赫赫⓭大晉朝，明明⓮闢皇闈⓯。吾兄既鳳翔，王子亦龍飛。雙鸞遊蘭渚⓰，二離⓱揚清暉。攜手升玉階，並坐侍丹帷。金璫⓲綴惠文⓳，煌煌⓴發令姿。斯榮非攸㉑庶㉒，繾綣㉓情所希。豈不企高蹤？麟趾㉔邈難追。臨川靡芳餌㉕，何為空守坻㉖。槁葉待風飄，逝㉗將與君違㉘。違君能無戀？尸素㉙當言歸。歸身蓬蓽㉚廬，樂道以忘飢。進則無云㉛補，退則恤㉜其私㉝。但願隆㉞弘美，王度㉟日清夷。

【注釋】❶朗陵公　何劭襲其父太宰何曾之爵，封朗陵郡公。❷從內兄　即妻子之堂兄。❸國子祭酒　學官。掌太學、國子學及國子監所屬各學。❹從姑　堂姑。即父親的堂姊妹。❺作　擢官。❻闇劣　昏庸頑劣。❼末　無。❽由　緣由；因緣。❾家艱　指丁艱。即父母之喪。依古律當守喪三年。❿太清　猶天宇。⓫宿　星。⓬紫微　天帝及北極所在的紫微垣。⓭赫赫　盛大的樣子。⓮明明　察舉明德之人。⓯闈　內室。⓰蘭渚　喻指中書省。⓱二離　日月。喻指何王二人。⓲璫　著於冠上之玉璧。⓳惠文　晉侍中所戴之冠名。⓴煌煌　光彩四射的樣子。㉑攸　所。㉒庶　希求。㉓繾綣　感情纏綿的樣子。㉔麟趾　喻氣宇軒昂的人的足跡。《詩經・周南・麟之趾》：「麟之趾，振振公子。」㉕芳餌　喻美德。㉖坻　水中高地。㉗逝　去。㉘違　離開。㉙尸素　即尸位素餐。在其位不謀其政及無功受祿。㉚蓬蓽　二草名。此處意為以之堵塞門窗之貧者家居。㉛云　有。㉜恤　反省。㉝私　自己的言行。㉞隆　光大。㉟度　法制。

【語譯】朗陵公何敬祖，是我妻子的堂兄；國子祭酒王武子，是我堂姑的外孫子。他們都因有廣大的品德而受到舉世的器重。我也喜愛他們尊重他們。在感情上就像兄弟一樣，在道義上如同師友一般。何公已任侍中，武子不久也升任侍中。兩位才子相處甚為歡欣，我也為此感到慶幸。然而遺憾是自己很鈍愚頑劣，即使願意竭誠相交，卻求而無緣。多次努力都沒有結果。且又有家喪，只好寫詩陳述情懷來贈送他們了。

日月在天宇中熠熠光明，眾星輝映著帝宮紫微。繁榮興旺的大晉朝，皇宮已開啟察舉賢才的門。吾兄已經如鳳凰高翔，武子也像巨龍騰飛。一雙鸞鳥在中書臺上周遊，兩輪日月正播灑清光。攜手同登白玉宮階，並肩共坐同侍帝宮內室。惠文冠上綴著金璫冠飾，從優雅的身姿上散發出四射的光彩。這種榮耀並不是我所祈求的，厚意篤情則是我心中的希冀。我難道不想追求舉足高升？只是麟趾幽邈，難以追尋。到了河邊，卻沒有芳香的食餌，又為什麼要空守在那水中小洲。枯槁的葉子只待風兒吹去，去了就要和你們相別離，與你們相別離又怎能不生眷戀？但因為尸位素餐，的確應當歸去。歸往蓬門蓽窗的廬舍，樂於天道，從而忘去一切渴望。晉身如果沒有什麼補益，就退隱而反省自己的言行。但只願光大那弘大的美德。君王的法制就將日漸清朗而治平。

答傅咸

【作　者】郭泰機，河南人，生平事蹟不詳。

【題　解】此詩以寒女為喻，表露自己雖有才德，卻無所施為。旨在希望能得到傅咸的提攜援手。

皦皦❶白素絲❷，織為寒女衣。寒女雖妙巧，不得秉杼❸機。天寒知運❹速，
況復雁南飛。衣工秉❺刀尺，棄我忽❻若遺。人不取諸身，世士焉所希？況復已
朝餐，曷由❼知我飢？

【注　釋】❶皦皦　潔淨的樣子。❷素絲　沒有染色的絲。這裡象徵德行。❸杼　織布梭。❹運　時運。即時間的運轉。❺秉　執。❻忽　斷然貌。❼由　從。

【語　譯】純淨無瑕的白素真絲，織成貧寒女子的衣服。貧寒的女子雖然巧妙，但是不能拿那機梭來織彩衣。天氣轉冷才知道時節運轉的迅速，更何況大雁又南歸而去。做衣的工人拿起刀尺裁做冬衣，可是他們斷然地拋棄我，就像扔掉的一樣。一個人如果不從自身的感受來對待他人，那世上的士人還怎麼能有所希冀？況且又已經喫過早餐的人，從哪裡會知道我還餓著呢？

為顧彥先贈婦二首

【作　者】陸雲，見頁八八九。

【題　解】此二詩從婦人的角度來設想丈夫遊宦的京城必多豔冶女子，希望丈夫猶能顧念一二往日的相知相愛。顧彥先與二陸同為當時著名的江南「三俊」，是以有此種朋友間相戲之作。

其一

悠悠❶君行邁❷，煢煢❸妾獨止。山河安可踰❹？永❺路隔萬里。京室多妖冶❻，粲粲❼都❽人子❾。雅❿步擢⓫纖腰，巧笑發皓⓬齒。佳麗良⓭可美，衰賤⓮焉⓯足紀。遠蒙眷顧⓰言，銜恩非望始。

【章　旨】此詩通過妻子對闊別的無奈和對丈夫所在京城妖冶女郎的設想，表達了一種淒婉而執著的期待。

【注　釋】❶悠悠　遙遠沒有窮盡的樣子。❷邁　遠。❸煢煢　零丁孤苦的樣子。❹踰　越過。❺永　長。❻妖冶　豔麗。❼粲粲　鮮明的樣子。❽都　美。❾子　古兼兒子與女兒。這裡特指女兒。❿雅　優閒。⓫擢　引帶也。⓬皓　潔白。⓭良　很。⓮衰賤　婦人自稱。⓯焉　哪裡。⓰顧　念。

【語　譯】遙遙無盡頭，你走得好遠；零丁孤苦，我獨自留家中，高山大河怎麼能越過？長長的路兒相隔萬里。京都王宮多有豔麗的美人兒，都是明麗美妙的女孩子。優雅的步履，搖動著款款細腰；淺淺的微笑，露出顆顆白齒。美麗的女孩兒很值得贊美，色衰身賤的妻子又哪裡值得記掛！只望你遠遠地還能想起我，我就感恩不盡而不敢奢望開始時那種愛戀了！

其二

浮海難為水，遊林難為觀。容色貴及時，朝華忌日晏❶，皎皎❷彼姝❸子，灼灼❹懷春粲❺。西城❻善雅儛❼，總章❽饒❾清彈❿。鳴簧⓫發丹脣，朱絃⓬繞素腕。輕裾⓭猶電揮，雙袂⓮如霧散。華容溢藻幄⓯，哀響入雲漢。知音世所希⓰，非君誰能讚？棄置北辰星⓱，問此玄龍⓲煥⓳。時暮復何言，華落理必賤。

【章旨】此詩仍從妻子的角度設想入京都遊宦的丈夫在開闊視野之後，也許會重色輕德，全詩用一種調侃的口吻來對丈夫加以諷喻。結尾一句恰如輕歎，道出了一個堅貞摯愛人兒的哀婉與必有的失落感。

【注釋】❶晏　晚。❷皎皎　白皙的樣子。❸姝　美妙。❹灼灼　鮮明的樣子。❺粲　美貌。❻西城　晉代魏後，置魏宮人於洛陽城西北角之金庸城。❼儛　同「舞」。❽總章　古代樂官名。此泛指樂伎。❾饒　多。這裡指擅長、精通。❿清彈　清新的彈唱。⓫簧　指樂器中能振動發聲的薄片。這裡代指簧樂器，如笙、竽等。⓬朱絃　指弦樂。這裡代指弦樂器如瑟、琴等。⓭裾　衣襟。⓮袂　衣袖。⓯藻幄　彩色的帳子。⓰希　通「稀」。少。⓱北辰星　此喻堅定不移者。⓲玄龍　指變幻不定的宮人女妓。⓳煥　光彩。

【語譯】在大海中漂浮過，就很難看得上別的水；在山林中周遊過，就很難看得上別的景觀。容貌姿色就可貴在及時，早晨開的花兒最怕太陽西下。那白皙美妙的女孩子，那勃勃懷春的可人兒。西城的宮女擅長優美的舞蹈，樂伎精通清麗的彈唱。簧曲從丹脣中奏出，弦樂在皓腕上流轉。輕忽的衣襟像閃電一樣倏去倏來，翩翩的雙袖又如雲霧般飄飄聚散。花容月貌的人兒充滿了彩色的帳幃，而那感傷的歌曲卻直衝雲霄。知音是世上很難尋覓的好友，除了你又有誰能贊美她們呢？你還是拋棄那堅貞不移的北辰星，去關心那變幻不定的玄龍的光華吧！韶光已去，還能說什麼呢？花已凋零，在情理上也該賤不足惜了罷！

答兄機

【作　者】陸雲，見頁八八九。

【題　解】此詩為答陸機之〈贈弟士龍〉一詩，全詩以一種豁達的超脫口吻來寬慰遠行的兄弟，但又流露著不盡的眷戀和感傷。

悠遠塗可極，別促怨會長。銜恩❶戀行邁，興言在臨觴。南津有絕❷濟❸，
北渚無河梁❹。神往同逝❺感，形留悲參商❻。衡❼軌若殊跡，牽牛❽非服箱。

【注　釋】❶恩　《四部叢刊》本《陸士龍集》作「思」，當據改。思，悲也。❷絕　橫渡。❸濟　渡。❹梁　橋。❺逝　去。這裡代指離去的人。❻參商　二星宿名。指東方蒼龍象之心（商）宿與西方白虎象之參宿，二者此出彼入永不相見。此借指兄弟永別難以相見。❼衡　車轅前端的橫木。❽牽牛　指河鼓星。

【語　譯】再怎麼悠長遼遠的路也可以走完，離別如此急迫，只怨那相會的時光太長。含悲眷戀，不捨地踏上遠程，心中湧起萬語千言，只因舉起告別的酒。南邊的渡口有橫渡而過者，北方的河岸卻也無橋梁可過。心神離去，同遠行的人一起感傷，形體尚留，但悲參商永別。車衡和車軌如果行跡不一致，那就不過是像牽牛星一樣，徒有其名而不能馱物。

答張士然

【作　者】陸雲，見頁八八九。

【題　解】本詩歷敘遊宦征途之苦與因風習差異而產生的孤獨感，流露出一種「月是故鄉明」的傳統情感。此當為吳亡後，陸氏兄弟入洛後所作。陸士衡亦有〈答張士然〉一首，見前。

行邁❶越長川❷，飄颻❸冒風塵。通波❹激枉❺渚，悲風薄❻丘榛。修路無窮跡，井邑❼自相循❽。百城各異俗，千室非良鄰。歡舊❾難假合，風土豈虛親？感念桑梓❿城，髣髴眼中人。靡靡⓫日夜遠，眷眷⓬懷苦辛。

【注　釋】❶邁　遠。❷川　河。❸飄颻　搖擺不定的樣子。❹通波　連綿不斷的大波。❺枉　曲折。❻薄　靠近。這裡有吹拂意。❼井邑　相當於今日之村鎮。《周禮・地官・小司徒》：「九夫為井，四井為邑。」❽循　從。❾舊　久。❿桑梓　故鄉之代稱。古人於宅周植桑、梓樹，以給衣用器物，子孫相得其利，故後世以之代指故鄉。⓫靡靡　行走遲緩的樣子。⓬眷眷　依戀嚮往的樣子。

【語　譯】走在迢迢的路上，越過長長的河流，搖搖晃晃，蒙著風霜沙塵。那河中連綿的大波激盪在曲曲折折的小洲上。淒厲的風吹掠著山丘上的叢叢小樹。悠長的征路沒有窮盡的跡象，村村鎮鎮自相依從，連綿不斷。數百座城市的風俗都各不相同，每個城內的數千戶人家也都不是好的鄰里。長久喜歡的東西是很難假意地去加以協調，風俗習慣難道就可以虛偽地以相親近？我感傷地想起故鄉的城，那好像是眼中喜愛的人兒一般。行走遲緩，卻也一天天地遠了，我依戀嚮往故土，心中充滿了苦楚和辛酸。

答盧諶 并書

【作　者】劉琨（西元二七〇～三一七年），字越石，中山魏昌（今河北東南部）人。晉惠帝時，歷任司隸從事、著作郎、太學博士、尚書郎等職，封廣武侯。至西晉末代皇帝司馬業時拜并、冀、幽三州軍事都督。西晉亡後，東晉元帝稱制，封之為侍中太尉，後為石勒所敗，奔幽州刺史段匹磾，琨與子侄四人卒為所害。

【題　解】本詩書是為一屬官而作。通過對晉末戰亂時局的描述及國破家亡的歎惋，自識無回天之力，故對屬官盧諶的別投他主加以鼓勵，並勸導他能竭才盡力，匡世濟俗。全詩書充滿了一種壯懷激烈的氣氛。盧諶，字子諒，為作者的詩友及僚屬，作者很器重他，任其為從事中郎，軍伍要事及平居燕飲多與之共。後劉琨投奔段匹磾，段求盧諶為其別駕，盧因告劉琨其事，劉遂有此書詩為答。

琨頓首。損[1]書及詩，備辛酸之苦言，暢經[2]通[3]之遠旨。執玩反覆，不能釋手。慨然以悲，歡然以喜。昔在少壯，未嘗檢[4]括[5]。遠慕老莊之齊物[6]，近嘉阮生[7]之放[8]曠[9]。怪厚[10]薄[11]何從而生？哀樂何由而至？自頃[12]輈張[13]，困於逆亂[14]。國破家亡，親友凋殘。負[15]杖行吟，則百憂俱至。塊然[16]獨坐，則哀憤兩集。時復相與舉觴[17]對膝，破涕為笑。排[18]終身之積慘，求數刻之暫歡。譬由[19]疾疢[20]彌[21]年，而欲一丸銷之，其可得乎？夫才生於世，世實須才。和氏之璧[22]，焉得獨曜於郢握？夜光之珠[23]，何得專玩於隨掌？天下之寶，當與天下共之。但分析之日，不能不悵恨耳。然後知聃周㉔之為虛誕，嗣宗之為妄作也。昔騄驥㉕倚輈㉖於吳坂㉗，長鳴於良樂㉘，知與不知也。百里奚㉙愚於虞而智於秦，遇與不遇也。今君遇之矣，勗㉚之而已！不復屬意於文，二十餘年矣！久廢則無次，想必欲其一反，故稱指㉛送一篇。適足以彰來詩之益美耳。琨頓首頓首。

【章旨】此為詩序，訴說自己自經戰亂以來的憂憤心情，並鼓勵盧諶勉力為新主效力。

【注釋】❶損　表敬詞。謂損其所有而贈送。❷經　永恆。❸通　通達。❹檢　檢點。❺括　約束。❻齊物　《莊子》有〈齊物論〉一篇，認為萬物本來是不分彼此，是齊同的，所以人們對萬物的評價也應該齊同。❼阮生　阮籍。字嗣宗，竹林七賢之首。❽放　放浪不羈。❾曠　曠達。❿厚　篤愛器重。⓫薄　鄙薄輕視。⓬頃　不久。⓭輈張　驚慌失措。⓮逆亂　指反叛朝廷的石勒等叛軍。⓯負　倚靠。⓰塊然　孤獨的樣子。⓱觴　盛滿酒的杯。⓲排　拋開。⓳由　通「猶」。好像。⓴疢　病。㉑彌　全。㉒和氏之璧　傳為郢（即楚國皇都）人卞和所得，其初為璞，卞和屢次獻給楚厲王、武王、文王，終於被磨成天下至寶。㉓夜光之珠　傳說古代隨侯曾救一傷蛇，後蛇銜大珠贈之，即後世所謂之夜光寶珠。㉔聃周　指老聃與莊周。㉕騄驥　騄耳騏驥。並良馬也。《戰國策・楚策四》：「夫驥之齒至矣，服鹽車而上太行……中阪遷延，負轅不能上，伯樂遭之下車攀而哭之，解紵衣以冪之。驥於是俯而噴，仰而鳴，聲達於天。」㉖輈　轅。㉗吳坂　今本《戰國策》作太行。《文選》李善注引作吳坂，謂為吳城之北。㉘良樂　王良伯樂。王良為古之善馭馬者，在此為連類而及。㉙百里奚　春秋時虞大夫。後虞亡入秦，秦穆公舉以為相。㉚勗　勉力。㉛稱指　合其旨意。

【語譯】琨頓首：承蒙賜信與詩，備述辛酸的苦惱話語，暢談永恆通達的遠大旨趣。我拿著反覆玩味，不願放手。因為悲傷而慨歎，因為喜悅而歡欣。從前我在少年和壯年的時候，不曾檢點和約束自己。卻遠慕老莊的齊同物論，近賞阮生的放浪曠達。不明白器重和鄙薄是從哪裡產生的，悲哀和歡樂是從哪裡到來的。但自前不久驚慌失措，為叛賊所困窘以來。國破家亡，親友死喪流離。我拄杖出行吟歌，則許多憂思一起湧來；

頹然獨自呆坐，則悲哀和憤慨兩情並集。偶而又和你一起舉杯對飲，破涕為笑。拋開一生積聚的淒慘，尋求片刻短暫的歡娛。就好像疾病終年，卻要用一丸藥就除掉它，那怎麼可能呢？有才能的人生在世上，世上也確實需要才能的人。和氏玉璧，怎麼能只在楚人的手上閃光？夜光寶珠，哪裡能僅在隨侯的掌中把玩？天下的珍寶，應當和天下人共同擁有它。只是在分開的時候，不免有些惆悵和遺憾罷了。從此我就明白了老聃莊周的虛幻荒誕，阮籍的妄為做作。從前有駿馬在吳地的山坡上駕車，而對著伯樂卻長鳴不止，這是賞識與不賞識呀。百里奚在虞國很愚訥，在秦國卻很聰明，這是寵遇與不寵遇呀。現在你遇到了賞識寵遇你的人了，你勉力為之吧！我不再用心於寫作文章，已有二十多年了！拋開時間長了，就沒有倫次，但想到一定要有所回贈，所以遵照你的意旨奉贈一篇，正好可以顯揚你的詩更美罷了。琨頓首頓首。

厄運初遘❶，陽爻在六❷。乾象❸棟❹傾，坤儀❺舟覆。橫厲❻糾紛❼，群妖❽競逐。火燎❾神州，洪流華域。彼黍離離❿，彼稷育育⓫。哀我皇晉，痛心在目。天地無心⓬，萬物同塗。禍淫莫驗，福善則虛。逆⓭有全邑，義⓮無完都。英蕊⓯夏落，毒卉⓰冬敷⓱。如彼龜玉，韞櫝毀諸⓲。芻狗⓳之談，其最得乎？咨余軟弱，弗克⓴負荷。愆㉑釁㉒仍彰，榮寵屢加。威之不建，禍延凶播。忠隕於國，孝愆㉓於家。斯罪之積，如彼山河。斯釁㉔之深，終莫能磨。郁穆㉕舊姻㉖，嬿婉㉗新婚。裹糧攜弱，匍匐㉘星奔。未輟㉙爾駕，已隳㉚我門。二族㉛偕覆，三孽㉜並根㉝。長慚舊孤，永負冤魂。亭亭㉞孤幹㉟，獨生無伴。綠葉繁縟㊱，柔條修罕㊲。朝採爾實，夕捋㊳爾竿。竿翠豐㊴尋㊵，逸㊶珠盈椀㊷。寔㊸消我憂，憂急用緩。逝㊹將去㊺乎，庭虛情滿㊻。虛滿伊何？蘭桂移植。茂彼春林㊼，瘁此秋棘㊽。有鳥翻飛，不遑㊾休息。匪桐㊿不棲，匪竹51不食。永戢52東羽53，翰54撫55西翼。我之敬之，廢歡輟職。音以賞奏，味以殊珍。文以明言，言以暢神。之子56之往，四美57不臻58。澄醪59覆觴60，絲竹61生塵。素卷62莫啟，幄63無談賓。既孤我德，又闕64我鄰65。光光66段生67，出幽遷喬68。資69忠履70信，武烈71文昭72。旍73弓騂騂74，輿馬翹翹75。乃奮76長縻77，是轡78是鑣79。何以贈子，竭心公朝！何以敘懷，引領80長謠。

【章旨】敘述自己在戰亂中的痛苦遭遇，歌頌段匹磾的文德武功，勉勵盧諶竭心事新主。

【注釋】❶遘　據胡克家《文選考異》當作「構」。構，成。❷陽爻在六　指乾卦上九。即《周易·乾》象曰：「亢龍有悔，盈不可久也。」文言曰：「亢龍有悔，窮之災也。」❸乾象　天之象。❹棟　屋梁。❺坤儀　地之象。❻厲　橫渡。❼糾紛　亂的樣子。❽群妖　指劉聰等叛將。❾火燎　與下文「洪流」皆喻叛亂。❿彼黍離離　語出《詩·王風·黍離》：「彼黍離離，彼稷之苗。」鄭玄箋：「宗廟宮室毀壞而其地盡為禾黍。」離離，整齊繁盛的樣子。⓫育育　生長茂盛的樣子。⓬無心　猶謂不仁。⓭逆　叛逆之人。⓮義　指正義的人。謂晉朝。⓯英蕊　美麗的花。喻指晉朝。⓰毒卉　毒草。喻指胡冠。⓱敷　發芽。⓲如彼龜玉二句　《論語·季氏》：「虎兕出於柙，龜玉毀於櫝中，是誰之過與？」韞，藏。諸，之。⓳芻狗　編草為狗形。《老子》：「天地不仁，以萬物為芻狗；聖人不仁，以百姓為芻狗。」⓴克　能。㉑愆　過失。㉒舋　缺欠。㉓愆　失。㉔舋　縫隙。㉕郁穆　端莊。㉖舊姻　指劉琨與盧諶。諶之姑母為琨之妻。㉗嬿婉　溫柔美好的樣子。㉘匍匐　盡力。㉙輟　停止。㉚隳　覆滅。㉛二族　劉琨盧諶父母皆為叛軍所殺。㉜三孽　這裡指劉琨兄之子。孽，子孫後裔。㉝根　根除。㉞亭亭　高高挺拔的樣子。㉟幹　竹。喻指盧諶。㊱縟　茂。㊲罕　此指罕節。宋玉〈笛賦〉：「罕節簡枝。」38捋　用手撫摩。39豐　滿。40尋　一般以八尺為尋。41逸　出色的。42椀　今作「碗」。43寔　實在。44逝去。45去　離開。46滿　通「懣」。煩憂。47春林　喻段匹磾。48秋棘　喻劉琨。49不遑　來不及；沒有空閒。50桐　梧桐樹。51竹　指竹實。《莊子・秋水》：「夫鵷鶵，發於南海而飛於北海，非梧桐不止，非練實不食，非醴泉不飲。」52戢斂也。53東羽　盧諶〈贈劉琨一首並書〉有「收跡西踐，銜哀東顧」。東為主人所在。54翰　高飛。55撫　拍；振。56之子這個人。子，古代對男子的尊稱。57四美　音樂、美味、文章、言語。58臻　到來。59醪　濁酒。60觴　盛滿酒的杯子。61絲竹　弦樂器與管樂器。這裡則泛指一切樂器。62素卷　書卷。63幄　帳幃。64闕　缺失。65鄰　指親近的人。《論語・里仁》：「德不孤，必有鄰。」66光光　光明顯赫的樣子。67段生　指段匹磾。鮮卑人，此時自稱大將軍。68出幽遷喬《詩經・小雅・伐木》：「出自幽谷，遷於喬木。」幽，幽谷。喬，高木。69資　憑藉。70履　依靠。《周易・繫辭上》：「履信思乎順，又以尚賢也。」71烈　顯赫。72昭　彰明。73旍　同「旌」。旗幟。《左傳・昭公二十年》：「旃以招大夫，弓以招士，皮冠以招虞人。」74騂騂　繁盛的樣子。75翹翹　雄壯的樣子。76奮　揚起。77縻　繩索。此指馬韁繩。78轡馬籠頭。79鑣　馬嚼子。80引領　延頸；伸長脖子。

【語　譯】危難的命運剛形成的時候，易卦的陽爻正處在乾卦上九。天之象如屋梁傾毀，地之象如大船翻覆。橫衝直突，一片混亂，眾多妖妄之徒競相爭鬥，戰火燒遍神州大地，洪水漫流華夏疆土。那黍苗和稷苗正茂盛地生長著。可歎我大晉王朝，滿眼瘡痍，令人痛心。天地沒有靈心，萬物都同樣對待，懲罰淫邪沒有徵驗，保佑善良也是虛妄。叛逆之賊擁有完整的城邑，正義之人都沒有完整的都城。美麗的花兒夏天就凋落了，惡毒的草卻到冬天還能發芽。至於那龜版玉璧，藏在匣子中就會被毀壞。老子的芻狗之談，大概是最得這類現象的真義了。我歎我太軟弱，不能擔當大任。過失和缺誤仍很明顯，榮遇和恩寵卻屢有所加。我的威信沒有樹立起來，導致災禍遷延，凶事遠播。我對國家陷入不忠，對家庭陷入不孝。這種罪孽的積聚，如山之高，如河之深。這缺隙的深度，最終也不能磨平消除。端莊和穆的姻親，溫柔美好的新婚夫妻。裹著乾糧帶著孩子，像流星一樣竭力奔逃。尚未阻住你的車駕，卻已覆滅我的全家。終致我們兩族相繼傾亡，三個子女也一併根除。我將長久慚愧於舊日的孤兒，永遠辜負那冤屈的靈魂。高高挺拔的孤生竹幹，獨自長養沒有伴侶。

綠葉繁密茂盛，柔枝修長少節。早晨採集你的果實，晚上撫摩你的枝竿。你枝竿翠綠有一尋高，出色的果實也採滿一碗。這實在可以消解我的煩憂，憂急因而得以緩解。但你就要離開了，我的庭院空虛，我的心情沈濾。空虛沈濾是怎麼回事？蘭花桂樹已經移走了。那春天的樹林正茂盛，而我這秋季的荊棘卻正憔悴。有隻鳥兒在盤旋飛翔，沒有空閒來休息。除了梧桐不棲止，除了竹食不喫食。永遠斂束東飛翼，高飛振羽向西翔。我是非常敬重他，忘了歡樂和工作。音樂因為被欣賞才得以演奏，味道因為它特殊才得到珍重。文章是用來表達言語的，而言語是用來表達心意的。你這個人離去了，我的四美就不再到來了。濁酒放清了，酒杯也扣了過來，樂器上都布滿了灰塵。書卷沒人展開閱讀，帳幃之內也沒有交談的賓客。這樣既使我的德行孤立，又使我缺失親近的人。光明顯赫的段生匹磾，從深谷中出來遷往高處。憑藉忠誠，依靠信義，武功顯赫文德彰明。聘賢的旌旗弓箭很繁盛，車馬也很雄壯威武。於是你提起長長的馬轡繩，控馭車馬籠頭和嚼子。分別時我用什麼來贈送你呢？還是對當前公務盡心竭智吧！如何來敘說我的心情呢？那只有延頸長歌了。

重贈盧諶

【作　者】劉琨，見頁一一三六。

【題　解】本詩通過大量前賢故實，來寄託自己的非常抱負，也隱寓著激勵盧諶建功立業，為國復興而獻忠納智。同時歷敘作者一生的鐵血生涯與英雄末路的悲哀，其結句「何意百鍊剛，化為繞指柔」成為千古名句。此亦勉勵盧諶及早建立功勳，勿步己後塵而遺恨終生。作者寫此詩時已為段匹磾所囚，而自知必死，其〈答盧諶詩一首並書〉未能使盧覺悟，盧的答詩僅述及對劉琨的感激與安慰，未及國事。諶素無奇略，以當詞酬和，殊乖琨心，故劉遂做此詩以啟之。

握中有懸❶璧，本自荊山❷璆❸。惟彼太公望❹，昔在渭濱叟❺。鄧生❻何感激，千里來相求。白登幸曲逆❼，鴻門賴留侯❽。重耳❾任五賢❿，小白相射鉤⓫。苟能隆二伯⓬，安問黨與讎。中夜撫枕歎，想與數子⓭遊。吾衰久矣夫，何其不夢周⓮？誰云聖達節⓯，知命故不憂⓰？宣尼悲獲麟，西狩涕孔丘⓱。功業未及建，夕陽忽西流。時哉不我與⓲，去乎若雲浮。朱實隕勁風，繁英⓳落素秋。狹路傾華蓋⓴，駭駟㉑摧㉒雙輈㉓。何意百鍊剛，化為繞指柔！

【注釋】❶懸　懸黎。美玉名。《戰國策・秦策三》：「臣聞周有砥厄，宋有結綠，梁有懸黎，楚有和璞。」❷荊山　這裡指出產和氏璧的地方。❸璆　美玉。❹太公望　姜姓呂氏名尚，號太公望，為周文王之師，後終佐武王滅商。❺渭濱叟　傳說姜太公在渭水邊釣魚，周文王畋獵得之，歸奉為師。❻鄧生　鄧禹。東漢人，家居南陽新野（今河南南陽）。《後漢書・鄧寇列傳》云：「及漢兵起，更始立，豪傑多薦舉禹，禹不肯從。及聞光武安集河北，即杖策北渡，追及於鄴。光武見之甚歡……因令左右號禹曰鄧將軍。」❼白登幸曲逆　白登，山名。在今山西大同東。漢高祖七年，匈奴冒頓圍之於此山，後用陳平奇計，賄賂冒頓妻閼氏，始得解圍，還經曲逆（今河北完縣東南），遂封平為曲逆侯。❽鴻門賴留侯　鴻門，地名。在今陝西臨潼東。項羽曾欲在此加害劉邦，幸虧留侯張良拉攏項伯，終至化險為夷。❾重耳　指春秋時之晉文公。❿五賢　晉文公重耳繼位前曾流亡在外，時有五人相隨，即狐偃、趙衰、顛頡、魏武子、司空季子。⓫小白相射鉤　《史記・卷三二・齊太公世家》：「魯聞無知死，亦發兵送公子糾，而使管仲別將兵遮莒道，射中小白帶鉤，小白佯死。」後桓公立，任管仲為相國。小白，齊桓公。射鉤，指射中帶鉤的人。⓬二伯　指齊桓公與晉文公。⓭數子　指太公望、鄧禹、陳平、張良及管仲等人。⓮周　指文王之子周公旦。曾佐武王之子成王平定叛亂，穩定王室。《論語・述而》：「子曰：甚矣吾衰也！久矣吾不復夢見周公！」⓯聖達節　《左傳・成公十五年》：「前志有之曰：聖達節，次守節，下失節。」達，通達。節，事理。⓰知命故不憂　《周易・繫辭上》：「樂天知命故不憂。」⓱宣尼悲獲麟二句　《公羊傳・哀公十四年》：「西狩獲麟，孔子曰：吾道窮矣！」又有「孔子曰：孰為來哉？孰為來哉？反袂拭面，涕沾袍。」宣尼，漢元始元年追諡孔子為褒成宣尼公。⑱與　等待。⑲英　花。⑳蓋　車蓋。㉑駟　四馬拉的車。㉒摧　折斷。㉓輈　車轅。

【語　譯】你手裡有懸黎寶璧，那本是來自荊山的美玉。我想起那太公望呂尚，以前在渭水邊只是個老頭。鄧生是多麼感奮激昂，竟然千里迢迢來投奔漢光武帝。白登山被圍，幸虧有曲逆侯解困，鴻門宴對陣，全依靠留侯獻策。晉文公重耳授任五位賢臣，齊桓公小白以射自己帶鉤的人為相。只要能夠復興二位侯伯，哪裡用問他是同黨還是讎敵？半夜裡我拍著枕頭歎息，真想要和那些建功立業的前人一起交遊。我衰老太久了吧，否則為什麼沒有夢見周公？誰說聖人能通達事理，知曉天命，因而沒有憂慮？宣尼公不是為獲麟而悲哀嗎？西狩不也使孔丘哭泣了嗎？我的功業還沒有建立，可是夕陽卻匆匆西下了。時間啊，它不能等待我呀！它的離去就像雲彩飄走一樣。紅紅的果實在秋風中隕落，繁盛的花兒在金秋裡凋謝。終於狹隘的小路傾翻了我華美的車蓋，驚奔的戰馬折斷了我的車轅。我怎麼會想到經過千錘百煉的剛鍵，化為能旋繞手指那樣的柔弱！

贈劉琨 并書

【作　者】盧諶，見頁九四五。

【題　解】本詩及信婉述了作者改投他主時對舊主的感激和愧疚之情，也表達了希望能有機會再與劉琨同蹈厄難的願望。作者還勉勵舊主雖今陷不利，但禍福相倚，物極必反，只要守道懷志，終當有成。

故吏從事中郎❶盧諶，死罪死罪。諶稟性短弱，當世罕任❷。因其自然，用❸安靜退。在木闕不材之資，處鴈乏善鳴之分❹。卷異蘧子❺，愚殊甯生❻。匠者時眄[7]，不免臏[8]賓。嘗自思惟，因緣[9]運會[10]，得蒙接事。自奉清塵[11]，于今五稔[12]。謨明[13]之效不著，候人[14]之譏以彰。大雅含弘，量苞[15]山藪。加以待接彌[16]優，款[17]眷逾昵。與運籌[18]之謀，廁[19]讌私[20]之歡。綢繆[21]之旨[22]，有同骨肉[23]。其為知己，古人罔[24]喻。昔聶政殉嚴遂之顧[25]，荊軻慕燕丹之義[26]。意氣之間，靡軀[27]不悔。雖微[28]達節，謂之可庶[29]。然苟曰有情，孰能不懷[30]？故委身[31]之日，夷[32]險已[33]之[34]。事與願違，當忝[35]外役[36]。遂去[37]左右[38]，收跡府朝。蓋本同末異，楊朱興哀[39]；始素終玄，墨翟垂涕[40]。分乖[41]之際[42]，咸[43]可歎慨。致[44]感[45]之途[46]，或迫乎[47]茲。亦奚必[48]臨路而後長號，覩絲[49]而後歔欷[50]哉？是以仰惟先[51]情，俯覽今[52]遇。感存[53]念亡[54]，觸物眷戀。《易》曰：「書不盡言，言不盡意。」[55]然則書非盡言之器[56]，言非盡意之具矣。況言有不得至於盡意，書有不得至於盡言邪！不勝[57]猥[58]懣，謹貢詩一篇。抑[59]不足以揄揚[60]弘美，亦以攄[61]其所抱而已。若公肆[62]大惠[63]，遂[64]其厚[65]恩，錫[66]以咳唾[67]之音，慰其違離之意。則所謂〈咸池〉[68]酬於〈北里〉[69]，夜光[70]報於魚目[71]。諶之願也，非所敢望也。諶死罪死罪。

【章　旨】此為詩序，敘述昔日在劉琨屬下時二人的相得及所受到的信用，表達今日不得不離開故主去任新職之時的難捨之情。

【注釋】❶從事中郎 自開幕府的將軍所置的僚屬之一。職掌參謀議事。❷任 用。❸用 以。❹在木闕不材二句 《莊子・山木》：「莊子行於山中，見大木，枝葉盛茂。伐木者止其旁而不取也。問其故，曰：無所可用。莊子曰：此木以不材得終其天年。夫子出於山，舍於故人之家。故人喜，命豎子殺雁而烹之。豎子請曰：其一能鳴，其一不能鳴，請奚殺？主人曰：殺不能鳴者。」不材，指不為世用之材。資，天賦。分，素質。❺蘧子 蘧伯玉。《論語・衛靈公》：「君子哉蘧伯玉！邦有道則仕，邦無道則可卷而懷之。」❻甯生 甯武子。《論語・公冶長》：「甯武子，邦有道則知，邦無道則愚。」❼眄 遺憾地看。❽饌 陳設食品。❾緣 因。❿會 相合。⓫清塵 對不敢直稱名號的尊者的代稱。猶如左右。⓬稔 牢。⓭謨明 決策實現。《尚書・皋陶謨》：「允迪厥德，謨明弼諧。」《爾雅・釋詁》：「明，成也。」⓮候人 官名。掌迎送賓客。《詩經・曹風・候人》序云：「候人，刺近小人也。」⓯苞 容納。⓰彌 非常。⓱款 真誠。⓲運籌 特指戰事謀劃。⓳廁 置身。⓴讌私 宴飲及非公務的私人生活。㉑綢繆 感情纏綿。㉒旨 意。㉓骨肉 父子。㉔罔 沒有辦法。㉕昔聶政殉句 聶政，戰國時齊人。據《戰國策・韓策二》載，嚴遂為韓卿時，與相國韓傀結讎，遂以百金求聶政相助，政不受金，竟獨行刺殺韓傀，然後自殺於韓宮。顧，顧念。這裡有器重義。㉖荊軻慕句 荊軻，戰國時衛人，後為燕太子丹門客，受命往刺秦始皇，事未遂而被殺。義，情義。㉗靡軀 猶今言粉身碎骨。靡，爛。㉘微 不。㉙庶 差不多。㉚懷 思念。㉛委身 猶言投靠。㉜夷 平定。㉝已 決然。㉞之 奔赴。㉟忝 有愧於。㊱外役 對劉琨而稱新主之屬役。㊲去 離開。㊳左右 指劉琨。㊴楊朱興哀 《淮南子・說林》：「楊子見逵路而哭之，為其可以南，可以北。」楊朱，戰國時魏人，哲學家。興哀，湧起哀傷之情。㊵始素終玄二句 《淮南子・說林》：「墨子見練絲而泣之，為其可以黃，可以黑。」墨翟，西元前四七八?～前三九二?年，魯人，為春秋戰國之間的思想家。垂涕，流下淚水。㊶乖 別離。㊷際 時。㊸咸 都。㊹致 招致。㊺慼 感傷。㊻途 方式。㊼乎 于；比。㊽奚必 何必。㊾絲 指素絹。㊿歔欷 抽咽哭泣。(51)先 指父母。盧諶父母亦為叛軍所殺。(52)今 代指劉琨。(53)存 活著的。(54)亡 死去的。(55)易曰三句 見《周易・繫辭上》。(56)器 工具。(57)勝 禁得起。(58)猥 繁亂。(59)抑 或許。(60)揄揚 闡揚。(61)攄 抒發。(62)肆 展陳。(63)惠 仁慈。(64)遂 成就。(65)厚 大。(66)錫 賜。(67)咳唾 咳嗽吐痰。比喻言語。(68)咸池 黃帝時的音樂。(69)北里 商紂時的淫樂之曲。(70)夜光 寶珠。(71)魚目 魚的眼珠子。《韓詩外傳》：「白骨類象，魚目似珠。」

【語譯】故吏從事中郎盧諶死罪死罪：我生來稟性就荏弱不足，當今之世難得任用。只好順其自然，來安慰平淡的退隱機運。若要我作為一棵樹木，則缺乏「不材」的才能，作為一隻鵝，又缺乏善鳴的本領。才能的收藏不露和蘧子不同，應時的裝傻又和甯生有別。但工匠遺憾地看著我，我也不免被做成菜款待賓客。我曾經自己在想，我是因為機運相合，才得蒙您接納任事。自從侍奉在您的左右，到現在已經五年了。決策實現的效果不顯著，像忙忙碌碌的「候人」這種譏諷倒是明顯了。您大人的雅量包含弘大，可以容納山岳藪澤。您對我的接待非常優厚，那真誠的關照更是親切。我能參與戰事運籌的謀劃，置身私人宴飲的歡娛中。那感情纏綿之意，就同父母與子女一樣。對於知己這種關係，古人並不曾加以譬況。從前聶政為了嚴遂的器重而殉身，荊軻仰慕燕丹的情義。意氣勃發之時，粉身碎骨也無怨無悔。我雖然不通達事理，也認為他們這種行徑大致足以稱得上是「士為知己者死」了。可是如果說，作為一個有感情的人，誰又能不眷戀情義？所以投靠您的時候，平定險厄之事就決然赴之。但現在事與願違，我將忝任他人的屬役。就要離開您的左右，從您的官署裡消斂蹤跡。或許本來相同而末尾不同，連楊朱遇歧途都要興發哀感。開始白色最後卻染成黑色，連墨翟都在哭泣。分別的時候，都是值得慨歎的。當然，招致感傷的方式，有的比這更急迫。但又何必到了分手的路上才長號哀哭，見了素絹之後才抽咽悲啼呢？因此仰思先人的恩情，俯察現在的遭遇。真是感激活著的人而又悼念死去的人，觸物而傷心眷戀。《周易》說：「書信不能窮盡想說的話，說的話也不能窮盡想表達的意思。既然這樣，那麼書信就不是能窮盡言語的工具，言語也不是能窮盡意思的工具了。況且言語還有沒能達到盡力表意，書信還有沒能達到盡力寫意呢？我不勝意亂心煩，謹獻詩一篇。或許這不足以闡揚您廣大的美德，只不過用來抒發我的胸懷罷了。如果您能展陳大的仁慈，成就那份沈重的恩情。賜給我些許回音，寬慰我告別之心，那就是所謂以〈咸池〉之樂來酬答〈北里〉之曲，用夜光之珠來還報魚目之獻了。但這只是我小小的一點心願，絕不敢稍有奢望。謹死罪死罪。

濬哲❶惟皇❷，紹❸熙❹有晉。振厥❺弛❻維❼，光闡❽遠韻❾。有❿來斯雍⓫，至止[12]伊順[13]。三臺[14]摛[15]朗，四岳[16]增峻。伊陟[17]佐商，山甫[18]翼[19]周。弘濟[20]艱難，對揚[21]王休[22]。苟非異德，曠[23]世同流。加[24]其忠貞，宣其徽猷[25]。伊諶陋宗，昔遘[26]嘉惠[27]。申[28]以婚姻[29]，著[30]以累世。義等休戚，好同興廢。孰云匪諧，如樂之契[31]。王室喪師，私門播[32]遷。望公[33]歸之，視險忽[34]艱。茲願不遂，中路阻顛[35]。仰悲先[36]意，俯思身愆[37]。大鈞[38]載[39]運，良辰遂往。瞻彼日月，迅過俯仰。感今惟[40]昔，口存心想。借[41]曰如昨，忽為疇曩[42]。疇曩伊何，逝者彌疎[43]。溫溫恭人[44]，慎終如初[45]。覽彼遺音[46]，恤[47]此窮孤[48]。譬彼樛木，蔓葛以敷[49]。妙哉蔓葛，得託樛木。葉不[50]雲布，華不星燭。承[51]侔[52]卞和[53]，質非荊璞。眷同尤良[54]，用乏驥騄。承亦既篤[55]，眷亦既親。飾獎駑猥[56]，方[57]駕駿珍[58]。弼[59]諧靡成，良謀莫陳。無覬[60]狐趙[61]，有[62]與五臣。五臣奚與，契闊[63]百罹[64]。身經險阻，足蹈幽遐。義由恩深，分[65]隨昵加。綢繆[66]委心，自同匪他[67]。昔在暇日，妙尋通理。尤[68]彼意氣[69]，使是節士。情以體[70]生，感以情起。趣[71]舍罔要[72]，窮達斯已[73]。由余片言，秦人是憚[74]。日磾效忠，飛聲有漢。桓桓[75]撫軍，古賢作冠。來牧[76]幽都[77]，濟厥塗炭[78]。塗炭既濟，寇挫民阜[79]。謬其疲隸，授之朝右[80]。上懼任大[81]，下欣施厚。實祇[82]高明，敢忘所守？相彼反哺，尚在翔禽。孰是人斯，而忍斯心[83]。每憑山海[84]，庶覲[85]高深。遐眺存亡，緬[86]成飛沈[87]。長徽[88]已纓[89]，逝[90]將徙舉。收跡西踐[91]，銜哀東顧[92]。曷云塗遼？曾[93]不咫[94]步。豈不夙夜？謂行多露[95]。綿綿[96]女蘿，施[97]于松標[98]。禀澤洪幹，晞[99]陽豐條。根淺難固，莖弱易凋。操彼纖質，承此衝飆[100]。纖質寔微，衝飆斯值[101]。誰謂言精，致在賞意[102]。不見得魚[103]，亦忘厥餌。遺其形骸，寄之深識。先民頤[104]意，潛山隱机[105]。仰熙[106]丹崖，俯澡綠水。無求於和，自附眾美。慷慨遐蹤[107]，有愧高旨。爰造異論，肝膽楚越[108]。惟同大觀[109]，萬殊一轍。死生既齊，榮辱奚別？處其玄[110]根，廓[111]焉靡結。福為禍始，禍作福階。天地盈虛，寒暑周迴。夫差不祀，釁在勝齊[112]。句踐作伯，祚自會稽[113]。邈矣達度，唯道是杖[114]。形有未泰[115]，神無不暢。如川之流，如淵之量。上弘棟隆[116]，下塞[117]民望[118]。

【章　旨】盛讚劉琨匡扶晉室的才德，回顧昔日在劉琨屬下時二人的深厚情誼，最後用老莊思想勸導劉琨達觀看待人生的禍福榮辱。

【注　釋】❶濬哲　聖明。濬，通「睿」。❷皇　指晉懷帝。❸紹　繼承。❹熙　振興。❺厥　這。❻弛　廢敗。❼維　指國家的綱維。❽闡　發揚。❾韻　和諧的德音。❿有　語助詞。⓫雍　和諧。⓬止　詞尾。⓭順　順利。⓮三臺　星名。指上臺、中臺、下臺六星。兩兩相比，起自文昌，終於太微。後世多以之喻指三公。⓯摛　舒。⓰四岳　傳說為羲和的四子。在堯時做分管四方的諸侯，後借指四方卿士之官。⓱伊陟　商湯名臣伊尹的兒子，亦賢相。《尚書·咸有一德》：「伊陟相大戊，毫有祥桑穀共生於朝。」(18)山甫　指周宣王時卿士仲山甫。《詩經・大雅・烝民》：「保茲天子，生仲山甫。」(19)翼　輔助。(20)濟　渡過。(21)對揚　稱揚。(22)休　美。(23)曠　遠。(24)加　增加。(25)徽猷　高明的謀略。(26)遘　遇。(27)嘉惠　吉祥的恩惠。(28)中　重複。這裡引申為增加。(29)婚姻　即諶之姑母為劉琨之妻。(30)著　附著。這裡引申為親善。(31)契　合節奏。(32)播　失散。(33)公　公室。指晉王室。(34)忽　不顧忌。(35)阻顛　指劉粲叛而殺盧諶父母。(36)先　父母。(37)愆　罪過。(38)大鈞　上天。(39)載　運行。(40)惟　思念。(41)借　假使。(42)疇曩　猶疇昔。很久以前。(43)踈　生疏；久遠。李善注引《呂氏春秋》：「死者彌久，生者彌踈。」(44)溫溫恭人　《詩經・大雅・抑》：「溫溫恭人，維德之基。」溫溫，柔和的樣子。恭人，謙恭之人。(45)慎終如初　《老子》：「慎終如始，則無敗事。」慎終，在結束依然謹慎。(46)遺音　盧諶父母之言。(47)恤　憂。(48)窮孤　諶自稱。(49)譬彼樛木二句　《詩經・周南・樛木》：「南有樛木，葛藟纍之。」樛木，向下彎曲的樹木。此喻劉琨。敷，遍布。(50)不　通「柎」。花萼之莖。(51)承　指蒙受。(52)侔　等。(53)卞和　和氏玉的發現者。(54)尤良　即王良。一名郵無恤，古之善御者。尤，「郵」古字通假。(55)篤　厚。(56)猥　卑賤。(57)方　比並。(58)珍　珍寶。(59)弼　輔助。(60)覬　望。(61)狐趙　指狐偃與趙衰。晉文公重耳出逃時隨侍的五位大臣之二。(62)有　指有心。(63)契闊　死生相約。(64)罹　憂。(65)分　情感。(66)綢繆　感情纏綿。(67)匪他　指一家人。《詩經・小雅・頍弁》：「豈伊異人，兄弟匪他。」(68)尤　譴責。(69)意氣　意志與氣概。(70)體　實踐。(71)趣　趨求。(72)要　要求。(73)已　無所謂。(74)由余片言二句　由余，春秋時代晉人，後入戎。《史記・卷五・秦本紀》：「於是繆公退而問內史廖曰：孤聞鄰國有聖人，敵國之憂也。今由余賢，寡人之害，將奈之何？」(75)桓桓　威武的樣子。(76)牧　統帥。(77)幽都　地名。今河北北京一帶。(78)塗炭　爛泥煤炭。比喻艱難困苦。這裡指艱難困苦的人。(79)阜　富足。(80)朝右　指別駕。盧諶被段匹磾徵取為別駕。(81)任大　委任要職。(82)祗　景仰。(83)斯心　指反哺父母的心意。(84)山海　喻指劉琨。(85)覿　看見。(86)緬　邈。(87)飛沈　飛灰沈塵。(88)徽　繩索。(89)纓　纏束。(90)逝　去。(91)西踐　指到段匹磾處。古代西為賓處。(92)東顧　回首東望。指望劉琨。古以東為主位。(93)曾　竟然。(94)咫　八寸。(95)露　喻眾人褒貶之威攝。(96)綿綿　柔軟細長的樣子。(97)施　延伸。(98)標　樹梢。(99)晞　曬乾。這裡引申為曬。(100)衝飆　喻戰亂。(101)值　趕上。(102)誰謂言精二句　《莊子・秋水》：「可以言論者，物之粗也；可以意致者，物之精者也。」致，至。這裡代指至妙者。(103)得魚　見《莊子・外物》：「荃者所以在魚，得魚而忘荃。」(104)頤　養。(105)机　几案。(106)熙　暴曬。(107)遐蹤　遠跡。指古之賢者。(108)肝膽楚越　《莊子・德充符》：「自其異者視之，肝膽楚越也。」楚越，喻極遠。(109)大觀　豁達的觀察。賈誼〈鵩鳥賦〉：「達人大觀，物亡不可。」(110)玄　道。(111)廓　曠達。(112)夫差不祀二句　夫差（西元前？～前四七三年），春秋時吳國國君。夫差勝越之後，復北伐齊，勝後則驕心大盛，乃圖霸中原，不聽諫議，越即乘其北伐之虛，一舉滅吳。不祀，沒有後代。喻滅亡。釁，縫隙。這裡可解為過失。113句踐作伯二句　吳王夫差曾在會稽擊敗越王句踐，句踐遂俯首稱臣，此後即臥薪嚐膽，終建滅吳稱霸的事業。伯，霸也。祚，福。會稽，今浙江紹興之會稽山。114杖　倚靠。115泰　安寧。116棟隆　使棟梁隆起。喻恢復晉室。《周易・大過》九四象曰：「棟隆之吉，不橈乎下也。」117塞　滿足。118民望　《左傳・襄公十四年》：「夫君，神之主而民之望也。」

【語　譯】聖明的天子懷帝，繼承又復興了大晉王朝。振起了這廢敗的國家綱維，發揚光大了這悠久的德音。歸來的人都很和諧，到外面去的都很順利。三公舒泰俊朗，四方諸侯更加威嚴。有如伊陟之相在輔佐商朝，仲山甫在協助周朝。普渡艱難困苦，稱揚君王美德。您與他們相比，假如不是不同的德行，那就是悠久的時代的共同源流。更加上您那忠誠與貞潔，發揮您那高明的智謀。我是一個出身低賤的人，從前蒙受您美好的恩惠，用姻親來申明厚愛，闡明數世親善。在道義上休戚與共，在情分上同榮共辱。誰說那是不和諧，我們像音樂一樣合乎節拍。朝廷軍事失敗，家人也流離失散。盼望朝廷能夠復興振作，我雖眼見危險，卻不考慮它有多麼艱難。但是這個願望卻沒有實現，途中受阻而遭家門顛覆。仰悲先父先母之心意，俯念自身的罪過。上天載走了氣運，於是就失去了良機。仰觀那日月更替，疾急超過俯仰之間。感慨今日，思念往昔。口中輕問，心裡暗想，假如說是像昨天一樣，何以卻突然成為往昔。成為往昔又怎麼樣？逝去的就會更加久遠了啊！那柔和謙恭的人啊，對待事情在結束時也像開始時一樣。回想先父母遺留的教誨，可憐我這落拓孤魂，就好像那俯幹垂枝的樹木，葛藤遍布在上面。幸運啊那葛藤，得以託身在樛木上。葉莖像雲霧漫布，花萼像星兒閃閃。承蒙您像卞和一樣對待我，然而我在本質上卻不是荊山玉璞。您又像王良一樣關心我，但您任用時，我卻沒有騏驥的本領。蒙恩已經很深了，關心也已經很親密了。誇飾獎賞駑馬和卑賤的東西，卻與駿馬珍寶等駕並論。輔助協調的工作沒有成就，好的謀略也沒有進獻。不敢奢望像狐偃、趙衰那樣立大功，卻有志像五位臣子那樣。像五臣的什麼呢？在百般憂患之中生死相約。親身經歷艱難險阻，親自踏上幽隱遙遠之地。義氣隨著恩情而加深，情分隨著親暱而增加。感情纏綿，交心知底，本性相同是一家人。從前在空暇的日子裡，我也深究那通達的道理。自責那時的意氣用事，成為節烈之士。情感因為接觸而產生，而感慨卻因情感而形成。因此我對趨求與捨棄都沒有要求，卑賤與顯達也無所謂。由余短短的一番話語，秦人就因此而忌憚。金日磾效盡忠誠，漢地流傳著聲譽。威武的撫軍大人，在古代賢人中猶稱冠首，來統帥幽州，拯救艱難困苦的人們。艱難困苦的人們已經拯救了，寇賊挫敗，百姓富足。謬稱那疲殆的隸卒，授職為別駕。我對上怕被委任要職，在下卻欣喜施恩篤厚。我真心景仰高明的人，怎麼敢忘了我的職守。看那反哺之情義，尚存在於飛鳥之中。為什麼人們啊！卻要忍隱這反哺的心意。每當憑臨山海之時，總希望看見那有多高多深。遠觀那活著與死去的，渺邈化成飛灰沈塵。長長的纓索已纏身，離去的步伐即將邁開。收斂蹤跡投西賓，含悲回首，顧念東主。怎麼說路途遙遠？竟然不過尺步。難道不是辛勤工作夙興夜寐？只說怕行路之上多霜露。柔軟細長的女蘿藤，延伸直上松樹梢。在粗大的樹幹上承雨露，在茂盛的枝條上曬陽光。置根膚淺難穩固，莖條纖弱易凋殘。拿那纖弱的體質，承受這衝勁的飆風。纖弱的體質實在細微，正好碰上那衝勁的飆風。誰說言語精妙，它的目的只在表明心意。沒看見釣到了魚，就會忘記這魚餌。拋棄那外在的形體軀殼，寄託於其中的是深刻的見識。前人頤養心意，潛藏在山林，隱身在几案後。在丹崖上曬太陽，在碧波中沐浴。不追求那靜動和諧，諸多美妙卻自然依附。我為那遠遁的前賢而慷慨，有愧於他們那高妙的旨趣。由於產生了不同的議論，肝膽知己變成了楚越陌路人。只有採取豁達的觀察，這萬般不同才可視為同轍。死生已經相同；榮辱又有什麼差別？把握住那玄妙的本根，於是曠達而沒有凝滯。吉福是禍患的開始，禍患是吉福的階梯。天地充滿了就轉為虛廓，寒冷與暑熱也周旋輪迴。夫差滅亡而斷了後代，那過失就在於勝了齊國。句踐復興而作了霸主，這種福分始自會稽之辱。幽邈啊那豁達的氣度，這只能依靠那玄妙的道。形體有不安寧的時候，但精神卻無處不通暢。如同大河的流水無阻，如同淵澤的容量廓大。對上使晉國強大，對下滿足百姓的期冀。

贈崔溫

【作　者】盧諶，見頁九四五。

【題解】本詩蓋作於委身段匹磾時。作者歷舉了戍守北方的前代幾位大將，說明了北方是涵養俠氣的好地方，並希望自己也能在此養成俠氣，以便為國建功立業。但就自己的遭際也表現了幾分慚愧和感傷。崔指崔悅，字道儒，為石虎之司徒右長史。溫嶠，字太真，少舉秀才後參劉琨軍，為左長史；後入京都，晉元帝以為散騎侍郎。明帝時拜侍中，後封始安郡公。此二人皆與盧諶以文學而相友善。

逍遙❶步❷城隅❸，暇日聊❹遊豫❺。北眺❻沙漠垂❼，南望舊京❽路。平陸引❾長流，岡巒挺茂樹。中原厲❿迅⓫飆⓬，山阿起雲霧。遊子恆悲懷⓭，舉目增永慕⓮。良儔⓯不獲偕，舒情將焉⓰訴。遠念賢士風⓱，遂存往古務⓲。朔⓳鄙⓴多俠氣，豈惟地所固。李牧鎮邊城，荒夷懷南懼㉑。趙奢正疆場，秦人折北慮㉒。羈旅及㉓寬政，委質㉔與㉕時遇。恨㉖以駑蹇㉗姿，徒煩飛子㉘御。亦既弛負擔㉙，忝㉚位宰㉛黔㉜庶。苟云免罪戾，何暇收民譽？倪寬以殿黜，終乃最眾賦㉝。何武不赫赫，遺愛常在去㉞。古人非所希，短弱自有素㉟。何以敷㊱斯辭？惟以二子㊲故。

【注釋】❶逍遙　無拘無束。❷步　登。❸城隅　指位於城牆角的城樓。隅，角落。❹聊　暫且。❺遊豫　指隨便轉轉。❻眺　遠看。❼垂　邊。❽舊京　指晉都洛陽。❾引　延伸。❿厲　經過。⓫迅　急遽。⓬飆　狂風。⓭懷　慨歎。⓮慕　幽怨。⓯儔　朋友。⓰焉　哪裡。⓱風　風範。⓲務　追求。⓳朔　北方。⓴鄙　邊地。㉑李牧鎮邊城二句　李牧（西元前？～前二二九年），戰國時趙人，守趙北邊，曾誘殲匈奴十餘萬騎，使其十餘年不敢近趙。荒，邊遠。懷，想起。㉒趙奢正疆場二句　趙奢，戰國時趙人，曾將兵破秦軍，令秦不敢侵趙。場，邊界。折，打消。㉓及　趕上。㉔委質　歸附。㉕與等待。㉖恨　遺憾。㉗駑蹇　又劣又瘸的馬。喻指庸才。㉘飛子　周人。善養馬畜，為秦朝始封之祖。㉙負檐　包袱。檐，同「擔」。㉚忝　謙詞。猶言承蒙。㉛宰　治理。㉜黔　黑色。傳謂漢代平民以黑巾裹頭，故稱黔首。㉝倪寬以殿黜二句　倪寬，西漢人，為廷尉屬官，常以古法決疑案。《漢書・卷五八・倪寬傳》：「吏民大信愛之……收租稅，時裁闊狹，與民相假貸，以故租多不入。後有軍發，左內史以負租課殿，當免。民聞當免，皆恐失之，大家牛車，小家擔負，輸租繦屬不絕，課更以最。」黜，免官。最，收集。㉞何武不赫赫二句　何武，西漢人。居官好獎掖士卒，以故士卒多歸之。《漢書・卷八六・何武傳》：「其所居亦無赫赫名，去後常見思。」赫赫，顯赫盛大的樣子。㉟素　原因。㊱敷　陳。㊲二子　指崔悅與溫嶠。

【語　譯】無拘無束登上城樓，閒暇的日子暫且隨便轉轉。向北遠看，唯有沙漠無際；向南遙望，但見故都大路。平原上延伸著漫長的河流，山崗上挺立著蓊鬱的樹林。中原地區掠過急遽的狂風，山坳裡也湧起了濃雲密霧。遊子常常會感傷於心，舉目四顧，更增那長久的哀怨。好朋友不能在一起，我能到哪裡傾訴舒發情懷。遙想賢士們的風範，就產生一種對往古的追求。北方的邊地多英俠之氣，或許那是該地固有的，李牧鎮守邊疆之城，遙遠的蠻夷想起南方就害怕。趙奢治理疆界，秦人都打消了對北方的覬覦。停滯在旅館，恰好趕上寬鬆的政策，託身歸服，等待時機的到來。遺憾的是我憑著駑馬的身姿，卻白白煩勞非子的御使。我也已經解脫了包袱，忝居於治理百姓的位置。假如說能免除罪禍，哪裡有時間收錄百姓的讚譽。倪寬因為末等而被免除，最後竟然聚集了眾多的賦稅。何武生前並不顯赫，但遺留的愛心卻在他去後依然常在。古人不是我所希求的，因為短處和弱點各有原因。我為什麼陳敘這些話，那只是因為你們兩個人的緣故。

答魏子悌

【作　者】盧諶，見頁九四五。

【題　解】本詩抒寫了末世戰亂紛繁的悲憂離合之情，及功德未立而心曲難申的感傷。魏子悌當為與盧諶同自劉琨部下轉投段匹磾，唯生平事蹟不詳。

崇臺非一幹，珍裘非一腋❶。多士❷成大業，群賢濟❸弘績。遇蒙❹時來會，聊齊朝彥❺跡。顧此腹背羽，愧彼排虛翮❻。寄身蔭四嶽❼，託好憑三益❽。傾蓋❾雖終朝❿，大分⓫邁⓬疇昔⓭。在危每同險，處安不異易。俱涉⓮晉昌艱⓯，共更⓰飛狐⓱厄。恩由契闊⓲生，義隨周旋⓳積。豈謂鄉曲譽⓴，謬充㉑本州役。乖離令我感，悲欣使情惕㉒。理以精神通，匪曰形骸隔。妙詩申篤好，清義貫幽賾㉓。恨無隨侯珠㉔，以酬荊文璧㉕。

【注釋】❶崇臺非一幹二句　《慎子·內篇》：「廟廊之材，非一木之枝；狐白之裘，非一狐之腋；治亂安危，存亡榮辱之施，非一人之力也。」崇，高。幹，木。腋，狐狸腋下之毛。❷士　有志向的人。❸濟　成就。❹遇蒙　禮遇和蒙恩。泛指榮寵。❺彥　俊才。❻顧此腹背羽二句　《韓詩外傳》：「夫鴻鵠一舉千里，所恃者六翮耳。背上之毛，腹下之毳，益一把，飛不為加高；損一把，飛不為加下。」顧，環視。翮，羽莖。代指鳥翼。❼蔭四嶽　蔭護四方諸侯的大官。此喻指劉琨。❽三益　《論語·季氏》：「益者三友，友直友諒友多聞。」❾傾蓋　漢鄒陽〈獄中上梁王書〉：「白頭如新，傾蓋如故。」❿終朝　共一早晨。⓫大分　情誼。⓬邁　超過。⓭疇昔　以前。⓮涉　渡過。⓯晉昌艱　晉惠帝從敦煌郡分出晉昌郡，此時為段匹磾所侵占。⓰更　經歷。⓱飛狐　地名。在今河北淶源。盧諶隨劉琨曾從此發兵以拒石勒。⓲契闊　聚散離合。⓳周旋　流浪遷徙。⓴豈謂鄉曲譽　《燕丹子·卷下》：「聞士無鄉曲之譽，則未可與論行。」鄉曲，鄉下一隅。代指鄉里。㉑充　任。㉒惕　驚懼。㉓賾　深。㉔隨侯珠　傳說古代隨侯曾救一大蛇，蛇遂銜夜光寶珠贈之，故名。㉕荊文璧　楚和氏璧。傳說卞和得玉璞後，獻與楚文王，始得治成寶玉，故又名文璧。

【語譯】高高的樓臺不是由一棵樹木架起的，珍貴的狐裘也不是由一塊狐腋就可做成的。眾多的士人才能成就大業，眾多的賢才才能完成宏偉的業績。禮遇和蒙恩是暫時來的機會，姑且使我可以和朝廷的英才們相提並論了。環視我這胸背的羽毛，對那排空馭氣的鴻鵠羽翼是多麼慚愧。託身在朝廷重臣劉琨的府下，憑藉著益中三友來獲得好聲名。知心相交雖然只有一朝之時，而情誼卻超過以前。在危險的時候每每同歷險阻，在安逸的時候也不變異。一起度過晉昌時的艱辛，一起經受了飛狐時的險厄。恩情因為聚散離合而產生，義氣隨著流浪遷徙而積聚。哪裡是因為我有鄉里的稱譽，只是充任本州的隸役而已。背棄隔離令我感傷，悲歡交疊使我情緒驚悸。情理是用精神來溝通的，不因形體不同而相隔。好詩是用來表達深厚的愛心的，清明的氣節可以貫穿幽暗的心房。我遺憾沒有隨侯寶珠，來酬答你的卞和寶璧。

答靈運

【作　者】謝瞻，見頁八九七。

【題　解】本詩在一片清幽落寞的景色中表達了對謝靈運關心自己的感激之情。

夕霽❶風氣涼，閒房有餘清。開軒❷滅華燭❸，月露皓已盈。獨夜無物役，
寢者亦云寧。忽獲〈愁霖〉❹唱，懷勞❺奏所成❻。歎彼行旅艱，深茲眷言情。
伊余雖寡慰，殷❼憂暫為輕。牽率❽詶❾嘉藻❿，長揖愧吾生⓫。

【注　釋】❶霽　雨初晴。❷軒　有窗的長廊。這裡指窗。❸華燭　明亮的燈。❹愁霖　指謝靈運所做的〈愁霖詩〉。其序有「示從兄宣遠」。❺懷勞　感傷於劬勞。❻所成　形成的詩歌。❼殷　濃濃的。❽牽率　猶言牽連。❾詶　同「酬」。❿藻　文辭。此代詩文。⓫吾生　你。

【語　譯】夕雨初晴風氣涼，幽閒的房間顯得更清冷。打開窗子，熄滅明亮的燈。月光露氣茫茫充滿乾坤。獨處在夜晚，沒有外物驅擾，睡著的人也都很安寧。忽然得到〈愁霖詩〉的詠唱，那是感傷於辛勞而奏出的心中詩歌。歎惋那行旅的艱難，更加深了這眷戀的情懷。我對你的掛念雖然沒有得到多少慰藉，那濃濃的憂慮卻也暫得減輕。你引領我來酬答你那優美的詩，我只好長揖向你表示慚愧了。

於安城答靈運

【作　者】謝瞻，見頁八九七。

【題　解】此詩為一首自陳其志的詩。作者自謙無才無德，並陳述了自己的志願，表達了自己不願仕進安於現狀的原因。安城，在今江西安福西部。西元四一五年正月，謝宣遠任安城太守。此前宣遠歷任朝官至相國從事中郎，後其弟謝晦受任重權，為右衛將軍，宣遠以為非門戶之福，遂引身急退，上書乞任外職。其堂弟謝靈運贈詩即詢其引退之原因，故宣遠有此答詩。

條繁林彌❶蔚❷，波清源愈濬❸。華宗❹誕吾秀❺，之子❻紹❼前胤❽。綢繆❾
結風徽❿，烟熅⓫吐芳訊⓬。鴻漸⓭隨事變，雲臺⓮與年峻。華萼⓯相光飾，嚶嚶
悅同響⓰，親親⓱子敦⓲予，賢賢吾爾賞。比景⓳後鮮輝，方⓴年一日長㉑。萎葉
愛榮條，涸流好河廣。殉㉒業謝成操㉓，復禮愧貧樂㉔。幸會果㉕代耕㉖，符㉗守
江南曲㉘。履㉙運㉚傷荏苒㉛，遵㉜塗歎緬㉝邈。布㉞懷存㉟所欽，我勞㊱一何㊲篤。

肇[38]允[39]雖同規，翻飛各異概[40]。迢遞[41]封畿[42]外，窈窕[43]承明[44]內。尋塗塗既睽[45]，即理理已對。絲路有恆悲[46]，矧[47]迺[48]在吾愛。跬[49]行安步武[50]，鎩[51]翮周數仞[52]。豈不識高遠？違方[53]往有吝[54]。歲寒霜雪嚴[55]，過半[56]路愈峻。量[57]己畏友朋，勇退不敢進。行矣勵[58]令[59]猷[60]，寫誠訓來訊。

【注釋】[1]彌　更加。[2]蔚　茂盛。[3]濬　深。[4]華宗　榮顯的宗族。[5]秀　秀美。[6]之子　這個人。[7]紹　繼承。[8]胤　宗嗣。[9]綢繆　感情纏綿。[10]徽　好的樂音。[11]烟熅　同「氤氳」。雲煙茫茫的樣子。[12]訊　問。[13]鴻漸　飛鴻漸進高位。後喻仕進。《周易・漸》：「鴻漸于陸。」[14]雲臺　高聳入雲的臺閣。喻指爵位。[15]華萼　喻兄弟。《詩經・小雅・棠棣》：「棠棣之華，萼不韡韡。」[16]嚶嚶悅同響　《詩經・小雅・伐木》：「伐木丁丁，鳥鳴嚶嚶。」嚶嚶，鳥鳴聲。鄭玄注：「其鳴之志，似於求友也。」[17]親親　以親人為親。《禮記・大學》：「君子賢其賢而親其親。」[18]敦　勉勵。[19]景　今作「影」。[20]方　比。[21]一日長　見《論語・先進》：「以吾一日長乎爾，勿吾以也。」[22]殉　經營。[23]操　操守。[24]貧樂　《論語・學而》：「未若貧而樂，富而好禮者也。」[25]果　成。[26]代耕　俸祿。《禮記・王制》：「諸侯之下士，視上農夫，祿足以代其耕也。」[27]符　信符。[28]江南曲　指安城。[29]履　履行。[30]運　時運；時節運轉。[31]荏苒　漸進的樣子。[32]遵　沿著。[33]緬　遙遠的樣子。[34]布　袒露。[35]存　問。[36]勞　慰勞。[37]一何　多麼。[38]肇　始。[39]允　信。[40]異概　不同的數量。概，刮升斗之器。[41]迢遞　遙遠的樣子。[42]封畿　京都一帶的地區。[43]窈窕　深邃的樣子。[44]承明　晉都洛陽宮內門名。[45]睽　違背。[46]絲路有恆悲　見《淮南子・說林》：「楊子見逵路而哭之，為其可以南，可以北。」又「墨子見練絲而泣之，為其可以黃，可以黑。」[47]矧　況且。[48]迺　同「乃」。[49]跬　半步。相當於今天的一步。古代一步相當於今天的兩步。這裡跬引申為用一隻腳走路。[50]武　足跡。[51]鎩　凋零。[52]仞　古代八尺。[53]方　地方。這裡指自己熟悉而又能適應的地方。[54]吝　災患。[55]嚴　猛烈。[56]過半　超過一半。《戰國策・秦策五》：「詩云：行百里者，半于九十。此言末路之難也。」[57]量　恆量。[58]勵　努力。[59]令　美好。[60]猷　道。

【語　譯】枝條繁密，樹林就更加茂盛；水波清澈，源泉就更顯得深邃。顯赫的家族誕生了如你這般秀美，能繼承前代的宗嗣。感情纏綿凝結成美好的聲音，在雲煙茫茫中傳來你溫馨的問候。仕途隨著事情的變化而變化，爵位卻在與年俱增。花瓣與花萼互相添光益彩，雀鳥嚶嚶都喜歡同樣的聲音。為了增添親戚間的情誼，因此你敦促我，贊賞賢才所以我欣賞你。兩人放在一起比較，襯托你格外光鮮耀眼，論年紀我又虛長一些。枯萎的葉子喜愛剛發葉的枝條，乾涸的河流也喜歡寬廣的大河。為了工作，只好放棄已形成的操守，復歸禮儀我又愧對那貧賤猶樂的人。幸好事業有成可得俸祿，遵王命符做這江南一隅的太守。安度這時光的推移卻又感傷它的遲緩，沿路而行時又歎惋它的遙遠幽邈。抒發真誠來問訊欽敬的人，我的慰問是多麼的篤誠。我也才相信雖然同樣的規格，翻飛翱翔之後就有各不相同的容量。我在遙遠的京都之外，你在深邃的承明門內。追尋各人所走的路，才知路已不同，但這在道理上卻也合情合理。素絲可染不同色，逵路可通不同方向，這些常使人有悲哀之心，何況是在我們所愛的人呢！舉足半步，只能安於慢慢地走。羽翼凋零，只能在數仞內周旋。難道那是不知道有高而遠的地方嗎？只是離開適應的地方，常常會有災患。一年之中，冬季霜雪最猛烈，走的路超過一半就更覺險峻難行。我估量自己之才德而畏友朋之議，所以就趕緊引退而不敢前進。我只能努力行走在美好的大道上，寫出我的真意來酬答你送來的問候。

西陵遇風獻康樂

【作　者】謝惠連，見頁九八八。

【題　解】本詩獻給作者感激而欽敬的堂兄謝靈運，表現了真摯的離愁。西陵，在今浙江省蕭山縣內。康樂，謝靈運曾襲祖封康樂公。獻，把東西送給尊敬的人。

我行指孟春，春仲尚未發。趣❶途遠有期，念離情無歇。成裝候良辰，漾舟陶❷嘉月。瞻塗意少悰❸，還顧情多闕。哲❹兄❺感仳❻別，相送越坰❼林。飲餞❽野亭館，分袂❾澄湖陰。悽悽❿留子言，眷眷⓫浮⓬客心。迴塘隱艫⓭栧⓮，遠望絕形音。靡靡⓯即⓰長路，戚戚⓱抱遙悲。悲遙但自弭⓲，路長當語⓳誰？行行道轉遠，去去情彌遲⓴。昨發浦陽㉑汭㉒，今宿浙江湄㉓。屯㉔雲蔽曾㉕嶺，驚㉖風湧飛流。零㉗雨潤墳㉘澤，落雪灑林丘。浮氛㉙晦㉚崖巘㉛，積素㉜惑原疇㉝。曲汜㉞薄㉟停旅，通川絕行舟。臨津不得濟㊱，佇㊲楫阻風波。蕭條洲渚㊳際㊴，氣色少諧和。西瞻㊵興遊歎，東睇㊶起悽歌。積憤成疢㊷痗㊸，無萱㊹將如何㊺？

【注釋】❶趣　走向。❷陶　欣喜。❸悰　快樂。❹哲　敬稱。猶言賢。❺兄　指謝靈運。❻仳　分離。❼坰　郊野。《詩經．魯頌．駉》毛亨傳：「邑外曰郊，郊外曰野，野外曰林，林外曰坰。」❽餞　送行的酒食。❾袂　衣袖。❿悽悽　感傷的樣子。⓫眷眷　留戀的樣子。⓬浮　行。⓭艫　船。⓮栧　同「枻」。船槳。⓯靡靡　遲緩的樣子。⓰即　走向。⓱戚戚　悲憂的樣子。⓲弭　止。⓳語　告訴。⓴遲　遲疑。這裡有纏綿意。㉑浦陽　指浦陽江。源自浙江浦江，經諸暨、紹興、蕭山而入錢塘江。㉒汭　河流彎曲處。此亦代指水岸。㉓湄　水草相接的地方。代指岸邊。㉔屯　濃密。㉕曾　通「層」。重。㉖驚　疾。㉗零　落。㉘墳　堤岸。㉙浮氛　指霧氣。㉚晦　昏暗。㉛巘　山峰。㉜素　指白雪。㉝疇　已耕作的田地。㉞汜　通「涘」。水邊。㉟薄　通「泊」。停泊。㊱濟　渡河。㊲佇　停止。㊳洲渚　水中小洲。㊴際　中間。㊵西瞻　向西瞻望。浦陽江由西向東北而注入錢塘江。㊶睇　仔細地看。㊷疢　熱病。㊸痗　憂傷之病。㊹萱　忘憂草。㊺如何　奈何；怎麼辦。

【語　譯】我的行期定在正月，到了二月還沒出發。走向征途的日子雖然推遠了，但總有期限，想起離別，憂傷的心情就沒有停息過。整理好行裝，等待著好日子，可我們依然蕩舟陶醉在佳美的月色中。遠望那大路，心裡就沒有了歡樂；回首觀看，心情總覺得悵然若失。尊敬的兄長也為分別而感傷，送我一直到郊野。在野外的小店中飲離別的酒，在明淨的湖畔揮手告別。你感傷地說了許多話語，我也心緒纏綿難分難捨。曲折的水岸隱去了船槳的影子。遠遠地望去，已沒有了音聲形貌。腳步遲緩地走上那長長的路，心情悽惻，懷著遙遠的悲哀。在遠方悲哀還可以自己克制，在漫長的道路上又該向誰傾訴呢？走啊走啊！道路越來越遠，離開吧離開吧！心兒卻越來越猶豫。昨天從浦陽江邊出發，今天已經住宿在浙江岸上。濃密的雲彩遮住了重重山嶺。疾風攪動著飛逝的河流。降落的雨水，滋潤著岸邊與水澤，飄灑的雪花落在樹林與山丘上。浮動的露氣使懸崖山峰昏暗，積起的白雪，分不清平原和田畝。彎曲的水邊停泊著留下的旅客，長長的河流中也沒有行船。到了渡口卻不能渡河，停下槳兒是因為被風波阻留。蕭條冷落的水洲小島之間，空氣的顏色也缺少和諧的感覺。向西遠望，只會使遊子產生慨歎；向東審視，又令人唱起淒涼的歌。積蓄的鬱悶終成一種心病，沒有忘憂草，我又該怎麼辦呢？

還舊園作見顏范二中書

【作　者】謝靈運，見頁八四一。

【題　解】本詩表達了作者不計官場得失，安於歸隱生活的情懷。舊園，當指會稽山下的居所。謝靈運於南朝宋少帝末年（西元四二四年）辭官歸隱會稽，終日沈湎山水之中，宋文帝初年復徵為侍中，然不被用事，遂不久即告假東歸會稽，此詩即作於歸隱之後。顏延年於文帝三年（西元四二六年）徵任中書侍郎，范秦當時任中書侍郎。此詩蓋因顏、范有勸謝靈運出山的旨意，謝因寄詩以表意。

辭滿❶豈多秩❷，謝❸病不待年。偶與張❹邴❺合，久欲還東山❻。聖靈❼昔迴眷❽，微尚不及宣❾。何意衝飆❿激⓫？烈火縱炎煙。焚玉發崑峰⓬，餘燎⓭遂見遷⓮。投沙⓯理⓰既迫⓱，如邛⓲願亦愆⓳。長與歡愛⓴別，永絕平生緣。浮㉑舟千仞㉒壑㉓，揔㉔轡㉕萬尋㉖巔㉗。流沫不足險，石林豈為艱。閩中㉘安㉙可處？日夜念歸旋㉚。事躓㉛兩如直㉜，心愜㉝三避賢㉞。託身青雲上，棲巖挹㉟飛泉。盛明㊱盪氛昏㊲，貞休㊳康㊴屯邅㊵。殊方㊶咸㊷成貸㊸，微物豫㊹采甄㊺。感深操不固，質弱易版纏㊻。曾是㊼反昔園，語往實款然㊽。曩㊾基即先築，故池不更穿㊿。果木有舊行，壤石無遠延(52)。雖非休憩地，聊取永日閒。衛生(53)自有經(54)，息陰謝(55)所牽。夫子照(56)情素(57)，探懷授往篇。

【注釋】❶滿　任期服滿。❷秩　官品。❸謝　辭別。❹張　指張良。《漢書・卷四〇・張良傳》：「今以三寸舌為帝者師，封萬戶，位列侯，此布衣之極，於良足矣。願棄人間事，欲從赤松子游耳。」❺邴　指邴漢。見《漢書・卷七二・龔勝傳》：「琅邪邴漢亦以清行徵用，至京兆尹，後為太中大夫，王莽秉政，勝與漢俱乞骸骨。」❻東山　蓋即指會稽山。❼聖靈　指高祖劉裕。❽迴眷　顧念留意。此有特別看重意。❾宣　召。❿衝飆　疾勁的狂風。⓫激　激盪。⓬焚玉發崑峰　語出《尚書・胤征》：「火炎崑岡，玉石俱焚。」崑峰，崑崙山峰。⓭燎　大火。⓮遷　貶謫。⓯投沙　指漢代賈誼謫居長沙事。⓰理　生理。⓱迫　局促。⓲如邛　到臨邛去。事見《漢書・卷五七・司馬相如傳》：「文君久之不樂，謂長卿曰：弟俱如臨邛，從昆弟假貸，猶足以為生，何至自苦如此。」⓳愆　喪失。這裡指落空。⓴歡愛　指親朋故友。㉑浮　行。㉒仞　古代八尺為一仞。㉓壑　深谷。㉔揔　攬。㉕轡　韁繩。㉖尋　古代八尺為一尋。㉗巔　山頂。㉘閩中　即東越之別名。㉙安 哪裡。㉚旋 還。㉛躓 被絆倒。引申為困頓、受挫折。㉜兩如直 《論語・衛靈公》：「直哉史魚！邦有道，如矢；邦無道，如矢。」㉝愜 滿意。㉞三避賢 《史記・卷一一九・循吏列傳》云孫叔敖「故三得相而不喜，知其才自得之也；三去相而不悔，知非己之罪也」。㉟挹 舀取。㊱盛明 指文帝。㊲氛昏 指專權朝政的大臣。㊳貞休 正而美好。㊴康 空。引申為掃卻。㊵屯邅 難行的樣子。引申為困難的處境。㊶殊方 異域。㊷咸 都。㊸成貸 《老子》：「夫唯道，善貸且成。」貸，施與。㊹豫 預先準備。㊺甄 錄用。㊻感深操不固二句 指作者應文帝之徵聘。質，此指性格、稟性。版纏，指牽絆、束縛。㊼曾是 於是。曾，乃。㊽款然 喜愛的樣子。㊾曩 久；舊。㊿更 再。51穿 鑿。52延 求取。53衛生 即養生。54經 準則；規律。55謝 擺脫。56照 照察；明白。57素 通「愫」。情愫；真情。

【語　譯】到任期而辭官哪裡是因為官爵太多，因生病而告退，不須等到年老。偶然和張良、邴漢的想法一致，我也早就想返回東山。英明聖哲的高祖以前特別關心我。可是那時我還卑微尚不值得宣招。不知怎地，疾勁的狂風就激盪了起來，猛烈的大火發出光焰和濃煙。從崑崙山頂發起而焚毀玉石，在剩餘的大火中，我就遭到貶謫。流放到謫居地，我的生計已經窘迫，投靠到親友處的願望也落了空。長久地和親人們相別離，永遠斷絕了今生的緣分。在千仞的深谷裡行船，在萬尋的山頂騎馬。奔流濺沫不足以形容其險峻，巨石林立，又哪裡算得上艱難。越地東部怎麼能安居？我日夜都想念著歸返故鄉。用事和失官位遭挫折我依然心懷忠直。我心裡也喜愛孫叔敖多次失相位的美德。回去遊山在青雲之上，住在巖穴中舀那飛瀉的泉水。盛德光明，滌除了昏暗的氣氛，純正美好的德行，掃空了困難的處境。異域偏國都得到皇上的恩澤，卑微如我也都得到徵聘錄用。感激之情深厚，然而我的操行沒能固守，稟性孱弱，也容易受束縛。我總算是返回到舊日的家園，去到那裡，我實在感到喜愛。那舊的園基就是以前築好的，那舊的池塘也不用再鑿。果樹像往日一樣成行，土石也不必到遠方去求取。此園雖然不是理想的休息地，但是暫且可以得到長時的清閒。調養性命自有我的辦法，止息退隱，擺脫牽累之事。願你們明白我內心的真情，所以我奉獻詩篇以表宿志。

登臨海嶠初發彊中作與從弟惠連見羊何共和之

【作　者】謝靈運，見頁八四二。

【題　解】本詩抒發了兄弟遠別的纏綿情意，並傾述了離別之苦，同時，又祈望能找到一種超越的境界來擺脫這份沈重的情懷。謝靈運第二次東歸會稽後，與堂弟謝惠連、東海何長瑜、潁川荀雍、泰山羊璿之常以詩文贈答。時人謂此四人為靈運之文章四友。臨海，在今浙江臨海。嶠，尖而高的山。彊，山名，在今臨海境內。見，示。

杪秋❶尋遠山，山遠行不近。與子別山阿❷，含酸赴修❸軫❹。中流袂❺就判❻，欲去情不忍。顧❼望脰❽未悁❾，汀❿曲舟已隱。隱汀絕望舟，騖⓫棹⓬逐驚⓭流。欲⓮抑一生歡，並奔千里遊。日落當棲薄⓯，繫纜臨江樓。豈惟夕情斂，憶爾共淹留⓰。淹留昔時歡，復增今日歎。茲⓱情已分慮，況迺⓲協悲端⓳。秋泉鳴北澗，哀猿響南巒。戚戚新別心，悽悽久念攢⓴。攢念攻別心，旦發清溪陰㉑。暝投剡㉒中宿，明登天姥㉓岑㉔。高高入雲霓㉕，還期那可尋。儻㉖遇浮丘公㉗，長絕子徽㉘音。

【注　釋】❶杪秋　猶晚秋。杪，樹梢。引申為末。❷阿　山曲處。❸修　長。❹軫　通「畛」。田間的道路。這裡引申為平原上的路。❺袂　衣袖。❻判　分開。❼顧　回頭看。❽脰　頸。❾悁　通「痟」。酸痛。❿汀　平靜的水。⓫騖　飛快。⓬棹　槳。⓭驚　急。⓮欲　想要。⓯薄　通「泊」。停泊。⓰淹留　長久地留下。⓱茲　這。⓲迺　同「乃」。⓳悲端　愁緒。指秋思。《楚辭・九辯》：「悲哉秋之為氣也。」⓴攢　聚結；折卷。㉑陰　水南為陰。㉒剡　剡溪。在今浙江嵊縣南。即曹娥江的上游。㉓天姥　山名。在今浙江新昌東。㉔岑　小而高的山。這裡泛指山。㉕雲霓　偏義複詞，偏指雲。霓，虹的一種。亦稱副虹。㉖儻　假如。㉗浮丘公　傳說為黃帝時仙人。《列仙傳》卷上王子喬條有「道士浮丘公接以上嵩高山」。㉘徽　美好的。

【語　譯】晚秋尋跡訪遠山，山遠行程並不近。和你告別在山坳，心含酸楚走向平野。在河的中游就分手了，想要離開，但情感卻難以承受。回首相望，脖頸還沒有酸疼，可是平靜水兒曲曲折折，船兒已經隨波隱去。隱去的水面也隱去了遙望的船，飛快的槳兒在追逐急流的江水。我真想放棄平生的歡娛，和你一起作千里之遊。日落的時候將要棲宿停泊下來，在臨江的樓旁繫好船纜。難道說傍晚情感就收斂了嗎？我正想念你要你長久地留下來。長留的是舊時的歡笑，這不免又增今日的慨歎。這別離的情懷已經分散了我的心思，更何況是帶著哀怨的秋思。淙淙秋水聲在北面山澗裡淌落，哀猿鳴聲在南山中迴盪。悲悲戚戚是初別的心聲，悽悽慘慘凝結著長久的相思。積聚的相思攪動著離別的心兒，清早還是從清清溪流的南岸出發。晚上投靠到剡溪中寄宿，早上就可以攀登天姥山峰。那山峰高高地插入雲霄，返還的日子哪裡能知道。假使遇到了浮丘公，我就要學仙而去，那就永遠和你斷絕音訊了。

酬從弟惠連

【作　者】謝靈運，見頁八四二。

【題　解】此詩為答謝惠連〈西陵遇風獻康樂〉一首。全詩表露了作者對謝惠連的知己之情表示欣慰，同時說明自己在夢寐中都想惠連歸來，哪怕是這西陵之風把他阻住走不了也好，他們可以再共遊自然的佳景。

寢❶瘵❷謝❸人徒❹，滅跡入雲峰。巖壑寓耳目，歡愛❺隔音容。永絕賞心❻

望，長懷莫與同。末路值❼令弟❽，開顏披❾心胸。心胸既云披，意得咸❿在斯⓫。淩⓬澗尋我室，散帙⓭問所知。夕慮⓮曉月流，朝忌曛⓯日馳。悟對⓰無厭歇，聚散⓱成分離。分離別西川，迴景⓲歸東山⓳。別時悲已甚，別後情更延⓴。傾想遲㉑嘉音，果枉㉒濟江篇㉓。辛勤㉔風波㉕事，款曲㉖洲渚㉗言。洲渚既淹㉘時，風波子行遲。務㉙協㉚華京㉛想，詎㉜存空谷㉝期？猶復惠來章，秖㉞足攪㉟余思㊱。儻若果歸言，共陶㊲暮春時。暮春雖未交，仲春善遊遨㊳。山桃發紅萼㊴，野蕨㊵漸紫苞。鳴嚶㊶已悅豫㊷，幽居猶鬱陶㊸。夢寐佇㊹歸舟，釋㊺我吝㊻與勞㊼。

【注　釋】❶寢　久。❷瘵　病。❸謝　辭卻。❹徒　眾。❺歡愛　親戚。❻賞心　朋友。❼值　遇到。❽令弟　堂弟惠連。令，敬詞。尊稱。❾披　打開。❿咸　都。⓫斯　這裡。⓬淩　越過。⓭帙　書套。⓮慮　擔心。⓯曛　黃昏。⓰悟對　聚會。悟，通「晤」。見面。⓱聚散　相聚而又分散。⓲景　影。⓳東山　指會稽山。⓴延　長。㉑遲　等待。㉒枉　謙詞。使對方受屈。㉓濟江篇　指惠連〈西陵遇風獻康樂〉詩。㉔辛勤　勞苦。㉕風波　指謝惠連阻於西陵風浪事。謝惠連獻詩有「臨津不得濟，佇檝阻風波」。㉖款曲　衷情。㉗洲渚　見謝惠連〈西陵遇風獻康樂〉：「蕭條洲渚際，氣色少諧和。」㉘淹　久。引申為耽誤。㉙務　一定。㉚協　順利。㉛華京　同「京華」。以其為人才品物薈萃之地而稱之。㉜詎　哪裡。㉝空谷　指作者隱居之地。㉞秖　同「祇」。㉟攪　擾亂。㊱思　心情。㊲陶　欣喜。㊳仲春善遊遨　謝惠連詩有「我行指孟春，春仲尚未發」。善，美好。㊴萼　花托。㊵蕨　野菜名。有紫色與綠色兩種。㊶鳴嚶　《詩經・伐木》：「嚶其鳴矣，求其友聲。」㊷豫　喜悅。㊸鬱陶　哀愁。㊹佇　久立。㊺釋　解脫。㊻吝　吝情。指捨不得的感情。㊼勞　勤苦；煩憂。

【語　譯】久病辭別眾人去，收藏行跡隱居在高聳入雲的山峰。耳聞目睹的都是巖壁深壑，親人的音聲容貌也被隔開。永遠斷絕了朋友的期望。長久地抱著沒有人認同的胸臆。在潦倒衰頹之時碰到了兄弟你，我才開顏歡笑傾訴衷腸。心胸已經披露，心意的瞭解也都在這裡。越過山澗來尋找我的居住之處，打開書套就向你請教。傍晚就擔心曉月西沈，早晨又悵恨黃昏太陽的奔逝。相對言談沒有厭倦和停止。人生聚而又散，終成分離。分離時告別在西川，我又返身回到東山。離別時我十分悲傷，離別後的那種情懷卻更加綿長。我傾心盼望著好消息，果然贈給我渡江的詩篇。想起你途中飽遭風波阻途之苦，洲島間的蕭條景色使你表露衷情。那小洲小島之間固然耽誤了時間，那風波也使得你的行程遲滯。如果一定要使你的京都之行順利，又哪會有山谷聚會之期？若再惠贈來詩，那恰好足以擾亂我的心緒。假如真的你能歸來暢敘，我們一起陶醉在這暮春的時光裡。暮春雖然還沒到，仲春裡遊覽也是很好。山桃綻發了紅色的蓓蕾，野蕨菜才萌生了紫色的芽苞。那嚶嗚求友的鳥兒已經快樂了，可我這幽居的人還在哀愁。我夢寐都在佇望那歸來的船，希望你來消除我的迫切思念和煩憂。

卷二一六

贈王太常

【作　者】顏延之，見頁九〇二。

【題　解】該詩贊揚了太常的才識與品格，又以自己對官場落寞與時不待人的理解來相慰藉。王太常，王僧達，小作者三十九歲。太常，官名，掌禮樂諸事，為九卿之一。

玉水記方流，琁源載圓折❶。蓄寶每希❷聲，雖祕❸猶彰徹❹。聆❺龍睬❻九泉❼，聞鳳窺丹穴❽。歷聽❾豈多士❿，唯然⓫覯⓬世哲⓭。舒⓮文廣國華，敷⓯言遠朝列⓰。德輝灼邦懋⓱，芳風被鄉耋⓲。側⓳同幽人⓴居，郊扉㉑常晝閉。林閭時晏開，亟迴長者轍㉒。庭昏見㉓野陰，山明望松雪。靜惟㉔浹㉕群化㉖，徂㉗生入窮節㉘。豫往誠歡歇，悲來非樂闋㉙。屬㉚美謝㉛繁翰㉜，遙懷㉝具㉞短札㉟。

【注　釋】❶玉水記方流二句　《尸子・卷下》：「凡水其方折者有玉，其圓折者有珠。」方流，方折的水流。琁，美玉。在此或當為珠字之誤。❷希　少。❸祕　隱密。❹徹　明。❺聆　聽。❻睬　察看。❼九泉　深淵。《莊子・列禦寇》：「夫千金之珠，必在九重之淵，而驪龍頷下。」❽丹穴　《山海經・南山經》：「曰丹穴之山，其上多金玉。」李善注引《山海經》：「丹穴之山有鳥焉，其狀如鶴，五采，名曰鳳鳥。」❾歷聽　遍聽各處。意謂訪尋賢能之人。❿士　原作「工」，據五臣注本改。⓫唯然　雖然。⓬覯　見。⓭世哲　當世賢明的人。⓮舒　展示。⓯敷　鋪陳。⓰朝列　本朝的功業。列，業。⓱邦懋　國家興盛的景象。⓲鄉耋　即鄉中有見識的長者。此指作者自己。耋，六十歲以上的老人。⓳側　謙謂自己。

⑳幽人　隱士。《周易・履卦》：「履道坦坦，幽人貞吉。」㉑扉　門。㉒林閭時晏開二句　《漢書・卷四〇・陳平傳》：「負隨平至其家，家乃負郭窮巷，以席為門，然門外多長者車轍。」閭，里巷的門。這裡代指宅門。晏，晚。亟，多次。長者，顯貴資深的人。㉓見　可見。㉔惟　思；想。㉕浹　周遍。㉖化　指生死的變化。㉗徂　往。㉘窮節　暮年。㉙豫往誠歡歇二句　《周易・豫卦》：「初六，鳴豫，凶。」意為如果歡樂過甚而自鳴得意就有凶險。豫，快樂。樂闋，音樂結束。闋，結束。㉚屬　綴文。㉛謝　慚愧。㉜翰　筆。這裡代指文辭。㉝懷　思念。㉞具　奉上。㉟札　即指詩箋。

【語　譯】有玉石的水以水流的方折為標志，有珍珠的水以水流的圓折為標志。儲有瑰寶的人常常很少出聲，但雖隱祕也還會彰揚出來。聽到龍吟將會察看九重深淵，耳聞鳳鳴必去窺測丹穴山。我普遍尋訪，哪見許多才士，雖然如此，我終於見到你這位賢明之人。展示文采可以增加國家的光輝，鋪陳言辭可以遠播本朝的功業。你德才的輝光正在國家興旺之時照耀，道德的清芬使我這野老受到感化。我忝然曾同你這位隱士為鄰，郊居的屋門常常在白天還關著，鄉里的門往往開得很晚，多次擋回顯貴者的車子。庭院昏暗，可見原野陰沈，山巒朗明，能望見松柏之上的積雪。我靜思眾生變化之理，生命流逝我已入暮年。快樂已逝，實在是歡娛已止，悲哀來臨，並非因樂章終止。著文贊美你慚愧我無繁華的文辭，遙遙地思念你，故而奉上這短短的詩箋。

夏夜呈從兄散騎車長沙

【作　者】顏延之，見頁九〇二。

【題　解】本詩為寄思懷遠以遣寂寞情懷之詩。從兄，堂兄，這裡指顏散騎字敬宗，生平不詳；車長沙，字仲遠，亦生平不詳。

炎天❶方❷埃鬱❸，暑晏❹闋❺塵紛。獨靜闕偶❻坐，臨堂對星分❼。側聽風薄❽木，遙睇❾月開雲。夜蟬當❿夏急，陰蟲⓫先秋聞。歲候⓬初過半，荃蕙⓭豈久芬。屏⓮居惻⓯物變，慕⓰類抱⓱情殷⓲。九逝⓳非空思，七襄⓴無成文㉑。

【注　釋】❶炎天　夏日。❷方　正。❸埃鬱　塵埃積蘊。❹晏　日晚；傍晚。❺闋　止息。❻偶　對。❼星分　以星宿的升降來計時。《周禮・秋官・司寤氏》：「掌夜時。以星分夜，以詔夜士夜禁。」❽薄　迫近。這裡有吹拂意。❾睇　凝視。❿當　正。⓫陰蟲　指蟋蟀。⓬候　節令。⓭荃蕙　皆香草名。⓮屏　避開。⓯惻　感傷。⓰慕　眷戀。⓱抱　懷。⓲殷　悲憂。⓳九逝　言神魂多次往復。《楚辭・抽思》：「惟郢路之遼遠兮，魂一夕而九逝。」⓴七襄　七辰。即自卯至酉的白天七個時辰。《詩經・小雅・大東》：「跂彼織女，終日七襄。雖則七襄，不成報章。」㉑文　文章。

【語　譯】夏天正塵埃積鬱，暑日的傍晚才停息塵霧的紛擾。孤單靜處缺少相對而坐的人，在廳堂上也只能仰對星空。側耳聽那風兒吹拂著樹木，遙遙凝視那月兒穿過雲層。夜蟬在正夏的時候叫得很急，蟋蟀在秋天還沒到就先鳴。歲時節令才過了一半，荃蕙難道能長久地保持芬芳嗎？屏人而居，感傷萬物的變化，眷戀同類心懷的情感總很憂傷。靈魂九次反復並不是空自憂思，終日七個時辰也沒有寫成文章。

直東宮答鄭尚書

【作　者】顏延之，見頁九〇二。

【題　解】本詩敷陳了皇宮的森嚴，表達了對尚書關切自己的感激卻難通款曲的情懷。鄭尚書名鮮之，字道子，南朝宋開封人，為人剛正不阿，武帝即位，任太常都官尚書，掌禮儀諷諫。直，值班。東宮，太子所居之宮，此時顏延年任太子舍人，掌撰擬章奏詔誥之事。

皇居❶體❷寰極❸，設險祗❹天工。兩闈❺阻通軌，對禁❻限清風。跂❼予旅❽東館❾，徒歌❿屬⓫南墉⓬。寢興鬱⓭無已，起觀辰⓮漢⓯中。流雲藹⓰青闕，皓月鑒⓱丹宮。踟躕⓲清防⓳密⓴，徙倚㉑恆漏㉒窮。君子吐芳訊，感物惻㉓余衷。惜無丘園秀，景行彼高松㉔。知言有誠貫，美價難克充㉕。何以銘嘉貺㉖，言樹㉗絲與桐㉘。

【注釋】❶皇居　猶皇宮。❷體　形體；法則。引申而為取法。❸寰極　指眾星環繞的北極。❹祗　通「適」。恰如。❺兩闈　特指東宮及中臺。延之時在東宮，鮮之時在中臺。闈，宮室。❻禁　禁守。❼跂　通「企」。踮起腳尖。❽旅　客居。❾東館　指太子所居的東宮。❿徒歌　指無樂器伴奏的歌吟。⓫屬　意指。⓬南墉　南面的牆壁。尚書所在的中臺在南。⓭鬱　煩鬱。⓮辰　大辰。指心宿。古人觀之以定時。⓯漢　銀河。⓰藹　籠罩。⓱鑒　照。⓲踟躕　來回地走。⓳清防　清厲的禁衛。⓴密　森嚴。㉑徙倚　徘徊。㉒漏　更漏。㉓惻　隱痛。㉔惜無丘園秀二句　此言我可惜沒有才能，不能應時表現，您的德行節操令人崇仰。陸機〈演連珠〉：「臣聞髦俊之才，世所希乏。丘園之秀，因時則揚。」《詩經・小雅・車舝》：「高山仰止，景行行止。」此處景行謂鄭鮮之之高尚德行。高松喻其堅貞的節操。㉕充　承受。㉖貺　賜。㉗樹　建。㉘絲與桐　代指瑟琴之類的樂器。

【語　譯】皇宮取法於眾星環繞的北極，設置的險阻恰如天然的工巧。兩個衙門之間阻止車駕相通，各自的禁守甚至限制清風出入。我客居在太子的東宮踮起腳尖，獨自吟歌，心念著南面的府內。睡覺醒來的時候，心裡煩鬱不止，起身觀看那銀河中的心宿。流動的雲氣籠罩著青色的城樓，潔白的月亮輝照著紅色的宮觀。躑躅在宮禁的森嚴之中。徘徊直到更漏已盡拂曉到來。您的詩傾訴了那美好的心意，那感慨物事之情使我內心泛起隱痛。可惜我的才能不能如園中應時而開的花那樣發揮出來，您的高尚品德猶如挺拔的青松。我知道您的寄語有誠意貫穿，那對我的讚美實難以承當。我用什麼來銘記您美好的餽贈，只好播之於琴瑟的樂章之中。

和謝監靈運

【作者】顏延之，見頁九〇二。

【題解】此詩為和謝靈運〈還舊園作見顏范二中書〉而作。宋少帝時顏謝都受到排擠，文帝即位，方誅殺亂臣，召回顏謝。此詩乃抒發作者此番遭遇的感受。和，應和，即依照別人詩詞的題材和體裁來作詩。謝監，宋文帝時，謝靈運任職祕書監。顏謝二人詩才齊名，顏曾詢問鮑照自己與謝靈運詩的優劣，鮑照回答說：「謝五言如初發芙蓉，自然可愛。君詩若鋪錦列繡，亦雕繢滿眼。」

弱植❶慕端❷操，窘步❸懼先迷❹。寡立❺非擇方❻，刻意❼藉窮❽棲。伊❾昔遘❿多幸，秉⓫筆侍兩閨⓬。雖慚丹雘⓭施，未謂玄素⓮暌。徒遭良時詖⓯，王道奄⓰昏霾⓱。人神幽明絕，朋好雲雨⓲乖。弔⓳屈汀洲⓴浦，謁㉑帝蒼山㉒蹊㉓。倚巖聽緒風㉔，攀林結留荑㉕。跂㉖予間㉗衡嶠㉘，曷㉙月瞻秦稽㉚？皇聖㉛昭㉜天德，豐澤振㉝沈泥㉞。惜無爵雉化，何用充海淮㉟？去㊱國㊲還故里，幽㊳門樹㊴蓬㊵藜㊶。采茨㊷葺㊸昔宇，翦棘開舊畦㊹。物謝㊺時既晏㊻，年往志不偕㊼。親仁㊽敷㊾情昵㊿，興(51)賦(52)究辭悽(53)。芬馥歇(54)蘭若(55)，清越奪(56)琳珪(57)。盡言非報章，聊用布(58)所懷(59)。

【注釋】❶弱植　少年。❷端　雅正。❸窘步　使腳步困窘。即步履躊躇。❹先迷　因率先而迷惑。《周易・坤卦》彖辭曰：「先迷失道，後順得常。」❺寡立　語本《荀子・不苟》，謂君子「寡立而不勝」，言君子雖特立獨行而不以陵人。❻方　道。❼刻意　雕礪心志。《莊子・刻意》：「刻意尚行，離世異俗，高論怨誹，為亢而已矣；此山谷之士，非世之人，枯槁赴淵者之所好也。」❽窮　不做官。與「達」相對。❾伊　句首語氣詞。❿遘　遇到。⓫秉　拿持。⓬兩閨　指上臺及東宮。⓭丹雘　油漆用的紅色原料。此喻君恩。⓮玄素　黑白。《淮南子・說林》：「墨子見練絲而泣之，為其可以黃，可以黑。」此句言自己與小人有黑白之別。⓯詖　邪僻。⓰奄　突然。⓱霾　塵土被風吹拂到空中。⓲雲雨　指像雲和雨一樣乖違離散。⓳弔　哀悼。⓴汀洲　水中小島。㉑謁　拜見。㉒蒼山　指傳說葬舜的蒼梧之山。即今之九嶷山，地在湖南寧遠境。㉓蹊　小路。㉔緒風　餘寒之風。㉕留荑　香草。㉖跂　踮起腳跟。㉗間　隔。㉘嶠　高而尖的山。案：顏延年於少帝時出任始安太守，治在今廣西桂林。㉙曷　何。㉚秦稽　秦，秦始皇。稽，會稽山。謝靈運辭官歸隱此地。《史記・卷六・秦始皇本紀》：「三十七年十月癸丑，始皇出遊……上會稽，祭大禹，望于南海，而立石刻頌秦德。」㉛皇聖　聖明的皇上。指文帝。㉜昭　顯揚。㉝振　舉薦。㉞沈泥　比喻被貶抑不得志之人。此謂自己。㉟惜無爵雉化二句　《國語・晉語九》趙簡子歎曰：「雀入於海為蛤，雉入於淮為蜃。」爵，鳥雀。雉，野雞。充，填塞。㊱去　離開。㊲國　指任職之始安。㊳幽　猶「杜」。關上。㊴樹　插。㊵蓬　蒿草。㊶藜　一種藤本植物，可以之編籬笆。㊷茨　茅草。可以苫屋頂。㊸葺　修繕。㊹畦　田園。㊺謝　凋弊。㊻晏　晚。㊼不偕　指生命與意志不能俱存共進。偕可釋為完成。㊽親仁　親近仁德的人。指謝靈運。㊾敷　展陳。㊿昵　親熱。(51)興　玩味。(52)賦　當作「玩」。愛。(53)悽　原作「棲」，據五臣注本改。(54)歇　止息。(55)蘭若　蘭草和杜若。都是香草。(56)奪　超過。(57)琳珪　美玉。(58)布　陳述。(59)懷　想法。

【語譯】少年時仰慕有雅正操守的人，步履躊躇，唯恐率先而迷惑。特立獨行不隨便改變為人之道，雕礪心志，超脫世俗就藉助山林隱居。從前我受到恩幸，執筆侍奉在上臺及東宮，雖然慚愧於君王所施恩德，沒想到與朝中小人有黑白之別。清明之時無端遇到邪僻弄權，王道之世突然塵霧蔽天。停止祭祀使人神幽明之間斷絕，朋友像雲和雨一樣乖違離散。我在水中的小島之上哀悼屈原，到蒼梧之山去拜見舜帝，背靠著山巖聽那寒風，攀登高林我佩上香草留荑。踮著腳跟我隔著衡山遠望，什麼月份才能望見會稽？聖明的皇帝顯揚上天的德澤，那豐厚的德澤能揚起沈滯的泥沙。可惜沒有鳥雀和野雞那樣變化的本領，貶斥到這海濱又有何用處？離開始安還歸到故里，關上門又種上藜藿和蓬草。採集茅草來修繕那往日的屋子，翦除荊棘來開墾那舊時的田園。物事凋敝，時間已晚，年歲一去，志向就不能實現了。親近仁愛的你展陳了真切之情，我玩味你的詩來探究你文辭的悽清。那種芬芳使蘭草杜若都沒了味兒，那種清越超過了叩擊美玉的聲音。我竭盡所言，並不全是答贈你的詩章，姑且用來陳述我的想法。

答顏延年

【作　者】王僧達（西元四二三～四五八年），瑯邪臨沂（今山東臨沂）人。幼聰敏，南朝宋文帝徵為太子舍人，後歷任宣城太守、吳郡太守、尚書右僕射、護軍將軍等職。其性放曠，自負才氣，以平生未莅宰相為憾事，曾屢次挫辱權貴，後因荊州與江州二刺史叛亂事而牽連被賜死。

【題　解】本詩表達了作者對顏延年贈詩的寬慰與珍重。

長卿❶冠華陽❷，仲連❸擅海陰❹。珪璋❺既❻文府❼，精理亦道心。君子聳高駕，塵軌❽實為林❾。崇情符遠跡，清氣溢❿素襟⓫。結遊略年義⓬，篤⓭顧⓮棄浮沈⓯。寒⓰榮⓱共偃⓲曝⓳，春醞⓴時獻斟。聿㉑來歲序暄㉒，輕雲出東岑㉓。麥壟多秀色，楊園㉔流好音。歡此乘日㉕暇，忽㉖忘逝景㉗侵。幽衷㉘何用㉙慰？翰墨㉚久謠吟。棲鳳難為條㉛，淑㉜貺㉝非所臨。誦以永㉞周旋㉟，匣以代兼金㊱。

【注　釋】❶長卿　司馬相如字長卿。❷華陽　華山之南，指益州一帶。❸仲連　魯仲連。戰國時齊人，喜為人排難解紛而無取酬報。❹海陰　海的南邊。指齊國。❺珪璋　朝會所執的玉器。❻既　已經。❼文府　收藏圖書的地方。❽軌　車兩輪間的距離。❾林　匯聚；繁盛。❿溢　充滿。⓫襟　古代衣服的交領。引申而代指心懷。⓬略年義　忘記年齡差距。⓭篤厚。⓮顧　念。⓯浮沈　盛衰。⓰寒　天寒時。⓱榮　謂屋檐下。⓲偃　仰臥。⓳曝　曬太陽。⓴醞　釀酒。亦指酒。㉑聿　自。㉒暄　和暖。㉓岑　小而高的山。㉔楊園　園名。《詩經・小雅・巷伯》：「楊園之道，猗於畝丘。」㉕乘日　乘坐著太陽。即與日並行。㉖忽　匆匆。㉗逝景　指時光流逝。㉘幽衷　內心的情懷。㉙用　通「以」。㉚翰墨　揮筆作文。㉛難為條　指鳳鳥非梧桐不止。㉜淑　美好。㉝貺　贈予。㉞永　長久。㉟周旋　運轉。引申為輾轉不定。㊱兼金　倍於普通金價的精金。

【語　譯】司馬長卿名冠華陽一帶，魯仲連擅名海濱齊國。文章如美玉迥出於同輩之作，精研事理用盡明道之心。君子駕起那高高的車馬，追逐後塵的人的確很多。高情符合先賢的事迹，清遠之氣充滿您潔白的襟懷。結交往來，無視年歲的差距，承您厚待不管我地位高低。寒天屋檐下一同仰臥曬太陽，春釀的酒也常常拿出共飲。季節變遷天氣漸暖，輕漫的雲朵從東山上飄出。麥壟也大多變成綠色。楊園也傳出春鳥的鳴聲。乘此暇日一同盡歡，匆匆地也就忘卻了時光流逝。那內心的情懷用什麼來慰解？只好揮筆著文長歌高吟。難以找到棲息鳳凰的桐枝，你那美好的贈予我不敢當。但我仍長久地輾轉吟誦，並把它放在匣中代替兼價的精金。

郡內高齋閒坐答呂法曹

【作　者】謝朓，見頁九二六。

【題　解】本詩自高閣麗色而想到玉山崑崙，表達了一種超脫的意趣。郡，指安徽宣城郡。齋，屋舍，多指書房。呂法曹，其生平事蹟不詳。謝玄暉於齊明帝建武二年（西元四九五年）任宣城太守，此詩為其在任期間所作。

結構何迢遰❶，曠❷望極❸高深。牕❹中列遠岫❺，庭際俯❻喬❼林。日出眾鳥散，山暝❽孤猿吟。已有池上酌，復此風中琴❾。非君美無度❿，孰為勞⓫寸心？惠⓬而能好⓭我，問⓮以瑤華⓯音。若遺⓰金門⓱步，見就⓲玉山⓳岑⓴。

【注釋】❶迢遰　高深的樣子。❷曠　遠。❸極　達到最高限度。❹牕　即「窗」字。❺岫　峰巒。❻俯　鳥瞰。❼喬　高。❽暝　昏暗。❾風中琴　在風中調琴唱和。稽康〈贈秀才詩〉有「習習和風，吹我素琴」。❿度　比較。《詩經·魏風·汾沮洳》：「彼其之子，美無度。」⓫勞　勤苦。⓬惠　仁慈。⓭好　顧念。⓮問　通「遺」。餽贈。⓯瑤華　傳說中的玉花名。引申有珍貴義。⓰遺　拋卻。⓱金門　金馬門。漢代應徵的人才都待詔在此。這裡代指仕途。⓲就　臨近。這裡意為走上。⓳玉山　指群玉山。《山海經·西山經》：「玉山，是西王母所居也。」⓴岑　山頂。

【語譯】此閣多麼崇高，向外遠望能望盡天高水深。窗中可見羅列的遠山，也可以鳥瞰到庭院邊的高林。日出時眾鳥飛散，山色昏暗時孤猿長嘯。我們已在池上宴飲，又在這風中彈琴。若非您的胸襟寬廣灑脫，又怎會願意為我費盡思量。心地仁慈而能夠顧念我，贈給我如玉花般珍貴的詩篇。您若能離開金馬門，當可到群玉山上來見我。

在郡臥病呈沈尚書

【作　者】謝朓，見頁九二六。

【題　解】本詩以自然的生趣與自己的臥病對比，流露出一種壯志未酬的感傷。郡謂宣城。沈尚書，指沈約，南北朝時大文學家。尚書，掌章奏諫議之官。

淮陽股肱守，高臥猶在茲❶。況復南山曲，何異幽棲時❷？連陰盛農節，簦❸笠❹聚東菑❺。高閣常晝掩，荒堦❻少諍辭。珍簟❼清夏室，輕扇動涼颸❽。嘉魴❾聊可薦❿，淥蟻⓫方獨持。夏李沈⓬朱實，秋藕折輕絲。良辰竟何許⓭？夙昔⓮夢佳期。坐嘯徒可積⓯，為邦歲已期⓰。弦歌⓱終莫取，撫机⓲今自嗤。

【注　釋】❶淮陽股肱守二句　西漢汲黯曾任淮陽太守，黯多病，常臥郡內以治事。見《漢書・卷五〇・汲黯傳》。淮陽，指今鄭州一帶。陽，水的北岸為陽。股肱，大腿與小臂。喻指重要。❷況復南山曲二句　此用謝靈運〈南山詩〉「凝此永幽棲」句。南山，指會稽山。❸簦　如竹笠一樣的用來禦暑的帽子。❹笠　禦雨用的竹編帽子。❺菑　耕種一年的地為菑。代指田地。❻堦　同「階」。❼簟　竹席。❽颸　疾風。❾魴　通常所謂的鯿魚。❿薦　進獻。⓫淥蟻　酒上浮起的綠色泡沫，又為該種酒的代稱。⓬沈　謂沈之於水中使其涼也。曹丕〈與吳質書〉曰：「沈朱李於寒水。」⓭何許　猶何所、何時也。⓮夙昔　意即前夜。《文選・古樂府・飲馬長城窟行》：「遠道不可思，夙昔夢見之。」⓯坐嘯徒可積　張璠〈漢記〉云：「南陽太守弘農成瑨，任功曹岑晊，時人為之語曰：南陽太守岑公孝，弘農成瑨但坐嘯。」徒，空；沒有。此言毫無治績。⓰為邦歲已期　《論語・子路》：「子曰：苟有用我者，期月而已可也，三年有成。」為邦，治國。⓱弦歌　《論語・陽貨》：「子之武城，聞弦歌之聲。夫子莞爾而笑。」⓲机　小桌子。

【語　譯】淮陽太守像股肱一樣重要，汲黯高臥治理即在此地。何況南山曲折之處，那更與退隱幽居之地又有什麼區別？連陰的天氣是農忙季節，戴著斗笠的農民聚集在東邊的田地裡。我這高高的閣樓即使在白天裡也常關著門，門庭冷落少有爭訟之人來。珍貴的竹席使夏天的室內清爽，輕快的扇子能搧動涼風。郡內無事，美味的鯿魚尚且能得以進用，綠蟻美酒也正在獨自把飲。將熟紅的夏李沈入冰水中待涼，拗折秋藕有輕絲相連。美好的相聚的時光究竟要等到什麼時候，往日空夢良辰的到來。終日坐而舒嘯時日已久，我擔任郡守治理邦國已滿一年。弦歌昇平的局面終究沒能建立，我只好撫著几案嗤笑自己。

暫使下都夜發新林至京邑贈西府同僚

【作　者】謝朓，見頁九二六。

【題　解】本詩抒寫秋夜離別的感傷之情，表達了作者心中的憂懼與憤慨。下都，指長江下游的南朝齊都城建業（今南京），與謝玄暉任職的隨王蕭子隆的王都荊州（今湖北江陵）相對而言。新林，渡口名，在今南京西南。西府，西部的王府，即在荊州的隨王府。謝玄暉於永明九年（西元四九一年）任隨王文學，很受賞識，長史王秀之等妒才害能，讒毀於齊武帝蕭賾，謝遂於永明十一年（西元四九三年）被召回建業，便將當時的心情傾發於這首詩中。

大江流日夜，客心悲未央❶。徒❷念關山❸近，終知返路長。秋河❹曙耿耿❺，
寒渚❻夜蒼蒼❼。引顧❽見京室，宮雉❾正相望。金波❿麗⓫鳷鵲⓬，玉繩⓭低建
章⓮。驅車鼎門⓯外，思見昭丘⓰陽⓱。馳暉⓲不可接，何況隔兩鄉？風雲有鳥路，
江漢⓳限⓴無梁㉑。常恐鷹隼㉒擊，時菊委㉓嚴霜。寄言罻羅㉔者，寥廓㉕已高翔。

【注　釋】❶未央　不已。❷徒　但。❸關山　關隘山嶺。❹秋河　秋夜的銀河。❺耿耿　明亮的樣子。❻渚　水中小島。❼蒼蒼　昏暗的樣子。❽引顧　當作「引領」，字訛。四部叢刊本《謝宣城詩集》及李善注《文選》顧均作「領」。引領即伸長脖子。❾宮雉　宮牆。雉為城牆上的女牆。引為泛指城牆。❿金波　喻指月光。⓫麗　附著。這裡有照射意。⓬鳷鵲　漢代雲陽（今陝西淳化西北）甘泉宮外有鳷鵲觀。此指建業宮觀。⓭玉繩　星名。在北斗第五星之北。⓮建章　漢代宮觀名。

此與鵷鶵皆用以指代齊宮建築。⑮鼎門　〈帝王世紀〉：「春秋，成王定鼎於郟鄏，其南門名定鼎門，蓋九鼎所從出入也。」此當指建業之南門。⑯昭丘　楚昭王墓。在今湖北當陽東。⑰陽　丘之南。⑱馳暉　飛逝的陽光。⑲江漢　長江與漢水。⑳限　阻隔。㉑梁　橋。㉒隼　亦名雀鷹。一種凶猛的鳥。這是指朝中讒佞之臣。㉓委　通「萎」。枯萎。㉔罻羅　二者都是捕鳥用的網，其中罻是小網。設羅網之人亦喻讒人。㉕寥廓　高遠的樣子。

【語　譯】大江日夜不斷滔滔流逝，客居他鄉的心情也哀傷不已。但一想起都城的關山越來越近，就終於知道返鄉的路該有多麼漫長。秋夜的銀河雖然到了清晨卻依然明亮，淒冷的沙洲在夜色中更顯得蒼茫迷離。我伸長脖子望著那京都的屋舍。宮牆正好在視野之內。金黃的月光傾瀉在樓觀上，那北天的玉繩星似乎比宮殿還低。趕車來到了南門之外，心裡卻想著要見一見在荊州的昭丘。陽光已飛馳到荊州我此時不能見到，更何況身隔兩地呢？風雲之中有鳥行的道路，長江漢水卻阻斷而沒有橋梁。常常畏懼鷹隼的搏擊，擔心盛開的菊花遭受嚴霜而枯萎。不過我也奉上一句話給那張設羅網的人，我已經高高地飛翔在寥廓的高空中了。

酬王晉安

【作　者】謝朓，見頁九二六。

【題　解】本詩表達了對京都遊宦時的厭倦，也流露出一種早日脫身歸里的希冀。王晉安指王德元，他曾任車騎長史，後亦因牽涉叛亂而被殺。晉安為郡名，即今之福建省泉州市。此時王德元出任晉安郡守，故有此稱。

梢梢❶枝早勁，塗塗❷露晚晞❸。南中❹榮橘柚，寧知鴻雁飛。拂霧朝青閣，

日旰❺坐彤闈❻。悵望❼一塗❽阻，參差百慮依。春草秋更綠，公子未西歸。誰能

久京洛⑨，緇⑩塵染素⑪衣。

【注釋】❶梢梢 樹枝強勁無葉貌。❷塗塗 濃厚的樣子。❸晞 乾。❹南中 這裡指閩越之地。❺旰 晚。❻彤闈 紅色宮門。此指尚書理事之處。❼悵望 猶悵惘。❽塗 通「途」。❾洛 洛陽。晉都城。這裡代指建業。❿緇 黑色。⓫素 潔白。

【語譯】茂密的枝條在清早都很堅挺，濃厚的露水乾得很遲。南方正在橘柚茂盛的時候，又哪裡會知道鴻雁卻因天寒而南飛。拂開晨霧去登朝堂，到了傍晚又在宮禁中理事。悵惘地望著阻隔朋友交通的長路，深淺不一的百般憂慮縈繞心中。春草到了秋天顯得更加碧綠，然而遊宦的公子到現在還沒從西方歸來。誰又能久住京都洛陽？讓那黑黑的灰塵染汙潔白的衣裳。

奉答內兄希叔

【作者】陸厥（西元四七二～四九九年），字韓卿，吳郡吳（今江蘇吳縣）人。少舉秀才，歷任南齊明帝太子少傅王晏的主簿，行軍參軍。竟陵王蕭子良（西元四六〇～四九四年）徵之為功曹掾。

【題解】本詩敘述了作者出仕及歸隱的經歷，並讚頌顧肸有才輔佐邵陵王，最後表達了自己對同處共遊的希冀。內兄，妻兄。希叔，指顧肸，字希叔，為邵陵王蕭綸（西元？～五五一年）之國常侍。

嘉惠❶承帝子❷，躧❸履奉王孫❹。屬❺叨❻金馬❼署，又點銅龍門❽。出入平

津邸❾，一見孟嘗❿尊。歸來翳⓫桑柘⓬，朝夕異涼溫⓭。徂落⓮固云是，寂蔑⓯終

始斯。杜⑯門清三逕⑰，坐檻臨曲池。鳧⑱鵠⑲嘯儔侶，荷芰⑳始參差，雖無田田㉑葉，及爾泛漣漪㉒。春華與秋實，庶子及家臣㉓。王門所以貴，自古多俊㉔民。離宮㉕收杞梓㉖，華屋富徐陳㉗。平旦㉘上林苑㉙，日入伊水㉚濱。書記㉛既翩翩㉜，賦歌能妙絕。相如㉝恧㉞溫麗㉟，子雲慚筆札㊱。駿㊲足思長坂㊳，柴車㊴畏危轍。愧茲山陽㊵讌㊶，空此河陽㊷別。平原㊸十日飲㊹，中散㊺千里遊㊻。渤海㊼方淫㊽滯，宜城㊾誰獻酬？屏居南山下，臨此歲方㊿秋。惜哉時不與(51)，日暮無輕舟(52)。

【注釋】❶嘉惠　美好的恩惠。❷帝子　指作者供職的竟陵王。他是南齊武帝蕭賾第二個兒子。❸躧　曳履而行。喻指努力效勞。❹王孫　指少傅王晏。❺屬　近。❻叨　忝任。❼金馬　指金馬門。漢武帝時設於長安東門，為徵召人才的待命之地。這裡指作者被舉薦秀才。❽銅龍門　太子宮門，以其門上有銅龍而名。此言任太傅功曹椽。❾平津邸　指平津館。漢公孫弘為丞相時，封為平津侯，設館閣以招才士，後遂為高級官員招延賓僚的故事。此以平津侯比王晏。❿孟嘗　指戰國四公子之一的齊國的孟嘗君。這裡指竟陵王蕭子良。⓫翳　蔭。⓬桑柘　猶言桑梓。指代故鄉。⓭涼溫　這裡喻指貴賤。⓮徂落　猶凋落。⓯寂蔑　猶寂寞也。⓰杜　塞；關上。⓱三逕　亦作「三徑」。指院內的三條路。西漢末，兗州刺史蔣栩辭官歸里，於院中闢三徑，只與羊仲求仲來往。事見東漢趙岐《三輔決錄・逃名》。⓲鳧　野鴨。⓳鵠　鴻雁。⓴芰　菱角。㉑田田　荷葉浮在水上的樣子。㉒漣漪　水動而出現的波紋。㉓春華與秋實二句　《三國志・魏志》邢顒，字子昂，為平原侯植家丞。顒防閑以禮，無所屈撓，由是不合。庶子劉楨書諫植曰：「家丞邢顒，北土之彥，而楨禮遇殊特，顒反踈簡，私懼觀者將謂君侯習近不肖，禮賢不足，採庶子之春華，忘家丞之秋實。」庶子，眾子。此以庶子、家臣比顧盼。㉔俊　優異。㉕離宮　皇都之外的宮殿，以備帝王換地巡遊等時居住。這裡代指太子所居的東宮。㉖杞梓　二者皆良木。喻指人才。㉗徐陳　指建安七子中的徐幹與陳琳。㉘平旦　清早天剛亮。㉙上林苑　漢武帝擴建的供皇帝打獵用的園囿。在今陝西西安、盩厔、鄠縣之間。㉚伊水　洛水的支流。在今河南盧氏東南。㉛書記　指書牘奏記等。㉜翩翩　文辭美好的樣子。㉝相如　指西漢大辭賦家司馬相如。㉞恧　慚愧。㉟溫麗　溫柔嫻麗。梁、吳均託言葛洪撰之《西京雜記》云：「枚皋文章敏疾，長卿制作淹遲，皆盡一時之譽。而長卿首尾溫麗，枚皋時有累句，故知疾行無善跡矣。」㊱子雲慚筆札　子雲，指谷永，字子雲。《漢書・卷九二・遊俠傳》：「長安號曰谷子雲筆札，樓君卿脣舌。言其見信用也。」筆札，指公文書信。㊲駿　指駿馬。喻指顧希叔。㊳坂　坡路。㊴柴車　簡陋不加裝飾的車子。此自喻。㊵山陽　縣名。治在今江蘇淮安。嵇康曾居於此，與向秀等共遊於竹林，遂得號為竹林七賢。㊶讌　飲宴。㊷河陽　河水之北。曹植〈送應氏詩〉：「親戚並集送，置酒此河陽。」㊸平原　指趙國的平原君趙勝。㊹十日飲　見《史記・卷七九・范雎蔡澤列傳》：「秦昭王聞魏齊在平原君所，欲為范雎必報其讎，乃詳為好書遺平原君曰……寡人願與君為十日之飲。平原君畏秦，且以為然，而入秦見昭王。」此取其數。㊺中散　指曾任晉中散大夫的嵇康。㊻千里遊　指晉呂安與嵇康友善，每一相思之時，便千里迢迢，乘車趕去相晤。㊼渤海　指渤海郡。三國時徐幹、吳質遊宦於此。感魏文帝恩幸，淹久不歸。㊽淫　久。㊾宜城　即今湖北宜城。曹植〈酒賦〉：「酒有宜城濃醪，蒼梧漂清。」㊿方　剛剛。(51)與　待。(52)輕舟　此用曹植〈贈王粲〉句：「中有孤鴛鴦，哀鳴求匹儔。我願執此鳥，惜哉無輕舟。」

【語譯】承蒙竟陵王賜我恩澤，努力侍奉王孫。近來忝位侍於金馬門內。又慚愧任職於太子的銅龍門內。能夠出入平津侯的官邸，得以一見孟嘗君的尊容。歸來又到桑梓之地，朝夕之間感受到貴賤的暖涼。仕途失意本來不過就是那麼回事，而人生的寂寞亦亙古如此。關上院門清理庭中三徑，坐在臨近曲池的欄杆邊。野鴨鴻雁在呼朋喚侶，荷花菱角也開始陸續鋪滿清池。雖然沒有圓圓密密的葉子，卻和你盪舟泛起陣陣波紋。春花與秋實，就是王府中庶子和家臣的象徵。王門因而尊貴，向來英才輩出。太子的宮中收有良木美材，裝飾華麗的屋宇之中多的是徐幹、陳琳之流的人才。清早在上林苑遊獵，傍晚就到了伊水河濱。書牘奏記的文辭既已美好，辭賦詩歌又能美妙絕倫。文風溫柔嫻麗，連以此著稱的司馬相如都自愧不如，論起公文書信的寫作，連以此擅場的谷子雲也自慚形穢。駿馬的足力總是念念不忘那長長的坡路，可粗劣的柴車卻害怕那危險的道路。愧無山陽嵇康的飲宴，空作這河陽的餞別。我與您尚有十日歡飲之約，相思之時當千里從遊。您正久久阻滯在渤海遊宦，那宜城佳酒又有誰相與獻酬？避人獨居在南山之下，又趕上這時方初秋。可惜那時光不待人，日暮之時又沒有輕舟可達您處。

贈張徐州謖

【作　者】范雲（西元四五一～五〇三年），字彥龍，南鄉舞陰（今河南泌陽西北）人。范縝堂弟。范雲六歲就其姑夫袁叔明讀《毛詩》。為人機警有識，善寫文章，下筆輒成。南朝宋時，為員外散騎郎。齊時，竟陵王蕭子良為會稽太守，范雲為王府主簿。適值蕭子良遊秦望山，見秦時刻石文，人多不識，范雲誦讀如流，因而受到重視，待為府中上賓。與沈約等人友善，為「竟陵八友」之一。歷任零陵內史、廣州刺史等職。因地方豪族誣告下獄，遇赦免。後拜黃門侍郎，與沈約同助蕭衍以成帝業，俄遷大司馬咨議參軍，領錄事。梁時，遷侍中，任散騎常侍、吏部尚書。以佐命功封霄城縣侯，深得武帝寵信，官至尚書右僕射。原有集三十卷，已佚，詩今存四十餘首。鍾嶸《詩品》稱其「清便宛轉，如流風回雪」。

【題　解】本詩為作者因朋友來訪未遇而贈詩答謝之作。全詩表達對舊友身貴不棄貧賤的感激之情。張謖，字公喬，曾任北徐州（齊以荊州為北徐州）刺史。范雲的家居大約是在齊因罪免官之後入梁為官之前。此詩當即作於此時。

田家樵採❶去，薄❷暮方來歸。還聞稚子❸說，有客款❹柴扉❺。儐從❻皆珠玳❼，裘馬悉輕肥❽。軒❾蓋照墟落❿，傳瑞⓫生光輝。疑是徐⓬方牧⓭，既是復疑非。

思舊昔言有，此道今已微。物情棄疵⓮賤，何獨顧衡闈⓯？恨⓰不具⓱雞黍，得與故人揮⓲。懷⓳情徒草草⓴，淚下空霏霏㉑。寄書雲間雁㉒，為我西北㉓飛。

【注　釋】❶樵採　打柴。❷薄　迫近；接近。❸稚子　幼子。❹款　敲。❺柴扉　荊門。即用荊竹等編織的門。此喻簡陋。❻儐從　侍從的人。儐，導引。❼玳　玳瑁殼。❽輕肥　此用《論語．雍也》故事。其句為「赤之適齊也，乘肥馬，衣輕裘」。❾軒　一種曲轅有轓的車。為貴官所乘。❿墟落　村落。⓫傳瑞　傳車上的符信。古時官吏使臣出行，須有傳信方可住在傳舍中。⓬徐　指北徐州。⓭方牧　猶地方牧伯。這裡指刺史。⓮疵　缺失。⓯衡闈　衡門。即橫木為門。喻指簡陋的房屋。⓰恨　遺憾。⓱具　準備。⓲揮　散。⓳懷　思念。⓴草草　憂傷的樣子。㉑霏霏　紛飛的樣子。㉒雲間雁　以雁寒來暑往，可為雲間信使。㉓西北　北徐州在作者寓居的揚州之西北。

【語　譯】種田人進山打柴去，到了傍晚才歸來。還家後聽幼子說，有個客人來拜訪。侍從的人都飾有珍珠與玳瑁，穿著輕暖的裘皮大衣，騎著肥馬。華麗的車蓋映照著整個村落，傳車上的符信發出耀眼的光芒。我猜想是徐州地方的刺史，但既如此認為，又懷疑不是。懷念舊友過去有此風氣，而今早已不大有這樣的美德。照一般的人情看，多半會拋棄鄙賤有缺失的人，為什麼你偏偏顧念我這寒門之士？我很遺憾沒有準備好飯菜，沒能和老朋友暢敘離散之情。這種思念之情也只能徒增傷感，一任兩行清淚空自流。把信交給那雲間的鴻雁，代我向西北的徐州飛去吧！

古意贈王中書

【作　者】范雲，見頁一一八四。

【題　解】本詩表達了對王中書英才勃發的贊譽之情及對他得遇明主的恭賀之意。但最後一句卻暗含規勸之意，勸他要知足安分。古意，指擬古詩之意。王中書，指王融（西元四六七～四九三年），字元長，琅邪臨沂人，一生追逐名利。歷任太子舍人、中書郎等。范雲此詩作於入梁以前，仕齊為通直散騎侍郎之後。

攝官❶青瑣闥❷，遙望鳳皇池❸。誰云相去遠？脈脈❹阻光儀❺。岱山❻饒靈異，沂水❼富英奇。逸❽翮❾凌北海❿，摶飛出南皮⓫。遭逢聖明后⓬，來棲桐樹⓭枝。竹花⓮何莫莫⓯，桐葉何離離⓰，可棲復可食，此外亦何為？豈如鷦鷯者，一粒有餘貲⓱。

【注　釋】❶攝官　謙稱任官。攝，代理。❷青瑣闥　青漆塗飾之宮門。❸鳳皇池　皇宮禁院中的池沼。南北朝時中書省設於此，故亦以之代指中書省。❹脈脈　含情凝視的樣子。❺光儀　光采和儀表。❻岱山　指泰山。此與下之沂水皆指王融家鄉。❼沂水　即今山東之沂河。❽逸　放縱。❾翮　羽莖。這裡代指翅膀。❿北海　地名。在今山東東北部。建安七子之一的徐幹居此為官，與吳質俱蒙魏文帝寵幸。這二句是說王融才華過於徐吳二人。⓫南皮　屬渤海郡的一個縣名。在今河北境內。吳質曾隨魏文帝至南皮。⓬后　帝王。⓭桐樹　指梧桐樹。為鳳凰棲止之處。⓮竹花　喻將結竹實。傳說鳳凰食之。《韓詩外傳》：「鳳乃止帝東國，集帝梧桐，食帝竹實，沒身不去。」⓯莫莫　茂密的樣子。⓰離離　繁盛的樣子。⓱豈如鷦鷯者二句　張華〈鷦鷯賦〉：「巢林不過一枝，每食不過數粒。」鷦鷯，一種體態輕小的黃雀。貲，財貨。

【語　譯】我在青瑣門內擔任官職，遙望您所在的鳳凰池。誰說彼此相距很遙遠，含情凝望難見您的容儀。泰山多有靈異之才，沂水更富於英傑奇士。振翅翱翔於北海，盤旋翻飛出南皮。您遭逢聖明的帝王，得以飛來棲息在桐樹枝上。竹花多麼茂密！梧桐葉又多麼繁盛！既能棲息，又可以啖食，除此以外還求什麼？哪裡像那鷦鷯鳥，僅吃一顆糧食還會有剩下的呢！

【作　者】任昉，見頁一〇六二。

贈郭桐廬出溪口見候余既未至郭仍進村維舟久之郭生方至

【題解】本詩通過主客迎接錯過這一小事的鋪敘，表達了作者的人生苦旅及厭倦孤獨的心態。郭桐盧名峙，為桐盧縣令，其生平不詳。桐盧在今浙江桐盧境。見候，等待我。仍，又。維，繫。作者時任新安太守。

朝發富春❶渚❷，蓄❸意忍相思。涿令❹行春❺返，冠蓋❻溢川坻❼。望久方來萃❽，悲歡不自持❾。滄江路窮此，湍❿險方自茲⓫。疊嶂⓬易成響⓭，重⓮以夜猿悲。客心幸自弭⓯，中道遇心期。親好⓰自斯絕，孤遊⓱從此辭。

【注釋】❶富春　指富春江。是浙江經過富陽與桐廬二縣時的專名。❷渚　水中小塊陸地。這裡指岸邊。❸蓄　積蘊。❹涿令　指東漢滕撫。《後漢書・滕撫傳》：「風政修明，流愛於人，在事七年，道不拾遺。」此以滕撫比郭峙。❺行春　指太守在春季巡視所管州縣，督促耕作。❻蓋　車蓋。❼坻　岸。❽萃　相會。❾持　控制。❿湍　急流。⓫茲　出現。⓬嶂　像屏障一樣的山峰。⓭響　回音。⓮重　加上。⓯弭　抑制住。⓰親好　指郭峙。⓱孤遊　作者自謂。

【語譯】清早從富春江岸出發，舊情蓄積，忍耐著相思。恰逢您巡視回村去，我率的車騎擠滿了河岸。盼望了很久您才來相會，悲喜交集簡直無法抑遏。蒼茫的江流在此方才告一段落，湍急險要的另一段旅途由此展開。重重的山巒容易形成回音，再加上夜裡猿猴的悲鳴，幸好旅客的感傷已經自行抑住，因為中途遇見了心中想見的人。從此與您相離，我在此向您告別。

行旅

河陽縣作二首

【作　者】潘岳，見頁七八一。

【題　解】此詩為潘岳任河陽縣令時所作，詩中表達了一種既失望於未任顯職又想在民間建立一些功德的心情。河陽，即河北，漢置縣，故地在今河南孟縣。

其一

微身輕蟬翼，弱冠❶忝嘉招，在疚❷妨賢路，再❸升上宰朝❹。猥❺荷❻公叔❼舉，連陪❽廁王寮❾。長嘯❿歸東山⓫，擁耒⓬耨⓭時苗。幽谷茂纖葛，峻巖敷⓮榮條。落英隕林趾⓯，飛莖秀陵喬⓰。卑高亦何常，升降在一朝。徒⓱恨⓲良時泰⓳，小人道遂消。譬如野田蓬⓴，斡㉑流隨風飄。昔倦都邑游，今掌河朔傜㉒。登城眷南顧㉓，凱風㉔揚微綃㉕。洪流何浩蕩，修芒㉖鬱㉗苕嶢㉘。誰謂晉京遠，室㉙邇㉚身實遼。誰謂邑宰㉛輕，令㉜名患不劭㉝。人生天地間，百年孰能要㉞？熲㉟如槁㊱石火，瞥㊲若截道飈㊳。齊都無遺聲㊴，桐鄉㊵有餘謠。福謙㊶在純約㊷，害盈由矜驕。雖無君人㊸德，視㊹民庶㊺不恌㊻。

【章　旨】本詩表達了離京任職時的一種無可奈何的自我安慰。

【注　釋】❶弱冠　古代男子二十加冠，以表明成為成人。而此時體弱，故稱弱冠，潘岳弱冠時舉為秀才。❷疢　久病為疢。❸再　二。❹宰朝　指司空太尉之府。❺猥　凡庸。❻荷　蒙受。❼公叔　指春秋時衛國大夫。曾薦舉其家臣僎為國家大臣。見《論語・憲問》。這裡則代指賈充。❽陪　這裡指家臣。❾王寮　在這裡則指同為君王的官吏。寮，同樣的官。❿嘯　噘口出聲。猶吟歌。⓫歸東山　潘岳曾隱居東山。⓬耒　上古的一種像叉一樣的翻土農具。⓭耨　除草。⓮敷　伸展。⓯趾　腳下。⓰陵喬　猶山頂。喬，這裡與趾相對。⓱徒　只是。⓲恨　遺憾。⓳泰　通暢安寧。這裡又指《周易・泰卦》，有彖辭云：「君子道長，小人道消。」這裡是謙虛地以小人自比。意謂時當盛世，自己這樣的小人理當不用。⓴蓬蓬蒿。㉑斡　轉。㉒傜　勞役。㉓顧　望。㉔凱風　指南風。㉕綃　生絲織成的薄紗。㉖芒　芒嶺。在河陽縣城北。㉗鬱甚。㉘岧嶢　高峻的樣子。㉙室　家中住處。潘岳家在京城。㉚邇　近。㉛邑宰　縣令。㉜令　美。㉝劭　美。㉞要　通「邀」。求。㉟熲　光亮。㊱槁　通「敲」。㊲瞥　突現。㊳飈　旋風。㊴齊都無遺聲　《論語・季氏》：「齊景公有馬千駟，死之日，民無德而稱焉。」㊵桐鄉　在今安徽桐城北。漢大司農朱邑曾任桐鄉嗇夫，為民所敬仰，死後葬於此而民祀之，見《漢書・卷八九・朱邑傳》。㊶福謙　《周易・謙卦》：「鬼神害盈而福謙。」福，保佑。謙，謙誠。㊷純約　指純厚簡約。㊸君人　治民。㊹視　示。㊺庶　差不多。㊻恌　苟且。

【語　譯】卑微的身軀像蟬翼一樣輕賤，剛成年時卻忝蒙美好的徵召。我久病在位，妨礙了賢才的晉身之路，卻再次被提拔進了司空太尉之府。凡庸之人承蒙明公的舉薦，使得我晉身做了君王的官吏。長聲地歌吟歸返到東山下，拿著耒耜耕耘禾苗。幽谷中纖細的葛藤生得十分茂盛，高崖上遍布茂密的枝條。隕落的花朵跌落在樹腳下，飛揚的莖桿挺立在高山上。卑下與高崇是多麼平常，升遷與貶謫不過是一朝之間。我只是遺憾在這通泰的盛世，我這樣的小人理當摒退。我卻好像那野田裡的蓬蒿，旋轉流動隨風飄。過去我厭倦在都邑中遊宦，現在卻來執掌河北的傜役。我登上城樓留戀地向南眺望，那南風揚起我輕柔的絲帶。那大河波流是多麼地浩大，高高的芒山也甚是峻崇。誰說京城離得很遠，家住得近我人身卻遠。誰說縣令官小，只怕名聲不美好。一個人生在天地之間，活到百歲又有誰能追求得到？人生好像敲擊石頭的火花閃亮，有如半路驟起的小旋風突現。齊景公在齊都未曾留下稱譽，朱邑在桐鄉卻留下頌歌。上天福佑謙誠之人，全在於純厚簡約，降災盈滿之人，源自矜誇驕傲。我雖然沒有治理百姓的仁德，但可顯示民眾不可苟且隨意。

其二

日夕陰雲起，登城望洪河❶。川❷氣冒❸山嶺，驚❹湍❺激巖阿❻。歸鴈映蘭時❼，游魚動圓波。鳴蟬厲❽寒音，時菊耀秋華。引領❾望京室❿，南路⓫在伐柯⓬。大夏緬⓭無覿⓮，崇芒鬱嵯峨⓯。揔揔⓰都邑人，擾擾⓱俗化訛。依水類浮萍，寄松似懸蘿⓲。朱博糾舒慢⓳，楚風⓴被琅邪㉑。曲蓬何以直？託身依叢麻㉒。黔黎㉓竟何常？政成在民和。位同單父邑，愧無子賤歌㉔。豈敢陋微官，但恐忝㉕所荷㉖。

【章　旨】這首詩表達了對京邑的思念以及對獲取一點政績的希冀。

【注　釋】❶洪河　指黃河。❷川　河。❸冒　籠罩。❹驚　奔馬。❺湍　急流。❻阿　河岸。❼時　據《文選》李注，此字當作「沚」。指水中的小洲。❽厲　高。❾引領　伸長脖子。❿京室　指晉都洛陽。⓫南路　洛陽在河陽之南。⓬伐柯　《詩經・豳風・伐柯》：「伐柯伐柯，其則不遠。」此取「不遠」之意。⓭緬　遙遠的樣子。⓮覿　相見。⓯嵯峨　山高峻的樣子。⑯揔揔　眾多的樣子。⑰擾擾　紛亂的樣子。⑱蘿　指蘿藦。一名芄蘭，多年生蔓草，往往纏於他物之上而生長。⑲朱愽糾舒慢　朱愽（愽為博之誤），字子元，杜陵（今陝西西安東南）人。任琅邪太守時，曾令當地官吏習穿的肥衣大褲必改短，須離地三寸。《漢書・卷八三・朱博傳》云其：「視事數年，大改其俗。」⑳楚風　楚地的風俗。陝西南部舊屬楚地。㉑琅邪　在今山東膠南諸城一帶。㉒曲蓬何以直二句　《荀子・勸學》：「蓬生麻中，不扶而直。」蓬，蓬蒿。㉓黔黎　為黔首與黎民的簡縮。即今所謂的百姓。㉔位同單父邑二句　《呂氏春秋・開春論》：「宓子賤治單父，彈鳴琴，身不下堂而單父治。」㉕忝　辱。㉖荷　擔任。

【語　譯】夕陽西下，夜幕低垂，我登上城樓，凝望滔滔奔逝的黃河。河面上瀰漫著氤氳的霧氣，層層地將沿岸的群峰裹住，像驚馬般奔竄的急流激盪著山巖河岸。南歸雁兒投影於蘭洲附近水中，游動的魚兒攪起圓圓的波紋。悲鳴的蟬兒高唱著淒涼的歌，應時盛開的菊花閃耀著華彩。伸長脖子遙望京都王室，南還京師的路途並不遙遠。京都的大夏門遙遠而不可見，高高的芒山又是如此地蒼鬱險峻。眾多的河陽城中人，風俗紛亂而變得詐偽。就像浮萍依水，隨波蕩漾；又似藤蘿寄託於松，隨松而長。但朱博卻能糾正舒緩的服飾，把楚地的風習灌輸到琅邪。如何使彎曲的蓬蒿挺直生長？那只有託身在叢生的麻中。百姓究竟以什麼作為永恆依循的標的？政治的成功在於民心的和諧。我的職位同單父的宰邑一樣，慚愧我沒能像子賤一樣弦歌而治的本領。我怎麼敢鄙視這小官，只擔心辱沒了我擔任的職守。

在懷縣作　二首

【作　者】潘岳，見頁七八一。

【題　解】此二詩表達了作者對離京在地方任職的一種哀怨和無奈，並在這種哀怨與無奈中以恪守本職來自勉。懷縣，故地在今河南武陟西南。

其一

南陸❶迎修景❷，朱明❸送末垂❹。初伏❺啟新節，隆❻暑方赫羲❼。朝想慶雲❽興，夕遲❾白日移。揮❿汗辭中宇⓫，登城臨清池。涼飆⓬自遠集，輕襟⓭隨風吹。靈⓮圃耀華果，通衢⓯列高椅⓰。瓜瓞⓱蔓長苞⓲，薑芋紛廣畦⓳。稻栽肅⓴仟仟㉑，黍苗何離離㉒。虛薄之時用，位微名日卑，驅㉓役宰㉔兩邑，政績竟無施㉕。自我違㉖京輦㉗，四載迄㉘於斯。器㉙非廊廟㉚姿，屢出㉛固其宜。徒㉜懷越鳥㉝志，眷戀想南枝。春秋代遷逝，四運紛可喜。寵辱易㉞不驚，戀本㉟難為思㊱。

【章　旨】在盛夏之時抒發返京不得的怨艾和歎息。

【注　釋】❶南陸　指夏季。《文選》李善注《續漢書》曰：「日行南陸謂之夏。」❷景　今作「影」。❸朱明　亦指夏季。《爾雅・釋天》：「夏為朱明。」❹末垂　春末。❺初伏　節氣名。農曆夏至後第三個庚日起至第四個庚日前。❻隆　盛。❼赫羲　光明炎盛的樣子。❽慶雲　五色雲。❾遲　希望。❿揮　揮灑。⓫中宇　屋中。⓬飆　旋風。這裡泛指一般的風。⓭襟　本指衣的交領，後則代指衣的前幅。⓮靈　神奇。⓯衢　四通八達的大道。⓰椅　木名。又稱山桐子，材木可為小傢俱。⓱瓞　小瓜。⓲苞　本根。⓳畦　田地。⓴肅　整齊。㉑仟仟　茂盛的樣子。㉒離離　清麗繁密的樣子。㉓驅　奔。㉔宰　令宰。這裡指做縣令。㉕施　誇耀。㉖違　離開。㉗輦　人拉的車。後世專於指皇帝的車。㉘迄　到達。㉙器　才能。㉚廊廟　廊，殿四周的通道。廟，太廟。皆為古代帝王與大臣議事的地方，後來則代指朝廷。㉛出　出京任職。㉜徒　只是。㉝越鳥　〈古詩十九首〉：「胡馬依北風，越鳥巢南枝。」㉞易　變化。㉟本　故地。㊱思　情懷。

【語　譯】日行至南陸迎來了長長的白日，夏季送走了春末。初伏開啟了新的節氣，盛暑正光明炎熱。清早希望彩雲興起，傍晚期盼白日遷移。揮灑著汗珠離開了房中，登上城樓，走近清澈的池塘。涼風從遠方吹來，輕柔的衣襟隨風飄動。奇美的園林中閃耀著鮮澤的花果，通達的大路旁排列著高高的椅桐樹。瓜兒從長長的本根上蔓生開去，薑芋在寬闊的田地裡紛然而長。稻秧整齊而茂盛，黍苗又是多麼清麗繁密。可是我心智虛空淺薄，缺乏應時之用，因而職位低微，名聲日下。驅身服役，先後擔任兩個縣的縣令。可是政績竟然沒有值得贊譽之處。自從我離開京都，到現在已經四年了。個人的專長並不適合在朝廷中任職，多次出任外職本來也是應該的。我只是懷著越鳥的心志，留戀而思念向南的枝條。春秋相繼代替而消逝，四時運轉亦紛紜可喜。受恩寵與失意的變化不再使我驚懼，然而眷戀本根的情懷卻令人難以忍受。

其二

我來冰未泮❶，時暑忽隆熾❷。感此還期淹❸，歎彼年往駛。登城望郊甸❹，
遊目❺歷❻朝寺❼。小國寡民❽務，終日寂無事。白水過庭激，綠槐夾門植❾。
信❿美非吾土，秖⓫攬懷歸志。卷然⓬顧鞏⓭洛，山川邈⓮離異。願言⓯旋⓰舊鄉，
畏此簡書⓱忌⓲。祗⓳奉⓴社稷守，恪㉑居㉒處㉓職司。

【章旨】本詩抒發了時不待人的感慨，表達了早返京洛故地的強烈願望。

【注釋】❶泮　消融。❷隆熾　盛烈。❸淹　久。❹郊甸　指郊野。《左傳·襄公二十一年》杜預注：「郭外曰郊，郊外曰甸。」❺遊目　隨意矚目。❻歷　經過。❼寺　這裡指尚書臺與御史臺。二者都有舉薦徵聘人才的權力。❽小國寡民　是老子的政治理想，此指懷縣。❾植　栽。❿信　的確。⓫秖　通「祇」。只能。⓬卷然　通「眷然」。依戀嚮往的樣子。⓭鞏　今河南鞏縣。為潘安仁岳父所葬之處，見潘氏〈西征賦〉「眷鞏洛而掩涕，思纏綿於墳塋」這裡則代指故鄉，與洛表

京都相附。⑭邈　遙遠。⑮言　詞尾。⑯旋　轉返。⑰簡書　戒命。⑱忌　禁忌。⑲祗　恭敬。⑳奉　掌持。㉑恪　恭敬；認真。㉒居　安心。㉓處　擔任。

【語　譯】我剛來時冰還沒有消溶，轉眼間，暑氣突然就熾盛起來。感慨歸還故地的日子遙遙無期，歎惋年歲奔逝不已。登上城樓，遠望郊野，目光隨意流轉，彷彿看到朝中的高衙。我現今致力於地小民少的職守，整天寂寞沒有事情。清澈的流水從庭中奔流而過，激起水花片片，綠色的槐樹栽種在門的兩旁。這景象的確很美，但畢竟不是我的故土。所有的種種，只是徒然攪起我懷歸的心緒。滿懷依戀嚮往著鞏縣與洛陽，然而山川阻隔，離我多麼遠。我多麼希望能轉返故鄉，但又畏懼這朝命的禁忌。只好謹敬地堅持這國家的職守，認真做好本職事務。

迎大駕

【作　者】潘尼，見頁一一二一。

【題　解】此詩約作於晉惠帝光熙元年（西元三〇六年），惠帝被劫持至長安，東海王司馬越率軍擊敗叛軍，派人去長安迎惠帝還洛陽。此詩對「八王之亂」所造成的災禍表示出極強烈的憤恨。

南山①鬱岑崟②，洛川迅③且急。青松蔭④修嶺，綠蘩⑤被⑥廣隰⑦。朝日順長塗，夕暮無所集⑧。歸雲乘⑨幰⑩浮，淒風尋帷入。道逢深識士，舉手對吾揖：「世故⑪尚未夷⑫，崤函⑬方嶮澀⑭。狐狸夾兩轅，豺狼當路⑮立。翔鳳嬰⑯籠檻⑰，騏驥見⑱維縶⑲。俎豆昔嘗聞，軍旅素未習⑳。且少㉑停君駕，徐㉒待干㉓戈㉔戢㉕。」

【注釋】❶南山 此當為泛指洛陽南部的山嶺。❷岑崟 山險峻的樣子。❸迅 迅猛。❹蔭 遮蔽。❺繁 白蒿。❻被 覆蓋。❼隰 低窪的平地。❽集 棲止。這裡引申為停留。❾乘 覆；籠罩。❿幰 車前的帷幔。⓫故 災患。⓬夷 平定。⓭崤函 指戰國時秦所憑依的崤山與函谷關。⓮澀 道路阻塞。⓯當路 猶攔路。⓰嬰 通「纓」。捆綁。引申為束縛。⓱檻 囚欄。⓲見 被。⓳維縶 二者皆為繩索。引申為捆綁。⓴俎豆昔嘗聞二句 《論語・衛靈公》：「衛靈公問陳於孔子。孔子對曰：俎豆之事，則嘗聞之矣；軍旅之事，未之學也。」俎豆，俎為祭祀時陳設祭品的几案；豆為盛乾肉的盤。代指禮器禮儀。素，平常。㉑少 稍。㉒徐 慢慢地。㉓干 盾牌。㉔戈 長矛。㉕戢 止息。

【語譯】南山林木葱鬱而險峻，洛水迅猛而湍急。青松遮蔽著連綿不斷的山嶺，綠蒿覆蓋廣闊的原野。清早順著長路而行，傍晚卻找不到棲止的地方。暮雲在車帷上浮動，淒風也尋隙從車帷旁吹進來。我在路上碰見了一個有深識卓見的人，拱手向我作揖說：「世上的災患還沒有平定，崤函一帶正艱險難通。狐狸在車轅的兩旁夾行，豺狼攔路而站。高翔的鳳凰被束縛在牢籠裡，騏驥也被捆綁起來。禮儀方面的事情我倒也曾經聽聞，但軍旅的事情卻不是我平常所嫻習的。請你暫且稍停車馬，慢慢地等待戰亂平定。」

赴洛 二首

【作者】陸機，見頁七〇五。

【題解】這是兩首傷別懷歸之作。是陸士衡在東吳亡後北上洛陽為官時，表現最多的一個主題。

其一

希世❶無高符❷，營❸道❹無烈心❺。靖❻端❼肅❽有命，假❾檝❿越⓫江潭⓬。

親友贈予邁⓭，揮淚廣川陰⓮。撫⓯膺⓰解攜手，永⓱歎結遺音。無跡有所匿，寂寞⑱聲必沉。肆⑲目眇不及，緬然⑳若雙潛。南望泣玄渚㉑，北邁涉長林。谷風拂修薄㉒，油雲㉓翳㉔高岑㉕。亹亹㉖孤獸騁㉗，嚶嚶㉘思㉙鳥吟。感物戀堂室㉚，離思㉛一何㉜深。佇立㉝愾㉞我歎，寤寐涕㉟盈衿㊱。惜無懷歸志，辛苦誰為心？

【章　旨】本詩描寫赴洛遊宦時告別故鄉親友的情景及沈重的離情別緒。

【注　釋】❶希世　迎合世俗。❷符　法則。❸營　從事；研究。❹道　道藝。❺烈心　堅貞不屈的心。❻靖　謙恭。❼端　莊重。❽肅　尊敬。❾假　憑藉。❿檝　船槳。⓫越　渡過。⓬潭　深淵。⓭邁　行進。這裡指遠行。⓮陰　江南。⓯撫　拍。⓰膺　胸。⓱永　長。⓲寂寞　默然無語。⓳肆　放縱。⓴緬然　遙遠的樣子。㉑玄渚　江上的洲嶼。張衡〈西京賦〉：「海若游於玄渚，鯨魚失流而蹉跎。」㉒薄　草木相交處。㉓油雲　濃雲。〈孟子·梁惠王上〉：「天油然作雲，沛然作雨。」㉔翳　遮蔽。㉕岑　小而高的山。㉖亹亹　竭力前行的樣子。㉗騁　奔跑。㉘嚶嚶　鳥叫聲。㉙思　思其伴侶。㉚堂室　即堂上室家之省。指代尊長與妻子等。㉛思　愁。㉜一何　多麼。㉝佇立　長久地站立。㉞愾　歎息。㉟涕　眼淚。㊱衿　古代衣服的交領。

【語　譯】迎合世俗因而不能遵循聖賢法則，研究道藝又缺乏堅貞不屈的心志。謙恭莊重地敬奉皇命，於是乘船渡過大江。親朋故友為我的遠行餞別，站在大江南岸連連拭淚。含恨撫胸鬆開了相攜的手，終於用長歎聲結束了戀戀不捨的談話。分別之後，不見你的蹤影，就像躲了起來似的；聽不到你的聲音，彷彿聲音消失了。極盡目光向遠方探視也茫然不見，彼此相距是如此遙不可及，如同雙雙隱沒了。我在洲嶼上向南眺望，忍不住辛酸落淚，向北前行必須涉過高高的樹林。山谷的涼風吹拂草木叢生之處；濃濃的雲霧遮蔽高高的山峰。孤獸在竭力往前奔跑，相思鳥兒在嚶嚶鳴叫。有感於這些景物而眷戀父母家眷，那離別的悲愁又是多麼深！長久地站立，深深地歎息，無論睡著還是醒來，總是淚滿胸襟。可惜我沒有懷歸的想法，但這份悲苦又有誰堪來忍受？

其二

羈旅遠遊宦❶，託身承華❷側。撫❸劍遵銅輦❹，振纓❺盡祗❻肅❼。歲月一何❽易❾！寒暑忽已革❿。載離多悲心⓫，感物情悽惻⓬。慷慨⓭遺⓮安愈，永歎廢餐食。思樂樂難誘⓯，曰歸歸未克⓰。憂苦欲何為？纏綿胸與臆⓱。仰瞻陵霄鳥，羨爾歸飛翼。

【章　旨】此詩抒發了離家為宦以後對時光匆匆的慨歎以及那份隨著時間的流逝而不斷積蘊的鄉情。

【注　釋】❶遊宦　異鄉做官，遷轉不定。❷承華　晉都太子所居宮殿的門名。代指做太子洗馬。❸撫　按。❹輦　人拉的車子。後世專指天子的車。這裡是指太子的車。❺振纓　整理冠纓。表恭敬。❻祗　通「祇」。虔誠。❼肅　恭敬。❽一何　多麼。❾易　變化。❿革　更替。⓫載離多悲心　《詩經・小雅・小明》：「二月初吉，載離寒暑。心之憂矣，其毒大苦。」載，句首語氣詞。⓬悽惻　悲傷。⓭慷慨　情緒激發。⓮遺　失去。⓯誘　來。⓰克　能。⓱臆　胸。二者之別在於胸與背相對，而臆則在胸之中間部位，故有時可代指心。

【語　譯】客居他鄉，在遠方為做官而奔走不定，託身在太子宮承華門側。按劍隨著銅制輦車在前進，整理冠纓使態度恭敬。歲月的變化是多麼快啊！寒暑匆匆已經更替。別離這種事是多麼使人心裡悲傷，有感於物事變化，心情總很哀愁。情緒激發就會失去安樂與平和，長歎聲聲往往會廢棄飲食。想要快樂樂難來，說道歸家歸不得。憂思苦悶又欲如何？纏綿不解胸臆間。仰望淩飛雲霄的鳥，羨慕你有翅膀可以飛回去。

赴洛道中作二首

【作　者】陸機，見頁七〇五。

【題　解】此二詩為陸機應王命自故鄉吳郡華亭（今上海松江）遠赴京都洛陽的所見所感，詩中蘊蓄著深重的離愁別恨。

其一

揔❶轡❷登長路，嗚咽辭密親。「借問子何之❸」？世網❹嬰❺我身。永歎遵❻北渚❼，遺思結南津❽。行行遂❾已遠，野途曠無人。山澤紛❿紆餘⓫，林薄⓬杳阡眠⓭。虎嘯深谷底，雞鳴高樹巔⓮。哀風中夜流，孤獸更⓯我前。悲情觸物感，沈⓰思鬱⓱纏綿⓲。佇立⓳望故鄉，顧⓴影悽自憐。

【章　旨】此詩敷述剛與家人告別及初登遠路的情形，表露了此際的全部身心仍繫於家園，因而悲愴滿懷，顧影自憐。

【注　釋】❶揔　同「總」。把持。❷轡　轡繩。❸之　到……去。❹世網　世俗的網絡。❺嬰　纏繞。❻遵　沿著。❼渚　岸邊。❽津　渡口。❾遂　於是。❿紛　繁多。⓫紆餘　屈曲的樣子。⓬林薄　林木草叢。⓭阡眠　同「芊綿」。茂密。⓮巔　頂。⓯更　經過。⓰沈　沈鬱。⓱鬱　非常。⓲纏綿　糾纏不解。⓳佇立　久立。⓴顧　回頭看。

【語　譯】手握轡繩踏上漫漫長路，嗚咽不已，和至親一一辭別。請問「您要到哪裡去」？我是被世俗的網絡纏繞而不得脫身啊！長歎一聲，沿著江的北岸走，我的思緒仍縈繞著江南渡口。走啊走啊於是已很遙遠了，郊野的路上空曠無人。山嶺藪澤繁多而紆曲，林木草叢茂密深遠。猛虎在深谷底長嘯。野雞在高樹頂長鳴。悲風在半夜裡捲過，孤獨的野獸經過我的前面。悲哀的情懷觸物而感傷，沈鬱的思緒糾纏不解。長久地站立著瞻望故鄉，回看孤影，更加悽楚自憐。

其二

遠遊越山川，山川修❶且廣。振❷策❸陟❹崇丘❺，案❻轡遵平莽❼。夕息抱影寐，朝徂❽銜思❾往。頓❿轡倚嵩巖⓫，側聽悲風響。清露墜素輝⓬，明月一何朗。撫几不能寐，振⓭衣獨長想。

【章　旨】此詩敷述了離家以後在路所見所聞，表現了深沈的鄉思。

【注　釋】❶修　長。❷振　揚起。❸策　馬鞭。❹陟　登。❺崇丘　高山。❻案　通「按」。❼平莽　猶平野。莽為雜草叢生之處。❽徂　往；出發。❾銜思　含悲。❿頓　停住。這裡指拉住。⓫嵩巖　猶高巖。嵩，高山。⓬素輝　月光。⓭振　揚起。這裡指披上。

【語　譯】我到遠方遊歷，一路上攀越高山，橫渡大河，高山大河是如此綿長而廣闊。揚起馬鞭，登上高山，按住轡繩，沿著平野走。晚上獨自歇息，唯有孤影相伴；早上出發，又含悲前行。拉住轡繩，倚靠在高巖下，側耳傾聽那悲風的聲響。清露隨著月光墜落，那明月是多麼清朗！我撫摸著几案睡不著，披上衣服，獨自陷入沈思。

吳王郎中時從梁陳作

【作　者】陸機，見頁七〇五。

【題　解】本詩為陸機遷任吳王郎中令時，隨吳王司馬晏出巡封地時所作。本詩先寫初任太子洗馬之職，頗受太子恩寵；後寫根據他自己要求隨吳王晏出鎮淮南。路過古國梁、陳故地，不覺想起西漢時梁孝王、司馬相如、枚皋諸人，因而心有所感。

在昔蒙嘉運，矯跡入崇賢❶。假❷翼鳴鳳❸條，濯足升龍淵。玄冕❹無醜士，治❺服使我妍。輕劍拂❻鞶❼厲❽，長纓❾麗且鮮。誰謂伏❿事淺⓫？契闊⓬踰三年。薄言⓭肅⓮後命，改服就⓯藩臣⓰。夙⓱駕尋清軌⓲，遠遊越⓳梁⓴陳㉑。感物多遠念，慷慨懷古人㉒。

【注　釋】❶崇賢　漢太子宮門。陸機曾任太子洗馬。❷假　憑託。❸鳴鳳　指太子。呂向注曰：「鳳鳴於梧，龍升於淵，然龍鳳皆喻東宮也。」❹玄冕　一種禮帽，為大夫所戴。❺冶　豔麗。❻拂　掠過。這裡指斜掛。❼鞶　大帶。❽厲　腰帶垂下的部分，用來裝飾。❾纓　飾穗。❿伏　通「服」。⓫淺　此指短。⓬契闊　勤苦。⓭薄言　語氣詞。⓮肅　恭敬。⓯就　靠近。這裡指投靠。⓰藩臣　藩護國家的大臣。指吳王司馬晏。⓱夙　早。⓲軌　道路。⓳越　到。⓴梁　在今河南開封。㉑陳　今河南淮陽。㉒古人　指漢梁孝王、司馬相如等人。

【語　譯】在從前交上美好的時遇，舉步進入太子宮中。在鳴鳳的枝條上暫息，在升龍的淵流裡偶處。戴著禮帽的人沒有鄙陋的，穿著華麗的服飾，使我整個人都光鮮起來。輕劍斜掛在腰帶上，冠上的長穗華麗而鮮明。誰說我服事王室的時間短，辛辛苦苦也已經超過三年了。由於要恭聽後來的命令，我就改變服飾投靠了藩臣。早早駕車走上那清靜的道路，遠遠地到梁陳遊歷。沿途景物使我有所感觸，慨然想起有關古人。

始作鎮軍參軍經曲阿作

【作　者】陶淵明（西元三六五～四二七年），字元亮，入宋後更字潛，江州潯陽（今江西九江）人。為太尉長沙公陶侃的曾孫。少即博學善屬文。曾任州祭酒，不久辭歸，四十歲（西元四〇四年）起任鎮威將軍劉裕的參軍，第二年他就請任彭澤令，旋復解職歸田。入宋以後，不肯出仕，死後私謚為靖節先生。後人視之為「古今隱逸詩人之宗」。有集八卷傳世。

【題　解】本詩通過為宦赴任途中的感觸，而生發對自然隱居生活的嚮往，表達了作者的一種超脫的情懷。本詩即作於初任參軍時赴任經曲阿（今江蘇丹陽）時所作。

弱齡❶寄事❷外，委懷❸在琴書。被褐❹欣自得，屢空❺常晏如❻。時來苟宜會，宛轡憩通衢❼。投❽策❾命晨旅，暫與園田疏❿。眇眇⓫孤舟遊，綿綿⓬歸思紆⓭。我行豈不遙？登降⓮千里餘。目倦修⓯塗異，心念山澤居。望雲慚高鳥，臨水愧遊魚。真想⓰初在衿⓱，誰謂形跡拘？聊且憑化⓲遷，終反班生廬⓳。

【注　釋】❶弱齡　小時候。❷事　人事。❸懷　心。❹褐　粗麻製的短衣，為窮苦人所穿。❺屢空　貧無所有。❻晏如安然。❼時來苟宜會二句　指放棄世外的追求，暫止於仕途之上。苟，暫且。宜，應該。宛，屈。這裡指放鬆。憩，停息。通衢，暢達的路。比喻仕途。❽投　放下。❾策　杖。❿疏　疏遠；別離。⓫眇眇　同「渺渺」。遙遠的樣子。⓬綿綿　纏綿的樣子。⓭紆　縈繞。⓮登降　指爬山下嶺。以喻路途坎坷。⓯修　長。⓰真想　淳真的思想。⓱衿　古代衣服的交領。這裡代指心裡。⓲化　造化；自然。⓳班生廬　指班固〈幽通賦〉中「終保己而貽則，里上仁之所廬」所提及的仁者之廬。此指隱居之所。

【語　譯】小時候我就寄意於世事之外，一心只放在琴書之中。身披粗麻短衣卻欣然自得，貧無所有常能安然無憂。機會來了，我姑且去迎合它，放鬆馬韁在大路上憩息。於是放下手杖命令早晨出發，暫且和園圃田地相別離。孤舟出行已很遙遠了，歸去的念頭卻纏綿不解。我走得難道還不夠遠嗎？上上下下也一千多里。眼睛早已因辨識異鄉長路而乏倦，心裡更加想念那山澤處的居所。望著雲天，我因沒有高飛的鳥兒自由而慚愧，到了水邊，又因不及游魚逍遙而羞赧。全性保真的思想早就潛藏在心裡，為何要被這些世俗之事所拘束？暫且聽憑造化的驅遣，最終還是要返回班生所說的仁廬。

辛丑歲七月赴假還江陵夜行塗口作

【作　者】陶淵明，見頁一二〇一。

【題　解】本詩通過對出外為官的懊悔，表達了作者對修養真性的閒居生活的追求和嚮往。辛丑歲為西元四〇一年，此時陶淵明為荊江二州刺史桓玄的屬官。江陵，在今湖北江陵。塗口，地名，在今湖北武昌附近。此詩為陶淵明因歸鄉（江西九江）省親而返歸江陵任所途經塗口時所作。

閒居三十載❶，遂與塵事冥❷。詩書敦❸宿❹好，林園無世情。如何舍此去？

遙遙至西荊❺。叩栧❻新秋月，臨流別友生❼。涼風起將夕，夜景湛❽虛明。昭昭❾天宇闊，皛皛❿川上平。懷役不遑⓫寐，中宵⓬尚孤征。商歌⓭非吾事，依依⓮在耦耕⓯。投⓰冠旋⓱舊墟⓲，不為好爵縈⓳。養真衡茅⓴下，庶㉑以善自名。

【注釋】❶三十載　陶淵明任桓玄屬官時蓋為西元三九九年，是年陶三十五歲。此蓋取其整數而言三十。❷冥　窈冥；隔絕。❸敦　篤愛。❹宿　長久的。❺西荊　指任所江陵。❻栧　同「枻」。船槳。❼友生　朋友。❽湛　澄澈的樣子。❾昭昭　明亮。❿皛皛　皎潔。⓫不遑　沒有時間。⓬中宵　半夜。⓭商歌　以商音為主調的歌，有肅殺之氣。這裡引用寧戚餵牛於車下而商歌，齊桓公舉而任之的故實。事見《淮南子．道應》。⓮依依　感情深厚的樣子。⓯耦耕　兩人並耕。《論語．微子》：「長沮、桀溺耦而耕。」⓰投　拋棄。⓱旋　回轉。⓲舊墟　舊的地方。指故里。⓳榮　陶集本作「縈」，當從改。⓴衡茅　指衡門茅屋。㉑庶　希望。

【語譯】閒居了三十年，於是和塵俗之事都隔絕了。詩書是我向來所好，林下園中沒有世俗的牽累。為什麼捨棄了這些而去？直到遙遠的西荊地區。在新秋的月色中乘上船，面對江水和朋友告別。快傍晚的時候涼風吹起，夜晚的江景澄澈而空明。朗朗的天空如此開闊，皎潔的河面上波瀾不興。我惦記公務不能安眠，半夜還要孤身出行。商歌求職不是我所做的事，我真正眷戀難捨的其實是隱居耦耕的生活。掛冠辭職回返故里，不再被高官厚祿所束縛。在衡門茅屋下修養真性，希望能夠保持自己的美名。

永初三年七月十六日之郡初發都

【作　者】謝靈運，見頁八四二。

【題　解】本詩表達了作者在政治上失意後的哀怨情感和對歸隱山水的嚮往。永初三年（西元四二二年）五月宋武帝崩，少帝即位，至七月尚未改元，故稱永初。郡，指永嘉郡，少帝即位後，即出謝靈運為永嘉太守。都，指宋都建康（今江蘇南京）。

述職❶期闌❷暑，理❸棹❹變金素❺。秋岸澄夕陰，火❻旻❼團朝露。辛苦誰為❽情？遊子值❾頹暮❿。愛似莊念昔⓫，久敬曾存故⓬。如何懷土心，持此謝⓭遠度⓮。李牧愧長袖⓯，郤克慚躧步⓰。良時不見⓱遺，醜狀不成惡⓲。曰余亦支離⓳，依方⓴早有慕㉑。生幸休㉒明世，親蒙英達㉓顧。空班㉔趙氏璧㉕，徒乖魏王瓠㉖。從來漸㉗二紀㉘，始得傍歸路㉙。將窮山海跡，永絕賞心㉚悟㉛。

【注釋】❶述職　諸侯向天子陳述職守。後來也喻指到職。❷闌　盡。❸理　治辦。❹棹　船槳。這裡代指船。❺金素　指秋天。❻火　指大火星。即二十八宿之心宿。夏秋時夜晚可見，光度很強，色帶橙紅。❼旻　《爾雅・釋天》：「秋為旻天。」❽為　這裡有同情意。❾值　遭遇到。❿頹暮　這裡指蕭索的傍晚。⓫愛似莊念昔　《莊子・徐无鬼》謂越之流人「去國旬月，見所嘗見於國中者喜；及期年也，見似人者而喜矣」。莊，指莊子。⓬久敬曾存故　《曾子全書・外篇三省》：「曾子曰：君子有三費……少而學，老而忘，此一費也；事君有功而輕負之，此二費也；久交而中絕之，此三費也。」曾，曾子。⓭謝　慚愧。⓮遠度　指莊、曾遠大風度。⓯李牧愧長袖　李牧，趙國大將。封武安君。因臂短而以木杜接續以便起居。事見《戰國策・秦策五》。⓰郤克慚躧步　郤克，晉國大將。因腿病而跛，嘗出使齊國，齊頃公讓婦人站在帷後觀而笑之，使郤克大為慚怒。事見《左傳・宣公十七年》。⓱見　被。⓲惡　討厭。⓳支離　形體不正。《莊子・人間世》：「支離疏者，頤隱於臍，肩高於頂，會撮指天，五管在上，兩髀為脅。」⓴方　這裡代指方外。㉑慕　想法。㉒休　美好。㉓英達　英明賢達的人。㉔班　分給。㉕趙氏璧　即和氏璧。以楚得之後獻於趙國而得名。㉖魏王瓠　指魏王曾送惠子一隻大瓠種，惠子種得一隻五石大瓠，以不能用而擊破之，莊子云可以乘之逍遙於江海之中。事見《莊子・逍遙遊》。㉗漸　接近。

㉘紀　十二年。謝靈運自太元末（西元三九六年）襲封康樂公後，於晉安帝元興年間（西元四〇二年）入仕至少帝繼位，共二十二、三年，云二紀為取其整數。㉙歸路　歸鄉的路。謝赴永嘉任所須經過會稽郡故里，故云歸路。㉚賞心　心意歡喜。這裡代指朋友。㉛悟　相對。

【語　譯】我期待赴任之時溽暑已盡，到治辦舟船的時候已是秋天。傍晚時河岸上的景物倒映在澄澈的水中，大火星西下點點朝露凝結。辛苦奔波誰能忍受？天涯遊子又遇上這蕭索的秋暮。我思念親友猶如莊子所說那種戀舊，長久敬仰朋友有曾子存問故人之心。為何有這懷戀故土的心卻遠遊他鄉，對比古人遠大風度我感到慚愧。李牧慚愧自己臂短袖長，郤克慚愧自己跛足而行，他們在好的時代未曾被遺棄，醜的形體不令人討厭。說起我也是形體不正，人在方內早就有心歸依方外。生來幸逢美好光明的時代，又親身蒙受英明賢達的人的顧念。可惜我白受重視分有趙氏的寶璧，又徒然與期望相反只是無用的魏王大瓠。從仕宦以來已經將近二紀了，才得以踏上歸路。我也將要覽盡山海的勝景，永遠地斷絕朋友間相對共言的快樂。

過始寧墅

【作　者】謝靈運，見頁八四二。

【題　解】本詩寫作者赴永嘉任所途經會稽之始寧（今浙江上虞）別墅時的盤桓與欣悅，並表達了作者立志歸隱的誓言。

束髮❶懷耿介❷，逐物❸遂推遷❹。違志似如昨，二紀❺及茲年❻。淄磷❼謝❽清曠❾，疲薾❿慚貞堅。拙⓫疾相倚薄⓬，還得靜者⓭便⓮。剖竹⓯守滄海⓰，枉⓱

帆過舊山。山行窮⓲登頓⓳，水涉盡洄沿⓴。巖峭㉑嶺稠㉒疊，洲㉓縈渚㉔連綿㉕。白雲抱幽石，綠篠㉖媚㉗清漣㉘。葺㉙宇臨迴江，築觀㉚基㉛曾㉜巔。揮手告㉝鄉曲㉞，三載㉟期歸旋。且為樹㊱枌檟㊲，無㊳令孤㊴願㊵言。

【注釋】❶束髮　古代男孩將頭髮束為一髻。因以代指童年。❷耿介　剛正不阿。❸物　代指名利。❹推遷　推移改變。❺二紀　見前篇㉘。❻茲年　今年。❼淄磷　《論語・陽貨》：「不曰堅乎，磨而不磷；不曰白乎，涅而不淄。」淄，黑色。磷，薄。❽謝　慚愧。❾清曠　清明曠達。❿疲薾　極度疲倦。《莊子・齊物論》：「薾然疲役而不知其所歸。」⓫拙　笨拙。指不善於做官。⓬薄　相附依。⓭靜者　歸於安靜。這裡指歸鄉。《老子》：「歸根曰靜，是謂復命。」⓮便　有利。⓯剖竹　古代書竹為信符，剖開後各執一半，因而又有委任官職意。⓰滄海　指永嘉。其地鄰近東海。⓱枉　轉繞。⓲窮　盡。⓳登頓　上山與下山。頓本為停止，在這裡與登相對而有下意。⓴洄沿　指逆流與順流。㉑峭　險峻。㉒稠　眾多。㉓洲　水中大塊陸地。㉔渚　水中小塊陸地。㉕連綿　接連不斷。㉖篠　細竹條。㉗媚　愛。㉘漣　漣漪。指水的波紋。㉙葺　修繕。㉚觀　亭閣。㉛基　座落。㉜曾　通「層」。指高山。㉝告　告別。㉞鄉曲　指故鄉親友。㉟三載　三年。古代地方官員多以三年為一個任期，故有此言。㊱樹　栽種。㊲枌檟　枌，白榆樹。檟，楸樹。以上二木皆為古代常用的製棺之木，檟木為櫬，榆木為槨。㊳無　通「毋」。不要。㊴孤　通「辜」。違背。㊵願　此有志願、發誓之意。

【語譯】童年之時就懷有剛正不阿的節操，後來因為追逐名利才有所改變。彷彿是昨天才違背了自己的志願，但實際上到今年已經二十四年了。被世俗所染，總對清遠曠達的高人感到慚愧，疲憊不堪，又慚愧於那中正剛強的風骨。拙愚疾病互相依附，恰好得到歸園之便。剖開竹符，任職監守永嘉，繞一下航道經過故園山水。在山中行走，自始至終，一忽兒上山，一忽兒下山；在水中渡河從頭到尾，一下逆流，一下順流。山巖陡峭，峰嶺重重相疊；大島縈繞小島，接連不斷。白雲擁抱著深幽的巖石，綠竹輕拂著清清的漣漪。我在曲折的江岸邊修繕房屋，在高山的頂上構築臺閣。揮手告別鄉親，三年期滿，我就能返歸故里。姑且為我栽好榆樹和楸樹，不要使我違背了今日的誓言。

富春渚

【作　者】謝靈運，見頁八四二。

【題　解】富春江為浙江流經富陽、桐廬二縣境內的名稱。渚為水中小塊陸地。本詩是謝靈運赴永嘉太守任中至故居始寧別墅後遊覽近處風景所作。表現了作者寄心遠遊，超脫世事的心理。

宵濟❶漁浦❷潭，旦及❸富春郭❹。定山❺緬❻雲霧，赤亭❼無❽淹❾薄❿。遡⓫流觸驚急，臨圻⓬阻參錯。亮⓭乏伯昏⓮分⓯，險過呂梁⓰壑。洊至⓱宜便習⓲，兼山⓳貴止託。平生協⓴幽期，淪躓㉑困微弱㉒。久露干祿㉓請，始果㉔遠遊㉕諾㉖。宿心㉗漸申㉘寫㉙，萬事俱零落㉚。懷抱既昭曠㉛，外物徒㉜龍蠖㉝。

【注　釋】❶濟　渡過。❷漁浦　地名。在富陽東部。❸及　到。❹郭　城郭。❺定山　在杭州西南五十里，距富陽七十里，伸延入富春江中。❻緬　遠。❼赤亭　在定山東部。❽無　通「毋」。不要。❾淹　久。❿薄　通「泊」。停留。⓫遡　逆流而上。⓬圻　通「碕」。曲岸。⓭亮　實在。⓮伯昏　指伯昏瞀人。《列子・黃帝》云列禦寇善射，伯昏瞀人引之至百丈深淵之上，並使足跟懸空而射，則列禦寇伏地汗下。伯昏瞀人則說：「夫至人者，上闚青天，下潛黃泉，揮斥八極，神氣不變。今汝怵然有恂目之志，爾於中也殆矣夫？」⓯分　氣概。⓰呂梁　在今山西西部，黃河與汾河之間，歷呂梁山而瀉為呂梁洪。此洪傳為大禹所鑿以通黃河之水。《列子・黃帝》：「孔子觀於呂梁，懸水三十仞，流沫三十里，黿鼉魚鼈之所不能遊也。」⓱洊至　再至。指水再湧而至。《易・坎》：「象曰：『水洊至，習坎。』」此處借用其意。⓲便習　習慣。⓳兼山

《易・艮》：「象曰：『兼山艮，君子以思不出其位。』」由兩山各得其所，借指君子安於其位。⑳協 合。㉑淪躓 沈淪頓挫。㉒微弱 代指身軀。即作者自己。㉓干祿 求官。這裡指求任外職。㉔果 遂；成。㉕遠遊 指出任永嘉太守。㉖諾 應承；答應。㉗宿心 素來的心願。㉘申 伸展。㉙寫 宣泄。㉚零落 這裡指拋開。㉛昭曠 明朗曠達。㉜徒 只不過。㉝龍蠖 此用《周易》之意。《周易・繫辭下》：「尺蠖之屈，以求伸也；龍蛇之蟄，以存身也。」

【語譯】夜裡渡過漁浦潭，早晨到了富春城。定山遙遙矗立在雲霧繚繞之中，赤亭不能滯留。逆流而上，迎著湍急的水流，臨近曲折的岸邊，又被參差錯落的巖石所阻隔。我實在缺乏伯昏瞀人的氣概，而這水路的驚險又超過呂梁的深壑。歷盡激流，便當習險如常；重山在前，貴在止於所當止。平生早有隱逸之志，但淪落挫折力量微弱。我久已表露求為地方官，現在總算實現了到遠方為宦的許諾。長久以來的心願逐漸得到施展，萬千塵事都拋到一邊。胸懷得以明朗曠達，個人的進退如龍蠖的屈伸一般，不必放在心上。

七里瀨

【作者】謝靈運，見頁八四二。

【題解】本詩抒發了官場失意的沈鬱心結以及欲追踪先賢的志向。本詩作於謝靈運赴任永嘉太守途中至故園始寧別墅後，又到附近的幾個地方周遊之時。七里瀨又名七里灘，位於今浙江桐廬境內的富春江上。

羈心❶積❷秋晨，晨積展❸遊眺。孤客傷逝湍❹，徒旅❺苦奔峭❻。石淺水潺湲❼，日落❽山照曜❾。荒林❿紛⓫沃若⓬，哀禽相叫嘯。遭物⓭悼⓮遷斥⓯，存期⓰得要妙⓱。既秉⓲上皇⓳心，豈屑⓴末代㉑誚㉒。目睹嚴子瀨㉓，想屬㉔任公釣㉕。

誰謂古今殊？異世可同調㉖。

【注　釋】❶羈心　羈旅之心。❷積　鬱積。❸展　伸展。❹逝湍　指飛逝的江水。❺徒旅　隻身的遊客。❻奔峭　崩落的峭壁。❼潺湲　水輕巧流動的樣子。❽日落　太陽西下。❾照曜　照射閃耀。❿荒林　荒野之林。指無人覽顧的樹林。⓫紛　繽紛燦爛。⓬沃若　繁盛的樣子。⓭遭物　猶觸物傷情。⓮悼　感傷。⓯遷斥　遷謫斥逐。⓰存期　期望。存，想。一說此用老子「湛兮似或存」之意，謂能「湛然安靜」就可「長存不亡」。⓱要妙　精微玄妙的道理。⓲秉　把握。⓳上皇　指上古帝王。⓴屑　顧忌；在乎。㉑末代　將要滅亡的時代。即衰亂時代。㉒誚　譏誚；責備。㉓嚴子瀨　又稱嚴陵瀨。在七里灘東部，至今其處仍有嚴陵釣臺。嚴子指東漢嚴光字子陵，為漢光武帝同學，光武即位後授之為諫議大夫，嚴光則隱居而不就職。㉔屬　集中。㉕任公釣　任公，指任國公子。《莊子・外物》云任國公子用粗線大鉤，以五十頭牛為餌，蹲在會稽山下，把魚鉤甩入東海，釣了一年多才釣到一條大魚，他把這條魚製成肉乾，則制河以北到蒼梧以東的人都可以喫足魚肉了。此亦表明謝的一種抱負。㉖同調　奏同一曲調。指志趣相投。

【語　譯】羈旅之心在秋晨鬱積不展，盡情遊覽遠眺去舒展愁懷。孤獨的旅客總為那飛逝的江流感傷，隻身的旅人常苦於險峻易崩的峭壁。河床上水清見石，流聲潺潺，夕陽西下，群山在曖曖餘暉中閃現著光采。野外的樹林繽紛繁盛，悲鳴的鳥兒相互呼喚。觸物傷情，哀怨官場的貶謫，長久思存領悟那精微玄妙的道理。既然秉持了上古聖哲素樸的心靈，哪還會顧忌衰亂時代人們無謂的指責？看到那嚴陵瀨，我的思緒就凝聚在了任公子的垂釣之事上。誰說古今不一樣呢？不同時代之人也可以有同樣的懷抱！

登江中孤嶼

【作　者】謝靈運，見頁八四二。

【題　解】江，指永嘉江（今甌江）。嶼，河中小島，這裡指甌江中的孤嶼山，在溫州南四十里。作者登上此山，自感來到神仙境界，不由作超脫世俗，養生延年之想。

江❶南倦❷歷覽❸，江北曠❹周旋❺。懷雜❻道轉❼迥❽，尋異景❾不延❿。亂⓫流趨正絕⓬，孤嶼媚⓭中川⓮。雲日相輝映，空水⓯共澄鮮。表靈⓰物⓱莫賞，蘊真⓲誰為傳？想像崑山⓳姿，緬邈⓴區中㉑緣。始信安期㉒術，得盡養生年。

【注　釋】❶江　永嘉江。即今之甌江。❷倦　厭倦。❸歷覽　遍覽。❹曠　耽擱；沒有。❺周旋　周遊盤桓。❻雜　與下文之「異」不類，當從《謝康樂集》本作「新」字，新奇。❼轉　變得。❽迥　遠。❾景　即「影」之本字。日光。這裡指時間。❿延　長。⓫亂　船橫渡。⓬正絕　謂阻斷航線。⓭媚　嫵媚動人。⓮中川　猶江中。⓯空水　指天空和江水。⓰靈　指靈秀風光。⓱物　人。⓲真　仙人。⓳崑山　指天帝之下都崑崙山。⓴緬邈　遙遠。㉑區中　人世間。㉒安期　即安期生。傳說他是琅琊阜鄉人，因學得長生不老術而活過了一千歲。

【語　譯】遍歷江南遊覽，早已感到厭倦了，但江北久未周遊盤桓。懷著新奇之感，覺得道路好像變遠了；尋訪著異跡，感到時間似乎是短少了。橫渡江流突然航線阻斷，孤嶼正嫵媚動人地凝立在江中，雲彩和太陽相互輝映，天空和江水也都變得澄澈鮮明了。這外在的靈秀都沒有人來欣賞，那蘊藏的真仙又有誰來傳揚呢？我因此而想像那崑崙山上神仙的豐姿，似乎覺得世間的俗緣都遙遠了。我這才相信安期生的道術，能夠貽養這有生之年。

初去郡

【作　者】謝靈運，見頁八四二。

【題解】本詩是作者剛辭去職守時的自我明志之作，詩中列舉了許多古人事迹來加以評論對比，用以表達作者心曲。本詩作於宋少帝景平元年（西元四二三年），該年作者稱病辭去永嘉太守之職，歸隱至會稽郡上虞之始寧別墅。去，離開。郡，指永嘉郡。

彭薛❶裁知恥，貢公❷未遺榮。或❸可❹優❺貪競❻，豈足稱達生❼。伊❽余秉❾微尚❿，拙訥謝⓫浮名⓬。廬園⓭當棲巖，卑位⓮代躬耕⓯。顧⓰己雖自許⓱，心跡⓲猶未并。無庸⓳妨周任⓴，有疾像長卿㉑。畢㉒娶類尚子㉓，薄㉔遊㉕似邴生㉖。恭承古人意，促裝㉗反柴荊㉘。牽絲㉙及元興㉚，解龜㉛在景平㉜。負㉝心二十載，於今廢㉞將㉟迎。理棹㊱遄㊲還期，遵渚騖㊳修坰㊴。遡㊵溪終水涉，登嶺始山行。野曠沙岸淨，天高秋月明。憩石挹㊶飛泉，攀林搴㊷落英㊸。戰勝臞者肥㊹，止監㊺流歸停㊻。即㊼是㊽羲唐化㊾，獲我擊壤㊿聲。

【注釋】❶彭薛　彭，指西漢彭宣。字子佩，王莽專權以後，就上書辭官歸里。薛，指西漢薛廣德。字長卿，以漢末歲惡民流而辭官還鄉。班固謂此二人有榮恥之心。事見《漢書・卷七〇・彭宣傳》、《漢書・卷七〇・薛廣德傳》。❷貢公　西漢人，名禹，字少翁，後以年老懼禍而上書請退。但他終為朝廷所留，卒於御史大夫之官。事見《漢書・卷七二・貢禹傳》，後來三國魏人鍾會有〈遺榮賦〉頌之。❸或　或許。❹可　認為可以。❺優　好於。❻貪競　貪婪競爭。❼達生　道家所主人生哲學莊子有〈達生〉篇，主張不為名利牽制。❽伊　句首語氣詞。❾秉　把持。❿微尚　指玄妙而高尚的心。⓫謝　辭去。⓬浮名　世俗虛浮的聲名。《禮記・表記》云，君子「恥名之浮於行也」。⓭廬園　指修造房屋和整理田地。⓮卑位　指康樂侯。⑮代躬耕　指剛能代替親自耕作的收入。⑯顧　考慮到。⑰自許　自己認為前面的說法對。⑱心跡　心思與行為。心雖在棲隱而身尚居官。⑲庸　通「用」。⑳周任　古時的一位史官。《論語・季氏》：「周任有言曰：陳力就列，不能者止。」㉑長卿　指司馬相如。傳謂他有消渴病，常稱病不上朝，不羨慕官爵。事見《漢書・卷五七・司馬相如傳》。㉒畢　完。㉓尚子　指東漢尚長，字子平。隱居不仕，給兒子完娶之後，便把家事都委託給他，並告戒說，就當父親已經死了。事見嵇康《高士傳》。按尚長事《後漢書》作向長，二者當為一人。㉔薄　輕視。㉕遊　遊宦；做官。㉖邴生　指西漢邴曼容。邴養志自修，為官不肯過六百石，否則便自行引退。事見《漢書・卷七二・兩龔傳》。㉗促裝　催整行裝。㉘柴荊　用柴荊做成的門，也代指村舍。㉙牽絲　指初仕。㉚元興　晉安帝年號，為西元四〇二年。㉛解龜　解下龜鈕大印。指辭官。㉜景平　南朝宋少帝年號，為西元四二三至四二四年。㉝負　違背。㉞廢　廢棄。指不再做。㉟將　送。㊱棹　槳。這裡代指船。㊲遄　快速。㊳騖　奔馳。㊴坰　野外。《爾雅・釋地》：「邑外謂之郊，郊外謂之牧，牧外謂之野，野外謂之林，林外謂之坰。」㊵遡　逆流而行。㊶挹　舀取。㊷搴　摘取。㊸英　花。㊹戰勝句　見《韓非子・喻老》：「子夏曰：吾入見先王之義則榮之，出見富貴之樂又榮之，兩者戰於胸中，未知勝負，故臞。今先王之義勝，故肥，是以志之難也，不在勝人，在自勝也。」臞，瘦。㊺監　照鏡子。古多以水自照。㊻停　定。㊼即　就。㊽是　這。㊾羲唐化　羲，指伏羲氏。傳說為中國第一個君皇，又為三皇之一。唐，指唐堯。為先秦五帝之一。化，指教化。㊿擊壤　相傳堯時有百姓擊壤而歌曰：「吾日出而作，日入而息，鑿井而飲，耕田而食，堯何等力？」語見《論衡・感虛》，後成為歌頌盛世太平的典故。壤為用木頭做的前寬後尖的像鞋一樣的東西，遊戲時以一個置於地下，而立於六七十米遠的地方用另一個壤擊之，中者為勝。

【語　譯】彭宣和薛廣德才知羞恥；貢公還沒有遺棄榮耀。他們或許比貪婪競爭為好，哪裡稱得上是明白人生的道理。我仍然秉持一種玄妙而高尚的心，而愚拙和訥言的本質更促使我辭卻世俗的浮名。修造屋舍田園，應該棲居在山巖下，低微爵位的俸祿能代替親身耕作的收入。考慮到自己雖然自認如此，但心思與行為還沒有統一起來。我這人很沒用，若居高位會不合周任的主張；另方面卻身染疾病，像司馬相如一樣難赴朝請。當給子孫完娶，即脫身如尚子；輕視遊宦，就像邴生。誠敬地接受古人的主意，催促治理行裝就返回鄉里。當初做官是在元興年間，最後解印歸鄉是在景平年間。違背心意地過了二十年，到現在總算結束了送往迎來的官宦生活。備辦船隻，早定歸還的日期，沿著河岸行走之後，又奔馳在遼遠的野外。逆著溪流行走，總算結東了水路的躦行；登上高山，才開始了山路的攀援。原野空曠，鋪滿細沙的河岸很是純淨，天際高遠，那秋天月兒顯得格外清朗。在石上休息，可以舀取飛濺的泉水，在林中攀枝，可以摘取將落的花瓣。歸隱的思想戰勝出仕的思想，則瘦子可以變胖；以止水為鏡，則心緒寧靜。就如同置身在伏羲唐堯的教化下，我也可以悠然唱起擊壤歌。

初發石首城

【作　者】謝靈運，見頁八四二。

【題　解】石首城，指南京。此詩作於宋文帝時，此時謝任祕書監，復遷侍中，然不久以病辭歸，途中輕辱會稽太守孟顗，孟顗遂上書告發謝靈運有謀亂之心，謝即匆忙到京都陳述解說，文帝才沒有降罪，但轉授他為臨川（今江西撫州）內史。此詩即寫於離開南京赴臨川途中。本詩表達了作者受誣之後的憤慨心情以及違願遠仕的怨艾。

白珪尚可磨，斯言易為緇❶。雖抱中孚❷爻，猶勞❸貝錦❹詩。寸心❺若不亮❻，微命察❼如絲。日月❽垂光景，成貸❾遂兼茲。出宿薄❿京畿⓫，晨裝摶⓬曾⓭颸⓮。重⓯經平生別，再與朋知辭。故山⓰日已遠，風波豈還時？苕苕⓱萬里帆，茫茫終何之⓲？遊當羅浮⓳行，息必廬⓴霍㉑期。越海凌三山㉒，遊湘㉓歷九嶷㉔。欽聖若旦暮，懷賢亦悽其㉕。皎皎明發㉖心，不為歲寒欺。

【注　釋】❶白珪尚可磨二句　《詩經・大雅・抑》：「白珪之玷，尚可磨也；斯言之玷，不可為也。」珪，帝王或諸侯所執的長形玉版，表示信符。緇，黑色。❷中孚　指《周易・中孚》卦。其象辭云：「中孚以利貞，乃應乎天也。」即中心誠信而又利於守正，是因為應合了天的美德。❸勞　勞駕。❹貝錦　有貝形花紋的錦緞。《詩經・小雅・巷伯》：「萋兮斐兮，成是貝錦。彼讒人者，亦已大甚。」❺寸心　指心。以其位於胸中方寸之地。❻亮　受人信任。❼察　仔細想來。❽日月　喻指宋文帝。❾成貸　成全寬宥。❿薄　靠近。⓫京畿　指都城。⓬摶　憑藉。這裡指乘風。⓭曾　原作「魯」，依五臣注本改。通「層」。⓮飀　疾風。⓯重　重新。指少帝時出任永嘉太守與此次出任臨川內史。⓰故山　此指京都及故鄉而言。⓱迢迢　通「迢迢」。遙遠的樣子。⓲之　去。⓳羅浮　山名。在廣東省增城、博羅、河源諸縣間，相傳葛洪於此得仙術；山上有洞，為道教第七洞天。⓴廬　指廬山。在今江西九江南。相傳秦末有匡俗兄弟隱居於此。㉑霍　指霍山。《爾雅・釋山》：「霍山為南嶽。」即指安徽之天柱山。㉒三山　傳說在東海中有仙人居住的三神山，名為蓬萊、方丈、瀛洲。㉓湘　湘水。㉔九嶷　指今九嶷山。在今湖南寧遠南。傳說舜帝葬於此間。㉕其　詞尾。㉖明發　猶明朗。《詩經・小雅・小宛》：「我心憂傷，念昔先人。明發不寐，有懷二人。」

【語　譯】白珪有了瑕斑，還可以磨掉，進讒言卻容易把人抹黑。雖然懷抱像中孚卦那樣的誠信，還有人像織錦一樣羅織我的罪名。心懷若不被人所瞭解，個人微賤的生命細想來就會像細絲一樣易折。幸賴皇恩如日月垂照光輝，成全寬宥之外還授予我此項任職。出都之後，住在靠近都城的地方，早晨整裝，乘著疾風而行。重新經歷人生的又一次別離，再度與朋友知交告別。故鄉的山巒離我一天天地遠了，世路風波不定，難道我還敢奢望有歸來的時候？踏上萬里迢迢的航程，前程茫茫最終要往哪裡去呢？周遊應當到羅浮山走一遭，歇息一定要在廬山和霍山。跨越海上三座仙山，漫遊湘水流域，遍歷九嶷山。欽仰大舜，縱使遠隔萬代，依然如經常見面般親切，懷想先賢沈江很是感傷。我的胸懷皎皎明朗，像松柏一樣絕不被歲暮冰雪所摧折。

道路憶山中

【作　者】謝靈運，見頁八四二。

【題　解】此詩當為謝靈運赴任臨川內史途中憶念家園之作。山中，代指謝靈運故園會稽郡內的始寧別墅。本詩以屈原為比，表達了作者的不得志及懷鄉的苦悶與哀怨。

采菱調❶易急，江南歌不緩。楚人❷心昔絕❸，越客❹腸今斷。斷絕雖殊念，俱為歸慮款❺。存❻鄉爾思積，憶山我憤懣。追尋棲息時，偃❼臥任縱誕❽。得性❾非外求，自已❿為誰纂⓫？不怨秋夕長，常苦夏日短。濯⓬流激浮湍⓭，息陰倚密竿⓮。懷故叵⓯新歡，含悲忘春暵⓰。凄凄明月吹⓱，惻惻〈廣陵散〉⓲。殷勤⓳訴危柱⓴，慷慨㉑命促管㉒。

【注　釋】❶采菱調　指採菱歌。這裡指楚人歌曲。❷楚人　指屈原。❸絕　絕望。❹越客　指謝靈運。以其故居在浙江會稽郡之上虞。❺款　扣。❻存　想念。❼偃　仰面躺著。❽縱誕　放縱不羈。❾得性　指使自然本性得到滿足，不使委曲。❿已　止。⓫纂　繼承。⓬濯　洗浴。⓭湍　急流。⓮竿　竹竿。⓯叵　不可。這裡意為無。⓰暵　同「暖」。溫暖。⓱明月吹　笛曲。⓲廣陵散　琴曲名。音韻哀婉。⓳殷勤　情意懇切的樣子。⓴危柱　指琴上的轉柱。代指琴。危，高。㉑慷慨　意氣激揚的樣子。㉒促管　指急促的笛聲。促，急促。

【語　譯】採菱歌的曲調容易急促，江南的輕歌也不舒緩。從前，楚人屈原的心也曾絕望，現今身為越客的我，也肝腸寸斷。寸斷和絕望二者雖然所念不同，我們卻同被歸鄉的思緒困擾著。你因為想念家鄉而悲哀鬱積，我也因憶起山居故園而滿懷憤懣。追尋在故園棲息的時節，自在生活，隨我放縱不羈。要想保存自然本性，不須向外求索，不過是自取而已，無處去承繼。不怨秋夜太長，卻常常苦於夏日太短。在流水中洗浴，任急流沖激，在清蔭下休息，憑倚著密密的竹竿。懷念故園，無法另有所好，心中充滿悲戚，無感於春天的溫煦。吹起悽涼哀婉的明月曲，彈起悲苦哀傷的〈廣陵散〉。懇切的情懷傾訴在琴瑟上，激揚的意氣發洩在急促的笛聲裡。

入彭蠡湖口

【作　者】謝靈運，見頁八四二。

【題　解】彭蠡湖即今江西鄱陽湖。湖口是湖與長江交界的地方。作者在登山臨水之時，越加思念故鄉。

客遊倦水宿，風潮難具❶論❷。洲島❸驟❹迴合❺，圻❻岸屢崩奔❼。乘月聽哀狖❽，浥❾露馥芳蓀❿。春晚綠野秀，巖高白雲屯⓫。千念集日夜，萬感盈朝昏。攀崖照石鏡⓬，牽葉入松門⓭。三江⓮事多往，九派⓯理空存。露物吝⓰珍怪，異人祕⓱精魂。金膏⓲滅明光，水碧⓳綴⓴流溫。徒㉑作㉒千里曲，弦絕念彌㉓敦㉔。

【注　釋】❶具　完全。❷論　說。❸洲島　洲，水中平地。島，水中的山原。❹驟　急遽。❺迴合　環繞。❻圻　通「碕」。指曲折的水岸。❼崩奔　崩落。❽狖　長尾猿。❾浥　溼潤。❿蓀　即荃草。⓫屯　凝聚。⓬石鏡　山名。在江西潯陽一帶，是廬山的支脈。傳說山上有一圓石懸巖，明淨能照見人影。⓭松門　山名。在鄱陽湖口附近。古時以其山腳有松林綿延四十餘里而得名。⓮三江　據《謝康樂詩注》之黃節補注，鄭玄〈禹貢〉注云：「三江分於彭蠡，為三孔，東入海。」⓯九派　據《經典釋文》引〈潯陽記〉載有潯陽境內的九條河，即烏白江、蚌江、烏江、嘉靡江、畎江、源江、廩江、提江、箘江。⑯吝　吝惜。⑰祕　守閉。⑱金膏　黃金的膏液。這是一種仙藥。⑲碧　綠玉。⑳綴　輟；停止。㉑徒　空；白白地。㉒作　演奏。㉓彌　更。㉔敦　濃厚。

【語　譯】為客行旅，厭倦了水上漂宿的歲月，究竟經歷了多少狂風巨浪，已經難以完全述說。流水沖過洲島迴環而復合，曲崖直岸屢屢被潮水沖得崩落。趁著月色出遊，聆聽哀猿長嘯，沾著露珠領略荃草的芳香。春天的傍晚，綠野繁茂，山崖高聳，白雲繚繞。千種思念，日夜湧集，萬種感慨，早晚盈胸。攀登山崖，去照那石鏡山上的石鏡，牽挽枝葉，進入那松門山的松林。三江的說法大多已成為往昔，九派的水文也只是空有其名。顯露的物事吝惜其珍奇和怪異，靈異的神人也閉藏其精魂不露。黃金的膏液泯滅了它明晰的光澤，水中的綠玉停止發出溫潤。枉費我演奏那千里相思的曲子，琴弦斷絕了，我的思念也更加濃厚了。

入華子崗是麻源第三谷

【作　者】謝靈運，見頁八四二。

【題　解】華子崗，在今江西省南城縣西。謝靈運〈山居圖〉自注：「華子崗，麻山第三谷。」傳說商山四皓甪里先生的弟子華子期曾飛臨此山，故而得名。作者在登上此山時想到：且莫管古代高士仙人如何做的，還是來欣賞眼前的自然美景吧。

南州實❶炎德❷，桂樹凌❸寒山。銅陵❹映碧澗，石磴瀉紅泉❺。既枉❻隱淪❼客，亦棲肥遯❽賢。險逕無測度，天路非術❾阡❿。遂登群峰首，邈⓫若升⓬雲煙。羽人⓭絕⓮髣髴⓯，丹丘⓰徒⓱空筌⓲。圖牒⓳復磨滅，碑版⓴誰聞傳？莫辯百世後，安知千載前？且申㉑獨往㉒意，乘月弄潺湲㉓。恆㉔充㉕俄頃㉖用，豈為古今㉗然㉘。

【注　釋】❶實　實在；的確。❷炎德　指陽光和暖。《楚辭・遠遊》：「嘉南州之炎德兮，麗桂樹之冬榮。」❸淩　淩駕。這裡指生長。❹銅陵　即銅山，在華子崗附近。❺紅泉　據謝靈運〈山居賦〉自注云：「即近山所出。」❻枉　屈居。❼隱淪　隱逸和淪落。❽肥遯　高飛與遠退。肥，通「蜚」。即飛也。《周易・遯卦》上九：「肥遯，無不利。」❾術　城邑中的道路。❿阡　田間的小路。⓫邈　高遠的樣子。⓬升　登。⓭羽人　能飛行的人。指仙人。⓮絕　滅絕。⓯髣髴　指蹤影。⓰丹丘　傳說中的神仙之地，晝夜長明。《楚辭・遠遊》：「仍羽人於丹丘，留不死之舊鄉。」⓱徒　只有。⓲筌　漁具。以得魚忘筌之成語喻仙人得仙而去。⓳牒　譜。⓴碑版　有字的石版。㉑申　展陳。㉒獨往　指獨來獨往，不顧世事。㉓潺湲　水流動的樣子。代指溪流。㉔恆　常。㉕充　備。㉖俄頃　片刻。㉗古今　指尊奉古人、倣效古人。㉘然　這樣。

【語　譯】南方的州域的確是陽光和暖，桂樹竟然生長在寒山之上。銅山倒映在碧綠溫潤的水面上，石階上流淌著紅色的泉水。這裡既可以屈居隱逸之士，又可以棲息避世的賢人。險要的路徑無法去揣測度量，那是升天之途而不是市井道路和田間小徑。我於是登上這群山之首，高遠的感覺好像升到雲煙之上。仙人已經不見了蹤影，這丹丘之地也只徒留仙跡而已。神仙的圖譜已經磨滅了，誰又聽說碑版還有流傳？今日之事百世之後無法辨明，又怎麼能知道千年以前的事呢？姑且陳述我獨往獨來之意，趁著月色來撥動這流淌的溪水。我今天作了獨往的抉擇，常滿足於這眼前耳目的享受，又哪裡管古人是不是這樣做的呢？

卷二一七

北使洛

【作　者】顏延之，見頁九〇二。

【題　解】這首詩是作者三十二歲時隨宋高祖北伐時所作。因作者北行至洛陽而止，故題目叫「北使洛」。詩中描述了沿路所見的景象，並就戰爭對中原地區所造成的破壞，抒發了無限感慨，同時也流露出倦於行役的想法。

改服❶飭❷徒旅❸，首路❹跼❺險難。振楫發吳州，秣馬陵楚山❻。塗出梁宋郊，道由周鄭間❼。前登陽城路，日夕望三川❽。在昔輟期運，經始闊聖賢❾。伊瀔❿絕津濟⓫，臺館無尺椽⓬。宮陛多巢穴，城闕生雲煙⓭。王猷升八表⓮，嗟行方暮年⓯。陰風振⓰涼野⓱，飛雪瞀窮天⓲。臨塗未及引⓳，置酒慘無言。隱憫徒⓴御悲㉑，威遲㉒良馬煩。遊役㉓去㉔芳時㉕，歸來㉖屢徂㉗諐㉘。蓬心㉙既已矣㉚，飛薄㉛殊亦然。

【注　釋】❶改服　改換服裝。❷飭　整飭。❸徒旅　指部屬。❹首路　謂出發上路。❺跼　小步行路。形容行動小心戒懼的樣子。❻振楫發吳州二句　此寫從南方出發時的情況。振楫，就水路言。秣馬就陸路言。吳州、楚山，意即吳國與楚國。振楫，划船。楫，划船的短槳。秣馬，指以粟米餵馬。語出《詩經・周南・漢廣》：「之子於歸，言秣其馬。」秣，牲口的飼料。楚山，原指楚人和氏得璞玉的楚山。此處代稱楚國。❼塗出梁宋郊二句　此點明作者已踏上中原的土地了。梁、宋、周、鄭，原是位於中原的四個古國名。❽前登陽城路二句　從吳州而梁宋而三川，漸行漸遠，地遷景變，著「夕望」兩字，透露惆悵情懷。陽城，夏禹時都城。其地在今河南省境內。三川，指今河南境內的黃河、伊河、洛河。❾在昔輟期運二句　此謂從前的晉朝好運中絕，已經許久沒看到聖君賢相的清明治世了。在昔，從前。語出《尚書・酒誥》：「在昔殷先哲王。」期運，好的時運或命運。輟，中絕。經始，開始營建。❿伊瀔　二水名。⓫津濟　渡口。⓬臺館無尺椽　指宮殿房屋毀崩。⓭宮陛多巢穴二句　此為互文，言昔日繁華的宮殿，如今成了一片廢墟，只見野獸出沒、煙雲瀰漫。⓮王猷升八表　指宋高祖的德威被於八方之外。王猷，王道。猷，法則。八表，八方之外。指極遠的地方。⓯嗟行方暮年　此句嗟歎時方歲暮，自己卻必須行役他鄉。嗟，感歎詞。方，正。⓰振　此指吹動。⓱涼野　寒冷的原野。⓲瞀窮天　使窮天昏暗。瞀，昏暗。此作致使動詞用。窮天，指歲暮時的天空。⓳引　前進。⓴徒　徒然。㉑御悲　含悲；持悲。㉒威遲　聯綿詞。曲折綿延。此指道路而言。㉓遊役　指北使遠行。㉔去　失去。㉕芳時　春時。㉖歸來　指南歸。㉗徂　往。㉘諐　誤；失去。㉙蓬心　自喻淺陋的謙詞。原指心無主見，語出《莊子・逍遙遊》：「夫拙於用大，則夫子猶有蓬之心也夫。」㉚已矣　表示認定的語氣詞。㉛飛薄　指自己的遠行飄泊。

【語　譯】整飭部屬，換上旅途的服裝，準備上路；但舉目朝艱險的路途望去，心中不禁感到憂懼。先是在吳地乘船出發，隨即改走陸路，把馬餵飽，越過楚山。途中經過了梁、宋、周、鄭等中原地區。再向前踏上了通往夏禹古都陽城的道路，這時已是夕陽西下，遙望黃河、伊河、洛河無情流逝，心中不勝惆悵。從前晉朝的時運中斷，已經許久沒有聖賢出來創建大業。連年戰亂，只見那伊瀔二水已荒了津渡，昔日的臺館也已成為廢墟。在毀壞的宮闕遺址上，野獸出沒，煙雲淒迷。如今王者的德威遠播八方之外，時值歲暮，我卻必須出使遠行。深冬的寒風呼嘯荒野，茫茫飛雪使得天空變得更加陰沈。對著漫漫道路，還來不及前進；朋友置酒，內心懷憂，相對無言。惆悵無可訴說，只得含悲而往，旅程迂曲綿延，車疲馬煩，人何以堪？因遠行已失去芳春之時，而回歸故鄉之願亦因戰事而屢屢諐誤。我心為淺陋隨俗的蓬心，也就罷了；而身世飄泊，又何嘗不像是流轉的蓬草呢！

還至梁城作

【作　者】顏延之，見頁九〇二。

【題　解】這首詩為詩人北使回歸梁城途中所作。全詩情調淒婉，抒發了孤獨悲涼的懷抱，從中曲折反映了當時動蕩凋敝的社會現實。這首詩寫得樸實無華，真摯深沈。歷史上評價顏延之的詩是「鋪錦列繡，雕繢滿眼」。但這首詩則無此病，是顏詩中的上乘之作。其中「故國多喬木，空城凝寒雲。丘壟填郛郭，銘志滅無文。木石扃幽闥，黍苗延高墳」數句，寫得概括凝練，形象生動，一度為時人所傳誦。

眇❶默❷軌路❸長，憔悴征戍❹勤❺。昔❻邁❼先徂師❽，今來後歸軍❾。振策❿睠⓫東路，傾側⓬不及群⓭。息徒⓮顧將夕⓯，極望⓰梁陳分⓱。故國⓲多喬木⓳，空城⓴凝寒雲。丘壟㉑填郛郭㉒，銘志㉓滅無文㉔。木石扃㉕幽闥㉖，黍苗㉗延高墳。惟彼雍門子，吁嗟孟嘗君㉘。愚賤同堙滅，尊貴誰獨聞㉙？曷為㉚久遊客？憂念坐㉛自殷㉜。

【注　釋】❶眇　遙遠。❷默　靜寂。❸軌路　縱橫著車輪印痕的路途。❹征戍　從軍征戰。❺勤　此指忙於趕路。❻昔　指從前北使之時。❼邁　遠行。❽先徂師　先行於師。徂，前往。❾後歸軍　後歸於軍。❿振策　揚鞭策馬。⓫睠　睠顧；睠望。⓬傾側　謂道路險阻。⓭不及群　指趕不上前面的隊伍。⓮息徒　休息從人。⓯夕　晚。⓰極望　遠望。⓱梁陳分　指梁陳交界之處。梁陳，兩個古國名。分，分野。⓲故國　據上下文聯繫看，當指詩人當時在歸途中所見的梁陳兩國。⓳喬

木　高大的樹木。⑳空城　因戰爭而毀壞了的城墟。㉑丘壟　墳墓。㉒郛郭　外城。㉓銘志　墓誌銘。㉔文　文字。㉕扃　關閉。㉖幽闥　墓穴門。㉗黍苗　《詩經・王風》有〈黍離〉篇，〈詩序〉謂西周亡後，周大夫經過故國，見宗廟宮室盡為禾黍，徬徨悲傷，不忍離去，乃作此詩，後用為觸景生情感慨國亡之詞；本篇用「黍苗」兩字，亦含有此意。黍，穀物名。㉘惟彼雍門子二句　雍門子，即雍門周。戰國齊人，名周，居雍門，曾以琴見孟嘗君。桓譚《新論》載：雍門周見孟嘗君曰：「臣竊悲千秋萬歲後，墳墓生荊棘，行人見之，曰：孟嘗君尊貴乃如是乎！」本詩化用此典，悲歎人生無常，死後寂寞。㉙愚賤同堙滅二句　此承上二句雍門子議論而來，言無論愚賤或是尊貴死後都同樣堙滅無聞。㉚曷為　為何。㉛坐　徒然；空然。㉜殷　殷憂；深憂。

【語　譯】印著車跡的路途是多麼遙遠而寂靜，面容憔悴，征戰多麼辛勞。往昔，北伐之師未興，我已奉使先往；而今，全軍已歸，而我獨後。雖揚鞭眺望東路而欲疾行，但因道路險阻，眼看夕陽漸下，只得休車息馬，極目望去，已至梁陳交界之處。只見故國所餘，唯多那戰火中存留的喬木，寒雲低垂，舊時繁華的城郭如今是空寂一片。城外墳墓成堆，那墓誌碑文亦早已磨滅。木石封閉了墓穴，黍苗爬滿高高的墳頭。想起往昔雍門周那一番議論，曾使孟嘗君不禁嗟歎。無論愚賤或是尊貴，死後都同樣長埋地下，默默無聞，哪一個尊貴的人獨會留下名聲？我為何要久遊他鄉，空自增添內心的憂傷。

始安郡還都與張湘州登巴陵城樓作

【作　者】顏延之，見頁九〇二。

【題　解】始安，郡縣名，位在今廣西境內。都，指南朝劉宋都城建業。顏延之曾為始安郡太守，後徵為中書侍郎，故曰自「始安郡還都」。張湘州，指張劭，當時張劭為湘州刺史。湘州，州名，位在今湖南，與廣西東北部相鄰。顏延之從廣西始安郡還都，途經湘州，與湘州刺史張劭同登岳陽樓，因賦此詩。巴陵城樓，即岳陽樓。詩描寫登樓所見，境界開闊。詩末抒寫情懷，有耿介脫俗之志。

江漢分楚望❶，衡巫❷奠❸南服❹。三湘淪洞庭❺，七澤❻藹❼荊❽牧❾。經塗延❿舊軌⓫，登闉⓬訪川陸⓭。水國⓮周⓯地嶮，河山信重復⓰。郤倚雲夢林，前瞻京臺囿⓱。清氛⓲霽⓳岳陽，曾暉⓴薄㉑瀾㉒澳㉓。悽矣自遠風㉔，傷哉千里目㉕。萬古陳往還，百代勞起伏㉖。存沒㉗竟何人？炯介㉘在明淑㉙。請從上世㉚人，歸來蓺㉛桑竹。

【注　釋】❶江漢分楚望　《左傳》記楚昭王曰：江、漢、睢、漳，楚之望也。江漢，長江與漢水。望，祭祀山川。此處楚望指楚國之地域。❷衡巫　衡山和巫山。❸奠　定。❹南服　周制，以土地距國都遠近分為五服，南方叫南服。此指巴陵州而言。❺三湘淪洞庭　江、湘、沅三水共入洞庭湖。三湘，指長江、湘水、沅水。淪，沈沒。此指流入。❻七澤　指古時楚地諸湖泊，其中以雲夢澤為最著名。司馬相如〈子虛賦〉：「臣聞楚有七澤，嘗見其一，未見其餘。臣之所見，蓋特其小小者耳，名曰雲夢。」❼藹　雲氣覆蓋。❽荊　楚國的古稱。❾牧　指郊外。❿延　追尋。⓫舊軌　舊路。延之被貶始安太守時，曾路過湘州，為張作〈祭屈原文〉。此次還都仍由原路又得逢張劭，故李善注曰：「謂張劭也。」⓬闉　城曲重門。⓭川陸　山水。⓮水國　因楚國有洞庭等湖泊，故稱水國。⓯周　環繞。⓰河山信重復　指山河很多，重重疊疊。信，確實。⓱郤倚雲夢林二句　此就巴陵城樓「岳陽樓」言，說巴陵城樓向後倚靠著雲夢林，向前可以瞭望京臺囿。郤倚，向後靠。前瞻，向前看。雲夢，楚國大澤。參❻。京臺，或作「荊臺」。楚國古代的宮苑。《說苑・正諫》：「楚昭王欲之荊臺游，司馬子期進諫曰：『荊臺之游，左洞庭之陂，右彭蠡之水。』」囿，有圍牆的園地。⓲清氛　清氣。⓳霽　雨止。⓴曾暉　強烈的陽光。㉑薄　通「迫」。㉒瀾　大波浪。㉓澳　水邊地。㉔悽矣自遠風　化用潘安仁詩「涼飆自遠集，傷哉千里目」句意。㉕傷哉千里目　化用《楚辭》「目極千里兮傷春心」句意。㉖萬古陳往還二句　為互文，意謂萬古百代以來，自然及人事都是往復循環、倚伏變化的。起伏，倚伏。㉗存沒　生者死者。㉘炯介　即耿介、光明正直。㉙明淑　光明美善。㉚上世　前代。《論衡》曰：「上世之人，質樸易化。」㉛蓺　樹植。

【語　譯】長江漢水劃分出楚國的地域，衡山巫山標示了南楚的位置。江湘沅三水匯注洞庭之湖，七澤羅布在荊楚郊外。返京途中我追尋舊路，與張君同登岳陽樓一覽巴陵的山水勝況。巴陵四周河流湖泊環繞，地勢險要，無數河山，一重復一重。岳陽樓後方倚靠著雲夢樹林，朝前望去，只見京臺苑囿鬱鬱茫茫。雨停了，岳陽樓四周的空氣顯得異常清新，明麗的陽光普照波濤水灣。涼風自遠方吹來增添一絲寒意，極目眺望之餘，內心升起無端的悲傷。萬古百代以來，自然與人事都是往復循環，倚伏變化的。存者沒者究竟何人值得推重？為人耿介還在於明智賢良。還是讓我們效法質樸的古人，歸去種植桑竹，過著隱居的生活吧！

還都道中作

【作　者】鮑照，見頁九六〇。

【題　解】都，指揚州。這首詩是作者從江西九江潯陽出發沿長江東下至揚州的途中所作。詩中描述了途中所見的景象，也抒發了倦於行旅的情懷。其中「鱗鱗夕雲起，獵獵曉風遒。騰沙鬱黃霧，翻浪揚白鷗」數句，寫得形象生動，極富意境。

昨夜宿南陵❶，今旦入蘆洲❷。客行惜日月，崩波❸不可留。侵星❹赴早路，
畢景❺逐前儔❻。鱗鱗❼夕雲起，獵獵❽曉風遒❾。騰沙❿鬱⓫黃霧，翻浪揚白鷗⓬。
登艫⓭眺淮⓮甸⓯，掩泣望荊流⓰。絕目⓱盡平原，時見遠煙⓲浮。倏悲坐還合，俄
思甚兼秋⓳。未嘗違戶庭⓴，安能㉑千里遊？誰令乏古節㉒，貽此越鄉㉓憂。

【注釋】❶南陵　地名。在今安徽蕪湖境內。❷蘆洲　地名。所在不可確考，疑在南陵至揚州的途中。《鮑參軍集注》引黃節之見，謂蘆洲即蘆荻之洲，不是地名。❸崩波　奔騰的波浪。❹侵星　凌晨尚有星辰之時。侵，凌晨；拂曉。❺畢景　當指傍晚。與前句「侵星」相對。畢，結束。景，指日光。❻儔　伴侶。❼鱗鱗　形容夕雲像魚鱗的形狀。❽獵獵　風聲。❾遒　急速。❿騰沙　指波浪衝擊的沙灘。⓫鬱　濃鬱。此作動詞。指濃濃地升起。⓬鷗　水鳥。⓭艫　船前頭刺櫂處。⓮淮　指安徽江蘇境內的淮河。⓯甸　田野。⓰荊流　指楚地之水。⓱絕目　極目。⓲煙　指雲煙。⓳倏悲坐還合二句　指倏忽之間產生的悲思。兼秋，猶言三秋。形容時間的漫長。⓴違戶庭　離開家庭。《周易》節卦初九：「不出戶庭，無咎。」㉑安能　責問語氣。怎麼能？㉒古節　指不出戶庭之貞節。㉓越鄉　離開家鄉。《左傳》：「懷璧不可以越鄉。」

【語　譯】昨夜還借宿在南陵，今天清晨便已進入蘆洲境內。遠行的旅人本來就珍惜日月，急著趕路，更何況奔騰的波浪之上不可久留。凌晨披星趕路，到傍晚時仍然在追趕前侶，不得歇息。夕雲在夕陽照射下如同片片魚鱗，曉風獵獵作響，是吹得那麼有勁。沙岸因波浪衝擊而激起濃鬱的濁霧，翻騰的浪峰上有白鷗飛翔。站在船頭遠眺淮水平原，望著楚水奔流不停，不禁太息掩泣。極目而望，盡是平坦的原野，時時見有雲煙從遠處升起。此時，忽然一股悲愁在心中自然興起，思念來處，如隔三秋。本來不曾離開過庭戶，如今怎堪做此千里遊客？是誰使自己喪失不出庭戶的古節，留遺下這離鄉背井的憂愁？

之宣城出新林浦向版橋

【作　者】謝朓，見頁九二六。

【題　解】本篇是作者從建業赴宣城任太守的途中所作，表達了遠離京城可以全身遠害的思想。宣城郡在今安徽宣城。版橋，版橋浦，在南京西南。《水經注．江水》：「江水經三山，又湘浦出焉。水上南北結浮橋度水，故曰版橋浦，江又北經新林浦。」

江路西南永❶，歸流❷東北騖❸。天際識歸舟，雲中辨江樹❹。旅思❺倦搖搖❻，孤遊昔已屢❼。既懽懷祿❽情，復協❾滄洲❿趣。囂塵⓫自茲隔⓬，賞心⓭於此遇。雖無玄豹姿，終隱南山霧⓮。

【注釋】❶永　長。❷歸流　歸海的江水。❸東北騖　詩人溯江而上向西南行，江水向東北奔流，故云「東北騖」。騖，奔馳。❹天際識歸舟二句　描寫遠景。識，辨認。❺旅思　旅途中的心情。❻搖搖　心情恍惚的樣子。❼屢　頻繁。❽懷祿　眷戀官祿。這裡說被派往宣城當太守。❾協　合。❿滄洲　水濱。是古代高士喜歡隱居的地方。⓫囂塵　喧鬧的塵世。這裡象徵京都政治鬥爭的漩渦。⓬自茲隔　從此遠離。⓭賞心　心意歡樂。⓮雖無玄豹姿二句　言幽棲遠害。《列女傳．賢明》：陶荅子治陶三年，名譽不興，家富三倍。其妻獨抱兒而泣，曰：「妾聞南山有玄豹，隱霧而七日不食，欲以澤其衣毛，成其文章。至於犬豕，肥以取之，逢禍必矣。」期年，荅子之家果被盜誅。此二句借用此典。

【語　譯】向西南方向望去，長江水路是多麼漫長，它滔滔奔流由東北方向通往大海。天邊正有歸舟依稀，雲中江岸的樹影尚可略略辨別。我已倦於行旅，思緒恍惚，這孤獨的旅行已不止一次。此去宣城就任，既遂了做官的心意，又合了幽隱的情趣。吵雜汙濁的環境從此離開了，心中喜愛的生活從這裡開始。我雖無南山玄豹般的高潔才智，但此去宣城總算可以韜光養晦。

敬亭山詩

【作　者】謝朓，見頁九二六。

【題　解】這是一首紀遊詩。敬亭山在宣城北十里。詩以作者的行蹤為線索，描寫了敬亭山幽深靜寂的景象，表達了作者尋幽探奇的情趣，同時也透露出政治上失意的心結。

茲山❶亙❷百里，合沓❸與雲齊。隱淪❹既已託❺，靈異俱然棲。上干❻蔽白日，下屬❼帶迴谿❽。交藤荒且蔓，樛枝❾聳復低。獨鶴方朝唳❿，飢鼯⓫此夜啼。渫雲⓬已漫漫，多雨⓭亦淒淒。我行雖紆組⓮，兼得尋幽蹊⓯。緣源殊未極，歸徑⓰窅⓱如迷。要欲追奇趣，即此陵⓲丹梯⓳。皇恩竟已矣，茲理⓴庶㉑無睽㉒。

【注釋】❶茲山　指敬亭山。❷亙　綿延。❸合沓　重疊。❹隱淪　隱居之士。❺託　棲。指安居。❻干　接觸。❼屬　連屬。❽迴谿　迂曲的谿流。❾樛枝　彎曲的樹枝。❿唳　鶴鳴。⓫鼯　鼯鼠。⓬渫雲　飄散的雲霧。〈魏都賦〉：「窮岫渫雲，日月常翳。」⓭多雨　典出《楚辭》：「山峻高以蔽日兮，下幽冥以多雨。」⓮紆組　繫佩官印。組，印上的綬帶。⓯幽蹊　山徑。⓰歸徑　歸路。⓱窅　深渺。⓲陵　登攀。⓳丹梯　指山。⓴茲理　指尋幽探奇之志趣。㉑庶　大概。㉒睽　乖違。

【語　譯】敬亭山綿亙數百里，重疊高聳直插雲霄。隱遁的高士既已慕名來此託身，神仙也都來此安居。敬亭山向上遮白日，下有溪流環繞。山上那交纏的野藤茂盛且蔓長，屈曲的樹枝或高又或低。孤獨的野鶴早上長鳴，飢餓的鼯鼠夜間悲啼。飄散的雲霧瀰漫天空，迷濛的細雨淒淒迷迷。我此來雖是為官，但因此正可尋幽探奇。山路幽深，我尚未得窮其源，而歸路已迷茫難尋。一心追尋奇趣之境，從此登上了峯巒的階級。皇恩於我已經到此為止，而探幽之志趣不可乖違。

休沐重還道中

【作　者】謝朓，見頁九二一六。

【題解】休沐，官吏休息沐浴，是例假。漢律，五日一休沐。清王士禎《古詩箋》，收錄此詩，題曰〈休沐重還丹陽道中〉，丹陽在詩人任職的宣城境內，則此詩乃是作者回家鄉休假後重返宣城任職的道中所作。詩通過對道中所見景物的描寫，寓情於景，抒發了自己輕官重隱，嚮往田園生活的情懷。

薄遊❶第❷從告❸，思閒❹願罷歸。還邛歌賦似❺，休汝車騎非。霸池不可別❻，伊川❼難重違。汀葭稍靡靡，江菼復依依❽。田鶴遠相叫，沙鴇❾忽爭飛。雲端❿楚山見，林表⓫吳岫⓬微。試與征徒望，鄉淚盡沾衣⓭。賴此盈罇酌⓮，含景望芳菲⓯。問我勞何事，沾沐仰清徽⓰。志狹⓱輕⓲軒冕，恩甚戀重闈⓳。歲華春有酒，初服⓴偃㉑郊扉㉒。

【注釋】❶薄遊　指從宦為官。❷第　且。❸從告　此指休沐還家。❹閒　指閒適生活。❺還邛歌賦似　據《漢書》載，司馬相如家貧，素與臨邛令相善，於是相如往舍臨邛都亭。是時卓文君新寡，好音，相如以琴心挑之。相如時從車騎，雍容閑雅甚都。作者以司馬相如自比。❻休汝車騎非二句　言自己詩賦才華與司馬相如相似，而車騎無汝南袁紹之盛。休汝車騎非，典出《後漢書》：「許劭，汝南人，為郡功曹。同郡袁紹，濮陽令，車徒甚盛，將入界內，曰：吾輿服豈可使許子將見。遂以單車歸家。」霸池，漢文帝墓曰霸陵，在今陝西長安。陵上有池，曰霸池。《枚乘集》有〈臨霸池遠訣賦〉。❼伊川　即伊河。在作者故鄉河南境內。此以霸池、伊川不可違別借喻丹陽不可別離。❽汀葭稍靡靡二句　《詩經・衛風・碩人》：「鱣鮪發發，葭菼揭揭。」葭，蘆葦。菼，草名。似葦而小，實中。即初生之荻。靡靡，形容蘆葦搖盪起伏。依依，茂盛的樣子。《詩經・小雅・采薇》：「昔我往矣，楊柳依依。」❾鴇　鳥名。亦作鳵，似雁而大，無後趾，又名地鵏。❿雲端　雲顛。枚乘〈樂府詩〉曰：「美人在雲端。」⓫表　外。⓬岫　峰巒；山谷。⓭沾衣　沾溼衣裳。〈古詩〉：「淚下沾衣裳。」⓮盈罇酌　嵇康〈秀才詩〉：旨酒盈罇。⓯含景望芳菲　謂眺望陽光下的芳菲美景。陸機詩：日出東南隅，清川含藻景。

⑯清徽　美好高潔的操行。⑰志狹　言志向偏狹與眾不同，這是自我解嘲的話。⑱輕　輕視。⑲重闈　深院重門之內，本詩指朝廷深宮。《三國志・吳志・賀邵傳》：「古之聖王，所以潛處重闈之內，而知萬里之情，……任賢之功也。」闈，閨門。⑳初服　指入仕前的衣服。屈原〈離騷〉：「退將復修吾初服。」㉑偃　晏然隱居。㉒郊扉　郊野的柴扉。

【語　譯】從宦為官之時，暫且告歸休息，思念閒適的生活情願離職還鄉。此次還鄉，與回到臨邛而作歌賦的司馬相如有點類似，與汝南人袁紹罷濮陽令還家的車騎喧赫則大不相同。如今又將離鄉前往丹陽就職，丹陽不可久別，如同霸池、伊川難以睽離一樣。一路上只見汀葭起伏，江菼依依。田鶴在遠遠地相互鳴叫，沙鴇在急速地爭飛。雲端楚山依稀可見，林外吳岫若隱若現。嘗試著與隨從一同展望，只見大家都是思鄉淚沾滿衣裳。只好藉著滿杯的酒與眺望陽光下的芳菲美景，稍解內心的憂愁。若問我操勞為何事，那是因為我霑沐朝廷的深恩，敬仰天子清美的德行。我心志偏狹，本來就輕視官職，只是皇上於我有恩，不免眷戀朝廷。等到歲初春酒熟了，我還是希望辭去官職，重新穿上入仕前的衣服，住到郊外去，過著隱居的生活。

晚登三山還望京邑

【作　者】謝朓，見頁九二六。

【題　解】這首詩寫春日黃昏登三山眺望時所見的美景，以及遙望京邑金陵時引起的對故鄉的思念。三山，山名，在今南京西南長江南岸，上有三峰，南北相接。京邑，指金陵，故址在今南京東南。還望，回頭眺望。詩中「餘霞散成綺，澄江靜如練」為千古名句。

灞涘望長安，河陽視京縣❶。白日❷麗❸飛甍❹，參差❺皆可見。餘霞❻散成綺⑦，澄江⑧靜如練⑨。喧鳥⑩覆⑪春洲，雜英⑫滿芳甸⑬。去矣方滯淫⑭，懷哉⑮罷歡宴。佳期⑯悵⑰何許⑱，淚下如流霰⑲。有情知望鄉，誰能縝⑳不變㉑。

【注　釋】①灞涘望長安二句　用王粲〈七哀詩〉：「南登灞陵岸，回首望長安。」和潘岳〈河陽縣詩〉「引領望京室」的意思，比喻自己晚登三山還望京邑的情景。霸陵、河陽比三山。長安、洛陽比金陵。灞涘，灞水之岸。涘，岸。河陽，縣名。故址在今河南孟縣西。京縣，指洛陽。②白日　指夕陽。③麗　照。形容詞作動詞用。④飛甍　飛聳的屋簷。⑤參差　形容高高低低的屋簷。⑥餘霞　晚霞。⑦綺　錦緞。⑧澄江　澄淨的江面。⑨練　白綢子。⑩喧鳥　指傍晚歸巢的喧鬧的鳥群。⑪覆　形容鳥多。⑫雜英　各式各樣的春花。⑬芳甸　長滿芳草的郊野。甸，古代指郊外的地方。⑭去矣方滯淫　想離開這裡，但還是停留了下來。滯淫，淹留。⑮懷哉　指懷鄉。⑯佳期　指還鄉之期。⑰悵　恨。⑱何許　何所；哪裡。⑲霰　小冰粒，俗稱雪子。⑳縝　一作「鬒」。黑髮。㉑變　指變白。

【語　譯】我站在三山遙望金陵，就好像古人在灞水之岸望長安，在河陽縣城望洛陽。遠遠望去，只見日光照耀著京都如飛翼的屋簷，那高高低低的建築都依稀可見。晚霞布滿天空如同錦緞一般，澄清的江水靜靜地流著，就像白綢鋪在地上。洲中有許多啼鳥，郊野滿是芳草繁花。想離開這裡回歸故鄉，但還是停留了下來。因懷念家鄉而使歡宴也覺無味。可恨那還鄉之期又在何處呢？只有思鄉之淚如霰雪墜落。凡是有情之人無不望鄉生悲，有誰能夠不白了頭髮？

京路夜發

【作　者】謝朓，見頁九二六。

【題　解】這首詩寫自己在通往京城路上的所見所感，抒發因遠離故鄉而依戀不捨的情懷。詩以時間推移為線索，從子夜整裝，到拂曉披星出門，從而看到晨光初露，朝霞滿天，露珠晶瑩，逐次寫來，使景象展現出層次感，清新而自然。

擾擾❶整夜裝❷，肅肅❸戒徂兩❹。曉星正寥落❺，晨光復泱漭❻。猶霑餘露團❼，稍見朝霞上。故鄉邈❽已敻❾，山川修❿且廣。文奏⓫方盈前，懷人去心賞⓬，敕躬⓭每跼蹐⓮，瞻恩⓯唯震蕩⓰。行矣倦路長，無由稅歸鞅⓱。

【注　釋】❶擾擾　忙亂。❷裝　行裝。❸肅肅　疾速。《詩經・召南・小星》：「肅肅宵征。」❹徂兩　遠行的車。《尚書》：「戒車三百兩。」❺寥落　稀疏。❻泱漭　昏暗不明的樣子。❼露團　露珠晶瑩。❽邈　遙遠的樣子。❾敻　遠。❿修　長。⓫文奏　文牘奏章。⓬心賞　心中歡樂。⓭敕躬　指謹持其身。⓮跼蹐　形容行動小心戒懼的樣子。跼，曲身；彎腰。蹐，小步行路。⓯恩　指皇恩。⓰震蕩　指心情不安。《楚辭・九章》：「心怵惕而震蕩。」⓱稅歸鞅　謂解脫車駕不復出來任官。稅，釋放；解脫。鞅，套在馬頸用以負軛的皮帶。

【語　譯】忙忙亂亂通夜整束行裝，匆匆地命車遠行。起初見天空晨星寥落，繼而朦朧的晨光在眼前展露。野草上面還滾動著晶瑩的露珠，美麗的朝霞逐漸地鋪滿天空。故鄉已是很遙遠了，阻隔著千山萬水。文牘奏章堆滿眼前，懷念親人使我失去了歡樂心情。謹言慎行，經常感到憂懼；思念皇恩，更平添內心的不安。繼續走呀前路漫長，卻無法解脫車駕，從此歸隱。

望荊山

【作　者】江淹，見頁一〇一〇。

【題　解】本篇前半寫山川形勢和風景，後半寫因歲晏引起的悲思，是作者隨從宋建平王劉景素在荊州時所作。景素曾為荊州刺史。作者自序云：「弱冠以五經授宋始安王劉子真，始安薨，建平王劉景素聞風而悅，待以布衣之禮。」荊山，在湖北南漳西。

奉義❶至江漢❷，始知楚塞長。南關❸繞桐柏❹，西嶽出魯陽❺。寒郊無留影❻，秋日懸清光。悲風橈❼重林，雲霞肅❽川漲。歲晏❾君如何？零淚沾衣裳。玉柱❿空掩露⓫，金樽⓬坐含霜。一聞〈苦寒〉⓭奏，更使〈豔歌〉傷。

【注　釋】❶奉義　猶慕義。❷江漢　荊楚境內的長江與漢水。❸南關　即指楚塞。對於中原說是南關。❹桐柏　山名。在河南桐柏西南和湖北隨、棗陽兩縣接界處。❺魯陽　縣名。即今河南魯山，縣有魯陽山。❻無留影　樹葉落盡，原野空曠，所以用「無留影」來形容。❼橈　摧折。❽肅　寒。❾歲晏　指年歲已晚。晏，晚。❿玉柱　弦樂器的代稱。柱，是箏琴等樂器上架弦的東西。⓫掩露　蒙上露水。與下文「含霜」皆言氣氛悲淒。⓬樽　盛酒器。⓭苦寒　與下文〈豔歌〉即樂府曲〈苦寒行〉、〈豔歌行〉。屬「相和歌」。

【語　譯】因追慕高義來到了江漢一帶，從此知道楚塞荊山是如此綿長。南面的關塞接繞桐柏山。西面峰巒有魯陽山。天寒的郊野空曠無邊，樹葉落盡，秋天的陽光也顯得特別清朗。悲涼的秋風吹動重林，雲霞寒冷江河潮漲。年華已老又將有何作為，惆悵的淚水沾滿衣裳。弦樂空設，既無心彈奏；金樽引滿，又何能入脣！一曲〈苦寒行〉只令人悲，再聽〈豔歌行〉情何以堪。

旦發魚浦潭

【作　者】丘遲，見頁九一二。

【題　解】本詩是作者為新安郡太守時經魚浦潭宿，明日早發至中流所作，詩中描寫了在富春江行舟時所見到的兩岸景色。作者以動態的角度攝取了兩岸瞬間的景象。是富春江山水詩中較成功的一篇。

漁潭❶霧未開，赤亭風已颺❷。櫂❸歌發中流，鳴鞞❹響沓❺障❻。村童忽相聚，野老時一望。詭怪石異像，嶄絕❼峰殊狀。森森❽荒樹齊，析析❾寒沙漲❿。藤垂島易陟，崖傾嶼⓫難傍⓬。信⓭是永幽棲，豈徒⓮暫清曠⓯。坐嘯⓰昔有委，臥治今可尚。

【注　釋】❶漁潭　漁浦潭之省。〈吳郡記〉：富春東三十里有漁浦。❷赤亭風已颺　《吳郡緣海四縣記》：錢塘西南五十里有定山，去富春又七十里，橫出江中，濤迅邁以避山難，辰發錢塘，巳達富春。赤亭，在定山東十餘里。颺，發揚。❸櫂　槳。❹鞞　小鼓。❺沓　重沓。❻障　《爾雅》：山正曰障。❼嶄絕　險絕。❽森森　形容樹木茂盛。❾析析　風聲。❿漲　指沙始起，將成嶼。⓫嶼　海中洲，上有山石。⓬傍　接近。⓭信　確實。⓮徒　僅僅是。⓯曠　疏曠。⓰嘯　嘬口出聲。

【語　譯】漁浦潭裡的霧氣還沒有散盡，赤亭山上的輕風已經揚起。悠揚的櫂歌從江中傳來，嘹亮的鼓聲在重巖疊嶂中響起。行船過處，只見村童忽而歡聚嬉鬧，野老時而舉首遠望。詭怪的崖石呈現奇異景象，陡峭的山峰顯示不同形狀。茂密的荒樹林遠望相齊，析析的風聲中寒沙漲起。由於垂滿藤蔓，江中的島嶼應該很容易攀登，可惜因為山崖傾斜，船難以傍近。這裡確是永久幽棲的好地方，豈僅僅是暫時的逍遙之所！閒坐吟嘯，古昔原有榜樣，無為而治，今天可以崇尚。

早發定山

【作　者】沈約，見頁九一三。

【題　解】這首詩是作者任東陽太守時路過富春江定山時所作。詩中描寫了朝霞映照下的山水風光，幾乎每句詩都是一角意境，極富清趣。

夙齡❶愛遠壑，晚蒞❷見奇山。標峰❸綵虹外，置嶺白雲間。傾壁忽斜豎，絕頂復孤圓❹。歸海流漫漫，出浦水淺淺。野棠開未落，山櫻發欲然。忘歸屬蘭杜❺，懷祿寄芳荃❻。眷言❼採三秀❽，徘徊望九仙❾。

【注　釋】❶夙齡　指年輕的時候。❷蒞　蒞臨。❸標峰　突出的山峰。❹孤員　員，通「圓」。孤圓，指獨立而圓形的山頂。❺蘭杜　二者皆香草名。❻芳荃　香草。〈離騷〉：「荃不察余之中情。」❼眷言　懷顧貌。言，語辭。無義。❽三秀　芝草。❾九仙　諸仙人。九指多數。顏延之〈寒蟬賦〉：「餐霞之氣，神馭乎九仙。」

【語　譯】年輕時就愛好深山遠壑，晚年就職見到了奇妙的山景。峻峰呈現在彩虹之外，高嶺聳立在白雲之間。峭壁忽然向前斜豎，山頂則形成孤圓。歸海之流漫漫不見兩岸，湧出浦口之水波翻浪急。野棠花正盛開未落，山櫻花則含苞欲放。流連忘返屬情於蘭杜，為官懷祿卻寄情芳荃。留戀不去，採摘芝草，徘徊其間，慕望九仙。

新安江水至清淺深見底貽京邑遊好

【作　者】沈約，見頁九一三。

【題　解】本篇寫新安江的清澈潔淨，勸告友人不要眷戀於塵囂。新安江源出安徽休寧、祁門兩縣境，東南流入浙江境，至建德合蘭谿江，東北流入錢塘江。

眷言❶訪舟客，茲川❷信❸可珍。洞澈隨深淺，皎鏡無冬春❹。千仞寫喬樹❺，百丈見游鱗❻。滄浪有時濁❼，清濟❽涸❾無津。豈若乘斯❿去，俯映石磷磷⓫。紛吾隔囂滓⓬，寧假濯⓭衣巾。願以潺湲⓮水，沾⓯君纓上塵。

【注　釋】❶眷言　猶睠然，懷顧貌。❷茲川　指新安江。❸信　確實。❹洞澈隨深淺二句　洞澈、皎鏡，均指江水的清澈明淨。隨深淺、無冬春，互文為義。指無論深淺或冬春。❺千仞寫喬樹　謂喬木的影子從千仞之高的山峰投映到水面。仞，八尺曰仞。寫，同「瀉」。❻百丈見游鱗　言百丈深的地方也能見到游魚。吳均〈與朱元思書〉：「水皆縹碧，千丈見底，游魚細石，直視無礙。」寫景與此相似。❼滄浪有時濁　《孟子・離婁》：「滄浪之水清兮，可以濯吾纓；滄浪之水濁兮，可以濯吾足。」《水經注・沔水》：「武當縣西北漢水中有洲名滄浪洲，水曰滄浪水。」滄浪，水名。❽清濟　《戰國策・燕策》：「齊有清濟濁河。」濟，濟水。源出河南王屋山，其故道經過黃河而南，東流入山東境，與黃河並行入海。❾涸　乾枯。❿斯　指新安江。⓫磷磷　石在水中很清澈的樣子。⓬囂滓　猶囂塵。⓭濯　洗滌。⓮潺湲　水流貌。⓯沾　通「霑」。猶洗的意思。

【語　譯】我探勝尋船睠然四顧，覺得這裡的江水確實珍貴。無論水深水淺冬天春天，這裡的江水都是那麼清澈明淨。喬木從千仞之高的崖壁投影水中，百丈水底能見游魚。滄浪之水有濁時，清濟之水有涸時，而此水則不濁不涸。倒不如遨遊於此新安江上，映影水中只見水石磷磷。我今已離開京邑，與塵囂久隔，那還需要洗濯衣巾？但願以這潺湲的長流水，滌除諸君冠纓上俗世塵埃。

軍戎

從軍詩 五首

【作　者】王粲，見頁八八〇。

【題　解】此五言詩作於建安二十至二十一年（西元二一五～二一六年），是王粲詩作中十分重要的一組詩。詩的主要內容為歌頌曹操的統一業績。《三國志·魏志》曰：「建安二十年三月，公西征張魯，魯及五子降。十二月，至自南鄭。是行也，侍中王粲作五言詩以美其事。」這是就第一首說的，第二首以下寫的是征吳的事情，《魏志》：「建安二十一年，粲從征吳，作此四篇。」即說此事。

其一

從軍有苦樂，但問所從誰❶？所從神且武❷，焉得❸久勞師❹？相公❺征關右❻，赫怒❼震天威❽。一舉滅獯❾虜❿，再舉服羌⓫夷。西收邊地賊，忽若俯拾遺⑫。陳賞越丘山，酒肉踰川坻⑬。軍人⑭多飫饒⑮，人馬皆溢肥。徒行兼乘還，空出有餘資⑯。拓地⑰三千里，往返速若飛⑱。歌舞入鄴城⑲，所願獲無違。盡日處大朝⑳，日暮薄言㉑歸。外參時明政㉒，內不廢家私㉓。禽獸憚為犧，良苗實已揮㉔。不能效沮溺，相隨把鋤犁㉕。孰覽夫子詩，信知所言非㉖。

【注釋】❶但問所從誰　意謂只看跟從誰去出征。❷神且武　神機妙算有韜略、有武勇。即指文武全才。❸焉得　怎麼會。❹久勞師　指戰役曠日持久。❺相公　指曹操。曹操當時為丞相。❻關右　即關西。古人以西為右。關，指函谷關。❼赫怒　勃然震怒。《詩經・大雅・皇矣》：「王赫斯怒。」❽震天威　發揚天朝軍威。❾獯　即玁狁。我國古代少數民族之一。殷周之際，主要分布於今陝西和甘肅北境及「內蒙古自治區」西部。春秋時稱為戎、狄。❿虜　對夷狄的蔑稱。⓫羌　少數民族之一。⓬西收邊地賊二句　此言征西用兵神速，很快就打了勝仗，像彎腰拾取東西一樣容易。俯拾遺，低下身來拾東西。⓭陳賞越丘山二句　《左傳》：「有酒如淮，有肉如坻。」此二句寫戰後犒賞的豐盛。陳賞越丘山，賞賜的東西陳列起來超過丘山。《六韜》：「賞如高山。」坻，水中小洲或高地。酒肉逾川坻，犒賞的酒肉多得漫過了小河和高地。⓮軍人　一作「軍中」。⓯飫饒　豐盛充足。⓰徒行兼乘還二句　此言戰後獲得了大量車馬財物。徒行，徒步走。兼乘，兩輛戰車。兼，加倍。乘，戰車。餘資，充足的財物。⓱拓地　一作「拓土」。通過戰爭贏得了土地。⓲速若飛　快如飛。⓳鄴城　古都邑名。春秋時齊桓公始築。建安十八年（西元二一三年）曹操為魏王，定都於此。鄴城是古代中原最繁華富庶的大都之一，後被楊堅於西元五八〇年燒毀。⑳大朝　天子大會諸侯群臣之所。㉑薄言　發語詞。㉒外參時明政　在朝廷謀劃適時的善治。㉓家私　家務。㉔禽獸憚為犧二句　《左氏傳》：賓孟適郊，見雄雞自斷其尾，問之侍者，曰：「自憚其為犧也。」遽歸告王，且曰：「雞其憚為人用乎！人異於是矣。」又《國語》：秦伯將饗公子如饗國君之禮，使子餘相，公子賦〈黍苗〉，子餘曰：「重耳之仰君也，若黍苗之仰陰雨也。若君實庇蔭膏澤之，使能成嘉穀，薦在宗廟，君之力也。」言我雖有雄雞懼為犧之情，也想不為人用，可是因沐受曹公的恩德，如同陰雨之庇蔭黍苗，所以願意出仕。㉕不能效沮溺二句　此寫作者無法效法沮、溺避世而耕。效，效法；學。沮溺，指古代隱者長沮、桀溺。他們不願涉足塵世，二人隱居而耕，並嘲諷孔子到處周遊。事見《論語・微子》。㉖孰覽夫子詩二句　《孔叢子》：趙簡子使聘夫子，夫子將至，及河，聞鳴犢與竇犨之見殺，迴輿而趣，為操曰：「翱翔於衛，復我舊居，從吾所好，其樂只且。」「夫子詩」指此。言仔細閱讀孔子所作的操，確實知道他所說的是不對的。由於孔子在這首操裡表示要隱居，與作者此時想出仕的想法相違背，所以這樣說。孰覽，細看。孰，通「熟」。

【語譯】從軍出征有苦有樂，但要看跟從誰去出征。如果跟從文武全才的將帥出征，怎麼會有戰役曠日持久之苦。將軍曹操出征關右，赫然一怒發揚天朝軍威。第一戰戰敗了玁狁，第二戰又擊滅了羌族。向西出征用兵如神，倏忽之間獲了全勝就如彎腰拾物。得勝所賞東西陳列起來超過了山丘，犒賞的酒肉多得賽過小河和高地。軍中財物多富足，士卒戰馬多肥壯。出征時徒步而行，回來時駕著兩輛戰車，出征時兩手空空，回來時財物充裕。戰爭拓地三千里，出征往返快如飛。歌舞音樂入鄴城，心想事成如人願。白天將士聚集朝廷，傍晚各自返回家門。在朝謀劃適時的善政，在家不廢家務事。禽獸雖然害怕被當作犧牲，良苗卻已在陰雨膏潤下欣欣向榮。不要學習長沮、桀溺，避世隱居只顧耕耘。仔細考察夫子詩，確實明白他所說的話是不對的。

其二

涼風厲秋節，司典告詳刑❶。我君順時❷發，桓桓❸東南征。泛舟❹蓋長川❺，陳卒被隰❻坰❼。征夫懷親戚，誰能無戀❽情。拊❾襟倚舟檣❿，眷眷思鄴城。哀彼〈東山〉⓫人，喟然⓬感鸛鳴⓭。日月不安處，人誰獲常寧⓮。昔人從公旦，一徂輒三齡⓯。今我神武師，暫往必速平⓰。棄余親睦恩⓱，輸力⓲竭⓳忠貞。懼無一夫用⓴，報我素餐誠㉑。夙夜㉒自怲㉓性，思逝若抽縈㉔。將秉先登羽，豈敢聽金聲㉕。

【注　釋】❶涼風厲秋節二句　此言秋天是用兵的季節，誰該征伐，都要審慎地考慮。涼風厲秋節，言涼風使秋季帶著肅殺的氣息。據《禮記》載：孟秋之月涼風至，始行殺戮之事；天子於是命令將帥，整頓軍隊，以征不義。涼風，一作「原風」。司典，主管刑法的官。詳刑，亦作「祥刑」。指慎刑。言刑罰應審慎。《後漢書・明帝紀》：「詳刑慎罰，明察單辭。」❷順時　此處指順應秋季而出征。《禮記》：「舉事必順時。」❸桓桓　武勇貌。❹泛舟　行船。❺蓋長川　指舟船把水面覆蓋。以喻兵勢強大。❻隰　低窪之地，或新開墾之地。❼坰　遙遠的郊野。《爾雅・釋地》：「邑外謂之郊，郊外謂之牧，牧外謂之野，野外謂之林，林外謂之坰。」❽戀　一作「此」。❾拊　同「撫」。摸著。❿檣　桅杆。⓫東山　《詩經・豳風》篇名。〈東山〉描寫古代征戰士卒懷念故鄉和親人之情，及他們在征戰時的生活。⓬喟然　歎息的樣子。⓭鸛鳴　〈東山〉：「鸛鳴於垤，婦歎於室。」此用其意，言因鸛鳴而引起思念親人之情。⓮日月不安處二句　言日月都變動不居，人怎麼能得到安寧呢？常，一作「恆」。⓯昔人從公旦二句　此說古人追隨周公征戰，一出去就長達三年之久。公旦，周公。周文王之子，名旦，又稱周公旦。徂，往。輒，就。三齡，三年。⓰暫往必速平　言速戰速決。暫，與速同義。⓱親睦恩　指家眷及親戚之情。⓲輸力　盡力。⓳竭　盡。⓴懼無一夫用　意為只怕力微，還趕不上一個平常人的用處。㉑報我素餐誠　意為要報效我無勞而受食的誠心。素餐，意指不勞而食。語出《詩經・魏風・伐檀》：「彼君子兮，不素餐兮。」㉒夙夜　早晚。即終日。㉓忼　慷慨。㉔抽縈　抽動纏繞之絲。㉕將秉先登羽二句　此言自己作戰將奮勇爭先，不敢後退。秉先登羽，《東觀漢記》：「賈復擊青犢於射犬，被羽先登，所向皆靡。」又《孫卿子》：「聞鼓聲而進，聞金聲而退。」

【語　譯】涼風使秋天充滿了肅殺的氣息，司典稟告該是審慎考慮征伐的時候。我們的君主順應節令發兵，雄糾糾氣昂昂向東南進發。列開戰艦把長江覆蓋，陳列士卒布滿了郊野。征夫出戰懷念故鄉親人，凡是有情之人誰能無此眷眷？撫摸衣襟，依靠著桅杆，想念鄴城之情從胸底湧來。可憐那〈東山〉詩中的士卒，聽到鸛鳴而歎息聲聲。日月不得安寧，人又怎能得到寧靜？古人從周公征戰，一出征尚且須三年之久。今天我們從神武的曹公出征，則是速往速勝。我將暫時拋開親人之戀，竭盡效力一片忠誠。所擔心的是自己力微勢薄，頂不了常人之用，無法報效我無勞而食的誠心。但立功求報之心使我日夜慷慨激烈，思緒綿長若抽縈絲。在戰場上我將持箭奮勇爭先，豈敢聽金聲而後退？

其三

從軍征遐路❶，討彼東南夷❷。方舟❸順廣川，薄暮❹未安坻❺。白日半西山，桑梓❻有餘暉。蟋蟀夾岸鳴，孤鳥翩翩❼飛。征夫心多懷❽，惻愴❾令吾悲。下船登高防❿，草露霑我衣。迴身⓫赴床寢⓬，此愁當告誰？身服干戈事⓭，豈得⓮念所私。即戎⓯有授命⓰，茲理不可違。

【注　釋】❶遐路　遠路。❷東南夷　此處指孫權。❸方舟　並船。❹薄暮　將近黃昏。❺坻　水邊高地。❻桑梓　二木名。❼翩翩　翻飛的樣子。❽多懷　思緒纏繞。❾惻愴　淒涼悲傷。❿防　堤岸。⓫迴身　轉身。⓬床寢　即床。⓭干戈　即軍事、戰事。⓮豈得　一作「豈能」。⓯即戎　從軍。《論語・子路》：「善人教民七年，亦可以即戎矣。」注引包咸：「即，就也。戎，兵也。言以攻戰。」⓰授命　獻出生命。《論語・憲問》：「見利思義，見危授命，久要不忘平生之言，亦可以為成人矣。」

【語　譯】跟隨大軍出征，征途遙遠，為的是討伐東吳首領孫權。並行的戰艦列成長隊沿長江而下，直到黃昏時分仍未靠岸。一輪白日已半落西山，那桑梓樹上還留有餘暉。蟋蟀聲聲兩岸齊鳴，孤鳥翩翩盤空翻飛。征夫心中思緒萬千，悲涼淒愴潸然欲淚。走下戰船登上高高的堤防，草露晶瑩沾溼了衣裳。轉身回房走向床第，心中悲愁向誰告語？轉念自己從事軍戎之事，個人恩情又豈可繫念？一旦交戰即準備獻出生命，報國之理不可違背。

其四

朝發鄴都橋，暮濟白馬津❶。逍遙❷河堤上，左右望我軍。連舫❸踰❹萬艘，帶甲❺千萬人。率❻彼東南路，將定❼一舉動❽。籌策❾運帷幄❿，一由⓫我聖君⓬。恨我無時謀⓭，譬諸具官臣⓮。鞠躬中堅內，微畫無所陳⓯。許歷為完士，一言獨敗秦⓰。我有素餐責，誠愧〈伐檀〉人⓱。雖無鉛刀⓲用，庶幾⓳奮薄身⓴。

【注釋】❶朝發鄴都橋二句　此言行軍神速。濟，渡。白馬津，渡口名。在今河南滑縣東北，距鄴一百餘里。❷逍遙　安閒自得的樣子。❸連舫　兩船相連。❹踰　超過。❺帶甲　即全副武裝的兵士。甲，古代軍人打仗穿的護身服裝，用皮革或金屬製成。❻率　循。❼定　成就；奠定。❽一舉動　一舉得勝的大功業。❾籌策　計謀。❿帷幄　軍用的帳篷。⓫一由　全憑。⓬聖君　指曹操。⓭時謀　適時的計謀。⓮具官臣　充數的官吏。意指無能之官。具，備。此處作聊備其數講。⓯鞠躬中堅內二句　作者言自己任事在極重要的位置上，可是一點小小的謀劃也拿不出來。鞠躬，曲斂身體表示敬慎的樣子。此處為奉事、服務之意。中堅，古代主將所在的中軍部隊，是全軍主力，此處指軍隊中最重要的部門。微畫，小小的計謀。⓰許歷為完士二句　此言許歷雖非奇人，但憑他的幾句話就能打敗秦軍。許歷，趙人。據《史記》載，當秦伐韓時，趙國派趙奢救韓。許歷為趙奢出謀劃策，終於打敗了秦軍。完士，一般的人。據《文選》李善注曰：「完謂全具也，言非有奇也。」⓱我有素餐責二句　此謂自己無功受祿，於心有愧。素餐責，此處指尸位素餐的指責。伐檀人，指〈伐檀〉的作者。《詩經・魏風・伐檀》：「彼君子兮，不素餐兮。」⓲鉛刀　鉛質的刀。言其不鋒利。賈誼〈弔屈原賦〉：「莫邪為鈍兮，鉛刀為銛。」此處喻才力弱微，乃自謙之詞。⓳庶幾　大概；或許。⓴薄身　微薄的身體。

【語譯】早晨從鄴都橋出發，傍晚時分便渡過了白馬津。在河堤之上逍遙徘徊，向左向右俯望我浩浩大軍。只見那並排的船隻萬艘齊下，披甲兵士千千萬萬。沿著那東南向的大道快速進發，將成就那一舉得勝的大功業。在軍帳裡出謀劃策，全由我們的聖君曹公所為。遺憾我沒有適時的計謀，就好像那充數的無能之官。我任事在極重要的位置上，可是連一點小小的謀劃也拿不出。許歷他雖非奇人，但憑他的幾句話就打敗了秦軍。

我自有應受無功素餐的指責的職責，面對〈伐檀〉詩的作者我自感慚愧。雖然我連微弱的才能都沒有，但還是要貢獻微薄的身軀。

其五

悠悠❶涉❷荒路，靡靡❸我心愁。四望無煙火❹，但見林與丘。城郭❺生榛棘❻，蹊徑❼無所由❽。萑❾蒲❿竟⓫廣澤⓬，葭葦⓭夾長流。日夕涼風發，翩翩⓮漂吾舟。寒蟬在樹鳴，鸛鵠⓯摩天⓰遊。客子⓱多悲傷，淚下不可收。朝入譙⓲郡界，曠然⓳消人憂。雞鳴達四境，黍稷⓴盈原疇。館宅㉑充廛㉒里，女士㉓滿莊馗㉔。自非聖賢國，誰能享斯休㉕？詩人美樂土㉖，雖客猶願留。

【注釋】❶悠悠　漫長的樣子。❷涉　徒步渡水。此處解為走。❸靡靡　行走遲緩的樣子。《詩經・王風・黍離》：「行邁靡靡。」❹煙火　炊煙及燈火。此指人家。❺城郭　此處泛指城邑。❻榛棘　叢生的樹木和野草。❼蹊徑　路徑。❽由　經。❾萑　一作「雈」。草名。即蘿藦。又名芄蘭。❿蒲　水生植物。即蒲草。⓫竟　周遍。⓬廣澤　浩渺的水澤。⓭葭葦　初生的蘆葦。此處泛指葦草。⓮翩翩　形容風飄。⓯鸛鵠　鸛、鵠都是大型的鳥。⓰摩天　迫近於天。⓱客子　旅居異地之人。⓲譙　曹操的故鄉。今安徽亳縣。⓳曠然　豁然開朗。⓴黍稷　泛指五穀等作物。㉑館宅　房舍。㉒廛　稱一家所居的房地。㉓女士　一作「士女」。女子和男子。㉔馗　四通八達的大道。㉕自非聖賢國二句　此言如果這裡若不是聖賢之國，誰能享受這樣的福樂。休，福樂。聖賢，一作「賢聖」。㉖樂土　安樂之地；幸福的地方。《詩經・魏風・碩鼠》：「逝將去汝，適彼樂土。」

【語譯】我徒步在漫長而荒涼的道路上，行路遲緩因為我心中悲傷。舉眼四望杳無人煙，只見茫茫森林和丘地。城郭荒蕪榛棘叢生，蹊徑長草已無有通道。雚蒲野草周遍大澤，蒹葭蘆葦夾流生長。夕陽西下涼風初發，飄動吾舟翩翩起航。寒蟬在樹林間啼鳴，鸛鵠摩天翱翔。見此景象遊子悲傷，潸然淚下沾滿衣裳。清晨進入譙郡地界，豁然開朗消除了我的憂傷。雞鳴狗吠聲傳四方，豐收的莊稼充盈原野。街衢兩旁房舍羅列，少男少女遊嬉於大道。如果這裡不是聖賢之國，誰能享受這樣的福樂。我多麼喜愛這安樂的地方，雖然是作客也願長留此方。

郊廟

宋郊祀歌二首

【作　者】顏延之，見頁九〇二一。

【題　解】根據古禮，古代天子往往於春天在城郊主持祭祀天地的儀式，稱郊祀。郊祀時，伴以歌舞歌辭。宋郊祀歌二首，是顏延年為劉宋王朝郊祀時編寫的歌詞，第一首是頌揚武帝的文德武功，說他的開國建號是上承天命下得人意的。因而郊祀天地，正是報答神祜。第二首描寫郊祀之禮的盛大隆重，以及天神降臨時的情景。

其一

夤威寶命，嚴恭帝祖❶。炳海表岱❷，系唐胄楚❸。靈監叡文，民屬叡武❹。奄❺受敷錫❻，宅中❼拓宇❽。亙❾地稱皇❿，罄⓫天作主⓬。月竁⓭來賓⓮，日際⓯奉土⓰。開元首正⓱，禮交樂舉⓲。六典⓳聯事⓴，九官㉑列序㉒。有牷㉓在滌㉔，有絜㉕在俎㉖。薦㉗饗㉘王衷㉙，以答神祜㉚。

【注釋】❶夤威寶命二句　是祭祀的開頭語，說：天子敬畏天命，尊敬上帝及祖先。夤威，即夤畏。敬畏的意思。寶命，對天命的美稱。嚴恭，尊敬的意思。帝，上帝。祖，先祖。❷炳海表岱　此謂光照東海且以泰山為標志之地。指古徐州之境，三國時其治所徙彭城（今江蘇銅山）。宋高祖劉裕為彭城人，故以海岱表其生地。炳，光明照耀。海，東海。表，標志。岱，泰山的別稱。❸系唐胄楚　此謂宋高祖為漢楚元王之後代。系，承繼。唐，唐堯。傳說古帝之一，漢王朝劉氏附會為自己的遠祖。胄，後代。楚，指漢楚元王劉交。交為漢高祖同父少弟，封為楚王，王彭城，卒諡元。❹靈監叡文二句　是說神靈注視聖明之君所施行的禮樂教化，天下百姓矚望著聖明之君恢復中原的戰爭。靈，神靈。監，視。叡文，聖明的文德。指宋高祖所施行的禮樂教化。屬，通「矚」。注視的意思。叡武，聖明的武功。指宋高祖力圖恢復中原的戰爭。❺奄　大；廣泛。❻敷錫　廣大的賜予。錫，通「賜」。❼宅中　居於九州之中。❽宇　疆宇；疆土。❾亙　遍。❿皇　皇帝。⓫罄　盡。⓬主　君主。⓭月竁　指月亮所歸屬的地方。即極西之地。⓮賓　賓服；歸順。⓯日際　指太陽升起的地方。即大地之東。⓰土　土物；本土所有的物產。⓱開元首正　劉良注：言天子布開政教之始，起於正月上日也。開元，創始。首，開始。正，正月。⓲禮交樂舉　禮，禮儀制度。指社會的道德規範。交，交融；和洽。樂，音樂。古時把音樂視為調節人際關係輔助政教的手段。舉，振興。⓳六典　《周禮》所載太宰所掌的六種典章制度。即治典、禮典、教典、政典、刑典、事典。此六典分屬六官，而太宰總其事。⓴聯事　聯合從事。㉑九官　傳說虞舜所設置的九種官員。即伯禹作司空，棄為后稷，契作司徒，皋陶作士，垂為共工，益作朕虞，伯夷作秩宗，夔為典樂，龍為納言。此指參與郊祀的各等官吏。㉒列序　排列有序。㉓牷　純色的牛。指祭祀用的犧牲。㉔滌　古時飼養祭祀所用的牛羊的房舍。取其蕩滌清潔之義。㉕絜　指清潔的祭物。㉖俎　盛牛羊等祭物的禮器。㉗薦　進獻。㉘饗　享用。㉙衷　中心；忠誠之心。㉚神祜　神的福祐。

【語譯】天子最敬畏天帝之命，真誠尊敬上帝與祖先。光照東海以泰山為標志，承續唐堯且為楚元王子孫。神靈注視我皇文德教化淳厚，人民矚望我皇武功復中原。領受上天廣大恩賜，居處中央，開拓疆土。廣闊的土地上為皇帝，普天之下作人君。月落極西之民均來臣服，日出東極之民紛紛進獻地方特產。施行政教始於正月初一，禮儀和洽舞樂備興。執掌六典之官聯合辦國事，九種官員排列有序，各盡本職。純色祭牛養在牛舍中，清潔的祭物陳列在祭器上。進獻犧牲以表我王誠心，報答天神對大宋的賜福。

其二

維聖饗帝，維孝饗親❶。皇乎備矣❷，有事❸上春❹。禮行宗祀❺，敬達郊禋❻。金枝❼中樹❽，廣樂❾四陳❿。陟配在京，降德在民⓫。奔精昭夜⓬，高燎煬晨⓭。陰明浮爍⓮，沈禜深淪⓯。告成⓰大報⓱，受釐⓲元神。月御案節，星驅扶輪⓳。遙興遠駕⓴，曜曜振振㉑。

【注釋】❶維聖饗帝二句　是說只有聖人才能祭祀上帝，只有孝子才能祭祀祖先。《禮記．祭義》：「唯聖人為能饗帝，孝子為能饗親。」古人認為，神不隨便享用祭品，只有有德行孝心的人所供的祭品，神靈才肯享用。饗，以祭品祭祀。❷皇乎備矣　指聖德孝心具備。《漢書．郊祀歌》：「大孝備矣，休德昭清。」❸有事　指有祭事。❹上春　古代帝王祭祀上帝祖先均在春天舉行。❺禮行宗祀　指在祖廟裡敬祭祖先。宗，指祖廟。❻敬達郊禋　指在郊野祭祀天帝。❼金枝　祭祀時所用的一種銅燈。❽中樹　樹立在中間。❾廣樂　指祭祀時所用的一種神曲。❿四陳　四方奏聞。⓫陟配在京二句　說天子之祖考既配祭天帝於京師，又普降福德於百姓。陟配在京，化用《詩經・大雅・下武》三后在天，王配於京之意。京，京都。⓬奔精昭夜　古代祭天地祖先，有夜間舉行者，《史記》載，漢家常以正月上辛祠甘泉，昏時夜祠，到明而終，常有流星經於祠壇。奔精，星流。⓭高燎煬晨　指夜間燒柴火祭祀，直到太陽東升。〈東京賦〉：「颺槱燎之炎煬，致高煙於太一。」⓮陰明浮爍　宋為水德而主辰，故陰明之宿浮爍而揚光。陰明，指辰星。即北極星。浮爍，指辰星閃爍。⓯沈禜深淪　言致誠信於深水也。祭水曰沈禜。深淪，深水。⓰告成　稟告成功。⓱大報　大報天之省。大報，指通面報告。⓲釐　福。⓳月御案節二句　此謂天神降臨之際，月御為之案節，星驅為之扶輪。⓴遙興遠駕　言天神從遠方而來。㉑曜曜振振　光明威盛的樣子。

【語　譯】惟有聖德的人才配祭祀上帝，只有孝子才配祭祀祖先。如今我皇聖德孝心全已具備，春天來臨，在郊外舉行祭祀活動。恭恭敬敬祀奉祖先，恭恭敬敬祭祀天神。銅鐙植立於當中，祭樂從四方響起。帝祖既配享上帝，天子配行其道於京師，帝祖也必將因此降福於兆民。看那流星正劃過天空，燃起火堆祭祀直到天明。天上辰星浮動閃爍，又對深水祭祀水神。把成功稟告天神，因此受到天神的福祐。看那天神正徐徐降臨，月御為他控車緩行，眾星為他馳驅扶輪。大駕從遠而近，光明威盛。

樂府

樂　府三首

飲馬長城窟行

【作　者】不詳。

【題　解】《漢書・卷二二・禮樂志》云：「武帝定郊祀之禮，乃立樂府。」據此，知「樂府」本為官署之名，後來才轉為詩體之稱。〈飲馬長城窟行〉又名〈飲馬行〉，行，為樂曲之意。李善注引《水經》酈道元注：「余至長城，其下往往有泉窟，可飲馬；古詩〈飲馬長城窟行〉，信不虛也；然長城蒙恬所築也，言征戍之客，至於長城而飲其馬；婦思之，故為〈長城窟行〉。」本詩是一首閨婦思夫的詩，上半寫閨婦因丈夫久出不歸而日夜懷念的孤淒之情；下半寫閨婦接讀丈夫來信時的驚喜情狀。全詩情切語真，讀之如聞其聲，如見其人。本詩為古辭，作者姓名不可考知。

青青河邊草，綿綿思遠道❶。遠道不可思❷，夙昔❸夢見之❹。夢見在我傍，忽覺在他鄉❺。他鄉各異縣，輾轉不可見❻。枯桑知天風，海水知天寒❼。入門各自媚，誰肯相為言❽？

客從遠方來，遺我雙鯉魚❾。呼兒❿烹⓫鯉魚，中有尺素書⓬。長跪⓭讀素書，書上竟何如？上有加餐飯，下有長相憶⓮。

【注　釋】❶青青河邊草二句　首句以青草起興，看到河邊青草連綿不斷，延向遠方，從而引出後一句對於遠方親人纏綿不絕的思念。綿綿，連綿不斷的樣子。這裡義含雙關，既指連綿不斷的青草，又指對遠方親人的纏綿情思。遠道，遠方。此指身在遠方的親人。❷不可思　是無可奈何的反語。說征人輾轉遠方，想也是白想。❸夙昔　昨夜。❹之　指所思念的人。❺忽覺在他鄉　此句言一下子驚醒過來，才想起自己的親人身在外地。忽覺，忽然醒來。❻輾轉不可見　案：以上八句，第三、五、七開頭的兩個字採用上句結尾處兩個字，修辭上稱為頂真體，或曰聯珠格。輾轉，不定。指自己丈夫在外地行蹤不定。❼枯桑知天風二句　是說枯桑雖沒有葉子，但仍能感到風吹；海水雖不結冰，但仍能知道天冷。這是民歌常用的比興手法，用以比喻思婦雖然口中不說，但對孤寂之苦卻是深有體會的。❽入門各自媚二句　此言別人回家各自去疼愛自己的親人，有誰願意說幾句安慰我的話呢？入門，回家。❾客從遠方來二句　言有個從遠方來的客人捎來了丈夫的信件。遺，贈送。這裡是帶給的意思。雙鯉魚，一種信函，用兩塊刻成鯉魚形狀的木板做成，一底一蓋，中間可以放書信。❿兒　僮僕。⓫烹　煮。假魚本不能煮，詩人為了造語生動，故意將打開書函說成烹魚。⓬尺素書　寫在絹上的信。⓭長跪　古人席地而坐，兩膝著地，坐在腳後跟上。將腰伸直，就成了跪。腰愈直，上身就顯得愈長，故稱長跪。這是一種恭敬的表示。⓮上有加餐飯二句　這封信裡只說到勸加餐和懷念，而不曾提到歸期，讀完了失望的情緒可以想見。上、下，指書信的前部和後部。

【語　譯】那河邊青草綿綿不斷，引起了我對丈夫的纏綿思念。丈夫在遠方思念也徒勞，可喜我昨夜終於夢見了他。在夢中剛剛還見他在我身邊，一下子驚醒過來，才想起親人身在遠方。親人在外地行蹤不定，想見他不可能。枯桑雖沒葉子，但仍能感到風吹；海水雖不結冰，但能知道天冷，——我雖口中不說，但對思念之苦深有體會。看別人各自回家去疼愛自己的親人，有誰願意對我說幾句安慰的話呢？

有位客人從遠方來，他為我帶來了丈夫的書信。我急命僮僕把書函打開，取出了丈夫的親筆信箋。我長跪著讀起了信箋，信中究竟說些什麼呢？信的前半說請我多吃飯多保重，後半說他永遠想念著我。

傷歌行

【題　解】〈傷歌行〉為樂府古辭，不知作者姓名。《樂府詩集》收入〈雜曲歌辭〉。這是一首寫女子怨恨丈夫遠走不歸的詩。詩中對女子寂寞惆悵的內心世界描寫得很具體入微。

昭昭❶素月明，暉光燭❷我床。憂人不能寐，耿耿❸夜何長！微風吹閨闥❹，

羅帷❺自飄颺。攬衣❻曳❼長帶，屣履❽下高堂。東西安所之❾，徘徊以彷徨❿。

春鳥翻南飛，翩翩獨翱翔⓫。悲聲命儔匹⓬，哀鳴傷我腸。感物懷所思⓭，泣涕忽沾裳。佇立⓮吐高吟，舒憤訴穹蒼⓯。

【注釋】❶昭昭　明亮。❷燭　照。❸耿耿　心不安貌。❹閨闥　指女子所住的內室。闥，房門。❺羅帷　紗帳。❻攬衣　披衣；穿衣。❼曳　拖。❽屣履　趿著鞋。❾東西安所之　是說不知往東還是往西。安所之，何往。❿徘徊以彷徨　以上攬衣與東西二句極寫因丈夫不在而引起的愁苦煩亂情緒，衣鞋懶得整飾，方位東西亦不事辨別。⓫春鳥翻南飛二句　以春鳥翩翩南飛，襯托自己的孤獨。⓬命儔匹　招呼伴侶。⓭所思　指所思念的人。⓮佇立　久立。⓯穹蒼　蒼天。

【語譯】天上素月明亮，月光照著我的床。愁人夜中不能眠，心神不寧感到夜長。微風吹入閨房，羅帳輕輕飄颺。攬起衣裳拖著長帶，趿著鞋子走下高堂。往東還是往西去，徘徊走動行止不定。春鳥展翅南飛，獨自翩翩翱翔。牠發出悲鳴招喚伴侶，哀鳴使我心中悲傷。有感於景物思念遠人，淚下沾濕衣裳。久立高聲吟唱，把一腔悲憤訴向上天。

長歌行

【題解】本篇是樂府古辭，不知作者姓名。《樂府詩集》收入〈相和歌辭・平調曲〉。《樂府詩集》中的〈長歌行〉古辭共二首。這是第一首。本篇通過植物的盛衰的描寫，表現了對時光流逝的惋惜，最後提出了應該在精力充沛的少壯時期及時努力，奮發有為的主題。

青青❶園中葵❷，朝露❸行日晞❹。陽春❺布❻德澤❼，萬物生光暉。常恐秋節❽至，焜❾黃華❿葉衰。百川東到海，何時復西歸⓫。少壯不努力，老大⓬徒⓭傷悲。

【注　釋】❶青青　形容葵葉子的綠色。這裡同時用來表示植物處於生長期時生命力的旺盛。❷葵　即冬葵。我國古代重要蔬菜。❸朝露　清晨的露水。❹晞　曬乾。❺陽春　溫和的春天。❻布　布施；給予。❼德澤　恩惠。此指雨露陽光等大自然的賜予。❽秋節　秋季。❾焜　通「熉」。發黃的樣子。❿華　同「花」。⓫百川東到海二句　此以河水東流一去不回，比喻光陰一去不返。百川，許多河流。⓬老大　偏義複詞。此偏指老。⓭徒　徒然。

【語　譯】園圃裡冬葵鬱鬱青青，葵葉上那清晨的露水正將被太陽曬乾。溫和的春天普施著陽光和雨露，大地萬物因此生發出燦燦光輝。常常擔憂的是秋季終將到來，到那時花花葉葉都將枯黃衰敗。看那滔滔江水東流而去，何時會有返回的可能？如果年富力強時不珍惜光陰，發憤圖強，那麼到了年老力衰時，只有徒然悲傷後悔。

怨歌行

【作　者】班婕妤，名不詳，婕妤是漢宮嬪妃的名號，扶風安陵（今陝西咸陽東北）人。班固的祖姑。西漢成帝初即位時，被選入宮，始為少使，不久立為婕妤。知書識禮，為太后所重。其後趙飛燕姊妹得寵，班婕妤失寵，她擔心遭到迫害，乃請求供養太后長信宮。成帝崩，班婕妤奉守園陵，死後葬於園中。原有集一卷，已佚。今存〈自悼賦〉、〈搗素賦〉及〈怨歌行〉詩一首，俱哀麗動人。

【題　解】本篇最早見於《文選》，其後《玉臺新詠》也輯錄此篇，在《樂府詩集》中屬〈相和歌辭・楚調曲〉，都題班婕妤作。但劉勰在《文心雕龍・明詩》中提出了懷疑；近人也普遍認為〈怨歌行〉是無名氏的樂府古辭，並非班婕妤所作。這首詩以扇的遭遇比喻古代社會中婦女地位的低下和命運的悲慘，感情真摯，比喻貼切。

新裂❶齊紈素❷，皎潔如霜雪。裁為合歡扇❸，團團❹似明月。出入君懷袖❺，動搖❻微風發。常恐秋節至，涼風奪炎熱❼。棄捐❽篋笥❾中，恩情中道❿絕。

【注釋】❶新裂　剛從織布機上扯下。裂，截斷。❷齊紈素　齊國出產的紈、素。紈、素都是細絹，古代以齊國出產的最負盛名。這裡以齊紈素泛指精美的絲絹。❸合歡扇　繪有合歡圖案的扇子。合歡，象徵和合歡樂的一種圖案花紋。❹團團　即圓圓。❺出入君懷袖　是說新製成的團扇得到主人的喜愛，常被隨身攜帶。君，你。❻動搖　搖動。❼常恐秋節至二句　是說經常擔心秋天來到，秋風吹走炎熱。秋節，秋季。❽棄捐　拋棄；捐棄。❾篋笥　小箱。❿中道　半路。

【語譯】那剛從織布機上扯下來的絲絹，鮮亮潔白如同霜雪。以之裁製成合歡扇，圓圓的形狀如同明月。這合歡扇蒙君喜愛，隨君左右，動搖之間發出了涼爽的微風。時常擔憂的是秋天會來到，涼風驅散了炎熱，團扇也將因此失去作用，而被你拋棄在小箱裡，你的恩情便中途而斷絕。

樂府 二首

【作者】曹操（西元一五五～二二〇年），字孟德，沛國譙（今安徽亳縣）人。生於東漢桓帝時，二十歲舉孝廉為郎，歷任洛陽北部尉、濟南相等職。曾先後起兵鎮壓黃巾起義和討伐董卓，從此聲名大顯。建安元年迎漢獻帝於許都，「挾天子以令諸侯」，取得政治上的優勢。後攻殺呂布，兼并徐州。建安四年，經官渡之戰消滅袁紹，又陸續削平黃河流域大小軍閥，統一了中國北方。建安十三年進位丞相，率軍南下，與孫權、劉備作戰，敗於赤壁。建安二十一年封魏王。死後其子曹丕稱帝，建立魏朝，追尊曹操為武帝。原有《魏武帝集》三十卷，已散佚，有明人輯本，又有今人輯校的《曹操集》。曹操憑藉他的地位，努力收羅文士，形成鄴下文人集團，有力地促進了建安文學的發展。曹操善於作詩，現存二十餘首，都是樂府歌辭，內容深刻，氣魄雄偉，慷慨激昂，蒼涼悲壯，體現了「建安風骨」的特色。

【題解】〈短歌行〉是樂府舊題，在《樂府詩集》中屬〈相和歌辭・平調曲〉。所謂短歌，是與長歌相對而言的，指歌聲的長短。曹操〈短歌行〉共二首，其一首句為「對酒當歌」，其二首句是「周西伯昌」，這裡所選的是第一首。本詩中，作者抒發了對時代亂離的感慨，對時光逍逝的憂傷和對輔助自己創業的賢才的渴望，反映出為統一全國的宏圖大業的急切心情。開頭一節對人生短促的感慨，調子比較低沈，這是當時動盪、亂離的社會現實在作者人生觀上打下的消極烙印。但總觀全詩，調子還是積極向上的，在和諧、自然的詩歌語言中，表現了慷慨激昂的感情。

短歌行

對酒當❶歌，人生幾何？譬如朝露❷，去日❸苦多❹。慨當以慷❺，憂思❻難忘。何以❼解憂❽，唯有❾杜康❿。青青子衿，悠悠我心⓫。但為君故，沈吟至今⓬。呦呦鹿鳴，食野之苹⓭。我有嘉賓⓮，鼓瑟⓯吹笙。明明如月，何時可掇⓰。憂從中來，不可斷絕⓱。越陌度阡，枉用相存⓲。契闊談讌，心念舊恩⓳。月明星稀，烏鵲南飛。繞樹三匝，何枝可依⓴。山不厭高，水不厭深㉑。周公吐哺，天下歸心㉒。

【注釋】❶當　應當。❷朝露　早晨的露水。用以形容人生短促。❸去日　過去了的日子。❹苦多　苦於太多。❺慨當以慷　此指宴會上的歌聲激昂慷慨。慨……慷，慷慨的間隔用法。當以，句中語氣助詞。❻憂思　憂愁的心情。❼何以　以何；用什麼。❽解憂　解除憂愁。❾唯有　只有。❿杜康　傳說中最初釀酒的人。這裡用作酒的代稱。⓫青青子衿二句　引用《詩經・鄭風・子衿》成句，用以表示對賢才的思念。子，你。衿，衣領。周代讀書人的衣領用青色緣飾，故後來用「青衿」代指讀書人。這裡泛指賢才。悠悠，長遠的樣子。形容感情深沈。⓬但為君故二句　只是為了你的緣故，我低聲吟詠到現在。但，只是。故，緣故。⓭呦呦鹿鳴二句　與下二句都是從《詩經・小雅・鹿鳴》中直接引用來的成句，原句是表示熱情接待賓客的，借用來表達詩人想招納賢才的強烈願望。呦呦，鹿的歡叫聲。苹，艾蒿草。⓮嘉賓　尊貴的客人。⓯瑟　與下文「笙」二者都是古代的樂器。⓰明明如月二句　正如天上那皎皓的月亮，什麼時候可以摘取呢？掇，拾取。⓱憂從中來二句　言我那發自內心的思渴賢才的憂慮，無法斷絕。⓲越陌度阡二句　客人從遠道而來，有勞客人枉駕前來探望我。二句所說的情景，實際上是詩人的想像，是幻覺。陌阡，田間小路。東西為陌，南北為阡。枉，委曲；屈尊；枉駕。用，以；來。存，探望；問候。⓳契闊談讌二句　仍然是詩人的想像。句意，久別重逢在一塊飲酒談心，回憶敘述著舊日的友誼。契闊，久別重逢。契，相會。闊，離別。讌，通「宴」。心念，回想著。舊恩，往日的友情。⓴月明星稀四句　用比興手法，以眼前烏鵲徘徊不定，無枝可依，比喻賢才在時代的亂離中都在尋找依託，但哪裡才是他們的託身之所呢？三匝，多圈。依，棲託。㉑山不厭高二句　山不嫌棄塵土的堆積所以成其高，海不嫌棄細流的匯集所以成其深。比喻招納賢才，越多越好。㉒周公吐哺二句　以周公自比，表示要像周公那樣謙虛待賢，使天下人心歸附，從而完成統一天下的大業。周公，姓姬名旦，周武王之弟。武王死後，成王年幼，周公輔助執政。吐哺，吐出口中正在咀嚼的飯食。這裡指中途停止吃飯。據《史記》載，周公自稱「一沐三渥髮，一飯三吐哺，起以待士，猶恐失天下之賢」。

【語　譯】飲酒作樂要盡情歡歌，人生能有多久？像晨露見陽光就乾沒，逝去的時日苦於太多。心情振奮而激昂慷慨，憂思難忘啊久占心窩。煩悶的憂思怎樣解脫？唯有狂飲美酒強作樂。「穿著青領服飾的賢才，長久地牽掛著我的心」。只是為思念你的緣故，我低聲吟詠此詩直到如今。「鹿群於荒野呦呦共鳴，悠然而自得聚食艾蒿。尊貴的客人光臨舍下，我奏瑟吹笙熱情歡迎」。高空懸掛的那輪明月，何時才能將你摘取呵？我心中壓抑著的憂思，不能斷絕不思。翻山越嶺遠道來賓客，有勞尊駕專程探望我。久別重逢共飲宴敘談，回憶往日情誼似長河。明月燦爛星星微爍，眼望烏鵲向南飛去。繞樹盤旋一圈又一圈，哪個枝頭可作為依託？堆積土石山嶺拔天高，匯集細流海水深難測。像周公那樣禮待賢士，天下人心都歸附於我。

苦寒行

【題　解】〈苦寒行〉是樂府舊題，在《樂府詩集》中屬〈相和歌辭・清調曲〉。本篇是曹操在建安十一年（西元二〇六年）征高幹途中所作。高幹是袁紹之甥，降曹操後又反。詩的內容寫行軍時的艱苦情況，感受真切，語言質樸。鍾嶸《詩品》說「曹公古直，甚有悲涼之句」，指的就是這類詩作。

北上太行山❶，艱哉何巍巍❷。羊腸坂❸詰屈❹，車輪為之摧❺。樹木何蕭瑟❻，北風聲正悲。熊羆❼對我蹲❽，虎豹夾路啼。谿谷❾少人民，雪落何❿霏霏⓫。延頸⓬長歎息，遠行多所懷。我心何怫鬱⓭，思欲⓮一東歸⓯。水深橋梁絕⓰，中路⓱正徘徊。迷惑⓲失⓳故路⓴，薄暮無宿棲㉑。行行㉒日已遠㉓，人馬同時飢。擔囊行取薪，斧冰持作糜㉔。悲彼〈東山〉㉕詩，悠悠㉖使我哀。

【注　釋】❶北上太行山　建安十年（西元二〇五年），高幹以并州復叛，舉兵守壺關口，曹操從鄴城出兵，取道河內，北度太行山。太行山，指河內的太行山。在今河南沁陽北。❷巍巍　高大的樣子。此指太行山峻險高遠。❸羊腸坂　地名。太行山上的坂道，盤旋彎曲如羊腸，故名。坂，山坡；斜坡。❹詰屈　曲折；彎曲。❺摧　折斷。❻蕭瑟　蕭條冷落。❼羆　熊的一種。❽蹲　指對著人蹲坐著。❾谿谷　有水溝的山谷。❿何　怎麼這樣。⓫霏霏　大雪紛紛下落的樣子。⓬延頸　本是伸長脖子，這裡有抬頭遠眺的意思。⓭怫鬱　愁悶不樂。⓮思欲　想要。⓯東歸　向東歸去。曹操從東方的鄴縣出發向西去征討高幹，現在想要往回走，故曰「東歸」。⓰絕　絕斷。⓱中路　行軍的半道上。⓲迷惑　疑惑。⓳失　找不到。⓴故路　舊路。㉑宿棲　落宿睡覺的地方。㉒行行　走啊走啊。㉓日已遠　離舊鄉一天比一天遠。㉔擔囊行取薪二句　寫傍晚時刻士卒挑著行囊去拾柴，鑿冰取水煮粥。擔囊，擔著行囊。取薪，揀柴火。斧冰，用斧頭鑿冰。持，拿來；用。作糜，作稀粥。㉕東山 《詩經．豳風》中的篇名，描寫久戍在外的士兵想家的情形。㉖悠悠 情思綿長貌。

【語譯】向北行軍經過太行山，道路艱難山峰險峻。羊腸坂崎嶇不平，軍車車輪為之折斷。樹木是那樣蕭條冷落，北風呼嘯風聲悲涼。熊羆面對著隊伍蹲坐，虎豹在道旁嘯叫發威。山間溪谷人跡稀少，大雪飄落紛紛揚揚。抬頭仰望禁不住長歎，這次遠行滿懷心事。我心裡為什麼這樣憂鬱不安，真想就此回轉東歸。河水很深，橋梁絕斷，部隊走在半路上徘徊不前。大軍迷路找不到故道，到黃昏時分也沒有安歇睡覺的地方。走啊走啊，離舊鄉一天比一天遠，軍人和坐騎同時都飢餓勞累。擔負著行李邊走邊拾柴，用斧頭鑿冰取水用來作粥飯。想起那〈東山〉詩所描寫的情景，使人感到無限憂鬱悲哀。

樂府 二首

【作　者】曹丕，見頁九八四。

【題　解】〈燕歌行〉是樂府舊題，在《樂府詩集》中屬〈相和歌辭．平調曲〉。樂府詩題上標出地名，是表示曲調的地方特點，後來曲調失傳，於是只用來歌詠各地的風土。「燕」是古代北方邊地，征戍不斷，所以這個題目大多用來描寫征戍之苦和征人思婦的離情。曹丕的〈燕歌行〉有兩首，這裡選的是第一首。這首〈燕歌行〉是現存最早的文人創作的七言詩，詩抒寫了一個婦女秋夜思念丈夫的感情。秋風蕭瑟，秋夜漫長，遙望星空，銀河燦爛，聯想到牽牛織女的故事，觸動了女主人公對遠在他鄉的丈夫的思念。這首詩情景和諧交融，語言流麗，節奏鮮明，句句入韻，一韻到底。這種每句用韻的七言詩體傳統上稱作「柏梁體」。

燕歌行

秋風蕭瑟❶天氣涼，草木搖落❷露為霜。群燕辭歸❸雁南翔，念君❹客遊思斷腸❺。慊慊❻思歸戀故鄉，何為淹留❼寄❽他方？賤妾❾煢煢❿守空房，憂來思君不敢忘⓫，不覺淚下霑⓬衣裳。援⓭琴鳴弦⓮發清商⓯，短歌微吟不能長⓰。明月皎皎照我床，星漢西流夜未央⓱。牽牛織女遙相望⓲，爾⓳獨何辜⓴限河梁㉑。

【注釋】❶蕭瑟　風聲。❷搖落　零落；凋殘。❸辭歸　告別了北方，飛向南方。❹君　女主人公對她丈夫的稱呼。❺斷腸　形容思念情感之深。❻慊慊　愁怨的樣子。❼淹留　久留。❽寄　寄居。❾賤妾　女主人公對自己的謙稱。❿煢煢　孤獨憂傷的樣子。⓫不敢忘　不能忘懷。⓬霑　霑溼。⓭援　取。⓮鳴弦　撥動琴弦。⓯清商　樂調名。⓰短歌句　吳淇說：「清商其節極短促，其音極纖微，長謳曼詠不能足焉。」短，短促的節奏。微，微細。長，指節奏舒慢。⓱星漢句　星漢西流，銀河轉向西。表示夜已很深。星漢，銀河。夜未央，夜已深而未盡之時。⓲遙相望　牽牛星在銀河南，織女星在銀河北，隔河相對，故曰遙相望。⓳爾　你們。指牽牛、織女。⓴何辜　何罪。㉑限河梁　是說為銀河所隔，不能相會。河梁，河上的橋。這裡即指銀河。

【語　譯】秋風蕭瑟天氣涼爽，草木凋零白露變為寒霜。成群的燕子都辭別北方回南方了，大雁也向南飛翔；想起您仍客遊在外我愁思斷腸。一般遊子都心懷愁恨思念故鄉，您為什麼還要長期寄居在他鄉？我孤單地守著空房，愁悶來時想念您不能忘懷，不知不覺淚水霑溼了衣裳。拿起琴撥動弦發出清商的曲調；短促的節奏，細微的聲音，不能表達我哀怨的情感。皎潔的月光照在我的床上，星斗銀河向西流轉，夜已深沈。牽牛和織女隔著銀河遠遠地相望，你們因何罪獨受這限隔銀河的痛苦。

善哉行

【題解】〈善哉行〉屬樂府〈相和歌辭・瑟調曲〉。本篇寫旅客懷鄉之情。

上山采薇❶，薄暮❷苦飢❸。谿谷多風❹，霜露霑❺衣。野雉❻群雊❼，猴猿相❽追。還❾望故鄉，鬱❿何壘壘⓫。高山有崖，林木有枝⓬。憂來無方⓭，人莫之知⓮。人生如寄⓯，多⓰憂何為⓱。今我不樂⓲，歲月如馳⓳。湯湯⓴川㉑流，中有行舟。隨波迴轉，有似客遊㉒。策㉓我良馬，被㉔我輕裘㉕，載馳載驅，聊以忘憂㉖。

【注釋】❶薇　即巢菜。多年生草本野生植物。❷薄暮　傍晚。❸苦飢　非常飢餓。❹多風　風大。❺霑　霑溼。❻雉　野雞。❼雊　公野雞求偶的鳴叫。❽相　互相。❾還　迴。❿鬱　蔥鬱。這裡指山林茂密。⓫壘壘　重疊。⓬高山有崖二句　高山有崖，林木有枝，這是人所共知的，以引出下文我有憂愁而人莫能知。崖，山邊。⓭無方　沒有方向。⓮莫之知　即莫知之。動賓倒置。之，指憂愁的來源。⓯寄　寄居。⓰多　常常。⓱何為　即為何；做什麼。⓲今我不樂　承用《詩經・唐風・蟋蟀》成句。⓳馳　奔馳。⓴湯湯　大水急流的狀態。㉑川　河。㉒有似客遊　承上文言客遊他鄉如同行舟之隨波迴轉，飄泊不定。㉓策　名詞作動詞用。用鞭子趕。㉔被　同「披」。㉕裘　皮衣。㉖載馳載驅二句　語本《詩經・鄘風・載馳》成句。馳，放馬奔跑。驅，趕著馬前進。載，語助詞。聊，姑且。以，用。介詞。其下省略了賓語「它」。

【語譯】上山去採摘薇菜，傍晚時非常飢餓。空虛的山谷風勢很大，霜露霑溼了我的衣裳。公野雞在成群地高鳴，猿猴在相互追趕。回頭遠望故鄉，樹林茂密呀山巒重重疊疊。高山上有崖壁，林中樹木有丫枝，這是人所共知，但憂愁從何而來呀，人們卻無從知曉。人生在世如暫時寄居，總是憂愁做什麼？現在我不快樂，時光如馬馳而去。浩蕩的河流，中間有船在行走。船兒隨波迴旋，好像遊子在外面遊蕩。趕起我的駿馬，披起了我輕軟的皮裘。讓馬兒奔跑，暫且用來忘掉憂愁。

樂府 四首

【作者】曹植，見頁八二二。

【題解】〈箜篌引〉屬樂府〈相和歌辭·瑟調曲〉歌辭。箜篌，樂器名，體曲而長，二十三弦。引，樂曲的一種體裁，有序奏的意思。本篇是曹植的早期作品。約作於建安十六年到二十一年間，曹植被封為平原侯或臨淄侯時。全詩共二十四句，可分前後兩部分。前十二句描敘飲宴的盛況，後十二句則是通過議論的方式進行抒情。全篇通過對貴族生活的描寫，慨歎人生的短暫和凡事盛滿不常，並指出知命者無憂。隱約地反映了詩人終日沈溺在遊樂生活之中的不安情感。

箜篌引

置酒高殿上，親友[1]從[2]我遊[3]。中廚[4]辦豐膳[5]，烹[6]羊宰[7]肥牛。秦箏[8]何[9]慷慨，齊瑟[10]和且柔。陽阿奏奇舞[11]，京洛出名謳[12]。樂飲過三爵[13]，緩帶[14]傾[15]庶羞[16]。主[17]稱[18]千金[19]壽[20]，賓[21]奉萬年酬[22]。久要[23]不可忘，薄終[24]義[25]所尤[26]。謙謙[27]君子德，磬折[28]欲何求[29]？驚風[30]飄[31]白日，光景[32]馳西流[33]。盛時不可再[34]，百年[35]忽[36]我遒[37]。生存華屋[38]處，零落[39]歸[40]山丘。先民[41]誰不死？知命[42]亦何憂？

【注　釋】❶親友　偏義複詞。指友。❷從　跟隨。❸遊　交遊。❹中廚　即廚中。❺膳　菜飯。❻烹　煮。❼宰　殺。❽箏　弦樂器。古箏五根弦，形狀像筑。秦人蒙恬改為十二弦，使形狀像瑟，故稱秦箏。❾何　何等；多麼。❿瑟　亦弦樂器。因齊國臨淄盛產瑟，故稱齊瑟。⓫陽阿奏奇舞　《漢書・卷九七・外戚傳》載，趙飛燕微賤時屬陽阿公主家，學歌舞。可見該地多善歌舞。陽阿，地名。在今山西鳳臺西北。奏，進；奉獻。奇，奇妙出眾。⓬謳　歌唱。這裡指歌人。⓭爵　古代的酒杯。⓮緩帶　鬆寬衣帶。又釋為解開衣帶脫去禮服換上便衣。⓯傾　倒。這裡指盡情地享用。⓰庶羞　多種美味。⓱主　主人。⓲稱　舉；拿。⓳千金　指貴重的禮物。⓴壽　向人進酒或用財物贈人。㉑賓　客人。㉒酬　答謝。㉓久要　舊約或長期要好的朋友。《論語・憲問》：「久要不忘平生之言，亦可以為成人矣。」㉔薄終　即起初交情深厚，後來變淡薄了，不能有始有終。㉕義　道義。㉖尤　非難；指責。㉗謙謙　謙虛。㉘磬折　彎著身體像磬一樣，表示恭順的樣子。㉙何求　求何。即無所求。㉚驚風　疾風。㉛飄　旋轉。㉜光景　原指日月，此指時光。㉝馳西流　飛速地向西方流逝。㉞不可再　不能來兩次。㉟百年　古人以為人生不過百歲，因此把它作為死的諱稱。㊱忽　迅速。㊲遒　迫近。㊳華屋　華麗的屋室。㊴零落　喻人生的終結像落葉飄零。㊵歸　歸葬。㊶先民　古人。《詩經・大雅・板》：「生民有言，詢於芻蕘。」㊷知命　指知命運。

【語　譯】高堂上擺設酒席，友人跟我交遊。由廚房辦出豐盛的菜飯，烹煮羊肉還要宰殺肥牛。秦箏的弦音多麼激昂，齊瑟的演奏和諧溫柔。這裡有陽阿地方奉獻的奇妙舞蹈，京城洛陽出名的歌手。音樂聲中喝過了三杯，換上便衣盡情地享用美味的菜肴。主人拿出貴重的禮物贈客祝壽，客人祝主人萬歲以謝盛情。長期要好的朋友不可忘懷，原來深厚的情誼後來如果變得淡薄了，那是道義所不容。謙虛是君子的美德，恭順並不是為了有所祈求。疾風在日光下迴旋，日月飛速向西流逝。壯盛時期不會再重來，死亡將迅速向我迫近。生存時住在華麗的屋室，死後將回到山裡去。古時的人有誰不死，認識到命運本來如此又會有什麼憂愁？

美女篇

【題　解】〈美女篇〉屬樂府〈雜曲歌辭・齊瑟行〉歌辭，篇名取自篇首二字。本篇成功地塑造了一個美女的形象，寫她因為碰不到理想的對象，盛年不嫁，獨處空房，甘守寂寞。作者以美女比喻有志之士的懷才不遇，借以抒發自己虛度年華、功業無成的感慨。在寫作上顯然是借鑒了漢樂府〈陌上桑〉塑造人物形象的經驗，保留了民歌清新活潑的韻味，又有作者在藝術上的創造和探索。

美女妖❶且閑❷，采桑歧❸路間。柔條紛冉冉❹，葉落何翩翩❺。攘袖❻見素❼手，皓❽腕約❾金環❿。頭上金爵釵⓫，腰佩翠⓬琅玕⓭。明珠交⓮玉體，珊瑚⓯間⓰木難⓱。羅衣何飄飄，輕裾⓲隨風還⓳。顧盼⓴遺㉑光采㉒，長嘯㉓氣若蘭㉔。行徒㉕用㉖息駕㉗，休者㉘以㉙忘餐㉚。借問女安居㉛，乃在城南端㉜。青樓㉝臨㉞大路，高門結㉟重關㊱。容華㊲耀朝日㊳，誰不希㊴令顏㊵。媒氏何所營㊶，玉帛㊷不時安㊸？佳人㊹慕高義㊺，求賢良㊻獨難。眾人㊼徒㊽嗷嗷㊾，安知彼㊿所觀(51)。盛年(52)處(53)房室，中夜(54)起長歎。

【注釋】❶妖　豔麗；嬌豔。❷閑　即「嫻」。雅靜。❸歧　岔路。❹冉冉　下垂擺動的樣子。❺翩翩　輕快飛舞的樣子。❻攘袖　捲袖。❼素　白。❽皓　潔白。❾約　纏束。引申為佩戴。❿金環　金鐲。⓫金爵釵　爵，同「雀」。金雀釵，釵頭上作雀形的髮釵。⓬翠　綠色。⓭琅玕　一種似玉的美石。⓮交　絡。⓯珊瑚　熱帶海中的腔腸動物。其骨骼色澤美麗，形似琅玕，紅潤如玉，可為珠。⓰間　間雜。⓱木難　傳說為金翅鳥沫所結成的碧色珠。⓲裾　裙；下裳；衣的大襟。⓳還　旋轉；來回翻捲。⓴顧盼　轉頭看。㉑遺　留下。㉒光采　指眼睛裡射出的神采。㉓嘯　撮口出聲。㉔若蘭　好像蘭花的芳香。㉕行徒　過路的人。㉖用　因此。㉗息駕　停下車來。㉘休者　休息的人。㉙以　因此。㉚忘餐　忘記吃飯。

㉛安居　居安；住在哪裡。㉜城南端　城的正南邊。㉝青樓　塗著青顏色的高樓。為古代顯貴家閨閣的通稱，和後代以青樓為妓院的意思不同。㉞臨　面對。㉟結　關閉。㊱重關　兩道門閂關閉。㊲容華　臉上的神采。㊳朝日　早晨的太陽。㊴希　羨慕。㊵令顏　美好的容貌。令，善；美。㊶何所營　在做什麼？㊷玉帛　指古代行聘時用的珪璋、束帛一類禮物。㊸不時安　不及時安置。安，安置。此指聘娶。㊹佳人　指美女。㊺高義　情操高尚的人。㊻良　誠然。㊼眾人　一般普通的人。㊽徒　只；空。㊾嗷嗷　眾口喧嘩聲。㊿彼　她。指美女。(51)觀　看。(52)盛年　年華正茂的時期。(53)處　居。(54)中夜　半夜。

【語　譯】美女嬌豔而且嫻靜，在岔路頭採集桑葉。柔軟的枝條紛紛擺動，落葉啊，輕輕地飛舞。挽起衣袖露出了她白淨的手，白嫩的手腕上戴著金鐲。雀形的金釵插在頭上，翠綠色的玉石掛在腰間。瑩潔的珠子布滿玉體，珊瑚珠中還間雜著碧色珠。羅紗的上衣時時飄起，輕盈的下裙隨風翻捲。轉頭看一眼留下了眼中的光采，呼出的氣息充滿著蘭花的芳香。過路人因見了她而不由停下車馬，休息的人因見了她而忘了吃飯。請問這美女住在哪裡？她就住在城的正南。華貴的樓房面對著大路，高高的門戶關閉森嚴。臉上的神采像朝日般光彩照人，誰能不羨慕她那美好的容顏。媒人們到底在做些什麼，為何不及時用玉帛來聘娶成婚？原來這美女傾慕的是情操高尚的男子，只是如此美好的郎君也實在難於尋求。一般人只是徒然亂說，哪知道姑娘看中什麼樣的人。年華正盛卻獨自待守空房，半夜裡起身不由得長歎短吁。

白馬篇

【題　解】本篇在《樂府詩集》中屬〈雜曲歌辭‧齊瑟行〉，以首句開頭的兩個字作為篇名。一作〈遊俠篇〉。詩中塑造了一個有高超武藝的邊塞遊俠兒的形象，熱情贊美他機智勇敢，憂國忘私的精神，寄託了作者嚮往建立功業的理想和抱負。詩的辭藻華美，描寫細緻，節奏明快，風格豪放。前人曾指出開頭四句「類盛唐絕句」，又指出「俯身散馬蹄」一類對仗工整的詩句，對南朝詩人探索近體詩的實踐有一定的影響（見謝榛《四溟詩話》）。

白馬飾❶金羈❷，連翩❸西北馳。借問誰家子，幽并❹遊俠兒❺。少小去❻鄉邑，揚聲❼沙漠垂❽。宿昔❾秉❿良弓，楛矢⓫何⓬參差⓭。控弦⓮破左的⓯，右發⓰摧⓱月支⓲。仰手接⓳飛猱⓴，俯身散㉑馬蹄㉒。狡㉓捷過猴猿，勇剽㉔若豹螭㉕。邊城多警急，虜騎㉖數遷移㉗。羽檄㉘從北來，厲㉙馬登高堤㉚。長驅蹈㉛匈奴，左顧㉜陵㉝鮮卑㉞。棄身㉟鋒刃端，性命安可懷㊱？父母且㊲不顧，何言子與妻？名編壯士籍㊳，不得㊴中㊵顧㊶私。捐軀㊷赴國難，視死忽㊸如歸。

【注釋】❶飾　裝飾。❷羈　馬絡頭。❸連翩　飛跑不停的樣子。❹幽并　西北地區的兩個州名。❺遊俠兒　重義輕身之人。❻去　離開。❼揚聲　名聲傳播。❽垂　即「陲」。邊疆；邊境地區。❾宿昔　素常。❿秉　拿著。⓫楛矢　用楛木做箭桿的箭。⓬何　何等。⓭參差　長短不齊。⓮控弦　拉弓。⓯的　箭靶的中心部分。⓰右發　向右發去。⓱摧　摧毀；射裂。⓲月支　一種白色射帖（箭靶之類）的名稱。⓳接　迎前高射的姿態。⓴猱　猿猴的一種。㉑散　碎散。㉒馬蹄　一種黑色箭靶的名稱。㉓狡　同「矯」。強健。㉔剽　指行動迅速勇猛。㉕螭　傳說中猛獸名。如龍，黃而無角。㉖虜騎　古代對北方侵略者的稱呼。㉗遷移　這裡指對邊境的侵擾。㉘羽檄　古代征兵、召回將士或聲討的文書。寫在一尺二寸長的木簡上，叫檄；緊急的文書上面插羽毛，叫羽檄。這裡指前方的戰情報告和告急的文書。㉙厲　策厲；驅趕。㉚堤　堤防；用土築成的防禦敵人的工事。㉛蹈　踐踏。引申為擊敗。㉜左顧　向左進攻。㉝陵　凌轢；壓倒。㉞鮮卑　我國古代東北方的一個民族，屬東胡種族，東漢末年為北方強族。㉟棄身　置身。㊱懷　思慮；顧惜。㊲且　尚且。㊳籍　名冊。㊴不得　不能夠。㊵中　同「衷」。心裡。㊶顧　顧念；考慮。㊷捐軀　獻身。㊸忽　輕忽；不放在心上。

【語譯】金色的籠頭裝飾著的白馬，飛一般地向西北奔馳。請問馬上是誰家的子弟，他是幽并二州的英勇兒郎。年少時他就離開了家鄉，聲名傳揚在邊遠的沙漠。經常手拿精良的強弓，楛木製成的利箭參差掛腰間。

你看他拉開弓弦發出箭，射穿了左邊箭靶的靶心；向右發箭，又射裂了箭靶。他揚手射中了如飛的猴子，一俯身又射裂了箭靶。他強健敏捷賽過了猿猴，勇猛矯健又像豹螭一般。邊城常常出現緊急情況，胡人連連侵擾邊疆。告急的文書從北邊傳來，他策馬登上高高的堤防。他長驅直入擊敗匈奴，向東進攻又壓倒了鮮卑。置身於劍鋒刀刃之上，又怎能把性命放在心上。連父母都尚且顧不上，哪裡還談得上繫念妻子和兒女？英武的名字將編入壯士的名冊，心裡不能顧及個人的私事。捨棄生命去奔赴國家危難，把死看得很輕，就如同回家一樣平常。

名都篇

【題解】本篇在《樂府詩集》中被收入〈雜曲歌辭‧齊瑟行〉，是曹植自製的新題樂府，以篇首二字為題目。本篇是曹植前期代表作之一。詩中對都市裡那些有嫻熟的騎射技藝，卻不能為國家獻身立功的貴族子弟進行了諷刺。認為他們常年耽於飲宴、鬥雞走狗和打獵等遊樂是虛擲美好的少壯時光。這同〈白馬篇〉所描敘的內容恰恰形成了鮮明的對照，從不同的角度反映了詩人希望建功立業的思想。

名都❶多妖女❷，京洛❸出少年。寶劍直❹千金，被服❺麗且鮮。鬥雞❻東郊道，走❼馬長楸間❽。馳騁未能半❾，雙兔過❿我前。攬弓捷⓫鳴鏑⓬，長驅上南山⓭。左挽⓮因⓯右發，一縱⓰兩禽連⓱。餘巧⓲未及展，仰手接飛鳶⓳。觀者咸⓴稱善，眾工㉑歸㉒我妍㉓。我歸宴㉔平樂㉕，美酒斗十千㉖。膾鯉臇胎鰕㉗，炮㉘鼈炙熊蹯㉙。鳴㉚儔㉛嘯匹侶，列㉜坐竟㉝長筵㉞。連翩㉟擊鞠㊱壤㊲，巧捷㊳惟㊴萬端㊵。白日㊶西南馳，光景㊷不可攀㊸。雲散㊹還城邑，清晨復來還㊺。

【注釋】❶名都 著名的都市。如當時的邯鄲、臨淄等。❷妖女 美女。妖，豔麗。❸京洛 京城洛陽。❹直 同「值」。❺被服 服裝。❻鬥雞 兩雞相鬥，以決勝負。❼走 跑。此作使動詞用。使馬跑。❽長楸間 指大道上。長楸，楸樹是一種直幹高聳的落葉喬木，古時往往於大道兩旁種楸樹。❾馳騁未能半 承馬言，說馬還沒有跑到一半路程。❿過 經過。⓫捷 引；搭。⓬鳴鏑 響箭。又叫嚆矢。鏑，箭頭。⓭南山 洛陽南的大石山。⓮挽 拉。⓯因 於是。表示同時動作。⓰縱 放箭。⓱兩禽連 兩隻兔同時被射中。禽，指兔。古時禽兼指鳥獸。⓲餘巧 別的技藝。⓳鳶 老鷹。⓴咸 都。㉑眾工 眾射手。㉒歸 心裡佩服。㉓妍 巧技。㉔宴 設宴。㉕平樂 即平樂觀。漢明帝時造，在洛陽門外。㉖斗十千 每斗酒價值十千錢。這裡是極言酒價之高，借指酒味之美。斗，酒器。㉗膾鯉臇胎鰕 即把鯉魚的肉切得很細，用鮐魚做成少汁的羹。膾，細切肉。臇，汁很少的肉羹。胎鰕，有子的鮐魚。這句的膾、臇都是用作動詞。㉘炮 與下文「炙」都是燒烤。㉙熊蹯 熊掌。㉚鳴 嘯；呼喚。㉛儔 與下文「侶」皆言同伴；朋友。㉜列 排列。㉝竟 完；盡。這裡指坐滿。㉞筵 酒席。㉟連翩 亦作「聯翩」。飛動的狀態。㊱鞠 毛球。玩時用腳踢。㊲壤 用兩塊木片製成的玩具。玩時將一塊放在三四十步以外的地上，用另一塊扔過去打它。㊳巧捷 奇巧敏捷。㊴惟 語助詞。㊵萬端 萬種。這裡是變化多端的意思。㊶白日 太陽。㊷光景 原指日月，引申為時光。㊸攀 追挽；留住。㊹雲散 像雲一樣地散去。㊺復來還 指又來到東郊、南山、平樂觀這些地方取樂。還，返回。

【語譯】著名的都市多豔麗美女，京城洛陽出英俊少年。少年們手握價值千金的鋒利寶劍，身穿華麗鮮豔的服裝。他們鬥雞在城東郊區的道上，跑馬在長長的楸樹林蔭道間。馬還沒有跑到一半路程，一雙野兔經過了我的面前。拿著弓搭上了響箭，一直趕著馬追上了南山。左手挽弓右手於是發出了箭，一箭同時射中了兩隻兔。別的技藝還沒來得及施展，揚手又射中了迎面飛來的老鷹。觀看的人都稱讚叫好，射手們也佩服我的射藝高。回來時在平樂觀裡設酒宴，宴席上美酒價高味又鮮。把鯉魚的肉切得很細，用鮐魚做成了少汁的羹；還要鮮炒鼈肉，火烤熊掌。叫喚朋友招呼同伴，依次地坐滿了長長的筵席。酒後又不住地蹴鞠擊壤，動作奇巧敏捷，變化多端。太陽向西奔馳，時光無法挽留。大家像雲一樣散去，返回到居住的城市，彼此約好第二天清晨再來這裡取樂。

王明君詞 并序

【作　者】石崇，字季倫，西晉文學家。祖籍渤海南皮（今河北），生於青州，故小名齊奴。石崇年少敏慧，勇而有謀。二十歲任修武縣令。元康初年，出任南中郎將、荊州刺史。在荊州劫掠客商，遂致巨富，生活奢豪。後拜為衛尉，是依附賈謐的文人集團二十四友的成員。永康元年賈謐被誅，趙王司馬倫專權，石崇被趙王倫親信孫秀誣殺。

【題　解】這是一首敘事詩。詩中以第一人稱的口吻，敘述了漢文帝時王昭君遠嫁匈奴的痛苦遭遇，對王昭君的不幸寄寓了深切的同情。在詠嘆王昭君事蹟的詩作中，這是最早的一首。

王明君者，本是王昭君，以觸文帝諱改焉❶。匈奴盛，請婚於漢。元帝以後宮良家子❷昭君配焉。昔公主嫁烏孫❸，令琵琶馬上作樂，以慰其道路之思。其送明君，亦必爾也。其造新曲，多哀怨之聲，故敘之於紙云爾。

【注　釋】❶觸文帝諱改焉　這是說王昭君之名到了晉代，晉人因為晉文帝名司馬昭，王昭君之名觸犯了文帝名諱，就把王昭君改名王明君。❷後宮良家子　好人家兒女。即不是出身醫、巫、商賈、百工之家者。❸昔公主嫁烏孫　漢武帝時曾以江都王劉建女兒細君為公主，遠嫁烏孫。

【語　譯】王明君本來叫王昭君，因為觸犯文帝名諱而改。匈奴強盛，向漢朝請求通婚，漢元帝就把後宮出身良家的女子昭君配給匈奴單于。從前公主嫁烏孫王，曾令琵琶手在馬上奏樂，來安慰公主在遠道上的思鄉之情。漢人送昭君，想來一定如此。他們所作新曲，多哀怨的音調，我就在紙上加以敘述。

我本漢家子❶，將適❷單于❸庭。辭訣❹未及終，前驅已抗旌❺。僕御涕流離，轅馬悲且鳴❻。哀鬱傷五內❼，泣淚溼朱纓❽。行行日已遠❾，遂造❿匈奴城。延⓫我於穹廬⓬，加我閼氏⓭名。殊類⓮非所安⓯，雖貴非所榮⓰。父子見陵辱，對之慚且驚⓱。殺身良⓲不易，默默以苟生⓳。苟生亦何聊⓴，積思常憤盈㉑。願假㉒飛鴻翼，乘之以遐征㉓。飛鴻不我顧，佇立㉔以屏營㉕。昔為匣中㉖玉，今為糞上㉗英㉘。朝華不足歡，甘與秋草并㉙。傳語後世人，遠嫁難為情㉚。

【注釋】❶子　此指女兒。❷適　前往。❸單于　漢時匈奴稱其君長為單于。❹辭訣　辭別。此指辭別的儀式。❺抗旌　指舉起旗子開路。❻僕御涕流離二句　以僕御、轅馬烘托自己的悲傷。僕御，隨行人員。❼五內　又稱五中、五臟。泛指內心。❽朱纓　指昭君許嫁時所繫的一種紅色彩帶。❾日已遠　指離漢宮一天比一天遠。❿造　到達。⓫延　延請。⓬穹廬　匈奴人所居住的氈帳。⓭閼氏　即相當於漢族的皇后。⓮殊類　不同族類。⓯非所安　不認為是安適。⓰非所榮　不認為是榮耀。⓱父子見陵辱二句　據《漢書》載，王昭君所嫁丈夫為呼韓邪，呼韓邪死後，其子雕陶莫皋復妻王昭君，並且還生了兩個孩子。父死，兒子娶父親的妻子為妻，這是匈奴的風俗；但王昭君認為這是遭到了父子兩代人的凌辱，所以使她感到慚愧和驚駭。⓲良　實在。⓳苟生　苟且求生。⓴何聊　指不能依靠。㉑憤盈　同義複詞。指充滿填塞。㉒假　借。㉓遐征　遠飛。㉔佇立　靜立。㉕屏營　徘徊彷徨。㉖匣中　喻漢室。㉗糞上　喻匈奴。㉘英　昭君自喻。㉙朝華不足歡二句　謂活在匈奴，雖見朝華心仍不樂，不如早些死去，與秋草為伍。㉚難為情　情難為。此指痛苦之情難以忍受。

【語　譯】我本來是漢族女子，現在將要被迫嫁到匈奴去。辭別的儀式還沒有完結，帶路人已舉起了催發的旗幟。隨從僕御淚流滿面，駕車的馬也悲傷鳴泣。哀愁憂鬱充塞內心，連珠似的淚水霑溼了朱纓。走啊走，一天又一天地離家鄉遠去，於是來到了匈奴城。把我請進穹廬內，又加賜給我閼氏的尊名。然漢族與匈奴並非同族類，他們所認為安適榮華的東西，我卻並不認為如此。父子兩代都相繼凌辱我，對此我感到慚愧且驚駭。殺身求仁做起來並不容易，我只能默默地苟且求生。苟且求生又有何依靠，憂愁悲傷填塞了胸臆。但願能借飛鴻的翅膀，以此飛向遙遠的家鄉。然而飛鴻並不能使我如願以償，我只能久處在此左右徬徨。以前在漢宮，彷彿是匣中的美玉，如今來到匈奴就好像糞上的花朵。對著朝華，卻沒有歡樂，不如立刻死去如同秋草枯黃。傳語給後代的人們：遠嫁異類他鄉，憂傷的情感實在難以忍受。

卷二八

樂　府十七首

【作　者】陸機，見頁七〇五。

猛虎行

【題　解】〈猛虎行〉是古樂府調名，屬〈相和歌辭・平調曲〉。這首詩是抒發自己正直獨立的懷抱不得實現的感慨。言自己是很慎於出處的，但由於時命不能選擇，結果是功不成名不就，深負了平生之志。

渴不飲盜泉水❶，熱不息惡木陰❷；惡木豈無枝？志士❸多苦心❹。整駕肅時命❺，杖策將遠尋❻。飢食猛虎窟，寒棲野雀林❼。日歸功未建，時往歲載陰❽。崇雲臨岸駭，鳴條隨風吟❾。靜❿言⓫幽谷⓬底，長嘯高山岑⓭。急弦無懦響，亮節難為音⓮。人生誠未易，曷⓯云開此衿⓰？眷⓱我耿介懷⓲，俯仰愧古今。

【注　釋】❶渴不飲盜泉水　據《尸子》記載，孔子經過盜泉，雖然口渴也不飲盜泉的水，因為厭惡泉的名字。盜泉，水名。在今山東泗水東北。❷熱不息惡木陰　據《管子》記載，懷耿介之心的志士，不在惡木之枝下乘涼。惡木，壞的樹木。❸志士　守操行的人。❹多苦心　指不飲盜泉、不陰惡木。❺整駕肅時命　整頓車駕，敬從君命。肅，敬。時命，時君之命。❻杖策將遠尋　將要策馬遠行。策，馬鞭。❼飢食猛虎窟二句　在猛虎窟裡食，在野雀林裡宿。〈猛虎行〉古辭：「飢不從猛虎食，暮不從野雀棲。」這裡反用其意，說為時勢所迫，飢不擇食，寒不擇棲。❽日歸功未建二句　是說時間很快地過去了，功業卻沒有建立。日歸，日沒。歲載陰，歲暮。載，猶則。古時以春夏為陽月，秋冬為陰月。❾崇雲臨岸駭二句寫歲暮景色，意謂，崇雲從高岸而起，枝條隨風吹而吟。崇，高。駭，起。鳴條，風吹發聲的樹枝。⑩靜　沈思。⑪言　語助詞。⑫幽谷　深谷。⑬岑　山小而高。⑭急弦無懦響二句　這裡用音樂作比，意思是說，有高節的人講話一定慷慨激昂，像急弦之不會發出懦響一樣；但慷慨直言又不為時君所容，所以說「難為音」。急弦，繃得很緊的弦。懦響，緩弱的聲音。亮節，高亮的節操。⑮曷　何。⑯衿　同「襟」。懷抱。⑰眷　顧。⑱耿介懷　堅正獨立的抱負。即上文的志士之心。耿介，正直。

【語　譯】雖然口渴但不飲盜泉之水，雖身覺炎熱但不在惡木之下乘涼。難道惡木沒有可遮蔭的樹枝？然而有操行的君子卻不願如此做。整頓車駕，敬從君命，揚起馬鞭將要遠行。在猛虎窟穴裡尋食，在野雀樹林裡投宿。時光一天又一天過去，但功名仍未建立，轉眼之間已到歲末。崇雲從高岸而起，枝條隨風吹而吟。經深谷而沈思，登高山而長嘯。弦急不會發出緩弱之音，高風亮節之人卻難於發出慷慨的言論。人生處世誠然不易，如何能夠放寬我的胸懷呢？想到我懷著正直抱負而不得施展，所以深深愧對古今的志士。

君子行

【題　解】〈君子行〉屬〈相和歌辭・平調曲〉。吳兢《樂府古題要解》說：「古詞云，『君子防未然，不處嫌疑間』，言君子雖瓜田不納履，李下不正冠，以遠嫌疑也。」陸機這首〈君子行〉與古詞主旨相同。這首詩正反映了當時複雜的政治環境，以及他深知世途翻覆禍福無常而極力想防患於未然所作的努力。全詩以議論為主，排偶成篇。陳祚明說，陸機詩「在法必安，選言亦雅。思無越畔，語無溢幅」（《采菽堂古詩選評》），正可作為這首詩的評價。

天道夷❶且簡❷，人道嶮而難。休❸咎❹相乘躡❺，翻覆若波瀾。去疾苦不遠，疑似實生患❻。近火固宜熱，履冰豈惡寒❼。掇蜂滅天道，拾塵惑孔顏❽。

逐臣⑨尚何有，棄友⑩焉足歎。福鍾恆有兆，禍集非無端⑪。天損未易辭，人益猶可懽⑫。朗鑒豈遠假，取之在傾冠⑬。近情苦自信，君子防未然⑭。

【注　釋】❶夷　平坦。❷簡　簡明易行。❸休　喜慶。❹咎　災禍。❺相乘躡　指相互交替、相互追隨。乘，登。躡，履。❻去疾苦不遠二句　是說人們在生活中盡力遠離災禍，避嫌唯恐不遠，但是，疑似難分，常常免不了受到嫌疑。這是人生一難。去疾，指遠離災禍。疑似，似是而非者，語出《呂氏春秋・疑似》。❼近火固宜熱二句　漢王充《論衡》：「夫近水則寒，近火則溫，遠之才微。」這二句是說近火、履冰，氣之所加，不可能沒有疑似之跡。這是人生又一難。❽掇蜂滅天道二句　這裡運用了兩個典故。掇蜂，典見漢蔡邕《琴操・履霜操》：周宣王時，賢臣尹吉甫的後妻為了誣害前妻之子伯奇，取毒蜂放在自己的衣領上，要伯奇為他捉蜂。吉甫遠遠看見，誤以為伯奇對後母有欲念，怒而逐伯奇。拾塵，典見《呂氏春秋・任數》：顏回燒飯，看見塵土落在飯甑裡了，就把不乾淨的飯抓出來吃掉，孔子見到，就懷疑顏回偷食。尹吉甫、孔子是古代有名的賢相聖人，尚且免不了不察疑似之跡，可見人世的險難。❾逐臣　指闇君逐臣。傳毅〈七激〉有「闇君逐臣，頑父放子」之句。❿棄友　指密友棄恩舊。《毛詩・谷風序》：「天下俗薄，朋友道絕焉。」鄭玄注：道絕者，棄恩舊也。⓫福鍾恆有兆二句　枚乘〈上吳王書〉：「福生有基，禍生有胎。」幸福聚於一人，常常會出現預兆；災禍集於一身，也不可能毫無端由。意謂禍福之來都有一個漸變的過程。鍾，聚集。⓬天損未易辭二句　原意謂天把禍災降下來，這並非自己所招引來的，所以要安然處之而不要推辭。別人給予自己福澤，這也不是自己所求取來的，所以也應該安然接受並感到高興。這二句的意思是要說明吉凶禍福是難以避辭的。損，指災禍。益，指福祥。⓭朗鑒豈遠假二句　《抱朴子》說：「明鏡舉則傾冠見矣。」意思是說，只要我們善於比照反省自己，就可以發現問題，及時糾正。朗鑒，明覽。假，借。傾冠，帽子傾斜不正。⓮近情苦自信二句　是說小人近情，苦於自信，不能避嫌遠禍；而君子能防微杜漸，有長遠之謀，故可遠嫌避疑，防患於未然。近情，遠慮的反義詞。指目光短淺、感情用事。

【語　譯】天道平坦易行，人道艱險難越。生活的道路上禍福相交替，就如同波瀾翻覆。人們在生活中盡力遠離災禍，避嫌唯恐不遠，但是，疑似難分，常常免不了遭到禍患。接近火堆自應溫熱，走向冰凍難道討厭寒冷。吉甫之妻誘人捉蜂是毀滅天道，聖人孔子亦尚且有錯疑顏回偷食之時。所以暗君逐臣，密友棄情，又何足慨歎。幸福聚於一人，常會出現預兆；災禍集於一身，亦不可能毫無端由。天要降禍於你，你無法逃避，別人若授福於你，你亦無法推辭。明鏡哪裡要到遠處去借用，只在低頭自思之間。小人目光短淺，苦於自信，便不能避禍；君子有長遠之謀，便可防患於未然。

從軍行

【題　解】〈從軍行〉屬〈相和歌辭・平調曲〉。吳兢《樂府古題要解》說：「〈從軍行〉皆軍旅苦辛之辭。」〈從軍行〉現在最早的歌辭是王粲的從軍詩五首。他認為「從軍有苦樂，但問所從誰」。如果有了神武的將領，定能早日蕩平敵人。漢魏以至晉，幾百年動亂紛爭，人們普遍存在的厭戰情緒越來越強烈。陸機此詩，言苦而不及樂，正反映了這種心理。詩除開頭結尾外，中間十六句，兩兩排偶。明代詩評家王世禎指出，陸機已於「古調中出俳偶」（《藝苑卮言》），開創了唐代排律之端，確是有見之言。

苦哉遠征人，飄飄窮四遐❶。南陟五嶺❷巔，北戍長城阿。深谷邈無底，崇山鬱嵯峨❸。奮臂攀喬木，振跡涉流沙❹。隆暑❺固已慘，涼風❻嚴且苛。夏條焦鮮藻❼，寒冰結衝波❽。胡馬如雲屯，越旗亦星羅❾。飛鋒無絕影❿，鳴鏑自相和⓫。朝食不免冑，夕息常負戈⓬。苦哉遠征人，拊心⓭悲如何。

【注　釋】❶窮四遐　指從軍遠征到四方絕遠的邊境。此為全詩總寫，以下分別從東西南北夏冬分寫。❷五嶺　通往嶺南的五條道路。位在今福建、廣西、廣東一帶。❸深谷邈無底二句　《列子》載，渤海之東有大壑焉，實惟無底之谷。可見這二句是寫東方。邈，深遠的樣子。鬱，盛大的樣子。嵯峨，山高峻。❹流沙　神話地名。在西部崑崙山一帶。❺隆暑　酷暑。❻涼風　指深冬寒風。❼夏條焦鮮藻　夏天，枝條鮮花均被炎日烤焦。❽寒冰結衝波　冬天寒冰凝結，河水夾著冰塊滾動。❾胡馬如雲屯二句　胡馬、越旗，均借代敵軍。如雲屯，如黑雲屯積。星羅，如星星羅布。皆極言敵軍之多。❿飛鋒無絕影　閃亮的飛刀沒有停息的時候。⓫鳴鏑自相和　敵我飛鏑往來穿梭，叫聲相互應和。⓬朝食不免冑二句　此二句為互文。意指朝晚吃飯休息都持著戈，穿著冑甲。⓭拊心　捶胸，極言痛苦之狀。

【語　譯】真悲苦啊，出門遠征的兵士們，他們整年到頭飄泊在四方絕遠邊境。向南跋陟五嶺之道，向北戍衛在長城頭上，向東歷經無底深谷，高山嵯峨重疊。奮臂攀援高大的樹木，向西涉跡流沙冰雪。盛夏裡本來處境悲慘，冬日寒風多麼凜烈。烈日使樹枝鮮草都被烤焦；隆冬裡河水夾著冰塊滾動。敵軍似黑雲屯聚，敵旗星羅棋布。刀光閃爍，與日光相耀；飛鏑相射，鳴聲不絕。無論朝朝暮暮，無論吃飯休息，都不能免冑釋戈。遠征戰士的悲苦啊，捶胸悲哀無可奈何。

豫章行

【題　解】〈豫章行〉為樂府清調曲名，是樂府舊題，屬〈相和歌辭・清調曲〉。這首詩藉寫別離悲歎苦樂無常，人壽短暫，歲月不待人。是當時社會動亂、政治複雜的客觀現實給知識分子帶來精神苦悶的反映。

泛舟清川渚，遙望高山陰❶。川陸殊途軌❷，懿親❸將遠尋❹。三荊歡同株❺，四鳥悲異林❻。樂會良自古，悼別豈獨今❼。寄世❽將幾何，日昃無停陰❾。前路既已多❿，後塗隨年侵⓫。促促薄暮景，亹亹鮮克禁⓬。曷為復以茲？曾是懷苦心⓭。遠節嬰物淺，近情能不深⓮。行矣保嘉福，景絕⓯繼以音⓰。

【注　釋】❶泛舟清川渚二句　意謂自己在江中舟上而親人將要陸行。❷川陸殊途軌　言川陸不同道。❸懿親　至親。❹遠尋　遠離。❺三荊歡同株　〈古上留田行〉載，三荊同一根生，一荊斷絕不長。同株，同根。❻四鳥悲異林　指四鳥將各奔東西。《孔子家語》載：完山之鳥生四子焉，羽翼既成，將分乎四海，其母悲鳴而送之。❼樂會良自古二句　此二句為互文。意謂因相會而歡樂，因分離而悲傷，自古而然。❽寄世　指暫活在人世間。❾日昃無停陰　指太陽不停地在運轉。日昃，太陽偏西。❿前路既已多　喻壽命已過去很多。⓫後塗隨年侵　言老之將至。⓬促促薄暮景二句　意謂日月流逝，無法挽回。促促，急迫的樣子。景，指日光。亹亹，行進的狀態。鮮克禁，很少能夠止住。鮮，少。克，能夠。⓭曷為復以茲二句　是說為什麼還要對別離之事懷著悲苦之情呢？⓮遠節嬰物淺二句　是自我解嘲，說目光遠大的人受物類影響自然很淺，而目光短淺的人自然要深受物類之苦了。遠節，指目光志向遠大。近情，指目光短淺。嬰，繞。⓯景絕　指行人已去。景，身影。⓰繼以音　謂通以音訊。

【語　譯】我在清流間泛舟，遠望那高山北坡。川陸不同道，至親要分離。三荊因它們同根所生而歡樂，四鳥彼此分離而悲泣。因相會而樂，自古以來就是如此，因離別而悲哀難道只是今天。人生暫時在世將有多少時辰，你看那日月運轉一刻也不停。壽命已逝去了許多，晚年也將來臨。日行匆匆已近西山，無人能夠止住它。為什麼還要對著別離之事懷著悲苦之情呢！目光遠大的人自然不會受物類的影響，目光短淺的人自然因物傷懷。去吧，希望你能好運長存，你的身影消逝還望常通音訊。

苦寒行

【題　解】〈苦寒行〉屬樂府〈相和歌辭・清調曲〉。曹操有〈北上太行山〉一首，備言寒天雪地行役之苦。陸機此詩，表達的也是此意。這首詩羅列役夫苦寒情境，雖多排句，但情真景切，尚不嫌堆垛。

北遊幽朔城❶，涼野多嶮難。俯入穹❷谷底，仰陟高山盤❸。凝冰結重澗，積雪被長巒❹。陰雲興巖側，悲風鳴樹端❺。不覩白日景❻，但❼聞寒鳥喧。猛虎憑林嘯，玄猿臨岸歎❽。夕宿喬木下，慘愴恆❾鮮❿歡。渴飲堅冰漿，飢待零露餐⓫。離思⓬固⓭已久，寤⓮寐⓯莫與言⓰。劇⓱哉行役人，慊慊⓲恆苦寒。

【注釋】❶北遊幽朔城　傳說舜分冀州東北為幽州，即現在河北北部和東北遼寧一帶。幽，州名。古十二州之一。朔，北方。❷穹　同「窮」。深。❸盤　形容山路盤旋曲折。❹凝冰結重澗二句　千重山澗結冰凍，萬里山巒被積雪。重澗長巒，謂山重澗複，逶迤不盡。❺陰雲興巖側二句　是說陰冷的雲層從懸崖峭壁間噴湧而起，料峭的寒風在樹端狂嘯。❻不覩白日景　言山太高，把太陽遮住了，連白天也見不到太陽。景，日影。❼但　僅只。❽猛虎憑林嘯二句　言山林間虎猿出沒，極其恐怖。憑，依。❾恆　常常。❿鮮　少。⓫零露餐　以零露為食。⓬離思　離別思鄉之情。⓭固　本來。⓮寤　醒著時。⓯寐　睡著。⓰莫與言　沒有誰可與訴情。⓱劇　甚。⓲慊慊　遺憾；不滿足。

【語譯】向北行役到了幽州，這裡寒冷荒涼多險難。俯身進入深谷底，仰頭又登盤曲的高山。重重山澗結冰凍，厚厚積雪覆蓋著山巒。陰冷的雲層從峭壁間湧起，料峭的寒風在樹端悲鳴。行於山谷，白天也見不到太陽，只聽到悲鳥啼寒。猛虎隱藏在樹林狂嘯，黑猿對著斷岸長歎。行役之人晚上宿於樹下，心情經常淒涼少歡。渴了，飲的是堅冰水；餓了，吃的是寒露珠。在艱苦的環境中早就萌生了思鄉懷親之情，但醒時夢裡都沒有人可以傾吐。行役之人真悲苦啊，心中怨恨，苦畏嚴寒。

飲馬長城窟行

【題　解】〈飲馬長城窟行〉為漢樂府舊題。陸機以前的作者多用此題寫婦人思念丈夫之情，或述健兒修築長城之苦。陸機這首詩則寫將士北征的豪邁與艱辛。後來南朝、隋唐作者多以此題寫邊塞征戰之苦，顯然是受陸機的影響。這首詩在具體的意象、構思方面對後人也有影響。劉宋鮑照的〈白馬篇〉、唐人王維的〈使至塞上〉、韓愈的〈左遷至藍關示姪孫湘〉等詩中的許多句子，都由陸機此詩化出。

驅馬陟陰山❶，山高馬不前❷。往問陰山候❸，勁虜在燕然❹。戎車❺無停軌，旌旆❻屢徂遷❼。仰憑積雪巖，俯涉堅冰川❽。冬來秋未反❾，去家❿邈以綿⓫。玁狁亮未夷，征人豈徒旋⓬。末德爭先鳴，凶器無兩全⓭。師克薄賞行，軍沒微軀捐⓮。將遵甘陳⓯跡，收功單于⓰旃⓱。振旅⓲勞⓳歸士，受爵槀街傳⓴。

【注釋】❶陰山　山名。在今內蒙古自治區境內、河套以北。❷不前　指畏縮不前。❸候　偵察、伺望之意。這裡作名詞用。指偵察兵。❹勁虜在燕然　是陰山候的回答，說敵人正在燕然山一帶。燕然山，即今蒙古境內的杭愛山。❺戎車　軍車。❻旌旆　指軍中的旗幟。❼屢徂遷　指頻頻遷移。徂，往。❽仰憑積雪巖二句　或上雪山，或下冰川。極言旅途艱辛困苦。憑，依。❾反　即「返」。指返回家鄉。❿去家　離開家鄉。⓫邈以綿　邈、綿，均指久遠。以，而。連詞。⓬玁狁亮未夷二句　既交代了戰士們「冬來秋未反」的原因，又含有將士們那種不獲全勝決不收兵的豪氣。玁狁，古代北方民族。即前文所提到的勁虜。亮，實在。夷，平定。徒，白白地。旋，歸返。⓭末德爭先鳴二句　是說儘管戰爭是殘酷的，戰場上你死我活，斷無兩全之理，但戰士們仍爭先恐後，英勇殺敵。末德，指征戰之事。語出《莊子・天道》：「三軍五兵之運，德之末也。」凶器，兵器。古人認為兵乃不祥之器，《韓非子・存韓》云：「兵者，凶器也，不可不審用也。」⓮師克薄賞行二句　這二句議論感慨，充滿了對將士的同情。克，戰勝。薄賞行，即行薄賞。指得到很微薄的賞賜。軍沒，指戰敗。微軀捐，即捐微軀。指暴屍沙場。⓯甘陳　指西漢的兩位名將甘延壽和陳湯，他倆曾出征西域，斬匈奴郅支單于之首，使漢王朝西部邊境得到安定；二人都獲封侯之賞。⓰單于　匈奴首領之稱。⓱旃　旌旗。古時作戰，勝者拔取對方旗幟。⓲振旅　整頓軍隊。指班師。⓳勞　慰勞。⓴受爵槀街傳　是說將軍凱旋接受封爵，其英名傳布於諸使館間，有威鎮四海之意。槀街，漢代長安街名。招待少數民族君長或使者的館舍皆在此街。

【語　譯】策馬登陰山，山高路險，駿馬亦畏縮不前。向陰山候騎探問軍情，回答說強敵正在燕然山一帶。驅車追趕，無稍稍安憩之時，大軍隨之屢屢遷徙。一路上，或攀依雪巖，或爬涉冰川。從冬天出征，到如今又是一年秋天，離開家鄉越來越遠。然而敵軍尚未平定，有志戰士怎能空手回返？戰爭之中將士爭著先登而呼，敵我絕無兩全之理。雖然克敵受賞，那賞賜也很微薄；如果不幸戰敗，往往不免落個暴屍沙場的結局。但將士們都願仿效甘延壽、陳湯的英勇事蹟，誓死把單于殲滅。到那時整頓軍旅，班師受賞，接受封爵英名將傳遍槀街。

門有車馬客行

【題　解】陸機這首〈門有車馬客行〉屬相和歌瑟調曲。宋朝郭茂倩編的《樂府詩集》收錄〈門有車馬客行〉歌辭凡六首，此首為其中的第一首。看來陸機之前似不曾有人用過這個題目作過歌辭。曹植有一首〈門有萬里客〉，對一位顛沛流離的萬里客表示同情，詩意與陸機此首不同，但其詩云：「門有萬里客，問君何鄉人。褰裳起從之，果得心所親。挽衣對我泣，太息前自陳。」似為陸機此首詩前半部分的構思用詞所本。這首詩首敘故鄉來客的情狀，次寫與來客的對話，末段抒懷發論。而遊子思鄉、今昔盛衰之感，昭然若揭。這首詩語言樸實，不加雕飾，純以其情感力量打動讀者。向故鄉來客詢問家園情況這一構想，抓住了生活中常見而又富於感染力的一個片斷加以表現，頗能引起共鳴，因此對後代詩人很有啟發。某些套用「門有車馬客」為題的樂府詩自不必說，即從唐代王維的〈雜詩〉「君自故鄉來，應知故鄉事，來日綺窗前，寒梅著花未」中，也可見其影響深遠。

門有車馬客，駕言❶發故鄉。念君久不歸，濡跡涉江湘❷。投袂赴門塗，攬衣不及裳❸。拊膺攜客泣，掩淚敘溫涼❹。借問邦族間，惻愴論存亡❺。親友多零落❻，舊齒❼皆彫喪。市朝❽互遷易，城闕❾或丘荒❿。墳壟日月多，松柏⓫鬱芒芒。天道信崇替，人生安得長⓬？慷慨惟⓭平生，俛仰⓮獨悲傷。

【注　釋】❶駕言　駕著馬車。言，語助詞。無義。❷念君久不歸二句　是來客的話，他說，念你久久不歸，故渡江涉水，不避辛苦，前來探望。濡跡，猶言濡足。即霑溼雙腳之意。江湘，可理解為泛指南方的江河。❸投袂赴門塗二句　描繪主人迎客的情景。主人聽說故鄉客人來，便揮袖而起，奔向大門。他急急忙忙拿起衣服披上，卻來不及穿裙裳。袂，衣袖。投袂，即揮袖。表示其行動之急速。塗，指古代居處堂下通向大門的路。攬衣，撩起衣擺。❹拊膺攜客泣二句　寫主客相見時情景。先是拊著胸，拉著客人的手對泣；繼而是收淚互敘寒暖。膺，胸。掩淚，掩面而泣。溫涼，寒暖。指日常起居。❺借問邦族間二句　案：此合以下六句是寫來客所述故鄉的情況。邦族，此指故鄉親友。惻愴，傷痛的意思。❻零落　與下文「彫喪」皆指衰老死亡。❼舊齒　有德望的老人。❽市朝　市集。❾城闕　城樓。❿丘荒　丘墟。⓫松柏　墳壟邊的樹木。仲長子《昌言》：「古之葬，松柏梧桐以識其墳也。」⓬天道信崇替二句　此合以下二句是主人聽客人敘述後的感慨。天道，指自然規律。信，確實。崇替，盛衰。崇，盛。替，廢。⓭惟　想。⓮俛仰　即俯首仰面。描寫其傷感時的動作。

【語　譯】門前有駕著車馬的客人，駕著馬車從故鄉來。客人說，念你久久不歸，故渡江涉水，不避辛苦，前來探望。我急忙揮袖而起，奔向大門，匆匆忙忙只披了上衣，卻忘記了穿下裳。拊著胸，拉著客人的手哭泣，揩拭眼淚問寒敘暖。問及故鄉邦族，客人傷心地跟我談起了親友存歿的情況。親友多已不在，有德望的老人亦多已去世。過去繁華的集市已屢屢變遷，城樓有的亦已成了丘墟。新墳舊壟隨著日月的推移而不斷增加，墓地裡松柏森森，一片陰暗。按照自然規律，萬物都有盛衰；那麼人生又豈能永久？慨歎著回顧此生，俯仰間不禁情緒激動，悲從中來。

君子有所思行

【題　解】〈君子有所思行〉屬〈樂府詩‧雜曲歌辭〉，宋郭茂倩《樂府詩集》收錄陸機、謝靈運、鮑照、沈約、李白、貫休六人的〈君子有所思〉作品共七首，而陸機詩居首，可見〈君子有所思行〉是陸機首創。這首詩先描寫都城雕梁畫棟，宴飲麗色的奢華場景，然後指出不能以此為久計，當引以為戒。此詩主旨具有積極意義。

命駕❶登北山，延佇❷望城郭。廛❸里❹一何❺盛，街巷紛漠漠❻。甲第❼崇高闥❽，洞房❾結阿閣❿。曲池何湛湛⓫，清川帶華⓬薄⓭。邃宇⓮列綺⓯窗，蘭室接羅幕。淑貌色斯升，哀音承顏作⓰。人生誠行邁⓱，容華隨年落。善哉膏梁士，營生奧且博。宴安消靈根，酖毒不可恪⓲。無以肉食資，取笑葵與藿⓳。

【注釋】❶命駕　命僕駕車。❷延佇　徘徊久立。❸廛　指城邑的居處。❹里　商賈聚居處。❺一何　如此；多麼。❻紛漠漠　密布的樣子。❼甲第　舊時豪門貴族的宅第。❽闥　門。❾洞房　連接相通的房間。❿閣　樓閣。⓫湛湛　清澈的樣子。⓬華　花。⓭薄　草木叢生處。⓮邃宇　深邃的屋宇。⓯綺　花紋。⓰淑貌色斯升二句　此謂美貌由於顏色而見重，哀音由於顏衰而作。《論語・鄉黨》：「色斯舉矣，翔而後集。」⓱人生誠行邁　即古詩「人生天地間，忽如遠行客」之意。⓲宴安消靈根二句　語出《左傳・閔公元年》：「宴安酖毒，不可懷也。」意謂宴安之為害，猶如鴆之有毒。靈根，指身體。《老子黃庭經》：「玉池清水灌靈根，靈根堅固老不衰。」酖，通「鴆」。鴆羽有毒，入酒飲之，能殺人。恪，恭謹。⓳無以肉食資二句　意思是告戒揮霍者，不要因為自己食肉顯得高貴，就取笑食葵藿的貧賤之人，其實宴安有傷身體，猶如飲鴆殺人一樣，還是及時醒悟好。肉食，指奢華高貴的生活。葵藿，菜名。指貧賤樸素的生活。

【語譯】命僕駕車登上北山，徘徊久立俯視城郭。城邑閭里何其繁盛，大街小巷縱橫布列。豪門宅第高門林立，相通的房間緊接樓閣。曲曲荷池清澈見底，泱泱小溪圍繞花草。深邃的屋宇裝飾著雕花的窗戶，芳香的內室掛著羅帷。美貌由於顏色而受重視，哀音由於顏衰而作。人生天地間，確如遠行的旅客，容貌隨著年歲的增長而衰落。富貴之人真行啊，營生之道可謂深奧而廣博。然而歡宴安樂有害身體，如同飲酖酒不可懷戀。不要因為自己衣鮮食美，便取笑食葵藿的貧賤之人。

齊謳行

【題解】〈齊謳行〉是樂府舊題，屬〈雜曲歌辭〉。齊謳，有二說，一說是齊地的歌謠，一說是齊聲而歌。《漢書》曰：「漢王至南鄭，諸將及士卒皆歌謳思東歸。」顏師古注：「謳，齊歌也。謂齊聲而歌。或曰齊地之歌。」這首詩極言齊國地大物美，並指出「天道有迭代，人道無久盈」。以此告戒人們，應該及時努力，遵守本分，不可妄有所求。

營丘❶負❷海曲❸，沃野爽❹且平。洪川❺控❻河濟❼，崇山❽入高冥❾。東被姑尤❿側，南界聊攝⓫城。海物錯⓬萬類，陸產尚千名⓭。孟諸⓮吞楚夢⓯，百二侔秦京⓰。惟師⓱恢⓲東表⓳，桓后定周傾⓴。天道㉑有迭代，人道㉒無久盈。鄙哉牛山歎㉓，未及至人㉔情。爽鳩苟已徂，吾子安得停㉕？行行將復去，長存非所營㉖。

【注釋】❶營丘 《禮記》說：「太公封於營丘。」鄭玄注：「齊曰營丘。」❷負 背靠。❸海曲 海隅；海邊。❹爽 明亮乾燥。❺洪川 大河。❻控 引。❼河濟 指黃河與濟水。❽崇山 大山。❾高冥 高天。❿姑尤 姑水、尤水，齊東界，皆在城陽郡東南入海。⓫聊攝 齊西界，平原聊縣東北有攝城。⓬錯 雜陳。⓭尚千名 指陸產種類繁多。⓮孟諸 齊國的水澤名。⓯楚夢 楚國水澤名。⓰百二侔秦京 是說如果天下有一百萬兵力，則秦齊各得其中的百分之二十，所以說齊秦正好相匹敵。而這句話的用意在於說明齊國兵力雄厚。侔，相當；齊等。秦京，指秦國。⓱師 指姜尚。⓲恢 恢弘；發展。⓳東表 指齊地。齊國原是姜尚的封地，故這樣說。⓴桓后定周傾 齊桓公定霸中原，匡扶周室，所以說他定周傾。桓后，指齊桓公。周傾，行將危亡的周室。㉑天道　自然規律，如日落月升，春去秋來。㉒人道　人事規律，如年老身死等。㉓鄙哉牛山歎　牛山歎，典出《晏子春秋》：「景公遊牛首山，北臨其國，流涕曰：若何去此而死乎。」景公對於人的身老離世表示悲歎，陸機認為這是不明白天道人道的規律，所以說他淺陋。鄙，此指淺陋。㉔至人　道德修養達到最高境界的人。語出《莊子・逍遙遊》：「至人無己，神人無功，聖人無名。」㉕爽鳩苟已徂二句　是說如果爽鳩氏已經死亡，那麼你又怎能長久停留在世間享受人生之樂呢？典出《左傳》：「齊侯飲酒樂。公曰，古而無死，其樂若何？晏子對曰：古而無死，古之樂也，君何得焉？爽鳩氏始居此地，季萴因之，而逢伯凌因之，蒲姑氏因之，而太公因之。古若無死，爽鳩氏之樂，非君所願也。」爽鳩，相傳上古少皡氏的官名，齊地的先祖。徂，同「殂」。死亡。停，停止；停留。指不死。㉖營　營求。

【語　譯】齊國背靠海岸，沃野乾燥而平坦。黃河濟水穿越而過，崇山峻嶺高聳入雲。東至姑、尤二水，南接聊攝平原。海物雜陳上萬類，陸產豐富上千種。孟諸大澤超過楚國的雲夢澤，兵力占天下百分之二十與秦國相當。姜尚太公恢弘齊地，齊桓稱霸匡扶將傾的周室。自古天道更迭交替，人道難道會永遠滿盈？淺陋啊！齊景公在牛山上關於人生短暫的歎息，這實在是還沒有達到至人無己的境界。爽鳩氏尚且已經死亡，你又怎能在此久享人生快樂？在這世上之人，每人都行行如過客啊，長生不死實在是不可營求的。

長安有狹邪行

【題　解】〈長安有狹邪行〉是樂府舊題，屬〈相和歌辭・清調曲〉。這首詩寫一位遊宦之士，因仕途不得志而在歧途上徘徊。結果碰到了舊親豪彥的一番勸解啟發，認識到自己不能規步守一，而應另謀新主，以謀發展。全詩完全是反話，表面看是要遵從舊親豪彥之勸，其實卻是對此種人的諷刺。此詩在一定程度上反映了當時政治黑暗，知識分子前途困苦的現實。

伊洛有歧路❶，歧路交朱輪❷。輕蓋❸承華景❹，騰步躡飛塵❺。鳴玉豈樸儒，憑軾皆俊民❻。烈心厲勁秋，麗服鮮芳春❼。余本倦遊❽客，豪彥多舊親❾。傾蓋❿承⓫芳訊⓬，欲鳴當及晨⓭。守一不足矜，歧路良可遵。規行無曠跡，矩步豈逮人⓮。投足緒已爾，四時不必循⓯。將遂殊塗軌⓰，要予⓱同歸津⓲。

【注釋】❶歧路　岔路。❷朱輪　古代高官所乘之車，用朱紅漆輪，故名。❸輕蓋　輕捷的車蓋。此指輕捷的車子。❹華景　日光。❺騰步躡飛塵　指馬騰步揚起飛塵。躡，足踏。❻鳴玉豈樸儒二句　是說那乘車的人，身佩玉飾，卻不是樸儒，而是俊偉之客。鳴玉，古人高貴者身佩玉飾，《禮記》說，君子行則鳴佩玉。憑軾，手扶車欄杆。此指乘車者。俊民，俊雄之人。❼烈心厲勁秋二句　是說這些遊於狹邪的俊民，其剛烈之心比勁秋還要嚴峻，而他們穿戴的服飾又比芳春還要鮮麗。這二句與上面二句寫出了俊偉之士文武雙全，外柔內剛的特性。烈心，剛烈之心。厲，嚴峻。❽倦遊　仕宦不如意而思退休。❾豪彥多舊親　這句是說豪彥之人中很多是自己的舊親好友。❿傾蓋　謂行道相遇，停車使車蓋接近而語。蓋，車蓋。⓫承　承蒙。⓬芳訊　美好的訊告之語。⓭欲鳴當及晨　是指傾蓋相逢的豪彥舊親的勸告語：要他及時再作努力。《孔子家語》：「孔子之郯，遭程子於途，傾蓋而語。」又李善注：「雞及晨而鳴，以喻人及時而仕也。」⓮守一不足矜四句　是說原來行仕不得志，那是因為規行守一之故。現在不能再死守故轍了，應該遵行歧路，委曲從人，以求發展。守一，抱守一種法式。歧路，岔路。良，確實。規行，即守一而行。曠跡，遠跡。矩步，按規矩行步，亦指規行守一之意。⓯投足緒已爾二句　李善注：「言規行矩步，既無所及，故投足前緒且當止矣。猶如四時異節，不必相循。」緒，事。⓰將遂殊塗軌　指將另投新主，以謀發展。⓱要予　邀我。⓲同歸津　指殊途而同歸。

【語譯】在京都洛陽城外的岔路上，遇到一輛朱輪馬車。它那輕捷的車蓋承迎著陽光，馬車下塵土飛揚。車上人身佩鳴玉，難道僅僅是一位儒士？他手憑車欄，分明是一位俊傑。他那剛猛之心比勁秋還要嚴峻，他那高貴的穿著比芳春還要鮮麗。我是一位仕途失意之士，京城裡的豪彥大多是舊親。與舊親傾蓋而語，承蒙他善意的勸告，說應當及時而仕。抱守貞一之道未可為法式，就如同岔路本有許多路可走。規矩行步既沒有廣大的前途，又怎能及得上前路之人？投足前賢之路，其事既然已如此，那麼就應當適可而止，猶如那四時異節，不必相循。還是另謀新途吧，他盛情邀我同歸。

長歌行

【題　解】〈長歌行〉是漢代樂府舊題。樂府又有〈短歌行〉，長、短均指歌聲而言。〈長歌行〉古辭以「青青園中葵」起興，說榮華不能長久；又以「百川東到海」為喻，說時光不能倒流；從而得出「少壯不努力，老大徒傷悲」的結論。陸機此詩即沿用古辭主旨而寄託自身的感慨。情感表現強烈有力，是這首〈長歌行〉的明顯特點。

逝❶矣經天日❷，悲哉帶地川❸。寸陰無停晷，尺波豈徒旋❹。年往迅勁矢，時來亮急弦❺。遠期❻鮮克及❼，盈數❽固希❾全。容華❿夙夜零⓫，體澤⓬坐⓭自捐⓮。茲物⓯苟⓰難停，吾壽安⓱得延⓲？俛仰逝將過，倏忽幾何間⓳。慷慨亦焉訴⓴，天道㉑良自然㉒。但恨㉓功名薄，竹帛㉔無所宣㉕。迨㉖及歲未暮㉗，長歌承我閒㉘。

【注　釋】❶逝　與下文「悲」為互文。❷經天日　經天運行的太陽。❸帶地川　像帶子一樣繞地東流的河水。❹寸陰無停晷二句　是說日影不留，水流不返。晷，日影。徒，白白地。旋，流轉。❺年往迅勁矢二句　是說年歲之消逝迅於勁疾之矢，光陰之來誠如急速之弓弦。迅勁矢，迅於勁矢。亮，的確。❻遠期　指年壽超過一百二十歲。❼鮮克及　很少能夠達到。❽盈數　指滿一百二十歲。❾希　同「稀」。指稀少。❿容華　指容顏。⓫夙夜零　日夜零落。⓬體澤　身體的光澤。

⑬坐 無故；自然。⑭捐 棄。⑮茲物 此物。指容華體澤。⑯苟 如果。⑰安 怎麼。⑱延 延長。⑲俛仰逝將過二句是說歲月在俯仰之間流逝而去，人生倏忽能幾何時。⑳焉訴 向誰去訴說。㉑天道 指年往時來日月消逝的客觀變化。㉒良自然 誠然是自然的。㉓但恨 只遺憾。㉔竹帛 古時歷史記載於竹帛之上，此竹帛指代史籍。㉕宣 述。㉖迨 及。㉗歲未暮 指年未老。㉘長歌承我閒 意謂乘我閒暇且長歌抒懷。承，乘。

【語譯】真悲傷啊，看那太陽經天西下，江河繞地東流。即使一寸光陰也不停留，即使一尺水波也無法倒流。以往的歲月已疾馳而去，未來的歲月又飛奔而至，比那繃緊的弓弦射出勁挺的箭更為迅疾。一百二十歲的期壽自然難以達到，能超過此壽者更是極為稀少。但見少年容顏之華采，日日夜夜地凋落；其肌膚之潤澤，無緣無故而消失。容華體澤的衰退若無法控制，那我們的生命又怎能延長？歲月在俯仰之間流逝而去，人生倏忽能幾時。心情激動向哪裡訴說，因為年往時來日月消逝本是宇宙的自然法則。只遺憾沒有在有限的人生歷程中建立功名，無法使自己的名載於史籍留傳後世。還是及此年歲未晚，趁我閒暇之時，放聲長歌，以消愁散憂吧。

悲哉行

【題解】〈悲哉行〉在《樂府詩集》中屬〈雜曲歌辭〉。這首詩表達了客子傷春念遠之思；念遠之情由春景而生。全詩上半寫景，下半寫情，景情之間過渡自然。王夫之評此詩說：「音響節促，全為謝客（謝靈運）開先，平原（陸機）所云謝朝華啟夕秀者殆自謂此。」不過，就全詩的內容來看，這首詩所抒發的是士大夫的一般感慨之作，缺乏情韻。

遊客芳春林❶，春芳傷客心。和風飛清響，鮮雲❷垂薄陰。蕙草❸饒❹淑氣❺，時鳥多好音❻。翩翩鳴鳩羽❼，喈喈❽倉庚❾吟。幽蘭盈❿通谷⓫，長秀⓬被⓭高岑⑭。女蘿亦有託，蔓葛亦有尋⑮。傷哉遊客士，憂思一何⑯深。目感隨氣草，耳悲詠時禽⑰。寤寐⑱多遠念⑲，緬然⑳若飛沈㉑。願託歸風響，寄言遺㉒所欽㉓。

【注釋】❶芳春林　指花木繁茂的春天郊野。❷鮮雲　白雲。❸蕙草　香草名。俗名佩蘭。❹饒　富有。❺淑氣　芳香之氣。❻好音　指柔和婉轉的鳥啼聲。❼翩翩鳴鳩羽　斑鳩鳥一面歌唱，一面輕輕地飛舞。翩翩，形容鳩鳥輕飛的樣子。鳩，斑鳩。❽喈喈　鳥鳴聲。❾倉庚　黃鶯。❿盈　滿。⓫通谷　深谷。⓬長秀　繁花。長，多；餘。秀，花。⓭被　同「披」。覆蓋。⓮岑　小而高的山。⓯女蘿亦有託二句　以蘿、葛有所依託反襯客子遠遊他鄉，飄蕩無依。女蘿，松蘿。又名菟絲，附著在松樹或其他樹木的樹皮上而生。蔓葛，一種依附灌木而生的蔓生植物。尋，沿著。⓰一何　多麼。表示程度深。一，是程度副詞。⓱目感隨氣草二句　是說客子目睹草色變化，耳聞時禽悲鳴而引起無限感觸。隨氣草，指草木的顏色隨氣節而變化。詠時禽，指禽鳥的聲音隨時令而變化。⓲寤寐　醒著或睡著。即日夜的意思。⓳遠念　懷念遠方的故鄉和親人。⓴緬然　遙遠的樣子。㉑飛沈　謂遠隔。飛，高飛。沈，下沈。㉒遺　贈。㉓所欽　自己所欽敬的親友。

【語譯】客子遊於春天的芳林，春日的美景觸動了客子之心。和煦的春風吹拂草木，發出清越的聲音；陽光透過白雲垂下薄陰。蕙草散發出濃郁的溫馨，候鳥鳴唱著動聽的歌聲。鳴鳩振動著羽毛翩翩而飛，黃鸝喈喈，調舌長吟。幽馥的蘭草長滿深谷，繁盛的花朵遍布山野。女蘿有所依託，蔓葛也有所攀緣，悲傷啊，客子遠遊他鄉，飄蕩無依，憂鬱的情懷多麼深沈。目睹那草色變化而有所感觸，耳聞那時禽囀鳴而心悲。客子禁不住日夜繫念著阻隔天涯的故鄉親人，如同鳥飛魚沈，相隔殊遠。多麼希望能借助吹回故鄉之風，把一片相思之情帶給遠方的親人！

吳趨行

【題解】〈吳趨行〉為樂府詩題，屬〈雜曲歌辭〉。崔豹《古今注》說：「〈吳趨行〉，吳人以歌其地。陸機〈吳趨行〉曰：聽我歌吳趨。趨，步也。」這首詩極力宣揚吳越的地美物豐人傑政和。作者是吳郡人，這首詩無疑是一篇出色的家鄉贊美詩。在藝術方法上，本詩採用對比烘托和鋪陳細描的手法。顯得思路闊且又具體。

〈楚妃〉且勿歎，〈齊娥〉且莫謳❶。四坐❷並清聽，聽我歌〈吳趨〉❸。吳趨自有始，請從昌門❹起。昌門何峨峨❺，飛閣跨通波❻。重欒❼承游極❽，回軒啟曲阿❾。藹藹❿慶雲⓫被，泠泠祥風過。山澤多藏育⓬，土風⓭清且嘉。泰伯導仁風，仲雍揚其波⓮。穆穆延陵子，灼灼光諸華⓯。王跡隤陽九⓰，帝功興四遐⓱。大皇自富春，矯手頓世羅⓲。邦彥⓳應運興，粲若春林葩⓴。屬城㉑咸有士，吳邑㉒最為多。八族㉓未足侈，四姓實名家。文德熙淳懿，武功侔山河㉔。禮讓㉕何濟濟㉖，流化自滂沱㉗。淑美難窮紀㉘，商搉㉙為此歌。

【注釋】❶楚妃且勿歎二句　是說請不要唱贊美楚妃的〈楚妃歎〉，也不必唱〈齊謳行〉，以引出下文「聽我歌吳趨」。楚妃，楚莊王妃樊姬。此指樂府吟歎曲〈楚妃歎〉，晉石崇作辭，內容歌詠樊姬諫莊王狩獵及進賢事。齊娥，齊國歌女。此當指贊美齊地為內容的樂府雜曲歌辭〈齊謳行〉。歎、謳，皆指歌唱。❷四坐　指周圍的人。❸歌吳趨　即歌〈吳趨行〉。❹昌門　春秋吳國西郭門。❺峨峨　高峻貌。❻跨通波　與海通波之意。這裡是寫河。❼重欒　指柱首承梁的曲木，在櫨之上。❽游極　指棟梁之木。❾回軒啟曲阿　言長窗開於屋之曲阿也。回軒，長窗。曲阿，屋的曲角。❿藹藹　濃盛的樣子。⓫慶雲　五色雲。也作景雲、卿雲。古人以為祥瑞之氣。⓬山澤多藏育　指物產豐富。⓭土風　鄉土的歌謠樂曲。《左傳・成公九年》：「樂操土風，不忘舊也。」⓮泰伯導仁風二句　泰伯、仲雍，吳國祖先，皆仁賢之士。這裡據以說明上句「土風清且嘉」之所在。《史記》載，吳太伯，弟仲雍，皆周太王之子，而王季歷之兄也。季歷賢，有聖子昌，太王欲立季歷以及昌，於是太伯、仲雍二人，乃奔荊蠻以避季歷。季歷果立，是為王季，而昌為文王。太伯之奔荊蠻，自號句吳。太伯卒，無子，弟仲雍立。導仁風，揚其波，指太伯開創仁風，仲雍繼承之。《典引》曰：仁風翔於海表。⑮穆穆延陵子二句　延陵子，指吳太子季札。延陵，原為地名（其地在今江蘇武進）。春秋吳太子季札封邑，時人因稱季札為延陵季子。吳季札是吳王壽夢之季子，壽夢欲傳以位，辭不受；魯襄公二十九年，季札歷聘於魯齊鄭衛晉等國，當時以多聞著稱。所以本詩說他「灼灼光諸華」。穆穆，美善。灼灼，明亮。諸華，即諸夏。指周代分封的諸侯國。⑯王跡隤陽九　此句言，王跡隤於陽九。王跡隤，李善注引《孟子》：王者之跡息而詩亡。陽九，術數家以四千六百一十七歲為一元，初入元一百零六歲，內有旱災九年，謂之陽九。聯繫上下文，此王跡似指吳王夫差之亡。吳王夫差之亡，實因荒淫所致，作者為其飾辭，說這是由於趕上了陽九之年。⑰帝功興四遐　似指三國吳王孫權。四遐，四方邊遠地區。⑱大皇自富春二句　是說大皇出自富春江畔，舉手整頓皇朝政綱。大皇，指孫權。《三國志‧吳志》曰：孫權，字仲謀，吳富春人也。薨，諡曰大皇帝。矯，舉手。頓，整。世羅，猶皇綱。⑲邦彥　指國中英才。《詩經》：彼已之子，邦之彥兮。⑳葩　花朵。㉑屬城　所管轄的縣邑。㉒吳邑　吳縣。陸機為吳郡人。㉓八族　與下文「四姓」皆指吳地的豪族大姓。八族，指陳、桓、呂、竇、公孫、司馬、徐、傅。四姓，指朱、張、顧、陸四姓。㉔文德熙淳懿二句　文德、武功，指文臣武將。李善注引曹植言，相者文德昭，將者武功烈。熙，興。此指盛多。淳懿，品德美好。武功侔山河，這句說，武將們勇武剛烈，足可與山河之堅固相媲美。侔，相等。山河，古代常以山與河為防敵屏障。《漢書》載，漢興，封爵之誓曰：使黃河如帶，泰山若礪，國以永存，爰及苗裔。㉕禮讓　賢讓。《論語》：「泰伯三以天下讓。」㉖濟濟　李善注：「多威儀也。」㉗滂沱　原指大雨的樣子。這裡用以形容禮讓習俗流化之盛。㉘難窮紀　指難以完全記錄。㉙商搉　粗略。

【語　譯】請不必唱贊美楚妃的〈楚妃歌〉，也不必歌詠〈齊謳行〉。四座客人請認真聽，聽我歌詠〈吳趨行〉。吳趨歌所唱有起源，起源請從吳都西郭昌門開始。昌門是多麼巍峨雄奇，架空閣道跨過通海的大河。立柱重欒承托著浮空的棟梁，長窗開啟於門屋的曲角。藹藹慶雲在上空覆蓋，清泠的祥風從此門吹過。吳地的山澤物產豐富，吳地的民風清淳嘉美，自從開國祖先泰伯開創了仁賢風氣，弟弟仲雍又對此加以發揚。穆穆美善的延陵季子，因其廣聞博見而光照諸夏。雖然吳王夫差因遇上陽九而隤其王跡，而帝業則從邊遐再起。大帝出自富春山水，舉手整頓王政朝綱。邦國英才應時運而興起，一時間如同春天的花葩滿山遍林地開放。屬下縣城都有賢士俊才，而吳郡更是人才濟濟。八族不算多，四姓皆名家。文臣之德淳厚懿美，武將之功如山河堅偉。禮讓之風到處盛行，如大雨滂沱教化流播民間。吳地的美善無法說盡，作此歌辭粗陳大略。

短歌行

【題　解】〈短歌行〉屬〈相和歌辭·平調曲〉。吳兢《樂府古題要解》說：「魏武帝『對酒當歌，人生幾何』；晉陸士衡『置酒高堂，悲歌臨觴』皆言當及時為樂。」悲歎人生短暫、主張及時行樂，這是漢魏六朝間亂世詩人共同的心理狀態。〈古詩十九首〉中已明確表示了「為樂當及時，何能待來茲」的人生態度。但曹操作為亂世英雄，在「對酒當歌，人生幾何」的慨歎中，貫注了熱望團結賢才、成就功業的慷慨奮發之氣。陸機此詩在用詞與構思上亦明顯地模擬曹操的〈短歌行〉，可惜他僅只抒發了當時士人普遍流行的悲苦心理，而缺乏曹操那種以統一天下為己任的胸襟及惜時愛才的懷抱。所以相形之下，陸機此詩，詩旨略顯淺平。

置酒高堂，悲歌臨觴❶。人壽幾何？逝如朝霜❷。時無重至，華❸不再❹陽。

蘋❺以❻春暉，蘭以秋芳。來日❼苦❽短，去日❾苦長。今我不樂，蟋蟀在房❿。

樂以會興，悲以別章⓫。豈曰無感，憂為子忘⓬。我酒既旨⓭，我肴⓮既臧⓯。短

歌有詠，長夜無荒⓰。

【注　釋】❶置酒高堂二句　化用曹詩「對酒當歌」之意。置酒，指設酒宴。臨，對著。觴，酒樽。❷人壽幾何二句　與曹詩「人生幾何？譬如朝露」意同。❸華　同「花」。❹再　第二次。❺蘋　植物名。生淺草中，春夏開小白花。❻以　在。介詞。❼來日　未來的時日。❽苦　苦於。❾去日　逝去了的時日。❿今我不樂二句　化用《詩經·唐風·蟋蟀》詩句：

「蟋蟀在堂，歲聿其暮。今我不樂，日月其除。」當蟋蟀在室內悲吟暮秋的時候，詩人也產生了遲暮之悲。⓫樂以會興二句　歡樂因為相會而產生，悲愁因為離別而顯著。以，因。章，同「彰」。顯著。⓬豈曰無感二句　因為別易會難，歡樂無多，所以暫時相聚，顯得格外歡樂，一時間也因朋友的相聚而忘了憂愁。為，因為。⓭旨　味美。⓮肴　菜肴。⓯臧　嘉美。⓰長夜無荒　指不要辜負長夜，要夜以繼日地飲樂，但不要放縱荒淫。

【語譯】設酒宴於高堂之上，對著酒杯悲唱。人壽能有多長啊？如同晨霜瞬間就會消逝。逝去的時間不會再回來，花朵不會第二次開放。蘋花只在春天開放，蘭花只在秋季發香。留下的時間實在太少，消逝的光陰又苦於太多。如今我心中不樂，蟋蟀在室內悲吟著暮秋。歡樂因朋友聚會而產生，悲愁因別離更顯得強烈。難道我此刻沒有悲憂？只因有你在一起才暫時忘記了悲苦。酒已釀得濃郁甘香，魚肉也美好豐盛。且把這短歌詠唱，盡歡長夜，但不要荒淫無度。

日出東南隅行

【題解】〈日出東南隅行〉或作〈羅敷豔歌〉，《玉臺新詠‧卷三》作〈豔歌行〉，即漢樂府詩〈陌上桑〉的別稱，在《樂府詩集》中屬〈相和歌辭‧相和曲〉。本篇塑造了一位品貌俱佳的美女形象。詩分兩節，前節著重於靜態的刻畫，後節則將美女放到洛水邊與眾遊女相對比，著重寫其歌舞的優美。在藝術上，本詩對漢樂府〈陌上桑〉和曹植〈美女篇〉都有繼承和發展。

扶桑升朝暉❶，照此高臺端❷。高臺多妖❸麗，濬❹房出清顏❺。淑貌❻耀皎日❼，惠心❽清且閒。美目揚玉澤❾，蛾眉象翠翰❿。鮮膚一何⓫潤，秀色若可餐。窈窕多容儀，婉媚⓬巧笑⓭言。暮春春服成⓮，粲粲綺與紈⓯。金雀⓰垂藻翹⑰，瓊珮⑱結瑤璠⑲。方駕⑳揚清塵，濯足㉑洛水瀾。

藹藹風雲會，佳人一何繁㉒。南崖充羅幕，北渚盈軿軒㉓。清川含藻景，高崖被華丹㉔。馥馥芳袖揮，泠泠纖指彈㉕。悲歌吐清響，雅舞播幽蘭㉖。丹脣㉗含九秋，妍跡陵㉘七盤㉙。赴曲迅驚鴻，蹈節如集鸞㉚。綺態隨顏變，沈姿㉛無乏源㉜。俯仰紛阿那㉝，顧步咸可懽。遺芳結飛飈，浮景映清湍㉞。冶容不足詠，春遊良㉟可歎。

【注釋】❶扶桑升朝暉　即朝暉升扶桑之倒。扶桑，東方神樹。朝暉，太陽。❷高臺端　即高臺上。指美女所居的房室。❸妖　美好。❹濬　深邃。❺清顏　指美麗的姑娘。❻淑貌　美貌。❼皎日　燦爛的陽光。❽惠心　秀美的心靈。❾美目揚玉澤　是說姑娘的目光如同美玉的光澤。玉澤，美玉的光澤。❿翠翰　翠毛。〈登徒子好色賦〉：眉如翠羽。⓫一何　多麼。⓬婉媚　柔順悅人。⓭巧笑　美好的笑貌。《詩經．衛風．碩人》：「巧笑倩兮，美目盼兮。」⓮春服成　指春服穿定。語出《論語．先進》：「暮春者，春服既成。」⓯綺與紈　都是精細的絲織品。⓰金雀　一端作雀形的金釵。⓱藻翹　華美的羽毛。⓲瓊珮　玉佩。⓳瑤璠　美玉名。⓴方駕　並駕。㉑濯足　此指春遊嬉水。濯，洗。㉒藹藹風雲會二句　是說洛水邊上春遊嬉水的美女很多。藹藹，眾多的樣子。風雲會，像風雲一樣聚會。一何繁，何其多。㉓南崖充羅幕二句　是說洛水的南崖到處是羅幕，北渚停滿了軿車。軿軒，軿車。婦女所乘四周有障蔽的車。㉔清川含藻景二句　是說清水起著波紋，與崖壁上開放的鮮花正相映襯。㉕馥馥芳袖揮二句　是說美女揮袖，播散芳香；美女彈琴，纖指間發出清泠之音。㉖幽蘭　指蘭花似的幽香。照應上句「馥馥芳袖揮」。又指歌舞之名。宋玉〈風賦〉：「臣援琴而鼓之，為〈幽蘭白雪〉之曲。」㉗丹脣　紅唇。㉘陵　乘；踩踏。㉙七盤　古舞名。《通典．一四五樂五》：「槃舞，漢曲，至晉加之以杯，謂之世寧舞也。」張衡〈舞賦〉云：「歷七槃而屣躡。」王粲釋云：「七槃陳於廣庭。」㉚赴曲迅驚鴻二句　是以鴻飛鸞集，比喻舞步之優美。卞蘭〈世牧〉曰：「翻放袂而赴節，若遊鴻之翔天。」邊讓〈章華臺賦〉曰：「忽飄然以輕逝，似鸞飛於天漢。」㉛沈姿　深沈的舞姿。㉜無乏源　乏源，一作「定源」。無定源，即隨時變化，沒有定格。㉝阿那　即「婀娜」。㉞遺芳結飛飆二句　是說優美的歌聲與飆風相應，婀娜的舞姿倒映清河。㉟良　確實。

【語　譯】太陽從東方扶桑樹上升起，照耀在高高的樓臺上。樓臺上有許多美麗女子，深屋內住著一位可愛的少女。她美豔的容貌可與燦日輝映，她惠美的氣質顯得清雅幽閒。她美目顧盼散發美玉的光澤，她眉毛彎彎，如同翠羽一般。她那鮮嫩的皮膚是多麼地潤滑，她那秀麗的容貌異乎尋常。她身材婀娜窈窕，她言笑柔順悅人。暮春時節她穿上了春服，豔麗的春服都用綺紈製成。頭上金雀釵垂掛著華色的羽毛，身上的佩帶綴滿了美玉。並駕齊驅揚起清塵，來到了洛水準備嬉水。

如同風雲聚會，洛水邊的遊女是如此之多。南崖布滿了羅幕，北渚停滿了帷車。清水起著波紋，高崖上正開放著鮮麗的花朵。揮動長袖，芬芳馥郁；纖指彈琴，一片清音。她的歌聲悲涼清越，她的舞袖播放出幽蘭之香。她紅紅的嘴唇間吐出了〈九秋〉之歌，她用優美的舞步跳起了古傳的七盤舞。她的舞姿是如此輕捷幽美，隨著樂曲如同驚鴻翻飛，踩著節拍恰似鸞鳥翔集。其舞姿與表情相一致，變化多端簡直使人眼花撩亂。她的一俯一仰都柔美多姿，她的一顰一顧都給人帶來歡欣。優美的歌聲與高空中的飆風相應，她的翩翩舞姿倒影在水裡。豔麗的容貌誇贊不盡，春遊的盛況實在是可以歎美詠歌。

前緩聲歌

【題　解】〈前緩聲歌〉原是漢樂府舊題，屬於〈雜曲歌辭〉。緩聲，是指歌聲之緩。陸機此詩描寫了遊仙的過程，表達了一種延壽長命的願望。郭茂倩《樂府解題》說：「晉陸機〈前緩聲歌〉：『遊仙聚靈族，高會曾城阿』，言將前慕仙遊，冀命長緩，故流聲於歌曲也。宋謝惠連又有〈後緩聲歌〉，大略戒居高位而為讒諂所蔽，與前歌之意異也。」

遊仙聚靈族，高會曾城阿❶。長風萬里舉，慶雲❷鬱嵯峨❸。宓妃❹與洛浦❺，王韓❻起太華。北徵❼瑤臺女❽，南要❾湘川娥❿。肅肅宵駕動⓫，翩翩⓬翠蓋羅⓭。羽旗棲瓊鸞，玉衡吐鳴和⓮。太容⓯揮⓰高弦，洪崖⓱發清歌。獻酬⓲既已周，輕舉⓳乘紫霞。揔轡扶桑枝⓴，濯㉑足湯谷㉒波。清輝溢天門，垂慶惠皇家㉓。

【注釋】❶遊仙聚靈族二句　是說遊歷仙境集合眾神在崑崙山曾城崗上聚會。曾城，神話地名。相傳在崑崙山上。張衡〈思玄賦〉「登閬風之曾城兮，搆不死為床」注引《淮南子》：「崑崙山有曾城九重，高萬一千里，上有不死樹在其西。」❷慶雲　祥雲。❸嵯峨　高峻的樣子。❹宓妃　洛河神女。❺洛浦　洛水邊。❻王韓　指王子晉與韓眾。皆傳說中成仙之人。❼徵　召喚。❽瑤臺女　當指有娀女簡狄。屈原〈離騷〉：「望瑤臺之偃蹇兮，見有娀之佚女。」瑤臺，用美玉砌成的臺。偃蹇，高聳的樣子。有娀，有娀氏。原始社會的一個部落名。佚女，美女。古代傳說有娀氏女簡狄，住在瑤臺上，後來嫁給帝嚳，生契，契是商朝的祖先。本詩「北徵瑤臺女」即典出於此。❾要　通「邀」。邀請。❿湘川娥　指湘水女神娥皇和女英。傳說娥皇和女英是帝堯的女兒，嫁給舜作妻，舜南巡而崩，二女趕至湘水邊涕哭，以涕揮竹，竹為之盡斑，後二女投湘水而死，成為湘水之神。⓫肅肅宵駕動　典出《詩經》：「肅肅宵征。」⓬翩翩　舞動的樣子。⓭翠蓋羅　指有羅蓋的車子，羅蓋上飾著翠羽。⓮羽旗棲瓊鸞二句　寫車上裝飾。羽旗棲瓊鸞，以瓊玉做成的鸞鳥裝飾在羽旗上，因為是鸞鳥，所以用「棲」字。玉衡吐鳴和，用玉雕成鸞鳥形的車鈴掛在車衡上，發出啾啾的鳴和之聲。典出《楚辭・離騷》：「揚雲霓之晻藹兮，鳴玉鸞之啾啾。」⓯太容　黃帝樂師。⓰揮　指撥動。⓱洪崖　傳說中的仙人名。即黃帝的臣子伶倫，帝堯時已三千歲，仙號洪崖。崖，亦作「涯」。蔡邕〈郭有道碑文〉：「將蹈洪涯之遐跡，紹巢許之絕軌。」又晉郭璞〈遊仙詩〉「左挹浮丘袖，右拍洪崖肩」，即指此。⓲獻酬　彼此答酬。⓳輕舉　飛升。⓴揔轡扶桑枝　典出《楚辭・離騷》：「飲余馬於咸池兮，揔余轡乎扶桑。」揔，繫結。轡，馬韁繩。扶桑，神話中的東方神樹名。㉑濯　洗。㉒湯谷　神話地名。相傳太陽由此而出。㉓清輝溢天門二句　是說眾仙光輝照耀天帝宮門，降下幸福惠賜我皇家。惠，賜予。皇家，指地上皇家。

【語　譯】遊歷仙境，集合眾神，在崑崙山曾城崗上聚會。乘長風，飄萬里，足蹈祥雲多嵯峨。宓妃女神從洛浦趕來，王子晉與韓眾也從太華山前往。又向北邀請瑤臺簡狄，向南邀請湘水二女。大家一起急速夜間起行，翠蓋翩翩繼續飛行。羽旗上瓊鸞安棲，車衡上玉鸞啾啾。樂師太容撥動琴瑟，仙人洪崖唱起清歌。彼此獻酬美滿周全，乘著紫霞飛騰而起。把馬兒繫在神樹扶桑枝上，在太陽升起的湯谷濯足。眾仙清輝照耀天帝宮門，降下幸福惠賜我皇家。

塘上行

【題　解】〈塘上行〉屬〈相和歌辭・清調曲〉。《樂府古題要解》說：「諸集錄皆言其詞（為魏）文帝甄后所作，歎以讒見棄，猶幸得新好不遺故惡焉。」陸機的這首〈塘上行〉為擬古辭之作，也是一首宮怨詩。這首詩敘寫身世，託江蘺而委婉道出；寫被棄之悲，則先以男歡襯出女愛，先寫避妍甘退，跌出懼讒。結句想望之辭，又以「廣末光」設譬，辭旨哀婉動人。可見陸機此詩是擬古而非泥古，窺其詩意，已遠遠超出甄后為郭后所譖，被賜死後宮的本事，其間寓託深微。後段議論，已由女子色衰見棄推及天道遷易，人世無常的宇宙人生大問題。王夫之評此詩：「不但末視陳王（曹植），且於甄后始製，增其風度矣。以文士而詠奩情，無寧止此。」（《船山古詩評選》）。

江蘺❶生幽❷渚❸，微芳不足宣。被蒙❹風雲會❺，移居華池❻邊。發藻❼玉臺❽下，垂影滄浪❾泉。沾潤既已渥❿，結根奧⓫且堅。四節逝不處⓬，華繁難久鮮。淑氣⓭與時殞，餘芳隨風捐。天道⓮有遷易，人理⓯無常全。男懽智傾愚，女愛衰避妍⓰。不惜微軀退，但懼蒼蠅前⓱。願君廣末光，照妾薄暮年⓲。

【注　釋】❶江離　一種芬芳的小草。❷幽　幽僻。❸渚　水中小島。❹被蒙　蒙受。❺風雲會　指好的際遇、機會。❻華池　傳說是崑崙山上的仙池。❼發藻　開花。❽玉臺　指天帝所居的地方。❾滄浪　水青色。《楚辭・漁父》：「滄浪之水清兮。」❿渥　厚。⓫奧　深。⓬四節逝不處　指四時代序，春去秋來，不稍停留。四節，四季。逝，消逝。不處，不停留。⓭淑氣　與下句「餘芳」均指江離的芳香之氣。⓮天道　自然規律。如日月推移，春去秋來。⓯人理　人事規律，如年老色衰、強者勝弱、智者欺愚等。⓰男權智傾愚二句　是說男子間，聰明的排擠愚昧，因而取得人君的歡心；女子間，年老色衰的避開年少色妍的，因而失去了君主的寵愛。⓱但懼蒼蠅前　典出《詩經・小雅・青蠅》：「營營青蠅，止於樊。豈弟君子，無信讒言。」後世常以青蠅比喻進讒言的奸佞之人。⓲願君廣末光二句　寫只求餘光微注自己的晚境，其辭酸楚。末光，日月之餘光。薄暮年，迫近遲暮之年。以上八句由物及人，借物發論。

【語　譯】江離長在幽僻的江中小洲上，那微細的香味不足以揚播四方。但偶然間它碰上了好機會，被移到仙池邊紮了根。它在天帝所居住的玉臺開花，在清澈的仙泉邊舞動倩影。清泉沃土滋潤著它，使它結根深固。可惜四時代序，在不斷向前流逝的時光中，江離的盛豔難以久持，它的香美之氣隨著時間的推移而消失，餘芳隨著西風到來而飄散。變化本是自然界的規律，人生也不可能永遠圓滿。在男子間，聰明的排擠愚昧的，取得了君王的歡心；女子間，年老色衰的退避年少色妍的，失去了君主的寵愛。因色衰而失寵的女子並不懼怕退避，擔憂的是讒言的毀謗。希望的是，君主略施餘輝，照耀賤妾衰暮之年。

樂　府

會吟行

【作　者】謝靈運，見頁八四二。

【題　解】〈會吟行〉屬樂府詩〈雜曲歌辭〉。與陸機的〈吳趨行〉屬於同一形式。內容上，謝靈運的〈會吟行〉歌頌會稽的歷史及豐盛的物產和俊美的人才，是一首會稽的贊美詩。《樂府解題》說：〈會吟行〉，其致與〈吳趨〉同。會謂會稽，謝靈運〈會吟行〉曰：「咸共聆會吟。」

〈六引〉❶緩❷清唱，三調❸佇❹繁音。列筵皆靜寂，咸共聆〈會吟〉❺。會吟自有初，請從文命❻敷❼。敷績壺冀❽始，刊木❾至江汜❿。列宿炳天文，負海橫地理⓫。連峰競千仞，背流⓬各百里。滮池溉粳稻⓭，輕雲曖⓮松杞。兩京⓯愧佳麗，三都⓰豈能似？層臺⓱指中天，高墉⓲積崇雉⓳。飛燕⓴躍廣途，鷁首㉑戲清沚㉒。肆㉓呈窈窕㉔容，路曜便娟㉕子㉖。自來彌㉗年代，賢達不可紀。句踐善廢興㉘，越叟㉙識行止㉚。范蠡㉛出江湖，梅福㉜入城市。東方㉝就旅逸㉞，梁鴻㉟去桑梓㊱。牽綴㊲書土風㊳，辭殫㊴意未已。

【注釋】❶六引　樂曲名。❷緩　暫緩。❸三調　亦指箜篌樂曲。《宋書》曰：第一平調，第二清調，第三瑟調，第四楚調，第五側調。然今三調，蓋清、平、側也。❹佇　暫止。❺列筵皆靜寂二句　是說筵席上的諸位嘉賓都安靜下來，共同聽我吟唱〈會吟行〉。❻文命　指夏禹。《尚書》：「若稽古大禹，曰文命敷于四海。」❼敷　敷陳。❽壺冀　即冀州。《尚書．禹貢》：「冀州：既載壺口，治梁及岐。」冀州，在今山西與河北西部。禹所劃分的九州之一，堯時的政治中心。壺，即壺口山。在冀州境內。因越人自稱為大禹之後，會稽有禹跡。而《尚書》等古書說禹都在冀州，故這裡贊吟會稽始祖，從冀州開始。❾刊木　即《尚書》所謂「禹敷土，隨山刊木」。指禹順著山勢砍削樹木作為路標。❿至江汜　指禹隨山刊木直至長江邊。即指到了會稽。汜，水邊。⓫列宿炳天文二句　是說會稽上與斗宿輝映，下又濱臨大海。列宿，指與天上星宿相對。會稽為斗宿分野。負海，指臨海。⓬背流　此指江湖交叉眾多。司馬相如〈上林賦〉：「蕩乎八川分流，相背而異態。」

⑬滮池溉粳稻　《詩經・小雅・白華》：「滮池北流，浸彼稻田。」滮，流動的樣子。溉，灌溉。⑭曖　隱遮的樣子。⑮兩京　指黃河流域的東京洛陽和西京長安。⑯三都　指蜀、吳、魏三國的京城。⑰層臺　疊層的高臺。《楚辭》有「層臺累榭臨高山」之句。⑱墉　城牆。⑲雉　計算城牆面積與高度的單位。城牆高一丈長三丈為一雉。⑳飛燕　千里馬。《西京雜記》：「文帝自代還，有良馬九匹，一名飛燕騮。」㉑鷁首　指船。《淮南子》曰：「龍舟鷁首。」㉒清沚　指清水。沚，水中陸洲。㉓肆　市集貿易之處。《周禮》：「立市為其肆。」鄭玄注：陳物處也。㉔窈窕　美好的樣子。《詩經・國風・關雎》：「窈窕淑女，君子好逑。」㉕便娟　同「㛹娟」。輕盈美麗的樣子。《楚辭・大招》：「豐肉微骨，體便娟只。」㉖子　女子。㉗彌　終；滿。㉘句踐善廢興　指句踐善於救亡國而振興。《史記》載，吳伐越，越王棲於會稽。後句踐平吳，周元王賜句踐胙命。㉙越叟　指越公。《越絕書》曰：子胥戰於雋李，闔閭傷馬，軍敗而還。欲復其讎，師事越公，錄其術。㉚行止　《周易》曰：時止則止，時行則行，動靜不失其時，其道光明。㉛范蠡　越國功臣。《史記》曰：范蠡既雪會稽之恥，乃喟然而歎曰：計然之策七，越用其五而得意。既已施於國，吾欲用之於家。乃乘扁舟浮於江湖，變名易姓，適齊為鴟夷子。㉜梅福　字子真，九江人。少學長安，至元始中，王莽顓政，福一朝棄妻子去九江，至今傳以為仙。其後人見福於會稽者，變姓名為吳市門卒。㉝東方　即東方朔。《列仙傳》曰：「東方朔者，楚人也，久在吳中為書師。武帝時上書，拜為郎，至宣帝初，棄郎去，以避亂政，置冠幘官舍，風飄之去。後見會稽賣藥。」㉞旅逸　指客遊而放逸。㉟梁鴻　原為陝西扶風人。家貧好學，不求仕進。後避禍至吳，為人舂米。舂米歸家，其妻孟光（字德曜）為之備食，舉案齊眉。李白有詩贊美其事：「梁鴻德曜會稽日，寧知此中樂事多。」（《和盧侍御通塘典》）㊱桑梓　《詩經・小雅・小弁》：「惟桑與梓，必恭敬止。」桑與梓為古代住宅旁常栽之樹木，東漢以來遂用以比喻故鄉。㊲牽綴　牽聯綴合。這是謙詞。指文章寫得雜亂沒有系統。㊳土風　即指會稽的鄉土民風。《左傳》：「樂操土風，不忘本也。」㊴殫　完畢；盡。

【語　譯】且慢唱起〈六引〉清美的歌曲，三調繁富的樂音也請暫停。四座賓客都安靜下來，且共聽我歌唱〈會吟行〉。會稽郡有其起源，這要從大禹文命開始說起。大禹從冀州開始劃分九州，然後隨山砍木，一直來到了我們長江邊的會稽。會稽是個好地方，上應斗宿分野，下又濱臨大海。連峰高千仞，分流各百里。水池灌溉粳稻，輕雲隱蔽松杞。洛陽與長安兩京比不上它的佳麗，魏蜀吳三國都會又怎能似它這樣？層疊的高臺直指中天，高高的城牆超過百丈。千里馬奔馳在廣闊的大道上，雕彩的龍舟航行在清澈的大河中。肆場大路上到處都是窈窕美麗的姑娘，歷年以來，賢達之士更是不可勝記。句踐他善於在廢敗中振興邦國，越公則能把握或行或止的大節。范蠡功成而不居，梅福成仙來到會稽。東方朔客遊而放逸，梁鴻辭別故鄉來此舂米。牽聯綴合暫寫了以上鄉土民風，歌辭雖已結束，但深意卻遠沒完結。

樂　府　八首

【作　者】鮑照，見頁九六〇。

東武吟

【題　解】〈東武吟〉屬樂府詩〈楚調曲〉。李善注說：「左思〈齊都賦〉注曰：東武、太山，皆齊之土風，弦歌謳吟之曲名也。」張銑說：「東武，太山下小山名。」本篇寫漢代一位有功軍人暮年廢棄歸家的困苦境遇以及他的怨恨和希冀。全篇作老軍人自述口氣。這是鮑照五言樂府的代表作之一。〈東武吟〉本為樂府古題，但作者卻能獨出機杼，另闢新意。陸時雍說：「鮑照材力標舉，凌厲當年，如五丁鑿山，開人世之所未有。」《詩鏡總論》這雖是對鮑詩總體而言，然而以它來評論這首〈東武吟〉也非常適用。我們不妨說，這首詩從作品的構思、形象的塑造到題材的開拓，無不滲透著獨創精神，因而形成了它鮮明的藝術特色。

主人且勿諠❶，賤子歌一言。僕❷本寒❸鄉士，出身蒙漢恩。始隨張校尉❹，召募❺到河源❻。後逐❼李輕車❽，追虜❾出❿塞垣⓫。密塗亙萬里，寧歲猶七奔⓬。肌力盡鞍甲，心思歷涼溫⓭。將軍既下世⓮，部曲亦罕存⓯。時事一朝異，孤績⑯誰復論。少壯辭家去，窮老還入門⑰。腰鐮刈葵藿，倚杖牧雞豘⑱。昔如鞲上鷹⑲，今似檻中猿⑳。徒㉑結㉒千載恨，空負百年怨。棄席㉓思君幄㉔，疲馬㉕戀君軒㉖。願垂晉主惠，不愧田子魂㉗。

【注　釋】❶諠　同「喧」。諠譁。❷僕　自謙之稱。❸寒　貧寒。❹張校尉　指張騫。張騫，西漢成固（今陝西城固）人。曾為校尉，隨大將軍衛青擊匈奴。❺召募　謂應召募從軍。❻河源　黃河發源地。張騫曾有奉使尋河源事。❼逐　跟隨。❽李輕車　指李蔡。李蔡，李廣的從弟，武帝元朔（西元前一二八～前一二三年）中為輕車將軍，擊匈奴右賢王有功。❾虜　對敵人的稱呼。這裡指匈奴人。❿出　一作「窮」。窮，到了盡頭。⓫塞垣　邊塞築以禦敵的城牆。⓬密塗亙萬里二句　是說就是近路，全程也有萬里；就是安寧的年歲，還要奔命多次。密塗，近路。密，切近。亙，從這裡連到那邊。即綿延之意。寧歲，安寧的年歲。七奔，《左傳・成公七年》：「吳始伐楚，子重、子反於是乎一歲七奔命。」此用其中成語。⓭肌力盡鞍甲二句　是說肌力在鞍馬上鎧甲中耗盡了，心思也經歷了無數的人情冷暖。⓮下世　猶言去世。死亡。⓯部曲亦罕存　是說兵士中也很少有活著的。部曲，漢代軍隊編制的名稱。《漢書・卷五四・李廣傳》顏師古注引《續漢書・百官志》說：「將軍領軍皆有部曲。大將軍營五部，部校尉一人。部下有曲，曲有軍候一人。」其後演變為私人所有軍隊或家僕之稱。此指部曲中的兵士。⓰孤績　獨有的功績。⓱少壯辭家去二句　是說年輕時離開家門，到晚年才回家鄉，總結上文。⓲腰鐮刈葵藿二句　這二句把主人公困頓潦倒的狀況形象地描繪了出來，在平淡的敘述中，主人公的憤懣之情卻躍然紙上。朱熹說：「如『腰鐮刈葵藿，倚杖牧雞豚』，分明說出個倔強不肯甘心之意。」（《朱子語錄》）刈，割草或穀類。葵，蔬類植物。藿，豆葉。豘，同「豚」。小豬。⓳鞲上鷹　鞲，皮革製成的臂衣（手臂上的皮套子），打獵時套上用以停立獵鷹。此用鞲上鷹來比擬老軍人昔日的英勇。⓴檻中猿　比擬主人公的潦倒困頓、抑鬱不得志。檻，圈獸類的柵欄。㉑徒　空。㉒結　鬱結。㉓棄席　用晉文公的事。《韓非子・外儲說左上》載，晉文公在外流浪多年後重回晉國為君，到黃河邊，下命令說：「籩豆捐之；席蓐捐之；手足胼胝面目黧黑者後之。」他的功臣咎犯聽了夜裡哭泣。文公說：「寡人出亡二十年，乃今得返國，咎犯聞之，不喜而哭，意者不欲寡人返國邪？」咎犯回答說：「籩豆所以食也，而君捐之；席蓐所以臥也，而君棄之；手足胼牴面目黧黑，有功勞者也，而君後之。今臣與在後中，不勝其哀，故哭之。」文公聽了便收回這個命令。㉔幄　布幕。《釋名‧釋床帳》：「幄，屋也，以帛依板施之，形如屋也。」㉕疲馬　用戰國魏人田子方事。《韓詩外傳》：「昔者田子方出，見老馬於道，喟然有志焉，以問於御者曰：此何馬也？御曰：故公家畜也。罷而不為用，故出放之也。田子方曰：少盡其力而老棄其身，仁者不為也。束帛而贖之。」㉖軒　車的通稱。㉗願垂晉主惠二句　連同以上二句，寫老軍人的慨歎，大意說，物且戀主，何況於人；但望主上賜恩，不要虧待有功戰士。晉主，指晉文公。惠，恩惠。田子，指田子方。魂，胡紹煐說：「魂，云也。謂不愧田子所云也。古云、魂通。」

【語　譯】主人請暫且不要諠譁，聽我也來歌一言。我本是一位貧寒之士，有生以來承蒙漢家的恩典。開始追隨張騫校尉，被召募前往參加尋找黃河發源地。後來又跟隨李蔡輕車將軍，追擊匈奴遠出邊塞之外。作戰期間，近路，全程也有萬里；就是安寧的年歲，還要奔命多次。精力在征戰中耗盡了，內心也經歷了無數人情冷暖。將軍既已去世，兵士中也很少有人存活。世事一旦發生變化，獨有的功績又有誰來重視。年輕的時候就辭家從軍，待退役還鄉的時候已是兩鬢斑白遲暮年。回家之後，我只得腰插刀鐮自行去割葵藿，倚著拐杖自行去放牧雞豬。過去曾如韝上雄鷹，如今成了籠中困猿。心頭徒結千年之恨，空留百年之怨。請想想那被棄的草席尚且思念君主的舊帳，請想想那不被使用的疲馬尚且思戀君主的高車。但願當今主上也能像晉文公那樣施予恩惠，不愧田子方之言。

出自薊北門行

【題　解】這首詩寫北方發生戰警，朝廷遣師禦敵情事以及壯士誓死衛國的決心。薊，故燕國，在今北京一帶。這是一首樂府詩，郭茂倩《樂府詩集》收在〈雜曲歌辭〉中，題下注引了兩條材料：一是曹植〈豔歌行〉：「出自薊北門，遙望胡地桑。枝枝自相值，葉葉自相當。」說明鮑照此詩題出曹植〈豔歌行〉。二是《樂府解題》：「〈出自薊北門行〉，其致與〈從軍行〉同，而兼言燕薊風物，及突騎勇悍之狀。若鮑照『羽檄起邊亭』，備敘征戰苦辛之意。」這又說明樂府舊題〈出自薊北門行〉的內容原與〈從軍行〉相同，為備敘征戰苦辛之意。可見鮑詩直承樂府宗旨，擬曹詩而不拘泥，因而被《樂府解題》推為此詩題的正調。

羽檄起邊亭，烽火入咸陽❶。徵騎屯廣武，分兵救朔方❷。嚴秋筋竿勁，虜陳精且強❸。天子按劍怒，使者遙相望❹。鴈行緣石徑，魚貫渡飛梁❺。簫鼓流漢思❻，旌甲❼被胡霜。疾風衝塞起，沙礫自飄揚❽。馬毛縮如蝟，角弓不可張❾。時危見臣節❿，世亂識忠良。投軀報明主，身死為國殤⓫。

【注釋】❶羽檄起邊亭二句　是說邊防緊急，告警的文書傳到了京城。羽檄，古代的緊急軍事公文。《漢書・卷一・高帝紀》：「吾以羽檄徵天下兵。」顏師古注：「檄者，以木簡為書，長尺二寸，用徵召也，其有急事，則加以鳥羽插之，示速疾也。」邊亭，邊境上的亭候。亭，亭候。用來駐兵以伺候敵人的建築。烽火，古時邊防告警的煙火。咸陽，秦都城，今陝西咸陽東的渭城故城即其舊址。此泛指京城。❷徵騎屯廣武二句　此承上文，說朝廷聞警，調大軍駐守廣武，又分出兵力去援救朔方郡。騎，騎兵。屯，駐軍防守。廣武，縣名。故城在今山西代縣西。朔方，郡名。在今內蒙古自治區境內黃河以南之地。❸嚴秋筋竿勁二句　寫敵軍的精強，以反襯邊防的危急。嚴秋，肅殺的秋天。筋竿，謂弓箭。❹天子按劍怒二句　是說天子聞警震怒，即遣使發兵禦敵，使者不絕於路。❺鴈行緣石徑二句　寫隊伍行進的情狀。鴈行，謂排列如鴈飛的行列。緣，沿。魚貫，謂按次序而進，如魚游前後相貫。飛梁，謂飛跨兩岸的橋梁。❻簫鼓流漢思　謂簫鼓聲中流露出對於家國的思念情緒。簫鼓，指軍樂。❼旌甲　旌旗、鎧甲。❽疾風衝塞起二句　是說疾風呼嘯，沙礫飛揚。❾馬毛縮如蝟二句　形容天氣寒冷，雙手凍得連弓也拉不開來。馬毛縮如蝟，是說因天氣很冷，馬的身體縮在一起，牠的毛豎起來像刺蝟一樣。蝟，刺蝟。角弓，用角裝飾的弓。❿節　氣節；節操。⓫國殤　為保衛國家而戰死的人。《楚辭・九歌》有〈國殤〉。

【語譯】敵人從邊境入侵了，告急的文書從邊防哨所傳到了京城。朝廷一方面征調騎兵駐守廣武，另一方面又分出部隊救援朔方。深秋氣候乾燥，弓箭強勁有力，敵軍陣容精銳強大。天子按劍而怒，發布命令，使者前後相望。將士們像雁行一樣沿著石徑前進，如同游魚前後相貫飛渡橋梁。簫鼓聲流露出對於家國的情思，旌旗鎧甲上覆蓋著胡地之霜。疾風從邊塞飛起，吹動沙石滿天飛。馬的身體踡縮著，牠的毛豎起來像刺蝟一樣，角弓也硬得拉不動了。在時局危險的時候才能顯出臣子的氣節，在社會混亂之中才能識別忠良。捐軀報效明君，即使陣亡身為國殤也心甘情願。

結客少年場行

【題解】本篇在《樂府詩集》中屬〈雜曲歌辭〉。郭茂倩說：「按〈結客少年場行〉，言少年時結任俠之客，為遊樂之場，終而無成，故作此曲也。」詩中描寫一位尚武任俠的京都少年，酒後持刃相鬥，被官府追捕而亡命他鄉。三十年後，重返故里，目睹世態人情的巨大變化，感慨萬千。全詩通過對任俠少年一生遭際的描述，與豪門士族的奢華生活及腐朽作風形成鮮明的對照，曲折含蓄地抒發了詩人懷才不遇的憤懣之情。王夫之說此詩「滿篇譏訶，一痕不露」可謂中的之語。

驄馬金絡頭❶，錦帶佩吳鉤❷。失意杯酒間，白刃起相讎❸。追兵❹一旦至，負劍❺遠行遊。去❻鄉三十載，復得還舊丘❼。升高臨四關，表裡望皇州❽。九塗❾平若水，雙闕❿似雲浮。扶宮羅將相，夾道列王侯⓫。日中市朝滿⓬，車馬若川流。擊鍾陳鼎食⓭，方駕自相求⓮。今我獨何為，埳壈⓯懷百憂。

【注釋】❶絡頭　馬羈，亦稱籠頭。❷吳鉤　吳地所產的寶刀，似劍而曲。❸失意杯酒間二句　是說杯酒酬酢間，稍不如意就拔劍相鬥而成為仇敵。失意，不如意。❹追兵　指闖禍後追捕少年的兵。❺負劍　帶著劍。❻去　離開。❼舊丘　即老家。丘，居里。❽升高臨四關二句　是說回到都城後，登高望遠。臨，從高的地方往下看叫臨。四關，李善注引陸機〈洛陽記〉說：「洛陽有四關：東為成皋，南伊闕，北孟津，西函谷。」表裡，猶內外。皇州，國都。❾九塗　謂京城中的交通要道。塗，道路。一作「衢」。《周禮・冬官・考工記》：「匠人營國，方九里，旁三門，國中九經九緯。」鄭玄注：「經緯，謂塗也。」❿闕　宮門外建二臺，上有樓觀，中留空缺（闕）作過道，所以叫作闕，也叫象闕，是古代頒布法令的地方。⓫扶宮羅將相二句　是說宮闕及大道兩旁皆王侯將相之居。李周翰說：「扶，亦夾也。羅，亦列也。皆王侯將相之宅。」⓬日中市朝滿　是說京中求名利的人很活躍。含有諷刺意味。日中，即中午。《易・繫辭》說：「日中為市，致天下之民，聚天下之貨。」市朝，《周禮・地官・鄉師》：「凡四時之徵令有常者，以木鐸徇於市朝。」孫詒讓《正義》：「市謂國中及郊野之市，朝謂鄉師治事之朝。市朝，眾之所聚。」一說市朝是官府在市中治事的地方。⓭擊鍾陳鼎食　古代高官貴族，列鼎而食，食則擊鐘。鍾，通「鐘」。⓮方駕自相求　是說官場中人忙於交往、干求。方駕，并車而行。這裡用來形容車馬擁擠的情況。⓯埳壈　同「坎壈」。窮困不遇的意思。劉向〈九歎・怨世〉：「惟鬱鬱之憂獨兮，志坎壈而不違。」

【語　譯】胯下騎著毛色青白相間的高頭駿馬，馬頭上套著黃金絡頭，腰間錦帶上佩著吳鉤寶刀。杯酒之間稍不如意，便拔劍而起，白刃相鬥，彼此結為讎敵。一旦官府追來，便負劍而逃，遠走他鄉。彈指間一去三十年，如今重歸故里。站在高處朝下觀望四關，看那京城的裡裡外外。只見京城內外道路縱橫交錯，平坦如水；宮前雙闕高聳好似雲浮；宮闕的周圍和街道的兩旁都是王侯將相的宅邸；日中之時市內朝中擠滿了人，車馬似河水流淌。顯貴之官鐘鳴鼎食，極其奢華；他們駕著車馬擁擠地忙於交際干求。相比之下，我孤獨一人，又能何為，窮困潦倒，內心充滿憂愁。

東門行

【題　解】〈東門行〉屬古樂府〈相和歌辭〉。本篇是鮑照五言樂府詩的名篇，詩的前半寫臨別情景，後寫客中愁思。郭茂倩說：「樂府解題：古詞：出東門，不顧歸；來入門，悵欲悲。言士有貧不安其居者，拔劍將去，妻子牽衣留之，願共餔糜，不求富貴；且曰，今時清不可為非也。若宋鮑照『傷禽惡弦驚』，但傷離別而

已。」（見《樂府詩集》）

傷禽惡弦驚，倦客惡離聲❶。離聲斷客情，賓❷御❸皆涕零。涕零心斷絕，將去復還訣❹。一息不相知，何況異鄉別❺。遙遙征駕❻遠，杳杳❼落日晚。居人掩閨臥❽，行子夜中飯❾。野風吹秋木❿，行子心腸斷。食梅常苦酸，衣葛常苦寒⓫。絲竹⓬徒⓭滿坐，憂人不解顏⓮。長歌欲自慰，彌起長恨端⓯。

【注　釋】❶傷禽惡弦驚二句　是說倦於行旅的遊客厭惡離歌之聲，猶如受傷的飛鳥厭惡弓弦之聲一樣。上句用更羸發虛弓而得鳥的典故。《戰國策．楚策》：「異日者更羸與魏王處京臺之下，仰見飛鳥，更羸謂魏王曰：臣為君引弓虛發而下鳥。魏王曰：然則射可至此乎？更羸曰：可。有間，雁從東方來，更羸以虛發而下之。魏王曰：然則射可至此乎？更羸曰：此孽也。王曰：先生何以知之？對曰：其飛徐而鳴悲，飛徐者，故創痛也；鳴悲者，久失群也。故創未息而警心未去也，聞弦者音烈而高飛，故創隕也。」離聲，離歌之聲。❷賓　指送別的賓客。❸御　指御者。趕車的人。❹將去復還訣　是說臨去又回過頭來告別。去，離開。訣，告別。❺一息不相知二句　是說片刻分離已很難受，何況還是遠遊異鄉的長久別離。息，呼吸。一息，指片刻。❻征駕　遠行的車輛。❼杳杳　深暗貌。❽掩閨臥　關上房門安睡。❾夜中飯　半夜裡才進飯。❿野風吹秋木　形容秋風蕭瑟，草木搖落的悲涼景象。⓫食梅常苦酸二句　這二句是比喻。言作客總是憂苦的，好像食梅衣葛，酸寒自知。梅，不能使它不酸。葛，不能使它不寒。憂人，不能使他快樂。⓬絲竹　調弦樂器和管樂器。泛指音樂。⓭徒　空有。⓮解顏　解除愁苦的容顏。一般指歡笑。⓯長歌欲自慰二句　想長聲歌唱以自慰，反而更加引起深長的愁恨。彌，益；更加。端，頭緒。

【語　譯】受重傷的禽鳥厭惡弓弦之聲，疲倦的遠行客厭惡離歌之聲。離歌之聲會傷倦客的心，你看那送行的賓客和駕車的御僕都涕淚滿面。淚流滿面心將碎，已將離去還回過頭來告別。片刻的離別就很難受了，何況是異鄉的久別呢？行客向著遠方前進，日色暗淡已近西山。每天都是在人家掩門安睡的半夜時分，才能停下來進飯。在那秋風蕭瑟、草木搖落的深夜，身處異鄉的客子怎能不愁腸欲斷呢？食梅的人常知苦酸，衣葛的人常知寒冷。在那笙弦齊鳴的場合中，不管他人怎樣歡樂，客子是不會開顏歡笑的，即使想放聲高歌自我寬慰一下，反而更加會引起深長的愁恨。

苦熱行

【題解】本篇在《樂府詩集》中屬〈雜曲歌辭〉。詩歌描寫南方瘴癘之地給征戰將士帶來的痛苦以及對功高賞薄的不滿。據史書記載，元嘉二十三年（西元四四六年），宋文帝劉義隆曾派交州刺史檀和之征討林邑（在今越南境內），南陽宗慤自請從軍，和之任他作前鋒，林邑遂克。所獲無名之寶，無可勝計。慤一無所取，還家之日，衣櫛蕭然。這首詩大概為此而作。此詩前半部以奇峭的語言寫南方的苦熱及險艱，連續十六句，極盡鋪陳誇飾之能事，形象鮮明生動，令人望而生畏。詩的結尾部分，以感歎的情調，諷喻的語詞，寫詩人對功高賞薄的不平之慨，以古諭今，悲切中肯。全詩熔敘事、寫景、抒情、議論於一爐，前後過渡自然，渾然一體，情景交融。最後二句「爵輕君尚惜，士重安可希」更是全篇之警策，畫龍點睛，發人深省。

赤阪橫西阻❶，火山赫南威❷。身熱頭且痛，鳥墮❸魂來歸❹。湯泉發雲潭❺，焦煙起石圻❻。日月有恆昏❼，雨露未嘗晞❽。丹蛇踰❾百尺，玄蜂盈十圍。含沙射流影❿，吹蠱⓫痛行暉⓬。瘴氣⓭晝熏體，菵⓮露夜沾衣。飢猿莫下食⓯，晨禽不敢飛⓰。毒涇尚多死⓱，渡瀘寧具腓⓲。生軀蹈死地，昌志登禍機⑲。戈船榮既薄，伏波賞亦微⑳。爵輕㉑君尚惜，士重㉒安可希㉓。

【注　釋】❶赤阪橫西阻　《漢書·卷九六·西域傳》杜欽曰：「又歷大頭痛小頭痛山，赤土身熱之阪，令人身熱無色，頭痛嘔吐。」❷火山赫南威　東方朔《神異經》曰：「南荒外有火山焉，長四十里，廣四五里，其中皆生木，晝夜火燃，雖暴風雨火不滅。」❸鳥墮　《東觀漢記》：「馬援謂官屬曰：吾在浪泊，仰視烏鳶，跕跕墮水中。」❹魂來歸　《楚辭·招魂》：「魂兮歸來，南方不可以止。」此魂來歸即指鳥墮水而死。❺湯泉發雲潭　王歆之《始興記》曰：「雲水源泉，湧溜如沸湯，有細赤魚出游，莫有獲之者。」❻焦煙起石圻　《南越志》曰：「興寧縣有熱水山焉，其下有焦石，歊蒸之熱，恆數四丈。」焦煙，熱氣。圻，曲岸。❼日月有恆昏　《魏都賦》：「窮岫泄雲，日月恆翳。」恆，經常。❽雨露未嘗晞　曹植〈感時賦〉：「惟淫雨之永降，曠三旬而未晞。」晞，乾燥。❾踰　超過。❿含沙射流影　干寶《搜神記》曰：「有物處於江水，其名曰蜮，一曰短狐，能含沙射人，所中者頭痛發熱，劇者至死。」⓫吹蠱　即飛蠱。顧野王《輿地志》曰：「江南數郡有畜蠱者，主人行之以殺人，行食飲中，人不覺也。其家絕滅者，則飛遊妄走，中之則斃。」⓬行暉　按黃節之說，此指飛蠱之光。⓭瘴氣　毒氣。⓮茵　草名。有毒，其上露觸之，肉即潰爛。⓯飢猿莫下食　《南越志》：「膋石縣有銅潤，泉源沸湧，謂之毒水，飛禽走獸經之者殞。」⓰晨禽不敢飛　曹植〈七哀詩〉：「南方有瘴氣，晨鳥不得飛。」⓱毒涇尚多死　言秦人毒涇尚且多死，何況於今天的毒癘呢？《左傳》曰：「諸侯之大夫從晉侯伐秦，濟涇而次，秦人毒涇上流，師人多死。」⓲渡瀘寧具腓　言諸葛渡瀘，寧有俱病，皆至於死。腓，病。⓳機　機栝。弩上發箭的機件。⓴戈船榮既薄二句　這是借古諷今，為南征將帥鳴不平。戈船，指漢代的戈船將軍歸義侯嚴。《漢書》曰：「歸義侯嚴為戈船將軍，出零陵，下離水。」伏波，漢朝伏波將軍馬援。《後漢書》：「交阯女子徵側反，拜馬援為伏波將軍，擊交阯，斬徵側，振軍旅，還京師，朝見，位次九卿。」㉑爵輕　指戈船伏波等賞薄爵輕事。㉒士重　指士卒生死攸關的重大之事。㉓希　指望。

【語　譯】西面有赤阪山阻隔，南面有火山烈燄熊熊。人過身熱頭痛，鳥飛墮水而魂歸。滾熱的泉水發於雲潭，熱氣起於焦石曲岸。日月經常昏昏，淫雨霏霏，瘴氣茵露，四時不乾。赤蛇過於百尺長，玄蜂足有十圍大。水蜮含沙射影，飛蠱傷人而閃光。白天毒氣襲身，夜間毒露沾衣。飢猿不敢覓食，晨鳥不敢放飛。如同晉軍渡毒涇多有死者，諸葛渡瀘水又哪裡只是都病了呢？來到此身體就進入了死地，胸懷壯志卻陷進禍患之中。想當初戈船將軍南征而封賞不及，伏波將軍征交阯有功而封賞微薄。爵祿對君王來說算不了什麼，尚且吝惜而不與；何況性命對將士來說是重大的事，還能冀望他們為君王捨身賣命嗎？

白頭吟

【題　解】〈白頭吟〉屬〈相和歌辭・楚調曲〉。漢樂府民歌〈白頭吟〉是寫男的有兩心，女的表示決裂的內容，詩中有一句「白頭不相離」，故名〈白頭吟〉。而鮑照的這首〈白頭吟〉，對本辭已有發展。詩中體現了作者對世態炎涼的深刻認識及切身感受，全詩綜合古今，旁徵博引，不膠著於一時一事，概括力極強。筆勢縱橫開闔，字裡行間，閃耀著一定的思辯色彩。

直如朱絲繩，清如玉壺冰❶。何慚宿昔意，猜恨坐相仍❷。人情賤恩舊，世議逐衰興❸。毫髮一為瑕，丘山不可勝❹。食苗實碩鼠❺，玷白信蒼蠅❻。鳧鵠遠成美，薪芻前見陵❼。申黜褒女進，班去趙姬昇❽。周王日淪惑，漢帝益嗟稱❾。心賞猶難恃，貌恭豈易憑❿。古來共如此，非君獨撫膺⓫。

【注　釋】❶直如朱絲繩二句　以絲繩之直，壺冰之清，比喻主人公清高玉潔之人品。❷何慚宿昔意二句　既指情場變化又指官場險情。何慚宿昔意，是說自己不改舊日的情意。宿昔，以往；過去。此指過去的情恩。猜恨坐相仍，是指對方無緣無故地橫生猜疑嫉恨。猜恨，猜疑嫉恨。坐，無緣無故。相仍，接連而來。❸人情賤恩舊二句　是說人情賤舊貴新，社會議論隨興衰而變化。即人情淡薄，世態炎涼之意。賤，看輕。世議，社會議論。猶世態。❹毫髮一為瑕二句　即山陵之禍，起於毫毛之意。毫髮，喻小。丘山，喻大。❺食苗實碩鼠　化用《詩經・碩鼠》「碩鼠碩鼠，無食我苗」句意。❻玷白信蒼蠅　化用《詩經・小雅・青蠅》詩意，鄭玄注：「蠅之為蟲，遇白使黑，遇黑使白，喻佞人變亂善惡也。」❼鳧鵠遠成美二句進一步說明人情賤舊貴新，忘恩負義的淺薄。上句用田饒事，田饒事魯哀公而不見察，便以鵠遠飛而貴之、雞近事而賤之為喻，諷諫魯哀公。見《韓詩外傳》。下句用汲黯事，汲黯曾對漢武帝說：「陛下用群臣如積薪，後來者居上。」見《史記》。❽申黜褒女進二句　仍申述開頭「人情賤恩舊」。申，申女。褒，褒姒。〈毛詩序〉：「幽王取申女以為后，又得褒姒而黜申后。」班，班婕妤。趙姬，趙飛燕。《漢書》：「成帝初即位，班婕妤選入後宮，……後趙飛燕寵盛，婕妤失寵。」❾周王日淪惑二句　案：這二句與上二句當聯繫起來理解。正常的順序當為：申黜褒女進，周王日淪惑；班去趙姬升，漢帝益嗟稱。淪惑，沈淪昏惑。嗟，嗟歎。稱，稱美。❿心賞猶難恃二句　是說從被君王深心賞識，猶不足恃，美貌外恭又豈足依憑？因為人情淡薄，君王貴新賤舊。⓫撫膺　撫胸而歎。

【語　譯】正直得像朱絲繩一樣，清白得像玉壺冰一般。自己何嘗改變昔日的情誼？而對方卻無緣無故地橫生猜疑和嫉恨。人情賤舊貴新、忘恩負義；世議隨著興衰變化，趨炎附勢。毫髮般細小的差錯，往往會招致山陵般的大禍。食苗的自然是碩鼠般的貪婪之徒，遇白使黑的是那些蒼蠅般的奸佞之輩。鵠遠飛而蒙君主稱美，薪後添反倒居上；世道就是這樣忠奸賢愚不分。周幽王廢除申后而寵愛褒姒，漢成帝冷落班婕妤而寵信趙飛燕，周幽王一日比一日沈淪昏惑，漢成帝更加迷惑於趙飛燕的美色。即使曾得到君王的賞識也不足久恃，貌美恭謹又豈足依憑？古往今來人情世道就是如此，並非只有你一人在撫胸悲痛。

放歌行

【題　解】〈放歌行〉屬樂府〈相和歌辭〉。李善注說：「歌錄曰：〈孤子生行〉古辭曰〈放歌行〉。」本篇先說小人不知曠達之士的懷抱；中寫洛陽城中官宦們風塵僕僕、忙於營鑽奔競的情況；末段是仕途中人歌頌當朝並詢問曠士的話。全詩強烈地表達了寒士被壓抑的悲憤，控訴了高門士族壟斷政權的不合理制度。晉宋以來，是官僚貴族和皇室爭奪政權十分劇烈的時期，在這種劇烈的鬥爭中，文人往往成為犧牲品。這就是作者「臨路獨遲回」的原因，也是作者所以寫這首詩的歷史背景。

蓼蟲避葵堇，習苦不言非❶。小人自齷齪，安知曠士懷❷。雞鳴洛城❸裡，禁門❹平旦❺開。冠蓋❻縱橫至❼，車騎❽四方來。素帶曳長飆，華纓結遠埃❾。日中安能止，鐘鳴❿猶未歸。夷世⓫不可逢，賢君信⓬愛才。明慮⓭自天⓮斷，不受外嫌猜。一言分珪⓯爵，片善辭草萊⓰。豈伊⓱白璧賜⓲，將起黃金臺⓳。今君有何疾，臨路獨遲迴⓴。

【注　釋】❶蓼蟲避葵堇二句　典出《楚辭・七諫》：「蓼蟲不徙乎葵藿。」是說蓼蟲習慣於蓼葉的辣味，而不去吃甜美的堇葵。蓼蟲，生長在蓼上的蟲。蓼，植物名。一年生草本，種類不一，或生水中，或生原野。其中一種叫澤蓼，也叫辣蓼，葉味辛辣。葵，蔬類植物，有兔葵，楚葵等。堇，草名。根如薺，葉如細柳，蒸食之，味甜，一名堇葵。❷小人自齷齪二句　是說小人見識不高，哪能瞭解曠士的思想感情，正如蓼蟲不知堇葵的滋味一樣。齷齪，拘謹的樣子。指局限於狹隘的境界。曠士，曠達之士；不拘於世俗之見的人。❸洛城　洛陽城。東周以來多建都於此，故借以泛指京城。❹禁門　天子所居叫禁中，門設禁衛，一般人不能隨便進去，因此叫禁門。❺平旦　天正明的時候。❻冠蓋　官宦的冠冕和車蓋，一般用來泛指達官貴人。❼縱橫至　紛紛而來。縱橫，是紛紜雜亂的樣子。❽車騎　車馬。❾素帶曳長飆二句　寫官宦們馳車奔走，風塵僕僕的情景，說他們的素帶在大風中飄颺，華麗的帽纓上結聚著遠處的塵埃。素帶，古大夫所用的衣帶。曳，牽引。此謂搖曳、飄颺。飆，暴風。華纓，用彩色絲線做成的帽纓。❿鐘鳴　鐘鳴漏盡。指深夜戒嚴以後。⓫夷世　太平盛世。⓬信　誠；確實。⓭明慮　英明的考慮。⓮天　指天子。即君王。⓯珪　一種上圓下方的玉板。古代封官時賜珪作為符信。⓰草萊　田野；民間。⓱豈伊　哪裡。伊，是語助詞。⓲白璧賜　賞賜白璧。《史記・卷七六・平原君虞卿列傳》記載，趙孝成王一見虞卿即賞賜黃金百鎰，白璧一雙。此用其典。⓳黃金臺　在今北京附近。燕昭王築黃金臺，上置千金，以招天下賢士。⓴今君有何疾二句　為小人詰問曠士之詞。君，指曠士。遲迴，遲疑不前。

【語　譯】蓼蟲避開甘美的葵堇，習慣於苦味不以為不好吃。小人見識短淺，哪知曠士的胸懷？正當洛城雞鳴天亮之時，禁門便為之大開。達官貴人們便紛紛而來，車馬來自四面八方。他們的素帶在大風中飄颺，他們華麗的帽纓上結聚著遠程的塵埃。太陽正午的時候，他們自然不會離開朝廷禁門，即使到了鐘鳴漏盡的深夜之後，都還沒有回歸。這是一個很難碰到的太平盛世，賢德的君主確實愛才。英明的考慮總是出於君王自己的決斷，並不因別人的影響而產生猜疑。只要臣下有一言之美，君王就會賜給他爵位和領地；只要百姓有片善可取，君王就會將他引上朝廷，使他與草野辭別。君王禮賢下士，豈但賞賜白璧，還要為賢士們造起黃金臺呢。你到底有何顧慮，正當盛世，面臨仕途，你為何遲疑不前呢？

升天行

【題　解】〈升天行〉屬樂府〈雜曲歌辭〉。這首詩寫作者因對生存世間產生厭倦之情，因而幻想飛天升仙，遨遊虛幻之境，並從天上仙闕俯看塵世人寰，從中表達了作者的超脫之情和輕蔑塵世之意。《樂府解題》說：「〈升天行〉，曹植云：日月何時留；鮑照云：家世宅關輔。……皆傷人世不永，俗情險艱，當求神仙，翱翔六合之外，與〈飛龍〉〈仙人〉〈遠遊〉……同意。」

家世宅關輔，勝帶宦王城❶。備聞十帝事，委曲兩都情❷。倦見❸物興衰，驟覩❹俗屯❺平❻。翩翻類迴掌，恍惚似朝榮❼。窮塗悔短計，晚志重長生❽。從師入遠岳❾，結友❿事仙靈。五圖⓫發金記，九籥⓬隱丹經⓭。風餐委松宿，雲臥恣天行⓮。冠霞登綵閣，解玉飲椒庭⓯。蹔遊越萬里，近別數千齡⓰。鳳臺無還駕，簫管有遺聲⓱。何時與爾曹，啄腐共吞腥⓲。

【注　釋】❶家世宅關輔二句　借漢事極言家世顯赫，世代在王城作官。關輔，關中三輔。乃漢朝富庶之地，拱衛皇城。《漢書》曰：右扶風、左馮翊、京兆尹，是為三輔。勝帶，即勝衣勝冠。謂可以穿戴成人衣冠之年。❷備聞十帝事二句　寫備知朝代更替，帝王都城興衰之事。備聞，全面瞭解；十分清楚。委曲，事情的原委底細。這裡作動詞。意謂瞭解事情的原委曲折。十帝事，兩漢各十餘帝。兩都，指長安、洛陽。兩漢以此二京為都。❸倦見　因見得太多，故有厭倦之感。❹驟覩　屢見。❺屯　艱難。❻平　太平。❼翩翻類迴掌二句　寫人事滄桑，變化迅速。迴掌，極言變化之快。朝榮，潘岳〈朝菌賦〉：「奈何兮繁華，朝榮兮夕斃。」❽窮塗悔短計二句　是說既步入窮途末路，遂覺混跡塵世實為「短計」，因生悔恨之意，企羨長生之道。這二句為過渡句，「窮途」句收合上文，「晚志」句開啟下文。窮途，在人世間步入窮途末路。❾遠岳　遙遠的山岳。❿結友　與仙人結友。《楚辭》：「與赤松結友兮，比王喬而為偶。」⓫五圖　指五種採芝法，出《太清金匱記》。⓬九籥　指道家盛經卷的容器。鄭玄《易緯注》曰：「齊、魯之間名門戶及藏器之管曰籥，以藏經而丹有九轉，故曰九籥也。」⓭丹經　指仙經《九轉丹金液經》。《抱朴子》曰：「余聞鄭君言道書之重，莫尚於三皇文《五岳真形圖》也。」又曰：「鄭君唯見授金丹之經。」又曰：「仙經《九轉丹金液經》，皆在崑崙五城之內，藏以玉函。」⓮風餐委松宿二句　語出《莊子》：「藐姑射之山，有神人居焉，不食五穀，吸風飲露，乘雲氣，御飛龍。」風餐，即餐風飲露。⓯冠霞登綵閣二句　是說以彩霞為冠而登於綵閣，因解渴而飲玉液於椒庭。冠霞，以霞為冠。綵閣，雕綵的欄閣。指仙居之處。陸機〈雲賦〉曰：「似長城曲蜿，綵閣相扶。」解玉飲，指解渴而飲。椒庭，芳椒塗飾的庭院。⓰蹔遊越萬里二句　是說天宮遨遊，倏忽之間便是人間數萬里、數千年。《神仙傳》：「若士謂盧敖曰：吾一舉千萬里。」《馬明先生別傳》曰：「先生隨神士還代，見安期先生語神女曰：昔與女郎遊於安息，憶此未久，已二千年矣。」蹔遊，短時間遨遊。近別，短時間的離別。⓱鳳臺無還駕二句　用簫史與弄玉典故。《列仙傳》曰：「簫史者，秦繆公時人也，善吹簫。繆公有女號弄玉，好之，公遂以妻之。遂教弄玉作鳳鳴。居數十年，吹似鳳聲，鳳凰來止其屋，為作鳳臺，夫婦止其上，不下數年，一旦皆隨鳳凰飛去。故秦氏作鳳女祠，有簫聲。」阮籍〈詠懷詩〉曰：「簫管有遺音，梁王安在哉？」無還駕，即一去不復返之意。⓲何時與爾曹二句　是說一從仙遊，永與世隔，不可復與俗輩相會。爾曹，你們。指人間凡夫俗子。曹，輩。啄腐共吞腥，即共啄腐吞腥。腐、腥，這裡指代人間食品，有蔑視之意。

【語　譯】世代住在關中三輔，成年即在王城為官。備聞兩漢帝王之事，通曉兩都盛衰世情。倦看時物興衰，屢覩世俗險平，翩翻如反掌之速，朝榮夕斃在恍惚之間。在人世間既步入窮途末路，遂覺混跡塵世實為短計，因生悔恨之意，晚年心中遂企慕長生之道。於是我或隨師入山，侶仙為友；五種採芝法出於《太清金匱記》，重重封鎖的箧笥中收藏金丹之經。吸風餐露，依松為眠；徜徉雲海，倚天而行；頭頂翠霞而登於綵閣，解下玉帶暢飲於椒庭。倏忽之間便是數萬里，短時間分別便是數千年。我將像當年蕭史與弄玉那樣飛升而去，長辭人間尚留有簫管樂曲。何時還會與你們共伍呢？大家一起食腐吞腥呢？這已是不可能了。

鼓吹曲

【作　者】謝朓，見頁九二六。

【題　解】〈鼓吹曲〉為樂府曲名，《樂府詩集》引蔡邕說：「鼓吹歌，軍樂也，謂之〈短簫鐃歌〉，黃帝、岐伯所作也。」這首詩則是借舊曲名贊美「金陵帝王州」的雄奇壯麗。

江南佳麗地，金陵❶帝王州❷。逶迤❸帶淥水，迢遞❹起朱樓。飛甍❺夾馳道，
垂楊蔭御溝❻。凝❼笳翼❽高蓋❾，疊❿鼓送華輈⓫。獻納雲臺表，功名良可收⓬。

【注　釋】❶金陵　南京。❷帝王州　傳說秦始皇時，有星象學家觀察天象，說金陵的上空有王者之雲氣。❸逶迤　悠長貌。❹迢遞　高遠貌。❺甍　屋脊；棟梁。❻御溝　流入宮內的河道。也稱楊溝、羊溝。❼凝　徐引聲謂之凝。❽翼　送。❾高蓋　指豪華型馬車。《老子》曰：「駟馬高蓋。」❿疊　小擊鼓謂之疊。⓫華輈　華美的車子。〈西京賦〉：「龍輈華轙。」⓬獻納雲臺表二句　意在說明朝廷善納諫言、獎勵賢士。獻納，指建言以供採納。雲臺，高聳入雲的臺閣。此指朝廷。良，的確。揚雄〈解嘲〉：「蘭先生收功於章臺。」

【語 譯】江南風景秀麗之地，有個帝王之都叫金陵。悠長的淥水環繞宮城，高高的朱樓衝天而起。馳道兩旁飛屋成列，御溝兩岸楊柳依依。在悠長的胡笳聲中，車馬飛馳，在輕輕擊鼓聲中送走華美的車子。有誰向朝廷進獻嘉言，功名富貴一定能隨後可得。

挽歌

挽歌詩

【作 者】繆熙伯，名襲，以字行。《三國志・魏志》說：「襲，東海人，有才學，多所敘述，官至尚書光祿勳。」

【題 解】挽歌，即輓歌。古人送葬，執紼喪車前的人所唱，是哀悼死者的詩歌。本詩是繆熙伯所作的。詩中寫生前榮華富貴，死後皆子虛烏有，並指出這是自然規律，無法挽回。

生時遊國都，死沒棄中野。朝發高堂上，暮宿黃泉下。白日入虞淵，懸車息駟馬❶。造化❷雖神明，安能復存❸我？形容❹稍❺歇滅，齒髮行當墮。自古皆有然，誰能離此者。

【注釋】❶白日入虞淵二句 《淮南子》曰：「日出於湯谷，至於悲泉，爰息其馬，是為懸車，至於虞淵，是謂黃昏。」虞淵，神話中的日落之處。懸車，古謂黃昏前的一段時間。❷造化 指自然的創造化育。❸存 存問。❹形容 形體容貌。❺稍 漸漸。

【語譯】活著的時候遨遊於國都繁華之地，死了之後就棄葬在荒涼的原野之中。早晨還生活在高堂之上，傍晚安眠在黃泉之下。太陽進入虞淵，懸車之時方能息馬，自然法則雖神明廣大，又怎能使我再生存下去？形體容貌漸漸消滅，牙齒頭髮也將自行墮落。自古以來人人都是這樣，誰又能逃脫死亡的命運？

挽歌詩 三首

【作者】陸機，見頁七〇五。

【題解】陸機挽歌詩共三首，均假託死者的口氣述說對死亡的悲痛感受。以死者口吻進行陳述的寫法，在陸機之前已有，如漢末阮瑀〈七哀詩〉傾吐生命消逝的悲痛，有句云：「出壙望故鄉，但見蒿與萊。」便是假託死者口氣。而陸機則將此種口氣擴展至全篇，且言之鑿鑿，所以給人一種似幻似真之感，讀來頗覺生動、新鮮。挽歌原只用於喪葬，但因它唱出了人們留戀生命、厭懼死亡的普遍心理，有著強烈的抒情色彩，所以後來成了具有獨立欣賞價值的藝術作品。史載漢晉時有不少人愛聽挽歌，其至於婚嫁宴會酒酣之後也唱挽歌助興，大家聽得涕泗滂沱，反以為樂。這種現象反映出人們以悲為美，愛好強烈情感的審美心理。陸機此詩極力渲染死亡的苦痛，也正是此種心理的表現。

其一

卜擇❶考❷休貞，嘉命咸❸在茲。夙駕❹驚徒御，結轡頓重基❺。龍幌❻被❼廣柳❽，前驅矯輕旗。殯宮❾何嘈嘈，哀響沸中闈。中闈且勿讙，聽我〈薤露詩〉❿。死生各異倫，祖載⓫當有時。舍爵兩楹位⓬，啟殯進靈轜⓭。飲餞⓮觴莫舉，出宿歸無期。帷衽⓯曠⓰遺影，棟宇⓱與子辭。周親⓲咸奔湊⓳，友朋自遠來。翼翼飛輕軒，駸駸⓴策素騏。按轡遵長薄，送子長夜臺㉑。呼子子不聞，泣子子不知㉒。歎息重櫬㉓側，念我疇昔㉔時。三秋㉕猶足收，萬世安可思？殉㉖沒身易亡，救子非所能。含言言哽咽，揮涕涕流離㉗。

【章　旨】描寫送殯經過，傾訴對死者的悼念。

【注　釋】❶卜擇　卜擇葬地。古代占卜，用龜甲時稱卜，用蓍草時稱筮。❷考　稽考。❸咸　都。❹夙駕　早早地駕車動身。❺重基　山陵。《春秋運斗樞》：「山者，地基也。」❻龍⿰巾荒　畫著龍形圖案的飾棺帷蓋。古代裝飾棺車的帷蓋，在旁曰帷，在上曰荒。⿰巾荒，通「荒」。❼被　覆蓋。❽廣柳　即廣柳車。喪車名。❾殯宮　古代臨時停柩之所。❿薤露詩　喪歌。崔豹《古今注》曰：「薤露、蒿里，並喪歌，出田橫門人。」⓫祖載　將葬之際，舉柩升車上，行祖祭禮，謂之祖載。⓬兩楹位　殿堂的中間。《儀禮》曰：「遷于祖，用轜，正柩於兩楹間，奠設如初。」⓭轜　喪車。⓮飲餞　飲酒餞行。《詩經・邶風・泉水》：「出宿于泲，飲餞于禰。」⓯衽　臥席。⓰曠　空。⓱棟宇　此指房屋。⓲周親　至親。⓳奔湊　奔聚。⓴駸駸　馬疾行的樣子。㉑長夜臺　指死所。阮瑀〈七哀詩〉：「冥冥九泉室，漫漫長夜臺。」㉒呼子子不聞二句　言人已死去，則呼之不聞，泣之不知。子，指死者。㉓重櫬　兩重的棺木。㉔疇昔　往日。㉕三秋　三年。《詩經・王風・采葛》：「一日不見，如三秋兮。」㉖殉　臣瓚《漢書注》曰：「亡身從物曰殉。」㉗流離　淚分散的樣子。〈長門賦〉：「涕流離而縱橫。」

【語　譯】為選擇葬地好不好舉行的占卜，都說這個地方是好風水。所以早早駕車驚動了眾僕御，最後在這重山之下停下了車馬。飾龍的帷蓋披覆在廣柳喪車上，車前的旗幟高高飄蕩。停柩的殯宮是如此嘈雜，悲哀的哭聲充滿了內室。請諸位不必喧嘩，聽我唱起〈薤露〉喪歌。死生各異路，入葬有定時。在兩楹之間置酒祭祀，啟動靈柩上了喪車。飲酒餞別時不能舉起酒杯來，一旦出宿便永無回歸之期。帷帳臥席再不留身影，房屋也從此與您告別。至親好友都來送葬，看那輕車飄飄，白馬疾疾。大家按轡而行，送您去長夜臺。呼喚您您已聽不到，為您哭泣您也不知道。大家在棺木旁歎息，回憶著疇昔的友情。一別三年還可忍受，萬年永別怎可思議？欲以身相從則死亡很容易，但要起死回生已永無可能。含言欲說泣不成聲，揮巾拭淚淚流縱橫。

其二

重阜❶何崔嵬❷，玄廬❸竄其間。旁薄立四極，穹隆放蒼天❹。側聽陰溝湧，臥觀天井懸❺。廣宵❻何寥廓❼，大暮安可晨？人往有反歲，我行無歸年❽。昔居四民❾宅，今託萬鬼鄰。昔為七尺軀❿，今成灰與塵⓫。金玉素所佩，鴻毛今不振⓬。豐肌饗螻蟻，妍姿永夷泯⓭。壽堂⓮延⓯螭魅⓰，虛無⓱自相賓。螻蟻爾何怨，螭魅我何親⓲。拊心痛荼毒⓳，永歎莫為陳。

【章　旨】借死者之口述說墓中處境及情緒。

【注　釋】❶重阜　高聳的山阜。❷崔嵬　高聳的樣子。❸玄廬　指墓舍。玄有黑暗深隱意，死後的景況幽暗而不可測，故以「玄」字形容。❹旁薄立四極二句　是說墓中地有四邊，有如大地之東西南北四極。墓穴空而大，依仿蒼天四垂。旁薄為地之形，穹隆為天之形。《太玄經》曰：「天穹隆而周乎下，地旁薄而向乎上，故天裹地。」❺側聽陰溝湧二句　李善注曰：「古之葬者於壙中為天象及江河。陰溝，江河也。天井，天象也。」❻廣宵　與下句「大暮」都是長夜之意。❼寥廓　無邊無際。❽人往有反歲二句　上句謂人外出遠行有返回的時間。下句謂人死之後再無返回之時。❾四民　指士、農、工、商四種人。《管子》曰：「士、農、工、商四民者，國之正民也。」❿七尺軀　指堂堂男子軀。《淮南子》：「吾生也有七尺之形，吾死也有一棺之土。」⓫灰與塵　《韓子》曰：「死者始而灰，已而土。」⓬金玉素所佩二句　是說昔日身佩金玉，既富且貴；今則氣盡力索，連一根鴻毛也舉不動了。⓭夷泯　滅盡。⓮壽堂　此指死者起居之處，實即墓室。⓯延　延請。⓰螭魅　傳說山林中害人的怪物。⓱虛無　指鬼魅。因其無形質，故稱虛無。⓲螻蟻爾何怨二句　句中的爾與我，當為互文。意謂螻蟻螭魅呀，你我之間有何恩怨，為何要這般入居我室。⓳荼毒　殘害。此指螻蟻螭魅對死者的殘害。

【語　譯】重疊的山巒是何等崔嵬，有玄黑的墓穴藏在其間。墓中地有四邊，有如大地之東西南北四極；墓穴當中空而大，依仿蒼天四垂。死者臥於墓穴的中間，耳聞身邊水泉濺濺，仰觀天上星辰燦爛。人死長眠地下如漫漫長夜，無邊無際，永無天明之時。活人遠行尚有歸期，今我死去，永無返歸之時。昔與士農工商四民共居；今則與萬鬼為鄰。昔為堂堂男子，魁梧高大；今則身體腐化，變為塵土。昔日身佩金玉，既富且貴；今則氣盡力索，鴻毛不舉。豐滿的身軀將為螻蟻所噬；英俊姿容從此消逝無存。鬼魅魍魎登堂入室，形質虛無，互相行賓主之禮。螻蟻啊，你們與我有何讎怨，為何如此殘害於我？鬼魅啊，我與你們是何親戚，為何入我居室而不去？我因你們而痛心疾首啊，長歎短吁無法陳說心情。

其三

流離親友思，惆悵❶神不泰❷。素驂❸佇轜軒❹，玄駟❺鶩飛蓋❻。哀鳴興殯宮❼，迴遲悲野外。魂輿❽寂無響，但見冠與帶。備物❾象平生，長旌❿誰為旆？悲風徽⓫行軌⓬，傾雲結流藹。振策指靈丘⓭，駕言⓮從此逝。

【章　旨】描寫親友送葬時的情景。

【注　釋】❶惆悵　失意的樣子。❷不泰　不安寧。❸素驂　白色的邊馬。❹轜軒　喪車。❺玄駟　黑色的馬。❻飛蓋　指車篷。❼殯宮　古代臨時停柩之所。❽魂輿　魂車；喪車。周遷《輿服志》：「禮葬有魂車。」❾備物　即明器。古代用竹木或陶土專為隨葬而製作的器物。《禮記》：「孔子為明器者，備物而不可用。」❿長旌　即銘旌。《周禮》：「大喪供銘旌。」⓫徽　阻止。⓬軌　此指喪車。⓭靈丘　指墓穴。⓮駕言　駕車。言，語助詞。

【語　譯】親友們痛哭流涕思念死者，心情惆悵無法寧靜。三匹白馬駕的靈車停著，四匹黑馬駕的車華蓋飛動。在停柩之間哀鳴驟起，在曠野之中徘徊悲傷。喪車寂然無響，只見死者的冠與帶。象徵平生用物的明器供備於前，長旌為誰所辦？悲傷的風兒阻止喪車前進，靄靄行雲凝結悲哀。揮策駕車直奔墓穴，從此以後與人世永遠告別。

挽歌詩

【作　者】陶淵明，見頁一二〇一。

【題　解】挽歌本是活著的人對死去的人表示哀悼所唱的歌。但魏晉風氣，文人雅士每於宴遊閒暇之際，多自作挽歌與左右相和歌唱，以示對死生的達觀。陶淵明挽歌詩共三首，均為其生前自挽之詞，這裡錄的其中一首。此外尚有自祭文一篇，也屬於這一類作品。陶淵明卒於宋文帝元嘉四年（西元四二七年）十一月，終年六十三歲。這組詩是這年九月所作。他本是達人，對死生看得從容灑脫，也很實在。他哀悼死者，也坦然平靜地接受死亡。因此他的挽歌詩寫得毫無矯飾，被顏延之譽之為「視死如歸，臨凶若吉」（《陶征君誄》），本詩是組詩的第三首。

荒草何茫茫，白楊亦蕭蕭❶。嚴霜❷九月中，送我出遠郊。四面無人居，高墳正嶕嶢❸。馬為仰天鳴，風為自蕭條❹。幽室一已閉，千年不復朝❺。千年不復朝，賢達無奈何。向來相送人，各已歸其家❻。親戚或餘悲，他人亦已歌❼。死去何所道，託體同山阿❽。

【注釋】❶荒草何茫茫二句　寫秋景，也寫荒郊墓地景物。古詩：「四顧何茫茫，東風搖百草。」又：「白楊何蕭蕭，松柏夾廣路。」茫茫，廣遠貌。此處形容一片荒草，沒有邊際。蕭蕭，風吹樹木發出的聲音。❷嚴霜　寒霜。❸嶕嶢　高貌。❹馬為仰天鳴二句　是說馬為之悲鳴，風為之哀吟。❺幽室一已閉二句　是說一旦葬入墓中，就如同漫漫黑夜永遠也不會天亮了。幽室，指壙穴、墳墓。❻向來相送人二句　是說剛才來送葬的人各自回家了。向來，昔時。❼已歌　已在歌唱，沒有悲哀了。《論語・述而》：「子於是日哭，則不歌。」陶詩本此。❽死去何所道二句　以曠達語作結，大意是說：死去有什麼可說的呢？無非是寄身在山陵之中罷了。山阿，山陵。

【語譯】荒野上衰草茫茫一片，寒風中白楊蕭蕭作響；九月霜天，陰霾沈沈，自己的屍體被送往荒涼的遠郊。在四周無人居住的亂崗僻野，一座座墳堆到處突起。面對這樣的場景，連馬也禁不住仰天悲鳴，風也止不住嗚咽哀吟。墓穴的門一旦緊緊封閉，就陷入了永久的黑暗，千年萬載不再重見天日了。面對這千年萬載的黑暗，聖者賢人也無可奈何。剛才來送葬的人，各自回家了，親戚或許會悲哀得長久一些，其他的人卻已忘掉了悲痛，開始唱起歌來。死去有什麼可說的呢？無非是寄身在山陵之中罷了。

雜歌

易水歌 并序

【作者】不詳。

【題解】〈易水歌〉是戰國時期燕國壯士荊軻唱的一首歌，所以又名〈荊軻歌〉。據《戰國策》和《史記》記載，荊軻將到秦國去刺秦王，燕太子丹和賓客都穿戴了白衣白帽送行。在易水邊臨別時，荊軻唱了這首〈易水歌〉。送行的人聽了，都激動得兩眼大睜，怒髮衝冠。唱罷，荊軻登上車子，頭也不回地走了。這首歌籠罩著悲壯蒼涼的氣氛，表現了英雄臨難義無反顧的獻身精神，言簡而情深，不失為詩史上的一曲絕唱。

燕太子丹使荊軻刺秦王，丹祖送於易水上。高漸離擊筑，荊軻歌，宋如意和之，曰：

風蕭蕭❶兮易水❷寒。壯士一去兮不復還！

【注釋】❶蕭蕭　風聲。❷易水　水名。是當時燕國的南部邊界，在今河北易縣境。

【語譯】燕國太子丹派遣荊軻去刺殺秦王，丹在易水邊設宴為荊軻送行。高漸離擊筑奏樂，荊軻唱歌，宋如意應和其歌。歌詞是：風聲蕭蕭，易水寒冷，壯士這一離去將不再歸來！

大風歌 并序

【作　者】劉邦（西元前二五六～前一九五年），字季，秦泗水郡沛縣（今江蘇沛縣）人。劉邦出身農家，早年當過亭長。秦二世元年陳勝吳廣起義反秦，劉邦在沛縣聚眾響應，稱沛公，不久投奔項梁。他最先攻入關中，滅亡秦朝。後項羽封劉邦為漢王。劉邦與項羽進行了長達四年的楚漢戰爭，終於取得最後勝利，統一全國，建立了漢王朝。即帝位後，為減輕人民負擔、鞏固國家採取了許多重要措施。據歷史記載，劉邦曾作過一些騷體歌詞，抒發一時感想，俱文辭樸實，感情真摯。

【題　解】據《史記‧卷八‧高祖本記》，劉邦六十三歲時平定黥布叛亂，在歸途上路過家鄉沛縣，在沛宮設置酒席，召請故鄉父老子弟飲酒作樂。酒酣時，劉邦自己擊筑伴奏，唱了這首〈大風歌〉。這首歌氣魄宏大，感情深沈，表達了劉邦奪得政權後既志滿意得及因缺乏猛將頗感憂慮的情懷。

高祖還，過沛，留。置酒沛宮，悉召故人父老子弟佐酒，發沛中兒得百二十人，教之歌。酒酣，上擊筑自歌曰：

大風起兮雲飛揚❶，威加海內❷兮歸故鄉，安得❸猛士兮守四方！

【注　釋】❶大風起兮雲飛揚　這一句是起興，象徵著掃除群雄，擁有天下的勝利氣象。❷海內　指天下。古人認為，世界是一片陸地，周圍都是大海。❸安得　怎能得到。

【語　譯】高祖回軍經過沛縣，滯留暫住。在沛宮中設宴，把昔日的朋友父老子弟全召來陪宴。選了沛縣少年一百二十人，教他們唱歌。酒宴正酣之時，高祖自己擊筑唱歌道：大風興起雲團飛揚，神威震攝天下啊，我回歸故鄉，如何能得到猛士英才來守衛天下四方？

扶風歌

【作　者】劉琨，見頁一一三六。

【題　解】《樂府詩集》錄劉琨〈扶風歌〉九首，屬〈雜歌謠辭〉。九首實際是一首詩的九解，樂府詩每四句為一解。扶風，郡名，郡治在今陝西涇陽。這首詩作於永嘉元年（西元三〇七年），劉琨出任并州刺史時從洛陽赴晉陽的途中。詩的內容寫自己去晉陽途中的遭遇和見聞。其中表現了他對故國的懷戀，對艱苦程途的感歎，同時借李陵事件來表露對晉朝的耿耿忠心。詩寫得悲壯慷慨，豪邁多氣。

朝發廣莫門❶，暮宿丹水山❷。左手彎繁弱，右手揮龍淵❸。顧❹瞻❺望宮闕❻，俯仰❼御❽飛軒❾。據❿鞍長歎息，淚下如流泉。繫馬⓫長松下，發鞍⓬高岳⓭頭。烈烈悲風起，泠泠⓮澗水流。揮手長相謝⓯，哽咽不能言⓰。浮雲為我結，歸鳥為我旋⓱。去家⓲日已遠，安知存與亡。慷慨窮林⓳中，抱膝獨摧藏⓴。麋㉑鹿遊我前，猿猴戲我側。資糧既乏盡，薇蕨㉒安可食。攬轡㉓命徒侶㉔，吟嘯㉕絕巖中。君子道微矣，夫子故有窮㉖。惟㉗昔㉘李㉙騫期㉚，寄㉛在匈奴庭。忠信反獲罪，漢武不見明㉜。我欲竟㉝此曲㉞，此曲悲且長。棄置㉟勿重陳㊱，重陳令心傷。

【注　釋】❶廣莫門　晉都洛陽城北門。并州在洛陽北，時作者將赴并州，故出廣莫門。❷丹水山　即丹朱嶺。丹水發源處，在今山西高平北。❸左手彎繁弱二句　是說戎裝出發。彎，拉弓。繁弱，大弓名。龍淵，古寶劍名。繁弱、龍淵，都非實指。❹顧　回首。❺瞻　臨視。❻宮闕　指洛陽城裡的宮殿。❼俯仰　高高低低的。❽御　列。❾飛軒　指宮殿裡四簷飛聳的廊宇。❿據　靠著。⓫繫馬　繫住馬韁繩。⓬發鞍　卸下馬鞍。⓭高岳　高山。⓮泠泠　山泉聲。⓯謝　告別。⓰哽咽不能言　氣結咽塞，悲傷得說不出話來。⓱旋　盤旋。⓲去家　離開家鄉。⓳窮林　荒野深林。⓴摧藏　即悽愴。㉑麋　鹿的一種。㉒薇蕨　指野菜。㉓攬轡　挽住馬韁繩。㉔徒侶　指隨從。㉕吟嘯　猶言歌唱。㉖君子道微矣二句　《論語·衛靈公》記載，孔子一行在陳國斷了糧，子路不高興地問孔子：君子也有窮困的時候嗎？意思是說，君子之道衰微，因此孔子也有窮困的時候。作者用孔子的遭遇比喻自己所遭受的困苦。夫子，指孔子。故，因此。窮，窮困。㉗惟　句首助詞。㉘昔從。㉙李　指李陵。漢武帝時，李陵與匈奴作戰，兵敗投降。㉚騫期　指李陵過期不歸。㉛寄　寓居。㉜漢武不見明　李陵投降匈奴後，漢武帝把他的全家都殺了，故云「漢武不見明」。漢武，漢武帝劉徹。㉝竟　結束。指唱完。㉞此曲　指〈扶風歌〉。㉟棄置　放在一邊。㊱重陳　再次陳述。

【語　譯】早上從廣莫門出發，傍晚投宿在丹水山。左手拉緊繁弱弓，右手揮動龍淵劍。回首遙望洛陽宮闕，只見廊宇高聳，自己靠在馬鞍上長歎不已，禁不住淚下如泉。我在丹水山的長松下繫馬，高山頭卸鞍，只聽見北風烈烈，澗水泠泠。我揮手與京城長辭，抑鬱悲痛得連話都說不出來了。浮雲為我凝聚不散，飛鳥盤旋不捨離去。離開家鄉一天比一天遙遠，哪知將來是死還是活。我在這偏僻的深林裡慷慨高歌，抱膝長歎，獨自悽愴。麋鹿在我前面遊走，猿猴在我身旁戲鬧。財貨糧食既已缺乏，野菜味苦又怎能下咽。我手挽馬韁，命令徒侶們準備重新啟程，在此絕壁之上高聲歌唱。君子之道衰微不行，所以孔子也有窮困的時候。過去，李陵出征匈奴，過期未能歸來，而流落在匈奴那裡了。他本來對漢朝忠誠，卻反而有了罪，得不到漢武帝的諒解。我想就此結束這首〈扶風歌〉，因為這首歌悲涼又太長。把它擱在一邊，不要再唱了，如果再唱起這首歌，會令人傷心。

中山王孺子妾歌

【作　者】陸厥，見頁一一八一。

【題　解】〈中山王孺子妾歌〉屬樂府〈雜曲歌辭〉。《漢書》曰：「詔賜中山靖王子噲及孺子妾冰、未央才人歌詩四篇。」如淳注：「孺子，幼少稱孺子。妾，宮人也。」顏師古注：「孺子，王妾之有品號者。妾，王之眾妾也。冰，其名。才人，天子內官。」可見〈中山王孺子妾歌〉原是指天子賜給中山王及孺子妾、未央才人的歌詩。陸韓卿此詩則是專寫孺子妾。詩借用一系列典故，贊寫孺子妾的才華與品貌。最後以孺子妾擔憂將來會被君王冷落作結，含有作者自己憂讒畏譏之感。

如姬寢臥內，班婕坐同車❶。洪波陪飲帳，林光宴秦餘❷。歲暮寒飆及，秋水落芙蕖❸。子瑕矯後駕，安陵泣前魚❹。賤妾終已矣，君子定焉如❺！

【注　釋】❶如姬寢臥內二句　如姬，戰國魏安釐王的侍妾，曾助信陵君竊符救趙。《史記》載，侯嬴謂魏公子毋忌曰：「嬴聞晉鄙之兵符，常在魏王臥內，而如姬出入王臥內，力能竊之。」寢臥內即指此事。班婕，班婕妤。西漢成帝時宮女。坐同車，《漢書》曰：「成帝遊於後庭，常欲與班婕妤同輦載。」以上二句，以如姬和班婕妤為喻，贊頌孺子妾的才能及得寵。

❷洪波陪飲帳二句　寫孺子妾陪君王宴遊，極得君王的歡心。洪波、林光，當指宴飲遊樂之所。《韓詩外傳》：「趙簡子與諸大夫飲於洪波之臺。」〈西京賦〉西都賓曰：「視往昔之遺館，獲林光於秦餘。」林光宮是秦宮，漢時仍存，故曰秦餘。

❸歲暮寒飆及二句　以歲暮寒風搖落芙蓉作喻，轉寫孺子妾的失寵失勢。❹子瑕矯後駕二句　子瑕句，用彌子瑕矯駕君車的典故。《韓子》曰：「昔者彌子瑕有寵於衛君。衛國之法，竊駕君車者罪刖。彌子母病，人聞，夜告彌子，彌子矯駕君車以出

於門。君聞賢之曰：『孝哉，為母之故犯刖罪。』」安陵，疑龍陽之誤。《戰國策》載：「魏王與龍陽君共船而釣，龍陽君釣得十餘魚而棄之，泣下。王問其故，對曰：『臣始得魚甚喜，後得益多而大，欲棄前之所得也。今以臣凶惡，而得拂枕席，今爵至人君，走人於庭，避人於途，四海之內，其美人甚多矣，聞臣之得幸於王，畢褰裳而趨王，臣亦同曩者所得魚也，亦將棄矣，得無涕出乎？』王乃布令曰：『敢言美人者族。』」這二句以子瑕和龍陽事為喻，希望君王不要喜新厭舊。❺賤妾終已矣二句　李周翰注：「言我衰謝，將失子瑕龍陽君寵，不知君王之意竟如何也。」已矣，完結了；絕望之辭。君子，指君王。焉如，如何。

【語　譯】如姬與魏王共枕臥，班婕妤得寵出同車。洪波臺上陪帳飲，林光離宮共宴樂。歲末寒風猛烈至，荷花凋謝秋水池。子瑕駕車君不怪，安陵對王「泣前魚」。賤妾色衰恩終絕，不知君王將如何？

卷二一九

雜詩

古詩十九首

【作　者】不詳。

【題　解】此十九首古詩，從其文詞聲律來看，當為東漢後期作品。原非一時一人所為，因各篇風格相近，故合在一起，收入本書，題之曰「古詩十九首」，後世遂沿用這一名稱。其內容，大多寫友人夫婦間的離愁別緒與士子徬徨失意的消極情緒以及生命短暫無常的悲感。情感真摯感人，語言樸素自然，表現委婉曲折，是早期文人五言詩的重要作品，對後世影響頗大。其中十二首也被南朝陳人徐陵收入其所編的《玉臺新詠》中。

行行重行行

行行❶重行行，與君生別離❷。相去❸萬餘里，各在天一涯❹。道路阻❺且長，會面安可知❻。胡馬依北風，越鳥巢南枝❼。相去❽日已遠❾，衣帶日已緩❿。浮雲蔽白日⓫，遊子⓬不顧反⓭。思君令人老⓮，歲月⓯忽⓰已晚。棄捐勿復道，努力加餐飯⓱。

【章　旨】本篇表現女子對遠行異鄉的情人之思念。開首追敘初別之情景，次敘路途遙遠，相會之難，及其相思之苦，最後以勉勵寬慰之詞作結。

【注　釋】❶行行　走路不停的樣子。❷生別離　活著分離。❸相去　相距。去，距離。❹天一涯　天一方。❺阻　艱險。❻會面安可知　言怎知何時可相見。安，怎麼；哪裡。❼胡馬依北風二句　言胡馬南來後仍然依戀北風，越鳥北飛後仍築巢於南向的樹枝。這二句是說禽獸也不忘記故鄉，暗示物尚有情，何況是人呢？胡馬，北方所產的馬。越，指南方的越族。越鳥，即南方的鳥。❽去　離開。這裡指離別。❾日已遠　即一天遠似一天。已，同「以」。❿衣帶日已緩　人因相思而日漸消瘦，使衣帶也顯得寬鬆了。緩，寬鬆。⓫浮雲蔽白日　比喻遊子為外物所絆而遮止其歸家之想。蔽，遮住；遮掩。⓬遊子　離家遠遊的人。這裡指遠征的夫君。⓭顧反　此為同義複詞，皆為「返」義。反，通「返」。⓮思君令人老　指因思念夫君過度，使人憔悴而顯得衰老。⓯歲月　指一年的光景。⓰忽　快速的樣子。⓱棄捐勿復道二句　是說思君之苦已超越自己的承受力，只能勸慰自己放下情思，努力加餐，而不致消瘦衰老。棄捐為同義複詞。皆為「棄」的意思。道，說；講。努力，勉勵之意。

【語　譯】走啊走啊不停地往前走，就要和你生生的別離。兩人相距萬里之遠，從此我們天各一方。此去路途艱難又遙遠，相會之日有誰能知？胡馬南來仍依戀著北方，越鳥北去仍向南枝築巢。分別之後一天天過去，因思念而憔悴使衣帶一天天寬鬆。白雲遮住了太陽，遠遊夫君未有歸家之思。想你想得人衰老，光陰如箭已至歲暮。放下情思不再提起，還是保重自己多吃一點飯吧。

青青河畔草

青青河畔草，鬱鬱❶園中柳。盈盈❷樓上女，皎皎當窗牖❸。娥娥紅粉裝❹，

纖纖出素手❺。昔為倡家女❻，今為蕩子❼婦。蕩子行不歸，空床難獨守。

【章 旨】這是從良婦人思念遠行夫君之詩。描寫良辰美景之時，有一位婀娜多姿的豔麗女子夫君遠行，因而感到寂寞難當。由於曾是風塵女子，所以傾訴感情也更直截了當。

【注 釋】❶鬱鬱 茂盛的樣子。❷盈盈 儀表美好的樣子。❸皎皎當窗牖 皎皎，光亮潔白的樣子。這裡形容女子的光采耀目。當，對著；面對。牖，窗戶。❹娥娥紅粉裝 娥娥，美好的樣子。紅粉，胭脂與鉛粉。泛指女子的化妝品。❺纖纖出素手 纖纖，形容手指的纖細柔長。素，白。❻倡家女 從事歌舞表演的女藝人。❼蕩子 浪遊不歸的男子。

【語 譯】河邊的青草多麼蒼翠，園中的柳樹多麼茂盛。高樓上一位面貌姣好的女子，白皙明豔地獨自立在窗口。粉臉朱唇打扮得十分漂亮，一雙手潔白又柔長。當年曾是擅長歌舞的藝人，如今卻成了遠遊不歸者的妻子。只因夫君遠遊久久不歸，獨自守此空床分外辛酸。

青青陵上柏

青青❶陵❷上柏，磊磊❸磵❹中石。人生天地間❺，忽如遠行客❻。斗酒❼相娛樂，聊厚不為薄❽。驅車策駑馬，遊戲宛與洛❾。洛中何❿鬱鬱⓫，冠帶⓬自相索⓭。長衢⓮羅⓯夾巷⓰，王侯多第宅⓱。兩宮⓲遙相望⓳，雙闕⓴百餘尺。極宴娛心意㉑，戚戚㉒何所迫㉓。

【章 旨】此詩寫的是一位仕途失意之士在京城的感受。他由自己的經歷感到人生短促而想及時行樂，以資排遣，作者故意把大城市中王侯顯貴的生活與貧士遭遇相對比，更使讀者體會到那位貧士胸中未曾道出的憤懣不平。

【注 釋】❶青青 猶言長青青。❷陵 大的土山。❸磊磊 眾石堆積的樣子。❹磵 同「澗」。即山間的溪流。❺天地

間 即世界上。❻遠行客 指從別處來這世上做一次遠途旅行的客人。❼斗酒 斗是古代酒器，容量小。斗酒形容酒很少。❽聊厚不為薄 姑且把斗酒娛樂當作酒宴豐厚，不以為菲薄。聊，姑且。❾驅車策駑馬二句 此二句與上二句是從不同角度，說貧賤之士雖物質條件差，也姑且及時以行樂。驅，趕。策，古代趕馬鞭。這裡用作動詞。即鞭打。駑馬，劣馬；能力低下的馬。宛，東漢南陽郡的郡治所在地，時有南郡之稱。洛，應作「雒」。洛陽。東漢時的都城。此二處都是東漢時繁華的都市。❿何 多麼。⓫鬱鬱 繁盛的樣子。這裡形容京都洛陽的繁華景象。⓬冠帶 達官貴人所戴的帽與束的腰帶。即所謂官服。這裡作貴人的代稱。⓭自相索 即指京城裡王侯們互相勾結，自成集團，不屑與地位低下者來往。自，古文中習見，表現一種客觀現象，有「自顧自，與其他人事不發生關係」之意。索，訪求。⓮長衢 即大街。衢，四通八達的路。⓯羅 排列。⓰夾巷 小巷。⓱第宅 指官僚貴族的住宅。⓲兩宮 指洛陽城中的南北兩宮。⓳遙相望 因兩宮相距七里，故言遙遙相對。⓴雙闕 皇宮門前的兩座塔形望樓，也稱觀。這裡指南北宮前的雙闕。㉑極宴娛心意 是說盡量享樂，使心意歡娛。宴，樂；快樂。娛，快樂；歡娛。㉒戚戚 憂愁、憂思的樣子。㉓何所迫 即有什麼東西逼著（他們憂愁）呢？

【語譯】山上是青青的柏樹，澗流中堆積著石頭。人們生在世間，猶如一位匆匆遠行的過客。薄酒數杯用來娛樂，姑且當作盛宴不嫌菲薄。駕著破車趕著劣馬，到宛和洛這樣的大都市去遊玩。洛陽城內多繁華，唯見達官貴人紛紛互相探訪。寬闊大街兩旁排列著小巷，王公貴族的第宅氣勢不凡。南宮北宮遙遙相對，宮前雙闕高達十餘丈。極盡享樂使心中愜意，又何必長懷憂思如有事逼迫一般！

今日良宴會

今日良宴會❶，歡樂難具陳❷。彈箏❸奮❹逸響❺，新聲❻妙❼入神❽。令德❾唱高言❿，識曲⓫聽其真⓬。齊心同所願⓭，含意俱未申⓮。人生寄⓯一世⓰，奄忽若飆塵⓱。何不策⓲高足⓳，先⓴據㉑要路津㉒。無為㉓守窮賤㉔，轗軻㉕長苦辛。

【章　旨】此詩寫客中對酒聽歌的慨歎，是一首憤世嫉俗、感慨自諷的詩。開頭寫因聽曲而動心，接著發表感想：人生短暫，富貴可樂，何必長守清貧，永處苦辛之中。這些實際上是感憤自嘲之辭，反語中寄託著作者「貧士失職而志不平」的忿激之情。

【注　釋】❶良宴會　猶言熱鬧暢快的宴會。良，美好。❷具陳　即一一說盡。具，備；全部。陳，說；陳述。❸箏　古樂器。屬瑟類。❹奮　發出；揚起。❺逸響　不同凡俗的悠揚奔放的琴聲。❻新聲　指當時流行的曲調。❼妙　奇妙；精妙。❽入神　達到精妙神奇的境地。❾令德　即有美好品德的人。令，善；美好。❿高言　高妙的言辭。指歌辭。⓫識曲　即知音者。⓬真　即曲中的真意。⓭齊心同所願　是說大家心同意通，所想的都是這樣。願，希望。⓮含意俱未申　曲中所含的真正意思雖然沒有完全說出，但是大家都心照不宣。含意，曲中所含的真意。俱，全；都。申，陳述；說明。⓯寄　暫居。義同平日習見之「人生如寄」。⓰一世　即一生、一輩子。⓱奄忽若飆塵　比喻人生短促，極易泯滅。奄忽，急遽、迅速的樣子。飆，自下而上的暴風。飆塵，捲在暴風中的塵土。⓲策　鞭策。⓳高足　良馬；駿馬。漢代驛站設三等馬匹，有高足、中足、下足之別，高足為上等快馬。⓴先　首先；搶先。㉑據　占領。㉒要路津　即人們必經的道路與渡口。這裡比喻高官要職。要，關鍵；重要。路，路口。津，渡口。㉓無為　不要。㉔窮賤　窮，指不得志、無出路。賤，指地位低下。㉕轗軻　即坎坷。道路不平坦。多比喻人生之路不順利、不得志。

【語　譯】今日有此美好的宴會，歡樂之情難以表述。古箏彈撥聲音悠揚，流行曲調精妙入神。賢者唱著精妙的歌辭，只有知音方能聽出曲中真意。曲中寄託著共同心願，含意卻沒有明白說出來。人生猶如暫在世上寄居，快如捲在暴風中的塵土。為何不趕著良馬，首先把重要職位占據。不要安心於貧賤，永遠遭此困頓與淒苦。

西北有高樓

西北❶有高樓，上與浮雲齊❷。交疏結綺窗❸，阿閣❹三重階❺。上有弦歌❻

聲，音響一❼何❽悲。誰能為❾此曲，無乃杞梁妻❿。〈清商〉⓫隨風發⓬，中曲⓭正徘徊⓮。一彈再三歎⓯，慷慨⓰有餘哀⓱。不惜⓲歌者苦，但⓳傷⓴知音稀㉑。願為雙鳴鶴，奮翅起高飛㉒。

【章　旨】這是一首感歎知音難遇的詩。開頭寫歌者的地點，再寫淒涼的歌曲聲，最後寫歌聲引起聽者的同情。獨守空閨的杞梁妻或可比喻懷才不遇的士人。如果說上一首是發抒「貧士失職而志不平」的憤慨，那麼這首詩則進一步寫出受壓抑者的苦悶與悲哀，以及他們不甘於現實的想法。所反映的社會精神面貌，較前一首更為深廣。但因本詩對樓上歌者彈唱時的滿懷激情和歌曲的哀痛感人作了大量的細膩描述，因而樓上的彈唱倒成了詩的中心。

【注　釋】❶西北　八卦中屬乾位，君子所居之地，故有所寓意。❷上與浮雲齊　這句是誇張的寫法。形容樓臺很高。❸交疏結綺窗　樓上有交錯鏤刻花格子的窗。交，交錯。疏，鏤刻。綺，有細花紋的綾。這裡引申為花紋的意思。❹阿閣　四邊有棟有簷霤的閣樓。❺三重階　數級臺階後有一平臺，然後又數級臺階又一平臺，如此三重。這裡形容樓閣之高。❻弦歌　用弦樂器伴唱的歌。❼一　語助詞。用以加強語氣。❽何　多麼。❾為　創作。❿無乃杞梁妻　莫非是杞梁妻子作的曲子嗎？無乃，莫不是。杞梁，春秋齊人，曾參與齊莊公伐莒的戰爭，死於莒國城下。其妻痛苦，十日後自殺。〈杞梁妻歎〉相傳為她所作。⓫清商　樂曲名。聲調清越，適宜於表現悲怨情感。⓬隨風發　指隨風散發出陣陣哀音。⓭中曲　曲子的中間部分。⓮徘徊　指樂曲的旋律迴環往復。⓯一彈再三歎　彈奏了一個基調後，再反覆彈奏，諧音相和。一彈，指奏完一曲弦歌。再三歎，指和聲言。⓰慷慨　感慨悲歎不得志的心情。⓱餘哀　不盡的哀傷。⓲惜　痛惜。⓳但　只。⓴傷　哀傷；悲痛。㉑稀　少。㉒願為雙鳴鶴二句　是說但願我們如一對鳴鶴，展翅高飛。表現了聽者對歌者的深切理解與同情。鶴，大型的涉禽。鳴鶴，《易經・中孚》云：鳴鶴在陰，其子和之。意謂鶴雖鳴於幽處，也有和者。鳴鶴後世多指未出仕而有才能有名望或品德高尚者。奮，展翅。

【語　譯】西北之處有高樓，樓端高聳入雲。交錯鏤刻花格窗，華麗樓閣下有數重臺階。樓上傳來彈唱聲，聲調詞情真悲涼。誰能創作此曲，莫非是杞梁的妻子。〈清商〉聲調清越隨風飛揚，曲中旋律往復又迴環。一彈奏罷和聲多遍，慷慨悲歎之餘更添哀傷。不痛惜歌者的辛苦，只哀傷知音太少。但願能和彈者變成一對高潔的白鶴，一同振翅於雲中高翔。

涉江采芙蓉

涉❶江采❷芙蓉❸，蘭澤❹多芳草❺。采之欲遺❻誰，所思❼在遠道❽。還顧❾望舊鄉❿，長路⓫漫浩浩⓬。同心⓭而離居，憂傷以終老⓮。

【章　旨】這首詩是飄流異地的失意之人，懷念家鄉的妻子，寫出了欲歸不得的愁苦心情。開始說他採香花芳草打算贈送給妻子；再說所思念的妻子在遙遠的家鄉，心願難遂；最後寫天各一方，憂傷之心難以排遣。

【注　釋】❶涉　涉水。❷采　「採」之本字。下一「采」字同此。❸芙蓉　水芙蓉。即荷花。❹蘭澤　指有蘭草的低溼之地。澤，低溼的地方。❺芳草　泛指蘭草在內的各種香草。❻遺　贈與。古代有贈香草結恩情的風俗習慣。❼所思　所思念的人。這裡指妻子。❽遠道　很遙遠的道路。即路途遙遠。❾還顧　回首；回頭。❿舊鄉　故鄉。⓫長路　指漫長的故鄉之路。⓬漫浩浩　漫，無邊無際的樣子。浩浩，廣闊無際的樣子。⓭同心　這裡指夫妻恩愛之心。⓮終老　即一直到老死。

【語　譯】涉水江中採荷花，蘭草生處多芳草。將它採來欲送誰，所念之人在遠方。頻頻回首望故鄉，道路寬廣又漫長。心心相印卻分離，憂傷無奈直到老。

明月皎夜光

明月皎夜光❶，促織鳴東壁❷。玉衡指孟冬❸，眾星何歷歷❹。白露沾野草❺，時節❻忽復易❼。秋蟬❽鳴樹間，玄鳥❾逝❿安適⓫。昔我同門友⓬，高舉振六翮⓭。不念⓮攜手好⓯，棄我如遺跡⓰。南箕北有斗⓱，牽牛不負軛⓲。良⓳無盤石⓴固，虛名㉑復㉒何益㉓。

【章　旨】本詩寫失意之士對於世態炎涼的怨憤。以悲秋起興，通過對淒清的秋季景物的描寫，來表現失意者生活的孤獨和惆悵。而從時節的變易說到人情的翻覆，指出顯貴的朋友不相援引，最後發出了「虛名何益」的慨歎。

【注　釋】❶皎夜光　猶言明夜光。皎，即月光潔白明亮的意思。❷促織鳴東壁　促織，蟋蟀的別名。蟋蟀的鳴聲標志著秋天的到來，是婦女們忙著織寒衣的時候，所以民間把這種蟲叫做「促織」。蟋蟀原居土穴中，隨著氣候的轉變，漸漸由田野遷入室內。鳴東壁，也就是指蟋蟀已在較溫暖的壁下鳴叫。即表示氣候已經進入漸漸寒冷的深秋。❸玉衡指孟冬　是說看玉衡所指的方位（西北），知道時節已到初冬了。玉衡，北斗七星中的斗柄三星。北斗七星形似舀酒的斗：一至四顆成勺形，叫斗魁；第五至第七成一直線，為斗柄。由於地球在旋轉，從地面上看去，斗星每月所指的方位不同，古人就根據這種變化來辨別時令節氣的推移。孟冬，初冬。指陰曆十月。❹歷歷　很分明的樣子。❺白露沾野草　這句點出了深秋初冬的季節特徵。白露，潔白的露水。❻時節　時令節氣。即季節。❼易　變更；更換。❽秋蟬　秋日的鳴蟬。❾玄鳥　古人稱燕子為玄鳥。❿逝　去；離去。燕子是候鳥，避寒就暖，北去南來有一定的時節。⓫安適　到什麼地方去。⓬同門友　同一個師門下受學的朋友。即今日所謂的同學、學友。⓭高舉振六翮　是說往日的同學得志了，彷彿有了堅硬的翅膀，都高飛了。振，揮動；奮起。這裡指展翅。六翮，即羽毛上的翎管。據說健飛的大鳥翅膀上都有六根翎管。⓮念　顧念；記得。⓯攜手好　過去曾攜手同遊的友好。指同學。在此特指曾共過患難的朋友間的深厚友誼。《詩經・北風》：「北風其涼，雨雪其雱。惠而好我，攜手同行。」⓰棄我如遺跡　（他們）像行人留下腳印一樣把我拋棄了。遺跡，行路時所遺留下來的足跡。「如遺跡」是古代成語，極言毫不顧念之意。⓱南箕北有斗　箕，星名。共四星組成，形似簸箕。斗，指南斗星。共六星組成，形似斗。箕和斗，夏秋之際，都見於南方。箕在南而斗在北，所以叫「南箕」、「北斗」。《詩經・大東》曰：「維南有箕，不可以簸揚；維北有斗，不可以挹酒漿。」意思是這二星都徒有虛名，實際上並無簸米與舀酒的作用。本詩運用《詩經》語句，借喻同窗好友徒有虛名，不相照顧。⓲牽牛不負軛　牽牛星也徒有虛名，不能負軛拉車。其寓意也本自《詩經・大東》：「睆彼牽牛，不可以服箱。」牽牛，星名。負軛，背著軛拉車。軛，是車轅前的橫木。⓳良　誠然；的確。⓴盤石　質地堅固的大石。古人多用以象徵堅定不移的感情。㉑虛名　指徒有同門友的名義。㉒復　又。㉓何益　什麼利益、好處。

【語　譯】明月之夜分外光亮，蟋蟀在向陽壁下鳴唱。星斗已指初冬，天上星辰更分明。晶瑩露水溼野草，節氣匆匆已變換。寒蟬鳴叫在樹間，燕子離去不知處。昔日我的同窗友，今天展翅高飛翔，不念過去攜手同遊的情意，一腳踢我在路旁。南箕北斗徒有空名，牽牛星也不能把車來拉。友誼實在沒有盤石固，徒有同學空名又有何好處！

冉冉孤生竹

冉冉❶孤生竹❷，結根泰山阿❸。與君為新婚❹，兔絲附女蘿❺。兔絲生有時，夫婦會有宜❻。千里遠結婚❼，悠悠❽隔山陂❾。思君令人老，軒車來何遲❿。傷⓫彼⓬蕙蘭花⓭，含英揚光輝⓮。過時⓯而不采，將隨秋草萎⓰。君亮⓱執⓲高節⓳，賤妾⓴亦何為㉑。

【章　旨】這首詩寫女子新婚後與丈夫久別的愁怨。前面追憶婚前及新婚時的景況，後面寫思念親人的情懷。風格與〈行行重行行〉相近，但她所描寫的別恨離愁則集中在新婚別這一點上。從「悠悠隔山陂」，可以知道別離之遠，從「軒車來何遲」可知離別之久。新婚後的遠別、久別，會面難期，對少婦來說，除了殷切地懷念對方而外，更敏銳的則是一種顧影自憐的心情與青春不再的感傷。

【注　釋】❶冉冉　柔弱下垂的樣子。❷孤生竹　野生竹。或解為孤單無依的竹子。❸結根泰山阿　結根，紮根。泰山，中國的名山。在山東境內。但「泰」古時通「太」。即大。故這裡應為大山。阿，山坳；山曲。即山的轉彎處。孤生竹雖是細弱的植物，但能紮根於大山，也許能很好地成長。以上二句是託物起興。上句說自己在未嫁前孤獨無依靠，下句言希望嫁一個終身可以依靠的丈夫。❹為新婚　剛剛結成婚姻。❺兔絲附女蘿　兔絲，一種細弱蔓生的植物，這是女子自比。女蘿，也是一種蔓生植物，全體為無數細莖，狀如線，長數尺。附，附著；依附。案：本句非兔絲依附女蘿之意，也非二者纏繞一起的意思，這是文學作品因內容多而文字少特有的省略寫法，即兔絲與女蘿都需緊緊攀附於其他植物才能生長。一方面補足開頭兩句的涵義，比喻婦人託身於君子，也表達了一種難捨難分的夫妻恩愛之情。❻兔絲生有時二句　是說兔絲尚且在一定的時候開始生長蔓延，夫妻也應及時地相會。生有時，在一定的時候生成。會，相會。有宜，有適當的時間。❼千里遠結婚　千里迢迢，離家遠嫁。暗指這段婚姻的不容易。❽悠悠　遙遠的樣子。❾山陂　即山坡。❿軒車來何遲　這句是想像著夫君在外，待發達後衣錦還鄉，乘著軒車回家來或迎接自己出去享福。軒車，有屏障的車子。古時大夫以上的官員乘坐軒車。⓫傷　哀傷；哀歎。⓬彼　那。指下文的蕙蘭花。⓭蕙蘭花　蕙草蘭草的花。都是香草，一簳多花叫蕙，一簳一花叫做蘭。民間一般統稱為蘭花。這裡是女子以花自比。⓮含英揚光輝　含，包；裹著。英，花朵。揚，發。即放射。光輝，光澤。⓯過時　超過了適當的時令。⓰萎　乾枯；凋零。⓱亮　通「諒」。想必。⓲執　保持。⓳高節　高尚的品德節操。這裡指堅貞不渝的愛情。⓴賤妾　古代妻子在丈夫面前的自稱，表示謙卑。㉑何為　為什麼要憂傷呢。

【語　譯】一枝孤獨柔弱的竹子，紮根在大山的轉彎處。和你剛剛成婚，就如兔絲女蘿有所依附。兔絲總是適應時節而生長，夫妻也應及時相聚。千里迢迢離家遠嫁你，短暫相聚後又被萬重山隔離。想你想得人衰老，接我的寶馬香草為何仍遲遲不來。傷心的是那蕙蘭花，含苞待放閃耀光輝。如果錯過時令不採摘，將會隨著秋草一起枯萎。夫君必能保持忠貞不渝的愛情，賤妾我又何必多加傷悲。

庭中有奇樹

庭❶中有奇樹❷，綠葉發華滋❸。攀條❹折其榮❺，將以遺❻所思❼。馨香❽盈❾懷袖❿，路遠莫⓫致⓬之⓭。此物⓮何足⓯貢⓰，但感⓱別經時⓲。

【章　旨】這也是一首女子思念遠行不歸的丈夫之詩。從庭樹開花說到折花欲寄遠方的郎君，再說到路遠難致，最後說出此物本不足貴，唯因別久念深，心中不能平靜。全詩是通過摘花難寄這一細節，委婉曲折地表達了女子深沈的思念之情。這首和前面的〈涉江采芙蓉〉內容大致相同，都是折芳寄遠。但上篇是行客望鄉的感慨，這篇是思婦憶遠的心情。主題卻有區別。

【注　釋】❶庭　正房前的院子。❷奇樹　佳美的樹木。❸發華滋　發，開放。華，同「花」。滋，繁；茂盛。❹攀條　攀，牽；拉。條，小枝。❺榮　草開的花為榮。這裡泛指花。❻遺　贈予。❼所思　所思念的人。這裡指遠行在外的夫君。❽馨香　即指樹上摘下的花香氣濃郁。馨，散布很遠的香氣。❾盈　充滿。❿懷袖　即衣服的襟袖之間。⓫莫　不能。⓬致　送達。⓭之　代指花。⓮此物　指花。⓯足　值得；配；夠得上。⓰貢　奉獻。一作「貴」。⓱感　指內心深處感受到。⓲經時　古詩文中常有經時經年一類詞，經年是經過一年或若干年。即是經過一段時間或很長的時間。

【語　譯】院子當中有棵佳美的樹，綠葉襯托紅花開得真茂盛。拉下枝條摘下花，打算把它送給所思念的人。濃郁香氣充滿襟袖間，可惜路途遙遠不能把花兒送上。這花並沒有什麼值得送人家的，只是深深感到離別時間已太長。

迢迢牽牛星

迢迢❶牽牛星❷，皎皎河漢女❸。纖纖❹擢❺素手❻，札札❼弄機杼❽。終日不成章❾，泣涕❿零⓫如雨。河漢清且淺⓬，相去⓭復⓮幾許⓯。盈盈⓰一水間，脉脉⓱不得語⓲。

【章　旨】本篇藉織女星與牽牛星隔阻銀河，相望不能相聚的愁怨的故事，寫人間男女的相思之情。在我國古典文學作品中，最早把牛郎織女寫成愛情關係的就是這首詩。詩從想像的角度出發，充滿著濃厚的浪漫氣息，在「古詩十九首」裡是最為突出的一篇。這種幻想之所以產生，就詩的題材而言，它是以雙星的戀愛故事為背景；就詩的思想而言，則完全是現實生活的反映。兩者巧妙結合，凝就了這首詩優美的藝術形象。

【注　釋】❶迢迢　形容路途遙遠。❷牽牛星　天鷹星座的主星，俗稱牛郎星或扁擔星，在銀河南。❸皎皎河漢女　皎皎，白而明亮的樣子。河漢，即銀河。河漢女，即織女。這裡指織女星。以上二句中的「迢迢」與「皎皎」是修辭學上的「互文見義」法。即「迢迢」也同時修飾織女星，「皎皎」也同時修飾牽牛星。❹纖纖　柔長的樣子。這裡形容織女的手柔細靈巧。❺擢　拔；抽；擺動。❻素手　潔白的手。❼札札　織機聲。❽機杼　機，織機上轉軸的機件。杼，織機上持緯的機件。也指梭子。二者同之，也泛指織布機。❾章　布帛上的花紋。引申為有花紋的紡織品。❿泣涕　皆是眼淚。⓫零　落下。⓬清且淺　又清又淺。⓭相去　相隔的距離。⓮復　又。⓯幾許　幾何；多少。⓰盈盈　水清又淺的樣子。⓱脉脉　也作「脈脈」。含情凝視的樣子。⓲不得語　不能夠互訴衷情。

【語　譯】遙遠的對岸是那牽牛星，這邊是皎潔明亮的織女。柔長而潔白的雙手擺動著，嘰嘰喳喳地操作織布機。一天到晚布也沒織成一匹，眼淚卻如雨般掉落。銀河很清又很淺，相距能有多少路。雖僅相隔一條清淺的銀河，眼底凝注的深情又能夠向誰傾訴。

迴車駕言邁

迴車駕言邁❶，悠悠涉長道❷。四顧❸何茫茫❹，東風❺搖百草❻。所遇無故物❼，焉得不速老❽。盛衰❾各有時❿，立身⓫苦不早。人生⓬非金石⓭，豈能長壽考⓮。奄忽⓯隨物化⓰，榮名以為寶⓱。

【章　旨】本篇通過主人翁在旅途中看見事物遷移，感到時光流逝，人生短促，而發了出「立身不早」，沈淪失意的慨歎，從而想到應當及時努力，建功立業。這是一般失意之士最現實的心情，特別是當他們意識到盛年已過，衰老和死亡的不可避免，這種嚮往就更加迫切。而這雖是自警自勉的話，其實裡面含有淒惻的情緒。

【注　釋】❶迴車駕言邁　迴，掉轉。駕，駕車。言，語助詞。無義。邁，遠行。❷悠悠涉長道　悠悠，漫長的樣子。涉，本意是渡水之義。引申為經、歷。長道，漫長的前程。❸四顧　向四面環視。❹茫茫　廣大而無邊際的樣子。❺東風　春風。❻百草　野地各種各樣新生的草。❼故物　舊物。包含去年的枯草。❽焉得不速老　承上句，言既然一切都在迅速的變化，人怎能不很快的衰老呢？焉得，怎麼能夠。速老，迅速的衰老。❾盛衰　盛，興旺；旺盛。衰，衰退；衰老。❿各有時　各自都有為自然規律所決定的時節。⓫立身　指建立一生的事業基礎。⓬人生　此指人的壽命。⓭金石　金言其堅，石言其固。比喻最堅硬堅固的東西。⓮長壽考　即長壽。考，老。⓯奄忽　倏忽；急速地。⓰隨物化　猶言隨物而化。指死亡。⓱榮名以為寶　把榮耀的聲名當作的追求的目標。榮名，光采榮耀的名聲。寶，指可貴之物。

【語　譯】掉轉車頭駛向遠方，道路漫漫不知有多長。環顧四周茫茫一片，只見春風吹動著百草。目光所遇不見舊物，人又怎能不迅速地衰老。興旺衰退各有一定的時候，建立一生事業苦於不趁早。人生在世不如金石般久長，哪能長生於世不變老。眨眼之間即將步入死亡，還是早日揚名最重要。

東城高且長

東城❶高且長，逶迤❷自相屬❸，迴風動地起，秋草萋已綠❹。四時更變化，歲暮一何速❺。〈晨風〉懷苦心❻，〈蟋蟀〉傷局促❼。蕩滌❽放情志❾，何為❿自結束⓫。燕趙⓬多佳人⓭，美者顏⓮如玉⓯。被服⓰羅⓱裳衣⓲，當戶⓳理⓴清曲㉑。音響㉒一何悲，弦急知柱促㉓。馳情㉔整中帶㉕，沈吟聊躑躅㉖。思為雙飛燕㉗，銜泥巢君屋㉘。

【章　旨】這首詩透過客中冶遊所遇到的偶然現象，表現了主人翁空虛而無著落的苦悶與悲哀，與〈西北有高樓〉一章的意境相似。本詩以京城洛陽背景，從眼前景物的變化，想到歲月的流逝。而現實的處境，又使他空懷苦心，徒傷局促。於是，及時行樂自然成了感情上唯一的出路。

【注　釋】❶東城　東面的城牆。本詩疑指東漢京師洛陽的東城。❷逶迤　曲折而綿長的樣子。❸相屬　即相連。屬，連接。❹綠　黃綠色。❺四時更變化二句　是說季節不斷地變換，一年又很快地到盡頭了。四時，一年中四個季節。更變化，更替；更換。歲暮，即年底。一何，猶言多麼的。速，快；迅速。❻晨風懷苦心　晨風，晨風鳥。即鸇，本為鷙鳥的一種。此指《詩經》裡的〈晨風〉。懷苦心，充滿愁苦的情懷。按《詩經・晨風》云：「鴥彼晨風，鬱彼北林。未見君子，憂心欽欽。」即此句所本。❼蟋蟀傷局促　蟋蟀，指《詩經》裡的〈蟋蟀〉。局促，窘迫。此指悲鬱不樂。按《詩經・蟋蟀》云：「蟋蟀在堂，歲聿其莫（暮）。今我不樂，歲聿其除。」即此句所本。❽蕩滌　猶言洗滌。指掃除一切憂慮。❾放情志　就是放開胸懷。❿何為　即為何；為什麼；何必。⓫自結束　指在思想、行為上限制自己。自，自我。結束，拘束。⓬燕趙本為戰國時代的兩個國名。這裡指燕、趙一帶地方。即今天的河北與山西一帶。⓭佳人　美人。⓮顏　容顏；容貌。⓯如玉　形容膚色的潔白細膩。⓰被服　穿著。被，同「披」。⓱羅　稀疏而輕軟的絲織品。⓲裳衣　古代上裝叫衣，下裝叫裳。這裡泛指衣服。⓳當戶　當，面對著。戶，門。⓴理　調理。這裡指調琴試彈曲子。㉑清曲　指清商曲。是當時流行的樂調。此調清越悠揚，適宜表現如怨如慕、如泣如訴的內容。由此處看來，詩中所說的佳人，應是和主人翁「同是天涯淪落人」的歌女。㉒音響　指樂曲聲。㉓弦急知柱促　柱，琴上短柱。弦安其上，可調弦之鬆緊。促，近。柱移近則弦緊音高，表明了歌女情感的激動。㉔馳情　情意奔馳。言因聽得入神，感情也隨著動人的琴聲激動起來。㉕整中帶　整一整內衣的帶子。這是一種將有某種動作前常有的姿態。㉖沈吟聊躑躅　此句描述主人翁因聽曲而產生共鳴並激動不已的神態。沈吟，沈思猶豫。聊，姑且。躑躅，來回地走動。㉗思為雙飛燕　是說主人翁想和這感情相通的歌女成為情投意合的終身伴侶。思，想。為，成為。雙飛燕，成雙配對的燕子。㉘銜泥巢君屋　是說想在歌女的屋簷築巢，可以與她共同生活。巢，鳥窩。這裡指築鳥窩。君，你。指歌女。

【語　譯】洛陽東城牆高且長，蜿蜒曲折緊緊相連。旋風捲地而起，萋萋秋草已轉黃綠。一年四季變化快，歲末來得太匆忙。〈晨風〉詩充滿愁苦的情懷，〈蟋蟀〉詩也飽含悲鬱不歡。還是消除憂愁放開心胸吧，何必如此作繭自縛。燕趙一帶美人多，豔麗如玉美容顏。身穿輕柔綺羅衫，對著門口試彈清曲。琴聲動聽多悲傷，柱移弦緊音調高。整衣起立情意奔馳，心中猶豫徘徊不前。真想和你成為齊飛的雙燕，銜泥築巢我倆同住。

驅車上東門

驅車❶上東門❷，遙望郭北墓❸。白楊何蕭蕭，松柏夾廣路❹。下❺有陳死人❻，杳杳❼即❽長暮❾。潛寐黃泉下，千載永不寤❿。浩浩陰陽移⓫，年命⓬如朝露⓭。人生忽如寄⓮，壽無金石固⓯。萬歲更相送⓰，聖賢⓱莫⓲能度⓳。服食⓴求神仙㉑，多為藥所誤㉒。不如飲美酒，被服紈與素㉓。

【章　旨】這首詩是主人翁遊洛陽，因所見而觸發的人生概歎。作品由遙望北邙山上荒冢纍纍，想到人生有限期，聖賢也難免，求僊求長生都是虛幻，最後引出不如飲美酒，披紈素，及時行樂的主題。人生如寄，及時行樂，本是「古詩十九首」裡最常見的主題，這種思想在本詩中表現得尤其深刻，這是因為作者把墟墓間蕭瑟的情景，長眠地下之死人與如朝露的現實人生直接聯繫起來，整首詩的情調也就格外顯得悲鬱陰沈。

【注　釋】❶驅車　駕車。❷上東門　洛陽東城三門中最北的門。❸郭北墓　指洛陽城北的北邙山上的陵墓。東漢光武帝建元年間，城陽恭王劉祉死，葬於北邙，此後王侯卿相多葬此，為著名的陵墓區。郭，在城的外圍加築的一道城牆。詩文中一般城郭連用以泛指城。❹白楊何蕭蕭二句　這是一種互文見義的修辭手法。是說廣闊的墓道兩旁種植白楊與松柏，在風中發出蕭蕭的悲響。白楊，與下句的「松柏」都指墓前墓上所植的樹。按古時的喪葬禮制，不同級別的墓葬上種植各種不同品種不同數量的樹木。蕭蕭，形容風聲。廣路，指廣闊的墓道。❺下　指墓穴內。❻陳死人　即死了很久的人。陳，久。❼杳杳　幽暗的樣子。❽即　就。猶言身臨。❾長暮　即長夜。夜是黑暗的，人死一入墳墓，就見不到光明，如同永遠處在黑夜之中。❿潛寐黃泉下二句　是說人死了，就像長眠，永遠在不見天日的黃泉之下，千秋萬載也不會再睡醒。指出死者不可再復生了。潛寐，深眠。潛，本義是在水下面活動。引申為隱藏、隱蔽。寐，睡。黃泉，指深到有泉水的地下。因古代墓葬深埋，故言黃泉，後世則將黃泉代指陰間。千載，千年。這裡形容時間經過很久。寤，睡醒。⓫浩浩陰陽移　是說歲月的推移，就如江河浩浩東流，無窮無盡。浩浩，水流無邊無際又流淌不息的樣子。陰陽，古人以春夏為陽，秋冬為陰。這裡指一年四季的歲月。移，光陰推移，歲月流轉。⓬年命　猶言年壽、壽命。⓭朝露　早晨的露水，太陽一曬就乾。⓮人生忽如寄　此言人生來世上，就如寄宿一般，不久就歸去。忽，迅速的樣子。寄，寓居；借宿。⓯壽無金石固　見〈迴車駕言邁〉⓭、⓮。⓰萬歲更相送　此言自古至今，生死更替，一代送走一代，永無了時。萬歲，極言時間的久遠。送，指送終。⓱聖賢　聖人賢者。此指有權勢、財力的帝王。⓲莫　沒有人。⓳度　通「渡」。超越。指超越那人生最終必然死亡的自然規律。⓴服食　指服用所謂的長生不老藥。㉑求神仙　尋訪神仙以求長生藥。㉒多為藥所誤　言服食長生藥往往反而因藥物中毒而提前結束生命。㉓不如飲美酒二句　這二句是整首詩的主題。既然生前不可一世的王侯將相也長眠不醒，靈丹妙藥也不能延長他們的生命，更何況我們呢？今朝有酒今朝醉，還是及時以行樂吧。被服，穿著。詳見〈東城高且長〉⓰。紈與素，一般作紈素。指精緻潔白的細絹。這裡泛指好衣服。

【語　譯】駕車駛出東城門，遙望城北王侯卿相的墳墓。墓前白楊蕭蕭，墓道廣闊，兩旁松柏長青青。墓中主人死已久，長久昏暗不能光明。沈沈長睡黃泉下，千秋萬載永不醒。歲月如同江河流動不斷推移，人的壽命卻如朝露那麼短暫。人生在世猶如寄宿一般，年壽不像金石那樣堅固。自古至今人世更替，一代送走一代，即使聖賢也難逃脫這種命運。服用靈丹欲訪神仙，常常因藥所誤枉送生命。不如瓊漿美酒只管飲，穿上精緻潔白的絹與綾。

去者日以疏

去者日以疏❶，生者日以親❷。出郭門❸直視❹，但見❺丘與墳❻。古墓犁為田❼，松柏摧為薪❽。白楊多悲風❾，蕭蕭❿愁殺人⓫。思還故里閭⓬，欲歸道無因⓭。

【章　旨】這首詩與上一首內容基本相同，詩中所表現的情感，就是前面一首的引申。和前一首同樣，此詩也是因見冢墓而觸發客中之感，所不同的是對墳丘不是遙望，而是置身其間，這樣，其內心的感慨自然更為深刻。詩中更進一層慨歎滄海桑田，連墳墓也難長久保存。上首把問題歸結到及時行樂，這顯然是一時快意之語，但即使得到片刻的麻醉，也不足以解除客中的真愁，於是在這首中，自然觸動了鄉土之思。

【注　釋】❶去者日以疏　指人死後，在世者與他的關係也就漸漸淡遠了。去者，指已亡故的人。日，一天天地。疏，疏遠。❷生者日以親　言在世的人，因互相交往而漸漸親近起來。生者，在世的人。親，親熱。❸郭門　外城的門。這裡泛指城門。❹直視　指迫近而正面看。❺但見　看見的只是。但，只。❻丘與墳　即丘墳。這裡為調節詩中音節而寫作「丘與墳」。丘，墳墓。❼犁為田　被犁耙犁平而變成農田。❽松柏摧為薪　古墓上的柏樹也被人砍伐折斷當作柴燒了。摧，折斷。薪，柴。❾悲風　淒厲的風。❿蕭蕭　風吹樹葉的聲音。⓫愁殺人　即平日口語之愁死人了。⓬故里閭　即故鄉。里，古代居民組織的單位，先秦以二十五家為里。閭，古代居民組織的單位。這裡泛指鄉里、里巷。⓭欲歸道無因　欲歸，想歸故里。道，此字向無定解。筆者以為當作「說、講」解。無因，即無緣由。其實非無因，而是有說不出的苦。這裡以含糊（其實是含蓄）的手法把羈旅的千般苦、萬般怨，十分巧妙地盡括其中。本詩最精妙處，就在最後一韻。最後一韻之最精妙處，也就在這「道」字上。

【語　譯】死去的人一天天被淡忘，活著的一天天情意厚。出了城門就近看，看見的只是一座座墳墓。古代墓地早已經犁平成農田，墳上的松柏被砍斷當柴薪。悲風常常吹動墓邊白楊，那蕭蕭的聲音使人發愁。見此景象突然想歸還故鄉，打算回去卻又苦無緣由。

生年不滿百

生年❶不滿百❷，常懷❸千歲憂❹。晝短苦夜長❺，何不秉燭遊❻。為樂❼當❽及時❾，何能待來茲❿。愚者愛惜⓫費⓬，但為⓭後世嗤⓮。仙人王子喬⓯，難可與等⓰期⓱。

【章　旨】此詩與〈東城高且長〉、〈驅車上東門〉等篇用意略同。詩中所強調的仍是及時行樂的思想。亂世人生，朝不保夕，即使長壽，不過百年，自不必為千歲著想，而愛惜身外之錢財，則更可憐可笑了。本詩最後以輕鬆的筆調，點明神仙只是傳說，不是一般人所能企慕的，那麼，及時行樂就顯得更現實，更重要了。

【注　釋】❶生年　人活在世上的年歲。❷百　即百歲。❸懷　心裡懷有。❹千歲憂　指為身後打算而引起的憂慮。❺晝短苦夜長　白天短而黑夜長，令人感到苦惱。晝，白天。❻秉燭遊　即作長夜之遊。這是一種縱情享樂的方式。秉燭，古代夜間燃燭以照明，有的人用手拿著，所以叫「秉燭」。這裡泛指夜晚點著燈照明。❼為樂　行樂；從事縱情享樂之事。❽當　應當。❾及時　趁著適當的大好的時光。❿來茲　即來年。此指以後無樂可享之時。茲，這裡指年。⓫愛惜　同義詞連用。即吝惜。⓬費　費用。指錢財。⓭但為　只是被。⓮嗤　譏笑；嘲笑。⓯王子喬　古代傳說中的仙人之一。⓰等　同等；同樣。⓱期　期待。

【語　譯】人生在世不能滿百歲，卻常為身後種種打算而憂愁。日短夜長令人苦惱，何不舉著蠟燭整夜遊樂。縱情享樂應及時，哪能慢慢等到新年頭。傻瓜才會吝惜錢財，這只會被那後人譏笑。雖傳說古代有個仙人名叫王子喬，但是誰也無法企慕與他同年壽。

凜凜歲云暮

凜凜❶歲云❷暮❸，螻蛄❹夕鳴悲。涼風❺率已厲❻，游子❼寒無衣❽。錦衾❾遺洛浦❿，同袍與我違⓫。獨宿累長夜⓬，夢想見容輝⓭。良人惟古懽⓮，枉駕⓯惠前綏⓰。願得常巧笑⓱，攜手同車歸⓲。既⓳來⓴不須臾㉑，又不處㉒重闈㉓。亮㉔無晨風㉕翼，焉能㉖凌㉗風飛。眄睞㉘以㉙適意㉚，引領㉛遙相睎㉜。徙倚㉝懷感傷，垂涕㉞沾㉟雙扉㊱。

【章　旨】這首詩通過寒冬深夜的夢境描寫，表現了一種因相思而墜入迷離恍惚中的悵惘的心情。前六句寫夢前的相思，後六句是夢後的傷感。由於全詩以夢境為核心，作者可以用極細緻而曲折的筆觸，隱約而精煉的語言，來刻畫這種迷離恍惚的心情，這就給詩的形象染上一層奇麗的夢幻色彩。

【注　釋】❶凜凜　寒冷的樣子。❷云　語助詞。無義。❸暮　日落之時為暮。這裡引申為晚，歲暮即一年將盡的時候。❹螻蛄　昆蟲名。❺涼風　冷風。❻厲　劇烈；猛。❼遊子　指遠遊未歸的夫君。❽無衣　沒有禦寒的衣服。❾錦衾　錦，有彩色花紋的絲織品。衾，被子。❿遺洛浦　遺，贈送。洛，洛水。浦，水邊。案：這裡的洛浦，非實指夫君所居之地，而暗指有女神宓妃的洛水。古代詩文中的宓妃，往往都與人神相愛連在一起。這裡說「遺洛浦」，蓋指夫君在外可能另有新歡。⓫同袍與我違　按字面直接解釋，即同用一件衣服的福氣也和我無緣分。同袍，衣服共用。後世作為親熱友誼的意思。這裡借用於夫妻間的關係。違，違背。⓬獨宿累長夜　一人獨宿經歷許多漫長的夜晚。累，重疊；積累。長夜，指漫長的冬夜。⓭容輝　猶言容顏。這裡指夫君的容顏。⓮良人惟古懽　丈夫心裡只有我這個一向所愛的人。良人，古代女子對丈夫的尊稱。古，舊；原來。懽，古樂府裡常用為男女相愛時的互稱（但多見用於男子）。⓯枉駕　不惜委曲自己，駕車前來。⓰惠前綏　惠，敬詞。給予。綏，古代車子上挽人上車的繩子。結婚時，丈夫駕車去迎接妻子，按禮節，須把綏授給她，引她上車。這是詩中女主角所經歷過的情景，現在夢境還和過去一樣，所以說「惠前綏」。⓱巧笑　是女子漂亮而帶有感情的一種神態。這裡是對丈夫親暱的表示。⓲攜手同車歸　《詩經・邶風》中有「惠而好我，攜手同歸」。又《詩經・有女同車》有「有女同車，顏如舜華」之語。這句當本於《詩經》，凸顯了夫妻間深厚的感情。⓳既　已經。⓴來　指丈夫入夢來。㉑不須臾　即不到一會兒工夫。須臾，片刻；一會兒。㉒處　停留；居住。㉓重闈　重重宮門。這裡是指深閨。㉔亮　誠信。這裡有的確、實在的意思。㉕晨風　晨風鳥。㉖焉能　怎能夠。㉗淩　乘；淩駕。㉘眄睞　斜著眼睛看；向旁邊看。㉙以　用來。㉚適意　猶言遣懷。㉛引領　伸長脖子。㉜睎　遠望。指向丈夫所在的方向遙望。㉝徙倚　猶言徘徊、流連不去。㉞垂涕　掉下眼淚。㉟沾　浸溼。㊱扉　門扉。

【語　譯】寒風凜冽一年又步入盡頭，螻蛄晚上的鳴聲分外悲涼。冷風刮得正猛烈，遠遊夫君卻無冬衣可穿。錦繡被子送給他人，夫妻同袍之情已與我無緣。獨宿家中經歷多少漫漫長夜，夢中才有機會看見夫君的容顏。夫君心中唯有我這向來所愛的人，仍像新婚時駕車接我到車上。希望常能快樂相聚，雙雙攜手一同乘車還。可惜夢中只來了一會兒，且又尚未進閨房。可惜我沒有晨風鳥之翅，怎能乘風向你飛去。視線旁移以便排遣相思意，卻仍是引頸遙遙相望。猶豫徘徊心悲傷，淚水墜落沾濕了兩道門扇。

孟冬寒氣至

孟冬寒氣❶至，北風何慘慄❷。愁多知夜長❸，仰觀❹眾星列❺。三五❻明月滿❼，四五❽蟾兔❾缺。客從遠方❿來，遺⓫我一書札⓬。上言⓭長⓮相思⓯，下言⓰久離別。置書⓱懷袖⓲中，三歲⓳字不滅⓴。一心抱㉑區區㉒，懼㉓君㉔不識察㉕。

【章　旨】這首詩與前一首一樣，也是描寫寒冬長夜裡深閨思婦的離愁別恨。前面寫時居初冬，北風漸緊，獨守空房，更覺夜長，思婦孤苦難以入眠。後面寫思婦對多年前夫君情意綿綿的來信備加珍惜愛護，表現了她堅定不移的愛情。

【注　釋】❶寒氣　寒冷的天氣。❷慘慄　十分寒冷的樣子。❸知夜長　這裡指思婦獨守空房，多少離愁別恨，使她難以入眠，因而覺得黑夜漫長難捱。❹仰觀　抬頭看。❺列　排列；羅列。❻三五　十五日。陰曆十五正是滿月之時。❼滿　即圓。❽四五　二十日。陰曆每月二十日月亮已缺。❾蟾兔　月亮的代稱。❿遠方　指丈夫所在的地方。⓫遺　送；給予。這裡指捎來。⓬書札　書信。這裡指丈夫託客人捎來的信。⓭上言　即前面說。⓮長　永遠。⓯相思　思念。⓰下言　即後面說。⓱置書　把書信放在。⓲懷袖　衣服的襟袖。⓳三歲　三年。這裡是虛數，表示時間之長。⓴字不滅　信上的文字仍字字清晰，沒有消失。這裡是暗喻感情不變。㉑抱　懷著。㉒區區　指真摯的愛情。㉓懼　害怕；恐懼。引申為擔心。㉔君　指夫君。㉕識察　知道。

【語　譯】初冬寒氣已降臨，北風凜冽刮得緊。悲愁鬱積更覺寒夜漫長，抬頭遙望眾星羅列長空。十五天上正滿月，二十月亮又虧缺。有客從那遠方來，捎來一封丈夫的信。先說常常思念我，再敘長久離別情。將信珍重地藏在衣袖裡，三年過去字跡仍然清新。一心一意懷著一片愛，就怕夫君不知我的心。

客從遠方來

客從遠方❶來，遺我一端❷綺❸。相去❹萬餘里❺，故人心尚爾❻。文綵❼雙鴛鴦❽，裁為合懽被❾。著以長相思❿，緣以結不解⓫。以膠投漆中⓬，誰能別離⓭此⓮。

【章　旨】本詩思想內容與上一首較為接近，寫一個女子接到丈夫從遠方託人帶回的富於象徵性的贈物，心中交織著無比的喜悅與深沈的愛意。這首詩民歌情味很濃，巧妙的諧聲，形象的比喻以及含蓄的雙關語，把女主人翁那種真摯熱烈、深長曲折的情思和堅定的信念、歡樂的氣息表達得淋漓盡致。

【注　釋】❶遠方　參考上首❿。❷一端　半匹。但詩不必實指，可作「一段」、「一塊」解。❸綺　有花紋的絲織品。❹相去　兩人相隔。❺萬餘里　形容相隔路途遙遠。❻故人心尚爾　丈夫的心還是像在家時一樣愛著我。故人，老朋友。這裡指久別的丈夫。尚，尚且；還是。爾，這樣；如此。❼文綵　指綺上的花紋。❽雙鴛鴦　一對鴛鴦。指綺上的花紋圖案。❾合懽被　合懽，又名「合昏」、「夜合」、「馬櫻花」。羽狀複葉。一個大葉由許多小葉組合而成，這些小葉一到夜晚就合起來，因此而得名。這裡的「合懽被」是指把綺裁成表裡兩面合起來的被，故有合懽之義。表達女主人翁與丈夫同居的願望。❿著以長相思　即在被子中間裝進絲綿。著，裝入。絲諧音相思之「思」，又絲綿有綿長之意，故云「著以長相思」。⓫緣以結不解　緣，被子四邊綴以絲縷。絲縷最後要綴結起來。打結的方法有兩種，可解的結叫「紐」，不可解的結叫「締」。這裡取其關係密切，難解難分之義，所以說「緣以結不解」。結不解，即前面說的後一種打結法。⓬以膠投漆中　把膠和漆放在一起，牢牢相黏，不可能再分開。這裡用以比喻愛情的鞏固。膠漆，是二種黏性很大的東西。⓭別離　分別；離析。⓮此　指黏在一起的膠與漆。

【語　譯】客人從那遠方來，給我送來半匹綺。相距雖有千萬里，夫君愛我之心仍不移。綺上繡著一對鴛鴦鳥，將它做成合歡被。細心裝進長相思，然後打上解不開的結。就如把那膠和漆和在一起，誰能再把它們分離。

明月何皎皎

明月何皎皎❶，照我羅床幃❷。憂愁不能寐，攬衣❸起徘徊❹。客行雖云樂❺，不如早旋歸❻。出戶❼獨彷徨，愁思當告誰❽。引領❾還❿入房，淚下沾裳衣。

【章　旨】這是一首寫女子閨思的詩。前面寫皎皎明月照進獨守的空房因而引起對久別的夫君思念之情，接著說愁苦難以入眠而披衣起來踱步。最後寫愁苦無以傾訴，只有以淚洗面。一說這是遊子異鄉的思婦之詩，雖也可通，但從全詩的情調看來，仍作思婦望夫之詩為妥。

【注　釋】❶皎皎　潔白明亮。❷床幃　床上的帳子。❸攬衣　猶言披衣。攬，持；撮取。即拿起的意思。❹徘徊　來回地行走。其中都有猶豫、心神不定的成分。下文「彷徨」與此同義。❺客行雖云樂　客行，在他鄉作客。雖，即使。云，語助詞。無義。樂，快樂。這裡指遠行的樂趣。❻旋歸　同義詞連用，都是回、還的意思。❼戶　單扇的門。泛指門。❽當告誰　該向誰訴說呢。當，應該。告，告訴。❾引領　伸長脖子。這裡指向丈夫去的方向遙望，望而不見，所以有下面的「還入房」。❿還　返回。

【語　譯】明月多麼皎潔清亮，照在我床上的羅幃。內心充滿憂愁難以入眠，披衣起來獨自徘徊。遠遊為客即使快樂，卻不如早日回家。出門獨自來回走動，愁苦之情有誰可以告訴。遠望不見夫君只好回到房中，不覺中眼淚已沾溼衣裳。

與蘇武詩 三首

【作　者】此處三首題李少卿作。李少卿，即李陵，字少卿，生年不詳，卒於西元前七四年，隴西成紀（今甘肅秦安）人。西漢名將李廣的孫子。善騎射。武帝時為騎都尉，統兵五千，與匈奴貴族作戰，殺傷匈奴兵甚多，因無接應，戰敗投降。後一直在匈奴。蘇武出使匈奴，被匈奴所扣，曾派李陵去勸降蘇武，蘇武不從。二人在漢曾同為侍中官，有交情，蘇武寧死不降，使李陵又感動又自覺慚愧。後蘇武歸漢，李陵曾送別。前人以為這幾首即當時的送別詩。但蕭統同時人已有懷疑。

【題　解】據近人的研究，它們當出於後人擬託，大約產生於東漢建安（西元一九六～二二〇年）時代，作者已不可考。第一首送別詩，著重描寫分離時的痛苦心情。開始就有一種不能再見的預感，所以在分別時尤其依依難捨。想到從此天各一方，後會無期，即使一起再待上片刻也好，真要走了，又想再送上一程。把離別的情意表達得非常生動。

良時不再至

良時❶不再至，離別在須臾❷。屏營❸衢路側❹，執手❺野❻踟躕❼。仰視浮雲馳❽，奄忽❾互相踰❿。風波⓫一失⓬所⓭，各在天一隅⓮。長當從此別⓯，且復立斯須⓰。欲因晨風發⓱，送子以賤軀⓲。

【注　釋】❶良時　好時光。指朋友相聚的機會。❷離別在須臾　離別不過是在片刻之間的事。須臾，片刻；一會兒。❸屏營　徘徊；彷徨。❹衢路側　猶言大路邊。這裡指分手的路口。❺執手　牽手。❻野　郊野；野外。指分手的地點。❼踟躕　徘徊。❽馳　這裡指雲飛快的飄動。❾奄忽　很快的樣子。❿互相踰　指浮雲飛快地飄動，猶如在爭先恐後的追逐。⓫風波　指雲因風而波蕩。⓬一失　一旦失去。⓭所　處所。指浮雲原來的位置。⓮天一隅　猶言天一方。隅，靠邊的地方。⓯長當從此別　從此該是永遠地離別了。當，應該。此，指這時。⓰且復立斯須　且，暫且；姑且。復，又；再。立，指朋友告別前站著。斯須，即須臾。⓱欲因晨風發　欲，想。這裡有「真想……」之意。因，依靠；憑藉。晨風，清晨的輕風。發，興起；產生。這裡指吹動。⓲送子以賤軀　子，對人的尊稱，相當於現代所說的「您」。以，用。賤軀，對己身的謙稱。

【語　譯】美好時光不再來，須臾之間您就要離去。依依不捨地留連路邊，牽手在野外徘徊。抬頭看看白雲飛，爭先恐後轉眼超越。因風播揚一旦離原地，便各自飄到天邊去。從今而後就要永遠別離，姑且再在此處一起多站一會兒。真想憑藉晨風吹拂，親自送您登上前途。

嘉會難再遇

嘉會❶難再遇，三載為千秋❷。臨河❸濯❹長纓❺，念子悵悠悠❻。遠望悲風❼至，對酒不能酬❽。行人❾懷❿往路⓫，何以⓬慰⓭我愁⓮。獨有盈觴⓯酒，與子結綢繆⓰。

【章　旨】這也是一首出色的送別詩，但與上一首側重點不同。如果說上一首著眼於朋友分手時依依不捨的感情，這首卻更多地想到分別以後的思念之情。開始先點明了往日的友誼及其相聚的可貴，馬上聯想到分手後將如何的愁苦，最後以飲酒增友誼結束。整首詩寫得委婉曲折，真摯感人。

【注　釋】❶嘉會　嘉，美；好。會，相會；聚會。❷三載為千秋　過去在一起的三年生活，十分難得、美好，可以比得上千年之厚。❸臨河　即到河邊。❹濯　洗。❺纓　古代帽子中繫在下巴下面的帶子。❻悵悠悠　即愁思綿綿不絕的意思。悵，失意；不痛快。悠悠，綿長的樣子。❼悲風　寒風；淒厲的風。❽對酒不能酬　即使在應該痛痛快快喝酒的宴席上，也因為思念故友而無心喝酒。對酒，面對著酒。酬，主客互相勸酒叫做酬。❾行人　指將要回家的朋友。❿懷　惦念。⓫往路　去路。⓬何以　以何；用什麼。⓭慰　安慰；慰藉。⓮我愁　我的惜別的愁情。⓯盈觴　盈，滿。觴，古代喝酒用的器具。⓰綢繆　即纏繞。這裡指纏綿不解的情意。

【語　譯】美好的聚會難再逢，三年情誼可以抵得上千秋。來到河邊洗滌長帽帶，對你的思念之情綿綿如水流。遠看凜冽寒風又已到，面對酒席無心來勸酒。遠行之人掛念前途路程，又用什麼安慰我惜別之愁。只有在杯中斟滿酒，與你結成難解難分的情誼。

攜手上河梁

攜手❶上河梁❷，遊子❸暮何之❹。徘徊蹊路❺側，悢悢❻不得辭❼。行人❽難久留❾，各言長相思❿。安知⓫非日月⓬，弦望⓭自有時。努力⓮崇⓯明德⓰，皓首以為期⓱。

【章　旨】這首送別詩與以上二首又有不同，其思想境界又略高一籌。如果說第一首抒發的是朋友依依惜別之情，第二首進一步聯想到分手以後的寂寞愁苦而珍惜臨別前的片刻時間，那麼，這一首卻顯得冷靜得多了，世上沒有不散的宴席，雖然同樣依依不捨。但知道「行人難久留」，也沒有如前二首再站上片刻，再斟上一杯的過多的纏綿之意，而是說以後會記得朋友的情義的。尤其可貴的是最後二句，期許彼此努力修德，冀望皓首為期，這令人鼓舞的話，越顯得朋友的感情純厚、深沈。

【注　釋】❶攜手　手拉手。這是古詩文中送別時常見的動作。❷河梁　即河上的橋梁。河，古時專指黃河。後世也泛指水道。❸遊子　離家遠行之人。這裡指被送的朋友。❹何之　之何。即到哪裡。❺蹊路　蹊，小路。這裡與「路」連用，是同義複詞。指路。❻悢悢　眷戀的樣子。❼不得辭　不忍心分手。❽行人　即前面的遊子。❾難久留　這裡的意思是行人總是要走的，不能長久挽留。❿各言長相思　兩人都說我會永遠想念你的。⓫安知　哪裡知道。⓬日月　偏義複詞。偏指「月」。⓭弦望　月如綳弦之弓形叫弦。陰曆每月初七八為上弦，二十三四為下弦。每月十五月正圓時叫望。自有時，自然有它固定的時候。⓮努力　勉力。⓯崇　高。這裡作動詞用。即揚高之意。⓰明德　美德。⓱皓首以為期　以白首為期限。皓首，白頭髮。借代年老。以為期，以……作為期限。

【語　譯】兩人攜手來到橋梁上，天都黑了遠行之客將到哪裡去。依依不捨地來到大路邊，心中眷戀著難以分手。客人要走難久留，各敘相思之情無止休。豈知相會不似天上月，或缺或圓自有固定的時候。希望今後不斷增進各自的道德修養，我們兩人的交情將白首不渝。

詩 四首

【作　者】這四首詩題蘇子卿作。蘇子卿，即蘇武，字子卿，生年不詳，卒於西元前六〇年，西漢時杜陵（今陝西西安東南）人。因父親的職位關係而與兄弟皆為官，成為皇帝的近侍。武帝天漢元年（西元前一〇〇年），他以中郎將之職，持著旄節，護送扣留在漢的匈奴人回國而被匈奴所扣。匈奴貴族多方威脅誘降，蘇武抵死不從。後被遷往北海（今貝加爾湖）邊牧羊。在匈奴共過了十九年艱苦的生活。始元六年（西元前八一年），因匈奴與漢和好，才被遣回朝，拜官典屬國，掌管少數民族事務。《漢書》有傳。

【題　解】據近人研究，這四首詩與前面李陵三首一樣，都出於後人偽託，產生於東漢末年，作者不可考。這第一首寫送別兄弟，開頭即點出骨肉之情深厚，但是過去一直親親熱熱生活在一起，如今卻要各分東西，在這時就更顯得兄弟情深。最後以酒為贈，勸兄弟再喝一會兒，再敘一份骨肉情，使情誼更推進了一層。

骨肉緣枝葉

骨肉緣枝葉❶，結交亦相因❷。四海皆兄弟❸，誰為❹行路人❺。況❻我連枝樹❼，與子❽同一身❾。昔為鴛與鴦❿，今為參與辰⓫。昔者常相近⓬，邈⓭若胡與秦⑭。惟念⑮當⑯離別，思情⑰日以新⑱。鹿鳴思野草，可以喻嘉賓⑲。我有一罇酒，欲以贈遠人⑳。願子留㉑斟酌㉒，敘㉓此平生㉔親㉕。

【注　釋】❶骨肉緣枝葉　是說兄弟親骨肉，關係親密猶如葉子順著樹幹而生。骨肉，骨肉是連在一起的，這裡比喻兄弟。緣枝葉，即沿著枝幹並排長的葉子。❷結交亦相因　結交為友，情誼也一樣相親近。結交，和人往來交往使關係密切。這裡指朋友。因，相親。❸四海皆兄弟　出自《論語・顏淵》：「君子敬而無失，與人恭而有禮，四海之內皆兄弟也。」意思也是真誠待人，那麼，天下的人都是兄弟了。四海，古人以為中國四境有海環繞。四海即四海之內的省略說法。指全國。❹為　是。❺行路人　即陌路人、素不相識的路上偶然遇見的人。❻況　何況。❼連枝樹　即連理樹。不同根而枝幹相連。這裡比喻兄弟。❽子　你。指將有遠行的兄弟。❾同一身　就像同一個身體。❿鴛與鴦　即鴛鴦。水鳥的一種，為我國著名特產珍禽。因鴛鴦多成對生活在一起，所以常用來比喻夫妻。這裡是借指親密無間的兄弟。⓫參與辰　即參星與商星。前者在西方，後者在東方，出沒互不相逢。⓬相近　互相親近在一起。⓭邈　遠。⓮胡與秦　這裡指遠得就像胡和秦這樣遙遠的距離。胡，北方少數民族居住地。秦，當時西域人稱中國。⓯惟念　只有在想到。⓰當　面對。⓱思情　兄弟的情誼。⓲日以新　即日益顯得深厚。新，指情誼有新的感受。⓳鹿鳴思野草二句　出自《詩經・小雅・鹿鳴》：「呦呦鹿鳴，食野之苹。我有嘉賓，鼓瑟吹笙。」這是一首宴樂賓客的詩，起首這四句以鹿找到食物而呼喚同類來比喻宴樂嘉賓。可以，可以用來。喻，比喻。⓴遠人　將遠行的人。指兄弟。㉑留　停留。即且慢點走。㉒斟酌　斟酒；往杯裡倒酒。這裡指喝酒。㉓敘　說；陳述。這裡有一起來回憶的意思。㉔平生　平素；往常。㉕親　這裡指親密相處的往事。

【語　譯】兄弟就如樹葉沿枝並排生，朋友相交也如骨肉親。四海之內都是親兄弟，誰又會是陌生人。何況我倆如同連理樹，你我就如同一個身。過去我倆像鴛鴦，今天成了西邊的參星與東邊的辰星。往日常常相親近，如今卻遠如北方胡地和西方秦國。只有想到面對離別時，兄弟深情一日更比一日新。鹿找到野草聲聲喚同類，可以用此比喻宴樂勸貴賓。我現今有酒一罇，打算用它招待遠行的人。望你暫且留下來喝酒，聊敘往日我倆深厚的情誼。

黃鵠一遠別

黃鵠❶一遠別，千里顧❷徘徊。胡❸馬失其群❹，思心❺常依依❻。何況雙飛龍，羽翼臨當乖❼。幸❽有弦歌曲❾，可以喻❿中懷⓫。請⓬為⓭〈遊子吟〉⓮，泠泠⓯一何悲。絲竹⓰厲⓱清聲，慷慨⓲有餘哀。長歌⓳正⓴激烈㉑，中心㉒愴㉓以摧㉔。欲展㉕〈清商曲〉㉖，念子不能歸。俛仰㉗內㉘傷心，淚下不可揮㉙。願為雙黃鵠，送子俱㉚遠飛。

【章　旨】這也是一首送別詩。首先通過以黃鵠、胡馬作比，表現朋友間依依不捨的情懷。臨別之際，希望用彈唱樂曲來述往日的情誼，但越述越哀傷，終於不能控制而落下淒愴的眼淚。最後只能寄希望於多為朋友送一程，以表兩人的情誼深長。

【注　釋】❶黃鵠　鵠，即天鵝。能飛得很高很遠。這裡以比遠行的友人。❷顧　回頭看。❸胡　秦漢時指匈奴。在北方，那裡以產馬著名。❹失其群　離群。❺思心　思念馬群的心情。❻依依　戀戀不捨的樣子。❼何況雙飛龍二句　是說黃鵠、胡馬雖戀舊，又哪裡可以和像形蹤無定的飛龍的我們，面對即將展翅遠飛，天涯海角，其離別之情更加悲傷。雙飛龍，比喻自己和將離別的朋友。羽翼，翅膀。傳說中的龍並無翅膀。但文學作品中往往可隨機生發。臨，面臨。當，該。乖，分別。❽幸　幸虧。❾弦歌曲　有弦樂器伴奏的歌曲。❿喻　曉示；表白。⓫中懷　心懷；情愫。⓬請　請讓我。⓭為　指彈奏。⓮遊子吟　曲名。內容反映遊子的生活和思想感情。⓯泠泠　形容聲音清越而淒涼。⓰絲竹　指弦樂器與管樂器。⓱厲　振發的意思。⓲慷慨　意氣激昂。⓳長歌　指聲調長的歌曲。⓴正　正是。㉑激烈　高亢激越。㉒中心　內心。㉓愴　傷悲；淒愴。㉔摧　傷感。㉕展　展布。這裡是彈奏的意思。㉖清商曲　樂曲名。其曲多起源於我國古代民間，與雅樂、胡樂有別。

㉗俛仰 抬頭與低頭。一種有心事的動作表現。俛，同「俯」。㉘內 內心；心中。㉙不可揮 指揮拭不盡。㉚俱 一起。

【語 譯】天鵝一旦遠別離，千里飛行，仍會不時回頭，眷戀徘徊。胡地駿馬離了群，總是依依不捨難忘懷。何況我倆像一對飛龍，正面臨展翅各自分飛的時候。幸虧還有弦樂曲，可以用它來表示我的情懷。且請讓我彈一曲〈遊子吟〉，樂音是那麼淒涼悲傷。管弦之樂發出清越的聲調，意氣激昂之中仍然帶著悲哀。長長的歌曲聲音激烈，內心悲愴不能自已。我想彈奏一支〈清商曲〉，心裡想著你一去不能再回還。左思右想心中除了悲傷還是悲傷，淚水汩汩擦個不完。但願我倆變成一對天鵝，一起高飛遠遠送你一程。

結髮為夫妻

結髮❶為夫妻，恩愛兩不疑❷。歡娛❸在今夕❹，嬿婉❺及❻良時❼。征夫❽懷❾往路❿，起視夜何其⓫。參辰皆已沒⓬，去去⓭從此⓮辭。行役⓯在戰場，相見未有期⓰。握手⓱一長歎，淚為生別滋⓲。努力愛⓳春華⓴，莫忘歡樂時㉑。生㉒當㉓復來歸，死當長相思。

【章 旨】這是一首丈夫應征赴役，留別妻子的詩。前四句訴說了夫妻往日的思情，表達了對「恩愛兩不疑」的新婚生活的珍惜。中間八句寫如今分離時依依不捨的惆悵心情。末四句寫丈夫強忍悲痛，重申對妻子感情的堅貞不渝。在對將來抱有一絲渺茫希望的同時，勸勉妻子多加珍重。

【注 釋】❶結髮 束髮。古時男子二十歲結髮加冠，女子十五歲結髮加笄，表示已成年。❷不疑 猶言無猜。指夫妻感情純篤，彼此相信對方。❸歡娛 歡樂。❹今夕 今晚。指將分別的前一夜。❺嬿婉 感情融洽而歡好的樣子。❻及 趁著。❼良時 好時候。指將離別的寶貴的時間。❽征夫 遠行出征的人。這裡是詩中主人翁自指。❾懷 想念著。❿往路 去路。此指出行的事。⓫夜何其　夜有多深了。其，詞尾助詞。無實在意義。⓬參辰皆已沒　是說星斗轉移，時光已經不早。參辰，二星名。這裡泛指所有的星宿。沒，隱沒。⓭去去　去的加重語，猶言去了又去。指路途遙遠。⓮此　指時間。等於說現在。⓯行役　遠行赴役。⓰未有期　沒有一定的時日。⓱握手　道別。⓲滋　多。⓳愛　珍愛；珍惜。⓴春華　指青春。㉑歡樂時　指往日恩愛的夫妻生活。㉒生　活。指未戰死沙場。㉓當　應當；會。

【語　譯】自從結髮成夫妻，恩恩愛愛從不猜疑。盡情歡樂在今夜，愛意融融趁此良辰。遠行之人掛念著遠行的路途，起來看看是幾更的天氣。參星辰星都已隱沒不見，路途遙遠從此相別離。遠行赴役到戰場，相見不知在何時。握手道別先長歎，眼淚為此生別而傾流不止。希望你珍惜青春年華，別忘記我們過去共有過的恩愛時光。我如果能僥幸不死自當回家來，即使死了也會永遠想念你。

燭燭晨明月

燭燭❶晨明月，馥馥❷我蘭❸芳。芬馨❹良夜❺發❻，隨風聞我堂❼。征夫❽懷遠路❾，遊子❿戀⓫故鄉。寒冬十二月，晨起踐⓬嚴霜⓭。俯觀江漢流⓮，仰視浮雲翔。良友遠離別，各在天一方。山海⓯隔中州⓰，相去悠且長。嘉會難兩⓱遇，懽樂殊⓲未央⓳。願君崇令德⓴，隨時㉑愛㉒景光㉓。

【章　旨】這是一首客中送客的詩。開頭二句不僅點明了分別的時間，更隱含了朋友間純潔而崇高的友誼。從「征夫」一聯中對雙方境遇的交代，更表現了客中送客的心情的難堪。而通過想像中友人的行程，使離別又多一層悲傷。結尾兩句對朋友殷切的期望，是友誼的進一步昇華。此詩布景抒情，由小而大，由近及遠。抒寫層層推進，感情深刻，而詞意寬和。

【注　釋】❶燭燭　明亮的樣子。❷馥馥　香氣濃烈的樣子。❸我蘭　劉履《選詩補注》以為「我」當作「秋」，因形近而誤。據本書李善注文亦引作「秋蘭」，其說可從。❹芬馨　芬是香氣，馨是散布很遠的香氣。這裡泛指香氣。❺良夜　美好的夜晚。❻發　散發。❼聞我堂　聞是用鼻子嗅。這裡是使動用法，即「使我堂聞」，即在我的堂屋裡都能嗅到。❽征夫　這裡指將遠行的朋友。❾懷遠路　想念著即將遠行的路途。❿遊子　詩中主人翁自指。⓫戀　留戀；顧念。⓬踐　踩；踏。⓭嚴霜　冰冷的霜。嚴，指厲害。⓮江漢流　長江與漢水滔滔東流水。此中隱含著朋友再難相逢的悲傷。⓯山海　按當時人的習慣用語，山海二字連用，山指五嶺，海指南海。即比江漢更遠的南方。⓰中州　中國。一說，指古豫州（今河南），因居九州之中，故稱中州。⓱兩　再；第二次。⓲殊　程度副詞。很；實在的意思。⓳未央　未盡。⓴令德　即美德。㉑隨時　隨著時光的推移。㉒愛　珍惜。㉓景光　光陰。

【語　譯】清晨明月多麼亮，芬芳濃郁秋蘭香。那香氣在這美好夜晚中散發，隨風飄送到我堂上。遠行之人只想著遠行路，我這遠遊之客想的是故鄉。嚴寒冬季十二月，早上起來上路踩濃霜。俯看江水漢水流，仰望白雲在飄蕩，好友今日遠別離，各到天涯海角邊。南方與中州隔著山山水水，相距實在太遙遠。美好相會離再逢，歡樂實覺未盡興。望你更加增進道德修養，隨時都要珍惜寶貴的時光。

四愁詩四首并序

【作　者】張衡（西元七八～一三九年），字平子，東漢南陽郡西鄂縣（今河南南陽北五十里）人。少時，文才煥發，曾西遊三輔，作〈溫泉賦〉。東入洛陽，觀太學，從經學大師賈逵問學，遂通經藝。這時政歸外戚，權任宦官，政治很昏亂。張衡痛惡這種情形，和帝永元間，舉孝廉不行，連辟公府亦不就；安帝立，外戚大將軍鄧騭累次召他，亦不應。永元十二年，鮑德任南陽太守，為人有志節，頗重儒術，請張衡為主簿，張衡敬應之。永初五年，安帝聞張衡名，特派公車徵請，張衡不得不應。至則拜為郎中，後遷尚書郎，轉太史令。順帝初，再轉復為太史令。在兩為太史令期間，他在科學上作出了重大的貢獻，他所著《靈憲》一書總結了當時天文學知識，很有創見。又研製了水力轉動的渾天儀及候風地動儀等觀天測地的儀器。陽嘉中，他遷為侍中，這是一個接近皇帝的親重官職，他曾多次直言切諫，提出正確的主張，但也不敢與當權宦官等直接鬥爭。永和元年他受到排擠，出為河間王之相。張衡到任，整頓法治，收擒奸黨，上下肅然，三年之間，郡中大治。他曾上書請求退休回鄉，順帝徵拜他為尚書，永和四年卒於官。張衡也是傑出的文學家，他把大賦創作推向高峰，又開創了抒情小賦一格，並創製了新體七言詩。張衡遺作四十餘篇，後人輯有《張河間集》行世。

【題解】這是張衡的代表作品之一，抒寫懷人的愁思。共分四章，故題為〈四愁詩〉。作者以情詩的形式，寄託了自己傷時憂世的愁思。情深意切，形象生動。本詩每章七句，每句七言，這樣完整的七言詩，在他之前的文人詩中還未曾見，這對研究我國古代七言詩的發展演變很有價值。此序並非出自張衡之手，而是後人在編集其詩文時依據有關歷史資料寫成的。其中以為本詩寄託著作者傷時憂世之情的看法，應該是可信的。

張衡不樂久處機密❶，陽嘉❷中出為河間相。時國王❸驕奢❹，不遵法度❺，又多豪右❻并兼❼之家。衡下車❽，治威嚴❾，能內察屬縣❿，姦滑行巧劫⓫，皆密知名⓬。下吏⓭收捕，盡服⓮擒。諸豪俠遊客⓯悉惶懼逃出境。郡中⓰大治，爭訟息⓱，獄無繫囚⓲。時天下漸弊⓳，鬱鬱不得志。為⓴〈四愁詩〉。屈原以美人為君子，以珍寶為仁義，以水深雪雰㉑為小人。思以道術相報，貽㉒於時君㉓，而懼讒邪不得以通㉔。其辭㉕曰：

【章旨】敘述張衡寫〈四愁詩〉的背景及其用意。

【注釋】❶不樂久處機密　不樂，意動用法，這裡是「不以久處機密而感到快樂」的意思。張衡當時做太史令，掌管天文玄象，所以稱機密。❷陽嘉　東漢順帝年號。陽嘉五年改永和元年，張衡於永和初為河間相，陽嘉乃永和之誤。❸國王　指河間惠王劉政。❹驕奢　驕橫奢侈。❺法度　指朝廷所定的各種規矩制度。❻豪右　此指有權有勢橫行鄉里的豪門望族。❼并兼　指豪門欺壓奴役貧民百姓。❽下車　官員上任需乘車馬，下車即言到任。❾治威嚴　指整頓各種法令制度，嚴格要求大家遵守。❿內察屬縣　明察屬縣情況。⓫姦滑行巧劫　指奸詐之人的各種劣跡。⓬密知名　暗暗地掌握這些為非作歹者姓名。⓭下吏　下，向下移交。吏，指司法的官吏。即交給司法的官吏辦理。⓮服　收服。⓯豪俠遊客　指在地方上為非作歹，橫行霸道的人。⓰郡中　指河間境內。⓱爭訟息　指因以上所說的為非作歹者所造成的冤曲之訴訟漸漸沒有了。⓲獄無繫囚　指因郡中大治，無人敢違法犯罪，因而監牢裡沒有囚犯。⓳弊　指政治腐敗。⓴為　創作。㉑雰　雪很大的樣子。㉒貽　贈送。㉓時君　當時的國君。㉔不得以通　不能將治國之道術傳達到君王手裡。㉕辭　本是一種文體。這裡指詩。

【語　譯】張衡不樂意長久處於掌管機密的職位，陽嘉年間便外任河間王的國相。當時河間王驕縱奢侈，不遵守國家法令制度，國內又多兼併貧民的豪族。張衡一上任，政務嚴厲，能夠明察屬縣情況，奸詐之人巧取豪奪，都能暗中知其姓名。他把這些人交給官吏拘捕，這些人都束手就擒。那些橫行霸道、遊蕩不法之徒都恐慌害怕，逃出國境。國中因而大治，打官司的人也沒有了，監獄中也沒有囚犯。當時天下政治日漸衰敗，張衡鬱鬱不得志，就寫下〈四愁詩〉。倣照屈原用美人比君子，用珍寶比仁義，以水深雪大比小人。他想用正確的治國方略來報答國恩，獻給君王，卻又怕讒邪小人阻礙，此詩不能上達於君。其詩的詞句如下：

其一

（一思曰）我所思❶兮❷在太山❸，欲往從之❹梁父❺艱❻。側身東望❼涕霑翰❽。美人❾贈我金錯刀❿，何以報之英瓊瑤⓫。路遠莫⓬致⓭倚⓮逍遙⓯，何為⓰懷憂心煩勞⓱。

【注　釋】❶我所思　我所思念的人。❷兮　語氣詞。古代詩賦中常見，相當於現代的「啊」、「呀」等。❸太山　即泰山。在今山東泰安境內。❹從之　追隨所思念的人。❺梁父　泰山下的小山。❻艱　艱險。❼側身東望　因所思念的人在泰山，泰山在東面，所以說側身向東望。以下三章中的「南望」、「西望」、「北望」都是以所思念者所在方位而言，並非一般詩詞中的虛指。❽翰　長而堅硬的羽毛。這裡借指衣襟。❾美人　指自己所思念的對象。❿金錯刀　用黃金鑲嵌刀環或刀柄的佩刀。⓫何以報之句　我用什麼報答她的厚贈，我用美玉。英，同「瑛」。美石似玉者。瓊瑤，都是美玉。這句中何以報之是自問，英瓊瑤是自答。以下各章同此句式。⓬莫　沒有什麼（辦法）。⓭致　送到。⓮倚　與「猗」通。語助詞。以下各章同此。⓯逍遙　徬徨。⓰何為　為何。⓱勞　憂傷。

【語　譯】我所思念的人，就在那泰山。想去追隨她，梁父路艱險。側身向東望，淚水溼衣衫。美人送給我一把金錯刀。用什麼作回報，唯有瓊與瑤。路遠難以送達，令人徘徊無計。為何我的心是那麼憂悶煩惱。

其二

（二思曰）我所思兮在桂林❶，欲往從之湘水❷深。側身南望涕沾❸襟。美人贈我金琅玕❹，何以報之雙玉盤❺。路遠莫致倚惆悵❻，何為懷憂心煩傷❼。

【注　釋】❶桂林　漢代郡名。郡治在今廣西桂林。❷湘水　即湘江。❸沾　浸溼。案：在此意義上，與上一章的霑字為異體字。❹琅玕　美玉。❺玉盤　玉琢成的盤子。❻惆悵　傷感；失意。❼傷　悲傷；哀痛。

【語　譯】我所思念的人，就在那桂林。想去追隨她，湘江水太深。側身向南望，淚水溼衣襟。美人送給我美石與黃金。用什麼報答她，一雙玉盤表真情。路遠難以送達，讓我深感惆悵，為何我的心是那麼憂愁煩傷。

其三

（三思曰）我所思兮在漢陽❶，欲往從之隴阪❷長。側身西望涕沾裳❸。美人贈我貂襜褕❹，何以報之明月珠❺。路遠莫致倚踟躕❻，何為懷憂心煩紆❼。

【注釋】❶漢陽　東漢郡名。郡治在今甘肅甘谷南。❷隴阪　隴，隴山。在甘肅天水。阪，山坡。隴阪是隴山的大阪。這裡在古代以迂迴險阻著名。❸裳　下身的衣服。泛指衣服。❹貂襜褕　貂皮製的真襟衣服。❺明月珠　寶珠名。❻踟躕　徘徊。❼紆　屈曲；繞彎。這裡指心情紛亂。

【語譯】我所思念的人，就在那漢陽。想去追隨她，隴山坡太長。側身向西望，淚水溼衣裳，美人送給我貂製皮衣服，用什麼報答她，一顆明月珠。路遠難以送到達，令我徘徊猶豫，為何我的心是那麼憂愁煩亂。

其四

（四思曰）我所思兮在雁門❶，欲往從之雪紛紛。側身北望涕沾巾❷。美人贈我錦繡段❸，何以報之青玉案❹。路遠莫致倚增歎❺，何為懷憂心煩惋❻。

【注釋】❶雁門　漢代郡名。在今山西西北部。❷巾　手巾。❸錦繡段　絲織物的類名。這裡形容絲織物的精緻華麗。繡，絲繡品。段，通「緞」。絲織品。❹青玉案　用美玉鑲飾的食案。案：古代端送飯食的器具，下有短腳。❺增歎　徒增歎息。❻惋　悵恨；歎惜。

【語譯】我所思念的人，就在那雁門。想去追隨她，大雪落紛紛。側身向北望，淚水溼手巾。美人送給我一塊錦繡緞。用什麼報答她，一隻青玉案。路遠難以送達，聲聲盡哀歎，為何我的心是那麼悲傷哀怨。

雜詩

【作　者】王粲，見頁八八〇。

【題　解】時曹植很受曹操賞識，曹丕尚未被立為太子。二人各自培植黨羽，鬥爭相當激烈。王粲其時正在曹操處當幕僚，丕、植二人都想與他交好，他深怕捲入鬥爭漩渦，而採取非常謹慎的態度。此詩就表現了他思念曹植又不敢公開與之交往的心理活動。

日暮遊西園，冀❶寫❷憂思情。曲池❸揚❹素波❺，列樹❻敷❼丹榮❽。上有特❾棲鳥，懷春❿向我鳴。褰衽⓫欲從之，路嶮不得征⓬。徘徊不能去⓭，佇立⓮望爾形⓯。風飆⓰揚塵起，白日忽已冥⓱。迴身入空房，託夢通⓲精誠⓳。人欲天不違⓴，何懼不合并㉑。

【注　釋】❶冀　希冀；希望，❷寫　傾注。這裡作排遣解。❸曲池　指經人工堆砌的有著彎彎曲曲堤岸的池塘。❹揚　飛揚；翻騰。❺素波　清而白的波瀾。❻列樹　指眾多的樹木。列，眾。❼敷　布。這裡指開著。❽丹榮　丹，紅色。榮，花。❾特　獨；孤。❿懷春　感春而有所思。一般用為未婚女子對男子的思慕。這裡暗指曹植思念著自己。⓫褰衽　褰，提起；撩起。衽，衣襟。⓬路嶮不得征　暗指政治情勢險惡，不敢貿然與相投契者交往。嶮，同「險」。地勢不平坦。征，一般指出征、遠行。這裡指前往。⓭去　離開；離去。⓮佇立　久立。⓯爾形　你的形象。這裡即指「你」。⓰飆　暴風；疾風。⓱冥　昏暗。⓲通　傳達。⓳精誠　至誠的情意。⓴人欲天不違　人有意願，老天爺總不會違背的。㉑合并　在一起。

【語 譯】傍晚之時遊西園，欲想傾瀉愁苦的思念。堤岸曲折的池塘翻白浪，眾多樹木紅花皆開遍。樹上孤孤單單停著一隻鳥，感懷春天向我來叫喚。撩起衣襟想跟你一同飛翔，卻苦於路途艱險不能成行。猶豫不忍離你而遠去，久久站立把你身形望。大風吹動塵土飛揚，白天霎時變昏暗。回身走進空房裡，通過夢境寄託真誠的思念。人有願望老天不會忍心來違背，何必擔心我倆不會長久在一起？

雜詩

【作 者】劉楨，見頁八八二。

【題 解】此詩一開頭即點出公事相煩，身不由己，鎮日勞碌，廢寢忘食，搞得人昏頭昏腦。當他出門散心，偶而看到野鴨天鵝嬉戲水中，就想著也能像牠們一樣，自由自在，無牽無掛地生活。

職事❶相❷填委❸，文墨❹紛消散❺，馳翰❻未暇食❼，日昃❽不知晏。沈迷❾簿領書❿，回回⓫自昏亂⓬。釋⓭此出西城，登高⓮且遊觀⓯。方塘⓰含⓱白水⓲，中有鳧與雁⓳。安得肅肅⓴羽，從爾㉑浮㉒波瀾。

【注 釋】❶職事 猶如今天所說的事務、工作。❷相 交相。❸填委 堆集。❹文墨 文辭。或指律令判狀。作者曾為曹操的丞相屬官，那麼，按上下文意，可指自己認真寫成的各類文書。❺消散 疏理。❻馳翰 猶言奮筆疾書。翰，毛筆。❼未暇食 沒空吃飯；忙得顧不上吃飯。❽昃 太陽西斜。❾沈迷 沈入；陷入。沈，同「沉」。❿簿領書 即文簿、簿書。泛指官署中的文書簿冊。⓫回回 盤曲的樣子。這裡形容心思紛亂的樣子。⓬昏亂 即今所謂頭昏腦脹、昏頭轉向。⓭釋 放下。⓮登高 上到高處。⓯遊觀 遊目。即目光由近及遠，隨意觀覽瞻望。⓰方塘 古人有圓形為池，方形為塘的說法。

這裡泛指池塘。⑰含 蓄；儲。⑱白水 清澈的水。⑲鳧與雁 鳧，野鴨。雁，大雁。⑳肅肅 翅膀磨擦振動的聲音。㉑從爾 從，追隨。爾，你們。指野鵝野鴨。㉒浮 浮游。

【語 譯】府中事務多，忙得難喘息，文書紛亂，待我疏理。揮筆作文字，難顧肚子飢。一天忙到晚，不知日轉西。終日埋首文書裡，頭昏腦脹亂紛紛。放下這些雜務，出門走到城西。拾階登到高處，遊目眺望大地。前方有池塘，池水清見底。野鴨與大雁，塘中正嬉戲。真想變水鳥，自由展雙翼。從容戲水波，與你們遊玩在一起。

雜詩 二首

【作 者】曹丕，見頁九八四。

【題 解】這二首失題詩是魏文帝曹丕擬古樂府或古詩之作，描寫被迫背井離鄉的遊子思念故鄉的苦悶心情，從側面反映了當時或由於生產凋敝，或由於征戍頻繁，以致民不聊生的現實。第一首描寫了秋夜的淒清景色，抒發了漂泊北方的遊子寂寞懷鄉的心情。第二首詩李善注以為「於黎陽作」。黃初三年（西元二二二年）與黃初六年（西元二二五年），曹丕有過兩次南征經歷，依李注地點，此詩應作於上一次，但是依詩意，似以後一次為妥。作品以浮雲的隨風飄蕩，比喻征夫遊子的周流之苦，流露了對當時戰亂的厭倦情緒。

其一

漫漫❶秋夜長，烈烈❷北風涼。展轉❸不能寐❹，披衣起彷徨。彷徨忽❺已久，白露沾我裳。俯視清水波，仰看明月光。天漢❻迴❼西流❽，三五❾正從橫⑩。草蟲鳴何悲，孤雁獨南翔。鬱鬱⑪多悲思，綿綿⑫思故鄉。願飛安得翼，欲濟⑬河無梁⑭。向風長歎息，斷絕我中腸⑮。

【注釋】❶漫漫　形容時間極長。❷烈烈　猛烈而寒冷的樣子。❸展轉　翻來覆去睡不著的樣子。❹寐　睡。❺忽　不注意；不知不覺。❻天漢　天河；銀河。❼迴　轉。❽西流　向西移動。因是河，故可說流。❾三五　《詩經‧小星》：「嘒彼小星，三五在東。」三五本特指某星。這裡泛指星星。❿從橫　即縱橫。指群星列布的樣子。⓫鬱鬱　憂傷、苦悶的樣子。⓬綿綿　連綿不斷的樣子。⓭濟　渡；過河。⓮梁　橋梁。⓯斷絕我中腸　形容憂傷之極。斷絕，同義詞連用。即斷。

【語譯】深秋夜晚多漫長，凜冽北風覺淒涼。輾轉反側難入睡，披衣起來獨彷徨。彷徨不覺已很久，露水沾溼我衣裳。俯看水面漾碧波，仰望明月亮光光。銀河已經向西轉，群星疏落布天上。草蟲鳴叫多悲傷，孤雁獨自飛南方。鬱鬱不樂多愁苦，綿綿不盡思故鄉。想飛哪裡有翅膀，欲想過河無橋梁。對著秋風長聲歎，鄉思使我斷愁腸。

其二

西北有浮雲，亭亭❶如車蓋❷。惜哉❸時不遇❹，適❺與飄風❻會❼。吹我東南行，行行至吳會❽。吳會非我鄉，安能久留滯？棄置❾勿復陳❿，客子⓫常畏人⓬。

【注釋】❶亭亭　高高聳立的樣子。❷車蓋　古代的車篷，形如大傘。❸惜哉　惜，可惜。哉，語氣詞。表示感歎。❹時不遇　好時機沒有碰上。❺適　恰好；恰巧。❻飄風　暴風。❼會　相遇。❽行行至吳會　形容漂泊周流之遠。行行，猶言行了又行。吳會，指吳郡與會稽郡，在今江蘇南部和浙江。吳會當時屬於東吳，是異國之地。❾棄置　把它擱在一邊。❿勿復陳　不要再提起了。⓫客子　客居在外的人。⓬畏人　怕見人。因為碰上後問起來，會引起鄉愁。

【語譯】西北方向有浮雲，猶如車蓋高遮頭頂。可惜時運不佳，偏偏遇上暴風。暴風吹我東南去，飄飄直到吳郡與會稽。吳郡與會稽不是我的故鄉，怎能在此長久停留。擱在一邊別再提了，遊子常怕見人影。

朔風詩

【作　者】曹植，見頁八二一。

【題　解】這首四言詩作於魏明帝太和二年（西元二二八年），曹植從浚儀（今河南開封北）遷徙雍丘（縣名，今屬河南）之後，是他後期的作品，多次的遷徙使他產生不少疑慮與感慨。因此，在這詩中，他一方面感歎屢遭遷徙的境遇，思念生離死別的兄弟，一方面抱怨自己的忠誠不被明帝理解。獨居閒處，無法施展素來的抱負。

　　仰❶彼❷朔風❸，用❹懷魏都❺；願❻騁❼代馬❽，倏忽❾北徂❿，凱風⓫永⓬至，思彼蠻方⓭；願隨越鳥⓮，翻飛⓯南翔。四氣⓰代謝⓱，懸景⓲運周⓳；別⓴如俯仰㉑，脫㉒若三秋㉓。昔我初遷㉔，朱華㉕未希㉖；今我旋㉗止㉘，素雪㉙雲飛㉚。俯降㉛千仞㉜，仰登天阻㉝；風飄蓬飛㉞，載㉟離㊱寒暑㊲。千仞易陟㊳，天阻可越㊴；昔我同袍㊵，今永乖別㊶。子㊷好㊸芳草，豈㊹忘爾貽㊺；繁華㊻將茂，秋霜悴㊼之。君不垂眷㊽。豈云㊾其誠㊿？秋蘭可喻(51)，桂樹冬榮(52)。弦歌蕩思(53)，誰與消憂(54)？

臨川55暮思，何為56泛舟57？豈無和樂58，遊59非我鄰60。誰忘泛舟，愧無榜人61。

【注釋】❶仰 抬頭。這裡指抬頭迎著。❷彼 那。❸朔風 北風。❹用 以；因。❺懷魏都 懷念魏的都城。魏都，指曹魏故都鄴城，曹操陵墓在此。❻願 希望。❼騁 縱馬馳騁。❽代馬 代郡（今山西陽高一帶）出產的馬，很有名。這裡泛指好馬。❾倏忽 迅速；極快的樣子。❿北徂 即到北面去。當時魏都鄴城在北邊，曹操陵墓也在此地。徂，往；到。⓫凱風 南風。⓬永 遠。⓭蠻方 古人對南方的蔑稱。這裡指壽春（在今安徽省壽縣），這時作者的兄弟曹彪封吳王，在壽春。⓮越鳥 越（今江浙一帶）地所產的鳥。⓯翻飛 即飛。⓰四氣 春夏秋冬四個節氣。⓱代謝 依次更替。⓲懸景 指太陽。⓳運周 周而復始的運行。⓴別 離別。㉑俯仰 抬頭與低頭。形容時間之短。㉒脫 脫離；離開。㉓三秋 三個季節。㉔初遷 指離開雍丘的時候。㉕朱華 紅花。㉖希 同「稀」。稀疏；凋零。㉗旋 歸；回。㉘止 語氣助詞，無義。㉙素雪 白雪。㉚雲飛 形容飄雪的速度與形態。㉛俯降 往下走。㉜仞 古代以七尺或八尺為一仞。㉝天阻 天險。㉞風飄蓬飛 是說我像是被風飄動的蓬草在飛舞。㉟載 句首助詞，無義。㊱離 同「罹」。遭遇；經受。㊲寒暑 嚴寒與酷暑。㊳陟 登。㊴越 越過。㊵同袍 指最親近的人或戰友。這裡指生離的曹彪與死別的曹彰。㊶乖別 即離別。乖，背離。㊷子 你。指明帝。㊸好 喜愛。㊹豈 哪裡。㊺爾貽 贈你。㊻繁華 盛開的花。這裡的繁華暗指自己忠誠的志節。㊼悴 傷害。㊽垂眷 顧念。垂，敬詞。有自上而下之意。㊾云 旋。㊿誠 忠誠。(51)秋蘭可喻 是說我的志節始終像秋蘭一樣芳香（忠誠）。喻，比喻；比擬。(52)冬榮 冬天茂盛。(53)蕩思 蕩滌心中的憂思。(54)消憂 消愁解悶。(55)臨川 面對著河流。(56)何為 即為何、用什麼。(57)泛舟 駕船浮行。(58)和樂 指弦歌。(59)遊 指所遊之地。(60)鄰 鄰曲；鄉鄰。(61)榜人 船人。即划船的人。

【語譯】抬頭面對北風，因而懷念魏國的都城。希望馳騁代地的名馬，迅速朝著北方奔去。南風遠遠吹過來，令我想起那南方。希望隨著越地的鳥，展翅往南飛翔。春夏秋冬相交替，太陽周而復始在運轉，分手只像在俯仰之間，離別卻彷彿已是三年。當我剛離去之時，紅花正豔未衰敗。今天當我回來，已是白雪紛紛漫天飛。或下千丈深淵，或登萬丈高峰。我像風吹蓬草隨處飛，經受酷暑與寒冬。千丈深淵可以攀登上來，天險也可以飛越。當年我的同胞兄弟，而今卻要長久相離別。既然你喜愛芳草，哪會忘了給你送過來。無奈繁花將盛開之際，秋日嚴霜將它摧折。你不顧念我，我怎能改變我的忠誠？我的忠誠可用秋蘭來比擬，又可以比作冬天茂盛的桂樹。弦歌可以蕩滌心中憂，誰能與我共奏以解除憂愁。日暮之時面對河流倍加思念，誰來為我划船？哪會沒有弦歌，只是所遊之地非我鄉鄰。誰會忘了泛舟渡河，慚愧的是沒有划船人。

雜詩 六首

【作　者】曹植，見頁八二一。

【題　解】此六首詩都是曹植後期的作品，內容上無必然的聯繫。第一首是懷人之作，大約作於作者在鄄城（今山東濮縣東）之時。所懷念的人，可能是他的異母弟曹彪。曹彪於魏文帝黃初三年（西元二二二年）封吳王，在南方，因而詩中有「江湖」「南遊」等語。此詩的特點是以警句起興，造成氣勢，從而產生強烈的感染力。在結構上則運用回環往復，逐層遞進的手法，展現詩人的內心情感。

高臺多悲風

高臺多悲風❶，朝日❷照北林❸。之子❹在萬里，江湖迥❺且深。方舟❻安可極❼，離思❽故❾難任❿。孤雁⓫飛南遊⓬，過庭⓭長哀吟。翹⓮思慕⓯遠人⓰，願欲⓱託遺音⓲。形景⓳忽⓴不見，翩翩㉑傷我心。

【注　釋】❶悲風　淒厲的風。❷朝日　早晨的太陽。❸北林　北邊的樹林。《詩經・晨風》云：「鴥彼晨風，鬱彼北林。未見君子，憂心欽欽。」這裡暗用其意。❹之子　那人。指所思念的人。之，指示代詞。那。❺迥　遠。❻方舟　兩船合併。古代大夫出行乘方舟。❼極　極點；盡頭。引申為到達。❽離思　離別的愁思。❾故　因此。❿任　承當；承受。⓫孤

雁 失群的大雁。⑫南遊 往南飛。⑬過庭 飛過庭院上空。⑭翹 翹首；抬頭。⑮慕 思慕；懷念。⑯遠人 指前面的「之子」。⑰願欲 希望。⑱音 信。⑲形景 指飛雁的形影。⑳忽 快速。㉑翩翩 疾飛的樣子。

【語 譯】高臺上常多淒厲的寒風，初升的太陽照在北林上。那人遠在萬里外，江湖水深路又長。方舟怎能到達那裡，離別之愁因而令人痛苦難當。失群大雁往南飛，掠過庭院發出悲哀的叫聲。抬頭望著孤雁想起那遠方的人，真想託牠幫我把信給帶上。可是大雁蹤影一會兒就消失不見，飛得太快使我心中更加哀傷。

轉蓬離本根

轉蓬①離本根②，飄颻③隨長風④。何意⑤迴飆⑥舉⑦，吹我⑧入雲中。高高上⑨無極⑩，天路⑪安可窮⑫？類此遊客子⑬，捐軀⑭遠從戎⑮。毛褐⑯不掩⑰形⑱，薇藿⑲常不充⑳。去去莫復道㉑，沈憂㉒令人老。

【章 旨】這首詩是曹植後期之作，詩中以轉蓬、遊子自喻身世，傾訴自己遷徙無定、生活困乏的苦楚。自曹丕即位後，曹植一直受到猜忌與迫害。政治上失意，生活不安定，詩中正是這些痛苦的反映。此詩通過明喻借喻相結合的手法，使詩中形象突出，生動感人，而兩個不同層次的比喻，使主題逐漸深化，最後二句感歎，更進一步點明了題旨。

【注 釋】①轉蓬 隨風飄轉的蓬草。②本根 根本。即根。③飄颻 飄蕩。④長風 經久不息的風。⑤何意 哪裡料到。⑥迴飆 迴旋的大風。即旋風。⑦舉 起。⑧我 指蓬草。⑨上 上面。指天空。⑩極 極點；盡頭。⑪天路 上天的路。⑫窮 窮盡。⑬類此遊客子 蓬草就像這出門遠遊的人。類，類似。此，指下文的遊客子。遊客子，即遊子。⑭捐軀 獻身。⑮從戎 從軍。⑯毛褐 粗毛布衣。⑰掩 遮掩。⑱形 形體；身體。⑲薇藿 泛指粗劣的食物。薇，野生羊齒類植物。藿，豆葉。⑳充 充足。㉑去去莫復道 這是樂府詩中的套語。猶言拋開吧！不必再提了。㉒沈憂 深憂。

【語　譯】流轉無定的蓬草離了本根，隨著長風到處飄蕩。哪裡想到旋風捲起，一直吹我進入雲中。高高的天空沒有盡頭，上天之路哪裡可以窮盡。蓬草就如這位遠行的人，獻身到遠方去從軍。粗毛布衣難以遮蔽身體，粗劣食物常常吃不飽。拋開這些不要再說了，深深的憂愁使我人衰老。

西北有織婦

西北有織婦，綺縞❶何繽紛❷。明晨❸秉❹機杼❺，日昃❻不成文❼。太息❽終長夜❾，悲嘯入青雲。妾身❿守空閨，良人行⓫從軍。自期⓬三年歸，今已歷九春⓭。飛鳥繞樹翔，噭噭⓮鳴索⓯群⓰。願為南流景⓱，馳光⓲見⓳我君⓴。

【章　旨】這首詩寫獨守空房的織婦思念從軍不歸的丈夫。開頭幾句描寫織婦思念丈夫，難成段匹，終夜愁歎，悲聲入雲的情景。從第七句始，改用第一人稱，以「守空閨」點出悲歎的原因，並進一步訴說了對丈夫久征不歸、過期不還的失望之情。最後以離群之鳥襯托出思婦孤獨的悲苦，並表達了渴望夫妻相會的深情。

【注　釋】❶綺縞　有花紋的絹。❷繽紛　絢麗多彩的樣子。❸明晨　明亮的早晨。❹秉　拿。❺機杼　梭子。❻昃　日頭西斜。❼不成文　沒能織成整匹的織物。文，花紋。❽太息　大聲的歎氣。❾終長夜　整夜。終，經過。❿妾身　古代婦女表示謙卑的自指。⓫行　前去。⓬自期　自己約定期限。⓭九春　九年。因一年只一個春季，就如一年只一個秋季一樣。故古人常以春、秋等代指一年時間。⓮噭噭　悲叫聲。⓯索　尋找。⓰群　同伴。⓱南流景　往南照射的日光。景，日光。⓲馳光　表示日光照射得快。這裡借喻詩中女主人欲見丈夫的急切心情。⓳見　照見。⓴君　夫君；郎君。

【語　譯】西北有個紡織女，織成綺縞真美麗。清晨起來就拿梭子織，直到太陽西斜還沒織成匹。長歎之聲整整連一夜，悲哀的嘯聲高入青雲。為妻獨守空房中，夫君遠行去從軍。自己說定三年就回來，如今已經過了九個春。孤鳥繞樹團團飛，苦苦哀叫找鳥群。真希望變成南天的太陽，射下光亮照著我夫君。

南國有佳人

南國❶有佳人❷，容華❸若桃李❹。朝遊江❺北岸，日夕宿湘❻沚❼。時俗❽薄❾朱顏❿，誰為⓫發皓齒⓬。俛仰⓭歲將暮，榮耀⓮難久恃⓯。

【章　旨】這首詩通過容貌豔麗的女子不被世人所愛，借以比喻才高的志士在政治上受棄置、生活上遭遷徙的艱難處境，並流露了只怕時遷歲移，年華老去而壯志難酬的苦悶心情。前人多以為這是作者自傷之辭，也有人以為是為其弟曹彪而發。曹彪自從黃初三年封吳王，黃初五年又改封壽春，七年又徙封白馬，受盡遷徙勞頓之罪。本詩通過比喻的手法來表達懷才不遇的悲哀，顯得生動而含蓄。而因形象化的描敘，使得全詩幽怨的情調，更有強烈的感染力。

【注　釋】❶南國　南方。指江南。❷佳人　美女。❸容華　美麗的面容。❹桃李　桃花與李花。前者紅而後者白，面顏白裡透紅，正好以此相喻。❺江　長江。❻湘　湘江。❼沚　水中小洲。❽時俗　當時社會的風氣。這裡指「庸人」。❾薄　輕視；看不起。❿朱顏　紅顏；美色。⓫誰為　為誰。⓬發皓齒　即開口歌唱。發，啟；開。皓齒，潔白的牙齒。⓭俛仰　低頭與抬頭之間。形容時間之短促。⓮榮耀　原指花木的繁榮。這裡指如花的容貌。⓯恃　依靠。引申為保持。

【語　譯】江南有個美姑娘，容貌美得像桃花李花。她早上遊於長江的北岸，夜晚住宿在湘水中的沙洲。時人既不愛重美貌，還為誰人把歌來唱。轉眼之間又是一年將盡，花容難以保持久長。

僕夫早嚴駕

僕夫❶早嚴駕❷，吾將遠行遊。遠遊欲何之❸，吳國❹為❺我仇❻。將騁❼萬里塗❽，東路安足由❾。江介❿多悲風，淮泗⓫馳⓬急流。願欲一輕濟⓭，惜哉無方舟⓮。閒居⓯非吾志⓰，甘心⓱赴國憂⓲。

【章　旨】此詩抒發了作者勇赴國難，希望建功立業的豪情壯志，其中也蘊含了壯志難酬的苦悶心情。從詩中內容看來，寫作時間與〈贈白馬王彪〉相當。其時作者正在洛陽，他要求渡江征吳，而不願東歸封地。本詩一開始即抒發了迫切的報國之志，但困難重重，使他無法遂願，因而內心充滿了不可抑制的激憤心情。最後一聯則把他壯志未休的情感推到了極點。全詩語言鏗鏘，節奏明快，表現了「慷慨悲涼」的「建安風骨」。

【注　釋】❶僕夫　僕人。這裡指趕車的人。❷嚴駕　整治車馬。❸何之　之何；到哪裡去。❹吳國　指江南的孫吳。❺為　是。❻我仇　我國的仇敵。❼騁　馳騁；奔馳。❽塗　道路；征途。❾東路安足由　東路哪裡值得我去走。意謂不願返回封國。東路，指向東返回封地鄄城的道路。足，值得。由，經由。❿江介　長江邊。⓫淮泗　淮水與泗水。這是南征孫權的必經的兩條水。⓬馳　奔馳；奔騰。⓭一輕濟　猶如說很快就渡過淮泗。輕，很快的意思。濟，渡河。⓮方舟　兩船相併。這裡泛指船。⓯閒居　家居無所事事。⓰志　志向；心願。⓱甘心　情願。⓲赴國憂　義同他〈白馬〉「捐軀赴國難」的「赴國難」。但國難並非如同現在所說的外國侵略，而是指與國家興衰相關的國與國之間的戰事。

【語　譯】車夫早已整治好車馬，我將馬上去遠征。遠征將到哪裡去，江南孫吳正是我仇人。我將馳上萬里之征途，那返回東邊鄄城的道路哪值得我去走。長江邊上經常吹著淒厲的風，南征路上的淮水和泗水水勢湍急。真希望很快地渡過去，可惜無船渡不成。閒住家中不是我的意願，甘心情願為國難去獻身。

飛觀百餘尺

飛觀❶百餘尺，臨❷牖❸御❹櫺軒❺。遠望周千里❻，朝夕見平原❼。烈士❽多悲心❾，小人❿媮⓫自閒⓬。國讎亮不塞⓭，甘心思⓮喪⓯元⓰。拊⓱劍西南望，思欲⓲赴太山⓳。弦急⓴悲聲㉑發，聆㉒我慷慨言㉓。

【章　旨】此詩大約是建安十九年（西元二一四年）秋天所作。當時曹操東征孫吳，曹植留守在鄴城。此詩與前一首相同，表達的也是甘心赴國憂的雄心壯志。在這首詩中，作者通過登樓臨窗遠眺時所產生的聯想，抒發了他對佞臣與朝廷的不滿、對國事的憂慮，以及甘心赴國難的情懷與壯志未酬的悲憤之情。

【注　釋】❶飛觀　觀，宮中的樓臺。飛，形容樓臺凌空而起的狀態。❷臨　面對。❸牖　窗子。❹御　憑、扶之意。❺櫺軒　欄杆。❻周千里　周遍千里。形容所見之廣。周，遍。❼平原　平曠的原野。❽烈士　有雄心壯志者。❾悲心　憂心。這裡指憂國之心。❿小人　道德低下者。這裡指胸無大志者。⓫媮　「偷」的異體字。苟且。⓬自閒　個人的安閒。⓭國讎亮不塞　指吳蜀兩國對魏國的威脅還未消除。國讎，國家的讎敵。亮，通「諒」。誠然；的確。塞，杜絕。⓮思　想。這裡有準備的意思。⓯喪　喪失。⓰元　頭顱。⓱拊　同「撫」。按的意思。⓲思欲　想要。⓳赴太山　即赴死。因時人迷信，以為人死魂歸太山。太山，即東嶽泰山。⓴弦急　急促的琴弦。㉑悲聲　指悲壯的聲音。㉒聆　聽。㉓言　言辭。指上述詩句的內容。

【語　譯】宮中樓臺高聳百餘尺，面對窗子憑著欄杆。遠望周遍千萬里，朝晚都可見到平原。壯士常懷憂國憂民心，小人苟且貪圖個人的安閒。國仇至今猶未滅，我甘心情願把這頭顱捐。手按寶劍望西南，我希望趕赴沙場去為國效死。琴弦急促發出悲壯的聲音，請君聽我慷慨激昂地把這心志敘。

情詩

【作 者】曹植，見頁八二二。

【題 解】此詩一般以為是遊子思歸之作，並以為寓有作者對身世的慨歎。也有人認為是家中妻子想念遠行丈夫的作品，就詩論詩，似以後說為勝。

微陰❶翳❷陽景❸，清風飄❹我衣。遊魚潛淥水❺，翔鳥薄❻天飛。眇眇❼客行士❽，遙役❾不得歸。始❿出⓫嚴霜結⓬，今⓭來⓮白露晞⓯。遊子歎黍離⓰，處者⓱歌式微⓲。慷慨⓳對嘉賓，悽愴⓴內傷悲。

【注 釋】❶微陰 陰，無陽光。白天無陽光，是因為陽光為雲所遮，故微陰也即薄雲之意。❷翳 遮蔽。❸陽景 陽光。❹飄 拂動。❺淥水 清澈的水。❻薄 迫近；達到。❼眇眇 遠望的樣子。屈原〈湘夫人〉云：「目眇眇兮愁予。」❽客行士 即通常所說的遊子。客行，遠行異鄉。士，男子。❾遙役 遙，遙遠。役，服役。❿始 當初。⓫出 出門。⓬嚴霜結 指深秋之時。嚴霜，濃霜。⓭今 如今。⓮來 猶言「是」。⓯白露晞 指深秋之時。晞，乾。⓰黍離 《詩經・王風》有〈黍離〉寫東周的大夫見西周鎬京的故宮長滿禾黍，悼念周室的衰微，徬徨不忍離去，而作此詩。這裡用這個典，藉指遊子憂心國事的心情。⓱處者 居住在家的人。⓲式微 用《詩經》的典故。《詩經・邶風》首章云：「式微，式微，胡不歸？」這裡寫家裡的妻子掛念著夫君為什麼還不歸來。⓳慷慨 情緒激昂不平。⓴悽愴 傷感；悲痛。

【語 譯】薄雲擋住太陽光，清風拂動我的衣裳。遊魚藏在清澈的水中，鳥兒沖天高翔。遙望那遠行的人，千里赴役尚未歸來。當初出門正是濃霜凝結的時候，如今白露又已乾。夫君憂心國難行役他鄉，為妻在家口唱式微把他盼。激昂慷慨面對嘉賓，心中卻是愁腸百結不勝悽愴。

雜詩

【作者】嵇康，見頁七六三。

【題解】這是一首四言詩，一般說來，嵇康的四言詩比其五言詩要好。這首詩描寫朋友歡聚、飲酒談玄的生活，暗含消極遁世的思想，反映了時代的風尚，同時也表現了作者不苟同流俗的志趣和耿直的性格。

微風清扇❶，雲氣❷四除❸。皎皎亮月，麗❹於高隅❺。興命❻公子❼，攜手同車。龍驥❽翼翼❾，揚鑣❿踟躕⓫。肅肅宵征⓬，造⓭我友廬⓮。光燈⓯吐輝，華幔⓰長舒⓱。鸞觴⓲酌醴⓳，神鼎⓴烹魚。絃㉑超㉒子野㉓，歎㉔過綿駒㉕。流詠㉖太素㉗，俯讚㉘玄虛㉙。孰㉚克㉛英賢㉜，與爾㉝剖符㉞。

【注釋】❶扇　通「煽」。扇動。❷雲氣　雲霧。❸四除　四散。除，去。❹麗　附著。❺高隅　指高高的城角上。❻興命　告知。這裡指相約。❼公子　豪門貴族子弟的通稱。這裡指朋友。❽龍驥　這裡指好馬。龍，高大的馬。驥，千里馬。❾翼翼　鳥飛的樣子。這裡指好馬精神抖擻的神態。❿揚鑣　指驅馬前行。鑣，馬勒子。⓫踟躕　緩行。⓬肅肅宵征　《詩經・召南・小星》有「肅肅宵征」句。這裡用其成句。肅肅，疾奔的樣子。宵，夜。征，遠行。這裡取「行」義。⓭造　到……去。⓮友廬　指朋友家。廬，本指簡陋的房屋。⓯光燈　室內照明用的燈火。⓰華幔　華麗的帷幕。⓱長舒　即張掛。⓲鸞觴　刻有鸞鳥的精美酒杯。⓳酌醴　即斟酒。醴，甜酒。⓴神鼎　神異的鼎。㉑絃　此指琴。㉒超　超過；勝過。㉓子野　春秋時晉國樂師師曠的字。他以善彈琴著名。㉔歎　唱歌。㉕綿駒　春秋時齊國人，善歌。㉖詠　吟詠。㉗太素　古代哲學術語。指形成天地的素質。㉘讚 頌揚。㉙玄虛 道家玄妙虛無的道理。㉚孰 誰。㉛克 能。㉜英賢 此指有傑出才德的人。㉝爾 你們。㉞剖符 古代門關出入的一種憑證叫節，也叫符。把它剖分為二，稱「剖符」，驗證時須二半合契。這裡以剖符比喻志趣相投。

【語譯】微風輕輕吹拂，雲霧四下飄散。明亮的月光，懸在高高的城角。約上好朋友，攜手同登馬車。好馬真神氣，轡繩一揮當即出發。在夜裡疾馳前進，來到我朋友的府上。明燈發出光輝，華麗帷幕正展開。精美杯子斟好酒，神異之鼎來燒魚。撫琴勝過晉國的師曠，唱歌賽過齊國的綿駒。歌詠形成天地之素質，頌揚道家玄妙虛無的道理。誰有傑出的才德，可與你們同志趣。

雜詩

【作者】傅玄（西元二一七～二七八年），字休奕，北地泥陽（今陝西耀縣東南）人。魏晉時著名的哲學家與文學家。仕魏晉兩代，歷官御史中丞、司隸校尉等職。他學問淵博，精通音樂，擅長詩文，其詩大多描寫兒女之情與婦女的痛苦。

【題解】此首抒發的是仁人志士壯志未酬的悲憤之情。詩中描繪了翔雁繁星、微月纖雲的夜空景象，字裡行間流露一種「恐美人之遲暮」的慨歎。

志士惜日短，愁人知夜長。攝衣❶步前庭❷，仰觀南雁翔。玄景❸隨形運❹，流響❺歸❻空房。清風何飄颻❼，微月❽出西方❾。繁星依❿青天，列宿⓫自成行⓬。蟬鳴高樹間，野鳥號東箱⓭。纖雲⓮時髣髴⓯，渥露⓰沾我裳。良時無停景⓱，北斗忽低昂⓲。常恐寒節⓳至，凝氣結為霜。落葉隨風摧⓴，一絕㉑如流光㉒。

【注釋】❶攝衣　提著衣衫的下擺。❷前庭　房屋前面的院子。❸玄景　黑影。指月光下的大雁的黑影。❹隨形運　隨著其身形而運動。❺流響　傳得較遠的雁叫聲。❻歸　入。❼飄颻　飄盪。❽微月　淡月。❾出西方　出現在西方。❿依靠；貼。⓫列宿　這裡指眾星。宿，列星。⓬成行　按其規律分布。⓭東箱　東廂；東面的廂房。⓮纖雲　輕雲。⓯髣髴　不分明；見不真切。⓰渥露　濃露。渥，濃厚。⓱無停景　即光陰不停留。⓲低昂　偏義複詞。指「低」。北斗回轉而低，即夜已深。⓳寒節　寒冷的季節。⓴摧　凋落。㉑一絕　一旦斷絕。㉒流光　指流逝的月光。

【語譯】志士惋惜時日短促，愁人感覺黑夜漫長。撩衣徘徊院中，仰望南飛的大雁。大雁黑影隨著身形而移動，叫聲悠長傳入我空房。清風在飄蕩，淡月正掛在西方。繁星點綴在青天，列宿自成行列。寒蟬在高樹叢鳴叫，野鳥在東廂房上哀號。輕雲若有若無，濃霜打溼我衣裳。大好時光不停留，北斗匆匆已經轉西方。常怕寒冷季節到，水氣凝結變成霜。落葉隨著寒風盡凋零，身命一旦斷絕就如流逝的月光。

雜詩

【作者】張華，見頁八五三。

【題解】此詩描寫冬季一個淒涼的不眠之夜，反映出作者對現實政治的焦慮心情。

晷度❶隨天運❷，四時❸互相承❹。東壁❺正昏中❻，固陰❼寒節升❽。繁霜❾降當夕❿，悲風中夜⓫興⓬。朱火⓭青無光，蘭膏⓮坐⓯自凝。重衾⓰無暖氣，挾纊⑰如懷冰⑱。伏枕⑲終遙昔⑳，寤言㉑莫予應㉒。永㉓思慮崇替㉔，慨然獨撫膺㉕。

【注釋】❶晷度　日規上面的刻度。晷，日規。古時一種測日影以定時刻的儀器。❷運　行；變化。❸四時　四季。❹承　承接；替換。❺東壁　星名。即壁宿。為玄武七宿之一，以其在營室之東，故叫東壁。❻正昏中　黃昏時位在正南方。❼固陰　陰氣凝結。❽升　進；至。❾繁霜　濃霜。❿當夕　當晚；今晚。⓫中夜　半夜。⓬興　起。⓭朱火　紅色的燭火。⓮蘭膏　用澤蘭煉成的油脂，用來點燈，有香氣。⓯坐　空；徒然。⓰重衾　厚的被子。⓱挾纊　披著綿衣。⓲懷冰　抱著冰。⓳伏枕　倚枕而眠。⓴遙昔　長夜。㉑寤言　躺在床上自言自語。㉒莫予應　沒有人應我。㉓永　長。㉔崇替　滅亡。指興衰。㉕撫膺　手按著胸口，表示感情激動時的動作。

【語譯】日晷刻度隨著時間而變化，四時節氣互相替代。東壁星黃昏時出現在正南方，陰氣凝結寒冷季節又到來。濃霜今晚降，寒風夜半吹。燈火黯淡無光，香脂自然凝結。厚厚被子沒有暖氣，披著綿衣猶如抱冰塊。輾轉枕上只覺長夜漫漫，在床上自言自語沒有人理會。心裡深深思考著興衰之理，撫胸長歎多感慨。

情詩 二首

【作者】張華，見頁八五三。

【題解】張華所作情詩傳世共五首，都寫夫婦別離後的思慕之情，辭藻華豔，故前人評他是兒女情多，風雲氣少。這首詩的特色是，不先點明思婦獨守空房之苦，而是先寫睡覺醒來的悽愴情景，似乎巧妙的省略了夢中曾相歡聚的一節，這就產生如中國畫「畫外有畫」的藝術效果。而第五、六句不僅把相思之情具體化，同時提供了理解全詩的重要線索，構思甚巧。

清風動帷簾

清風動帷簾❶，晨月照幽房❷。佳人❸處遐❹遠，蘭室❺無容光❻。襟懷❼擁❽靈景❾，輕衾❿覆空床。居歡⓫惜⓬夜促⓭，在慼⓮怨宵⓯長。拊⓰枕獨嘯歎⓱，感慨心內傷。

【注　釋】❶帷簾　簾幕。❷幽房　指女子的深閨。幽，僻靜。❸佳人　一般指美人、女友。張華五首情詩中夫婦都以佳人互稱。這裡指丈夫。❹遐　遠。❺蘭室　芬芳的居室。古人多用來指閨房。❻無容光　黯淡無光。❼襟懷　胸懷。❽擁　擁抱。❾靈景　空幻的影子。景，同「影」。❿輕衾　輕軟的被子。⓫居歡　在歡樂之時。⓬惜　原作「愒」，據五臣注本改。⓭促　短促。⓮在慼　在憂愁悲傷之時。⓯宵　夜。⓰拊　擊。⓱嘯歎　長歎。

【語　譯】輕風吹動窗簾，清晨的月光透入閨房。夫君身處千里外，芬芳的深閨黯淡無光。胸懷擁抱虛幻的影子，輕軟的被子蓋著空床。夫妻歡聚之時但惋惜夜太短，孤身憂傷之時只怨黑夜太長。輕擊枕頭長聲歎氣，感慨無限內心悲傷。

遊目四野外

【題　解】此詩寫男子在外對家中妻子的思念之情。開頭先點出夫妻久別而不能相會的焦慮心情，然後以採摘蘭蕙無人欣賞表達自己的思慕，再通過鳥蟲尚知季節天氣，說明未經離別之人不能瞭解自己此時此刻的痛苦。心理描寫極為細膩。

遊目❶四野外，逍遙❷獨延佇❸。蘭蕙❹緣❺清渠❻，繁華❼蔭❽綠渚❾。佳人❿不在茲⓫，取此⓬欲誰與⓭。巢居⓮知風寒，穴處⓯識陰雨。不曾遠別離，安知慕⓰儔侶⓱。

【注　釋】❶遊目　眼睛向四處觀望。❷逍遙　自在地。❸延佇　久立。❹蘭蕙　兩種香草名。❺緣　沿。❻渠　水溝；河道。❼繁華　指眾多的蘭蕙花。❽蔭　覆蔭。❾渚　水中小塊陸地。❿佳人　美人。此指妻子。⓫茲　此。⓬此　指蘭蕙。⓭欲誰與　即「欲與誰」。準備送給誰。⓮巢居　指鳥類。⓯穴處　指蟲類。⓰慕　思慕。⓱儔侶　伴侶。

【語　譯】目光投向四周曠野外，自由自在獨自長久地佇立。蘭蕙沿著清清河道生長，繁花覆蓋著綠洲。可惜妻子不在此，採它還能送給誰。鳥兒住在巢上最能感受北風寒冷，蟲類居於土中更能領略陰雨潮溼。未曾經過別離苦的人，怎能體會思念伴侶的心情。

園葵詩

【作　者】陸機，見頁七〇五。

【題　解】此詩當作於西晉惠帝永寧元年（西元三〇一年）。惠帝元康年間，趙王司馬倫入京，掌握軍政大權，殺掉當時掌管朝政的皇后賈氏，又廢惠帝自立。齊王司馬冏與成都王司馬穎等各起兵討伐司馬倫，司馬倫戰敗被殺。其時司馬冏以陸機曾為司馬倫作即帝位之禪文，將殺之。幸被司馬穎所救。從此陸機依附司馬穎。為感謝司馬穎的救命之恩，他就以向陽葵花為喻，寫此詩報答司馬穎。文字優美而清新可喜。

種葵北園中，葵生鬱萋萋❶。朝榮❷東北❸傾，夕穎❹西南晞❺。零露❻垂❼鮮澤，朗月❽耀其輝。時逝❾柔風❿戢⓫，歲暮商猋⓬飛。曾雲⓭無溫液⓮，嚴霜⓯有凝威⓰。幸蒙高墉⓱德，玄景⓲蔭⓳素蕤⓴。豐條㉑並春盛，落葉後秋衰㉒。慶㉓彼㉔晚凋福㉕，忘此孤生㉖悲。

【注　釋】❶鬱萋萋　茂盛的樣子。❷榮　花。❸東北　偏義複詞。偏指「東」。下句「西南」詞例同此，偏指「西」。❹穎　果實外的苞葉。這裡指花。❺晞　照曬。指花對著夕陽。❻零露　露水下落。❼垂　掛；落。❽朗月　明朗的月亮。❾時逝　時光流逝。❿柔風　春風。⓫戢　止息。⓬商猋　即秋風。猋，通「飆」。⓭曾雲　即層雲。厚厚的雲層。⓮溫液　溫潤的雨水。⓯嚴霜　濃霜。⓰凝威　寒凍的威力。⓱墉　垣牆。⓲玄景　黑影。指高牆之陰影。⓳蔭　遮蔽。⓴素蕤　白花。㉑豐條　豐滿的枝幹。㉒後秋衰　後於秋時而衰。指晚凋。㉓慶　慶幸。㉔彼　那。指葵花。㉕晚凋福　季節較晚才凋零的福氣。㉖孤生　單獨生長。

【語　譯】種葵在北園中，葵花長得枝葉繁茂。清晨花朝東方傾斜，傍晚花回轉向西對著夕陽。早上承受清新的露水，晚上又沐明月光。季節一過，春風漸漸止息，年底寒風又發狂。厚雲不下溫潤的雨，濃霜一降，寒威逼人。幸虧承蒙高牆的恩德，黑色牆影遮蔽著白色花朵。豐滿的枝條隨著春來而茂盛，落葉過了秋天才變枯黃。慶幸葵花有此晚謝之福分，可以忘卻孤獨生長之悲涼。

思友人詩

【作　者】曹攄，字顏遠，魏晉時譙（今安徽亳縣）人。少有孝行，好學，善詩文，曾補臨淄（在今山東）縣令，為官清正，一縣都稱「聖君」。齊王司馬冏輔政時為記室。勸冏居安思危，冏不聽。惠帝末為襄城（在今河南）太守，後與入寇者王逌作戰，兵敗而死。

【題　解】作者與哲學家歐陽建是好友，此詩即為懷念歐陽建之作。

密雲翳❶陽景❷，霖潦❸淹庭除❹。嚴霜凋翠草，寒風振❺纖枯❻。凜凜❼天氣清，落落❽卉❾木疏。感時歌〈蟋蟀〉❿，思賢詠〈白駒〉⓫。情隨玄陰⓬滯⓭，心與迴飆俱⓮。思心⓯何所懷⓰，懷我歐陽子⓱。精義⓲測⓳神奧⓴，清機㉑發㉒妙理㉓。自我別旬朔㉔，微言㉕絕於耳㉖。褰裳㉗不足難㉘，清陽㉙未可俟㉚。延首㉛出階檐，佇立㉜增想似㉝。

【注　釋】❶翳　遮蔽。❷陽景　陽光。❸霖潦　久下不停的雨水。❹庭除　庭院。❺振　吹動。❻纖枯　纖細的枯草。❼凜凜　寒冷的樣子。❽落落　稀疏零落。❾卉　草。❿蟋蟀　《詩經》篇名。這是一首歲暮抒懷的詩。⓫白駒　《詩經》篇名。這是一首懷思賢人的詩。⓬玄陰　冬月。⓭滯　不暢。⓮心與迴飆俱　心裡希望隨著風一起飛去見友人。迴飆，旋風。俱，一起。⓯思心　有所思念的心。⓰懷　想念。⓱歐陽子　即歐陽建。子，放在姓氏之下，表示對人的尊稱。⓲精義　精深的理論。⓳測　估計；瞭解。⓴神奧　神奇奧妙的自然之理。㉑清機　清妙的天資。㉒發　揭露。㉓妙理　神妙的自然之理。㉔旬朔　十日或一月。旬，十日。朔，月初叫朔。㉕微言　涵義深遠精微的言辭。㉖絕於耳　猶言聽不到了。㉗褰裳　語出《詩經・褰裳》：「子惠思我，褰裳涉溱。」意思是你想我，我就提起褲腿渡溱水過來。㉘不足難　不是難事。㉙清陽　眉目清秀。這裡指歐陽的面容。㉚俟　等待。㉛延首　引領。即伸長脖子。㉜佇立　久立。㉝增想似　謂思念之情增加。《莊子・徐无鬼》：「夫越之流人，去國數日，見其所知而喜；去國旬月，見所嘗見於國中者喜；及期年也，見似人者而喜矣。不亦去人滋久，思人滋深乎？」

【語　譯】厚雲遮住太陽光，大雨日久，積水淹沒了庭除。濃霜凋落青草，寒風吹拂，細草漸枯。嚴寒天氣多清冷，草木零落日見稀疏。感歎時節遷改唱起〈蟋蟀〉詩，思念賢友吟詠〈白駒〉篇。心情隨著冬日來到而鬱悶，我心已隨旋風飛去朋友那邊。思念之心是為誰，懷念的是我朋友歐陽建。理論精深可測自然之道理，天資清妙能把自然之理來顯現。自從別你十天半個月，精微語言已絕於耳邊。提起衣裳渡水去看你是易事，只恐等著見你一面卻很困難。走到屋簷外臺階上引領盼望，久久站立更加思念你的容顏。

感舊詩

【作　者】曹攄，見頁一三八六。

【題　解】這是一首感歎世態炎涼之詩，詩一開頭就點出富貴則他人親近、貧賤連親戚也疏遠的人情冷暖現象。並通過知書達理之人以至自然界的鳥類皆有此品行，指出這已形成一種風氣。但在這故舊相輕人情相逐的環境中，竟也有純樸厚道的鄉親，這就顯然隱含著對現實政治與社會道德衰敗的憤慨。

富貴他人合❶，貧賤親戚離❷。廉藺門易軌❸，田竇❹相奪移❺。晨風❻集茂林，棲鳥去枯枝。今我唯困蒙❼，郡士❽所背馳❾。鄉人敦❿懿⓫義⓬，濟濟⓭蔭⓮光儀⓯。對賓頌⓰〈有客〉⓱，舉觴⓲詠露斯⓳。臨樂⓴何所歎，素絲與路歧㉑。

【注　釋】❶富貴他人合　是說當一個人富貴之時，不相干的人也都來與交往親近。合，相合；相交。❷離　疏離；疏遠。❸廉藺門易軌　廉藺，廉頗與藺相如。廉頗是戰國時趙國名將，藺相如是大臣。廉頗對藺相如有誤會，藺相如為顧全大局，不願與廉頗起衝突，常躲著廉頗走。門人見他怕廉頗，都想離他而去。軌，路。❹田竇　田蚡與竇嬰。皆西漢時大臣。二人曾被免職家居，但田蚡因是王太后的同母弟，受到親幸，勢利者多遠離竇嬰而與田蚡親近。❺奪移　因勢利相奪而人情變化。❻晨風　鳥名。❼困蒙　猶言被生活所困。蒙，陰暗。此指日子過得不順暢。❽郡士　指本有交往的同鄉里的讀書人。❾背馳　背離而走開。❿敦　重視。⓫懿　美；好。⓬義　情誼。⓭濟濟　眾多的樣子。⓮蔭　蔭庇。⓯光儀　光采與儀表。⓰頌　吟唱。⓱有客　《詩經．周頌》篇名。內容描寫以禮熱情待客。⓲舉觴　舉起酒杯。⓳露斯　《詩經．小雅．湛露》有「湛湛露斯」句。其中有勸酒的內容。⓴臨樂　面對奏樂。㉑素絲與路歧　素絲，練絲；未染的絲。《淮南子》中說，墨子見練絲而哭，因為可以染成黃色，也可以染成黑色。路歧，大路有分叉。楊朱見分岔路而哭，因為可向南走也可向北走。

【語　譯】當一個人富貴時，便是不相干的人也會來跟他交往；當他貧賤時，即使親戚也與他疏遠分離。相如躲避廉頗，門人因覺羞恥想要離去，田蚡竇嬰相爭，勢利的人紛紛轉移。晨風鳥兒聚集在茂密的林中，築巢的鳥離開枯枝而別棲。今天只因我的境遇不順，同郡文友都棄我而去，幸賴鄉親們重視情義，紛紛賜臨我家。對著客人吟誦熱情待客的〈有客〉詩，舉杯吟唱勸酒的「湛湛露斯」詩句。面對樂曲為何又歎氣，只因白絲可黃可黑，岔路可南可北，人情變化太勢利。

雜詩

【作　者】何劭，見頁九六六。

【題　解】此詩唐李善注云「贈答」，不知何據。何劭，字敬祖，是西晉大臣何曾之子。何曾生活奢侈，日食萬錢，敬祖更倍之，西晉整個士族階層生活本十分腐化，何氏父子的作風實也不足怪。而敬祖博學通古今，還是個較有思想的人。所以他與士族階級一味追求享樂，不敢正視社會現實的情況有所區別，對崇尚老莊超然物外的思想以期苟且偷安的時風也不完全贊同，從此詩中便可體會到這一點。

秋風乘❶夕起，明月照高樹。閒房❷來清氣❸，廣庭發暉素❹。靜寂愴然歎，惆悵出遊顧❺。仰視垣❻上草，俯察❼階下露。心虛❽體自輕❾，飄颻❿若仙步⓫。瞻⓬彼陵上柏，想與神人⓭遇。道深⓮難可期⓯，精微⓰非所慕⓱。勤⓲思終遙⓳夕，永言⓴寫㉑情慮㉒。

【注　釋】❶乘　趁著。❷閒房　空曠的房子。❸清氣　微風。❹暉素　潔白的月色。❺顧　看；望。❻垣　矮牆。泛指牆。❼察　仔細看。泛指看。❽心虛　心裡超脫，無俗事牽累。❾體自輕　身體因無心理負擔而覺得輕鬆。❿飄颻　飄動。此指隨意漫步。⓫若仙步　如仙人的腳步。⓬瞻　往前看。⓭神人　即神仙。能長生不老。⓮道深　成仙之道極為深妙。⓯期　期望。⓰精微　細密微妙的道理。指長生成仙之道。⓱非所慕　不是我所敢羨慕的。⓲勤　辛苦。⓳遙　長。⓴永言　即詠言。指詩。㉑寫　傾瀉；抒發。㉒情慮　心情。

【語　譯】秋風趁著夜半而刮起，明月照在高樹間。空曠房子吹來徐徐輕風，潔白月光灑在廣大的庭院。夜晚靜謐寂寞，不覺悲涼長歎，心中惆悵出門四顧。仰看牆上的草，俯看臺階下的露水。內心超脫身體自覺輕鬆，身子飄飄猶如仙人之腳步。看那墓上青青的柏樹，真想和那神仙相遇。神仙之道高深玄妙難以期望，精密微妙之理我並不羨慕。苦苦思索整整一長夜，寫下這首詩抒發我的情意。

雜　詩

【作　者】王讚，字正長，晉代義陽（在今河南）人。學問淵博，有過人的才智，曾為司空屬官，歷任散騎侍郎。

【題解】這是一首戍邊將士思鄉之詩。國遭喪亂，連年戰事，使從軍者生活不安寧，自然產生厭戰的心理。鳥本是無情之物，尚思故林，人有感情，自然更想念家鄉。

朔風❶動秋草，邊馬❷有歸心。胡❸寧❹久分析❺，靡靡❻忽至今。王事❼離我志❽，殊隔❾過❿商參⓫。昔往⓬鶬鶊鳴⓭，今來蟋蟀吟⓮。人情⓯懷舊鄉，客鳥⓰思故林。師涓⓱久不奏，誰能宣⓲我心。

【注釋】❶朔風　北風。❷邊馬　邊地的戰馬。❸胡　何；怎麼。❹寧　忍。❺析　分離。❻靡靡　緩慢漸進的樣子。❼王事　國家大事。這裡指戰事。❽離我志　與我的心願有別。❾殊隔　在此二字同義。指與家鄉隔絕。❿過　勝過。⓫商參　二星名。不同時出現於天空，比喻相隔遙遠不能見面。⓬昔往　指從軍時。⓭鶬鶊鳴　鶬鶊，即黃鶯。又叫黃鸝，是春鳥。鶬鶊鳴點明出征的時間。⓮蟋蟀吟　蟋蟀是秋蟲。蟋蟀吟，點明已到了秋天之時。⓯人情　人之常情。⓰客鳥　飛離常棲之所的鳥。⓱師涓　商紂王時著名的樂師。⓲宣　發泄。

【語譯】北風吹動著秋草，邊地戰馬已有歸鄉心。怎能忍心長久分離，歲月悠悠忽然已到如今。效力王事與我心願相違，和那家鄉遠隔超過商星與參星。當初出征正值春日黃鶯叫，今日蟋蟀避寒屋中悲吟。人之常情總是思念故鄉，遠行之鳥想的是那舊棲的樹林。師涓已很久不彈琴，誰能為我發抒思鄉之情。

雜詩

【作者】棗據，字道彥，西晉潁川（在今河南許昌東北）人。容貌俊美，擅文辭。弱冠之年即被徵大將軍府，曾為山陽（在今河南）縣令，有政績。後為尚書郎。西晉伐孫吳時，晉大臣賈充任伐吳都督，聘他為從事中郎。

【題　解】這首詩反映作者隨軍伐孫吳的情況。當作於晉武帝咸寧五年（西元二七九年）左右。此詩不從正面描寫戰爭，而是從個人的角度，先講如何被徵召，然後通過征途中所遇的惡劣的自然環境，從側面描寫戰爭的殘酷，最後雖然說了一番男兒志在四方勇赴國難的道理，但全詩流露的卻是對戰爭的反感。

吳寇❶未殄❷滅，亂象❸侵邊疆。天子命上宰❹，作蕃❺於漢陽❻。開國❼建❽元士❾，玉帛聘❿賢良。予⓫非荊山璞⓬，謬⓭登和氏⓮場⓯。羊質復虎文，燕翼假鳳翔⓰。既懼非所任⓱，怨⓲彼南路長⓳。千里既悠邈⓴，路次㉑限㉒關梁㉓。僕夫㉔罷㉕遠涉，車馬困山岡㉖。深谷下無底，高巖㉗暨㉘穹蒼㉙。豐㉚草停㉛滋潤㉜，霧露沾衣裳。玄林㉝結㉞陰氣㉟，不風㊱自寒涼。顧瞻㊲情感切㊳，惻愴㊴心哀傷。士㊵生則懸弧㊶，有事在四方㊷。安得恆逍遙㊸，端坐㊹守閨房。引義㊺割外情㊻，內感㊼實難忘。

【注　釋】❶吳寇　指孫吳。❷殄　滅絕。❸亂象　紛擾不安的徵象。❹上宰　宰相。指大臣賈充。❺蕃　通「藩」。籬笆。引申為屏障，這裡指防線。❻漢陽　漢水之北。這裡指征戰地點，當時應屬吳國地盤。陽，水北為陽。❼開國　創建國家。這裡指開拓疆域。❽建　設置。這裡指重用。❾元士　古代藩國之官。此指賈充軍中官吏。❿聘　招請；聘請。聘賢良用玉帛是重禮。⓫予　我。⓬荊山璞　楚國山中的玉璞。剖璞得到價值連城的和氏璧。荊，楚之別稱。⓭謬　錯誤。是自謙之語。指賈充重用自己是看錯了人。⓮和氏　指和氏璧。即前面的荊山璞。⓯場　與上文「登」字合用，等於說爬上什麼地位。即得到重用。⑯羊質復虎文二句　都謙稱自己名不副實。復，覆。這裡指披。羊質虎皮，成語，典出揚雄《法言・吾子》。這裡指表面看來有才能，其實並無實際本事。虎文，虎紋。指虎皮。燕翼假鳳翔，是說小小燕子藉著鳳凰的翅膀而高飛。假，借。鳳，鳥中之王。⑰非所任　不是自己所能勝任。⑱怨　嗟歎。⑲南路長　南征之道路遙遠。⑳悠邈　遠。㉑路次　路，行軍之途。次，軍隊宿營。㉒限　阻隔。㉓關梁　關，關隘。梁，橋。㉔僕夫　駕馭車馬者。㉕罷　通「疲」。疲勞。㉖困山岡　被山的險阻所困。㉗高巖　高峻的山崖。㉘暨　及；到。㉙穹蒼　天。㉚豐　茂盛。㉛停　留。這裡指黏著。㉜滋潤　指露水。㉝玄林　林深而暗故曰玄林。玄，黑。㉞結　聚。㉟陰氣　陰冷的空氣。㊱不風　不刮風。㊲顧瞻　四下看看。㊳感切　悲傷。㊴惻愴　悲傷。㊵士　男子。㊶懸弧　懸弓。古代男孩出生，則在門前懸掛上弓，表示長大後可成打獵殺敵的英雄漢。㊷有事在四方　男兒志在四方，本該到外面建立功業。在四方，即志在四方。㊸逍遙　遊蕩。㊹端坐　猶言端居。即無事而家居。㊺引義　引，用。義，道義。㊻割外情　把情感置之身外。割，割斷；放棄。㊼內感　內心的親人之情。

【語　譯】東吳未滅絕，時時侵擾我國邊疆。天子命令宰相，修築防線在漢陽。建立戎帳需任用官員，玉帛重禮聘請賢良之士。我非楚國山中和氏璧，卻蒙謬當和氏之璧對待。羊質披著虎皮，愧無真才，燕子的翅膀卻假借鳳凰的力量而高翔。既然擔心不是己力所能勝任，只歎南征路途太長。千里之途真遙遠，行軍路上卻是關山阻斷過河無橋梁。車夫疲於遠途之跋涉，戰車戰馬被山岡困頓。峽谷深深不見底，高峻山崖直聳到天上。百草豐茂沾上露水盡溼潤，霧氣露水侵透了衣裳。茂密幽暗的樹林聚滿陰冷的空氣，雖是無風卻已感到刺骨涼。四下觀望心情真哀切，鬱鬱不樂心中太悲傷。男子生時門掛弓箭該當英雄漢，理應立功立業在四方。怎能老是到處閒蕩，無事家居守著閨房。秉持道義斬斷情感的牽絆，然而內心深處親情實在不能忘。

雜詩

【作　者】左思，見頁九三五。

【題　解】此詩作於左思晚年之時。李善注說，當時西晉大臣賈充召他當記室，他因年老未應召，因感歎年老而作此詩。案：賈充死時，太沖剛三十出頭，不能言老，賈充或為齊王司馬冏之誤。

秋風何洌洌❶，白露為朝霜。柔條❷旦夕❸勁❹，綠葉日夜黃。明月出雲崖❺，皦皦❻流❼素光❽。披軒❾臨❿前庭⓫，嗷嗷⓬晨雁翔。高志⓭局⓮四海，塊然⓯守空堂。壯齒⓰不恆居⓱，歲暮⓲常慨慷⓳。

【注釋】❶洌洌　寒冷的樣子。❷柔條　柔弱的枝條。❸旦夕　同下句「日夜」。指一天天地。❹勁　強勁。❺雲崖　雲邊。❻皦皦　明亮的樣子。❼流　瀉。❽素光　潔白的光亮。❾披軒　開門。披，分開。❿臨　到。⓫前庭　屋前院子。⓬嗷嗷　大雁的叫聲。⓭高志　高遠的志向。⓮局　限制。⓯塊然　孤獨的樣子。⓰壯齒　指年輕力壯之時。齒，年齒；年歲。⓱不恆居　不常駐。⓲歲暮　暮年。⓳慨慷　因年老壯志未酬而悲歎。

【語譯】秋風是那麼寒冷，露水清晨已經結成霜。柔弱枝條一天天地更加勁健，嫩綠葉子日夜見枯黃。明月出現在雲邊，流瀉著皎潔的光輝。開門來到前面的庭院，清晨大雁在天空飛過發出嗷嗷的叫聲。高遠志向受限於四海之內，獨自守著空房。年輕力壯之時不常在，到了暮年卻常慷慨而悲涼。

雜詩

【作者】張翰，字季鷹，吳（今江蘇吳縣）人。西晉文學家。西晉末年八王之亂中，齊王司馬冏等殺了趙王司馬倫，使晉惠帝復位，由司馬冏專權輔政，季鷹被任命為大司馬東曹掾。季鷹為文清新優美，政治上頭腦也很清醒。他深知王室兄弟殘殺，司馬冏也必敗無疑，自然還會殃及池魚。因秋風之興，想起故鄉的菰菜、鱸魚膾，就辭官歸故里。卒年五十七。

【題　解】這首詩作於作者歸里之後，詩中一方面表示不貪暫時的榮華富貴而辭官，一方面又通過貧居鄉里的生活隱隱發出壯志未酬的慨歎。

暮春和氣❶應❷，白日照園林。青條❸若摠翠❹，黃華❺如散金❻。嘉卉❼亮❽有觀❾，顧❿此難久耽⓫。延頸⓬無良途⓭，頓足⓮託⓯幽深⓰。榮與壯⓱俱去⓲，賤⓳與老相尋⓴。歡樂不照顏㉑，慘愴㉒發㉓謳吟㉔。謳吟何嗟及㉕，古人㉖可慰心㉗。

【注　釋】❶和氣　和暖的風。❷應　相適應。❸青條　青青的枝幹。❹摠翠　即集翠。聚集翡翠之鳥。❺黃華　黃花；菜花。❻散金　散落在地上的黃金。❼嘉卉　指美好的花草。❽亮　通「諒」。誠然。❾有觀　有可值得欣賞之處。❿顧　念。⓫耽　沈溺。此指長久的欣賞。⓬延頸　伸長脖子。即眺望。⓭良途　好的前途。⓮頓足　停下腳步。⓯託　託身；寄住。⓰幽深　幽深之居。即遠離官場的地方。⓱榮與壯　指過去為官的榮耀與年富力強的身體狀況。⓲去　離去。⓳賤　地位低下。⓴相尋　意即來找我了。㉑歡樂不照顏　歡樂的神色不再在我的臉色上反映出來。㉒慘愴　淒慘；悲傷。㉓發　指唱出。㉔謳吟　歌吟。㉕謳吟何嗟及　承接上句，說貧賤是自然之理，哪裡是歌吟與歎息能追及的。嗟，歎息。及，到。㉖古人　君子固窮，古人中有不少甘於貧賤者。㉗慰心　安慰我這悲苦之心。

【語　譯】暮春暖風輕輕吹，太陽普照著園林。青青枝幹好比聚集翠鳥，菜花猶如散落著黃金。美好花草足以供觀賞，只是顧念不能長久有此景。抬頭四顧沒有好前途，停下腳步託身於幽林。為官榮耀年富力強兩者都已離我去，貧賤老朽而今來尋找。歡樂之色不再反映我臉上，淒淒慘慘只把悲歌吟。悲歌怎能追回昔日的榮光，古人安貧樂道可以安慰我的心。

雜詩 十首

【作　者】張協，見頁九四三。

【題　解】這十首雜詩不是一時所作，也無統一內容，或思夫，或懷友，或歎時光易逝，壯志未酬；或抒征途所見，或寫田居生活。語言清新，風格明快，是張協的代表作品。張協，字景陽，其介紹參見卷二〇有關題解。

秋夜涼風起

秋夜涼風起，清氣蕩暄濁❶。蜻蛚❷吟階下，飛蛾拂明燭。君子❸從❹遠役❺，佳人❻守煢獨❼。離居❽幾何時❾，鑽燧❿忽改木⓫。房櫳⓬無行跡⓭，庭草萋⓮以綠。青苔依⓯空牆，蜘蛛網四屋。感物⓰多所懷⓱，沈憂⓲結⓳心曲⓴。

【章　旨】這首詩寫閨中女子思念丈夫的心情。首先通過只有在燈下獨守時才能感覺到的情景，襯托詩中女主角思夫之情，再通過自然界各種景物的變化，更深入一層地抒發女主角對丈夫的深切思念。

【注　釋】❶蕩暄濁　即吹去悶熱渾濁之暑氣。蕩，滌蕩。暄，溫暖。❷蜻蛚　蟋蟀的一種。❸君子　指丈夫。❹從　從事。❺遠役　遠行服役。❻佳人　指妻子。❼煢獨　孤獨。❽離居　離別而居。❾幾何時　多少時候。❿鑽燧　鑽木取火。⓫改木　指鑽火之木已隨節氣變化而改換。古時季節不同，取火之木也不同。⓬房櫳　房舍。⓭無行跡　無丈夫行走的足跡。⓮萋　草茂盛。⓯依　依附。這裡指長在牆上。⓰感物　有感於物。物，指以上所述之景物。⓱懷　傷懷。⓲沈憂　深沈的憂思。⓳結　鬱結。⓴心曲　內心深處。

【語　譯】秋來夜晚起涼風，渾濁暑氣一掃空。蟋蟀哀鳴臺階下，飛蛾撲火明燭上。自從丈夫去遠征，妻子孤苦守空房。離別不知已多久，鑽火之木早改換。房中不見他蹤跡，庭前草木又青蒼。青苔長滿了牆壁，蜘蛛四處來結網。觸景生情多感慨，內心深處正悲傷。

大火流坤維

大火❶流坤維❷，白日馳西陸❸。浮陽❹映翠林，迴飆❺扇❻綠竹。飛雨灑朝蘭，輕露棲叢菊。龍蟄❼暄氣❽凝❾，天高萬物肅❿。弱條⓫不重結⓬，芳蕤⓭豈再馥⓮。人生瀛海內，忽如鳥過目。川上之歎逝⓯，前脩⓰以自勗⓱。

【章　旨】此詩通過自然景物與四時的迅速變換，慨歎時光易逝，人生難再。最後引用孔子之語，點出及早修身立德、建功立業的題旨。文字簡練，語言清新。

【注　釋】❶大火　星名。即心宿。❷坤維　古代天文名詞。指西南方。心宿轉西南，表示入秋。❸西陸　古天文名詞。日行西陸，是為秋天。❹浮陽　指日光。❺迴飆　旋風。❻扇　吹動。❼龍蟄　指蟲類入土冬眠。這裡指天氣轉涼。《易・繫辭下》曰：「龍蛇之蟄，以存身也。」❽暄氣　暖氣。❾凝　凝結。❿肅　肅殺。⓫弱條　柔軟的枝條。⓬不重結　指不能像春天時那樣柔軟可打結。重，再。⓭芳蕤　即芳草。⓮馥　香氣。⓯川上之歎逝　用孔子的典故。孔子曾站在川上歎息說：「逝者如斯夫。」意思是說逝去的時光就像這水流啊。⓰前脩　先哲。這裡指孔子。脩，同「修」。⓱勗　勉勵。

【語　譯】心宿已經轉向西南方，太陽移向西陸，時序已經進入秋天。日光映照青蔥的樹林，旋風吹動著翠竹。大雨飛灑著清晨的蘭草，露水輕輕停息在菊叢之上。蟲類入土冬眠，暖氣已凝結成為霜露，天高氣清，萬物衰萎。柔軟枝條不像春天時纖柔可打結，芳草怎能再芳香。人活在瀛海之內，快速得像鳥兒從眼前飛過一樣。孔子在川上悲歎時光像流水，姑且以前代聖賢之語來自勉。

金風扇素節

金風①扇素節②，丹霞③啟④陰期⑤。騰雲⑥似湧煙⑦，密雨如散絲⑧。寒花⑨發⑩黃采⑪，秋草⑫含綠滋⑬。閒居玩⑭萬物，離群⑮戀⑯所思⑰。案⑱無蕭氏牘⑲，庭無貢公⑳綦㉑。高尚㉒遺㉓王侯㉔，道積㉕自成基㉖。至人㉗不嬰物㉘，餘風㉙足㉚染時㉛。

【章　旨】這是懷念舊日友人的詩。詩中不是以淒涼的景色襯托離愁別恨，而是以秋日的良辰美景，反襯出他對友人的思念之深，這是本詩特別的地方。最後幾句贊揚友人高尚的節操，正為作者對友人的深切思念作了最好的注腳。

【注　釋】①金風　秋風。②素節　秋天的節氣。素，白色。秋屬白，故云素氣。③丹霞　紅霞。④啟　開。⑤陰期　陰暗的氣候。⑥騰雲　騰升的雲。⑦湧煙　翻湧的濃煙。⑧散絲　紛散的絲。⑨寒花　指菊花。⑩發　放。⑪黃采　黃色的光采。⑫秋草　指蘭草。⑬綠滋　嫩綠的水分。⑭玩　欣賞。⑮離群　與原來那班朋友分離。⑯戀　思慕。⑰所思　所思的朋友。⑱案　書桌。⑲無蕭氏牘　比喻與朋友長久未通消息了。蕭氏，即蕭育。漢代人，以與朱博的友誼聞名於世。牘，古代寫字用的木板。這裡指書信。⑳貢公　即貢禹。漢代人，他與王吉交往極深而為世人稱道。㉑綦　足跡。㉒高尚　高尚之士。㉓遺　棄。這裡指離開。㉔王侯　這裡指那些達宦中的小人。㉕道積　指品德方面的不斷修養。㉖基　指立身處世的根本。㉗至人　思想道德等達到最高境界的人。㉘不嬰物　指不為世俗之事所困擾。即不會與世俗爭高低得失。嬰，糾纏。物，世俗之事。㉙餘風　流風。指他們所流布傳播的良好風尚習慣。㉚足　足夠。㉛染時　影響時風。

【語　譯】秋風吹動，清秋節氣已來臨，紅霞開啟陰沉的天氣。騰升的雲霧恰似翻湧的濃煙，細密的秋雨猶如分散的絲縷。菊花放出黃色的光采，秋日蘭花飽含嫩綠的水分。閒居無事欣賞自然之萬物，離群獨居更思念那班朋友們。桌上未見漢代蕭育那樣友情的信，院中也無漢代貢禹那樣重情誼者的足跡。為人高尚遠離達官貴人，加強修養品德自可成為立身處世的根本。聖賢之人不為世俗之事所困擾，流風足以影響當世之人。

朝霞迎白日

朝霞迎白日，丹氣❶臨湯谷❷。翳翳❸結繁雲❹，森森❺散雨足❻。輕風摧❼勁草❽，凝霜竦高木❾。密葉日夜疏，叢林森如束❿。疇昔⓫歎時遲⓬，晚節⓭悲年促⓮。歲暮⓯懷百憂⓰，將從季主⓱卜⓲。

【章旨】這是一首歎老傷時之作。開始八句通過鋪敘自然景色，製造氣氛，烘托出詩人內心的情懷。接著感歎時光易逝而壯志未酬，寫出了他晚年生活空虛，沒有出路的苦悶。最後百思無計，想要從人問卜，更增添了幾分悲涼與無奈。

【注釋】❶丹氣　指紅色的朝霞。❷湯谷　古代神話中日出的地方。❸翳翳　陰暗不明的樣子。❹結繁雲　眾雲集結。❺森森　繁密的樣子。❻雨足　雨點。❼摧　摧折。❽勁草　勁挺的草。❾凝霜竦高木　經霜凍，枝葉零落，使樹顯得更高。竦，通「聳」。高聳。❿叢林森如束　指光禿禿的枝條上指，就如一綑綑薪柴。森，此指枝條眾多的樣子。束，綑束。這裡指綑束的薪柴。⓫疇昔　從前。⓬歎時遲　感歎時光過得慢。⓭晚節　晚年之時。⓮悲年促　悲傷歲月過得太快。⓯歲暮　年尾。⓰懷百憂　百憂交集。⓱季主　即司馬季主。漢初長安城有名的占卜者。⓲卜　占卜。

【語譯】朝霞迎接著太陽，霞光灑滿湯谷。天色陰暗眾雲聚集，雨點飄散綿綿密密。清風摧折勁挺的野草，白霜凝結顯得樹木更覺高矗。濃密樹葉日夜稀疏，叢林密條如一綑綑的柴薪。過去只歎時光過得慢，晚年卻悲傷歲月太短。值此年尾，心懷百般憂愁，想要前往求司馬季主為我占卜。

昔我資章甫

昔我資章甫，聊以適諸越。行行入幽荒，歐駱從祝髮。窮年非所用，此貨將安設❶。瓴甋❷夸❸璵璠❹，魚目笑明月❺。不見郢中歌，能否居然別。〈陽春〉無和者，〈巴人〉皆下節❻。流俗❼多昏迷❽，此理❾誰能察❿。

【章　旨】此詩借用《莊子．逍遙遊》中的故事，傾訴了自己懷才不遇的哀傷，並有力地抨擊了良莠不分、黑白顛倒的庸俗社會與黑暗政治。

【注　釋】❶昔我資章甫六句　借喻才德不為社會重視。資，錢財。這裡指置辦，用以做生意。章甫，冠名。泛指帽子。但因是一種「禮」帽，故有寓意。聊，且。以，用它。適，去到。越，指浙江東南一帶古越國之地。行行，猶言行了又行。形容跋山涉水，路途艱辛。幽荒，不開化、蠻荒的地方。即指上文中的越。歐駱，當為甌駱。即東甌。漢時東甌國王姓騶，故稱甌駱。在今浙江南部甌江之域。祝髮，斷髮。即剃光頭。窮年，終年；一年到頭。非所用，沒有用它的機會。安設，如何安置。《莊子．逍遙遊》有個寓言：宋國人拿章甫到越國去賣，越人斷髮紋身，無所用之。❷瓴甋　磚。❸夸　同「誇」。誇口。❹璵璠　春秋時魯國的寶玉。❺明月　寶珠名。❻不見郢中歌四句　典出宋玉〈對楚王問〉。郢，指楚國郢都。郢中歌，指下文的〈陽春〉、〈巴人〉。居然，確然；明確地。別，區別。陽春，古樂曲名。是高妙的歌曲。和，跟著一起唱。巴人，古樂曲名。是通俗的歌曲。下節，打著節拍相和。❼流俗　世俗之人。❽昏迷　昏惑迷亂。❾理　指高下優劣的道理。❿察　瞭解。

【語　譯】以前我曾買帽子，把它拿到浙江東南越地去賣。跋山涉水，進入蠻荒之地，誰知東甌人習慣將頭頂剃得光禿禿。他們一年到頭也不用帽子，這批貨物在這裡有何用處。磚頭向著寶玉來誇口，魚目偏要笑那明月珠。不曾見過郢都的歌嗎！誰能明確分出精與粗。〈陽春〉之曲沒有相和者，〈巴人〉之曲卻都打著拍子相應和。世俗之人大多昏惑而迷亂，優劣高下的道理又有誰清楚。

朝登魯陽關

朝登魯陽關❶，狹路❷峭❸且深。流澗❹萬餘丈，圍木❺數千尋❻。咆❼虎響窮山❽，鳴鶴聒❾空林。淒風❿為我⓫嘯⓬，百籟⓭坐⓮自吟。感物⓯多思情⓰，在險⓱易常心⓲。揭來⓳戒不虞⓴，挺㉑轡㉒越飛岑㉓。王陽㉔驅㉕九折㉖，周文㉗走岑崟㉘。經阻㉙貴勿遲㉚，此理㉛著㉜來今。

【章　旨】此詩通過攀登魯陽關所經歷的險阻，感歎世事多艱。勸戒自己要小心戒備。

【注　釋】❶魯陽關　古荊州境內的關隘名。❷狹路　狹窄的山路。❸峭　陡峭。❹流澗　飛湍的澗流。❺圍木　合抱的樹木。❻尋　古長度單位，八尺為一尋。❼咆　咆哮；怒吼。❽窮山　寂靜的空山。❾聒　聒噪；喧鬧。❿淒風　陰冷的山風。⓫為我　指對著我。⓬嘯　呼嘯。⓭百籟　各種自然界的聲音。⓮坐　自。⓯感物　指對以上所見事物有所感受。⓰思情　思慮。⓱在險　指在遇到險阻上。⓲易常心　改變平常的態度。⓳揭來　去來。指來。⓴不虞　指沒有預料到的事。㉑挺　舉。㉒轡　駕馭牲口的韁繩。㉓飛岑　高峻的山。㉔王陽　漢代人，曾任益州刺史。㉕驅　驅馬回頭走。㉖九折　阪名。以險峻著名。㉗周文　周文王。㉘岑崟　高峻的山。這裡指當年周文王曾避風雨的崤山之陵。㉙經阻　經過險阻之處。㉚貴勿遲　可貴的是在不遲疑不決。意即勇於退避。㉛此理　指上句所說的道理。㉜著　指明示。

【語　譯】清晨去登魯陽關，狹窄山路陡峭而又幽深。澗谷急流萬丈多深，合抱樹木高達幾千尋。猛虎咆哮響徹寂靜的空山，鶴鳥叫聲傳遍空曠的樹林。陰冷的山風對著我呼嘯，各種聲音自然而鳴。有感百物引起更多思慮，遇到險阻也會改變平常的心情。此來要小心預防不測之事發生，揚鞭策馬飛越過山嶺。王陽九折阪前驅馬回頭走，周文王避雨曾跑到那崤山陵，經過險阻貴在不遲疑，這個道理明確傳示到如今。

此鄉非吾地

此鄉非吾地❶，此郭❷非吾城。羈旅❸無定心❹，翩翩❺如懸旌❻。出睹❼軍馬陣❽，入❾聞鞞鼓❿聲。常懼羽檄⓫飛⓬，神武⓭一朝征⓮。長鋏鳴鞘中⓯，烽火⓰列邊亭⓱。舍⓲我衡門⓳衣⓴，更被㉑縵胡纓㉒。疇昔㉓懷微志㉔，帷幕竊所經㉕。何必操干戈㉖，堂上㉗有奇兵㉘。折衝樽俎間㉙，制勝㉚在兩楹㉛。巧遲㉜不足㉝稱㉞，拙速㉟乃垂名㊱。

【章　旨】這是一首以戰爭為題材的詩，但詩中並沒有正面描寫戰爭的經過，開頭二句，提示的是戰士遠別家門的離愁，以後幾句反映的是征戰之苦，但整首詩顯示的又不是厭戰心理，從後面幾句，可知作者是在抱怨朝廷大臣的無能，不能折衝樽俎，出奇兵以制勝，致使下層官兵長期苦戰。這其中又隱含了作者懷才不遇的感歎。此詩文字整飾而有變化，風格明快而有起伏。

【注　釋】❶吾地　即吾鄉。❷郭　外城。這裡泛指城。❸羈旅　本指作客他鄉。這裡指征戰在外。❹無定心　心裡不安定。❺翩翩　輕快飛動的樣子。❻懸旌　掛在空中隨風飄蕩的旗幟。比喻心神不定。❼睹　看。❽軍馬陣　用步卒與騎兵配合布置的兵陣。❾入　指回到軍營中。❿鞞鼓　戰鼓。鞞，通「鼙」。軍用的小鼓。⓫羽檄　指插著羽毛以示緊急的軍中文書。多用於出兵時。⓬飛　飛傳。⓭神武　指天子。⓮一朝征　一朝出征。⓯長鋏鳴鞘中　長鋏，長劍。鞘，刀劍的套子。或謂長鋏是神劍，有寇敵至，則肯定在鞘中鳴叫。⓰烽火　在邊境高臺上報警的火。⓱邊亭　邊境高臺上用以觀察敵情的崗亭。⓲舍　五臣注本作「捨」，放棄。這裡指離開。⓳衡門　橫木當門。指簡陋的房屋。這裡指家。⓴衣　原作「依」，據五臣注本改。㉑更被　即改穿。更，更變。被，穿著。㉒縵胡纓　古代武士裝飾的纓帶。這裡指軍服。㉓疇昔　從前。指少年時。㉔微志　卑微的志向。微是自謙之辭。㉕帷幕竊所經　是說自己從小就習兵法。帷幕，指軍帳。竊，表示個人思想行動的謙詞。經，經習。㉖操干戈　動刀槍。這裡指啟動戰爭。㉗堂上　廟堂之上。這裡指朝廷大臣。㉘有奇兵　指能出奇兵。㉙折衝樽俎間　在筵席上通過談判制服敵人。折衝，使敵方戰車後撤。意即退敵。樽俎，指筵席。樽，酒杯。俎，盛肉的器皿。㉚制勝　戰勝。㉛兩楹　宮室前兩邊的柱子。這裡代指賓主對坐的廳堂。㉜巧遲　指用兵巧而遲緩。㉝足　值得。㉞稱　稱道。㉟拙速　指用兵拙而神速。㊱垂名　美名流傳後世。

【語　譯】此鄉不是我家鄉，此城不是我故鄉的城。征戰在外心裡不安定，就如旌旗懸在空中心神總不寧。出了營門但見步兵騎兵配合布置的兵陣，進入營中只聽到戰鼓聲。常常害怕緊急送來出兵的文書，天子一朝要親自出征。長劍鞘中鳴叫等殺敵，烽火在邊亭上燃燒了起來。脫下我的百姓服，改穿戰袍來從軍。年少之時就懷報國志，運籌帷幄一直學用兵。何必輕易動刀槍，廟堂之上自然能夠出奇兵。酒席之間通過談判能退敵，克敵制勝只須在客廳。出兵遲緩即使再巧也不足稱道，用兵神速即使再笨也能後世傳美名。

述職投邊城

述職投邊城①，羈束②戎旅③間。下車④如昨日，望舒⑤四五圓⑥。借問⑦此何時，胡蝶飛南園⑧。流波⑨戀舊浦⑩，行雲思故山⑪。閩越衣文蛇⑫，胡馬⑬願度⑭燕⑮。土風⑯安所習⑰，由來⑱有固然⑲。

【章　旨】這首詩描寫的是軍旅生活。與前一首一樣，也沒正面描寫戰爭經過。從軍之事，一筆帶過。戎馬倥傯，餘暇之際，才想起離家已久。通過雲水戀舊，及人情習土風的描寫，表達了他身不由己，從軍在外的苦惱與思鄉之情。

【注　釋】❶述職投邊城　指從軍戍守邊防。述職，原指諸侯向天子陳述職守。後一般都指供職。投，投奔；到。邊城，邊防之城。❷羈束　羈絆。指無行動的自由。❸戎旅　軍旅。❹下車　官員出行須乘車馬，到目的地即下車。故到任叫下車。❺望舒　古代神話中為月神駕車的神。後用為月亮的代稱。❻四五圓　圓了四五次。即過了四五個月。❼借問　試問。自我假設之問。❽南園　指自家南面的園圃。❾流波　流水。❿浦　水濱。⓫行雲思故山　行雲，飄蕩的雲。故山，舊山。古人以為雲出於山中，故云「行雲思故山」。⓬閩越衣文虵　閩越，指今福建與浙江一帶。閩越古時為南蠻之地，人不開化，身上刻著蛇紋當衣服。文，同「紋」。虵，同「蛇」。⓭胡馬　北方的馬。⓮願度　希望越過。⓯燕　燕山。胡地在燕山之北。⓰土風　鄉土的風俗及歌謠。⓱習　習慣。⓲由來　自古以來。⓳固然　本來這樣。

【語　譯】赴任從軍到邊防，生活軍旅間不得自由。到任似乎如同昨日，月亮缺了又圓已經四五回。試問現在是何時，蝴蝶翻飛南園，又是一年春天。流水眷戀舊浦，飄泊的雲想念故山。南蠻身刻蛇花紋，胡馬希望度過燕山。人情安於自己所習慣的風俗，這是自古以來本就如此的。

結宇窮岡曲

結宇❶窮❷岡曲❸，耦耕❹幽藪❺陰❻。荒庭❼寂以閒❽，幽岫❾峭且深❿。淒風⓫起東谷⓬，有渰⓭興南岑⓮。雖⓯無箕畢期⓰，膚寸自成霖⓱。澤雉⓲登壟⓳雊⓴，寒猿擁條㉑吟。溪壑㉒無人跡，荒楚㉓鬱㉔蕭森㉕。投耒㉖循㉗岸垂㉘，時聞樵採音㉙。重基㉚可擬㉛志，迴淵㉜可比心。養真㉝尚㉞無為㉟，道勝㊱貴陸沈㊲。遊思㊳竹素㊴園㊵，寄辭㊶翰墨㊷林。

【章　旨】這首詩反映的是隱居的生活。自從造屋在深山，耕種於低溼之地，隱居生活就此開始了。面對著風起雲湧，雨水如注，以及雉叫猿吟的景象，自然有一種寂寞淒冷的感覺，但從樵夫的歌聲中，詩人想到結屋山曲，本來是自己清靜無為的思想所驅使，於是誦讀古書，寄情翰墨，又覺得怡然自樂。

【注　釋】❶結宇　構築屋宇。❷窮　荒僻。❸岡曲　山坳。❹耦耕　用二人合作的方法耕地。《論語・微子》有隱者長沮與桀溺耦而耕一事，故此處當有寓意。❺幽藪　幽靜的沼澤地。❻陰　水南為陰。❼荒庭　生滿荒草的院子。❽寂以閒　寂寞而空曠。❾岫　山谷。❿峭且深　陡峭而幽深。⓫淒風　寒冷的風。⓬東谷　東面山谷。⓭有渰　雲興起狀。《詩經・小雅・大田》：「有渰萋萋，興雨祈祈。」⓮南岑　南山。⓯雖　即使。⓰箕畢期　箕畢，皆星名。古人認為：月經於箕則多風，離於畢則多雨。期，會。指星月之會。⓱膚寸自成霖　是說在山中，稍來一點烏雲，雨水就下個不休。膚寸，古代長度單位，一膚等於四寸。霖，久下不停的雨。⓲雉　野雞。⓳壟　高地。⓴雊　雉雞叫。㉑條　樹枝。㉒溪壑　溪谷。㉓荒楚　叢生的荊棘。㉔鬱　茂盛。㉕蕭森　錯落疏立的樣子。㉖投耒　放下農具。㉗循　沿。㉘岸垂　岸邊。㉙樵採音　砍柴人的歌聲。㉚重基　指山。㉛擬　比擬。下句「比」，義同此。㉜迴淵　深淵。㉝養真　養性修真。㉞尚　崇尚。㉟無為　道家的哲學思想。指順應自然變化。㊱道勝　典出《慎子》。指大賢大智的境界。㊲陸沈　典出《莊子・則陽》。陸地無水而沈，比喻歸隱。㊳遊思　指心神貫注於某處。㊴竹素　竹簡與白絹。二者皆為古代書寫工具，這裡指古人書籍。㊵園　與下文「林」義近。此指書籍的廣。林指文字的多。㊶寄辭　寄情於文辭。㊷翰墨　筆墨。即文辭。

【語　譯】建造房屋在荒僻的山坳之處，在那沼澤的南面從事耕耘。長滿荒草的庭院寂寞而空曠，山谷陡峭而幽深。寒風從那東面山谷吹過來，烏雲從那南山邊興起。雖然星月未曾相會相離，山中稍有烏雲雨水就會下不停。沼澤之中山雞飛到高處叫，猿猴怕冷抱著樹木哀吟。溪谷中沒有行人的足跡，荊棘叢生就如茂盛的樹林。放下農具沿著岸邊走，偶爾可以聽到樵夫在歌吟。高山可以比擬我的志向，深淵可以比喻我的心。養性修真崇尚自然，大賢大智的人都隱於山林。心神貫注看古書，文字之中寄託我的真情。

黑蜧躍重淵

黑蜧❶躍重淵❷，商羊❸舞野庭❹。飛廉❺應❻南箕❼，豐隆❽迎號屏❾。雲根❿

臨⓫八極⓬，雨足⓭灑四溟⓮。霖瀝⓯過⓰二旬，散漫⓱亞⓲九齡⓳。階下伏泉⓴湧，堂上水衣㉑生。洪潦浩方割㉒，人懷昏墊情㉓。沈液㉔漱㉕陳根㉖，綠葉腐秋莖㉗。里㉘無曲突㉙煙，路無行輪㉚聲。環堵㉛自頹毀，垣閭㉜不隱形㉝。尺燼重尋桂㉞，紅粒㉟貴瑤瓊㊱。君子守固窮㊲，在約㊳不爽貞㊴。雖榮田方贈，慚為溝壑名㊵。取志㊶於陵子㊷，比足㊸黔婁生㊹。

【章　旨】此詩寫的是高尚之士在貧困到極點時仍守志不移。開始通過黑蜧商羊、風神雨師的描寫來醞釀氣氛，然後再推出洪水滔天、浩浩方割的驚人場面。在此背景下，自然處處可見民不聊生的情景。而當時政治極為黑暗，貞節之士，自是不願出仕助紂為虐。張協曾託病不仕，此詩顯然在表明自己的心志。

【注　釋】❶黑蜧　神蛇。能致雲雨。❷躍重淵　躍出深淵。❸商羊　神鳥。能預知風雨。❹舞野庭　舞於庭外。天將下雨，則商羊屈其一足而起舞。❺飛廉　風神。❻應　呼應。❼南箕　星名。即箕宿。主風。❽豐隆　雷神。❾號屏　雨神。❿雲根　深山高遠雲起之處。這裡即指雲。⓫臨　到。⓬八極　最邊遠的地方。⓭雨足　指雨。⓮四溟　四海。指邊遠之地。⓯霖瀝　久雨不停。⓰過　超過。⓱散漫　大水漫漫。⓲亞　僅次於。⓳九齡　九年。指堯時一連九年大水。⓴伏泉　地下泉水。㉑水衣　青苔。㉒洪潦浩方割　本自《書經・堯典》：「洪水方割，……浩浩滔天。」洪潦，洪水。浩，水大。方割，開始為害。㉓人懷昏墊情　本自《書經・益稷》：「洪水滔天，浩浩懷山襄陵，下民昏墊。」昏墊，迷惘困惑。懷……情，意即感到……。㉔沈液　指雨水。㉕漱　洗蕩；沖刷。㉖陳根　指隔年的土中的草根。㉗綠葉腐秋莖　無論綠葉、枯枝都遭腐爛。秋莖，秋後的木葉之莖稈。㉘里　鄉里。㉙曲突　煙囪。㉚行輪　行走的車子。㉛環堵　圍牆。㉜垣閭　牆與大門。㉝不隱形　遮不住人的身形。㉞尺燼重尋桂　一尺長的柴薪比八尺長的桂枝還要貴重。意思是柴薪缺少，生活困難。尺燼，一尺長的柴薪。重，貴重。尋桂，八尺長的桂樹枝。㉟紅粒　紅腐之米。㊱瑤瓊　皆美玉名。㊲守固窮　安守於窮困。㊳在約　在貧困時。約，緊縮。引申為貧困。㊴不爽貞　不會喪失貞操之節。爽，失。貞，操守。㊵雖榮田方贈二句　典出劉向的《說苑》：「子思居衛，……縕袍無裡，田子方使人遺狐白之裘，恐其不受，因謂之曰：『吾假人，遂忘之；吾與人，如棄之。』子思辭曰：『伋聞忘與不如遺棄物於溝壑，伋雖貧，不忍身為溝壑。故不敢當。』卒不肯受。」榮贈，惠贈。慚，羞恥。為溝壑名，即身同溝壑。㊶取志　志向效法。㊷於陵子　即陳仲子。戰國齊人，曾居於陵。楚王聞其賢，用百官去招請他，他不受。㊸比足　猶言仿效、學習。㊹黔婁生　即黔婁。春秋時齊國人，魯恭公聞其賢，以重金先後聘他為相為卿，他都不受，死時因破被太短，竟不能遮身。

【語　譯】神蛇躍出深淵外，神鳥飛舞在庭院，飛廉與南箕遙相呼應，雷神又去迎接管雨的神仙。烏雲密布直到天盡頭，大雨一直飛灑到天邊。久雨不停超過二十日，大水漫漫僅次堯時的九年大水。臺階下面泉水湧出，青苔生在廳堂上。洪水浩浩剛開始為害，人們悲苦只覺得迷惘。雨水洗蕩陳年的草根，綠葉枯枝全都腐爛。村裡沒有煙囪冒黑煙，路上沒有車馬聲。圍牆自行毀壞，牆與大門已經不能遮住人身形。一尺柴薪貴重勝過八尺桂，紅腐之米更是賽過瑤和瓊。君子安於守貧苦，貧困之時不失貞正。子思雖很榮幸有田子方贈皮衣，卻羞恥於身同溝壑而拒絕。志向應當效法於陵子，守志應當學習黔婁生。

卷三〇

時興詩

【作　者】盧諶，見頁九四五。

【題　解】這是一首感世傷時的詩。盧諶生活經歷主要在西晉末東晉初一段，西晉末年，喪亂之極，他是看得最清楚的。但此詩未正面描寫社會現實，而是通過天地萬物的變化來曲折地反映。最後提到清靜無為的老莊思想，企求從其中得到慰藉，更進一步地顯示了他對現實的絕望。

亹亹❶圓象❷運，悠悠❸方儀❹廓❺。忽忽❻歲云暮❼，游原❽采蕭藿❾。北踰❿芒與河⓫，南臨⓬伊與洛⓭。凝霜霑蔓草⓮，悲風⓯振⓰林薄⓱。摵摵⓲芳葉零，繠繠⓳芬華⓴落。下泉㉑激㉒冽清㉓，曠野增遼索㉔。登高眺㉕遐荒㉖，極望㉗無崖崿㉘。形變隨時化㉙，神感因物作㉚。澹㉛乎至人㉜心，恬然存玄漠㉝。

【注　釋】❶亹亹　行進的樣子。❷圓象　指天。古人認為天道曰圓，地道曰方。❸悠悠　無窮盡的樣子。❹方儀　指地。古人謂天地曰兩儀，故曰方儀。❺廓　廣闊。❻忽忽　迅速的樣子。❼歲云暮　即歲暮。云是語助詞。無義。❽游原　在原野上行走。❾蕭藿　艾蒿與豆葉。❿踰　越過。⓫芒與河　邙山與黃河。邙山在今河南西部。⓬臨　到。⓭伊與洛　伊河與洛水。⓮蔓草　蔓生的草。⓯悲風　寒冷淒厲的風。⓰振　搖動。⓱薄　草木叢生。⓲摵摵　狀聲詞。形容葉子飄落的聲音。⓳繠繠　一般寫作「蕊蕊」。花朵飄落的樣子。⓴芬華　芬芳的花。㉑下泉　流泉。㉒激　水流急。㉓冽清　清澈。㉔遼索　遼遠蕭索。㉕眺　遠望。㉖遐荒　遼遠的荒原。㉗極望　極目而望。㉘崖崿　崖，山邊。崿，山崖。㉙形變隨時化　詞序當理解為：形隨時變化。形，指自然萬物之形體。㉚神感因物作　詞序當理解為：神因物感作。即思想隨著事物的變化而有感觸。㉛澹　恬靜。㉜至人　道家所謂得道者。一般即指有極高思想境界者。㉝恬然存玄漠　是說心中淡泊無所追求，唯秉持清靜無為的道家思想。恬然，安然；淡然。玄漠，指道家清靜無為之道。

【語　譯】天體浩浩運行永不停息，茫茫的大地廣闊無邊。匆匆地一年又已盡，行走原野上採摘艾蒿與豆葉。向北渡過芒山和黃河，往南到達那伊河與洛水。濃霜沾溼了蔓草，寒風搖動著叢林。樹葉凋零摵摵作響，芬芳的鮮花紛紛飄落。泉流匆匆多清澈，空曠的原野更加顯得遼遠蕭索。登上高處眺望遼闊的荒原，極目看不見山的盡頭。自然萬物的形狀隨著時間而變化，人的思想隨著事物變化興起感觸。只有至人的心澹泊恬靜，安然秉持著清靜無為之道。

雜詩 二首

【作　者】陶淵明，見頁一二〇一。

【題　解】陶淵明是中國文學史上傑出的作家，但由於他的質樸詩風與時代思潮不合，一直未被重視，直到蕭統之時才受到注意。這二首雜詩，在後人所編的《陶淵明集》裡歸入〈飲酒〉詩二十首中。

結廬在人境

結廬❶在人境❷，而無❸車馬喧❹。問君何能爾❺，心遠❻地自偏❼。采菊東籬下，悠然❽望❾南山❿。山氣⓫日夕⓬佳，飛鳥相與⓭還⓮。此還有真意，欲辯⓯已忘言⓰。

【章　旨】此詩描寫悠遊自在的隱居生活。「心遠」是本詩的關鍵，由於思想上遠離那些達官貴人的車馬喧擾，雖結廬人境，也就無世俗的干擾。那麼，欣賞自然景色，也就能悠然自得了。

【注　釋】❶結廬　構築房屋。❷人境　人間；眾人居住的地方。❸無　這裡當指聽不到，好像沒有。❹喧　喧鬧聲。❺問君何能爾　此句為設問之詞。君，自指。爾，如此。❻心遠　內心遠離塵世。❼地自偏　居住的地方自然變得僻靜。❽悠然　自得的樣子。❾望　後世諸本皆作「見」。望是看，見是看到。蘇東坡以為採菊見山，境與意會，見字為妙，是後人誤為望字。❿南山　後人或以為指廬山。⓫山氣　山中的雲霧。⓬日夕　日落之時。⓭相與　指結伴而飛。⓮還　此字一本作「中」，較勝。⓯辯　辯解；解釋。⓰已忘言　已忘了該用什麼語言來表達。其實，並不是忘記，而是正如宋人張孝祥在〈過洞庭〉一詞裡說的「悠然心會，妙處難與君說」。

【語　譯】構築陋室在那眾人居住處，卻像沒有車馬的喧鬧一般。問我為何能如此，內心遠離塵世，居住之地自然變得僻靜。在東籬下面採摘菊花，偶然抬頭看到南山，心中悠然自得。山中雲氣日落之時尤其好看，飛鳥紛紛結伴歸巢。這其中含有深遠的意思，要想解說已不知如何表達。

秋菊有佳色

秋菊有佳色，裛露掇其英❶。汎❷此忘憂物❸，遠❹我達世情❺。一觴雖獨進❻，杯盡❼壺自傾❽。日入群動息❾，歸鳥趨林鳴❿。嘯傲⓫東軒⓬下，聊復得此生⓭。

【章　旨】此詩內容與上首大致相同，如果說上一首構築了一個「地自偏」的環境，這一首則繼續描寫此中的生活，具體凸顯了「心遠」的生活現實。酒是陶淵明生活中重要的一部分，它為陶淵明帶來極大的快樂，在這首詩中作了充分的反映。而以菊花泡酒，除了取其香氣以外，同時也暗示了作者的高潔人品。

【注釋】❶裛露掇其英　趁菊花在露水沾溼時摘取。裛，沾溼。掇，摘取。英，花。❷汎　通「泛」。漂浮。此引申作浸泡解。❸忘憂物　指可消愁之酒。❹遠　使淡遠。使動用法。❺達世情　指超然物外、不受世俗牽累的情懷。❻一觴雖獨進　一杯杯的酒獨酌獨飲。一觴，一杯。❼杯盡　杯中的酒喝完了。❽壺自傾　自己傾壺把酒倒入酒杯中。❾日入群動息　日落，各種物類的活動都停息了。❿趨林鳴　鳴叫著飛回林中。⓫嘯傲　傲，同「傲」。嘯傲，歌詠曠放，不受拘束。⓬東軒　東窗。即喝酒之處。⓭聊復得此生　聊，姑且。復，還。得，能有。此生，指自然曠放的生活情趣。

【語譯】秋日菊花真漂亮，趁著露水潤溼之時採摘它。把花瓣浸泡在酒中來喝，使我不受世俗牽累的情懷更為淡遠。一杯又一杯雖是獨飲，杯中酒空了，自己傾壺注滿。日落時萬物活動都停止了，歸巢之鳥鳴叫著飛向林中。我在東窗下歌詠自得，姑且慶幸能保有此種自然曠放的生活情趣。

詠貧士詩

【作　者】陶淵明，見頁一二〇一。

【題　解】這首詩寫朝廷更替的時候，士大夫們都趕緊趨炎附勢，尋找依託，只有孤雲無依無靠，孤鳥遲出早歸。作者以孤雲比喻貧士的高潔孤獨，以飛鳥早歸比喻貧士的不得意，篇末更進一步抒發了世無知音的悲傷與憤慨。

萬族❶各有託❷，孤雲獨無依。曖曖❸虛中❹滅，何時見餘輝❺。朝霞開❻宿霧❼，眾鳥相與飛。遲遲出林翮❽，未夕復來歸。量力守故轍❾，豈不寒與飢。知音苟❿不存，已矣⓫何所悲⓬。

【注釋】❶萬族　猶言萬類。❷託　依託；依附。❸曖曖　昏暗的樣子。❹虛中　天空中。❺餘輝　指孤雲的餘輝。❻開　此指驅散。❼宿霧　夜裡的霧。❽翮　鳥羽的莖。引申指鳥翼。❾守故轍　秉持前人安貧守窮之道。故轍，指原來的行車方向。轍，車行的軌跡。❿苟　如果。⓫已矣　猶言算了。⓬何所悲　還有什麼可悲傷的。

【語譯】世上萬物都各有依託，獨有孤雲沒有依託。它在空中暗然消逝，何時還能看見其餘輝。朝霞驅散夜來的霧，百鳥結伴飛翔。孤鳥緩慢地飛出林子去，天還沒晚又飛了回來。衡量自己的力量堅持過去的生活道路，怎能不飢寒交迫。知音者如果不存在，一切都可算了，又何必傷悲。

讀山海經詩

【作　者】陶淵明，見頁一二〇一。

【題　解】《山海經》是一部記述古代神話傳說及海內外山川奇景異物的書，由漢人劉歆校定為十八卷。陶淵明〈讀山海經詩〉現存十三首。各篇都分別吟詠書中所見的奇聞異事，由於本詩是第一首，帶有序詩的性質，故偏重寫從事勞動之餘。泛覽奇書的樂趣，實質上反映的仍是隱居的田園生活。

孟夏❶草木長，繞屋樹扶疏❷。眾鳥欣有託❸，吾亦愛吾廬。既耕亦已種，且還❹讀我書。窮巷❺隔❻深轍❼，頗迴❽故人❾車。歡言❿酌春酒，摘我園中蔬。微雨從東來，好風與之⓫俱⓬。汎覽⓭周王傳⓮，流觀山海圖⓯。俛仰⓰終⓱宇宙⓲，不樂復何如⓳。

【注釋】❶孟夏 初夏。❷扶疏 枝葉繁茂的樣子。❸欣有託 指因有樹林可依託而欣喜。❹且還 勞動歸來姑且……。❺窮巷 陋巷。古代顯貴居大街，百姓住小巷。❻隔 隔開。❼深轍 指顯貴者所乘大車的車跡。❽迴 回轉。❾故人 舊友。❿歡言 猶言歡然。言，語助詞。無義。⓫之 指上面的微風。⓬俱 一起出現。⓭汎覽 義同下句「流觀」，都是隨意翻閱。即瀏覽的意思。⓮周王傳 指《穆天子傳》。一部夾雜許多神話傳說的遊記，記述周穆王駕八駿遊行四海的故事。⓯山海圖 後人據《山海經》故事所繪製的圖畫。圖已失傳。這裡指配有圖畫的《山海經》。⓰俛仰 指頃刻間。⓱終 窮盡。⓲宇宙 上下四方。指空間。宙，古往今來。指時間。⓳不樂復何如 不快樂還怎麼樣。意即沒有比看這書更開心的事了。

【語譯】初夏草木長得高，繞屋生的樹木枝葉繁茂。眾鳥欣喜有樹可依託，我也喜愛我這茅屋。耕種之事既已完畢，姑且還家讀我的書。陋巷狹窄隔絕了大車來往，常使來訪故人的車子回轉而去。高高興興喝著春日酒，採摘我自家園中種的蔬菜。細雨從東面飄過來，好風伴隨而起。瀏覽《穆天子傳》，翻閱插圖本的《山海經》。頃刻之間神遊宇宙，這樣的生活怎能不快樂呢！

七月七日夜詠牛女

【作者】謝惠連，見頁九八八。

【題解】農曆七月初七牛郎織女相會的故事，傳到東晉至少已有幾百年了，此前描寫牛女相會的詩文也有一些，但一般都著眼在離愁別恨，而謝惠連此詩卻偏重在牛女的感情深厚方面。結構謹嚴，文字典麗，在同類作品中顯得相當傑出。

落日隱櫩楹❶，升月照簾櫳❷。團團❸滿葉露，析析❹振❺條❻風。蹀足❼循❽

廣除❾，瞬目❿矖⓫曾穹⓬。雲漢⓭有靈⓮匹⓯，彌年⓰闕⓱相從⓲。遐川⓳阻昵愛⓴，修渚㉑曠㉒清容㉓。弄杼㉔不成藻㉕，聳㉖轡㉗騖㉘前蹤㉙。昔離㉚秋已兩㉛，今聚㉜夕無雙㉝。傾河㉞易迴斡㉟，款顏難久悰㊱。沃若㊲靈駕㊳旋㊴，寂寥㊵雲幄㊶空。留情顧㊷華寢㊸，遙心逐㊹奔龍㊺。沈吟㊻為爾感㊼，情深意彌㊽重。

【注　釋】❶隱櫩楹　即落到房屋後面去了。櫩楹，這裡指代房屋。櫩，同「簷」。屋簷。楹，堂屋前的柱子。❷簾櫳　窗簾與窗子。古詩文中一般泛指門窗。❸團團　凝聚成一顆顆圓圓的樣子。❹析析　風聲。❺振　震動；吹動。❻條　枝條。❼蹀足　頓足。此指散步。❽循　沿。❾廣除　寬廣的臺階。❿瞬目　轉動眼睛。⓫矖　看。⓬曾穹　蒼天。⓭雲漢　河漢；天河。⓮靈　神。⓯匹　配偶。指牛郎織女。⓰彌年　長年。⓱闕　缺少。⓲相從　相隨；相會。⓳遐川　寬闊的河流。此指天河。⓴昵愛　親熱的愛情。㉑修渚　長洲。㉒曠　空缺。這裡指隔開。㉓清容　清秀的面容。㉔弄杼　擺弄梭子。即織布。㉕藻　文采；花紋。代指有花紋的布。㉖聳　高。此指拉起。㉗轡　駕馭牲口用的韁繩。㉘騖　奔馳。㉙前蹤　前方的腳跡。此指前路。㉚昔離　上次的離別。㉛秋已兩　迄今已第二個秋天。㉜今聚　今天相會。㉝夕無雙　因明晨又要分離，故說沒有第二個相聚的夜晚。㉞傾河　銀河斜傾。意謂時間不早。㉟迴斡　回轉。㊱款顏難久悰　是說兩人雖然情深，臉上卻難以有長久的歡樂。款顏，深情的臉上。款，誠。悰，歡樂。㊲沃若　威儀美盛的樣子。㊳靈駕　神靈的車駕。此指牛女所乘的車。㊴旋　歸。㊵寂寥　空虛的樣子。㊶雲幄　即帷幄。因在天上故稱雲幄。此指牛女相會之處。㊷顧　留戀。㊸華寢　華美的寢室。即上文的「雲幄」。㊹逐　追趕。這裡指心追。㊺奔龍　飛奔而去的龍車。㊻沈吟　沈思吟味。㊼為爾感　為你們的深情而感慨。爾，你們。指牛女。㊽彌　更加。

【語　譯】落日已經隱沒到房子後，月亮升起照著門窗。樹葉上結滿一顆顆圓圓的露珠，涼風習習吹動著枝條。沿著寬廣的臺階散步，舉目仰望著蒼天。天河邊有仙家的情侶，長年無法相會。寬闊天河阻隔著熱烈的愛情，長長的沙洲隔開了清秀的面容。擺弄織機織不成有花紋的布匹，高揚轡繩奔馳去見對面的愛人。自上次離別迄今已是第二個秋天，今天一相會又無第二個夜晚。河漢已傾斜回轉，時間過得真快，深情的臉上難有長久的笑容。駕著神車各自回去，寂靜的天上閨房又變得空寂。痴情地回看華美的閨房，懷戀遠去的戀人之心追隨著急馳的飛龍。我為你們的深情而沈吟感慨，感慨的是你們情深意更重。

擣衣

【作　者】謝惠連，見頁九八八。

【題　解】這是一首閨中思夫之作。此詩開始並不正面抒寫思夫之情，而是通過日月星辰運行之快與白露秋風寒蟬啼鳴等環境描寫，烘托出久別的情思。而擣衣聲哀、汗沁額頭與裁衣滿箱，也都是從側面反映女子的相思之苦與對丈夫的一往情深，最後一聯猜腰帶是否依舊，則更生動。此詩既承繼了漢樂府民歌的優良傳統，又具典麗的文人作風。

衡紀❶無淹度❷，晷運❸倐❹如催❺。白露滋園菊，秋風落庭槐❻。肅肅❼莎雞❽

羽，烈烈❾寒螿❿啼。夕陰⓫結⓬空幕⓭，霄月⓮皓⓯中閨⓰。美人戒⓱裳服⓲，端飾⓳

相招攜⓴。簪玉㉑出北房，鳴金㉒步南階。櫚高㉓砧㉔響發，楹長㉕杵㉖聲哀。微芳㉗

起兩袖，輕汗㉘染㉙雙題㉚。紈素㉛既已成㉜，君子㉝行未歸。裁用笥㉞中刀㉟，縫

為萬里衣㊱。盈篋㊲自余手，幽緘㊳候君開。腰帶準㊴疇昔㊵，不知今是非㊶。

【注　釋】❶衡紀　星名。❷無淹度　無淹，不停地。淹，滯留；停留。度，過；運行。❸晷運　晷，日影。這裡指太陽。運，運行；轉動。❹倐　同「倏」。疾速。❺如催　如有人相催促。❻落庭槐　使院子裡槐葉謝落。❼肅肅　拍打翅膀的聲

音。❽莎雞　紡織娘。❾烈烈　蟲鳴聲。❿寒螿　寒蟬。⓫夕陰　夜間陰冷的空氣。⓬結　結集。⓭空幙　空蕩的房子。幙，同「幕」。帷幕，代指房屋。⓮霄月　夜月。⓯皓　明亮。⓰中閨　閨房中。⓱戒　備。此指穿戴好。⓲裳服　衣服。⓳端飾　端端正正地插好頭飾。⓴相招攜　招喚相攜。㉑簪玉　即玉簪。此以頭飾指代女子。㉒鳴金　能發出清脆響聲的佩飾。㉓櫚高　走廊砌得高。㉔砧　擣衣石。㉕楹長　指柱子高，廊前空曠。㉖杵　擣衣用的棒槌。㉗微芳　暗香。㉘輕汗　細汗珠。㉙染　指布滿。㉚雙題　兩人的額頭。擣衣時二人對擣。㉛紈素　精緻潔白的絲絹。㉜既已成　指加工完畢，可以裁翦。㉝君子　指丈夫。㉞笥　放衣服針線的方形竹器。㉟刀　剪刀。㊱萬里衣　寒衣。㊲盈篋　裝滿箱子。篋，古代竹製的小箱子。㊳幽緘　有放好不輕易動的意思。幽，深。緘，封。這裡指蓋。㊴準　估算。㊵疇昔　從前。㊶是非　指尺寸仍是這樣還是不同了。

【語　譯】衡紀之星匆匆不停地運行，太陽轉動迅速得猶如有人在催促。晶瑩的露水滋潤著園中的菊花，秋風吹落了庭院中的槐樹葉。紡織娘肅肅地拍動著翅膀，寒蟬在哀哀地鳴叫。夜間陰冷之氣聚集在空曠的房子裡，晚上分明的月色照進深閨中。美人穿著好衣服，端端正正地裝飾妥當呼伴同行。頭插玉簪走出北面房間，在佩飾鳴響中走下南面臺階。高高的走廊有擣衣之聲在迴響，柱長而廊高使棒槌的傳聲更哀切。暗香從那兩袖中散發，細細的汗珠布滿兩人的額頭。潔白的絲絹已製成，夫君遠行卻還沒有回來。裁剪用的是那針線盒中的剪刀，用來縫製夫君的寒衣。滿箱的衣服出自我的手，密封著等夫君回來再打開。腰帶估算著從前的尺寸來縫製，不知現在是否合他的腰圍。

南樓中望所遲客

【作　者】謝靈運，見頁八四二。

【題　解】這首詩寫謝靈運對友人的懷念之情。他在住所附近的南樓上遠眺，等待約好的客人到來。但杳杳日西，漫漫長路，卻不見人影，自然更多一層惆悵。只是從「感物方悽戚」一語，似乎還另有寓意。他一生熱中政治權勢，卻一直未達到目的，不過他的目的似乎也從不明確。那麼，連同這個來客，或許也是虛擬。但無論如何，此詩還是寫得情真意切，末一聯尤為生動。

杳杳❶日西頹❷，漫漫長路迫❸。登樓為誰思❹，臨江遲❺來客。與我別所期❻，期在三五夕❼。圓景❽早已滿，佳人❾殊未適❿。即事⓫怨睽攜⓬，感物⓭方悽戚⓮。孟夏非長夜⓯，晦明⓰如歲隔⓱。瑤華⓲未堪折⓳，蘭苕⓴已屢摘。路阻莫㉑贈問㉒，云㉓何慰離析㉔。搔首㉕訪㉖行人，引領㉗冀良㉘覿㉙。

【注釋】❶杳杳　深遠幽暗的樣子。❷頹　落；落下。❸迫　窘迫。❹為誰思　思念誰。❺遲　等待。題目中「遲」字與此同義。❻所期　所約好的。期，約；約會。❼三五夕　十五日晚上。❽圓景　月亮。❾佳人　指相約的客人。❿殊未適　猶言老是不來。殊，副詞。形容程度之深。適，到。⓫即事　此事。指在此等待這件事。⓬睽攜　離別。⓭感物　因所見事物而生感慨。⓮悽戚　淒涼憂傷。⓯非長夜　夜不長。⓰晦明　指一個晚上。晦，天黑。明，天亮。⓱歲隔　隔了一年。⓲瑤華　疏麻花。因白如瑤，故稱。據說服食可使長壽，故常作吉祥物送人。⓳堪折　能摘取。⓴蘭苕　蘭草與紫葳花。都是香草。苕，也可解作花。蘭苕，即蘭花。㉑莫　沒有人。㉒贈問　贈送。問，贈送。㉓云　語助詞。無義。㉔離析　離別。指離別之情。㉕搔首　有所想念時的動作。㉖訪　詢問。㉗引領　伸頸遙望。形容盼望的殷切。㉘良　指好朋友。即前面所說的客人。㉙覿　相見。

【語譯】昏暗的太陽已向西沈，長路漫漫憂心煎迫。登上高樓思念誰，面對江水等著客人來臨。與我別時已經相約好，約期就在十五晚上月明時。月亮早已是滿月，相約之客就是不到來。等待不到只怨當時不該別，感慨萬事正使心頭傷悲。初夏之時黑夜本不長，天黑天亮之間猶如隔了有一年。疏麻花未開不能採摘去送人，蘭苕卻已屢屢被採摘。路遠沒法去贈送，能用什麼來安慰我離別之情。抓頭搔耳詢問過路人，伸頸遙望只想見到好朋友。

田南樹園激流植援

【作　者】謝靈運，見頁八四二。

【題　解】這首詩寫隱居養病之事。題目的意思是在田南之處築園圃援引清流激湍種樹（以當圍牆）。樵夫與隱者雖同在山中，但一為生計，一為躲避醜惡的塵世，目的完全不同。既從塵世中來，山中一切都使之感受到大自然的清新可愛，也就願意長久居住，但也希望能找到知心朋友常常來往。

樵隱❶俱在山，由來❷事不同。不同非一事，養痾亦園中❸。中園❹屏❺氛雜❻，清曠❼招❽遠風❾。卜室❿倚⓫北阜⓬，啟扉⓭面⓮南江。激澗代汲井⓯，插槿⓰當列墉⓱。群木既羅⓲戶⓳，眾山亦對窗⓴。靡迤㉑趨㉒下田㉓，迢遞㉔瞰㉕高峰。寡欲㉖不期勞㉗，即事㉘罕㉙人功㉚。唯開蔣生逕㉛，永懷求羊㉜蹤。賞心㉝不可忘，妙善㉞冀能同。

【注　釋】❶樵隱　砍柴與隱居。❷由來　事情發生的原因。❸不同非一事二句　是說既然原因不同就不一定是同一種生活方式，而我則是養病，且不在山上，而在山麓園中。痾，病。❹中園　園子裡。❺屏　除去；排除。❻氛雜　空氣的混濁。❼清曠　清爽空曠。指環境。❽招　招引。❾遠風　山深遠處的風。❿卜室　選擇住處。⓫倚　靠。⓬北阜　北山。阜，土山。泛指山。⓭啟扉　開門。指安裝門口。⓮面　朝著。⓯汲井　井中打水。⓰槿　即木槿。落葉灌木。⓱列墉　圍牆。

⑱羅列 列。⑲戶 門。⑳對窗 與窗相對。㉑靡迤 從容行走的樣子。㉒趨 走向。㉓下田 位於住宅下方的田。㉔迢遞 很遠的樣子。㉕瞰 遠看。㉖寡欲 少有欲望追求。㉗不期勞 不希望費力。㉘即事 即此營室隱居之事。㉙罕 少。㉚人功 人力。㉛唯開蔣生逕 只開闢迎賢之路。指不願與人來往。蔣生，即蔣詡。字元卿，漢代長安杜陵人，曾在隱居的屋前開三條小路，只有好友求仲與羊仲二人與之來往。逕，同「徑」。小路。㉜求羊 即求仲與羊仲。㉝賞心 合於心意之樂。㉞妙善 指合於大道的境界。

【語譯】砍柴和隱居都在一座山上，他們的事因都各不相同。不同之事也不止一件二件，我是養病於此山裡的園中。園中可以排除混濁的空氣，清爽空曠之處可以引來深山遠處的清風。所選擇的住處靠著北面的山崗，園門開向南面之江。山澗激流為我替代井中汲水的辛勞，插上木槿當圍牆。眾多的樹木在門前排成行，對著窗口的是群山。慢慢走到住宅下方的田中，抬頭遠看高大的山峰，因少有欲望所以不希望費力，就自然形勢經營隱居之所少用人工。只想如那漢代隱士蔣生一樣，屋前開條小路只供自己和好友走，長久思念著好友來相逢。同心之樂不可忘記，希望能共同達到冥合大道的境界。

齋中讀書

【作者】謝靈運，見頁八四二。

【題解】齋，指永嘉郡齋，時任永嘉太守。雖是現任官員，此詩寫的卻是臥病郡齋的閒逸之樂。

昔余遊京華❶，未嘗廢❷丘壑❸。矧❹迺歸山川，心跡❺雙❻寂寞❼。虛❽館❾絕諍訟❿，空庭來鳥雀。臥疾⓫豐暇豫⓬，翰墨⓭時間⓮作。懷抱觀古今⓯，寢食展⓰戲謔⓱。既笑沮溺⓲苦，又哂⓳子雲閣⓴。執戟㉑亦以疲，耕稼㉒豈云㉓樂。萬事難並歡㉔，達生㉕幸可託㉖。

【注釋】❶京華　猶言京師。京城為文物薈萃之處，故稱。❷廢　停止。此指忘懷。❸丘壑　山水幽深之處。即指隱居之所。❹矧　何況。❺跡　行跡。❻雙　指身心外界之事。❼寂寞　清靜。❽虛　與下句「空」同義，都指清靜而顯得空曠。❾館　住宅。❿諍訟　爭執與訴訟。⓫臥疾　臥病。⓬豐暇豫　有充足的時間可以歡樂。豐，豐富；充足。暇，閒。豫，樂。⓭翰墨　筆墨。此指詩文。⓮間　間或；斷斷續續地。⓯觀古今　可觀古今興衰。即書。⓰展　伸；開。⓱戲謔　玩笑。⓲沮溺　指春秋時隱者長沮與桀溺的耦耕之勞苦。⓳哂　譏笑。⓴子雲閣　此指漢代著名辭賦家揚雄（字子雲）校書天祿閣之辛勞。㉑執戟　揚雄曾為郎官，掌執戟宿衛。㉒耕稼　耕種。指長沮桀溺。㉓云　語助詞。無義。㉔並歡　同時得到而歡樂。㉕達生　通達養生之理。指對人生抱著達觀態度，《莊子》有〈達生〉篇。㉖託　寄託。

【語譯】當年我曾在京城任職，不曾一刻忘記歸隱。何況回到山水之間來，使身心都格外清靜。空曠的住宅沒有紛爭與訴訟之聲，清靜的庭院中只有鳥雀飛來。臥病之時有充足的時間可享受閒逸，興致來時偶而寫點詩文。懷中抱著可觀古今興衰的書籍，吃飯睡覺間常可無拘束地遊玩說笑。既笑隱者長沮桀溺耦耕之勞苦，又笑揚雄辛苦校書於天祿閣。揚雄當年執戟宿衛夠辛勞，沮溺耕種哪裡會快樂。萬般樂趣難以同時享受，幸有達生之道可以寄託。

石門新營所住四面高山迴溪石瀨修竹茂林

【作　者】謝靈運，見頁八四二。

【題　解】這也是一首表現隱居生活的詩。前後幾句寫景生動如畫。優遊自得之餘，自然盼著朋友來訪，但席空樽滿，無人與言，作者在失望之餘想到用老莊思想來排遣愁情，希望能達到物我俱喪，情無所存的境界。

躋❶險❷築幽居❸，披雲❹臥石門❺。苔滑誰能步❻，葛弱❼豈可捫❽。嫋嫋❾秋風過，萋萋春草繁。美人❿遊不還⓫，佳期⓬何由敦⓭。芳塵⓮凝⓯瑤席⓰，清醑⓱滿金樽。洞庭⓲空波瀾，桂枝⓳徒攀翻⓴。結念㉑屬㉒霄漢㉓，孤景㉔莫與諼㉕。俯濯㉖石下潭，仰看條㉗上猿。早聞夕飆㉘急，晚見朝日暾㉙。崖傾㉚光難留㉛，林深響易奔㉜。感往㉝慮有復㉞，理來㉟情無存㊱。庶㊲持㊳乘日車㊴，得以慰營魂㊵。匪㊶為㊷眾人㊸說，冀與智者㊹論㊺。

【注釋】❶躋　登；升。❷險　通「巖」。❸幽居　幽靜的住屋。❹被雲　披雲。指身與雲齊。❺石門　在浙江嵊縣。❻步　行走。❼葛弱　藤葛細嫩。❽捫　持。指抓著攀登。❾嫋嫋　微風吹拂的樣子。❿美人　指朋友。⓫還　此指來。⓬佳期　相會的日子。⓭敦　信；憑信。⓮芳塵　即灰塵。芳是修辭所需。⓯凝　聚；積。⓰瑤席　席子的美稱。⓱清醑　美酒。⓲洞庭　洞庭湖以波聞名。這裡指代水波。⓳桂枝　桂樹的枝條。有香氣，古人常折以送人。⓴攀翻　攀玩翻弄。㉑結念　深深的思念。㉒屬　連接。㉓霄漢　指高空。霄，雲霄。漢，天河。㉔孤景　孤影。指孤身一人。㉕莫與諼　沒有人與我說話。諼，言。㉖濯　洗。㉗條　枝條。這裡指樹。㉘夕飆　晚風。山間天亮得遲，所以從幽暗處吹來的風就同晚風一樣。㉙暾　太陽初升的盛大之狀。㉚崖傾　山崖斜傾聳立。㉛光難留　指陽光早早被遮擋。㉜林深響易奔　指樹林茂密，林中風聲呼嘯，傳得很快。從平日所說「松濤」一語便可體會。㉝感往　悲感昔日可悲之境。㉞慮有復　擔心反覆。㉟理來　調領會道家的人生妙理。㊱情無存　言領會妙理，物我俱喪，則此情卻已不再有。㊲庶　希望。㊳持　持身。㊴日車　太陽。指光陰。㊵營魂　靈魂。㊶匪　同「非」。不。㊷為　與；對。㊸眾人　指世俗之人。㊹智者　有智慧者。這裡指同道者。㊺論　指述說、談論。

【語　譯】登上山巖建造了幽靜的隱居小屋，伴雲臥在這石門的地方。青苔溜滑誰能行走，葛藤細嫩怎能抓著去攀登。秋風微微吹過來，萋萋春草多繁盛。朋友遠遊不回還，相約之期又從何處來憑信。灰塵已經積滿在他的席子上，美酒徒然斟滿了金樽。水面徒勞地翻著波瀾，桂枝也徒然攀玩翻弄。深深的思念一直遠連霄漢，單身隻影沒人和我來言談。往下可在石崖下的水潭洗濯心神，望上可觀枝上的青猿。清晨可聽幽暗之處的來風急吹，很晚才見到朝日光芒四射地東升。山崖斜矗使陽光被遮難久留，樹林幽深風聲易於遠傳。悲感往事擔心反覆，契合妙理則情無所存。希望乘上日車逍遙於世，還能給我的靈魂帶來安慰。此話不對世俗之人說，只希望和那同道之人共談論。

雜詩

【作　者】王微，字景玄，晉末宋初琅邪臨沂（今屬山東）人。自少好學，博貫載籍，十六歲即舉秀才，善屬文、工書，特擅行草，兼通音律與醫方卜筮數術之事。曾屢招為官，多不從。喜尋書玩古，稍有所得，便腳不著地，終日端坐。日久邊上塵厚，只坐處乾淨。他不願與宦家為伍，卻特有人情味。後來因兄弟去世而哀痛至死。

【題　解】這是一首思婦懷人的詩。開頭寫思婦登高，曲不成調，然後點出夫妻南北遠分離。這時牛羊下野，寒風興起，尤其在日晚歲末之際，使思念更顯得悲苦。整體說來，此詩有漢民歌的優良傳統，寫得清新動人，且又有起伏變化。

思婦臨高臺，長想❶憑❷華軒❸。弄弦❹不成曲❺，哀歌送苦言❻。箕帚❼留江介❽，良人❾處雁門❿。詎憶無衣苦，但知狐白溫⓫。日暗牛羊下⓬，野雀滿空園。孟冬寒風起，東壁⓭正中昏⓮。朱火⓯獨照人，抱景⓰自愁怨。誰知心曲⓱亂，所思⓲不可論⓳。

【注　釋】❶長想　長久地思念丈夫。❷憑　靠著。❸華軒　華美的欄杆。❹弄弦　彈琴。❺不成曲　指彈不成曲調。❻送苦言　唱出來的是悲苦的歌辭。❼箕帚　畚箕與掃帚。掃地的工具。因家務多為女子所做，故以此代指思婦。❽江介　長江邊。❾良人　女子稱丈夫。❿雁門　在今山西。⓫詎憶無衣苦二句　本自《晏子春秋・內篇・諫上》，景公穿狐白之裘，雪下三天不覺冷。晏子說：賢君飽知人飢，溫知人寒。詎，表示反問的詞，哪裡。狐白，白色皮毛的狐皮衣服。⓬牛羊下　即牛羊下山回圈中。⓭東壁　星名。初冬黃昏時出現在南方。⓮正中昏　指黃昏時在正南方。⓯朱火　指燈燭。⓰抱景　守著孤獨的影子。景，同「影」。⓱心曲　內心深處。⓲所思　所思念的。指丈夫。⓳不可論　不可言說。

【語　譯】思婦登臨高臺上，靠著華美的欄杆而久久思念。撥弦卻彈不成曲調，哀愁之歌只能傳出愁苦的心聲。做著箕帚家務活的妻子留在長江邊，夫君卻遠在雁門關。哪會想到沒有冬衣之苦，只知狐皮大衣有著溫暖。日色昏暗時牛羊下山來，鳥雀聚集在空曠的庭園。初冬寒風已刮起，東壁之星黃昏時已出現在正南方。燈火照著我孤獨一人，守著孤影獨自心傷。誰知內心深處早已紊亂，心中所思不可言說。

數詩

【作　者】鮑照，見頁九六〇。

【題　解】此詩題為「數詩」，是因詩中有一至十的數字組織於詩中。此詩描寫了一個胸無學問、卻因巧於做官因而地位顯赫的人物，含有很深的諷刺意味。

一身❶仕關西❷，家族滿山東❸。二年從❹車駕❺，齋祭❻甘泉宮❼。三朝❽國慶❾畢，休沐❿還舊邦⓫。四牡⓬曜長路⓭，輕蓋⓮若飛鴻⓯。五侯⓰相餞送⓱，高會⓲集新豐⓳。六樂⓴陳㉑廣坐㉒，組帳㉓揚春風㉔。七盤㉕起長袖㉖，庭下㉗列㉘歌鍾㉙。八珍㉚盈雕俎㉛，綺肴㉜紛錯重㉝。九族㉞共瞻遲㉟，賓友仰徽容㊱。十載學無就㊲，善宦㊳一朝通㊴。

【注　釋】❶一身　隻身。❷關西　函谷關以西之地。在陝西甘肅一帶。❸滿山東　指整個山東到處有同家族的人。山東，崤山以東地區。❹從　跟從；隨從。❺車駕　即車。皇帝出行所乘，故作皇帝的代稱。❻齋祭　指天子祭祀之禮。❼甘泉宮　漢武帝時所造，祭天神用。❽三朝　古代天子諸侯皆有三朝，為外朝、內朝、燕朝。內朝見群臣，燕朝以聽政。此指內朝。❾國慶　帝王登基或誕辰稱國慶。❿休沐　休息沐浴。指官吏的例假。⓫舊邦　故鄉。⓬四牡　四馬。指四馬拉的車乘，王侯將相所乘。⓭曜長路　因富貴榮華，故光耀長路。長路，有一路浩浩蕩蕩之意。⓮輕蓋　車蓋。因上有雕飾之物隨車行在飄動而顯得輕飄。⓯若飛鴻　形容車行之狀。⓰五侯　漢成帝同時給其舅王譚等五人封列侯。此泛指朝廷中地位顯赫者。⓱餞送　餞別送行。⓲高會　盛會。⓳新豐　縣名。在今陝西臨潼東。漢高祖因其父思鄉，就遷故鄉人於此，新建一縣，人事一切如故鄉。此指皇親國戚相會之處。⓴六樂　古代的六種音樂。這裡指宮廷典雅的音樂。㉑陳　陳列；張設。㉒廣坐　指眾佳賓的座位。㉓組帳　用絲帶挽著的帳幕。組，絲織的闊帶子。㉔揚春風　指春風拂動。㉕七盤　一種古代的舞蹈。㉖起長袖　指舞女的長袖飄動。㉗庭下　庭堂下。㉘列　排列。㉙歌鍾　當作「歌鐘」。伴唱的樂鐘。鐘，古代的擊樂器，青銅製，以大小相次排列成組。㉚八珍　八種珍貴的食物。泛指精美的食品。㉛雕俎　經過雕飾的器皿。㉜綺肴　花色很多的菜肴。綺，有花紋的絲織品。這裡指菜肴的花色。肴，魚肉。泛指膳食。㉝紛錯重　形容數量很多。紛，眾多。錯，交錯。重，重疊。㉞九族　本指祖父子孫上下九代。此指闔府老少。㉟瞻遲　仰望著等候。遲，等。㊱徽容　美好的容顏。㊲學無就　古人學十年為大成，故此指是謙稱，而非無成就。㊳善宦　官當得好。㊴通　顯榮。

【語譯】一身做官到關西，家族遍布在山東。二年跟隨皇上的車駕馳走，協助天子舉行祭祀之禮於那甘泉宮。三朝大典一結束，便按例休假還鄉歸家中。四馬車乘光耀於回家之路，飄飄車蓋輕盈得如飛鴻。五侯設宴來送行，盛大聚會設在新豐。演奏六種古樂的樂隊列於眾多佳賓前，絲織的帳幕拂動著春風。舞女揮動長袖跳起七盤舞，庭堂之下排列著樂鐘。八珍美味盛滿精美的碗盞，佳肴紛紛錯雜陳列。九族老少都到路口來等候，舊友新朋爭相瞻仰尊容。十年寒窗並無大成就，善於為官一朝顯榮。

翫月城西門解中

【作者】鮑照，見頁九六〇。

【題解】這首詩是鮑照當秣陵（今江蘇江寧）縣令時所作。翫月，後人一般稱賞月。城西門即秣陵縣城西門。解中即官署中。此詩開門見山地講明月。先寫初生之月，再寫既望之後的滿月，寫得形象細膩生動。然後從月光照人，又轉到描寫殘花衰葉、蜀琴郢曲，表達了對仕宦生活的厭倦與對朋友相會的期待。

始出[1]西南樓，纖纖[2]如玉鉤[3]。末映[4]東北墀[5]，娟娟[6]似蛾眉[7]。蛾眉蔽[8]珠櫳[9]，玉鉤隔[10]瑣窗[11]。三五二八[12]時，千里與君同[13]。夜移[14]衡漢[15]落[16]，徘徊[17]帷戶[18]中。歸華[19]先委露[20]，別葉[21]早辭風[22]。客游[23]厭苦辛，仕子[24]倦[25]飄塵[26]。休澣[27]自公日[28]，宴慰及私辰[29]。蜀琴[30]抽[31]〈白雪〉[32]，郢曲[33]發〈陽春〉。肴[34]乾[35]酒未缺[36]，金壺[37]啟夕淪[38]。迴軒[39]駐[40]輕蓋[41]，留酌[42]待[43]情人[44]。

【注釋】❶始出　指剛從樓後面升起。❷纖纖　小巧尖細的樣子。❸玉鉤　玉製的鉤。一般都用以比喻新月。❹末映　即後來映照。❺墀　臺階。❻娟娟　美好的樣子。❼蛾眉　古時稱美女彎曲的眉毛。❽蔽　遮掩。❾珠櫳　用珍珠裝飾的窗戶。❿隔　義與上文「蔽」相近。⓫瑣窗　有雕飾花紋的窗戶。⓬三五二八　陰曆十五、十六。⓭千里與君同　指月光普照千里，天下人都可同賞明月。君，指友人。⓮夜移　夜色變化。⓯衡漢　北斗與天河。衡，玉衡。即北斗的中星，這裡指北斗。漢，銀漢；天河。⓰落　指夜深沈沒。⓱徘徊　來回移動。⓲帷戶　帷幕與門。指門簾。亦即指房內。⓳歸華　落花。因花生於土中，又復落入土中，故稱。⓴委露　因秋露而衰萎。委，通「萎」。㉑別葉　離枝的樹葉。㉒辭風　即辭於風。指被風一吹而掉落。㉓客游　遠遊異地。㉔仕子　當官者。㉕倦　與上文「厭」同義。㉖飄塵　隨風飄動的灰塵。一指當官者受皇帝指派，生活不安定；二指宦海波險，隨時會遭不測。㉗休澣　休息沐浴。亦稱休沐，官吏的定期休假日。㉘自公日　從公務中退出之日。㉙及私辰　趁著自己休沐的時候。辰，日子；時辰。㉚蜀琴　蜀地的琴。因漢代蜀人司馬相如善彈琴，故稱。㉛抽　拔；撥。㉜白雪　春秋時一種高妙的音樂，下文〈陽春〉同此。㉝郢曲　郢都的歌曲。此指吟唱。宋玉〈對楚王問〉中有郢地有人唱〈陽春〉、〈白雪〉與〈下里〉、〈巴人〉而和者眾寡不同一事。㉞肴　煮熟的魚肉等。此指菜餚。㉟乾　完。㊱缺　指還有。㊲金壺　即銅製漏壺，為古計時器。壺，原作「臺」，依五臣注改。㊳啟夕淪　據黃節之見，「啟」為「踞」之借字，此謂所鑄之金人踞而承夕漏。時漏已盡。淪，沒。借指無、盡。㊴迴軒　回車。㊵駐　停留。㊶輕蓋　一種有篷的輕車。這裡泛指車。㊷留酌　留下酒來。㊸待　等待。㊹情人　友人。

【語　譯】初月剛從西南樓後升起來，小巧尖細得猶如玉製的掛鉤。隨後照在東北臺階上，勝似漂亮的蛾眉。蛾眉被精美的窗戶遮蔽，玉鉤被雕花的窗櫺隔開。十五十六滿月時，普照千里你我可同賞。夜色推移使北斗、天河已斜轉，月光緩緩地移動於房中。落花已先經露而衰謝，離枝的樹葉早被風吹落。遠遊異地厭倦旅途辛苦，當官已厭倦像隨風飄動的灰塵般的生活。休假是在公務之餘的時候，飲宴自慰要趁著休假的時辰。妙手撫琴彈出的是〈白雪〉之曲，美妙的歌喉唱出的是〈陽春〉調。菜餚吃完了還有酒，銅製的漏壺顯示夕漏已盡。轉回車來暫且停下，留下酒來等待遠方友人。

始出尚書省

【作　者】謝朓，見頁九六〇。

【題　解】謝朓曾任尚書吏部郎，未即位的齊明帝蕭鸞在輔政時，招他為諮議領記室，這首詩就寫於他從尚書省出來之時。此詩通過對齊代前期幾位帝王的評價，表明作者對政治清明的熱望，並希望能事明主，實現自己的政治理想。雖然他一時被重用，但從家鄉所見的悲涼情景，無疑暗示蕭齊政權的衰頹與政治的黑暗。所以雖然他對理想的追求誓志不變，但總有無可奈何的哀怨。

惟[1]昔逢休明[2]，十載朝雲陛[3]。既通金閨籍[4]，復酌瓊筵醴[5]。宸景[6]厭照臨[7]，昏風[8]淪[9]繼體[10]。紛虹[11]亂朝日[12]，濁河[13]穢[14]清濟[15]。防口[16]猶寬政[17]，餐茶[18]更如薺[19]。英衮[20]暢人謀[21]，文明[22]固天啟[23]。青精[24]翼紫軑[25]，黃旗[26]映朱邸[27]。還睹司隸章[28]，復見東都禮[29]。中區[30]咸已泰，輕生[31]諒[32]昭洒[33]。趨事[34]辭宮闕[35]，載筆[36]陪旌棨[37]。邑里[38]向疏蕪[39]，寒流自清泚[40]。衰柳尚沈沈[41]，凝露方泥泥[42]。零落悲友朋[43]，歡虞[44]讌[45]兄弟。既秉[46]丹石心[47]，寧[48]流素絲涕[49]。乘此[50]終蕭散[51]，垂竿[52]深澗底。

【注　釋】[1]惟　思。[2]休明　美好清明。指政治。[3]朝雲陛　入皇宮朝見。指去京城求官。雲陛，很高的宮殿的臺階。

❹通金閨籍　指當了官。金閨，皇宮的門。古代朝廷官吏的姓名職務等掛在宮門，以便出入查對。記名於宮門叫通籍。❺酌瓊筵醴　指得到皇上的重用。酌，喝。酒，瓊筵。指天子的筵席。醴，美酒。❻宸景　喻齊武帝。宸，是帝王宮殿，代指帝王。景，太陽。因帝王像太陽，故以宸景為喻。❼厭照臨　指齊武帝崩。厭，棄。❽昏風　指帝王的昏亂。此指繼位的鬱林王。❾淪　沈沒；淪喪。❿繼體　繼位。⓫紛虹　指邪陰之氣。⓬亂朝日　比喻奸佞者亂朝廷。⓭濁河　渾濁的河水。⓮穢　汙穢。⓯清濟　清澈的濟水。⓰防口　帝王怕人議論，於是不准人們說話，堵眾人之口。⓱寬政　政刑寬舒。⓲餐荼　吃荼。荼，苦菜。⓳薺　薺菜。味甜。⓴英袞　賢明的宰臣。袞，三公之服。這裡代指輔政的明帝。㉑暢人謀　指明帝施政暢通。㉒文明　光明。指明帝的德政。㉓天啟　上天的啟示。等於說符天命。㉔青精　星名。與下文的「黃旗」，都是王者將興的符應。㉕紫軑　指天子的車。㉖黃旗　瑞雲。㉗朱邸　帝王所居。㉘司隸章　司隸的儀禮。西漢末代皇帝劉玄到洛陽去，叫光武帝劉秀當司隸校尉。洛陽一些名流皆包上百姓用的頭巾穿女人衣以蔑視劉玄，而以禮待劉秀。表示了人心之向背。㉙東都禮　與「司隸章」互文而同義。東都，洛陽。㉚中區　中原；中國。㉛輕生　即賤命。指一般官僚平民。此眺自謂。㉜諒　信；誠然。㉝昭洒　昭雪。洒，通「洗」。洗雪。㉞趨事　猶言赴任。指到明帝處做事。㉟辭宮闕　指離開尚書省。㊱載筆　從事文字工作。載，通「事」。從事。㊲陪旌棨　猶言追隨明帝工作。旌棨，都是高官的儀仗。代指蕭鸞。㊳邑里　指故里。㊴向疏蕪　日趨蕭條荒蕪。㊵清泚　清澈。㊶沈沈　當作「重重」解。㊷泥泥　溼潤的樣子。㊸零落悲友朋　指為舊日朋友的衰亡而悲傷。㊹歡虞　歡娛；歡樂。虞，通「娛」。㊺讌　同「宴」。宴請。㊻秉　持；懷。㊼丹石心　忠貞的心。丹，朱砂。古人謂丹可磨而色不變。㊽寧　難道。㊾流素絲涕　墨子見白絲而流淚，因為它可被任意染色。素絲，白的絲。涕，淚。㊿乘此　乘此任職之機。51蕭散　閒散。52垂竿　垂釣。

【語　譯】回想過去遇上政治清明的盛世，十年在京城裡做官。朝廷的官吏榜上既已掛了名姓，又喝了天子筵席上的美酒。不幸先帝駕崩使陽光不再照著大地，而後帝昏亂沒能好好地繼位。邪陰之氣昏亂了早晨的陽光，渾濁的黃河水汙穢了清清的濟水。使得防眾之口還算是刑政寬舒，吃苦菜猶如吃著甜菜。明帝輔政處事很暢通，推行德政本來就是上符天命。青精星高照在天子車駕上，瑞雲映照於帝王的住宅。而今還見當年司隸校尉的儀規，又見東都洛陽人們向著光武帝施以重禮。中原從此皆安定，我這輕賤之人也得到光明洗清汙穢。因赴任而告別尚書省，陪伴著明公從事文字的工作。故鄉日趨蕭條與荒蕪，嚴寒之時水流多淒清。柳樹枯衰還低垂枝葉，寒凝露水正溼潤發光。為舊日朋友的衰亡而悲傷，想起當年高高興興地宴請眾兄弟的情景。而今我既懷著忠貞之心，哪裡會流下怕白絲變黑的眼淚。乘此機會且享受閒散之樂，且在那深澗之旁垂釣一番。

直中書省

【作　者】謝朓，見頁九六〇。

【題　解】此詩是作者在中書省值班時有所感觸而作。詩中說自己雖官居臺省之職，卻嚮往山泉遊賞的生活。這是有政治抱負的他對政治黑暗不滿的一種表現。題目中之直，同「值」，即值班。中書省是官署名，為帝王發布政令的行政機構。

紫殿❶肅陰陰❷，彤庭赫❸弘敞❹。風動萬年枝❺，日華❻承露掌❼。玲瓏❽結綺錢❾，深沈❿映朱網⓫。紅藥⓬當階翻，蒼苔依砌⓭上。茲⓮言⓯翔鳳池⓰，鳴珮⓱多清響。信⓲美非吾室，中園⓳思偃仰⓴。朋情㉑以鬱陶㉒，春物㉓方駘蕩㉔。安得凌風㉕翰㉖，聊㉗恣㉘山泉賞。

【注　釋】❶紫殿　即皇宮。與下句的「彤庭」義同。❷肅陰陰　肅靜深沈的樣子。❸赫　明朗。❹弘敞　廣大。❺萬年枝　即萬年樹。指冬青樹。❻日華　太陽的光華。此指日照。❼承露掌　即承露盤。漢武帝時曾造柏梁銅柱承露盤仙人掌。❽玲瓏　形容門窗樣式的精美。❾結綺錢　即結綺窗。用綾綺結成連錢的窗戶。❿深沈　指殿宇深沈。⓫朱網　指綺製的網狀簾幕。⓬紅藥　芍藥。⓭砌　臺階。⓮茲　此。⓯言　語助詞。⓰翔鳳池　即鳳凰池。中書省的美稱。⓱鳴珮　即玉佩。

官員身上所佩。因能發出悅耳的響聲，故常稱鳴珮。⓲信　誠然。⓳中園　園中。⓴偃仰　安居。㉑朋情　友情。㉒鬱陶　憂思鬱結的樣子。㉓春物　春天的景物。㉔駘蕩　同「澹蕩」。舒緩蕩漾的景色。㉕淩風　乘風。㉖翰　長而硬的鳥羽。此指飛。㉗聊　姑且。㉘恣　不拘束。

【語　譯】皇宮肅靜而深沈，宮廷明亮而寬廣。輕風吹動了冬青樹，陽光照耀著承露盤。門窗用綾綺結成連錢是多麼精美玲瓏，殿宇深沈掩映朱紅的簾幕。芍藥飄舞在階前，青苔布滿於臺階上。在這鳳凰池，官員所帶玉佩鳴聲清爽。這裡的確優美卻非我的家，我正想著到園中安居。思念朋友之情鬱結於胸中，春天的景物正舒緩而蕩漾。如果能夠乘風而飛，姑且縱情把那山泉來欣賞。

觀朝雨

【作　者】謝朓，見頁九六〇。

【題　解】這是一首藉觀雨以抒寫懷抱的詩。由於平明飛雨，重門不開，暫時與塵世的煩擾隔開，得到片刻懷古的悠閒。一面做官，一面又想隱遁，是他的詩中經常表現的思想。他一直為此矛盾痛苦，但最後還是退隱的思想占了上風。

朔風吹飛雨，蕭條❶江上來。既灑百常觀❷，復集九成臺❸。空濛❹如薄霧，

散漫❺似輕埃❻。平明振衣❼坐，重門❽猶未開。耳目暫無擾，懷古信❾悠哉❿。

戢翼⓫希驤首⓬，乘流⓭畏曝鰓⓮。動息⓯無兼遂⓰，歧路多徘徊。方同戰勝者⓱，

去翦北山萊⓲。

【注釋】❶蕭條　冷落。形容北風與雨。❷百常觀　漢代的臺觀名。這裡泛指臺觀。❸九成臺　古臺名。用意同上。❹空濛　水氣瀰漫的樣子。❺散漫　指極細的雨絲隨風飄動。❻埃　塵土。❼振衣　抖衣。❽重門　指宮門。❾信　實在。❿悠哉　憂思的樣子。⓫戢翼　即收斂翅膀不飛。比喻歸隱。⓬驤首　馬首昂舉。即開步。比喻做官。⓭乘流　隨流而上。喻做官。⓮曝鰓　古代傳說，大魚集於龍門，能上去則成龍，不能上去就曝鰓於龍門。曝，曬。這裡比喻仕途艱險。⓯動息　活動或停止。即做官或隱退。⓰遂　成就；順利地做到。⓱戰勝者　指隱居者。其實是自指。孔子門人子夏曾為是要富貴還是要先王之義而猶豫，後來先王之義終於戰勝了。⓲翦北山萊　即歸隱。翦，採摘。萊，香草名。

【語譯】北風吹來雨亂飛，清寒之氣從那江上來。冷雨飛灑在那宮觀前，又集中飄灑眾樓臺。水氣瀰漫像薄霧，細細雨絲隨風飄動如塵埃。天明披衣坐，宮門還未開。耳目暫時清靜而無干擾，懷想古昔的確憂思重重。歸隱又想做大官，想跳龍門又怕跳不成被曝曬。做官歸隱難兩全，岔路邊上時徘徊。我將要同那戰勝出仕的欲念一道，回到北山採香萊。

郡內登望

【作　者】謝朓，見頁九六〇。

【題　解】這是一首登高望遠、感世傷懷的詩作。寫於作者出任宣城郡（在今安徽宣城）太守之時。從開篇寫上任不僅一月而登高所見淒清之景，可見他鬱鬱不樂的心境，從「結髮倦為旅」等最後幾句敘說，則更反映了他對仕宦的厭倦之情。

借問❶下車❷日，匪直❸望舒❹圓。寒城一以眺❺，平楚❻正蒼然❼。山積陵陽阻❽，溪流春穀泉❾。威紆❿距⓫遙甸⓬，巉嵒⓭帶⓮遠天。切切⓯陰風暮，桑柘⓰

起寒煙。悵望⑰心已極⑱，惝怳⑲魂屢遷⑳。結髮㉑倦為旅，平生㉒早事邊㉓。誰規㉔鼎食㉕盛，寧㉖要狐白㉗鮮㉘。方棄㉙汝南諾㉚，言㉛稅㉜遼東田㉝。

【注　釋】❶借問　試問。❷下車　到任。❸匪直　非只。❹望舒　神話中為月神駕車之神。此指月亮。❺一以眺　猶言看看。眺，遠望。❻平楚　平林。楚是叢木。登高所望，林如平地，故稱。❼蒼然　青蒼之色。❽山積陵陽阻　指群山積聚而有陵陽山之險。陵陽，山名。在宣城境內。❾溪流春穀泉　指溪流匯集而有春穀的泉流。春穀，水名。在宣城境內。❿威紆　義同「逶迤」。水流彎曲、延續不絕的樣子。⓫距　離開。這裡有延伸義。⓬甸　古時稱郊外。⓭巉嵒　高峻險要的山石。⓮帶　指連接。⓯切切　形容聲音淒厲。⓰柘　樹名。可養蠶。⓱悵望　悵然懷想。⓲心已極　指悲傷到極點。⓳惝怳　不得志；不開心。⓴魂屢遷　指心神不寧。㉑結髮　指成人。㉒平生　一生；有生以來。㉓事邊　守邊防。㉔規　打算。㉕鼎食　列鼎而食。指生活豪侈。㉖寧　豈；難道。㉗狐白　狐白之裘。是高級保暖的皮衣。㉘鮮　鮮豔。㉙棄　這裡指剛離開原來的工作。㉚汝南諾　東漢人宗資曾為汝南太守，一切政事都由功曹范滂處理，他只點個頭，應一下諾。這裡以范滂自比。㉛言　語助詞。無義。㉜稅　通「脫」。解脫；休息。這裡有歸隱義。㉝遼東田　曹魏時人管寧，曾到遼東見太守公孫度，只談經典不談世事，後因未見用而居鄉間。有人牽牛糟蹋他的田，他反而好好飼養，結果使禮儀大行於遼東。這裡自比不當官而行仁義的管寧，實際上是想歸隱的表示。

【語　譯】試問到任的日子，到如今已不只是月亮缺了又復圓而已。天寒之日登城而望遠，平地上一片樹林正蒼翠。群山巍巍使陵陽山更顯得險要，溪流條條而中有春穀泉。水流綿延一直伸向遠方，高險的山峰連接著遙天。淒厲的寒風傍晚時刮得正緊，桑柘之上升起寒冷的煙靄。悵然遠望心裡抑鬱到極點，內心憂傷神魂不寧。長大以後苦於遠地奔波，此生早就從軍守邊關。誰曾指望列鼎而食當貴族，又哪求鮮豔的狐白之裘來保暖。正想辭去這聊且應付的官職，脫身歸去躬耕田園。

和伏武昌登孫權故城

【作 者】謝朓，見頁九六〇。

【題 解】這是一首登臨懷古之詩。自赤壁大戰後，孫權又在吳蜀彝陵之戰中大敗劉備，於是在黃龍二年稱帝於武昌。作者見同時人伏曼容為武昌太守時有登臨之作而加以唱和。詩中回顧了孫權創建帝業的過程與稱帝後的一些措施。同時也寫到了孫吳的覆滅。最後則贊揚了伏曼容此詩的文采。

炎靈[1]遺劍璽[2]，當塗[3]駭龍戰[4]。聖期[5]缺中壤[6]，霸功[7]興寓縣[8]。鵲起[9]登吳山[10]，鳳翔[11]陵楚甸[12]。衿帶[13]窮[14]巖險，帷帟[15]盡謀選[16]。北拒[17]溺驂鑣[18]，西龕[19]收[20]組練[21]。江海既無波[22]，俯仰[23]流英盼[24]。裘冕[25]類禋郊[26]，卜揆[27]崇[28]離殿[29]。釣臺[30]臨[31]講閱[32]，樊山[33]開廣讌[34]。文物[35]共葳蕤[36]，聲明[37]且葱蒨。三光[38]厭分景[39]，書軌[40]欲同薦[41]。參差[42]世祀[43]忽[44]，寂漠[45]市朝變[46]。舞館[47]識餘基[48]，歌梁[49]想遺轉[50]。故林[51]衰木平[52]，荒池秋草徧[53]。雄圖[54]悵若茲，茂宰[55]深遐睠[56]。幽客[57]滯江皋[58]，從賞[59]乖纓弁[60]。清卮[61]阻獻酬[62]，良書[63]限聞見。辛籍[64]芳音[65]多，承風[66]采餘絢[67]。于役[68]儻有期[69]，鄂渚[70]同游衍[71]。

【注　釋】❶炎靈　炎漢；漢朝。❷遺劍璽　指失國。劍，指劉邦斬蛇之劍。惠帝繼位，被授此劍。璽，皇帝玉璽。❸當塗　當時觀天象者以為漢代氣數已盡，王者之氣見於當塗。此用以指曹魏。❹龍戰　指曹、孫、劉大戰。❺聖期　天出聖王之期。❻中壤　中國。❼霸功　稱霸之功業。❽興寓縣　在各地興起。指魏、蜀、吳並起。寓，同「宇」。❾鵲起　風來枝折，巢傾而鵲飛起。此喻漢室傾覆，孫吳興起。❿登吳山　指孫權居吳稱帝。⓫鳳翔　指孫權興起。⓬陵楚甸　指孫吳並占楚地，建都建業。楚甸，同「楚地」。⓭衿帶　代指國境內地勢。⓮窮　盡；皆。⓯帷帟　即帷幄。⓰謀選　有智謀的人選。⓱北拒　向北在江淮抵禦曹操。⓲溺驂鑣　淹沒敵人的騎兵。驂，同駕車的三馬。鑣，馬嚼子。⓳西龕　西面平定。指擊敗劉備。⓴收　俘獲。㉑組練　軍士的衣甲。指代精壯的軍隊。㉒江海既無波　比喻天下已定。㉓俯仰　喻時間短。猶言「不久」。㉔流英盼　轉動銳利的眼光。指盼著統一中原。㉕袞冕　帝王衣冠。代指孫權。㉖類禋郊　三字皆祭天義。類，通「禷」。㉗卜揆　占卜與測算。㉘崇　高。㉙離殿　皇帝正宮以外的臨時宮殿。㉚釣臺　臺名。在武昌。㉛臨　指孫權駕臨。㉜講閱　講武閱兵。㉝樊山　在武昌。㉞開廣讌　大肆宴樂。讌，同「宴」。㉟文物　禮樂制度。㊱葳蕤　同下句「蔥蒨」，盛多的樣子。㊲聲明　聲教文明。㊳三光　指三國。㊴分景　土地分裂。因前面講光，這裡即說景。景，日光。㊵書軌　指書同文、車同軌。㊶薦　進。㊷參差　形容時間過得快。㊸世祀　一朝中代代相繼的祭祀大事。這裡代指朝代。㊹忽　指匆匆結束。㊺寂漠　即寂寞。㊻市朝變　指集市因時代的更變而人、物都變。㊼舞館　歌舞的樓臺。㊽識餘基　因樓臺已廢而由餘留的房基來辨識。㊾歌梁　妙歌者聲音能繞梁。㊿遺轉　遺留的聲音。轉，一作「囀」。聲音。(51)故林　過去的樹林。(52)衰木平　樹木朽衰已成平地。(53)秋草徧　長滿秋草。(54)雄圖　宏偉的圖謀。(55)茂宰　對伏曼容所當的太守（以及縣令）官職的尊稱。(56)深遐睠　深沈的回顧。指他寫的詩。(57)幽客　未發達者。作者自指。(58)江皋　江水邊。(59)從賞　指賞景遊樂。(60)乖纓弁　指沒能見到伏曼容。乖，違背；離開。纓弁，冠帶與皮帽。這裡以官帽代指伏曼容。(61)清卮　指酒。卮，酒杯。(62)獻酬　宴席上賓主敬酒，古代有明確的禮儀制度。(63)良書　好書。指伏詩。(64)籍　當為「藉」。憑藉。(65)芳音　指曼容詩中之言。(66)承風　承受風雅。(67)采餘絢　能採取其中一點美的東西。即從他處學到一點。(68)于役　行役。指任職。(69)儻有期　指任職到期。(70)鄂渚　武昌遊樂之處。(71)衍　樂。

【語　譯】漢朝失去了天下，曹魏當興引起群雄爭戰。中國自從缺了號令天下的聖王，稱霸之業興起於州縣。如巢傾鵲飛孫權占據吳山，如鳳凰飛翔孫吳把楚地強占。邊境地帶皆險阻，運籌帷幄的盡是有智謀的人選。

向北拒敵苦於戰馬難渡河，平定西面俘獲了精壯的敵軍。江海從此沒有波瀾，不久又兩眼望著中原。穿戴帝王的衣冠祭蒼天，又卜算著時日造偏殿。駕臨釣臺講武又閱兵，在樊山上又設置盛大的酒宴。文物制度既紛紛設置，聲教文明更極茂盛。上天不滿三光分照三國，想把書同文、車同軌的統一局面獻給大晉。匆匆一個朝代已結束，集市也因改朝換代變為淒涼。歌舞樓臺只留下可以回憶的房基，繞梁之歌只能想像還有遺留的聲響。過去的樹林已經衰朽成為平地，荒蕪的池沼秋草已長遍。吳主雄圖悵恨竟如此，太守深沈地追懷而有詩篇。我幽居滯留於江畔，賞景遊樂時未能見到伏氏太守之面。一杯清酒路遠無法敬獻，讀到好詩卻不能面見。幸虧太守詩中佳句良多，可以領會風範採摘文采。如我一旦任職期滿，可以一同遊樂於武昌的水邊。

和王著作八公山詩

【作　者】謝朓，見頁九六〇。

【題　解】這是一首登臨懷古之作。東晉時，前秦苻堅進攻江南，東晉謝安、謝玄率軍在淝水與之大戰。苻堅心慌，連城外八公山上草木也皆以為晉兵，最後大敗而走。八公山位於宣城郡境內，時謝朓為宣城太守，因友人王融（任著作官）有登臨之作，於是作此唱和。詩中回顧了當年的戰役，但在贊美二謝的同時，又為自己壯志未酬而悲哀。

二別❶阻漢坻❷，雙崤❸望河澳❹。茲嶺❺復巑岏❻，分區❼奠淮服❽。東限❾琅邪臺❿，西距孟諸陸⓫。仟眠⓬起雜樹，檀欒⓭蔭修竹。日隱⓮澗凝空⓯，雲聚岫如複⓰。出沒⓱眺樓雉⓲，遠近⓳送春目⓴。戎州㉑昔亂華㉒，素景㉓淪㉔伊穀㉕。

阽㉖危賴宗袞㉗，微管㉘寄明牧㉙。長虵㉚固能翦㉛，奔鯨㉜自此曝㉝。道峻㉞芳塵流㉟，業遙㊱年運倏㊲。平生仰㊳令圖㊴，吁嗟命不淑㊵。浩蕩㊶別親知，連翩㊷戒㊸征軸㊹。再遠㊺館娃宮㊻，兩去河陽谷㊼。風煙四時犯㊽，霜雨朝夜沐㊾。春秀㊿良(51)已凋，秋場(52)庶能築(53)。

【注釋】❶二別　二山名。有大別、小別之分。❷阻漢坻　如阻隔漢水的高地。❸雙崤　崤山有南北之別。❹望河澳　如遙望監視著黃河邊。澳，水道彎曲的地方。❺茲嶺　此山。指八公山。❻巑岏　大山上銳峻的山峰。此指險要。❼分區　指劃分天下的部分區域。❽奠淮服　鎮守淮水流域。奠，定；安。服，京城城郊以外的地方。❾東限　東面疆界。限，與下文「距」同義。❿琅邪臺　在山東諸城琅邪山上，可望大海。⓫孟諸陸　即孟諸澤。在河南商丘。⓬仟眠　草木蔓衍叢生的樣子。⓭檀欒　形容毛竹的秀美。⓮日隱　日光隱蔽。⓯澗凝空　澗暗如空。⓰岫如複　山顯得重重疊疊。⓱出沒　指建築物被樹木等所遮而有的看得見，有的則遮沒。⓲雉　古代計算城牆面積的單位。此指城。⓳遠近　指眺望的不同地方。⓴送春目　投送賞春的目光。㉑戎州　戎人所居州邑。此指前秦苻堅。㉒華　華夏。㉓素景　代指西晉。晉為金德，其色白，故云。㉔淪　淪喪。㉕伊穀　二水名。代指西晉都城洛陽。㉖阽　臨近。㉗宗袞　指謝安。袞，古代大官的禮服。㉘微管　要不生管仲；如果沒有管仲。《論語・憲問》中說：「微管仲，吾其被髮左衽矣。」這裡猶言抗敵。㉙明牧　賢明的州牧。此指謝玄。他以兗州刺史等職領兵抗苻堅。㉚長虵　義同下文「奔鯨」，指苻堅。㉛翦　消滅。㉜奔鯨　鯨以吞食魚類為生。以喻苻堅的侵犯。㉝曝　殺而曝曬。以喻消滅。㉞道峻　道德高尚。峻，高。㉟芳塵流　指芳名流傳後世。㊱業遙　功業遠大。㊲年運倏　時光變化得快。倏，同「倐」。疾速。㊳仰　仰仗。㊴令圖　美好的謀略。㊵淑　美；好。㊶浩蕩　心緒不寧的樣子。㊷連翩　鳥飛的樣子。㊸戒　起程。㊹征軸　發車。㊺再遠　同下文「兩去」，指幾次改任或遠遊。㊻館娃宮　宮名。吳王夫差所造。此指京城。㊼河陽谷　指晉石崇之河陽金谷園，地在今河南孟縣。此指逸樂之所。㊽犯　冒。㊾霜雨朝夜沐　日夜櫛風沐雨。㊿春秀　春花。此喻青春。(51)良　確。(52)秋場　秋收後翻曬糧食及脫粒的地方。(53)庶能築　差不多可以做了吧？

【語　譯】大別、小別二山猶如阻隔漢水的高地，南嶓、北嶓好像監視著黃河岸邊。這座八公山又很險要，好像劃分疆界鎮守在淮水邊上。東面的疆界琅邪臺，西面的疆界孟諸澤。樹木長得很繁盛，毛竹也生得秀美修長。日光隱蔽而澗暗如空，白雲聚集使山看如重重疊疊，或隱或現地樓臺可以遠望，遠近春景都可縱目觀賞。前秦苻堅當年入侵中華，西晉的都城洛陽淪喪。臨危之時幸有先祖謝安公在，抗敵多虧那賢明的謝玄。長蛇自然能消滅，鯨魚也被殺死曝曬。道德高尚而芳名可以流傳後世，功業遠大而時光迅速在變換。我平生欽仰祖先美好的謀略，只歎時乖又命蹇。心情憂鬱告別親人與朋友，匆匆起程出發奔遠方。二次遠遊別京城，兩度離別河陽谷。一年四季都冒著風塵，白天和黑夜常常頂著雨與霜。春花確實已經凋謝，秋收的曬場也差不多可以建造了。

和徐都曹

【作　者】謝朓，見頁九六〇。

【題　解】這首詩是和都曹郎徐勉的，謝朓集本詩題作〈和徐都曹勉昧旦出新渚〉，新渚即新亭渚，在建康郊區。此詩描寫二人出遊所見春郊景色，詩句清麗可人，音律和諧，頗能反映他的詩風。

宛洛❶佳遨遊，春色滿皇洲❷。結軫❸青郊路，迥❹矚蒼江流。日華❺川上動，風光❻草際浮。桃李成蹊徑❼，桑榆陰道周❽。東都❾已俶❿載⓫，言⓬歸望綠疇⓭。

【注　釋】❶宛洛　南陽與洛陽。都是當時的名都，此指南齊都城建康。❷皇洲　皇都；京城。❸結軫　停車。軫，車後橫木。借指車。❹迥　遠。❺日華　太陽的光華。❻風光　光風。指風吹草木，日照而有光彩。❼蹊徑　皆是小路。❽桑榆陰

道周　指綠樹成蔭遮住了整條路。❾東都　洛陽。此指京城。❿俶　始。⓫載　農事。⓬言　語助詞。⓭望綠疇　欣賞綠茵茵的田畝。

【語　譯】南陽和洛陽的美景值得遨遊，整個京城春意融融。暫停車馬於京郊外，遠看著青青江水流。陽光在江面閃動，風吹草地而日影在草上浮動。桃李樹下已經踩出小徑，桑榆成蔭遮掩了整條大路。東都郊外農事已經開始，希望歸去看那綠茵茵的田畝。

和王主簿怨情

【作　者】謝朓，見頁九六〇。

【題　解】這首詩和的是主簿王季哲的怨情詩。通過王昭君出塞，陳皇后失寵等的怨情，寄託政治上的怨憤之感。自古以來，君王昏庸，奸臣弄朝，都將使一些有真才實學者被朝廷疏遠。所以詩中借婦人的失寵之怨，流露出對朝廷不滿的情緒。

掖庭❶聘❷絕國❸，長門❹失歡宴。相逢詠糜蕪❺，辭寵❻悲班扇❼。花叢亂數蝶，風簾入雙燕。徒使春帶❽賒❾，坐❿惜紅妝⓫變。生平一顧重⓬，宿昔⓭千金賤⓮。故人⓯心尚爾⓰，故心人不見⓱。

【注　釋】❶掖庭　皇宮中的旁舍，宮嬪所居之處。❷聘　婚聘。指單于娶王昭君。❸絕國　極為遼遠的邦國。❹長門　長門宮。漢武帝陳皇后失寵後居於此處。❺糜蕪　即蘼蕪。漢樂府民歌有〈上山採蘼蕪〉，講棄婦之事。❻辭寵　失寵。❼悲班扇　班婕妤是才女，甚得漢成帝之寵愛，後被趙飛燕所譖，心中悲怨而作〈團扇詩〉。❽春帶　指青年女子的衣帶。❾賒寬緩。⑩坐　空；徒。⑪紅妝　女子盛妝。此指容顏。⑫一顧重　李善注引《列女傳》：「楚成鄭子瞀者，楚成王之夫人也。初，成王登臺，子瞀不顧。王曰：『顧，吾與女千金。』子瞀遂行不顧。」此言昔日所受恩寵，竟至一顧千金。⑬宿昔　過去。指年輕時。⑭千金賤　指十分寵愛，情誼之重，千金比之也顯得輕。⑮故人　指夫。⑯尚爾　仍然是這樣。⑰故心人不見　原作「故人心不見」，此從六臣注本改。

【語　譯】宮妃王昭君遠嫁到異邦，長門宮中陳皇后不能再參加歡宴。相逢只詠樂府的棄婦詩，班婕妤失寵而悲怨地題詩團扇。花叢中間蝴蝶亂飛舞，門簾下成雙結對的燕子在進出。徒使衣帶變寬腰肢瘦，徒然惋惜紅顏衰變。生平也曾一顧也受到重視，過去千兩黃金也覺得低賤。他的心仍然是這個樣子，我心未變他卻看不見。

和謝宣城

【作　者】沈約，見頁九一三。

【題　解】這是和謝朓在任宣城太守時所寫臥疾詩的作品。沈約身仕宋齊兩朝，為官清正，頗有政績，所以這首詩一開始雖然對謝朓因病不理政事比作前人「從宦非宦侶」而加以贊揚，其實也是自我肯定，因此入後就說到自己也是如此，雖然較多自謙之語，實際是引謝朓為同道、知己，而最後則道出了想歸隱的心志。

王喬飛鳧舄①，東方金馬門②。從宦③非宦侶④，避世不避喧⑤。揆余⑥發皇鑒⑦，短翮⑧屢飛飜。晨趨朝建禮⑨，晚沐⑩臥郊園。賓至下塵榻⑪，憂來命綠樽⑫。昔賢侔時雨⑬，今守⑭馥蘭蓀⑮。神交⑯疲夢寐⑰，路遠隔思存⑱。牽拙⑲

謬⑳東汜㉑，浮惰㉒及㉓西崑㉔。顧循㉕良㉖菲薄㉗，何以儷㉘璵璠㉙。將隨渤澥㉚去，刷㉛羽汎清源㉜。

【注　釋】❶王喬飛舃　漢代王喬有神術，為縣令，一月幾次來朝不見車馬，明帝很奇怪，派人伺察，只見他來時總有一對野鴨（舃）飛來，就將牠捕捉，得一鞋，正是自己賜他之鞋。❷東方金馬門　漢代東方朔（字曼倩）為朝官，喝酒過癮時唱道：「陸沈（隱居）於俗，避世金馬門。」金馬門，皇宮門。❸從宦　指王喬當官。❹非宦侶　不和當官者為伍。因他是仙人。❺避世不避喧　指有避世思想而不避世俗的喧鬧。❻揆余　指看我有才德。揆，考察。❼發皇鑒　給我皇上的明鏡，指判案公允。這裡指當官。鑒，鏡子。❽短翮　翅膀短小，不能高飛。比喻自己才能有限。翮，羽毛中的硬管。代指羽毛。❾朝建禮　指上朝。建禮，漢宮門。❿晚沐　退朝休息。沐，沐浴。⓫下塵榻　放下平常不用而蒙上灰塵的床。後漢徐穉，高潔不仕，太守陳蕃引為知己。平時從不接客，唯徐穉來做一張床。徐走了就懸掛不用。這裡指自己不與世俗交往。⓬綠樽　指酒。⓭侔時雨　就像及時雨。指當官為人民著想，為他們謀利益。侔，等同。⓮今守　今天的太守。指謝朓。⓯馥蘭蓀　像蘭和蓀兩種香草一樣香。指官當得好。⓰神交　指夢魂相交會。⓱疲夢寐　形容交會之多。⓲思存　思慕。⓳牽拙　指處理公務拖拉拙笨。⓴謬　指朝廷錯用自己。㉑東汜　指東面海邊，日所出處。喻年輕時。㉒浮惰　虛度怠惰。㉓及　到。㉔西崑　西面崑崙山，日所落處。喻年老時。㉕顧循　反省自己。顧，看。循，撫摩。㉖良　的確。㉗菲薄　言資質淺薄。㉘儷　匹配。㉙璵璠　皆美玉名。此比謝朓。㉚渤澥　即渤海。㉛刷　梳理。㉜汎清源　即浮遊於清波上。

【語　譯】王喬上朝時鞋子變作野鴨飛，東方朔避世於金馬門。當官不和當官者為伍，避世不避俗世的喧鬧。朝廷看我有才叫我去當官，翅膀雖短卻屢得翻飛。清晨急急去建禮門上朝，退朝沐浴後閒臥於京郊的園中。客人來訪才鋪蒙塵的床，心裡憂煩時喝下綠酒一樽。過去的賢人真像及時雨，今日的太守為官名聲之香如蘭蓀一般。神交於夢寐之中十分頻繁，路途的遙遠阻隔著我的思慕。辦事無能卻蒙朝廷錯用了年輕的我，虛度怠惰一直到了暮年。反省自己的確是資質淺薄，無用之物又怎能比寶玉。我願如水鳥遊於渤海邊，梳理翅膀浮遊於清波之中。

應王中丞思遠詠月

【作　者】沈約，見頁九一三。

【題　解】這是一首和御史中丞王思遠詠月之作。作者渲染了一個靜謐的氛圍。他不講個人的月夜感受，卻想到是世上思婦才人在這月下做些什麼，使得境界拓寬許多。描寫月色時，特別運用擬人的手法，不止文字動人，更表現了作者的情趣。

月華臨靜夜，夜靜滅❶氛埃❷。方暉❸竟❹戶入，圓影隙中來。高樓切❺思婦，西園❻游上才❼。網軒映珠綴❽，應門❾照綠苔。洞房❿殊未曉，清光⓫信悠⓬哉。

【注　釋】❶滅　消失。❷氛埃　灰塵。❸方暉　與下文「圓影」，指月光從窗櫺門縫等處透入而形成的不同形狀。❹竟　盡。❺切　急迫。❻西園　魏都名園。文帝月夜每集文人遊此。這裡當為泛指。❼上才　才學出眾者。❽網軒映珠綴　指月光映照著有網形花紋的窗子及窗上所綴的珠子。綴，裝飾。❾應門　漢朝皇宮的宮門。這裡泛指門。❿洞房　深邃的內室。⓫清光　清朗的月光。⓬悠　遠。

【語　譯】月光照臨於靜靜的夜晚，黑夜清淨得沒有半點塵埃。月光透過窗格滿滿地照入，圓形的光影又悄悄從門縫中爬了進來。高樓上是心切的思婦，名園中遊樂的都是才俊。月光照著花窗和窗上的串珠，也照著門前的綠苔。內室深靜距天亮還很早，清朗的月光正遙遙照臨。

冬節後至丞相第詣世子車中作

【作　者】沈約，見頁九一三。

【題　解】這首詩據題目所示，寫在冬至之後。齊豫章王蕭嶷死，贈丞相揚州牧。作者到丞相府中探訪慰問蕭嶷之子蕭子廉。見了府中蕭條冷落之景，使作者深為感慨，於是在回家途中的車上作了此詩。詩中表現的正是對世態炎涼的感憤之情。

廉公❶失權勢，門館有虛盈❷。貴賤猶如此，況乃曲池❸平❹。高車❺塵未滅❻，珠履❼故餘聲❽。賓階❾綠錢❿滿，客位⓫紫苔生。誰當⓬九原⓭上，鬱鬱⓮望⓯佳城⓰。

【注　釋】❶廉公　趙國名將廉頗。❷虛盈　廉頗失勢，門客皆離去，使門館虛空，待他復為將，門客又紛紛來，使門館盈滿。❸曲池　即池。供遊人觀賞處。❹平　指池塘變成平地。指人死後一切都改變了。❺高車　車蓋很高的車。此泛指官員所乘之車。❻塵未滅　此喻剛去世。車行即塵起，車停則塵息。❼珠履　據《史記》，楚春申君的上客的鞋都飾以珠。此代指門客。❽故餘聲　言門客腳步之聲猶尚在耳。指時尚不久。❾賓階　賓客所行之臺階。主就東階，客就西階。❿綠錢　指青苔。狀如錢而得名。⓫客位　客人所站之地位。⓬當　面對。⓭九原　晉卿大夫的墓地。⓮鬱鬱　茂盛的樣子。⓯望　看。此指憑弔。⓰佳城　墓地。《博物志・異聞》中講夏侯嬰死，送喪時得一墓誌，上有「佳城鬱鬱」等語。

【語　譯】廉頗老將曾經失去權勢，失勢之時門前冷落；得勢之時門客卻紛紛回來。貴賤不同尚且如此，何況人死後一切都已改變。丞相高車揚起的灰塵還未止息，門客腳步之餘音尚在耳邊。客人所行臺階已經長滿青苔，客人座上也已生成紫苔。有誰還會再到九原之上的大夫墓地，去憑弔那松柏茂盛的大墓呢！

直學省愁臥

【作　者】沈約，見頁九一三。

【題　解】此詩寫於齊明帝即位後，作者任國子祭酒之時。有一天他臥於太學（即學省）內，感於秋風蕭瑟、房內陰冷而作了這首詩。透過所見冷落之景與所生淒苦之感，抒發了他歸隱的思想。

秋風吹廣陌❶，蕭瑟入南闈❷。愁人掩軒❸臥，高窗❹時動扉❺。虛館清陰❻滿，神宇❼曖微微❽。網蟲❾垂戶織，夕鳥傍櫩❿飛。纓珮⓫空為忝⓬，江海⓭事多違⓮。山中有桂樹，歲暮⓯可言⓰歸。

【注　釋】❶陌　路。❷闈　宮中小門。❸軒　門。❹窗　窗口。❺扉　窗門。❻清陰　清冷的空氣。❼神宇　指祭祀孔子之殿。❽曖微微　有點昏暗不明。曖，昏暗。❾網蟲　織網的蜘蛛。❿櫩　簷下的走廊。⓫纓珮　冠帶與玉佩。這裡以官員所佩戴之物代官職。⓬空為忝　指職位白白地被自己辱沒。⓭江海　指隱居。⓮多違　指一直沒遂願。⓯歲暮　晚年。⓰言　語助詞。無義。

【語　譯】秋風在大路上吹著，淒冷地吹進宮中的南面小門。愁苦之人掩門而臥，高處窗門常常被吹動。空曠的室內滿是清冷的空氣，神殿顯得有些昏暗。蜘蛛從門上垂下來織網，晚歸的鳥雀繞著屋簷飛。朝服佩飾白白地被我辱沒，歸隱湖海之願卻每每相違。山中桂樹已飄香，晚年之時可把家歸。

詠湖中雁

【作　者】沈約，見頁九一三。

【題　解】這該是一首純客觀的寫景詩。在白水春塘裡，大雁覓食、追逐，作者捕捉這種景象入詩，寫得自然生動。唯由最後一句來看，寫的雖是大雁還故鄉事，卻不能不認為作者寄寓有思鄉之情或返歸自然過隱居生活的意願。

白水滿春塘，旅雁❶每迴翔。唼流❷牽❸弱藻❹，斂翮❺帶餘霜❻。群浮動輕浪，單汎逐孤光❼。懸飛竟❽不下，亂起未成行。刷羽❾同搖漾，一舉還故鄉。

【注　釋】❶旅雁　遠行未至目的地的大雁。❷唼流　吃水。唼，鳥吞食。❸牽　扯。❹弱藻　細柔的水藻。❺斂翮　收翅。❻帶餘霜　因大雁露天而宿故身上有霜。❼孤光　水一晃動，必波光閃閃，而單隻大雁飛過，自然也會閃起一片光，故稱孤光。❽竟　一直。❾刷羽　梳理翅膀。

【語　譯】春來清水滿池塘，過路的大雁常常在此徘徊飛翔。喝著水扯著細柔的水藻吃，收斂起翅膀可見到身上留著霜。群雁浮遊翻動著輕輕的浪花，單隻浮遊緊追那水上汎起的一片日光。空中盤旋一直不停下，一哄而起卻未能排成行。梳理翅膀和池水齊蕩漾，舉翅高飛一同回故鄉。

三月三日率爾成篇

【作　者】沈約，見頁九一三。

【題　解】陰曆三月初三是古時的一個節日，叫上巳或元巳，因本來定在三月上旬巳日，故稱。魏晉後則定在初三日。這一天，人們多遊於流水邊，洗濯祓除，不祥，為大潔，亦即著名的王羲之〈蘭亭序〉中所說的「修禊事」，其實大家是藉此節日以遊春。此詩寫到了暮春的景色和英俊年少的遊樂，也寫了養蠶女子為度這美好的節日而忘了自己工作的情事，還反映了他們的愛情。內容雖不少，文字卻不多，而節律歡快，一氣呵成，饒有意趣。

麗日❶屬元巳，年芳❷具在斯❸。開花已匝❹樹，流嚶❺復滿枝。洛陽❻繁華子❼，長安輕薄兒❽。東出千金堰❾，西臨雁鶩陂❿。游絲⓫映空轉，高楊拂地垂。綠幘⓬文⓭照耀，紫燕⓮光陸離⓯。清晨戲伊水⓰，薄暮宿蘭池⓱。象筵⓲鳴寶瑟⓳，金瓶⓴汎羽卮㉑。寧㉒憶春蠶起㉓，日暮㉔桑欲萎。長袂㉕屢以拂㉖，彫胡方自炊㉗。愛而不可見㉘，宿昔㉘減容儀㉚。且㉛當忘情㉜去，歎息獨何為。

【注　釋】❶麗日　佳日。❷年芳　一年中的美景。❸具在斯　都集中在這個時候。❹匝　環繞。這裡指開滿。❺流嚶　婉轉的鳥鳴聲。❻洛陽　與下文「長安」同義，是以都城之人喻出身富貴者。❼繁華子　富家子弟。❽輕薄兒　輕浮放蕩的青年。❾千金堰　堤壩名。在洛陽城西，是遊玩之處。❿雁鶩陂　山坡名。在長安城西。⓫游絲　蜘蛛等昆蟲所吐的絲，因在空中飄蕩飛轉，故稱。⑫綠幘　綠頭巾。⑬文　頭巾上有花紋圖案的裝飾物。⑭紫燕　指好馬。⑮光陸離　指馬身上的裝飾品色彩繽紛。⑯伊水　水名。流經洛陽。⑰蘭池　蘭池宮。在古渭城。今陝西咸陽。⑱象筵　極其考究的筵席。⑲寶瑟　精美的琴瑟。⑳金瓶　精緻的銅酒壺。㉑羽卮　羽，即翼。指杯口兩邊供以把持像鳥翼的手柄。流觴曲水，修禊之事，多用這種杯。㉒寧　豈。㉓起　蠶食桑葉。㉔日暮　指女子貪玩一天沒顧得餵蠶。㉕長袂　長袖。指女子。㉖屢以拂　《楚辭・大招》中有「長袂拂面，善留客只」一語，此則指女子留客。㉗彫胡方自炊　本自宋玉的〈諷賦〉：「主人之女為臣炊彫胡之飯。」指招待客人。彫胡，植物名。根部即平常所稱的茭白，上結果實，即菰米。或稱彫胡。㉘愛而不可見　本自《詩經・靜女》：「愛而不見，搔首踟躕。」愛，此指所愛之人。㉙宿昔　猶早晚。指時間很短。㉚減容儀　消瘦。㉛且　權且。

㉜忘情　指不為情感所動。

【語　譯】佳日應算上巳節，一年中的美景都集中在這時。花兒開放已滿樹，枝頭都是婉轉的鳥鳴聲。洛陽地方的富家子弟，長安城中的輕浮少年，不是東到千金偃上遊玩，就是西到雁鶩陂上賞春。遊絲映日在空中飛舞，高高的柳枝垂拂著大地。綠頭巾上的飾物閃著彩光，坐騎上的飾品光怪陸離。清晨在伊水邊遊戲，傍晚住宿在蘭池宮。盛宴之中彈奏精美的琴瑟，金瓶羽觴漂浮在水上傳飲。姑娘貪玩哪裡記得春蠶在吃葉，天黑之時桑葉已經快枯黃。長袖拂面殷勤地留客人。飯菜都是自己親手來燒成。所愛之人可惜沒能見到，早晚之間容顏就已瘦了三分。權且忘掉這份深情隨它去，長歎短吁又能怎麼樣。

雜擬

擬古詩 十二首

【作　者】陸機，見頁七〇五。

【題　解】陸機的擬古詩世傳共十二首，具已收羅此卷內。其體格多摹擬東漢後期文人所作的「古詩十九首」，但由於時代的發展，對於文人詩來說，注重文字的典麗，韻律的優美，也是勢所必然。因此，這些詩雖多雕琢排偶，稍缺感情，卻開啟了宋齊以後的風氣，也就是帶動了格律詩的萌芽，對於後世詩歌藝術技巧的提高起了相當的影響。

擬行行重行行

悠悠❶行邁❷遠，戚戚❸憂思深。此思亦何思，思君徽與音❹。音徽❺日夜離，緬邈❻若飛沈❼。王鮪❽懷河岫❾，晨風思北林。遊子眇❿天末⓫，還期不可尋⓬。驚飆⓭褰⓮反信⓯，歸雲⓰難寄音。佇立想萬里⓱，沈⓲憂萃⓳我心。攬衣⓴有餘帶㉑，循形㉒不盈衿㉓。去去㉔遺情累㉕，安處㉖撫清琴。

【章　旨】此詩表現女子對遠行之夫的情思。開頭即標示了題旨，接著通過魚鳥戀舊，希望丈夫也能記掛家中的妻子。但因路遠信難致而倍感傷心，最後只能撫琴以自解自寬。

【注　釋】❶悠悠　遠行的樣子。❷邁　行。❸戚戚　憂愁的樣子。❹徽與音　即徽音、德音。徽，美好。❺音徽　即徽音。❻緬邈　遙遠。❼飛沈　飛鳥與沈魚。比喻相隔而不能互通。❽王鮪　大的鮪魚。傳說居於山洞中。❾岫　山洞。❿眇　通「渺」。遼遠。⓫天末　天邊。⓬尋　探求；猜測。⓭驚飆　風向不定、亂吹亂刮的暴風。驚，亂。⓮褰　絕。⓯反信　指丈夫的回音。⓰歸雲　歸到巖穴之雲。並不一直飄到萬里外的丈夫處。古人以為雲從巖穴出。⓱萬里　即萬里之外的丈夫。⓲沈　深。⓳萃　聚集。⓴攬衣　指穿衣。㉑有餘帶　指人消瘦使衣帶多了出來。㉒循形　撫摩身形。㉓不盈衿　不能打滿一個結頭。是說消瘦。衿，用帶束衣。㉔去去　罷休之意。㉕遺情累　遺棄了感情的牽掛。㉖安處　安心居住。這是自寬之言。

【語　譯】夫君遠去路遙遙，心中憂愁更深沈。這般相思到底思念的是什麼，思念的是夫君的德音。夫君的德音漸漸離我而去，遠如飛鳥沈魚不能互通音信。大鮪魚懷念的是原來居住的山洞，晨風鳥留戀的是原來棲息的樹林。遊子遙遙在天邊，還家之期還不可探尋。亂風已把回信捲走，歸到巖穴之雲難以為我寄去書信。久久站立想著萬里之外，深深的憂思凝聚於我心。穿衣方知人瘦而衣帶有多餘，撫摩消瘦的身形使衣帶打不緊。算了吧，且擺落感情的牽掛，安心居住來彈琴。

擬今日良宴會

閒夜❶命❷歡❸友，置酒❹迎風館❺。齊僮❻〈梁甫吟〉❼，秦娥〈張女彈〉❽。哀音繞棟宇，遺響❾入雲漢。四坐❿咸同志，羽觴⓫不可筭⓬。高談⓭一何⓮綺⓯，蔚⓰若朝霞爛⓱。人生無幾何，為樂常苦宴⓲。譬彼伺晨鳥⓳，揚聲⓴當及旦㉑。曷為㉒恆憂苦㉓，守此貧與賤。

【章　旨】這首詩寫設酒會友事，通過酒中哀怨的彈唱，委曲地表現作者憤世嫉俗的感情。同道相聚，時有高論，足快人意。但世上沒有不散的宴席，一生快樂更沒幾次，因此流露出及時行樂的思想。

【注　釋】❶閒夜　寂靜的夜晚。❷命　使。❸歡　快樂。❹置酒　置辦酒席。❺迎風館　漢武帝時所建宮館。這裡泛指喝酒處。❻齊僮　與下文「秦娥」，都是古代能歌善琴者。此指唱歌彈琴者的技巧高妙。❼梁甫吟　古代一種抒發悲壯感情的歌曲。❽張女彈　古代一種悲哀的曲調。❾遺響　餘音。❿四坐　指所有座席上的人。⓫羽觴　一種有耳（如羽翼形）的酒杯。⓬不可筭　不計杯數。指歡飲。筭，古代竹製的計數用具。⓭高談　指高明的言論。⓮一何　多麼。⓯綺　華美。此指高妙。⓰蔚　辭采華美。⓱爛　燦爛。⓲苦宴　苦於太晚。宴，當作「晏」。晚。⓳伺晨鳥　即報曉之雞。⓴揚聲　啼叫。㉑當及旦　應當及早。㉒曷為　何為。即為何。㉓恆憂苦　老是憂愁辛苦。

【語　譯】靜靜的夜晚約那朋友來歡聚，置辦酒席於迎風館。齊僮吟唱著〈梁甫吟〉，秦娥歌詠那〈張女彈〉。哀傷的歌聲繞梁上，餘響一直衝上霄漢。座席之中都是同志者，酒一杯一杯飲得難以計算。高妙的言論多精彩，辭采華美猶如朝霞那樣燦爛。人生一世有幾何，行樂常常苦於太晚。要如那些報曉的公雞，啼叫應當趁著天剛亮。為何老是憂愁與悲苦，守著這般貧窮與卑賤。

擬迢迢牽牛星

昭昭❶清漢❷暉❸，粲粲❹光天❺步❻。牽牛西北迴❼，織女東南顧❽。華容❾一何❿冶⓫，揮手如振素⓬。怨彼河無梁，悲此年歲暮。跂彼無良緣，睆焉不得度⓭。引領望大川，雙涕⓮如霑露。

【章　旨】此詩描寫的是牛郎織女的愛情故事。開頭四句基本上是從星的角度來寫的，星空無限，銀河遼闊，難以飛渡。以下則擬人來描寫，著重寫雙方的相思之苦。

【注　釋】❶昭昭　光明；明亮。❷清漢　清朗的銀河。❸暉　星光。❹粲粲　光采鮮明的樣子。❺光天　光亮的星空。❻步　行。指包括牽牛織女在內的眾星運行。❼迴　運轉。❽顧　回看。指運轉，但有與牽牛星遙遙相望之意。❾華容　美麗的容貌。❿一何　多麼。⓫冶　豔麗。⓬振素　揮動白色的絲絹。⓭跂彼無良緣二句　《詩經・小雅・大東》：「跂彼織女，終日七襄。」「睆彼牽牛，不以服箱。」以上二句亦兼用此典。跂，通「企」。踮起腳尖。此指急切的盼望。良緣，美好的機緣。睆焉，睆睆；看的樣子。這裡指相對而視。度，通「渡」。⓮雙涕　指兩人的眼淚。

【語　譯】明亮的銀河熠熠地閃著星光，眾星燦燦若在夜空漫步。牽牛星運轉到西北，織女星在東南方向遙相望。美麗的容貌多妖豔，揮動素手如同揮動白色的絲絹。但恨那銀河沒有橋梁，悲歎又快要到歲暮。急切地盼望卻沒有相會的良機，相望銀河而沒法渡過。伸長脖子望天河，兩人眼淚似露水般滴落。

擬涉江采芙蓉

上山采瓊蕊❶，穹谷❷饒❸芳蘭❹。采采❺不盈掬❻，悠悠懷所歡❼。故鄉一何曠❽，山川阻❾且難。沈思❿鍾⓫萬里⓬，躑躅⓭獨吟歎。

【章　旨】這首是寫遊子懷念家中妻子的詩。與「古詩十九首」中的〈涉江采芙蓉〉比較著看，意境似較相近。

【注　釋】❶瓊蕊　美麗的花。瓊，美的玉。此用以形容花美。蕊，本指未開的花。這裡則泛指花。❷穹谷　幽深的山谷。❸饒　豐富。❹芳蘭　香蘭。❺采采　一般形容花的茂盛鮮明。這裡當作採了又採解。❻不盈掬　不滿一捧。❼所歡　所愛的人。❽曠　空闊。這裡指遙遠。❾阻　艱阻；難行。❿沈思　深思；深情。⓫鍾　專注。⓬萬里　指萬里之外的妻子。

⓭躑躅　徘徊。

【語　譯】上山去採美麗的花，幽深的山谷有很多的香蘭。採了又採還沒滿一捧，深深地懷念我所愛的人。故鄉多麼的遙遠，山山水水既多險阻又難行。深情專注著萬里之外，獨自徘徊著而哀吟歎息。

擬青青河畔草

靡靡❶江離❷草，熠燿❸生河側❹。皎皎彼姝女❺，阿那❻當軒織。粲粲妖容姿❼，灼灼❽美顏色。良人❾游不歸，偏❿棲獨隻翼。空房⓫來悲風⓬，中夜⓭起歎息。

【章　旨】此詩以芳草為比興，引出美貌的紡織娘。她哀怨丈夫遠行未歸，卻似乎沒影響手上的工作，這與其他描寫紡織女的詩篇都不同。大體說來，這首詩與「古詩十九首」中的〈青青河畔草〉在內容結構上大都相同，唯有將主人翁「倡家女」改為「彼姝女」（紡織娘）而已。

【注　釋】❶靡靡　風吹草低的樣子。❷江離　一種香草。❸熠燿　光采鮮明。❹側　邊；畔。❺姝女　美女。❻阿那　同「婀娜」。輕盈柔美的樣子。❼妖容姿　豔麗的姿容。❽灼灼　豔美有光采的樣子。❾良人　古時女子稱丈夫。❿偏　單獨。⓫空房　獨居之室。⓬悲風　淒厲的風。⓭中夜　半夜。

【語　譯】隨風搖動的江離草，色澤鮮明地生長在河邊。肌膚白嫩的美麗女子，輕盈嬌美地對著窗門在織布。姿色豔麗而光采照人，神采奪目而容貌秀美。夫君遠行不歸已久，自己就如單獨棲息的一隻孤鳥。空房吹來淒厲的風，半夜起來獨自歎息。

擬明月何皎皎

安寢❶北堂❷上，明月入我牖❸。照之有餘暉❹，攬之❺不盈手❻。涼風❼繞曲房❽，寒蟬鳴高柳。踟躕❾感節物❿，我行⓫永已久。遊宦⓬會⓭無成，離思⓮難常守。

【章　旨】這首詩是描寫一個在外遊宦之人，當秋節來臨之時，思念家鄉之情，寫得情景交融，頗為生動。

【注　釋】❶寢　臥。❷北堂　北邊的正室。❸牖　窗子。❹有餘暉　指照到窗子上的光輝有餘。❺攬之　用手去拿、抓。❻不盈手　不能抓滿一把。❼涼風　北風。❽曲房　帶曲廊的屋子。❾踟躕　徘徊；猶豫。❿節物　一個季節的景物。此指景物的變化。即指季節進入悲涼的暮秋。⓫我行　指丈夫離我而行。⓬遊宦　在外做官。⓭會　該；當。⓮離思　離別的愁思。

【語　譯】安然地睡在北面正房中，明月照在我的窗上。照在窗上又有餘輝進入屋中，用手去抓一把卻還抓不滿。北風穿行在曲廊間，秋蟬在高高的柳樹上哀鳴。心中不安地感歎季節的變換，我離家遠行已經很久。在外當官當無成就，離別的愁思難以長久忍受。

擬蘭若生朝陽

嘉樹❶生朝陽❷，凝霜❸封❹其條❺。執心❻守時信❼，歲寒終❽不凋。美人❾何其❿曠⓫，灼灼⓬在雲霄⓭。隆⓮想彌⓯年月，長嘯⓰入飛飆⓱。引領望天末，譬彼向陽翹⓲。

【章　旨】〈蘭若生朝陽〉不見於「古詩十九首」，當也是漢末文人所作。蘭若是香草，以自比愛情之純美。此詩「嘉樹」義同於此。從此詩「歲寒終不凋」等處可見，這位女主人翁對丈夫的愛情是十分堅貞的。夫君離開自己越遠，悲傷越甚，感情越深。她自比向陽花，永遠想著丈夫。比喻貼切，很有韻味。

【注　釋】❶嘉樹　美好的樹木。指松柏一類嚴寒不凋的樹。❷朝陽　指朝陽的山坡。❸凝霜　嚴霜。❹封　凍住。❺條　樹枝。❻執心　指保持堅貞不變的心。❼守時信　守候季節的信息。❽終　始終。❾美人　指丈夫。❿何其　多麼的。⓫曠　遠。⓬灼灼　鮮明的樣子。此指丈夫在心中的形象鮮明。⓭在雲霄　在高空。此指遙遠。有可望不可及的含意。⓮隆　深厚。⓯彌　久；遠。⓰長嘯　高聲的哀歎。⓱入飛飆　傳入飛馳的大風中。與入雲霄相近，形容其悲傷。⓲向陽翹　向著太陽傾。指心向丈夫像葵花向太陽一樣。翹，花。

【語　譯】美好的樹木生在向陽坡上，嚴霜凍住了它的枝條。忠貞不渝地守候季節的信息，到了歲末嚴寒之時也始終不凋零。夫君離我有多遙遠，光采容儀猶如在高空。深情思念已為時甚久，高聲的哀歎傳入飛馳的大風中。伸長脖子望著天邊，就如那葵花向著太陽一樣。

擬青青陵上柏

冉冉❶高陵❷蘋❸，習習❹隨風翰❺。人生當幾何❻，譬彼濁水瀾❼。戚戚❽多滯念❾，置酒❿宴所歡⓫。方駕⓬振飛轡⓭，遠遊入長安。名都一何綺⓮，城闕⓯鬱⓰盤桓⓱。飛閣⓲纓虹帶⓳，曾臺⓴冒㉑雲冠㉒。高門㉓羅北闕㉔，甲第㉕椒與蘭㉖。俠客㉗控㉘絕景㉙，都人㉚驂玉軒㉛。遨遊㉜放情願㉝，慷慨㉞為誰歎。

【章　旨】這首詩與「古詩十九首」中的〈青青陵上柏〉在內容結構上基本相同，唯開頭以靈草蘋代柏來作「比」，略有不同。就一般人而言，人生是短暫的，卻一直生活在憂戚之中，自然會產生及時行樂的思想。而在長安名都，所見所聞的是達官貴人生活的豪奢，使這種的思想更加強烈。但無物質基礎，要行樂也不可能，所以最後的感慨長歎，正隱含著對達官貴族的憤恨。

【注 釋】❶冉冉 柔弱的樣子。❷高陵 高的土山。❸蘋 一種草名。❹習習 飛不停的樣子。❺翰 高飛。❻當幾何 能有多長。❼濁水瀾 在快乾涸的池底殘留的一點混濁的水是很難翻起大波瀾的。比喻人生短暫。❽戚戚 憂愁的樣子。❾滯念 鬱悶的心情。❿置酒 擺酒。⓫所歡 指在一起歡樂的朋友。⓬方駕 並駕。指一齊出發。⓭振飛轡 揮動馬韁繩。飛，指疾馳。⓮綺 美。此指繁華。⓯城闕 城門兩邊的樓觀。一般引申作京城、宮闕。⓰鬱 繁盛。⓱盤桓 廣大的樣子。⓲飛閣 高樓間架空建築的通道。⓳纓虹帶 指如繞著長虹彩帶。纓，繞。⓴曾臺 高高的樓臺。㉑冒 覆蓋。㉒雲冠 華美的帽子。㉓高門 達官貴人的宅第。㉔羅北闕 排列在北闕邊上。北闕，宮殿北面的門樓。㉕甲第 顯貴者的住宅。㉖椒與蘭 用椒和泥塗壁與用蘭薰染。㉗俠客 豪俠之士。㉘控 控制。此指駕馭。㉙絕景 曹魏時名馬。㉚都人 此指都城裡的富人。㉛驂玉軒 用三匹馬拉的豪華的大官所乘的車。㉜遨遊 漫遊。㉝放情願 即盡情地。㉞慷慨 感慨悲歎。

【語 譯】柔弱的蘋草長在高高的土山上，飄飄忽忽地隨著風飛翔。人生能有多少歲月，就如那池底一點渾水難以翻起波瀾。心中憂愁又太鬱悶，擺酒宴請好友樂一場。一齊駕馬揮動韁繩飛馳而去，去遠處遊樂進入長安。京都名城多繁華，宮闕華美又寬廣。凌雲的閣道相連有如飛虹，高高的樓臺就像覆蓋著王冠。達官的宅第排列在宮門的北邊，顯貴的府中塗上椒和薰蘭。豪俠之士駕馭著名馬，都中富人乘坐在華美的車上。漫步遊樂想盡情盡興，又為何感慨悲傷、為何長歎。

擬東城一何高

西山何其❶峻❷，曾曲❸鬱❹崔嵬❺。零露❻彌天❼墜，蕙葉憑林衰❽。寒暑相因襲❾，時逝忽如頹❿。三閭⓫結飛轡⓬，大耋⓭嗟落暉⓮。曷為⓯牽世務⓰，中心⑰若有違。京洛⑱多妖麗⑲，玉顏⑳侔瓊蕤㉑。閑夜㉒撫㉓鳴琴㉔，惠音㉕清㉖且悲。長歌㉗赴㉘促節㉙，哀響㉚逐高徽㉛。一唱萬夫㉜歎，再唱梁塵飛㉝。思為河曲鳥㉞，雙游豐水㉟湄㊱。

【章　旨】這首詩表現的是及時行樂的思想。首先敘寫隨著季節的變化，自然界顯得蕭條索寞，接著因時節變化而聯想到人生之短暫，就產生不願自我壓抑的思想。最後由於見了都城裡美麗歌舞伎的非凡技藝，就希望能和她們在一起，在歌舞聲中了卻一生，及時行樂的意思是十分明顯的。

【注　釋】❶何其　多麼。❷峻　高而陡峭。❸曾曲　山曲。此指山。❹鬱　指草木繁盛。❺崔嵬　高峻的樣子。❻零露　露水。古人或以為露水也如雨雪一般從天而降，故稱。❼彌天　滿天。❽憑林衰　指隨著樹林一起衰落。❾相因襲　指隨著自然規律而互相替換。❿忽如頹　快得像東西從上往下落。頹，落。⓫三閭　即三閭大夫。指屈原。⓬結飛轡　繫結繮繩。〈離騷〉：「揔余轡乎扶桑。」⓭大耋　老人。⓮嗟落暉　哀歎日暮。⓯曷為　即為何。⓰牽世務　被時事所牽。⓱中心　心中。⓲京洛　洛陽的別稱。⓳妖麗　指豔麗的女子。⓴玉顏　如玉一樣美的容顏。㉑侔瓊蕤　和玉花一樣。侔，齊等。㉒閑夜　靜謐的夜靜。㉓撫　按。即彈奏。㉔鳴琴　琴。㉕惠音　柔美的琴聲。㉖清　清越。㉗長歌　高歌。㉘赴　追隨；附和。㉙促節　即急曲子。約如現代的「快板」，節拍較快。㉚哀響　哀怨淒厲的聲音。㉛高徽　高音之弦。徽，指琴徽。繫琴弦的繩。㉜萬夫　形容聽者之眾。㉝梁塵飛　聲音繞梁而使梁上灰塵飛動。㉞河曲鳥　指鴛鴦鳥。㉟豐水　水名。這裡泛指水中。㊱湄　水邊。

【語　譯】西山多麼陡峭，重疊曲折崔嵬而又草木繁盛。露水漫天降下來，蕙葉隨著樹林一起變衰。嚴寒、酷暑互相替換，時光匆匆流逝猶如東西往下墜。三閭大夫繫馬止歇，老人哀歎落日餘暉。為什麼要被時事所牽掛，心中總覺事與願違。京都洛陽多豔麗的女子，容顏與玉花一般美。靜夜來彈琴，柔美的琴聲清越而悲哀。高歌追隨著急促的節奏，哀怨淒厲之聲和著高亢的琴音。一唱眾人齊贊歎，再唱梁上塵飛揚。真想變成河邊的鴛鴦鳥，和她雙雙遊於豐水邊。

擬西北有高樓

高樓一何峻，苕苕❶峻而安❷。綺窗❸出塵冥❹，飛陛❺躡❻雲端。佳人撫琴瑟，纖手❼清且閑❽。芳氣❾隨風結❿，哀響⓫馥⓬若蘭。玉容誰得顧⓭，傾城在一彈⓮。佇立⓯望日昃⓰，躑躅⓱再三歎。不怨佇立久，但願歌者歡。思駕⓲歸鴻羽⓳，比翼⓴雙飛翰㉑。

【章旨】這首詩通過對華美建築物的描寫，烘托出一個絕色的歌女。而傾國傾城之貌與高妙的技藝，使這位女子的形象顯得更盡善盡美，但這樣的美貌與技藝似乎並不被人賞識，引起了詩人再三感歎。此首詩曲折反映了文人懷才不遇、仕途失意的痛苦。

【注釋】❶苕苕　同「岧岧」。本形容山，這裡指樓。❷峻而安　陡峭而安穩。❸綺窗　鏤花的窗。❹出塵冥　高出灰塵昏暗的地面。❺飛陛　高樓之間飛架的通道。❻躡　踩；踏上；登上。❼纖手　柔長的手。此指以手彈奏。❽清且閑　指指法準確而嫻熟。閑，通「嫻」。❾芳氣　指身上的香氣。❿隨風結　隨著空氣飄動而匯聚。⓫哀響　指唱出如怨如慕、如泣如訴的歌聲。⓬馥　香。⓭誰得顧　誰會來看。指世人極少有人來欣賞。⓮傾城在一彈　在彈奏時更顯得傾國傾城。⓯佇立　長久地站著。⓰日昃　太陽西斜。⓱躑躅　指不忍心離開。⓲駕　乘坐。⓳鴻羽　指鴻。⓴比翼　指並排一起飛。㉑翰　羽毛。這裡指飛。

【語譯】樓臺是多麼高啊，既高卻又很安穩。鏤花窗子高出塵霧，踏上樓間的通道猶如行走在雲端。美人在樓上彈琴瑟，用柔長的手指撥弦既準確又嫻熟。身上的香氣隨風匯聚，哀傷的歌聲傳來芬芳猶如幽蘭。美貌有誰欣賞，彈唱之間更覺得傾國傾城。久久站立看著她直到日西斜，不忍離去而一再贊歎。不怨我久久站立，但願歌女能有知音而歡心。希望如鴻雁飛向家鄉，比翼雙雙在高空飛翔。

擬庭中有奇樹

歡友❶蘭時❷往，苕苕❸匿音徽❹。虞淵❺引絕景❻，四節❼逝若飛。芳草久已茂，佳人竟不歸。躑躅遵❽林渚❾，惠風❿入我懷。感物戀所歡，采此欲貽⓫誰。

【章　旨】此詩與「古詩十九首」中的〈庭中有奇樹〉一樣，也寫女子思念遠行不歸的愛人。但寫法卻有基本之不同。如果說原作是由樹及花，由花及人，逐漸抽繹出幽閨思婦的哀怨，而這首詩卻以開門見山的方式，先點出愛人久不通消息的狀況，然後通過四時景物之變化，表現對遠遊不歸者的思慕。最後以採芳草無人可送，使作品留下悲哀的餘音。手法雖與原詩不同，卻一樣有引人入勝的地方。

【注　釋】❶歡友　古代相愛的男女互稱歡，一般情況下多指男方。但婚後也可如此稱呼。故歡友可指男友，也可稱愛人。下文「佳人」、「所歡」在此同義。❷蘭時　指春天。蘭在春天開花，故稱。❸苕苕　同「迢迢」。❹匿音徽　不見音信。音徽，即徽音、德音。❺虞淵　神話傳說中的日落之處。❻引絕景　指像拉著太陽下山一樣。形容日子過得飛快。❼四節　指一年四季的替換。❽遵　沿著。❾渚　水中陸地。❿惠風　和風。⓫貽　贈送。

【語　譯】郎君在春蘭開花之時去遠行，千里迢迢不見寄來音信。日落之處好像急急拉著太陽下山去，一年四季的替換快得像飛一樣。芳草老早就茂盛，愛人竟然還不歸。沿著林中池邊徘徊漫步，和風暖暖吹進我的懷中。觸景生情更思戀著我所愛的人，採此花兒還想送給誰。

擬明月皎夜光

歲暮涼風發❶，昊天❷肅❸明明❹。招搖❺西北指❻，天漢❼東南傾❽。朗月❾照閑房❿，蟋蟀吟戶庭⓫。翻翻⓬歸雁集⓭，嘒嘒⓮寒蟬鳴。疇昔同宴友⓯，翰飛⓰戾⓱高冥⓲。服美⓳改聲聽⓴，居愉㉑遺舊情㉒。織女㉓無機杼，大梁㉔不架楹。

【章　旨】這首詩首先通過對歲末天氣和各種動物在寒冬裡的表現，暗示出失意之士的淒苦生活。然後寫過去的朋友在如今發達後卻不念舊情，這就明確表示了作者對世態炎涼的憤慨。

【注　釋】❶發　生。此指吹。❷昊天　即天。昊，大。也指天。❸肅　肅殺；清肅。❹明明　明亮。❺招搖　古星名。❻西北指　招搖指向西北。即表示天已轉寒。❼天漢　天河。❽東南傾　轉向東南，也表示天氣變寒。❾朗月　明朗的月亮。❿閑房　寂寞的空房。⓫戶庭　門戶與院落。指家門以內。⓬翻翻　飛翔的樣子。⓭集　指縮在一處。⓮嘒嘒　蟬鳴聲。⓯同宴友　經常在一起聚會的朋友。⓰翰飛　即飛。⓱戾　至；到。⓲高冥　高空。⓳服美　服裝變得華美。⓴改聲聽　指位高也改了語調、口氣。㉑居愉　處於愉快歡樂的環境中。㉒遺舊情　拋棄了舊日的友情。㉓織女　指織女星。㉔大梁　星名。即昴音。

【語　譯】時到年底冷風吹起，長空清肅而明朗。招搖星指向西北而天已轉寒，天河也已向東南方向傾斜。明朗的月光照入寂寞的空房中，蟋蟀在家裡哀吟。大雁聚在一起展翅南歸，寒蟬不住悲鳴。過去經常聚會的朋友，如今都平步青雲。服裝變得華美對朋友的口氣也變了，處於歡樂之中就拋棄了舊日的友情。就如織女星其實沒有織布機，大梁星也不用來架柱子般，都徒有朋友虛名而已。

擬四愁詩

【作　者】張載，見頁一〇五〇。

【題解】此詩從形式到內容大致模仿張衡的〈四愁詩〉，但張衡的詩有四首，而張載的卻只一首。此詩也分二節，前後換韻，只是每節後多一句。詩中通過懷人而愁思，抒發了傷世憂時的情緒。

我所思兮在營州❶，欲往從之路阻修❷。登崖遠望涕泗❸流，我之懷矣心傷憂。佳人遺我綠綺琴❹，何以贈之雙❺南金❻。願因❼流波❽超重深❾，終然莫致❿增永吟⓫。

【注釋】❶營州　古地名。在今華北東北交界處一帶。❷阻修　難走而且漫長。修，長。❸涕泗　眼淚與鼻涕。❹綠綺琴　漢人司馬相如所用之琴，是著名的琴。這裡泛指珍貴的琴。❺雙　當指二斤。上古之時金的單位為斤。❻南金　古時稱南方所產的銅。上古之人都以銅（吉金）為重禮。❼因　循；隨。❽流波　流水。❾重深　指險阻。❿莫致　沒有辦法送到。⓫永吟　長歎。

【語譯】我所思念的人就在那營州，想去追隨她卻路遠難走。登上山去遠望而涕淚流滿面，我真懷念她使心裡添憂愁。美人送給我一把綠綺琴，報答她的是兩斤南方金。我希望順著流水越過險阻，然最後還是沒送到，只得更加悲歎。

擬古詩

【作者】陶淵明，見頁一二〇一。

【題解】陶淵明的擬古詩傳世的共有九首，據前人研究，都作於宋武帝永初初年，是他晚年之作。這首詩慨歎青春易逝，好景不長。本集僅錄此一首。

日暮天無雲，春風扇❶微和❷。佳人❸美清夜❹，達曙❺酣❻且歌。歌竟❼長歎息，持此❽感人❾多。明明雲間月，灼灼❿葉中花。豈無一時⓫好，不久當如何⓬。

【注釋】❶扇　同「搧」。❷微和　微微有點和暖。❸佳人　美人。❹美清夜　以清夜為美。換言之，即愛清夜。❺達曙　直到天破曉。❻酣　盡情飲酒。❼竟　完畢；終了。❽此　指佳人徹夜喝酒、唱歌且歎息。❾感人　使人增感慨。❿灼灼　花兒繁盛的樣子。⓫一時　短時間。⓬當如何　該會怎麼樣。指月亮盈而有虧，鮮花也不免凋謝。

【語　譯】傍晚時天上沒有雲彩，春風吹拂送來和暖之氣。美人愛這清朗的夜色，到天亮一直暢飲又高歌。歌曲終了又長長的歎息，面對這種情景使人感慨特多。雲間的月亮多麼明亮，繁盛葉中之花開得多麼燦爛。這些哪樣不是一時的美好，不能久留卻又能如何？

擬魏太子鄴中集詩　八首并序

【作　者】謝靈運，見頁八四二。

【題　解】〈擬魏太子鄴中集詩〉是這組詩的總題，共八首而分別歌詠八個人。此八人即建安七子中除去孔融而加入曹丕、曹植兄弟。總題下的序言，其內容主要是代魏太子曹丕追述建安中諸賢士相聚鄴下的遊樂盛況，以及知交零落後的悽愴之感。在各分題下，並綴有數語，若將總題下序言稱為總序，則分題下序言可稱分序。分序則代各人抒寫身世遭遇，或中抒抱負情懷。其中唯獨〈魏太子〉下無分序。這是因為曹丕是當時鄴下文人的領袖人物，他與諸子關係已見總序，所以不必贅述。

建安①末②，余③時在鄴宮④，朝遊夕讌⑤，究歡愉之極⑥。天下良辰⑦、美景、賞心⑧、樂事，四者難并⑨。今昆弟⑩友朋⑪，二三諸彥⑫，共盡之⑬矣。古來此娛⑭，書籍未見。何者⑮？楚襄王時，有宋玉⑯、唐、景⑰；梁孝王⑱時，有鄒、枚、嚴、馬⑲。遊者⑳美矣，而其主㉑不文㉒。漢武帝㉓徐樂㉔諸才㉕，備應對㉖之能，而雄猜多忌㉗，豈獲晤言㉘之適㉙。不誣方將㉚，庶必㉛賢㉜於今日爾。歲月如流，零落㉝將盡，撰文㉞懷人㉟，感往㊱增愴㊲，其辭㊳曰：

【章　旨】敘述昔日之樂從古未有，故值得懷念。此為詩序。

【注　釋】①建安　東漢末代皇帝漢獻帝的年號，共二十五年。②末　當為「中」。因徐幹、陳琳、應瑒、劉楨、王粲皆死於建安二十二年或二十三年。而阮瑀則早在建安十七年即去世。③余　代曹丕自稱。④鄴宮　三國魏都的宮殿。鄴，即鄴縣。都城所在地。在今河南臨漳西。⑤朝遊夕讌　白天遊樂，晚上宴樂。讌，同「宴」。⑥究歡愉之極　指極盡歡樂愉快。⑦良辰　美好的時光。⑧賞心　心情歡暢。⑨難并　不能同時享有。⑩昆弟　兄弟。指曹植。⑪友朋　指陳琳、王粲等。⑫二三諸彥　即幾位傑出的文人。彥，出色的學者。⑬共盡之　指良辰美景等四者都具有。⑭此娛　指以上四者的愉悅。⑮何者　這是為什麼呢？⑯宋玉　屈原的弟子。戰國楚辭賦家。⑰唐景　唐，唐勒。景，景差。二人皆楚國辭賦家，與宋玉同時。⑱梁孝王　名劉武。漢文帝次子，徙封梁，曾築曜華宮及兔園，又羅致許多文學之士。⑲鄒枚嚴馬　四人皆西漢著名辭賦家。鄒，鄒陽。齊（今山東東部）人。枚，枚乘。淮陰（今屬江蘇）人。嚴，嚴忌。本姓莊，因避明帝諱而改姓，會稽吳（今江蘇吳縣）人。馬，司馬相如。蜀郡成都（今屬四川）人。⑳遊者　從遊的人。指以上四人。㉑主　指梁孝王。㉒不文　指不精通文墨。㉓漢武帝　指漢武帝時。㉔徐樂　燕無終（今屬河北）人，曾上書言時事，召見，拜為郎中。㉕諸才　諸位有才學者。㉖應對　對皇上的詢問從容地對答。㉗雄猜多忌　即多猜忌。㉘晤言　見面談話。此指談話時能以心相交。晤，相遇；會面。㉙適　舒適；暢快。㉚方將　指未來、後世。㉛庶必　大約一定。㉜賢　以之為賢。㉝零落　凋落。這裡以喻人的死亡。㉞撰文　指編集遺文。㉟懷人　指懷念已去世的徐、陳、應、劉等。㊱感往　感懷往事。㊲愴　悲傷。㊳辭　文體的一種。但在韻文前的序文中稱辭，當指正文。

【語　譯】建安末年，我正在鄴城宮中，早上出遊，晚上宴飲，過著極其快樂的生活。天下良辰、美景、賞心、樂事，難以同時享有。如今我們兄弟、朋友、幾位才俊之士，卻共同都享受到了。古來這樣的娛樂，書籍中沒有見到。為什麼呢？楚襄王時，有宋玉、唐勒、景差；漢梁孝王時，有鄒陽、枚乘、嚴忌、司馬相如。隨從遊玩的人才華出眾，但是他們的君主沒有文才。漢武帝時徐樂等人，全都具有回答皇帝詢問的才能，但是武帝心雄多猜忌，難道群臣能得到與皇帝對答的暢快？我所述不欺誑後世之人，他們大約一定會認為我今日所說是不錯的。歲月如流水，昔日好友零落將盡，編集他們的遺文，懷念逝者，有感往事，倍感悽愴。我的詩如下：

魏太子

百川赴①巨海，眾星環北辰②。照灼③爛④霄漢⑤，遙裔⑥起長津⑦。天地⑧中橫潰⑨，家王⑩拯生民⑪。區宇⑫既滌蕩⑬，群英⑭必來臻⑮。忝⑯此欽賢⑰性⑱，由來常懷仁⑲。況值⑳眾君子㉑，傾心㉒隆㉓日新㉔。論物㉕靡㉖浮說㉗，析理㉘實㉙敷陳㉚。羅㉛縷㉜豈闕辭㉝，窈窕㉞究㉟天人㊱。澄觴㊲滿金罍㊳，連榻㊴設華茵㊵。急弦㊶動飛聽㊷，清歌㊸拂梁塵㊹。何言㊺相遇易㊻，此歡㊼信㊽可珍㊾。

【章　旨】此詩前半展示了曹氏政權的氣勢與人心所向的社會背景，追述了曹操救民於水火的政績。說明正因如此，才有群英歸附。詩的後半首頌揚了王粲、陳琳等的非凡才華，指出盛世之難得與英才之難遇，以贊歎作收。

【注　釋】❶赴　奔赴。指流向。❷北辰　北極星。❸照灼　星星光芒四射的樣子。❹爛　燦爛。這裡指照亮。❺霄漢　指高空。霄，雲霄。漢，天河。❻遙裔　遙遠。❼長津　指銀河。❽天地　指漢末之時天下。❾中橫潰　大水泛濫。喻漢末社會動亂。❿家王　自稱當王的父親。即曹操。⓫生民　人民。⓬區宇　疆域；區域。此指國內。⓭滌蕩　洗除清淨。⓮群英　指王粲、陳琳等。⓯臻　到達。⓰忝　辱。這是自謙的講法。⓱欽賢　敬重賢者。⓲性　本性。⓳懷仁　招撫有仁德者。⓴值　遇上。㉑眾君子　指王粲等。㉒傾心　竭盡誠心。㉓隆　成長。指水準不斷提高。㉔日新　指德行。《周易・大畜》：「日新其德。」㉕論物　議論事物。㉖靡　無。㉗浮說　華而不實的空談。㉘析理　解釋、闡述事物的道理。㉙實　與上句「靡」相對，是「有」義。指實實在在的。㉚敷陳　詳加分析議論。㉛羅　羅列。㉜縷　一條條；詳盡地。㉝闕辭　缺乏闡述的語言。㉞窈窕　深遠的樣子。㉟究　推究；探尋。㊱天人　指天人之理。天，指自然界。人，指人類社會。㊲澄觴　指清酒。㊳金罍　指精美的酒壺。㊴連榻　連著床。榻是低矮狹長的床，古人坐具。㊵華茵　華美的坐墊。㊶急弦　音節迫促的樂歌。㊷動飛聽　感動鳥飛來聽。形容音樂的美妙。㊸清歌　清泠的歌聲。㊹拂梁塵　歌聲繞梁，拂動梁上的灰塵。形容歌聲動聽。㊺何言　怎麼能說。㊻相遇易　指與王粲這些有高才者相遇不容易。㊼此歡　指建安中鄴下遊宴的歡樂。㊽信　實在。㊾可珍　值得寶貴。

【語　譯】百條江河流向大海，眾星圍繞著北極星。光芒四射地照亮了夜空，長長的銀河通向遙遠。在漢末之時洪水泛濫，我家魏王拯救了百姓。天下平定之後，各路英雄自然都會集到京城。我很慚愧居高位而有敬賢之心，一直以來思念有仁德的人。何況遇上眾位君子，傾心於我道德日高。議論世事沒有浮誇的空談，闡析事理有的是實實在在的敘述。條分縷析哪裡會缺少言辭，天人之理探究得非常深。清酒盛滿了精美的酒壺，坐具相連而上面置放著華美的坐墊。熱烈的琴曲感動了鳥兒飛來聽，清脆的歌聲拂動了梁上的灰塵。怎能說與這些才子相遇很容易，這種遊宴的歡樂實在值得珍惜。

王粲

家本秦川❶，貴公❷子孫，遭亂流寓❸，自傷❹情多。

【章　旨】〈王粲〉序。

【注　釋】❶秦川　地名。在今西安地區。❷貴公　王粲曾祖王龔，順帝時為太尉。祖父王暢，靈帝時為司空，皆為三公。❸遭亂流寓　指避李傕、郭汜之亂，寄居荊州。❹自傷　自我感傷。

【語　譯】王粲家本在秦川，是高官的子孫，遭遇戰亂，寄居他鄉，所以自我感傷之情頗多。

幽厲❶昔崩亂❷，桓靈❸今板蕩❹。伊洛❺既燎煙❻，函崤❼沒無像❽。整裝❾辭秦川❿，秣⓫馬赴楚壤⓬。沮漳⓭自可美⓮，客心非外⓯奬⓰。常歎詩人言⓱，式微⓲何由往⓳。上宰⓴奉㉑皇靈㉒，侯伯㉓咸宗長㉔。雲騎㉕亂㉖漢南㉗，紀郢㉘皆掃盪㉙。排霧㉚屬㉛盛明㉜，披雲對㉝清朗㉞。慶㉟泰㊱欲㊲重疊㊳，公子㊴特先賞㊵。不謂息肩㊶願，一旦值明兩㊷。並載㊸遊鄴京㊹，方舟㊺汎㊻河廣㊼。綢繆㊽清讌娛㊾，寂寥㊿梁棟響(51)。既作長夜(52)飲，豈顧(53)乘日(54)養(55)。

【章　旨】此詩開頭先寫東漢末年政治的衰敗，並通過離開長安後之所見亂離景象，表現了自己悲痛的心情。然後高度讚揚了曹操在社會極度動盪不安的時候，平定了天下。末了寫曹操對自己的重用與曹丕對自己的賞識，表達了歡欣鼓舞之情。

【注　釋】❶幽厲　幽，周幽王。幽王末年，有申侯率犬戎入寇之亂。厲，周厲王，幽王之孫。因國人反叛，被流於彘。

❷崩亂　指垮臺。❸桓靈　桓，東漢桓帝。延熹九年，捕李膺、杜密等二百餘人下獄，黨錮之禍起。靈，東漢靈帝。中平元年，黃巾起義。❹板蕩　分別是《詩經·大雅》中的二個篇名，敘寫厲王的無道。後人就以板蕩一詞，作為亂世的代稱。❺伊洛　二水名。因主要在河南洛陽一帶。這裡即代指洛陽地區。❻燎煙　指漢獻帝初平元年，洛陽及其附近幾百里內的村莊，都被董卓焚燒殆盡。❼函崤　函，函谷關。在今河南靈寶西南。因靠崤山，故稱函崤。❽無像　無道；無法。❾整裝　收拾行李。❿秦川　指西京。⓫秣　餵養。⓬楚壤　泛指古楚國的地方。⓭沮漳　二水名。指今湖北遠安、當陽一帶。⓮自可美　指自然可以因美而停留。⓯外　指身外的楚地一帶美好的山川風物。⓰獎　有留勸之義。⓱詩人言　指下句作〈式微〉的詩人。⓲式微　《詩經·邶風》中有「式微式微，胡不歸」。⓳何由往　因故鄉喪亂，有什麼辦法回去。⓴上宰　即上相。指曹操。㉑奉　擁。即歷史上講的「挾天子」之「挾」。㉒皇靈　指漢室皇位的統系。㉓侯伯　有爵號者。此指李通、許褚、李典等各地方豪強勢力。㉔宗長　指尊崇曹操為首領。㉕雲騎　指曹操軍隊多如雲集。㉖亂　橫渡。㉗漢南　漢水之南。㉘紀郢　即郢。郢是楚國國都。在今湖北江陵西北，因在紀山南面，故稱。㉙掃盪　指平定。㉚排霧　與下文「披雲」同義，比喻昏亂。排霧披雲，即撥開雲霧見青天太陽之意。㉛屬　通「矚」。見。㉜盛明　興隆光明。㉝對　有合、變成之意。㉞清朗　清明。㉟慶　幸福。㊱泰　亨通。㊲欲　將。㊳重疊　指蒙曹操提拔又被曹丕賞識。㊴公子　指曹丕。㊵先賞　首先賞識。㊶息肩　讓肩休息。即指什麼也不想幹了。㊷值明兩　指遇上曹丕。明兩，指曹丕。語本《周易·離》「明兩作離」語。㊸並載　同車之意。㊹鄴京　三國魏都。㊺方舟　并兩船。即同船。㊻汎　遊蕩。㊼河廣　寬廣的河上。㊽綢繆　情意纏綿。㊾清讌娛　會宴的歡樂。㊿寂寥　指清靜。51梁棟響　指歌聲高亢而優美，聲繞梁棟之間。52長夜　徹夜。53顧　留戀。54乘日　《莊子·徐无鬼》有「若乘日之車，而遊於襄城之野」一語。這裡指白晝尋樂。55養　有快樂之意。

【語　譯】幽王和厲王當年垮了臺，桓帝和靈帝今日也遭了禍亂。洛陽一帶已被董卓焚燒殆盡，函谷崤山一帶沒落混亂。收拾行李告別了秦川，備馬奔馳於古代楚國的地方。沮水、漳水一帶景色自然可以讚美，但異鄉人的心並非美好的外物所可勸留。常常慨歎《詩經》作者所寫的詩「式微式微胡不歸」，故鄉喪亂縱想回去又能怎麼辦。曹丞相擁戴漢帝，各方諸侯都尊他為長。如雲的曹軍橫渡漢水之南，將郢都一帶的敵人全部掃蕩。排除迷霧使百姓見光明，撥開烏雲露出青天。時來運轉福氣雙雙來到，太子對我特別欣賞。沒想到實現卸擔的希望，今朝又遇上了賢王。同車在魏都遊樂，同船遊蕩於廣寬的河面上。在歡樂的會宴上情深意長，清靜之夜歌聲繞著棟梁。既然有這種徹夜的飲樂，哪會留戀白晝間的歡欣樂賞。

陳琳

袁本初❶書記之士，故述喪亂❷事多。

【章旨】〈陳琳〉序。

【注釋】❶袁本初　袁紹，字本初。陳琳在冀州時，袁紹使典文章，即當書記之官，這裡是陳琳自述。陳琳，漢末文學家。字孔璋，廣陵（今江蘇揚州）人。初從袁紹，後歸曹操，為司空軍謀祭酒，管記室。建安二十二年（西元二一七年），他和徐幹、劉楨、應瑒同死於瘟疫。❷喪亂　一般指因戰爭引起的喪亡禍亂。

【語譯】陳琳原是袁本初的書記，所以作品中敘述戰亂之事很多。

皇漢❶逢屯邅❷，天下遭氛慝❸。董氏❹淪❺關西❻，袁家❼擁❽河北❾。單民❿易⓫周章⓬，窘身⓭就⓮羈勒⓯。豈意⓰事乖己⓱，永懷戀故國⓲。相公⓳實⓴勤王㉑，信㉒能定蝥賊㉓。復睹東都㉔輝㉕，重見漢朝則㉖。餘生㉗幸已多㉘，矧㉙迺㉚值明德㉛。愛客㉜不告疲㉝，飲讌遺景刻㉞。夜聽㉟極㊱星闌㊲，朝游窮曛黑㊳。哀哇㊴動梁埃㊵，急觴㊶盪㊷幽默㊸。且盡㊹一日娛㊺，莫知古來惑㊻。

【章旨】此詩先寫漢室之傾頹。當時董卓、袁紹等各霸一方，而自己在這喪亂中生活不安定，事袁紹又出於無奈。在這樣的環境下，後面寫到為曹丕所器重，就顯得十分歡快。以為曹操勤王，使天下大安。而自己又得以常侍太子左右，縱情歡樂，自然是古人也未有過的幸福。

【注釋】❶皇漢　大漢王朝。皇，大。❷屯邅　艱難之處境。❸氛慝　邪惡的氣氛。比喻世亂。❹董氏　指董卓。❺淪陷。❻關西　潼關以西的地區。❼袁家　指袁紹。❽擁　擁有；占據。❾河北　黃河以北地區。❿單民　隻身。陳琳自指。⓫易　散漫地。⓬周章　周遊流覽。⓭窘身　為生活所困的自己。⓮就　靠近；趨向。⓯羈勒　本指控制馬的韁繩。此喻受袁紹的制約與驅使。⓰意　想到。⓱乖己　與自己心願相違的人與事。⓲故國　指漢室。⓳相公　指丞相曹操。不過此時曹操未為丞相，是後人追述時所稱。⓴實　的確。㉑勤王　盡力於王事。此指起兵為王室平亂。㉒信　確實。㉓蝥賊　原指吃禾苗的兩種害蟲。此喻危害國家人民的人。即董卓、袁紹等。㉔東都　洛陽。㉕輝　光輝。指朝廷清明。㉖則　禮儀制度、法規等。㉗餘生　幸存的生命。㉘幸已多　已僥倖活得太多。指陳琳在冀州時，曾代袁紹給曹操寫過一信，列訴曹操罪狀，且連其祖宗三代都辱罵了一番。歸降後，曹操非但不記前仇，且加厚賜。所以這裡是感謝曹操不殺而知遇之恩。㉙矧　況且。㉚迺　同「乃」。㉛值明德　遇上美德者。指曹丕。㉜愛客　指待客人熱情。㉝疲　疲倦；厭煩。㉞遺景刻　忘了日夜、時間。遺，忘。景，日光。刻，漏刻；古代計時的儀器。㉟夜聽　夜間聽樂歌。㊱極　一直到。㊲星闌　星星盡了。指晚到天快破曉。㊳曛黑　黃昏時分。㊴哀哇　指調子舒緩而柔軟的歌曲。㊵動梁埃　形容歌聲的動人。參前二首中的「拂梁塵」與「梁棟音」。㊶急觴　催人喝酒。㊷盪　指勸酒之聲震盪。㊸幽默　寂靜無聲。㊹且盡　姑且享盡。㊺一日娛　一整天的歡樂。㊻惑　古人以酒色為惑。

【語　譯】大漢王朝遭逢劫難，天下正受邪惡氣氛的薰染。關西之地淪落於董卓之手，袁紹又把黃河以北一帶之地強占。我茫無目標地到處流浪，困頓的我託身袁紹受到羈絆。哪裡想到實際與己心願相違，永遠懷念的是漢家故國。曹相的確盡力於漢室，一定能夠平定暴亂。重新看到東都漢廷的清明，又再見到漢代的制度規章。幸存之我遇上的好事已太多，何況又遇上美德的賢王。待客熱情而不說疲倦，一同飲樂而不計時光。夜晚聽音樂直到星星已盡，從早上遊樂一直到黃昏。柔美之曲拂動梁上之塵埃，勸酒之聲震動寂靜的夜晚。姑且享盡一天的歡樂，全不理會縱酒會使人迷惑的古訓。

徐幹

少無宦情❶，有箕潁❷之心事，故仕世❸多素辭❹。

【章旨】〈徐幹〉序。

【注釋】❶宦情　當官的思想。❷箕潁　代指隱居不仕。箕，箕山。在今河南登封東南。潁，潁水。在箕山附近。堯時，許由、巢父隱居與耕種於此。❸仕世　在世上當官。❹素辭　樸素的語言。指沒有官僚氣。

【語譯】徐幹年輕時就不想做官，常懷有隱居山水之間的念頭，所以在做官時寫的作品中多樸素的言辭。

伊❶昔家臨淄❷，提攜❸弄齊瑟❹。置酒飲膠東❺，淹留❻憩❼高密❽。此歡❾謂可終❿，外物⓫始難畢⓬。搖蕩⓭箕濮情⓮，窮年⓯迫憂慄⓰。末塗⓱幸⓲休明⓳，棲集⓴建薄質㉑。已免負薪㉒苦，仍游椒蘭室㉓。清論㉔事究萬㉕，美話㉖信非一㉗。行觴㉘奏悲㉙歌，永夜㉚繫㉛白日。華屋㉜非蓬居㉝，時髦㉞豈余匹㉟。中飲㊱顧㊲昔心㊳，悵焉㊴若有失。

【章旨】此詩開頭即點明徐幹年輕時就有隱居之意。但在長期的戰亂中，不但不可能，還受盡了喪亂之苦。接著寫當被曹丕獎拔後，不但擺脫了困境，而且還獲得與當世名流同遊的樂趣。到了最後，他還是以為山林野人不配與這般人混在一起，所以每當酒酣耳熱之時，想到初願未遂，總有一絲淡淡的憂愁。

【注　釋】❶伊　同「維」。發語詞。❷臨淄　縣名。在今山東。漢末思想家、文學家徐幹，字偉長，北海劇縣（今山東昌樂西）人，官五官中郎將文學。舊居臨淄。❸提攜　是攜帶朋友的意思。❹齊瑟　樂器名。臨淄是戰國時齊國的國都，當地人都好音樂，齊瑟這種樂器很普遍。❺膠東　漢縣名。在今山東平度。❻淹留　久留。❼憩　休息。❽高密　漢縣名。在今山東高密。❾此歡　指上文的弄瑟、飲樂、休息。❿謂可終　認為可終了一生。⓫外物　身外之事物。指世事。⓬難畢　難以料定最終的結果。⓭搖蕩　動搖。⓮箕濮情　隱居的心志。濮，濮水。莊子隱居垂釣之處。⓯窮年　一年到頭。⓰迫憂慄　指被因動亂而害怕發抖的心情所逼迫。⓱末塗　末路。指晚年。⓲幸　幸虧。⓳休明　美好清明。指政治環境。⓴棲集　會集在一起。㉑建薄質　即啟用了我。建，置。薄質，淺陋之人。是自謙之語。㉒負薪　背柴禾。這裡是用楚相孫叔敖子貧困負薪的故事。㉓椒蘭室　用香椒和泥塗壁及以蘭薰染的房子。一般多指皇宮後宮或高級官僚的住處。這裡取其華美芬芳意。㉔清論　清雅的談吐。㉕事究萬　指談論探討的內容非常廣泛。㉖美話　說理精闢的語言。㉗非一　不止一句兩句。㉘行觴　即行酒。依次斟酒勸客。㉙悲　動聽。㉚永夜　長夜。㉛繫　連。㉜華屋　極精美華麗的府第。㉝蓬居　即茅草房。此指極簡陋的房子。㉞時髦　當代才學出眾的人。㉟豈余匹　哪裡是我可以匹配的。㊱中飲　飲樂中途。即酒喝正高興之時。㊲顧　思念。㊳昔心　過去的心事。指隱居。㊴悵焉　煩惱失意的樣子。

【語　譯】過去我家住在臨淄縣，邀來朋友一起彈奏琴瑟。在膠東設置酒席歡飲，長期棲息在高密縣。以為這等歡樂可以終此一生，然世事總是難以料定最終結果。心中湧起隱居山水的願望，卻一年到頭迫於動亂而憂患不已。窮途末路幸虧遇上政治清明之世，太子召集賢才而淺薄的我也被派上用場。免除了砍柴覓食的困苦，而今又遊樂在椒室蘭房。清雅之談探討著萬物之理，精闢之語實在不止隻字片言。一面行酒、一面彈奏動聽的歌曲，整夜歡宴一直延續到天亮。置身的是華美宮殿而非茅草房，當代的高才哪是我可以比肩的。飲樂之中回想當年的心事，心中惘悵而若有所失。

劉楨

卓犖偏人❶，而文最有氣❷，所得❸頗經奇❹。

【章 旨】〈劉楨〉序。

【注 釋】❶卓犖偏人　指才學超絕，不同一般之人。❷氣　指逸氣。❸所得　指文中所得。即文中所抒寫的。❹經奇　奇特；奇逸。

【語 譯】劉楨才學卓絕，超過時人，而文章最為氣盛，所作頗為奇特。

貧居晏❶里閈❷，少小長東平❸，河兗❹當衝要❺，淪飄❻薄❼許京❽。廣川無逆流❾，招納❿廁⓫群英⓬。北渡黎陽津⓭，南登紀郢⓮城。既覽古今事⓯，頗識治亂情⓰。歡友相解達⓱，敷奏⓲究平生⓳。矧⓴荷㉑明哲㉒顧㉓，知深㉔覺命輕㉕。朝遊牛羊下㉖，暮坐㉗括㉘揭㉙鳴。終歲非一日㉚，傳巵㉛弄㉜新聲㉝。辰事㉞既難諧㉟，歡願㊱如今并㊲。唯羨肅肅翰㊳，繽紛㊴戾㊵高冥㊶。

【章 旨】此詩開頭四句，寫河、兗是兵家必爭之地。劉楨因此被戰亂趕出了家鄉，而流浪到當時的首都許縣。次四句寫他事曹操後，即隨軍北伐袁紹，南攻孫劉。繼而寫自己既有豐富的歷史知識，又有一定的政治經驗，更因有施展才華的機會而深感振奮，並決心以死報答曹丕的知遇之恩。接著描寫與鄴下文人陪侍曹丕飲樂的生活。最後說既逢明主，來日當青雲直上。

【注 釋】❶晏　平靜安逸。❷里閈　家鄉。閈，巷門。❸東平　東漢侯國名，治無鹽。在今山東東平東。❹河兗　指濟水、兗州。均在山東。❺衝要　軍事與交通上的要地。❻淪飄　淪落飄遊。❼薄　迫近。此指到。❽許京　許縣。即今河南許昌。建安元年，曹操逼獻帝由洛陽遷都於此。❾廣川無逆流　廣闊的大河中不拒絕細流。❿招納　收羅。⓫廁　這裡有「列」意。

⑫群英　眾多才能卓著者。指王粲陳琳等人。⑬黎陽津　在今河南滑縣東。⑭紀郢　楚國國都。此指湖北江陵一帶。⑮古今事　特指歷代王朝興衰的變化。⑯治亂情　天下治亂的實情。⑰相解達　相互談說而達其意。⑱敷奏　指向明主表明自己的心跡。敷，意同〈離騷〉中「跪敷衽以陳辭兮」（跪著鋪開衣服前襟向上天陳述）一語。⑲究平生　盡平生才具。⑳矧　況且。㉑荷　承；受。㉒明哲　洞明事理者。指曹丕。㉓顧　顧念；看重。㉔知深　指曹丕對自己相知之深。㉕覺命輕　把生命看得很輕。含有「士為深己者死」的意思。㉖牛羊下　牛羊下山回圈中。即表示日暮。㉗暮坐　指晚上坐於席中宴樂。㉘括　至；到。㉙楬　縛牲畜的小木樁。這裡代指雞舍裡的雞。㉚終歲非一日　指一年到頭天天如此。㉛傳卮　傳杯行酒。㉜弄　演奏。㉝新聲　新作的歌曲。㉞辰事　良時和人事。㉟難諧　不容易諧和。㊱歡願　歡樂和心願。㊲并　同時得到。㊳肅肅翰　指鳥。肅肅，鳥飛翅毛振動的聲音。翰，羽毛。㊴繽紛　形容眾鳥齊飛的樣子。㊵戾　至；到。㊶高冥　深遠的高空。

【語　譯】身處貧困之境卻能平靜地在家鄉生活，我從小生長在東平。濟水、兗州正處軍事要地上，於是淪落飄遊到許昌京城。廣闊的大河不拒絕細流，曹氏招羅人才置我於豪英之中。往北渡過黎陽津，南面登上郢都城。瞭解了古今興衰的變化，很懂得天下治亂的實情。好友談說相互達意，向明主陳辭盡我平生才具。況且承蒙明君的器重，既對我相知甚深而我也把命看得輕。從早遊玩直到牛羊下山崗，晚上坐在席中宴樂直到公雞曉鳴。終年天天是如此，傳杯行酒又把新作歌曲演奏。良時和人事從來難於諧和，歡樂和心願如今得以同時實現。只是羨慕展翅高飛的鳥，眾鳥齊飛一直上達青雲。

應瑒

汝潁❶之士，流離世故❷，頗有飄薄❸之歎。

【章　旨】〈應瑒〉序。

【注　釋】❶汝潁　二水名。應瑒為汝南郡人。❷流離世故　指因戰亂而四處流落。世故，世間的一切事故。特指變亂。❸飄薄　即飄泊。薄，同「泊」。

【語 譯】應瑒是汝潁一帶人士，因遭世亂變故，所以很有飄泊的感歎。

嗷嗷❶雲中雁，舉翮❷自委羽❸。求涼❹弱水❺湄❻，違寒❼長沙❽渚❾。顧❿我梁川⓫時，緩步⓬集潁許⓭。一旦逢世難⓮，淪薄⓯恆羈旅⓰。天下昔未定⓱，託身早得所⓲。官渡⓳廁一卒⓴，烏林㉑預艱阻㉒。晚節㉓值㉔眾賢，會同㉕庇天宇㉖。列坐㉗廕華榱㉘，金樽盈清醑㉙。始奏〈延露曲〉㉚，繼以闌夕㉛語。調笑㉜輒酬答㉝，嘲謔無慚沮㉞。傾軀㉟無遺慮㊱，在心㊲良㊳已敘㊴。

【章 旨】此詩開頭託物起興，表現了戰亂使人們四處漂泊的痛苦。而應瑒也正是其中的一位不幸者。接著寫他事曹而有過不平凡的經歷。入後寫曹丕不惜財力搜羅人才，應瑒也常得以與眾賢宴樂。最後表示為有這樣的生活而感到愉快、滿足。應瑒，生年不詳，卒於西元二一七年，字德璉，汝南（郡治今河南汝南東南）人。曹操徵為丞相掾屬，後為五官中郎將文學。

【注 釋】❶嗷嗷 鳥哀鳴聲。❷舉翮 展翅；起飛。❸委羽 神話中的山名。在北極之陰，陽光照不到。❹求涼 找陰涼。❺弱水 在崑崙山東。❻湄 水邊。❼違寒 避寒。❽長沙 郡名。在今湖南長沙。❾渚 小洲。❿顧 回想。⓫梁川 戰國時魏惠王徙都之所。在今河南開封。⓬緩步 形容當年天下太平時行動從容。⓭潁許 潁，潁川郡。許，許都。⓮世難 指東漢末的喪亂。⓯淪薄 淪落漂泊。⓰羈旅 作客他鄉。⓱昔未定 指當年曹操還沒統一北方之時。⓲得所 得到安身的地方。指歸附曹操。⓳官渡 在今河南中牟東北。建安五年，曹操曾在這裡殲滅了袁紹的主力軍。⓴廁一卒 以一個士兵的身分參加作戰。廁，列；參與。㉑烏林 在今湖北嘉魚西，長江北岸。建安十三年冬，孫劉聯軍向曹操發動自赤壁至烏林的全線攻擊，曹軍便從烏林向北撤退。㉒預艱阻 指也隨曹軍遇到危險。預，參與。㉓晚節 晚年。㉔值 碰到。㉕會同 諸侯朝見天子的通稱。此指眾賢聚集在曹氏身邊。㉖庇天宇　被天宇所庇。指被曹操所用。庇，遮蔽；庇護。天宇，天空。㉗列坐　依次入座。㉘廕華榱　指眾賢得到曹操優厚的待遇。廕，義同「庇」。華榱，指華屋。榱，古代指椽子。㉙清醑　美酒。㉚延露曲　漢魏間流行的一種小曲。㉛闌夕　深夜。㉜調笑　戲笑。㉝酬答　指以行令等方式互相勸酒。㉞無慚沮　指不因被嘲者感到難為情而停止。㉟傾軀　意即委身。㊱遺慮　多餘的憂慮。㊲在心　指在自己心裡。㊳良　的確。㊴敘　申述。

【語譯】雲中的大雁在哀鳴，牠展翅而飛來自委羽山。在弱水邊尋找陰涼之所，避寒於長沙的水中小洲上。回想當年我在梁川時，從容遊遍潁川與許昌。一旦遭逢漢末的喪亂，長年淪落漂泊作客於他鄉。天下當年還未成一統，早早追隨曹氏得到安身的地方。官渡之戰作為一個士兵去參戰，烏林失利曾和曹氏一起遇危難。晚年碰到眾賢人，一齊聚於曹氏廣宇之下。依次入座於華美的宮中，精緻的酒杯之中把美酒斟得滿滿。宴中開始演奏小調〈延露曲〉，繼而是整夜地在一起笑談。戲笑之餘又行令勸酒，嘲弄他人不管他是否難堪。委身曹氏沒有多餘的憂慮，心中所思之事確實都已得到申敘。

阮瑀

管書記❶之任，故有優渥❷之言。

【章旨】〈阮瑀〉序。

【注釋】❶管書記　阮瑀。字元瑜，陳留尉氏（今屬河南）人。曾為曹操司空軍謀祭酒，和陳琳同管記室。❷優渥　優厚；豐足。

【語譯】阮瑀掌管書記的職務，所以有感激優遇的言辭。

河洲❶多沙塵，風悲❷黃雲❸起。金羈❹相馳逐，聯翩❺何窮已。慶雲❻惠❼優渥，微薄❽攀❾多士❿。念昔渤海⓫時，南皮戲清沚⓬。今復河曲⓭游，鳴葭⓮泛⓯蘭汜⓰。躧步⓱陵⓲丹梯⓳，並坐⓴侍君子㉑。妍談㉒既愉心，哀音㉓信㉔睦耳㉕。傾酤㉖係㉗芳醑㉘，酌㉙言㉚豈終始㉛。自從食蓱來㉜，唯見今日美㉝。

【章旨】此詩開頭以沙塵黃雲等為背景，描寫漢末天下戰亂之狀。然後寫受到曹操青睞及曹丕的知遇。最後敘寫在曹魏京中的生活，描述宴會的豪華場面，並頌揚曹氏禮遇賢士，是史無前例的美事。

【注釋】❶河洲　指河邊沙灘。❷風悲　猶言風緊。❸黃雲　夾雜沙塵的雲。❹金羈　極其精美的馬絡頭。❺聯翩　形容馬多而連續不斷奔走的樣子。❻慶雲　一種祥瑞的彩雲。這裡借指曹氏的德惠。❼惠　恩惠。❽微薄　卑微淺薄。是自謙之語。❾攀　結交。有高攀之意。❿多士　眾賢士。指王粲、陳琳等人。⓫渤海　指渤海郡。東漢郡名，治南皮。故城在今河北南皮東北。⓬沚　水中的小沙灘。⓭河曲　指鄴京地區。⓮葭　通「笳」。即笳子。皇帝儀仗隊所用的樂器。⓯泛　漂浮遊蕩。⓰汜　水邊。⓱躧步　邁著從容的步子。⓲陵　登。⓳丹梯　丹墀；宮殿前用紅色塗飾的石階。⓴並坐　並肩坐著。㉑君子　指曹丕。㉒妍談　美談。㉓哀音　指悽婉纏綿的琴聲。㉔信　的確。㉕睦耳　和諧悅耳。㉖傾酤　倒酒。㉗係　有連續義。㉘芳醑　香甜的美酒。㉙酌　斟酒喝。㉚言　語助詞。無義。㉛豈終始　哪有開始與終了。意即日夜不停，無休止地喝。㉜自從食蓱來　猶言自從那時天子宴諸侯佳賓以來。食苹是《詩經・小雅・鹿鳴》中「食野之苹」一語的緊縮。該詩是寫天子宴群臣嘉賓的一首作品。蓱，通「苹」。指藾蒿。㉝美　指宴會的盛況。

【語譯】河邊沙灘的塵土多，急風吹起夾雜沙塵的黃雲。裝飾華美的駿馬爭先恐後，前後相續綿延不盡。祥雲當頭曹氏對我恩惠厚，卑微淺薄之人竟把賢士來高攀。回想當年我在渤海時，家在南皮常戲耍在沙灘。今日又來遊鄴京，隨著宮廷樂器的鳴奏遊蕩在長滿蘭草的水邊。從容邁步登上丹墀，與眾賢並肩坐著陪侍君子。美妙的談論令人歡心，動人之樂的確是悅耳。香甜的美酒一杯接著一杯倒，斟酒歡飲無始無終一天喝到晚。自從當年西周天子宴群臣，唯有今日見到這種盛況。

平原侯植

公子不及世事❶，但美遨遊❷，然頗有憂生❸之嗟。

【章　旨】〈平原侯植〉序。

【注　釋】❶不及世事　不管天下大事。❷美遨游　以遨遊為美事。❸憂生　對平生的憂慮。

【語　譯】公子不過問天下大事，但喜歡遨遊，然而多有嗟歎人生憂患的詩篇。

朝游登鳳閣❶，日暮集華沼❷。傾柯❸引❹弱枝，攀條❺摘蕙❻草。徙倚❼窮騁望❽，目極盡所討❾。西顧太行山❿，北眺邯鄲道⓫。平衢⓬修⓭且直，白楊信褭褭⓮。副君⓯命飲宴，歡娛寫⓰懷抱。良游匪晝夜⓱，豈云晚與早。眾賓⓲悉精妙，清辭⓳灑⓴蘭藻㉑。哀音下迴鵠㉒，餘哇㉓徹清昊㉔。中山㉕不知醉㉖，飲德方覺飽㉗。願以黃髮㉘期，養生㉙念將老。

【章　旨】此詩開頭通過對良辰美景的描寫，表現平原侯曹植前期「美遨遊」的生活。後面的歡宴與遊樂更是這種生活的具體化。最後從「飲德」與「黃髮」的願望中，流露了序中所說的「憂生之歎」，其實隱含著後期生活中屢遭曹丕與明帝曹叡的猜忌迫害的痛苦。

【注　釋】❶鳳閣　皇宮的樓閣。❷華沼　花草繁盛的池塘。❸傾柯　向地面傾斜的大樹枝。❹引　拉。❺攀條　拉著枝條。❻蕙　香草。❼徙倚　徘徊。❽窮騁望　盡力向遠處眺望。❾討　探尋。指有目標的看。❿太行山　在山西、河南兩省之間，遠在鄴京的西面。⓫邯鄲道　通往邯鄲的大路。邯鄲，在河北省。位於鄴城北面。⓬平衢　平坦的大道。⓭修　長。⓮裊裊　一般作「褭褭」。即「裊裊」。隨風搖曳的樣子。⓯副君　太子。指曹丕。《漢書・卷四一・疏廣傳》有「太子國儲副君」之語。⓰寫　通「瀉」。傾瀉。引申作抒發。⓱匪晝夜　不分晝夜。⓲眾賓　各位佳賓。指王粲、陳琳等。⓳清辭　清新的言辭。⓴灑　揮灑；灑脫。㉑蘭藻　形容言辭文章的華美。㉒下迴鵠　指美妙的音樂使天鵝盤旋飛下來聽。㉓餘哇　纏綿的歌曲的餘音。㉔徹清昊　直透到清朗天空。㉕中山　郡名。今河北定縣，以產美酒著名。此處以中山代醇濃的美酒。㉖不知醉　猶言喝不夠。㉗飲德方覺飽　此化用《詩經・大雅・既醉》中「既醉以酒，既飽以德」意。德，指恩惠。整句意思是除了吃飽喝足，重要的是需得到恩惠，即得到重用。㉘黃髮　高壽的象徵，人年老頭髮由白而黃。㉙養生　保養身體。

【語　譯】早上去遊樂登上皇宮的城樓，傍晚聚會於優美的池沼。就著斜傾的樹幹折下柔弱的柳枝，拉著枝條來採蕙草。來回走動盡力向遠方眺望，極盡目力把一切都看到。向西遙望太行山，向北遠眺邯鄲道。平坦的大道又長又直，白楊迎風的確姿態柔媚。太子召我去參加盛宴，歡樂之中盡抒懷抱。美好的遊樂不分白天與黑夜，哪管它是晚還是早。各位佳賓才學高，清新的言辭灑脫且優美如蘭藻。動人的音樂竟使天鵝飛下來聽，纏綿樂曲的餘音直透清朗的雲霄。中山的美酒喝不夠，感恩戴德才覺得真正喝足又吃飽。希望將那頭髮由白變黃為壽期，保養身體只是擔心人將老。

卷三二

効曹子建樂府白馬篇

【作　者】袁淑（西元四〇八～四五三年），字陽源，陳郡陽夏（今河南太康）人。南朝宋文學家。官太子左衛率。劉劭作亂時，被劭所殺。陽源有才辯，善詩賦。原有集，已散佚，明人輯有《袁陽源集》。

【題　解】這首詩歌詠的是遊俠之士。他們正義凜然，不事權貴，愛憎分明，品行端方，許諾重千金，甘願為他人拋頭顱灑熱血，不圖榮華，重在聲名。題目中「効」，通「效」。即「擬」之意。

劍騎❶何翩翩❷，長安五陵❸間。秦地❹天下樞❺，八方湊❻才賢❼。荊魏❽多壯士，宛洛❾富❿少年。意氣⓫深自負⓬，肯事⓭郡邑權⓮！籍籍⓯關外⓰來，車徒⓱傾國鄽⓲。五侯競書幣⓳，群公亟為言⓴。義分㉑明於霜㉒，信行㉓直如弦。交歡㉔池陽㉕下，留宴㉖汾陰㉗西。一朝許人諾㉘，何能坐相捐㉙。彯節㉚去函谷㉛，投珮㉜出甘泉㉝。嗟此務㉞遠圖㉟，心為四海懸㊱。但營㊲身意㊳遂，豈校㊴耳目前㊵。俠烈㊶良有聞㊷，古來共知然㊸。

【注　釋】❶劍騎　佩劍騎馬。❷翩翩　輕捷矯健的樣子。❸五陵　指西漢高帝、惠帝、景帝、武帝、昭帝的五座陵墓。都在今陝西咸陽附近。因古代有遷官、民於陵墓旁，以供奉園陵的制度，且五陵又地近長安，所以次第遷來很多富裕豪傑者。❹秦地　指長安地區。❺樞　樞紐。指政治文化的中心。❻湊　會合。❼才賢　有道德才學的人。❽荊魏　二國名。指今湖北、河南一帶。❾宛洛　二都名。分別在今湖北、河南。❿富　義同上文「多」。⓫意氣　意志與勇氣。⓬自負　自恃；自許。⑬肯事　指哪裡肯事奉。⑭郡邑權　地方上的權貴。⑮籍籍　猶言紛紛。⑯關外　長城關口之外。唐代前一般指關東地區。這裡泛指長安以外的地方。⑰車徒　指乘車馬的眾人。⑱傾國鄽　形容從者之多。國，指都市。鄽，同「廛」。城市裡的房屋。⑲五侯競書幣　指權貴競相以書幣相送。五侯，漢成帝時同時封其舅王譚、王立五兄弟為列侯。在此泛指權貴。書幣，古人送幣必同時寫書信。故稱。⑳群公亟為言　指一些有地位者多次為他在君王面前說好話。這裡指漢代最著名的遊俠之士郭解。他年輕時為丁點小事就殺人，長大後，喜遊俠之事，人們都喜歡與他交往，一些大官僚還在君王面前為他說好話。㉑義分　分辨大義。㉒明於霜　指像霜一樣純潔透亮。㉓信行　正直的品行。㉔交歡　結交友好。㉕池陽　縣名。故城在今陝西涇陽西北。與下文「汾陰」皆指著名遊俠者歡宴之處。㉖留宴　熱情挽留一起歡宴。㉗汾陰　縣名。在今山西榮河北。㉘許人諾　對人許下諾言。㉙坐相捐　徒然拋棄。即空許諾言又棄之不顧。㉚彯節　拋棄符節。㉛函谷　函谷關。㉜投珮　扔掉官員所佩的玉佩。這裡指辭官。㉝甘泉　宮名。此指朝廷宮府。㉞務　追求。㉟遠圖　遠大的圖謀。即大志。㊱四海懸　懸於四海。即使天下人明察。㊲營　謀求。㊳身意　自身的意願、志向。㊴豈校　哪裡計較。㊵耳目前　指眼前利益或榮華富貴等。㊶俠烈　指有功業的俠士。㊷聞　名聲。㊸共知然　都知道是如此。

【語　譯】佩劍騎馬是多麼輕捷而矯健！遊俠馳騁在長安附近的五陵間。長安地區是天下的樞紐，眾賢從四面八方向這裡會合。荊魏之地多的是勇士，宛洛二都城更有眾多英勇的青年。意志勇氣都顯得很自負，哪裡肯侍奉郡縣的威權。紛紛從那關外趕過來，車徒擠滿了整個市鄽。列侯送來書信與錢財，許多權貴也多次為之進善言。大義分明猶如寒霜那樣純潔而透亮，品行正直如弓之弦。在池陽城下結交好友，在汾陰城的西面挽留宴飲。一旦對人許下諾言，怎能空許又違願。拋下符節離開函谷關，扔掉玉佩辭官出宮殿。慨歎他們如此追求大志向，心昭天下使四海之人都可看見。只求能夠一遂個人心願，哪能計較眼前的地位與金錢。有功業的俠士確實有名聲，自古以來誰都知道是這樣。

效古

【作　者】袁淑，見頁一四八三。

【題　解】這首詩摹寫古人所經歷的征戰之苦。主人翁是一個離家從軍者，他多年征戰在外，歷經艱難險阻，在夢中也希望凱旋回朝。但戰事不息，年歲徒增，又仍無功名，所以就產生了古人所發抒的那種生活無定、四處奔波的悲苦心情。

訊❶此倦遊士，本家❷自遼東❸。昔隸❹李將軍❺，十載事西戎❻。結車❼高闕❽下，極望❾見雲中❿。四面各千里⓫，從橫⓬起嚴風⓭。寒燠⓮豈如節⓯，霜雨多異同⓰。夕寐北河陰⓱，夢還甘泉宮⓲。勤役⓳未云已⓴，壯年徒為空㉑。迺㉒知古時人，所以悲轉蓬㉓。

【注　釋】❶訊　問。猶言借問、試問。❷本家　自己的家。即故鄉。❸遼東　郡名。在今遼寧境內，遼河之東。❹隸　隸屬。❺李將軍　漢武帝時名將李廣。❻事西戎　指防守邊境，抗擊西戎的進犯。西戎，古指西方少數民族。❼結車　猶繫好車馬。指軍隊駐紮。❽高闕　山名。在今內蒙古境內。❾極望　極目遠望。❿雲中　郡名。在內蒙古境內。⓫四面各千里　指四周望去，都廣寬無邊。⓬從橫　縱橫。指東西南北。⓭嚴風　寒風。⓮燠　暖。⓯豈如節　哪像節氣所顯示的那樣。⓰異同　偏義複詞。偏指「異」。⓱北河陰　指邊陲地方的河流之南。⓲甘泉宮　漢宮名。這裡代指京都、朝廷。⓳勤役　指辛苦的兵役。⓴未云已　即未已。指無休無止。云，語助詞。㉑徒為空　白白過去。指未建功業。㉒迺　才。㉓轉蓬　指遠遊從軍，生活無定，如飛轉的蓬草。

【語　譯】試問這位疲倦的遊子，他的家原來在遼東。當年曾經從屬李將軍，十年防守邊疆戰西戎。繫好車馬駐紮在高闕山下，極目遠望那雲中郡。四周望去漫無邊際，前後左右都刮起了寒風。寒暑全不像應有的節氣，降霜下雨都和內地有所不同。晚上睡在邊陲河流的南岸，夢魂卻回到了甘泉宮。辛苦的兵役無休無止，壯盛之年白白過去而成空。至此才知古時人，何以悲歎遠遊從軍像飛蓬。

擬古 二首

【作　者】劉鑠，字休玄，南朝宋人。宋文帝劉義隆第四子，封南平穆王。少時好學，善詩文。年二十三，即因食中有毒而死。

【題　解】這二首〈擬古〉詩，是模仿「古詩十九首」之作。在內容風格上都頗相近。

擬行行重行行

眇眇❶陵❷長道❸，遙遙行遠之❹。迴車❺背京里❻，揮手❼從此辭。堂上流塵❽生，庭中綠草滋❾。寒螿翔水曲❿，秋兔依山基⓫。芳年有華月⓬，佳人⓭無還期。日夕涼風起，對酒長相思。悲發⓮江南調⓯，憂委⓰〈子衿〉詩⓱。臥覺明燈晦⓲，坐見輕紈⓳緇⓴。淚容不可飾㉑，幽鏡㉒難復治㉓。願垂㉔薄暮㉕景㉖，照妾桑榆㉗時。

【章　旨】這首詩寫女子閨中望夫的悲苦。一開頭就點出夫君遠離家門，然後通過具體的環境描寫，指出夫君久征不歸。再從喝酒、唱曲、吟詩以及起居等細節交代，表現相思之苦，最後表示自己因思慕而日漸衰老，更增加了悲劇的氣氛。

【注　釋】❶眇眇　遙遠的樣子。❷陵　登。指上路。❸長道　指夫君漫長的遠征之路。❹行遠之　越行越遠。❺迴車　轉車。❻京里　都里。❼揮手　告別時的特有動作。後世常以「揮手」代指告別。❽流塵　飛動的灰塵。❾滋　滋長茂盛。❿寒螿翔水曲　寒蟬在水邊飛翔。詩中以為寒蟬生於水，而流戀所生之地。⓫山基　山腳。⓬芳年有華月　喻人也有青春美好之時。⓭佳人　指丈夫。⓮悲發　悲愁地唱。⓯江南調　指〈採蓮曲〉。是情歌。⓰憂委　託付憂愁的心。⓱子衿詩　《詩經・鄭風・子衿》有「青青子衿，悠悠我心」句，描寫相思之情。⓲晦　昏暗。⓳輕紈　精緻潔白的絲織衣服。⓴緇　黑色。㉑飾　指塗脂抹粉。㉒幽鏡　指明鏡因無心去照而蒙上塵垢而顯得幽暗不明。㉓治　理。㉔垂　近。㉕薄暮　黃昏。㉖景　日光。㉗桑榆　指日落時餘光所在處。比喻人因思慕而衰老。

【語　譯】登上漫漫的長征之路，漸行漸遠。轉過車背著京都而走，揮手告別從此兩分離。堂中蒙上飛動的灰塵，庭院中綠草已茂盛。寒蟬飛翔在出生的水邊，秋日的兔子沿著山腳跑。人也有青春美好之時，夫君卻無還家的日期。傍晚涼風吹，對酒更相思。悲愁地唱著江南的小調，憂愁的心託付給〈子衿〉詩。睡臥時覺得明燈轉昏暗，坐著看見精白的絲織衣服正轉黑。流淚的面容難以上妝，蒙塵的鏡子難以再擦亮。希望接近傍晚的日光，能照亮我這衰老之人。

擬明月何皎皎

落宿❶半遙城❷，浮雲藹❸曾闕❹。玉宇❺來清風，羅帳❻延❼秋月。結思❽想伊人❾，沈憂❿懷明發⓫。誰為⓬客行⓭久，屢見流芳歇⓮。河廣川無梁，山高路難越。

【章　旨】這也是寫家中妻子思念遠行丈夫的詩。在清風明月的夜晚，妻子孤苦難眠，思念丈夫一直到天亮。時間一年年過去，丈夫卻不回還。想去見他，千山萬水，路途艱險，又不可能。對這種相思之苦，作者描寫得相當深刻。

【注釋】❶落宿　西斜的星星。宿，星宿。❷遙城　遠處城牆。❸藹　本指樹木茂密的樣子。這裡有遮蓋的意思。❹曾闕　高高的城樓。曾，重。❺玉宇　明淨的天空。❻羅帳　羅綺製成的床帳。❼延　引。❽結思　凝思。❾伊人　那人。指丈夫。❿沈憂　深憂。⓫明發　指東方發亮。⓬誰為　為誰。⓭客行　在異鄉遠行。⓮流芳歇　散布的花草香氣沒有了。即春天過去了，亦即一年過去。

【語譯】西斜的星光一半還照在城牆上，浮雲遮蓋著高高的城樓。明淨的天空吹來清風，羅綺帳內照進秋月。苦苦思念我那郎君，深深地憂慮一直到東方發白。不知為誰遠遊這麼久，屢次見到那花草繁盛又止息。河面寬廣無橋梁，山高路遠難於超越。

和琅邪王依古

【作　者】王僧達，見頁一一七五。

【題　解】此詩寫一少年俠士遊歷各地的經過與感慨。他遍尋古跡，首先見到當年赫赫的周漢王室，如今皆已蕪沒。再見到那風起蓬斷，黃沙亂昏，因而感歎時世變化，誰也無能為力。最後說聖賢之命也有終了之時，更何況區區眾生，終於歸結到莊子安分守命的思想上來。

少年好馳俠❶，旅宦❷遊關源❸。既踐終古跡❹，聊訊❺興亡言。隆周❻為藪澤❼，皇漢成山樊❽。久沒離宮❾地，安識❿壽陵園⓫。仲秋邊風⓬起，孤蓬卷霜根⓭。白日無精景⓮，黃沙千里昏。顯軌⓯莫殊轍⓰，幽途⓱豈異魂⓲。聖賢良已矣⓳，抱命⓴復何怨。

【注釋】❶馳俠　出遊行俠。❷旅宦　出外做官。❸遊關源　指遊歷長安附近一帶。關源，關中河源。❹踐終古跡　探尋到前代王朝陳跡。終古，遠古。❺聊訊　且問。❻隆周　即周王朝。「隆」與下文的「皇」同義，都用來形容王朝的興盛輝煌。❼藪澤　沼澤地。❽山樊　山林。❾離宮　行宮。❿安識　怎麼知道。⓫壽陵園　漢景帝之陵園。此處泛指皇帝陵園。⓬邊風　邊地的風。⓭孤蓬卷霜根　蓬草連帶霜的根都被秋風捲起。卷，通「捲」。⓮精景　明亮的日光。⓯顯軌　明顯可見的道路。指陽間的。⓰莫殊轍　沒有不同的車轍。言人生總是大同小異。⓱幽途　幽暗的道路。猶言黃泉路。指陰間的。⓲豈異魂　哪有不同類的鬼魂。⓳已矣　都過去了。⓴抱命　抱著區區之命。

【語譯】年輕之時喜歡浪遊行俠，為了做官遠遊到長安。踏上了前代王朝的陳跡，且探古今興亡的道理。輝煌的周代宮廷已成了沼澤地，赫赫的漢宮也變成了山林。早就蕪沒了離宮之地，又怎能知道哪裡是皇帝的陵園。仲秋之時，邊地寒風吹起，把孤獨的蓬草連帶霜的根兒都捲起，白天太陽也不明亮，黃沙飛舞使千里一片昏暗。古今人生道路總是大同小異，黃泉路上哪有不同鬼魂。聖人賢士都已作了古，守著區區生命又有什麼可哀歎！

擬古 三首

【作者】鮑照，見頁九六〇。

【題解】鮑照的〈擬古詩〉傳世的有八首，這裡編入三首。「擬古」是摹擬古詩的意思，而內容則或抒發情感，或追慕節義，或感諷時事，不盡一致。

幽并重騎射

幽并❶重騎射❷，少年好馳逐❸。氈帶❹佩雙鞬❺，象弧❻插雕服❼。獸肥春草短，飛鞚❽越平陸❾。朝遊雁門❿上，暮還樓煩⓫宿。石梁⓬有餘勁，驚雀無全目⓭。漢虜⓮方未和⓯，邊城屢翻覆⓰。留我一白羽⓱，將以分虎竹⓲。

【章　旨】這首詩贊美了北方幽、并一帶青年人的英勇善戰以及他們為國立功的志願，並藉此抒發了作者自身的抱負。在思想內容與風格上較接近曹植的〈白馬篇〉。

【注　釋】❶幽并　幽，幽州。在今河北北部。并，并州。在今山西境內。❷重騎射　指幽并一帶有尚武的精神。❸馳逐　馳馬追逐。指打獵。❹氈帶　毛氈做的佩帶。❺鞬　掛於馬鞍上放弓的皮囊。❻象弧　有象牙嵌飾的弓。❼雕服　彩繪的箭袋。❽飛鞚　指飛奔的馬。鞚，馬勒子。❾平陸　平原。❿雁門　雁門山。在今山西代縣。⓫樓煩　古代邊塞重鎮。在今山西崞縣東。⓬石梁　巨石名。傳說宋景公叫一個匠人為他製作一張好弓。匠人把全部精力放在製弓上，九年才製成，製成後就死了。宋景公用這弓來試射，箭飛過西霜之山，到了彭城東部還有餘勁，射到石梁子裡了。⓭驚雀無全目　相傳后羿善射，友人吳賀要他射鳥雀。后羿問他要射死還是射傷，吳賀說射雀的左眼。后羿結果誤中了右眼，他終生為這事感到羞愧。可是世人對他射技的精湛卻一直稱頌不已。⓮漢虜　漢朝與北方少數民族。⓯方未和　指關係緊張。⓰屢翻覆　形勢屢有變化。⓱白羽　白羽為翎的箭。這裡代指武器。⓲分虎竹　即受朝廷派遣，帶上兵符去守邊抗敵。虎竹，虎符與竹符，都是兵符。為調兵遣將之用。符分兩半，一半留在朝廷，一半由將領帶到邊地，京師發兵，以兵符吻合為信。

【語　譯】幽、并之地看重騎射功夫，青年喜歡騎馬射箭、追逐獵物。紮著氈製的佩帶、掛著一對弓囊，插著象牙之弓、佩著彩繪的箭袋。野獸既肥春草又短，飛馬奔馳，越過平原。清早遊獵雁門山，夜晚回來住宿在樓煩。箭射遠處，餘力還能穿石頭；射技之精，可中鳥雀的雙眼。漢戎一直未和好，邊城戰局屢有變化。給我留下一支利箭，我將憑它率兵去守邊關。

魯客事楚王

魯客❶事楚王❷，懷金❸襲❹丹素❺。既荷❻主人❼恩，又蒙令尹❽顧❾。日晏❿罷朝歸，鞍馬⓫塞衢路⓬。宗黨⓭生光華⓮，賓僕⓯遠傾慕⓰。富貴人所欲，道德亦何懼⓱。南國⓲有儒生⓳，迷方⓴獨淪誤㉑。伐木青江湄㉒，設罝㉓守毚兔㉔。

【章　旨】此詩先寫一個積極入世的儒生，如何受到楚國君臣的重用禮遇，並有一人得道、雞犬升天的福氣；再寫一個不知權變的儒生，卻清高自守，辛辛苦苦地在江邊砍木頭，山中抓野兔。從全詩之意看來，作者的思想是傾向於後者的。

【注　釋】❶魯客　魯國人。指儒生策士一類的人。❷楚王　春秋時楚國的國君。❸懷金　指身上帶著金印。❹襲　衣上加衣。❺丹素　士大夫所穿領子繡花的白色中衣。這裡指朝服。❻荷　承；蒙。❼主人　指國之主。即楚王。❽令尹　春秋時楚國執掌國家政務的官。❾顧　看。這裡指看重。❿晏　晚。⓫鞍馬　指自己與隨從所乘的車馬。⓬衢路　大路。⓭宗黨　同宗同族的人。指親戚朋友。⓮生光華　指都有一官半職或得到好處，並感到榮耀。⓯賓僕　門客與僕人。⓰遠傾慕　指遠遠地趕來投到門下。⓱富貴人所欲二句　出自《論語·里仁》。孔子說：富與貴，是人人所欲望的，但不用道德才能等正當的途徑得來，君子是不享受的。道德，即指依憑道德來享受富貴。一本「德」作「得」。亦何懼，又有什麼可怕的。意即可心安意得地享受。⓲南國　南方。⓳儒生　通儒家經典的人。一般指讀書人。⓴迷方　迷失道路方向。㉑淪誤　沈淪而誤終生。㉒湄　水邊。㉓設罝　安下捕獸網。罝，捕獸的網。㉔毚兔　狡兔。

【語　譯】魯國的儒生去事楚王，身佩金印、穿著朝服。多承楚王的恩惠，又蒙令尹慇懃來照顧。日暮退朝回家來，隨從的車馬堵塞了大路。親戚朋友既有光采，門客僕人也紛紛趨之若鶩。富貴人人都想要，只要是憑著道德得來的又有何懼。南方有個讀書人，因迷失方向而沈淪致使誤了終生。砍柴青青江水邊，設下羅網獨守著要逮狡兔。

十五諷詩書

十五諷❶《詩》《書》❷，篇翰❸靡❹不通。弱冠❺參❻多士❼，飛步❽遊秦宮❾。側睹❿君子論⓫，預見⓬古人風⓭。兩說⓮窮舌端⓯，五車⓰摧筆鋒⓱。羞當⓲白璧貺⓳，恥受聊城功⓴。晚節㉑從世務㉒，乘㉓障㉔遠和戎㉕。解佩㉖襲㉗犀渠㉘，卷袠㉙奉㉚盧弓㉛。始願㉜力不及，安知今所終㉝。

【章　旨】此篇寫志趣與現實衝突的苦惱。詩中的主人翁從小就熟讀詩書，工於文辭，成人後到京城，想有所作為，卻壯志難酬，後來棄文從武，仍然未有成就，因此為今天與將來而悲哀。

【注　釋】❶諷　背誦。❷詩書　《詩經》與《尚書》。❸篇翰　猶如今日之「文筆」。篇，首尾完整的詩文。翰，筆。❹靡　無。❺弱冠　指成年。弱，古時二十歲叫弱，始行冠禮。❻參　參謁。❼多士　指朝廷百官。❽飛步　指行得快。❾秦宮　秦都咸陽之宮。這裡泛指京都。❿側睹　不敢正面看。是自謙之辭。⓫君子論　有才德之人的論著。⓬預見　見到。⓭古人風　古代君子的風度。⓮兩說　指魯仲連說辛垣衍與下聊城二件事。戰國時，秦圍邯鄲，魏王派辛垣衍到邯鄲，說平原君如尊秦昭王為帝的話，秦就會退兵。魯仲連對辛講了一番道理，使辛折服。秦國將領得知，也退兵而去。又，田單攻聊城不下，魯仲連就寫了封信射入城中，燕將讀信後自殺，城就攻下了。⓯窮舌端　指善辯者也沒法可辯。形容自己比魯仲連更有使對方辭窮理屈的口才。⓰五車　指書多，可裝五車。形容自己的學識豐富。⓱摧筆鋒　指能摧折博學之士的筆鋒。⓲羞當　指面對賞賜感到羞恥。⓳白璧貺　楚襄王曾派人拿了黃金千斤、白璧百雙去聘莊子為相，莊子不肯受。又，戰國時虞卿遊說趙孝成王，被賞賜黃金百鎰、白璧一雙。貺，賞賜。⓴恥受聊城功　講魯仲連因寫書信破聊城有功，田單為他請功，朝廷將授以官爵，他就逃隱到海上。㉑晚節　指晚年。㉒世務　時務；當前的國家大事。㉓乘　防守。㉔障　邊境上險要處修築的防禦用的堡壘等障礙物。㉕遠和戎　因防守堅固，敵方不能攻入而使邊境和平安寧。㉖解佩　解下玉佩。即指不當文官。玉佩是文官文士所有的佩飾。㉗襲　指外面穿著。㉘犀渠　犀，犀牛皮甲，上古的一種鎧甲。渠，盾牌。㉙卷袠　把書收藏起來不看。卷，通「捲」。袠，用布帛製成的包書套子。㉚奉　恭敬地接受。㉛盧弓　黑色的弓。古代諸侯有大功，天子賜盧弓盧矢。㉜始願　最初的志願。指從文。㉝今所終　今日所從事的就武之業的最終結果。

【語　譯】年僅十五就能背誦《詩經》與《尚書》，文筆每一樣都精通。成年以後參謁朝中各大臣，快步來往於京城的皇宮中。有幸聆聽君子的高論，看見了古代賢人的德風。口才如魯仲連兩番遊說使得對方無法答辯，學富五車更能夠摧折博學之士的筆鋒。面對白璧重金之賜覺得羞恥，更恥於領受攻破聊城的大功。晚年從事當前安邦定國的大業，防守邊關安撫戎狄。解下玉佩、穿上鎧甲，收起書籍操起弓箭。當初從文的志願因能力有所不及，不知如今就武是否能善始善終。

學劉公幹體

【作　者】鮑照，見頁九六〇。

【題　解】鮑照以此為題的詩，傳世的有五首，這是其中之一。這首詩從取喻到結體都學劉楨的〈贈從弟〉「鳳皇集南嶽」一詩。詩以北方的雪作比喻，說正直的人雖然高潔，但在世風澆薄、小人得勢的時候，就不得不退位避讒。

胡風❶吹朔雪❷，千里度龍山❸。集❹君❺瑤臺❻裡，飛舞兩楹❼前。茲辰❽自為美❾，當避豔陽年❿。豔陽桃李節⓫，皎潔⓬不成妍⓭。

【注　釋】❶胡風　北風。因胡地在北方，故稱。❷朔雪　北方的雪。❸龍山　指逴龍山。《楚辭・大招》中王逸注說：北方有終年寒冷的山，陰不見太陽，名叫逴龍。❹集　吹攏匯集。❺君　指雪。❻瑤臺　美玉裝飾的樓臺。即華美的樓臺。❼楹　堂室間的四柱，前面兩根旁無所依的柱叫楹。❽茲辰　這個時候。❾自為美　指雪自然成了美的東西。❿豔陽年　當指春天的時候。豔陽，春日豔麗的陽光。指春天。錢振倫注《鮑參軍集注》「年」作「天」。⓫桃李節　桃李之花盛開的季節。這裡以桃李比喻趨炎附勢、擾亂朝綱的群小。⓬皎潔　指潔白的雪。⓭不成妍　不能像桃李那樣裝點成美景。妍，美。

【語　譯】北風吹著北方的雪，不遠千里飛越龍山。白雪匯集在華美的樓臺中，飛舞在堂前兩根柱子之前。此時白雪固然美，卻應避開豔陽天。因為豔陽天是在桃李花開的時候，潔白的雪不能在此時顯得嬌豔。

代君子有所思

【作　者】鮑照，見頁九六〇。

【題　解】此詩開頭從登銅雀臺俯瞰的角度，對魏都鄴城從宮殿樓閣、假山池沼到鐘鼓笙歌都作了描寫，以鋪陳排比、極度誇張的手法，著力表現當政者窮奢極欲的生活。題目既為「有所思」，當然想到奢侈背後所隱藏的危機。於是最後提出，以諷當政者。

西出❶登雀臺❷，東下❸望雲闕❹。層閣❺肅❻天居❼，馳道❽直如髮。繡甍❾結❿飛霞，璇題⓫納行月⓬。築山⓭擬蓬壺⓮，穿⓯池類⓰溟渤⓱。選色⓲遍齊代⓳，徵聲⓴帀㉑邛越㉒。陳㉓鍾㉔陪夕讌㉕，笙歌待㉖明發㉗。年貌㉘不可還㉙，身意㉚會㉛盈歇㉜。蟻壤㉝漏山河㉞，絲淚㉟毀金骨㊱。器㊲惡㊳含滿欹㊴，物㊵忌㊶厚生㊷

沒㊸。智哉眾多士㊹，服理㊺辯㊻昭昧㊼。

【注釋】❶西出 指從鄴城西面出來。❷雀臺 銅雀臺。在河南臨漳西南鄴城內西北隅。❸東下 指往東看下面。❹雲闕 高聳入雲的宮闕。❺層閣 重閣。指很高的樓閣。❻肅 肅穆。❼天居 天帝的住處。❽馳道 本指秦朝專供帝王行駛馬車的道路。這裡指魏朝。❾繡甍 指以五彩裝飾的屋脊。甍，屋脊。即指屋脊上的棟瓦。❿結 聚集。⓫琁題 指精美的椽頭。琁，同「璇」。美玉。題，即榱題。屋椽的前端。⓬納行月 形容榱題之精美如同一片明月。⓭築山 造假山。⓮擬蓬壺 模仿兩座仙山。⓯穿 鑿；挖。⓰類 類似；像。⓱溟渤 二海名。⓲選色 選美女。⓳齊代 齊地與代地。兩個地方古以出美女著稱。⓴徵聲 徵召能唱歌的人。㉑帀 「匝」之異體字。周遍。㉒邛越 古代二國名。國中有很多善歌者。㉓陳 排列。㉔鍾 當為「鐘」。古代的擊樂器。㉕陪夕讌 在盛大的晚宴中伴奏。㉖待 候。㉗明發 指天發亮。㉘年貌 年歲與容貌。㉙還 返。㉚身意 即身心。指身體與精神。㉛會 合；當；該。㉜盈歇 即盈縮、盈虧。指有身體健康精神旺盛之時，也有衰老頹廢之日。㉝蟻壤 螞蟻鑽穴之土。即指蟻穴。㉞漏山河 使山岳崩、河隄潰。㉟絲淚 猶言幾滴傷心悲哀的眼淚。㊱毀金骨 這裡應作二方面理解：一與「絲淚」相連，指可使強硬之骨軟化；二即指眾口鑠金、積毀銷骨。㊲器 指欹品。此器虛則欹傾，適中則正，滿則覆。㊳惡 討厭。猶如口語之「最怕」。㊴含滿欹 含滿，液體滿上。欹，傾斜。一傾斜，液體就流出。㊵物 指人。㊶忌 顧忌。指最怕。㊷厚生 指身體保養得太充分。㊸沒 消滅；湮沒。這裡當指死。㊹眾多士 眾多輔佐朝政的官員。㊺服理 服，熟習。理，指上述之理。㊻辯 通「辨」。辨別；明辨。㊼昭昧 明亮與昏暗。《樂府詩集》「昧」作「晰」。

【語譯】西出鄴城登上銅雀臺，向東俯瞰高聳入雲的宮闕。高高的樓閣儼然是天帝的住處，宮前大道猶如頭髮一樣直。五彩屋脊好似雲霞聚集，精美的椽頭猶如收納明月。建造的假山模仿著仙山，所挖的池好似渤海。挑選美女尋遍了齊代二地，徵召歌手找遍了邛越諸國。排列鐘鼓為晚宴而伴奏，笙歌侍候直到天發白。年歲容貌一去難返，身體精神既有旺盛時也該有衰頹日。螞蟻鑽穴可使山岳崩、河隄潰，幾滴悲傷之淚可以鑠金也可以毀骨。欹器最怕滿盛而傾覆，身體最忌保養過分以致死得快。眾位朝廷大臣的智慧都高，能熟習此理，分辨個明白。

效古

【作　者】范雲，見頁一一八四。

【題　解】這首效古詩是借漢代之事來敘寫軍事生活的。開始幾句的環境描寫，用以表現戰爭的艱苦，然後借李廣、霍去病來寫將士的英勇善戰。但戰爭是殘酷的，軍中的紀律、刑罰也是嚴厲的。但幸好朝廷清明，得以鼓舞士氣。

寒沙❶四面平，飛雪千里驚❷。風斷陰山❸樹，霧失❹交河城❺。朝馳❻左賢陣❼，夜薄❽休屠營❾。昔事❿前軍⓫幕，今逐⓬嫖姚⓭兵。失道⓮刑既重⓯，遲留⓰法未輕。所賴⓱今天子，漢道⓲日休明⓳。

【注　釋】❶寒沙　寒風吹沙漠。❷驚　亂貌。這裡指雪花紛亂。❸陰山　崑崙山的北支。在今內蒙古中部，自古為中原的屏障，匈奴常藉此進犯漢朝邊境。❹失　迷。指因霧大而看不清。❺交河城　在今新疆吐魯蕃西北。❻馳　驅馬進擊。❼左賢陣　漢武帝時名將李廣從右北平去攻擊匈奴左賢王的兵陣。❽薄　迫近。指進攻。❾休屠營　休屠的兵營。漢武帝時名將霍去病俘獲休屠用以祭天。❿事　事奉。⓫前軍　指李廣。在他年老時還數次要求帶兵出戰，武帝終於答應，命他為前軍。⓬逐　追逐。引申作跟隨。⓭嫖姚　霍去病曾官嫖姚校尉。⓮失道　迷失前進的道路。⓯刑既重　作戰時失道，不能及時到達目的地，罪不輕。李廣曾隨大將軍衛青擊匈奴。因無嚮導而失道，他知此罪不輕就引頸自刎。⓰遲留　遲遲不出兵。漢宣帝曾命虎牙將軍田順出兵，但敵軍遠在八百里之外，他未出兵。宣帝因他在規定時間逗留不進兵，交司法官審問治罪，田自殺。⑰賴　指承、蒙。⑱漢道　漢代朝廷治世之道。⑲休明　美好清明。

【語　譯】寒風吹拂沙漠一片平，飛雪飄舞千里亂紛紛。寒風吹斷陰山樹，大霧遮沒了交河城。早上驅馬進擊左賢王的兵陣，夜晚攻入了休屠的軍營。過去在幕中事奉前軍李廣，今日追隨嫖姚校尉霍去病當士兵。迷失道路刑罰重，遲遲出兵罪不輕。所幸遇上當今的天子，大漢的治道一日日變得清明。

雜體詩三十首

【作　者】江淹，見頁一〇一〇。

【題　解】江淹所作此三十首五言〈雜體詩〉為擬古之作，從無名氏到湯惠休，各擬一篇，皆漢至南朝時人。他在本詩前有一大段序。內容大意是：上古之時，文章之美、風格之盛，後人莫不鍾愛。然世人厚古薄今，實非所宜，因為在內容、體制、風格等等方面，各朝有各朝的特色，就如五言詩，並不能專美於前，魏晉以來的詩作，也多可觀，所以他在這裡也學前人之體，以示對詩文隨時而變的肯定。

古離別

遠與君別者，乃至雁門關❶。黃雲❷蔽千里，遊子何時還。送君如昨日，簷前露已團❸。不惜蕙草晚❹，所悲道里❺寒。君在天一涯，妾身長別離。願見一顏色❻，不異瓊樹❼枝。兔絲❽及水萍❾，所寄❿終不移⓫。

【章　旨】此為三十首中之第一首，為摹無名氏〈行行重行行〉之作。詩中託用一個女子的口吻，擬以離別為主題，寫懷念征夫之情，故稱〈古離別〉。首先寫夫君遠去雁門關，又不知何時還，並通過景物季節的變化，表現了女子長時間的相思之苦。最後以依附他物而生長的兔絲及浮萍自喻，表明自己對丈夫愛情的堅貞。

【注釋】❶雁門關　古代著名的要塞。在今山西代縣西北。❷黃雲　塞外風沙很大，黃色的沙塵被高捲入雲。❸團　同「漙」。露水很多的樣子。❹蕙草晚　有香氣的蕙草枯萎凋殘。❺道里　指丈夫遠征之途。❻見一顏色　見一面。顏色，丈夫的面容。❼瓊樹　玉樹。在崑崙山。❽兔絲　蔓生植物，依附於樹。❾水萍　浮萍。只有在水面才能生活。❿所寄　指兔絲、浮萍所寄託生長的對象。⓫移　改變。

【語譯】夫君與我遠離別，竟到了遙遠的雁門關。黃沙連雲遮千里，夫君遠遊不知何時才回還。送別夫君好像是在昨天，簷前露水已經結成團。蕙草枯萎不足惜，所悲的是夫君在遠行途中要受寒。夫君遠在天盡頭，與我長久相別離。但願能一見夫君的面容，想必有如崑崙山上的玉樹枝。兔絲附樹生，浮萍靠水長，託身於你的心志終生不移。

李都尉陵從軍

樽酒❶送征人❷，踟躕❸在親宴❹。日暮浮雲滋❺，握❻手淚如霰❼。悠悠❽清川水，嘉魴❾得所薦❿。而我在萬里，結髮⓫不相見。袖中有短書⓬，願寄⓭雙飛燕。

【章旨】李陵是西漢名將李廣的孫子，善騎射，漢武帝時為騎都尉。題目之意，當係模仿李陵的詩，寫妻子設酒揮淚送夫去從軍及丈夫思念妻子的情景。古人認為卷二九中李少卿〈與蘇武詩〉三首為李陵所作。江淹此作與這三首詩的內容、結構與風格都頗相近。

【注　釋】❶樽酒　杯酒。指餞別酒。❷征人　遠行之人。指丈夫。❸踟躕　徘徊。❹親宴　送別親人的酒宴。❺滋　增多。❻握　原作「渥」，依六臣注本改。❼霰　小雪珠。或稱雪子。❽悠悠　水流不斷的樣子。❾嘉魴　珍貴的魴魚。魴，一種淡水魚。❿薦　藉。此指在水裡游動。⓫結髮　本義是束髮。引申作結婚，也可指夫妻。⓬短書　簡短的書信。⓭寄　託付。

【語　譯】杯酒送別遠行人，親友宴飲心徬徨。日暮之時浮雲漸增，握手將別眼淚成串。清清河水長流不斷，魚兒得以盡情地遊玩。你我相隔萬里外，結髮夫妻難相見。袖中藏有一封短信，想託雙燕給你捎上。

班婕妤　詠扇

紈扇❶如圓月，出自機中素❷。畫作秦王女❸，乘鸞❹向煙霧❺。采色❻世所重，雖新❼不代故❽。竊愁涼風至❾，吹我玉階❿樹。君子⓫恩未畢⓬，零落⓭在中路⓮。

【章　旨】班婕妤是漢班況之女。因被趙飛燕所讒而失寵於漢成帝，曾作詩賦以自傷。此詩即摹擬班婕妤的〈怨歌行〉，借班婕妤的故事來表現女子被遺棄的悲痛。或許也有文人未被朝廷重用的牢騷蘊含其中。

【注　釋】❶紈扇　細絹製成的團扇。❷機中素　織機中織成的白色生絹。其實詩文中「素」與「紈」兩字多連用，義同。班婕妤〈怨歌行〉：「新製齊紈素，鮮潔如霜雪。裁為合歡扇，團團似明月。」❸秦王女　秦穆公之女，字弄玉。❹乘鸞　乘鳳凰。鸞，鳳凰一類的鳥。一般即指鳳凰。❺向煙霧　即飛向煙霧繚繞的仙境。傳說春秋時有個叫蕭史的人，善於吹簫，弄玉喜歡他，秦穆公就將弄玉嫁給他。後來，兩人就乘著鳳凰飛去。❻采色　指團扇上繽紛的色彩。這裡暗喻女子貌美。❼雖新　即使有新的扇。指彩色之扇。❽不代故　不把舊扇替換。❾竊愁涼風至　班婕妤〈怨歌行〉：「常恐秋節至，涼風奪炎熱。」竊愁，心裡擔憂。竊，猶如說私下。多作謙詞。這裡指內心。涼風，指秋風。❿玉階　指班婕妤所住長信宮前精美的臺階。玉，也可指玉質材料。⓫君子　指執扇者。實指漢成帝。⓬恩未畢　指對扇子的喜愛不能到一年終了。恩，恩情。實指皇上的寵愛。⓭零落　凋落。此指遺棄。⓮中路　中途。即指一年未盡之時。班婕妤〈怨歌行〉：「棄捐篋笥中，恩情中道絕。」

【語譯】絲絹做的團扇像圓月，取材自織機織的生絹。上面畫個秦穆公的女兒弄玉，她和夫君蕭史乘著鳳凰飛向仙境。團扇漂亮為世人所喜愛，即使有新扇也不願將它替換。心中憂愁著秋風來到，吹著宮前玉階邊的樹。可惜執扇者對扇子的鍾愛不能持續一年，便把它遺棄在中途。

魏文帝曹丕　遊宴

置酒❶坐飛閣❷，逍遙❸臨華池❹。神飆❺自遠至，左右芙蓉披❻。綠竹夾清水，秋蘭被❼幽涯❽。月出照園中，冠珮❾相追隨。客❿從南楚⓫來，為我吹參差⓬。淵魚⓭猶伏浦⓮，聽者未云⓯疲。高文⓰一何⓱綺⓲，小儒⓳安足為。肅肅⓴廣殿㉑陰㉒，雀聲愁北林，眾賓還城邑，何以㉓慰吾心。

【章旨】這首詩基本上摹擬曹丕的〈芙蓉池作〉的內容、結構與情調，描寫他與王粲、陳琳等遊樂歡宴的生活。先寫鄴京宮中的美麗景致，再寫樂師吹奏之樂與陪侍他的這班文士的高談闊論，最後從天晚眾賓散所引起的憂愁，表明對這種遊宴之樂的留戀。

【注釋】❶置酒　設酒席。❷飛閣　高聳的樓閣。❸逍遙　優遊自得的樣子。❹華池　華美的池沼。❺神飆　神異的風。飆，暴風。這裡泛指風。❻披　披靡。❼被　覆蓋。❽幽涯　幽深的水邊。❾冠珮　指士大夫頭上所戴的冠與身上所佩的珮。這裡代指士大夫。❿客　指樂師。⓫南楚　楚地的南部或南方的楚地。這裡指很遠的地方。⓬參差　亦作「篸差」。古代的一種簫，相傳為舜所造，像鳳翼的形狀參差不齊。⓭淵魚　深潭的魚。⓮伏浦　指靜靜地在水邊諦聽。伏，趴。此指停著不動。浦，水濱。此指近吹簫者的岸邊。⓯云　語助詞。無義。⓰高文　高妙的文章或言論。文，文辭；言辭。⓱一何　多麼。⓲綺　優美。⓳小儒　指學問不太精博者。⓴肅肅　指寂靜。㉑廣殿　宮中大廳。㉒陰　指天晚變暗。㉓何以　以何；用什麼。

【語　譯】設置酒席坐在高高的樓閣上，悠然自得地俯臨於華美的池沼之上。神風從那遠處吹過來，荷花隨風左右傾倒。青青的翠竹圍著池水而生，秋蘭覆蓋在幽深的水邊。明月出來照在園中，文士戴著冠、佩著玉相跟隨。有客從那遙遠的南方到來，為我吹奏篸箑。深潭之魚尚且伏在水邊聽，聽者更不覺得疲倦。高妙的言論多優美，淺薄的書生怎能說出來。寬廣的大殿變得寂靜陰暗，鳥雀悲愁地棲息在樹林。眾多佳賓回到各自的府中，能用什麼來安慰我此時寂寞的心。

陳思王曹植　贈友

君王❶禮❷英賢❸，不恡❹千金璧❺。雙闕❻指❼馳道❽，朱宮❾羅❿第宅。從容⓫冰井臺⓬，清池映華薄⓭。涼風盪芳氣，碧樹先秋⓮落。朝與佳人⓯期⓰，日夕望青閣⓱。褰裳⓲摘明珠⓳，徙倚⓴拾蕙若㉑。眷我二三子㉒，辭義麗金雘㉓。延陵㉔輕寶劍㉕，季布㉖重然諾㉗。處富不忘貧，有道㉘在葵藿㉙。

【章　旨】這首模仿曹植〈贈丁儀〉、〈贈王粲〉等詩。開頭寫曹操不惜重金把王粲等徵聘來共扶朝政，接著寫文人情趣相投，所見所想的都有共同的東西。末了回應篇首，指出有道而居於高位者，能不忘貧賤，禮賢下士，必能受到擁戴。

【注　釋】❶君王　此指曹操。❷禮　指敬重。❸英賢　有傑出才能的人。指丁儀、王粲等。❹悋　顧惜。「吝」的異體字。❺千金璧　千斤金與白璧。徵聘的重禮。❻雙闕　宮前的兩座樓觀。❼指　對著。❽馳道　見本卷〈代君子有所思〉注❽。❾朱宮　牆上塗飾紅色的宮。此指宮殿前。❿羅　排列。⓫從容　指悠然自得。⓬冰井臺　樓臺名。在銅雀臺的北面。⓭華薄　花和叢生的草木。⓮先秋　初秋。⓯佳人　指所企慕的賢人。⓰期　約會。⓱青閣　精緻豪華的樓閣。這裡指女子的居處。⓲褰裳　提起衣服。⓳明珠　珠名。曹植〈洛神賦〉有「或採明珠，或拾翠羽」句。⓴徙倚　來回徘徊。㉑蕙若　蕙草與杜若。都是香草。㉒二三子　幾個人。指丁儀、王粲等。㉓金雘　金色和赤色。㉔延陵　見卷二四〈贈丁儀〉注㉕。㉕輕寶劍　指重朋友之義而看輕自己心愛的寶劍。㉖季布　漢初楚人。原為項羽部將，後歸劉邦。他本是楚國著名的遊俠之士，當時人稱：「得黃金百，不如得季布一諾。」㉗然諾　許諾。㉘有道　有道德信義之人。㉙在葵藿　猶言可貴在得到他人的仰慕。葵藿，葵和豆的花葉傾向太陽，故多用以指仰慕。

【語　譯】君王敬重才能出眾者，徵聘時不惜用千金的玉璧。兩座樓觀對著宮前的大道，紅色宮牆邊排列著王侯將相的府第。從從容容地在冰井臺遊玩，臺前清清的水池映著池邊的花草。涼風盪漾著花樹的芳香，綠樹在初秋時枝葉漸凋落。早上和佳人約會，傍晚仰望著她居住的華美樓閣。提起衣襟去摘明月珠，來來回回去採蕙草與杜若。懷念我那幾位賢人，文辭美麗如同彩色圖案。延陵季子看重朋友的情義而看輕自己心愛的寶劍，季布最注重許諾。身處富貴而不忘貧與賤，道德信義之士獲得他人的傾慕就如有葵藿向著太陽。

劉文學楨　感遇

蒼蒼❶山中桂，團圓❷霜露色。霜露一何緊❸，桂枝生自直❹。橘柚❺在南國❻，因❼君❽為羽翼❾。謬❿蒙聖主⓫私⓬，託身⓭文墨職⓮。丹采⓯既已過⓰，敢不自雕飾⓱。華月⓲照方池⓳，列坐⓴金殿㉑側。微臣㉒固㉓受賜，鴻㉔恩良㉕未測㉖。

【章　旨】這首詩摹擬劉楨的〈贈從弟〉三首和〈公讌詩〉，是感歎知遇之恩的作品。開頭以桂枝自喻，表明自己有美好的品德。又以南國的橘柚作比，暗示雖有些才學，卻全靠曹氏父子的舉用而得以揚名。當然既被重用，就努力進取。但想到自己竟受如此禮遇，總覺得因朝廷之恩太大，似乎消受不起。感戴之情，溢於言表。

【注　釋】❶蒼蒼　茂盛的樣子。❷團圓　指霜露凝結的形狀。❸緊　急。指嚴寒相逼。❹自直　指仍像原來一樣挺拔。❺橘柚　橘與柚。此劉楨自喻。❻南國　南方；江南。❼因　憑藉。❽君　指曹植。❾羽翼　翅膀。這裡指自己由於曹植的賞識而名聲外揚。❿謬　錯誤。是自謙之辭。⓫聖主　指魏文帝曹丕。⓬私　偏愛。⓭託身　這裡指從事。是客氣的講法。⓮文墨職　即今所謂文字工作。⓯丹采　朱紅的色彩。此喻恩遇。⓰過　過分。謂受恩深重。⓱雕飾　雕琢文飾。此指內心的修養與儀容的講究，使自己更完美。⓲華月　皎潔的月亮。⓳方池　即池塘。古人或以為圓形為池、方形為塘。⓴列坐　依次入座。㉑金殿　金碧輝煌的宮殿。㉒微臣　地位低下的臣子。常用為臣子對君王的謙稱。㉓固　固然。㉔鴻　大。㉕良　確實；實在。㉖未測　不可測度；無可限量。

【語　譯】山中的桂樹很茂盛，霜與露都凝結成團。嚴寒霜露緊緊相逼，桂枝仍如原來生長之時一樣挺直。我雖如橘和柚生長在南方，憑藉賢王而名聲外揚。承蒙聖明皇帝的偏愛，從事於文字的工作。既已過分承受我主恩遇，怎敢不注重自我修養以圖報答。皎潔的月亮照著方池，眾位賢士依次坐在金碧輝煌的宮殿上。小臣竟然得此恩賜，恩德實在是深不可量。

王侍中粲　懷德

伊❶昔值世亂❷，秣馬❸辭帝京❹。既傷蔓草別❺，方知〈杕杜〉❻情。崤函❼復丘墟❽，冀闕❾緬❿縱橫⓫。倚棹⓬汎⓭涇渭⓮，日暮山河清⓯。蟋蟀依桑野⓰，嚴風⑰吹枯莖⑱。鸛鵠⑲在幽草⑳，客子㉑淚已零㉒。去鄉三十載，幸遭天下平㉓。賢主㉔降㉕嘉賓㉖，金貂服玄纓㉗。侍宴㉘出河曲㉙，飛蓋㉚遊鄴城。朝露㉛竟幾何㉜，忽㉝如水上萍㉞。君子㉟篤㊱惠義㊲，柯葉㊳終不傾㊴。福履㊵既所綏㊶，千載垂令名㊷。

【章　旨】這首詩摹擬王粲的〈七哀詩〉和〈公讌詩〉，表現了王粲對魏武帝曹操的感恩戴德之情。開頭寫因逢世亂而出京城時所見的歷史遺跡與自然景物等變化，揭露漢末戰亂給人民帶來的災難，從而傾訴個人的遭遇。然後寫蒙曹氏賞識，在魏都鄴城得以陪侍君王，享盡平安富足的生活。言下深含作者欲逢賢主的願望。

【注　釋】❶伊　同「唯」。發語詞。❷世亂　指漢末董卓之亂。❸秣馬　餵馬。指出行的準備。❹帝京　指西漢京城長安。❺傷蔓草別　當指男女之悲。蔓草，《詩經・鄭風》有〈野有蔓草〉，〈毛詩序〉曰：「野有蔓草，思遇時也。君之澤未流，民窮於兵革，男女失時，不期而會焉。」❻杕杜　《詩經・唐風》篇名。內容寫骨肉離散獨居之苦。❼崤函　崤山函谷關。在今河南靈寶西南，關在西崤山谷中，深險如函，故名崤函。❽丘墟　廢墟；荒地。❾冀闕　指秦代宮廷外的門闕。《史記・卷五・秦本紀》中說：秦孝公十二年，在咸陽築冀闕，秦遷都於此。❿緬　遙遠的樣子。⓫縱橫　交錯淩亂的樣子。⓬倚棹　靠著船槳。指坐船。⓭汎　浮行。⓮涇渭　涇水與渭水。都發源於甘肅，流入陝西。⓯清　淒涼冷清。⓰依桑野　指躲在田野土中。⓱嚴風　淒厲的風。⓲枯莖　枯乾的草莖。枯，原作「若」，依五臣注本改。⓳鸛鵠　二種水鳥名。⓴在幽草　藏在深草中。㉑客子　指王粲。㉒零　落。㉓天下平　指曹操平定北方。㉔賢主　賢明的君主。指曹操。㉕降　指屈尊自己而敬重嘉賓。㉖嘉賓　指王粲、陳琳等人。㉗金貂服玄纓　指頭戴禮冠做官。金貂和玄纓都是官帽上的裝飾之物。金貂是冠上加金璫，飾以貂尾。玄纓是繫冠的黑帶。王粲入魏為曹操幕僚，官侍中，故冠金貂。㉘侍宴　奉陪喝酒。㉙出河曲　指在河邊。㉚飛蓋　飛馳的車子。此以車蓋代指出遊之車。㉛朝露　早晨的露水。太陽一曬即乾，比喻人生短促。㉜竟幾何　又有多長時間。㉝忽　迅速。㉞水上萍　萍浮水上，風一吹就四散，比喻人生無定。㉟君子　有道德者。這裡指王粲。㊱篤厚。這裡指看重。㊲惠義　指君王的恩義。㊳柯葉　枝葉。㊴傾　指枯衰低垂。㊵福履　君王所賜之福。㊶綏　安。㊷令名　美名。

【語譯】當年遭逢天下戰亂，餵馬出行告別了京城。吟罷〈野有蔓草〉傷心夫妻相分離，方解〈杕杜〉詩中骨肉離散一人獨行的心情。函谷關既已成廢墟，冀闕之前遠望一片混亂。坐船浮行在涇水和渭水之上，日暮之時山山水水顯得淒涼冷清。蟋蟀躲在田野的土中，寒風吹著枯乾的草莖。水鳥躲藏於深草中，遊子已經淚下淋淋。離開故鄉三十年，多虧遇上今日天下太平。賢明的君主屈尊來敬文人，我所以冠上飾金貂，繫上玄纓。陪君宴樂漫遊在河灣，乘車飛馳遊樂在鄴城。清晨的露水能夠留多長，漂泊不定就像是水上的浮萍。君子看重君王的恩義，有如松竹枝葉始終不會隨著季節變寒而枯萎。既有君王賜福得以安身，只想能夠留下千年的芳名。

嵇中散康 言志

曰❶余不師訓❷，潛志❸去世塵❹。遠想❺出宏域❻，高步❼超常倫❽。靈鳳振❾羽儀❿，戢景⓫西海濱。朝食琅玕⓬實，夕飲玉池⓭津⓮。處順⓯故無累⓰，養德⓱乃入神⓲。曠哉⓳宇宙惠，雲羅⓴更四陳㉑。哲人㉒貴識義㉓，大雅㉔明庇身㉕。莊生㉖悟無為㉗，老氏㉘守其真㉙。天下皆得一㉚，名實㉛久相賓㉜。〈咸池〉㉝饗㉞爰居㉟，鍾鼓㊱或愁辛㊲。柳惠㊳善直道㊴，孫登㊵庶知人。寫懷㊶良未遠㊷，感贈㊸以㊹書紳㊺。

【章　旨】嵇康生活經歷主要在魏正始時期，他一方面崇尚老莊，恬靜寡欲，一方面又尚奇任俠，剛腸嫉惡。其詩多表現其不附流俗的志趣與耿直的品格。此詩摹擬嵇康的〈幽憤詩〉，而題中也注明「言志」，正為了表現他高尚本志。詩一開頭即點明他不與世俗為伍的志向，接著以靈鳳自比，以老莊等為楷模，進一步表現他不與當政者同流合汙而欲遠離塵世的意願。

【注　釋】❶曰　語助詞。無義。❷師訓　從事聽取教誨。❸潛志　立志；決心。❹去世塵　遠離世俗。❺遠想　不同凡俗的心志。❻宏域　大的地域。這裡指世俗之人的見識境界。❼高步　高蹈的步伐。此指不同世俗的行動。❽常倫　普通之人。倫，類；輩。❾振　揮動。❿羽儀　一般指古時儀仗隊中用鳥羽裝飾的旌旗之類。此指鳳凰的彩色羽毛。⓫戢景　即「戢影」。匿跡之意。常用以指退隱。⓬琅玕　瓊樹的果實。⓭玉池　池沼的美稱。⓮津　這裡指池水。⓯處順　指安於自然的變化，無所追求。⓰無累　指不受牽累，無災禍。⓱養德　修養道德。⓲乃入神　指自養道德至妙，則通神明。⓳曠哉　感歎天地之大。⓴羅　列。㉑四陳　布於四方。㉒哲人　才智之士；智人。㉓貴識義　可貴在懂得義理。㉔大雅　指《詩・大雅・烝民》：「既明且哲，以保其身。」㉕明庇身　說明明哲保身的道理。㉖莊生　莊子。㉗無為　指清靜無為的處世方式。㉘老氏　老子。㉙守其真　保持本性，不被世俗思想所汙。㉚一　指「道」。《老子》：「聖人抱一為天下式。」《淮南子・詮言》：「一也者，萬物之本也。」㉛名實　概念（名分）與實在。㉜久相賓　久成賓主。意謂不追求作為賓的虛名。《莊子》曾說：「名者實之賓也。」《莊子》中有一則故事說：堯想把天下讓給許由，許由說，我來代你，我不是為了「名」嗎？「名」是「實」的「賓」，我不是為了「賓」嗎？㉝咸池　古樂舞名。相傳為黃帝所製，而堯作過增修工作。㉞饗　用酒食款待。這裡專指款待。㉟爰居　傳說是一種像鳳凰的海鳥。㊱鍾鼓　即鐘鼓。擊樂器。㊲或愁辛　《莊子》中說：海鳥停在魯國之郊，魯侯以高雅之樂為牠演奏，以祭祀社稷時用的牛羊豬等款待牠，牠卻悲愁不敢吃一塊肉，不敢喝一杯酒，過三天就死了。這裡以音樂雖美，海鳥聽到卻悲愁辛酸，來暗喻榮華富貴雖好，嵇康見了就如海鳥聽鐘鼓聲一樣。㊳柳惠　即柳下惠。春秋魯國大夫。㊴直道　指正直的做事準則。《論語・微子》曾說柳下惠「直道而事人」。㊵孫登　與嵇康同時的隱者。據說嵇康曾入山採藥，遇見孫登，想和他說話，他默然無言。過了一年，嵇康將走了，對孫登說：「先生竟一句話也沒有嗎？」他才說：「你才多識寡，難幸免於今世。」嵇康後來果然被捕入獄，最終被殺。故後文說：「孫登庶知人。」㊶寫懷　指嵇康抒寫〈幽憤詩〉之心懷。㊷未遠　指未能遠及至道。㊸感贈　指有感贈言於人。㊹以　而。㊺書紳　寫在大帶上。指把話記下來。

【語　譯】我不從師不聽教誨，決心遠離污濁的塵世生活。非凡之志超出世人的識見，高蹈之舉遠超世俗之人。鳳凰展翅飛，歸隱匿跡於西海之濱。早上吃的是瓊樹的果實，傍晚喝的是玉池的水。安於自然變化就無牽累，道德修養至妙可通於神明。宇宙所賜的恩惠廣大呀，如同白雲密布於整個天空。智人貴在懂義理，《詩經》早就說明明哲可以保身。莊子悟得處世要清靜無為，老子主張保持著自然本性。天下之人都能悟出萬物之本為道，名實為賓主，我不追求虛名。〈咸池〉之樂接待鳳鳥，鐘鼓雖齊奏卻使鳥愁苦。柳下惠能以正直之道事主，孫登應是最能知人的人。抒寫幽憤之懷不能遠至於道，有感寫下此詩聊以贈人。

阮步兵籍　詠懷

青鳥海上遊，鸒斯蒿下飛❶。沈浮❷不相宜，羽翼各有歸❸。飄颻❹可終年❺，
沆瀁❻安是非❼。朝雲❽乘變化❾，光耀❿世所希⓫。精衛⓬銜木石，誰能測幽微⓭。

【章　旨】這首摹擬阮籍的〈詠懷詩〉，通過大鵬、小鳥各自飛翔在不同之處來表明順其自然、安其所適的處世態度。並通過朝雲暮雨難睹神女真容與精衛銜木石填海心志的幽深難測，來表現阮籍的處世之道，可謂耐人尋味。

【注　釋】❶青鳥海上遊二句　本自《莊子・逍遙遊》。說大如垂天之雲的鵬飛往南海，環繞上飛九萬里，飛六個月才休息；而學鳩只作短途飛行，有時竟沒穿過一棵樹就停在地下休息。青鳥，神鳥名。這裡指鵬。鸒斯，小鳥名。❷沈浮　沈，指學鳩在蒿子中穿行。浮，指鵬在海上飛行。❸歸　歸宿。❹飄颻　輕飛。❺可終年　可以整年地飛。❻沆瀁　水深而廣的樣子。猶如說汪洋。❼安是非　指鵬雖可水擊千里，六月而息，但與小鳥相比，同為逍遙，無高下是非之別。這是晉人對《莊子・逍遙遊》之旨的一種解釋。❽朝雲　典出宋玉的〈高唐賦〉。說楚王曾遊高唐，夢見一女子，那女子說：「我在巫山之南，朝為雲，暮為雨。」❾乘變化　隨時而變化無窮。❿光耀　指神女容光。⓫希　同「稀」。⓬精衛　據《山海經》記載，

炎帝有個小女兒，名叫女娃，遊東海時淹死，就變成精衛鳥，常銜山上的木石填到海裡。⓭幽微　指幽深難明之理。

【語　譯】大鵬在海上飛行，小鳥只在蓬蒿間飛舞。高飛低行不相稱，飛起來卻各有自己的歸宿。展翅蒿下照樣可以終年逍遙，橫飛大海哪裡有什麼高下是非。巫山之南朝雲暮雨隨時而變化，神女的容光世所稀見。精衛銜著木石填大海，誰又能明瞭這幽隱之理。

張司空華　離情

秋月照簾籠❶，懸光❷入丹墀❸。佳人❹撫鳴琴，清夜❺守空帷❻。蘭徑❼少行跡，玉臺❽生網絲❾。庭樹發紅彩❿，閨草⓫含碧⓬滋⓭。延佇整綾綺⓮，萬里贈所思⓯。願垂湛露⓰惠，信⓱我皎日⓲期⓳。

【章　旨】這首摹擬張華的〈情詩〉。如題目所示，抒寫的是離愁別恨。開頭四句的月照秋夜和佳人撫琴，是以環境氣氛烘托離愁。接下來的四句通過自然景物的變化，進一步抒發長久的別恨。最後四句則表達了自己對征夫的深切思念與真摯願望。

【注　釋】❶簾籠　當作「簾櫳」。這裡指門窗的簾幕。❷懸光　指高懸天上而往下照射的月光。❸丹墀　宮殿前塗飾成紅色的臺階。這裡是一般臺階的美稱。❹佳人　此指妻子。❺清夜　寂靜的夜晚。❻空帷　即空房。帷，帷幔。常用以比喻內室。❼蘭徑　門前小路的美稱。❽玉臺　指鏡臺。❾生網絲　即結上蛛網。❿紅彩　紅花。⓫閨草　閨房邊的草。⓬碧　綠。⓭滋　繁茂。⓮整綾綺　指為丈夫準備衣服。綾綺，精細的絲織品。這裡代指衣物。⓯贈所思　送給所思念的丈夫。⓰湛露　露水很多。露水可潤物，這裡以露比喻丈夫對妻子的恩情。⓱信　守信。⓲皎日　古人立誓，以皎日為證。《詩經・王風・大車》：「謂予不信，有如皦日。」⓳期　期約。

【語　譯】秋月照著門簾，蟾光照到臺階上。美人彈撥著琴弦，在寂靜之夜裡守著空房。門前小路行人之跡稀少，鏡臺結著蛛網。庭院之樹開著紅花，閨房邊的草碧綠而茂盛。久立遠望痴痴地準備他的衣服，不遠萬里地送給我所思念的夫君。希望他給我更多的恩愛，信守那堅貞的誓約。

潘黃門岳 悼亡

青春速天機❶，素秋❷馳白日❸。美人❹歸重泉❺，悽愴❻無終畢❼。殯宮❽已肅清❾，松柏❿轉蕭瑟。俯仰⓫未能弭⓬，尋念⓭非但一⓮。撫襟悼寂寞，怳然⓯若有失。明月入綺窗，髣髴⓰想蕙質⓱。消憂非萱草⓲，永懷寧夢寐。夢寐復冥冥⓳，何由覿⓴爾形。我慚北海術㉑，爾無帝女靈㉒。駕言㉓出遠山㉔，徘徊泣松銘㉕。雨絕㉖無還雲㉗，華落豈留英㉘。日月方代序㉙，寢興㉚何時平㉛。

【章　旨】這首摹擬潘岳的〈悼亡詩〉，寫得情真意切。首先以時間的飛馳，表明思念之久而深切。然後通過敘寫殯宮空寂，松柏蕭瑟，說出自己寂寞悲苦之情。而明月相照，則更多一層悲苦，但也只能寄希望於夢中相見。只因希望能再相見，但自己卻無再見之術，而妻子也無顯靈的本事。百思無計，在墳前只是空見碑銘而已，使思念之情，更推深了一層。

【注　釋】❶青春速天機　指人生就如星移斗轉一樣迅速。青春，春天。天機，星宿名。即斗宿。❷素秋　秋天。❸馳白日　像太陽飛馳得一樣快。❹美人　指妻子。❺歸重泉　即去世。重泉，黃泉。❻悽愴　悲切哀傷。❼無終畢　無窮盡。❽殯宮　停柩之處。此指墳墓。❾肅清　冷清寂寞。❿松柏　指墓旁所種植的樹。⓫俯仰　指短時間。⓬弭　停止；消除。⓭尋念　尋思；思念。⓮非但一　不只是在一個時間、一個地方。意即隨時隨地在思念。⓯怳然　彷彿。⓰髣髴　見不真切的樣子。⓱蕙質　指妻子優美的形體。⓲萱草　古人以為可以使人忘憂的草。⓳冥冥　昏暗的樣子。⓴覿　看清。㉑北海

術　傳說北海營陵有位道人有能使人復見死去親人的道術。㉒帝女靈　宋玉〈高唐賦〉中說，楚王曾遇一位女子，自稱為帝之小女，名瑤姬，是巫山之神女。分別時她說：「我旦為朝雲，暮為行雨。」即能隨時顯形。楚王察視，果如其言。㉓駕言　駕車馬。言，語助詞。㉔出遠山　指到遠山的妻子墳前。㉕松銘　墳前的松柏碑銘。㉖絕　止。㉗無還雲　不再烏雲密布。㉘英　花。㉙代序　時序順次更替。㉚寢興　入睡與起床。亦即指日夜。㉛平　能平靜。

【語　譯】春天過去快如星斗轉，秋來太陽猶如在飛馳。妻子歸九泉，悲切之情無窮已。墳前早已冷清寂寞，墓前松柏在秋風中蕭瑟作聲。思念一時難止息，每時每刻都掛在心。手撫胸襟為寂寞而哀傷，若有所失而心不寧。明月照進紗窗裡，朦朧之中見到她優美的身形。能消愁的不是忘憂草，深深思念她寧願在夢中相見。夢中之景太昏暗，無法看清你的身形。我只惱恨沒有北海道人能見死者的道術，你又不會像那神女那樣顯靈。駕著車馬出門登遠山，流著淚悲戚地對著墓前松柏與碑銘。雨止了烏雲不再回聚，鮮花枯萎了怎能留住而不凋零。日月不斷地相更替，日夜思念之心何時才能平靜。

陸平原機　羈宦

儲后❶降嘉命❷，恩紀❸被微身❹。明發❺眷桑梓❻，永歎懷密親❼。流念❽辭南澨❾，銜怨❿別西津⓫。馳馬遵⓬淮泗⓭，旦夕見梁陳⓮。服義⓯追上列⓰，矯跡⓱廁宮臣⓲。朱紱⓳咸髦士⓴，長纓㉑皆俊人㉒。契闊㉓承華內㉔，綢繆㉕踰歲年。日暮聊揔駕㉖，逍遙觀洛川㉗。徂沒㉘多拱木㉙，宿草㉚凌寒煙㉛。游子易感慨㉜，躑躅還自憐。願言寄三鳥㉝，離思㉞非徒然㉟。

【章　旨】此首摹擬陸機的〈赴洛〉、〈赴洛道中作〉等詩，表現出對太子的感恩和對家鄉的思念。開頭寫自己有幸被太子看中，走上從政之路。但當遠離家門時，就開始懷念故鄉與親朋好友。雖然憑著自己的才幹而得到重用，但心情總不安寧。尤其當餘暇之際，遊觀山間，見舊日友人已臥荒冢，更是自哀自憐，無限辛酸。

【注　釋】❶儲后　儲君。太子的別稱。❷嘉命　美好的詔命。❸恩紀　恩惠。❹被微身　覆蓋微身。即自身得到太子的恩惠。微身，自謙之詞。❺明發　天將破曉。此指上任之時。❻桑梓　常種在房前屋後的兩種樹。常用作故鄉的代稱。❼密親　親屬好友。❽流念　流連掛念。❾澨　水邊。❿銜怨　含著離愁別恨。⓫津　渡口。⓬遵　沿著。⓭淮泗　淮水和泗水。⓮梁陳　指漢景帝給其弟所封之國與曹植所封之國。⓯服義　奉行道義。⓰追上列　上追前代諸位道德高尚者。⓱矯跡　指蒙受拔擢。矯，高舉。跡，形跡。指名位。⓲廁宮臣　指廁身於宮中近臣之列。⓳朱黻　紅色的官服。⓴髦士　英俊之士。㉑長纓　官帽之帶。與上文「朱黻」同義，都以衣冠指代官員。㉒俊人　義同上文「髦士」。都指有傑出才能者。㉓契闊　勞苦；勤苦。㉔承華內　意謂接受太子的詢問差遣。承華，太子宮門名。㉕綢繆　指思故鄉的情意纏綿不解。㉖揔駕　指驅車馬。揔，同「總」。㉗洛川　洛水。㉘徂沒　徂落。指死亡，徂，通「殂」。㉙多拱木　指墳上的樹大都已有合抱之粗了。㉚宿草　隔年的草。也指墳上。㉛凌寒煙　為寒冷的煙靄所籠罩。㉜感愾　義同「感慨」。因有所感觸而歎息。㉝三鳥　傳說中西王母的使者，古人或泛稱無名鳥。這裡指能捎書信的使者。㉞離思　離別的愁思。㉟非徒然　指既有鳥帶書信，這愁思自然也不空落無著。

【語　譯】太子降下美好的詔命，高厚的恩惠降及我身。天明出發去上任又戀著故鄉。懷念好友與至親而長長歎息。流連掛念辭別於水邊，含著離愁分手於渡口。騎馬沿著淮水、泗水走，早晚可見古梁陳二國。奉行道義則追蹤前代賢人，蒙受拔擢置身於群臣之中。身穿官服的都是賢士，冠繫長纓的皆為才能出眾的人。為太子勤苦於承華門內，帶著依依思鄉之情過了一天又一天。日暮之時聊且驅車馬，悠然自得地遊樂於洛水邊。死者墓上樹木已成合抱之粗，墓上隔年的草正籠罩在煙靄中。遊子見此最易增感慨，徘徊之中顧影更自憐。希望鳥兒能為我寄信，這離愁別恨才不致空懷。

左記室思 詠史

韓公❶淪❷賣藥，梅生❸隱市門。百年信荏苒❹，何用苦心魂❺。當學衛❻霍❼將，建功在河源❽。珪組❾賢君眄❿，青紫⓫明主恩。終軍⓬才始達⓭，賈誼⓮位方尊⓯。金張⓰服貂冕⓱，許⓲史⓳乘華軒⓴。王侯㉑貴片議㉒，公卿㉓重一言㉔。太平㉕多歡娛，飛蓋㉖東都門。顧念張仲蔚㉗，蓬蒿滿中園㉘。

【章　旨】左思傳世之詩很少，大都又是詠史詩。但名為詠史，實為詠懷。往往在連類引喻中表現出他真實的思想，這首模擬之作在基本上也有同樣的風格。本詩表面是主張應當建功立業，謀求顯達富貴，實際卻是贊揚隱居不仕的高雅之士。作者的這番弦外之音頗值玩味。

【注　釋】❶韓公　即韓康。東漢時人，有高才而不仕，賣藥長安三十餘年。後桓帝聘召他，他卻乘機逃遯。❷淪　隱淪；隱遯。❸梅生　即梅福。西漢時人，通經學，曾為官。王莽擅權，他拋下妻子而去。後有人見他在會稽，易名改姓，充當吳市門卒。❹荏苒　時光不知不覺就過去。❺苦心魂　指使自己身心受苦。❻衛　指衛青。西漢名將，曾拜大將軍，後為大司馬。❼霍　即霍去病。西漢名將，曾為驃騎大將軍。❽河源　這裡指邊境之地。衛、霍二人曾數次出擊匈奴，有功而封侯。❾珪組　指當官者。珪，同「圭」。長條形玉器，古代貴族朝聘、祭祀、喪葬所用禮器。組，繫官印的帶子。❿眄　斜著眼看。這裡指顧盼、看重。⓫青紫　漢制：丞相、太尉金印紫綬，御史大夫銀印青綬。借指為高官顯爵。⓬終軍　西漢人。年十八，至長安上書言事，武帝贊歎其文才，拜為謁者給事中。⓭達　得志；顯貴。⓮賈誼　西漢人。因有文才，被漢文帝看中，官至大中大夫。⓯尊　高貴。⓰金張　指金日磾與張安世二人。同是宣帝時權貴。他們家族數代在漢朝當官。⓱服貂冕　漢代侍中官冠旁插貂鼠尾為飾。即指做大官。⓲許　指漢宣帝許皇后的娘家。許皇后父許廣漢被封為平恩侯，二個叔父也皆封侯。⓳史　指漢宣帝祖母史良娣的娘家。史良娣姪史高等三人均被封為侯。⓴華軒　華麗的車子。軒，大夫以上所乘坐的車子。㉑王侯　指西漢時人婁敬。只因獻西都關中之策，賜姓劉，號為奉春君，又封為關內侯。㉒貴片議　因短短幾句議論而顯貴。㉓公卿　指西漢時人田千秋。衛太子被江充所譖，他為之訟冤，武帝感悟，遂拜他為大鴻臚，幾月後又為丞相，封富平侯。㉔重一言　因片言隻語即被重用。㉕太平　此指得志之日。㉖飛蓋　飛馳的車。蓋，車蓋。此指車。㉗張仲蔚　東漢時人。學問淵博，年輕時就與同鄉魏景卿隱居不仕。㉘滿中園　即長滿園子裡。據說張氏所居之處，蓬蒿高得沒過頭頂。

【語　譯】韓康隱遯在長安賣草藥，梅福隱名去守吳市門。人的一生很快就過去，何必苦了自己的身心。應當學習衛青、霍去病兩位大將軍，在邊境建立功勳。封侯當官為賢明的君王所看重，高官顯爵多蒙英明君主的大恩。終軍年少就憑著才能早得志，賈誼更顯得官高位尊。金日磾與張安世戴著貴官所用飾貂尾的冠，漢宣帝時許、史二家出門都有豪華的車乘。漢代的婁敬因短短幾句議論而顯貴，田千秋也因片言隻語得到重用。得志之日多歡樂，車子飛馳出東都的城門。我想到年少即隱的張仲蔚，其園中的蓬蒿高得足以沒人。

張黃門協　苦雨

丹霞❶蔽陽景❷，綠泉❸湧陰渚❹。水鸛❺巢層甍❻，山雲潤柱礎❼。有弇❽興春節❾，愁霖❿貫⓫秋序⓬。燮燮⓭涼葉⓮奪⓯，戾戾⓰颸風⓱舉⓲。高談⓳玩⓴四時，索居㉑慕疇侶㉒。青苔日夜黃，芳蕤㉓成宿楚㉔。歲暮百慮交㉕，無以慰延佇㉖。

【章　旨】這首詩如標題所示，表現的是久雨不息的愁苦心情。但據張協的〈雜詩十首〉來看，多少隱含著對時俗的不滿與懷才不遇的苦悶。而本詩雖將重點置於描寫雨水中的自然環境。但若從離群索居、年末百慮交加等詩意看來，借景抒懷的基調還是可肯定的。

【注　釋】❶丹霞　赤雲。❷陽景　日光。❸綠泉　清泉。❹陰渚　指陰暗的沙洲。❺水鸛　一種形似仙鶴又似鷺鷥的水鳥。❻巢層甍　意思是連水鳥也因怕雨水而把巢築得很高。層，高。甍，屋頂。借指房屋。❼潤柱礎　柱子下的礎石潮溼。

這是將雨的徵兆。❽有弇　雲興雨起的樣子。弇，一作「渰」。❾春節　春季。❿愁霖　使人發愁的久下不停的雨。⓫貫連。⓬秋序　秋天的節序。即指秋季。⓭燮燮　落葉聲。⓮涼葉　秋葉。⓯奪　脫；落。⓰戾戾　大風猛烈的樣子。⓱颸風　疾風。⓲舉　發；吹。⓳高談　高妙的談論。⓴玩　欣賞。㉑索居　孤獨生活。㉒疇侶　伴侶。疇，通「儔」。㉓芳蕤　指鮮花。㉔宿楚　舊時的叢木。㉕交　交集。㉖慰延佇　安慰期望已久的心。延佇，久待。

【語　譯】清晨的赤雲遮蔽了太陽光，陰暗的沙洲上清泉往上湧。水鳥把巢築在高高的房頂上，山雲潤溼了柱子下的礎石。雲興雨起在春季，使人愁苦的久雨一直連續到秋季。簌簌秋葉落，呼呼疾風吹。高談闊論賞玩四季之景，孤獨生活之時又羨慕人家有同伴。青苔一天天看著發黃了，開過鮮花的枝條也已成為陳舊的叢木。歲末之時百愁交集，沒有什麼能用來安慰我久盼晴天的心。

劉太尉琨　傷亂

皇晉❶遘❷陽九❸，天下橫氛霧❹。秦趙值❺薄蝕❻，幽并逢虎據❼。伊❽余荷❾寵靈❿，感激⓫殉⓬馳騖⓭。雖無六奇術⓮，冀與張韓⓯遇。甯戚⓰扣角歌，桓公遭乃舉⓱。荀息⓲冒險難⓳，實以忠貞故。空令日月逝，愧無古人度⓴。飲馬㉑出城濠㉒，北望沙漠路㉓。千里何蕭條，白日隱寒樹㉔。投袂㉕既憤懣㉖，撫枕㉗懷百慮。功名惜未立，玄髮㉘已改素㉙。時㉚或苟有會㉛，治亂㉜惟冥數㉝。

【章　旨】此詩摹擬劉琨的〈重贈盧諶〉。抒寫在戰亂之時，很想為國出力，卻有懷才不遇，無法施展抱負的悲哀。詩一開頭就展示出戰亂的場面。寫自己有文韜武略，又有荀息的忠誠，希望能像當年的甯戚為朝廷重用，但日子白白過去，唯有悲傷而已。最後只能為功名未立、白髮徒增而哀歎。

【注釋】❶皇晉 猶言大晉。❷遘 遭遇。❸陽九 古代術數家的說法，四千六百十七年為一元，開始入元一百零六年，外有災歲九，稱為陽九。故陽九常代指災難之年或厄運。❹橫雰霧 瀰漫著霧氣。此喻亂賊。❺值 遭；遇。❻薄蝕 指被亂賊所侵。時秦被姚泓所占，趙被石勒所據。❼虎據 如被威武的老虎所占據。時幽州為鮮卑首領段匹磾所占領，并州為劉琨所把守。❽伊 語助詞。❾荷 承；受。❿寵靈 恩寵神靈。⓫感激 感動奮發。⓬殉 效命；奮不顧身。⓭馳騖 奔走趨赴。⓮六奇術 西漢時，陳平為劉邦謀士，曾六出奇計克敵制勝。⓯張韓 即留侯張良與淮陰侯韓信。漢初傑出的文臣武將。⓰甯戚 春秋時齊人。家貧為人趕車。餵牛時扣牛角而歌，齊桓公知為奇人，就拜他為上卿，後遷國相。⓱舉 舉用。⓲荀息 春秋時晉國人。晉獻公時為大夫。曾獻計借道於虞以滅虢國，虢國滅，回頭又滅虞國。獻公死，輔佐其子奚齊，奚齊被大夫里克所殺，又輔立卓子，卓子又被殺，他自己也死了。⓳冒險難 指不惜犧牲生命為國家與朝廷之事出力。⓴古人度 古人的度量。㉑飲馬 使馬喝水。㉒出城濠 即出城門。濠，護城河。㉓沙漠路 指北方的路。北方邊陲多沙漠。㉔隱寒樹 指在寒冷的樹間日光不明。喻指國力不振。㉕投袂 甩袖。表示情緒激動。㉖憤懣 憤慨。㉗撫枕 捶擊枕頭。指躺在床上之時心情不安。㉘玄髮 黑頭髮。㉙改素 變白。㉚時 時世。㉛會 運會；好時機。㉜治亂 太平還是動亂。㉝惟冥數 自有常人不知的定數。

【語譯】大晉遭逢了厄運，天下瀰漫著妖邪的霧氣。秦、趙二地遭到亂賊所侵，幽、并二州又被威猛的老虎所占據。我蒙皇上的恩寵，感動奮發而冒死赴國難。雖不如陳平那樣六出奇計打勝仗，卻希望能和張良、韓信一樣遇上漢王建立功業。甯戚餵牛扣著牛角而唱歌，碰上齊桓公才把他舉用，荀息冒著生命之險與危難，其實是忠心為國的緣故。我如今空讓日月虛度，慚愧的是沒有古人的度量。越過城池去飲馬，向北遙望漫漫沙漠之路。千里大地一片蕭條，寒冬的樹間白日也顯得昏暗。甩袖生憤慨，夜間捶枕千思百慮。可恨功名猶未立，黑髮已經變成白。時世或許遇上好的機會，是治是亂自有它的定數。

盧中郎諶 感交

大夏須異材❶，廊廟❷非庸器❸。英俊❹著世功❺，多士❻濟斯位❼。眷顧❽成綢繆❾，迺❿與時髦⓫匹⓬。姻媾久不虛⓭，契闊⓮豈但一⓯。逢厄⓰既已同，處危非所恤⓱。常慕先達⓲概⓳，觀古論得失⓴。馬服㉑為趙將，疆埸得清謐㉒。信陵㉓佩魏印，秦兵不敢出。慨無幄中策㉔，徒慚素絲質㉕。羇旅㉖去舊鄉，感遇㉗喻琴瑟㉘。自顧㉙非杞梓㉚，勉力在無逸㉛。更以畏友㉜朋，濫吹㉝乖名實㉞。

【章　旨】這首摹擬盧諶的〈贈劉琨并書〉、〈答魏子悌〉等詩。是寫盧諶對知友之交的感懷。這朋友當指劉琨。盧諶曾為劉琨僚屬，兩人交情很深，後盧諶之妹又嫁給劉琨之弟為妻。劉琨戰敗，盧雖為他人重用，他始終不忘舊情。此詩開頭就先指出劉琨是國家英才，而為自己得到他的友誼並結成親眷而感到榮幸。然後論古以道今，他很佩服劉琨的才能，而自己卻是無用之輩，只能多多勉力，唯恐名不副實，充滿自勉自謙之情。

【注　釋】❶異材　特殊的材料。喻傑出的人才。❷廊廟　等於說廟堂，為君主與大臣議政之所。此指朝廷重臣。❸庸器　平庸之才。❹英俊　指有傑出才能者。❺著世功　指建立卓著的濟世之功。❻多士　眾多之士。一般指百官。❼濟斯位　成就自己的職位。即為朝廷出力。❽眷顧　關心照顧。這裡是自謙的說法。指劉琨願意與之交往。❾成綢繆　結成深厚的情誼。❿迺　竟。⓫時髦　當今的英俊之士。⓬匹　指成為朋友。⓭久不虛　指久已結成婚姻。⓮契闊　離散。指家人被殺。⓯豈但一　哪裡只是一個人、一個時間。⓰逢厄　指兩家遭厄運。⓱恤　憂慮。⓲先達　有德行學問而顯達的先輩。⓳概　節操。⓴得失　短長；優劣。㉑馬服　指趙奢。他曾大破秦軍，趙惠文王賜他為馬服君。㉒疆埸得清謐　指秦兵不敢再來進攻，邊疆得以清靜。㉓信陵　指信陵君。即魏公子無忌。他曾幫趙戰敗秦軍，秦軍又攻魏，魏王以上將軍印授公子，公子大破秦軍，並逐至函谷關，使秦軍不敢再出關。㉔幄中策　運籌帷幄的奇策。㉕素絲質　質地潔白的絲，可隨便染成各種顏色。㉖羇旅　指客居他鄉。㉗感遇　感懷知遇。㉘喻琴瑟　就如琴瑟之音那樣和諧。㉙自顧　自己看來。㉚杞梓　優質木材。比喻良才。㉛無逸　不貪圖安逸。即努力進取之意。㉜畏友　品德端重，使人敬畏的朋友。此指魏子悌，盧諶同僚。

㉝濫吹　即濫竽充數。㉞乖名實　名與實不相副。

【語　譯】構築大廈須用特殊的木材，朝廷重臣不用平庸之輩。才能傑出者建立濟世之功，百官謹守各自的職位。承蒙您關懷與我結成深厚的友誼，我竟能和時賢成匹配。兩家婚姻已日久，世逢戰亂、生離死別哪裡只一回。遭逢的厄運都相同，再逢危難已經不再顧忌。常常羨慕先賢的節操，觀覽歷代史實來評論古人的功過得失。馬服君趙奢當趙國的大將，邊境就能夠得以清靜。信陵君佩上魏國的將軍印，秦兵就不敢再出關。慨歎自己沒有運籌帷幄的奇策，徒然羞慚自己像質地潔白的絲可被他人隨意染成各種顏色。遠在他鄉離家門，感激您對我的相知之情就如琴瑟之音一般相和，自知不是棟梁材，只有自我勉勵努力進取。更由於與這些有德之友相交共事，便顯得濫竽充數名與實不相副。

郭弘農璞　遊仙

崦山❶多靈草❷，海濱❸饒❹奇石❺。偃蹇❻尋青雲❼，隱淪❽駐精魄❾。道人❿讀丹經⓫，方士⓬鍊玉液⓭。朱霞入窗牖，曜靈⓮照空隙。傲睨⓯摘木芝⓰，凌波⓱采水碧⓲。眇然⓳萬里遊⓴，矯掌㉑望煙客㉒。永得安期㉓術，豈愁濛汜㉔迫。

【章　旨】晉人郭璞喜陰陽卜筮之術，好談神仙，今傳十幾首〈遊仙詩〉是其代表作。此詩的思想內容也大致相似，借歌詠神仙以抒發憂生的嗟歎，其中隱含著對世俗生活的蔑視和對隱逸生活的贊美，當然也流露出逃避現實的消極思想。

【注　釋】❶崦山　崦嵫山。古人以為是日落之處。在今甘肅天水西境。❷靈草　仙草。❸海濱　此指海中仙山。❹饒　富足；多。❺奇石　神異之石，食後可成仙。❻偃蹇　有往高處的意思。❼尋青雲　指尋求升仙。❽隱淪　埋沒沈淪或退隱。

❾駐精魄　猶言留三魂六魄於體內。指長生不死。❿道人　有道術之人。⓫丹經　講煉丹術的書。⓬方士　好講神仙方術者。⓭玉液　玉精；瓊漿。傳說飲後能使人升仙。⓮曜靈　指太陽。⓯傲睨　傲然睨視。這裡有用眼睛搜索之意。睨，斜看。⓰木芝　即靈芝。⓱淩波　指輕盈地在水面上行走。⓲水碧　或稱水精、水玉、水晶。這裡也指仙藥。⓳眇然　遼遠的樣子。⓴萬里遊　指尋仙採藥。㉑矯掌　舉手。即俗語中的手搭涼篷，作張望狀。㉒煙客　仙人。㉓安期　安期生。得道的仙人。秦始皇想求成仙術，安期生說可去蓬萊山下找他，結果沒找到。㉔濛汜　古代神話中說是極西日落之處。

【語　譯】崦嵫山上仙草多，海上仙山更有神異之石。飛升青雲去尋找成仙的路，隱居於世精魂久不離體內。道人讀著煉丹經，方士苦煉著長生藥。紅霞映入窗子中，太陽照進房子裡。四下尋找要採摘靈芝，踩著波濤去採水晶。茫茫萬里去找長生藥，手搭涼篷望著仙人來。如果永遠能得到安期生的長生術，哪裡還愁衰老迫近。

張廷尉綽　雜述

太素❶既已分❷，吹萬❸著❹形兆❺。寂動❻苟有源❼，因謂殤子夭❽。道❾喪涉❿千載，津梁⓫誰能了⓬。思乘扶搖⓭翰⓮，卓然⓯凌⓰風矯⓱。靜觀尺棰⓲義⓳，理足⓴未常少㉑。冏冏㉒秋月明，憑軒㉓詠堯老㉔。浪跡㉕無蚩㉖妍㉗，然後君子道㉘。領略㉙歸一致㉚，南山㉛有綺皓㉜。交臂㉝久變化，傳火迺薪草㉞。亹亹㉟玄思㊱清㊲，胸中去機巧㊳。物我㊴俱忘懷，可以狎鷗鳥㊵。

【章　旨】詩題當從五臣注本作〈孫廷尉綽雜述〉，孫綽是著名玄言詩人，詩中充滿道家思想。此詩雖標明是「雜述」，其實是集中反映了莊子的思想。莊子以為道是先天地而生的，只有到了構成天地的素質形成後，萬物方能出現。他認為一切都在變化之中，就其性分來說，可說萬物齊一，並無區別，故也可說秋毫大而泰山小、殤子高壽而彭祖為夭。此詩正是對這種思想的具體闡述。所以寫到最後仍不脫物我兩忘、物我為一的思想，表現了逍遙自得、安時處順的精神境界。

【注　釋】❶太素　古人認為形成天地的素質。這裡即指天地。❷分　天地分離。即形成天地，也即開天闢地。❸吹萬　語本《莊子・齊物論》：「夫吹萬不同，而使其自己也；咸其自取，怒者其誰邪？」按晉郭象注，風吹萬物發出不同聲音，皆由自身，並無外源。❹著　顯露。❺形兆　萬物之形表現。❻寂動　靜動。❼源　本源。❽殤子夭　語本《莊子・齊物論》：「莫壽於殤子，而彭祖為夭。」據郭象之見，萬物性分自足，雖早死的小孩亦不為夭折，而八百歲之彭祖也不為長壽。此詩亦取此見。❾道　此指對事物的法則、規律的認識。❿涉　經；歷。⓫津梁　渡口與橋梁。這裡比喻認識道的途逕。⓬了　明白。⓭扶搖　急劇盤旋而上的暴風。⓮翰　高飛。⓯卓然　高遠的樣子。⓰淩　乘。⓱矯　舉；飛。⓲尺棰　一尺長的杖。《莊子・天下》所謂一尺之棰，日取其半，萬世不竭。⓳義　指陰陽變化之理。⓴理足　猶言性足。㉑未常少　永不會少下去。此言按性足自齊之論，只要性足，並無多少之別。㉒冏冏　光明的樣子。㉓憑軒　靠窗。㉔堯老　堯和老子。因自來以為二人是老莊思想的祖師，故加以詠歎。㉕浪跡　放浪形跡。㉖蚩　通「媸」。醜陋。㉗妍　美。㉘君子道　指不計較美醜好壞的正確思想觀念。㉙領略　指領會以上的思想。略，大要；要旨。㉚歸一致　指莊子齊同萬物之論（六朝時人這樣理解〈齊物論〉）。㉛南山　指商山。在今陝西商縣東。㉜綺皓　指漢初隱居的老翁綺里季。為商山四皓之一。此借指四皓。皓，指老翁。㉝交臂　彼此走得很靠近而胳膊碰胳膊。㉞傳火迺薪草　要將火相傳不滅，需不停地添加柴草。㉟亹亹　勤奮勉力的意思。㊱玄思　遠想。㊲清　清靜。指清靜無為之道。㊳機巧　機謀智巧。㊴物我　自然界之客體與人之主體。㊵狎鷗鳥　和鷗鳥親熱相處。比喻無機巧之心。《列子・黃帝》載：海邊有人原和鷗鳥玩在一起，卻因動了機心，使得鷗鳥舞而不下。

【語　譯】天地既然已形成，使萬物自己顯露出各自的形體。萬物的靜與動如果有外源，則可說早死的小孩是夭折。對事物發展規律的認識已經失去了千載之久，誰能明瞭尋道的途逕。想乘著旋風往高處飛，直上高空任風飄揚。靜靜觀察一尺之杖每天只取其中的一半，只要性分足仗就不為少。皎皎秋月真明亮，憑窗吟詠堯和老子。放浪形跡就無美醜之分，就能得到正確的思想觀念。領會萬物齊一的道理，故有隱於南山的綺里季那白髮老翁。交臂相守人生依舊變化不停，添薪傳火可喻舊我新我自然相承。勤勉地追想清靜無為的大道，心中除去智謀機巧。自然之客體與人之主體兩相忘，就可以和鷗鳥親熱地一起相處。

許徵君詢 自序

張子闇內機❶，單生蔽外像❷。一時排冥筌❸，泠然❹空中賞❺。遣此弱喪❻情，資❼神任獨往。採藥❽白雲隈❾，聊❿以肆所養⓫。丹葩耀芳蕤⓬，綠竹蔭閒敞⓭。苕苕⓮寄意勝⓯，不覺陵虛⓰上。曲櫺⓱激⓲鮮飆⓳，石室⓴有幽響㉑。去㉒矣從所欲㉓，得失㉔非外獎㉕。至㉖哉操斤客㉗，重明㉘固已朗㉙。五難㉚既灑落㉛，超跡㉜絕塵網㉝。

【章　旨】此詩摹擬許詢之玄言詩，重在闡述發揮道家養生之理。詩一開頭即以前人雖重養生而最終不可得的例子，說明只有心神超脫、擺脫塵世的羈絆，才能達到自由的境界。然後用郢人使匠石斲堊而不傷鼻為例，來印證使心保持虛靜的觀點。末了指出只有擺脫俗情，才能超脫塵世，使物我兩忘。

【注　釋】❶張子闇內機　據說張毅頗重道義，不懂得內心的保養，年四十即得內熱之病而死。張子，張毅。周人。闇，愚昧不明。內機，內心的素質。❷單生蔽外像　相傳單豹住在巖穴，喝的是水，七十歲臉色還像嬰兒一樣細嫩，但不考慮外界的影響，而被老虎吃了。單生，即單豹。周人。以上二句俱見《莊子・達生》。❸排冥筌　指人像魚從水下捕魚器中掙脫出來而得自由。筌，捕魚器。此喻名位利益的束縛。❹泠然　輕妙的樣子。❺空中賞　當指像列禦寇那樣憑風到空中而得以賞心悅志。❻弱喪　指從小離家，安居他方，而不知故鄉在何處。《莊子・齊物論》比作悅生惡死之惑。❼資　資助。❽藥　指靈芝一類長生藥草。❾隈　曲深之處。❿聊　姑且。⓫肆所養　放縱所養之心神。⓬蕤　花下垂的樣子。⓭閒敞　幽靜而空曠。⓮苕苕 同「迢迢」。遙遠的樣子。⓯寄意勝 寄託心志於超脫塵世的勝境。⓰陵虛 憑虛而升飛。⓱曲櫺 此即指窗。⓲激 明。指分明地吹著。⓳鮮飆 指清新的山風。⓴石室 石穴。㉑幽響 傳進石穴的各種自然界聲音。㉒去 指離開凡塵。㉓從所欲 趨向自己所追求的至道。㉔得失 優劣長短。指自己所從事的養內養外之事。㉕非外獎 不是由外界力量可加以勸勉的。㉖至 達到極端。㉗操斤客 指《莊子‧徐无鬼》中所述之運斤成風的匠石。㉘重明 指二人都明瞭道理。郢人堊慢其鼻端，如蠅之翼。郢人充分相信匠石，匠石也極自信，故能揮斤斲堊，而不傷鼻，而郢人也立不失容。㉙朗 明。㉚五難 養生的五種障礙。即名利、喜怒、聲色、滋味、神慮。㉛灑落 脫落。指去掉、不計較。㉜超跡 使形跡超脫。㉝絕塵網 掙脫了塵世這張羅網的約束。

【語　譯】張毅不懂內心的保養，單豹注重保養卻不考慮外物的影響。一旦從名韁利鎖之中掙脫出來得到自由，就如列禦寇憑風輕妙地升空而賞心快樂。排除掉悅生惡死的糊塗思想，就能憑藉精神順任自然而不顧世俗。在白雲深處採摘仙藥，姑且放縱所養的心神。紅花芬芳而絢爛，綠竹所成之蔭幽靜而空曠，把心志寄託於遙遠的超脫塵世之勝境，不知不覺地如憑虛而高飛。窗口分明吹進清新的山風，石穴中傳入各種自然界的聲音。離開凡塵趨向自己所追求的至道，自己所做之事不是外界力量所可左右。那運斤成風的匠石技巧實在太高明了，只因他和郢人都明白合心於道之理。名利聲色之類既然都可不計較，就可使形跡超脫於塵世羅網之外。

殷東陽仲文 興矚

晨遊任所萃❶，悠悠❷蘊真趣❸。雲天亦遼亮❹，時與賞心遇❺。青松挺秀萼❻，惠❼色出喬樹。極眺❽清波深❾，緬❿映石壁素⓫。瑩情⓬無餘滓⓭，拂衣釋塵務⓮。求仁⓯既自我⓰，玄風⓱豈外慕⓲。直置⓳忘所宰⓴，蕭散㉑得遺慮㉒。

【章　旨】此詩標題為「興矚」，意思是因遠望而有所感懷，摹擬的是殷仲文的〈南州桓公九井作〉。前八句描寫作者所欣賞的有真趣和可賞心的大自然。後六句抒寫作者所追求的玄遠、蕭散的人生境界。

【注　釋】❶任所萃　指將景物盡情地收於眼中。❷悠悠　指大自然。❸真趣　至道的真意。❹遼亮　高而明亮。❺賞心遇　遇見使心情歡暢的事。❻秀蕚　指松花。❼惠　美。❽極眺　極目遠眺。❾深　形容水清的程度。❿緬　遠。⓫素白。指石壁的顏色。⓬瑩情　清澈明亮的心。⓭滓　指汙穢。⓮釋塵務　丟開塵俗之事務。⓯求仁　追求仁道。《論語·述而》：「求仁而得仁，又何怨？」這裡指追求理想境界。⓰自我　指由己。⓱玄風　合於大道的風範。⓲豈外慕　哪裡是向外界尋求就可得到呢？⓳直置　直接置於專一之中。⓴忘所宰　忘其真宰。㉑蕭散　瀟灑閒散。㉒得遺慮　拋棄思慮。

【語　譯】清晨去遊樂把景物盡收眼中，悠遠的大自然中含有至道的真意。天空遼闊而明亮，時時遇上賞心悅目的事。青松勁挺松花累累，高大的樹木開出美麗的花。極目遠望水波清深，粼粼水波遠映著潔白的石壁。清澈明亮之心無半點汙穢，拂衣而起拋盡塵世間的各種事務。追求理想境界既靠自己努力，崇高的風範哪裡可向外界去追慕？直接置身專一之中忘其真宰，瀟灑閒散卻能夠拋棄思慮。

謝僕射混 遊覽

信❶矣勞❷物化❸，憂矜未能整❹。薄言❺遵❻郊衢❼，摠轡❽出臺省❾。淒淒❿節序高⓫，寥寥⓬心悟永⓭。時菊⓮耀巖阿⓯，雲霞冠⓰秋嶺。眷然⓱惜良辰，徘徊踐⓲落景⓳。卷舒⓴雖萬緒㉑，動復㉒歸有靜㉓。曾㉔是迫桑榆㉕，歲暮從所秉㉖。舟壑不可攀㉗，忘懷㉘寄匠郢㉙。

【章　旨】這首詩摹擬謝混的〈遊西池詩〉，通過遊覽來闡發莊子的思想，開頭就說因不能物我同化，萬物齊一，所以從官府中出來到郊外去遊覽。末了交代因見自然之物，使心中方有所悟，也才瞭解到清靜之理。

【注釋】❶信　確實。❷勞　謂變化不止息。❸物化　萬物的生死變化。❹憂衿未能整　指憂愁己心不能與物齊同。衿，繫衣裳的帶子。這裡比喻心。整，齊。❺薄言　發語詞。無義。❻遵　沿；循。❼郊衢　郊外的大路。❽揔轡　意謂騎馬。❾臺省　指官府。❿淒淒　指寒風。⓫節序高　季節深。即深秋。⓬寥寥　空闊。⓭心悟永　心中有長遠的體悟。⓮時菊　適時而開的菊花。⓯巖阿　山崖。⓰冠　指像帽子一樣罩著。⓱眷然　顧戀的樣子。⓲踐　這裡指行走。⓳落景　落日之光。⓴卷舒　收縮與舒展。指在運動中的萬物。㉑萬緒　指各種事物不同的運動方式。㉒動復　循環往復的運動。㉓歸有靜　同歸於靜。㉔曾　乃。㉕迫桑榆　近日落時。指年老之日。㉖從所秉　順從時運所執的歸靜之理。㉗舟壑不可攀　指藏舟於壑，也不能防止它被盜去。見《莊子・大宗師》。攀，阻止。㉘忘懷　忘懷得失。㉙匠郢　指《莊子・徐无鬼》中，郢人請運斤成風的匠石為自己斲薄如蠅翼的鼻上之堊一事。

【語譯】萬物變化確實不停止，憂愁的是自己的心不能與物齊同。姑且沿著郊外的大路行走，騎著馬走出官府中。寒風蕭蕭季節深，大自然的空闊使我心中有長遠的覺悟，適時開放的菊花映照著山崖，雲霞如帽子罩在秋日的山嶺上。我眷戀著良辰美景，依依獨行在落日的光輝中。萬物的運動雖有各自不同的規律，運動在最終又歸之於靜。日近西山而人將老，年老之時方得歸靜的真義。藏舟於山谷也難防止被盜，要忘懷得失，處心虛靜，如匠石郢人那樣。

陶徵君潛 田居

種苗在東皋❶，苗生滿阡陌❷。雖有荷鋤倦，濁酒❸聊自適❹。日暮巾柴車❺，路闇光已夕❻。歸人❼望煙火，稚子❽候檐隙❾。問君亦何為，百年❿會有役⓫。但願桑麻⓬成⓭，蠶月⓮得紡績。素心⓯正如此，開逕望三益⓰。

【章　旨】這首詩摹擬陶潛的〈歸園田居〉，寫的是遠離塵世、隱居田園的樂趣。開頭描寫的就是「種豆南山下」的生活，雖然勞累，但有濁酒一杯就已滿足了。其中「歸人望煙火」一聯寫得尤為真切生動。接著寫足食豐衣，是農家的最大也是最基本的要求。而最後則盼望知交來訪，又表現了更深一層的志趣。

【注　釋】❶東皋　東邊的高地。在此泛指田野。❷阡陌　田間小路。此指田中。❸濁酒　這裡指農家自釀自喝、未經過濾等加工的酒。❹聊自適　姑且自得其樂。❺巾柴車　這裡當指農家所用的粗劣的車。巾，指有車蓋的車。柴，指簡陋粗劣的車。❻光已夕　指路上已昏暗不清。❼歸人　指田間收工回家的人。❽稚子　小兒子。❾檐隙　指簷下。❿百年　指人的一生。⓫會有役　總歸有勞役之苦。⓬桑麻　泛指農作物。⓭成　成熟豐收。⓮蠶月　養蠶作繭的季節。指夏曆三月。⓯素心　平素的願望。⓰三益　當為《論語・季氏》中「益者三友」的略說。指三友，亦即知心朋友。

【語　譯】在田野上插種秧苗，秧苗長大布滿田中。雖然整天拿鋤很勞累，姑且喝杯自家所釀的酒自得其樂。傍晚駕著柴車而歸，歸途昏暗夕陽已將盡。收工回家望見炊煙裊裊升，小兒在屋簷下等我。欲問為何要受這般苦，人生終當有勞役之事。但願桑麻早成熟，三月能有絲麻來紡績。平素的願望就是這一點，開條小路望著知心朋友來相會。

謝臨川靈運　遊山

江海經邅迴❶，山嶠❷備盈缺❸。靈境❹信淹留❺，賞心❻非徒設❼。平明登雲峰，杳❽與廬霍❾絕❿。碧鄣⓫長周流⓬，金潭⓭恆澄澈。桐林帶晨霞⓮，石壁映初晰⓯。乳竇⓰既滴瀝⓱，丹井⓲復寥泬⓳。嵒崿⓴轉奇秀，岑崟㉑還相蔽㉒。赤玉㉓隱瑤溪㉔，雲錦㉕被㉖沙汭㉗。夜聞猩猩啼，朝見鼯鼠㉘逝。南中㉙氣候暖，朱華㉚

凌㉛白雪。幸遊建德㉜鄉，觀奇經禹穴㉝。身名竟誰辯㉞，圖史㉟終磨滅㊱。且泛㊲桂水潮㊳，映月遊海澨㊴。攝生㊵貴處順㊶，將為智者說㊷。

【章　旨】這首摹擬謝靈運的一些遊山詩。開頭總寫山水概貌與遊者的愉快心情。接著具體描寫山水林崖以及所見的奇異之景。最後因見歷史遺跡而生感慨，表明安時處順的養生之道和處世態度。

【注　釋】❶邅迴　徘徊。指迂曲之狀。❷山嶠　泛指山。❸盈缺　指山峰與山谷。❹靈境　神奇的境地。❺淹留　久留。❻賞心　心情歡暢。❼非徒設　指勝境不白白地設在那裡。❽杳　杳然；遠遠地。❾廬霍　二高山名。❿絕　高絕；超絕。⓫碧鄣　指山。⓬周流　長遠貌。⓭金潭　即指潭。「金」與上文「碧」同，作修飾之用。⓮帶晨霞　指桐樹林被早晨的霞光所映照。⓯初晰　晨光。晰，光亮。⓰乳竇　有鐘乳石的洞穴。⓱滴瀝　指鐘乳石的水一滴一滴慢慢往下掉。⓲丹井　有朱砂的深洞穴。即朱砂井。⓳寥泬　空曠清朗的樣子。⓴嵒崿　山崖。㉑岑崟　險峻的山。㉒相蔽　相互遮掩。㉓赤玉　指帶紅色像玉一般美的溪石。㉔瑤溪　玉溪。㉕雲錦　指連片的沙灘上的沙石像雲彩或錦一樣美。㉖被　披。㉗沙汭　指河流彎曲處的大片沙灘。㉘鼯鼠　一種像老鼠的動物。前後肢之間有寬而多毛的飛膜，可在樹間迅速滑翔。㉙南中　泛指南方。㉚朱華　紅花。㉛凌　犯；冒。㉜建德　南方的一個地名。在浙江省。《莊子》中曾說建德之國的人較愚昧，卻純樸。㉝禹穴　傳說夏禹葬地。㉞辯　識。㉟圖史　記載歷史的圖書。㊱磨滅　消毀。㊲泛　浮遊。㊳桂水潮　秋潮。桂花開在仲秋八月，故稱。㊴海澨　海邊。㊵攝生　養生。㊶處順　順其自然而生活。㊷為智者說　對玩弄聰明的人論說這個道理。

【語　譯】江河入海迂曲盤旋，山峰高聳山谷深邃。神奇境地確實值得久留觀賞，賞心悅目之處決不是虛設。天明登上高插入雲的山峰，高高地聳立遠勝過廬山與霍山。青翠的峰巒綿延遠方，日光下金光煥然的潭水永遠是清澈的。桐樹林披著清晨的霞光，石壁映照著朝陽。巖穴中鐘乳石慢慢地滴著清水，朱砂井中空曠而清朗。山崖奇異而秀美，險峻的山相互遮掩。紅玉般的溪石靜靜地躺在清澈的溪底，如雲似錦的沙石在河邊形成一片美麗的沙灘。夜間可聽猩猩的叫聲，白天可見鼯鼠在樹間迅速地滑翔。南方氣候溫暖，紅花迎著白雪開放。我有幸遊建德，又到大禹墓穴去探奇。日後身名究竟有誰知，圖書史籍最終仍歸於消亡。姑且泛遊秋日的潮水，遊樂在映著月光的海邊。養生貴在順其自然，這個道理將對玩弄聰明的人論講。

顏特進延之侍宴

太微[1]凝帝宇[2]，瑤光[3]正神縣[4]。揆日[5]粲[6]書史[7]，相[8]都[9]麗聞見[10]。列漢[11]構[12]仙宮[13]，開天[14]制[15]寶殿。桂棟[16]留夏飆[17]，蘭橑[18]停冬霰[19]。青林結冥濛[20]，丹巘[21]被[22]蔥蒨[23]。山雲備卿藹[24]，池卉具靈變[25]。重陽[26]集清氣，下輦[27]降[28]玄[29]宴。鶩望[30]分寰隧[31]，曬[32]目盡都甸。氣[33]生川岳陰，煙滅淮海見[34]。中坐[35]溢[36]朱組[37]，步櫩[38]篁[39]瓊弁[40]。禮登[41]討[42]睿情[43]，樂闋[44]延皇眄[45]。測恩[46]躋[47]踰逸[48]，沿牒[49]懵浮賤[50]。榮重[51]饋[52]兼金[53]，巡華[54]過盈瑱[55]。敢飾輿人詠[56]，方慚[57]〈綠水〉[58]薦[59]。

【章　旨】這首摹擬顏延之的侍宴之詩。先以誇張的手法描寫皇宮建築的氣勢宏偉，並著力描寫了皇宮景緻的優美。然後從座中盡是大臣高官，引出自己，敘自己能蒙皇恩而陪侍遊樂的感戴之情。

【注　釋】[1]太微　星宮名。[2]凝帝宇　指倣照星宮建築皇宮。凝，成。帝宇，指皇宮。[3]瑤光　北斗七星最末一顆，在柄端。這裡泛指北斗星。[4]正神縣　指根據斗星來定在神州的南北方位。神縣，神州赤縣的略說。指中國。[5]揆日　測量日影，來建築皇宮。[6]粲　明盛。[7]書史　歷史記載。[8]相　仔細看；審察。[9]都　都城。[10]麗聞見　比所聽到和親眼見到的都壯麗華美。[11]列漢　與銀河並列。[12]構　建造。[13]仙宮　形容皇宮之高，如天上仙宮。[14]開天　因宮殿太高，需撥開天才能造。[15]制　構造。[16]桂棟　即棟。「桂」與下文「蘭」同義，形容其精美。[17]留夏飆　能停留夏天的大風。形容皇宮棟宇之高大。[18]橑　椽子。[19]霰　小雪珠。這裡泛指雪。[20]結冥濛　指籠罩著霧靄而幽暗不明。[21]丹巘　帶紅色的山峰。[22]被覆蓋。㉓蔥蒨　草木茂盛。㉔卿藹　有祥瑞之氣的雲靄。㉕靈變　指各色各樣，千變萬化。㉖重陽　指天。天為陽，天有九重，故稱重陽。㉗下輦　指君王下車。㉘降　臨。㉙玄　黑。指夜。㉚驚望　遠望。㉛寰隧　與下文的「都甸」同義。指京城與郊外之地。㉜矚　看視。㉝氣　這裡指煙靄。㉞淮海見　能看清淮河、海州一帶。這是形容天朗氣清之時。㉟中坐　座中。㊱溢　滿。㊲朱組　用以佩玉或佩印的紅色綬帶。這裡用以代指顯貴達官者。㊳步櫩　走廊。㊴簉　聚集。㊵瓊弁　用玉裝飾的帽子。弁，一般指貴族戴的帽子。㊶禮登　禮成；禮畢。登，成。㊷竚　久留。㊸睿情　皇恩。㊹樂闋　樂曲終了。㊺眄　指顧盼。㊻渕恩　深恩。㊼躋　升；登。㊽踰逸　愉快安逸。㊾沿牒　隨牒。指隨著朝廷裡官員陞遷的文書按常規陞遷。這裡指當官。㊿懵浮賤　意謂錯被朝廷重用。懵，不明。浮賤，浮名微賤。(51)榮重　榮耀重。(52)餽　贈。這裡指被賞賜。(53)兼金　價值倍於普通金的好金。(54)巡華　義同「榮重」。(55)盈瑱　一尺多長的玉。(56)輿人詠　典出《左傳‧僖公二十八年》。晉侯聽眾人在唱：當田野青草萋萋之時，不要再懷戀舊恩而要立新功。輿人，眾人。(57)慚　慚愧。(58)綠水　上古時寫景以頌德的詩。(59)薦　獻。

【語　譯】倣照太微星宮建造皇宮，按照北斗星來定其在神州赤縣的方位。宮殿建造得比史書所記載的歷代宮殿還要輝煌，詳察都城也比傳聞的更壯美。構造仙宮與星漢並列，拓開天界來造寶殿。棟宇能留藏夏日風，椽下可停留冬天雪。青青的樹林籠罩著霧靄，紅色的山峰遍生茂盛的草木。山中雲霧呈祥瑞，池邊花草五彩繽紛。天空的雲氣清肅，君王親臨夜晚的宴會。遠望京城與郊外，極目都市和郊區。煙靄升騰使山川變幽暗，煙靄收盡使淮河海州一帶也看得分明。座中都是達官顯貴者，走廊上擠滿了高官。禮畢猶竚立留戀皇恩，樂曲終了皇上還顧盼。我蒙深恩過著愉快安逸的生活，隨著官員陞遷我也被錯用。榮耀深重被賞賜好的金子，承受榮華蒙賜多於好玉。我冒昧地借用輿人之歌來勸勉君王立新功，羞愧自己不能以〈綠水〉詩進獻。

謝法曹惠連 贈別

昨發❶赤亭❷渚❸，今宿浦陽❹汭。方作雲峰異❺，豈伊〈千里別〉❻。芳塵未歇席❼，涔❽淚猶在袂❾。停艫❿望極浦⓫，弭棹⓬阻風雪。風雪既經時⓭，夜永⓮起懷思。泛濫⓯北湖遊，岧亭⓰南樓期⓱。點翰⓲詠新賞⓳，開袠⓴瑩㉑所疑。擿芳㉒愛氣馥，拾蕊憐㉓色滋㉔。色滋畏沃若㉕，人事㉖亦銷鑠㉗。〈子衿〉㉘怨勿往㉙，〈谷風〉誚輕薄㉚。共秉延州信㉛，無慚仲路諾㉜。靈芝望三秀㉝，孤筠㉞情所託。所託已慇懃㉟，祇足攪懷人㊱。今行嶀嵊㊲外，銜思㊳至海濱。覯子杳未僝㊴，款睇㊵在何辰。雜珮㊶雖可贈，疏華㊷竟無陳㊸。無陳心悁勞㊹，旅人豈遊遨㊺。幸及風雪霽㊻，青春㊼滿江皋㊽。解纜㊾候前侶，還望方鬱陶㊿。煙景(51)若離遠，未響(52)寄瓊瑤(53)。

【章　旨】這首贈別詩摹擬謝惠連的〈西陵遇風獻康樂〉，寫得感情真摯。親朋好友間的離別，是自古以來就有的事，自然免不了傷心落淚。幸而受風雪之阻，得以靜下來回憶過去相交的目子。並寄望未來，希望朋友間感情能淳厚而久長。

【注　釋】❶發　出發。❷赤亭　亭名。❸渚　這裡指亭邊水岸。❹浦陽　江名。❺異　離；別。❻千里別　古時送別時彈唱的曲名。❼未歇席　還沒在席子上停下來。即未蒙上灰塵。指剛剛離別。❽涔　形容淚多。❾袂　衣袖。❿艫　船。⓫極浦　當指遙岸。⓬弭棹　停槳。⓭經時　經過若干時辰。⓮永　長；深。⓯泛濫　指泛舟、乘船。⓰岧亭　很高的樣子。⓱期　指相約在此遊玩。⓲點翰　猶言落筆。⓳詠新賞　吟詠剛剛體驗到的賞心悅目之事。⓴開袠　等於說打開書。㉑瑩　琢磨使之發光。比喻除去迷惑，顯示事物之真相。㉒擿芳　指採花。與下文「拾蕊」同義。㉓憐　愛惜。㉔色滋　色彩鮮嫩。㉕沃若　潤澤的樣子。㉖人事　指交誼、事業之類。㉗銷鑠　衰落冷淡。㉘子衿　和下文〈谷風〉都是《詩經》的篇名。㉙勿往　朋友間不相往來。㉚輕薄　朋友情誼淺薄。㉛延州信　已見前注。即指吳季札心許徐君心愛的寶劍，但徐死了，他就把劍掛在他墳前。㉜仲路諾　仲由，字子路，孔子的弟子。《論語・顏淵》中說子路無宿諾。宿諾，即久拖而不履行的諾言。㉝三秀　芝草。芝一年三次開花，故稱。㉞筠　竹子的青皮。這裡指常青的竹，以喻友誼的深長。㉟慇懃　懇切深厚的情意。㊱攪懷人　攪亂想念者的心緒。㊲嶀嵊　二山名。㊳銜思　懷思。㊴僝　顯現。這裡指看見。㊵款睇　親見。㊶雜珮　古代玉佩，用各種佩玉組成，故稱。㊷疏華　瑤華。美玉。㊸陳　這裡指寄託。㊹悁勞　憂勞。㊺遊遨　在外漫遊。㊻霽　停止。㊼青春　指春意、春色。㊽江皋　江邊。㊾解纜　解開繫船的纜繩。即撐出船來。㊿鬱陶　思念的樣子。51煙景　煙靄蒼茫的景色。52末響　這裡指此後音訊。53瓊瑤　書信。《詩經・衛風・木瓜》中說：「投我以木桃，報之以瓊瑤。」

【語　譯】昨日出發由赤亭邊，今天住宿在浦陽江的水灣。你我剛剛雲山相隔，哪裡僅是古人會奏〈千里別〉之曲。灰塵還沒蒙在席子上，淚水還正溼透了衣袖。停船望著遙遠的河岸，因被風雪阻斷而停下船來。風雪一來久不止，夜長起身獨自懷思。乘船遊北湖，相約在高高的南樓上遊玩。落筆吟詠賞心悅目的新景，打開書來琢磨疑難問題。採花愛它香氣濃，摘取花蕊愛它色彩鮮嫩。色彩鮮嫩怕它變為枯黃，人事太盛也怕它衰落銷磨。〈子衿〉詩中怨恨的是朋友不相來往，〈谷風〉中譴責的是朋友情誼太淡薄。如果都有將心愛寶劍送亡友的信用，也就不會因不履行諾言而有愧。山中靈芝彼此相望，孤獨的竹子常青卻能寄託深長的友誼。寄託友誼夠真誠，足以使思友的心緒紊亂。今日遠行在嶀山、嵊山外，深深懷念你直達海邊。想看你既太遠看不見，想親眼見你又不知在何時。玉佩雖然可贈送，這美玉竟無法可以寄贈。無法寄贈心中憂傷，遠行者難道是在外漫遊。幸虧遇上風雪止，春意盎然滿江邊。解開纜繩等著先前的朋友來，回首瞻望添思念。春日美景將你我隔得遙遠，此後音訊將寄託在我給你的信中。

王徵君微　養疾

窈藹❶瀟湘空❷，翠磵澹無滋❸。寂歷❹百草晦❺，欻吸❻鵾雞❼悲。清陰❽往來遠，月華散❾前墀❿。鍊⓫藥矚⓬虛幌⓭，汎瑟⓮臥⓯遙帷⓰。水碧⓱驗⓲未黷⓳，金膏靈詎⓴緇㉑。北渚有帝子㉒，蕩瀁㉓不可期㉔。悵然㉕山中暮，懷痾㉖屬㉗此詩。

【章　旨】這首摹擬王微的〈雜詩〉，寫養病時的所見所聞、所做所思，從外景寫到內心，極有層次。外景既寫得生動，內心也寫得自然。文字不多，內涵卻較豐富。開頭二聯寫景，有聲有色，尤為佳妙。

【注　釋】❶窈藹　幽遠昏暗的樣子。❷瀟湘空　瀟水、湘水好像消失在遠方空中。❸澹無滋　形容磵水十分清澈而無味。❹寂歷　草木凋殘。❺晦　盡。❻欻吸　疾速的樣子。❼鵾雞　一種大型的鳥。這裡泛指鳥。❽清陰　這裡指太陽。❾散　指照射。有隨意的意思。❿前墀　前門階上。⓫鍊　煎；熬。⓬矚　注視。這裡指對著。⓭虛幌　指窗戶。⓮汎瑟　指撫琴。⓯臥　臥病。⓰遙帷　飄拂的帷帳之中。遙，通「搖」。⓱水碧　水晶。與下文「金膏」同義，都指靈藥。⓲驗　義同下文「靈」。即靈驗。⓳黷　黑。⓴詎　表反問。哪裡。㉑緇　黑色。㉒帝子　堯帝的女兒娥皇女英。㉓蕩瀁　水飄飄蕩蕩，起伏不定。指飄蕩不可捉摸。㉔不可期　不能有固定見面的時間。㉕悵然　惆悵的樣子。㉖懷痾　抱病。㉗屬　連綴；寫。

【語　譯】幽遠的瀟湘之水多麼空闊，青青的磵水真澄澈。百草凋零已將盡，鵾雞飛去匆匆作哀鳴。太陽運行離得遠遠，月光悠悠灑在前門臺階上。對著窗戶鍊丹藥，臥病撫琴在飄拂的帷帳中。水玉十分靈驗而未被汙染，金膏仙藥靈驗而不曾變黑。北方水邊有堯帝的女兒娥皇女英，飄蕩不定而約期難定。山中日暮心惆悵，抱著病而寫下這首詩。

袁太尉淑從駕

宮廟禮❶哀敬❷，枌邑❸道❹嚴玄❺。恭絜❻由明祀，肅駕❼在祈年。詔徒❽登❾季月❿，戒鳳⓫藻⓬行川⓭。雲旆⓮象漢徙⓯，宸網⓰擬星懸⓱。朱櫂⓲麗寒渚⑲，金鍐⑳映秋山。羽衛㉑藹㉒流景㉓，綵吹㉔震沈淵。辯詩㉕測京國㉖，履籍㉗鑑㉘都壥㉙。甿謠㉚響玉律㉛，邑頌㉜被丹弦㉝。文軫㉞薄㉟桂海㊱，聲教㊲燭㊳冰天㊴。和惠㊵頒㊶上笏㊷，恩渥㊸浹㊹下筵㊺。幸侍觀洛㊻後，豈慕巡河㊼前。服義㊽方無沫㊾，展歌㊿殊未宣(51)。

【章　旨】這首摹擬袁淑之詩，寫的是跟隨皇上鑾輿拜宗廟並祭天神的事。前二十句著力描述了皇上顯赫的威儀與朝廷政治的清明。真是德教四方，恩披朝野。到了末四句才寫到由於自己才力有限而感到不安。

【注　釋】①禮　指廟祭之禮。②哀敬　指舉行儀禮時外表的莊敬與內心的哀戚。③枌邑　即指枌榆。鄉名。漢高祖的故鄉。這裡借指當今皇上的故鄉，轉指祭祀故鄉的社神。④道　指祭祀時的方法態度。⑤嚴玄　指態度端莊而有所敬畏。⑥恭絜　指祭祀時恭敬而內心清靜。⑦肅駕　指莊重恭敬地乘車前去。⑧詔徒　猶言叫眾人。⑨登　乘。⑩季月　本指每季最末一個月。這裡指九月。⑪戒鳳　戒備皇上所乘的鳳凰車。⑫藻　指飾以文彩。⑬行川　行道。⑭雲旆　指高擎的旌旗。⑮象漢徙　像天漢移動。⑯宸網　指天子車上的珠網。⑰擬星懸　就如星星懸在空中。⑱朱櫂　紅色的船槳。⑲麗寒渚　在秋寒的水中顯得有光彩。⑳金鍐　銅製的馬冠。㉑羽衛　皇帝的衛隊和儀仗。因用鳥羽為飾而得名。㉒藹　映。㉓流景　日光。㉔綵吹　隨從的樂隊，吹奏者皆穿彩衣，故稱。㉕辯詩　指通過對民間所採的詩歌來分析。㉖京國　指京都的風氣。㉗履籍　指看簿籍文書。㉘鑑　指瞭解。㉙都壥　都市中的民房建築。㉚甿謠　民謠；民歌。㉛響玉律　猶言入樂。㉜邑頌　城鎮的歌曲。㉝被丹弦　義同「響玉律」。「丹」與上文的「玉」，都是修飾語。㉞文軫　文字與車。書同文，車同軌。這裡指法律制度。㉟薄　近。㊱桂海　南海。指南方的盡頭。㊲聲教　聲威教化。㊳燭　照耀。㊴冰天　北極。指北方的盡頭。㊵和惠　恩澤。㊶頒　布。㊷上笏　指大臣。㊸恩渥　厚恩。㊹浹　徹；遍。㊺下筵　指地位低下者。㊻幸侍觀洛　有幸侍奉一位得皇天輔助的英明君主。商湯觀洛水得黃魚之瑞。㊼豈慕巡河　又何必羨慕前代的君王呢？堯巡省黃河邊，神龜負圖而至。㊽服義　服天子道義。㊾沬　停止。㊿展歌　指盡力歌頌。(51)未宣　未能傳播君王的美德。

【語　譯】宮廷廟祭之禮哀傷而恭敬，皇上故鄉的社祭其道嚴肅而敬畏。以恭敬而清靜的心從事重大的祭祀，莊重恭敬地乘車去祈求豐年。詔告眾臣在九月登程，皇上所乘的鳳凰車文彩輝煌地行在大道上。旌旗就像星河在移動，車上的珍珠如同星星在天上高懸。紅色的船槳在秋水中有光彩，馬冠映照著秋日的山巒。衛隊儀仗閃耀著日光，綵衣人的吹奏震動了深淵。採集民歌分析京都的風氣，翻閱簿冊瞭解都市民情。民謠可以入樂，城鎮歌曲可以配樂弦。書同文、車同軌，法律制度布達到南海邊，政治教化光照著北方的冰天雪地。恩澤施給眾大臣，大恩也施遍地位低下者。我有幸侍奉得皇天相助的君王，又何必羨慕前代英明的君主。我一刻不停地奉事天子道義不止，盡力歌頌也無法傳播他的美德。

謝光祿莊　郊遊

肅舲①出郊際②，徙樂③逗④江陰。翠山方藹藹⑤，青浦⑥正沈沈⑦。涼葉⑧照⑨沙嶼⑩，秋榮冒⑪水潯⑫。風散⑬松架⑭險，雲鬱⑮石道深。靜默鏡⑯綿野⑰，四睇⑱亂曾岑⑲。氣清知雁引⑳，露華㉑識猿音。雲裝㉒信解黻㉓，煙駕㉔可辭金㉕。始整丹泉術㉖，終覿紫芳㉗心。行光㉘自容裔㉙，無使弱思㉚侵㉛。

【章　旨】這首山水詩，摹擬謝莊，寫的是郊外行樂之所見。先寫青山綠水，再描寫秋日特有的靜物和動物之景，最後抒發了返歸大自然、長與塵世相別的感慨。

【注　釋】①肅舲　整飭小船。②郊際　郊外。③徙樂　行樂。④逗　留；止。⑤藹藹　茂盛的樣子。⑥青浦　此指綠水。⑦沈沈　幽深平靜的樣子。⑧涼葉　指飄零的秋天樹葉。⑨照　映照。⑩沙嶼　布著沙石的水中小島。⑪冒　覆；蓋。

⑫潯　邊。⑬散　指風無固定方向的亂吹。⑭架　形容松枝橫生。⑮雲鬱　指雲霧纏繞。⑯鏡　鑑察。這裡指看。⑰綿野　原野；遠野。⑱四睇　四下看。⑲曾岑　高峰。⑳雁引　雁度。即大雁飛過。㉑露華　秋露的滋潤。㉒雲裝　仙人以雲為衣裝。這裡指成仙、脫離凡塵。㉓解黻　解下繫官印的絲帶。黻，通「紱」。㉔煙駕　乘煙霞之車。㉕辭金　放下官印。即辭官。㉖整丹泉術　研究丹泉的奧祕。此指希望能長生不死。丹泉，傳說有赤泉，飲其水能得長生。㉗紫芳　靈芝。㉘行光　指精神不滅。㉙容褏　閒暇自得的樣子。褏，即「裔」。㉚弱思　指世俗之思想。㉛侵　侵害；侵蝕。

【語　譯】駕駛小船到郊外，為了行樂停留在江南。青翠的山巒草木茂盛，綠水幽深而平靜。秋日的樹葉映照著沙石的小島，秋花覆蓋在水邊。亂風吹得松枝歪斜，雲霧纏繞使山石道路更覺得幽深。靜靜地看著遠野，四下看去高高的山峰使眼睛迷亂。天氣清朗知有大雁飛過，秋露滋潤才識猿猴啼音。真想如仙人以雲霓為衣裳解去印綬，如能騰煙駕霧可以解下官印。開始研究丹泉可以長生的奧祕，終於知道吃靈芝可以不死的原因。精神不滅自然閒暇自得，不讓世俗的思想來侵蝕。

鮑參軍照　戎行

豪士❶枉尺璧❷，宵人❸重恩光❹。殉義非為利，執羈❺輕去鄉❻。孟冬郊祀月❼，殺氣❽起嚴霜❾。戎馬❿粟不煖⓫，軍士冰為漿⓬。晨上成皋坂⓭，磧礫⓮皆羊腸⓯。寒陰⓰籠⓱白日，太谷⓲晦蒼蒼。息徒⓳稅征駕⓴，倚劍㉑臨八荒㉒。鷦鵬㉓不能飛㉔，玄武㉕伏川梁㉖。鎩翮㉗由時至㉘，感物㉙聊自傷。豎儒㉚守一經㉛，未足識行藏㉜。

【章　旨】這首摹擬鮑照的樂府詩，反映的是軍事生活與對從軍的態度。首先指出豪俠之士捨身為義、不圖名利的處世態度，然後著力表現艱苦卓絕的軍旅生活。

【注釋】❶豪士 豪強任俠之士。❷枉尺璧 以尺璧為枉。意即重義不重利。尺璧，直徑一尺的璧玉，是徵聘的重禮。❸宵人 小人。❹恩光 榮寵。❺執羈 抓著馬絡頭。指乘馬從軍。❻輕去鄉 指為國從戎而不過於留戀家鄉。❼郊祀月 指在郊外祭祀天神地祇的時節。❽殺氣 寒氣。❾嚴霜 濃霜。❿戎馬 兵馬。⓫煖 溫暖。這裡指煮。⓬冰為漿 冰當著開水或酒渴。漿，泛指飲料，也指酒。⓭成皋坂 坂名。坂，山坡。⓮磧礫 碎石沙粒。形容路很難走。⓯羊腸 形容山路狹窄。⓰寒陰 指寒雲。⓱籠 遮蔽。⓲太谷 山谷名。又稱通谷。⓳徒 眾。指將士。⓴稅征駕 軍隊停宿或休息。稅，解；脫。㉑倚劍 佩劍。㉒臨八荒 指俯瞰大地。臨，此指遠望。八荒，八方荒遠之地。㉓鶤鵬 傳說中像鳳凰的神鳥。㉔不能飛 形容天冷，連神鳥也不敢飛。下句用意同此。㉕玄武 神龜或龜蛇合體的神物。㉖伏川梁 伏在河橋之下。即躲在水下。㉗鎩翮 鎩羽；羽毛摧落。比喻天氣惡劣，行軍受阻。㉘由時至 因嚴寒季節到來。㉙感物 感歎這嚴霜寒雪。㉚豎儒 罵人的話。這裡有輕視意。指無識見的小儒生。㉛守一經 不能通全部經，只懂得一經。㉜未足識行藏 指讀書人不真正懂得人生道理。行藏，指對出仕和退隱的處世態度。

【語譯】豪俠之士看輕徑尺的玉璧，小人只看重恩寵榮光。為義獻身而不圖利，跨馬從軍離別故鄉。初冬正是郊外祭祀天地的季節，寒風一起濃霜遍降。戰馬吃粟粟不熟，兵士把冰塊當作水喝。清晨登上成皋坡，羊腸小道上都是沙石。寒雲遮蔽著太陽，山谷深深正顯得昏暗。傳令眾將士停步宿營，佩著劍俯瞰著大地。神鳥怕冷也不敢飛動，神龜也躲在河橋下。行軍受阻正因嚴寒季節已到來，感歎嚴寒使心憂傷。無知書生只能通一經，未能懂得大丈夫為人的道理。

休上人 別怨

西北秋風至，楚客心悠哉❶。日暮碧雲❷合，佳人殊未來。露采❸方汎豔❹，

月華始徘徊。寶書❺為君掩❻，瑤琴詎能開❼。相思巫山渚❽，悵望陽雲臺❾。

膏⑩鑪⑪絕沈燎⑫，綺席⑬生浮埃。桂水⑭日千里⑮，因⑯之平生懷⑰。

【章　旨】休上人即惠休和尚，南朝宋詩人。俗姓湯，字茂遠。後孝武帝令其還俗。官至揚州刺史。當時與鮑照齊名，世稱休鮑。這首即摹擬他的詩，抒發離別的怨恨，大致能再現一些惠休的風格。

【注　釋】❶悠哉　憂思的樣子。❷碧雲　青雲。❸露采　指露水珠。❹汎豔　光影浮蕩。❺寶書　指經書。❻為君掩　指佳人不來，無心閱讀。❼詎能開　哪有心開匣而彈。❽巫山渚　指佳人住處。巫山有神女，典出宋玉〈高唐賦〉。渚，水中小洲。❾陽雲臺　即陽臺。在巫山，指佳人住處。❿膏　燈油。此指燈。⓫鑪　香鑪。⓬絕沈燎　不再發光薰燎。即鑪香都滅了。⓭綺席　席子。綺是修飾之用。⓮桂水　水名。⓯日千里　形容水流湍急。⓰因　憑藉。⓱平生懷　指平生相思之情懷。

【語　譯】秋風從西北吹過來，旅人的心中有著憂愁。日暮青雲合攏來，佳人到現在卻還不來。露水珠光影浮蕩，月光來來去去正徘徊。經書因你不來而闔上，瑤琴哪有心事打開來。相思著有神女的巫山，心事重重望著巫山的陽雲臺。燈和香鑪都已滅，席子已經蒙上了灰塵。桂水一日瀉千里，可借此急流寄託平生相思的情懷。

古籍今注新譯叢書

哲學類

新譯四書讀本　謝冰瑩等編譯
新譯學庸讀本　王澤應注譯
新譯論語新編解義　胡楚生編著
新譯孝經讀本　賴炎元等注譯
新譯易經讀本　郭建勳注譯
新譯周易六十四卦經傳通釋　黃慶萱注譯
新譯乾坤經傳通釋　黃慶萱注譯
新譯易經繫辭傳解義　吳　怡著
新譯禮記讀本　姜義華注譯
新譯儀禮讀本　顧寶田等注譯
新譯孔子家語　羊春秋注譯
新譯老子讀本　余培林注譯
新譯帛書老子　趙　鋒注譯
新譯老子解義　吳　怡著
新譯莊子讀本　黃錦鋐注譯
新譯莊子讀本　張松輝注譯
新譯莊子本義　水渭松注譯
新譯莊子內篇解義　吳　怡著
新譯列子讀本　莊萬壽注譯
新譯管子讀本　湯孝純注譯
新譯墨子讀本　李生龍注譯
新譯公孫龍子　丁成泉注譯
新譯晏子春秋　陶梅生注譯
新譯鄧析子　徐忠良注譯
新譯荀子讀本　王忠林注譯
新譯尹文子　徐忠良注譯
新譯尸子讀本　水渭松注譯
新譯鶡冠子　趙鵬團注譯
新譯鬼谷子　王德華等注譯
新譯韓非子　傅武光等注譯
新譯呂氏春秋　朱永嘉等注譯
新譯韓詩外傳　孫立堯注譯
新譯淮南子　熊禮匯注譯
新譯春秋繁露　朱永嘉等注譯
新譯新書讀本　饒東原注譯
新譯新語讀本　王　毅注譯
新譯潛夫論　彭丙成注譯
新譯論衡讀本　蔡鎮楚注譯
新譯申鑒讀本　林家驪等注譯
新譯人物志　吳家駒注譯
新譯張載文選　張金泉注譯
新譯近思錄　張京華注譯
新譯傳習錄　李生龍注譯
新譯呻吟語摘　鄧子勉注譯
新譯明夷待訪錄　李廣柏注譯

文學類

新譯詩經讀本　滕志賢注譯
新譯楚辭讀本　林家驪注譯
新譯楚辭讀本　傅錫壬注譯
新譯文心雕龍　羅立乾注譯
新譯六朝文絜　蔣遠橋注譯
新譯世說新語　劉正浩等注譯
新譯昭明文選　周啟成等注譯
新譯古文觀止　謝冰瑩等注譯
新譯古文辭類纂　黃　鈞等注譯
新譯樂府詩選　溫洪隆注譯
新譯古詩源　馮保善注譯
新譯千家詩　邱燮友等注譯
新譯詩品讀本　成　林等注譯
新譯花間集　朱恒夫注譯
新譯南唐詞　劉慶雲注譯
新譯絕妙好詞　聶安福注譯
新譯唐詩三百首　邱燮友注譯
新譯宋詩三百首　陶文鵬注譯
新譯宋詞三百首　汪　中注譯
新譯宋詞三百首　劉慶雲注譯
新譯元曲三百首　賴橋本等注譯
新譯明詩三百首　趙伯陶注譯
新譯清詩三百首　王英志注譯
新譯清詞三百首　陳水雲等注譯
新譯唐人絕句選　卞孝萱等注譯
新譯唐才子傳　戴揚本注譯
新譯拾遺記　石　磊注譯
新譯搜神記　黃　鈞注譯
新譯唐傳奇選　束　忱等注譯
新譯宋傳奇小說選　束　忱注譯
新譯明傳奇小說選　陳美林等注譯
新譯容齋隨筆選　朱永嘉等注譯
新譯明散文選　周明初注譯
新譯明清小品文選　鄭　婷注譯

新譯人間詞話　馬自毅注譯
新譯白香詞譜　劉慶雲注譯
新譯幽夢影　馮保善注譯
新譯菜根譚　吳家駒注譯
新譯小窗幽記　馬美信注譯
新譯圍爐夜話　馬美信注譯
新譯郁離子　吳家駒注譯
新譯歷代寓言選　黃瑞雲注譯
新譯賈長沙集　林家驪注譯
新譯揚子雲集　葉幼明注譯
新譯曹子建集　曹海東注譯
新譯建安七子詩文集　韓格平注譯
新譯阮籍詩文集　林家驪注譯
新譯嵇中散集　崔富章注譯
新譯陸機詩文集　王德華注譯
新譯陶淵明集　溫洪隆注譯
新譯江淹集　羅立乾等注譯
新譯庾信詩文選　歸　青注譯
新譯初唐四傑詩集　李福標注譯
新譯駱賓王文集　黃清泉注譯
新譯王維詩文集　陳鐵民注譯
新譯孟浩然詩集　楊　軍注譯
新譯李白詩全集　郁賢皓注譯
新譯李白文集　郁賢皓注譯
新譯杜甫詩選　張忠綱等注譯
新譯杜詩菁華　林繼中注譯
新譯高適岑參詩選　孫欽善等注譯
新譯昌黎先生文集　周啟成等注譯
新譯劉禹錫詩文選　閻　琦注譯

新譯柳宗元文選　卞孝萱等注譯
新譯白居易詩文選　陶　敏等注譯
新譯元稹詩文選　郭自虎注譯
新譯李賀詩集　彭國忠注譯
新譯杜牧詩文集　張松輝注譯
新譯李商隱詩選　朱恒夫等注譯
新譯范文正公選集　王興華等注譯
新譯蘇洵文選　羅立剛注譯
新譯蘇軾文選　滕志賢注譯
新譯蘇軾詞選　鄧子勉注譯
新譯蘇軾詩選　鄧子勉注譯
新譯蘇轍文選　朱　剛注譯
新譯曾鞏文選　高克勤注譯
新譯王安石文選　沈松勤注譯
新譯唐宋八大家文選　鄧子勉注譯
新譯柳永詞集　侯孝瓊注譯
新譯李清照集　姜漢椿等注譯
新譯陸游詩文選　韓立平注譯
新譯辛棄疾詞選　聶安福注譯
新譯歸有光文選　鄔國平注譯
新譯唐順之詩文選　馬美信注譯
新譯徐渭詩文選　周　群等注譯
新譯袁宏道詩文選　孫立堯注譯
新譯薑齋文集　平慧善注譯
新譯顧亭林文集　劉九洲注譯
新譯納蘭性德詞　馮　乾注譯
新譯方苞文選　鄔國平等注譯
新譯閒情偶寄　馬美信注譯
新譯鄭板橋集　朱崇才注譯

新譯袁枚詩文選　王英志注譯
新譯李慈銘詩文選　潘靜如注譯
新譯聊齋誌異選　任篤行等注譯
新譯閱微草堂筆記　嚴文儒注譯
新譯浮生六記　馬美信注譯
新譯弘一大師詩詞全編　徐正綸編著

歷史類

新譯史記　韓兆琦注譯
新譯漢書　吳榮曾等注譯
新譯後漢書　魏連科等注譯
新譯三國志　吳樹平等注譯
新譯資治通鑑　韓兆琦等注譯
新譯史記—名篇精選　韓兆琦注譯
新譯尚書讀本　吳　璵注譯
新譯尚書讀本　郭建勳注譯
新譯周禮讀本　賀友齡注譯
新譯逸周書　牛鴻恩注譯
新譯左傳讀本　郁賢皓等注譯
新譯公羊傳　雪　克注譯
新譯穀梁傳　顧寶田注譯
新譯春秋穀梁傳　周　何注譯
新譯戰國策　溫洪隆注譯
新譯國語讀本　易中天注譯
新譯說苑讀本　左松超注譯
新譯新序讀本　羅少卿注譯
新譯吳越春秋　黃仁生注譯
新譯西京雜記　曹海東注譯

新譯列女傳　黃清泉注譯
新譯越絕書　劉建國注譯
新譯燕丹子　曹海東注譯
新譯東萊博議　李振興等注譯
新譯唐六典　朱永嘉等注譯
新譯唐摭言　姜漢椿注譯

【宗教類】

新譯金剛經　徐興無注譯
新譯高僧傳　朱恒夫等注譯
新譯碧巖集　吳　平注譯
新譯百喻經　顧寶田注譯
新譯楞嚴經　賴永海等注譯
新譯梵網經　王建光注譯
新譯圓覺經　商海鋒注譯
新譯法句經　劉學軍注譯
新譯六祖壇經　李中華注譯
新譯禪林寶訓　李中華注譯
新譯維摩詰經　陳引馳等注譯
新譯經律異相　顏洽茂注譯
新譯阿彌陀經　蘇樹華注譯
新譯無量壽經　邱高興注譯
新譯無量壽經　蘇樹華注譯
新譯妙法蓮華經　張松輝注譯
新譯景德傳燈錄　顧宏義注譯
新譯大乘起信論　韓廷傑注譯
新譯釋禪波羅蜜　蘇樹華注譯
新譯八識規矩頌　倪梁康注譯
新譯永嘉大師證道歌　蔣九愚注譯

新譯華嚴經入法界品　楊維中注譯
新譯地藏菩薩本願經　李承貴注譯
新譯悟真篇　劉國樑等注譯
新譯无能子　張松輝注譯
新譯坐忘論　張松輝注譯
新譯列仙傳　張金嶺注譯
新譯抱朴子　李中華注譯
新譯神仙傳　周啟成注譯
新譯性命圭旨　傅鳳英注譯
新譯老子想爾注　顧寶田等注譯
新譯周易參同契　劉國樑注譯
新譯道門觀心經　王　卡注譯
新譯養性延命錄　曾召南注譯
新譯樂育堂語錄　戈國龍注譯
新譯冲虛至德真經　張松輝注譯
新譯長春真人西遊記　顧寶田等注譯
新譯黃庭經・陰符經　劉連朋等注譯

【軍事類】

新譯司馬法　王雲路注譯
新譯尉繚子　張金泉注譯
新譯三略讀本　傅　傑注譯
新譯六韜讀本　鄔錫非注譯
新譯吳子讀本　王雲路注譯
新譯孫子讀本　吳仁傑注譯
新譯李衛公問對　鄔錫非注譯

【教育類】

新譯爾雅讀本　陳建初等注譯
新譯顏氏家訓　李振興等注譯
新譯聰訓齋語　馮保善注譯
新譯曾文正公家書　湯孝純注譯
新譯三字經　黃沛榮注譯
新譯百家姓　馬自毅等注譯
新譯幼學瓊林　馬自毅注譯
新譯增廣賢文・千字文　馬自毅注譯
新譯格言聯璧　馬自毅注譯

【政事類】

新譯商君書　貝遠辰注譯
新譯鹽鐵論　盧烈紅注譯
新譯貞觀政要　許道勳注譯

【地志類】

新譯山海經　楊錫彭注譯
新譯水經注　陳橋驛等注譯
新譯佛國記　楊維中注譯
新譯大唐西域記　陳　飛等注譯
新譯洛陽伽藍記　劉九洲注譯
新譯徐霞客遊記　黃　珅注譯
新譯東京夢華錄　嚴文儒注譯

◎新譯樂府詩選

溫洪隆、溫強／注譯

「樂府詩」最初指的是由樂府採集、可以配樂演唱的詩歌，主政者可以藉此觀風俗，知民情。由於它來自民間，語言大都生動形象，樸素自然，為古典詩歌注入一股清涼活水，啟發、滋養無數詩人效法創作。宋朝郭茂倩所編的《樂府詩集》，收錄上起陶唐，下至五代的樂府歌辭，內容徵引浩博，被譽為「樂府中第一善本」。本書依其分類，選錄二一二首樂府詩精華加以注譯研析，引領讀者進入樂府詩歌的無邪世界中遨遊。

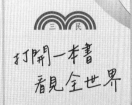

國家圖書館出版品預行編目資料

新譯昭明文選／周啟成等注譯;劉正浩等校閱.－－二版三刷.－－臺北市：三民，2024
面；　公分.－－(古籍今注新譯叢書)

ISBN 978-957-14-2560-3（第二冊：平裝）
1. 昭明文選－注釋

830.1

古籍今注新譯叢書

新譯昭明文選(二)

注譯者　周啟成　崔富章　朱宏達　張金泉
　　　　水渭松　伍方南
校閱者　劉正浩　陳滿銘　沈秋雄　黃俊郎
　　　　黃志民　周鳳五　高桂惠

創辦人　劉振強
發行人　劉仲傑
出版者　三民書局股份有限公司(成立於 1953 年)

三民網路書店
https://www.sanmin.com.tw

地　址　臺北市復興北路 386 號　(復北門市)　(02)2500-6600
　　　　臺北市重慶南路一段 61 號(重南門市)　(02)2361-7511

出版日期　初版一刷 1997 年 4 月
　　　　　初版二刷 2001 年 2 月
　　　　　二版一刷 2008 年 1 月
　　　　　二版三刷 2024 年 3 月
書籍編號　S031290
ISBN　978-957-14-2560-3